이탈리아 기행

일러두기

— 인명은 통치 지역이나 활동 국가보다는 혈통을 우선하여 썼다. 예: 빌헬름 (독), 굴리엘모(이), 윌리엄(영). 창작된 인물명의 경우, 괴테의 작품 속 등 장인물을 가리킬 때는 독일어로, 그리스 신화의 인물을 지칭할 때는 그리 스어로, 로마 신화를 특정한 경우에는 라틴어로 표기했다. 예: 이피게니에 (독), 이피게네이아(그). 제우스(그), 유피테르(라).

— 지명의 경우, 18세기 기준으로 독일어권에 속했던 지역명은 괴테가 사용한 독일어 표기를 주로 쓰고 현대의 명칭을 따로 밝혀주었다. 이탈리아의 지명 은 독자가 괴테의 이동경로를 쉽게 파악할 수 있도록 현대의 지명을 주로 쓰 되, 지명의 유래나 변천을 밝힐 필요가 있는 경우 주석을 붙였다. 장소의 이 름도 위와 같은 원칙을 따랐다. 단, 오늘날에 이미 고유명사 표기가 굳어진 경우는 우리말로 번역하지 않고 원어를 그대로 썼다. 예: 성 베드로 대성당 → 산피에트로 대성당

— 그 밖에 외래어 표기는 표준국어대사전의 외래어표기법을 따랐다.

— 이 책은 *Italienische Reise*(1964, Hamburg, Christian Wegner Ver-lag)를 저본으로 번역했다.

— 주석본 편집에는 *Italienische Reise*(1978, München, Goldmann Ver-lag)를 참고했다.

— 별도의 표시가 없는 본문의 주석은 모두 편집자 주이다.

ITALIENISCHE REISE

JOHANN WOLFGANG VON GOETHE

민음사 **이탈리아 기행**

요한 볼프강 폰 괴테 ✧ 박찬기, 이봉무, 주경순 옮김 ✧ 이수은 편집

이탈리아 기행

이탈리아를 체험하는 멋진 경로 하나, 괴테

이수은

아무리 괴테가 대단한 작가고 독일 문학의 상징이라지만 가볍게 쓴 여행 에세이에 주석이 꼭 필요한가? 필생의 대작 『파우스트』면 몰라도 『이탈리아 기행』 주석본은 과하지 않나? 1년 전이라면 나 역시 이렇게 말했을 것이다. 그러나 이제는 완전히 반대로, 이렇게 말할 수밖에 없다. 『이탈리아 기행』은 괴테의 모든 작품 가운데 주석 없이는 온전히 감상하기 가장 어려운 논픽션이고, 18세기 풍속사 연구에 귀한 빛을 던져주는 생생한 증언으로 가득한 사료이자, 괴테 문학이라는 거대한 유적지를 헤매는 이들을 위한 아리아드네의 실과 같은 책이라고.

그렇지만 2004년 국내 초역 완역본으로 민음사의 『이탈리아 기행』이 출간될 때 이런 정도나마 주석본의 꼴을 갖출 수 있었을까 생각하면, 그건 여의치 않았을 듯하다. 시간을 조금 거슬러 올라가 1990년대 초반, 당시에도 이미 적지 않은 연세였던 박찬기 선생께서 한국어판 괴테 전집 출판을 추진하셨다. 초기에 괴테 전집은 몇 종을 출판할지 확정하지 않고 기획되었는데, 괴테의 방대한 작품 규모를 생각하면 당연한 일이다.

괴테가 일생 동안 쓴 작품이 정확히 몇 편이라고 잘라 말하기는 어렵다. 그는 시 소설 희곡 같은 정통 문학 장르뿐 아니라 과학논문, 예술비평, 동화, 철학 에세이까지 다양한 분야의 글을 썼다. 한 작품이라도 여러 차례 개정하면서 내용이나 성격이 크게 바뀐 경우 각각을 개별 작품으로 보기도 하며, 생전에 발표하지 않은 원고가 20세기 초에 발견된 것도 있다. 자서전 서한집 회고록 그리고 『이탈리아 기행』 같은 자전적 논픽션 외에도, 셰익스피어의 『햄릿』 단테의 『신곡』 에우리피데스의 『바카이』 등을 독일어로 옮긴 번역서가 22종이다.

작품 수는 시만 3000편에 달한다. 괴테 말년에 출간되기 시작한 프랑크푸르트판 전집은 1830년까지 40권이었고 (괴테 사후인 1842년에 60권으로 마무리되었다.) 바이마르 도서관이 소장하고 있던 괴테 원고 전체를 출판한 전집은 무려 143권이나 된다.(자투리글 모음과 서지사항 부록까지 3권을 더해 총 146권으로, 1887년부터 1919년까지 간행했다.) 계몽주의 시대에 교양교육을 받은 괴테는 파우스트 같은 만물박사를 이상적 인간상으로 추구했다. 문학사상 이만큼 다채로운 분야를 이토록 부지런히 섭렵하고 이렇게나 많은 작품을 남긴 작가로는 괴테가 독보적이다. 이러니 한국어 번역본으로 진정한 '전집' 출판은 불가능하고, 다만 당시에는 20종 이상이면 훌륭한 선집일 것으로 생각했다.

한데 막상 전집 번역 작업에 돌입해 『빌헬름 마이스터의 수업 시대』 『파우스트』 같은 대작들이 먼저 출간된 뒤로는 모든 일정이 서서히 지연되기 시작했다. 기억하기로 『이탈리아 기행』은 내가 민음사에 입사했을 때 입고된 지 꽤 시일이 지난 묵은 원고였다. 그러다 1990년대 후반 세계문학전집 시리즈가 본격적으로 출시되면서 『이탈리아 기행』은 괴테 전집이 아닌 세계문학전집 목록에 포함돼 편집에 박차를 가하게 되었다.

그 시절 교정지를 가지고 출판사에 직접 오곤 하셨던 박찬기 선생의 만감이 교차하는 표정이 어렴풋 떠오른다. 오랜 소망이 더디게나마 실현되는 데 대한 안도, 그리고 장차 괴테 전집의 향방이 어찌 될 것인가에 대한 염려가 고루 담겨 있었던 듯하다. 박찬기 선생께서는 번역에 참여한 후배들을 격려하시고 한국 독문학 발전에 조금이나마 보탬이 되고자, 평생 강단에 서서 제자를 길러내고 받은 퇴직금을 기부하셨다. 그 간곡한 마음 덕분에 괴테의 대표작들이나마 빠짐없이 출판될 수 있었던 것이다.

나는 2022년 가을 즈음, 세계문학전집의 『이탈리아 기행』 리뉴얼 편집을 맡게 되었다. 오래된 본문 레이아웃을 새 디자인으로 바꾸는 작업이 주인데, 판면을 변경하면 글줄의 모양도 바뀌기 때문에 한번 죽 훑어보면서 검사검사 소소한 실수를 바로잡는 정도가 편집자의 일이었다. 그런데 원고를 읽다 보니, 괴테가 이탈리아어 명칭을 독일식으로 표기한 곳이 많아 여기가 어디인지 이 인물은 누구인지 불분명한 곳들이 있었다. 어쩔 수 없이 지도도 찾아보고, 이런저런 도서관 박물관 사이트도 들락거리며 팩트체크를 하지 않을 수 없었다. 그렇게 반은 호기심의 발로로, 또 반은 언젠가 이탈리아로 떠나는 여행자에게 이 책이 진짜 유용한 안내서가 될 수 있으면 좋겠다는 호의로, 원문의 고유명사들(지명 인명 작품명 등)을 하나둘 점검하기 시작했는데, 삽시간에 거대한 개미지옥으로 빨려드는 맥없는 곤충의 신세가 되고 말았다.

『이탈리아 기행』에는 저 박학다식하고 세상만사에 호기심이 들끓는 괴테가 2년간 이탈리아를 여행하면서 보고 듣고 경험한 건축 조각 회화 연극, 그리고 자연과 도시와 인간 들에 대한 묘사로 넘쳐난다. 괴테가 흔한 관광객처럼 시스티나 예배당만을 보고 탄복했다면 주석본은 필요치 않았을 것이다. 하지만 이 책에 언급된 문화유산은 고대 이집트, 그리스와 로마, 비잔틴에서 18세기까지 2500년에 걸쳐 있고, 특히 회화와 건축은 전기 르네상스부터 바로크까지 약 300년간을 집중적으로 탐구하고 있기 때문에 그 폭과 깊이가 만만치 않다. 또한 괴테가 묘사하는 1780년대 메시나의 지형은 오늘날과는 사뭇 달라서, 옛 도시의 모습을 상상하려면 과거의 지리에 대한 정보도 필요하다.

이 책에 언급된 실존인물은 400명이 넘는데, 이 가운데 로마 황제 아우구스투스 같은 위대한 인물을 제외하면, 괴테 자신이 가장 유명인사다. 다시 말해 괴테가 이탈리아에 체류하는 동안 사귄 당대인들은 최고 권력자와 위인 들을 중심으로 하는 거시적 역사 서술이 다루지 않는 범인(凡人)들이다. 범인이라고는 해도 괴테의 사회적 지위상 그와 접촉했던 대다수가 상류층이나 명사였다. 공국의 제후, 지방 태수(太守), 각국 외교관, 추기경, 당시 촉망받던 젊은 예술가들과 부유한 미술상까지, 나름대로 한가락씩 하던 양반들이다. 그런데도 어떤 인물은 몇날 며칠 온갖 자료를 뒤져도 아무것도 알아낼 수 없었다. 소위 '역사'라는 것이 인류사 전체에서 얼마나 극소한 부분만을 기억하고 기록하는지 실감할 수 있는 대목이었다.

불과 25년 전만 해도 18세기 유럽의 생활상 같은 특수한 지식은 멀리 동아시아의 번역가나 편집자가 책상머리에 앉아서는 알아내기 힘들었다. 설령 물리적 공간적 한계는 발로 뛰어서, 직접 돌아다니며 확인하는 것으로 극복한다 해도, 시간을 뛰어넘어 지식의 간극을 메우는 일은 상당한 전문성을 요한다. 오늘날에도 전 세계에서 수많은 여행자가 이탈리아로 모여들지만, 그곳의 어떤 기둥 하나, 도로 이름 하나도 전문가의 도움 없이는 무슨 의미가 있는지조차 모르고 지나칠 수 있다.

대신에 이제 우리에게는 헤아릴 수 없이 다양한 고급한 자료들, 원전들과 논문들, 그리고 시각자료를 검색할 수 있는 월드와이드웹이 있다. 독일 국립도서관 한 곳에만도 디지털아카이브로 보존된 원전 파일이 기막혀 웃음이 나올 만큼 많다. 여기에 더해 이탈리아 영국 스위스 프랑스 독일의 유명 박물관들과 바티칸박물관의 일목요연한 카탈로그 및 사진도 미술작품들을 확인하는 데 적잖이 도움이 됐다. 그렇지만 어떤 분야, 어떤 주제어로 검색을 해도 뭐든 단서가 될 만한 자료가 튀어나온 가장 큰 이유는 이것이 '이탈리아' 여행기이기 때문이다. 고대에 서유럽 대부분과 북아프리카 그리고 소아시아까지 정복했던 로마제국의 땅이자, 4세기부터 18세기까지 유럽의 종교 예술 문화 중심지였던 이탈리아라서, 그 역사와 더불어 축적된 인류 공동의 유산을 아끼고 기억하려는 이들의 집단지성이 발휘되고 있는 것이다.

장황한 설명을 늘어놓은 이유를 지금쯤 눈치채셨을 듯하다. 『이탈리아 기행』을 즐기는 데 필요한 부가 정보를 찾아 진위를 확인하고 정리하는 일, 즉 주석을 다는 작업은 문학 연구자의 본령이 아니다. 이탈리아 체류 이후 괴테가 작가로서 중대한 전환을 이뤄냈기 때문에, 이 책을 자세히 읽는 것이 특히 괴테 연구자들에게 필요한 일일 수는 있겠지만, 책에 나오는 고유명사를 낱낱이 확인하는 일은 짧은 논문 한 편을 쓰는 것만큼의 연구 성과로도 인정될 것 같지 않다. 비평판『일리아스』나 주석본『신곡』과 달리, 그 분야의 권위 있는 연구자가 공들여 체계화하기에『이탈리아 기행』은 너무나 파편적이고 미시적인 내용들이다. 애초에 뚜렷한 문학적 목표를 가지고 쓰인 작품이 아니기 때문이다. 그래서 내가 참고할 수 있었던 유일한 독일어 주석본 역시 독문학자도 괴테 연구자도 아닌, 그리스어와 독일어 고문헌 전문가 페터 슈프렝겔(Peter Sprengel) 베를린 자유대학교 문헌학 교수가 만든 것이다.

주석을 원작의 권위에 기대 주석자 자신을 돋보이려는 지적 허영으로, 작품에 몰입하는 즐거움을 방해하는 사족으로 여기는 분도 있을 것이다. 경우에 따라선 이러한 주석 혐오가 상당한 타당성을 갖는다. 주관적이고도 정서적인 고유 체험으로서 독서의 가치는 존중되어야 하며, 독자 개개인의 자유로운 독해로부터 가장 창조적인 재해석이 생산된다. 하지만 만일 내가 250여 년 전에 쓰인 기록문학을 어떠한 부가 지식도 없이 읽어야 한다면, 나는 스스로의 이해나 판단을 의심할 수밖에 없을 것이고, 그 책에 대해 무엇을 안다고 섣불리 말하지도 못할 것 같다. 자세히 모르고도 오랫동안 많은 독자가 읽고 즐겼으니 이 책이 고전 걸작인 것이고, 새롭게 알아가며 다시 읽는다면 보다 풍요로운 시선으로 음미하게 되리라 생각한다.

모든 장소에는 다른 시간이 흐른다

『이탈리아 기행』은 독일 작가 괴테가 1786년부터 1788년까지 이탈리아를 여행하면서 쓴 다수의 편지와 일기를 1813년에서 1829년 사이에 새로이 엮어 만든 책이다. 이 문장은 대체적으로 사실이지만, 설명이 꼭 필요한 단어가 두 개 있다. 바로 '독일'과 '이탈리아'라는 지명이다. 이 책이 여행기가 아니었다면 굳이 이렇게까지 따지고 들지 않아도 괜찮을 것이다. 셰익스피어의 희곡 『로미오와 줄리엣』의 배경은 16세기 이탈리아의 베로나지만, 16세기와 베로나에 대한 역사적 실증적 지식이 없어도 작품을 감상하고 이해하는 데 전혀 무리가 없다. 그것이 단지 허구에 '그럴듯함'을 부여하는 장치로 활용되었기 때문이다.

1749년 신성로마제국 자유제국도시(Freie Reichsstadt) 프랑크푸르트에서 태어난 괴테가 이탈리아 여행을 떠난 시기에 그의 공적 신분은 바이마르 공국의 고위 관리였다. 유럽 전역에 명성이 자자한 청년 작가이기도 했던 여행자 괴테가 거쳐 간 이탈리아 북부 알프스는 바이에른 왕국 또는 합스부르크 군주국 영토였고, 베네치아 피렌체 밀라노 같은 자치 공국들이 있었으며, 로마와 토스카나의 여러 지방들은 교황령이었다. 그리고 이 모든 나라들을 아울러 신성로마제국이라 한다. 괴테가 방문한 나폴리와 시칠리아는 독립 왕국으로 신성로마제국에 속하지 않았지만, 두 왕국의 역대 군주들은 모두 독일, 에스파냐, 프랑스 왕가 출신이었다. 과연 이것은 무엇을 의미하며 그걸 아는 게 왜 필요할까.

국가의 경계가 분명해지고 국민의 개념이 확립된 오늘날의 시선으로 20세기 이전에 쓰인 글을 읽을 때 겪는 어려움 중

하나는 당대의 당사자와 같은 눈높이로 세계를 바라보는 것이다. 괴테가 베로나 영주에게 스스로를 "황제의 신하"이자 "나도 당신들과 마찬가지로 당당한 공화국 시민"이라고 소개할 때, 그는 자기 자신과 이탈리아 시민 모두를 신성로마제국의 일원으로 대등하게 간주하고 있으며, 『이탈리아 기행』 전반에 흐르는 괴테의 '세계시민' 의식은 다름 아닌 이러한 자기인식에서 비롯한 것이다. 이탈리아의 괴테는 이방인이었지만, 그럼에도 사적 개인인 외국인이 아니라 '우리네 문명의 기원'에 다가가려는 탐구자로서, 말하자면 고전주의자로서 그 세계를 바라보았다. 따라서 18세기의 여행자 괴테가 감각하고 인식한 이탈리아를 보다 현장감 있게 느끼고자 한다면, 현대 이전 서양 세계의 정신사와 문명사를 형성하는 데 큰 영향을 끼친 몇 가지 사건을 짧게나마 정리하고 시작하면 좋겠다.

서양 문명의 기원인 그리스 문명은 기원전 146년에 로마가 마케도니아와 카르타고까지 그리스 본토와 식민지 전역을 복속시키면서 헬레니즘이라는 양식으로 로마에 흡수되었다. 로마는 그리스적인 것들을 적극 받아들였으며, 괴테가 이탈리아 곳곳을 찾아다니며 만나본 로마 시대 유적과 조각 작품 중 상당수가 이 시기 그리스 출신 장인들에 의해 제작된 것이다. 하지만 로마제국의 쇠퇴와 함께 중세기 동안 유럽은 기독교라는 아늑한 어둠 속에 잠겼고, 다신교적이고 활기찼던 고대의 예술정신은 거의 잊혔다. 그런데 1400년대 중반 피렌체에서 불현듯 이 고대가 되살아났다. 고전기로의 복귀, 즉 르네상스는 오늘날까지 이탈리아를 상징하는 문화적 사건이다.

17~18세기에 괴테를 포함한 많은 예술가들이 추구한 고

전주의는 로마를 넘어 궁극적으로는 그리스 정신에 도달하려는 시도였다. 그것은 단테(13세기)를 거쳐 베르길리우스(기원전 1세기)로, 그리고 점점 더 시간을 거슬러 올라가 호메로스(기원전 8세기)까지 도달하는 장대한 여정이었다. 최초의 고미술사가들과 고문헌학자들, 그리고 예술가들은 최선의 노력과 탁월한 통찰을 보여주었다. 그러나 이들이 도착했다고 믿은 곳은 오늘날의 관점에서 진정한 고대 그리스가 아니라, 로마인에 의해 라틴어로 번역된 뒤 아랍인 필사가들이 기록으로 남긴, 로마화된 그리스였다. 사실 고대 이집트나 그리스 문명의 고고학적 연구는 20세기 이후 엑스레이 투시와 형광 분석, 방사성 동위원소 분석 같은 검증 기술의 발달 덕분에 비약적으로 발전했으며, 새로운 유적이나 문헌이 발굴되어 극적인 반전이 일어나거나 완전히 새롭게 해석되고 있는 젊은 분야다.

다른 한편, 현대에도 이탈리아는 국민의 80퍼센트가 가톨릭교도이고, 바티칸은 전 세계 가톨릭 신자들의 신앙적 고향이다. 하지만 역사상 기독교도를 가장 혹독하게 탄압한 것은 로마의 통치자들이었다. 그럼에도 신실한 기독교도들은 밤중에 지하 공동묘지에 모여 몰래 예배를 드렸고, 참형을 두려워하지 않고 포교했다. 기독교의 확산을 막을 수 없었던 콘스탄티누스 1세가 313년 마침내 기독교 박해를 금지하고, 그 자신은 콘스탄티노폴(이스탄불)로 건너가 동로마제국을 건설함으로써, 서로마제국 수도 로마는 가톨릭의 유일한 성지가 되었다.[1] 『이탈

---

1) 이후 392년 동로마제국의 테오도시우스 1세(Theodosius I, 346~395)가 기독교를 국교로 삼으면서, 동로마제국을 중심으로는 그리스정교, 즉 비잔틴 문명이 발달하게 된다.

리아 기행』에서 괴테가 소개한 로마의 7대 성당이 모두 기독교 박해와 사도들의 순교와 관련이 있음을 생각한다면, 기막힌 역설이 아닐 수 없다.

그런데 로마는 어떻게 서양 세계를 1000년이나 지배한 기독교의 중심지가 되었을까. 여기에 기여한 것이 다름 아닌 게르만족이다. 전성기 로마제국은 일찍부터 북쪽과 동쪽에서 몰려오는 게르만족의 침입을 막기 위해 오늘날 독일 라인강과 도나우강을 따라 나무 돌 흙 도랑 등으로 이루어진 방벽, 일명 리메스(limes)를 세웠다. 현대에 게르만이라는 단어는 독일 민족을 가리키는 의미로 더 자주 사용되지만, 4세기에 로마를 위협하며 유럽 전역으로 퍼져나간 게르만족은 오늘날 서유럽 대부분 나라의 공통 조상인 고대 부족이다. 한때 유럽을 제패하고 공화정이라는 세련된 정체(政體)를 확립했던 로마는 이 호전적이고 용맹한 부족들을 상대로 끝내 승리하지 못했다. 그렇게 통치력을 상실한 채 이름만 남은 로마제국을 유럽 종교의 수도로 부상시킨 인물이 카롤루스 대제다.

오늘날 독일 아헨(Aachen)에 왕좌를 두었던 프랑크 왕국 국왕 카롤루스는 독실한 기독교인이자 지혜로운 통치자였으며 또한 뛰어난 장수였다. 쾌활한 표정에 밝은 금발, 키가 매우 크면서도 날렵한 몸을 가졌던 그는 라틴어와 그리스어로 편하게 말할 수 있었으며, 교육의 중요성을 일찍 깨달아 학교를 설립하고 수준 높은 문화를 일구어냈다. 그리고 또 그는 오늘날 프랑스 동부, 독일 서부, 이탈리아 북부에 이르는 넓은 지역을 정복하고, 동쪽에서 로마를 위협하던 슬라브족을 몰아내면서 최초의 게르만족 통일 국가를 건설했다.

대업을 완수한 프랑크 왕은 랑고바르드족이 점령했던 이탈리아 북부를 로마대주교, 즉 교황에게 영지로 바치고 스스로를 교황권의 수호자로 선언했다. 그리하여 800년 12월 24일, 교황 레오 3세는 로마의 성 베드로 대성당[2]에서 거행된 성탄 전야 미사에 참례한 이 덕성스러운 게르만족 왕에게 몸소 황제의 관을 씌워준다. 수백 년간 같은 영토를 두고 싸웠던 게르만족과 로마가 하나의 종교 아래 통합된 순간으로, 신성로마제국이 시작된 것이다.[3]

라틴어로 카롤루스, 프랑스어로는 샤를마뉴, 독일어로는 카를이라 불리는 이 대왕으로부터 오늘날 서양 정신은 곧 기독교 정신이라는 공식이 자리 잡는 터전이 마련되었다. 18세기 말 프랑스대혁명을 계기로 집권한 프랑스 공화주의자들과 나폴레옹에 의해 가톨릭 사제와 교회 들의 재산과 토지가 몰수되기 전까지 1000년 동안, 성직자들은 신성불가침의 권리를 누렸

---

2) 오늘날 바티칸의 산피에트로 대성당 자리에 4세기부터 15세기까지 있었던 옛 로마대주교좌 성당이다.

3) 우리나라의 세계사 교과서에서는 카롤루스 대제를 서로마제국 황제로, 신성로마제국은 962년 황제에 즉위한 오토 1세(Otto I, 912~973)를 시작점으로 서술하고 있다. 신성로마제국을 독일의 옛 왕조로만 국한시킨다면 이 구분이 더 깔끔하긴 하다. 작센족이었던 오토 1세는 현대의 관점에서도 분명하게 독일인이기 때문이다. 그에 반해 프랑크족이었던 카롤루스 대제의 후예가 건국한 나라는 오늘날의 프랑스여서, 카롤루스라는 공식 칭호보다 샤를마뉴로 더 알려진 것이다. 내가 독일에서 중세사를 공부할 때는, 476년에 로물루스 아우구스툴루스 황제가 게르만족에 의해 폐위되며 서로마제국이 몰락했고, 이후 300여 년의 혼란기를 마감한 것이 800년 카롤루스 대제의 신성로마제국 황제 즉위라고 배웠다. 어느 쪽이 더 타당한 구분인지는 사학자들마다 견해가 다른 듯하다. 다만 이 황제가 오늘날 프랑스 독일 이탈리아의 공통 황제였으며, 그의 사후에 분열한 세 나라가 다시는 통합되지 않았다는 것만은 틀림없는 사실이다.

으며, 교육과 예술의 지도자로서 민중을 다스렸다. 이탈리아가 유럽 문화의 중심일 수밖에 없었던 이유고, 영국 프랑스 독일의 상류층 자제들이 1600년대부터 '그랜드투어'라는 이름하에 대거 로마로 몰려가 교양교육을 받았던 까닭이다. 로마에 비견될 만한 세련된 도시는 파리였는데, 이는 일찌감치 독자적 군주제를 완성한 프랑스가 신성로마제국과 교황권에 대해 거리를 두면서 능숙하게 힘겨루기를 했기 때문이다.

유럽 각국의 영토를 통치한 제후들과 전 유럽의 정신적 군주였던 교황들은 필요에 따라 협력하거나 반목했으며, 종종 전쟁을 불사하면서까지 지배권을 두고 다퉜다. 명분은 황제와 교황이 각자 '사제 임명'이 자신의 고유 권한임을 주장하는 것이었지만, 실질적으로는 권력 투쟁, 특히 영토 분쟁이었다. 종교 지도자일 뿐만 아니라 쾰른 마인츠 바젤 등 여러 제국 도시의 영주이기도 했던 주교들은 근대 이전 대부분 기간 동안 막강한 부와 권력을 소유했다. 혹은 막강한 부와 권력을 소유한 가문 출신이어서 주교와 교황에 선출되었다고 해도 맞다. 우리는 곧 『이탈리아 기행』에서 괴테의 시선으로 메디치 가문 출신의 교황 클레멘스 7세, 파르네세 가문 출신의 교황 바오로 3세, 교황 바오로 5세의 조카인 시피오네 보르게세 추기경 같은 신권통치자들이 엄청난 권력과 자금을 동원해 탐욕스럽게 수집해 놓은 수많은 걸작 예술품을 보게 될 것이다.

그렇다면 프랑스가 왕권국가로서의 입지를 다지고, 이탈리아가 신권통치의 전통을 유감없이 누리는 동안 독일은 어디에 있었을까. 현대적 의미의 단일국가로서 독일은 1871년에 프랑스와 3차에 걸친 대격돌 끝에 승리한 비스마르크와 빌헬름 1세의 독일제국(Deutsches Reich)이 맨 처음이다. 수십 개의 공국과 왕국으로 쪼개진, 명목상의 국가연합이었던 신성로마제국에는 오늘날의 독일 벨기에 룩셈부르크 스위스 오스트리아 체코 이탈리아 등이 대략 포함되지만, 세기가 10번 바뀌는 동안 국경선은 끊임없이 움직였다. 영주들은 세습 자치권을 누렸으며, 더 강력한 제후들은 황제 선출권을 쥐고 있었다. 게다가 황제에 선출되었다고 해서 영지를 새로이 부여받는 것이 아니어서, 출신 가문과 이미 소유하고 있는 영지의 규모에 따라 영향력에 큰 격차가 있었다. 매 세기마다 가문 간 주도권 경쟁이 벌어졌고, 그에 따라 때로는 호엔슈타우펜 가문에서 또 때로는 합스부르크 가문에서 황제가 배출되었다. 가령, 괴테를 고용한 아우구스트 대공은 작센-바이마르-아이제나흐 영지를 상속받은 제후로, 전쟁 등 필요시 황제의 소환에 응할 의무를 졌지만 통치는 독자 권한이었다.

역사를 돌아보면, 괴테가 1786년에 카를스바트에서 여름 휴가를 즐기다가 기습적으로 이탈리아로 '탈주'한 것은 천운이었다. 만일 한두 해만 더 머뭇거렸더라면 그는 아마 이탈리아 여행을 하지 못했을 것이고, 그렇다면 오늘날에 우리가 읽는 『파우스트』도 쓰이지 못했을 것이다. 1789년 프랑스대혁명이 발발하자 신성로마제국의 프로이센과 오스트리아, 영국, 러시아 등 군주국은 대프랑스동맹을 결성해 프랑스와 전투를 벌인다. 거대한 시민혁명의 물결을 목격한 전제군주들은 두려움에 휩싸였고, 제3계급(시민)이 통치에 관여하는 이 새로운 형태의 공화정을 용납할 수 없었다. 괴테 역시 1792년 프로이센-오스트리아 연합군으로 소집되어 발미(Valmy)에서 프랑스와 전투를 벌였고, 맹렬히 저항하는 농민군의 기세를 이기지 못해 패퇴했다. 그리고 연이어 1796년부터 파죽지세로 전개된 나폴레옹의 이탈리아 원정으로 괴테가 이탈리아에서 보았던 많은 건축물과 예술품이 파괴되거나 루브르로 옮겨졌다.

『이탈리아 기행』에는 여러 이유로 지금은 볼 수 없게 된 유적들과 이탈리아의 옛 풍물이 묘사되어 있다. 괴테가 찾아갔던 팔레르모의 카타콤 데 포르타도순나는 초기 기독교 공동묘지인데, 당시는 무덤이 발굴된 지 50년밖에 지나지 않은 때여서 내부에 관들까지 그대로 보존되어 있었다. 괴테가 관람한 상당수 회화와 고대의 조각 작품이 이제는 이탈리아에 없는데 반해, 라파엘로나 미켈란젤로의 걸작을 지금도 로마에서 볼수 있는 이유는 다행히 그게 벽화여서다. 성당 제단화는 종교적 이유 덕분에 약탈을 피해간 경우도 있지만, 라파엘로가 도안하고 교황이 자금을 대 제작한 10장의 호사스러운 황금 태피스트리는 결국 최초의 작품은 파괴되었고, 도안 원본은 영국에 있다. 그렇지만 이탈리아인들의 조상도 먼 옛날에 이집트를 정복하고서 그곳 신전의 수십 미터짜리 오벨리스크까지 뜯어다 가져와 자신들의 도시를 장식한 역사가 있으니, 이 모든 이야기가 유럽의 보물창고에서 펼쳐지는 절묘한 반전 드라마다.

하지만 『이탈리아 기행』을 진정한 활기로 채우는 이들은 18세기 이탈리아의 이름 없는 서민들이다. 베네치아의 곤돌라 사공, 나폴리 하숙집 주인, 거리의 제빵사와 아이들, 마부, 수도사, 어릿광대 배우들까지, 괴테는 수많은 평범한 인물들의 삶과 생활을 살아 숨 쉬는 풍경으로 포착해 낸다. 로마 카니발 시즌 동안 시내 한복판 도로에 말들을 풀어놓고 치렀던 경마 대회의 엄청난 열기와 인파는 글로 보면서도 믿어지지 않을 만큼 압도적이다. 이들이 소설 속 허구의 존재가 아니라 무수한 색채와 음향을 만들어내며 살아간 실제의 인간들이었기에, 그리고 어떤 우연과 필연으로 그들과 같은 시공간에 있게 된 한 뛰어난 관찰자가 그 생활상을 소박하면서도 매력 넘치는 문장으로 기록했기에 『이탈리아 기행』이 오늘날까지 읽을 가치가 있는 여행문학으로 손꼽히는 것이다. 그러니까 이 책을 따라가는 여정은 우리가 가본 적 없는 다른 세기의 이탈리아로 들어가는 놀라운 시간여행 체험이기도 하다.

신성로마제국은 1806년 황제 프란츠 2세가 아우스터리츠에서 나폴레옹에게 패배한 뒤 해체되었고, 이후 나폴레옹이 실각하자 1815년 프로이센과 오스트리아가 주도한 독일연방(Deutscher Bund)이 성립되었지만, 이 역시 두 주축국 간의 갈등으로 1866년 분리되면서 비로소 현대의 독일이 태동하기에 이른다. 신성로마제국에서 태어나 독일연방에서 영면한 괴테는 평생을 직업 관료로 살았다. 그러나 그는 한순간도 예술과 문학을 향한 열정을 잃지 않았으며, 그 밑바탕에는 그가 30대 후반에 감행했던 이탈리아 여행이 에너지원으로 자리 잡고 있다. 현실과 이상 사이에서 방황하던 괴테는 이탈리아에서 작가로서 자신이 나아가야 할 길을 뚜렷하게 내다보았다.

용감한 여행자, 집요한 예술가, 다정한 사람

『이탈리아 기행』 1786년 10월 12일자 일기에서 괴테는 이런 고백을 한다. "이미 몇 해째 나는 한 사람의 라틴어 작가도 볼 수가 없었고, 이탈리아의 광경을 새로이 상기시키는 것은 아무것도 관찰할 수가 없었다. 우연히 그런 경우에 부딪치게 되면 나는 무서운 고통을 참지 않으면 안 되었다. 지금 실행에 옮기고 있는 일을 만약 그때에 결심하지 않았더라면, 나는 완전히 파멸하고 말았을 것이다." 그러니까 휴가지에서 꼭두새벽에 몰래 빠져나와 남쪽으로 마차를 내달리는 것으로 시작된 괴테의 이탈리아 여행은 즉흥적이거나 충동적인 일탈이 아니었다. 그는 오랫동안 이날을 꿈꾸며 견뎠고, 그래서 여행 초반에 그가 느끼는 해방감이 더욱 짜릿하게 다가온다. 그는 무엇으로부터의 자유를 그토록 바랐던 것일까.

괴테가 바이마르에 정착한 것은 1775년, 스물여섯 살 때다. 『젊은 베르테르의 슬픔』으로 신드롬을 일으키며 주목받는 작가가 되었지만, 현실의 그는 법학 공부를 마쳤을 뿐 장래가 불확실한 청년기를 보내고 있었다. 괴테가 태어난 프랑크푸르트는 이탈리아의 피렌체와 비슷하게 상업 금융 도시로서 독립적 지위를 누렸다. 신성로마제국 시절부터 독일연방기까지 프랑크푸르트가 (늘 그랬던 것은 아니지만) 주로 제국 수도의 기능을 담당했던 이유도, 이 도시가 일찍이 강력한 봉건영주로부터 벗어나 있었기 때문이다. 민법과 종교법 박사였던 괴테의 아버지 요한 카스파르는 레겐스부르크 제국의회(Immerwährender Reichstag)와 제국최고재판소(Reichskammergericht)의 법률고문을 맡으며 승승장구했다. 카를 7세(Karl VII, 1697~1745)의 총애를 받은 그는 제국추밀원(Reichshofrat) 고문에 임명되었지만, 황제가 이른 나이에 서거하면서 출세의 기회가 멀어지고 말았다. 요한 카스파르 괴테는 이때 사실상 은퇴를 한다.

18세기에도 상류층 귀족이 아닌, 즉 자기 소유의 영지가 없는 중류계급은 평생 동안 안정된 수입원을 마련하는 일이 여의치 않았다. 예술가는 왕가나 귀족 가문의 후원 없이 작품의 판매 수익만으로 생계를 잇기가 거의 불가능했기에 어디든 궁정에 소속되어야 창작 활동을 계속할 수 있었다.(당시 상류층에게 자신이 후원한 작가들이 만들어낸 예술품은 부와 권력을 장식하는 최고의 사치품이었다.) 비록 괴테의 아버지가 법률가로 일하는 동안 상당한 고액의 임금을 받았고, 1782년 괴테가 서른세 살이던 해에 별세하면서 적지 않은 유산과 프랑크푸르트의 집을 남겼지만, 이것만으로 잦은 전쟁과 격변의 시대에 살아남기는 불안했다. 개인의 안정은 소유재산만이 아니라 권력의 비호에 의해 보장되던 시대였다. 가족이라고는 홀로된 어머니만 남은 괴테는 자기 힘으로 살아갈 길을 도모해야 했다.[4] 바이마르가 괴테의 두 번째 고향이 된 것은 대공이 괴테를 특히 신임하고 아꼈기 때문이기도 하지만, 이곳에서 직업과 생활기반을 갖추기 시작한 괴테에게 더 나은 선택지가 없어서기도 했다.

　　유능할 뿐만 아니라 관심사도 다양했던 괴테는 바이마르에 도착한 직후부터 궁정극장 감독으로 대본을 쓰고 작곡과 무대미술을 지휘해 바이마르 공연예술의 수준을 끌어올렸다. 처음에 괴테의 공식 직함은 대공의 직속 비서기관인 추밀원 고문이었는데, 나중에는 지질 탐사 및 광산 개발을 총괄하는 광산장관을 겸했다. 또한 대공의 모친인 안나 아말리아 여공작이

---

4) 괴테의 형제자매는 모두 어릴 적에 사망했고, 유일하게 성인이 될 때까지 살았던 여동생 코르넬리아마저 1777년 스물여섯 살에 세상을 떴다.

건립한 도서관 관장도 맡아 오늘날 100만 권에 달하는 장서를 소장한 도서관이 되는 데도 크게 기여했다.(40대에는 예나 식물원장을 겸했으며, 말년에는 바이마르 수상이 되었다.)

10여 년의 공직 생활 동안 괴테는 훌륭한 관료의 자질을 보여주었다. 하지만 정작 작가로서는 자기 작품에 집중할 시간도 마음의 여유도 없었다. 몇 편의 초기 희곡과 징슈필[5]을 제외하면 그의 대표작은 여전히 『젊은 베르테르의 슬픔』이 유일했다. 그런데 1785년 브레멘 출신의 서적상 괴셴(Georg Joachim Göschen)이 라이프치히에 자신의 출판사를 차리면서 괴테에게 전집 출판을 제안한다. 괴셴은 괴테가 지금껏 발표한 작품들을 모아 펴내기만 하면 되는 간단한 일이라고 생각했던 것 같다. 그런데 묵은 원고들을 모조리 끄집어내 들춰 보기 시작한 괴테는 전부 다 새로 쓸 결심을 한다. 공연 일정에 맞춰 몇 주 만에 급히 썼던 징슈필 대본들은 물론이고, 구상하다 그만둔 작품들까지 멋지게 완성해 작가로서의 존재감을 회복하고 싶었던 것이다. 괴테가 이탈리아로 떠난 가장 시급한 이유는 온전히 원고 마감에 집중할 수 있는 시간, 그리고 생활 세계로부터의 물리적 거리를 확보하기 위해서였다.

이탈리아에 체류하는 내내 괴테는 자신의 정체를 숨기려 가명을 쓰기도 하고, '베르테르의 작가'가 로마에 있다고 소문

---

5) Singspiel. 대사로 이루어진 연극에 노래를 풍부하게 삽입한 독일 희가극 양식으로 18세기 후반에 널리 유행했다. 이탈리아 오페라부파의 영향을 받았고, 프랑스의 오페레타나 오페라코미크와도 다소 유사성이 있지만, 양식상 특징이 각기 달라 표기를 구분해 쓴다. 대중적 풍자극 성격이 강한 오페라부파나 발레 왈츠 등 춤의 요소가 강조된 오페레타에 비해 독일 징슈필은 서사가 중심이 되며 가창은 더 독립적이다.

난 뒤에도 귀족들로부터 거리를 두기 위해 혼신의 힘을 다한다. 관례와 전통이라는 이름하에 가해지는 신분사회의 압력으로부터 벗어나려는 몸부림. 그것은 도피도 도주도 아닌, 오래 응축되어 있던 예술가적 자아의 폭발이었다. 당시 괴테의 속마음을 짐작해 보면, 처음에는 혹여 바이마르로 다시 돌아가지 못하게 되어도 상관없다고 생각했던 듯하다. 괴테는 오늘날의 관점에서 개혁적인 인물은 아니지만, 출신 지역으로나 신분으로나 자유로운 도시인이었고, 상류층 귀족들처럼 사고하고 행동하는 데 적응하는 것이 쉽지 않았다. 그가 아말리아 여공작의 시종장인 샤를로테 폰 슈타인 부인과 친밀한 사이가 된 것은, 귀족인 그녀가 괴테에게 궁정생활의 복잡한 에티켓을 가르쳐주고 시의적절한 조언을 아끼지 않았기 때문이다. 그런데 10년간 공공연한 사이였음에도 괴테가 슈타인 부인에게까지 자신의 여행을 비밀에 부쳤다는 것은, 귀족적인 모든 것과의 잠정적 결별 선언이 아니었을까.

10개월에 걸친 이탈리아 종단여행을 마친 괴테는 10개월을 더 로마에 체류하며 글쓰기에 전념했고, 이로부터 『이탈리아 기행』은 성격이 매우 다른 두 권의 책으로 이루어지게 되었다. 1권에서 괴테는 끊임없이 이동하며 새로운 장소에 도착해 잠시 숨을 돌리고 풍광에 감탄한 후 다시 발걸음을 재촉하는 방랑자다. 자유주의적인 프로테스탄트의 시선으로 가톨릭과 헬레니즘의 유산들을 관찰하면서 때로 번뜩이는 통찰을 또 때로는 날카로운 비판을 던지지만, 그럼에도 매 순간 모든 대상이 신선하고 경이롭다. 그에 반에 2권은 로마에 사는 예술가로서, 고전주의 정신을 내면화하면서 자신만의 예술론을 숙성시키는데, 그래서 특히 2부는 괴테라는 작가가 자신의 고유한 스타일을 만들어나가게 된 과정과 예술적 목표를 이해하는 데 요긴한 단서가 된다.

그렇지만 뭐니 뭐니 해도 『이탈리아 기행』을 읽는 즐거움은 대작가와 함께 이탈리아 곳곳의 명승지를 돌아보는 사이에 인간 괴테의 매력에 흠뻑 빠져들게 되는 것이다. 이 책을 읽다 보면 괴테가 어떻게 작가로뿐만 아니라 정치인으로서도 성공적 삶을 살았는지, 그 비결이 얼핏 짐작된다. 평생에 걸쳐 높은 사회적 지위를 누린 탓에 태도나 견해에 있어 보수화될 수밖에 없었던 측면이 있지만, 그는 태생적으로 소박하고 정이 많은 사람이었던 것 같다. 일례로, 나폴리에서 마차를 타고 가는 동안 마부의 조수 아이가 줄곧 흥겨운 노래를 불러 젖히는데, 음울하고 사색적인 독일인으로서는 감당하기 힘든 소음이었는지라 괴테가 소년을 시끄럽다고 야단친다. 놀란 소년은 노래를 뚝 그치고 얼마 동안 가만히 있더니 잠시 후 괴테의 어깨를 살며시 두드리곤 이렇게 말한다. "나으리, 용서하셔요! 하지만 이건 저의 나라니까요!" 더없이 이탈리아인다운, 공손하지만 자부심 가득한 이 대꾸에 괴테는 어떤 반응을 보였을까. "불쌍한 북방인인 나의 눈에 눈물 같은 것이 맺혔다."

괴테는 뛰어난 예술가 작가 연구자 들을 알아보는 눈이 있었으며, 자신이 힘써 줄 수 있는 한 여러 궁정과 귀족 가문에 소개해 그들이 안정적인 직업을 갖도록 도왔다. 그는 사물세계에 대해서만 호기심이 많았던 것이 아니라, 온갖 인간 군상을 관찰하기를 즐겼다. 귀족들과의 형식적 관계는 극구 피하면서도, 마음에 든 작가가 있으면 서신으로든 찾아가 만나서든 적극적으로 교우하고 또 다른 마음 맞는 작가들에게 소개해 모두가 친해질 기회를 만들었다. 남다른 사교성과 친화력으로 사람들을 서로 연결해 주는 커넥터의 재능이 그를 좋은 삶으로 이끌었던 것 아닐까.

다른 한편, 글쓰기에 임하는 괴테의 자세는 작가를 꿈꾸는 사람이라면 누구나 귀감으로 삼을 만하다. 괴테는 이탈리아에서 그림과 조각 공부를 하고, 고미술을 감식하는 안목을 키웠으며, 식물과 광물을 연구해 자신만의 이론을 세우고, 농경술과 기후와 풍속을 관찰해 이를 통치에 활용할 방법도 고민한다. 그러나 진지한 워커홀릭으로서 괴테의 면모는 작품을 수정하는 문제에 있어 그가 보여주는 치열함에서 가장 잘 드러난다. 『젊은 베르테르의 슬픔』을 단 6주 만에 완성했던 '천재' 괴테가 『파우스트』를 완성하는 데 걸린 시간은 58년이다. 괴테는 착상이 떠오르면 언제나 자신감을 가지고 매우 빠르게 이야기를 전개시켰다. 하지만 완성된 글이 흡족하지 않으면 묻어두고는 언젠가 그 작품을 향한 열망이 다시 끓어오를 때를 기다렸다. 해묵은 원고를 마음에 들게 될 때까지 계속 고쳐 쓰는 일은 생각보다 훨씬 고통스러운 작업이어서, 많은 경우 습작품을 고치기보다 새로 쓰는 편이 낫겠다고 생각하기 마련이다. 하지만 스스로 더는 수정할 수 없을 때까지 포기하지 않고 거듭 고쳤기 때문에 괴테가 『파우스트』 같은 대작을 완성할 수 있었던 것이다.

개인적으로 나는 『이탈리아 기행』의 1권 2부, 나폴리와 시칠리아 부분이 가장 인상적이다. 괴테가 묘사하는 아그리젠토의 '신전의 계곡'은 지금껏 내가 가본 그 어떤 고대 유적지보다 황량하지만 웅장하고 쓸쓸하지만 아름답다. 바위산 중턱 천연 동굴을 건축물의 일부로 품고 있는 팔레르모의 산타로살리아 성당은 괴테의 글로 읽어서인지 명성 높고 호화로운 여느 대성 당들보다 더 신비로운 분위기를 자아낸다. 그런가 하면 나폴리 에서 분출하는 용암을 관찰하겠다고 가스와 화산재를 뿜으며 폭발 시동을 거는 베수비오산을 맨몸으로 올라가는 충격적인 장면에서는 어찌나 조마조마하던지 저도 모르게 "안 돼애애!" 신음하다가, 괴테가 여든 넘도록 무병장수했다는 사실을 떠올 리곤 다시 글에 집중할 수 있었다.

무엇보다 『이탈리아 기행』을 통해 거둔 가장 큰 수확은 괴 테가 40대부터 써낸 모든 대작들이 이 여행의 경험과 어떤 방 식으로든 이어져 있음을 확인하게 된 것이다. 특히 『파우스트』 가 어떻게 해서 지금의 1부와 2부로 구상되게 되었는지와 관련 한 많은 단서가 이 책에 들어 있다. 가령, 『파우스트』의 결말부 에서 파우스트 박사가 자신만의 치적을 쌓아 위대한 통치자가 되겠다며 간척사업을 벌일 때는 정말 생뚱맞다는 생각이 들었 는데, 독일은 유럽 대륙 한복판이고 사방이 평야거나 산지여서 18세기의 독일인 작가가 간척사업이라는 발상을 어디서 얻었 는지 의아했기 때문이다. 그런데 알고 보니 그것은 팔순의 괴 테가 45년 전 로마 근교 폰티노 습지대를 지날 때 관찰한 배수 로 공사에서 착안한 것이었다.

목숨을 담보로 무한대의 능력을 얻는 악마와의 거래라는 오래된 독일 전설에서 소재를 가져온 단막극이었던 「초고 파 우스트」는 괴테가 고대 그리스의 식민지였던 시칠리아를 여행 하는 사이에 고전주의의 기원인 호메로스에 다가가게 되었으며,『파우스트』 2부의 고대 중세 근대를 넘나드는 세 번의 시간 여행은 괴테가 이탈리아 여행 동안 무수히 보고 감명받았던 세 시기 문화유산들의 상상적 재구성이었다.

『이탈리아 기행』을 편집하고 주석을 다는 과정은 특색 없는 위대한 작가였던 괴테를 피와 살로 이루어진 생동하는 인간으로 재발견하고 깊이 사귀어 보는 시간이었다. 하지만 이 주석본은 시작일 뿐이다. 나의 능력 부족과 자료의 한계로 아직 알아내지 못한 많은 사실들이 있을 것이고, 잘못된 내용이 사실로 알려져 이곳에까지 흔적을 남긴 부분도 있을 것이다. 오류를 찾아내 바르게 고치는 일은 이 흥미로운 책을 흠뻑 즐기실 독자 여러분에게 부탁드린다.

여기에 묘사된 이탈리아는 시시때때로 바뀌고 있는 이탈리아의 어느 한순간, 어느 한 시대, 괴테라는 한 인간의 눈에 포착된 것들로 이루어졌다. 그럼에도 언젠가 여러분이 이탈리아에서 저마다의 로마 나폴리 시칠리아를 발견하게 될 때, 이 책의 내용이 떠올라 슬며시 미소 짓게 된다면 무척 기쁠 것이다. 아래에 인용한 괴테의 문장을 읽는 순간, 나는 이것이야말로 여행기의 목적에 대한 최상의 정의라는 생각이 들었다. 미래의 여행자인 우리 모두가 서로에게 이런 존재들이 되기로 하자.

"대체로 모든 사람은 다른 인간들의 보충으로 간주되어야 하며, 이러한 태도를 취할 때 인간이 가장 유익하고 사랑받을 수 있다고 한다면, 특히 여행기나 여행자가 그런 점에서 유의미할 것이다. 개인 각자의 성격, 목적, 시류, 우연한 사건에 따른 성공과 실패 등 모든 것은 저마다 다르게 경험된다. 그렇지만 앞서 간 여행자가 있다는 사실만 알게 되어도 나는 그에게 반가움을 느끼고, 또 내가 그와 함께 나중에 올 여행자를 돕게 되기를 기대한다. 그리고 나에게 그 지방을 몸소 찾아가 보는 행운이 주어진다면, 그 미래의 여행자에게 마찬가지로 친밀하게 다가가고 싶은 생각이다."(592쪽)

이탈리아 기행

나 또한 아르카디아에 있네! [*]

Auch ich in Arkadien!

---

[*] 로마 시인 베르길리우스의 『전원시(Eclogae)』에서 따온 라틴어구 'Et in Arcadia ego.'의 독일어 번역이다. 베르길리우스는 고대 그리스의 아르카디아 지방을 번잡한 세속으로부터 벗어난 아름답고 평화로운 세계로 묘사했고, 이로부터 아르카디아가 '지상낙원'의 상징이 되었다.

베네치아(Venezia)
1786. 9. 28.

피렌체(Firenze)
1786. 10. 23.

로마(Roma)
1786. 11. 1. ~ 1787. 2. 21.
1787. 6. 6. ~ 1788. 4. 23.

나폴리(Napoli)
1787. 2. 22. / 1787. 5. 17.

팔레르모(Palermo)
1787. 4. 2.

괴테의 이탈리아 기행 경로(1786~1788)

1) 볼차노(Bolzano)
2) 트렌토(Trento)
3) 토르볼레(Torbole)
4) 말체시네(Malcesine)
5) 베로나(Verona)
6) 비첸차(Vicenza)
7) 파도바(Padova)
8) 베네치아(Venezia)
9) 페라라(Ferrara)
10) 첸토(Cento)
11) 볼로냐(Bologna)

12) 로이아노(Loiano)
13) 피렌체(Firenze)
14) 페루자(Perugia)
15) 아시시(Assisi)
16) 테르니(Terni)
17) 로마(Roma)
18) 벨레트리(Velletri)
19) 폰디(Fondi)
20) 나폴리(Napoli)
21) 파에스툼(Paestum)
22) 팔레르모(Palermo)

23) 세제스타 / 알카모(Segesta)
24) 카스텔베트라노(Castel
Vetrano)
25) 시아카(Sciacca)
26) 아그리젠토(Agrigento)
27) 칼타니세타(Caltanisetta)
28) 엔나(Enna)
29) 카타니아(Catania)
30) 타오르미나(Taormina)
31) 메시나(Messina)

1권

1786년 9월~1787년 6월

❖ 1부 ❖

카를스바트에서 브렌네르까지

1786년 9월 3일 [1]

새벽 3시, 나는 카를스바트를 몰래 빠져나왔다. 그러지 않았다면 사람들이 나를 떠나지 못하게 했을 것이기 때문이다. 8월 28일 내 생일을 진심으로 축하해 주려던 친구들에게는 나를 만류할 이유가 충분했다. 그러나 나는 더 이상 그곳에 머무를 수 없었다. 여행 가방 하나와 오소리가죽 배낭만을 꾸려서 홀로 우편마차에 몸을 실으니, 아침 7시 30분에는 츠보타 [2]에 다

---

1) 괴테는 1786년 7월 26일부터 카를스바트에서 여름휴가를 보내고 있었다. 바이마르에서 남서쪽으로 400킬로미터 떨어진 카를스바트는 독일 남부 슈투트가르트 인근의 유명 온천지로, 괴테가 즐겨 여름휴가를 보낸 곳이다. 괴테의 절친인 헤르더 부부, 괴테의 당시 연인이었던 샤를로테 폰 슈타인(Charlotte von Stein, 1742~1827) 부인, 그리고 바이마르 군주 카를 아우구스트(Karl August, 1757~1828) 대공도 휴가 중인 괴테와 합류해 한동안 함께 시간을 보냈다. 9월 3일은 대공의 생일로, 이날 저녁에 괴테는 대공에게 무기한 휴가를 청원하는 편지 한 장을 남기고 이탈리아로 떠났다. 작센-바이마르-아이제나흐의 제후 아우구스트가 황제로부터 대공(Großzog) 칭호를 받은 것은 1815년이지만, 사후에는 최종 작위로 호명하는 통례에 따라 일괄 대공으로 표기했다.

2) Zwota(또는 Zwodau), 오늘날 독일과 체코의 국경을 이루는 강으로, 에 거강의 지류다. 현대 명칭은 스바타바(Svatava).

다를 수 있었다. 안개 자욱한 아름답고 조용한 아침이었다. 하늘 위쪽 줄을 이룬 구름은 부드러운 양털 같았고 아래쪽 구름은 무겁게 처져 있었다. 그것이 좋은 징조로 보였다. 여름내 좋지 않았던 날씨가 끝나고 이제 상쾌한 가을을 맞이하리라는 예보 같았다. 따가운 햇볕이 내리쬐는 12시에 에거에 도착한 나는 이곳이 내 고향과 같은 위도 상에 있다는 것을 기억해 내고, 또다시 북위 50도의 맑은 하늘 아래에서 점심 식사를 할 수 있다는 생각에 기뻤다.

바이에른에서 맨 먼저 눈에 띄는 것은 발트자센의 수도원이다. 평범한 사람들보다 한 발 앞서갔던 현명한 성직자들의 소유로 되어 있는 그곳은 가마솥처럼 깊지는 않아도 접시 바닥처럼 오목한 형태의 아름다운 초원 지대에 위치하고 있으며, 주위는 비옥하고 완만한 구릉으로 둘러싸여 있다. 뿐만 아니라 수도원은 넓은 영지를 소유하고 있다. 토질은 분해된 점판암이다. 이러한 산악 지대에 산재하는, 풍화도 분해도 되지 않는 석영은 경작지를 매우 부드럽고 기름지게 해준다. 티어셴로이트 근방까지는 계속해서 오르막이다. 그래서 물줄기는 우리가 가는 길과는 반대쪽으로 흘러 에거강이나 엘베강으로 흘러든다. 그러나 티어셴로이트부터는 남쪽으로 경사져 있기 때문에 물줄기는 도나우강 쪽으로 꺾이게 된다. 아무리 작은 개천이라도 그것이 어느 쪽으로 흐르고 어느 강에 속하는지 연구해 보면 금세 그 지역을 파악할 수 있다. 심지어 우리가 직접 볼 수 없는 지역에 있는 산들과 계곡들의 위치도 상상으로 머릿속에 그릴 수 있다. 앞서 말한 티어셴로이트 교외부터는 화강암 모래가 깔린 훌륭한 도로가 이어진다. 그 이상 완전한 도로는 생각할 수도 없을 정도다. 왜냐하면 마모된 화강암은 규석과 반토로 이루어져 있어 바닥을 단단하게 해주는 동시에, 우수한 결합제가 되어 타작하는 마당처럼 길바닥을 반들반들하게 만들어주기 때문이다. 이에 반해 이 도로 주변은 역시 화강암 모래로 되어 있기는 하지만 질척한 수렁이 많아 볼품이 없다. 그래서 그 가운데에 있는 훌륭한 길이 더욱 빛나 보이는 것이다. 그리고 길이 약간 내리막이어서 마차가 어찌나 빨리 달리는지 믿어지지 않을 정도였다. 달팽이걸음을 하는 보헤미아 지방 마차와는 대조적이었다.

여기 동봉한 쪽지에 통과한 역 이름을 따로 적어놓았지만, 아무튼 나는 출발한 이튿날 아침 10시에 레겐스부르크에 도착했다. 다시 말하면 24마일 반[3] 거리를 31시간 만에 주파한 것이다. 새벽녘에는 슈바넨도르프와 레겐스타우프 중간을 지나고 있었는데, 근방의 경작지들이 점차 비옥해지고 있는 것을 알 수 있었다. 이곳의 토질은 암석이 풍화된 것이 아니라 충적토가 혼합된 것이다. 먼 옛날 해수의 밀물이 도나우계곡으로부터 레겐강까지 거슬러 올라와 모든 골짜기에 영향을 미쳤는데, 지금은 그 계곡들이 전술한 방향으로 물길을 바꾸게 되어, 이와 같은 자연적인 매립지가 생기고 거기에 경작지가 만들어진 것이다. 이런 현상은 크고 작은 모든 하천에 적용되는 원리로, 이를 응용하면 관찰자는 경작지로 쓰기 좋은 토지를 금방 가려낼 수 있을 것이다.

---

3) 독일의 옛 거리 단위로, 1독일 마일은 약 7.54킬로미터였다. 따라서 24.5마일은 약 185킬로미터다.

레겐스부르크는 대단히 좋은 위치에 있다. 이곳에 도시가 생긴 것은 당연한 일이며 성직자들의 현명한 판단이었다고 할 수 있다. 도시 주변의 밭들은 모두 그들 소유고 시내에는 교회와 수도원이 줄지어 늘어서 있다. 도나우강은 나에게 옛 마인 강을 연상시킨다. 프랑크푸르트의 강이나 다리 경치보다는 못하지만 건너편에 보이는 슈타트암호프의 거리는 꽤 깨끗한 모습이다.

나는 우선 예수회 학교[4]에서 매년 거행되는 학생 연극을 보러 가서 오페라의 끝 부분과 비극의 첫 부분을 구경했다. 그들은 풋내기 아마추어 극단보다 결코 못하지 않았으며 상당히 멋지기까지 했다. 의상 같은 것은 좀 지나치게 화려하기는 했다. 이 공연을 통해 예수회 사람들이 정말 재주꾼들이라는 것을 절감하게 되었다. 그들은 무엇이든 조금이라도 효과가 있을 법한 것은 그냥 내버려두지 않으며, 사랑과 주의를 기울여 그것을 가꾸어나가는 지혜를 터득하고 있었다. 단순히 추상적으로 생각할 수 있는 이해타산적 속성과는 달랐고, 일 자체에 대한 기쁨과 생명의 활용에서 우러나오는 향락이 있었다. 이 거대한 종교 단체에는 오르간 제작자, 조각가, 도금사 등뿐만 아니라 연극에 대한 취미와 지식을 가진 성직자도 몇몇 있었다. 그리하여 그들이 지은 교회가 말쑥하고 화려하게 단장되어 사람들의 눈에 띄듯이, 날카로운 통찰력으로 만든 고상한 연극을

---

4) Jesuitenkollegium. 983년에 베네딕트회 소속의 레겐스부르크 주교가 세운 미텔뮌스터 수도원 건물로, 1588년 베네딕트회가 해체되면서 수도원 건물이 예수회 학교로 사용되기 시작했다. 1781년 가톨릭신학교가 되었으나 1809년 나폴레옹의 침략으로 소실되었다.

가지고 세속적인 사람들의 감성까지 장악하고 있었다.

오늘 나는 이 글을 북위 49도에서 쓰고 있다. 이 정도부터는 기후도 좋아지는 듯하다. 아침에는 꽤 쌀쌀했는데 사람들은 여름 내내 날씨가 궂고 냉랭했다고 불평한다. 하지만 오늘 날씨는 온화하고 좋다. 큰 강에서 불어오는 부드러운 바람 또한 독특한 맛이 있다. 과일은 별다를 것이 없다. 상등품 배를 맛보았다. 그러나 역시 포도와 무화과가 그리웠다.

예수회 성직자들의 행동이나 태도는 끊임없이 나의 눈길을 끌었다. 그들이 세운 교회, 뾰족탑, 그 밖의 건축물들은 그 규모가 크고 완벽하다는 점이 모든 사람의 마음에 저도 모르게 경외심을 불러일으킨다. 게다가 금, 은, 청동, 조탁된 돌 등으로 눈부시게 장식해 놓고 있어서 가난한 사람들이 이끌리지 않을 수 없다. 또한 군데군데 악취미를 발휘한 곳도 있어, 그것으로 인간은 현혹되고 또 속죄한다.[5] 바로 이것이 가톨릭 예배 의식의 총체적 본질이라고 할 수 있는데, 예수회의 경우처럼 지혜와 완전무결함이 발휘된 예를 나는 여태껏 본 적이 없다. 확실한 것은 그들이 다른 교단의 성직자들처럼 무감동하고 케케묵은 예배 의식을 고집하지 않고, 시대정신에 부응하는 화려하고 호화로운 장식적 면모를 새롭게 하고 있다는 점이다.

---

5) 건축가 비뇰라(Giacomo Barozzi da Vignola, 1507~1573)가 설계하고, 지아코모 델라 포르타(Giacomo della Porta, 1532~1602)가 실내장식을 맡아 1583년에 완공된 로마의 예수회 성당(Chiesa del Gesù)으로부터 정형화된 예수회 건축 양식은 바로크 양식의 발달에 크게 영향을 끼쳤다. 바로크는 '뒤틀린 진주'라는 뜻에 걸맞게, 규형과 비례의 고전주의와 반대되는 변칙과 역동성을 특징으로 하기 때문에, 기본 골격을 제외한 모든 부분에 곡선 장식을 풍성하게 적용했다. 특히 2층 높이의 극장 무대처럼 꾸민 건물 전면부(파사드)가 두드러진다.

여기서는 독특한 돌이 건축 자재로 사용되고 있는데, 겉보기에는 신적사암(新赤砂岩)[6] 같지만 사실은 좀 더 오래된 반암 같은 것이라고 생각된다. 그 돌은 푸른빛에 석영이 섞여 있으며, 구멍이 많고 속에 아주 단단한 벽옥으로 된 커다란 반점들이 있다. 또 그 반점 안에는 각력암 종류의 조그맣고 둥근 반점들이 비쳐 보인다. 이런 돌 조각을 채집할 수 있다면 연구에 도움도 될 것이고 수집하고 싶은 욕심도 났지만, 너무 견고하게 붙어 있어서 떼어내기가 힘들었다. 그래서 이번 여행에서는 돌 수집은 하지 않기로 결심했다.

9월 6일, 뮌헨

어제 낮 12시 반에 레겐스부르크를 떠났다. 도나우강이 석회암에 부딪쳐 하얀 물결을 일으키는 아름다운 경관을 볼 수 있는 장소가 아바흐 근방에 있다. 이곳 석회는 하르츠산지의 오스테로다 근처에서 출토되는 것과 같은 종류이며, 암질이 조밀하기는 하지만 대체로 구멍이 많다. 오전 6시에 뮌헨에 도착했다. 그 후 12시간 동안 줄곧 이리저리 구경을 다녔지만 그중 극히 일부분만 여기에 기록하겠다. 미술관[7]에서는 어쩐지 낯선 기분이 들었다. 우선 내 눈이 다시 그림에 익숙해지게 만들어야 했다. 훌륭한 그림이 좀 있기는 했다. 룩셈부르크의 화랑을 위해 그렸다는 루벤스의 스케치 같은 것은 나에게 큰 기쁨을 주었다.

---

6) 중생대 페름기 퇴적암. 금속을 함유하지 않고 어류화석이 자주 발견된다.
7) 뮌헨 알테피나코테크 미술관의 전신으로, 당시에는 바이에른 선제후 막시밀리안 1세(Kurfürst Maximilian I, 1573~1651)가 조성한 궁정정원인 호프가르텐의 북쪽 면에 있었다.

여기에는 또 다른 훌륭한 작품도 있다. 트라야누스 원주 모형[8]이 그것인데, 토대는 청금석이고 기둥은 도금되어 있다. 훌륭한 작품으로, 보는 사람의 눈을 즐겁게 해준다.

앤티크홀[9]에서는 나의 눈이 이런 종류의 미술품에 익숙지 않음을 확실히 인식했다. 그래서 나는 이곳에 오래 머무름으로써 시간을 낭비하지는 않기로 마음먹었다. 왜 그런지는 말할 수 없지만 마음에 와닿는 작품이 별로 없었다. 드루수스 상하나가 내 주의를 끌었고, 안토니우스 상 두 점과 그 밖의 몇몇 작품은 마음에 들었다. 하지만 전체적으로는 작품들이 지나치게 장식적이어서 그다지 만족스럽지 않았다. 홀과 둥근 아치 천장은 조금만 더 깨끗하게 관리를 했더라면 훨씬 좋은 인상을 주었을 것이다. 자연사박물관에는 티롤 지방에서 출토된 훌륭한 물품들이 전시되어 있었다. 나는 그것들의 작은 표본을 예전에 보았거나 지금도 가지고 있었다.

무화과 파는 여인을 만났다. 만물이어서 대단히 맛이 좋았다. 그러나 우리가 있는 곳이 위도 48도라는 것을 감안하면 그다지 좋은 과일이라고는 할 수 없다. 여기서는 냉기와 장마에 대한 불평을 많이 듣게 된다. 비에 가까운 안개가 아침 일찍부

---

8) 고대 로마의 트라야누스 황제 기념원주(629쪽 각주 39번 참조)를 본떠 1774~1780년에 제작된 모형으로, 현재는 뮌헨 레지덴츠궁전 부속 박물관의 보물관(Schatzkammer)에 전시되어 있다. 레지덴츠궁전은 바이에른 공국 비텔스바흐 가문의 왕궁이었으며, 1385년부터 19세기까지 건축 및 증축되었다.

9) 레지덴츠 박물관의 골동품 전시관인 안티쿠아리움(Antiquarium)을 가리킨다. 이 전시실은 바이에른 공작 알브레히트 5세(Albrecht V. Herzog von Bayern, 1528~1579)가 자신의 소장품을 전시하기 위해 1569~1571년에 지은 것으로, 독일에서 가장 오래된 박물관이기도 하다.

터, 그러니까 내가 뮌헨에 닿기 이전부터 내리고 있었다. 하루 종일 차가운 바람이 티롤산맥 쪽에서 불어왔다. 내가 탑[10]에서 바라보았을 때 산맥은 구름에 싸이고 하늘 전체가 흐렸다. 서쪽으로 해가 넘어가려고 하는 지금도 겨우 내 방 창문[11] 바로 앞에 있는 고탑(古塔)까지만 빛이 비치고 있을 뿐이다. 내가 바람과 날씨에 지나칠 정도로 관심을 쏟는 것을 용서해 주기 바란다. 육지를 여행하는 사람은 뱃사공과 마찬가지로 이 두 가지 요소에 깊이 종속되기 때문이다. 이국에서의 가을이 고향의 여름보다도 못하다면 그건 정말 억울한 일일 것이다.

자, 이제 곧장 인스부르크를 향해 떠나야겠다. 내 가슴속에 너무나 오래 간직해 온 소원을 풀기 위해서는 도중에 그 어떤 것에든 마음 쓸 겨를이 없지 않겠는가!

9월 7일 저녁, 미텐발트[12]

나의 수호신이 내 마음을 어여삐 여기신 모양이다. 나는 이렇게 날씨가 아름다울 때 이곳에 도착하게 된 것에 감사드린다. 마지막 우편마차의 마부는 올여름 들어 오늘처럼 좋은 날씨는 처음 본다고 명랑하게 외쳤다. 정말이지 이런 날씨가 계속되었으면 하는 바람이다. 그런데 또다시 날씨와 구름에 대해 이야기하는 것을 친구들은 너그러이 용서해 주기 바란다.

---

10) 프라우엔 교회의 쌍둥이 탑을 가리킨다. 1488년에 완공된, 높이 99미터의 탑 꼭대기에 전망대가 있어 뮌헨 전경을 내려다볼 수 있다.

11) 괴테가 뮌헨에서 하룻밤 묵었던 여관('Zum Schwarzer Adler')이 프라우엔 교회 바로 옆에 있었다.

12) Mittenwald. 오버바이에른 지방의 소도시로, 브렌네르고개를 바라보는 위치다. 이곳에도 괴테가 하룻밤 묵었던 여관이 기념관으로 남아 있다.

새벽 5시에 뮌헨을 떠났을 때 하늘은 개어 있었다. 티롤산맥에는 거대한 구름이 걸려 있었다. 아래쪽에 길게 깔린 구름도 움직이지 않았다. 길은 자갈이 퇴적된 언덕을 넘어서 멀리 이자르강이 내려다보이는 고지로 뚫려 있었다. 여기서는 태곳적 바닷물의 조류 작용을 이해할 수 있다. 이 지방의 화강암 표석 가운데는 내가 크네벨[13] 덕분에 소유하게 된 진귀한 돌 수집품들과 형제뻘 혹은 친척뻘 되는 것들이 적지 않았다.

강과 목장에 끼었던 안개도 한동안 머물러 있다가 결국은 깨끗이 흩어지고 말았다. 넉넉히 몇 시간은 상상해야 할 만큼 아득히 드넓은 자갈 구릉들 사이에 레겐강 계곡의 토지처럼 아름답고 비옥한 대지가 펼쳐져 있다. 이윽고 다시 이자르 강변으로 나오니 자갈 구릉의 단면 혹은 사면이 약 150피트 높이로 솟아 있는 것이 보인다. 볼프라츠하우젠에 도착했는데 이곳은 북위 48도 지점이다. 햇볕이 강하게 내리쬐고 있었지만 좋은 날씨가 계속되리라고 믿는 사람은 아무도 없었으며, 주민들은 금년의 악천후를 탓하면서 신이 아무런 대책도 강구해 주지 않는 것을 불평하고 있었다.

이제 새로운 천지가 내 눈앞에 전개되었다. 산맥은 점점

---

13) 카를 루트비히 폰 크네벨(Karl Ludwig von Knebel, 1744~1834). 시인, 번역가. 1774년 크네벨은 아우구스트 대공의 동생인 프리드리히 페르디난트 콘스탄틴(Friedrich Ferdinand Constantin, 1758~1793) 왕자의 가정교사로 채용되어 왕자와 함께 파리를 여행하고 돌아오는 길에 프랑크푸르트에 들러 당시 『젊은 베르테르의 슬픔』으로 유명세를 얻은 신예 작가 괴테를 처음 만났다. 이후 크네벨이 아우구스트 대공에게 괴테를 소개했고, 이듬해인 1775년 대공의 초청으로 괴테가 바이마르를 처음 방문하게 된다. 한편, 크네벨은 괴테보다 1년 먼저인 1785년 여름 오버바이에른과 티롤 지방을 여행했다.

다가갈수록 서서히 그 모습을 드러냈다.

초행자들은 베네딕트보이에른이라는 마을의 아름다운 경치를 보면 놀라게 된다. 비옥한 평야에 길고 폭 넓은 건물이 서 있고 그 뒤에는 넓고 커다란 암벽이 솟아 있다. 거기서부터 코헬호수까지는 오르막이고 다시 산속으로 들어가서 발헨호수에 도달한다. 여기서 나는 처음으로 백설로 덮인 산봉우리들을 볼 수 있었는데, 내가 너무나 빨리 설봉을 만나게 된 것을 놀라워하자, 사람들이 어제 이곳에 천둥과 번개가 쳤고 산에 다시 눈이 내렸다는 사실을 알려주었다. 이런 날씨는 날이 개는 전조이며, 첫눈은 대기의 변화를 가져올 것이라고 사람들은 낙관적으로 생각하고 있었다. 주위의 암벽은 모두 석회질로, 화석을 함유하지 않은 가장 오래된 것이다. 이 석회 산맥은 놀라울 정도로 길게 이어져 달마티아[14]에서부터 고트하르트고개[15]까지, 그리고 그 너머로 계속해서 뻗어 있다. 하케[16]는 이곳 산맥의 대부분을 답사했다. 이 산맥은 석영과 점토가 풍부한 원시 산맥에 연결되어 있다.

발헨호수에 도착한 것은 4시 반이었다. 이 마을로부터 한 시간쯤 갔을까? 재미있는 사건과 마주쳤다. 길을 가던 하프 악

---

14) Dalmatia. 크로아티아 남서부 아드리아해 연안으로, 고대에는 그리스와 로마의 식민지였다.

15) Gotthard Pass. 해발 2,106미터의 험준한 알프스고개다.

16) 발사자르 하케(Belsazar de la Motte Hacquet, 1739?~1815). 프랑스 혈통의 슬로베니아인으로, 원래는 외과의사였다. 라이바흐(오늘날 슬로베니아 류블랴나) 대학에서 해부학과 생리학을 가르쳤으며, 렘베르크(오늘날 우크라이나 르비우) 대학 교수가 된 뒤로, 유고슬라비아에서 이탈리아 북부에 이르는 알프스 동부 산맥 지대(일명 줄리안 알프스)를 탐험하고 지질학, 광물학, 식물학을 연구하여 4권짜리 탐사기를 펴내 자연사가이자 여행가로 더 알려졌다.

사가 열한 살쯤 되어 보이는 딸을 마차에 태워달라고 내게 부탁해 온 것이다. 악기는 그대로 악사가 어깨에 메고 가기로 하고 아이는 내 옆자리에 앉혔다. 그 애는 새것으로 보이는 커다란 상자 하나를 조심스럽게 발치에 놓았다. 귀엽고 예의 바르게 잘 자란 아이로 세상 돌아가는 사정에도 밝은 듯했다. 어머니와 함께 마리아 아인지델[17]까지 걸어서 순례했는데 두 사람이 다시 산티아고데콤포스텔라[18]까지 긴 여행을 하려던 참에 어머니가 돌아가셔서 그 서약을 지킬 수 없게 되었다고 한다. 그리고 성모마리아에 대한 흠모의 마음은 아무리 크더라도 충분할 수 없다는 이야기로 넘어갔다. 언젠가 큰불이 나서 집 한채가 송두리째 타버리는 것을 보았는데 문살 위의 유리 액자에 넣은 성모상은 유리도 그림도 조금도 손상되지 않았다고 한다. 그야말로 기적을 눈앞에서 본 것이다. 모든 여행은 걸어서 했으며 뮌헨의 선제후[19]를 마지막으로 총 21명의 군후(君侯) 앞에서 연주했다는 아이의 이야기는 정말 재미있었다. 큰 갈색눈은 아름다웠고, 가끔 위쪽으로 주름살이 지는 이마는 고집스러워 보였다. 이야기할 때, 특히 아이답게 큰 소리로 웃을 때는 자연스럽고 귀여웠다. 반대로, 입을 다물고 있으면 무언가를

---

17) 원문에 'Maria-Einsiedel'로 표기되어 있으나, 베네딕트회 은둔수도사였던 마인라트 아인지델른(Meinrad von Einsiedeln, 797?~861)을 기리기 위해 934년에 설립한 수도원을 가리킨다. 스위스 슈비츠주 아인지델른 마을에 있다. 괴테가 수도원 이름을 정확히 몰랐던 듯하다.

18) 에스파냐 갈리시아 지방의 도시로, 산티아고데콤포스텔라 주교좌대성당이 있다. 813년에 예수의 12사도 중 한 명인 성 야고보의 유골과 부장물이 발견되어 그 자리에 세운 성당으로, 예루살렘과 로마에 이어 기독교 3대 성지다.

19) Kurfürst. 신성로마제국에서 황제 선출권을 가진 제후에게 부여된 작위다.

마음에 품고 있는 듯 윗입술 주위에 불쾌한 표정이 나타났다. 마차를 함께 타고 오는 동안 여러 가지 이야기를 했는데 조그만 아이가 아는 것도 많고 사물을 주의 깊게 관찰하는 것 같았다. 예를 들면 나에게 어떤 나무 종류에 대해서 물은 적이 있었는데 그것은 큰 단풍나무였다. 실은 나도 여행을 시작한 후로 처음 본 것이었다. 아이는 그 이후로 그 나무가 보일 때마다 자신이 구별해 낼 수 있게 된 것을 좋아했다. 또 자기는 볼차노의 시장으로 가는데 나도 그곳으로 갈 것이냐, 만일 그곳에서 만난다면 시장에서 무언가를 사줄 것이냐 하며 종알종알 늘어놓기에 난 그러겠다고 약속을 해버렸다. 뮌헨에 가면 새로 맞춘 모자를 쓸 작정이라면서 나에게 미리 보여주겠다고 했다. 그런 다음 아이는 상자를 열었고, 나도 화려하게 수놓고 예쁘게 리본으로 장식한 모자를 감상하게 되었다.

한 가지 더 즐거운 예상을 할 수 있어서 우리는 함께 기뻐했다. 악사의 딸이 날씨가 좋아질 것이라고 보장을 한 것이다. 아이는 기압계를 가지고 있다고 했는데 바로 하프를 두고 하는 말이었다. 즉 최고음부의 소리가 높게 울릴 때는 날씨가 좋아진다는 뜻으로, 오늘이 바로 그렇다는 것이었다. 나는 이 예언을 믿고 머지않아 다시 만날 것을 기약하면서 악사 부녀와 기분 좋게 헤어졌다.

9월 8일 저녁, 브렌네르고개[20]에서

여기까지는 무언가에 쫓기는 듯한, 뭐랄까, 강제되는 듯한 기분으로 왔다. 마침내 쉬어 갈 만한 곳에 도착했다. 더할 나위 없이 조용한 곳이다. 오늘은 몇 년이고 회상 속에서 즐길 수 있

는 날이다. 6시에 미텐발트를 출발했는데 강풍에 날아가 버렸
는지 하늘에는 구름 한 점 없었다. 2월에나 있을 수 있는 추위
였다. 그러나 떠오르는 태양의 빛살 속에, 전경에는 시커멓도
록 무성한 가문비나무, 중간에는 회색빛 석회암, 뒤쪽에는 짙은
감청색 하늘 아래 백설로 덮인 높은 봉우리들이 드러나 참으로
볼만한, 변화무쌍한 명화의 연속이었다.

샤르니츠 근처에서 티롤 지방으로 들어갔다. 그 국경은 골
짜기를 막고 산으로 연결된 성벽으로 차단되어 있다. 한편으로
는 고정되어 있으면서도 다른 한편으로는 수직으로 솟아오른
암벽의 자태는 당당하고도 멋있어 보인다. 제펠트부터 길은 더
욱더 흥취가 깊어진다. 그리고 베네딕트보이에른 이래 이곳까
지는 줄곧 산에서 산으로 이어지는 오르막길로 모든 물길은 이
자르강 유역에 속해 있었지만, 이제는 한 개의 봉우리 너머로
인(Inn)강 계곡이 보이고, 인칭(Inzing) 지방이 눈앞에 있다.
해가 높이 뜨자 더워져서 얇은 옷으로 갈아입었지만 그러다가
다시 추워지기도 해서 나는 자주 옷을 갈아입었다.

치를[21] 근처에서 인강 계곡으로 내려갔다. 그 근처 산수
와 지세의 아름다움은 이루 말하기 힘들 정도로, 한낮에 아지
랑이가 피어오르는 모습은 정말로 장관이었다. 마부는 내가 원
하는 속력 이상으로 말을 몰았다. 그는 아직 미사를 보지 못했

---

20) Brenner Pass. 이탈리아어로는 파소 델 브렌네로(Passo del
Brennero). 이탈리아와 오스트리아 국경을 이루는 알프스산맥의 고개로, 해발고
도는 1375미터다. 알프스를 횡단하는 고개 중 가장 낮아서 로마 시대로부터 남북
간 주요 교통로였다. 1772년에 마차용 도로가 완성되었으며, 오늘날에도 이탈리
아 북부 볼차노와 오스트리아 인스브루크를 잇는 도로가 있다.

21) Zirl. 인스부르크 지방의 주요 도시다.

기 때문에 인스부르크에 가서 한층 경건하게 미사를 드릴 작정이었다.(마침 이날이 성모마리아 축일이었다.) 그래서 계속해서 인강의 물길을 따라, 급경사로 된 거대한 석회암벽인 마르틴스반트 옆을 달각거리면서 달려 내려갔다. 막시밀리안 황제[22]가 길을 잃었다고 전해지는 이곳이지만, 나라면 수호신의 도움 없이도 왕복할 수 있을 것이라고 감히 생각했다. 설령 그것이 무모한 일일지라도.

인스부르크는 높은 암벽들과 산들 사이에 있는 넓고 비옥한 계곡에 좋은 자리를 차지하고 있다. 처음엔 이곳에 머무를까 생각했는데 어쩐지 안정감을 느낄 수 없었다. 쬘러[23]의 화신 같은 여관집 아들과 짧게 흥겨운 담소를 나눴다. 이렇게 내 작품 속 등장인물 같은 이들을 차례차례 만나고 있다. 모두들 성모마리아의 생일을 축하하기 위해 한껏 치장하고 있었다. 건강하고 부유한 사람들이 떼를 지어, 산 쪽으로 15분쯤 가면 나오는 예배소인 빌텐으로 참례하러 갔다. 2시에 나의 마차가 떠들썩하고 알록달록한 군중 속으로 들어가자, 인파는 좌우로 갈려 즐거운 행렬을 이뤘다.

인스부르크로부터 올라가면 올라갈수록 점점 더 아름다운

---

22) Maximilian I, 1459~1519. 오스트리아 합스부르크 왕가 출신의 신성로마제국 황제로, 결혼과 군사동맹을 통해 합스부르크 가문이 19세기까지 부르군트, 에스파냐, 보헤미아 왕가에 대해 지배력을 발휘하는 초석을 마련한 인물이다. '중세의 마지막 기사'로 불리는 막시밀리안 1세가 젊은 시절에 인스부르크 인근 산지에서 길을 잃었는데 천사가 이끌어주어 계곡을 벗어났다는 전설이 있다.

23) 괴테의 소동극 「피장파장(Die Mitschuldigen)」에 등장하는 인물이다. 시골 여관 주인의 사위인 쬘러는 부유한 손님의 방에 몰래 침입해 돈을 훔치려다 곤경에 처한다.

경치가 펼쳐졌는데 어떤 묘사로도 그것을 그려낼 수 없을 것이다. 우리는 물줄기를 인강으로 흐르게 하는 산골짜기를 통해서 가장 평탄한 길로 가는 중인데 그 골짜기야말로 갖가지 광경을 보여준다. 길이 험준한 바위를 따라 나 있지만, 심지어 바위 속을 꿰뚫고 이어져 있는 경우라도 그 건너편은 민틋한 경사를 가진 평탄한 지역으로 충분히 농사를 지을 수 있을 정도다. 경사진 넓은 고원의 밭이나 생울타리 사이에는 부락과 크고 작은 가옥들 또는 오두막이 있는데 그것은 모두 하얗게 칠해져 있다. 이윽고 주변 전체가 좁아지면서 이용할 수 있는 땅이라고는 목장에나 적합한 땅뿐이고, 그것도 결국은 가파른 경사면으로 끝난다.

지금껏 나는 나만의 세계를 창조하기 위해 많은 것을 섭렵했다. 그러나 그중에 완전히 새로운 것, 예상 밖의 것은 하나도 없었다. 그리고 전부터 줄곧 말했듯이, 나는 어떤 '모형' 같은 것을 여러 가지로 상상해 왔다. 그 모형을 뚜렷이 제시할 수 있다면 정말 좋겠는데, 내 마음속을 맴도는 그것을 자연에서 꼭 집어 사람들 눈앞에 그려 보일 수가 없다.

주변이 차차 어두워지더니 이제 물체 하나하나의 윤곽은 보이지 않고 시커멓고 큰 덩어리만이 거대하고 당당하게 드러날 뿐이다. 마침내 모든 사물이 불가사의한 그림처럼 눈앞에서 움직이는 것 같더니 갑자기 높이 솟은 눈 덮인 봉우리가 다시금 달빛에 빛나는 것이 보였다. 이제 나는 북국과 남국의 경계선에 끼어 있는 이 골짜기에 아침 햇살이 비쳐 오기만을 기다린다.

날씨에 관해 몇 가지 더 첨언해 두기로 한다. 기후에 대한 나의 각종 관찰을 위해서도 이곳의 날씨는 안성맞춤이다. 평지에서는 좋은 날씨건 나쁜 날씨건 간에 완전히 생성된 뒤에야 인간의 눈에 들어오게 되지만, 산지에서는 날씨가 생성되는 과정을 직접 볼 수 있다. 여행하거나 산책하는 도중에, 혹은 사냥을 나가 며칠 밤낮을 산속이나 바위 틈새에서 지낼 때 종종 그 과정을 목격하곤 했다. 그럴 때마다 내 마음속에는 기묘한 생각이 떠오른다. 그런데 그 생각을 도저히 떨쳐버릴 수 없을 때가 있다. 그 변덕스러운 생각이라는 놈에게 일단 잡히면 도저히 풀려날 수 없는 것이 보통인데, 내 경우에도 마찬가지다. 어디를 가도 그것이 눈앞에 어른거린다. 마치 확고한 진리라도 되는 것처럼……. 아무튼 친구들의 관용에 번번이 기대고 있는 나로서는, 그 착상이란 것을 여기에서 말해 보고자 한다.

우리는 산을 관찰할 때 산꼭대기에서 햇빛이 빛나거나, 혹은 안개가 끼어 있거나, 광분하는 구름이 가득하거나, 비가 내리거나, 눈이 내리거나 하는 모든 현상이 대기의 작용 때문이라고 말한다. 대기의 움직임이나 변화는 눈으로 확실히 볼 수 있기 때문이다. 이에 반해 산들은, 우리들의 외적 감각으로 판단하기에는, 예로부터 지금까지 그 모습 그대로 미동도 하지 않는 것처럼 보인다. 그래서 우리는 산을 생명 없는 존재로 본다. 휴식하고 있다는 이유로 활동하지 않는 것으로 생각한다. 그런데 나는 오래전부터 대기 중의 변화라는 것은, 실은 그 원인의 대부분이 산 내부의 조용하고도 신비로운 작용에 의한 것이라고 생각해 왔다. 즉 내가 믿는 바에 의하면 지구라는 덩어리, 특히 지반이 융기해 있는 부분은, 모든 지점에 항상 똑같이 지속하는 인력이 미치는 것이 아니다. 그 힘은 일종의 파장을 이루어 나타나며, 내부의 필연적 원인 혹은 외부의 우연적 원인 때문에 때로는 증대하고 때로는 감소한다. 이 진동을 명증하려는 모든 실험이 너무나 한정되고 조잡하다고 해도 대기는 산이 가지고 있는 비밀스러운 작용을 우리 인간들에게 교시하기에 충분한 민감성과 넓이를 가지고 있다. 인력이 조금이라도 감소하면, 대기의 중력과 탄력이 줄어들고 그 영향은 우리들에게까지 전해지게 된다. 대기는 화학적으로 그리고 역학적으로 배분되어 있던 습기를 더는 지탱할 수 없게 됨으로써 구름이 아래쪽으로 내려와 비가 쏟아지고, 빗물은 저지대로 흘러간다. 그러나 산의 중력이 증가하면 곧 대기의 탄력성이 복구되고 그리하여 두 가지 중요한 현상이 일어난다. 먼저 산들은 거대한 구름 덩어리를 주위에 집합시켜 마치 제2의 산정처럼 산 위쪽에 단단히 붙들어 매둔다. 결국 내부에서 일어난 전기력의 투쟁으로 인해 이들 구름은 소나기, 안개 또는 비가 되어 지상으로 내려온다. 곧이어 나머지 구름에 탄력 있는 공기가 작용하는데, 이 공기는 수분을 더 많이 포함하고 분해하고 변화시키는 힘이 있다. 이러한 구름이 사라지는 모습을 나는 똑똑히 관찰했다. 그때 구름은 높은 산정에 걸려 석양빛으로 물들어 있었는데, 점차 그 끝부분이 찢겨 분리되면서 몇 개의 구름 조각이 상공으로 흘러 올라가 끝내 사라지고 말았다. 이런 식으로 점차 흩어진 구름 덩어리는 내 눈앞에서 마치 어떤 보이지 않는 손에 의해 실이 다 풀려버린 실타래처럼 되었다.

내 친구들은 이 떠돌이 기상관측자와 그의 기묘한 학설에 미소를 지었으리라 생각되지만, 나는 다시 두세 가지 다른 관찰을 보고함으로써 그들에게 박장대소할 수 있는 기회를 제공할 것이다. 내가 이렇게 날씨 이야기를 늘어놓는 이유는, 고백하건대 나의 여행은 애당초 북위 51도의 모든 불쾌한 날씨로부터 도망치는 것이었으므로, 북위 48도에 오면 진정 고센[24]과 같은 낙토에 갈 수 있으리라고 희망하고 있었기 때문이다. 그런데 미리 알고 있어야 했던 일이지만, 나의 기대는 보기 좋게 배반당하고 말았다. 기후나 일기를 만들어내는 것은 위도뿐만이 아니라 산맥, 특히 국토를 횡단하는 저 산맥이기도 하기 때문이다. 그래서 같은 위도에 있더라도 날씨가 다 다른 것이고, 산맥의 북방에 위치하는 나라들은 커다란 손해를 입는 것이다. 북부 전반의 올여름 날씨도 내가 지금 편지를 쓰고 있는 이 거대한 알프스산맥에 의해 결정되었던 것으로 보인다. 이 지방은 최근 수개월째 비가 내리고 있는데, 남서풍과 남동풍 모두 비를 북방으로만 날라 왔다. 그런데 이탈리아는 언제나 맑은 날씨일 뿐만 아니라 너무 건조하다고 한다.

이와 관련하여 기후, 산의 높이, 습도 등에 의해 여러 가지로 제한을 받는 식물계에 대해 두세 가지 말해 보자. 이 점에 있어서 북부와 남부는 유별난 차이점은 없어도, 수확물이 다르다는 것을 알게 되었다. 사과나 배는 인스브루크로 오는 길목에 있는 계곡에 많이 열려 있지만, 복숭아나 포도는 이탈리아 지방 혹은 남부 티롤로부터 반입된다. 인스브루크 주변에서는 옥수수나 메밀을 많이 경작하고 있는데 이것을 '블렌데'라고 부른다. 브렌네르고개를 오를 때 나는 처음으로 낙엽송을 보았

---

24) 이집트 북동부 나일강 삼각주 지역으로, 「구약성경」에서 고센은 야곱(이스라엘)이 오래전에 잃어버렸던 아들 요셉과 재회하여 편안한 삶을 누리는 곳이다.

고, 또한 쇤베르크에서는 처음으로 해송을 보았다. 하프 악사의 딸이 여기 있었다면 역시 그런 나무들의 이름을 물었을까?

식물에 관해서 나는 아직 초심자에 불과하다는 것을 알고 있다. 뮌헨까지는 그다지 색다른 식물을 발견하지 못한 것으로 기억한다. 물론 주야를 급하게 달리는 여행이라 그런 면밀한 관찰을 할 여유는 없었다. 나는 린네의 책을 휴대하고 있어서 식물학 전문 용어를 외우고 있긴 하지만, 분석 같은 것은 아무래도 나의 장점이랄 수가 없다. 그리고 솔직히 말해서 나는 일반적인 것에 주안점을 두기로 했다. 내가 발헨호수의 호반에서 처음으로 용담(龍膽)을 발견했을 때 깨달은 것은 종전에 신기한 식물을 발견했던 것도 항상 물가였다는 점이었다.

더욱더 나의 주목을 끈 것은 산의 높이가 식물에 미치는 영향이다. 단순히 새로운 식물을 높은 산에서 발견했다는 것이 아니라, 산지로 올라감에 따라 가지의 간격이 넓어지고, 잎의 모양이 창처럼 뾰족해진다는 것이다. 이런 현상을 버드나무와 용담에서 확인할 수 있었는데, 특별히 종류가 달라서 그런 것은 아니라고 생각한다. 발헨 호반에서도 나는 저지대에 있는 것보다 더 가늘고 긴 등심초를 발견했다.

지금까지 내가 횡단해 온 석회 알프스는 엷은 회색으로 아름답고 기묘한 불규칙적인 모양을 하고 있었다. 물론 바위는 석회 암상과 암층으로 나뉘어 있지만, 암상은 활모양을 이루고 있고 바위의 풍화작용이 똑같지 않기 때문에 암벽이나 산정은 기괴한 형상을 나타낸다. 이런 식으로 브렌네르고개 멀리 위쪽까지 이어진다. 그러나 상부의 호수 부근에 가면 다시 변화가 일어난다. 다량의 석영이 섞인 암록색과 암회색 운모편암에 치밀한 백색 석회암이 연결되어 있는데, 연결 부분에 운모를 포함하고 있고 무수한 금이 가 있으면서도 큰 덩어리를 노출하고 있다. 그 위쪽에도 역시 운모편암이 있었지만 먼저 것보다 취약해 보였다. 더 올라가니 특별한 종류의 편마암이 나타났는데 이것은 엘보겐 지방에 있는 것 같은, 변성된 편마암으로 화강암의 일종이다. 이 산 위에는 산정과 마주 보는 곳에 운모편암이 있다. 이 산에서 흐르는 물줄기에 쓸려 내려오는 것은 오직 이 운모편암과 회색 석회암뿐이다.

멀지 않은 곳에 이들 모든 암석의 원조라고 할 수 있는 화강암의 근간이 있을 것이 틀림없다. 지도를 보면 이 부근은 본래의 대(大)브렌네르고개 측면에 해당된다. 이 고개로부터 강들이 빙 돌아 흘러가는 것이다.

이 지방 사람들의 겉모습에 대해서는 다음과 같은 관찰을 할 기회가 있었다. 이 나라의 국민성은 대체로 정직하고 솔직한 편이다. 얼굴 모양은 모두 비슷비슷하고 여자들은 또렷한 다갈색 눈과 선명하고 새카만 눈썹을 가지고 있는 반면 남자들의 눈썹은 굵직한 황금색이다. 사내들이 녹색 모자를 쓰고 회색 바위 사이를 다니는 모습은 즐거운 느낌을 준다. 리본이나 술이 달린 장식 끈을 모자에 바늘로 꽂고 있는 것이 아주 보기 좋다. 그리고 모두들 꽃이나 새털로 모자를 장식하고 있다. 여자들은 흰 무명천으로 큰 두건을 만들어 쓰는데 그것은 남자들이 밤에 쓰는 보기 흉한 모자와 흡사하다. 정말 이상한 모습이다. 여자들도 타국에 나갈 때는 남자들 것 같은 녹색 모자를 쓰는데 그건 잘 어울린다. 나는 우연한 기회에 이 지방 사람들이 공작새의 깃털을 얼마나 소중히 여기는지, 또 예쁜 새털이면 무엇이든 좋아한다는 것을 알게 되었다. 그러니까 이 산악 지방을 여행하는 사람은 그런 물건을 가지고 가는 것이 좋겠다. 요령만 있으면 얼마든지 새털로 술값을 대신할 수 있을 것이다.

지금 이 편지들을 분류하고, 수집하고, 편집하고, 정리함으로써 친구들이 이제까지의 나의 여정을 쉽게 개괄할 수 있도록 하고, 또 동시에 지금까지 경험하고 사색했던 것을 내 가슴속으로부터 토해 내는 작업을 하면서도, 내가 지니고 있는 몇 개의 다른 꾸러미를 보고 있으면 일종의 전율을 느끼지 않을 수 없다. 이 보따리들에 대해서는 간단히 고백을 해두어야겠지만 이들이 나의 동반자인 이상 하루를 다툴 정도로 서둘 필요는 없을 것이다.

나는 이번에 괴셴 출판사에서 나올 예정인 작품 전집[25]을 완성해 보려고 모든 작품을 카를스바트에 가져갔더랬다. 아직 인쇄되지 않은 원고들은 나의 비서 포겔 군이 능란한 솜씨로 깨끗하게 필사해서 내가 가지고 있다. 이 야무진 비서는 뛰어난 재주로 나를 돕기 위해 이번에도 동행해 주었다. 덕분에 처음 네 권은 헤르더[26]의 충실한 협력을 얻어 발행인에게 빨리 넘겨

---

25) 괴테의 첫 번째 전집인 괴셴판은 1787년부터 1790년까지 총 8권으로 출판되었는데, 예상보다 판매가 부진하여 출판사에 상당한 손실을 안겼다.

26) 요한 고트프리트 폰 헤르더(Johann Gottfried von Herder, 1744~1803). 동프로이센 모른겐 태생의 철학자로, 쾨니히스베르크 대학에서 칸트에게 철학을 배웠다. 초기에는 계몽사조에 속했으나, 신비주의와 직관주의의 영향을 받은 이후에는 이성주의와 거리를 두고, 민족과 문화 등의 요소를 중시하는 역사문화사의 관점을 채택, 인간성의 가치를 강조하는 인본주의 사상을 계승했다. 1770년 슈트라스부르크(오늘날 프랑스 스트라스부르)의 한 여관 계단에서 우연히 괴테와 마주친 계기로 절친해졌으며, 1776년 괴테의 추천으로 바이마르 궁정 목사로 초빙되어 바이마르에 정착했다. 괴테가 가장 신뢰하는 친구이자 조언자였

줄 수 있었으며, 나머지 네 권도 곧 넘길 수 있을 것이다. 이 네 권의 일부는 초안에 불과하거나 단편으로 그쳐버린 것들이다. 이 모든 것은 무언가 쓰기 시작했더라도 흥미가 감퇴되면 그냥 팽개쳐두는 나의 나쁜 습관이 해가 거듭될수록, 그리고 일이 많아지고 여러 가지 신경을 쓰게 될수록 더욱 심해진 탓이다.

이 원고들을 전부 휴대하고 갔기 때문에 카를스바트의 인사들이 요청하면 나는 즐거이 미발표작을 낭독해 주었더랬다. 그러면 그들은 항상 뒷이야기를 듣고 싶어 했고 내가 아직 미완성이라고 하면 매우 애석해 했다.

내 생일 축하연은 주로 내가 쓰다가 내버려둔 작품의 제목을 딴 시 몇 편을 증정받는 것으로 이루어졌는데, 제각기 다른 방식으로 시작(詩作)에 대한 내 태도를 질책했다. 그중에 「새들」[27]이라는 시가 나름대로 특색 있었다. 그 내용은, 쾌활한 동물들을 대표하여 사절로 파견된 새 한 마리가 트로이프로인트[28]에게 자기들에게 약속한 나라를 이제는 제발 건설하고

지만, 만년에는 고대 그리스 양식을 모방하는 괴테의 고전주의 미학을 비판하고 영웅적 원시적 민족문학으로의 회귀를 주장함으로써 서로 소원해졌다.

27) 괴테의 단막극 제목으로, 아리스토파네스의 풍자극 「새」를 패러디했다. 「새」는 아테네의 정치현실에 환멸을 느껴 고향을 등진 두 인간 '에우엘피데스'와 '피스테타이로스'가 새들의 나라로 가서, 교묘한 언변으로 새들을 선동해 인간들과 올림포스의 신들까지 모두 굴복시키고 스스로 절대자가 되는 내용이다. 본문에서는 괴테의 희극 제목을 친구들이 패러디해 쓴 시를 가리키며, 이어지는 시의 내용은 「새들」 공연에서 트로이프로인트 역할을 맡았던 괴테에게 지금까지 구상한 작품들을 모두 써달라는 부탁을 유머러스하게 전하는 것이다.

28) Treufreund. 괴테의 「새들」에서, 새들의 지도자가 되는 아테네인이다. 그리스어로 '믿음직한 친구'라는 뜻의 피스테타이로스(Pistetasiros)를 독일어로 번역했다. 괴테는 1780년 이 작품을 초연할 때 트로이프로인트 역할로 출연했다.

정비해 달라고 간절히 부탁하는 것이었다. 그 밖에 나의 다른 소품들에 대한 저마다의 의견도 이 시만큼이나 이해가 가고 또 애교가 있어서, 갑자기 내 마음속에 옛 단편들이 생생하게 되살아났다. 나는 친구들에게 나의 복안이라든가 전체적인 구상을 자진해서 이야기해 주었다. 그러자 그 자리에서 더 절실한 요구와 희망을 내놓는 사람도 있었다. 헤르더는 내가 쓰다 만 것을 다시 시작하라고, 그중에서도 『이피게니에』[29)는 좀 더 주의를 기울일 가치가 있는 작품이라고 나를 설득했다. 이 작품은 현재로서는 완성되었다기보다는 초안에 지나지 않으며, 산

---

29) Iphigenie auf Tauris. 1779년 초연된 『타우리스의 이피게니에』는 산문으로 된 희곡이었는데, 괴테는 이를 이탈리아 여행 중에 운문 형식으로 고쳐 썼다. 고대 그리스 시인 에우리피데스의 비극 『타우리케의 이피게네이아』를 변형한 작품으로, 그리스 신화에서 모티프를 가져온 대표작 중 하나.

그리스 신화에 따르면, 미케네 왕 아가멤논의 장녀 이피게네이아는 트로이 전장으로 출항하려는 그리스 군함을 위해 순풍을 기원하는 제사에 처녀 제물로 바쳐질 뻔했으나, 처녀신 아르테미스가 불쌍히 여겨 그녀를 구해준다. 이후 이피게네이아는 타우리케(타우로이족의 나라라는 뜻, 오늘날의 크림 반도 지역)에서 신전의 여사제가 된다. 10년 후 트로이 전쟁이 끝나고 아가멤논은 귀향하지만, 아내 클리타임네스트라의 손에 살해된다. 클리타임네스트라는 아가멤논의 사촌이자 아가멤논의 아버지를 살해한 아이기스토스와 바람이 나 남편을 죽이고 왕위를 차지한다. 이에 아가멤논의 둘째 딸 엘렉트라와 막내아들 오레스테스는 아버지에 대한 복수로 어머니를 살해하고, 복수의 여신에게 쫓겨 이국으로 도망친다. 아가멤논 가문의 누대에 걸친 근친살해는 오래전 조상인 탄탈로스의 악행에서 비롯되었다. 그가 자기 아들을 죽여 만든 요리를 신들에게 대접했기 때문에 제우스로부터 벌을 받게 된 것이다. 이 근친살해 저주는 이피게네이아, 엘렉트라, 오레스테스 삼남매에서 끝난다.

괴테의 『이피게니에』에서 타우리스는 이피게니에가 여사제로 있는 가상의 섬이다. 오레스트는 이곳에 누이가 있다는 신탁을 듣고 찾아오는데, 오랫동안 떨어져 자랐기에 처음에는 서로를 알아보지 못한다. 그래도 두 사람은 결국 혈연임을 확인하고, 가문의 근친살해 저주를 극복하자고 다짐하며 함께 그리스를 향해 출발한다.

문시 형식으로 쓰였고 가끔씩 이암보스[30]로 되어 있기도 하다
가 또 어떤 데는 다른 율격과 비슷하기도 하다. 그래서 대단히
재치 있게 낭독해 그 결함을 감추지 않으면 효과가 많이 떨어
질 것이다. 헤르더는 이 점에 대해 특별한 주의를 촉구했다. 그
리고 내가 장기여행 계획을 다른 사람들은 물론이고 헤르더에
게도 비밀로 했기 때문에 그는 언제나 그랬듯이 내가 등산이나
가는 것으로 생각했고, 대체로 그는 광물학이나 지질학 같은
것은 무시하는 편이어서 나에게 돈도 나오지 않는 돌 조각이나
쪼개고 있지 말고 이 작품에 전력을 기울이라고 충고해 주기까
지 했다. 나는 호의로 가득 찬 충고를 많이 들어왔지만, 아직까
지는 나의 주의를 그쪽으로 돌릴 수가 없다. 이제야말로『이피
게니에』를 보따리에서 꺼내 나의 동반자로서 아름답고 따뜻한
나라로 데려갈 것이다. 날은 길고, 명상을 방해할 것은 아무것
도 없다. 주위의 아름다운 경치는 시상(詩想)을 억압하기는커
녕 오히려 움직임과 자유스러운 공기를 동반하여 한층 더 촉진
할 뿐이다.

---

30) Iambos. 고대 그리스의 율격으로, 약강격의 운각이다. 그리스 서사시
와 비극에 쓰였던 강약약6보격(Dactylic hexameter)과 대비되며, 주로 희극과
풍자시에 사용되었다.

브렌네르에서 베로나까지

1786년 9월 11일 아침, 트렌토

꼬박 50시간 동안 쉴 새 없이 돌아다니다가 어제저녁 8시에 이 곳에 도착했다. 그리고 곧바로 곯아떨어졌다 일어났기 때문에 이제 이야기를 계속할 기력이 생겼다. 9일 저녁, 일기의 첫 장 을 다 쓰고 나서, 숙소였던 브렌네르의 역사(驛舍)를 다시 스케 치해 보려고 했으나 잘되지 않았다. 그 특성을 글로 옮기지 못 하여 기분이 상한 채로 되돌아왔다. 주인은 달도 밝고 길도 좋 은데 출발할 생각이 없느냐고 내게 물었다. 나는 주인이 내일 아침에 목초를 운반하는 데 말이 필요하기 때문에 그때까지 돌 아오고 싶어 한다는 것을 알고 있었다. 그의 제안에는 이기적 인 계산속이 들어 있기는 했지만 내 마음속 움직임과 일치했기 때문에 받아들이기로 했다. 태양이 다시 모습을 나타냈고 공 기는 나쁘지 않았다. 나는 짐을 꾸려서 저녁 7시경에 출발했다. 대기가 구름을 쫓아버려서 야경이 아름다웠다.

마부는 잠이 들었지만 말들은 빠른 걸음으로 내리막을 달 렸다. 항상 다니는 눈에 익은 길이기 때문이다. 평지에 도달하자 속력이 차츰 느려졌다. 마부는 잠에서 깨어났고 다시 말을 몰아 속도를 올렸다. 그리하여 나는 높이 솟은 바위 사이를 급류인 아디제[31]강을 따라 매우 빨리 달렸다. 달이 떠올라 장엄한 풍경을 비추었다. 물보라를 일으키며 흐르는 강 위로 오래된 가문비나무들 사이사이에 물레방아 몇 개가 어른거리는 풍경은 에베르딩언[32]의 그림과 똑같았다.

9시에 슈테르칭[33]에 도착했을 때 마부는 내가 어서 떠났으면 하는 눈치를 보였다. 자정에 미테발트[34]에 다다랐는데 마부만 빼고 모두 깊이 잠들어 있었다. 거기서 다시 브릭센[35]으로 향했다. 그곳에서도 나는 납치당한 사람처럼 이리저리 이끌려서 아침 해가 떠오를 때 콜만[36]에 도착했다. 마부마다 혼이 나갈 정도로 말을 빨리 몰았다. 그렇게 경치 좋은 곳을 한밤

---

31) Adige. 이탈리아에서 두 번째로 긴 강으로(410킬로미터), 알프스에서 발원해 이탈리아 북동부를 흘러 아드리아해로 들어간다.

32) 알라르트 판 에베르딩언(Allaert Van Everdingen, 1621~1675). 네덜란드 알크마르 태생의 화가, 동판화가. 플랑드르 화파의 거장들에게 그림을 배우고, 스칸디나비아반도를 여행한 경험을 살려 생동감 넘치는 풍경화를 그렸다. 괴테 시절 프랑크푸르트 미술계는 플랑드르 화풍의 지대한 영향을 받았다.

33) Sterzing. 남부 티롤, 북부 이탈리아의 도시로, 이탈리아 명칭은 비피테노(Vipiteno)다.

34) 원문에는 '미텐발트(Mittenwald)'로 되어 있으나, 위치로 보아 미테발트(Mittewald)의 오기(誤記)다. 미텐발트는 인스부르크 위쪽 바이에른 지역이고, 미테발트는 슈테르칭과 브릭센 사이에 있는 작은 마을이다. 당시는 합스부르크 군주국 영토였으나 오늘날은 이탈리아다. 공식 표기는 메차셀바(Mezzaselva).

35) Brixen. 브렌네르고개 너머의 이탈리아와 오스트리아의 국경지대로, 이탈리아 명칭은 브레사논(Bressanone)이다. 브릭센은 590년경부터 바이에른 왕국의 영토였다가, 1802년 오스트리아 제국령에 편입되었으며, 1차 세계대전 직후 이탈리아 영토가 되었다.

36) Kollmann. '콜마(Colma)'로도 표기한다. 오늘날은 북부 이탈리아 바르뱌노(Barbiano)시에 속한 작은 동네.

중에 날다시피 일사천리로 통과하는 것은 대단히 유감스러운 일이었지만, 배후로부터 순풍이 불어와 내가 희망하는 방향으로 빨리 달리게 해준 것을 퍽 기쁘게 생각했다. 날이 밝자 처음으로 포도밭 언덕을 볼 수 있었다. 배와 복숭아를 가지고 가는 여인을 지나쳤다. 토이첸[37])을 향해 달려서 7시에 그곳에 도착했다. 곧 다시 길을 떠났다. 그리고 얼마 동안 북쪽을 향해 달리니 태양이 높이 솟았을 때 볼차노[38])가 위치하고 있는 계곡을 볼 수 있었다. 그곳은 상당히 높은 곳까지 개간된 험준한 산에 둘러싸여 있었는데 남쪽은 열려 있고 북쪽은 티롤의 산들로 막혀 있었다. 온화하고 부드러운 바람이 그 지역 일대를 가득채우고 있었다. 그곳에서 아디제강은 다시 남쪽으로 꺾어졌다. 산기슭의 언덕은 포도밭으로 쓰이고 있었다. 길고 나지막한 받침대 위에 포도 넝쿨이 가로누워 자라고 있었고, 푸른 포도송이가 보기 좋게 매달린 채 가까운 지면의 열을 받아 익어가고 있었다. 골짜기 사이의 평지에도, 보통은 그저 목장이 있을 법한 곳에서도 포도가 가득 재배되고 있었고, 사이사이에는 옥수수가 줄기를 길게 빼고 있었다. 가끔 키가 10피트나 되는 것도 보였다. 섬유질로 된 수꽃은 결실 후 얼마 있다가 잘라버려야 하지만 아직 그대로 있었다.

반짝이는 햇빛을 받으며 나는 볼차노에 도착했다. 많은 상인들이 모여 있었는데 그을린 얼굴 표정은 내게 호감을 주었

---

37) Teutschen. 이탈리아어 지명은 산타트리니타(Santa Trinità).
38) Bolzano. 괴테는 보첸(Bozen)이라는 독일어 지명을 썼다. 남부 티롤 알프스에서 이탈리아로 들어가는 관문에 있는 도시로, 북유럽과 남유럽을 잇는 다리로 여겨지며, 오늘날에도 독일어와 이탈리아어가 모두 쓰이고 있다.

다. 안정되고 안락한 생활이 그들의 얼굴에 생생하게 나타나 있었다. 광장에는 과일 파는 여자들이 자리를 차지하고 있었다. 직경이 4피트 이상이나 되는 둥글넓적한 광주리 안에 상하지 않도록 복숭아가 가지런히 놓여 있었다. 배도 같은 방식으로 놓여 있었다.

그때 나는 레겐스부르크의 여관집 창문에 누군가 낙서해 놓았던 문구를 떠올렸다.

복숭아와 멜론은
남작의 입을 위한 것이고
회초리와 막대기는
솔로몬이 말했듯이
어리석은 자들을 위한 것이다.

북국 태생의 어느 귀족이 이 글을 쓴 것은 틀림없는 일이고 또한 그 사람이 여기를 들렀다면 생각을 바꾸었으리라는 것도 틀림없는 일이다.

볼차노의 시장에서는 견직물이 잘 팔리며, 모직물과 산지에서 모아 온 피혁류도 시장에 나와 있다. 시장을 가득 메운 상인들 중에는 주로 수급을 한다든지, 주문을 받는다든지, 새로운 외상 거래를 트려는 목적으로 오는 사람들도 있다. 나는 여기서 한꺼번에 모을 수 있는 산물들을 모조리 조사해 보고 싶었지만, 쫓기는 듯한 기분과 배후에서 다가오는 불안이 나를 한가하게 놓아두지 않았다. 나는 금방 출발했다. 요즘은 통계가 유행하고 있으니 아마 이런 것들이 모두 인쇄되어 있어서, 수

시로 책에서 지식을 얻을 수 있을 것이라고 생각하면 마음이 편해진다. 그러나 지금의 나에게는 책에서도 그림에서도 얻을 수 없는 감각적 인상이 중요한 것이다. 내게 필요한 것은 다시 세상일에 관심을 갖고, 나의 관찰력을 시험하는 일이다. 그리고 나의 학문이나 지식이 어느 정도인지, 나의 눈이 맑고 순수한지, 얼마나 많은 것을 신속하게 파악할 수 있는지, 나의 정서 속에 각인된 주름들을 지워 원상회복시킬 수 있는지 여부를 사색해야 한다. 스스로 신변의 일을 처리해야 하고 항상 조심스럽고 침착해야만 한다는 현실이 벌써 요 며칠 사이에 예전과는 전혀 다른 정신적 탄력을 준다. 이전에는 다만 생각하고, 목표를 세우고, 기획하고, 명령하고, 받아쓰게 하는 것이 고작이었는데, 지금은 몸소 환율에 신경 쓰고, 환전을 하고, 돈을 계산해 지불하고, 메모도 하고, 편지도 써야 하는 것이다.

볼차노에서 트렌토까지는 9마일 정도 거리인데 계곡은 점차 비옥해진다. 높은 산지에서는 어떻게든 근근이 살아남으려고만 하던 식물들도 여기서는 모두 힘과 생기를 증가시키고 있다. 태양은 따뜻하게 빛을 뿌리고 있다. 이제 다시 하느님을 믿는 마음을 회복할 수 있을 것이다.

가난해 보이는 한 여인이 나에게 말을 걸더니, 땅바닥이 뜨거워서 어린아이의 발이 델 지경이니 마차에 아이를 태워달라고 했다. 강렬한 태양에 경의를 표하면서, 나는 자비심을 발휘해서 아이를 태웠다. 그 아이는 이상스럽게 화장을 하고 여러 가지 치장을 하고 있었는데, 여러 나라 말로 말을 걸어도 도무지 알아듣지 못했다.

아디제강의 물살은 이제 완만해지고 여기저기에 넓은 갯

벌을 형성하고 있다. 냇가 근처의 땅에는 언덕 중턱까지 숨이 막힐 정도로 빽빽이 나무가 심겨 있다. 포도, 옥수수, 뽕나무, 사과, 배, 호두나무 등. 돌담 너머에는 접골목 가지가 힘차게 고개를 내밀고 있다. 담쟁이덩굴은 튼튼한 줄기로 바위를 타고 올라와 바위 전체를 휘감고 있다. 그 사이를 헤치며 도마뱀이 지나간다. 그 밖에 여기저기 보이는 모든 것들은 더없이 마음에 드는 한 폭의 그림을 연상시킨다. 여인들의 땋아올린 머리, 남자들의 드러낸 가슴과 윗도리, 그들이 시장에서 몰고 돌아가는 건장한 소, 짐을 실은 작은 당나귀 등 모든 것이 생생하게 약동하는 하인리히 로스[39]의 그림과 똑같다. 저녁이 되면 날씨도 온화해지고, 몇 조각의 구름이 산자락에서 쉬며, 또 다른 조각들은 하늘에 떠 있다기보다는 하늘에 머물러 있다고 해야 한다. 그리고 해가 떨어지면 금방 귀뚜라미의 시끄러운 울음소리가 들리기 시작한다. 이런 때에는 이곳이 정말 고향 같은 기분이 들고, 내가 숨어 다니는 신세라든가 유랑의 몸이라는 생각은 들지 않는다. 마치 이곳에서 태어나서 자라고, 방금 그린란드까지 고래잡이 항해를 떠났다가 돌아온 듯한 기분에 젖는다. 지금껏 깨닫지 못하고 있었는데, 마차가 지나갈 때 주위에 일어나는 모래 먼지까지도, 고국의 모래 먼지라고 생각하면 반갑게 느껴진다. 종소리나 방울 소리 같은 귀뚜라미의 울음소리도 꽤 사랑스러워서 높고 날카롭기는 하지만 불쾌하지는 않다. 장난꾸러기 소년들이 한 무리의 여자 가수들과 경쟁하듯 휘파람

---

39) 요한 하인리히 로스(Johann Heinrich Roos, 1631~1685). 암스테르담 태생으로 프랑크푸르트에서 활동한 화가다. 말, 소, 양 등의 동물 그림이 유명하다.

을 불어대는 것은 우습게 들린다. 그들이 정말로 서로들 소리 높여 경쟁하고 있다고 공상하게 되어버린다. 저녁때도 낮처럼 참 온화하다.

이런 것들 때문에 내가 좋아서 어쩔 줄 모르고 있다는 사실을 남쪽 나라에 사는 사람 혹은 남쪽 나라 출신 사람이 들었다면 나를 어린애 같다고 생각했을 것이다. 아, 내가 여기서 토로하는 것은 오랫동안, 저 진저리나는 날씨에 시달리면서 꾹 참고 견뎌온 세월 동안, 익히 알고 있던 것이다. 그리고 이제 나는 기꺼이 이 기쁨을, 인간에게는 영원히 절실한 자연적 욕구로서 언제든지 누려 마땅한 그것을 특별한 예외인 양 느끼고자 하는 것이다.

9월 10일 저녁, 트렌토

거리를 돌아다니다 숙소로 돌아왔다. 상당히 오래된 거리였지만 몇몇 가로에는 새로 지은 괜찮은 집들이 있었다. 성당에는 종교회의에 모인 사람들이 예수회 총장의 교리 강연을 듣고 있는 그림이 걸려 있었다. 그가 사람들에게 무슨 강의를 했는지 나도 한번 들어보고 싶은 생각이 든다. 이러한 교부(敎父)들의 교회는 정면에 붉은 대리석 기둥이 있어서 언뜻 보아도 금방 구별할 수 있다. 무거운 휘장이 먼지를 막기 위해 입구를 가리고 있었다. 나는 휘장을 젖히고 성당의 조그마한 별당으로 들어갔다. 본당 철문은 잠겨 있었지만 쇠창살 사이로 내부가 보였다. 성당 안은 조용했고 죽음의 정적이 깃들어 있었다. 그곳에서는 이제 예배를 보지 않는 것이다. 앞문이 열려 있는 것은 모든 교회가 저녁기도 시간에는 문을 열어놓는다는 규칙에 따른 것뿐이다.

그런데 내가 거기에 서서 다른 예수회 성당과 비슷한 건축 양식을 관찰하고 있을 때 한 늙은 남자가 들어와서는 검은 두건을 벗었다. 낡고 퇴색한 검은 의복으로 보아 그가 퇴락한 성직자라는 것을 알 수 있었다. 그는 쇠창살 앞에서 무릎을 꿇고 잠시 기도를 올린 다음 일어섰다. 돌아서면서 그는 낮은 소리로 혼잣말을 했다.

"그놈들이 예수회 사도들을 몰아낸 거야. 그러니까 그놈들이 이 성당에 들인 비용도 냈어야 할 것이 아닌가? 나는 잘 알고 있어. 이 성당에 얼마나 돈이 들어갔는지. 그리고 신학교에도 몇 천은 쏟아부었지."

이렇게 중얼거리면서 그는 밖으로 나갔다. 그 바람에 휘장도 그 남자 뒤에서 내려졌다. 나는 그 휘장을 살짝 들어 올리고는 몸을 움직이지 않고 가만히 있었다. 그 검은 옷의 사나이는 계단 위에 버티고 서서 다시 중얼거리기 시작했다.

"황제가 그렇게 한 게 아니야. 교황이 한 것이지." 얼굴은 거리 쪽으로 향한 채 그는 내가 보고 있는 줄도 모르고 말을 이어갔다. "맨 먼저 에스파냐의 신도들, 그다음에 우리들, 그리고 프랑스인들. 아벨이 흘린 피가 자신의 형 카인을 저주하고 있구나."[40]

---

[40] 이 대목은 당시 가톨릭의 예수회 탄압을 암시한다. 예수회는 1517년 마르틴 루터(Martin Luther, 1483~1546)에 의해 촉발된 종교개혁에 대항하여, 1540년 에스파냐 수도자 이그나티우스 데 로욜라(Ignatius de Loyola)가 가톨릭 내부의 개혁을 주장하며 파리에서 창설한 남자 수도회다. 이후 18세기까지 예수회는 교황과 가톨릭의 핵심 세력으로 성장했으나, 예수회의 급진적 성격에 대해 전통적인 가톨릭 군주들은 반감을 가졌다. 결국 예수회는 1759년 포르투갈에서, 1764년 프랑스에서, 1773년 에스파냐에서 추방되었다. 이즈음 교황 클레멘

이렇게 혼잣말을 하면서 그는 계단을 내려가 거리로 사라졌다. 아마도 그는 예수회에 속해 있다가 교단이 몰락하는 바람에 머리가 돌아버려서, 지금껏 매일같이 텅 빈 예배당에 찾아와서는 신도들이 가득하던 옛날을 더듬으며 잠깐 기도를 올린 다음, 적들을 저주하는 말을 퍼붓고 가는 모양이었다.

어느 젊은이에게 이 거리의 명소를 물었더니 '악마의 집'으로 통한다는 곳을 알려주었다. 그 집은 언제나 무엇이든 파괴하는 것이 보통인 악마가 어느 날 밤 돌들을 운반해서 하룻밤 사이에 뚝딱 지어버렸다는 이야기가 전해져 내려온다고 한다. 내 생각에 그 젊은이는 이 집의 진짜 특이한 점을 알아채지 못한 것 같다. 이 집은 내가 트렌토에서 본 건축물 중에서 유일하게 고상한 취미를 느낄 수 있는 건물이다. 상당히 오래전에 틀림없이 뛰어난 이탈리아인이 지었으리라고 생각한다.[41]

저녁 5시에 출발했다. 풍경은 어제저녁과 똑같았고 해가 지자마자 귀뚜라미가 시끄럽게 울기 시작했다. 1마일 정도 돌담 사이를 지나는데 담 너머로 포도밭이 보였다. 그다지 높지 않은 다른 돌담 위에는 지나가는 사람이 포도가 잘 익었나 맛이나 볼까 하며 슬그머니 손을 뻗지 못하도록 돌이나 가시덤불

스 13세의 급작스러운 서거로 교황 선거가 이루어지게 되었고, 강가넬리 추기경(Giovanni Vincenzo Antonio Ganganelli, 1705~1774)이 예수회 해체를 지지하는 입장을 표명해 1769년에 교황(클레멘스 14세)으로 선출되었다. 교황은 1773년 예수회의 해체를 공식 선언했다.

41) 트렌토의 악마의 궁전(Palazzo del Diavolo)은 아우구스부르크 출신의 부유한 은행가 게오르크 푸거(Georg Fugger, 1560~1634)가 트렌토의 귀족 엘레나 마드루초(Elena Madruzzo, 1564~1627)와 결혼하기 위해 1581년에 지은 집이다.

등을 쌓아올려 놓았다. 어떤 주인은 포도를 따 먹지 못하게 하려고 맨 앞쪽 몇 줄에다 석회를 뿌려놓았다. 발효되면 석회분이 다 없어지기 때문에 포도주에는 아무런 해가 없다.

9월 11일 밤

드디어 로베레도[42)]에 도착했다. 이곳은 언어의 경계선이다. 여기까지 오는 동안은 줄곧 독일어와 이탈리아어가 혼용되었다. 이곳에서 처음으로 나는 이탈리아 토박이 마부를 만났다. 술집 주인도 독일어는 한마디도 못한다. 이제 나의 어학 실력을 시험해 볼 수 있게 되었다. 내가 좋아하는 언어가 살아나서 일상어가 된다고 생각하니 얼마나 기쁜지 모르겠다.

9월 12일 식후, 토르볼레

나는 여러분을 한순간만이라도 이리로 모셔서 눈앞에 놓여 있는 이 아름다운 전망을 함께 즐길 수 있으면 얼마나 좋을까 하는 생각이 간절하다. 오늘 저녁에 나는 베로나에 도착해 있어야 했지만, 근처에 천연의 경승지인 가르다호수가 있어 그곳에 들르느라고 먼 길을 돌게 되었다. 그러나 그만한 가치는 충분히 있었다. 5시가 지나서 로베레도를 떠나 아디제강으로 흐르는 측면의 골짜기를 따라 올라갔다. 꼭대기에 이르자 무시무시하게 큰 바위와 마주쳤는데 가르다호로 내려가기 위해서는 반드시 그 바위를 넘어서야 했다. 그곳에는 그림 연습하기에 아주 좋은 석회암이 있었다. 다 내려오면 호수의 북쪽 끝에 조그

---

42) Roveredo. 오늘날 공식 지명은 로베레토(Rovereto)지만, 현지인들은 지금도 로베레도라는 이름을 사용한다.

마한 동네가 있다. 그곳은 조그만 항구(라기보다는 선착장이라고 하는 것이 적당하겠다.)로 토르볼레[43]라고 한다. 무화과나무는 오르막길에서 여러 번 보았는데 절구 모양의 골짜기로 내려가면서 처음으로 올리브나무를, 그것도 열매가 가득 달린 놈으로 발견했다. 그리고 하얗고 작은 무화과를 역시 이곳에서 처음으로 보았는데 란시에리 백작 부인[44]이 말한 대로 무화과 따위는 이곳에서 흔해빠진 과일이었다.

내가 지금 앉아 있는 이 방에는 안뜰로 향하는 문이 하나 있다. 나는 그곳으로 테이블을 가지고 가서 경치를 몇 줄의 선으로 스케치했다. 호수는 거의 끝에서 끝까지 한눈에 내려다볼 수 있었는데 왼쪽 끝만이 약간 가려져 있었다. 양쪽이 언덕과 산으로 둘러싸인 호반은 셀 수 없이 많은 작은 촌락들로 반짝이고 있었다.

자정이 지나면 바람은 북쪽에서 남쪽으로 분다. 그래서 호수를 내려가려고 하는 사람은 이때 배를 타지 않으면 안 된다. 해가 뜨기 한두 시간 전이면 벌써 바람의 방향이 바뀌어 북쪽으로 불기 때문이다. 오후인 지금쯤은 내가 있는 쪽으로 강한 바람이 불어 뜨거운 햇볕을 식혀준다. 폴크만[45]은 나에게 이

---

43) Torbole. 해발 67미터의 산악지대에 위치했음에도, 이탈리아에서 가장 큰 가르다 호숫가에 자리하여 선박이 주요 교통수단임을. 빙하시대의 지질을 관찰할 수 있으며 희귀종 식물군이 자생하고 있다.

44) 알로이시아 란시에리(Aloysia Lanthieri). 바겐스페르크(Wagensperg, 오늘날 슬로베니아의 보겐슈페르크)의 유서 깊은 귀족 가문 출신으로, 괴테의 카를스바트 휴가여행에 함께한 친구들 중 하나다.

45) 요한 야코프 폴크만(Johann Jakob Volkmann, 1732~1803). 독일 함부르크 태생의 작가로, 유럽 전역을 여행하고 98권에 이르는 방대한 탐방기를 썼다. 괴테는 폴크만의 『이탈리아 역사문화 탐방기(Historisch-kritische

호수가 이전에는 베나쿠스라고 불렸다는 사실을 알려준다. 그리고 그 이름이 언급된 베르길리우스의 시구 하나를 인용하고 있다.

　　바다와도 같이 파도치고 울리는 그대 베나쿠스여.

　　이것은 내가 그 내용에 해당하는 실물을 생생하게 눈앞에서 본 최초의 라틴어 시다. 그리고 마침 바람이 점점 강해지고 호수가 더욱 높은 파도를 항구로 몰아치는 지금 이 순간, 그 시의 진리는 수백 년 전과 똑같다. 여러 가지가 많이 변했지만 바람만은 여전히 호수 위에 몰아치고 있고, 그것을 바라보고 있으면 베르길리우스의 시구가 지금도 더욱 빛나는 것 같다.

　　북위 45도 50분 지점에서 이것을 기록했다.

　　저녁에 시원한 바람 속을 산책했다. 지금 나는 정말 새로운 곳에, 전혀 낯선 지방에 와 있음을 느낀다. 사람들은 모두 태평하게 도원경에서 살고 있다. 첫째로 문에는 자물쇠가 없다. 그래도 주막집 주인은 조금도 걱정할 것이 없다고 나에게 장담했다. 심지어 내가 가지고 있는 물건이 모두 다이아몬드로 되어 있다 하더라도 염려 없다는 말까지 하는 것이었다. 둘째로 창에는 유리 대신 기름종이가 발라져 있다. 셋째로 무엇보다도 긴요한 변소가 없다. 이곳 사람들은 대자연과 가깝게 생활하고

Nachrichten von Italien)』(1771, 전3권)를 가이드북으로 지참하고 여행길에 올랐다.

있다. 내가 하인에게 용변 볼 자리를 물었더니 그는 안뜰을 가리키면서 "저기서 하십시오."라고 했다. 그래서 내가 "어디 말이오?"라고 물으니 "아무 데나 맘에 드는 곳에서!"라고 친절히 대답하는 것이었다. 전체적으로 어디서나 천하태평의 분위기였으나, 그러면서도 활기 있고 부지런하기도 했다. 하루 종일 이웃 아낙네들은 수다를 떨고 소리를 지르지만, 동시에 모두 항상 무엇이든 지금 해야 할 일과 이루어야 할 일을 가지고 있는 것이다. 나는 아직 할 일이 없어 놀고 있는 여자를 보지 못했다.

주막 주인은 이탈리아식 억양으로 아주 맛있는 송어 요리를 식탁에 올릴 수 있게 되어서 다행이라고 말했다. 그 송어는 토르볼레 근처의 계곡 물이 강으로 떨어지는 지점에서 잡히는 종류인데 그 지점은 송어들이 물줄기를 거슬러 올라가는 길목이다. 황제는 1만 굴덴의 포획료를 징수한다고 한다. 하지만 실제 요리는 내가 아는 송어가 아니었는데, 몸집이 커서 때로는 50파운드나 나가고 머리에서부터 몸 전체에 반점이 박혀 있는 놈이었다. 맛은 송어와 연어의 중간쯤 되는데 연하고 감칠맛이 있었다.

그래도 내 입에 가장 잘 맞는 것은 과일이었다. 무화과와 배, 특히 레몬이 자라는 토질의 배는 맛이 대단할 수밖에 없다.

9월 13일 저녁

오늘 새벽 3시에 두 사람의 뱃사공과 함께 토르볼레를 떠났다. 처음에는 순풍이었기 때문에 돛을 달 수 있었다. 아침 경치가 기가 막히게 좋았다. 약간 흐렸지만 해가 뜨기 전에는 조용했다. 우리는 리모네 옆을 통과해 지나갔다. 계단식으로 레몬 나무를 심어놓은 리모네의 산비탈 과수원은 풍요롭고 아름다운 광경이었다. 과수원 전체에 걸쳐 몇 줄의 하얀 사각형 지주가 줄지어 있었고, 각기 일정한 간격을 두고 계단 모양으로 산허리를 향해 뻗쳐 있었다. 그 지주 위에는 튼튼한 막대기가 걸쳐 있는데 겨울이 되면 그 안에 심긴 나무를 덮어주도록 되어 있었다. 배가 천천히 움직였기 때문에 이러한 재미있는 광경을 자세히 관찰할 수 있었다. 그리하여 우리가 벌써 말체시네 근방을 통과했을 때, 바람의 방향이 완전히 바뀌었고 늘 그랬듯이 낮 바람이 되어 북풍이 불기 시작했다. 아무리 노를 저어도 그 강력한 힘에는 대항할 수가 없었다. 그래서 우리는 하는 수 없이 말체시네[46] 항구에 배를 댔다. 이곳은 호수 동쪽에 위치한 최초의 베네치아 부락이다. 뱃길은 오늘 어디에 닿는다고 미리 예정할 수 없는 것이다. 이곳에 체재하는 시간을 최대한으로 이용할 작정이다. 특히 호숫가의 성은 좋은 피사체이므로 그림을 그려보려 한다. 오늘 배를 타고 지나오면서도 벌써 한 장의 스케치를 그렸다.

9월 14일

어제 나를 말체시네 항구로 몰아넣었던 그 역풍은 약간 위험한 모험을 겪게 했으나, 그 모험은 유유히 극복했고 지금 다시 생각하면 유쾌하다. 나는 예정대로 아침 일찍 성으로 갔다. 그 성

---

46) Malcesine. 베네치아에서 북서쪽으로 120킬로미터 떨어진, 가르다 호반도시인 말체시네는 당시 베네치아 공국령이었다. 1797년 나폴레옹의 정복 이후 한때 오스트리아 영토였다가, 1866년부터 이탈리아 왕국에 속하게 되었다.

에는 문도 없고 수위도 없어서 누구나 마음대로 출입이 가능했다. 나는 정원에서 바위를 뚫고 세운 옛 탑과 마주하고 자리를 잡았다. 그림을 그리기에 가장 편한 곳이었기 때문이다. 즉 계단을 서너 단 올라가서 있는 잠긴 문 측벽에 장식을 한 돌 의자가 있었다는 말이다. 독일에서도 오래된 건물이면 지금도 볼 수 있는 것이다.

잠시 앉아 있으니까 어느새 여러 사람이 정원으로 들어와서 왔다 갔다 하며 나를 신기한 듯 바라보았다. 구경꾼은 점점 더 많아져서 나중에는 모두들 우두커니 서서 나를 둘러싸 버린 형국이 되었다. 나는 내가 그림을 그리는 것이 이상해 보여서 그러려니 생각하면서 모른 척하고 내 할 일을 계속했다. 그러자 그다지 풍채가 좋다고는 할 수 없는 한 남자가 내게 무엇을 하고 있느냐고 물었다. 그래서 나는 말체시네에 온 기념으로 이 옛 탑을 그리는 것이라고 대답했다. 그러자 그 남자는 그것은 위법이니 즉시 중지하라고 말했다. 그의 말은 베네치아 사투리인 데다 교양 없는 언어였기 때문에 나는 거의 알아들을 수가 없었다. 그래서 무슨 말을 하고 있는지 모르겠다고 말했더니 그자는 다짜고짜 이탈리아식 배짱을 발휘하여 내가 그림을 그리던 종이를 잡아채서 찢은 후에 다시 화판 위에다 올려놓았다. 그러자 둘러서 있던 사람들 사이에서도 불만의 소리가 나오는 것을 감지할 수 있었다. 특히 어떤 나이 지긋한 여자는 그렇게 할 것이 아니라 영주를 불러다가 옳고 그른 것을 가리게 해야 한다고 말했다. 나는 문에 등을 기댄 채로 그 계단 위에 버티고 서서 점점 늘어나는 군중을 내려다보았다. 호기심에 찬 여러 눈동자들, 대부분의 얼굴에서 보이는 선량한 표정들,

그 밖에 이민족의 특색을 나타내는 모든 점들이 나에게는 더없이 재미있는 인상을 주었다. 일찍이 에터스부르크 극장[47]에서 내가 트로이프로인트 역할을 할 때 놀리곤 했던 새들의 합창대를 바로 눈앞에서 보는 것 같은 기분이었다. 나는 아주 명랑해져서, 영주가 비서를 데리고 도착했을 때 당당한 태도로 인사하고, 무엇 때문에 그 성채를 그렸느냐는 질문에 이곳은 예전에 성이 있었던 자리이지 성채로는 인정할 수 없다고 상냥하게 대답했다. 나는 그 밖의 사람들에게도 탑도 무너져 있고 성벽도 허물어져 있는 것을 지적하면서, 성문도 없거니와 아무런 방비도 되어 있지 않은 점을 강조하고 그곳은 폐허에 불과하며 나는 다만 폐허를 스케치해 볼 생각이었을 뿐이라고 단언했다.

폐허라면 대체 무엇이 신기해서 그리려 했느냐고 묻기에, 나는 천천히 시간을 들여 이해하기 쉽도록 세세하게 설명해 주었다. 즉 얼마나 많은 여행자들이 단지 폐허를 보기 위해 이탈리아로 오는지, 세계의 수도인 로마는 야만인들에 의해 파괴된 폐허에 지나지 않지만 그 폐허야말로 백 번, 천 번 훌륭한 그림의 소재가 되었다는 사실을 말해주었다. 그리고 고대 유적 중에서도 베로나의 원형극장만큼 완전한 모습으로 남아 있는 것은 드문 일이며, 이제부터 그것을 구경하러 갈 참이라고 덧붙였다.

영주는 내 앞의 몇 단 아래 계단에 서 있었는데 키가 늘씬

---

47) 공식 명칭은 아마추어극장(Liebhabertheater)인데, 궁정에 딸린 소극장들에 흔히 쓰인 이름이다. 에터스부르크 성(Schloß Ettersburg)은 바이마르 군주들이 여름별장으로 사용했던 별궁으로, 이곳 소극장에서 「새들」이 초연되었다.

하지만 말랐다고는 할 수 없는 30세가량의 남자였다. 그의 미련하게 생긴 얼굴은 둔중한 그의 질문 방식과 잘 어울렸다. 키가 작고 똑똑해 보이는 비서도 이런 종류의 사건은 처음인 듯 어떻게 처리해야 할지 판단이 서지 않는 것 같았다. 나는 계속해서 비슷한 이야기를 몇 가지 했는데 여러 사람이 나의 이야기에 즐거이 귀를 기울였다. 나의 눈길이 호의적인 몇몇 여인들의 얼굴 위를 지나갈 때 나는 동감과 찬성의 표정을 읽을 수 있었다.

그러나 그 지방 사람들이 아레나라고 부르는 베로나의 원형극장에 대하여 언급했을 때, 비서는 그사이에 궁리를 해두었다가, 그것은 세계적으로 유명한 로마 시대의 건물이니까 그럴지도 모르지만 여기 이 성의 탑에는 별다른 것이 하나도 없고 단지 베네치아와 합스부르크 군주국의 경계에 불과하니까 그런 것을 정탐하여서는 안 된다고 말했다. 나는 그 말에 대해서 또 장황하게 반론을 전개했다. 그리스나 로마의 유적뿐 아니라 중세의 고적에도 주목할 만한 가치가 있으며, 이 지방 사람들은 어려서부터 항상 보아온 탓에 이 건물에서 화가적 관점으로 본 아름다움을 발견하지 못하는 것이 당연한 일이라고 역설했다. 그때 마침 아침 햇빛이 탑과 암석과 성벽을 아주 아름답게 비춰주었기 때문에 나는 그들에게 그 광경의 아름다움을 열심히 설명했다. 그런데 군중은 내가 찬양한 광경을 등 뒤에 두고 있었고 또한 나에게서 완전히 돌아서려고도 하지 않았기 때문에 내가 그들 귀에 열심히 찬양한 것을 눈으로 보기 위해서는 일제히 개미잡이라고 불리는 새처럼 머리를 획 돌려야 했다. 영주 자신도 비록 약간 위엄은 있었지만 역시 내가 설명한 광경을 돌아보았다. 그 꼴이 어찌나 우스꽝스러웠던지 나는 점점 더 명랑해졌다. 그래서 나는 그들에게 벌써 수백 년 동안 암석과 성벽을 울창하게 장식하고 있는 담쟁이덩굴에 대해서까지 하나도 빼놓지 않고 자세히 설명했다.

비서가 이에 대해 말하기를, 내 말이 그럴듯하기는 하지만 요제프 황제[48]는 도무지 마음을 놓을 수 없는 분이고 필경 자기네 베네치아 공화국에 대하여 무슨 음모를 꾸미고 있을지도 모르는 일이며, 나도 황제의 신하인 것으로 보이고 이 지방을 정탐하기 위해 파견된 간첩일지도 모른다고 말했다.

"천만의 말씀이오." 나는 소리쳤다. "황제의 신하라고 하셨소? 자랑은 아니지만 나도 당신들과 마찬가지로 당당한 공화국의 시민입니다. 물론 국력이나 국토의 크기로 보아서 여러분의 나라인 베네치아 공화국과는 비교가 안 되지만 그래도 자치적인 제도를 가지고 있고 상업의 발달이나 국가의 재정, 관리들의 현명함이 독일의 여느 도시에 뒤지지 않습니다. 나는 다름 아닌 프랑크푸르트암마인에서 출생한 사람이며, 그 이름과 명성은 아마 이곳에도 알려져 있을 것입니다."

"마인 강변의 프랑크푸르트에서 오셨다고요!" 어느 젊고

---

48) 요제프 2세(Joseph II, 1741~1790, 재위 1765~1790)를 가리킨다. 합스부르크 왕가 출신으로, 당시 신성로마제국 황제였다. 개혁적 계몽주의자로 일찍부터 소문나 있었기 때문에, 오랜 전통과 질서의 상징이자 가톨릭의 본산인 이탈리아에는 위협적인 인물이었다. 그러나 전 유럽에 막강한 정치적 영향력을 발휘한 어머니 마리아 테레지아 합스부르크 황후의 그늘에 있는 동안에는 뜻을 펼치지 못하다가, 1780년 황후 사후부터 계몽군주로서의 면모를 본격적으로 드러냈다. 수도원을 해체하고 기독교도가 아니어도 대학 교육을 받을 수 있도록 하는 등, 정교 분리의 절대왕정을 추진했다. 괴테는 1782년 요제프 2세로부터 귀족 작위(von)를 받았다.

아름다운 여인이 외쳤다. "그러면 영주님, 이분이 어떤 신분의 사람인지 곧 알 수 있습니다. 좋은 분이라고 말할 수 있어요. 그곳에 오래 근무했던 그레고리오를 불러보십시오. 그 사람이 이 사건을 제일 잘 처리할 수 있을 것입니다."

어느새 내 주위에는 호의적인 얼굴이 더 많아진 것 같아 보였다. 인상이 좋지 않았던 최초의 무뢰한은 사라지고, 조금 후에 그레고리오가 나타났다. 사태는 일변해서 나에게 유리하게 전개되었다. 그레고리오는 50대의 남자였는데 가무잡잡한 이탈리아인 특유의 얼굴을 하고 있었다. 태도와 이야기는 낯설지 않았고 대뜸 자기가 볼론가로[49]에서 점원으로 일했었고, 그래서 그 집안 사정이나 도시에 대해 듣게 되는 것은 기쁜 일이며, 그 시절은 무척 유쾌한 기억으로 남아 있다고 말했다. 다행히도 그가 근무했던 기간은 내가 어렸을 때에 해당했다. 그래서 나는 당시의 상태와 그 후의 변한 모습을 상세히 이야기할 수 있어서 더욱 유리했다. 나는 그 도시의 이탈리아 집안들에 대해서는 죄다 알고 있었기 때문에 신나게 이야기했다. 그는 여러 가지 자세한 사정을 듣게 되었는데, 이를테면 알레시나[50] 씨가 1774년에 금혼식을 거행했다는 것, 그리고 기념메

---

49) 이탈리아 스트레사(Stresa) 출신으로 프랑크푸르트에 정착한 무역 거상(巨商) 요제프 볼론가로(Joseph Maria Markus Bolongaro, 1712~1779, 본명은 주세페)가 설립한 상관(商館)을 가리킨다. 담배와 향신료 등 수입품을 파는 큰 상점으로, 독일 여러 곳에 지점들이 있었다. 볼론가로는 프랑크푸르트 시민권을 얻었으며, 오늘날에도 프랑크푸르트에 그의 이름을 딴 거리와 저택이 있다.

50) 이탈리아 피에몬테 출신으로 프랑크푸르트에 정착한 비단 무역상인 요한 알레시나(Johann Maria Allesina, 1700~1778)와 그의 아내 프란체스카 브렌타노(Francesca Clara Brentano, 1705~1791)를 가리킨다.

달을 만들었는데 그것을 나 자신도 소유하고 있다는 것 등을 듣고는 매우 기뻐했다. 그는 또 그 부유한 상인의 부인이 브렌타노 집안 출신이라는 것도 잘 기억하고 있었다. 그 두 집안의 아이들과 손자들에 관해서도, 그 애들이 벌써 자라서 직업도 갖고 결혼도 해서 자식들도 생겼다는 것도 이야기해 줄 수 있었다. 이렇게 해서 그가 물어보는 거의 전부에 대하여 대단히 상세한 보고를 해주었더니 그의 얼굴에는 밝은 표정과 어두운 표정이 교차했다. 그는 기뻐했고 매우 감동했는데 그것을 본 군중은 더욱더 재미있어 하면서 우리의 대화를 싫증 내지 않고 들었다. 물론 우리 담화의 일부분은 그가 이 지방 사투리로 통역해 주지 않으면 안 되었다.

마침내 그가 영주에게 말했다. "영주님, 저는 이분이 훌륭하고 재능 있는 분이며 또한 학식이 있고, 연구 목적으로 여행하는 분이라는 것을 확신합니다. 이분을 석방하여 그 지방 사람들에게 우리의 좋은 점을 이야기하도록 해서 말체시네를 구경하러 오도록 선전하는 것이 좋겠습니다. 사실 이곳 경치는 외국인들을 감동시킬 만한 충분한 가치가 있습니다."

나는 이 친절한 말을 뒷받침하기 위해서 이 고장의 경치와 주민들을 칭찬하고 동시에 관리들도 현명하고 신중하다고 치켜세우는 것을 잊지 않았다.

그리하여 모든 것이 다 좋은 쪽으로 인정되어서 나는 그레고리오와 함께 마음대로 마을을 구경 다녀도 좋다는 허가를 받았다. 내가 유숙하고 있는 여관집 주인까지도 우리와 합세하여 말체시네의 좋은 점이 널리 알려지면 외국 손님들이 자기 집으로 몰려들 것이라고 벌써부터 좋아했다. 그는 대단한 호기심을 가지고 나의 의복들을 보았으며 간단하게 호주머니에 집어넣을 수 있는 소형 권총을 부러워했다. 이런 좋은 무기를 마음대로 가지고 다닐 수 있는 사람들은 참 좋겠다면서, 이곳에서는 총기 휴대가 법으로 엄격하게 금지되어 있다고 했다. 나는 몇 번이고 친근하게 말을 걸어오는 이 남자의 말을 중단시키고, 나의 구세주 그레고리오에게 감사의 뜻을 표했다.

"나에게 감사할 것 없습니다." 그는 선선하게 대답했다. "내게 무슨 신세진 것이 있겠어요. 저 영주님이 좀 더 현명하시고 그 비서가 이기주의자가 아니었다면 당신은 그렇게 쉽게 빠져나오지 못했을 것입니다. 영주는 어쩔 줄을 모르고 당신보다 더 난처해 했으며, 그 비서 놈은 당신을 체포해서 보고를 한다든지 베로나로 호송을 시킨다고 해보았자 돈 한 푼 굴러들어오지 않는다는 것을 잘 알고 있었지요. 그놈이 재빨리 계산을 해보았기 때문에 당신은 우리 이야기가 끝나기도 전에 자유의 몸이 되었던 것입니다."

그 선량한 사나이는 나를 자기 포도밭으로 초대하고 저녁때 직접 데리러 왔다. 호수가 내려다보이는 멋진 곳이었다. 그 친구의 열다섯 살 먹은 아들이 따라왔는데 녀석은 자기 아버지가 제일 잘 익은 포도송이를 찾고 있는 동안 나무에 올라가서 가장 맛있는 과일을 나에게 따 주라는 분부를 받았다.

순박하고 친절한 이 두 사람 사이에 끼어, 이 구석진 시골의 한없는 고독 속에서, 낮에 일어났던 사건을 돌이켜 생각해보았다. 인간이란 어쩌면 그렇게도 불가사의한 존재일까, 어째서 인간은 가족과 친지들 사이에 있으면 안전하고 편안하게 잘살 수 있는데도, 가끔 이 세계와 저 세계 속에 있는 내막을 직접 체험해 보고자 하는 즉흥적인 생각으로 일부러 불편과 위험 속으로 뛰어들까 하는 의문을 가지게 되었다.

한밤중에 여관집 주인은 그레고리오가 내게 선물한 과일 바구니를 들고 나를 전송해 주기 위해 선창까지 나왔다. 그리하여 나는 순풍에 돛을 달고, 라이스트리고네스[51]의 재앙이 될 뻔했던 그 강가를 떠났다.

그리고 그다음은 항해다! 거울과도 같은 수면과, 이에 접한 브레시아 강변이 어우러진 절경에 마음속까지 상쾌해지는 기쁨을 맛본 뒤, 이번 항해는 아무 탈 없이 잘 끝났다. 산맥의 서쪽에서 급경사가 끝나고 지대가 완만하게 호수 쪽으로 내리막을 이루는 곳에, 배로 약 한 시간 반 정도 거리에 걸쳐서 가르냐노, 볼리아코, 체치나, 토스콜라노, 마데르노, 베르돔[52], 살로 등의 촌락이 일렬로 나란히 있다. 거의가 대체로 길쭉한 모양을 한 마을들이다. 인구가 조밀한 이 지방의 품위에 대해서는 표현할 말이 없을 정도다. 아침 10시에 바르돌리노에 상륙해서 짐을 나귀 등에 싣고, 나는 다른 나귀에 올라탔다. 거기서부터 길은 아디제강의 계곡과 호수의 분지를 가르는 산등성이로 넘어간다. 태고의 물이 여기서 양쪽으로부터 합류해 엄청나게 큰 물줄기가 되면서, 그 작용으로 이 거대한 자갈 둑을 쌓아 올린 모양이다. 더 평온한 시대에는 비옥한 토양이 상층을 덮

---

51) 호메로스의 『오디세이아』에 등장하는 식인 거인 종족이다. 풍랑으로 바다 위를 떠돌다 라이스트리곤들이 사는 섬에 도착한 오디세우스는 이곳에서 부하들과 함선 11척을 잃고, 남은 한 척의 배로 가까스로 탈출한다.

52) Verdom. 이 지명에 해당하는 마을이 어디인지는 현대의 지도에서 확인되지 않는다. 다만 괴테의 이동경로로 볼 때, 오늘날 비골레(Vigole) 또는 가르돈 리비에라(Gardone Riviera) 정도의, 가르다 호반도시 중 하나다.

었다. 그러나 농부들은 아직까지도 땅속에서 나오는 표석 때문에 늘 괴로움을 겪고 있다. 될 수 있는 한 그것을 치워버리려고 하다 보니, 길가에 돌멩이들이 층층이 쌓여, 흡사 두터운 성벽 같은 것을 이루게 되었다. 이곳 고지대의 뽕나무는 수분 결핍으로 생기가 없는 듯하다. 우물 같은 것은 아예 생각조차 할 수 없다. 가끔 빗물을 모아놓은 웅덩이를 볼 수 있는데, 나귀들은 이 물로 목을 축인다. 마부들도 그러는 모양이다. 아래쪽 물가에는 저지대의 농원을 관개하기 위한 양수용 물레방아가 장치되어 있다.

여하튼 내리막길에서 바라보는 새 지역의 경치는 말로 다 표현할 수 없다. 고산과 단애의 기슭에 평평하게 지극히 잘 정리되어 있는, 종횡 수마일에 걸친 하나의 정원이다. 이렇게 해서 9월 14일 1시경에 이곳 베로나에 안착했다. 우선 이 글을 쓰고, 일기의 둘째 절을 다 써서 철해 놓고, 저녁에는 즐거운 마음으로 원형극장을 구경하러 갈 작정이다.

요 며칠간의 날씨에 관해서는 다음과 같이 보고해 둔다. 9일부터 10일에 걸친 밤은 갰다가 흐렸다가 했다. 달의 주위에는 시종 달무리가 져 있었다. 새벽 5시경에는 하늘 전체가 회색빛 엷은 구름에 덮여 있었으나 이것도 해가 높아짐에 따라 사라져버렸다. 아래로 내려가면서 날씨는 점점 좋아졌다. 그런데 볼차노까지 오니 높은 산봉우리들이 북쪽에 연이어 있어서 하늘 모양이 전혀 다르게 보였다. 조금씩 농담의 차이가 나는 푸른색 때문에 그 색깔의 대조가 아름다운 원근의 풍경을 보면, 대기가 골고루 분포된 수증기로 가득 차 있는 것을 알 수 있다. 이 수증기는 대기가 보유하고 지탱할 수 있기 때문에 안개나 비가 되어 떨어져 내리는 일도 없으며, 모여서 구름이 되는 일도 없다. 더 내려가면서 나는 볼차노 계곡에서 올라오는 수증기와 더 남쪽의 산들로부터 올라오는 구름 떼가 모조리 북쪽의 보다 높은 지역을 향해 이동하여, 그 지역을 덮어버리지는 않았지만 일종의 연무(煙霧) 속에 감싸고 있는 것을 똑똑히 볼 수 있었다. 멀리 있는 산맥의 위쪽으로는 일명 '바서갈레'[53]를 볼 수 있었다. 볼차노에서 남쪽 근방은 올여름 내내 날씨가 아주 좋았다고 한다. 다만 가끔씩 아주 조금 비(이 지방에서는 '아쿠아'라고 하는데 보슬비를 의미한다.)가 내렸을 뿐이다. 곧 해가 다시 났다. 이렇게 좋은 해는 오랫동안 없었다. 모든 것이 풍작이다. 흉작은 북부로 보내버린 셈이다.

산악이나 광물에 관해서는 극히 간단하게 적어둔다. 왜냐하면 지금까지 지나온 지대에 관해서는 페르버[54]의 이탈리아 탐방기나 하케의 알프스 여행기를 읽으면 충분히 알 수 있기 때문이다. 브렌네르고개에서 15분가량 떨어진 곳에 대리석 갱(坑)이 있는데 나는 그곳을 어둑어둑할 때 지났다. 그것은 건너편 갱과 마찬가지로 운모편암 위에 붙어 있는 것 같았다. 아마 틀림없을 것이다. 그 굴을 발견한 것은 동이 트던 무렵으로, 콜만 근처를 지날 때였을 것이다. 다시 내려가니 반암이 모습을

---

53) Wassergalle. 불완전한 무지개를 가리키는 독일어다.

54) 요한 야코프 페르버(Johann Jacob Ferber, 1743~1790). 스웨덴 태생의 광물학자이자 지질학자. 웁살라 대학교에서 의학과 식물학을 공부했다. 1773년부터 프랑스, 이탈리아, 보헤미아, 영국, 네덜란드를 두루 탐방하고, 이탈리아 지질 탐사기(『Briefe aus Wälschland über natürliche Merkwürdig-keiten』)를 출판하며 자연사학자로 자리 잡았다. 이탈리아에서 화산을 최초로 관찰한 북부 유럽인으로, 지질구조의 생성 연대에 대한 실증적 이론을 세웠다.

84

드러냈다. 어떤 암석이든 상당히 예뻤고 길가에 적당한 크기로 깨져 굴러다니고 있었기 때문에, 포크트[55]의 광물 표본 정도의 것은 금방에라도 한 짐 모을 수 있을 정도였다. 그리고 비교적 작은 것에 눈과 마음을 만족시킬 수만 있다면, 돌을 종류대로 한 조각씩 가져가는 것은 문제가 없다. 나는 콜만에서 내려가서 곧 규칙적인 판상으로 갈라져 있는 반암을 발견했다. 브론촐로와 에냐(Egna)의 중간 지대에서도 비슷한 것을 발견했는데, 이것은 판이 다시 원주상으로 갈라져 있다. 페르버는 이것을 화산의 산물로 간주했지만, 그것은 세상 사람들의 머리가 들떠 있었던 14년 전의 일이다.[56] 하케는 벌써 그 가설을 웃음거리로 만들었다.

사람들에 관해서 내가 이야기할 수 있는 것은 조금밖에 없고, 재미있는 이야기도 거의 없다. 브렌네르고개에서 내려가는 동안에 날이 밝으면서 곧 사람들의 외양이 확 변해 있는 것을

---

55) 요한 카를 빌헬름 포크트(Johann Karl Wilhelm Voigt, 1752~1821). 독일의 광물학자이자 지질학자. 예나 대학교에서 법학을 전공한 후, 프라이부르크에서 광산학을 공부했다. 1783년부터 1789년까지 바이마르에서 오늘날의 산업자원부에 해당하는 정부 부처였던 광산위원회의 비서관으로 일했다. 이때 바이마르 광산위원회 장관이 괴테였다. 당시 지질학의 주류 이론은 프로이센 출신으로 프라이부르크 광업아카데미의 교사였던 베르너(Abraham Gottlob Werner, 1749-1817)가 주창한 암석의 해양기원설(Neptunism)로, 지구 지각이 초창기 바다에서 결정화되었다는 관점이다. 이는 북부 유럽에 활화산이 없고 암모나이트 등의 화석이 쉽게 관찰된 데서 비롯했다. 베르너의 해양기원설은 18세기 유럽 전역에서 널리 받아들여졌고, 베르너는 '독일 지질학의 아버지'로 불렸다. 그러나 이탈리아에서 활화산을 관찰한 포크트는 현무암의 용암 기원을 주장하며 베르너와 논쟁을 벌였고, 이후 지질 이론은 빠르게 발전하게 된다.

56) 광물과 지질에 대한 많은 지식을 포크트에게 배웠음에도, 괴테는 암석의 해양기원설을 지지하고 있다.

깨달았다. 특히 갈색을 띤 부인들의 창백한 얼굴색이 마음에 들지 않았다. 그 용모는 생활의 궁핍을 말해 주고 있었고, 어린이들도 마찬가지로 비참한 얼굴이었다. 남자들은 그나마 나은 편이었다. 그러나 전체적인 골격은 아주 정상적이고 더할 나위 없었다. 병적 상태의 원인은 옥수수와 메밀을 주식으로 하는 데에 있는 것 같다. 옥수수는 여기서 황곡(黃穀), 메밀은 흑곡(黑穀)이라고 불리는데, 모두 갈아서 가루로 만든 다음 걸쭉한 죽으로 끓여가지고 그냥 먹는다. 산 너머 독일 사람들은 그 반죽을 더 잘게 찢어서 버터로 굽는다. 그런데 이탈리아 쪽의 티롤 사람은 반죽을 그대로 먹어버린다. 때때로 치즈를 그 위에 발라 먹을 때도 있지만, 육류는 1년 내내 먹는 일이 없다. 이래서는 아무래도 식도나 위가 교착되고 막혀버린다. 특히 여자나 어린아이는 더하다. 영양실조에 걸린 듯한 얼굴빛은 이러한 폐해를 나타내는 것이다. 그 밖에 과일이라든가 꼬투리째 먹는 강낭콩은 데쳐서 마늘과 기름으로 조리해 먹는다. 도대체 부유한 농민은 없느냐고 물어보았다.

"물론 있지요."

"그런 사람들은 좀 더 나은 생활을 향유하려 하지 않나? 좀 더 좋은 것을 먹지 않나?"

"아니요, 습관이 되어 있어서요."

"그럼 돈은 어떻게 하지? 다른 곳에 사용하나?"

"주인님들이 오셔서 몽땅 가져가 버려요."

이것이 볼차노에서 여관집 딸과 나눈 대화의 개요다.

더 들은 바로는, 가장 유복해 보이는 포도 재배자가 제일 곤란하다는 것이다. 도시 상인들의 손아귀에 있는 것이나 마찬가지기 때문이다. 도시 상인들은 흉년에는 그들에게 생활비를 후불로 빌려주고, 풍년에는 포도주를 헐값으로 가져간다. 그러나 이런 일은 어디를 가나 마찬가지다.

영양에 관한 나의 가설은 도시에 사는 여성 쪽이 항상 건강해 보이는 것으로 증명이 된다. 통통하고 귀여운 소녀의 얼굴, 튼튼한 몸과 큰 머리에 비해 좀 작은 키. 때로는 매우 상냥하고 다정한 얼굴을 발견할 수 있다. 남자들은 방랑하는 티롤 사람 등에서 잘 보아온 터다. 이 지방에서는 남자가 여자보다도 기운이 없는 것 같다. 아마도 여자 쪽이 육체노동을 많이 하고, 남자는 소매상인이나 장인으로 늘 앉아서 일하기 때문일 것이다. 가르다 호숫가에서 본 사람들은 고동색이었는데, 붉은 볼에 윤기가 조금도 없었다. 그래도 아픈 데가 있는 것 같지는 않았고, 매우 활기차고 기력이 좋아 보였다. 아마도 그곳 바위산 기슭에서 강렬한 햇볕을 쪼이기 때문인 것 같았다.

베로나에서 베네치아까지

1786년 9월 16일, 베로나

원형극장[57]은 고대의 중요 유적 중에서 내가 처음으로 본 것으로, 정말로 잘 보존되어 있었다. 안에 들어가서 구경했을 때, 그리고 극장 위로 올라가서 주위를 거닐었을 때는, 내가 어떤 웅대한 것을 보고 있는 것 같은, 그러면서도 사실은 아무것도 보고 있지 않는 듯한 이상한 기분이 들었다. 사실 이곳은 사람들이 없이 텅 비었을 때 구경하면 안 된다. 최근에 요제프 2세

---

57) 원형극장으로 흔히 번역되는 암피테아터(amphitheater)는 고대 그리스에서 유래했는데, 그 성격은 그리스와 로마가 상당한 차이를 보인다. 그리스의 암피테아터는 천연의 경사면에 조성한 계단식 노천극장으로, 주로 제사를 치르고 그에 딸린 행사로 극을 공연하던 장소였다. 반면 로마는 넓은 평지에 웅장한 원형 건축물을 짓고 검투, 경마 등 다양한 투기(鬪技) 경기와 각종 기념식 및 퍼레이드를 펼친 장소로, 용도가 다양했다.

괴테는 로마 시대의 암피테아터를 대부분 '연극 무대'와 유사한 것으로 인식하고 묘사하는데, 이는 그리스식에 더 가깝다. 따라서 원문의 내용을 살리기 위해 꼭 필요한 경우만 원형극장으로 표기하고, 그 밖에는 암피테아터로 통일했다.

유럽에서 세 번째로 큰 베로나 암피테아터는 로마제국 아우구스투스 황제 통치기인 1세기에 건설되었으며, 2만 5000명의 관객을 수용할 수 있었다. 오늘날에도 이곳에서 야외 오페라 공연이 이루어진다.

황제와 교황 비오 6세를 위한 행사[58]를 거행했을 때와 같이 사람들로 극장이 가득 차 있을 때 보아야 한다. 군중 앞에 서는 것에 익숙한 황제도 그 광경을 보고는 대단히 놀랐다고 한다. 그러나 이 원형극장이 완전한 효과를 발휘했던 것은 역시 옛날이다. 고대에는 민중이 지금보다도 훨씬 더 민중적이었기 때문이다. 원래 이러한 원형극장은 민중으로 하여금 자신이 대단한 존재라는 기분이 들게 하고 자신들의 모습을 보고 스스로 즐기도록 하기 위해서 만들어진 것이다.

평지에서 무언가 신기한 일이 일어나 많은 사람들이 몰려오면 뒤에 있는 사람들은 어떻게 해서든지 앞사람보다 높은 위치에 서려고 애쓴다. 의자 위에 올라서거나 술통을 굴려 오고 마차를 끌고 오는 사람도 있고 널판을 여기저기 걸쳐놓고 올라서거나 근처 동산에 올라가기도 한다. 그러다 보면 그 자리는 금세 하나의 분화구 같은 모양이 되어버린다.

구경거리가 같은 장소에서 자주 벌어지게 되면 요금을 낼 용의가 있는 사람들을 위한 간단한 좌석이 마련된다. 돈을 못 내는 사람들은 무슨 수를 써서라도 재주껏 구경을 하려고 한다. 이러한 일반적 욕구를 충족시키는 것이 건축가의 사명이라고 할 수 있다. 그래서 건축가가 그 분화구 같은 것을 인공적으로 만들어놓은 것이 바로 원형극장이다. 그것도 되도록 단순하게 장식해서 민중 자신이 그 장식이 되게끔 해놓는다. 그리하여 극장을 가득 메운 군중이 자신들의 모습을 보았을 때 경탄

---

58) 1771년부터 1782년까지 황제와 교황이 동석한 가운데, 베로나 암피테아터에서 시연된 투우 행사를 가리킨다.

하게 되는 것이다. 보통 때에는 질서도 규율도 없이 항상 이리 저리 뒤죽박죽이 되어 돌아다니는 것만을 보아오다가, 머릿수도 많고 마음도 제각기 달라서 흔들흔들 여기저기 방황하던 동물이 합쳐져 하나의 고귀한 신체가 되고, 통합된 하나의 정신으로 존재하는 자신을 발견하기 때문이다. 타원형을 이루고 있는 극장 형태의 단순성은 누구의 눈에도 기분 좋게 느껴지고, 한 사람 한 사람의 머리는 전체 관객의 규모가 얼마나 방대한 가를 일깨워주는 척도의 구실을 한다. 이렇게 텅 비어 있는 상태로는 기준이 없기 때문에 큰지 작은지 판단하기 어렵다.

이렇게 위대한 작품을 오래도록 보존해 온 베로나 사람들은 찬양받아 마땅하다. 건물은 붉은색을 띤 대리석으로 지어져, 비바람에 시달리고 있다. 그로 인해 부식된 계단들은 그때그때마다 복구되어 왔기에 거의 전부가 새것처럼 보인다. 히에로니무스 마우리게누스[59]라는 이름과, 그가 이 기념물에 바친 보기 드문 열성을 새겨놓은 비문이 있다. 외벽은 일부만 남아 있는데 과거에 완성된 적이 있었는지 의심스러울 정도다. 아래쪽의 아치형 지하 공간은 '일 브라'라고 불리는 큰 광장에 연결되어 있는데, 수공업자들에게 세를 주고 있다. 동굴 같은 빈 공간들이 이처럼 다시 활용되는 것은 재미있는 일이다.

9월 16일, 베로나

포르타 스투파 또는 델 파리오[60]라고 불리는 문은 더없이 아

---

59) Hieronymus Maurigenus. 마우리게누스는 '마르모레우스(Marmoreus)'의 오기이며, 이 비문은 1569년에 새겨진 것이다.

60) Porta Stuppa. Porta del Palio. 16세기에 베로나시 외곽에 도리아

름답지만 언제나 닫혀 있다. 이 성문은 멀리서도 보이지만, 멀리서 바라보는 것은 그리 좋은 생각이 아니다. 가까이에서 보아야만 이 건물의 가치를 알 수 있다.

언제나 문이 닫혀 있는 이유에 대해서는 여러 가지 이야기가 거론되고 있다. 그러나 나의 추측으로는, 건축가는 이 문에 연결되는 새로운 마차용 도로의 공사를 시작하려고 했던 것 같다. 현재의 도로에는 이 문이 전혀 맞지 않기 때문이다. 좌측에는 허술한 판자촌뿐이고, 문의 정중앙에서 일직선을 그으면 수도원에 닿는다. 그러니까 이것은 어차피 헐어버리지 않을 수 없었을 것이다. 이러한 사실은 누구나 통찰할 수 있는 것이고 신분 높고 돈 많은 사람들도 이 시골구석으로 이주할 생각이 없었던 듯하다. 그러는 사이 건축가가 죽어버려서, 어쩔 수 없이 문은 닫히고 그 계획은 중지되어 버린 것으로 보인다.

9월 16일, 베로나

여섯 개의 이오니아식 원주로 되어 있는 극장 건물[61]의 정면 입구는 보기에 매우 훌륭하다. 그렇기 때문에 입구 위쪽 두 개의 코린트식 원주가 받치고 있는 채색 벽감(壁龕) 앞에 있는,

---

양식으로 건설된 문으로, 승마 경기 우승자에게 주어지던 황금 막대(palio) 모양을 닮았다고 해서 붙은 이름이다. 베네치아 출신 건축가로, 르네상스 매너리즘 양식의 완성자인 미켈레 산미켈리(Michele Sanmicheli, 1484~1559)가 디자인했다.

61) 테아트로 필라모니코(Teatro Filarmonico) 극장. 베로나 음악아카데미(Accademia Filarmonica di Verona) 회원이었던 마페이 후작이 주도하여 1716년부터 13년 동안 건설되었다. 베로나의 중심인 브라 광장에 베로나 음악아카데미와 마페이 박물관(Museo Lapidario Maffeiano)과 나란히 있다.

커다란 가발을 쓴 마페이[62] 후작의 등신대 흉상은 한층 더 빈약해 보인다. 자리는 좋지만, 웅대하고 장엄한 원주에 대항하려면 여간 큰 흉상이 아니고서는 곤란한 일이었을 것이다. 현재는 빈약한 모습으로 조그마한 대좌 위에 놓여 있기 때문에 전체와 잘 조화되지 못한다.

앞마당을 둘러싼 회랑도 빈약하다. 홈을 조각한 도리아식 원주는 매끈한 거인 같은 이오니아식 원주에 비하면 역시 빈약하다. 하지만 이곳 주랑 아래 설치되어 있는 훌륭한 진열품들을 고려해, 이 정도의 결점은 넘어가자. 여기에는 대체로 베로나시 안팎에서 발굴된 고미술품을 수집해 진열해 놓고 있다. 원형극장 내부에서 발견된 것도 두세 가지 있다고 한다. 에트루리아[63]와 그리스 로마 시대 것부터 근대 미술품까지 소장하고 있다. 벽면에 부착된 얇은 부조들에는 마페이가 자신의 저서 『그림으로 보는 베로나 역사(Verona Illustrata)』를 쓰면서 매겼던 작품 번호가 그대로 붙어 있다. 제단, 원주 조각 같은 종

---

62) 프란체스코 시피오네 마페이(Francesco Scipione Maffei, 1675~1755). 베로나의 유서 깊은 귀족 가문 출신으로, 베로나의 문화와 예술에 많은 기여를 한 인물이다. 매우 박학다식했으며, 고문헌 해석에도 탁월했던 마페이는 이탈리아 연극의 부흥을 위해 노력했으며, 그리스 신화를 각색한 비극 「메로페(Merope)」를 집필, 상연하기도 했다. 유럽의 여러 나라를 여행했고 옥스퍼드 대학교에서 왕립학술회원으로 추대되었다.

63) Etruria. 기원전 9세기경 소아시아에서 이주해온 고대 부족이 오늘날 이탈리아 중부 토스카나 지역에 정착해 세운 고대 국가다. 그리스 문명의 영향을 받았고, 고대 로마 초기 문화 형성에 많은 영향을 끼쳤다. 하지만 에트루리아 문명은 기록문헌이 거의 남아 있지 않고, 주로 무덤에서 발굴된 프레스코화, 테라코타 두상, 비문 등을 통해 오리엔트의 영향을 강하게 받았음을 짐작할 뿐이다. 오늘날 에트루리아풍으로 불리는 일련의 도자 공예는 실제 에트루리아 문명과는 직접적 관련이 없다. 364쪽 참조.

류의 유물들, 흰 대리석으로 만든 훌륭한 삼각의자, 그 위에는 천재들이 신들의 소지품을 가지고 놀고 있다. 라파엘로[64]는 파르네시나의 삼각 벽면[65]들에다 이것을 모방하여 더욱 미화해 놓았다.

옛사람들의 묘지에서 불어오는 바람은 장미 핀 언덕이라도 넘어온 것처럼 향기를 머금고 있다. 묘비는 정성이 깃든 감동적인 물건으로서 항상 생명을 소생시킨다. 부인과 나란히 창너머로 보듯 벽감에서 이쪽을 보고 있는 남편이 있는가 하면, 아들을 가운데 끼고 부모가 지극히 자연스러운 모습으로 서로의 얼굴을 마주 보고 있는 경우도 있다. 그 옆에는 서로 손을 맞잡은 연인이 있다. 가장으로 보이는 한 남자는 소파에 앉아 쉬면서 가족들의 이야기에 귀를 기울이고 있다. 이러한 묘석을 눈앞에서 보자 나는 유달리 감동을 느꼈다. 모두 후손들의 작품이긴 하지만, 순박하고 자연스러워서 모든 사람의 가슴에 와 닿는 감동이 담겨 있다. 여기에는 꿇어앉아 기쁜 부활을 열망하고 있는 투구를 쓴 무사는 없다. 작가는 각자 기교에 차이는 있지만 그저 인간의 평상적인 현재를 그리고, 그것에 의해 인간의 존재를 존속시키고 영원화하고 있다. 묘지의 주인들은 두 손을 모아 기도하거나 하늘을 우러러 쳐다보는 모습이 아니다.

---

64) 라파엘로 산치오(Raffaello Sanzio, 1483~1520). 레오나르도 다빈치(Leonardo da Vinci, 1452~1519), 미켈란젤로(Michelangelo di Lodovico Buonarroti Simoni, 1475~1564)와 더불어 이탈리아 르네상스 양식을 완성한 천재 화가다.

65) 기둥과 기둥이 만나 아치를 이루는 부분에 생기는 삼각형 벽면을 가리킨다. 로마에 있는 빌라 파르네시나의 벽화 「프시케와 에로스」를 말한다. 빌라 파르네시나에 관해서는 261쪽 각주 291번 참조.

옛날에 있었던 그대로의, 지금 존재하는 이승의 모습인 것이다. 그들은 함께 모이고, 서로 동정하고, 서로 사랑을 나눈다. 그 묘석 속에 조각되어 있는 모습들은 간혹 기교상의 미숙함이 느껴지기도 하지만 보는 사람에게 호감을 주고 있다. 장식이 많은 대리석 원주가 나를 또다시 새로운 상념 속에 빠져들게 했다.

이 유물들은 대단히 훌륭한 것이었지만, 그것을 보면서 이제는 이 대리석 작품이 만들어졌던 당시의 고귀한 보존정신이 더 이상 존재하지 않는다는 것을 깨닫게 되었다. 그 소중한 삼각의자도 이제는 서쪽에서 불어오는 비바람에 노출된 채로 방치되어 있으니, 얼마 안 가서 훼손되어 버릴 것이다. 나무로 된 보관함이라도 있다면, 그 값진 보물을 간단하게 보존할 수 있을 텐데.

착공했다가 공사가 중단된 궁전[66]은 만약 완공되었다면 건축 역사상 일대 걸작이 되었을 것이다. 귀족들은 그 밖에도 여러 가지 공사를 벌여놓고 있다. 그러나 모두가 예전에 자기 저택이 있었던 장소, 그러니까 비좁은 소로에다 건물을 세우고 있으니 유감스러운 일이다. 예를 들어 멀리 떨어진 교외의 좁은 골목길에 신학교의 화려한 정면 공사를 하고 있는 식이다.

---

66) 괴테는 'Palast des Proveditore'라고 썼는데, 당시 브라 광장에 건설 중인 건물들 가운데 이런 이름의 궁전은 없었다. 다만, 1610년 우천시 실내 군사훈련소 목적으로 짓기 시작한 팔라초 멜라 그랑과르디아(Palazzo della Gran Guardia)가 자금 부족으로 1639년부터 공사가 중단된 상태였다. 그랑과르디아 궁전 건축은 1808년에 재개되었지만, 본격적인 공사는 브라 광장 맞은편에 시청사(Palazzo Barbieri)를 짓기 시작하면서 함께 추진되어, 1853년에야 완공되었다. 베로나의 베빌라콰 궁전(100쪽 참조)과 마찬가지로 산미켈리가 디자인했는데, 그 규모는 훨씬 더 커서 1층 주랑의 길이가 86미터에 달한다. 오늘날은 역사박물관으로 쓰이고 있다.

우연히 알게 된 동행자와 함께 어떤 굉장한 건물의 웅대하고 장중한 대문 앞을 지나고 있을 때 그 사람은 안마당에 들어가 보지 않겠냐고 친절하게 제의해 왔다. 그것은 고등법원이었다. 건물이 워낙 높아서 안마당은 아무리 보아도 터무니없이 큰 우물로밖에는 보이지 않았다.

그가 말했다. "이곳에 모든 범죄자와 용의자가 수용됩니다."

돌아보니 건물 층층마다 철책이 달리고 탁 트인 복도에 무수한 문짝이 이어져 통해 있었다. 심문을 받으러 옥사에서 나오는 죄수들은 바깥공기를 접하는 동시에 구경꾼들의 눈에 드러나게 되어 있었다. 그리고 심문실이 여러 개 있는 듯, 복도 여기저기에서 쇠사슬이 쩔렁거리는 소리가 건물 전체에 울려 퍼지는 것이었다. 차마 눈 뜨고는 볼 수 없는 광경이었다. 일전에 오합지졸 같은 무리들을 손쉽게 처리했던 나의 유머 감각도 여기서는 손들 수밖에 없었다.

해 질 무렵 나는 분화구형 원형극장 언저리를 거닐면서 시내와 근처의 시골 마을이 멀리 보이는 경치를 즐겼다. 나는 완전히 혼자였다. 아래에 펼쳐진 브라 광장의 돌로 포장된 도로 위에는 많은 사람들이, 각 계층의 남자들과 중류층 여자들이 산책하고 있었다. 여자들은 까만 겉옷을 입고 있었는데 위에서 내려다보면 미라같이 보인다.

청결에 대해서는 별로 신경을 쓰지 않는 여자들, 교회에 가야 한다, 산보를 나간다 하면서 늘 사람들 모이는 곳에 나타나기 좋아하는 여인들에게 적합한 옷차림은 첸달레(zendàle)라는 모자와 이 계층의 여자들에게는 전천후 만능 복장으로 쓰이는 베스테(veste)를 생각하면 된다. 이 베스테라고 하는 것은 저고리 위에다 입는, 검은 호박단으로 만든 겉치마다. 만일 이 옷 밑에 깨끗한 흰 치마를 입고 있는 부인이라면, 자랑스럽게 검은 겉치마를 한쪽으로 추켜올릴 것이다. 이 겉옷은 띠로 묶는데, 허리를 꽉 졸라매서 가지각색 코르셋의 자락 부분에 덮이도록 되어 있다. 첸달레는 수염같이 생긴 기다란 장식이 붙은 커다란 모자로 모자 자체는 철사에 의해 머리 위로 높이 받쳐져 있지만 수염 장식은 장식 띠처럼 몸에 감아 붙이고 있어서 그 끝이 등 뒤에 매달려 있다.

9월 16일, 베로나

오늘은 원형극장에서 벗어나 극장으로부터 수천 보 떨어진 곳에서 많은 관중이 보는 가운데 현대적인 운동경기를 하는 것을 보았다. 귀족으로 보이는 베로나인 네 명이 같은 수의 비첸차인을 상대로 공놀이를 하고 있었다. 보통은 베로나 사람끼리 한 해 동안 해가 지기 전에 2시간가량 이 경기를 하는데, 이때는 다른 지방 사람과 경기를 하고 있었기 때문에 구경꾼이 무척 많이 몰렸다. 줄잡아 4000~5000명은 되었는데, 여자라고는 계층의 고하를 막론하고 한 명도 볼 수 없었다.

앞에서 사람들이 많이 몰려 있을 때 발생하는 군중심리에 대해서 언급했을 때, 나는 군중이 자연스럽고 우연인 것처럼 '원형극장'의 형태를 이룬다는 것을 이미 지적했다. 여기서도 사람들이 그와 같이 아래위로 몰려서 극장 모양이 형성되는 것을 보았다. 요란한 박수 소리가 멀리서부터 들려왔는데, 멋지게 공격이 성공했을 때마다 일어나는 소리였다. 이 경기의 진행 방식은 다음과 같다. 적당한 거리를 사이에 두고 양쪽에 경사가 완만한 판대를 설치해 놓는다. 공을 치는 사람은 오른손에 폭이 넓고 가시가 돋친 목환(木丸)을 들고 언덕길의 제일 높은 곳에 선다. 같은 편의 나머지 한 사람이 그에게 공을 던져주면, 그는 이 공을 향해 달려 내려온다. 그렇게 해서 공을 치는 순간의 힘을 증가시키는 것이다. 상대편은 공을 받아치려고 노력한다. 이런 식으로 서로 주고받으면서 마침내 공이 경기장에 떨어질 때까지 경기가 계속된다. 시합하는 중에 대리석 상으로 조각해 두어도 좋을 만한 아름다운 자세가 많이 나온다. 모두들 체격이 좋은 건장한 청년들뿐이며, 몸에 착 달라붙는 짧은 흰옷을 입고 있기 때문에 상대편과 자기편은 오직 색깔 있는 휘장만으로 구별된다. 선수가 경사면을 뛰어 내려와 공을 치기 위해 자세를 취하는 순간에 보이는 근육의 떨림과 속도감은 특히 아름답다. 마치 「보르게세 검객」[67]의 자세를 방불케 했다.

이런 경기를 관중의 입장에서는 불편하기 짝이 없는 낡은 성벽 근처에서 실행하는 이유를 알 수 없다. 원형극장이라는 훌륭한 장소가 있는데 왜 내버려두고 있는 것일까?

9월 17일, 베로나

내가 본 그림에 관해 아주 간단히 언급하고 두세 가지 견해를

---

67) 기원전 3세기경의 그리스 청동상을 기원전 100년경 로마 시대에 대리석으로 복사한 실물 크기 조각상이다. '보르게세 검투사'로 더 알려져 있지만, 실제로는 기마 군인과 싸우는 검객의 모습이다. 로마의 빌라 보르게세 소장품이어서 이런 이름이 붙었다. 1807년 나폴레옹이 보르게세 가문으로부터 사들여 오늘날에는 파리 루브르 박물관이 소장하고 있다. 보르게세에 대해서는 303~304쪽 참조.

첨가해 두고자 한다. 내가 이 놀라운 여행을 하는 목적은 나 자신을 속이기 위해서가 아니라, 여러 대상을 접촉하면서 본연의 나 자신을 깨닫기 위해서다. 그러므로 나에게 화가의 기법이라든가 기량을 이해할 능력이 모자란다는 것은 명백하게 스스로 인정한다. 따라서 나의 관찰력 또는 나의 고찰의 방향은 단지 실제적인 부분, 즉 그림의 소재와 그 대상을 다루는 화가의 방식에 관한 일반적 측면에 한정될 수밖에 없을 것이다.

산조르조[68]는 좋은 그림이 있는 화랑이다. 전부가 제단화로, 가치의 차이는 있겠지만 모두 다 주목할 만한 수준의 작품이다. 하지만 이 불행한 예술가들은 도대체 무엇을 위해 혹은 누구를 위해 붓을 잡아야 했던 것일까? 가로 30피트, 세로 20피트짜리 대작 「만나의 비」, 그것과 한 쌍을 이루는 「다섯 개 빵의 기적」을 살펴보자. 이런 제목으로 무엇을 그릴 수 있었을까? 얼마 안 되는 곡물을 향해 쇄도하는 굶주린 민중, 그리고 빵을 받고 있는 또 다른 무수히 많은 사람들. 화가들은 이런 시시한 제목으로 훌륭한 작품을 만들려고 고심했던 것이다. 그러나 도리어 이런 무리가 자극이 되어서 천재들은 걸작을 만들어 냈다. 일만 일천의 동정녀를 거느린 성녀 우르술라를 그리게 되었던 한 화가는 정말 요령 좋게 그 일을 해냈다. 성녀는 국토를 수중에 넣은 승리를 과시하듯 전면에 내세워져 있다. 그 모습은 대단히 고귀하고 아마존족처럼 순결할 뿐, 자극적인 점은 조금도 없다. 한편 배에서 올라와 행렬을 이루고 있는 동정녀

---

[68] 브라이다의 산조르조 교구성당(Parrocchia di San Giorgio in Braida)을 가리킨다. 11세기에 지어진 수도원성당으로, 16세기에 증축된 본당에 틴토레토와 베로네세의 제단화가 있다.

들의 무리는 모두 원경으로 축소되어 작게 보인다. 대성당[69]에 있는 티치아노의 그림 「성모승천」[70]은 몹시 거무튀튀하게 보이지만, 승천하는 마리아가 하늘을 쳐다보지 않고 지상의 친구들을 내려다보게 한 그 착상은 칭찬할 만한 가치가 있다.

게라르디니[71]의 갤러리에서 오르베토[72]의 대단한 걸작을 발견하고는 뛰어난 업적을 남긴 이 예술가에게 매료되었다. 멀리 떨어져 있으면 몇몇 일류 예술가들밖에는 알 수가 없고, 대개 그 이름을 확인하는 것으로 만족해야 한다. 그러나 이 별들의 세계에 가까이 다가와서 2등성 혹은 3등성까지도 이렇게 반짝이며 각자가 전체 성좌 속에서 하나로 떠오르는 것을 보면 우리가 생각하는 것보다 세계는 더 넓고, 예술은 보다 풍부하다는 것을 실감하게 된다. 나는 여기서 본 한 장의 그림에, 특히 그 착상에 감탄하지 않을 수 없었다. 반신상만이 두 개 그려져 있는 그림이다. 삼손이 델릴라의 무릎을 베고 잠들어 있는

---

69) 베로나 대성당을 가리킨다.

70) 르네상스 시대 베네치아 화파를 대표하는 티치아노(Vecellio Tiziano, 1488~1576)는 '성모승천' 모티프를 양식화한 화가로 평가되는데, 베네치아 산타 마리아 글로리오사 데이 프라리 대성당에 있는 제단화가 가장 유명하지만, 베로나 대성당에도 티치아노의 「성모승천」 제단화가 있다. 베네치아의 성모가 웅장한 모습으로 하늘을 우러르며 양손을 들어 올리고 있는 데 반해, 규모가 더 작은 베로나의 성모는 양손을 모으고 부드럽게 아래를 굽어보고 있다.

71) Gherardini. 토스카나 지방에서 가장 유명한 귀족 가문으로, 피렌체 공국의 건국자였으나, 15세기에 메디치 가문이 부상하면서 단테 알리기에리와 더불어 피렌체에서 추방되었다. 이후 일부는 베네치아 공국의 귀족이 되었으며, 일부는 베로나에 정착했다.

72) L'Orbetto. 알레산드로 투르키(Alessandro Turchi, 1578~1649)의 예명이다. 16세기 베로나의 대표적인 화가로, 바로크 양식의 종교화와 신화를 소재로 한 그림들을 다수 남겼다.

데, 델릴라는 삼손의 몸 너머로 손을 뻗어 책상 위 등잔 옆에 놓여 있는 가위를 잡으려 하고 있다.[73] 매우 훌륭한 붓질이다. 카노사 궁[74]에서는 다나에를 그린 그림이 눈에 띄었다.

베빌라콰 궁전[75]은 매우 귀중한 작품을 소장하고 있다. 틴토레토의 일명 「천국」[76]이 그것이다. 마리아가 여러 손님들, 즉 족장, 예언자, 사도, 성자, 천사 등의 입회하에 천국의 여왕으로서 대관식을 올리는 장면을 그리고 있는데, 정말로 보기 드문 천재 화가의 재능이 유감없이 발휘된 계기였던 것이다. 필치의 경묘함, 기백, 표현의 다양성, 이 모든 것에 감탄하면서 감상하려면 작품 자체를 소유하고 한평생 그것을 눈앞에 두지 않으면 안 될 것이다. 화가의 손길은 한없는 애정으로 화폭을 어루만져, 영광 속에 사라져가는 천사의 머리 하나하나에도 성격

---

73) 이 그림 또한 오늘날에는 루브르가 소장하고 있다.

74) Palazzo Canossa. 카노사 후작이 1527년에 건축가 산미켈리에게 의뢰해 지은, 강력한 매너리즘 양식 궁전이다.

75) Palazzo Bevilacqua. 9세기경부터 가르다호 근방을 다스렸던 베빌라콰 가문은 962년에 신성로마제국 황제 오토 1세에 의해 라치세 제후로 임명되었다. 파도바와 베로나의 중간 지점에 위치한 베빌라콰 성(castello)은 당시 이 가문의 통치 범위를 알려준다. 한편, 베로나 도심의 베빌라콰 궁전은 1530년대에 건축가 산미켈리가 디자인하여 지은 기념궁전으로, 마르코 베빌라콰 백작의 예술 컬렉션이 전시되어 있었다.

76) 1577년 베네치아 두칼레 궁전 평의회실(Sala del Maggior Consiglio)이 화재로 소실되자 복원공사를 하면서, '천국'을 주제로 한 그림 공모전이 있었다. 이때 틴토레토(Tintoretto, 1518~1594)가 시안으로 제출했던 컬러 드로잉을 가리킨다. 베네치아 화파로 르네상스 매너리즘의 마지막 대가인 틴토레토는 이 공모전에서 탈락했는데, 당선자였던 베로네세가 1588년 사망하는 바람에 결국 틴토레토가 작업을 맡게 됐다. 완성된 「천국」은 가로 22미터, 세로 9미터의 초대형 캔버스에 유화로, 오늘날도 두칼레 궁전 평의회실을 장식하고 있다. 괴테가 베빌라콰에서 감상한 드로잉은 오늘날 루브르에 있다.

이 잘 나타나게 하고 있다. 가장 큰 인물은 높이가 1피트에 달할 것이고, 마리아와 그녀에게 관을 씌우는 그리스도는 약 4인치 크기로 그려져 있다. 이 그림에서 가장 아름다운 여성은 이브이며 예나 지금이나 상당히 요염하다.

파올로 베로네세[77]가 그린 초상화를 두세 점 보고, 나는 이 화가에 대한 존경심을 한층 더 높였다. 고미술 컬렉션은 탁월하다. 쓰러져 있는 '니오베[78]의 아들' 조각은 일품이다. 흉상은 코를 수리했는데도 대부분 흥미진진했으며, 그 밖에 시민의 관을 쓴 아우구스투스[79] 상, 칼리굴라[80] 상 등이 있다.

위대한 것, 아름다운 것이라면 기꺼이 마음속으로부터 존

---

77) Paolo Veronese, 1528~1588. 본명은 파올로 칼리아리(Caliari)로, 베로나 태생의 베네치아파 화가다. 티치아노의 영향을 받아 밝고 화려한 장식성을 보여주었다.

78) 테바이의 왕비 니오베는 아들딸이 각각 일곱인 자신이 아폴론과 아르테미스 남매만 낳은 레토 여신보다 더 훌륭하다고 자랑하다가 분노한 아폴론과 아르테미스의 화살에 자식을 모두 잃고 만다.

79) Augustus, 기원전 63~서기 14, 재위 기원전 27~서기 14. 본명은 가이우스 옥타비아누스(Gaius Octavius)로, 로마제국의 초대 황제다. 평민 출신이었으나, 집정관 율리우스 카이사르(Gaius Julius Caesar, 기원전 100~기원전 44)의 양자로 후계자가 되었다. 기원전 31년 안토니우스와 클레오파트라의 연합군을 악티움 해전에서 격파한 후 패권을 잡고, 로마 공화정의 분란의 진정시키면서 기원전 27년에 원로원으로부터 아우구스투스(존엄자)라는 칭호를 얻었다. 형식적으로는 공화정을 유지하면서도 통치권을 장악해 실질적 1인 군주체제를 완성했기 때문에 아우구스투스를 로마제국의 첫 번째 황제로 보는 것이다. 41년간 유능한 치세로 팍스로마나(Pax Romana, 로마의 평화) 시대를 열었다.

80) Caligula, 12~41, 재위 37~41. 로마의 세 번째 황제로, 공식 이름은 가이우스 카이사르 게르마니쿠스(Gaius Caesar Germanicus)다. 2대 황제 티베리우스의 손자로, 원로원의 추대로 황제가 되었다. 초기에는 세금을 줄여주고 검투사 시합과 전차경주 등을 대규모로 개최해 대중에게 인기가 높았지만, 이 때문에 국고를 낭비하고 재정을 파탄시켰다. 41년 최측근 근위대장에게 살해되었다.

경하는 것이 나의 타고난 성격이다. 그리고 이 소질을 이러한 훌륭한 대상들과 접촉하면서 매일매일, 시시각각으로 키워가는 기분은 무엇보다도 행복한 것이다.

낮 시간을 만끽할 수 있고, 특히 저녁을 즐길 수 있는 나라에서 밤이 다가온다는 것은 대단한 의미를 지닌다. 이제 하루일이 끝나고 산보하던 사람은 집으로 돌아온다. 아버지는 딸내미의 얼굴을 보러 집으로 돌아가는 발걸음을 재촉한다. 낮은 끝난 것이다. 그러나 도대체 낮이란 무엇인가를 북쪽에 사는 우리 킴메르족[81]은 전혀 모르고 있다. 영원한 안개와 어둠 속에 잠겨서 평생을 보내야 하는 우리에게는 낮이건 밤이건 별 차이가 없다. 하루 중 몇 시간이나 사람들은 밖에서 돌아다니고 즐길 수 있을까? 여기서는 밤이 오면 지속되던 낮이 명백하게 끝난다. 24시간이 지나가면 새로운 계산이 시작되는 것이다. 종소리가 울리고 로사리오 기도가 행해지고 불꽃이 흔들리는 등잔을 손에 든 하녀가 방으로 들어와서 "행복한 밤입니다!"라고 저녁 인사를 한다. 그 시각은 계절에 따라 달라진다. 그러나 여기에서 살고 활동하는 사람은 혼동하지 않는다. 그들의 생활을 즐기는 천성은 시간이 아니라 낮과 밤의 구별에 의해서 정해지기 때문이다. 만일 이곳 국민들에게 독일의 시곗바늘 보기를 강요한다면 사람들을 오히려 곤혹스럽게 만들 것이다. 왜냐하면 그들의 시계는 자연과 밀접하게 연관되어 있기 때문이다. 밤이 되기 한 시간이나 한 시간 반 전에 귀족들은 마차를 타고 외출한다. 브라 광장을 향하여 길고 넓은 가로를 지

---

81) 기원전 8세기경 흑해의 북쪽 연안에 거주했던 고대 유목민족이다.

나서 포르타 누오바[82)]에 도달한다. 그 문을 지나 도시의 외곽을 돌아서 밤을 알리는 종이 울리면 모두들 시내로 돌아온다. 그중에는 교회로 가서 '아베마리아 델라 세라'[83)] 기도를 올리는 사람도 있고, 브라 광장에 마차를 세워놓고 귀부인들과 이야기를 나누는 사람도 있다. 거리에는 사람들이 밤늦은 시간까지 머물러 있다. 나는 이 현상이 언제까지 계속되는지 그 끝을 본 적이 없다. 게다가 오늘은 마침 적당히 비가 내렸기 때문에 먼지도 나지 않아서 정말로 활기차고 발랄한 좋은 분위기였다.

앞으로 어떤 중요한 점에 있어서 이 지방의 관습에 순응하기 위하여 나는 이곳의 시간 계산을 더 쉽게 파악하기 위한 수단을 고안했다. 다음 그림을 보면 그것을 대체로 이해할 수 있을 것이다.

제일 안쪽의 원은 독일에서 자정부터 자정까지의 24시간을 나타내며 우리가 계산하고 독일의 시계가 표시하는 바와 같이 12시간씩 두 면으로 나뉘어 있다. 중간의 원은 지금 이 계절에 이곳에서 시간을 알리는 종이 울리는 숫자다. 역시 12시까지가 두 번 있어서 하루가 된다. 그러나 독일에서 8시를 칠 때에 여기서는 1시를 치고 이런 식으로 12시까지 계속된다. 독일의 시계로 아침 8시일 때 다시 1시를 치는 것이다. 끝으로 맨 바깥쪽의 원은 실생활에서의 현지 시간을 보여준다. 예컨대 밤에 종소리를 일곱 번 들으면 자정이 여기서는 5시이니까 7에서 5를 빼서 지금이 새벽 2시라는 것을 알 수 있는 것이다. 낮

---

82) 포르타 스투파와 더불어 산미켈리가 건축한 베로나 성문이다.
83) Ave Maria della sera. '저녁의 아베마리아'라는 뜻이다.

9월 후반의 이탈리아와 독일의 시간 및 이탈리아 시침 대조

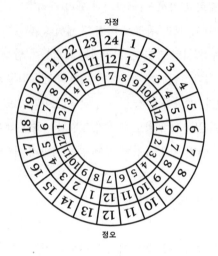

		밤이 보름마다 30분씩 길어진다.				낮이 보름마다 30분씩 길어진다.	
월	일	독일 시계로 일몰 시각	이탈리아 현지의 자정	월	일	독일 시계로 일몰 시각	이탈리아 현지의 자정
8	1	8:30	3:30	2	1	5:30	6:30
8	15	8:00	4:00	2	15	6:00	6:00
9	1	7:30	4:30	3	1	6:30	5:30
9	15	7:00	5:00	3	15	7:00	5:00
10	1	6:30	5:30	4	1	7:30	4:30
10	15	6:00	6:00	4	15	8:00	4:00
11	1	5:30	6:30	5	1	8:30	3:30
11	15	5:00	7:00	5	15	9:00	3:00
		12월과 1월은 시간차가 없다.				6월과 7월은 시간차가 없다.	
12 1		밤 5:00 자정 7:00		6 7		밤 9:00 자정 3:00	

에 일곱 번 치는 것을 들으면 정오가 역시 5시라는 것을 알기 때문에 똑같은 방법을 통해서 독일은 오후 2시라는 것을 알게 된다. 그러나 이 지방의 방식으로 시간을 말하려면 정오가 17시라는 것을 알아야 하며, 그래서 거기에 두 시간을 합하여 19시라고 하여야 한다. 이것을 처음 듣고 생각해 보면 대단히 복잡해서 실행하기 어렵다는 생각이 들지만 습관이 되면 오히려 재미있게 생각된다. 마치 어린아이들이 쉽게 풀 수 있는 문제를 좋아하는 것처럼 시민들도 이리저리 계산하는 것을 좋아하는 것이다. 원래 이 나라 사람들은 손가락으로 수를 세고 머릿속으로 암산하고 숫자 다루는 것을 좋아한다. 그리고 이 나라 사람들은 정오라든가 자정 같은 것에는 별로 관심이 없고 외국인이 하는 것처럼 두 개의 시침을 서로 비교도 하지 않기 때문에 그들에게 이 문제는 훨씬 편한 것이다. 밤이 되면 그저 시간을 알리는 종소리를 세어보면 되는 것이고 낮에는 그들이 잘 알고 있는 변화하는 정오의 수에다가 그 수를 가산하면 된다. 그 밖의 모든 것은 첨부한 도표에 설명되어 있다.

9월 17일, 베로나

이곳 주민들은 대단히 활기차게 움직인다. 특히 상점이나 장인들의 가게가 늘어서 있는 몇 개의 가로에서는 참으로 유쾌한 광경이 눈에 띈다. 가게나 작업장의 전면에는 도대체 문이란 것이 없다. 건물 내부가 완전히 개방되어 있어서 집 안까지 전부 들여다보이며, 안에서 어떤 일을 하고 있는지 한눈에 볼 수 있다. 양복장이는 재봉을 하고, 구두장이는 실을 잡아당기거나 가죽을 두드리고 있는데, 모두들 절반쯤은 길가에 나온 채로 일을 하고 있다. 바꾸어 말하면 도로가 작업장의 일부가 되어 있는 것이다. 저녁때 불이 켜지면 더욱 활기가 넘친다.

장이 서는 날에는 광장이 사람으로 가득 찬다. 야채와 과일은 끝이 안 보일 정도고 마늘과 양파 같은 것은 넘쳐흐른다. 종일토록 외치고, 농담을 건네고, 노래하고, 별안간에 덤벼들고, 싸움질하고, 환성을 지르고, 웃고 하는 사람들이 끊임없이 움직인다. 따뜻한 날씨와 값싼 음식물이 그들의 생활을 안일하게 만든다. 아무튼 누구든지 나올 수 있는 사람은 모두 밖으로 나와 있다.

밤이 되면 노래와 소동이 본격적으로 시작된다. 말버러의 노래[84]가 모든 거리에 울려 퍼지고, 거기다가 심벌즈와 바이올린 소리가 뒤섞이고, 또 휘파람으로 온갖 새소리를 흉내 내는 사람도 있다. 이상한 소리가 도처에서 들려온다. 온화한 기후는 가난한 사람에게까지 이러한 생활의 여유를 부여한다. 정말 어렵게 사는 최하층 사람들도 사는 보람이 있는 듯 보인다.

우리 북부 사람들에게는 몹시 기이하게 느껴질 정도로 가옥들이 불결하고 생활하기 불편한 것도 이런 데서 원인을 찾을 수 있다. 즉 이 사람들은 항상 밖에 나와 있으며, 타고난 무관

---

84) 에스파냐 왕위계승 전쟁에 영국군 총사령관으로 참전한 1대 말버러 공작 존 처칠(John Churchill, 1st Duke of Marlborough, 1650~1722)이 전사했다는 거짓 소문을 바탕으로 프랑스에서 만들어진 민요 "말버러가 전장으로 떠났네(Malbrough s'en va-t-en guerre)"라는 가사로 시작한다. 영국에 적대적이었던 전통적 가톨릭 국가인 에스파냐와 프랑스, 그리고 이탈리아에서 1780년대에 크게 유행했다. 이후 민요의 유래는 잊혔지만 멜로디는 지속적으로 인기를 끌어 북미와 남미에서까지 유행했다. 괴테는 프랑스를 여행할 때 이 노래가 너무 자주 들려서 말버러를 싫어하게 되었다고 한다.

심 때문에 만사를 별로 개의치 않는 것이다. 주민들은 이렇든 저렇든 아무래도 좋고 불평이 없다. 중류층 사람들도 하루 벌어 하루 먹는 생활이며, 돈 있고 지체 높은 자들은 저택에 들어앉아 있지만 그 저택이라는 것도 북쪽 나라의 저택처럼 그렇게 살기 좋은 곳은 못 된다. 각종 모임과 사교는 집회소 등에서 개최된다. 그러나 그곳은 앞마당에서부터 주랑에 이르기까지 온통 오물과 쓰레기로 뒤덮여 있는데, 그 사실을 모두들 당연하게 생각한다. 서민들은 언제나 서민 위주로 생각한다. 돈 많은 부자들아, 대궐 같은 저택을 짓고 싶으면 지으려무나. 귀족 나리들, 어깨에 힘주고 싶으면 마음대로 권세를 휘둘러보아라. 우리 서민들은 너희들이 만들어놓은 주랑이나 앞마당을 우선 급한 대로 대소변의 장소로 사용하련다. 닥치는 대로 마구 주워 먹어서 섭취한 것을 될 수 있는 대로 신속하게 배설하는 것이 서민들의 최대 급선무인 것 같다. 그것이 싫으면 뽐내지 말라는 말이다. 즉 귀족은 서민들이 자기 저택 일부를 차지하고 있다는 식으로 굴어선 안 된다. 그렇지만 혹여 귀족이 문을 닫아걸어버린대도 그 또한 아무렇지 않다. 다만 공공건물에 대해서만은 서민은 결코 그 권리를 포기하지 않으려 한다. 그리고 그것은 이탈리아 전역에서 외국인들의 불평의 씨앗이 되고 있다.

오늘은 시내를 여기저기 돌아다니면서 중류계급의 복장과 거동을 특별히 관심을 가지고 관찰했다. 우선 층은 매우 수가 많았고 또한 분주한 듯 눈에 띄었다. 걸어갈 때는 모두들 양팔을 흔든다. 하지만 무슨 일이 있을 때 칼을 차야 하는 상류계급 사람들은 왼팔만은 움직이지 않는 습관이 붙어서 한쪽 팔만 흔들고 다닌다.

민중은 자기 생업이나 욕망을 추구할 때는 상당히 태평하지만, 신기한 것에 대해서는 극히 민감하다. 예를 들어 여기 와서 처음 며칠간은 모든 사람이 내 장화를 뚫어져라 바라보는 것이 자주 내 주의를 끌었다. 그런 구두는 비싸서 겨울에도 신는 사람이 흔치 않기 때문이다. 지금은 내가 단화와 양말을 신고 있으니 아무도 눈여겨보지 않는다. 그런데 오늘 아침에는 기묘한 일이 있었다. 화초, 야채, 마늘 등 여러 가지 잡다한 시장 물건을 들고 우왕좌왕하던 사람들이 마침 내가 손에 들고 있던 노송나무 가지를 발견한 것이다. 그 가지에는 초록색 솔방울이 두세 개 달려 있었다. 그것 외에도 나는 꽃이 핀 서양풍조목 가지도 들고 있었다. 어른 아이 할 것 없이 모두들 내 손가락만 쳐다보았다. 이상하게 생각되는 모양이었다.

그 나뭇가지는 주스티 정원[85]에서 가져온 것이다. 경치 좋은 곳에 위치하고 있는 그 정원의 노송 거목은 모두 송곳같이 하늘을 향해 높이 솟아 있다. 생각건대 북구의 정원을 만드는 기법에서 보이는, 끝을 뾰족하게 자른 주목(朱木)은 이 장대한 천연 사물을 모방한 것으로 보인다. 가지는 아래에서 위까지 오래되었건 어리건 간에 한결같이 하늘을 바라보고 있다. 수령이 300년에 달하는 수목은 역시 존경할 만한 가치가 있다. 이 정원이 만들어진 연대로 미루어볼 때 이들 수목은 이미 그 정도의 수령에 달한 것이 확실하다.

---

85) 메디치 가문에 봉사했던 베네치아 공국 기사 아고스티노 주스티(Agostino Giusti, 1548~1615)의 궁전 정원으로, 이탈리아에서도 손꼽히는 메디치 양식 정원이다. 아디제 강변 우안의 언덕 위에 있어 베로나 시내를 조망할 수 있다.

9월 19일, 비첸차

베로나에서 이곳까지 정말 기분 좋은 길이 이어진다. 토사, 석회, 점토, 이탄암 등으로 이루어진 산을 왼쪽에 두고 마차는 산맥을 따라 계속해서 북동쪽으로 달렸다. 그 산들을 형성하고 있는 구릉 위에는 촌락, 성곽, 가옥 들이 깨알처럼 흩어져 있다. 오른쪽에 있는 광막한 평야 위를 마차는 달려가는 것이다. 똑바르게 정리가 잘되어 있는 신작로가 풍요한 평원을 관통하고 있다. 깊숙한 곳까지 나란히 서 있는 가로수를 휘감으며 포도 넝쿨이 높이 올라가고, 거기에 가벼운 나뭇가지 모양으로 포도가 매달려 있는 것을 발견할 수 있다. 여기서 우리는 페스토네(꽃줄)란 어떤 것인가를 확실하게 알 수 있다. 포도송이가 익어서 무거워진 넝쿨이 길게 아래로 처져서 흔들흔들하고 있는 것을 일컫는 말인 것이다. 도로는 이런저런 직업을 가진 온갖 부류의 사람들로 가득하다. 특히 흥미로웠던 것은 접시 모양의 바퀴가 달린 낮은 높이의 소달구지다. 여기에 소 네 마리가 묶여 있는데 농장으로부터 포도송이를 운반하거나, 포도를 으깨기 위한 커다란 통을 싣고 왕복한다. 통이 비어 있을 때 장난삼아 통 속에 들어가 서 있는 마부의 모습은 흡사 바쿠스의 개선 행렬 같다. 나란히 서 있는 포도나무들 사이의 땅은 온갖 종류의 곡물, 특히 옥수수와 수수 재배에 이용되고 있다.

비첸차 부근에 가까이 오니 다시 화산성 구릉이 북에서 남으로 걸쳐 융기하여 평야를 구획 짓고 있다. 비첸차는 그 기슭에 위치하고 있는데, 구릉이 만든 주머니 속에 안겨 있다고 해도 좋을 것이다.

9월 19일, 비첸차

몇 시간 전에 여기에 도착해 이미 거리를 한 바퀴 돌고, 팔라디오[86]가 설계한 올림피코 극장과 그 밖의 건물을 구경하고 왔다. 외국인용 안내서로, 동판화가 들어 있는 매우 예쁜 소책자가 미술 전문가의 해설을 곁들여 출판되어 있었다. 그러나 이러한 작품의 위대한 가치는 직접 눈으로 보아야만 비로소 깨달을 수 있다. 다시 말하면 그림이나 미사여구가 아니라 실제 크기와 구체성으로써 관찰자의 눈을 충족시킬 수 있다는 뜻이다. 관찰자는 추상적인 정면 도상에서뿐만 아니라, 전체에 걸친 원근법상의 접근과 후퇴를 곁들여 삼차원의 아름다운 조화를 통해서만 심미적인 정신을 만족시킬 수 있다. 그러므로 나는 팔라디오에 관해 이렇게 평하고자 한다. 그는 진정 내면적으로 위대하고, 또한 내면의 위대함을 현실 세계에 재현한 인물이었다. 이 사람이 근대의 모든 건축가와 마찬가지로 극복하지 않으면 안 되었던 가장 어려운 문제는 시민적 건축술에 있어서의 주열의 적정한 배분이었다. 왜냐하면 기둥과 벽면을 결합하는 일은 누가 뭐라 해도 모순이기 때문이다. 그런데 그는 이 두 가지를 어쩌나 훌륭하게 조화시켰는지! 그 작품을 눈으로 직접 보면 존경심이 일어나고, 그가 단지 설득하고 있을 뿐이라는 사실을 잊어버리게 된다. 팔라디오의 설

---

86) 안드레아 팔라디오(Andrea Palladio, 1508~1580). 파도바 태생으로, 르네상스 건축의 대가이자 신고전주의 건축양식의 기원이다. 석공으로 일하던 중 비첸차의 시인이자 학자인 트리시노(Giangiorgio Trissino, 1478~1550)의 후원으로 로마로 유학, 고대 로마의 유적들을 견학하고 비트루비우스의 건축 이론을 연구하여 이를 르네상스 건축에 접목시킨 걸작들을 설계했다. 비첸차는 팔라디오의 건축물들이 다수 보존되어 유네스코 문화유산에 등재되었다.

계에는 무언가 신적인 것이 들어 있다. 즉 허상과 현실 사이에서 창조된 무언가의 가존재(假存在)가 우리들을 매료하는 능력으로, 그것은 위대한 시인이 가지고 있는 특수한 능력과 같다.

올림피코 극장[87]은 고대인의 극장을 소규모로 재현한 것으로 말할 수 없이 아름답다. 그러나 이것을 독일의 극장과 비교하는 것은, 고귀하고 부유하고 교양 있는 아이와 그다지 고귀하지도 부유하지도 않고 교양도 없지만 자신의 능력으로 무엇을 달성시킬 수 있는지를 잘 알고 있는 세속적 능력자를 비교하는 것과 같다.

지금 여기서 이 위대한 팔라디오의 건축물을 관찰하고, 그것이 이미 인간들의 편협하고 불순한 욕망에 의해 왜곡되어 있다는 것, 설계의 수준이 종종 건설업자의 능력을 넘어서고 있다는 것, 또 고매한 인간 정신의 귀중한 기념품이 사람들의 실생활에 적용되는 바가 얼마나 적은가를 볼 때, 결국 다른 모든 일에서도 마찬가지라는 사실을 깨닫게 된다. 즉 대중의 내적 욕망을 승화시키고 자존심을 고취하며, 진실하고 고귀한 삶의 가치를 느끼게 하려는 노력을 해보았자 그들로부터 고맙다는 말을 듣기는 어려운 것이다. 반면 무지한 대중을 속이고, 황당무계한 이야기나 들려주고, 매일 그들의 뒷바라지를 해서 속된 길로 떨어뜨리면 금세 인기가 올라간다. 그러므로 현시대는 이렇게 어리석기 짝이 없는 일에 만족하고 있는 셈이다. 내가 이

---

87) Teatro Olimpico. 1580년에 팔라디오가 설계한 마지막 건축물로, 고대 그리스의 거리와 신전 모습을 재현했다. 유럽에 현존하는 가장 오래된 실내 극장이다.

런 말을 하는 것은 이 나라의 친구들을 모욕하기 위해서가 아니라, 다만 그들이 현재 그런 상태라는 것, 또한 만사가 그런 식이라는 것도 별로 이상하게 생각할 것이 못 된다는 사실을 말하는 데 지나지 않는다.

크기가 균일하지 않은 창들의 연속으로 이루어진 팔라디오의 바실리카[88])가 성채풍의 낡은 건물들과(팔라디오는 이것들을 탑과 함께 철거하려 했던 것이 확실하다.) 나란히 서서 어떠한 광경을 만들고 있는지 형언하기란 어려운 일이다. 그저 다음과 같은 기묘한 표현으로 내 생각을 말할 수밖에 없다. 유감스럽게도 나는 여기서 또다시 보고 싶지 않은 것과 보고 싶은 것이 병존하는 상태를 발견했다.[89])

---

88) 정확한 명칭은 바실리카 팔라디아나(Basilica Palladiana)로, 괴테가 묘사하고 있는 창은 일명 '팔라디오의 창'으로 불린다. 이탈리아 건축에서 외벽 쪽에 일정한 간격으로 기둥을 세우고 지붕을 덮은 긴 복도를 '로지아'라고 부르는데, 2층 이상에 있는 로지아는 발코니 역할을, 1층의 로지아는 포치 역할을 한다. 일반적으로 로지아는 건물의 전면부에만 있는데, 팔라디오는 건물 어디에서나 외부가 보이도록 사면을 모두 로지아로 둘렀다. 또한 고대 그리스 신전 건축에 사용된 수학적 비례와 대칭 원칙을 존중하면서도 건물 전면부 로지아에 중간중간 크기가 다른 창들을 삽입해 규칙적인 리듬감을 만들어냈다.

89) 1549년에 건축이 시작된(완공은 1614년) 바실리카 팔라디아나는 비첸차의 중심부인 시뇨리 광장에 있는데, 이곳에는 이미 12세기부터 15세기에 지어진, 시청사로 쓰이는 공공건물과 궁전, 그리고 높이가 82미터에 이르는 비사라 시계탑까지 들어서 있었다. 팔라디오는 바실리카를 완공하면 주변 건물들을 철거할 계획이었는데, 공사가 길어지면서 뜻을 이루지 못하고 죽었다. 바실리카와 시계탑 사이의 거리는 채 1미터도 되지 않는다. 중세 고딕 양식, 르네상스 양식, 팔라디오 양식이 한곳에 모두 모여 있어 난삽해 보일 수 있으나, 또한 바실리카의 독창성을 더욱 돋보이게도 한다.

9월 20일, 비첸차

어제는 오페라가 있었다. 자정 넘어서까지 계속되었기 때문에 잠이 와서 혼났다. 「술탄의 세 아가씨」[90)와 「후궁으로부터의 탈출」[91)이라는 두 편의 작품에서 여러 가지 장면을 뽑아내 서툴게 꿰매 붙여서 한 편으로 만든 무대였다. 음악은 듣기에는 기분 좋았지만 아마추어의 솜씨임이 분명했고, 마음에 와닿는 새로운 착상도 없었다. 반면 발레는 대단히 좋았다. 주인공 한 쌍이 알망드[92)를 추었는데 다시없이 우아한 춤이었다.

극장은 새로 지은 건물이었는데 아담하고 아름답고 우아한 것이 지방의 수도답게 모든 것이 질서가 있었다. 각각의 관람석에는 같은 빛깔의 카펫이 깔려 있었고 카피탄 그란데(귀빈석)도 휘장이 조금 더 길게 걸려 있는 것이 다를 뿐이었다.

프리마돈나는 일반 관객에게 굉장한 인기가 있었다. 무대에 나타나자마자 열렬한 박수를 받았다. 그녀가 조금만 멋진 모습을 보여주면 새 떼 같은 관객은 걷잡을 수 없는 흥분에 빠졌다. 문제는 그런 경우가 너무 자주 있었다는 것이다. 자연스러운 행동, 사랑스러운 자태, 아름다운 목소리, 인상 좋은 얼굴, 그리고 얌전한 몸짓……. 다만 팔에 조금만 더 우아함이 있었

---

90) *Les Trois Sultanes ou Soliman Second*. 프랑스의 작곡가 파바르(Charles Simon Favart, 1710~1792)가 1761년에 발표한 오페레타다.

91) *Die Entfuhrung aus dem Serail*. 1782년에 모차르트가 빈 궁정극장에서 초연해 대성공을 거둔 3막 징슈필이다. '후궁으로부터의 유괴' '하렘에서의 도피' 등 다양한 제목으로 번역되어 왔는데, 오스만튀르크의 태수 셀림의 후궁에 붙잡혀 있는 연인 콘스탄체를 은밀히 구출해 내려는 내용상 '후궁 탈출'이 적절하다.

92) allemande. 16세기부터 바로크 음악에 맞춰 추었던 3박자의 활기찬 사교춤이다. 독일과 스위스 지역에서는 오늘날에도 왈츠와 더불어 즐겨 추고 있다.

더라면 좋았을 것이다. 아무튼 나는 두 번 다시 그곳에 가지 않을 것이다. 나 자신이 새 떼 속의 한 마리로 전락할지 모른다는 불안감 때문이다.

9월 21일, 비첸차

오늘은 투라 박사[93]를 방문했다. 그는 약 5년간 식물학 연구에 정열을 쏟아 이탈리아 지방의 식물 표본을 수집하고 전임 주교의 후원으로 식물원을 설립한 사람이다. 그러나 이제는 다 지나간 일이 되어버렸다. 박사가 의사 개업을 하면서 식물학 연구를 그만두었기 때문이다. 표본은 벌레가 먹고 있고 주교는 죽어버렸다. 이제 식물원에서는 다시 배추와 마늘 등이 재배되고 있었다.

투라 박사는 아주 점잖은 호인이었다. 솔직하고 명쾌하고 겸손한 태도로 자신의 신상에 대한 많은 이야기를 해주었다. 지극히 명석하고 마음에 드는 이야기 솜씨였다. 그러나 자기 연구실의 벽장은 열어서 보여주려고 하지 않았다. 아마도 그 내부는 남에게 보일 만한 상태가 아니었던 모양이다. 대화는 곧 끊어지고 말았다.

9월 21일 저녁

팔라디오의 건축 서적을 출판한 유능하고 정열적인 예술가이

---

93) 안토니오 투라(Antonio Turra, 1730~1796). 파도바 대학에서 의학을 공부했다. 식물학에 관한 논문을 다수 출판했기 때문에 당시 유럽 전역에 식물학자로 널리 알려져 있었다.

자 원로 건축가인 스카모치[94]를 방문했다. 그는 내가 흥미를 가지고 있는 것을 기뻐하면서 약간의 설명을 해주었다. 팔라디오의 건축 중에서 내가 전부터 특히 좋아하던 것이 하나 있는데, 바로 팔라디오 자택으로 알려진 건물이다.[95] 그런데 가까이에서 보니까 그림으로 볼 때보다 훨씬 더 훌륭했다. 재료와 세월이 건물에 남긴 색상을 그대로 그려냈으면 하는 생각이 들 정도였다. 그러나 건축가 팔라디오가 자신을 위해 궁전을 세웠다고 생각해서는 안 된다. 그것은 아주 초라한 집으로 창문도 두 개밖에 없으며 양쪽 창 중간에는 창을 하나 더 만들어도 좋을 만한 넓은 공간이 있다. 이웃집들도 함께 나오도록 그려서 이 집이 어떻게 그들 사이에 끼어 있는지 보는 것도 재미있을 것이다. 그런 것을 카날레토[96]에게 그려달라고 하면 어땠을까 하는 생각이 들었다.

9월 22일, 비첸차

오늘은 시내에서 30분가량 떨어진 기분 좋은 언덕 위에 있는

---

94) 오타비오 베르토티 스카모치(Ottavio Bertotti-Scamozzi, 1719~1790). 팔라디오 건축을 집대성해 소개한 책 『안드레아 팔라디오의 건축과 설계(Le fabbriche e i disegni di Andrea Palladio)』(1776~1783)를 펴냈다.

95) 팔라디오가 1563년에 설계한 카사 코골로(Casa Cogollo)를 가리킨다. 팔라디오의 집으로 알려져 있었지만, 실제로는 공증인 피에트로 코골로(Pietro Cogollo)의 집이었다.

96) 조반니 안토니오 카날(Giovanni Antonio Canal, 1697~1768)의 별명이다. 작은 카날(Canaletto), 즉 '카날의 아들'이라는 뜻이다. 베네치아 공국의 화가이자 판화가로, 베네치아, 로마, 런던 등 여러 도시의 풍경을 그렸다. 작업실이 아닌 야외로 직접 나가 풍경을 바라보며 그림을 그렸고, 원근법을 정확하게 구사한 화가로 평가된다.

호화 저택, 일명 '로톤다'[97]를 찾아가 보았다. 위에서 채광을 받는 둥근 홀을 가진 사각형 건물이다. 사방 어느 곳에서도 넓은 계단으로 올라가면 여섯 개의 코린트식 원주로 만들어진 현관에 도달한다. 아마도 건축사상 이보다 더 극도의 사치를 추구한 예는 찾아볼 수 없을 것이다. 계단과 현관의 면적이 가옥 자체의 면적보다도 훨씬 넓을 것이다. 즉 어느 방향에서 보아도 저택이라는 체제를 충분히 갖추도록 만들어놓았다. 내부는 사람이 살면 살 수 있겠지만 편리할 것 같지는 않다. 홀은 말할 수 없이 아름답게 균형이 잡혀 있으며, 방들 또한 그렇다. 하지만 귀족 가문의 피서지로는 충분하다고 할 수 없을 듯하다. 대신 어느 곳에서 보아도 장려한 경관을 이루는 점은 이 지방에서 최고일 것이다. 본채는 돌출해 있는 기둥과 더불어 산책하는 사람들의 눈에 들어올 때 실로 변화무쌍하다. 또 많은 세습 재산과 자기 자신을 함께 기념할 수 있는 구체적인 유물을 원했던 집주인의 의도가 완벽하게 달성되어 있다. 그리고 건물이 이 지방의 어느 지점에서 보아도 장려한 것과 마찬가지로 이곳에서 보는 조망 또한 비할 데 없이 좋다. 베로나에서 내려오는 배를 브렌타강 쪽으로 실어 가는 바킬리오네강이 흐르는 것이

---

97) Villa La Rotonda. 팔라디오의 대표작 중 하나다. 1565년에 은퇴한 신부 파올로 알메리코(Paolo Almerico)가 바티칸에서 고향으로 돌아와 팔라디오에게 설계를 의뢰해 짓기 시작했다. 디자인은 로마의 판테온 신전에서 모티프를 가져왔으며, 건물의 사면이 어느 방향에서 보아도 동일한 모습이 되도록 엄격한 대칭을 적용한 최초의 건물이다. 하지만 팔라디오와 알메리코 모두 이 집의 완성을 보지 못했고, 이후 카프라 형제가 사들여 1592년에 완공했기 때문에 '빌라 알메리코 카프라'라고도 불린다. '둥근'을 뜻하는 '로톤도(rotóndo)'에서 유래한 건축용어 로톤다는 원형 홀과 돔 지붕이 있는 건물의 통칭으로 쓰인다.

보인다. 또한 카프라 후작이 한 덩어리로 만들어 자신의 가족에게 전해서 보존하려 했던 광대한 영토도 바라볼 수 있다. 그리고 전부 합치면 하나의 완전한 문장이 되는 사방의 합각머리 비문은 적어둘 만한 가치가 있다.

> 가브리엘의 아들 카프라 후작은
> 큰 도로 이편의
> 재산, 전답, 계곡, 구릉
> 일체를 여기 합쳐서
> 혈통이 이어지는 정통 적자에게
> 이 집을 양여하여
> 영원한 추억의 손에 맡기고
> 자신은 궁핍을 인내하다.

특히 마지막 부분이 기묘하다. 그렇게 큰 자산이 있고, 제멋대로 살 수 있었던 사나이가 궁핍과 아쉬움을 참고 견뎌야 한다고 느끼고 있는 것이다. 그 정도의 깨달음이라면 더 적은 비용으로도 얻을 수 있었을 텐데.

9월 22일

오늘 저녁에 올림피아 아카데미[98]가 주최하는 회합에 참석했다. 재미로 하는 일이지만 나쁘지 않다. 사람들 사이에 자극과

---

98) Accademia Olimpica. 1555년 팔라디오가 주축이 되어 비첸차의 귀족과 지식인 그룹이 설립한 학술예술연구회로, 올림피코 극장은 아카데미아에 제출된 작품들의 공연을 위해 지어졌다.

생기를 불어넣어 준다. 올림피코 극장과 나란히 서 있는 대공회당은 조명도 적당했고, 회합에는 영주와 귀족의 일부가 참석했으며 나머지는 모두 교양 있는 일반 시민들로 그중에는 성직자도 많았다. 전부해서 500명가량이었다.

의장이 오늘 회의에 제출한 문제는 '창의와 모방 가운데 어느 편이 예술에 더 많은 이익을 가져다주었는가'였다. 상당히 좋은 착상이었다. 이 주제에 담긴 양자택일의 요소를 이렇게 분리해 놓으면 100년은 너끈히 이런저런 토론을 이어갈 수 있을 테니 말이다. 과연 아카데미 회원들은 이 기회를 십분 이용해 산문과 시문으로 여러 가지 주장을 내놓았으며, 그중에는 주목할 만한 훌륭한 걸작도 꽤 있었다.

그리고 무엇보다 일반 참석자들이 매우 활발했다. 브라보라고 외치고, 박수를 치고, 웃기도 했다. 나도 이렇게 나의 국민들 앞에 서서 그들의 흥을 돋우어줄 수 있다면 하고 생각해 보았다. 그러나 우리 독일인들이 애호하는 방식은 자기 사상의 정수를 종이에 인쇄해 돌리고, 모두가 한쪽 구석에 웅크려 앉아 각자 힘에 맞게 이것을 야금야금 씹어대는 것이다.

이야기가 창의와 모방 어느 쪽에 이르든 반드시 팔라디오의 이름이 들먹여졌으리라는 것은 쉽게 상상할 수 있을 것이다. 최후에는 항상 우스갯소리가 요구되기 마련이지만, 마지막에 어떤 사람이 묘안을 내서 말하기를 다른 여러 사람이 자기로부터 완전히 팔라디오를 빼앗아 갔으니 자신은 큰 비단 방직공장 주인인 프란체스키니를 칭찬하고 싶다는 것이었다. 리옹이나 피렌체의 직물을 모방한 행위가 이 뛰어난 기업가에게 얼마나 큰 이익을 남겨주었으며, 또한 그로 인하여 비첸차시가 얼마나 많은 이익을 얻었는가? 이 일만 가지고서도 모방이 창의보다 훨씬 낫다는 사실을 추론할 수 있다고 아주 익살스럽게 주장을 이어나갔기 때문에 자주 큰 웃음이 터져나왔다. 그래서 전반적으로 모방 찬성론 쪽이 더 많은 박수를 받았다. 대중이 생각하고 있고 또 생각할 수 있을 만한 것을 이야기했기 때문이다. 대중은 창작이라는 작업에 경의를 표하는 우수하고 탁월한 사례들에 대해서는 이해하지 못했기 때문에, 어떤 경우에는 정말 조잡한 궤변에 열렬한 박수를 보내기도 했다. 나는 이러한 일이라도 체험할 수 있었던 것을 매우 기쁘게 생각했고, 또한 이렇게 오랜 세월을 지낸 뒤에도 팔라디오가 변함없이 시민들에게 북극성으로서 귀감이 되고 존경받고 있는 것을 확인하게 된 것 또한 기뻤다.

9월 22일, 비첸차

오늘 아침에 티에네에 갔다 왔다. 그곳은 북쪽의 산들을 바라보고 있고 옛 설계 방식을 따라 새 건물을 세우고 있는 마을이다. 그곳에 대해서는 별로 이야기할 필요가 없다. 이 지방 사람들은 이처럼 무엇이고 옛날 것을 존중하며 옛 설계에 따르면서도 새로운 건축을 실행할 만큼의 머리를 가지고 있다. 성은 커다란 평야 한가운데에 위치하고 있는데 중간에 산도 없고 석회 알프스를 등지고 있는 아주 좋은 자리를 차지하고 있다. 성곽으로부터 일직선으로 난 가도의 양옆으로 맑은 물이 흘러나와 길 좌우의 넓은 논에 물을 대고 있다.

나는 이탈리아의 도시를 두 곳 본 셈이다. 이야기를 해본 사람은 적지만 이제 이탈리아인들을 많이 파악하게 되었다. 그들은 자기들을 세계 일등 민족으로 여기며 누구나 인정할 만한 장점도 있기 때문에, 스스로가 당연히 남다르다고 믿는 궁정 사람들 같다. 나는 그들이 아주 선량한 민족이라고 생각한다. 지금 내가 보고 있고 또 볼 수 있듯이 무엇보다도 아이들이나 하층민들을 잘 살펴보아야만 한다. 왜냐하면 나는 그런 사람들에게 자주 열정을 쏟아왔고 또 앞으로도 열정을 쏟을 것이기 때문이다. 얼마나 멋진 모습과 얼굴을 하고 있는가! 특히 칭찬하지 않을 수 없는 것은 비첸차의 시민들이다. 그들 곁에서는 정말로 대도시의 특권을 향유할 수 있다. 남이 무슨 짓을 하건 쳐다보지도 않는다. 그러나 이쪽에서 그들과 상대를 하면 이야기도 잘하고 애교도 있다. 특히 여자들이 마음에 든다. 그렇다고 해서 베로나 여인들을 욕하는 것은 아니다. 베로나 여인들은 교양이 있고 옆얼굴이 뚜렷하다. 그러나 대개는 안색이 창백하다. 아름다운 전통의상을 입으면 늘 매혹적인 것을 열망하게 되므로 고대 페르시아 옷이 그녀들의 건강에는 해를 끼치고 있는 것이다. 그러나 이곳에서는 대단한 미인이 발견된다. 그중에도 나는 흑발의 여자들에게 특히 더 관심이 간다. 금발 여자도 있기는 하지만 그다지 아름답다고는 생각되지 않는다.

9월 26일, 파도바

오늘 나는 세디올라라고 하는 일인승 소형 마차에 내 짐을 모두 챙겨 싣고, 비첸차를 떠난 지 4시간 만에 이곳에 도착했다. 보통 3시간이면 충분히 올 수 있는 거리인데, 푸른 하늘 아래에서 하루를 즐기고 싶었던 참에 마부가 일에 태만했던 것이 오히려 내게는 다행이었다. 더없이 비옥한 평야를 계속해서 동남쪽으로 달리는데, 방목장과 나무들 사이로 난 길이었기 때문에 전망은 그리 좋지 않았다. 그러나 나중에는 북에서 남으로 아름답게 죽 이어진 산봉우리들이 오른편에서 눈에 들어온다. 돌담이나 생울타리 위로 보이는, 꽃송이나 과일 등이 가득 달려 있는 나무들이 아름답다. 지붕에서는 호박이 뒹굴고, 기묘한 모양을 한 오이들이 받침대나 격자무늬 담벼락에 매달려 있다.

이 도시의 뛰어난 풍취를 나는 천문대로부터 자세히 전망할 수 있었다. 북에는 눈 덮인 티롤산맥이 절반쯤 구름 사이에 숨어 있고, 이에 연해서 서북에는 비첸차의 산줄기, 마지막으로 서쪽 가까이 에스테 연봉이 있어서 그 산들의 기복이 뚜렷하게 보인다. 동남쪽을 바라보니 언덕이라고는 그림자조차 보이지 않는 푸른 수목의 바다, 나무 또 나무, 덤불 또 덤불, 밭 또 밭 그리고 초원 속에 무수히 많은 하얀 집, 별장, 교회 들이 튀어나와 보인다. 지평선에는 베네치아의 산마르코 탑과 더 작은 탑들이 아주 뚜렷이 보인다.

9월 27일, 파도바

마침내 팔라디오의 책[99]을 입수했다. 물론 비첸차에서 보았던 목판화가 실린 원본은 아니지만 정밀한 모사, 즉 동판의 복사로 베네치아 주재 영국영사였던 스미스[100]라는 학식 있는 사

---

99) 팔라디오의 『건축4서(Il quattro libri dell' Architettura)』를 가리킨다. 초판은 1570년 베네치아에서 출판되었다.

100) 조셉 스미스(Joseph Smith, 1682?~1770). 영국 출신으로 1700년부터 베네치아에 정착해 무역회사, 보험회사, 은행 등을 운영했으며 출판업자, 미술품 감정가, 희귀서 및 예술품 콜렉터로도 활동했다. 1744년부터 1760년까지는 영국영사 직책을 맡았기 때문에 주로 '스미스 영사'로 불린다. 스미스가 수집한 책

람이 기획한 것이다. 영국인들이란 예로부터 우수한 것을 평가하는 능력이 있고, 또 발견한 것을 유포하는 방법이 대규모란 점을 인정하지 않을 수 없다.

이것을 구입할 때 나는 어떤 책방에 들어갔는데, 이탈리아의 서점에서는 정말로 독특한 광경을 볼 수 있다. 모든 책들은 가철(假綴)된 채 어수선하게 널려 있고 하루 종일 상류층 사람들이 얼굴을 내밀며 들락날락한다. 재속신부,[101] 귀족, 예술가로서 조금이라도 문헌이나 문학에 취미가 있는 사람은 모두 이곳에 출입하는 것이다. 어떤 책을 달라고 해서 넘겨보고는 제멋대로 어쩌고저쩌고 이야기한다. 그때도 여섯 사람쯤 모여 있었는데, 내가 팔라디오의 작품집에 관해서 물어보니 일제히 나를 주목했다. 책방 주인이 책을 찾는 동안, 그들은 그 책을 칭찬하고 원판과 복사판에 관해 이것저것 나에게 가르쳐주었는데, 저작 자체에 관해서나 저자의 공적에 관해서도 매우 잘 알고 있었다. 나를 건축가라고 짐작했는지, 다른 모든 사람들에 앞서 이 거장의 연구에 착수한 것을 칭찬하면서 다음과 같은 말을 했다. 팔라디오의 업적은 실제로 잘 이용되고 응용되고 있다는 점에서 비트루비우스[102]보다도 위대하다. 팔라디오가 고

과 미술품은 오늘날 대영박물관과 로열컬렉션이 소장하고 있다.

101) 수도회에 소속되어 공동체 생활을 하는 수도신부와 대조되며, 교구장의 임명을 받아 주교를 보필하고, 세속에서 교구 신자들을 보살피는 책임을 진다. 사유재산을 소유하며, 동일 서열일 때는 수도신부보다 우위다.

102) 마르쿠스 비트루비우스 폴리오(Marcus Vitruvius Pollio). 기원전 1세기경 로마의 건축가이자 건축 이론가. 비트루비우스가 헬레니즘 건축이론을 집대성해 아우구스투스 황제에게 헌정한 『건축10서(De architectura)』를 1414년 이탈리아의 인문학자 포지오(Poggio Bracciolini, 1380~1459)가 스위스의 장크트갈렌(Sankt Gallen) 수도원 도서관에서 발견해 세상에 알려지게 되었다.

대를 철저히 연구해 우리들의 필요에 가깝게 하려고 노력했기 때문이다. 나는 이 친절한 사람들과 오랜 시간 동안 담소하고 시내의 명소에 관한 것 등을 몇 가지 물어본 후 헤어졌다.

일단 성자를 위해 교회를 세운 만큼 현자의 상이 세워질 자리가 마련되어 있는 것은 당연한 일이다. 추기경 벰보[103]의 흉상은 이오니아식 열주들 사이에 있다. 훌륭하긴 하지만, 말하자면 무리하게 점잔 뺀 듯한 수염이 많은 얼굴이다. 비문은 다음과 같다.

추기경 피에트로 벰보의 상을, 이누메누스의 아들 히에로니무스 게리누스가 세우도록 배려했다. 그 정신의 기념비가 영원한 것과 같이, 그의 면모 또한 자손들에게 전해지도록 하기 위해서다.

대학 건물[104]은 위풍당당함으로 나를 아연케 했다. 내가 이런 곳에서 공부하지 않아도 됐던 것은 다행스러운 일이다. 우리네 대학의 학생들도 청강석에 있어서는 여러 가지 불편을 참아야 하지만, 이렇게 협소한 학교는 상상할 수도 없다. 특히 해부학 교실은 어떻게 하면 더 많은 학생을 욱여넣을 수 있을

---

103) 피에트로 벰보(Pietro Bembo, 1470~1547). 베네치아 태생의 저명한 인본주의 문필가로, 교황 레오 10세 때 추기경이었다. 조각가 카타네오(Danese Cattaneo, 1512?~1572)가 만든 벰보의 흉상과 기념비는 성 안토니오 대성당(Basilica Pontificia di Sant'Antonio)에 있다.

104) 파도바 대학교는 1222년에 폭넓은 학문적 자유를 찾아 볼로냐 대학교를 떠나 파도바로 옮겨온 법학과 신학 전공 학생 및 교수 들에 의해 설립되었다. 괴테가 견학한 건물은 1493년에 지어진 팔라초 델 보(Palazzo del Bo)로, 법학과 해부학 수업이 이루어지던 원형극장이 있다.

까 고심한 끝에 만들어진 발명품 같다. 끝이 뾰족한 높은 깔때기 모양의 공간 속에 청강하는 학생들이 몇 단으로 겹쳐 앉아 있다. 그들은 교탁이 놓여 있는 좁은 마룻바닥을 바로 밑으로 내려다본다. 교탁에는 빛이 들어오지 않기 때문에 교사는 램프 빛 속에서 강의를 해야 한다. 해부학 교실이 비참한 만큼 반대로 식물원[105] 쪽은 도리어 한층 깨끗하고 발랄하게 보인다. 많은 식물들은 돌담 옆이든, 그 부근이든 심어놓기만 하면 겨울에도 말라 죽지 않는다. 전체적으로는 10월 말이 되면 덮개가 만들어지고 수개월 동안만 난방을 한다. 종류를 모르는 초목 사이를 거니는 것은 즐겁고 유익한 일이다. 늘 보는 식물은 익히 보아서 알고 있는 다른 사물들처럼, 아무리 보아도 아무 생각이 나지 않는다. 생각함이 없는 관찰이 무슨 소용이 있겠는가. 그런데 여기서 이렇게 새롭고 다양한 식물에 접해 보니, 모든 식물의 형태는 아마도 하나의 형태로부터 발달한 것이리라는 생각이 점점 더 유력해진다.[106] 이 방법에 의해서만 종(種)이나 속(屬)을 결정하는 일이 가능할 것이다. 종래에는 이 결정이 매우 자의적으로 이루어졌다는 생각이 든다. 이 점에서 나는 나 자신의 식물 철학에 빠져들어 아직까지도 탈출할 길을 찾지 못하고 있다. 이 일은 그 범위가 광범한 것과 마찬가지로 깊이도 심원한 문제라고 생각된다.

프라토 델라 발레[107]라고 불리는 대광장은, 6월에 큰 장

---

105) 베네치아 공국이 1545년에 설립한 파도바 식물원(Orto botanico di Padova)은 세계에서 가장 오래된 학술식물원이다.

106) 403쪽 '원식물' 참조.

107) Prato della Valle. 파도바의 중앙광장으로, 넓이가 9만 제곱미터에

이 서는 대단히 넓은 장소다. 중앙에 있는 목조 노점은 그다지 볼품 있는 것은 못 되지만, 주민들은 이곳에도 머지않아 베로나에 있는 것 같은 석조 상설시장이 세워질 것이라고 단언하고 있다. 광장 주변이 매우 아름답고 훌륭한 것으로 미루어보면 벌써부터 그런 기대를 하는 것도 전혀 근거가 없지는 않다.

이곳에서 가르치거나 배웠던 적이 있는 모든 저명인들의 조상(彫像)이 굉장히 큰 타원형을 이루며 서 있다. 이곳 출신이건 아니건, 누구든지 파도바 대학교에 재적했던 사실과 공적이 증명되기만 하면 당장에라도 동향인 또는 근친자를 위한 일정 크기의 입상 건립이 허가된다.

타원형 주위에는 호(濠)가 파여 있다. 여기에 놓인 네 개의 다리 위에는 교황이나 영주의 커다란 동상이 서 있고, 나머지 더 작은 인물상들은 조합이나 개인 또는 외국인이 세운 것이다. 스웨덴 국왕[108]은 구스타프 아돌프[109]가 이전에 파도바에서 청강한 적이 있다고 해서 그의 상을 건립하게 했다. 레오폴트 대공[110]은 페트라르카와 갈릴레이를 기념하는 동상을

달해 이탈리아에서 가장 큰 광장이다.

108) 구스타프 3세를 가리킨다.

109) 스웨덴 국왕 구스타프 2세(Gustavus Adolphus, Gustavus II, 1594~1632)를 말한다. 스웨덴을 부국강병하게 만든 개혁적 왕이자, 신성로마제국 내의 신교와 구교간 종교전쟁이었던 삼십년전쟁에 뛰어들어 가톨릭 군대를 상대로 대승을 거뒀다. 이로써 북유럽의 신교는 신성로마제국 황제와 가톨릭으로부터 자유롭게 되었다.

110) Leopold II, 1747~1792, 재위 1790~1792. 합스부르크 가문 출신으로, 신성로마제국 황제 프란츠 1세의 아들이다. 프란츠 1세 사후 장남인 요제프 2세가 황제에 즉위하고 레오폴트 2세는 토스카나 군주가 되었기 때문에 1786년 당시 칭호는 토스카나 대공이었다. 1790년 요제프 2세가 급작스럽게 서거하면서 황제에 즉위해 레오폴트 2세가 되었다. 르네상스의 효시로 일컬어지는 시인 페트

세웠다. 이들 작품들은 견실하고 근대적인 수법으로 제작되었다. 그중에는 너무 기교적인 것도 있고 자연스러운 것도 있는데, 의상은 모두 다 각자의 시대와 위계에 맞추어져 있다. 비문 또한 칭송할 만한 것으로 그중에는 몰취미한 것이나 편협한 것은 하나도 없다.

이러한 착상은 어떤 대학이라도 상당히 훌륭한 생각이라고 여길 만한데, 이곳 대학에서는 특히 성공적이다. 과거의 모습을 완전하게 재현해서 바라보는 것은 대단히 효과 있는 일이기 때문이다. 계획대로 목조 시장을 철거하고 석조로 세운다면 참으로 아름다운 광장이 될 것이다.

성 안토니우스에 귀의한 어떤 교단의 집회소에 옛 독일인을 상기시키는 상당히 오래된 그림이 있는데, 그중에는 티치아노의 것도 두서너 점 있다. 그 그림에서는 알프스 이북에서는 누구도 개개인의 능력으로는 이루지 못했던 위대한 진보가 인정된다. 바로 다음에 나는 최근 화가들이 그린 작품을 몇 점 보았다. 이들 화가는 숭고하고 진지한 것을 표현하지 못하는 대신 유머러스한 것을 노려서 대단한 성공을 거두었다. 그런 의미에서 피아체타[111]의 「요한의 참수(斬首)」는, 이 거장의 수법을 용인한다면, 여간 걸작이 아니다. 요한은 가슴에 손을 합장한 채 돌에 오른쪽 무릎을 꿇고 앉아 있다. 그는 하늘을 쳐다보

<hr />

라르카와 지동설로 유명한 갈릴레오의 상을 세우게 한 데서 개혁적 계몽군주였음을 알 수 있다.

111) 조반니 바티스타 피아체타(Giovanni Battista Piazzetta, 1628~1754). 후기 베네치아 화파의 대가로, 괴테가 언급한 그림은 성 안토니오 대성당 별당에 있다.

고 있다. 그를 등 뒤로 결박하고 있는 군졸은 몸을 비틀어서 요한의 얼굴을 들여다보고 있는데, 침착하게 죽음을 맞이하는 이 인물의 태도에 놀란 표정이다. 높은 곳에 단 한 명의 참수병이 서 있는데 칼은 갖고 있지 않고 다만 양손으로 목을 베는 연습이라도 하는 듯한 몸놀림을 하고 있다. 아래에 있는 세 번째 남자가 칼집에서 칼을 뽑으려 하고 있다. 위대하다고까지는 못하더라도 좋은 착상이며 구도도 기발해서 최상의 효과를 올리고 있다.

에레미타니 성당[112]에서는 나를 경탄시키고 있는 옛날 화가 중 한 사람인 만테냐[113]의 그림을 보았다. 그 화면에는 말할 수 없이 예민하고 확실한 현실성이 넘치고 있었다. 이 현실성이야말로 진정 진실한 것으로서, 겉모습뿐이고 일회적 효과를 노린, 단순히 상상력에 호소하는 따위의 것이 결코 아니다. 그 작품에는 소박, 순수, 명쾌, 주밀(周密), 성실, 섬세, 여실(如實)하면서, 동시에 또한 준엄, 열성, 고난의 그림자도 일맥 곁들여 있어서, 뒤따르는 화가들이 여기서부터 출발했다는 것은 내가 티치아노의 그림을 접하고 나서 인정한 터다. 그리고 지금 그들의 발랄한 천재성, 정력적 천성은 선배의 정신에 의해 개발되고, 선배의 힘에 의해 육성되어 더욱더 높이 향상되고, 지상으로부터 올라가 천상의 진실한 자태를 그려낼 수 있다. 야

---

112) Chiesa degli Eremitani. 성 아우구스티누스 교단에 속한 수도원으로 13세기에 고딕 양식으로 지어졌다. 현재는 건물 일부가 고미술박물관으로 쓰이고 있다.

113) 안드레아 만테냐(Andrea Mantegna, 1431?~1506). 파도바 태생의 화가이자 조각가. 언급된 그림은 만테냐의 초기 대작으로 성 야고보와 성 크리스토포로의 생애를 테마로 한 프레스코화다.

만시대 이후 미술은 이런 식으로 발전해 온 것이다.

시청 홀은 '확대'라는 접미사를 붙인 살로네[114]가 수긍될 만큼 상상을 불허하는 방대한 크기다. 칸칸이 나뉜 거대한 그릇 같아서 방금 본 것도 돌아서면 기억나지 않을 지경이다. 길이 300피트, 폭 100피트, 세로로 방을 덮고 있는 둥근 천장까지의 높이가 100피트. 이곳 사람들은 바깥생활이 습관화되어 있기 때문에 건축가는 장터에다 둥근 천장을 설치하려는 착상을 한 것 같다. 그리고 둥근 천장이 덮고 있는 거대한 공간이 독특한 느낌을 주는 것만은 틀림없다. 이것은 인간에게 별이 빛나는 밤하늘보다도 친근한 느낌을 준다. 수많은 별들이 빛나는 밤하늘은 우리를 자신으로부터 탈취해 가지만, 이 넓은 공간은 우리를 지극히 포근하게 우리 자신 속으로 밀어 넣어준다.

내가 산타주스티나 수도원[115] 안에 언제까지라도 남아 있으려고 하는 것도 이 때문이다. 이곳은 길이는 400피트 정도에, 천장은 비교적 높고 넓이도 상당한 웅대하고도 소박한 건축물이다. 오늘 저녁 나는 한쪽 구석에 앉아서 조용히 명상에 잠겼다. 이때 나는 정말로 고독하다는 것을 느꼈다. 왜냐하면 이 순간에 나를 떠올리는 사람이 있다고 하더라도 누구 하나 내가 여기 있으리라고 생각하는 사람은 없을 것이기 때문이다.

이제 짐을 싸서 이곳과도 이별하게 되었다. 내일 아침에는

---

114) 대형 홀을 뜻하는 'salone'는 'sala(살라, 넓은 방)'에 '-one(-오네, 확대)'를 붙여 만든 파생어다.

115) Monastero di Santa Giustina. 베네딕트회 수도원성당으로, 최초의 바실리카는 520년경에 지어졌지만 12세기의 베로나 대지진으로 붕괴되었고, 오늘날의 둥근 돔이 있는 건물은 1521년부터 지어진 것이다. 파도바의 프라토 델라 발레 광장에 있다.

브렌타강 쪽으로 계속 가려 한다. 오늘은 비가 왔지만 이제 그쳤으니 아름답게 갠 좋은 날씨에 갯벌과, 바다와 결혼한 여왕 베네치아를 내 눈으로 바라보고, 또 그녀의 품속에서 친구들에게 인사를 보낼 수 있으리라.

베네치아

1786년 9월 28일, 우리 시각으로 저녁 5시에 브렌타강에서 갯벌로 진입하면서 처음으로 베네치아의 마을을 멀리서 바라보고, 계속하여 이 놀라운 섬의 도시, 비버 공화국에 발을 들여놓고 구경하게 된 것은 내 운명의 책 한 쪽에 쓰여 있던 바다. 그리하여 다행스럽게도 베네치아라는 도시는 이제 나에게 결코 하나의 단어, 공허한 이름(나는 공허한 말에 대한 불구대천의 원수로서 얼마나 많은 고통을 받았던 것일까.)이 아니게 되었다.

내가 타고 있는 배에 처음으로 곤돌라가 다가왔을 때(바쁜 승객들을 빨리 베네치아로 운송하기 위해서였다.) 나는 근 20년 동안 잊어버리고 있었던 그 옛날의 장난감을 다시 회상했다. 아버지는 이탈리아에서 가져온 아름다운 곤돌라 모형을 가지고 계셨다.[116] 아버지는 그것을 퍽 귀중히 여기셨고 언젠가 그

---

116) 괴테의 아버지 요한 카스파르 괴테(Johann Caspar Goethe, 1710~1782)는 1740년에 이탈리아를 여행하고 『나의 이탈리아 여행(Viaggo per l'Italia)』이라는 책을 썼으며, 고대 조각 모형과 광물 수집 취미도 있었다.

것을 가지고 놀아도 좋다고 허락하셨을 때 나는 얼마나 기뻤는지 모른다. 지금 반짝이는 철판의 곤돌라 뱃머리와 검은 선체, 모든 것이 옛 친구처럼 나에게 인사를 한다. 나는 오랜만에 그립던 소년 시절의 기억을 다시 맛볼 수 있었다.

나는 '영국의 여왕' 여관에 만족하며 유숙하고 있다. 산마르코 광장에서 얼마 떨어지지 않은 곳에 있다는 점이 이 숙소의 최대 장점이다. 내 방의 창문은 줄지어 있는 높은 집들 사이로 좁은 운하를 향하고 있으며 창문 바로 밑에는 무지개 모양의 다리가 놓여 있고 그 건너편에는 좁고 번화한 골목이 있다. 독일에 보낼 나의 소포가 다 완성될 때까지,[117] 그리고 내가 생각하는 이 도시의 상(像)을 맘껏 맛보게 될 때까지 그냥 이곳에 머무르려고 한다. 지금까지 여러 번 갈망했던 고독을 이제야 제대로 맛볼 수 있게 되었다. 왜냐하면 아는 사람이 아무도 없는 군중 사이를 홀로 헤치고 지나다닐 때처럼 절실히 고독을 느낄 때는 없기 때문이다. 베네치아에서 나를 아는 사람은 아마 단 한 사람일 뿐일 것이고 그 사람도 나를 곧 만나게 되지는 못하리라.

1786년 9월 28일, 베네치아

파도바에서 여기까지의 여행에 관해 몇 마디만 적어둔다.

합승선을 타고 브렌타강을 내려가는 선상 여행은 상호간의 예의를 존중하는 이탈리아인들이 서로 예절을 잘 지켰기 때문에 기분 좋았다. 양쪽 강가는 농원과 별장으로 장식되어 있

---

117) 괴테는 베네치아에서 『타우리스의 이피게니에』 개작을 마쳐 독일로 송고할 계획이었다.

고, 작은 마을이 물가까지 뻗어 있는 곳이 있는가 하면, 곳에 따라서는 사람 통행이 많은 국도가 물가 곁에서 달리는 곳도 있다. 배가 강물을 따라 내려가려면 갑문을 통과해야 하기 때문에 배는 가끔 갑문 앞에서 정지한다. 우리는 그 틈을 이용해 육지에 올라가서 구경도 하고 풍부하게 제공되는 과일을 맛볼 수도 있다. 그러고 나서 다시 배를 타고 풍요롭고 생기가 넘치는, 활기찬 세계를 지나 항해를 계속하는 것이다.

이렇게 가지각색으로 변해 가는 풍물과 형상 속에 또 하나의 사건이 더해졌다. 궁극적 원인은 독일 때문이긴 하지만 역시 정말 이곳에 걸맞은 일이었다. 그것은 바로 합승선에 타고 있던 두 사람의 순례자들을 말한다. 내가 순례자를 가까이에서 본 것은 이번이 처음이다. 그들은 이 합승선을 무임으로 타고 갈 권리가 있다. 그러나 다른 승객들이 그들 가까이 있는 것을 싫어했기 때문에 다른 사람들과 같이 지붕이 있는 장소에 머무르지 않고, 뒤쪽의 조타석 옆에 앉아 있었다. 요즘 세상에는 희귀한 현상이기 때문에 사람들은 놀라운 눈으로 그들을 바라본다. 거기다가 예전에는 이런 복장을 하고 돌아다니는 부랑자가 많았기 때문에 사람들은 전혀 경의를 표하지도 않는다. 그들이 독일 사람이고 외국어가 전혀 통하지 않는다고 하기에 나는 그들이 있는 곳으로 가서 어울렸으며, 그들이 파델보른 출신이라는 것을 알게 되었다. 두 사람은 이미 쉰을 넘긴 남자들로 음울하기는 하지만 마음씨는 좋을 것 같은 얼굴이었다. 그들은 처음에 쾰른의 세 동방박사[118]를 참배하고 이어서 독일 땅을 두

---

118) 쾰른 대성당에 안치되어 있는 3인의 동방박사 유골함으로, 1164년 신

루 순례하고 왔는데, 이제부터 같이 로마까지 갔다가 북부 이탈리아로 돌아가려 하고 있었다. 그런 다음에 한 사람은 다시 베스트팔렌으로 향하고, 다른 한 사람은 산티아고데콤포스텔라에 가서 성 야고보를 참배할 것이라고 말했다.

그들의 복장은 우리가 모두 잘 알고 있는 그런 순례복이었지만 끝을 걷어 올렸기 때문에, 독일의 가장무도회 등에서 순례자를 흉내 낼 때 흔히 입는 기다란 호박직(琥珀織) 옷보다는 훨씬 나아 보였다. 커다란 옷깃, 둥근 모자, 지팡이, 그리고 가장 유치하게 보였던 물그릇으로 사용하는 조개껍질, 이 모든 것이 각각 의미와 직접적 효용을 가지고 있었다. 양철 상자에는 여행 허가서가 들어 있었다. 가장 신기했던 것은 빨간 모로코가죽으로 만든 조그마한 지갑이었다. 그 속에는 간단한 필요를 위해서 편리하게 사용할 수 있는 작은 도구들이 잔뜩 들어 있었다. 그들은 옷에 타진 데를 발견했기 때문에 그 지갑을 꺼냈었다.

조타수는 통역을 발견한 것을 크게 기뻐하면서, 나를 통해 그들에게 여러 가지 질문을 했다. 그렇게 해서 나는 그들의 소신과 여행에 관한 여러 가지 이야기를 들을 수 있었다. 그들은 같은 신자들뿐만 아니라 재속신부나 수도원의 성직자들에 대해서도 신랄한 비판을 가했다. 그들 말에 의하면 경건함 같은 것은 이제 매우 희귀한 것이 되어버렸다. 어디를 가도 자기들의 신앙심을 믿으려는 사람들이 없으며, 지정된 순례 길이나

성로마제국 황제 프리드리히 1세(Friedrich I, 1122~1190)가 이탈리아 밀라노에서 가져온 성인들의 유골을 보관하기 위해 바실리카 형태에 금세공으로 제작되었다. 쾰른 성당은 이 유골함을 보존하고 기념하려고 지은 것으로, 1248년에 건설을 시작해 1880년에 완공되었다.

주교가 발부한 여행 허가서를 내보여도, 가톨릭 나라에서는 어김없이 부랑자 취급을 받는 것만 보아도 알 수 있다는 것이다. 이에 반해 신교도들로부터는 좋은 대접을 받았으며, 슈바벤의 어떤 시골 목사의 환대에 대해서 아주 감동적으로 이야기했다. 특히 목사 부인은 얼마간 망설이는 남편을 설득해 그들에게 먹을 것을 푸짐하게 베풀어주는 등 큰 도움을 주었다고 했다. 그뿐 아니라 헤어질 때 그녀는 컨벤션탈러[119] 한 닢을 주었는데, 다시 가톨릭 지역에 들어갔을 때 그 돈을 아주 유용하게 썼다는 것이다. 여기서 한 명은 열렬한 말투로 이렇게까지 말했다.

"우리들은 매일 하는 기도 속에 그 부인에 대한 말씀을 빠뜨리지 않습니다. 하느님이 그분의 마음을 우리들에게 열어주신 것과 같이, 그분을 눈뜨게 해주셔서 늦게나마 구원을 가져다주는 유일한 교회의 품 안으로 받아들여 주시도록, 하느님께 간절히 기원하고 있습니다. 그래서 우리들은 장차 천당에서 그분을 만나게 되리라고 확신하고 있습니다."

나는 갑판으로 통하는 작은 계단에 앉아서 이 같은 모든 이야기 중에서 필요하고 유익한 부분을 조타수와 선실로부터 좁은 장소로 몰려든 사람들에게 설명해 주었다. 순례자들에게는 아주 적은 분량의 먹을거리가 주어졌다. 이탈리아 사람들은 남에게 시주하는 것을 좋아하지 않기 때문이다. 이에 대해 순례자는 조그마한 부적을 꺼냈는데 거기에는 3인의 동방박사가 예배

---

119) Konventionsthaler. 1566년 발행된 제국탈러(Reichsthaler)를 토대로, 1750년 합스부르크 군주국이 주조한 은화. '20굴덴 주화협약(Konventionsfuß)'에 따라 1753년부터 바이에른을 중심으로 신성로마제국 전역에서 사용되었다.

용 라틴어 기도문과 함께 그려져 있었다. 이 마음씨 좋은 순례자들은 그것을 모여 있던 몇 사람에게 나누어주고, 부적의 공덕을 모두에게 설명해 달라고 나에게 부탁했다. 나는 그 역할을 잘 해내었다. 그 증거로, 두 사람의 순례자가 넓은 베네치아에서 순례자를 수용하는 수도원을 어떻게 찾아낼 것인가 매우 걱정하자, 이를 불쌍하게 여긴 조타수가 상륙하면 곧바로 그 근처의 아이에게 돈을 쥐여주고 순례자들을 꽤 멀리 떨어져 있는 어떤 수도원까지 안내해 주도록 하겠다고 약속하는 것을 들 수 있다.

조타수는 은밀하게 덧붙였다. "그러나 그곳에 가도 별것은 없을 것이오. 얼마만큼의 순례자를 수용할 수 있을지 모르지만, 대단히 넓은 부지를 가지고 있던 그 시설도 현재는 상당히 축소되었고, 수입도 전혀 다른 용도로 많이 사용되고 있는 형편이니 말이오."

이런 이야기를 교환하면서 우리들은 수많은 아름다운 농원과 장려한 저택을 지나, 연안의 부유하고 활기찬 촌락을 부지런히 보면서 아름다운 브렌타강을 내려왔다. 마침내 갯벌에 진입했을 때 몇 척의 곤돌라가 즉각 우리 배 주위로 몰려왔다. 베네치아에서 유명한 전당포 주인이 나타나서 자기와 함께 오면 상륙도 빨리 할 수 있고 또 세관의 귀찮은 일도 면할 수 있다고 권했다. 그는 우리를 말리려고 하는 몇 사람에게 얼마간의 술값을 집어주고 조용히 시켰다. 이렇게 해서 우리는 맑은 하늘에 석양이 지는 가운데 목적지를 향해 길을 재촉했다.

9월 29일, 성 미카엘 축일의 밤

베네치아에 관해서는 벌써 많은 이야기가 전해져 있고 책으로 인쇄되어 나와 있기 때문에 자세한 설명은 하지 않겠다. 나는 다만 이곳에서 받은 인상을 간단히 말하려고 한다. 내게 무엇보다도 먼저 닥쳐온 것은 역시 민중이었다. 하나의 커다란 군중, 그것은 필연적이고 불가피한 존재다.

이들 일족이 이 섬나라로 옮겨온 데는 그럴 만한 이유가 있었다. 그리고 후손들로 하여금 그들의 뒤를 쫓아 합류하게 한 것도 결코 우연은 아니었다. 이와 같이 불리한 풍토에서 안전을 도모해야 했던 것은 그들에게 고난이었다. 그런데 이 지역은 나중에 그들에게 정말로 유리한 지역으로 바뀌었는데, 그것은 북쪽 세계 전체가 아직 후진의 굴레를 벗어나지 못하고 있는 동안 여러 가지 고난이 이 지역으로 건너온 족속을 일찍이 현명하게 만들었기 때문이다. 따라서 그들의 도시가 번창하고 부유하게 된 것은 필연적 결과였다. 집들은 점점 더 빽빽하게 들어섰고, 모래땅과 늪은 암석으로 굳어졌다. 가옥들은 밀집한 수목과도 같이 점점 더 높이 솟아올랐다. 옆으로 퍼질 수가 없기 때문에 위로만 커졌던 것이다. 한 줌의 땅을 다투면서 처음부터 협소한 공간에다 억지로 집어넣었기 때문에, 도로의 폭은 겨우 양편의 집들을 구분하고 시민에게 꼭 필요한 통로를 확보하는 것 이상은 될 수가 없었다. 그래서 그들에게는 수로가 가로(街路), 광장, 산책로 등의 역할을 대신하게 되었다. 베네치아의 도시가 다른 어떤 도시와도 비교할 수 없는 독특한 점을 지니고 있는 것처럼, 베네치아인 역시 일종의 새로운 인간이 되지 않을 수 없었다. 뱀처럼 구부러진 큰 운하는 세계의 어떠한 가로와 비교해도 손색이 없고 세계의 어떤 광장도 산마르코 광장 앞에 펼쳐진 공간에 비견될 수 없다. 여기서 공간이라고 하는 것은 커다란 앞바다를 말하는 것으로서, 바다 쪽에서 말하자면 본래의 베네치아에 의해 반달 모양으로 둘러싸인 곳이다. 수면 건너편에는 왼쪽에 산조르조 마조레섬이 떠 있고, 그보다 좀 더 멀리 오른쪽에는 주데카섬과 운하가 보인다. 그리고 더 멀리 오른쪽에는 세관과 대운하의 입구가 바라다보이며, 바로 그곳에 거대한 대리석 교회가 몇 개 반짝이고 있다. 이것이 우리가 산마르코 광장의 두 원주 사이를 빠져나왔을 때 우리들 눈에 비친 주요 대상물이다. 이 모든 전망과 광경은 이미 여러 가지 동판 그림으로 만들어져 있기 때문에 여러분도 그것을 보고 쉽게 그 광경을 상상할 수 있을 것이다.

식사를 마치고 우선 시내 전체의 인상을 확실히 하기 위해 나는 황급히 숙소를 나왔다. 안내자도 없이 다만 방향만을 주의하면서 시내의 미로 속으로 들어섰다. 시내는 크고 작은 운하들로 관통되고 있지만, 그 밖에 크고 작은 다리에 의해 연결되어 있기도 하다. 전체에서 느끼는 협소함과 옹색함은 이곳을 본 사람이 아니고는 상상조차 할 수 없다. 골목의 넓이는 보통 두 팔을 벌리면 닿을까 말까 할 정도다. 아주 좁은 골목에서는 팔을 양쪽으로 뻗으면 팔꿈치가 닿고 만다. 물론 가다 보면 더 넓은 곳도 있고, 여기저기에 조그마한 광장도 있기는 하다. 그러나 모든 것이 비교적 좁다.

대운하와 그 위에 걸쳐 있는 리알토 다리는 곧 알아볼 수 있었다. 이 다리는 흰 대리석으로 만들어진 활모양으로, 그 위에서 내려다보는 경치는 참으로 멋있다. 운하는 각종 필수품을 육지로부터 운반해 와서 이곳에 정박하고 하역하는 선박들로 가득했다. 그리고 그 사이를 곤돌라가 꿈틀거리고 다닌다. 특히 오늘은 미카엘 축일이라 말할 수 없이 활기찬 모습이었다. 그런데 이 광경을 어느 정도라도 이해시키려면 다소 자세한 사전 설명이 필요할 것 같다. 대운하에 의해 분단되어 있는 베네치아시의 중요한 두 부분은 리알토 다리라는 하나의 다리로 연결되어 있다. 그러나 나루터에는 나룻배가 준비가 되어 있어서 여러 지역으로 통한다. 오늘은 특히 잘 차려입은 여인들이 검은 베일을 쓰고 대천사 축제가 있는 교회로 가기 위해 여럿이 함께 모여 나룻배를 타고 가는 모습이 매우 보기 좋았다. 나는 다리 있는 곳을 떠나 배에서 내리는 여인들을 자세히 보기 위해 나루터 중 하나에 가 보았다. 그중에는 정말로 아름다운 얼굴과 모습을 한 여인들을 발견할 수 있었다.

　얼마 후에 피곤해진 나는 좁은 골목을 떠나 곤돌라를 탔다. 이번에는 지금까지와는 반대로 바다 쪽에서 경치를 바라보려고 대운하의 북쪽 부분을 빠져나와서 산타클라라섬을 돌아 갯벌 안으로 배를 몰아 주데카 운하로 들어가서 산마르코 광장이 있는 곳까지 갔다. 그러자 모든 베네치아 사람들이 곤돌라를 탔을 때 느끼는 것처럼 나도 아드리아해를 지배하는 사람이 된 것 같은 기분이 갑자기 들었다. 그때 무엇보다도 이런 광경을 즐겨 이야기하시던 아버지 생각이 났다. 나도 아버지와 똑같이 되는 것이 아닐까? 나를 둘러싼 모든 것은 귀중한 것뿐이다. 그것은 결합된 인간의 힘이 만들어낸 위대하고 존경스러운 작품이며, 한 사람의 군주만이 아니라 한 민족이 함께 건설한 훌륭한 기념비인 것이다. 그래서 설혹 그들의 갯벌이 점차 메워져 사악한 기운이 늪 위를 감돌고, 그들의 상업 정신이 위축되거나 그들의 권세가 땅에 떨어지는 일이 생긴다 할지라도 이 공화국의 위대한 기초와 본질은 한순간이라도 그것을 관찰하는 사람의 외경심을 손상시키지 않는 것이다. 이 공화국도 현세에 존재하는 모든 현상과 마찬가지로, 시간의 위력을 벗어나지는 못한다.

9월 30일

저녁때 나는 또다시 안내자 없이 도시의 가장 먼 지역까지 거닐어보았다. 이 근처의 다리는 모두 계단이 붙어 있고, 그 아치형 다리 밑을 곤돌라나 더 큰 배가 자유롭게 왕래한다. 나는 아무에게도 길을 묻지 않고 스스로의 방향감각에만 의지하여 미로 속을 들락날락해 보았다. 결국 그곳으로부터 빠져나올 수는 있었지만 도로가 서로 들쭉날쭉하게 나 있는 상태는 정말로 믿을 수 없을 정도다. 눈으로 직접 확인하는 방법이 이런 경우에는 최상이다. 나는 인가가 끊긴 막다른 곳까지 가서 주민들의 거동, 생활양식, 풍습, 성정(性情) 등을 주의 깊게 살펴보았는데, 지역에 따라 각기 상태에 차이가 있었다. 아아, 인간이란 어쩌면 그렇게도 불쌍하고 선량한 동물일까?

대단히 많은 집들이 운하 위에 세워져 있다. 그러나 훌륭하게 포석을 깐 제방이 여기저기 있어서 물과 교회와 저택 사이를 아주 기분 좋게 왕래할 수 있다. 유쾌하고 즐거운 것은 북쪽에 있는 기다란 돌 제방인데 거기서부터 여러 섬들, 특히 소(小)베네치아라고 할 수 있는 무라노섬이 보인다. 그 중간에 있는 갯벌에는 많은 곤돌라가 성황을 이루고 있었다.

9월 30일 저녁

오늘은 지도를 구입했기 때문에 베네치아에 관한 나의 견문을 더욱 넓힐 수 있었다. 나는 지도를 연구한 후에 산마르코탑[120]에 올라가 보았다. 거기서는 어디에도 비할 데 없는 광경이 눈앞에 전개돼 있었다. 마침 정오경이어서 밝은 햇빛 덕분에 망원경 없이도 원근 경치를 속속들이 관찰할 수 있었다. 만조가 갯벌을 뒤덮고 있었다. 그리고 리도 쪽으로 눈을 돌리니바다와 그 위에 떠 있는 수척의 범선을 처음으로 볼 수 있었다. 갯벌 안에도 갤리선과 프리깃함[121] 들이 정박하고 있었다. 이배들은 알제리인과 전쟁을 하고 있는 기사 에모[122]와 합류할예정인데, 풍향이 좋지 않아 대기하고 있는 처지였다. 파도바와 비첸차의 산들, 그리고 티롤산맥이 서북 방향에 솟아 있어서 경치의 배경을 아름답게 마감하고 있었다.

10월 1일

나는 거리를 걸어 다니면서 여러 관점에서 시내의 실정을 시찰했다. 마침 일요일이어서 불결한 길거리가 눈에 띄었다. 그래서 그 문제에 관찰의 눈을 집중시키게 되었다. 물론 이 분야에도 일종의 경찰이 있기 때문에 사람들은 쓰레기를 한쪽 구석에다 긁어모으기도 하고, 여기저기 배를 저어 돌면서 군데

---

120) 98미터 높이의 성당 종탑으로 1514년에 완공되었다. 오늘날의 시계탑은 1902년에 완전히 붕괴된 후 1914년에 재건된 것이다.

121) 갤리선의 돛은 방향 바꾸기에만 쓰일 뿐 주동력은 노 젓기로 얻는다. 반면 프리깃함은 대항해시대에 발달한 중형급 범선으로 돛과 노를 모두 사용하며, 군함이나 원양상선의 장거리 항해를 호위하는 등 다양한 역할을 수행했다.

122) 안젤로 에모(Angelo Emo, 1731~1792). 베네치아 해군 제독으로, 베네치아 선박을 불태운 튀니지인 해적선에 대한 보복으로 튀니스와 인근 도시들을 공격해 야간 포격으로 초토화시켰다.

군데 정박하여 쓰레기를 모아 가는 큰 배들도 눈에 띈다. 또한 부근 섬에서 비료를 퍼가기 위해 오는 사람들도 보인다. 그러나 이 정도의 제도로는 전혀 효과를 보지 못하고 있으며 또 그 제도가 엄격하게 시행되지도 못하고 있다. 이 도시는 네덜란드 도시처럼 청결을 위주로 설계된 것이기에 이런 불결함은 더더욱 용서할 수 없다. 가로는 모두 포장되어 있었다. 아주 변두리 지역에 가 보아도, 최소한 벽돌을 세워서 깔아놓았고 또 필요한 경우에는 도로의 중앙을 조금 높게 만들고 양측에다 도랑을 파놓아 물이 지하의 운하로 흘러들게 해놓았다. 숙고를 거친 시초의 설계에 의해 조영된 그 밖의 건축상 시설을 보더라도 베네치아를 가장 이색적인 도시로, 동시에 가장 청결한 도시로 만들려 했던 뛰어난 건축가들의 의도를 알아차릴 수 있었다. 나는 산책하면서, 당장 하나의 단속 법안을 계획해 그걸 경찰총장에게 제시하면 진지하게 고려해 줄 것이라는 생각을 했다. 나는 가끔 이렇게 쓸데없이 남의 걱정을 하는 습성이 있다.

10월 2일

무엇보다도 먼저 카리타[123)]로 달려갔다. 팔라디오의 책에서,

---

123) Chiesa di Santa Maria della Carita. 12세기에 고딕 양식으로 지어진 수녀원학교였는데, 이후 성당과 숙소가 추가되었고, 19세기까지 꾸준히 증축 및 재건축되었다. 팔라디오는 1561년에 수도원 건물 일부의 리노베이션을 맡아, 기존의 건물 동들을 고대 로마 주택처럼 중정으로 연결하는 디자인을 계획했다. 공사는 중정과 주랑을 조성하는 데까지 진척되었으나, 1630년 화재로 소실되자, 측면에 추가된 날개 동만 남은 채로 더는 작업이 이루어지지 못했다. 괴테가 방문했던 당시에 이 날개 동은 1750년에 예술품 복원가 양성을 위해 설립된 베네치아 예술아카데미(Accademia di Belle Arti)의 미술관으로 사용되고 있었다. 오늘날

그가 손님 대접을 잘하는 부유한 고대인의 저택을 모방해 여기에 수도원 하나를 설계했다는 구절을 발견했기 때문이다. 전체를 종합해 보아도, 개개의 부분을 따로따로 뜯어보아도 훌륭하게 완성된 그 설계도는 나에게 한없는 기쁨을 주었다. 그래서 나는 놀라운 작품을 볼 수 있을 것이라고 기대했다. 그런데 실제로 만들어진 것은 불과 10분의 1도 되지 않을 정도다. 하지만 이 부분만 보아도 그의 천부적 재능에 걸맞게, 지금까지 본 적이 없는 설계의 완벽함과 마감의 정확함을 보여주고 있다.

이런 우수한 작품의 관찰을 위해서는 몇 해를 소비해도 아깝지 않다. 이 이상으로 고상한 것, 그보다 완전한 것을 나는 이제껏 본 일이 없다고 생각하며 이런 나의 모든 생각이 잘못된 것이 아니라고 믿는다. 위대한 것, 쾌적한 것에 대한 감각을 타고난 이 탁월한 예술가를 여러분도 마음속으로 떠올려주기 바란다. 그는 믿을 수 없을 정도의 노력과 고통 끝에 간신히 고대인의 경지에 도달했으며, 그런 연후에 고대인의 정신을 자신을 통해 복원하기에 이른 것이다. 즉 팔라디오는 그의 머리를 떠나지 않는 숙원을 이 기회에 실행하기로 하고, 많은 성직자들의 거처가 되고 많은 타향 사람들의 숙박소가 될 수도원을 고대 저택의 건축 양식을 모방해 건축하려 했다.

수도원은 완공되어 있었다. 그곳을 나오면 코린트식 원주에 둘러싸인 마당으로 들어서게 되는데 사람들은 거기에 매료되어 어느새 신앙 세계의 분위기를 잊어버리게 된다. 한쪽 벽에는 성물 보관실, 다른 쪽에는 사제 회의실이 있고, 그 옆의 아

은 베네치아 미술관(Gallerie dell'Accademia)이다.

름다운 나선계단은 중심 기둥 부분이 넓게 처리되었고, 벽에 붙도록 만들어진 돌계단은 하단이 상단을 받쳐주듯 서로 겹쳐 있다. 이 계단은 오르내려도 피로를 느끼지 않는다. 이 계단이 얼마나 성공적인가는 팔라디오 자신이 잘되었다고 말하고 있는 것으로도 충분히 상상할 수 있다. 앞뜰을 지나면 널따란 정원으로 들어서게 된다. 그 정원을 둘러싸도록 세워질 계획이 었던 건물들은 유감스럽게도 왼쪽 한 곳밖에 건축되지 못했다. 열주(列柱)의 조립이 삼단으로 겹쳐져 있는데 맨 아래는 회랑, 2층은 성직자들의 방을 뒤에 두고 있는 연결 복도, 3층은 창이 달린 벽으로 되어 있다. 이 기술에서 설명이 부족한 곳은 도면을 보고 보충해 주었으면 한다. 그리고 공사의 내용에 관해서 한마디 해두고 싶다.

원주의 머리 부분과 다리 부분, 그리고 궁형부(弓形部)의 중심은 절단된 석재로 되어 있었지만 그 밖의 부분은 모두 벽돌이라고는 말할 수 없는, 점토를 구운 재료로 되어 있다. 이런 기와는 본 적이 없다. 프리즈와 코니스[124]도 이것으로 만들어졌고, 활모양의 다리도 매한가지다. 모든 것이 부분적으로 구워 만든 것이기 때문에 최후의 건물은 극소량의 석회만으로 조립되어 있다. 그것은 단번에 주조된 것처럼 혼연일체가 되어서 있다. 만약에 전체가 완성되었더라면, 그리고 아름답게 닦

---

124) 고대 그리스 건축에서 지붕과 원주 사이에 수평으로 두른 처마돌림띠(엔타블러처)의 구성 부분들로, 지붕 밑에서부터 코니스, 프리즈, 아키트레이브 순서다. 코니스는 지붕의 빗물이 벽면을 따라 흐르지 못하도록 튀어나온 테두리고, 3줄의 막대가 한 세트인 프리즈는 처마돌림띠를 따라 일정한 간격으로 반복된다. 아키트레이브는 처마돌림띠의 하단부로 원주와 맞닿은 테두리다.

이고 색칠되었더라면, 그야말로 이 세상에서 보기 드문 대단한 광경이 되었을 것이 틀림없다.

그러나 근대의 몇몇 건축물에서 보듯 계획이 지나치게 거창했던 것 같다. 건축가는 현재의 수도원을 철거할 수 있다고 생각했을 뿐만 아니라 인접한 가옥들도 사들일 수 있다고 보았던 모양이다. 그러나 그러는 동안에 돈도 의욕도 없어진 것이다. 운명이여, 그대는 여러 가지 보잘것없는 물건들을 만들어 내고 또 영원히 남겨두기도 하면서, 왜 이 예술품은 완성으로 이끌지 않았더냐!

10월 3일

일레덴토레[125]는 팔라디오가 설계한 아름답고 위대한 건축인데 그 정면은 산조르조[126]보다 더 칭찬할 만하다. 여기서 말하는 뜻을 분명히 이해하려면, 종종 동판화로 소개되고 있는 이들 건물을 직접 와서 눈으로 볼 필요가 있다. 여기서는 몇 마디로 그치고자 한다.

팔라디오는 완전히 고대인의 존재에 심취해 있었으나, 자기 자신을 몰각하는 일 없이 모든 것을 가능한 한 자신의 고상

---

125) Il Redentore('구세주'라는 뜻). 공식 명칭은 키에사 델 산티시모 레덴토레(Chiesa del Santissimo Redentore) 성당. 1577년 팔라디오가 설계한 건물로, 고대 그리스 신전 건축 양식의 파사드와 후면의 바실리카 돔이 결합된 디자인, 그리고 정문 지붕 위에 서 있는 예수상이 특징적이다. 1575~1576년 베네치아에 창궐했던 흑사병이 종식되어 은총에 감사하기 위한 봉헌교회로 1592년 완공되었다. 주데카섬에 있다.

126) 산조르조 마조레 대성당(San Giorgio Maggiore). 레덴토레 성당과 같은 디자인으로, 팔라디오의 대표작 중 하나다. 설계는 1566년에 이루어졌지만 완공된 것은 1610년이다. 산조르조 마조레섬의 산마르코 광장에 있다.

한 사상에 따라 개선하려는 위대한 인간으로서 시대의 비소함과 편협함을 절감하고 있었다. 그의 책에 나타나는 온건한 표현으로 미루어 추측건대, 그는 기독교 교회가 옛 바실리카 형식을 답습하고 있는 데 만족하지 못하고, 자기가 설계한 교회 건축을 고대의 신전 형식에 접근시키려고 시도했던 것 같다. 일레덴토레 성당에서는 그 점이 제거된 것처럼 보이지만, 산조르조의 경우에는 현저하게 눈에 띄는, 일종의 서투름이 거기서부터 생겨난 것이다. 폴크만도 그 점에 관해 약간 지적하고 있지만 급소를 찌르고 있지는 못하다.

일레덴토레는 그 내부도 똑같이 훌륭하고 제단의 도안까지도 모두가 팔라디오의 작품이다. 다만 조각상으로 장식하게끔 되어 있던 벽감이, 단순한 조각으로 된 채색 판상(板像)으로 장식되어 있는 것은 유감이다.

10월 3일

카푸친회[127] 성직자들은 성 프란치스코를 위해 측면 계단을 화려하게 장식해 놓았다.[128] 코린트식의 주두(柱頭)를 제하고는 석재는 전혀 보이지 않으며, 다른 부분은 모두 아라베스크 양식에 따라 독특한 색채를 띤 찬란한 자수로 뒤덮여 있다. 그래서 아무리 보아도 싫증이 나지 않는다. 그중에서도 특히 금

---

127) 탁발수도회인 프란치스코회의 한 분파로, 1525년 마테오 다 바시오 (Matteo da Bascio, 1492~1552)가 시작했다. '카푸친'이라는 이름은 수도사들이 쓰는 뾰족한 두건에서 유래했다.

128) 일레덴토레는 봉헌 직후 교황 그레고리오 13세의 명령으로 카푸친회가 교구장을 맡아 관리하기 시작했다.

실로 수놓은 폭 넓은 넝쿨과 잎사귀에는 경탄할 수밖에 없었다. 그런데 가까이 다가가 본 후에 비로소 교묘한 속임수란 것을 알았다. 금실이라고 생각했던 것은 사실은 지푸라기를 압착시켜 아름다운 모양으로 종이 위에 붙인 것으로서, 밑 종이에 선명한 색깔이 칠해져 있는 것이다. 그것은 참으로 변화무쌍하고 고상한 취미의 것이기 때문에 만약 이것이 진짜였다면 수천 탈러는 들었음에 틀림없는데, 실제로 이건 재료비도 별로 들지 않는 장난으로, 아마도 수도원 안에서 쉽게 만들어낸 것 같다. 기회가 있으면 누구나 한번 흉내를 내볼 만도 하다.

물 쪽으로 면한 제방 위에서 벌써 몇 번이나 초라한 모습의 남자를 보았다. 그는 때에 따라 많아지기도 하는 청중을 향해 베네치아의 사투리로 이야기를 들려주고 있었다. 유감스럽게도 나는 그의 말을 이해할 수 없었지만, 다른 사람도 웃는 이는 하나도 없고, 극히 드물게 미소를 띨 정도였으며, 청중의 대부분은 하층민이었다. 또한 이 남자의 태도에는 아무런 특이한 점도 우스운 점도 없었으며, 오히려 매우 침착한 일면이 보였다. 동시에 또한 그의 몸짓에서는 재능과 사려를 암시하는 놀라운 다양성과 정확성이 엿보였다.

10월 3일

한 손에 지도를 들고 놀랍도록 알기 어려운 시내의 미로를 빠져나와 멘디칸티 성당[129]에 다다랐다. 여기에는 현재 가장 평

---

129) 정식 명칭은 산니콜로 데이 멘디콜리(San Nicolò dei Mendicoli). '빈민(mendico)들을 위한 성 니콜라스의 성당'이라는 뜻. 베네치아섬의 북쪽에 있으며, 예로부터 이곳에 가난한 어부들이 많이 살았기 때문에 자선의 성자 니콜라

판이 좋은 음악 대학이 있다. 여인네들이 격자 칸막이 안에서 오라토리오를 상연하고 있었는데, 예배당은 청중으로 가득했고 음악은 매우 아름다웠으며 목소리도 뛰어났다. 한 알토 가수가 시(詩)의 중심인물인 사울 왕[130]의 노래를 불렀다. 그 목소리는 나의 상상을 초월하는 것이었다. 음악은 이따금 굉장히 아름다운 부분이 있었고 가사도 모두 따라 부르기에 적합했으며, 이탈리아어화된 라틴어였기 때문에 몇 군데에서는 웃음을 참을 수가 없었다. 하여간에 이곳의 음악은 매우 발달되어 있다.

그 건방진 악장이 악보를 말아가지고, 마치 자기가 가르치는 어린 학생들을 다루듯 마구 창살을 치면서 박자만 맞추지 않았다면 마음껏 즐길 수 있었을 텐데. 그리고 소녀들은 이 곡을 여러 번 반복해 왔기 때문에 그의 박자 맞추는 소리는 전혀 필요 없는 짓으로, 아름다운 조각상을 알기 쉽게 하기 위해 그 관절에다 붉은 헝겊을 붙여놓은 것처럼 모든 인상을 깨버렸다. 쓸데없이 잡음이 들어오면 하모니를 망친다. 그런데 음악가이면서도 그자는 이 점을 모른다. 알고 있다면 연주를 완벽하게 하고 나서 자기의 진가를 보이면 될 텐데. 오히려 서투른 짓으로 자기 존재를 알리려고 하고 있는 것이다. 프랑스인에게 그런 기질이 있다는 것은 알고 있었지만 이탈리아 사람에게도 같은 기질이 있으리라고는 생각지 못했다. 그러나 청중은 그런 것에는 익숙한 모양이다. 즐거움을 방해하는 것이 마치 즐거움에 필요한 것인 줄 착각하는 일은 이 경우에 한한 것은 아니다.

스의 이름이 붙었다. 12세기경에 고딕 양식으로 지어졌다.

[130] 이스라엘 민족의 초대 왕으로 군대를 조직하고 국가의 기틀을 마련했지만, 다윗을 시기하여 죽이려다 스스로 죽음에 이르렀다.

10월 3일

어젯밤에는 산모이제 극장[131]에서 오페라를 보았다.(극장 이름
은 가장 가까이 있는 교회의 이름을 따도록 되어 있다.) 그다지 만
족스러운 것은 아니었다. 이런 종류의 연출을 최고의 경지까지
끌어올리려면 가장 필요한 것이 내적인 힘인데, 대본에도 음악
에도 가수에게도 그것이 결여되어 있었다. 어느 배역도 졸렬하
지는 않았다. 다만 그중 두 여자는 자기가 맡은 역을 잘해 내려
는 노력에 못지않게 자기의 개성을 나타내고 관객을 기쁘게 해
주는 데 중점을 두고 있었다. 이건 어떤 경우에도 효과가 있다.
두 여인 모두 몸매도 아름답고 목소리도 예쁘고 힘이 있어 기
분 좋은 가수였다. 이에 반해서 남자들 중에는 청중의 마음속
에 감명을 줄 만한 힘이나 열기를 가진 자가 없었다. 또한 특출
하게 좋은 목소리의 소유자도 없었다.

발레는 안무가 잘되어 있지 못해서 전반적으로 조롱하는
휘파람 세례를 받았다. 그러나 몇몇 남녀 무용수, 특히 관객에
게 팔다리의 온갖 아름다운 부분을 보이는 것을 의무라고 생각
하고 있는 여자 무용수 쪽은 크게 갈채를 받았다.

10월 3일

반면 오늘 나는 다른 희극을 보게 되었는데, 이편이 훨씬 더 즐
거웠다. 두칼레 궁전에서[132] 어떤 소송 사건의 공개 재판을 방

---

131) Teatro San Moisè. 1620년경 주스티니아니 가문의 일원이 세운 오
페라 극장으로, 산모이제 성당과 주스티니아니 궁전 사이에 있다. 개막작으로 몬
테베르디의 오페라가 초연된 기록이 있다. 괴테가 방문한 시기에는 극작가 베르타
티(Giovanni Bertati, 1735~1815)가 전권을 가지고 있었다.
132) 괴테는 'Im herzoglichen Palast'라고 썼는데, 이는 두칼레 궁전

청하게 된 것이다. 심각한 사건이었기 때문에 휴일인데도 재판이 진행된 것이 나에겐 운이 좋았다. 변호사 한 명이 과장한 어릿광대 역의 가수와 똑같았다. 뚱뚱한 체구에다 작지만 활동적인 자태, 터무니없이 가운데가 튀어나온 옆얼굴, 쇳소리 같은 큰 목소리, 자기가 말하는 것은 가슴 깊은 곳에서부터 진지하다고 말하는 듯한 열렬함. 공개 재판이 연출되었을 때에는 이미 모든 것이 결말이 난 후기 때문에 나는 이것을 희극이라고 부르고자 한다. 재판관은 어떤 선고를 내릴 것인가를 알고 있으며, 당사자는 어떤 판결을 예기해야 할 것인가를 알고 있다. 그러나 이런 방법이 독일 법정의 음산하고 딱딱하고 형식적인 재판보다 얼마나 더 마음에 드는지 모르겠다. 그런데 그때의 정황과 모든 것이 얼마나 질서 정연하고 가식 없이 자연스럽게 진행되고 있었는가에 대해서 설명하고자 한다.

궁전의 넓은 평의회실 한쪽에 재판관들이 반달형으로 앉아 있었다. 그들과 마주하여, 여러 사람이 나란히 앉을 수 있는 단상에 양측 소송 당사자의 변호인이, 그리고 그 바로 앞의 긴 의자에는 원고와 피고가 착석해 있었다. 원고 측 변호사는 단상에서 내려와 있었는데, 오늘의 공판이 다툼의 여지가 없는 것으로 벌써 결론 났기 때문이었다. 서류는 유리한 것도 불리한 것도 이미 인쇄가 끝나 있었지만 일단 낭독하게 되어 있었다.

(Palazzo Ducale)의 독일어 직역이다. 헤어초크(Herzog)는 독일어로 '공작'을 뜻하고, 이탈리아어로 두칼레는 '공작의'라는 뜻의 형용사다. 봉건제의 공작은 귀족 서열상 최상위일 뿐만 아니라, 많은 경우 소국의 군주였다. 즉 두칼레 궁전은 베네치아 군주의 사저이자 집무실이고 재판소였다. 산마르코 광장에 있는 두칼레 궁전은 1340년에 완공되었으며, 비잔틴 양식과 베네치아 양식이 가장 뚜렷한 건물로 꼽힌다.

초라한 검은색 옷을 입은 깡마른 서기가 두터운 서류를 손에 들고 낭독인의 의무를 수행하려 하고 있었다. 대청 안은 구경꾼과 방청인으로 가득했다. 이 사건 자체나 이에 관련된 인물들이 모두 다 베네치아 사람들에게는 극히 중요하다고 여겨지는 것이 틀림없었다.

유서 신탁 재산이란 것은 이 나라에서는 특별한 혜택을 받고 있다. 어떤 재산에 일단 이 성격이 부여되면 언제까지나 그 자격을 잃지 않는다. 어떤 변동이나 사정에 의해 수백 년 전에 매각되어 여러 번 남의 손에 넘어간 재산이라도 최후에 그것이 재판에 부쳐질 때는, 최초의 소유주 자손의 권리가 인정되고, 재산은 그 자손에게 인도되어야 한다.

이번 소송은 매우 심각한 것이었다. 왜냐하면 도제[133] 본인(이라기보다는 그의 부인[134])이 고소를 당했기 때문이다. 실제로 그녀는 원고로부터 불과 얼마 안 되는 거리에 있는 작은

---

133) 679년부터 1797년까지 1100년 동안 자치 공화국이었던 베네치아의 군주를 칭하는 '도제(dose)'는 공작 작위를 의미하는 라틴어 '듀크스(dux)'에서 유래했다. 흔히 총독으로 번역하지만, 도제 자체가 베네치아에 고유한 직함이었기 때문에 그대로 읽어준다.

134) 괴테가 방문했던 당시 베네치아 도제는 파올로 레니에(Paolo Renier, 1710~1789)로, 베네치아의 유력 가문에서 태어나 박학하고 특히 고전에 해박했으며, 일찍부터 개혁적 정치가로 활동했다. 빈과 콘스탄티노플의 황궁에서 대사를 역임하고 1779년 도제로 선출되어 죽을 때까지 자리를 지켰다. 레니에는 평생 동안 세 번의 결혼을 했는데, 그중 명망가 출신의 두 아내는 일찍 죽었다. 세 번째 아내였던 조반나 마르게리타 달메즈(Giovanna Margherita Dalmez)는 레니에가 콘스탄티노플에서 만난 과부이자 무용수로, 신분 격차가 매우 컸기 때문에 도제의 공식 행사에 배우자로서 참석하지 못했고, 베네치아 귀족 족보에 도가레사(Doga-ressa, 도제의 처를 부르는 공식 칭호)로 기록되지도 못했다. 따라서 그녀에 대한 괴테의 묘사는 희귀한 자료로 남게 되었다.

벤치에 면사포를 쓰고 앉아 있었다. 나이 든 부인인데 생김새도 귀티가 났고 단정한 얼굴에는 엄숙하다기보다는 불쾌한 듯한 표정이 나타나 있었다. 베네치아인들은 도제의 부인이 자신의 집 안에 있는 법정에 서서 그들 앞에 모습을 드러내지 않을 수 없게 된 것을 큰 자랑으로 생각하고 있었다.

서기가 낭독을 시작했다. 그제야 재판관의 면전에, 변호사석으로부터 얼마 멀지 않은 곳에 있는 작은 책상 앞에 낮은 의자를 놓고 앉아 있는 작은 남자가 도대체 무슨 역할을 하는 것인지, 특히 그의 앞에 놓여 있는 모래시계가 무엇을 의미하는 것인지가 겨우 명백해졌다. 즉 서기가 낭독하고 있는 동안은 시간이 멈춘 것으로 되어 있지만, 변호사가 무언가 말하려고 할 때는 전체로 따져서 일정한 시간밖에 허락되지 않는 것이다. 서기가 낭독하는 동안에 시계는 옆으로 뉘어진 채로 있고, 남자가 시계에 손을 대고 있다. 변호사가 입을 열면 시계는 일으켜 세워지고, 변호사가 입을 다물면 곧바로 뉘어진다. 그러므로 이런 경우, 서기가 막힘없이 낭독하고 있는 판에 끼어들어서 의견을 말하고, 주의를 환기시키고, 사람의 주목을 끄는 것은 여간한 기술 없이는 안 된다. 이렇게 되면 그 작은 사투르누스[135]는 갈피를 못 잡게 된다. 그가 끊임없이 시계를 세웠다

---

135) 법정에서 변론 시간을 계측하고 있는 인물을 로마 신화의 사투르누스(Sāturnus)에 빗대는 것인데, 이는 그리스 신화와 로마 신화를 혼용할 때 저지르는 대표적 오류 중 하나다. 로마 신화의 사투르누스는 농경과 풍요의 신으로, 그리스 신화에서 제우스의 아버지인 크로노스와 동일시된다. 한편, 그리스 신화의 크로노스(Κρόνος)는 그리스어로 시간을 뜻하는 크로노스(Χρόνος)와 발음이 같아서 종종 크로노스를 시간의 의인화로 사용하기도 한다. 하지만 그리스 신화의 크로노스와 로마 신화의 사투르누스는 그 성격과 상징이 매우 다를뿐더러, '크로노스=시

늦혔다 하는 것이 마치 인형극에서 장난꾸러기 익살꾼이 재빠르게 바꿔 외치는 "베를리케! 베를로케!"[136] 하는 소리를 들은 악마들이 일어서야 할지 앉아야 할지 몰라 갈팡질팡하는 모습 그대로다.

관청에서 문서를 서로 대조시켜서 읽어나가는 것을 들어본 사람이라면, 이 낭독을 상상할 수 있을 것이다. 빠르면서 단조롭고 그러면서도 구절마다 잘 떨어져 쉽게 의미를 파악할 수 있는 그런 낭독이다. 노련한 변호사는 농담을 섞어가면서 지루하지 않게 하는 재주를 가지고 있다. 방청객들은 그의 농담을 듣고 터무니없이 큰 소리로 웃는다. 나는 그중 한 토막의 익살을 회상한다. 그것은 내가 이해할 수 있었던 농담 중에서 가장 뛰어난 것이었다. 그때 바로 낭독인은 불법이라고 간주되던 소유자 중 한 사람이 문제의 재산을 처분했을 때의 서류를 읽고 있었다. 변호사가 좀 더 천천히 읽도록 요청했다. 그러니까 낭독인이 "나는 증여한다. 나는 유증한다."라고 분명하게 낭독했다. 그러자 변호사는 서기에게 격렬하게 덤벼들듯이 이렇게 외쳤다.

"너는 무엇을 증여하려는 건가? 무엇을 유증하려는 건가?

<hr />

간'은 일종의 말장난이기 때문에, 이를 로마 신 사투르누스로 바꿔 쓰면 언어유희의 근거가 사라져버린다.

136) 인형극 「파우스트 박사」에서 파우스트 박사 댁 문지기 카스퍼가 유령들에게 '앉기 일어서기 게임'을 시키면서 붙이는 구령이다. 독일 중세의 파우스트 전설을 처음 극화한 인물은 영국 작가 크리스토퍼 말로(Christopher Marlowe, 1564~1593)다. 말로는 1592년에 『파우스트 박사(The Tragical History of the Life and Death of Doctor Faustus)』를 썼는데, 이것이 다시 독일로 전해져 다양한 버전의 인형극으로 각색되어 인기를 끌었다. 괴테 또한 슈트라스부르크에서 법학을 공부하던 20대 초반에 이 인형극을 보았다고 한다.

이 한 푼도 없는 거지 녀석아! 이 세상에 네 것이라고는 하나도 없지 않느냐. 그러나⋯⋯" 하고 그는 잠깐 다시 생각하는 듯한 모습을 보이더니 계속했다. "저 소유자 각하도 역시 너와 마찬가지로 거의 아무것도 가진 게 없는 주제에, 증여하느니 유증하느니 했던 것이 아닌가!"

그러자 방청석에서는 대단한 폭소가 터져 나왔다. 동시에 모래시계는 다시 수평으로 놓여졌다. 낭독인은 작은 소리로 낭독을 계속했고 변호사에게는 불쾌한 표정을 해 보였다. 하지만 이 모든 익살은 미리 다 짜놓은 각본인 듯했다.

10월 4일

어제 나는 산루카 극장[137]에 희극을 보러 갔었는데 매우 재미있었다. 가면을 사용한 즉흥극인데 풍부한 재능과 기백과 담력을 가지고 연출된 것이었다. 물론 모든 배역이 똑같지는 않았다. 늙은 익살꾼은 매우 유능했다. 한 여배우는 뚱뚱하고 체격이 좋고, 뛰어나다고는 할 수 없어도 말주변과 재치가 있었다. 연극의 줄거리는 시시한 것으로, 독일에서 「숨바꼭질하는 곳」[138]이라는 제목으로 자주 다뤄지는 내용과 비슷하다. 상상

---

137) Teatro San Luca. 베네치아의 부유한 무역상으로 출발해 도제까지 배출한 권력자 가문이었던 벤드라민(Vendramin) 일가가 1622년에 세운 극장으로, 당시 베네치아에서 가장 화려하고 규모가 컸다. 이후 여러 차례 소유주가 바뀐 끝에, 1875년부터 골도니 극장으로 불리고 있다. 리알토 다리 근처에 있다.

138) *Der Verschlag oder hier wird Versteckens gespielt.* 원작은 에스파냐 황금세기(16~17세기)를 대표하는 극작가 페드로 칼데론 데라바르카(Pedro Calderón de la Barca, 1600~1681)의 3막짜리 소동극이다. 칼데론의 작품들은 당시 유럽 여러 나라의 극작가들에 의해 꾸준히 번안되었는데, 언급된 독일 번안극은 바이마르의 극작가 보크(Johann Christian Bock, 1724~1785)가 써

할 수 없을 정도로 다양한 변화를 보이면서 3시간 이상이나 관객을 즐겁게 해준다. 그러나 여기서도 민중이 근본이며, 이런 사실에 모든 것이 입각하고 있다. 관객은 배우와 함께 연극을 하며 군중은 극장과 융합해 일체가 된다. 하루 종일 광장과 물가에서, 곤돌라나 궁전 안에서 사고파는 사람, 거지, 뱃사공, 이웃 여자, 변호사와 그의 맞수 등, 모든 사람이 생활하고, 활동하고, 정색하고, 이야기하고, 서약하고, 외치고는 팔아치우고, 노래 부르고, 악기를 두드리고, 저주하고, 소동을 부리고 있다. 그리고 밤에는 연극 구경을 가서 자신들의 낮 동안의 생활이 인공적으로 정리되고 재미있게 분석되고 옛 이야기가 삽입되고 가면에 의해 현실의 모습으로부터 멀어지기도 하고 풍속에 의해 가까워지기도 하는 것을 보고 듣는다. 그들은 그것을 보고 어린애같이 좋아하고 소리 지르고 박수 치고 떠들썩하게 법석을 떤다. 낮부터 밤까지, 아니 밤중에서 밤중까지 모든 것이 항상 똑같다.

하지만 나는 저 가면극만큼 자연스럽게 공연된 연극을 본 적이 없다. 저런 종류의 것은 뛰어난 소질을 타고난 사람이 장기간의 연습에 의해서만 도달할 수 있는 것이다.

내가 이 글을 쓰고 있는 이 순간에도 내 방 창 밑을 지나는 운하에서 사람들이 소동을 벌이고 있다. 벌써 자정이 지났는데도 그들은 좋은 일이건 궂은 일이건 이렇게 항상 한데 어울려 떠들어대는 것이다.

서 1781년에 바이마르 궁정극장에서 초연되었다.

10월 4일

가두연설이란 것을 들어보았다. 처음에 광장과 제방 위에 세 명의 남자가 서서 각각 연설을 했다. 다음으로 두 명의 변호사와 두 명의 설교사와 배우들의 연설을 들었는데, 그중에서는 익살꾼이 제일 잘했다고 생각한다. 이들은 모두 어딘가 공통점을 가지고 있다. 그것은 그들이 동일한 국민이고, 끊임없이 공공생활을 영위하면서 항상 정열적인 방식으로 이야기하기 때문이며, 그들이 서로를 흉내 내기 때문이기도 하다. 또 그들이 자신의 의향, 신념, 감정을 표현할 때 단호한 몸짓을 하는 것과도 관계가 있다.

오늘 성 프란치스코 축제에서 그를 모시는 델라 비냐 성당[139]에 참배했다. 카푸친회 성직자들의 큰 소리에다 예배당 앞에서 물건 파는 소리가 합쳐져 마치 교대로 합창하듯 들려온다. 나는 양쪽 소리가 나는 중간인 성당 문턱에 서 있었는데, 듣고 있으면서도 참으로 묘한 기분이었다.

10월 5일

오늘 아침엔 해군 병기창[140]에 가보았다. 나는 해군에 관해서

---

139) San Francesco della Vigna. 포도원(vigna)이었던 곳에 1253년에 지은 수도원을 1544년에 수리하면서 성삼위일체를 뜻하는 숫자 3으로 예배당 내부의 여러 수치를 통일시켜달라는 프란치스코회 신부의 뜻에 따라 건축가 자코포 산소비노(Jacopo Sansovino, 1486~1570)가 새로운 설계를 적용했다. 하지만 1562년 베네치아 귀족 바르바로가 대주교를 설득해 건축가를 팔라디오로 교체했기 때문에, 성당의 전면부 디자인은 전형적인 팔라디오 양식이 되었다. 괴테가 이곳을 찾아가 보았던 것도 이 때문인 듯하다.

140) Arsenale di Venezia. 1104년경에 건축을 시작해 점점 규모가 커져, 한때는 베네치아 면적의 15퍼센트를 차지하기도 했다. 무기 보관뿐만 아니라 선박

는 조금도 아는 바가 없고, 처음 기초 교육을 받는 것이었기 때문에 상당히 흥미가 있었다. 실제로 이곳에는 전성시대는 지났지만 아직도 상당한 세력을 가진 명문가와 같은 모습이 있다. 그래서 나는 직공 뒤를 따라다니면서 여러 가지 진귀한 것들을 구경하고 84문의 대포를 갖춘, 골조가 다 완성된 배에도 올라가 보았다.

이것과 똑같은 배 한 척이 6개월 전에 스키아보니 거리[141]의 부두에서 흘수선(吃水線)까지 불타 버렸다. 화약고가 가득 차 있지 않았기 때문에 폭발했을 때도 그다지 큰 피해는 없었다. 그래도 부근의 집들은 창유리가 깨졌다.

이스트라[142] 지방에서 생산되는 최상품 참나무 목재를 가공하는 것을 보고 이 가치 있는 나무가 자라온 것에 대해 조용히 생각해 보았다. 인간이 재료로써 필요로 하고 또 이용하는 자연계의 사물에 관해 그동안 고심해서 얻은 지식이, 예술가나 장인들의 일을 이해하는 데 얼마나 큰 도움이 되고 있는가는 이루 다 말할 수 없다. 산악과 그곳에서 채취되는 암석에 관한 지식도 마찬가지로 예술 면에서 나에게 큰 도움이 된다.

을 제작하는 조선소의 기능을 가졌기 때문에, 중세에서 근세까지 해상무역 중심국이었던 베네치아의 기간산업 시설이었다.

141) Riva degli Schiavoni. 베네치아의 대표 항구이자 해안 거리로, 9세기 초부터 건설되기 시작해 점점 증축되어 1782년에 오늘날과 같은 폭과 길이를 갖추게 되었다. 이름에 강을 뜻하는 'riva(리바)'가 들어 있지만 이는 도시 전체가 운하로 이어진 베네치아의 특성 때문이다.

142) Istra. 베네치아만에서 마주 보이는 아드리아해의 반도로, 오늘날의 크로아티아와 슬로베니아가 걸쳐 있다. 2차 세계대전 때까지 이탈리아 영토였기 때문에 '이스트리아(Istria)'라는 이탈리아식 표기가 아직도 쓰이고 있다.

10월 5일

부첸타우르[143]를 한마디로 규정한다면, '호화 갤리선'이라고 부르겠다. 그 이름은 우리에게 전해 내려오는 묘사화들에서 볼 수 있는 옛 모습과 더 어울린다. 현재의 모형은 지나치게 휘황찬란해서 그 기원을 잊어버리게 만든다.

나는 다시 나의 지론으로 돌아간다. 예술가에게 순수한 테마가 주어졌을 때 그는 순수한 것을 창출해 낼 수 있다. 여기서는 가장 엄숙한 축일에 이 공화국이 예로부터 계승해 온 해상권의 성찬례를 위해, 그 수장을 태우기에 적합한 한 척의 갤리선 건조가 예술가에게 위탁되었으며, 그 임무는 훌륭하게 달성되었던 것이다. 배 자체가 장식품이므로 장식으로 뒤덮였다고 말해서는 안 되리라. 그건 전체가 도금된 조각물이며 아무런 쓸모가 없다. 단지 민중에게 수장의 위엄을 과시하기 위한 성체현시대(顯視臺) 같은 것이다. 모자를 장식하기 좋아하는 이 국민이 자기들의 수장도 화려하게 장식하고 싶어 하는 것은 당연한 일이다. 이 호화선은 베네치아인이 어떠한 국민인가, 또 어떠한 자부심을 가지고 있는가를 나타내는 재산목록 같은 것이다.

---

143) Bucentaur. 이탈리아어 발음은 부친토로(Il Bucintoro). '금으로 장식한 행사용 바지선'을 가리키는 베네치아 전통 용어로, 베네치아 도제가 주관하는 각종 해양 제례에 쓰였다. 그 이름에 관한 괴테의 언급은 부첸타우르가 '소의 머리(bous)'와 반인반수의 '켄타우로스(Kentauros)'의 합성어라는 주장과 관련이 있지만, 실제로는 소가 아닌 사자 머리로 장식되었다. 14세기부터 건조된 기록이 있으며, 마지막 부첸타우르는 1797년 나폴레옹의 이탈리아 정복 때 파괴되어 오늘날에는 병기고 박물관에 모형이 전시돼 있다.

10월 5일, 밤

나는 비극을 보고 웃으면서 돌아왔다. 이것을 종이에 기록해 놓아야겠다. 극은 그리 나쁘지 않았다. 작가는 모든 비극적 장본인들을 모아놓았고 배우 또한 연기를 잘했다. 대개의 장면은 잘 알려진 것이었으나 몇몇은 새롭고 훌륭했다. 서로 미워하는 두 아버지들, 불화한 두 가정의 아들딸들. 그들은 서로를 열렬히 사랑했고 그중 한 쌍은 몰래 결혼까지 했다. 사건은 거칠고 잔인하게 진전되어서 마지막에는 젊은이들을 행복하게 해주기 위해 양가의 아버지가 서로를 찔러 죽이는 결과가 된다. 여기서 대단한 박수갈채가 일어나며 막이 내린다. 그런데 박수가 점점 더 맹렬해지면서 "푸오라!"[144) 하는 부르짖음이 높아졌고 마침내 주역인 두 쌍의 연인이 막 뒤로부터 나타나서 절을 하고 다른 쪽으로 사라졌다.

관객들은 그래도 만족하지 않고 박수를 계속하면서 "이 모르티!"[145)를 불러댔다. 그것이 상당히 오래 계속되었기 때문에 결국 죽었던 두 사람마저 무대에 모습을 나타내 절을 했다. 그러자 또 몇 명이 "브라비 이 모르티!"를 외친다. 박수가 그치지 않았기 때문에 다시 퇴장이 허용될 때까지 그들은 오래도록 붙잡혀 있었다.

이탈리아 사람들이 항상 말하기 좋아하는 "브라보! 브라비!" 소리를, 또 그 찬사가 갑자기 죽은 자에게까지 보내지는 것을 여기서 듣게 된 나 같은 사람에게 이 희극은 한없이 흥미

---

144) Fuora! 베네치아 방언으로 '나오라'라는 뜻이다.
145) I morti! '죽은 자'라는 뜻이다.

를 돋우는 것이다.

우리 북국의 사람들은 어두운 다음에 작별 인사를 할 때 언제나 "편안한 밤 보내세요."라고 하는데 이탈리아 사람은 딱 한 번, 그것도 날이 저물려고 할 때 방에 등불을 가지고 오면서 "행복한 밤입니다."라고 한다.[146] 두 나라 말의 뜻이 전혀 달라져버리는 것이다. 사실 모든 언어의 특성은 다른 나라의 언어로 번역할 수 없다. 왜냐하면 가장 고상한 것으로부터 가장 저속한 것에 이르기까지 언어는 성격, 기질 또는 생활 상태 등과 같은 그 국민의 특이성과 연관을 가지고 있기 때문이다.

10월 6일

어제 본 비극은 나에게 여러 가지로 교훈적이었다. 우선 이탈리아 사람이 11음절의 이암보스를 어떻게 사용하고 낭독하는가를 들을 수 있었다. 그리고 고치[147]가 가면의 인물과 비극적 인물을 얼마나 현명하게 결합시켰는가 또한 깨달았다. 이것이야말로 그 국민에게 알맞은 진실한 연극인 것이다. 왜냐하면 그들은 격렬한 감동을 요구하고 불행한 인물에게 따뜻한 동정을 보내기는커녕 그저 주인공이 멋있는 대사만 말하면 좋아하기 때문이다. 다시 말해 그들은 구변을 중요시하고 웃기를 좋

---

146) 독일어의 저녁 인사 'Gute Nacht(구테 나흐트)'와 이탈리아어의 'Felicissima notte(펠리치시마 노테)'를 비교한 것이다.

147) 카를로 고치(Carlo Gozzi, 1720~1806). 16세기부터 이탈리아에서 크게 유행한 콤메디아델라르테(Commedia dell'arte)는 원래 대략의 줄거리만을 가지고 관객과 호흡하던 즉흥 풍자 가면극이었다. 극작가 고치는 이 즉흥극 캐릭터들의 특징을 살린 대본을 쓰고 사전에 배우들을 연습시켜, 보다 양식화된 공연을 선보였다. 대표작으로 「세 개의 오렌지에 대한 사랑」 「투란도트」 등이 있다.

아하며 인물들의 어리석은 짓을 재미있어 한다.

그들이 연극에 대해 가지고 있는 흥미는 현실에 대한 관심을 의미한다. 그래서 연극 속의 폭군이 자기 아들에게 겁을 주고 그 아들과 마주 서 있는 자기 아내를 죽이라고 강요했을 때 관객이 큰 소리로 그 요구가 부당하다고 외치는 바람에 하마터면 공연이 중단될 뻔했다. 관객은 늙은 아버지에게 검을 거두라고 요구한다. 그러나 그렇게 되면 그 뒤의 장면을 이어갈 수 없다. 곤경에 빠진 아들이 마침내 결심을 하고 무대 전면으로 걸어 나와서 공손하게 "여러분, 잠시 동안만 참아주십시오. 그러면 이 사건은 여러분이 원하시는 대로 진행될 것입니다." 하고 간청했다. 그러나 예술적 관점에서 관찰한다면, 이 장면은 여러 가지 사정으로 보아 어리석고 부자연스러운 것이었다. 그래서 나는 관객의 감정을 칭찬하지 않을 수 없었다.

지금 나는 그리스 비극의 긴 대사나 활발하게 주고받는 논쟁을 더 잘 이해할 수 있다. 아테네 사람들은 이탈리아 사람들보다 더 연설 듣기를 좋아하고 또 듣는 것에 숙달되어 있다. 그들은 재판이 진행되는 곳에 하루 종일 지키고 앉아서 여러 가지를 얻어듣고 배웠던 것이다.

10월 6일

팔라디오가 세운 건물, 특히 예배당에 있어서 나는 지극히 뛰어난 점과 아울러 몇몇 비난할 만한 결점도 발견했다. 이런 비범한 인간에 대해 내가 말하는 것이 어느 정도까지 옳고 그른가를 생각하고 있노라면, 마치 그가 내 옆에서 이렇게 말해주는 것 같다. "나는 이런저런 것이 마음에 내키지 않은 채로 만들었다오. 내게 주어진 조건하에서는 이러한 방법에 의해서만 나 자신의 이상에 최대한 접근할 수 있었기 때문이라오."

내가 생각하기에는, 이미 존재하고 있는 성당이나 낡은 가옥에다 파사드[148]만 덧붙여야 했을 때, 그는 높이와 폭을 관찰하면서 다음과 같이 생각했으리라. "어떻게 하면 이만 한 공간에 최대의 형식을 줄 수 있을까? 대개의 부분에 있어서는 그때그때 필요에 따라 어떤 곳은 위치를 변경하고 어떤 곳은 서투른 방법으로 임시변통을 하지 않을 수 없다. 그렇기 때문에 여기저기 잘못된 곳도 생기겠지만 어쩔 수 없는 일이다. 전체가 훌륭한 양식을 가지게 되는 것을 낙으로 삼고 일하면 되는 것이다."

그는 이렇게 해서 마음속으로 그리던 위대한 이미지를 실현시키려고 했기 때문에, 완전하게 조화되지 않을 때도 있었고, 개개의 점에 있어서는 왜곡시키거나 손상시키지 않으면 안 될 경우도 있었다.

이에 반해 카리타 성당의 측랑은 건축가가 자유롭게 마음껏 솜씨를 발휘했고, 자신의 정신에 무조건 충실할 수 있었기 때문에 대단히 가치 있는 작품이 된 것이다. 만약 수도원이 완성되었더라면 현 세계에서 이것보다 더 완벽한 건축물은 존재하지 않았을 것이다.

---

148) façade. 원칙적으로는 건물이 도로와 접한 면을 가리키는데, 주로는 현관이 있는 전면부를 말한다. 건물의 인상을 좌우하기 때문에 장식적 중요성을 띤다. 비첸차에는 팔라디오가 전체를 설계한 건물이 많았지만, 베네치아의 성당들은 기존 건물에 팔라디오식 파사드만 덧씌웠기 때문에 이런 점이 괴테의 눈에 띄었을 것이다.

그가 어떻게 생각하고 일했는가는 그의 책을 읽으면서 그가 고대인을 고찰한 바를 새겨볼수록 더욱 명백해진다. 그는 많은 말을 하지는 않았지만 모두 다 의미심장한 것뿐이다. 고대의 전당을 논하고 있는 넷째 권은 고대 유물을 신중하게 연구하는 데 훌륭한 안내서가 되어준다.

10월 6일

어제저녁에 나는 크리소스토모 극장[149]에서 크레비용[150]의 「엘렉트라」를 보았다. 물론 번역극이었다. 이 극이 얼마나 무취미하고 지루했는가는 말할 수 없을 정도다.

그러나 배우들은 훌륭했고 장면에 따라서는 관객을 적당히 다룰 줄도 알았다. 오레스테스 혼자서 시적으로 각기 다르게 분석되는 세 가지 서사를 하나의 장면 속에 연기했다. 엘렉트라 역을 맡은 예쁘장한 여자는 중키에 적당한 몸매로 거의 프랑스 여자라고 생각될 만큼 활발했지만 품격도 있고 대사도 고왔다. 다만 그녀의 연기는 처음부터 끝까지, 배역이 그러했기 때문에 할 수 없다고는 하지만, 미친 듯이 날뛰었다. 그럼에도 한 가지 배운 점이 있었다. 이탈리아식 11음절 이암보스는

---

149) Teatro San Giovanni Crisostomo. 1678년에 개관한 극장으로, 탐험가 마르코 폴로의 집이 있던 자리에 세워졌다. 18세기 중반까지는 성황을 이루었으나, 이탈리아 오페라의 전성기 동안 유명 극작가들이 전속으로 활동하는 다른 극장들과의 경쟁에서 밀려 쇠퇴하고 말았다. 그럼에도 오늘날까지도 공연이 이루어지고 있는 몇 안 되는 극장이다. 말리브란 극장(Teatro Malibran)으로 이름이 바뀌었다.

150) 프로스페르 졸리오 시외르 드 크레비용(Prosper Jolyot, Sieur de Crébillon, 1674~1762). 18세기 중반에 프랑스에서 큰 성공을 거둔 비극 작가로, 당대에는 높이 평가되어 아카데미프랑세즈 회원으로 선출되기도 했다.

마지막 음절이 언제나 짧아서 낭독자의 뜻에 어긋나게 음조가 높아지기 때문에 낭독하기에 퍽 불편하다는 것이다.

10월 6일

오늘 아침에 나는 튀르크인들에 대한 승리[151]를 기념하기 위하여 매년 이날 도제의 주관으로 산타주스티나 성당[152]에서 거행되는 장엄미사에 참석했다. 맨 먼저 도제와 몇몇 귀족을 태운 작은 황금색 배가 이상스럽게 차려입은 뱃사공들이 붉은 칠을 한 노를 힘들여 젓는 가운데 작은 광장에 도착하고, 강변에서는 성직자들과 신도들이 막대기 끝이나 휴대용 은 촛대에 불붙인 초를 꽂고 이리 밀리고 저리 밀리면서 기다리고 있다. 다음으로 양탄자를 깐 다리가 배에서 육지로 놓이고, 제일 먼저 긴 보랏빛 예복을 입은 장관들, 그 뒤에 길고 붉은 예복의 참의원 의원들이 다리를 건너서 포도에 줄지어 서고, 마지막으로 금색 프리기아 모자[153]를 쓰고 가장 긴 황금색 사제복을 입고 족제비 외투를 걸친 늙은 도제가 세 명의 시종으로 하여금 옷자락을 받쳐 들게 하고 배에서 내려오는 것이다.

---

151) 레판토 해전 승전기념일인 1571년 10월 7일을 가리킨다. 1570년에 오스만튀르크 제국이 지중해의 패권을 노리고 베네치아령이었던 키프로스섬을 공격하자, 베네치아, 로마, 에스파냐가 연합해 맞서 싸운 레판토 해전은 대포와 화승총으로 무장한 기독교 국가들이 막대한 화력을 쏟아부어 대승을 거뒀다.

152) Santa Giustina di Venezia. 원래는 수녀원이었고 15세기부터 가톨릭 예배당이었으나 현재는 사용되고 있지 않다.

153) 아나톨리아(오늘날의 튀르키예) 지방의 고대 부족이 쓰던 원뿔형 모자로, 주로 가죽이나 펠트 소재로 되어 있다.(중세 전설 속 난쟁이의 모자를 연상하면 된다.) 한편, 베네치아 도제가 쓰고 있는 모자는 코르노 두칼레(Corno ducale, '공작의 뿔'이라는 뜻)라는 이름의 전통 모자인데, 형태가 프리기아 모자와 약간 닮았지만, 머리에 쓰는 부분은 동그란 캡 형태고 뒤쪽으로만 짧은 뿔이 솟아 있다.

이와 같은 모든 일이 작은 광장의, 문 앞에 오스만튀르크 깃발이 세워져 있는 성당 정문 앞에서 전개되는 것을 바라보고 있으면, 마치 도안과 채색이 섬세한 오래된 고급 태피스트리를 보는 것 같다. 북쪽 나라에서 흘러온 나에게 이와 같은 의식은 아주 재미있었다. 모든 예식이 짧은 옷을 입고 행해지고, 우리가 상상할 수 있는 최대의 의식이 어깨에 총을 메고 거행되는 독일에서는 이런 형식이 어울리지 않을지도 모른다. 그러나 이곳에서는 옷자락을 길게 끄는 예복이나 평화로운 의전이 참 잘 어울린다.

도제도 체격이 좋고 용모 단정한 사람으로, 병환 중이라고 하는데도 위엄을 유지하기 위해 무거운 옷을 입고 자세를 흩뜨리지 않았다. 거기다 그는 이 나라 전 국민의 할아버지처럼 보이고, 매우 붙임성과 친근감이 있는 사람이었다. 복장도 잘 어울렸고, 모자 밑에 두르고 있는 두건도 얇고 투명한 것으로 깨끗한 은발 위에서 눈에 거슬리지 않았다.

긴 붉은색 자락을 늘어뜨린 옷을 입은 50여 명의 귀족들이 도제의 뒤를 따랐는데, 대부분은 훌륭한 남자들이었고 외모가 추한 자는 한 명도 없었다. 몇 명은 키도 크고 머리도 컸는데 금발의 곱슬머리 가발이 잘 어울렸다. 오똑한 얼굴과 부드럽고 흰 살결은 부석부석하거나 칙칙하지 않았다. 오히려 총명하고, 무리한 데가 없고, 침착하고 유연해 보여서 생활의 평탄함과 어디까지나 쾌활한 분위기가 떠돌고 있었다.

모든 사람이 예배당 안에 자리를 차지했고, 장엄미사가 시작되자 신도들은 정면 입구로부터 들어와서 두 명씩 한 조가 되어 성수를 받고 제단과 도제와 귀족들에게 절을 한 뒤 오른쪽 벽의 문으로 퇴장했다.

10월 6일

오늘 저녁에는 타소[154]와 아리오스토[155]의 시에 독특한 멜로디를 붙인 유명한 민요를 부른다는 뱃사공의 곤돌라를 예약해 놓았다. 그것은 정말 미리 예약하지 않으면 안 된다. 왜냐하면 그것이 흔치 않을뿐더러 요즘은 거의 사라져버린 옛 전설에 속하는 것이기 때문이다. 달빛을 받으며 나는 곤돌라에 올랐다. 한 사람의 가수는 안쪽에, 다른 사람은 뒤쪽에 타고 있었다. 둘이서 노래를 시작하여 교대로 한 구절씩 부른다. 우리 독일인들은 그 선율을 루소를 통해서 알고 있는데,[156] 성가와 서창의

---

154) 토르콰토 타소(Torquato Tasso, 1544~1595). 후기 르네상스의 가장 위대한 작가로 평가된다. 소렌토에서, 당대의 유명 시인이자 살레르노 제후의 가신이었던 베르나르도 타소의 아들로 태어났다. 아주 일찍부터 문학적 재능을 발휘했지만, 궁정과 얽혀 많은 부침을 겪었던 아버지의 권유로 파도바 대학교에서 법학을 공부하게 되었다. 하지만 토르콰토가 쓴 첫 번째 서사시 『리날도』(1562)의 뛰어난 예술성을 본 아버지는 더 이상 작가가 되는 것을 반대할 수 없었다. 1565년 페라라 궁정시인이 된 타소는 왕성한 창작 활동으로 500여 편의 사랑시를 썼으며, 알렉산드로스 대왕 시대를 배경으로 양치기 아민타와 님프 실비아의 사랑 이야기를 서정적으로 그린 희곡 『아민타』(1573)를 발표했다. 이 작품은 이후 2세기 동안 유럽의 많은 작가들에 의해 오페라와 연극으로 재해석되었다. 타소가 17세 때부터 쓰기 시작한 『해방된 예루살렘』(1575)은 1차 십자군 원정대의 예루살렘 탈환을 배경으로 여러 연인들의 사랑 이야기를 엮어 넣은 대작 서사시다. 그러나 이 작품을 완성한 직후부터 타소는 페라라 궁정과 다양한 이유로 불화하면서 정신적 문제를 일으킨다. 결국 페라라를 떠난 타소는 1579년 성 안나 정신병원에 수용되었고, 1586년 정신병원을 나온 이후에도 로마, 나폴리, 피렌체를 전전하며 오랫동안 가난과 질병에 시달렸다. 그러던 중 교황 클레멘스 8세가 타소를 계관시인으로 선정, 집과 연금을 후원하기로 결정하고 로마로 초청한다. 1595년 4월 1일 로마에 도착한 타소는 25일 만에 51세의 나이로 생을 마감했다.

155) 루도비코 아리오스토(Ludovico Ariost, 1474~1533). 페라라에서 에스테 후작 가문의 가신의 아들로 태어났다. 중세 기사도문학 양식을 완성한 작품으로 평가되는 영웅서사시 『미친 오를란도』(1532)가 대표작이다.

156) 베네치아의 곤돌라 사공이 부르는 민요를 가리키는 '바르카롤(bar-carolle)'은 프랑스어인데, 이탈리아어 바르카롤라(barcarola)보다 프랑스어가

중간쯤 되는 것이다. 박자도 없고 항상 똑같은 식으로 노래가 계속된다. 억양도 단조롭고 다만 시구의 내용에 따라 낭독하듯 음의 고저와 장단을 변경할 뿐이다. 그러나 그 정신, 그 속의 생명을 이해하는 것은 다음과 같이 하여 이루어진다.

이 선율이 어떠한 경로를 거쳐서 성립됐는지 나는 캐묻지 않았다. 그러나 하여간 이 선율은 무언가를 박자 맞춰 부른다든지, 암기하고 있는 시를 이런 노래로 만들어 불러보고자 하는 한가한 사람에게는 대단히 적합한 것이다.

잘 울리는 목소리로(이 나라 사람들은 무엇보다도 강력함을 존중한다.) 섬이나 운하의 물가에 배를 대고, 한껏 목청을 높여 노래를 부른다. 노랫소리는 조용한 수면으로 퍼져간다. 그러면 또 맞은편에서 노래를 불러 보내는 식으로 자꾸만 서로 응답을 하는 것이다. 노래는 며칠 저녁이고 계속되며 두 사람은 지칠 줄 모르고 즐긴다. 두 사람이 멀리 떨어져 있으면 있을수록 노래는 매력을 더한다. 만약에 듣는 사람이 그 두 사람의 중간에 있으면 가장 좋은 위치를 잡은 것이다.

나에게 그것을 시연해 주려고 그들은 주데카섬 해변에 상

더 널리 쓰이게 된 이유가 바로 루소 때문이다. 루소(Jean-Jacques Rousseau, 1712~1788)는 철학자로 유명해지기 전 오랫동안 작곡가가 되려는 꿈이 있었다. 젊은 시절에는 음악교사로 일해 생활비를 벌었으며, 새로운 악보 표기법을 고안해 파리 과학아카데미에서 발표하기도 했다. 1743년 루소는 베네치아 주재 프랑스 대사의 비서로 채용되어 11개월 동안 베네치아에 체류했는데, 이때 괴테가 묘사한 곤돌라 사공들이 부르는 타소의 노래를 접하게 된다. 괴테와 마찬가지로 큰 감명을 받은 루소는 이후 타소의 『해방된 예루살렘』을 연구하고, 여러 바르카롤을 수집하여 1781년 「비참한 삶을 위로하는 로망스와 듀오 모음집(Les consolations des misères de ma vie ou recueil d'airs, romances et duos)」이라는, 가사 있는 악보집을 출판했다.

류해 운하를 따라 위아래로 갈라져 갔다. 나는 노래를 시작하는 쪽에서 출발해, 그들 사이를 오가면서 노래를 끝마치는 쪽으로 이동하기로 했다. 그러자 노래의 의미가 차차 이해되기 시작했다. 멀리서 들려오는 소리를 들으면 슬픔을 동반하지 않은 호소의 소리처럼 아주 이상한 느낌이 든다. 그 소리에는 눈물이 날 정도로 감동적인 무언가가 있었다. 나는 그것을 내 기분의 소치라고 생각했는데 나의 늙은 하인[157]도 다음과 같이 말하는 것이었다.

"그 노랫소리를 듣고 있으면 이상하게도 마음이 감동됩니다. 노래를 하면 할수록 더 잘 부릅니다." 그는 나한테 또한 리도섬의 여인들, 특히 말라모코와 펠레스트리나[158] 아낙네들의 노래를 들려주고 싶다고 했다. 그네들의 노래도 타소의 노래와 비슷한 멜로디라고 한다. 그가 말을 이었다. "그 여인들은 남편이 고기를 잡으러 바다로 나가면 저녁에 바닷가에 나와 앉아서 투명한 목소리로 노래를 부르는 관습이 있습니다. 그러면 멀리 바다에 나가 있는 남편이 그 소리를 듣고 화답하여 서로 노래를 주고받는 것입니다."

정말로 재미있는 일이 아닌가? 하지만 가까이서 듣고 있는 사람들에게 바다의 파도 소리와 싸우는 듯한 음성은 그리 듣기 좋지 않으리라고 생각된다. 그럼에도 그렇게 불리는 사

---

157) 처음에 괴테는 혼자 여행을 시작했지만, 베네치아에서부터는 다시 하인을 고용했다.

158) 아드리아해와 베네치아섬 사이에 위치한 리도섬과 펠레스트리나섬은 폭이 좁고 길이는 각각 11킬로미터에 달해 18세기까지만 해도 군사 요새였다. 오늘날은 넓은 바다를 직접 마주하는 긴 해안선 덕분에 휴양지로 유명하다. 말라모코는 리도섬의 마을이다.

이, 노래는 인간적이고 진실한 것이 되며, 지금까지는 생명 없는 부호에 불과해 우리의 골치를 썩였던 멜로디가 생명력을 지니고 비로소 살아난다. 그것은 고독한 자가 똑같이 쓸쓸한 생각을 품고 있는 사람에게 듣고 대답하라고 먼 곳으로 울려 보내는 노래인 것이다.

10월 8일

나는 파올로 베로네세의 명화[159]를 보기 위하여 피사니 모레타 궁을 방문했다. 그림에는 다리우스 왕의 여자 가족이 알렉산드로스 대왕과 헤파이스티온[160] 사이에 무릎을 꿇고 있는 모습이 그려져 있다. 맨 앞에 무릎을 꿇고 있는 어머니는 헤파이스티온을 대왕이라고 여기는데, 헤파이스티온이 이를 부인하며 진짜 대왕을 가리키고 있다. 사람들이 전하는 말에 의하면, 이 그림의 작가는 이 궁전에서 매우 융숭한 대접을 받으며 오래 머물렀기 때문에 감사하는 마음으로 이 그림을 몰래 그려서 침대 밑에 선물로 놓고 갔다고 한다. 거장의 가치가 충분히 엿보이는 그림이니 거기에 무슨 특별한 일화가 있어도 이상할 것은 없다. 화면 전체를 장악하는 전반적 색조를 쓰지 않고, 광선과 음영의 교묘한 안배로 조심스럽게 부분적 색채를 교차시킴으로서 훌륭한 조화를 이루려 하는 그의 위대한 예술은 여기

---

159) 베로네세의 「알렉산드로스 대왕을 맞는 다리우스 가족」(1565~1570)을 가리키며, 오늘날은 런던 내셔널갤러리가 소장하고 있다.

160) Hephaestion. 마케도니아의 귀족이자 장군으로, 알렉산드로스 대왕의 참모이자 친우였다. 알렉산드로스보다 키가 크고 체격이 좋았으며 외모도 수려했다고 전해진다.

서 충분히 발휘되고 있다. 그리고 얼마나 잘 보존되었던지 마치 어저께 그려놓은 것처럼 우리 눈에 선명하게 보인다. 이러한 종류의 그림이 손상되어 있으면 왠지 모르게 우리의 즐거움도 곧 흐려지고 만다.

의상에 관해서 이 화가를 논하고자 하는 사람은 16세기에 이 이야기가 그려졌다는 점을 고려하지 않으면 안 된다. 그러면 대번에 해결이 난다. 어머니에서 아내를 지나 딸까지의 단계적 이행 상태가 지극히 진실하고 성공적으로 그려져 있다. 끝자리에 무릎을 꿇고 있는 가장 젊은 공주님은 어여쁜 아가씨이며 애교가 있고 고집 센 것 같은 뾰로통한 얼굴을 하고 있다. 그녀는 자기 자리가 마음에 안 드는 모양이다.

10월 8일

어떤 화가의 그림이 내 마음에 인상을 주면 그 화가의 눈을 통해서 세계를 볼 수 있는 예전부터의 재능이 나를 어떤 독특한 생각으로 인도했다. 인간의 눈이 어렸을 때부터 보고 자란 대상에 따라 발달한다는 것은 명백한 사실로, 베네치아의 화가는 다른 나라 사람들보다 모든 것을 명료하고 쾌활하게 보고 있는 것이 틀림없다. 반대로 불결하고, 먼지투성이거나 생동하는 색채가 없는, 반사를 방해하는 바닥 위에서 또는 비좁은 방에서 생활하는 독일인은 그렇게 명랑한 눈초리를 우리들 자신으로부터 만들어낼 수가 없는 것이다.

한낮의 해맑은 햇볕 아래 배로 갯벌을 건너면서 화려한 복장을 한 곤돌라 사공이 뱃전에 서서 노를 젓는 모습이 엷은 녹청색의 수면으로부터 새파란 하늘에 뚜렷하게 떠올라 있는 모양을 바라보았을 때, 거기에서 베네치아 화파의 가장 훌륭하고 선명한 그림을 보는 것 같은 기분이 들었다. 햇빛은 각자의 국부적 색조를 눈부시도록 돋우었고 그늘에 해당되는 부분도 대단히 밝아서 빛 부분을 돋우어줄 정도였다. 같은 원리가 바다같이 녹색이 진한 물의 반영에서도 나타난다. 모든 것이 밝음 속에서도 더 밝게 그려져 있기 때문에 화룡점정하기 위해서 거품이 이는 파도라든가 번개 같은 것을 덧붙여 그려 넣을 필요가 있을 정도다.

티치아노와 베로네세는 이 명랑함을 최고도로 갖고 있었다. 만약 그들의 작품에서 그것이 발견되지 않을 때는, 그 그림은 실패작이든가 그렇지 않으면 개작된 것이다.

산마르코 대성당[161]의 둥근 지붕이나 둥근 천장에는 측면과 더불어서 많은 그림이 그려져 있다. 모두가 금색 바탕 위에 가지각색의 인물상을 모자이크 세공으로 그린 것이다. 밑그림을 그린 화가의 기량에 따라 아주 좋은 것도 있고 그렇지 못한 것도 있다.

역시 모든 것은 최초의 고안에 달렸다는 것, 그리고 이 최초의 고안에는 올바른 규범과 진실한 정신이 깃들어 있어야 한다는 것을 가슴 깊이 느꼈다. 왜냐하면 이곳 모자이크의 경우 결코 정교하다고는 할 수 없더라도 사각 유리 조각을 사용하

---

161) Basilica di San Marco. 829년 베네치아의 수호성인 마르코의 유해를 안치하기 위해 건립했다. 대표적인 비잔틴 양식의 건물이기 때문에 동로마제국 콘스탄티노플의 비잔틴 교회들과 마찬가지로 여러 개의 돔 구조로 된 천장과 모자이크 실내장식이 두드러진다. 976년 화재 후 재건하면서 벽과 천장을 모두 황금 타일로 마감해 화려하고 환상적인 공간이 되었다.

면 좋은 것이건 좋지 않은 것이건 간에 모방할 수 있기 때문이다. 그러나 지난날 고대인을 위해 마루판에 이용되고 그리스도교인을 위해 예배당의 둥근 천장을 형성해 주었던 이 모자이크 예술은, 지금은 상자라든가 팔찌 제작 따위로 근근이 명맥을 유지하고 있다. 시대는 상상 이상으로 악화되었다.

10월 8일

파르세티의 집[162]에는 최상의 고대 미술품의 귀중한 모조 컬렉션이 있었다. 만하임에서 내가 보아 이미 알고 있는 것에 대해서는 그만두고, 새로 알게 된 것에 대해서만 적어둔다. 독사를 팔에다 감고서 조용히 잠들어 죽으려 하는 클레오파트라, 막내딸을 외투로 덮어 아폴론의 화살을 피하려는 어머니 니오베, 다음으로 두세 명의 검객, 자기 날개 속에서 휴식을 취하고 있는 수호천사, 앉거나 서 있는 철학자들.

이들 작품은 수천 년에 걸쳐서 세상 사람들이 그것을 보고 즐기고 교양을 쌓을 수 있는 대상으로서, 그들 예술가의 진가는 어떠한 연구나 관념으로 완전무결하게 다룰 수 있는 성질의 것이 아니다.

많은 뜻깊은 흉상들을 보고 있으려면, 나는 고대의 빛나는 시대로 옮겨 앉은 것 같은 느낌이 든다. 다만 유감스럽게도 내가 이 방면의 지식에 있어서 대단히 뒤떨어져 있다는 것을 느낀다. 그러나 차츰 진전이 있을 것이고, 적어도 그 길을 알고 있

---

162) Ca' Farsetti. 13세기경에 처음 지어진 궁전으로 1670년경 파르세티 가문이 인수해 증축했다. 산마르코 광장에 대운하를 접하고 있다.

다. 팔라디오는 나에게 그곳으로 도달하는 길, 그리고 동시에 모든 예술과 생활로 통하는 길을 열어주었다. 이런 말을 하면 좀 이상하게 들릴지 모르지만, 뵈메[163]가 한 장의 주석 접시를 보다가 목성이 발하는 빛에 의해 우주의 수수께끼를 풀었다는 이야기만큼 역설적이지는 않을 것이다. 이곳 컬렉션 중에는 로마의 안토니우스 황제와 파우스티나 황후의 신전[164]에 사용했던 대들보 조각이 있다. 이 뛰어난 건축 모양을 직접 보면서 나는 만하임 판테온의 주두(柱頭)가 생각났다. 하지만 이것은 독일의 석지주 위에 겹쳐져 쭈그리고 있는 고딕 양식의 성자들과는 다르고, 파이프식 원주나 작은 뾰족탑, 꽃 모양 첨두와도 다르다. 고맙게도 나는 그런 것들로부터 이제 영원히 벗어났다.

요 며칠 사이에, 지나는 길이긴 했지만, 경탄과 감명을 가지고 관찰한 두서너 가지 조각 작품에 관해 언급해 두고자 한다. 병기창 문전에 있는 거대한 흰 대리석 사자 두 마리.[165] 한 마리는 앞발을 세워 내뻗고 앉아 있고, 다른 한 마리는 누워 있다. 뛰어난 한 쌍의 조각으로, 살아 있는 그대로의 다양성을 나타내고 있다. 이 상은 주위의 모든 것이 작게 보일 정도로 대단히 커서, 만약 이 숭고한 조각이 인간의 심성을 고양시켜주는 것이 아니라면, 보는 사람 자신이 무(無)로 돌아가 버릴 것같이 생각될 정도다. 그것은 그리스 전성기의 작품으로, 고대 로마

---

163) 보헤미아 왕국 출신의 기독교 신비주의 철학자 야코프 뵈메(Jakob Böhme, 1575~1642)는 태양계와 우주의 원리를 신학적 관점으로 설명했다.

164) 141년 안토니우스 황제가 사별한 황후 파우스티나를 위해 세운 신전으로, 로마의 고대 유적지 포로로마노에 있다.

165) 1687년에 그리스 델로스섬에서 가져온 것이다.

제국이 융성했던 시대에 피레우스[166)로부터 이곳으로 운반되어 왔다고 한다.

산타주스티나 성당에 있는 튀르크인 정복자 부조(浮彫) 두어 개도 마찬가지로 아테네에서 온 것 같다.[167) 그것은 벽에 박혀 있는데 유감스럽게도 예배당 안의 의자들 때문에 좀 어두컴컴하게 되어 있다. 그곳의 성당지기가 나에게 티치아노의 그림 「순교자 성 베드로의 죽음」[168) 속에 있는 더없이 아름다운 천사는 이것을 모방한 것이라는 설이 있다고 말해 주어서 내 주목을 끌었다. 신들의 속성으로 스스로를 끌고 다니는 그 수호천사들은 너무도 아름다워서 그 어떤 상상도 허락하지 않는다.

다음으로 나는 어떤 궁전의 정원에 있는 마르쿠스 아그리파의 벌거벗은 거상을 특이한 감정을 가지고 관찰했다. 그의 옆구리에서 몸을 비비 꼬며 올라가려고 하는 돌고래는 어떤 바다의 용사를 암시하고 있다. 실로 이러한 숭고한 표현은 인간을 신에 가깝게 만드는 것이다.

산마르코 대성당 위에 있는 말 동상[169)을 가까이 가서 자

---

166) Piraeus. 아테네의 항구다.

167) 1세기경 로마제국 시대에 만들어진 것인데, 라벤나의 산비탈레(San Vitale) 성당에 있던 것을 옮겨왔다. 현재 일부는 베네치아 국립미술관에, 일부는 파리 루브르에 있다.

168) 티치아노가 산자니폴로(San Zanipolo, 오늘날 명칭은 산티조반니에 폴로 대성당) 도미니크회 성당의 제단화로 그려 1530년에 설치되었다. 이후 1797년 나폴레옹의 이탈리아 원정 때 프랑스로 옮겨졌다가 1816년에 베네치아로 반환되면서 원래의 성당이 아닌 마돈나 델 로사리오 오라토리오회 성당(Madonna del Rosario chapel)에 설치되었는데, 1867년 이곳에 난 불로 전소되었다. 오늘날은 화재가 있기 전 여러 작가들이 모사한 사본으로 원래 모습을 추측할 뿐이다.

169) 금박을 입힌 네 마리 청동 말은 4차 십자군 원정(1202~1204) 때 콘스

세히 보았다. 밑에서 올려다보니 말에 반점이 있었는데 어떤 것은 아름다운 누런 금속광택이 있고 어떤 것은 동록색(銅綠 色)으로 녹슬어 있는 것을 쉽게 알아볼 수 있었다. 그러나 가까이서 보면 전체가 도금되어 있었던 것을 알 수 있으며 또 가느다란 세로줄 홈으로 뒤덮여 있는 것도 보인다. 이것은 야만인들이 금을 벗겨내려 하지 않고 깎아내려고 했기 때문이다. 그러나 그래도 좋다. 적어도 옛날 모습이 보전되어 있으니까.

이건 굉장한 한 쌍의 말이다. 정말로 말에 관해 정통한 사람에게서 평을 들어보고 싶은 기분이다. 내가 이상하게 생각하는 점은 그것이 가까이서 보면 무겁게 보이지만 아래 광장에서 올려다보면 사슴과 같이 경쾌하게 보인다는 사실이다.

10월 8일

나는 오늘 아침 내 수호자[170]와 함께 배를 타고 리도섬으로 건너갔다. 리도는 석호를 바다로부터 격리시키는 사주(砂洲)섬이다.[171] 우리는 배에서 내려 긴 사주해안을 따라 걸었다. 나는 강한 음향을 들었는데 그것은 바다였다. 얼마 안 있어 눈에도 보였다. 물결은 빠져나가면서 높이 솟아 해변을 때렸다. 정

탄티노플에서 옮겨온 것이다. 이 4차 십자군 원정은 종교적 명분은 사라지고 오로지 현실적 이익을 위해 베네치아가 주도하여 같은 기독교 국가였던 비잔틴을 공격했다는 점에서 문제적이었다. 어쨌든 원정대는 콘스탄티노플을 함락시키고 승리를 거뒀고, 베네치아는 황금 말을 전리품으로 자랑하기 위해 산마르코 대성당 정문 위에 설치했다. 현재 정문 위의 네 마리 말은 청동 복제품이고 진본은 실내에 보관되어 있다.

170) 현지인 하인을 가리키는 듯하다.

171) 바람과 파도로 모래가 퇴적되어 생긴 사주섬 리도가 아드리아해를 막고 있기 때문에 베네치아만이 석호(潟湖) 지형을 이룬다.

오쯤으로 썰물 시간이었다. 그렇게 나는 바다를 눈으로 보았고 빠져나가는 물결 뒤에 남겨진 아름다운 흙을 밟으며 그 뒤를 쫓았다. 조개가 많이 있었기 때문에 아이들이 있었더라면 하고 생각했다. 나 자신이 아이가 되어 잔뜩 주워 모았다. 사실은 어떤 일에 이용하려는 목적이 있었는데, 여기 풍부하게 흘러 내려가는 오징어의 먹물을 좀 건조시켜 보려는 것이었다.

바다에서 그리 멀지 않은 섬 위쪽에 영국인들의 무덤이 있고 거기서 조금 더 가면 유대인들의 무덤이 있다. 그들은 일반 묘지에 매장될 수 없었던 사람들이다. 나는 고결한 스미스 영사와 그의 첫 번째 부인의 묘지를 발견했다. 나는 그 사람 덕분에 팔라디오의 책을 얻을 수 있었기 때문에, 장례미사를 받지 않은 그 무덤 앞에서 그에게 감사의 뜻을 표했다.[172]

그 무덤은 정화되지 않았을 뿐 아니라 반쯤 파묻혀 있었다. 리도섬은 언제나 단순한 모래언덕으로 보아야만 할 것이다. 모래가 그리로 흘러가서 바람에 이리저리 불리고 쌓여 올려지고 여기저기 몰려 있게 되는 것이다. 꽤 높은 곳에 돋우어 놓은 이 비석도 얼마 안 가서 사람의 눈에 띄지 않게 될 것이다.

하여간 바다는 웅대한 광경이다. 나는 고기잡이배를 타고 멀리까지 노 저어 나가 보고 싶다. 곤돌라를 가지고는 그럴 수가 없다.

---

172) 당시 베네치아에서 사망한 유대교도들과 프로테스탄트들은 리도섬에 땅을 임대해 마련한 별도의 공동묘지에 묻혔다. 괴테가 말했듯이, 장례미사를 받지 않은 사자(死者)를 가톨릭교도의 영토에 매장하는 것이 허락되지 않았기 때문이다. 현재 스미스 영사의 묘비는 베네치아의 성조지 성공회교회로 옮겨져 있다.

10월 8일

해변에서 여러 가지 식물을 발견했는데, 서로 비슷한 특징으로 인해 그들의 성질을 더 상세히 알 수 있었다. 그것들은 모두 비대해져 있는 동시에 당당하고, 액즙이 풍부한 동시에 강인하다. 모래밭의 오래된 염분이, 아니 그보다도 염분을 포함한 공기가 이러한 질긴 성질을 부여한 것이 분명하다. 수중식물처럼 액즙을 가득 품으면서, 고산식물같이 고정돼 있고 강인하다. 잎 끝이 엉겅퀴처럼 가시가 되려고 하는 것은 대단히 뾰족하고 강하다. 나는 그런 잎의 풀숲을 발견했다. 그것은 우리 독일의 귀여운 민들레를 닮았지만 여기서 발견되는 것은 예리한 무기를 갖고 있고, 잎은 가죽 같으며 깍지나 줄기도 그러하다. 모든 것이 비대하고 튼튼하다. 귀국할 때 나는 그 종자와 눌러 말린 잎 표본(에린기움 마리티뭄[173])을 가지고 갈 것이다.

어시장과 수없이 많은 해산물은 나에게 큰 즐거움이다. 나는 자주 거기로 가서 그물에 걸린 불행한 바닷속 서식자를 살펴본다.

10월 9일

아침부터 밤에 이르기까지 귀중한 하루였다! 나는 키오자곶 건너편에 있는 펠레스트리나섬까지 배로 갔는데, 거기에는 공화국이 해수를 막기 위해 축조하고 있는 방파제 대공사가 진행되고 있었고, 그것을 '무라치'[174]라고 불렀다. 돌을 쌓아서 축조

---

173) Eryngium maritimum. 해안에서 자생하는 가시 모양의 들꽃이다.

174) Murazzi. 베네치아인들은 1744년부터 1782년까지 리도섬에 5킬로미터, 펠레스트리나섬에 10킬로미터 길이의 방파벽을 세웠다. 석회에 화산재와 모

하고 있는데, 본래 갯벌과 바다를 구획 짓고 있는 리도의 긴 해안을 파도로부터 보호하려는 것이다.

갯벌은 옛적부터의 자연 작용이다. 우선 첫째로는 간조, 만조 및 토지가 상호작용한 결과고, 두 번째로 원시 해수의 수위가 서서히 내려간 것이 아드리아해 북단에 일대 소택지를 조성시킨 원인이 되었다. 그리고 그곳은 밀물 때는 잠기고 썰물 때는 부분적으로 빠지게 된다. 이러한 밀물과 썰물 작용은 가장 높은 지대를 장악했으며, 그렇게 베네치아는 수백의 섬이 무리를 이루고 수백의 섬에 둘러싸여 존재하고 있는 것이다. 동시에 믿을 수 없을 정도의 노력과 경비를 들여 그 소택지 안에 간조 시에도 군함들이 주요 지점에 접안할 수 있도록 깊은 운하가 만들어졌다. 그 옛날 인간의 지혜와 근면함이 고안해서 성취시켜 놓은 것을 지금 현명함과 부지런함으로 유지해 나가지 않으면 안 된다. 리도의 사주가 베네치아 석호를 바다로부터 분리해, 바닷물은 단지 두 군데로부터만 들어올 수 있다. 그 두 곳은 즉 보루 근처와 반대쪽 끝인 키오자곶 근처를 말한다. 보통은 하루에 두 번씩 같은 입구를 통해 같은 방향으로 해수가 들어오고, 다시 썰물에 의해 빠져나간다. 밀물은 안쪽의 소택지를 덮지만, 비교적 높은 지대는 건조하지는 않아도 눈으로 볼 수 있게 그냥 놔두기도 한다.

만약 바다가 새로운 통로를 찾아 이 사주해안을 엄습하여 제멋대로 바닷물이 들고나는 일이 일어난다면 상태는 아주 달라

래를 섞은 방수 시멘트로 돌 틈을 메웠다. 하지만 이후 두 차례의 해일에 일부가 파괴되었고, 이때 방파벽이 밀려든 바닷물을 가둬두는 역할을 하는 바람에 베네치아가 침수되었다.

질 것이다. 리도의 부락들, 펠레스트리나, 산피에트로, 그 밖의 몇몇 부락이 멸망하리라는 것은 말할 것도 없고, 통로로서의 운하에도 물이 넘칠 것이다. 또한 바닷물은 모든 것을 혼란에 빠뜨리기 때문에, 리도는 동떨어진 섬이 되고, 지금 리도의 배후에 있는 섬들은 곳으로 변하고 말 것이다. 이것을 방지하려면, 모든 수단을 써서 리도를 보호하고, 인간이 이미 자신의 손안에 넣고 어떤 목적을 위해 형태와 방향을 정해준 것을 바닷물이 제멋대로 손상시키고 아무렇게나 파괴하는 일이 없도록 해야만 할 것이다.

바닷물이 과도하게 불어나는 것 같은 특별한 경우에는 물이 들어올 입구가 두 곳밖에 없고 다른 곳은 전부 막혀 있는 것이 대단히 잘된 일이다. 그 이유는 바닷물이 최고의 힘으로 동시에 밀어닥칠 위험의 여지가 없고, 또 몇 시간 지나면 간조의 법칙에 따라 그 맹위가 줄어들지 않을 수 없기 때문이다.

그 밖에는 베네치아는 아무것도 걱정할 일이 없다. 바다가 후퇴해 가는 속도는 느리기 때문에 아직 수천 년의 여유 시간이 있다. 그들은 운하를 현명하게 보수해 나감으로써 길이길이 자신들의 생활 터전을 지켜나갈 것이다.

그들이 거리를 좀 더 깨끗하게 유지해 주었으면 한다. 그것은 필요한 동시에 용이한 일로서, 수백 년이 지나는 동안에는 실제로 큰 영향이 생길 것이다. 하기야 지금도 운하 속에 물건을 버리거나 쓰레기를 투입하는 일은 엄하게 금지되어 있다. 그러나 비가 심하게 내렸을 때에는 구석에 모아놓았던 쓰레기가 전부 뒤범벅이 되어 운하 속으로 흘러 들어가며, 더 지독한 경우에는 배수를 위해서만 사용하게 되어 있는 하수에 들어가는 바람에 그곳이 막혀가지고 대광장이 물바다가 될 위험이 있는데도 그 점에 대해서는 아무 단속도 돼 있지 않다. 작은 산마르코 광장에 있는 두세 개의 하수구는 대광장의 것과 마찬가지로 참으로 정교하게 설비되어 있는데도, 그것까지도 막혀서 물이 넘치고 있는 것을 본 적이 있다.

하루 비가 내리면 거리는 참을 수 없이 오물투성이가 된다. 모두들 저주하고 불평을 한다. 다리를 오르내리노라면 외투도, 1년 내내 입고 다니는 타바로[175]도 다 더러워진다. 모든 사람이 단화와 양말을 신고 걷기 때문에 서로 흙탕을 튀기고는 욕지거리를 한다. 그것은 보통 흙탕이 아니고 더럼이 배어들어 지워지지 않는 그런 종류의 것이기 때문이다. 그런데 다시 날씨가 좋아지면 청결을 생각하는 사람은 아무도 없다. 대중은 언제나 당국의 서비스가 나쁘다고 불평하지만 좋은 서비스를 받으려면 어떻게 해야 하는지를 알지 못한다는 비판은 정말 맞는 말이다. 도제가 하려고만 든다면 당장에 모든 것이 이루어질 수 있을 것이다.

10월 9일

오늘 저녁 산마르코 탑에 올라가 보았다. 일전에는 만조 때 갯벌의 장관을 보았으므로 오늘은 간조 때의 겸허한 모습을 보아 두려고 생각한 것이다. 갯벌을 정확하게 이해하기 위해서는 양쪽 상황을 결합하는 일이 필요하다. 수면이 있던 곳 도처에서 육지가 드러나는 모습은 기묘하다. 섬은 이제 섬이 아니라, 아름다운 운하에 의해 종단되어 있는 커다란 회록색의 소택지가

---

175) tabarro. 소매가 따로 없고, 전신을 덮는 망토 형태의 외투다.

곳곳에서 얼마만큼 높아져 있는 것에 지나지 않는다. 늪지 부분에는 수중식물이 나 있어서, 썰물과 밀물이 끊임없이 그것을 뚫고 파헤치는 등 잠시도 가만두지 않는다고는 해도, 식물의 성장에 의해 토지가 서서히 높아져가고 있는 게 틀림없다.

이야기를 한 번 더 바다로 돌리자. 오늘 나는 바다에서 바다달팽이, 삿갓조개, 작은 게 등의 활동을 보면서 진심으로 즐겼다. 생물이란 얼마나 귀중하고 멋진 것인가! 얼마나 그 상황에 잘 적응하고, 진실하며, 또한 현실적인가! 자연에 관한 나의 근소한 연구에도 얼마나 도움이 되고, 그것을 계속하는 일은 얼마나 즐거운 일인가! 그러나 그것은 보고할 수 있는 것이니까, 단지 감탄사만을 늘어놓고 친구들을 짜증나게 하는 짓은 않겠다.

바다를 향해 축조되어 있는 방파제는 먼저 두세 개의 가파른 계단으로 되어 있고, 다음에는 완만한 경사면이 있으며, 그다음 다시 계단이 하나 있고 나서, 다시 완만한 경사면, 또 그다음엔 돌출한 지붕이 있는 급사면의 벽이다. 만조 때의 바다 물결은 이들 계단이나 사면에 연해서 높아지고, 심한 경우에는 결국 상부의 벽과 돌출부에 부딪쳐 물결이 부서진다.

작은 식용달팽이, 껍질이 하나뿐인 삿갓조개, 그 밖에 움직이고 있는 생물, 특히 작은 게 등 바닷속 서식 생물이 조류를 타고 함께 밀려온다. 그러나 이들 생물이 매끈매끈한 방파제에 도달할까 말까 하는 동안에 벌써 바다는 밀려 왔던 때와 마찬가지로 일진일퇴하면서 다시 밀려가기 시작한다. 처음에는 이들 생물군도 어떻게 해야 할지 몰라 바닷물이 다시 돌아오기만을 기대하고 있었지만, 바닷물은 돌아오지 않고 태양이 내리쬐자 금세 건조된다. 그래서 이젠 퇴각이 시작되는 것이다. 이 기회에 게는 먹이를 찾는다. 한 개의 둥근 몸체와 두 개의 긴 가위 집게로 구성되어 있는 이 생물의 몸놀림처럼 기묘하고 우스꽝스러운 것은 또 없다. 왜냐하면 거미 다리처럼 생긴 게 다리는 사람들 눈에 띄지 않기 때문이다. 의족 같은 양팔을 사용해서 걸어 다니는 것같이 보인다. 그리고 삿갓조개가 껍질 속에 몸을 감추고 이동을 개시하자마자 돌진해 가서 가위 집게를 껍데기와 지면 사이의 좁은 틈새로 쑤셔 넣어가지고 삿갓조개의 껍데기를 홀렁 뒤집고 그 속의 살을 먹으려고 한다.

삿갓조개는 천천히 걸어가다가 적이 접근하는 것을 눈치채자마자 돌에 찰싹 달라붙는다. 그러면 게는 작은 삿갓조개 껍데기 주위를 돌면서 기묘한 몸놀림을 하는데 그것이 아주 애교가 있고 마치 원숭이 같다. 그러나 게에게는 이 연체 생물이 가지고 있는 강력한 근육을 이겨낼 만한 힘이 없다. 그래서 이 먹이는 단념하고, 걸어오고 있는 다른 놈을 노리고 가버린다. 그러면 먼저의 삿갓조개는 천천히 이동을 계속한다. 어느 게도 목적을 달성하는 것을 보지 못했다. 이 게 떼가 두 개의 사면과 그 사이의 계단을 기어 내려가는 퇴각 장면을 몇 시간 동안이나 지켜보고 있었지만.

10월 10일

나는 이제야 비로소 희극을 보았다고 말할 수 있다! 오늘 산루카 극장에서 「레 바루페 키오조테」[176)가 상연되었다. 이것을

---

176) *Le Baruffe Chiozzotte*. 1762년에 산루카 극장에서 초연되었다.

번역한다면 '키오자의 말다툼'이라고 해야 할 것이다. 배역은 키오자의 주민인 어부들과 그들의 마누라, 자매, 딸 들이다. 좋은 일이건 나쁜 일이건 사람들의 관습이 되어 있는 외침, 다툼, 노여움, 선심, 천박함, 기지, 해학, 자연스러운 거동, 모든 것이 정말 잘 모방되어 있다. 이 극 역시 골도니[177]의 작품이다. 나는 바로 어제 그 지방에 갔다 온 터라 어부나 항구 사람들의 소리, 거동이 아직도 눈에 선하고 귀에 남아 있었기에 연극이 매우 재미있었다. 군데군데 알아듣지 못하는 데도 있었지만 대강의 줄기는 파악할 수 있었다. 작품의 구성은 다음과 같다. 키오자의 여인들은 집 앞 선착장에 앉아 늘 하듯이 실을 뽑고, 뜨개질을 하고, 옷을 꿰매고 가위 소리를 내고 있다. 한 남자가 지나가다가 한 여자에게 다른 여자들한테보다 친밀하게 인사를 한다. 곧 빈정대는 말이 나오고, 그것이 도를 넘어 격화되어 조소로 변하고, 비난 공격으로까지 발전한다. 마침내 성미 급한 이웃 여인이 진상을 폭로해 버린다. 그러자 악담, 욕지거리, 외침이 한꺼번에 폭발해서, 재판소 사람들이 개입하지 않으면 안 되게 된다.

2막은 법정 장면이다. 재판관은 귀족 신분으로 무대에 모습을 나타내는 것이 허락되지 않았는지, 서기가 그 대리로서 여자들을 한 사람씩 소환한다. 그런데 서기 자신이 문제의 주

---

177) 카를로 골도니(Carlo Goldoni, 1707~1793). 베네치아 출신으로, 고치와 더불어 18세기 이탈리아를 대표하는 극작가다. 고치가 전통극 콤메디아델라르테를 세련시킨 민중적 극작가였던 반면, 골도니는 즉흥가면극 전통에서 벗어나 오늘날 연극에 가까운 대본을 썼다. 베네치아 토속어로 당대 중산층의 삶을 현실적이면서도 유쾌하게 묘사해 큰 사랑을 받았으며, 1762년 프랑스에 초청받아 그곳에 정착함으로써 이탈리아 연극을 유럽에 전파하는 데도 기여했다.

인공 여자에게 반해 있어서 단둘이서만 이야기할 수 있는 기회에 심문하는 대신 그녀에게 사랑 고백을 함으로써 사태는 더 심각해진다. 서기에게 반해 있는 또 한 여자가 질투해서 뛰어들고, 문제가 된 여자의 정부도 격분해 같이 들어온다. 다른 사람들도 이어서 들어와 새 공격이 가해지고, 마침내 법정도 선착장처럼 아수라장이 되어버린다.

3막에서 해학은 더욱 심해지고 전체가 급속도로 임시변통식의 해결책으로 끝을 맺는다. 그러나 그 착상이 대성공을 거두는 것은 다음에 말하는 한 인물에 의해서다.

젊었을 적부터 가혹한 생활로 수족이 말을 듣지 않게 되고 특히 언어장애까지 일어난 늙은 뱃사공은 활발하고 말수가 많고 덮어놓고 떠들어대는 무리들과 좋은 대조를 이루면서 등장한다. 그가 자신의 생각을 말하기까지는, 항상 먼저 입술을 움직이고 양손 양팔의 도움을 빌려서 예비 동작을 해야 한다. 그럼에도 그것이 겨우 짧은 문구로밖에는 입에서 나오지 않기 때문에 그에게는 과묵한 진지함이 판에 박혀버려서, 그가 말하는 것은 모두 격언이나 금언처럼 들리게 되고, 다른 사람들의 거칠고 열정적인 행위와 썩 좋은 균형을 이루는 것이다. 자신이나 자기 가족의 모습이 아주 자연스럽게 연출되는 것을 보고 구경꾼들은 갈채를 보내는 것인데, 나는 이런 유쾌한 기분을 아직까지 경험해 본 적이 없다. 처음부터 끝까지 홍소와 환호의 연속이다. 하지만 배우들의 연기가 뛰어났다는 것도 확실히 말해 두지 않으면 안 된다. 그들은 배역의 성격에 따라 민중 속에서 언제나 들을 수 있는 가지가지 목소리를 잘 골라 쓰고 있다. 주연 여배우가 가장 사랑스러웠는데, 전날 전사의 복장을 하고 정열적인 역을 했을 때보다 훨씬 좋았다. 전반적으로 여배우들, 특히 주연은 민중의 목소리와 몸놀림과 거동을 지극히 우아하게 흉내 내고 있었다. 아무것도 아닌 소재에서 더없이 유쾌한 위로물을 만들어낸 작가는 크게 칭찬받을 만하다. 그러나 이것도 자기 나라의 생활을 즐길 줄 아는 민중과 직결되어 있기에 가능한 것이다. 작가의 필치는 시종 능숙하다.

지금은 해산해 버렸지만 이전에는 고치가 그들을 위해 희곡을 썼던 사치[178] 극단 소속의 스메랄디나를 보았다. 그녀는 키가 작고 아주 활달하고 기지도 있으며 유머가 풍부한 여자다. 그녀와 함께 브리겔라도 보았는데, 수척하고 체격이 잘빠진, 표정과 손의 움직임이 특히 뛰어난 배우다.[179] 그 자체에는 생명도 없고 아무 의미도 없기 때문에 거의 미라로만 여기고 있는 이들 가면은 이곳 풍토의 산물인 만큼 여간 좋은 것이 아니다. 연령, 성격, 계급은 눈에 띄는 형태로 기묘한 복장에 의해 나타나게 된다. 게다가 그들 자신이 1년 중 대부분을 가면을 쓰고 돌아다니니, 무대 위에서 또다시 검은 얼굴이 나타난다 하더라도 이처럼 자연스러운 것은 없다고 생각하는 것이다.

---

178) 안토니오 사치(Antonio Sacchi, 1708~1788). 이탈리아 즉흥극 배우로, 콤메디아델라르테 캐릭터 가운데 '트루팔디노'를 연기했다. 1738년부터 1753년까지 자신이 결성한 콤메디아델라르테 극단을 이끌고 유럽 순회공연을 했다.

179) 스메랄디나와 브리겔라는 콤메디아델라르테의 캐릭터 이름이자, 캐릭터가 착용하는 가면의 이름이기도 하다. 아를레키노(Arlecchino, 어릿광대, 할리퀸)의 여성 버전인 스메랄디나는 여주인의 사랑이 이루어지도록 돕는 시녀다. 반면 탐욕스러운 하인 또는 중산층 캐릭터인 브리겔라는 아를레키노의 사악한 버전으로, 교활한 배신자여서 주인공을 곤경에 빠뜨린다.

10월 11일

그렇게 많은 사람들 틈에서 고독을 지킨다는 것은 결국 불가능한 모양이다. 나는 마침내 어느 늙은 프랑스 사람과 가까이하게 되었다. 그 사람은 이탈리아어를 전혀 몰라서 꼭 자기가 배반당하고 팔려온 것같이 느끼고 있었다. 여러 가지 소개장을 가지고 있으면서도 어떻게 할지 모르는 딱한 사정이었다. 그 사람은 훌륭한 집안 출신이었고 생활도 부유했는데 다만 자신의 껍질에서 벗어나지 못하고 있었다. 나이는 쉰도 훨씬 넘어 보였는데 집에는 일곱 살짜리 아들이 하나 있고, 그 아이의 소식을 못 견디게 기다리는 것이었다. 나는 여러 가지로 그 사람을 돌보아 주었다. 그는 마음 편하게 이탈리아 여행을 하고 있는 처지였지만 얼른 구경을 마치기 위해 매우 서둘렀다. 그러면서도 여기저기 지나칠 때마다 될 수 있는 대로 많은 지식을 얻으려 했다. 나는 그에게 여러 가지 정보를 이야기해 주었다. 내가 그와 베네치아에 관한 이야기를 하고 있을 때 그는 나에게 대체 얼마 동안이나 이곳에 머무르고 있는 것이냐고 물었다. 그래서 불과 2주 동안 있었으며 처음 온 것이라고 대답했더니 "당신은 시간을 낭비하지 않으시는 모양이군요."라고 했다. 이것이 내가 제시할 수 있는 최초의 선행(善行) 증명서다. 그 사람은 일주일 동안 여기 있었는데 내일은 떠난다고 했다. 외국에서 토박이 베르사유 사람을 만날 수 있었던 것은 즐거운 일이다. 그도 지금은 여행을 하고 있다. 그런데 그는 자기 자신 이외의 것에 거의 관심을 갖지 않는다. 어떻게 여행을 할 수 있는지 놀라지 않을 수 없다. 그렇지만 그 사람도 나름대로 교양을 지닌 훌륭한 사람이라는 것을 나는 관찰했다.

10월 12일

어제 산루카 극장에서 신작 「이탈리아에서의 영국 기풍」이 상연되었다. 이탈리아에는 많은 영국인들이 생활하고 있으므로 그들의 풍습이 눈에 띄는 것은 당연한 일이다. 그래서 나는 이탈리아 사람들이 이 환영할 만한 부유한 손님들을 어떻게 관찰하고 있는가 알고 싶어졌다. 그러나 연극 내용은 아주 시시했다. 늘 그렇듯이 두셋의 우스개 장면은 성공적이었지만 그 외의 것은 너무나 무겁고 진지해서 영국 기질의 편린도 엿볼 수 없었다. 너무 흔해빠진 이탈리아 설교조의 극인 데다가 저속하기 짝이 없는 것만 상대하고 있다.

이 연극은 관객들에게도 좋지 않게 받아들여져서 휘파람으로 쫓겨날 뻔했다. 배우들도 자신 있는 레퍼토리는 아닌 모양으로, 키오자의 광장 장면 같지 않았다. 그리고 이것이 여기서 본 마지막 연극이기 때문에 저 국민적 연기인 「키오자의 말다툼」에 대한 나의 감격은 이로 인해 더욱 높아졌다.

최후에 이 일기를 통독하고 세세한 메모를 삽입한 다음, 이들 서류를 한 묶음으로 해서 친구들에게 보내 고견을 듣고자 한다. 지금도 벌써 나는 이 서류 중에 더 상세하게 설명하고, 부연하고, 수정하고 싶은 것을 많이 발견하고 있다. 그러나 그것은 첫인상의 기념으로 이대로 두겠다. 첫인상이란 설령 그것이 반드시 진실이 아닐지라도 또 그것대로의 귀중한 가치가 있다. 나는 친구들에게 이 마음 편한 생활의 숨결만이라도 보낼 수 있었으면 한다. 확실히 이탈리아인에게 있어서 '울트라몬타네(산 너머)'라는 개념은 암담한 것인데, 나에게조차 이제 알프스 너머는 음울한 것으로 느껴진다. 그러나 그리운 사람들의 모습이 안개 속에서 항상 손짓하고 있다. 내가 이 지방을 저 북쪽 지방보다 좋아하는 것은 기후 때문일 것이다. 태어난 고향과 관습은 끊을 수 없는 사슬이니까, 나는 어디든 일이 없는 곳에서는 살 생각이 없으므로 이곳에도 오래 있지 않으려고 한다. 다만 지금은 진기한 것 때문에 매우 바쁘다. 건축술은 망령과도 같이 묘에서 빠져나와, 사멸한 언어의 규칙 같은 학설을 연구하라고 나에게 명령한다. 건축을 실제로 행한다든지 건축술 속에서 사는 보람을 느끼기 위해서가 아니다. 오히려 과거 시대의 영원히 지나가버린 생활에 대해 마음속으로 조용히 경의를 표하기 위해서다. 팔라디오는 모든 것을 비트루비우스에게 관련시키고 있기 때문에 나는 비트루비우스의 책을 갈리아니 판본으로 손에 넣었다.[180] 그러나 책은, 그 연구가 나의 두뇌에 부담인 것처럼, 내 짐 중에서도 무거운 짐이 되어버렸다. 팔라디오는 그의 언어와 저작을 통해, 또 그의 사고와 창조의 방식에 의해 이미 비트루비우스를 이탈리아어 번역보다도 알기 쉽게 나에게 통역해 주었다. 비트루비우스의 글은 그리 간단하게 읽을 수 있는 것이 아니다. 그 책은 난삽해서 비판적 연구를 필요로 한다. 그런데도 나는 그것을 쭉 통독하고 있으며, 가치 있는 인상을 많이 얻었다. 연구하기 위해서라기보다 오히려 믿는 마음에서 기도서처럼 읽고 있다고 하는 편이 적절할지 모르겠다. 해가 저무는 것

---

180) 나폴리 귀족으로 법조인이었던 갈리아니(Berardo Galiani, 1724~1774)는 1758년 비트루비우스의 『건축10서』를 라틴어에서 이탈리아어로 번역해 출판한 것이 큰 성공을 거두면서 고대 건축 연구자로 전향, 나폴리의 고대 로마 유적지 헤르쿨라네움을 발굴하는 등 초창기 고고학 연구에 기여했다. 25장의 해설 삽화가 들어 있는 『건축10서』의 갈리아니판은 가로세로 26.2×38.9센티미터의 폴리오 판형이어서 휴대하기에 용이하지 않았을 것이다.

이 빨라졌기 때문에 요즈음은 독서도 하고 글도 쓰고 할 여유가 생겼다.

젊었을 적부터 가치 있다고 생각하던 모든 것이 다시 좋아지게 된 것은 고마운 일이다. 고대의 저술가에게 근접해 보고자 하는 기력이 나에게 되살아난 것은 얼마나 행복한 일인가. 지금이니까 이러한 사실을 말해도 되고, 자신의 병벽과 우매함을 고백해도 된다. 이미 몇 해째 나는 한 사람의 라틴어 작가도 볼 수가 없었고, 이탈리아의 광경을 새로이 상기시키는 것은 아무것도 관찰할 수가 없었다. 우연히 그런 경우에 부딪치게 되면 나는 무서운 고통을 참지 않으면 안 되었다. 헤르더는 나의 라틴어가 모두 스피노자에게서 배운 것이라면서 곧잘 비웃었는데, 그것이 내가 읽은 유일한 라틴어 책이라는 사실을 눈치채고 있었기 때문이다. 그러나 내가 얼마나 조심해서 고대인의 저작을 피하지 않으면 안 되었는지, 그리고 얼마나 조마조마하면서 저 심원한 보편론 속으로 도망쳐 있었는지 그는 알지 못했다. 그리고 마지막으로, 빌란트[181]가 번역한 『풍자시』는 나를 몹시 불행하게 만들었다. 그중 두 편을 읽을까 말까 했을 때 나는 벌써 미쳐버린 것 같았다.

---

181) 크리스토프 마르틴 빌란트(Christoph Martin Wieland, 1733~1813). 헤르더, 괴테, 실러와 함께 바이마르 고전주의를 이끌었던 시인이자 번역가로, 평이했던 독일 상류사회 문학에 재기와 세련된 형식을 선보였다. 1773년부터 1810년까지 계몽주의적 문예지 《토이체 메르쿠어(Der Teutsche Merkur)》를 편집 및 발행했다.(1790년에 《신(新)토이체 메르쿠어》로 변경.) 잡지명을 해석하면 '독일의 전령신 메르쿠어'로, 17세기부터 프랑스에서 발행되던 문예지 《메르쿠어 드 프랑스(Mercure de France)》에서 따왔다. 괴테도 이 잡지에 여러 차례 기고했다. 이어서 언급되는 작품은 고대 로마 시인 호라티우스의 『풍자시』로, 빌란트의 번역본이 라이프치히에서 1786년에 출판되었다.

지금 실행에 옮기고 있는 일을 만약 그때에 결심하지 않았더라면, 나는 완전히 파멸하고 말았을 것이다. 이 나라의 풍물을 이 눈으로 보고 싶다는 욕망은 내 마음속에서 그렇게까지 성숙해 있었던 것이다. 역사에 대한 지식이 나를 이 나라에 오게끔 재촉했던 것이 아니다. 그 사물들은 불과 한 뼘밖에 나로부터 떨어져 있지 않았지만 그것은 뚫을 수 없는 장벽에 의해 격리되어 있었다. 정말로 나는 지금 이러한 사물들을 처음 보는 것 같은 기분이 안 들고, 마치 재회하는 것만 같다. 나는 베네치아에 짧은 기간밖에 체재하지 않았지만 이곳 생활을 충분히 내 것으로 했으며, 설혹 불완전하다 하더라도 아주 명료하고 진실한 개념을 가지고 이 땅을 떠나는 것이다.

10월 14일 새벽 2시, 베네치아

이곳에 체류하는 최후의 순간이다. 이제 곧 급행선을 타고 페라라로 향하기 때문이다. 나는 이곳 베네치아를 기꺼이 떠난다. 왜냐하면 즐기면서 유익하게 이곳에 더 오래 체류하려면 계획에 없는 다른 행동을 취하지 않으면 안 되기 때문이다. 또한 지금은 누구나 다들 이 도시를 떠나 육지 위에 자기 정원과 소유지를 구해 가고 있다. 그러나 나는 많은 선물을 안고, 풍요하고 기묘하며 비할 데 없는 그림을 마음에 지니고 이곳을 떠난다.

페라라에서 로마까지

10월 16일 아침, 선상에서

나와 동승한 선객들은 남자나 여자나 모두 평범하고 소박한 사람들인데, 아직 선실에서 자고 있다. 그러나 나는 외투를 뒤집어쓰고 이틀 모두 갑판에서 밤을 새웠다. 새벽녘에만 다소 한기를 느꼈다. 지금 나는 실제로 북위 45도까지 들어온 것이다. 그리고 또 늘 입버릇처럼 하는 말을 되풀이해 본다. "만약 내가 디도[182]처럼 어떤 범위의 땅을 가죽 끈으로 묶어서 그걸 가지고 우리들의 주거를 둘러쌀 수만 있다면, 그 이외의 일은 모조리 그 땅에 사는 사람들에게 맡겨버려도 좋다." 사실 그렇게 된다면 전혀 다른 생활이 될 테니까. 좋은 날씨에 배로 여행하는 것은 매우 유쾌했다. 바라보는 경치는 단조롭기는 하지만 우아

---

182) 그리스 신화에서 카르타고를 건국한 여왕. 티로스 왕 무토의 딸로, 친오빠의 박해를 피해 아프리카로 이동하던 중 키프로스에서 제우스의 사제를 만나 카르타고 영토를 받게 된다. 디도가 원주민들에게 정착지를 부탁했을 때, "소 한 마리의 가죽으로 둘러싸는 만큼의 땅"을 주기로 했는데, 디도가 소가죽을 매우 가는 끈으로 만들어서 상당히 넓은 땅을 차지하게 되었다.

하다. 그리운 포강[183]의 물줄기는 여기서는 큰 평원을 관통하고 있는데, 보이는 것은 풀숲과 삼림이 무성한 강변뿐, 멀리까지 보이지는 않는다. 나는 여기서도 아디제강에서처럼 바보스러운 수력 공사를 보았다. 그것은 잘레강의 경우처럼 유치하고 게다가 유해하다.

10월 16일 밤, 페라라

독일 시각으로 아침 6시에 이곳에 도착했는데 내일 다시 출발하기로 작정하고 준비하고 있다. 이 크고 아름다우며 평탄한 지형에 인구가 감소해 버린 도시에 와서 처음으로 느낀 감정은 일종의 불쾌함이었다. 한때는 장엄한 궁정이 있어서 이곳 시가지도 번화했었다. 이 도시는 아리오스토가 불만에 가득 찬 생활을 보내고, 타소가 불우한 신세를 한탄하던 곳이다. 그들의 유적을 탐방한다면 얻는 것도 많으리라 생각한다. 아리오스토의 묘에는 많은 대리석이 사용되어 있지만 그 배치가 좋지 않다. 타소의 감옥[184] 대신 보여주는 것은 나무로 만든 마구간과 석탄 보관실이었는데 물론 그가 그런 곳에 감금되었을 리는 없

---

183) Po. 알프스 산중에서 발원해 아드리아해로 이어지는 680킬로미터 길이의 강으로, 이탈리아에서 가장 길다.

184) 『해방된 예루살렘』을 완성한 뒤 과로와 스트레스로 우울증에 걸린 타소는 페라라를 떠나고자 했지만, 페라라 군주 알폰소 2세(Alfonso II d'Este, 1533~1597)는 당대에 이미 명성이 자자했던 타소를 경쟁자인 메디치 가문에 빼앗길까봐 온갖 핑계를 대며 놓아주지 않았다. 1577년, 타소가 노이로제와 망상 증세를 보이기 시작하자 알폰소 2세는 타소를 페라라 궁정감옥에 가둔다. 그해 7월, 타소는 변장을 하고 페라라 궁정을 탈출해 걸어서 소렌토까지 갔다. 소렌토에서 한동안 휴식을 취하고 차분해진 타소는 다시 페라라로 돌아가겠다는 뜻을 밝혔고, 알폰소 2세는 우울증 치료를 성실히 받는 조건으로 받아주었다. 그렇지만 결국 1578년 타소는 페라라를 떠나, 이후 다시 돌아가지 않았다.

다. 거기다가 이곳 사람은 이쪽에서 무엇을 보고 싶어 하는지도 모르고, 그저 팁이나 받으려고 궁리할 따름이다. 성지기가 가끔 새로 칠하곤 하는 저 루터 박사의 잉크 자국[185] 같은 느낌이다. 그러나 대부분의 여행자들은 장인의 견습공 같은 습성이 있어서 이런 하찮은 흔적을 찾아다니는 것을 좋아한다. 나는 아주 기분이 상해 버려서 페라라 태생의 어떤 추기경이 창설하고 내용도 충실하게 만들어놓은 훌륭한 대학을 보고도 거의 흥미를 느낄 수 없었다. 다만 중정에 있는 기념비 두셋이 내 기분을 돋우어주었다.[186]

다음으로 내 기분을 돋우어준 것은 어떤 화가의 훌륭한 착상이다. 그것은 헤롯과 헤로디아[187] 앞에 있는 세례자 요한의 그림으로, 항상 입고 있는 황야의 복장을 한 이 예언자는 격렬한 몸짓으로 왕비에게 손가락질하고 있다. 그녀는 침착하게 옆에 앉아 있는 왕을 바라보고, 왕은 조용하고도 허술함이 없는

---

185) 1517년 면벌부(免罰符, 영혼의 사면권을 교황이 보증하는 증서) 판매를 비판하는 「95개조 논제」를 발표한 루터는 교회로부터 파문당한 후, 1521년에는 신성로마제국에서 추방령까지 선고받았다. 그는 작센 선제후의 비호로 바르트부르크성(城)에 은신하면서 9개월 동안 신약성경을 독일어로 번역했다. 당시 그를 유혹하려고 악마가 나타났는데 루터는 잉크병을 던져 쫓아버렸다는 전설이 있다. 괴테는 바르트부르크의 성지기가 '그때의 잉크 자국'을 페인트로 재현해 놓고선 구경꾼들에게 팁을 받는 행태를 꼬집고 있다.

186) 페라라 대학교는 교황 보니파시오 9세의 허가를 받아 페라라 군주 알베르토 5세(Alberto V d'Este, 1347~1393)가 1391년에 설립했다. 오늘날에도 여전히 대학 중정에 로마 시대 석관이 있다.

187) 헤롯 1세의 아들 헤롯은 갈릴리 지역을 다스린 유대의 왕이다. 친동생의 아내 헤로디아와 눈이 맞아, 둘이 각자 자신의 배우자를 버리고 재혼했다. 세례자 요한이 이러한 처신을 비판하자 헤로디아는 앙심을 품었고, 결국 왕으로 하여금 세례자 요한을 처형하도록 부추긴다.

눈초리로 이 정열가 요한을 응시하고 있다. 왕 앞에는 중간 크기의 하얀 개 한 마리가 서 있으며 헤로디아의 옷자락 밑에서 고개를 내밀고 있는 작은 보로니아 개 두 마리는 예언자를 향해 짖고 있다. 참으로 멋진 착상이라고 생각한다.

10월 17일 밤, 첸토

어제보다 나은 기분으로 게르치노[188]가 태어난 도시에서 편지를 쓰고 있다. 여기는 거리 모습이 완전히 딴판이다. 인구는 5000명 정도인데 도시가 훌륭하게 건설되어서 친근감을 느끼게 한다. 풍요하고 활기차며 청결하다. 한눈에 잘 들어오지 않는 개간된 평야 한가운데 있다. 나는 늘 하는 버릇대로 곧장 탑 위로 올라갔다. 보이는 것은 전부 미루나무의 바다로, 그 속에 섬처럼 끼어서 농가 여러 호가 각기 자기 소유의 밭을 주위에 두르고 있다. 정말 훌륭한 땅이며 기후도 온화하다. 독일이라면 이런 가을 저녁은 여름 날씨에서도 기대하기 힘들 것이다. 종일 흐려 있던 하늘도 개고, 구름은 북쪽과 남쪽 산맥으로 날아가 버렸다. 내일은 날씨가 좋았으면 하는 바람이다.

　내가 조금씩 접근해 가고 있는 아펜니노산맥이 처음으로 시야에 들어왔다. 이곳 겨울은 겨우 12월부터 1월까지로, 4월은 우기이고 나머지는 계절에 따라 좋은 날씨가 이어진다. 비

---

188) Guercino. 본명은 조반니 프란체스코 바르비에리(Giovanni Francesco Barbieri, 1591~1666). 볼로냐 화파의 대표작가지만, 고향인 페라라의 첸토에서 주로 작업했다. 초기에는 볼로냐 화파의 선두주자인 카라치의 영향을 받아 어둡고 격렬했으나, 후기로 갈수록 밝은 색조와 보수적 양식을 보였다. 17세기의 가장 뛰어난 도안가로도 알려져 있다.

가 계속되는 일 따위는 없다. 그래도 금년 9월은 8월보다도 날씨가 좋고 따뜻했다. 남녘 하늘에 나타난 아펜니노산맥에 친근하게 인사를 보냈다. 이제는 평지에 차차 물리기 시작했기 때문이다. 내일은 저곳 산기슭에서 편지를 쓰자.

게르치노는 자신의 고향을 사랑했다. 대다수 이탈리아 사람은 극도의 애향심을 품고 가꾸는데, 그러한 아름다운 감정으로부터 셀 수 없이 많은 귀중한 시설이 나왔고 지방마다 성자들이 다수 배출되었던 것이다. 이 명인의 지도 아래 이 땅에 미술학원이 하나 생겼다. 그는 작품 몇 점을 남겨놓았고 시민들은 지금도 그것을 보고 즐기고 있다. 역시 가치가 있는 작품들이다. 게르치노의 이름은 성스러운 것으로 여겨지며 어린이나 노인들의 입에도 자주 오르내린다.

부활한 예수가 어머니 앞에 모습을 나타내는 장면을 그린 그림은 정말 마음에 들었다. 예수 앞에 무릎을 꿇으면서 성모마리아는 무어라 말할 수 없는 심정으로 아들을 쳐다보고 있다. 그녀의 왼손은 예수의 복부에 나 있는 보기 흉한 상처 바로 밑에 닿아 있는데, 그 상처는 화면 전체를 손상시킬 만큼 흉측하다. 예수는 왼손으로 어머니 목둘레를 감고 어머니의 얼굴이 보기 쉽도록 몸을 조금 뒤로 젖히고 있다. 이러한 모습은 예수가 강요당한 것까지는 아니라고 해도 어딘지 이상한 느낌을 주지만, 그럼에도 한없이 기분 좋은 것이다. 말없이 어머니를 바라보는 애수를 띤 그 눈빛은 매우 독특해서 마치 자기 자신이나 어머니가 받은 고뇌에 대한 기억이 부활에 의해 바로 치유되지 못한 채 그의 고귀한 영혼 앞을 맴돌고 있는 것 같다.

스트레인지[189]는 이 작품을 동판화로 제작했다. 이 복사본만이라도 여러 친구들이 볼 수 있었으면 한다.

다음으로 내 마음을 끈 것은 마돈나의 그림이다. 아기 예수는 젖을 먹고 싶어 하는데 그녀는 가슴을 드러내놓는 것을 부끄러워하며 망설이고 있다. 자연스럽고 고귀하고 존엄하고 또한 아름답다. 더구나 마리아는 그녀 앞에 서서 군중 쪽을 향하고 있는 어린애의 팔을 잡아서, 어린애가 손을 들어 축복을 내려주도록 하고 있다. 가톨릭 신화적 의미에서 매우 성공한 착상일 뿐 아니라 종종 되풀이되는 착상이기도 하다.

게르치노는 훌륭한 정신과 남자다운 견실함을 갖춘 화가지만 난폭한 점은 조금도 없다. 오히려 그의 작품은 섬세한 도덕적 우아함, 고요한 자유로움과 위대함을 갖추고 있으며, 동시에 누구라도 한번 눈을 익히면 그의 작품을 잘못 알아보는 일이 없게 되는 독특한 무언가를 가지고 있다. 그 필치의 영묘함과 청순함 그리고 원숙함에는 그저 경탄할 뿐이다. 그는 복장을 그릴 때, 특별히 아름다운 갈홍색에 가까운 색채를 사용하는데 그가 즐겨 쓰는 청색과 참으로 잘 어울린다.

나머지 그림의 소재는 다소 정도 차이는 있을지언정 실패로 끝나고 있다. 이 뛰어난 화가는 심한 고뇌를 겪으면서도 창의와 붓, 정신과 손을 헛되이 써서 효과를 내지 못했다. 그러나 설령 지나치는 여행길이라 충분한 감상과 교훈을 바라기는 어려웠다 치더라도 이들 아름다운 예술품을 접할 수 있었다는 것

---

189) 로버트 스트레인지경(Sir. Robert Strange, 1721~1792). 스코틀랜드 출신의 동판화가로, 1760년부터 5년간 이탈리아에 체류하며 유명 미술 작품의 복사본 만드는 작업을 하면서 판화가로 유럽 전역에서 명성을 얻었다.

은 대단히 즐겁고 고마운 일이다.

10월 18일 밤, 볼로냐

오늘 아침 동트기 전에 첸토를 출발해서, 금세 이곳에 도착했다. 민첩하고 지리에 밝은 마부는 내가 여기 오래 머물지 않을 것이라는 이야기를 듣고는 곧 나를 재촉하여 모든 거리와 수많은 궁전과 교회를 안내해 주었다. 그 때문에 폴크만의 여행기에다 내가 갔던 장소를 표시하는 것조차 거의 불가능할 정도였다. 훗날 이런 표시를 보고 모든 것을 기억해 낼 수 있을지 모르겠다. 하지만 진실로 내가 만족을 느끼고 확실하게 인상에 남아 있는 두세 곳에 대해서 여기 적는다.

우선 첫째는 라파엘로의 「성녀 체칠리아」[190]다! 전부터 알고 있었지만 드디어 내 눈으로 실물을 본 것이다. 그는 항상 다른 사람들이 그림으로 그리고 싶다고 생각하는 그런 것을 그려버렸다. 나는 지금 그것이 그의 작품이라는 것 외에는 아무것도 말하고 싶지 않다. 우리와는 상관없는 다섯 명의 성자가 나란히 있는데, 그 존재가 실로 완벽하게 그려져 있기 때문에 설령 우리 자신은 멸망해 없어지더라도 이 그림을 위해서는 영원이라는 것이 있었으면 하고 소망할 정도다. 그러나 라파엘로를 정당하게 인식하고 평가하기 위해, 또 그를 멜기세덱[191]처

---

190) 음악가와 교회음악의 수호성인인 체칠리아가 사도 바울, 사도 요한, 교부 성 아우구스티누스, 막달라 마리아와 함께 천사들의 합창을 듣고 있는 모습을 그렸다. 볼로냐의 산조반니 성당 제단화로 1516~1517년에 그려졌다. 오늘날은 볼로냐 국립미술관(Pinacoteca Nazionale di Bologna)이 소장하고 있다.

191) 살렘(예루살렘)의 왕이자 영원한 대제사장으로, 예수 그리스도의 예표(豫表)인 신적 존재다.

럼 아비도 어미도 없이 출현했다고 일컬어지는 신과 같은 존재로 만들어버리지 않기 위해서는, 그의 선배이자 스승이었던 사람들을 살펴보지 않을 수 없다. 이 사람들은 진리의 확고한 지반 위에 기초를 놓고 열심히, 마음 편할 틈도 없을 정도로 광대한 토대를 구축하고 서로 다투어가면서 피라미드를 한 단 한 단 쌓아올렸다. 그리고 최후에 라파엘로가 이러한 모든 이점들에 힘입어, 신과 같은 천재의 빛을 받아, 이제는 그 위에도 옆에도 다른 돌을 놓을 수 없는 정상에 마지막 돌을 얹었던 것이다.

예전 명인들의 작품을 바라보고 있으면 역사적 흥미가 특별히 돋우어진다. 프란체스코 프란치아[192]는 정말 존경할 만한 예술가이며, 페루자의 피에트로[193]는 매우 유능한 사람으로 건실한 독일 기질을 가지고 있는 사나이다. 알브레히트 뒤러[194]가 행운을 타고나서 더 깊이 이탈리아에 인도되었더라면 하는 애석한 마음이 든다. 뮌헨에서 그의 작품을 두서너 점 보았는데 믿을 수 없을 정도의 위대함을 보여주고 있었다.[195] 이

---

192) Francesco Francia, 1450~1517. 전기 볼로냐 화파의 대표 작가다.

193) 피에트로 페루지노(Pietro Perugino, 1450?~1523?). 르네상스 초기 대가로, 당대에 크게 성공하여 피렌체와 페루자에 화실을 운영했다. 라파엘로가 열여섯 살이던 1499년부터 몇 년간 페루지노의 화실에서 조수로 일하면서 초기에 영향을 받은 탓에 라파엘로의 스승으로 일컬어지기도 하지만, 르네상스 거장들의 다양한 스타일을 스펀지처럼 빨아들이고 금세 넘어선 라파엘로의 높은 명성과 천재성 때문에 페루지노는 이름이 묻히고 말았다.

194) Albrecht Dürer, 1471~1528. 신성로마제국 뉘른베르크 출신으로, 오늘날 독일을 대표하는 화가이자 판화가다. 두 차례의 이탈리아 여행을 통해 접한 전성기 르네상스 미술을 균형 잡힌 독일적 화풍으로 완성하여 '북유럽의 레오나르도'로 불린다.

195) 괴테는 뮌헨 알테피나코테크(42쪽 참조)에서 뒤러의 「4인의 사도(Die vier Apostel)」를 관람했다.

불쌍한 남자는 베네치아에서 계산을 잘못해 성직자와 계약을 체결하는 바람에 몇 주, 몇 개월을 허비하고 말았다. 또 네덜란드 여행 중에는, 그걸 가지고 있으면 행복을 잡을 수 있으리라 생각하고 있던 훌륭한 예술품을 앵무새와 교환하거나, 팁을 절약하기 위해 한 접시의 과일을 가지고 오는 급사들에게 초상화를 그려주기도 했다. 예술가라는 이 불쌍한 바보는, 그러나 나의 마음을 한없이 감동시킨다. 그것은 또한 나 자신의 운명이기도 하기 때문이다. 다만 내 쪽이 자위책을 강구할 방법을 아주 조금 더 알고 있는 것뿐이다.

저녁이 되어서야 나는 겨우 이 존경할 만한 학술의 도시로부터 그리고 또 거의 모든 가로에 퍼져 있는 둥근 지붕의 연결통로 안에서 햇볕과 비바람으로부터 보호되어 이곳저곳으로 걸어 다니며, 서로 멍하니 바라보고 물건을 사고팔며 장사를 하는 민중으로부터 빠져나왔다. 나는 탑[196]에 올라가서 바깥 공기를 즐겼다. 전망은 굉장했다. 북으로는 파도바의 산들 그리고 스위스, 티롤, 프리울리의 알프스 연봉, 즉 북방의 모든 산맥이 보였는데 그때는 안개가 끼어 있었다. 서쪽은 끝없는 지평선으로 모데나의 탑[197]만이 솟아 있다. 동쪽으로는 똑같은 평지가 계속되어 아드리아해에 이르는데 해가 뜰 때는 바다도

---

196) 포르타 라베냐나 광장에 있는 아시넬리 탑(Torre degli Asinelli)을 말한다. 볼로냐를 상징하는 탑으로, 볼로냐 귀족 아시넬리가 1109~1119년에 건설한 것으로 알려졌지만, 정확한 근거는 없는 전설이다. 초기에는 약 70미터였으나 점점 높아져 현재는 97.2미터다. 내부 계단으로 꼭대기까지 올라갈 수 있다.

197) 지를란디나(Ghirlandina) 탑. 모데나 대성당의 종탑으로, 원래는 1179년에 5층 높이로 지어졌으나, 13세기에 볼로냐의 두 탑과 경쟁하기 위해 팔각형 첨탑이 추가되어 86.12미터로 높아졌다.

보인다. 남쪽에는 아펜니노산맥 끝머리의 구릉이 있고, 비첸차의 구릉과 마찬가지로 정상까지 수목이 울창하며 거기에 교회, 저택, 별장 들이 세워져 있다. 하늘은 구름 한 점 없이 맑게 개었고, 다만 지평선 근처에 엷은 안개 같은 것이 껴 있었다. 탑지기가 전하는 말에 의하면, 이 안개는 벌써 6년째 저 원경으로부터 사라진 적이 없으며, 예전에는 망원경으로 비첸차의 산들은 물론 그곳의 집들과 교회가 아주 잘 보였는데 지금은 가장 맑게 갠 날에만 가끔 보인다고 했다. 그리고 이 안개는 특히 북쪽 산맥 쪽을 향하여 퍼져 있기 때문에 내 그리운 고국을 항시 어두운 나라로 만들고 있다. 그 남자는 또 이 도시의 위치와 공기가 건강에 적합하다는 점을 언급하며, 이곳에서는 모든 지붕이 아직 새것처럼 보이고, 이는 습기나 이끼로 부식된 기와가 없는 것으로도 알 수 있다고 가르쳐주었다. 지붕이 모두 깨끗하고 아름다운 것을 인정하지 않을 수 없지만, 기와의 질이 좋은 것이 한몫하고 있을 것이다. 적어도 예전에는 이 지방에서 이러한 고급 기와가 생산되었던 것이다.

옆으로 기울어져 있는 탑[198]은 정말 보기 혐오스러웠으나 일부러 열성을 다해 삐딱하게 건축되었을 가능성이 크다. 나는 이 어리석은 시도를 다음과 같이 이해하고 있다. 이 도시가 안전하지 못했던 시대에 모든 큰 건물들은 요새화되고, 세력 있는 가족은 그 위에다가 탑을 세웠다. 그것이 서서히 허영이라

---

198) 가리센다 탑(Torre della Garisenda). 1109년경 가리센디 가문이 아시넬리 탑 바로 옆에다 비스듬하게 세운 석조 탑으로, 원래 높이는 60미터였으나 이후 지반 침하 등의 문제가 발생해 높이를 48미터로 줄였기 때문에 탑의 기울기가 4도에 이르게 되었다.

든가 도락을 위한 것으로 변해서 너나없이 탑을 세워 자랑으로 삼으려 하게 됐고, 마침내는 똑바른 탑을 가지고는 너무나 평범해서 내세울 것이 없다고 여겨 기울어진 탑을 세우게 되었다. 이로써 건축가나 소유주나 다 목적을 달성한 것이 되었고, 사람들도 흔하디흔한 똑바르고 길쭉한 탑보다는 이 구부러진 탑을 찾고 싶은 기분이 들게 된 것이다. 나는 나중에 이 탑에 올라가 보았다. 벽돌의 층은 수평으로 되어 있었다. 점착력이 강한 고급 시멘트와 철로 된 꺾쇠를 사용하면 이런 미친 짓 같은 물건도 만들 수가 있는가 보다.

10월 19일 저녁, 볼로냐

나는 가능한 한 최대로 구경 또 구경하는 데 하루를 온통 바쳤다. 그러나 예술은 인생과 마찬가지로, 깊이 들어가면 들어갈수록 더욱더 넓어지는 것이다. 이 천공에도 또다시 내가 평가할 수 없는, 그리고 나를 혼란케 하는 새로운 별이 나타났다. 전성기 르네상스 후기에 태어난 카라치, 레니, 도메니키노가 그 별들이다.[199] 이 사람들을 진정으로 감상하려면 사전 지식과

---

199) 언급된 세 화가는 16세기 후반 볼로냐 출신의 화가들로, 안니발레 카라치(Annibale Carracci, 1560~1609)는 미술 아카데미를 열어 볼로냐 화파를 주도했으며, 카라치의 제자였던 귀도 레니(Guido Reni, 1575~1642)는 강렬한 종교화와 이교도를 소재로 한 그림을 많이 그렸다. 한편, 카라치의 제자였던 도메니키노(Domenichino, 1581~1641)는 초기의 볼로냐 화풍을 벗어나 점차 고전주의 경향으로 회귀했다. 볼로냐 화파는 르네상스 시대 여러 화파들의 장점을 취합한 절충주의를 특징으로 하며, 절제된 우아미를 추구한 르네상스 고전주의의 장식성을 거부하고 강렬한 명암대비, 어둡고 감각적인 소재, 동적이고 사실적인 표현으로 17세기를 주도한 바로크 미술을 탄생시켰다. 그렇지만 전성기 르네상스 미술의 열렬한 애호가로, 라파엘로를 최고의 화가로 꼽는 고전주의자 괴테에게 이들의 화풍은 지나치게 과격하고 암울해 보인다.

판단이 필요한데 그건 내가 가지고 있지 않은 것이라 이제부터 서서히 획득하는 수밖에 없다. 순수한 관찰과 직접적 통찰에 큰 장애가 되는 것은, 이 화가들이 제작한 그림의 화제(畵題)가 대개는 엉뚱한 것이라는 점이다. 우리가 이들 작품을 존중하고 애호하고자 해도 이 엉뚱함 때문에 혼란스럽게 되어버린다.

그것은 신의 아들들과 인간의 딸들이 결혼했을 때 거기서 여러 가지 괴물이 태어난 것과 같다. 귀도의 숭고한 정신과, 인간의 눈에 보이는 최고로 완전한 것만을 그리고자 했던 그의 화필이 사람들의 마음을 끄는 것은 틀림없지만, 동시에 너무나도 엉뚱한, 이 세상의 어떠한 매도의 말로써도 충분히 깎아내릴 수 없을 것 같은 제재(題材) 때문에 곧 눈을 돌리게 되고 만다. 그리고 언제나 똑같다. 어느 것을 보아도 해부실, 처형장, 피박장(皮剝場)을 그린 작품이고, 항상 주인공의 고뇌를 그리며, 인간의 행위라든지 세속적 흥미는 완강히 거부하고, 늘 공상 속에서 외부 세계에 기대하는 것뿐이다. 악한 아니면 미쳐 날뛰는 자, 범죄자 아니면 백치다. 그 경우 화가는 벌거벗은 남자라든가 아름다운 여자 방관자 등을 함께 배치해 숨통을 터놓고 있지만, 여하튼 그는 종교상의 인물을 인체 모형처럼 취급하면서 실로 아름다운 주름 달린 망토를 입혀놓았다. 인간다운 느낌을 주는 것이 전혀 없다. 열 가지 소재 중에 그리기 적당한 것은 하나도 없고, 예술가가 정면으로 다룰 수 없는 것뿐이었다.

멘디칸티 성당에 있는 귀도의 큰 그림[200]은 인간이 그릴

---

200) 12세기에 베네딕트회 수도원으로 시작한 산그레고리오 데이 멘티칸티(San Gregorio dei Mendicanti) 성당 제단화로 「멘디칸티의 피에타(Pietà dei Mendicanti)」로 불린다. 오늘날은 볼로냐 국립미술관에 있다.

수 있는 모든 것이기도 하지만, 또한 인간이 화가에게 요구할
수 있는 어리석은 것의 전부이기도 하다. 이것은 제단화다. 나
는 전 원로원이 그것을 추천하고 또 고안했다고 생각한다. 프
시케[201]의 불운을 위로하기에 어울려 보이는 두 천사는 여기
서는 ── 하고[202] 있음이 틀림없다. 성자 프로클루스[203]의 아
름다운 형상, 그렇지만 다른 인물들, 주교들과 성직자들의 모습
이란! 아래쪽에는 신의 소지품을 가지고 노는 천상의 아이들이
있다. 목에 칼이 대어져 있는 화가는 될 수 있는 한 달아나려
고 애쓰면서 다만 자기가 야만인이 아니라는 것을 보여주려고
힘쓰고 있다. 귀도의 두 나체 그림, 「광야의 요한」과 「성세바스
찬」은 얼마나 훌륭한 걸작인지.[204] 하지만 그것들은 무엇을 의
미하고 있는 것인가? 한 명은 입을 크게 벌리고, 또 한 명은 몸
을 굽히고 있다.

　　이러한 불만을 품고 역사를 관찰할 때면 나는 이렇게 말하
고 싶다. 신앙은 예술을 부흥시켰으나, 미신은 이에 반해서 예

---

　　201) 로마 신화에서 프시케는 비범한 미모의 인간 소녀로, 사랑의 신 에로
스의 연인이었다. 그런데 매일 어둠 속에서만 만나는 연인의 정체가 궁금한 나머지
프시케는 몰래 등불을 밝혀 에로스의 모습을 엿보다 들키고 만다. 이에 아프로디테
는 프시케에게 벌을 내려, 하계로 가서 페르세포네에게 '젊음의 물'을 받아 오도록
명한다. 임무를 마치고 돌아오던 프시케는 다시 한 번 금기를 어기고 물병을 열었
고, 즉시 죽음 같은 잠에 빠지고 만다. 이후 에로스가 제우스에게 간청하여 살아난
프시케는 여신이 되어 에로스와 결혼한다. 프시케는 인간이었다가 신이 된 드문 예
이다.
　　202) 원문에 '시신을 애도'라는 구절이 누락되었다.
　　203) St. Proclus, ?~446. 5세기 콘스탄티노플의 대주교로, 성모마리아
축일에 행한 '성육신(인간의 몸에 깃든 신이 인류를 구원한다는 사상)'에 관한 설
교가 유명하다.
　　204) 두 작품 모두 오늘날은 볼로냐 국립미술관에 있다.

술을 지배했으며 그것을 다시 멸망시켜 버렸다고.

식후에는 아침보다 기분도 편해지고 불평스러운 마음도 가라앉아서 다음과 같이 수첩에 적어 넣었다. 타나리 궁에는 귀도의 명작이 있다.[205] 젖을 먹이는 마리아의 그림으로 등신대 이상의 크기다. 성모의 머리는 마치 하느님의 손으로 그려진 것처럼 아름답다. 젖을 먹고 있는 사랑스러운 아이를 내려다보는 그녀의 표정은 필설로는 이루 다 표현할 수 없다. 사랑과 기쁨의 대상으로서의 어린이가 아니라, 잘못 넣어져 바꾸어진 천국의 어린이에게 젖을 주고 있는 것처럼 거기에는 조용하고 깊은 인내가 있는 것 같다는 생각이 든다. 그 이유는, 참고 기다리는 것이 그녀의 운명이며, 신께 극도로 순종하는 가운데 그녀는 어떻게 해서 그렇게 되었는지 자신도 모르고 있기 때문이다. 나머지 화면은 거대한 의상으로 뒤덮여 있는데, 이것은 식자들이 찬사를 보내고 있는 작품이지만 나로서는 어떻게 판단해야 좋을지 도무지 모르겠다. 하기야 색도 많이 칙칙해졌고, 실내의 조명과 햇빛도 그림을 감상하기에 충분할 정도로 밝지 않았다.

내가 놓여 있는 혼미 상태에도 불구하고 수련, 숙지, 애착의 과정이 이러한 미궁 속에서도 큰 도움이 된다는 것을 나는 벌써 느끼고 있다. 게르치노의 「할례도(割禮圖)」는 무척 내 마음을 끌었다. 내가 이미 그를 알고 또 좋아하고 있었기 때문이다. 참을 수 없는 이 그림의 화제는 용서하고 나는 그 솜씨를

---

205) 17세기 중반에 지어진 타나리 궁전(Palazzo Tanari)에 있었다고 하는 귀도 레니의 「마돈나와 아이(Madonna col Bambino)」를 가리킨다.

즐겼다. 상상할 수 있는 범위의 극한까지 훌륭하게 그려져 있어서, 마치 칠보 자기와 같이 그 작품 안에 있는 모든 것은 존중할 만한 가치가 있고 완결미가 있었다.

이렇게 해서 지금의 나는, 저주하려고 하다가 도리어 축복을 준, 저 혼미해 있는 예언자 발람[206]과 흡사하다. 그리고 여기에 더 오래 머무르고 있으면 이런 일은 더 빈번하게 일어날 것이다.

이런 때에 우연히 라파엘로의 작품이라든가 또는 그의 작품으로 추정되는 것을 만나게 되면 우리는 금세 마음이 나아지고 즐거워진다. 나는 성녀 아가타 그림을 발견했는데 보전 상태가 썩 좋지는 않았지만, 훌륭한 라파엘로의 그림이다. 화가는 이 성녀에게 건전하고 착실한 처녀성을 부여했으나 그렇다고 딱딱하거나 차가운 면이 있는 것은 아니다. 나는 그녀의 모습을 단단히 마음속에 붙들어 매어두고, 은밀히 나의『이피게니에』를 읽어줄 셈이다. 그리고 이 성녀가 입에 담기를 좋아하지 않는 것은 결코 나의 여주인공에게도 말하지 않게 할 작정이다.

그런데 내가 여행에 끌고 다니는 이 정든 무거운 짐에 대해 다시 생각을 하려고 하면 반드시 이야기해야 할 일이 있다. 내가 연구해 나가지 않으면 안 될 위대한 예술품이나 자연물에 덧붙여서, 일련의 기이한 시적 인물들의 모습이 다가와 나의 마음을 불안하게 하는 것이다. 첸토 이래 나는『이피게니에』의

---

206) 모압왕 발락의 요청으로 이스라엘 백성들에게 저주를 내리는 예언을 한 무당으로, '발람'이라는 이름은 탐닉자라는 뜻이다.

저술을 계속하려고 마음먹고 있었다. 그런데 어찌된 일일까? 영감이 나의 영혼 앞에다가 '델피의 이피게니에'[207]의 줄거리를 들이대는 바람에 나는 그것을 쓰지 않을 수 없었다. 되도록 간단하게 적어보자.

엘렉트라는 오레스트가 타우리스섬의 다이아나 여신상을 가지고 올 것이라는 확실한 희망을 품고 아폴론 신전에 나타난다. 그리고 펠롭스의 집에 많은 재앙을 불러일으켰던 무서운 도끼를 최종적인 속죄의 공물로서 신에게 바친다. 공교롭게도 그리스 사람 하나가 엘렉트라에게 다가와 자기는 오레스트와 필라데스를 따라서 타우리스에 갔었는데 이 두 친구가 살해되는 것을 보고 자기만 운 좋게 살아났다는 이야기를 한다. 흥분으로 감정이 격해진 엘렉트라는 제정신을 잃고 신을 저주해야 할 것인지 인간을 원망해야 할 것인지 혼란에 빠진다.

그동안에 이피게니에, 오레스트, 필라데스 세 사람은 동시에 델피에 도착한다. 이피게니에의 성인 같은 조용함과 엘렉트라의 현세적 열정은 이 두 사람이 서로 상대방을 모르고 만났을 때 참으로 기묘한 대조를 이룬다. 도망쳐 나온 그리스인은 이피게니에를 보고 그녀가 친구들을 희생시킨 무녀라는 것을 알고 그 일을 엘렉트라에게 고해 바친다. 엘렉트라는 앞서 말한 도끼를 제단에서 다시 가지고 와 이피게니에를 죽이려 하는데, 바로 그때 운 좋게도 국면이 바뀌어 이 자매는 최후의 무서운 재액을 면하게 된다. 이 장면이 성공한다면 이 이상 위대하

---

207) 괴테는 『타우리스의 이피게니에』의 후속작으로 이탈리아 여행 동안 '델피의 이피게니에'를 구상하기 시작했으나, 이를 완성하지는 못했다.

고 감동적인 것은 무대 위에서 그리 간단히는 볼 수 없을 것이다. 그러나 아무리 영감이 솟아난다 해도 그것을 마무리 지을 기량과 여유가 없다면 어쩔 도리가 없다.

나는 이렇게 좋은 것과 바람직한 것이 너무 많아서 그것 때문에 압박을 받고 불안을 느끼고 있는데, 친구들에게 어떤 꿈 이야기를 하지 않을 수가 없다. 그 꿈을 꾼 것은 꼭 1년 전쯤 되는데, 매우 의미심장했다. 꿈속에서 나는 상당히 큰 화물선을 타고 어떤 비옥하고 초목이 무성한 섬에 상륙했는데, 그곳에서 아주 아름다운 꿩이 잡힌다는 것을 알고 있었다. 곧 주민들과 이러한 조류의 거래를 시작했고, 그들은 금세 많은 새들을 죽여서 가지고 왔다. 그건 확실히 꿩이긴 했지만, 꿈이 늘 모든 것을 변형시키듯 공작이나 극락조처럼 길고 갖가지 색깔이 섞인 꼬리를 지니고 있는 듯 보였다. 이런 것이 내 배에 많이 실려서, 머리는 배 안쪽을 향하고, 긴 색색의 꼬리는 바깥쪽으로 늘어져, 햇빛에 반짝이며 다시없이 아름다운 화물이 되도록 예쁘게 적재되어 있었다. 그리고 새들이 대단히 많았기 때문에 배 앞부분에도 뒷부분에도 키를 잡고 노를 저을 사람의 자리도 거의 없을 정도였다. 이렇게 해서 조용한 파도를 헤쳐 나가는 동안에도 나는 이 아름다운 색깔의 보물을 나눠줄 친구의 이름을 되뇌고 있었다. 마지막에 어떤 커다란 항구에 상륙하려고 거대한 돛대가 서 있는 배들 사이로 끼어들어, 갑판에서 갑판으로 옮겨 타면서 내 배의 안전한 상륙지를 찾아 헤맸다.

이러한 환상은 우리들 자신으로부터 생겨나는 것이며, 우리의 남은 생이나 운명과도 유사점을 가지고 있는 것이 틀림없으므로 우리는 그러한 것을 즐기게 되는 것이다.

학교 또는 연구소라고 불리는 유명한 학구적인 시설[208]
에도 가 보았다. 큰 건물, 특히 안쪽에 있는 궁은 최상의 건축술
에 의한 것은 아니지만 충분히 엄숙한 외관을 가지고 있다. 계
단이나 복도에는 치장용 모르타르나 벽화의 장식도 빠져 있지
않고 모든 것이 단정하고 기품이 있다. 또한 여기에 수집해 놓
은, 여러 가지 알아둘 만한 가치가 있는 훌륭한 물건에 대해 사
람들이 경탄하는 것도 당연한 일이다. 그러나 좀 더 자유로운
연구 방법에 익숙한 독일 사람에게는 역시 거북한 느낌이 없지
않았다.

모든 것을 변화시키는 시대의 흐름 속에 있는 인간은 어떤
사물의 사용 목적이 나중에 변하는 일이 있더라도 그 사물의
최초 상태를 바꾸기란 쉽지 않다는, 이전에 내가 말했던 생각
이 여기에서 또다시 머리에 떠올랐다. 기독교 교회는 신전 형
식 쪽이 예배를 위해서는 보다 적합할 텐데도 여전히 바실리카
양식을 고집하고 있다.[209] 학문과 관계된 시설이 아직도 성당

---

208) 괴테가 사용한 단어는 '인스티투트(Institut)'와 '스투디엔(Studien)'으로, 당시 볼로냐 대학교 건물이었던 아르키지나시오(Archiginnasio, 학교)를 가리킨다. 공인 기록상 볼로냐 대학교는 신성로마제국 황제 프리드리히 1세가 인가하여 1088년에 설립된, 세계에서 가장 오래된 대학교다. 하지만 16세기까지만 해도 수업은 전공별로 시내 곳곳에 흩어져 있는 교수의 개별 '스투디움(Studium)'에서 진행되는 방식이었다. 그러다가 1563년 볼로냐가 교황령에 포함되면서 단과대학들을 한곳에 모은 대학 건물이 지어졌다. 오늘날은 아르키지나시오 시립도서관이다.

209) 바실리카 양식은 로마제국 황제 콘스탄티누스 1세(Constantinus I, 274~337)가 313년 밀라노 칙령으로 그리스도교를 공인하면서 도입되기 시작한

풍의 외관을 가지고 있는 것은 최초에 이러한 경건한 영역에서 부터 비로소 연구가 장소와 안정을 확보했기 때문이다. 이탈리아의 법정은 자치단체의 재정이 허락하는 한 최대한 넓고 높게 만들어져 있다. 그래서 하늘 아래 있는 시장(예전에는 그런 곳에서 재판이 행해졌다.)에 서 있는 것 같은 기분이 든다. 혹시 우리 독일 사람들은 여전히 여러 가지 복잡한 재료가 이곳저곳에 들어가는 아무리 큰 극장이라도 임시로 판자를 가지고 시장 노점을 뚝딱 만들어내듯이 지붕 하나 밑에 짓고 있는 것은 아닐까? 종교개혁 시대에는 지식욕이 왕성한 사람들의 수가 크게 늘어나 학생들은 시민들 집으로 쫓겨났다. 그러나 고아원을 열어서 불쌍한 어린이들에게 필요한 세속 교육을 시행하기까지 얼마나 긴 세월이 필요했던 것인가![210]

교회 건축 양식이다. 바실리카는 그리스어의 '왕궁'을 뜻하는 바실리케(basilikè)에서 유래했지만, 로마 시대에는 법정이나 집회장으로 쓰이는 공공건물을 가리키는 말이었다. 바실리카 양식 교회는 외부에서 안을 볼 수 없도록 높은 벽과 담으로 둘러싸여 있으며, 내부는 긴 직사각형으로 중앙의 제단을 향해 기둥들이 늘어선 아케이드 구조이기 때문에 위계와 서열이 뚜렷하며 왕궁처럼 폐쇄적이다. 반면 괴테가 말하는 '신전 형식'은 고대 그리스의 신전을 가리키는데, 담이나 벽이 없고 사방이 모두 동일한 비례와 배치로 이루어졌기 때문에 바실리카보다 훨씬 개방적이고 수평적이다. 짧은 언급이지만, 이 대목에서 프로테스탄트인 괴테의 눈에 가톨릭이 종교적 신성함보다는 체계와 서열화를 우선시하는 것으로 비친다는 사실을 알 수 있다.

210) 19세기 말까지도 유럽의 고아들은 어느 집의 노비가 되지 않을 경우, 교도소나 구빈원에 수감되었다. 특히 구빈원(Arbeitshaus)은 고아들에게 숙식을 제공하며 단순노동을 시키는 수용소였다. 한편 독일에서는 13세기부터 고아들을 일반 가정집 같은 곳에 수용해 적절한 교육을 제공하려는 종교적 교육학적 노력이 있었고, 이로부터 '고아원(Waisenhaus)'이 생겨나게 되었다. 바이마르에서는 1784년에 처음 고아원이 생겼다.

10월 20일 저녁, 볼로냐

청명하고 아름다운 하루를 야외에서 보냈다. 산에 가까이 가면 다시 암석에 마음이 끌린다. 나는 나 자신이, 어머니인 대지에 강하게 접촉하면 할수록 더욱더 새로운 힘이 솟아나는 안타이오스[211]와 같다고 생각한다.

나는 파데르노까지 말을 타고 갔는데 그곳에서는 '볼로냐 중정석'이라는 것이 발견된다. 사람들은 그것으로 조그마한 과자 같은 것을 만드는데, 미리 햇볕을 쬐여두면 석회로 변화되어 어둠 속에서도 빛을 낸다. 여기서는 그것을 간단히 '포스포리[212]'라고 부르고 있다.

도중에 모래가 많은 점토 산을 지나, 나는 완전히 노출되어 있는 투명 석고 암석을 발견했다. 벽돌로 지은 작은 집 근처에 계곡 물줄기가 있는데 거기로 많은 개울이 흘러들고 있었다. 처음에는 비에 씻긴 충적층의 점토 언덕처럼 보이지만 잘 관찰해 보면 그 성질에 대해 대단히 많은 것을 발견할 수 있다. 산맥의 이 부분을 형성하고 있는 단단한 암석은 매우 얇은 점

---

211) 그리스 신화에서 대지의 여신 가이아의 아들로, 땅에 몸이 닿아 있는 한 천하무적인 거인이었다. 안타이오스는 자기 영토 내로 지나가는 자들에게 레슬링 시합을 제안해 늘 상대를 죽였는데, 이에 헤라클레스가 안타이오스를 공중에 들어 올린 채로 목 졸라 죽였다.

212) Fosfori. 중정석(重晶石)은 비중이 매우 큰 광물로, 바륨(Barium, 원자번호 56, 알칼리금속)이 주성분이며 진주광택이 있다. 1602년 볼로냐의 연금술사 카시오롤로(Casciorolo)는 볼로냐에서 산출되는 중정석을 갈아 얻은 황산바륨에서 광택이 나는 것을 발견했고, 이는 최초로 확인된 '인광(phosphorescence)'이다. 오늘날은 바륨과 인(Phosphorus, 원자번호 15, 비금속)이 서로 다른 원소임을 알고 있지만, 당시만 해도 어두운 곳에서 빛을 내는 물질은 모두 다 '포스포루스'로 불렸다.

판암으로 석고와 번갈아가며 층을 이루고 있다. 이 점판질 암석은 황철광과 매우 밀접하게 혼합되어 있기 때문에 공기나 습기에 닿으면 완전히 변질해 버린다. 팽창해서 층이 없어지고 조개껍질 모양으로 분쇄되어 석탄처럼 표면에 광택이 나는 일종의 점토가 생성되는 것이다. 나는 큰 덩어리를 여러 개 부수어 이 양자의 형태를 확인한 셈인데, 그러한 추이와 변화는 큰 덩어리에 의해서만 확인할 수 있다. 동시에 조개껍질 모양의 표면에는 하얀 반점이 붙어 있는 것을 볼 수 있는데 가끔 황색인 부분도 있다. 이렇게 전 표면이 점차로 붕괴되어 가기 때문에, 언덕은 마치 대규모로 풍화한 황철광 같은 외관을 보이고 있다. 층 속에는 단단한 것, 녹색 혹은 빨간색을 가진 것도 있다. 나는 자주 암석 속에 황철광이 어슴푸레하게 비치는 것을 발견했다.

그리고 최근 호우에 씻겨 붕괴한 산의 좁은 계곡 길로 내려가서 전부터 찾고 있던 중정석을 여기저기서 발견하고 크게 기뻤다. 그것은 대개 불완전한 계란 모양을 하고 있으며, 마침 무너지고 있는 산 여기저기에 노출되어 있었다. 이것이 결코 표석이 아니라는 것은 한번 보면 확실해지지만, 점판암 층과 동시에 생긴 것인지 그렇지 않으면 이 층이 팽창 내지 분해되었을 때 처음 생긴 것인지 하는 쟁점에 관해서는 더 상세한 조사를 필요로 한다. 내가 찾아낸 덩어리는 꽤 큰 것이건 작은 것이건 불완전한 계란 모양에 가깝고, 그중 가장 작은 것은 아직 불명료한 결정체로 이행하는 도중에 있다. 내가 발견한 가장 큰 돌멩이는 17로트[213] 정도의 무게다. 나는 또한 같은 점

---

213) Lot. 신성로마제국에서 사용되던 질량 단위로, 측정 대상에 따라 값이

토 속에서 분리된 석고의 완전한 결정을 발견했다. 한층 더 면밀한 감정은 내가 가져가는 표본을 가지고 전문가가 진행할 수 있을 것이다. 이렇게 해서 나는 또 돌을 지고 가게 되었다! 이 중정석 8분의 1첸트너[214]를 사 꾸려 넣었다.

10월 20일 밤

이 아름다운 하루 중에 내 머릿속을 오갔던 모든 것을 고백하려면 얼마나 많은 이야기를 해야 할까? 그러나 나의 욕구는 나의 사상보다도 강하다. 나는 어쩔 수 없는 힘에 의해 앞쪽으로 내밀리는 것을 느낀다. 나는 간신히 눈앞의 일에 마음을 집중할 수 있는 데 지나지 않는다. 하늘도 내 소원을 들어주는 것 같다. 마침 로마행 마차가 있다고 마부가 알려주었다. 내일모레엔 무슨 일이 있어도 이곳을 떠나 그곳으로 가야겠다. 오늘과 내일 사이에 소지품을 조사하고 이것저것 조달도 하고 처분도 해야겠다.

10월 21일 저녁, 아펜니노 산중의 로이아노[215]에서

내가 자진해서 볼로냐를 뛰쳐나온 것인지 그렇지 않으면 그곳에서 쫓겨난 것인지 도무지 알 수 없다. 여하튼 정신없이 서둘러 출발할 기회를 잡았다. 나는 지금 여기 초라한 주막에서 고향 페루자를 향해 가고 있는 교황청의 한 장교와 합숙하고 있

달라지지만, 보통 1로트는 무게로 약 15그램에 해당한다.

214) Zentner. 100을 뜻하는 라틴어에서 유래한 독일의 옛 질량 단위로, 1첸트너는 약 50킬로그램이다. 따라서 괴테의 짐 가방에는 돌 6.25킬로그램이 추가되었다.

215) 괴테는 'Lojano'로 썼는데, 'Loiano'의 오기인 듯하다.

다. 이륜마차에서 이 남자와 같이 앉게 되었을 때 무언가 이야기해야겠다는 생각에 "군인과 교제하는 데 익숙한 독일 사람으로서, 교황청의 장교와 함께 여행하게 된 것을 매우 유쾌하게 생각한다."고 인사했다. 그러자 그 남자는 이렇게 대답했다.

"제발 나쁘게 생각하지는 말아주십시오. 당신은 물론 군인을 좋아하시겠지요. 독일에서는 군인이 아니면 아무것도 안 된다고 들었습니다. 하지만 제 경우를 말씀드리자면, 저의 보직은 별로 할 일이 없고, 제가 근무하고 있는 볼로냐 수비대에서 아주 편하게 지낼 수 있답니다. 그래서 저는 당장에라도 이 군복을 벗어던지고 부친의 토지 관리라도 하는 것이 낫겠다고 생각합니다. 그러나 저는 장남이 아니니까 할 수 없이 이렇게 그냥 있는 것이지요."

10월 22일 저녁

지레도[216]는 아펜니노산맥 속에 위치한 한낱 한적한 마을에 지나지 않지만, 숙원의 땅을 향해 여행하고 있는 지금은 여기서도 매우 행복한 기분이 된다. 오늘은 말을 탄 신사와 귀부인 한 쌍과 동행이 됐다. 영국 사람들인데 귀부인은 누이동생이라고 했다. 그들의 말은 훌륭했지만 하인 없이 여행하고 있기 때문에 그 신사는 마부와 하인 역할을 혼자서 다 겸하고 있는 듯했다. 그들은 어딜 가나 불평의 씨를 발견한다. 꼭 아르헨홀츠[217]의 몇 페이지를 들추는 느낌이다.

---

216) 원문에 'Giredo'로 되어 있는데, 오늘날 지도상에서 발견되지 않는 지명이다.

217) 요한 빌헬름 폰 아르헨홀츠(Johann Wilhelm von Archenholz,

아펜니노산맥은 나에게 있어서 주목할 만한 가치가 있는 세계다. 포강 유역의 대평야에 저지대로부터 솟아오른 산맥이 이어져, 두 개의 바다 사이를 지나 남쪽으로 뻗어 대륙의 종점을 이루고 있다. 만약 이 산맥이 너무 험하지 않고 태곳적 밀물과 썰물이 보다 많이, 보다 장기간에 걸쳐 작용해서 더 큰 평야를 만들고 그 위를 들락거릴 수 있었다면, 이 지방은 다른 나라보다 얼마간 지면도 높고 기후도 지극히 온화한 가장 아름다운 나라 중 하나가 되었을 것이다. 그런데 실제로는 직물과 같이 빽빽한 산등성이가 서로 대치하고 있어서 강물이 어느 쪽으로 흘러가는지 전혀 판단할 수 없을 때가 종종 있다. 만약 계곡에 좀 더 나무가 많고 땅이 평평해서 물이 들락거리는 경우가 많았다면 이 땅을 보헤미아와 비교할 수 있었을 것이다. 그러나 이 땅의 산은 전혀 다른 성질의 것이다. 그렇다고 불모의 땅은 아니다. 산이 많지만 잘 개간된 토지를 상상해 주기 바란다. 이곳에서는 밤이 매우 잘되며, 밀도 적합해서 벌써 싹이 아름답게 움트고 있다. 길가에는 작은 잎을 달고 있는 상록의 떡갈나무들이 나란히 서 있고, 교회나 성당 주변에는 키가 헌칠한 삼목이 서 있다.

어젯밤은 흐리더니 오늘은 다시 맑게 갠 좋은 날씨다.

1741~1812). 원래는 프로이센군의 홍보담당 장교였는데, 프로이센이 오스트리아 합스부르크 가문과 슐레지엔 영유권을 놓고 벌인 7년전쟁을 다룬 역사책(『Geschichte des siebenjährigen Krieges in Deutschland von 1756 bis 1763』, 1786)을 쓰면서 사학자로 인정받게 되었다. 이후 영국, 프랑스, 스웨덴, 교황 등 다양한 주제의 역사책을 집필했다. 아르헨홀츠는 『영국과 이탈리아』(1785)에서 영국에 비해 이탈리아를 깎아내렸다.

10월 25일 저녁, 페루자에서

이틀 밤이나 편지를 쓰지 않았다. 숙소가 너무나 형편없어서
종이를 펼칠 엄두도 못 냈던 것이다. 거기다가 머리도 조금 혼
란스러워지기 시작한다. 베네치아를 떠난 뒤로 여행이 원활하
게 잘 풀리지 않기 때문이다.

23일 아침, 독일 시각으로 10시에 우리는 아펜니노산을
출발해 피렌체 거리가 넓은 계곡 속에 누워 있는 것을 보았다.
그 계곡은 뜻밖에도 멋지게 개간되어서 눈에 띄는 모든 곳에
별장이나 가옥들이 흩어져 있다.

이 도시를 급하게 돌아다니면서 대성당,[218] 세례당[219] 등
을 보았다. 여기에도 나에게는 전혀 새로운 세계가 펼쳐져 있
지만 나는 이곳에 머무를 생각은 없다. 보볼리 정원[220]은 대단
하다. 나는 들어왔을 때와 같이 서둘러 이 도시를 떠났다.

---

218) 흔히 피렌체 두오모(Duomo)로 불리며, 정식 명칭은 산타마리아 델
피오레(Cattedrale di Santa Maria del Fiore) 대성당이다. 1296년 착공한 이
래 건축과 증축을 거듭했으나, 거대한 반구형 지붕을 덮는 기술적 어려움으로 공사
가 지연되던 차, 현상공모에 당선된 건축가 브루넬레스키(Filippo Brunelleschi,
1377~1446)의 설계로 1420년 작업을 재개해 1436년에 축성된, 세계에서 네 번
째로 큰 성당이다.

219) Battistero di San Giovanni. 피렌체 로마네스크 양식으로 1059년
에 공사를 시작해 1128년에 완공된 8각형의 세례당으로, 산타마리아 대성당이 완
성되기 전까지는 이곳이 대성당이었다. 두오모 광장에 있다. 부조 조각으로 장식
된 세 개의 청동 문이 유명한데, 19세기 조각의 거장 로댕의 대표작 「지옥의 문」은
다름 아닌 로렌초 기베르티(Lorenzo Ghiberti, 1378~1455)가 제작한 세례당
동문, 일명 「낙원의 문」을 변주한 것이다.

220) Giardino di Boboli. 피티 궁(Palazzo Pitti)의 궁전정원으로 16세
기 중반부터 조성되었으며, 1766년부터 대중에 공개되었다. 피티 궁은 원래 메디치
가문의 경쟁자였던 피티 가문이 1458년부터 짓기 시작한 저택이었는데, 1549년
메디치 가문이 사들여 증축하면서 토스타나 대공국의 왕궁으로 사용되었다.

이곳에서는 도시를 건설한 시민의 부유함을 첫눈에 알 수 있다. 이 도시가 계속해서 좋은 치세를 누려왔다는 것도 인정한다. 토스카나 근방에서는 공공건물, 도로, 다리 등이 얼마나 아름답고 웅대한 외관을 가지고 있는지 감탄하게 된다. 모든 것이 견실하면서도 동시에 청결하고, 용도와 공익을 원하면서도 동시에 우아미를 결코 잊지 않고 있다. 도처에 효과적인 용의주도성이 보인다. 이에 반해 교황의 나라는 대지가 그것을 삼켜버리지 않는다는 이유 하나로 겨우 그 형태를 유지하고 있는 듯하다.

나는 최근에 아펜니노산맥에 대한 가상의 상황을 말한 적이 있는데, 토스카나 지방에서는 그것이 현실의 모습이다. 이 땅은 훨씬 낮은 곳에 있었기 때문에, 태곳적 바다가 직책을 충분히 완수해서 두터운 점토층을 쌓아올렸다. 그것은 엷은 황색을 띠고 있고 경작하기 쉽다. 사람들은 땅을 깊게 갈고는 있지만 아직도 완전히 원시적인 방법을 쓰고 있다. 바퀴 없는 가래에다 쟁기 머리는 움직이지 않는 것이다. 그러므로 농부는 소 꽁무니에서 몸을 굽히고 쟁기 머리를 끌면서 땅을 갈아엎는다. 다섯 번까지 갈아엎은 후에 극히 가벼운 소량의 비료를 손으로 뿌려준다. 마지막으로 밀을 뿌리고 좁은 고랑을 쌓아올린다. 고랑에는 깊은 도랑이 생겨서 빗물이 잘 빠지도록 한다. 작물은 고랑 위로 높이 자라게 되고 잡초를 뽑아줄 때는 도랑으로 왔다 갔다 하면 된다. 습기 걱정이 있는 곳에서는 이런 방법도 이해된다. 그러나 더없이 아름다운 논밭에다 왜 그런 짓을 하는지 모르겠다. 이러한 고찰을 한 것은 굉장한 평지가 전개되어 있는 아래쪽 근방에서다. 이 이상 아름다운 밭은 볼 수 없다. 어디에도 흙덩이 하나 없고 전부 체에 친 것처럼 곱다. 이곳에서는 밀이 참으로 잘된다. 작물의 성질에 적합한 모든 조건이 갖추어져 있는 듯하다. 둘째 해에는 말에 먹일 콩을 경작하는데 이 지방의 말은 귀리를 먹이지 않는다. 또 루피너스[221]도 심는데 이젠 벌써 보기 좋게 푸릇푸릇해 있으며 3월에는 열매가 달릴 것이다. 아마(亞麻)도 이미 싹이 났고 월동하면서 서리를 맞으면 더욱 내구력이 강해진다.

올리브는 이상한 식물이다. 외양은 버들과 비슷하고 나무에 심이 없으며 껍질은 쪼개져 있다. 그런데도 버들보다 단단해 보인다. 목재를 보면 그것이 천천히 성장해서 말할 수 없이 섬세한 조직을 갖고 있다는 것을 알 수 있다. 잎은 버들과 비슷하지만 가지에 붙어 있는 수는 훨씬 적다. 피렌체 주위의 산기슭에는 어디를 가도 올리브나무와 포도나무를 심어놓은 것을 볼 수 있으며 그 사이의 땅에서 곡물을 얻고 있다. 아래쪽 부근부터는 놀리고 있는 땅이 많다. 올리브나무나 다른 종류의 작물에도 해로운 담쟁이덩굴을 근절시키는 것은 쉬운 일이라고 생각되는데 그 대책이 불충분한 것 같다. 목장은 전혀 볼 수 없다. 옥수수는 땅을 망가뜨린다고 하는데 이것이 수입된 이래로 농업은 다른 면에서 볼 때 손해를 입었다는 말을 들었다. 내 생각에는 아마도 비료가 적었기 때문 아닐까 한다.

오늘 밤 저번에 말했던 대위에게 고별인사를 하고 돌아오는 길에 나는 볼로냐에서 꼭 그를 방문하겠다고 굳게 약속했

---

221) 콩과 루피누스(Lupinus)속의 관목으로, 등나무꽃을 뒤집은 모양의 꽃이 피며, 토질을 향상시키기 위한 녹비작물(綠肥作物)로 많이 재배된다.

다. 그는 자신의 나라 사람들을 대표하는 어떤 특징을 가지고 있다. 특히 확연하게 드러나는 점을 몇 개 적어둔다. 가끔 침묵하고 명상에 잠기는 내게 그가 해준 말을 번역하면 다음과 같다. "무얼 그렇게 생각하십니까? 인간은 절대 생각하면 안 됩니다. 생각을 많이 하면 늙을 뿐이죠." 그리고 얼마 동안 서로 이야기를 나눈 다음에는 이런 말이 나왔다. "인간은 한 가지 일에 너무 매달리면 안 됩니다. 머리가 돌아버리기 때문입니다. 천 가지 일을 잡다하게 머리에 가지고 있어야 합니다."

이 선량한 사나이는 내가 말없이 생각에 잠겨 있는 이유가 바로 낡은 것과 새로운 것이 잡다하게 내 머리를 혼란스럽게 하고 있기 때문이라는 것을 알 도리가 없었다. 이런 이탈리아인의 교양은 다음 일에서 보다 확실히 인식할 수 있다. 그는 내가 신교도라는 것을 알았던 모양으로, 얼마간 완곡하게 이런 질문을 용서해 주기 바라며 자기는 독일의 신교도에 관해서 이상한 소문을 많이 들었는데 한번쯤은 이 문제에 대해서 확신을 얻고자 한다면서 다음과 같이 물어왔다.

"당신들은 정식으로 결혼하지 않고도 아름다운 처녀와 친하게 지내도 괜찮은 겁니까? 당신네 나라 성직자는 그것을 용서합니까?"

그의 질문에 나는 이렇게 대답했다. "우리의 성직자는 현명한 사람들로, 그런 자질구레한 일에는 신경을 안 씁니다. 물론 그런 일을 그들에게 묻는다면 용서하지는 않겠지요."[222]

---

222) 이탈리아에서 가톨릭 신자와 이런 대화를 나눌 때만 해도 괴테는 그것이 자신의 미래가 되리라고는 생각지 않았을 것이다. 1788년 6월 이탈리아 여행에서 돌아온 지 한 달 만에 괴테는 가난한 평민 출신으로 16세 연하의 밝고 건

"그럼 당신들은 성직자에게 묻지 않아도 되는군요." 하고 그는 외쳤다. "얼마나 행복한 사람들인가! 당신들은 성직자에게 고해성사를 하지 않으니 성직자들이 알 도리가 없지."

장교는 그때부터 자기 나라 성직자들을 욕하고 비난하고 우리들의 행복한 자유를 찬양했다. 그는 다시 말을 계속했다.

"그런데 고해성사 문제입니다만, 그건 도대체 어떻게 하고 있습니까? 인간은 누구나, 설혹 기독교도가 아니더라도, 참회하지 않으면 안 되는 것으로 알고 있습니다. 인간은 완미(頑迷)한 나머지 선악을 판별하지 못하고 한 그루의 노목을 향하여 참회하는 자도 있습니다. 물론 이것은 우스운 일이고 신을 모독하는 일입니다만 그래도 인간이 참회의 필요성을 인정하고 있는 증거는 되겠지요."

나는 독일인의 참회의 개념과 그것을 어떻게 행하는가를 설명했다. 그는 그것을 매우 편리한 것으로 생각하긴 했지만, 나무에 대고 참회하는 것과 대동소이하다고 말했다. 한동안 주저하다가 그는 또 한 가지 점에 관해 정직하게 답해 달라고 진지하게 청했다. 즉 그는 이탈리아의 어느 성실한 성직자로부터 독일에서는 자기 자매와 결혼하는 것이 용납된다는 말을 들은 적이 있는데, 만일 사실이라면 이건 정말 큰일 아니냐고 하는 것이었다. 나는 이 점을 부정하고 우리들 교의의 인간적인 개

강한 처녀 크리스티아네 불피우스(Johanna Christiane Sophie Vulpius, 1765~1816)와 우연히 알게 된다. 열렬한 사랑에 빠진 괴테는 불피우스와 결혼하지 않은 채로 동거를 시작한다. 이 사건은 괴테의 공적 생활에 상당히 부정적인 영향을 끼쳤으나, 그럼에도 둘은 1789년에 첫 아들을 낳았고, 1806년 정식으로 결혼해, 불피우스가 뇌졸중을 앓다 51세의 나이로 세상을 뜰 때까지 부부로 살았다.

념을 약간 그에게 전하려고 생각했지만, 그는 그것을 너무 진부하게 느꼈는지 별다르게 주의를 기울이는 기색도 없이 새로운 화제로 바꾸는 것이었다.

"우리들이 듣고 있기는, 가톨릭교도들까지도 정복해 많은 승리를 거두고 전 세계에 그 명성을 떨친 프리드리히 대왕[223]은 만인으로부터 이교도라고 여겨지고 있으나 실은 가톨릭 신자로, 교황의 허가를 얻어서 그것을 감추고 있다는 것입니다. 즉 그는 사람들이 다 알고 있듯이 당신네 나라의 어느 교회에도 발을 들여놓지 않습니다. 그러나 그는 신성한 종교를 공공연하게 신봉할 수 없다는 것에 매우 마음이 상해 어떤 지하 예배당에서 예배를 본다고 합니다. 그 까닭은 만약 그가 공적으로 예배를 본다면 야수와 같은 국민이자 광폭한 이교도인 프로이센 사람들이 당장에 그를 쳐 죽일 것이기 때문입니다. 그렇게 되면 더 손쓸 수가 없어집니다. 그 때문에 교황은 그에게 특별한 허가를 주신 것으로 그 대신 프리드리히 대왕은 이 유일하고도 고마운 종교를 비밀리에 힘자라는 대로 전파하고 옹호하고 있는 것입니다."

나는 그것에 이의를 달지 않고, 그것은 대단한 비밀이니까

---

223) 프로이센 국왕 프리드리히 2세(Friedrich II, 1712~1786, 재위 1740~1786). 어릴 때는 프랑스식 교육을 받으며 음악과 철학에 심취해 전제적인 아버지 프리드리히 빌헬름 1세와 자주 충돌했으나, 프로이센 국왕이 된 뒤로는 뛰어난 현실정치가이자 군사전략가의 면모를 발휘해 7년전쟁을 이끌었다. 군주를 '국가 제일의 공복'으로 천명하고 행정기구의 효율적 개편, 각종 제도의 합리화, 학문 연구기관 설립 등을 적극 추진했다. 무신론자를 자처했지만 종교의 자유도 허락했다. 전제적 계몽군주로서 프로이센을 유럽의 강자로 부상시킨 통치자로, 독일 내에서는 오늘날까지 높이 평가된다. 신성로마제국 황제 프리드리히 2세와 구분하기 위해 주로 프리드리히 대왕(Friedrich der Große)으로 쓴다.

그 증거를 밝히는 것은 누구도 불가능할 것이라고 대답해 두었다. 우리가 나눈 그 뒤의 대화도 대강 비슷한 성질의 것이었는데, 나는 자신의 전통적 교의의 불확실성을 침범하거나 혼란에 빠뜨릴 위험이 있는 것은 모조리 부정하고 왜곡하려는 성직자들의 빈틈없는 수법에 놀라지 않을 수 없었다.

쾌청한 아침에 페루자를 떠나 다시 혼자 있을 수 있는 행복을 맛보았다. 거리는 아름다운 경치를 따라 이어지고 있었으며 호수의 조망은 최고였다. 나는 그 경관을 단단히 마음속에 새겨놓았다. 처음에는 내리막길이었고, 그다음은 좌우의 구릉으로 경계가 지어진 밝은 계곡을 지나자 마침내 저 멀리 자리 잡은 아시시[224)가 보였다.

팔라디오와 폴크만의 책들을 통해서 아우구스투스 시대에 세워진 훌륭한 미네르바 신전[225)이 지금까지도 이곳에 완전

---

224) Assisi. 움브리아 평야 한가운데에 솟은 424미터 높이의 수바시오 산 비탈에 자리 잡은 아시시는 기원전 1000년경부터 정착민이 거주하기 시작했으며, 기원전 295년 로마 건국 시대에 크게 번성했던 도시다. 또한 12세기에 프란치스코 탁발수도회를 설립한 가톨릭 성인 프란치스코(San Francesco d'Assisi, 1182~1226)의 출생지로, 그를 기리기 위한 산프란치스코 성당이 1253년에 완공되어 가톨릭 순례 성지가 되었다. 또한 르네상스 이전 피렌체 화파의 창시자인 지오토(Giotto di Bondone, 1266?~1337)의 성당 벽화 「새에게 설교하는 성 프란치스코」로도 유명하다.

225) Tempio di Minerva. 고대 로마 유적으로, 기원전 1세기에 아시시의 집정관들이 건축 자금을 지원해 지어졌다. 여신상이 발견되어 미네르바 신전으로 명명되긴 했으나, 실제로는 헤라클레스에게 헌정된 신전이었을 가능성이 높다. 중세에는 감옥이 딸린 재판소로 쓰였으며, 1539년부터는 산타마리아 소프라 미네르바 성당으로 바뀌었다. 17세기부터 19세기 말까지 바로크와 고딕 양식으로 개축이 이루어져 오늘날은 고대 신전의 파사드만 남아 있다. 코무네 광장(Piazza del Comune)에 위치한다.

하게 보존되어 있다는 것을 알았다. 폴리뇨[226] 방향 도로를 따라가던 마차를 마돈나 델 안젤로 성당[227] 근처에서 버리고 강풍을 헤치면서 아시시 쪽으로 올라갔다. 이토록 쓸쓸한 세계를 도보로 한번 여행해 보고 싶었기 때문이다. 성 프란치스코가 매장되어 있는 예배당 주위에 바빌론식으로 쌓아올린 거대한 부속건물들[228]은 혐오스럽기까지 해서 왼편으로 보면서 지나쳐 버렸다. 만약 이 안으로 들어간다면 누구라도 저번에 만났던 그 대위처럼 머릿속이 변해 버릴 것 같기 때문이다. 그러고 나서 한 미소년에게 마리아 델라 미네르바는 어디냐고 물으니까, 산 중턱에 건설된 거리를 올라가서 안내해 주었다. 마침내 우리는 본래의 아시시 구시가지에 도착했다. 보라, 가장 많은

---

226) Foligno. 아시시에서 20킬로미터 남쪽에 위치한 고대 성벽도시로, 로마로 향하는 도로가 일찍부터 발달했다.

227) 원문은 'Madonna del Angelo'로 되어 있는데, 위치상 산타마리아 델리 안젤리(Basilica di Santa Maria degli Angeli) 대성당을 말한다. 1226년 성 프란치스코 서거 후 소속 수사들은 프란치스코회가 처음 시작된 신성한 장소인 포르치운콜라(Proziuncola)를 둘러싸고 몇 개의 오두막을 세우는데, 이후 몰려드는 순례자들을 수용하기 위해 교황 비오 5세의 명에 따라 1569년부터 1679년까지 대성당을 지었다. 아시시가 자리한 구릉에서 4킬로미터 떨어진 평원에 있다.

228) 산프란치스코 성당은 산비탈의 가장자리에 위치한 탓에, 위아래가 연결되지 않은 2층 구조를 채택해 하부 성당이 상부 성당의 무게를 지탱하도록 설계되었다. 최초의 상부 성당(본당)은 움브리아 지방에서 출토되는 하얀 석회암으로 지어져 일반적인 바실리카보다 환하고 밝은 인상을 준다. 뿐만 아니라 성 프란치스코의 청빈과 무소유의 정신에 따라, 아름답지만 소박하고 단순한 외관이었다. 그러다가 14~15세기에 상부 성당 주변에 아케이드들로 연결된 수도원, 지하묘지, 여러 개의 부속성당이 추가되었으며, 성당 초입 평지에 인페리오레 디 산프란치스코 광장을 조성하여 본당까지 이어지는 긴 경사로를 덧붙임으로써 웅장한 로마네스크 양식 예배당으로 완성되었다. 괴테는 성당에 가 보지 않고 광장에서 올려다보며 지나쳤기 때문에 첩첩이 쌓인 건물의 외벽들과 지그재그로 올라가는 아득한 경사로가 두드러졌을 테고, 그래서 이를 "바빌론식"으로 느꼈던 모양이다.

찬사를 받아 마땅한 건물이 내 앞에 서 있지 않은가. 이것은 내가 본 최초의 완전한 고대 기념물이다. 이런 작은 도시에 알맞은 소박한 신전이며, 또한 매우 완전하고 훌륭하게 설계되어 있기 때문에 어디에다 내놓아도 이채를 띨 것이라고 생각된다.

우선 그 위치에 관해서 이야기하자. 비트루비우스와 팔라디오의 책들에서 도시는 어떻게 건설되어야 하며, 신전과 공공건물은 어떤 위치에 놓여야 하는가 하는 것에 관해 읽은 이래로, 나는 이 주제에 많은 주의를 기울이게 되었다. 옛날 사람들은 여기에서도 자연적이란 점에서 매우 위대했다. 신전은 아름다운 산 중턱의, 바로 두 개의 언덕이 합쳐지는 부근, 지금까지도 '광장'이라고 불리는 장소에 서 있다. 이 광장 자체가 조금 비탈로 되어 있으며 거기는 네 개의 길이 한곳에 모여 짓눌린 안드레아스십자가[229] 모양을 만들고 있는데, 그중 두 개는 아래에서 위로, 다른 두 개는 위에서 아래로 통해 있다. 현재 신전과 마주 보고 세워져 전망을 막고 있는 집들은 아마도 옛날에는 있지 않았을 것이다. 그것들이 없다고 생각하면, 남쪽으로 매우 비옥한 지역이 시야에 들어올 것이다. 동시에 사방에서 미네르바의 성전이 보일 것이다. 가로의 설계는 오래된 것 같다. 왜냐하면 시가는 산의 형태와 경사를 이용해서 만들어져 있기 때문이다. 신전은 광장 중앙에 있지는 않지만 로마로부터 올라오는 사람들에게 멀리서도 아름답게 보이도록 위치

---

229) X자 모양 십자가다. 그리스어 크리스토스(Χριστός, 그리스도)의 머리글자인 치(χ)에서 유래했다.

하고 있다. 건물뿐만 아니라 이 적절한 위치까지도 스케치해야겠다.

정면 쪽은 아무리 보아도 물리지가 않는다. 예술가는 여기서도 또다시 천재적으로 일을 처리했던 것이다. 기둥 양식은 코린트식으로, 기둥과 기둥 사이는 2모델[230]이 조금 넘는다. 주각(柱脚)과 그 밑의 주초(柱礎)는 각대(脚帶) 위에 서 있는 것처럼 보이지만 그렇게 보이는 것뿐이다. 왜냐하면 태좌(台座)는 다섯으로 구획되어 있어서 어디서부터든지 다섯 단씩 원주 사이를 오르게 된다. 올라가면 평면에 도달하는데, 그 위에 본래의 원주가 서 있고 거기서부터 신전 안으로 들어가게 돼 있다. 이 경우 태좌를 구획한 것은 적절한 처리였다. 왜냐하면 신전은 산 중턱에 있기 때문에 거기로 올라가는 계단은 아무래도 앞쪽으로 지나치게 나오게 되어서 광장을 좁혔을지도 모른다. 그 아래로 계단이 몇 개 더 있었는지는 확실하게 추정할 수가 없다. 그것들은 몇 개를 제외하고는 매몰되었거나 포석 밑에 깔려 있다. 나는 아쉬움을 남기면서 구경을 끝마치고서, 모든 건축가들의 주의를 이 건물에다 환기시키기로 결심했다. 그렇게 하면 이 건물의 정확한 설계도 같은 것도 우리 손에 들어올 것이다. 왜냐하면 전래되어 온 것이 얼마나 믿을 수 없는 것인가를 나는 다시 한 번 인정하지 않을 수 없었기 때문이다. 내가 전적으로 신용하고 있던 팔라디오의 책에도 이 신전의 도면이 실려 있지만, 그는 실물을 직접 눈으로 보지 않았던 것 같

---

230) Model. 고대 건축에서 측정 단위로서의 기준이 되는 사물을 가리킨다. 여기서는 기둥의 직경을 1모델로 했을 때, 두 기둥 사이의 거리가 기둥 한 개의 직경의 2배라는 뜻이다. 이는 코린트식 건축에서 전형적인 기둥 간격 비율이다.

다. 왜냐하면 그가 그린 도면에는 각대가 계단을 다 올라간 평면 위에 놓여 있고 기둥이 매우 높은 곳으로 와버려서, 실제로는 조용하고 좋은 느낌을 주고 눈과 마음까지도 만족시키는 조망이 사람들을 즐겁게 해줄 터인데도 도면에는 추악한 팔미라의 괴물[231] 같은 것이 되어 있기 때문이다. 이 건축을 보고 내 마음속에 전개되고 있는 것은 말로는 표현하기 어렵고 언젠가는 영원한 성과를 가져올 것으로 생각된다.

아름다운 저녁때 로마 시대 때 닦은 보도를 정말 한가로운 기분으로 내려가고 있을 때, 뒤쪽에서 사람들이 서로 싸우는 듯한 거칠고 격한 소리가 들렸다. 아마도 조금 전에 시내에서 보았던 순경들이겠지 생각하고 나는 태연하게 걸음을 계속하면서도 배후에 귀를 기울였다. 그러자 곧 그 소리가 나를 목표로 하고 있다는 것을 알게 되었다. 그중 두 명은 총으로 무장하고 있었는데, 아무튼 이 험상궂은 모습의 순경 네 명은 내 앞을 지나쳐서 무어라고 중얼거리면서 몇 발짝 걷다가 뒤돌아서서 나를 둘러쌌다. 그들은 내가 무엇을 하는 사람이며 여기서 무얼 하고 있느냐고 물었다. 나는 걸어서 아시시를 통과하고 있는 외국인이며 마부는 폴리뇨로 향하고 있다고 대답했다. 마차 요금을 지불해 놓고서 걸어가는 것이 이해가 되지 않

---

231) 팔미라에 있는 바알샤민 신전 유적을 가리킨다. 오늘날 시리아의 수도 다마스쿠스에서 북동쪽으로 210킬로미터 떨어진 고대 도시 팔미라에는 페니키아인들이 날씨를 관장하는 천계의 최고신 바알샤민에게 제사를 지내기 위해 건설한 신전이 있었다. 서기 17년부터 32년까지 건설되었는데, 신전 안뜰의 크기만 가로세로 200미터가 넘는 거대한 규모다. 고대 유적지임에도 보존 상태가 양호해 유네스코 세계문화유산으로 지정되었으나, 시리아 내전으로 점점 더 심각하게 파괴되어가고 있다.

는 듯, 나에게 그란콘벤토[232]에 갔었느냐고 물었다. 나는 가지 않았다고 답하고, 그 건물은 예전부터 잘 알고 있으나, 나는 건축가이므로 이번에는 마리아 델라 미네르바만을 시찰하고 왔으며, 그것은 당신들도 알다시피 모범적인 건물이기 때문이라고 말했다. 그들은 그걸 부정하지는 않았지만 내가 성 프란치스코를 참배하지 않은 것을 매우 좋지 않게 보고는 나에게 몰래 밀수품을 들여왔다고 난데없는 혐의를 걸었다. 나는 배낭도 메지 않고 빈 주머니로 혼자 길을 걸어가는 사람을 밀수꾼으로 모는 것은 이상하지 않느냐고 말하고, 함께 시내로 돌아가서 시장한테 서류를 보이면 시장도 내가 정당한 외국인이라는 것을 인정할 것이라고 제안했다. 그러니까 그들은 무어라고 중얼거리고서 그럴 필요는 없다고 말했다. 나는 시종 단호하고 진지한 태도를 견지했으므로 그들은 마침내 다시 시내 쪽으로 되돌아갔다. 나는 그들의 뒷모습을 보고 있었다. 그러자 내 눈앞에서 이 버릇없는 녀석들이 걸어가는 뒤쪽으로 사랑스러운 미네르바의 모습이 다시 한 번 나를 친근하게 위로하듯이 바라보고 있었다. 그러고 나서 내가 왼쪽으로 산프란치스코의 음산한 돔을 바라보며 다시 걸음을 계속하려고 할 때, 아까 무장하지 않고 있던 한 명이 동료들로부터 떨어져서 겸손한 태도로 나에게 되돌아왔다. 인사를 하면서 그는 곧 이렇게 말했다.

"낯선 손님, 당신은 저한테는 술값을 몇 푼 찔러주셔도 좋

---

232) 원문은 'Gran Convento'라고 되어 있는데, 이탈리아어로는 사크로콘벤토(Sacro Convento, 신성한 수도원), 즉 산프란치스코 대성당을 가리킨다.

았을 것을. 저는 금방 당신이 훌륭한 분이라고 생각되어서 동료들에게 소리 높여 그걸 설명해 주었지요. 하지만 녀석들은 성미가 급하고 욱하는 성질 때문에 금방 화를 내는, 세상물정 모르는 자들입니다. 선생님도 제가 제일 먼저 당신 말을 승인하고 그걸 존중했다는 것을 아셨을 텐데요."

나는 그를 칭찬해 주고, 신앙 또는 미술 연구를 위해 아시시에 오는 정직한 외국인을, 특히 이 도시의 명예를 위해, 아직 한 번도 정확하게 도면화되지도 않았고 동판화로도 제작되지 않은 미네르바 신전을 금후 측정하거나 도면을 만들기 위해 오는 건축가를 보호해 주기 바라며 반드시 그런 사람들의 편의를 보아줄 것을 당부하고, 그러면 그들도 반드시 감사할 것이라는 말과 함께 몇 푼의 은화를 그에게 쥐여주었더니 그는 뜻밖의 수입에 기뻐했다. 그는 다시 와달라고 청하면서, 특히 신앙심을 깊게 하고 위안도 될 수 있는 성 프란치스코 축일을 절대 잊지 않을 것을 당부했다. 또한 잘생긴 신사 분들에게는 당연한 일일 테니까, 아름다운 부인이 필요하시다면 자기가 아시시에서 내로라하는 미인을 소개해 접대하겠다는 말까지 했다. 그는 오늘 밤에라도 성 프란치스코의 묘를 참배해서 앞으로 선생님의 여정이 무사하도록 기도드리겠다고 맹세하면서 떠나갔다. 이렇게 우리는 헤어졌다. 나는 다시 자연과 나 자신만을 벗으로 하는 행복감에 젖었다. 폴리뇨로 가는 길은 내가 지금까지 지나온 중에서 가장 아름답고 쾌적한 산책로 중 하나였다. 오른쪽에 훌륭하게 경작된 골짜기를 보면서 산을 타고 4시간 남짓 걷는 여정이다.

마차로 여행하는 것은 답답한 것이어서, 마음 편히 그 뒤를 걸어서 따라갈 수 있다면 그것이 제일 좋다. 페라라에서 여기까지 나는 항상 이렇게 끌려왔다. 이탈리아는 자연의 혜택은 매우 많이 받고 있지만, 보다 편리하고 활기 있는 생활의 기초가 될 기계와 기술 측면에서는 여전히 다른 여러 나라에 비해 훨씬 뒤떨어져 있다. 마차는 지금도 여전히 세디아(sedia), 즉 '의자'라고 불리는데, 고릿적에 여자나 노인 또는 고귀한 사람을 태우는 나귀가 끌던 가마로부터 발달했기 때문이 틀림없다. 가마의 장대 옆에 맸던 뒷부분의 나귀 대신 두 개의 바퀴를 밑에 달았다 뿐이지 그 이상의 개량은 이루어지지 않았다. 승객은 수백 년 전과 마찬가지로 여전히 이리저리 흔들리면서 여행할 수밖에 없다. 이탈리아인의 주거나 기타 모든 일이 이런 식이다.

인간은 대개 하늘 아래에서 생활하고 때에 따라 할 수 없이 동굴 속으로 들어갈 때가 있었다고 하는 저 최초의 시적인 생각이, 지금까지도 현실로 행해지고 있는 모습을 보고 싶다고 생각하는 사람은 동굴의 느낌과 취미를 완전하게 갖추고 있는 이 부근의 건물, 특히 시골 건물에 들어가 보지 않으면 안 된다. 그들은 실제로 믿을 수 없을 만큼 마음 편한 사람들로 끙끙 앓으면서 노화를 재촉하는 일 따위는 하지 않는다. 닥쳐올 겨울을 위해서라든지 점점 길어져가는 밤을 위해 준비하는 일 같은 것을 전대미문의 경솔함으로 무시해 버리는 것이다. 그 대신 한 해의 대부분을 개처럼 고생하면서 살아야만 한다. 이곳 폴리뇨에서 「가나의 혼례」[233] 그림에서 보는 것같이, 모두가 큰

---

233) 예수 그리스도가 갈릴리의 가나(Cana)라는 마을에서 벌어진 결혼잔

홀의 맨바닥에서 타고 있는 불 주위에 모여 소리 지르고 떠들어대고 긴 식탁에 앉아 식사를 하고 있는 호메로스풍의 집 안에서, 나는 이 편지를 쓸 기회를 얻었다. 그것도 이런 곳에서는 기대하지도 않았던 잉크병을 가져다준 남자가 있었기 때문이다. 그러나 이 편지의 글씨를 보면 책상이 얼마나 차갑고 불편한지 알 수 있을 것이다.

지금 나는 사전 준비나 안내도 없이 이 나라에 들어오는 것이 얼마나 무모한 일인가를 뼈저리게 느끼고 있다. 여러 종류의 화폐가 통용된다는 점, 마차에 관한 일, 물가, 형편없는 여관 등 날마다 부딪히는 어려운 일로 인하여, 나처럼 처음으로 혼자 여행하는 사람, 그러면서도 끊임없이 즐거움을 추구해 오던 사람은 정말로 환멸과 비애를 느끼지 않을 수 없을 것이다. 그러나 나는 어떠한 대가를 치르더라도 이 나라를 보고 싶다는 생각 외에는 아무 소망도 없었다. 그리고 설사 익시온[234]의 차바퀴에 매여 로마로 끌려가더라도 불평할 생각은 없다.

10월 27일 저녁, 테르니

또다시 동굴과 같은 숙소에 앉아 있다. 작년에 있었던 지진으

치에 초대되었다가 포도주가 다 떨어지자 항아리 속의 물을 포도주로 바꾸는 기적을 행한 사건을 묘사하며, '최후의 만찬'과 더불어 일찍부터 미술 작품의 제재로 쓰였다. 괴테의 묘사는 특히 베로네세가 1562~1563년에 그린 「Nozze di Cana」를 연상시킨다. 가나의 결혼식이라는 종교적 주제를 베네치아 귀족의 흥겨운 연회로 표현했다.

234) 그리스 신화 속 라피타이족의 왕으로, 최초의 친족 살해자일 뿐만 아니라, 여신 헤라를 연모하다 모독죄로 제우스에 의해 불타는 수레바퀴에 묶인 채로 지옥에 떨어졌다.

로 망가져버렸다고 한다. 거리는 역시 석회질로 되어 있는 산과 산 사이의 아름다운 평야 끝에 있는데, 나는 시가를 한 바퀴 구경하는 도중에 그 평야를 즐겁게 바라보았다. 바로 위쪽의 볼로냐와 마찬가지로 이곳 테르니[235]는 산 밑 기슭에 위치하고 있는 것이다.

그건 그렇고, 전에 말한 교황청의 장교와는 이미 헤어지고 이번에는 성직자 한 사람과 동행이 되었다. 이 사람은 그 군인에 비하면 훨씬 자기 처지에 만족하고 있으며, 물론 나를 이단자라고 생각하고 있지만 종교 의식이라든가 그 밖의 여러 가지 일에 관한 내 질문에 기꺼이 가르쳐준다. 나는 항상 새로운 사람들과 함께하는 덕분에 애초의 의도를 십분 달성하고 있다. 먼저 그 나라 사람들끼리 이야기하는 것에 귀를 기울여야 한다. 그것이 그 나라 전체의 산 모습이기 때문이다. 이탈리아인들은 기묘하게도 서로 철천지원수지간으로, 각자가 자기 고향의 자랑만 늘어놓을 뿐 서로 용서할 줄을 모른다.[236] 그리고

---

235) Terni. 로마가 속한 라치오주의 경계에 있다. 청동기 시대부터 정착민이 거주하기 시작한 기록이 있으며 로마 건국 시대에는 네라강과 세라강이 합류하는 곳이어서 '두 강의 사이'라는 뜻의 '인테람나(Interamna)'로 불렸다.

236) 당시 이탈리아는 고대 로마 시대로부터 이어져온 공화정제가 지방분권형 봉건군주제와 결합한 통치 시스템이 굳건했다. 한편, 가톨릭의 본산으로서 이탈리아는 교황이라는 신권통치자의 영향력이 절대적이었던 만큼 유럽의 다른 나라들과 달리 절대군주가 등장하지 못했다. 피렌체, 베네치아, 밀라노, 파르마 등 대표적인 공국들과 시칠리아 왕국은 그 지역의 오랜 귀족 가문이 군주로 군림한 자치도시였기 때문에 도시간 전쟁은 곧 가문간의 전쟁이기도 했다. 그에 반해 독일 지역의 공국들은 신성로마제국 황제와 동맹관계인 제후국으로서, 느슨하지만 확실한 정치공동체였다. 여기에 더해 종교개혁으로 신교의 세력이 커지면서, 하나의 민족언어권으로서의 '게르마니아'에, 지리적 민족적 관점이 추가된 도이칠란트(Deutschland) 개념이 점점 뚜렷해졌다. 이러한 차이로 인해 괴테에게는 이탈

계급투쟁이 끊임없이 일어나는 데다 언제나 격렬한 열정을 가지고 행해지기 때문에 하루 종일 희극을 연출해서 자신을 폭로하는 꼴이 된다. 그러면서도 눈치는 빨라서, 외국인이 자신들 행동의 어떤 부분을 마음에 안 들어 하는지 금방 알아차린다.

스폴레토로 올라가, 산에서 산으로의 다리 역할도 하는 수도(水道)[237]에 가 보았다. 계곡에 걸쳐진 벽돌로 된 10개의 아치는 몇 세기라는 세월 동안 그곳에 조용히 서 있었고, 그리고 지금도 스폴레토 도처에서 물이 솟아나고 있다. 이것은 내가 보는 세 번째 고대 건축이며, 이것 또한 위대한 정신 그 자체다. 시민의 목적에 맞는 제2의 자연, 이것이 고대인의 건축이다. 암피테아터도 신전도 수도교도 모두가 그렇다. 지금에 와서야 비로소 제멋대로 된 건축이 나에게 반감을 일으켰던 이유를 알게 되었다. 예를 들자면 바이센슈타인에 있는 '겨울의 집'[238] 같

리아 사람들의 유난한 애향심과 반목이 두드러져 보였을 것이고, 그에 비해 자신은 열린 세계시민이라는 자부심을 느꼈을 듯하다. 이탈리아의 자치도시들은 나폴레옹의 이탈리아 정복으로 힘을 잃었고, 이후 비토리오 에마누엘레 2세(Vittorio Emanuele II, 1820~1878)가 1861년 최초의 통일 이탈리아 왕국을 건설했다.

237) 아펜니노산맥의 기슭 396미터 고도에 자리한 도시 스폴레토(Spoleto)에 있는 폰테 델레 토리(Ponte delle Torri)를 가리킨다. 테시노강 위쪽으로 협곡과 숲을 가로질러 놓인 230미터 길이의 다리로, 알보르노치아나 요새와 스폴레토 성을 연결한다. 고대 로마 시대에 건설되었던 수도교를 1300년대에 재건했다. 높이가 80미터에 이르며, 로마 수도교의 특징인 10개의 아치 구조를 보존하고 있어, 스폴레토의 대표 관광명소다.

238) 독일 중부 헤센주의 도시 카셀에 있는 벨헬름스회에(Wilhelmshöhe) 산악공원에 있는 '거인의 성'의 별칭이다. 1143년에 지어진 바이센슈타인(Weißenstein) 수녀원이 독일의 종교개혁으로 해산된 뒤, 한동안 사냥터로 사용되던 이곳에 헤센-카셀 선제후 카를은 대규모 공원을 조성했다. 공사는 1696년부터 1717년까지 진행되었는데, 팔각형으로 된 바로크 양식의 성채 위에 피라미드 장식을 얹고 그 위에 '파르네세의 헤라클레스(302~303쪽)'를 모방한 헤라클레스

230

은 것은 정말 시시한 것으로, 거대한 과자 장식품에 불과한데 이것 말고도 한심한 예들은 많이 있다. 이것들은 모두 죽어서 태어난 것이다. 왜냐하면 진정한 내면적 실재를 가지지 않은 것은 생명이 없고, 위대할 리도 없고, 위대해질 수도 없기 때문이다.

최근 8주 동안에 나는 얼마나 많은 기쁨을 맛보고 견식을 넓혔는지 모른다. 하지만 애는 쓸 대로 써야 했다. 나는 항상 눈을 똑바로 뜨고 인상을 정확하게 받아들이려고 한다. 가능하다면 판단 같은 것은 일체 가하지 않고 싶다. 산크로체피소[239]는 길가에 있는 이상한 예배당이다. 나는 그것을 옛날 이 장소에 있었던 신전의 유적이라고는 생각하지 않는다. 원주와 지주와 들보 등을 주워 모아서 붙여 만든 것이다. 서투른 꾀는 아닐지라도 좀 미친 짓 같다. 그러나 그것을 글로 표현하기는 어렵다. 어디선가 동판화로 나와 있을 것이다.

고대의 개념을 얻으려고 노력하지만 폐허만 만나가지고, 그 폐허를 재료로 하여 아직 아무런 개념도 얻어지지 않은 것을 다시 초라하게 조립하지 않을 수밖에 없다면 참으로 기묘한

청동상을 올렸다. 또한 공원의 가장 위쪽에 있는 거인의 성에서 시작된 인공폭포의 물이 공원 곳곳을 거치며 점차 아래쪽으로 흐르도록 설계되었다. 1785년부터 빌헬름스회에 산악공원으로 이름이 바뀌었고, 신고전주의 디자인 건축물이 추가되면서 초기에 계획했다 중단되었던 수로도 완공했다.(수로의 총 길이 350미터, 낙차는 179미터에 이른다.) 로마 유적지를 눈앞에서 보는 괴테에게는 독일의 수로나 청동상이 고대 건축과 미술의 조악한 모방처럼 여겨졌겠지만, 이 산악공원 또한 정교한 기술과 자연 속에 어우러진 바로크 건축의 독창성으로 유네스코 세계유산으로 등재되었다.

239) 원문에 'San Crocefisso'로 되어 있는데, 묘사에 해당하는 장소가 어디인지 알 수 없다.

기분일 것이다.

고전의 땅이라고 일컬어지는 장소라면 사정은 달라진다. 이러한 장소에서 공상적인 태도를 취하지 않고 그 지방을 있는 그대로의 모습으로 현실적으로 받아들인다면, 항상 가장 위대한 행위를 낳는 결정적인 무대가 된다. 따라서 나는 지금까지 언제나 공상이나 감정을 억제하고 지방을 자유롭고 명확하게 관찰할 수 있도록, 지질학적 풍토학적 안목을 발휘해 왔는데, 그렇게 하니 이상하게도 역사라고 하는 것이 생생하게 머리에 떠올라서 모든 것이 다르게 보인다. 나는 빨리 로마에 가서 타키투스[240]를 읽고 싶다.

날씨에 관해서도 전혀 언급이 없을 수는 없는 일이다. 내가 볼로냐에서 아펜니노산맥을 올라왔을 때는 구름이 여전히 북쪽으로 움직이고 있었는데, 그 뒤에 방향이 바뀌어서 트라시메노호수[241] 쪽으로 움직여 갔다. 여기서는 구름이 정체하고 있었는데, 때로는 남쪽으로 실려 가는 것도 있었다. 따라서 포강의 대평원은 여름 내내 모든 구름을 티롤산지로 보내더니 이제는 일부를 아펜니노산맥 쪽으로 보내고 있다. 그러므로 우기

---

240) 문맥상 1세기 로마의 정치가이자 역사가였던 푸블리우스 코르넬리우스 타키투스(Publius Cornelius Tacitus, 55?~117?)를 가리킨다. 호민관, 재무관, 법무관을 거쳐 97년에 집정관이 되었다. 로마의 2대 황제 티베리우스 아우구스투스부터 5대 황제 네로의 죽음까지를 다룬 『연대기(Ab excessu divi Augusti)』(117)와, 네로 이후의 네 명의 황제를 다룬 『역사(Historiae)』(105)를 썼다. 타키투스는 로마제국의 타락상을 비판하면서, 건전한 풍습과 법률을 가진 북방의 게르만족을 소개하는 역사서 『게르마니아(De origine et situ Germanorum)』(98)도 썼는데, 이 책은 중세 이후 독일에서 재발견되며 고대 게르만에 대한 뜨거운 관심을 불러일으켰고, 독일 민족주의 형성에 많은 영향을 끼쳤다.

241) Trasimeno. 움브리아 북부, 페루자의 서쪽에 있는 얕은 호수다.

가 닥칠지도 모르겠다.

올리브 채집이 시작되고 있다. 여기서는 손으로 따는데 다른 곳에서는 막대기로 두들겨서 떨어뜨린다. 겨울이 예년보다 빨리 오면 남은 열매는 봄까지 그대로 남겨둔다. 오늘 나는 정말 돌이 많은 땅에서 가장 크고 오래된 나무가 자라 있는 것을 보았다.

뮤즈의 은총은 데몬의 것처럼 반드시 때를 맞추어서 주어지진 않는다. 나는 오늘 무언가 전혀 시기에 맞지 않는 것을 써 보고 싶은 감흥을 느꼈다. 가톨릭교의 중심에 가까이 가는 동안, 가톨릭교도들에게 둘러싸여서, 성직자 한 사람과 마차 좌석에 나란히 앉아서, 맑은 마음으로 진실한 자연과 고귀한 예술을 관찰하고 파악하려고 노력하면서도, 나의 마음에는 원시 기독교의 모든 흔적이 지금 세상에는 소실되어 있다는 생각이 매우 선명하게 떠올랐다. 실제로 기독교를 사도행전에서 보는 것 같은 순수한 모습으로 떠올려 생각해 보면, 저 온화한 초기 시대에도 기형적이고 기괴한 이교로부터 핍박받지 않으면 안 되었다는 것을 알고서 나는 전율을 금할 수 없었다. 그때 내 머릿속에 다시 「영원한 유대인」[242]이 떠올랐다. 그는 이러한 놀랄

---

242) Der Ewige Jude. '영원한 유대인' 또는 '방랑하는 유대인'은 유럽에서 13세기경 등장한 기독교 전설이다. 십자가를 지고 골고다로 향하던 예수가 아하수에루스/아하스페루스(Ahasuerus/Ahasverus)라는 구두장이의 집 앞에서 잠시 쉬어가기를 청했을 때 이를 매몰차게 거절했고, 그 결과 영원히 쉴 수 없는 방랑자로 살아가는 저주를 받았다는 내용이다. 16세기경부터는 고향을 잃고 떠도는 유대 민족을 빗대어 '방랑하는 유대인' 전설로 정형화되었다. 흔히 유럽의 반유대주의를 표현하는 것으로 해석된다.

괴테는 1774년경에 이 전설을 소재로, 유대인 방랑자 '아하스페어(Ahasver)'가 위대한 영웅이 되어 네덜란드의 유대계 대(大)철학자 스피노자를 만나 이

만한 사실의 발전과 전개의 목격자이며, 그리스도가 자신의 가르침의 성과를 알아보기 위해 돌아왔을 때 또다시 십자가에 못 박힐 뻔한 위난과 조우했던, 저 불가사의한 사태를 체험한 자다. "나는 다시 십자가에 못 박히러 가노라."라고 하는 저 전설을 이 비극의 결말을 위한 재료로 쓰고 싶다.[243]

이런 몽상이 내 눈앞에 떠오른다. 왜냐하면 이 여행길을 빨리 가려는 마음에서 옷을 입은 채로 잠자고 날이 밝기도 전에 일어나 마차에 올라타고 비몽사몽인 상태로 대낮을 향해 달리면서 제멋대로 공상에 잠기는 것이 지금 무엇보다도 즐거운 일이기 때문이다.

10월 28일, 치비타 카스텔라나에서

마지막 밤을 아무렇게나 보내고 싶지 않다. 아직 8시도 안 됐는데 모두들 잠자리에 들었다. 나는 마지막으로 지나간 일을 되돌아보고, 이미 눈앞에 닥친 미래를 즐길 수 있다. 오늘은 날씨

야기를 나누는 내용의 장편 서사시를 구상했다. 괴테는 이 작품을 완성하지는 못했으며, 『시와 진실』에 일부가 남아 있다. 괴테가 이 전설에 관심을 갖게 된 것은 유대인이라는 인종적 요소와는 무관하고, '영원한 방랑'이라는 모티프 때문일 것이다. 괴테에게 방랑서사는 중요한 문학적 주제로, 괴테가 열광한 호메로스의 『오디세이아』와, 장차 이로부터 발전시키게 될 대작 『파우스트』의 공통점이 다름 아닌 '방랑'과 '각성'이다. 뿐만 아니라 현재 이탈리아를 여행하고 있는 괴테 자신의 처지 또한 방랑자를 주인공으로 구상했던 옛 작품을 다시 떠올리게 했을 것이다.

243) 말년에 사도 베드로는 로마에서 기독교 박해가 시작되자 몰래 피신하려 하는데, 이때 베드로 앞에 로마를 향해 들어가는 예수의 환영이 나타난다. 놀란 베드로가 "주여, 어디로 가시나이까(Domine, quo vadis)?"라고 묻자 예수는 "십자가에 못 박히러 로마로 간다(Romam venio iterum crucifigi)."고 답했고, 이에 베드로는 부끄러워하면서 로마에 남아 순교한다. 괴테는 방랑하는 유대인 아하스페어가 이 장면의 목격자인 이야기를 구상하고 있는 것이다.

가 아주 화창했다. 아침나절에는 꽤 추웠는데 낮에는 맑고 따뜻했고 저녁에는 바람도 좀 불었지만 그래도 매우 좋은 날씨였다.

테르니를 출발한 것은 아주 이른 아침이고 나르니에 올라간 것은 아직 통이 트기 전이었기 때문에 저 유명한 다리는 볼 수 없었다.[244] 계곡도 평지도, 가까운 곳도 먼 곳도 전부가 석회암으로 된 산지로, 다른 종류의 돌은 전혀 보이지 않는다.

오트리콜리[245]는 예전 강물에 의해 퇴적된 자갈 언덕 위에 있으며 강 건너편으로부터 운반된 용암으로 축조되어 있다.

다리[246]를 건너면 곧 화산질 지형이 된다. 이 지대의 표면은 실제의 용암 아니면 이전부터 있었던 암석이 타서 녹아 변질된 것이다. 우리는 어떤 산을 올라갔는데 그 산은 회색 용암이라고 해야 마땅할 것이다. 그것은 많은 흰빛의 석류석 같은 형태를 한 결정체를 포함하고 있다. 이 산으로부터 치비타 카스텔라나[247]로 내려가는 대로는 역시 이 돌로 포장이 되어 있

---

244) 기원전 299년부터 로마의 자치도시가 된 나르니(Narni)는 플라미니아 가도(Via Flaminia)상에 있는 로마의 전략적 요충지였다. 로마에서 시작해 아드리아해의 도시 리미니(Rimini)까지 이르는 플라미니아 가도는 기원전 3~2세기에 건설된 로마의 주요 교통로였다. 기원전 1세기에 아우구스투스 황제는 플라미니아 가도의 일제 정비를 지시했고, 이때 많은 교량들이 재건 또는 건설되었다. 나르니에는 플라미니아 가도가 네라강 위로 지나가는 다리가 있는데, 이 다리의 건설을 지시한 황제의 이름을 따 아우구스투스 다리(Ponte d'Augusto)로 불린다. 18세기 유럽에 일었던 그랜드투어 열풍 때 많은 명사들이 이 다리를 방문했다. 원래는 4개의 아치로 구성된 160미터 길이의 다리인데 오늘날은 그중 아치 한 구간만 남아 있다.

245) Otricoli. 나르니에서 남쪽으로 20킬로미터 떨어진 작은 마을로, 테베레강 동쪽 기슭 플라미니아 가도상에 있다. 여기서 로마까지는 70킬로미터.

246) 테베레강 위의 어떤 다리.

247) Civita Castellana. 로마에서 북쪽으로 65킬로미터 거리에 위치한 작은 마을이다.

다. 매우 아름답고 매끄럽게 밟아서 굳혀져 있다. 도시는 화산질의 응회암 위에 세워져 있으므로 이 암석 속을 찾아보면 재나 경석 또는 용암 조각을 발견할 수 있으리라고 생각했다. 성으로부터 보는 조망은 매우 아름다우며, 소라테산[248]은 홀로 떨어져서 그림처럼 보이지만 아마도 아펜니노산맥에 속하는 석회산일 것이다. 화산 지대는 아펜니노산맥보다는 훨씬 낮은데, 다만 그곳을 관통해서 흐르는 급류가 이 지역으로부터 산과 바위를 밀어올려서 만들어낸 것이다. 그리고 그것과 더불어 그림과 같은 풍경, 깎아낸 듯한 암벽, 그 밖의 우연들이 만들어낸 천연의 풍경이 형성되었다.

자, 내일 밤은 마침내 로마다. 지금도 믿을 수가 없을 정도다. 이 소망이 이루어지면 그 뒤엔 무엇을 원해야 될까. 꿈에 보았던 꿩 실은 배를 타고 무사히 고향에 상륙하여서 기뻐하는 친구들의 호의에 찬 건강한 얼굴을 보는 것 외에는 아무 원도 없다고 해도 좋을 것이다.

---

248) Monte Soratte. 길이 5.5킬로미터의, 폭이 좁고 외떨어진 석회암 산이다. 로마권역에 속해 있다. 과거에는 소라크테(Soracte)산으로 불렸다.

로마

1786년 11월 1일, 로마

마침내 나는 입을 열 수 있다. 그리고 즐거이 인사를 보낼 수 있다. 지금까지의 비밀 여행, 말하자면 지하 여행에 대해서는 여러분의 관대한 용서를 바라는 바다.[249] 나는 나 자신에게까지도 행선지를 명확히 말하지 않으려 했으며 심지어 여행 도중에도 두려움이 계속되어 왔다. 그리하여 마침내 포르타 델 포폴로[250]에 이르러서야 드디어 내가 로마에 도착했다는 확신을 가지게 되었다.

　내가 혼자 구경하리라곤 생각지도 않았던 고적들 가까이에서 나는 몇 번이고, 아니 줄곧 여러분 생각을 했다는 것을 말

---

249) 로마에 도착하기 전까지 괴테는 바이마르의 친구들에게 보내는 편지에 자신이 있는 곳의 지명을 쓰지 않았다. 이하 본문에 연도와 날짜가 함께 표시된 글은 여행 당시 괴테가 친구들에게 썼던 편지를 나중에 추린 것이고, 날짜만 있는 글은 일기에서 선별한 것이다.

250) Porta del Popolo. 아우렐리아누스(Lucius Domitius Aureli-auns, 214~275) 황제가 271~275년에 축조한 성벽의 북쪽 문으로, 19세기까지 이 성벽이 곧 로마시의 경계였다. 따라서 북부에서 내려와 로마로 들어오는 사람은 이 문을 지날 수밖에 없었다.

하고 싶다. 사실 나는 북방의 모든 사람이 몸도 마음도 현실에 매이다 보니, 이 남국에 대한 흥미를 점점 더 잃어가는 것을 보았기 때문에, 결연히 이 고독하고 긴 여행을 떠나, 어떻게 할 수 없는 강한 욕구로 나를 끌어당겼던 중심지를 방문할 결심을 하게 되었다. 그렇다. 지난 몇 해 동안 그것은 일종의 병과 같은 상태가 되어서, 그것을 고칠 수 있는 길은 오직 내 눈으로 이곳을 보고 내 몸을 이 땅에다 두는 것 외에는 없었다. 지금이니까 솔직히 말해도 되지만, 나중에는 한 권의 라틴어 책, 한 장의 이탈리아 풍경화조차 나는 바라볼 수 없게 되었던 것이다. 이 땅을 보고 싶은 욕망은 정말 숙성의 도를 넘어 있었다. 그러나 그 욕구가 충족된 지금에 와서는 친구들과 조국이 그립고, 돌아가고 싶은 생각이 간절하다. 이렇게 많은 보물을 나 혼자만 독점하지 않고, 우리의 전 생애를 이끌어주고 진전시킬 수 있도록 다른 사람들과 함께 나눈다면, 보다 값지게 쓰이리라는 확신이 강해질수록 점점 더 귀국 날짜를 손꼽게 된다.

1786년 11월 1일, 로마

드디어 나는 세계의 수도에 도착했다! 만약 내가 훌륭한 동행자와 함께, 아주 견식 있는 사람의 안내를 받으면서 15년 전에 이 도시를 구경할 수 있었다면 나를 행운아라고 불러도 좋았을 것이다. 그러나 내가 안내자도 없이 혼자 방문해야만 할 운명이었다면 그 기쁨이 이렇게 늦게야 베풀어진 것이 오히려 다행이라고 생각하지 않으면 안 된다.

티롤의 고개는, 말하자면 뛰어넘어 온 셈이다. 베로나, 비첸차, 파도바, 베네치아 등은 자세히 구경했지만, 페라라, 첸토, 볼로냐 등은 주마간산 격으로, 특히 피렌체는 거의 구경하지 못했다. 그것은 로마로 가고자 하는 나의 욕구가 너무나 강하고 순간마다 더 고조되어서 잠시도 멈출 수가 없었기 때문이다. 피렌체에는 겨우 3시간밖에 머무르지 못했다. 이제 이곳에 도착하니 마음도 안정되고 평생 동안 안정될 듯이 생각된다. 왜냐하면 부분적으로 잘 알고 있던 것을 실제로 눈앞에 전체로서 바라볼 때, 거기에서 새로운 삶이 시작되기 때문이다. 나의 젊은 시절의 모든 꿈이 생생하게 내 눈앞에 되살아난다. 내 기억 속에 남아 있는 최초의 동판화(아버지는 로마의 조감도를 접견실에 걸어두고 계셨다.)를 지금 실물로 바라보고 있는 것이다. 그리고 그림으로, 스케치로, 동판으로, 목판으로, 석고로, 코르크 세공 등으로 일찍이 보아서 알고 있던 것들이 이제 내 앞에 즐비하게 늘어서 있다. 어디를 가나 새로운 세계 속의 친지를 발견하게 된다. 모든 것이 내가 벌써부터 상상했던 그대로인 동시에 모든 것이 또한 새롭다. 나의 관찰과 관념에 대해서도 똑같은 말을 할 수 있다. 나는 이곳에 와서 별로 새로운 생각을 가지게 된 것도 없고 아주 낯선 것을 발견하지도 않았다. 그러나 낡은 관찰, 관념도 여기서는 매우 명확하고 연관성 있게 되어서 새로운 것이나 다름없다고 볼 수 있는 것이다.

피그말리온[251]이 마음 내키는 대로 형태를 만들어서 예술가로서의 최대한의 진실과 생명을 불어넣었던 엘리제가 마침

---

251) 그리스 신화에 따르면, 키프로스의 왕 피그말리온은 상아로 만든 여인 상에 반해 아프로디테 여신에게 소원을 빌었고, 여인 상이 살아 움직이게 되자 그녀와 결혼했다. 로마 시인 오비디우스는 『변신이야기』에서 상아 여인 상을 피그말리온이 직접 만든 것으로 바꿔 썼는데, 괴테는 이 변형 설화를 채택하고 있다.

내 그에게 와서 "나예요!" 하고 말했을 때, 살아 있는 엘리제와 이전의 단순한 석상 사이에는 얼마나 큰 차이가 있었겠는가!

여러 가지로 논란의 대상이 되고, 이곳저곳에 쓰이기도 하고, 여행자는 누구나 지니고 있는 자신의 척도에 따라 판단하는 이 감각적인 국민 속에서 생활하는 것이 나에게 있어 도덕적으로 얼마나 유익한 일인지 모르겠다. 이 나라 사람들을 비난하고 욕하는 자를 나는 탓하지 않는다. 이 나라 사람들은 우리로부터 너무나 떨어져 있는 존재이기 때문에 외국인으로서 그들과 사귀는 것은 어렵고 또한 시간 낭비이기도 하다.

11월 3일

로마행을 서두른 주된 이유 중 하나로 내가 머리에 떠올렸던 것은 11월 1일 만성절(萬聖節)이었다. 왜냐하면 한 사람의 성자를 위해서도 대단한 축제가 거행되는데 모든 성자를 위해서는 얼마나 큰 잔치가 벌어질 것인가 하고 생각했기 때문이다. 그러나 그것은 큰 오산이었다. 로마 교회는 눈에 띄는 공공 제전을 좋아하지 않으며, 각 교단은 각기 자기네가 받드는 성자를 기념하여 단출하게 식을 올린다. 각 성자가 그 영광을 발휘하게 되는 것은 명명일(命名日)과 그 성자에게 바쳐지는 기념제 때라고 한다.

그러나 어제의 만성절 의식은 꽤 내 맘에 들었다. 교황이 퀴리날레 궁전[252] 예배당에서 모든 성자들을 위한 미사를 올

---

252) Palazzo del Quirinale. 교황 그레고리오 13세가 여름별장으로 지은 궁전으로 1583년에 완공되었다. 세계에서 12번째로 큰 궁으로(11만 500제곱미터/3만 3000평), 오늘날은 이탈리아 대통령 관저로 사용되고 있다.

렸는데, 아무나 자유롭게 참석할 수 있었다. 나는 티슈바인[253]과 함께 몬테카발로[254]로 달려갔다. 궁전 앞 광장은 아주 독특한 분위기로, 불규칙하지만 웅대해서 마음에 들었다. 나는 그곳에서 저 두 개의 거상(巨像)을 보았다. 그러나 그것을 이해하기에는 나의 눈도 마음도 너무나 부족했다. 우리는 군중과 더불어 화려하고 광대한 중정을 지나 굉장히 넓은 층계를 올라갔다. 성당을 면해 서서 여러 방들을 바라볼 수 있는 현관홀에 있으니 그리스도의 대행자와 한 지붕 밑에 있다는 생각이 나에게 이상한 느낌을 불러일으켰다.

예식은 진행 중이었다. 교황[255]과 추기경들은 벌써 성당

---

253) 요한 하인리히 빌헬름 티슈바인(Johann Heinrich Wilhelm Tischbein, 1751~1829). 독일 헤센 태생으로, 14세 때부터 화가인 삼촌에게 그림을 배웠다. 1779년까지 카셀과 베를린에서 초상화가로 활약하다가 카셀 예술아카데미 장학생으로 선발되어 로마 예술여행을 하면서 신고전주의 화풍을 익혔다. 1781년 경제적인 이유로 로마를 떠나 취리히에서 다시 화가 생활을 시작했다. 이때 라바터, 마이어 등 취리히 문예그룹(251쪽 각주 272번 참조)과 교류하고, 당시 취리히를 방문했던 괴테를 처음 만나 그의 책에 삽화 그리는 작업도 맡게 되었다. 이 인연으로 괴테가 티슈바인을 작센-고타-알텐베르크 제후 에른스트 2세(Ernest II, 1745~1804)에게 추천, 1782년에 고타 장학생이 되어 로마로 두 번째 미술 유학을 떠날 수 있었다.(고타 군주 에른스트 2세는 예술과 과학에 관심이 지대했던 계몽군주로, 천문대를 설립해 고타를 당대 유럽의 천문학 연구 중심지로 만든 인물이다.) 1789년에는 나폴리 예술아카데미 학장이 되어 1799년까지 체류했다. 나폴레옹의 나폴리 침공으로 이탈리아를 떠나 1801년 함부르크에 정착, 올덴부르크 궁정화가로 말년을 보냈다.

254) Monte Cavallo(말의 산). 퀴리날레 궁전 앞 광장 분수인 폰타나 데이 디오스쿠리(Fontana dei Dioscuri)의 별칭이다. 5미터 높이의 말과 거인상 두 쌍이 분수대를 장식하고 있는데, 이들은 제우스신과 스파르타 왕비 레다 사이에서 나온 쌍둥이 디오스쿠리(카스토르와 폴리데우케스)를 표현한 것으로, 3세기 로마 제국 식민지 알렉산드리아에 있던 세라피스 신전 장식으로 추정된다. 거대한 크기와 위용 덕분에 잘 보존되어 퀴리날레 광장의 랜드마크로 자리잡았다.

255) 교황 비오 6세(Pius VI, 1717~1799, 재위 1775~1799)는 유럽 절

안에 있었다. 교황은 매우 단아하고 위엄 있는 분이었으며 추기경들은 각자 연령과 풍채가 달랐다.

그때 나는 교황이 황금의 입을 열어 성자들 영혼의 형언할 수 없는 축복에 관해 이야기하고 우리들로 하여금 깨우침의 희열에 잠기도록 해주었으면 하는 이상한 소망에 사로잡혔다. 그러나 교황이 제단 앞에서 이리저리 움직이고, 여기저기를 바라보고, 보통 성직자와 같이 행동하며 중얼거리는 것을 보았을 때, 나의 신교도적 원죄가 고개를 쳐들고 일어나서, 이미 모두 알고 있는 관습적인 미사 의식이 전혀 마음에 들지 않게 되어버렸다. 예수는 일찍이 소년 시절부터 성경을 몸소 설명했으며, 청년 시절에도 다만 묵묵히 교화와 감화를 전도했을 리는 없을 것으로 생각된다. 실제로 우리가 복음서를 통해 알고 있듯이 예수는 재치 있는 화법을 즐겨 썼다. 만약에 예수가 이 자리에 나타나 지상에서의 자기 대리자인 교황이 중얼중얼하며 이리저리 비틀거리고 있는 모습을 본다면 무어라고 말할 것인가 생각했다. 그때 '나는 다시 십자가에 못 박히러 가노라.'는 성구가 내 마음에 떠올랐다. 나는 동행의 소맷자락을 끌어 그곳을 떠나서 둥근 천장이 벽화로 장식된 큰 홀로 나갔다.

많은 사람들이 그곳에서 그 훌륭한 그림을 주의 깊게 보고 있었다. 이 만성절은 동시에 로마에 있는 모든 예술가들의 축제이기도 한 것이다. 성당뿐만 아니라 궁전의 모든 방이 누구에게나 개방되어 이날만은 여러 시간 동안 마음대로 출입할 수

대군주들의 약진, 신교의 확산, 계몽주의의 대두 등으로 임기 내내 어려움을 겪었다. 결정적으로 1789년 프랑스혁명으로 교회와 성직자 들의 재산이 몰수되면서 가톨릭 국가들에 대한 교황의 지배력이 크게 약화되었다. 예수회를 복권시켰다.

있다. 돈을 집어줄 필요도 없고 성지기한테 쫓기지도 않는다.

나는 벽화에 넋을 잃었다. 거기에는 여태껏 이름도 몰랐던 뛰어난 화가들의 작품이 있었다. 예를 들어 내가 명랑한 카를로 마라타[256]를 높이 평가하고 애호하게 된 것도 이때부터다.

특히 기뻤던 것은 내가 이미 화풍에 감명을 받았던 예술가들의 걸작을 접하게 된 일이다. 게르치노의 '성녀 페트로닐라'를 감탄과 함께 바라보았다.[257] 이 그림은 예전에 산피에트로 대성당에 있던 것인데, 지금 거기에는 원화 대신 모자이크 사본이 있다. 성녀의 시신이 무덤 속으로부터 올려지고, 그녀 같은 인간이 부활하여 천당에서 거룩한 젊은이의 영접을 받는 장면이다. 이 그림의 이중 줄거리에 반대하는 사람이 있다 하더라도 작품으로서의 가치는 참으로 훌륭한 것이다.

티치아노의 그림[258] 앞에서는 더욱 경탄을 금치 못했다. 지금까지 본 모든 그림을 제압하는 것이다. 나의 보는 눈이 높

---

256) Carlo Maratta, 1625~1713. 17세기 로마에서 주로 활동한 화가로 고전주의와 바로크 양식을 조화시켰다. 퀴리날레 궁전 벽화로 예수의 탄생을 묘사한 「목자들의 숭배(L'Adorazione dei pastori)」가 유명하다.

257) 게르치노가 제단화로 그린 「성페트로닐라의 매장」(유화, 1623년작)은 하나의 화면에 두 가지 이야기를 담은 구성이다. 하단에는 성녀가 무덤에 안치되는 장면이 그려져 있고, 상단에는 천국에서 부활한 예수 곁에 있는 성녀의 모습이 있다. 현재 이 작품은 로마 카피톨리니 미술관(Musei Capitolini)에 있다.

258) 티치아노가 1533~1535년에 베네치아 리도섬에 있는 산니콜라 성당 제단화로 그린 「프라리의 마돈나(La Madonna col Bambino e Santi detta Madonna dei Frari)」를 가리킨다. 이후 교황 클레멘스 14세가 1770년경에 퀴리날레 궁전을 장식하기 위해 구입했다. 1797년에는 로마 몬토리오의 산피에트로 성당(Chiesa di San Pietro in Montorio)에 전시되어 있었는데, 이때 나폴레옹에 의해 파리로 옮겨졌다가 1820년에 반환된 뒤로 오늘날까지 바티칸 미술관 피나코테카(Pinacoteca, 회화관)에 전시되어 있다.

아졌기 때문인지 그렇지 않으면 사실상 이 그림이 가장 훌륭한 것인지는 나도 모르겠다. 자수와 금박으로 장식된 호화스러운 미사 예복이 당당한 주교의 몸을 감싸고 있다. 그는 왼손에 무거운 목자의 지팡이를 들고 환희의 눈초리로 하늘을 쳐다보며 오른손에는 한 권의 책을 들고 있는데, 그 책에서 방금 신의 계시라도 받은 것 같은 모습이다. 그의 배후에서는 아름다운 처녀가 야자 잎사귀를 손에 들고 사랑스러운 표정으로 펼쳐진 책을 들여다보고 있다. 이에 대해 오른쪽에 있는 엄숙한 노인은 책 바로 옆에 서 있으면서도 아무런 관심도 없는 것 같다. 열쇠를 손에 쥐고 있는 것을 보면 마치 스스로 천당 문을 열고 들어갈 자신이 있는 듯하다. 이 사람과 마주 보는 자리에 나체로 결박되고 화살에 상처를 입은 체격 좋은 한 젊은이가 멀거니 앞을 바라보며 겸손하게 복종을 표시하고 있다. 그리고 그 사이에는 두 사람의 성직자가 십자가와 백합꽃을 들고 경건한 태도로 천상의 사람들을 우러러보고 있다. 위쪽에는 천상의 사람들을 둘러싼 반원의 벽이 열려 있어서, 찬란한 광채 속에 한 사람의 모성이 지상의 인간들에게 연민의 정을 나타내고 있다. 그녀의 무릎에 안겨 있는 생기 있고 발랄한 아이는 밝은 표정으로 화환을 내밀고 있는데 마치 그걸 아래로 던지려는 듯이 보인다. 양측에는 여러 개의 화환을 든 천사들이 공중에 떠 있다. 그리고 이 모든 것과 삼중으로 된 빛의 고리 위에, 천상의 비둘기가 중심이 되어 군림하고 있다. 이러한 여러 가지 어울리지 않는 인물들을 이다지도 교묘하게, 그리고 의미 깊게 하나로 묶어 조화시켰다는 것은 필경 어떤 신성한 옛 전통이 근저에 흐르고 있기 때문일 것이다. 그러한 사정이나 이유를 캘 필요는 없다. 우리는 단지 있는 그대로의 작품을 보고 절묘한 예술에 감탄할 따름이다.

이때까지의 어떤 것보다 이해하기 쉽지만 가장 신비로운 것은 귀도 레니의 벽화[259]다. 천진하고 사랑스러운 경건한 표정의 처녀가 멍하니 앉아서 바느질을 하고 있다. 그 옆에는 두 명의 천사가 언제든지 시중을 들려고 대기하고 있다. 이 사랑스러운 그림이 교시하는 것은 젊은 천진함과 근면함이 천사에 의해서 수호되고 있다는 점이다. 여기에는 아무런 전설도 해설도 필요하지 않다.

딱딱한 예술 이야기만 해왔는데 재미있는 일이 하나 있었다. 티슈바인한테 아는 사람이라고 찾아온 몇 명의 독일인 예술가들이 내 얼굴을 힐끔힐끔 쳐다보면서 이리저리 왔다 갔다 하는 것을 나도 눈치 채고 있었다. 잠깐 내 곁을 떠나 있던 티슈바인이 다시 돌아오더니 나에게 말했다.

"대단히 재미있는 일이 있습니다. 당신이 여기 와 있다는 소문이 벌써 퍼져서 예술가들은 유일한 낯선 여행자인 당신이 아무래도 괴테인 것 같다고 생각하고 있습니다. 그런데 우리 예술가들 중 한 사람이 자기는 괴테하고 사귄 적이 있으며 그것도 친구로서 교제했었다고 이전부터 주장해 왔습니다. 우리들은 그걸 참말이라고 쉽게 믿으려 하지 않았는데 이번에 이 사람이 당신과 만나서 당신이 괴테인지 아닌지 판단하도록 요청을 받은 것입니다. 그런데 그 사람이 당신은 괴테가 아니며

---

259) 귀도 레니는 1609년 당시 교황 바오로 5세의 조카였던 시피오네 보르게세 추기경의 의뢰로 퀴리날레 궁전 2층에 있는 교황의 개인 예배실(Cappella dell'Annunziata, 성모수태고지 채플)의 장식 벽화를 그렸다.

전혀 다른 인물이라고 간단하게 잘라 말했답니다. 그러므로 당신의 잠행은 지금으로서는 발각되지 않고 있습니다. 나중에는 웃음거리가 되겠지요."

그래서 나는 전보다 대담해져서 그 예술가들 사이에 끼어들어, 그 수법을 내가 알지 못했던 여러 그림의 작가들에 관해 물었다. 마지막으로 용을 퇴치하고 처녀를 구출한 성 게오르크[260]의 그림에 마음이 끌렸다. 그런데 그것을 그린 화가가 누구인지 아는 사람이 아무도 없었다. 그때 지금까지 말이 없던 자그마하고 겸손한 남자가 나서서, 그것은 베네치아 화파의 포르데노네[261]라는 사람의 작품이며 그 작품이야말로 그의 모든 기량을 헤아릴 수 있는 걸작 중 하나라고 가르쳐주었다. 그때 나는 이 그림에 마음이 끌린 이유를 알 수 있었다. 나는 이미 베네치아 화파와 친근해졌고 그 대가들의 장점도 잘 알고 있었기 때문에 이 그림이 내 마음을 끌었던 것이다.

그것을 가르쳐준 미술가는 하인리히 마이어[262]라고 하는 스위스 사람으로 쾰라[263]라는 친구와 더불어 이곳에서 여러

---

260) 마을 사람들을 괴롭히는 용을 처치하는 중세 영웅 전설의 주인공으로, 여러 시대와 문화권에서 회화의 제재로 자주 다루어졌다.

261) Il Pordenone. 베네치아 포르데노네 태생의 화가 조반니 안토니오 데 사키스(Giovanni Antonio de' Sacchis, 1484?~1539)의 예명이다.

262) 요한 하인리히 마이어(Johann Heinrich Meyer, 1760~1832). 스위스 취리히 호수 근처의 도시 슈테파(Stäfa) 태생 화가로, 빙켈만의 책 『고대예술사』(264쪽 각주 297번 참조)에 크게 감명을 받아 1784년 로마로 미술 유학을 떠났다. 괴테가 기록한 이날에 맺은 인연으로 마이어는 1795년에 바이마르 공국 미술학교(Fürstliche freie Zeichenschule Weimar) 교장이 되었고, 괴테와 함께 고미술잡지 『Propyläen(아크로폴리스의 열주문 '프로필라이아'의 독일어 표기)』도 발행했다. 괴테의 이탈리아 여행 후반부에 자주 등장한다.

263) 쾰라(Cölla)라는 이름으로 하인리히 마이어와 관련이 있는 인물은 스

해째 연구를 계속하고 있고, 고대 흉상을 세피아[264]로 복사하는 데 능하며 미술사에도 통달한 사람이었다.

11월 7일, 로마

벌써 이레 동안이나 이곳에 있으니 차츰 내 머릿속에도 이 도시에 대한 대체적인 개념이 생겼다.[265] 우리는 열심히 구경을 다녔으며, 나는 고대 로마와 신(新)로마의 지도를 머릿속에 넣

위스 슈테파 출신으로, 패턴 도안가로 출발해 유화를 독학하고 화가로 자리 잡은 요하네스 퀼라(Johannes Kölla/Cölla, 1740~1778)뿐이다. 그는 마이어에게 그림을 가르친 스승이었다. 하지만 퀼라에게는 외동딸만 있었고, 동명의 다른 인물들도 생몰연대가 맞지 않는다.(스위스 미학연구소 웹사이트 참조. https://www.sik-isea.ch)

264) 기원전 1세기부터 쓰인 물감으로, 오징어 먹물에서 추출한 갈색이며 변색되지 않는 특징 때문에 19세기까지 수채화와 펜화에 널리 사용되었다. 세피아(Sepia)는 오징어를 뜻하는 그리스어(Σηπίας)의 라틴어형이다. 오늘날은 이 물감 특유의 어두운 갈색을 일컫는 색명(色名)으로 쓰이고 있다.

265) 로마의 건국자 로물루스는 기원전 8세기에 테베레강 동편, 일곱 개의 언덕이 흩어져 있는 골짜기에 터전을 잡았다. 고대 로마는 이 일곱 언덕 주위로 세운 성벽의 안쪽이었다. 오늘날 로마에서는 일곱 언덕의 모습을 거의 알아보기 어렵지만, 그럼에도 역사적 서술에서는 매우 자주 등장한다. 일곱 언덕의 중심에 있는 팔라티노(Palatino) 언덕은 로마의 시초로 여겨지는데, 장차 로마를 건국하게 될 로물루스와 레무스 쌍둥이가 태어나자마자 이곳에 버려졌기 때문이다.(신화의 다른 버전에 따르면, 아기들을 넣어 버린 바구니가 테베레강을 따라 떠내려가던 중 홍수로 물이 불어나 팔라티노 언덕 기슭으로 밀려왔다.) 팔라티노 언덕과 마주보는 캄피돌리오(Campidoglio) 언덕은 일곱 언덕 중 가장 높은데, 이곳에 고대 로마의 정치 및 생활의 중심지였던 포로로마노가 펼쳐진다. 포로로마노를 중심으로 일직선상 북쪽에 판테온이 있고 남쪽으로 콜로세움이 자리한다. 고대 로마의 카라칼라 황제 목욕탕은 첼리오(Celio) 언덕에서 가까우며, 에스퀼리노(Esquilino) 언덕에는 산타마리아 마조레 대성당이 있다. 오늘날 로마 중앙역인 테르미니 역은 비미날레(Viminale) 언덕 근처다. 비교적 외곽에 해당하는 퀴리날레(Quirinale) 언덕은 고대에는 신전들이 주로 지어졌던 곳이지만, 현재는 퀴리날레 궁전이 주요 건축물이다. 아벤티노(Aventino) 언덕은 가장 늦게 로마에 편입되었고, 오늘날은 대부분 주택가다.

고서 폐허와 건물을 보고 이곳저곳의 별장[266]들을 찾아다니고 있다. 가장 중요한 유적은 이제부터 서서히 연구하기로 하고, 지금은 다만 눈을 크게 뜨고 여기저기 구경할 뿐이다. 로마에 대한 준비는 오로지 로마에서만 가능한 것이다.

그렇지만 솔직히 말해서 지금의 로마에서 고대 로마를 선별하는 것은 어렵고도 가슴 아픈 일이다. 그래도 우리는 그 일을 하지 않으면 안 된다. 그리고 최후에 오는 귀중한 만족감을 기대하지 않으면 안 된다. 이곳에서 나는 상상을 초월하는 장관과 파괴라는 양쪽 흔적에 부딪힌다. 즉 야만인들이 그대로 남겨둔 것을 로마의 새로운 건축가들이 파괴해 버린 것이다.[267]

2000년 또는 그 이상의 세월이 경과한 듯한 존재가, 시대의 변천에 따라 갖가지 근본적 변혁을 겪어오기는 했지만, 그래도 땅과 산에는 변함이 없고 원주나 성벽도 옛날 그대로이며 국민들 속에 아직도 예전 성격의 흔적이 남아 있는 것을 볼 때, 우리는 말하자면 운명의 심판관이 된 것 같은 생각이 든다. 로

---

266) Villa. 원래 '빌라'는 로마제국 시대부터 중세까지 이탈리아의 상류층 귀족이 교외에 짓던 별장을 뜻했다.

267) "Quod non fecerunt barbari, fecerunt Barberini(야만인들이 이루지 못한 것을 바르베리니가 이뤄냈다)."라는 라틴어 경구를 비튼 것이다. 원래 경구에서 야만인의 어원인 '바바리아'는 게르만족을 가리키며, 바르베리니는 교황 우르바노 8세의 본명(마페오 빈첸초 바르베리니, Maffeo Vincenzo Barberini)이다. 우르바노 8세(Urbano VIII, 1568~1644)는 교황령 확장을 목적으로 전쟁을 일으킨 마지막 교황인데, 그가 군비 증강을 위해 판테온 주랑 현관에 있던 청동 들보를 떼어내 그걸로 대포와 탄환을 만들고, 이를 치적으로 내세우며 했다는 말로 널리 알려져 있었다. 하지만 실제로 교황이 이런 말을 한 근거는 없고, 독일 신구교 간 종교전쟁인 삼십년전쟁기 내내 교황이었던 우르바노 8세에 대한 사후 부정적 평가가 만들어낸 반어법일 가능성이 높다. 괴테는 우르바노 8세를 연상시키는 표현을 써서 고대 로마 유적을 파괴하며 살아가는 이탈리아인들을 비꼬고 있다.

마가 어떻게 이어져 내려왔는가, 그것도 옛 로마로부터 새 로마로의 연속 과정뿐만 아니라 신구 로마의 각각 다른 시대에 있어서의 연속 과정까지도 밝히는 것은, 관찰자에게 있어 처음부터 곤란한 일이다. 나는 우선 반쯤 가려져 있는 부분을 몸소 느낌으로 알아내는 데 노력해야겠다. 그런 뒤에야 이제까지의 훌륭한 준비 작업이 완전히 이용될 수 있을 것이다. 왜냐하면 15세기부터 오늘에 이르기까지 뛰어난 예술가들과 학자들이 이러한 사물의 연구에 그들의 전 생애를 바쳐왔기 때문이다.

그리고 우리가 가장 중요한 대상을 접하려는 마음으로 로마의 여기저기를 돌아다닐 때, 이 거대한 도시는 유연하게 우리들 마음에 작용해 온다. 다른 곳에서는 우리가 의미 깊은 것을 찾으러 다녀야 하는데, 여기서는 오히려 우리를 압도하는 놀라운 것들로 가득하다. 가는 곳마다, 잠시 쉬는 곳마다 온갖 종류의 풍경화가 전개되고, 궁전과 폐허, 정원과 황야, 원경과 근경, 집, 마구간, 개선문,[268] 그리고 원주 같은 것들이 전부 한곳에 모여 있어서 한 폭의 그림으로 담아낼 수 있을 정도다. 천 개의 화필로도 이루지 못할 것을 한 자루의 펜으로 어찌 다 묘사할 수 있으랴. 보고 감탄하느라 지쳐서 밤이 되면 기진맥진하고 만다.

---

268) 고대 로마에 있던 수십 개의 개선문 가운데 오늘날까지 남아 있는 것은 3개다. 현존하는 가장 오래된 티투스 개선문(81년 또는 98년 건설)은 포로로마노 입구에 있다. 팔라티노 언덕과 콜로세움 중간에 있는 콘스탄티누스 개선문(316년 건설)은 뛰어난 비례로 고전 건축의 전형을 보여주며, 나폴레옹 황제가 아우스터리츠 전투 승리를 기념해 파리에 세운 에투알 개선문의 모델이다. 셉티미우스 세베루스 개선문(203년 건설)은 캄피돌리오 언덕 근처에 있다.

1786년 11월 7일

혹시 내가 소식 전하는 것을 게을리하는 일이 있더라도 친구들이 양해해 주기 바란다. 누구든지 여행 중에는 길을 가면서 가능한 한 모든 것을 허겁지겁 얻으려 한다. 매일 무언가 새로운 것이 주어지고, 그것에 대해 생각하고 판단하기에 급급하다. 여기에 와 보니까 마치 커다란 학교에 들어간 것처럼 하루 수업이 너무나도 많기 때문에, 보고할 용기가 사라지고 마는 것 같다. 아마도 몇 해 이곳에 체류하고는 피타고라스식 침묵[269]을 지키는 것이 제일 좋을 것 같다.

같은 날에

건강 상태는 매우 좋다. 날씨는 로마 사람들 말로 "브루토"[270]다. 그리고 매일 다소간의 비를 동반하는 시로코[271]가 분다. 그래도 이러한 날씨가 그리 불쾌하지는 않다. 독일 여름철의 비 오는 날씨와는 달리 따뜻하기 때문이다.

11월 7일

티슈바인의 재능과 그의 계획 및 예술적 의도를 알게 됨에 따라 그를 마음으로부터 존경하게 되었다. 그는 소묘와 스케치를 보여주었는데 좋은 것을 많이 가지고 있었고 장래가 매우 유망

---

269) 침묵을 삶의 태도로 특히 강조했던 고대 그리스 철학자 피타고라스는 제자가 되고자 찾아오는 자에게 5년의 침묵 서약을 시켰다고 한다. 지원자는 5년간 문 밖에 서서 피타고라스의 목소리를 듣기만 할 뿐, 어떤 말이나 질문도 금지되었다.

270) bruto. 광포한, 험악한.

271) 북아프리카 사막에서부터 지중해 쪽으로 부는 고온건조한 바람이지만, 이탈리아 내에서는 특히 시칠리아 등지에서 불어오는 남풍을 가리킨다.

하다. 일찍이 보드머[272] 곁에서 체재한 결과, 그의 사고는 인류 최초의 시대, 즉 인류가 이 땅 위에 처음으로 태어나 세상의 지배자가 되어야 하는 사명을 해결하지 않으면 안 되었던 시대로 향하게 되었다.

그는 먼저 전체에 대한 재기 넘치는 서곡으로, 세상의 고령 시대의 모습을 구체적으로 그려내려고 노력했다. 장엄한 삼림에 둘러싸인 산악, 계류에 의해 뚫린 협곡, 아직도 희미한 연기를 뿜고 있는 다 타버린 화산. 전경에는 수백 년 묵은 떡갈나무의 거대한 그루터기가 보였으며, 반쯤 노출된 뿌리를 향해 수사슴 한 마리가 제 뿔의 힘을 시험해 보고 있다. 구상도 좋고 솜씨도 훌륭하다.

그는 주목할 만한 한 장의 그림[273]에다 인간을 말 조련사로 표현하고, 인간이 땅과 하늘과 물의 모든 동물에 비해 힘은 떨어지지만 지략은 월등하게 우월한 것으로 그려내고 있다. 구성이 특히 우수하다. 유화로 한다면 틀림없이 대단한 효과를 올릴 것이다. 무슨 일이 있어도 소묘를 한 장 얻어서 바이마르에

---

272) 요한 야콥 보드머(Johann Jakob Bodmer, 1698~1783). 스위스 취리히 태생의 비평가, 역사학자, 교수다. 신학자이자 문필가, 인상학자였던 요한 라바터(Johann Kaspar Lavater, 1741~1801)와 더불어 18세기 취리히 문예그룹을 형성했다. 프랑스 신고전주의에 반대하고, 타소와 호메로스를 연구했으며 문학의 원동력은 감정과 상상력이라고 주장하여 헤르더를 위시한 독일 낭만주의 탄생에 크게 영향을 끼쳤다. 티슈바인은 라바터의 초청으로 1781~1782년 취리히에 체류했다.

273) 「남자들의 힘(Die Stärke des Mannes)」 또는 「카스토르와 폴리데우케스」로 불리는 작품이다. 티슈바인은 괴테와 함께 있던 1786년에 이 작품을 작은 수채화로 먼저 그렸고, 1798년에 유화로 다시 그렸다. 그리고 1821년에 캔버스를 대폭 키운 유화를 완성했다. 첫 번째 수채화는 베를린 시립미술관이 소장하고 있으며, 마지막 대작 유화는 스위스의 올덴부르크 국립박물관에 있다.

소장하도록 해야겠다. 그는 또 옛날의 이름난 현인들의 모임을 소재로 해서 현실의 인물을 그릴 기회를 포착하려는 생각을 가지고 있다. 그러나 그가 최대의 열의를 가지고 스케치하고 있는 것은 두 개의 기병대가 서로 동등한 기백을 가지고 격돌하고 있는 전투 장면이다. 더구나 그 장소는 무서운 협곡이 양군을 갈라놓고 있어서 말이 최대의 힘을 발휘해야 겨우 그 낭떠러지를 뛰어넘을 수 있다. 방어 같은 것은 생각도 할 수 없다. 용감한 공격, 무서운 결의, 성공 아니면 지옥으로 추락이다. 이 그림은 화가에게 말의 골격이나 운동에 관한 지식을 매우 주목할 만한 방법으로 전개시킬 수 있는 좋은 기회가 될 것이다.

이 그림들과, 그것에 연속되거나 그 사이에 삽입될 일련의 그림이 몇 편의 시와 결합해, 시가 그림 속 묘사물을 설명하고 그림의 묘사물은 정확한 형체를 통해 시에 구체성과 매력을 더하게 되는 것이 그의 바람이다. 착상은 퍽 좋지만, 그런 시를 쓰려면 우선 그와 수년간 생활을 같이해야만 할 것이다.

11월 7일

나는 이제야 겨우 '라파엘로 로지아'와 위대한 그림 「아테네학당」을 구경했다.[274] 그때의 기분은 마치 군데군데 흐려져서 보

---

274) 괴테가 처음으로 바티칸을 방문했음을 알 수 있다. 서기 64년(또는 68년) 로마제국에서 순교한 사도 베드로의 시신이 묻힌 곳에 지어졌기 때문에 산피에트로라는 이름이 붙었다. 1506년 교황 율리오 2세가 중세의 성당을 대신할 신축 바실리카 계획을 수립한 이래로 1626년 완공될 때까지 120년간 바뀐 교황의 수가 20명이고, 브라만테, 미켈란젤로, 라파엘로, 베르니니 등 당대 최고의 예술가들이 이 성당의 건축과 내부 장식에 동원되었다. 산피에트로 대성당이 르네상스 건축과 미술의 정점을 보여주는 문화유산일 수밖에 없는 이유다.

이지 않는, 파손된 사본을 가지고 호메로스를 판독해야만 할 때와 같았다. 첫인상은 내 마음에 충분한 만족을 주지 않았다. 서서히 모든 것을 다 보고 연구를 끝냈을 때에 비로소 감상하는 맛도 완전해지리라. 제일 잘 보존되어 있는 것은 성경 이야기를 소개하고 있는 회랑의 천장 벽화로 어제 그린 그림같이 선명했다. 라파엘로 자신이 그린 부분은 얼마 안 되지만 그의 밑그림과 감독에 의해 완성된 대단히 뛰어난 그림이었다.

11월 7일

확실한 지식을 갖추고 미술과 역사에 정통한 영국인의 안내를 받으며 이탈리아를 여행하고 싶다는 생각을 이전에 가끔 했었다. 그런데 지금 그 일이 꿈에도 생각지 못했을 만큼 잘 진행되고 있다. 티슈바인은 내 마음속의 친구로 이곳에 장기간 체류하고 있으면서 전부터 나에게 로마를 보여주고 싶다는 생각을 가지고 있었다. 실제로 만나서 교제한 기간은 짧지만, 편지가 오간 우리의 관계는 오래되었다. 이 이상 좋은 인도자를 찾을 수는 없을 것이다. 나의 체재 기간은 한정되어 있지만 나는 되도록 많은 것을 음미하고 배울 작정이다.

아무튼 내가 이곳을 떠나더라도 다시 오고 싶어질 것은 틀림없다.

'라파엘로 로지아'는 바티칸 내 교황 관저인 '사도의 궁전' 회랑의 별칭으로, 라파엘로가 성경에서 제재를 따온 작은 벽화들을 그렸다. 「아테네학당」은 고대 그리스에서부터 중세와 르네상스까지를 대표하는 철학자와 예술가들이 산피에트로 대성당에 모두 모여 토론하는 모습을 그린 대형 벽화다. 그림이 있는 곳은 과거에 교황의 서재였지만, 오늘날은 '라파엘로의 방'으로 불린다.

11월 8일

나의 기묘한, 아마도 변덕이라고 할 수 있을 반(半) 잠행이 예기치 않았던 이익을 가져다주고 있다. 모두들 내가 누구라는 것을 모르는 척하기로 되어 있다 보니, 나를 상대로 시인 괴테에 관한 이야기를 할 수도 없는 노릇이어서, 사람들은 그들 자신에 관한 것이라든지 또는 그들에게 흥미 있는 일에 관해 이야기할 수밖에 없다. 그래서 나는 지금 각자가 무슨 일에 종사하고 있는지 또는 어떤 신기한 일이 일어나고 있는지 소상하게 알 수가 있다. 궁정고문관 라이펜슈타인[275]도 나의 변덕에 동의해 주었다. 그런데 그는 남다른 이유로 내가 쓰고 있던 가명을 못 견뎌 하더니, 잽싸게 나를 남작으로 만들어서는 론다니니 남작[276]이라고 불렀다. 호칭은 그 정도면 충분했다. 게다가 이탈리아인들은 세례명이나 별명으로 부르는 것이 관습이기 때문에 더욱 편하다. 하여간 나는 마음대로 행동할 수 있으

---

275) 요한 프리드리히 라이펜슈타인(Johann Friedrich Reiffenstein, 1719~1793). 동프로이센 태생으로 쾨니히스베르크 대학교에서 법학을 공부했다. 쾨니히스베르크의 '독일어학회(Königliche Deutsche Gesellschaft)' 총무로 일하던 중 1745년에 헤센-카셀 공국의 궁정고문관에 임명되었고, 이때 티슈바인을 알게 되었다. 티슈바인과 '문화예술인문학회(Gesellschaft der freien Künste)'를 조직하고 잡지를 출판하면서, 주요 필진이었던 빙켈만과도 친구가 되었다. 1759년 프리드리히 울리히 라이나르 백작의 수행원으로 그랜드투어에 동참해 이탈리아에 오게 되었다. 당시 로마에 체류하고 있던 빙켈만의 소개로 다수의 예술계 인사들의 교류하면서 고미술에 대한 안목을 쌓았다. 1763년부터 로마에 정착해 고미술사가이자 미술품 중개상으로 활약했다.

276) 괴테는 로마에 도착할 때까지 라이프치히 출신의 상인 행세를 하고 J. P. 뮐러라는 가명을 사용했다. 그러다가 로마에 도착해선 티슈바인이 묵고 있던 카사 모스카텔리(Casa Moscatelli)에 거처를 정했는데, 론다니니 궁전(Palazzo Rondanini) 맞은편 집이어서 이런 별명을 붙인 것이다. 오늘날에도 이곳에 괴테를 기념하는 문구가 걸려 있다.

면서도 나의 생활이나 일에 대해 일일이 해명해야 하는 한없는 불쾌함을 겪지 않게 된 것이다.

11월 9일

나는 가끔씩 문득 걸음을 멈추고 이미 획득한 것 중에서 최고의 정점을 회고한다. 나는 기꺼이 베네치아 쪽을 뒤돌아보고 제우스의 머리에서 팔라스[277]가 태어난 것처럼 바다의 품에서 태어난 저 위대한 땅을 생각한다. 이곳에서는 로톤다[278] 내외부 전체의 위대함에 감탄했다. 산피에트로 대성당에서는 또한 예술이나 자연이 모든 척도의 비교를 초월할 수 있다는 것을 이해할 수 있게 되었다. 또한 벨베데레의 아폴론[279]은 나를 현

---

277) 아테나 여신을 가리킨다. 그리스 신화 속 하늘의 신 우라노스의 피가 땅에 떨어져 대지의 여신 가이아에게 잉태된 거인 자식들인 '기간테스' 중 하나인 팔라스는 올림포스 신들과 맞서 싸우다 아테나 여신에게 패했다. 이후 아테나는 팔라스의 가죽을 벗겨 보호 장비로 몸에 두르고 다녔으며, 이로부터 아테나의 별칭인 팔라스가 유래했다. 제우스는 메티스가 낳은 딸이 자신을 능가한다는 신탁을 듣고 임신한 메티스를 삼켜버렸는데, 그럼에도 아테나는 다 성장한 채로 제우스의 머리를 깨고 나왔다.

278) '판테온 로톤다(Pantheon Rotonda)'의 줄임말이다. 고대 로마의 다신교 신전으로, 기원전 27년경 아그리파가 건설했다는 기록이 있으나, 현재의 판테온은 118년부터 128년까지 하드리아누스 황제 때 건설된 것으로, 고대 로마 건축술의 최고 경지를 보여준다. 609년 교황 보니파시오 4세가 가톨릭 성전으로 지정했고, 르네상스 시대에는 무덤으로 사용되어 라파엘로의 묘가 여기 있다. 오늘날은 가톨릭 성당으로 이용되고 있다.

279) Apollo del Belvedere. 기원전 330년경의 고대 그리스 청동상을 로마 시대(130~140년경)에 대리석으로 모사한 조각상이다. 15세기에 발굴되어 줄리아노 델라 로베레(Giuliano della Rovere, 1443~1513) 추기경이 자신의 궁전에 개인 소장하다가, 교황(율리오 2세)으로 선출된 뒤 1508년경에 바티칸으로 옮겨왔다. 당시 건설 중이던 바티칸에 최상급 고대 조각상 전시장으로 벨베데레 중정과 8각형 로지아를 조성하여, 아폴론 상, 라오콘 상, 헤르메스 상, 페르세우스 상 등을 옮겨 놓았다. 미술사가 빙켈만은 벨베데레의 아폴론을 "현존하는 고대 예술

실 세계로부터 끌어냈다. 왜냐하면 아무리 정확한 도면이라도 저 건물들의 어떠한 개념조차 올바르게 전할 수 없는 것과 마찬가지로, 내가 이전에 대단히 아름답다고 생각하고 보았던 모작 석고상도 이 대리석 실물과는 비교가 되지 않기 때문이다.

1786년 11월 10일

나는 이곳에서 오랫동안 가지지 못했던 명랑함과 안정감을 느끼면서 생활하고 있다. 사물을 있는 그대로 보고 이해하려는 나의 수련, 눈빛을 흐리지 않게 하려는 나의 성실함, 모든 우쭐함에서 완전히 벗어나려는 나의 기분, 이러한 것들이 모두 도움이 되어 남이 모르는 행복을 느끼게 해준다. 매일같이 새롭고 진귀한 대상, 신선하고 웅대하면서도 신기한 풍경을 접함으로써 오랫동안 머릿속에 그리면서도 상상력으로는 도저히 포착할 수 없었던 통제된 전체가 발견된다.

오늘 나는 케스티우스의 피라미드[280]를 구경 다녀왔고, 저녁에는 팔라티노 언덕에 올라, 암벽처럼 솟아 있는 궁전의 폐허[281] 위에 섰다. 이에 관해서는 아무런 전승(傳承)도 없다. 대체로 로마에는 자질구레한 것이 없다. 가끔 가다 몰취미하고

의 정점"으로 평가했다.

280) Piramide di Caio Cestio. 고대 로마의 축제와 연회를 주관한 에풀로네스(Epulones) 사제단 소속 사제였던 가이우스 케스티우스(Gaius Cestius)의 기념묘로, 기원전 12년경에 37미터 높이의 피라미드 형태로 지어졌다. 포르타 산파올로(Porta San Paolo) 근처에 있다.

281) 팔라티노 언덕의 대규모 유적지에는 아우구스투스 황제 시대의 궁전이 여러 채 있다.

비난받을 만한 것도 있기는 하지만 그러한 점 역시 로마가 가진 위대함의 한 요소인 것이다.

사람들이 기회 있을 때마다 그렇게 하듯 지금 내 자신의 마음을 되돌아보면, 나는 드러내서 말하지 않을 수 없을 정도의 한없는 기쁨을 발견한다. 사물을 볼 수 있는 안목을 가지고 진실하게 이 도시를 구경하는 사람이라면 누구라도 반드시 견실한 마음을 가지지 않을 수 없을 것이며, 견실이라는 말의 의미를 그 어느 때보다도 확실하게 파악하게 될 것이 틀림없다.

정신은 무미건조하지 않은 엄숙함과 기쁨이 넘치는 안정에 도달한다. 적어도 나는 이곳에서처럼 이 세상의 사물들을 정당하게 평가한 적이 없었던 것 같은 기분이다. 나는 평생 남을 이 축복받은 성과를 기쁘게 생각한다.

그러므로 되어가는 대로 몸을 흥분에 맡기자. 질서는 저절로 생길 것이다. 나는 여기 와서 나만의 방식으로 향락을 누리려는 것이 아니다. 마흔이 되기 전에 위대한 것을 연구하고 습득해 나 자신을 성숙시키고자 하는 것이다.

11월 11일

오늘 나는 물의 요정 에게리아[282]의 동굴을 구경하고, 다음에

---

282) 로마 신화에서 님프 에게리아(Egeria)는 숲의 처녀신 디아나(아르테미스)의 변형으로, 로마 건국신화 속 2대 왕인 누마 폼필리우스(Numa Pompilius)에게 종교와 법률 등의 통치 기술을 전수했으며, 후일 그의 아내가 되었다는 전설이 있다. 로마 외곽 카파렐라 유적지 공원(Parco della Caffarella)에 2세기경 조성된 에게리아의 동굴 일부와 샘이 남아 있다.

카라칼라의 대전차경기장,[283] 아피아가도[284]에 연해 있는 황폐한 묘지, 견고한 성벽이란 어떤 것인가를 가르쳐주는 메텔라의 묘[285] 등을 보았다. 이것들을 만든 고대인은 정말로 영원을 목표로 하고 공사를 했다. 모든 것이 계산에 들어 있었으나 무모한 파괴자만은 고려하지 않았다. 이것에는 그 어떤 것도 항복하지 않을 수 없다. 나는 진심으로 자네[286]가 이곳에 와주었으면 한다. 방대한 수도(水道)의 유적은 대단히 훌륭한 것이다. 이렇게 거대한 시설로 국민의 목을 축이려고 하다니 얼마나 아름답고 위대한 일인가! 저녁때 우리가 콜로세움[287]에 도착했을 무렵에는 벌써 어둑어둑해 있었다. 이 콜로세움을 보고 있으면 다

---

283) 키르쿠스 막시무스(Circus Maximus), 이탈리아어로는 치르코 마시모(Circo Massimo)를 가리키는 듯하다. 팔라티노 언덕 기슭에 있었던 로마 시대 최대 규모의 축제 및 경기장으로, 기원전 329년에 처음 지어졌으며 점점 확장되어 전성기에는 40만 명 가까이 수용했다. 카라칼라(Caracalla, 188~217, 재위 211~217) 황제가 이 경기장을 마지막으로 확장, 보수했다. 오늘날은 대부분 파괴되어 경기장 터만 남아 있다.

284) Via Appia. 기원전 312년부터 기원전 240년까지 건설된 고대 로마의 주요 도로로, 로마에서 시작해 남동쪽으로 560킬로미터 뻗어나가 이탈리아 반도 최남단의 항구도시 브린디시(Brindisi)까지 연결되어 있다.

285) 로마 공화정기 최고위 귀족 가문 출신인 체칠리아 메텔라(Caecilia Metella)는 율리우스 카이사르의 재무관이자 장군이었던 크라수스(Marcus Licinius Crassus, 기원전 86?~기원전 49년)의 아내였다. 메텔라의 묘는 그 아들인 집정관 크라수스가 기원전 1세기경 아피아가도 인근, 부모의 결혼식 장소였던 곳에 세운 기념묘다. 지름 29.5미터에 높이 11미터의 타워 형태인데, 14세기에 지은 요새와 연결되면서 철옹성의 위용을 갖추게 되었다.

286) 헤르더를 가리킨다.

287) 로마를 상징하는 유적인 콜로세움의 공식 명칭은 플라비우스의 암피테아터(Amphitheatrum Flavium)로, 둘레 527미터, 외벽 높이 48미터의 타원형 투기장이다. 서기 80년에 완공되었으며, 1층은 도리아식, 2층은 이오니아식, 3층은 코린트식으로 각 층마다 양식을 달리했다. 최대 5만 명의 관객을 수용할 수 있었다.

른 것이 모두 작게 보인다. 그 영상을 마음속에 담아둘 수가 없을 정도로 거대한 극장이다. 나중에 생각해 보면 작았던 것 같아서, 다시 돌아와 보면 오히려 전보다도 한층 더 크게 느껴진다.

11월 15일, 프라스카티에서

일행은 벌써 잠자리에 들었으나, 나는 사생용 그림물감으로 이 글을 쓰고 있다. 우리는 여기서 이삼일 정도 비가 오지 않는 갠 날씨를 보냈고 따뜻하고 기분 좋은 햇볕을 쬐어 마치 여름 같은 느낌이다. 이 지방은 매우 쾌적한 곳으로, 언덕이 아닌 산기슭에 거리가 위치해 있어 화가가 한 발 한 발 옮길 때마다 굉장한 소재들이 눈에 들어온다. 전망을 막는 것도 없고 로마와 앞바다가 보이며, 오른쪽으로는 티볼리의 산들도 보인다. 따라서 이 쾌적한 지방에는 별장 같은 것들도 보기 좋게 지어져 있다. 고대 로마인들이 이미 여기에 별장을 세웠듯이 100년도 더 전에 부유하고 호화로운 로마 사람들이 가장 아름다운 지역에 자신들의 별장을 세웠던 것이다. 이틀 동안 우리는 이곳을 돌아다니고 있는데 끊임없이 무언가 새로운 매력을 접하게 되곤 한다.

그러나 밤은 또 밤대로 낮에 비해 즐거움이 떨어지지 않는다. 체구 당당한 여관의 여주인이 촛대가 셋인 황동 램프를 커다란 원탁 위에 놓고 "행복한 밤입니다."라고 하면 모두들 원탁을 둘러싸고 모여서 낮 동안에 사생하고 스케치한 그림을 내보인다. 그것에 대해서 더 좋은 화제(畫題)를 잡을 수는 없었을까, 특징이 잘 포착되어 있는지 어떤지, 이미 밑그림 단계에서 설명될 수 있는 최초의 일반적 주요 요건이 논의된다. 궁정 고문관 라이펜슈타인은 타고난 통찰력과 권위를 가지고 이 회합을 잘 정리하고 지도한다. 이 칭찬할 만한 방법은 원래 필리프 하케르트[288]가 시작한 것이다. 그는 실경을 풍취 있는 필치로 그려내는 재능을 갖고 있었다. 직업화가, 비전문가, 남녀노소 구분 없이 독려해 가면서 각자가 자기 재능과 역량에 따라 정진하도록 고무하고, 자신도 솔선수범했다. 사람들을 모아서 즐겁게 하는 이 방법을 친구인 하케르트가 떠난 지금은 궁정고문관 라이펜슈타인이 충실히 계승하고 있다. 사람들 각각이 가지고 있는 적극적인 흥미를 환기하는 것은 정말 좋은 일이라고 생각한다. 한 사람 한 사람 모두 다른 친구들의 천성이나 특질이 기분 좋게 발휘된다. 예를 들면 티슈바인 같은 사람은 역사화가로서 경치를 보통 풍경화가하고는 전혀 다른 각도에서 보고 있다. 그는 남이 아무것도 보지 못하는 곳에서 의미 있는 집단이라든가 그 밖의 우미하고 함축적인 대상을 발견한다. 그리고 그것이 어린애건 농민이건 거지이건 다른 부류의 자연인이건 심지어는 동물이라도 상관하지 않고 얼마간의 인간적인 소박한 특징을 포착하는 데 성공한다. 그는 그런 소재들을 독특하고 정돈된 선으로 정말 기막히게 그려내는 재주가 있어서, 늘 우리들의 담화에 새롭고 유쾌한 이야깃거리를 제공해 준다. 이야기가 끊어지면 하케르트가 남기고 간 방법에 따라 줄처[289]의 『이론』

---

288) 야콥 필리프 하케르트(Jacob Philipp Hackert, 1737~1807). 브란덴부르크의 화가 가문 출신으로, 풍경화가로 일찍부터 이름을 알렸다. 스웨덴과 파리를 거쳐 1768년부터 이탈리아에 정착, 로마와 나폴리를 기반으로 왕성하게 활동했다. 로마에서 라이펜슈타인과 친구가 된 하케르트는 괴테가 이탈리아 여행을 시작한 해인 1786년에 시칠리아의 궁정화가로 임명되어 나폴리로 떠났다.

289) 요한 게오르크 줄처(Johann Georg Sulzer, 1720~1779). 스위스 빈터투어 태생으로, 수학과 교수였다가 전기학 분야로 옮겨 초창기 배터리 개

이 낭독된다. 보다 높은 견지에서는 이 책이 완전히 만족스러운 것은 못 될지라도, 중급 정도의 교양을 가진 사람들에게는 역시 좋은 영향을 주는 것 같다.

11월 17일, 로마

우리들은 돌아왔다. 오늘 밤은 천둥을 동반한 호우가 있어서 지금도 계속 비가 내리고 있으나 그래도 여전히 따뜻하다.

나는 오늘의 행복을 몇 마디로 표현할 수 있다. 안드레아 델라 발레에 있는 도메니키노의 벽화와 카라치가 그린 파르네세 궁전 벽화를 구경한 것이다.[290] 몇 달을 걸려서 본다 해도 너무 많은데 하물며 하루에 봐야 하다니······.

11월 18일

날씨도 좋아지고 반짝반짝 빛나는 기분 좋고 따뜻한 날이다. 나는 빌라 파르네시나에서 「프시케와 에로스」[291]를 보았다. 이

발에 기여했다. 계몽주의적 백과전서인 『미학 및 예술의 일반 이론(Allgemeine Theorie der schönen Künste)』(1771~1774)을 써 당대에 미학 이론가로도 명성을 얻었다. 말년에는 베를린 과학아카데미 원장을 역임했다.

290) 로마의 산탄드레아 델라 발레 성당(Sant'Andrea della Valle)에 있는 도메니키노의 대표작 「4인의 복음사가」와 「성 안드레아의 생애」 연작을 가리킨다. 한편, 카라치의 대표작이라 할 파르네세 궁전 천장 벽화는 '디오니소스와 아리아드네의 승리' '아르테미스와 판' 등, 그리스 신화 속 신들의 사랑을 소재로 한 대형 연작화로, 바로크적 힘과 고전주의의 명랑함을 조화시킨 걸작이다.

291) 빌라 파르네시나(Villa Farnesina)는 로마 테베레 강변에 있는 저택으로, 원래는 시에나 태생의 부유한 은행가이자 르네상스 예술 후원자였던 아고스티노 키지(Agostino Chigi)의 집이었다. 라파엘로는 빌라 파르네시나 건설 당시 1층 메인 홀의 벽화 장식을 의뢰받아, 1511년에 「갈라테이아의 승리」를 그렸다. 한편 「프시케와 에로스」는 라파엘로가 밑그림을 그리기는 했지만, 실제 벽화 작업은 1518년부터 2년 동안 다른 작업자들이 진행했다. 이들 벽화가 있는 나란한 두

그림의 사본은 오랫동안 내 방을 장식하고 있었다.[292] 그러고 나서 몬토리오의 산피에트로 성당에서 라파엘로의 「그리스도의 변용」[293]을 보았다. 모두가 마치 멀리 떨어진 나라에 있으면서 편지 왕래로 친해졌다가 이제 처음 만난 친구들처럼 스스럼이 없다. 같이 산다는 것은 또 다른 것으로, 서로의 진실한 관계라든가 서로 맞지 않는 점이 금세 모조리 명백하게 드러난다.

전혀 평판에도 오르지 않고 동판이나 복사화가 세상에 퍼져 있지도 않지만, 사실은 굉장한 작품이라 할 만한 것은 어디에나 있다. 나도 그런 것을 좀 솜씨 있는 화가에게 복사시켜서 선물로 가지고 가야겠다.

공간은 각각 '갈라테이아 로지아'와 '프시케 로지아'로 불린다. 1577년 추기경 알레산드로 파르네세(302쪽 각주 336번 참조)가 매입하면서 '파르네시나'로 이름이 바뀌었다. 당시 강 건너편에서 파르네세 궁전(Palazzo Farnese)에 벽화 작업을 하고 있던 미켈란젤로는 두 건물을 잇는 다리를 놓자는 제안을 해, 일부 건설된 흔적이 남아 있다.

292) 니콜라 도리니 경(Sir. Nicolas Dorigny, 1658~1746)은 프랑스 태생의 동판화가로, 이탈리아에 28년간 체류하며 르네상스 시대 이탈리아 화가들의 벽화 다수를 동판화로 복사했다. 1711년 영국 앤 여왕의 초청으로 런던에 가서, 영국 왕실이 소유한 '라파엘로의 태피스트리(582쪽 참조)' 도안 원본을 동판화로 옮기는 작업을 8년간 했고, 이것으로 영국 기사 작위를 받았다. 도리니는 1693년에 '갈라테이아와 프시케 이야기'를 12장의 동판화로 복사했는데, 괴테는 이 복사화를 소장하고 있었으며, 오늘날에도 바이마르의 괴테하우스에 전시되어 있다.

293) 교황 클레멘스 7세(Clemens VII, 1478~1534, 재위 1523년~1534, 본명은 줄리오 디 줄리아노 데 메디치)가 추기경이던 시절에 프랑스 나르본에 있는 대성당에 설치할 작품으로 의뢰하였으나, 라파엘로의 이 마지막 걸작이 그의 사후에 완성되자(1520년), 추기경은 그림을 프랑스로 보내지 않고 로마 몬토리오의 산피에트로 성당 대제단에 설치했다. 이후 나폴레옹에 의해 루브르로 옮겨졌다가, 파리 조약에 따라 1815년 이탈리아가 그림을 되찾았다. 오늘날에는 바티칸 피나코테카에 전시되어 있다.

11월 18일

티슈바인하고는 벌써 오랜 세월의 편지 왕래에 의해 절친한 사이이며, 가능성은 희박했어도 이탈리아에 가보고 싶다는 소망을 여러 번 그에게 털어놓았던 터이므로, 우리의 만남은 매우 효과 있고 또 기쁜 일이었다. 그는 항상 내 생각을 해주었고 나를 위해서 배려해 주고 있다. 그는 고대인이나 근대인이 건축에 사용한 석재에 완전히 정통해 있다. 그가 참으로 철저하게 연구할 때 그의 예술적 안목과, 감각적 사물을 애호하는 예술가적 기질이 큰 도움이 되었다. 그가 나를 위해 엄선하여 만든 표본을 얼마 전에 바이마르로 발송해 주었는데, 이것은 귀국할 때 나를 반가이 맞아줄 것이다. 그 뒤에도 또 추가로 꽤 많은 표본이 발견되었다. 지금은 프랑스에 체재하고 있는 한 성직자로 고대 암석에 관한 저술을 계획하고 있는 사람이, 이전의 포교 활동의 공덕으로 파로스섬[294]으로부터 훌륭한 대리석 덩어리를 입수했다. 그것이 이곳에서 표본으로 재단되어 결이 고운 것부터 거친 것까지, 가장 순도가 높은 조각용부터 건축재로 쓰이는 다소 운모가 섞인 것까지, 12가지 표본이 나를 위해 남겨져 있었다. 예술에 있어서 재료에 대한 정확한 지식이 예술 비평에 얼마나 도움이 되는지는 자명한 일이다.

　여기서 그러한 것을 수집할 기회는 얼마든지 있다. 네로의 궁전[295] 폐허에서 엉겅퀴가 자라나 있는 새로 성토(盛土)된

---

294) 에게해에 있는 키클라데스제도의 섬으로, 그리스와 동방을 잇는 교역 거점이었으며, 기원전 6세기부터 파로스산 대리석은 건축 및 조각의 재료로 주요 수출 품목이었다.

295) 서기 64년 로마 대화재 이후 네로 황제가 도시 재건을 내세우며 지은

땅을 지나칠 때, 우리는 근처에 수천 개나 굴러다니고 있는, 옛 성벽의 장려함을 말해 주는 재료인 화강암, 반암, 대리석 등의 파편을 주머니 가득 집어넣지 않을 수 없었다.

11월 18일

이상하고도 논란의 대상이 되고 있는 어떤 그림에 대해 이야기 해야겠다. 그것은 이제껏 본 모든 훌륭한 그림들에 비해서도 결코 떨어지지 않는 그림이다.

몇 년 전에 미술 애호가이자 수집가로도 저명한 한 프랑스인이 이곳에 머무르고 있었다. 그는 석회 위에 그린 한 장의 고대화를 입수했는데, 출처는 아무도 몰랐다. 그는 그 그림을 멩스[296]에게 복원시켜 자기 수집품으로 소중히 간수하고 있었다. 빙켈만[297]이 어디선가 그 그림에 대해 열심히 설명했을 텐

도무스 아우레아(Domus Aurea, 황금의 집)는 전체 면적을 정확히 가늠하기 어려울 만큼 광대한 규모였다. 신전, 암피테아터, 목욕탕, 인공호수와 40미터에 이르는 네로 조각상, 일명 콜로수스(Colossus)가 궁내에 있었다.(현재의 콜로세움은 도무스 아우레아 내 인공연못이 있던 자리에 지어진 것이다.) 규모에 비해 이례적으로 빠른 속도인 4년 만에 완공했지만, 네로 사후 40년 만에 모두 파괴되고 흙으로 덮여 지상에는 궁터 표지만 남게 되었다. 오늘날까지도 지하에서 발굴 작업이 계속되고 있다.

296) 안톤 라파엘 멩스(Anton Raphael Mengs, 1728~1779). 보헤미아 왕국 출신 초상화가로, 드레스덴과 마드리드의 궁정화가였지만, 대부분의 시간을 로마에서 살았다. 1749년 노섬벌랜드 공작의 주문으로 라파엘로의 「아테네학당」을 유화로 모사했다. 빙켈만과 함께 살게 되면서 그의 영향으로 고대 미술에 심취했고, 로마 바로크와 고전주의를 결합한 예술품 모사 기술을 발전시켜 화가로서 당대에 높은 인지도를 얻었다.

297) 요한 요아힘 빙켈만(Johann Joachim Winckelmann, 1717~1768). 프로이센 브란덴부르크 출신으로, 할레대학교에서 신학을 공부하면서 그리스 고전에 관심을 갖게 되었다. 1748년, 4만 종의 장서를 보유한 뷔나우 백작의 도서관에서 사서로 일하며 그리스 문화에 천착했다. 1755년『그리스 회화와 조각

데, 가니메데스가 제우스에게 한 잔의 포도주를 바치고 그 대신 입맞춤을 받는 장면이 그려져 있다.[298] 그런데 그 프랑스인이 죽으면서 그 작품은 고대 유물이라는 말과 함께 여관 여주인에게 주었다는 것이다. 멩스 또한 죽었는데 그는 죽어가는 마당에 그 그림은 고대 것이 아니고 자기가 그린 것이라고 했다. 그래서 일대 논쟁이 벌어졌다. 어떤 사람은 멩스가 장난으로 가볍게 그린 것이라고 주장하고, 다른 사람들은 멩스는 도저히 그런 그림을 그릴 수 없다, 그것은 라파엘로의 작품이라고 해도 넘치도록 훌륭하다고 했다. 나는 어제 그 그림을 보았는데, 가니메데스의 머리며 등이 그보다 아름다운 것을 이전에는 본 적이 없었다고 말할 수밖에 없다. 다른 부분은 지나치게 수복되어 있다. 그러나 이런 불후의 걸작이 가짜 취급을 당해서 여주인으로부터 그 그림을 사려는 사람이 아무도 없다.

작품의 모방에 관한 고찰(Gedanken über die Nachahmung der griechischen Werke in der Malerei und Bildhauerkunst)』을 출판해 유럽 전역에서 고전주의의 선구자로 명성을 얻게 되었다. 1754년 가톨릭으로 개종하고, 1755년부터 로마에서 고대 유물과 유적을 조사 연구했으며, 그리스 원본과 로마 사본을 구분할 수 있는 당대의 극소수 연구자가 되었다. 1764년 발표한 대표작 『고대예술사(Geschichte der Kunst des Altertums)』에서 "우리가 독창적으로 위대해지는 유일한 방법은 그리스를 모방하는 것이다."라고 선언했다. 이것이 괴테를 포함해 18세기의 많은 예술가들이 고전주의 열풍에 빠져들게 된 계기다. 1782년 영국의 도자회사 웨지우드가 상품화한 '에트루리아' 시리즈는 빙켈만의 아이디어로 성공한 대표 사례 중 하나다. 로마에서 추기경의 사서, 바티칸 서기, 고미술 보존감독관으로 일했다. 1768년 독일을 방문하러 가다가 중간에 마음을 바꿔 로마로 돌아오던 중, 트리에스테의 여관에서 프란체스코 아르칸젤리라는 투숙객에게 살해당했다.

298) 그리스 신화에서 가니메데스는 트로이 왕자인데, "필멸의 인간 가운데 가장 아름다운 남자"여서, 독수리로 변한 제우스에게 납치되어 올림포스에 살면서 신들의 술시동이 되었다. 인간의 몸으로 불사의 존재가 된 드문 예이다.

1786년 11월 20일

모든 종류의 시에다가 그림이나 동판화를 곁들이는 것은 소망스러운 일이며, 화가 자신조차 자기가 공들여 그린 그림을 어떤 시인의 시구(詩句)에 바치는 예는 우리들이 경험으로 잘 알고 있는 바이므로, 시인과 화가가 공동 제작을 시도해서 처음부터 곧바로 통일을 도모하려고 하는 티슈바인의 생각에는 나도 대찬성이다. 특히 그 시가 쉽게 전체의 구상이 서고 그 제작 추진이 어렵지 않은 짧은 것이라면, 어려움은 물론 많이 감해질 것이다.

티슈바인은 이 일에 대해서도 매우 유쾌하고 목가적인 생각을 가지고 있다. 그리고 그가 이 방법으로 제작할 것을 생각하고 있는 주제가 시로서도 그림으로서도 각각 한쪽만으로는 묘사하기에 충분하지 않은 종류의 것이라는 점은 실로 이상할 정도다. 그는 그러한 일에 참가할 생각을 내게 불러일으키기 위해 산책하는 도중에 이야기했다. 우리의 공동 작품의 표지가 될 동판화는 이미 초안이 잡혀 있다. 새로운 신기한 일에 빠지는 것을 내가 두려워하지 않는다면 아마도 나는 유혹에 넘어갈 것이다.

1786년 11월 22일, 성 체칠리아 축일, 로마

이 행복했던 날의 기념으로 몇 줄의 글을 남겨 생생하게 보존하고, 오늘 즐겁게 경험한 일을 적어도 사실대로 전하려 한다. 날씨는 지극히 아름답고 조용했다. 하늘은 끝없이 맑고 태양은 따뜻했다. 나는 티슈바인과 더불어 산피에트로 광장으로 가서 우선 그 근처를 이리저리 걸었다. 더워지면 우리 두 사람을 충분히 가려주는 큰 오벨리스크[299]의 그늘 속을 산책하면서 근처에서 산 포도를 먹기도 했다. 그리고 우리는 시스티나 예배당[300]에 들어가 보았는데, 그곳은 밝고 해맑게 충분한 광선을 받고 있었다. 미켈란젤로의 「최후의 심판」과 그 밖의 천장화를 보고 우리는 다 같이 감탄했다. 나는 쳐다보면서 그저 경탄할 따름이었다. 거장의 내면적인 확실함과 남성적인 힘, 위대함은 도저히 필설로 다할 수 없다. 몇 번이고 되풀이해서 관찰한 다음 우리는 이 성당을 떠나, 산피에트로 대성당으로 향했다. 하늘에서 밝은 빛을 받아 구석구석까지 성당 전체가 선명하게 보였다. 우리는 감상하는 사람으로서 지나치게 불쾌하고 분별깨나 있는 척하는 취미에 의해 오류를 범하는 일 없이, 그 위대함과 화려함을 즐기고 날카로운 비평 같은 것은 억눌렀다. 우리는 다만 즐길 것을 즐겼던 것이다.

끝으로 우리는 정돈된 시가의 모습이 자세히 내려다보이는 성당 지붕 위로 올라갔다. 가옥과 창고, 샘물, 성당(같은 것)과 커다란 전당, 그런 모든 것이 공중에 떠올라 보이고, 그 사이사이에 아름다운 산책길이 뚫려 있다. 다시 돔에 올라가니, 아펜니노산맥의 아름다운 지역과 소라테산이 보이고, 티볼리 방향으로는 화산구, 프라스카티, 카스텔 간돌포 그리고 평원이 눈

---

299) 바티칸 산피에트로 광장에 있는 25.5미터 높이의 오벨리스크는 서기 39년 칼리굴라 황제가 이집트에서 가져온 것이다.

300) Cappella Sistina. 산피에트로 대성당이 건립되기 전인 1473년에 착공해 1481년에 완공된 예배당으로, 교황 식스토 4세가 성모마리아에게 봉헌했다. 1508년 산피에트로 대성당 공사가 시작되면서 교황 율리오 2세가 미켈란젤로에게 시스티나 예배당 천장에도 벽화를 그리도록 주문했다. 미켈란젤로의 시스티나 벽화 작업은 「천지창조」부터 「최후의 심판」까지 33년에 걸쳐 이루어졌다.

에 들어오며, 그 너머로는 바다가 바라보인다.[301] 바로 눈앞에
는 로마시 전체가 산상의 궁전과 원탑 등을 보이면서 널따랗게
펼쳐져 있다. 바람 한 점 없고, 동(銅)으로 된 돔 안은 온실 속
같이 덥다. 이런 것들을 모두 충분히 구경하고 나서 우리는 거
기서 내려와 돔과 하부의 본당을 잇는 탕부르[302]의 처마돌림
띠로 통하는 문을 열어달라고 했다. 처마돌림띠를 따라 돌면
서 성당 전체를 위에서 내려다볼 수 있다. 마침 우리가 탕부르
의 주랑에 섰을 때 저 멀리 아래쪽에서 교황이 오후 기도를 올
리기 위해 지나가는 참이었다. 이것으로 산피에트로 대성당은
남김없이 구경한 셈이다. 우리는 밑으로 내려가 근처 여관에서
즐겁고 조촐한 식사를 한 다음에 산타체칠리아 성당[303]을 향
해 출발했다.

수많은 인파로 뒤덮인 이 성당의 장식에 관해 이야기하려
면 많은 말이 필요할 것이다. 건축에 사용된 석재는 밖에서는
전혀 보이지 않는다. 기둥은 붉은 우단으로 싸여 있고 그 위에
는 금몰이 감겨 있다. 그다음에 기둥머리는 다시 수놓은 기둥

---

301) 프라스카티와 카스텔 간돌포는 로마에서 남쪽으로 20~30킬로미터
떨어져 있는 교외 지역으로, 알바노 호수를 둘러싼 양지바른 능선에 위치하며, 서
쪽으로는 로마평원(Campagna Romana, 캄파냐 로마나)과 티레니아해를 바라
보고 있다. 고대로부터 상류층에게 인기 있는 별장 지역이었다.

302) tambour. '북'을 뜻하는 프랑스어인데, 건축 용어로 쓰이는 경우에는
반구형 지붕과 건물 본체를 이을 때 돔의 무게를 지탱하기 위해 세우는 기둥들 때
문에 생겨나는 탬버린 형태의 연결 부위를 가리킨다. 산피에트로 대성당의 돔과 탕
부르는 오랜 공사와 구조 변경 끝에 미켈란젤로의 설계로 완성되었다.

303) 트라스테베레의 산타체칠리아(Santa Cecilia in Trastevere). 로마
에서 성모마리아에게 봉헌된 첫 번째 예배당으로 3세기경에 지어졌다. 9세기에
바실리카로 증축되면서 모자이크로 장식되었고, 12세기에는 종탑이 세워졌으며,
18세기 초에 천장 벽화가 그려졌다. 테베레 강변 지구에 있다.

머리 형태의 우단으로 싸는 식으로 모든 회랑과 기둥이 싸이고 가려져 있다. 모든 벽면은 화려한 그림으로 장식되어 있으며 성당 전체가 모자이크로 반짝인다. 그리고 성당을 가득 채우고 있는 200개 이상의 촛불이 본당 안 구석구석을 비추고 있다. 측랑이나 측면의 제단도 똑같이 장식되어 있고 불이 밝혀져 있다. 중앙 제대 맞은편 오르간 아래에 역시 우단을 씌운 두 개의 발판이 설치되어 한쪽에는 가수들이 서고 다른 쪽에는 몇 가지 악기가 놓여 끊임없이 음악을 연주하고 있다. 본당 안은 사람으로 가득했다.

나는 여기서 일종의 재미있는 음악 연주를 들었다. 세상에서 바이올린 연주나 그 밖의 연주회가 열리듯이 여기서는 합창이 연주되는 곡이 행해지는데 한 목소리가, 예를 들어 소프라노가 주도적으로 독창을 하면 화음을 뒤에서 넣어주고 중간에 때때로 끼어들어 반주를 한다. 그러나 그땐 언제나 오케스트라와 같이한다. 그건 매우 효과적이다. 즐거웠던 오늘 하루에도 끝이 있었듯 나도 여기서 붓을 놓아야겠다. 저녁때 다시 오페라하우스[304]를 지나가고 있는데 마침 「다투는 사람들」[305]이 상연되고 있었지만 낮에 훌륭한 것을 충분히 즐긴 뒤라서 그냥 지나쳐버렸다.

---

304) Teatro Valle. 1726년에 지어진 오페라하우스로, 당시 로마에서 유일하게 연중 공연을 올린 극장이다. 산탄드레아 델라 발레 광장 근처에 있었다.

305) 당시 인기 있었던 오페라부파의 레퍼토리 중 하나로, 「둘이 싸울 때 셋은 즐긴다네(Fra i due litiganti il terzo gode)」를 가리킨다. 모차르트의 「피가로의 결혼」(1786)과 「돈조반니」(1787)는 이 레퍼토리를 발전시킨 것이다.

11월 23일

그럭저럭 마음에 들고 있는 잠행이지만, 머리만 감추고 궁둥이는 감추지 않는 타조 꼴로 실패하지 않기 위해, 나는 지금까지의 입장을 끊임없이 고수하면서도 어떤 종류의 양보는 하고 있다. 경애하는 하라흐 백작 부인[306]의 동생인 리히텐슈타인 후작에게는 내가 자진해서 인사를 드렸고 두세 번 식사 초대도 받았는데, 나의 이러한 양보가 나중에 탈이 되리라는 예감이 들었다. 그리고 정말로 그렇게 되고 말았다. 당시 나는 몬티 사제[307]가 써서 근간 상연될 예정인 비극 「아리스토데모」에 관해 벌써 들어서 알고 있었는데, 작자가 그걸 내 앞에서 낭독하고 의견을 듣고 싶어 한다는 것이었다. 나는 거절하지 않고 내버려 두었는데, 마침내 어떤 기회에 후작 집에서 그 시인과 그의 친구 한 사람을 만나게 되었고 그 자리에서 작품이 낭독되었다.

이 작품의 주인공은 다들 알다시피 스파르타의 국왕으로서, 여러 가지 양심의 가책으로 고민하다가 자살하는 것으로

---

306) 하라흐 백작(Grag von Harrach) 가문은 중세 초부터 보헤미아, 오스트리아, 바이에른 지역에서 세력을 누렸던 명망가다. 괴테는 이 해 8월에 카를스바트에서 하라흐 백작 부인을 만났다.

307) 빈첸초 몬티(Vincenzo Monti, 1754~1828). 라벤나 출신으로 페라라 대학교에서 법학을 공부했으나, 문학적 재능을 발휘해 당시 페라라 교황공사였던 시피오네 보르게세(Scipione Borghese, 1734~1782) 추기경의 눈에 띄어 로마로 이주하게 되었다. 이후 교황청에 입성, 교황 비오 6세의 조카의 비서가 되었다.(괴테가 그를 '사제'로 칭하는 이유는 이와 관련이 있을 것이다. 하지만 몬티가 정식으로 사제 서품을 받은 적은 없다.) 괴테, 셰익스피어 같은 유명 작가들의 작품을 패러디한 비극으로 당대에 이탈리아에서 인기를 끌었다. 권력자가 바뀔 때마다 손쉽게 정치적 입장을 바꾼 전형적 기회주의자로, 후대에는 비판의 대상이 되었다.

되어 있다.[308] 몬티 사제는 정중한 태도로『젊은 베르테르의 슬픔』의 작가가 이 작품 속에 그의 뛰어난 소설 중 몇 군데가 인용되어 있는 것을 보아도 나쁘게 생각지 않았으면 한다며 양해를 구했다. 이러한 사정으로 나는 스파르타의 성벽 안에서조차 저 불행한 청년 베르테르의 망령으로부터 도망칠 수 없었다.

작품의 줄거리는 단순하면서도 안정감이 있었으며, 정취나 언어도 주제에 적합하게 힘이 있으면서도 애수도 띠고 있었다. 이 작품의 저자는 우수한 재능을 십분 발휘하고 있었다.

나는 물론 이탈리아식이 아닌 나 자신의 방식으로 이 작품의 장점과 칭찬할 만한 점을 드는 데 인색하지 않았다. 사람들은 그걸로 상당히 만족하기는 했지만, 그러나 남국인다운 성급함으로 무언가 더 말해 달라고 재촉했다. 특히 이 작품이 어느 정도의 효과를 관객에게 줄 수 있을 것인지를 예언하지 않으면 안 되었다. 나는 이 나라의 사정이나 국민의 생각이나 취미에 아직 충분히 통해 있지 못하기 때문이라고 변명하면서도, 다음과 같은 감상은 솔직히 첨가했다. 3막으로 완결된 희극이나, 막간 상연용 2막짜리 오페라, 또는 인테르메조로서 분위기가 아주 다른 이국풍의 발레가 포함된 큰 오페라 등을 늘 보고 있는 안목 높은 로마인이 쉴 새 없이 진행되는 비극의 이런 고상하

---

308) 아리스토데모(Aristodemo)/그리스 인명 아리스토데모스(Aristodemus)는 기원전 8세기경에 메세니아와 스파르타 사이에 벌어졌다는 전설 속 전쟁에 등장하는 메세니아 왕이다. 전쟁에서 승리하고자 자신의 딸을 제물로 바치고 왕에 선출되었으나 망령에 시달리다 딸의 무덤 앞에서 자살하며, 전쟁에서는 스파르타가 최종 승리한다는 내용이다. 고대 그리스의 전승 가운데는 스파르타의 장군이었던 아리스토데모스가 있지만, 묘사된 극의 줄거리와는 일치하지 않는다. 몬티의 극에서 전승 활용에 오류가 있었던 듯하다.

고 조용한 줄거리를 좋아할지 모르겠다고 말이다. 그리고 자살이라고 하는 테마도 이탈리아인들의 이해 범위 밖에 있는 것같이 생각되었다. 남을 죽이는 일은 거의 매일같이 듣고 있는 터지만, 사람이 소중한 목숨을 스스로 포기한다든가 혹은 단순히 그런 행위가 가능하다고 생각하는 것조차도 나는 아직까지 들어본 적이 없다고 말했다.

이어서 나의 의문에 대한 반론 같은 것을 세세하게 들어주지 않을 수 없었다. 그리고 합당한 이론에는 쾌히 승복하고, 나는 오로지 이 작품이 상연되는 것을 꼭 보고 싶고, 친구들과 함께 마음에서 우러나오는 갈채를 보내고 싶다는 것을 언명했다. 이 언명은 대단한 호의와 함께 수용됐다. 이번에는 내가 양보하기에 충분할 만한 이유가 나에게 있었던 것이다. 예를 들어 리히텐슈타인 후작은 친절 그 자체였고, 많은 예술품을 함께 볼 기회를 나에게 마련해 주었다. 그것들은 대체로 소유주의 특별한 허가가 필요했고 따라서 지체 높은 분의 도움이 필요했던 것이다.

이와는 반대로 예의 '왕위요구자'의 따님[309] 역시 이 외국인 모르모트를 보고 싶다고 하셨을 때는 도저히 호의가 우러

---

309) 올버니 백작 찰스 에드워드 스튜어트(Charles Edward Stuart, 1720~1788)의 사생아인 올버니 여공작 샬럿 스튜어트(Charlotte Stuart, Duchess of Albany, 1753~1789)를 가리킨다. 찰스 에드워드 스튜어트는 로마에서 태어나고 자란 이탈리아인이지만, 영국 스튜어트 왕가의 제임스 2세의 후손이어서 '영국과 스코틀랜드의 왕위요구자'라는 별칭으로 불렸다. 벨기에에서 태어난 샬럿은 아버지의 외면 속에 프랑스의 수도원에서 서른이 넘을 때까지 살았다. 찰스는 오랫동안 샬럿을 자식으로 인정하지 않다가 말년인 1785년에 중병이 들어서야 그녀를 이탈리아로 불러들여, 간병과 보호의 역할을 맡기고 유산을 물려주며 자식으로 공인했다.

나지 않았다. 나는 단호히 거절하고 다시 지하로 숨어들었다.

　그러나 이러한 나의 행동도 옳은 방식은 아니다. 선을 원하는 인간은 이기적인 인간이나 소인, 악인과 마찬가지로 타인에 대해 활동적이고 부지런하게 굴어야 한다는 것을 지금까지의 생활을 통해서 깨닫고 있었는데, 이번에 다시 그것을 절실하게 느끼게 됐다. 그 이유는 쉽게 깨달을 수 있지만 실천에 옮기기는 어려운 법이다.

11월 24일

이 나라의 국민에 대해서는, 이들이 종교나 예술의 화려함과 존엄함 밑에 있으면서도 동굴이나 삼림에서 사는 것과 조금도 다름없는 자연인이라는 것 외에는 할 말이 없다. 모든 외국인에게 눈에 띄는 것, 오늘도 또 온 도시에 퍼지고 있는 소문(하긴 소문일 뿐이지만)은 일상적으로 자주 일어나는 살인사건이다. 우리 구역에서도 지난 3주 동안 네 사람이나 살해당했다. 오늘도 슈벤디만이라는 뛰어난 예술가가 빙켈만과 똑같이 습격당했다. 스위스 사람인 그는 헤트링거의 마지막 제자로, 주화 조각사다.[310] 그와 격투한 살해자는 그에게 20군데나 자상을 입히고 경찰이 닥치자 자살하고 말았다. 그러나 자살은 이곳에서는 드문 일로, 사람을 죽였더라도 성당에 도피하면 그걸로 끝나는 것이다.

---

　310) 헤트링거(Johann Karl von Hedlinger, 1691~1771)는 스위스 출신으로 파리에서 조각을 배웠으며, 스톡홀름 궁정에서 주화, 우표, 명패 등의 원안을 디자인하고 조각하는 메달리어(médailleur)로 활동했다. 슈베디만(Caspar Joseph Schwendimann, 1721~1786) 역시 스위스 출신의 메달리어다.

내 그림의 음영을 살리기 위해서는 범죄, 재화, 지진, 홍수에 관해서도 무언가 보고를 하지 않으면 안 되겠지만, 지금 당장 이곳에 있는 외국인은 베수비오 화산의 활동으로 대소동을 벌이고 있다. 이 소동에 말려들지 않기 위해서는 정신을 바싹 차리고 있지 않으면 안 된다. 이 자연현상에는 정말 방울뱀 같은 데가 있어서 사람 마음을 막무가내로 끌어당긴다. 요즈음 로마의 미술품은 모두 당장에 그 가치를 완전히 상실한 것처럼 보이고, 모든 외국인은 관광을 중단하고 나폴리로 가버린다. 그러나 나는 저 산이 나를 위해 아직 무언가를 남겨줄 것이라는 기대를 안고 이곳에 머물 작정이다.

12월 1일

『안톤 라이저』, 『영국 여행기』 등으로 우리의 주의를 끌게 된 모리츠[311]가 이곳에 와 있다. 그는 순진하고 훌륭한 인물이며, 만나보니 매우 재미있는 사람이었다.

12월 1일

고상한 예술을 위해서만이 아니라 무언가 다른 방법으로 즐기려고 이 세계의 수도를 찾는 외국인도 많이 있기 때문에, 로마에는 모든 종류의 것이 준비되어 있다. 예를 들자면 손끝의 재간과 수공의 취미를 주로 하는 반(半) 예술이라고나 부를 것이

---

311) 카를 필리프 모리츠(Karl Philipp Moritz, 1756~1793). 독일 하멜른 출생의 가난한 모자 견습공이었으나, 배우고자 하는 소망이 간절하여 비텐베르크에서 신학을 공부하고, 베를린에서 교사로 일하며 작가로 이름을 얻기 시작했다. 괴테와 이탈리아에서 사귄 후, 괴테의 초대로 바이마르에 체류했으며, 아우구스트 대공이 힘을 써주어 베를린 왕립예술학교의 고고학 교수가 되었다.

있는데, 그것이 여기서는 대단히 진보되어 있어서 외국인의 흥미를 끌고 있다.

유사한 것으로 납화(蠟畵)가 있다. 수채화의 경험이 약간 있는 사람이면 누구든지 밑그림, 준비 작업, 마지막에 인화, 그 밖의 필요한 일을 기계적으로 할 수가 있다. 본래는 예술적 가치가 적은 것임에도 불구하고 신기한 방법 때문에 그 가치를 인정받고 있다. 손재주 있는 미술가가 그 기술을 가르치면서, 지도라는 명목으로 중요한 부분에다 슬쩍 손을 써준다. 마지막에 납으로 떠올라 빛나고 있는 그림이 금테에 끼워져 나타나면 아름다운 여학생이 여태껏 깨닫지 못했던 자신의 재능에 넋을 잃고 마는 식이다.

또 한 가지 멋있는 일은 돌의 부조를 깨끗한 점토에 옮겨 놓는 일이다. 이것은 또한 기념패에도 응용되는데 그때는 양면이 동시에 옮겨진다.

마지막으로 더 많은 숙련, 주의, 근면함이 요구되는 것으로 유리를 이용한 모조보석 제조가 있다. 궁정고문관 라이펜슈타인은 자신의 집에, 혹은 적어도 그 근방에 이 모든 것에 필요한 기구와 설비를 갖추고 있다.

12월 2일

우연히 아르헨홀츠의 『이탈리아』[312]를 발견했다. 이런 책자는 본고장에 가져오면 점점 작아지게 마련이다. 마치 숯불에 던져진 소책자가 점점 갈색으로 변했다가 까맣게 되고 종이가 둘둘

---

312) 아르헨홀츠(212쪽 참조)가 1788년에 출판한 여행기다.

말려서 연기가 되어 사라져버리는 형국이다. 물론 그는 사물을 관찰했다. 그러나 아는 척하거나 조소적 태도를 취하기에는 그의 지식이 너무도 빈약해서, 칭찬을 해도 헐뜯어도 실수만 하고 있다.

1786년 12월 2일, 로마

가끔 이삼일씩 비 때문에 중단되기는 하지만, 이 아름답고 따뜻하고 조용한 11월 하순의 기후는 나에게 새로운 경험이다. 우리는 날씨가 좋은 날은 옥외에서, 나쁜 날은 실내에서 지내는데, 어디서나 무언가 즐길 일, 배울 일, 할 일이 있다.

11월 28일에는 시스티나 예배당에 두 번째로 구경 가서 천장을 가까이 볼 수 있는 회랑을 열어달라고 했다. 회랑이 매우 비좁아서 서로 밀치면서 얼마간의 곤란과 위험을 무릅쓰고 쇠 난간을 붙잡고 지나가야 하기 때문에 현기증이 있는 사람은 도통 앞으로 나아가지 못한다. 그러나 이런 고통도 가장 위대한 걸작을 볼 수 있다는 사실로 충분히 보상된다. 나는 그 순간 완전히 미켈란젤로에게 마음을 빼앗겨버려서, 대자연조차도 그만큼의 정취는 없는 것같이 느껴졌다. 나에게는 자연을 그만큼 위대한 눈으로 볼 수 있는 능력이 없기 때문이다. 이러한 그림을 가슴에 단단히 붙들어 매어둘 수단이라도 있었으면 한다. 하다못해 이 그림들의 동판화나 모사품이라도 구할 수 있는 대로 구해서 가지고 갈 작정이다.

그다음에 우리는 라파엘로 로지아에도 가봤는데 이것은 보지 않는 편이 낫다고 말하지 않을 수 없을 정도다. 우리의 눈은 좀 전에 본 그림의 위대한 형태와 모든 부분에 걸친 뛰어난 완성에 의해 확대되고 비대해져서, 아라베스크의 이 교묘한 유희[313]는 차마 볼 수가 없었다. 성서 이야기도 아름답기는 하지만 조금 전의 작품과는 도저히 상대가 되지 않았다. 이 두 사람의 그림은 더 자주 보고, 더 시간을 들여서 선입견 없이 비교한다면 큰 즐거움이 될 수 있을 것이다. 아무래도 최초에는 관심이 전부 한쪽으로만 쏠리기 쉬운 것이니까.

거기서부터 너무 덥다고 할 정도의 햇볕 속을 천천히 걸어 매우 아름다운 정원을 가진 도리아 팜필리[314]로 가 저녁때까지 그곳에 머물렀다. 상록의 참나무나 높은 소나무가 주위를 둘러싼 넓고 평탄한 초원에는 데이지 꽃이 가득 심겨 있었는데 모두 해를 향해 얼굴을 돌리고 있었다. 그리고 나의 식물학적 명상이 시작됐다. 이튿날 몬테마리오, 빌라 멜리니, 빌라 마다

---

313) 바티칸 라파엘로 로지아의 천장 벽화는 라파엘로의 작품이지만, 기둥과 아치, 들보 등 건물 뼈대 장식은 화가이자 건축가였던 조반니 다 우디네(Giovanni da Udine, 1487~1564)가 맡았다. 꽃과 동식물 이미지를 복잡하게 연결한 곡선 패턴으로 조각했는데, 이는 당시에 새로 발굴되어 놀라움을 자아냈던 네로 황제의 도무스 아우레아를 모방한 것이며, 이 장식 패턴을 가리키는 말로 그로테스크가 생겨났다. '색다른 장식'을 뜻하는 이탈리아어 그로테스키(grotteschi)는 '동굴의'라는 뜻의 그로테스카(grottesca)의 파생어로, 도무스 아우레아가 네로 사후에 흙으로 완전히 메워져 지하 동굴이 되었기 때문이다. 오늘날 아랍 장식예술의 상징처럼 여겨지는 아라베스크는 원래 고대 로마의 그로테스크 패턴을 9세기경부터 적극적으로 발전시킨 것이다. 하지만 시간이 지나면서 아라베스크가 장식 패턴의 한 유형을 칭하는 보통명사에 가까워진 데 반해, 그로테스크는 18세기 이후 의도적 기괴함을 연출하는 스타일로 의미가 좁아지게 되었다.

314) Palazzo Doria Pamphilj. 16세기에 도리아 팜필리 가문이 수집한 400여 점의 15~18세기 거장들의 회화 작품이 소장되어 있다.(벨라스케스의 「교황 인노첸시오 10세의 초상」, 카라바조의 「참회하는 막달라 마리아」, 티치아노의 「세례자 요한의 머리를 들고 있는 살로메」 등.) 오늘날도 팜필리 가문 소유의 궁전으로, 미술관은 대중에 개방하고 있다.

마[315])의 산책길에서도 나는 계속 명상에 잠겨 있었다. 혹한을 이겨내며 왕성한 생활을 계속하는 식물의 생육 상태를 관찰하는 것은 참으로 흥미 있는 일이다. 이곳에는 싹이라는 것이 없다. 그래서 나의 명상은 싹이란 무엇인가를 파악하는 데서부터 시작된다. 딸기나무[316])는 앞서 열린 열매가 익어가는 중에 벌써 다시 꽃을 피운다. 오렌지나무도 꽃과 함께 반쯤 익은 열매와 완전히 익은 열매가 동시에 달려 있다. 그러나 건물과 건물 사이에 심겨 있지 않은 오렌지나무에는 이맘때가 되면 덮개를 씌운다. 가장 존경할 만한 수목인 사이프러스는 충분히 오래되고 잘 성장해 있을 때 우리로 하여금 여러 가지를 생각하게 만든다. 나는 되도록 빨리 식물원을 방문해 거기서 여러 가지 것을 견문하고자 한다. 대체로 새로운 국토의 관찰이 사색하는 인간에게 가져다주는 새 생명은 무엇과도 비교될 수 없는 독자적인 것이다. 나는 전과 다름없는 동일한 인간이지만, 나 자신은 가장 깊숙한 뼛속까지 변화한 것으로 생각하고 있다.

---

315) 몬테마리오(Monte Mario)는 로마 북서쪽에 있는 구릉으로, 고대 로마 시절부터 귀족들의 별장지로 인기 있는 곳이었다. 때문에 이곳에 빌라 멜리니(Villa Melini), 빌라 마다마(Villa Madama) 같은 별장이 위치해 있는 것이다. 오늘날은 자연보호구역으로, 다양한 수종(樹種)으로 구성된 가로수길이 있는 멜리니 공원(Parco Mellini)이 있다.

빌라 마다마는 줄리오 디 줄리아노 데 메디치 추기경이 라파엘로에게 설계를 의뢰했으나, 라파엘로의 죽음으로 공사가 중단되었다가, 추기경이 교황 클레멘스 7세로 즉위한 후에 완공되었다. 이후 메디치 가문 소유로 있다가, 알레산드로 메디치 플로렌스 공작이 신성로마제국 황제 카를 5세(Karl V, 1500~1558, 재위 1519~1556)의 딸이자 파르마 여공작인 마르가레테와 결혼하면서 빌라의 소유자가 파르네세 가문으로 바뀌었고, 이로써 '마다마'라는 이름을 얻게 되었다.

316) arbutus unedo. 지중해 원산의 철쭉과에 속하는 상록관목으로, 장미나무과에 속하는 낙엽수인 나무딸기와는 다른 식물이다.

오늘은 이만 붓을 놓지만, 다음 통신에서는 나의 그림에도 음영을 주기 위해 재화(災禍), 살인, 지진, 불행 등으로 전 지면을 채워보려고 한다.

12월 3일

날씨는 지금까지 대개 엿새를 주기로 해서 변화하고 있다. 쾌청한 날이 이틀, 흐린 날이 하루, 비오는 날이 이삼일, 그러고 나서 날이 갠다. 나는 어떠한 날씨건 그에 응해서 최대로 이용하려고 노력하고 있다.

이곳의 굉장한 사적은 나에게는 여전히 새로운 지기와 같다. 아직 같이 생활한 것도 아니고 그 특질을 감득했다고 할 수도 없다. 그중 몇몇은 압도적으로 우리의 마음을 끌어당겨서 잠시 다른 것에 무관심해지거나 불공평해지게 만든다. 예를 들자면 판테온, 벨베데레의 아폴론, 몇 개의 거대한 두상 조각 등이 그렇다. 그리고 최근에는 시스티나 예배당 같은 것들이 나의 마음을 홀딱 매료해서 그 이외의 것은 거의 아무것도 눈에 들어오지 않는다. 하지만 원래가 작은 우리들, 그리고 작은 것에 익숙해져 있는 인간들이 어떻게 이 고귀한 것, 방대한 것에 비견될 수 있으랴. 그리고 우리가 얼마만큼이라도 그걸 처리할 수 있었다손 치더라도 또다시 엄청난 대군(大群)이 사방으로부터 몰려와 어디를 가나 우리 눈앞에 나타난다. 그리고 하나하나가 자신에 대해 주목이라는 세금을 요구하는 것이다. 어떻게 해야 거기서 탈출할 수 있을까. 다만 인내심을 가지고 그것들이 작용하고 성장하는 대로 받아들여서, 다른 사람들이 우리를 위해 애쓰고 제작해 준 것에 주의를 바치는 길 외의 방법은 없을 것이다.

페아[317]가 번역한 빙켈만의 『고대예술사』 신판은 매우 유익한 책으로 나는 그것을 곧 입수했는데 이 로마 땅에서, 또한 친절하게 해설하고 가르쳐주는 친구들 속에서, 이 책은 큰 도움이 되고 있다.

로마의 고대 유물에도 기쁨을 느끼기 시작하고 있다. 역사, 비명(碑銘), 주화 등 이제까지 아무런 흥미를 갖지 못했던 것들이 모두 다 절실하게 내 마음에 와닿는다. 내가 박물학에서 경험했던 현상이 이곳에서도 일어나고 있는 것이다. 왜냐하면 세계의 역사는 전부 이 땅에 연결되어 있어서, 내가 로마 땅에 발을 들여놓은 그날부터 나의 제2의 탄생, 진정한 재생이 시작되고 있기 때문이다.

12월 5일

여기 머문 지 불과 몇 주일밖에 지나지 않지만, 나는 그동안 많은 외국인이 왕래하는 것을 보았다. 그리고 대다수의 사람들이 존중해야 할 것들을 아주 가볍게 취급하고 있는 것에 놀라다가 이제는 놀라는 것에 지치고 말았다. 이렇게 스쳐 지나기만 하는 여행자들이 독일에 돌아가서 로마에 관해 무슨 이야기를 한다 해도 이제 나는 놀라지도 않고 아무런 동요도 느끼지 않을 것이다. 나는 몸소 로마를 보았으며 또한 내가 어떻게 해야 좋

---

317) 리구리아 출신의 카를로 페아(Carlo Fea, 1753~1836)는 로마 라사피엔차 대학교에서 법학박사 학위를 받았지만, 고고학에 관심을 갖게 되면서 고대 유물 연구에 매진하기 위해 사제가 되었다. 로마의 유물 발굴 작업에 다수 참여했고, 그에 필요한 법률 제정을 지원했으며, 빙켈만의 책을 이탈리아어로 번역해 주석본을 펴냈다.

을지도 이미 어느 정도는 알고 있으니까.

12월 8일

가끔 날씨가 대단히 좋은 날이 있다. 드문드문 내리는 비는 잡초와 정원의 온갖 초목을 푸르게 해준다. 여기저기 사철나무가 있어서 다른 나뭇잎이 떨어져도 그다지 쓸쓸하지는 않다. 정원에는 열매가 가득 달린 유자나무가 아무런 덮개도 씌워지지 않은 채 땅에서 자라나 서 있다.

우리는 해안까지 유쾌하게 마차로 달려가 거기서 고기잡이를 했다. 그에 대해 상세한 보고를 할 작정이었는데, 저녁때 모리츠의 말이 돌아오던 도중 로마의 포장도로에서 미끄러지는 바람에 모리츠의 팔이 부러지는 일이 일어나고 말았다. 그 때문에 모처럼의 재미도 싹 가시고 우리들의 작은 모임에 재난이 발생한 것이다.

12월 13일, 로마에서

여러분이 나의 은신을 내가 원하는 대로 받아들여 준 것은 참으로 고마운 일이다. 그 때문에 분개한 사람이 있다면 여러분이 잘 이야기해 주기 바란다. 나는 특별히 누구를 화나게 할 생각은 없었으며, 지금도 변명이라면 별로 할 말이 없다. 아무쪼록 이 일을 결심할 수밖에 없었던 전제조건으로 인해 친구 한 사람의 마음이라도 흐려지는 일이 없기를 바란다.[318]

---

318) 이 부분은 괴테가 오랫동안 각별한 사이였던 샤를로테 폰 슈타인 부인에게도 전혀 언질하지 않고 이탈리아로 떠나버린 데 대해 미안한 마음을 우회적으로 표시하는 듯 보인다.

이곳에서 나는 점차 나의 공중곡예 줄타기 운명으로부터 나아져, 지금은 즐기기보다는 배우는 편이 많다. 로마는 하나의 세계이며, 그것에 통달하려면 적어도 몇 년은 걸린다. 대충대충 보고 떠나가는 여행자를 보면 오히려 부러울 지경이다.

오늘 아침에, 빙켈만이 이탈리아에서 써 보냈던 『서한집』을 입수했다. 그걸 읽기 시작하면서 얼마나 감동을 받았는지! 31년 전 바로 지금과 같은 계절에 나보다도 더 불쌍한 바보로서 그는 이곳에 도착했던 것이다. 고대 유물과 미술에 관한 철저하고 견실한 연구를 하는 일은 그에게 있어서 참말 생사가 걸릴 만큼 진지한 과업이었다. 그런데 그는 그 일을 얼마나 훌륭히 해냈던가! 이곳에서 내 손에 들어온 이 사람의 기념물은 나에게는 참으로 대단한 보물이다.

그 모든 부분에 있어서 진실이자 모순이 없는 자연계의 사물은 별도로 치고, 가장 강하게 사람의 마음에 호소해 오는 것은 실로 선량하고 총명한 인물의 업적이며, 또한 자연계의 사물과 마찬가지로 모순이 없는 진정한 예술이다. 수많은 횡포가 맹위를 떨치고 수많은 우매함이 권세와 금력에 의해 영원화되어 있는 이 로마에 있어서는 특히 그러한 감이 깊다.

프랑케[319]에게 보낸 빙켈만의 편지 한 구절이 각별히 나를 기쁘게 했다. "로마에서는 모든 사물을 어느 정도 둔중하게 대하여야 한다. 그러지 않으면 우리를 프랑스인으로 착각한다.

---

319) 요하네스 미하엘 프랑케(Johannes Michael Francke, 1717~1775). 드레스덴 출신의 사서다. 빙켈만이 뷔나우 백작의 뇌트니츠(Nöthnitz) 성에서 사서로 일할 때 동료였다. 괴테가 언급하고 있는 편지는 1758년 2월 4일자로, 빙켈만의 『서한집』 1부 83쪽에 있다.

확실히 로마는 모든 세계에 대하여 최고 학부이며, 나도 거기서 정화되고 시련을 겪은 사람 중 하나다."

여기서 말하고 있는 것은, 이곳에서 사물 탐구에 종사하고 있는 나의 방법과 일치한다. 우리가 여기서 얼마나 교화되는가는 아무런 의미를 갖지 못함을 봐도 알리라. 우리는 말하자면 다시 태어나는 것이다. 그리고 우리가 지금까지 가지고 있었던 개념을 회고해 보면 마치 어렸을 적에 신었던 구두를 보는 기분이다. 지극히 평범한 인간도 이곳에 오면 상당한 인물이 되고, 설사 그것이 그의 본질에까지 영향을 주지는 않는다 하더라도 적어도 어떤 비범한 개념을 획득하게 된다.

이 편지가 여러분에게 도착하는 것은 신년쯤일 것이다. 새해를 맞이해서 여러분의 행복을 빈다. 금년 말쯤이면 다시 만나게 될 텐데 그건 큰 기쁨이 될 것이다. 지난 1년은 내 생애에서 가장 중요한 한 해였다. 내가 지금 죽든 조금 더 살든 관계없이 행복한 한 해였다. 마지막으로 아이들[320]을 위해 한마디 써두기로 한다.

아이들에게는 다음의 내용을 읽어주든지 이야기해 주든지 하기 바란다. 이곳은 겨울인데도 전혀 겨울 같지가 않다. 정원에는 사철나무가 심겨 있고 태양은 밝고 따뜻하게 내리쬔다. 그리고 눈이 있는 곳은 북쪽의 먼 산뿐이다. 정원 벽을 따라 심기어 있는 레몬나무에는 지금 서서히 갈대로 된 덮개가 씌워지고 있으나 광귤나무에는 아무것도 씌워지지 않고 있다. 한 나

---

320) 괴테의 편지는 헤르더를 대표 수신자로 상정했기 때문에, 여기서 아이들이란 헤르더의 자녀를 가리킬 것이다. 당시 헤르더에게는 다섯 아이가 있었다.

무에 몇백 개인지도 모를 정도의 열매가 처지도록 달려 있는데, 독일에서처럼 전지되거나 화분에 담기지 않고 땅에서 자유롭고 즐겁게 자라고 있으며, 같은 종류들이 길게 줄지어 있다. 이러한 광경처럼 즐거운 것은 또 없을 듯하다. 약간의 돈을 집어주면 먹고 싶은 대로 먹을 수도 있다. 지금도 꽤 맛이 들었지만 3월에는 더 맛있어질 것이다.

최근에는 또 해변에 가서 고기를 잡았다. 물고기와 게, 그 밖에 여러 가지 진기한 모양의 생물들이 올라왔다. 그중에는 만지면 전기가 오는 것도 있었다.

12월 20일

뭐니 뭐니 해도 모든 것은 향락보다는 고생이나 심려가 더 많다. 나를 속속들이 개조하려는 재생의 움직임은 끊임없이 나에게 작용하고 있다. 여기서 무언가 버젓한 것을 배우리라는 것은 내가 상상했던 바지만, 이렇게까지 처음으로 되돌아가서 지금까지 했던 것을 모조리 던져버리고 새로 시작해야 한다는 건 꿈에도 생각지 못했던 일이다. 그러나 지금 나는 확신을 가지고 전념하고 있다. 그리고 자기를 부정하지 않으면 안 된다고 생각하면 할수록 그건 더욱 기쁜 일이 된다. 나는 흡사 탑을 세우려고 하면서 불확실한 기초공사를 해놓은 건축기사와 같다. 그러나 다행히도 빨리 그걸 깨닫고서 이미 땅속에 축조해 놓은 것을 미련 없이 깨부수고, 기초를 확대하고 개량하고, 토대를 더욱 튼튼하게 하려고 노력하며, 미래의 건물이 보다 견고한 것이 되리라는 믿음을 미리부터 즐거움으로 삼고 있는 것이다. 귀국하면 이 광대한 세계에서의 생활이 나에게 가져다준 도덕적 효과를 나 자신에게 실현시킬 수 있으리라고 생각한다. 실제로, 위대한 갱신을 받는 것은 예술 정신뿐만이 아니라 도덕적 정신이기도 하다.

뮌터 박사[321]가 시칠리아 여행에서 돌아와 이곳에 있다. 정력적인 열정가인데 그의 목적이 무엇인지 나는 모른다. 그는 5월에는 여러분이 있는 곳으로 돌아가, 이곳에 대해 온갖 이야기를 할 것이다. 그는 2년째 이탈리아를 여행 중이다. 그러나 그는 이탈리아인에 대해 좋지 않게 생각하고 있다. 왜냐하면 여러 기록보관소나 비밀문고를 참관할 작정으로 가지고 온 훌륭한 소개장이 전혀 대접을 받지 못해서 처음에 세웠던 계획을 관철하지 못했기 때문이다.

그는 훌륭한 화폐를 수집하고 있다. 또 그의 말에 의하면, 그는 어떤 원고를 소유하고 있는데 그 내용인즉슨 화폐학은 린네의 식물학과 같이 명확한 기호를 붙이는 것에 귀착한다는 것이다. 헤르더라면 그것에 관해 더 물어볼 것이 있을 테고, 그 책을 베끼는 것도 허락되리라고 생각한다. 이러한 것을 연구하는 것도 가능하며, 그 연구가 완성된다면 매우 좋은 일일 것이다. 그리고 우리도 조만간 이 방면의 연구를 좀 더 진지하게 추구해야 할 것이다.

---

321) 프리드리히 크리스티안 카를 하인리히 뮌터(Friedrich Christian Carl Heinrich Münter, 1761~1830). 코펜하겐 출신으로 괴팅겐에서 신학을 공부하고, 신교도로는 최초로 풀다 대학교에서 철학박사 학위를 받았다. 헤르더와 친분을 쌓았으며 이후 코펜하겐 대학교 신학 교수가 되었다. 덴마크 왕의 지원으로 1784년부터 1787년까지 이탈리아에서 유학했으며, 비잔틴 시대에 그리스어로 작성된 신약성경 필사본을 발굴했다. 1790년에 『양시칠리아에 관한 보고(Nachrichten über beide Sizilien)』라는 책을 출판했다.

최고의 걸작을 두 번째로 보기 시작했다. 그러자 최초에 느꼈던 경탄이 공감으로 변하고, 작품의 가치에 대한 보다 순수한 감각이 생겨난다. 인간이 창조해 낸 것을 가장 정확하게 마음으로 파악하기 위해서는 우선 첫째로 정신이 완전한 자유의 경지에 도달하지 않으면 안 된다. 대리석은 이상한 소재다. 벨베데레의 아폴론은 실물을 보면 한없이 우리 마음을 기쁘게 해준다. 그런데 석고 모사품은 아무리 잘 만든 것이라도, 생동감 넘치고 젊은이답게 자유스러우며 젊은 존재가 가진 더없이 고귀한 입김이 순식간에 사라져버리고 만다.

숙소 맞은편의 론다니니 궁전에는 메두사의 마스크[322]가 있다. 기품 있고 아름다운 실물대 이상의 얼굴 모습 속에 불안한 죽음의 응시가 말할 수 없이 교묘하게 표현되어 있다. 나는 예전부터 잘 제작된 모조품을 가지고 있었지만 대리석에서 느껴지는 매력은 전혀 찾아볼 수 없다. 누르스름한 살 빛깔에 가까운 대리석이 가진 저 고귀하고 반투명한 멋이 전해지지 않는 것이다. 석고의 느낌은 언제나 백묵 같아서 생명이 없다.

하지만 석고장이의 공방에 가서 석고상의 훌륭한 사지가 하나하나 주형으로부터 나오는 것을 보고 그것에 의해 전혀 새로운 형태의 상(像)을 접하게 되는 것 또한 큰 기쁨이었다. 로

---

[322] 1764년에 주세페 론다니니 후작이 지은 론다니니 궁전 출입문 아치에는 메두사의 얼굴 부조가 장식되어 있었는데, 그리스 청동 조각의 로마 대리석 사본으로, 현존하는 것들 중 상태가 가장 양호하다. 오늘날에도 론다니니 궁전 입구에는 메두사의 마스크가 붙어 있지만, 괴테가 감탄한 로마 시대 진본은 뮌헨 글립토테크(Glyptothek, 그리스로마 조각 미술관)가 소장하고 있다.

마 시중에 산재해 있는 모든 것을 한군데 진열해 놓고 볼 수 있기 때문에 비교하기에 아주 좋았다. 나는 유피테르의 거대한 반신상을 구입하지 않을 수 없었다. 그 상은 조명이 잘 되는 침대 맞은편 쪽에 있어서 눈을 뜨면 곧 아침 기도를 드릴 수 있도록 되어 있다. 그리고 이 상은 그 위대함과 위엄에도 불구하고 대단히 우스운 이야깃거리가 되었다.

나이 먹은 여관의 여주인이 침대를 정리하러 방에 들어오면, 그녀를 잘 따르는 고양이가 언제나 몰래 따라 들어온다. 나는 큰 거실에 앉아서 그녀가 내 방에서 일하는 소리를 듣고 있었다. 갑자기 그녀가 어울리지 않게 덤벙대면서 문을 열고는 빨리 와서 기적을 보라고 나를 부르는 것이었다. 왜 그러느냐고 물으니까, 고양이가 하느님에게 기도를 드리고 있다고, 자기는 일찍부터 이 고양이가 그리스도교도와 같은 분별을 가지고 있는 것을 알았지만 이거야말로 정말 대단한 기적이라고 말하는 것이었다.

급히 가 보았더니 이건 확실히 괴이한 광경이었다. 반신상은 높은 받침대 위에 놓여 있고 그 동체가 흉부 훨씬 아래쪽에서 잘려 있기 때문에 머리가 상당히 높게 솟아 있다. 그런데 고양이는 책상 위로 뛰어올라서 앞발을 신의 가슴 위에 얹고 사지를 될 수 있는 대로 길게 뻗치면서 입을 신의 수염에다 갖다 대고 그 수염을 새치름한 모습으로 핥고 있었다. 여주인의 감탄 소리에도 내가 들어오는 소리에도 전혀 알은체하지 않았다. 여주인에게는 아무 말 하지 않았지만, 내 생각에 이 고양이의 예배에는 결국 다음과 같은 까닭이 있을 것이다. 즉 후각이 예민한 이 동물은 주형으로부터 수염의 오목한 곳으로 흘러들어 거기에 배어버린 지방의 냄새를 맡은 것이 틀림없다.

1786년 12월 29일

티슈바인에 대해서는 아직도 많은 것을 이야기해야 한다. 우선 그가 전적으로 독창적으로, 또한 독일식으로 자신을 단련했다는 점을 칭찬해야겠다. 또한 나는 그의 두 번째 로마 체재동안 일류 대가들의 여러 작품을 어떤 것은 검은 초크로, 다른것은 세피아와 수채로 모사하도록 독려했고, 그가 나를 위해친절한 배려를 베풀어주었음을 감사하는 마음으로 밝혀야겠다. 이들 모작은 독일에 돌아가 원화를 가까이할 수 없게 되었을 때 최상의 작품을 회상하는 실마리로서 그 가치를 더욱 발할 것이다.

티슈바인은 처음에는 초상화가가 되려고 마음먹고 있었기때문에 저명한 인사들과 취리히 등지에서 만남을 가지고 그들을 통해 자신의 감정을 확고한 것으로 만들고 식견을 넓혔다.

헤르더의 『잡문집』 2권을 여기 갖고 왔는데 그 때문에 이중의 환영을 받았다. 이 책을 되풀이해서 읽을 때마다 얼마나감명을 주는지 헤르더에게 소상히 알려주고 그 수고에 보답하고 싶다. 티슈바인은 이탈리아에 와본 적도 없는 사람이 어떻게 이런 것을 쓸 수 있는지 전혀 이해가 되지 않는다고 말하고있다.[323]

---

323) 헤르더의 『잡문집(Zerstreute Blätter)』은 1785년부터 1797년까지전6권으로 고타에서 출판되었는데, 그중 2권에는 「네메시스」「그리스 에피그램에 대한 소고」「고대인들은 죽음을 어떻게 묘사했는가?」 등, 고대 그리스의 시와예술에 대한 짧은 소개와 주해가 실려 있다.

12월 29일

이런 예술가들 사이에서 생활하는 것은 마치 거울 방에 있는 것 같아서 싫어도 자기 자신이나 다른 이의 영상을 발견하게 된다. 티슈바인이 자주 나를 자세히 관찰하고 있는 것은 진작부터 알아차리고 있었으나, 그가 나의 초상화를 그리려 한다는 것은 이제야 명백해졌다. 밑그림은 벌써 다 되었고 캔버스도 준비되어 있다. 나는 등신대의 여행자 모습으로 하얀 망토를 입고 야외에 쓰러져 있는 오벨리스크 위에 앉아서, 멀리 배경에 깔려 있는 로마평원의 폐허를 바라보고 있는 모습으로 그려질 예정이다.[324] 그건 훌륭한 그림이 되겠지만 우리들 북쪽 나라의 주택에 걸어놓기에는 너무 크다. 내가 고국에 돌아가면 다시 그런 주택 속에 들어갈 텐데 이 초상화는 걸어둘 자리가 없을 것이다.

1786년 12월 29일

잠행하고 있는 나를 넓은 세상으로 끄집어내려는 시도는 여러 번 있었으며, 시인들은 나에게 자기 작품을 낭독해 들려주거나 사람을 시켜서 낭독하게도 했다. 여기서 한판 벌이려고 생각한다면 그건 오로지 내 의사에 달린 것이지만, 나는 그런 것에 현혹당하지 않고 다만 재미있게 생각될 따름이다. 로마에서 그런 일이 결국 어떻게 되는지 나는 미리부터 알고 있던 터이니까. 이 세계의 여왕 발밑에 있는 많은 작은 모임들은 왕왕 소도시적인 편협함을 가지고 있는 것이다.

---

324) 오늘날 티슈바인의 작품 가운데 가장 유명한 「캄파냐의 괴테」는 사이즈가 각기 다른 여러 버전이 있는데, 그중 가장 큰 작품을 프랑크푸르트 시립박물관(Städel Museum)이 소장하고 있다.

사실 여기도 다른 곳과 별로 다를 것이 없다. 나와 함께, 혹은 나를 통해서 어떤 일이 이루어질 수 있는가 같은 것은 벌써 생각만 해도 싫증이 난다. 사람은 어떤 당파에 속해서 그 당파가 정열과 책략을 가지고 싸우는 데 가세하고, 예술가와 그 애호가들을 칭찬하고, 경쟁 상대를 헐뜯고, 권세가나 부자에게 굴종하지 않으면 안 된다. 그런 허례 때문에 이 세상으로부터 도피해 버리려고까지 생각하고 있는데 하물며 아무 목적도 없이 내가 그걸 감수해야 할 이유가 있겠는가.

　아니다. 나는 그런 것을 분별하고, 이 방면으로부터의 칩거에 만족하고, 자신에게도 타인에게도 재미있고 넓은 세상에 대한 욕망을 단념시키는 데까지 가면 이제 그 이상 깊이 빠지지는 않는다. 나는 로마를, 영원한 로마를 보고 싶다. 10년마다 달라지는 로마 같은 것은 보고 싶지 않다. 여가가 있다면 더 유효하게 이용하고 싶다. 특히 여기에서 역사를 읽는 것은 세계 어느 곳에서 읽는 것과도 전혀 다른 느낌이다. 다른 곳에서는 밖에서부터 안으로 읽어 들어가는 데 반해 여기서는 마치 안에서부터 밖으로 읽어나가는 것 같다. 모든 것이 우리들 주위에 모아져 있고 모든 것이 우리로부터 출발한다. 그리고 그것은 단지 로마 역사뿐만이 아니라 전 세계사에도 적용된다. 나는 이곳으로부터 베저강[325]이나 유프라테스강까지도 정복자를 따라갈 수 있으며, 호기심 많은 구경꾼이 되고 싶으면 귀환하는 개선 부대를 사크라가도[326]에서 영접할 수도 있다. 그동

---

325) Weser. 독일 중부에서 발원해 북해로 흐르는 독일 영토 내의 가장 긴 강(453킬로미터)이다.

326) Via Sacra. 신성가도(神聖街道). 기원전 6세기경에 닦인 포로로마노

안 나는 곡식이나 금전의 베풂을 받으면서 편안하게 이들 장거
(壯擧)에 참가하고 있는 것이다.

1787년 1월 2일

문서나 구두에 의한 전달 방법은 아무리 유리하게 변호해 보아
도, 결국 극히 소수의 경우를 제외하고는 대개 불완전한 것이
다. 어떤 것의 진정한 본질을 전달한다는 것은 애당초 불가능한
일이며, 정신적인 것에 있어서도 마찬가지다. 그러나 한번 명확
하게 실물을 보아두기만 하면, 책을 읽거나 다른 사람한테서 이
야기를 들어도 흥미가 깊어진다. 그건 살아 있는 인상과 연결되
기 때문이며, 그때 비로소 우리는 사색하거나 판단할 수 있다.

내가 광물과 식물, 동물을 특이한 애착을 갖고 확고한 견
지에서 관찰하고 있을 때 여러분은 나를 비웃고 손을 떼게 하
려고 했다. 이제 나는 건축가, 조각가, 화가에게로 주의를 돌려,
거기서 나 자신을 발견하는 법을 배우려고 한다.

1월 6일

지금 막 모리츠한테서 돌아오는 길이다. 그의 팔도 좋아져서
오늘은 붕대도 풀었다. 회복 과정도 순조로워서 별 걱정은 없
다. 지난 40일간 이 환자 곁에서 간병인, 청죄자(聽罪者), 친구
또는 재무장관, 비서로서 내가 경험하고 배운 것은 장차 우리
에게 유익할 것으로 생각된다. 이 기간 중에는 극히 참기 어려
운 고뇌와 극히 고귀한 환희가 항상 병존해 있었다.

의 중앙로로, 콜로세움에서부터 캄피돌리오 언덕까지 이어진다. 이곳에서 각종 기
념행사와 장례식의 퍼레이드가 거행되었다.

기분 좋은 일은 어제 유노 여신의 거대한 두상 모작을 거실에 갖다 놓은 일이다. 원작은 빌라 루도비시[327]에 있다. 내가 로마에 와서 처음으로 마음에 들었던 작품이었는데 그걸 마침내 손에 넣게 된 것이다. 아무리 해도 말로는 그 매력을 도저히 전달할 수 없다. 그것은 호메로스의 시와도 같다.

나는 장래에도 여러분 같은 좋은 친구를 가까이할 자격은 얻은 것 같다. 왜냐하면 나의 『이피게니에』가 이제 완성되어서, 거의 비슷한 두 통의 초안이 책상 위에 놓여 있는데 곧 그중 하나를 여러분 앞으로 발송할 작정이기 때문이다. 모쪼록 잘 부탁하는 바다. 물론 만족할 만한 작품은 아니지만 내가 무엇을 의도하고 있었는지는 짐작이 갈 것으로 생각한다.

여러분은 이렇게 멋진 경관 아래에서조차 내가 받고 있는 어떤 중압감을 암시하는 것 같은 우울한 데가 나의 편지 속에서 발견된다고 여러 차례 유감의 뜻을 전해 왔다. 그러나 거기에는 나의 동반자인 이 그리스 여인이 적지 않게 관여하고 있는데, 내가 구경을 해야 할 때도 그녀가 나를 재촉해서 일을 시켰던 것이다.

나는 어느 훌륭한 친구를 회상했다. 그는 그랜드투어를 준

---

327) Villa Ludovisi. 1620년대에 추기경 루도비코 루도비시(Ludovico Ludovisi, 1595~1632)가 수집한 고대 로마 예술품들을 진열하기 위해 로마 교외의 포도밭이었던 부지를 사들여 지은 별장으로, 공사 진행 도중 지하에 매장되어 있던 고대 유물이 다량 출토되었다. 1세기경에 제작된 것으로 추정되는 대리석 두상은 루도비시 컬렉션 중 하나였으며, '루도비시의 유노(헤라)'라는 명칭과 달리 실제로는 로마 4대 황제 클라우디우스(Tiberius Claudius Caesar Augustus Germanicus, 기원전 10~서기 54)의 어머니 안토니아 미노르(Antonia Minor)의 모습을 이상화한 것으로 본다. 현재는 로마 국립박물관 팔라초 알템프스(Palazzo Altemps)에 원본이 있다. 별장은 19세기에 소유주의 파산으로 부지가 쪼개져 팔리면서 헐렸다.

비하고 있었는데, 그것은 아마 발견 여행이라고 부를 수 있을 것이다. 그는 그 여행을 위해 이삼년을 연구하고 또 절약을 한 후에, 마지막으로 어떤 명망 있는 집안의 처녀를 유인해 내는 것이 좋겠다는 생각을 하게 되었다. 그렇게 하면 모든 일이 한꺼번에 해결되리라고 생각했기 때문이다.

그와 똑같은 대담성을 가지고 나는 이피게니에를 카를스바트로 데리고 가기로 결심했던 것이다. 내가 어디서 그녀와 특히 재미를 보았는지 간단히 적어두기로 한다.

브렌네르고개를 떠난 뒤 나는 제일 큰 보따리 안에서 그 원고를 꺼내 주머니에다 넣었다. 가르다 호반에서 세찬 남풍이 파도를 몰아치고 있을 때(거기서 나는 타우리스 해변에 서 있는 우리 여주인공과 같을 정도로 고독했는데), 개작의 몇 줄을 썼다. 그리고 베로나, 비첸차, 파도바에서도 계속했는데 가장 부지런히 쓴 것은 베네치아에서였다. 그러고 나서 일은 한때 정체했는데, 그것은 내가 '델피의 이피게니에'를 써볼까 하는 새로운 구상을 했기 때문이다. 만약 나의 기분이 전환되지 않았다면 그리고 구작에 대한 의무감이 나를 붙잡지 않았다면 곧바로 착수했을지도 모른다.

그러나 로마에서는 일이 상당히 지속적으로 진행되었다. 밤에 잠자리에 들 때 나는 이튿날 일과를 준비했고, 눈을 뜨면 곧장 그것을 시작했다. 내 방법은 극히 간단하다. 즉 작품을 조용히 써나간 뒤에 다시 행과 절을 따라 규칙적으로 운을 밟아 나아가는 것이다. 이렇게 해서 만들어진 작품은 여러분의 판단에 맡기기로 하고, 그때 나는 일을 했다기보다는 많은 것을 배웠다고 해야 할 것이다. 이 작품 자체에 대해서도 몇 가지 나중에 이야기할 것이다.

1월 6일

또다시 교회에 관한 이야기를 하려고 한다. 우리는 성탄절 밤에 여기저기 돌아다니고, 예배를 올리고 있는 성당을 방문했다. 특히 어떤 성당에는 참석자가 많았는데, 그곳의 오르간과 음악은 목동의 피리 소리, 새의 지저귐, 양의 울음소리 등 전원곡으로서 무엇 하나 빠진 것이 없게 짜여 있었다.

성탄절 휴가 첫째 날 나는 산피에트로 대성당에서 교황과 성직자들을 보았다. 교황은 왕좌 앞 또는 위에서 대미사를 집전했다. 그것은 정말로 화려하고 장엄한 광경이었다. 그러나 나는 신교도적인 디오게네스 사상 아래서 자랐기 때문에 이런 장려한 의식이 나에게 주는 것보다는 빼앗는 것이 더 많다. 나 또한 경건한 선배 디오게네스처럼 이들 종교적인 세계 정복자들을 향해 이렇게 말하고 싶다. "제발 고원한 예술과 순수한 인간성의 태양을 가리지 말아주시오."[328]

오늘은 예수 공현대축일로, 미사를 그리스식으로 집전하는 것을 보았다.[329] 의식은 라틴식보다도 더 장중하고 엄격하고 명상적이면서도 한층 서민적인 것처럼 생각됐다.

---

328) 시노페의 디오게네스(Diogenes of Sinope). 기원전 5세기 그리스 철학자로, 관습을 거부하고 자연에 충실하며 현재에 만족하는, 들개처럼 자유로운 삶을 추구한 견유(犬儒)학파의 대표 사상가다. 괴테의 이 구절은 디오게네스에 관한 가장 유명한 일화를 연상시킨다. 디오게네스가 길가에 앉아 있는데 당시 세계의 정복자였던 알렉산드로스 대왕이 찾아와 소원을 묻자, 그는 이렇게 답했다. "햇빛을 가리고 있으니 비켜주시오."

329) 예수 공현대축일은 성탄 대축일인 12월 25일로부터 13일째 되는 날이다. 예수가 태어난 뒤 동방(페르시아)에서 박사(현자, 왕) 세 명이 찾아와 세 가지 예물(황금, 유향, 몰약)을 바친 데에서 유래했다. 괴테가 말한 그리스식이란 그리스정교(동방정교, 비잔틴교회) 예배 양식을 뜻한다.

그때도 나는 모든 면에서 내가 너무 나이 들었다고 느꼈지만, 진실에 대해서만은 아직 그렇지 않다는 것을 알고 있다. 그들의 의식과 오페라, 형벌과 발레, 그 모든 것이 밀랍을 바른 비옷에 빗물이 흐르듯 나의 주변을 흘러 지나간다. 이에 반해서 빌라 마다마에서 바라보았던 일몰 광경 같은 자연의 작용이라든가, 사람들의 숭배의 대상이 되고 있는 헤라와 같은 예술 작품은 나에게 깊고 영속적인 인상을 남긴다.

연극에 관해 생각을 하면 벌써부터 무서운 기분이 든다. 내주에만 일곱 편의 무대가 막을 올린다. 안포시[330] 자신이 이곳에서 「인도의 알렉산드로스」를 상연한다. 「키로스 왕」도 상연되며, 「트로이의 정복」은 발레로 무대에 올려진다. 이것은 어린이용일 것이다.

1월 10일

그럼 다시 '부모 울리는 아이'의 이야기를 계속하자. 이 별명은 여러 가지 의미에서 나의 『이피게니에』에게 합당한 것이다. 내가 작품을 이곳 예술가들 앞에서 낭독했을 때 나는 그 속의 몇 부분에 표시를 해두었다가 그중 일부는 소신에 따라 다시 썼다. 그러나 나머지는 그대로 두었다. 헤르더에게 좀 고쳐달라고 할까 해서다. 이 작품에 아주 애먹고 있다.

수년간 작품을 쓰면서 주로 산문 형식을 즐겨 택하고 있는

---

330) 파스콸레 안포시(Pasquale Anfossi, 1727~1797). 이탈리아의 오페라 작곡가로, 80편 이상의 작품을 남겼다. 빈과 런던에서 1786년까지 활동하다 로마로 돌아왔다. 나중에 괴테는 안포시의 오페라 「키르케의 마법사」를 바이마르 극장 무대에 올리면서 연출가로 활약했다.

이유는 본래 독일어의 운율법이 극히 애매하기 때문이다. 격식과 학식을 갖추고 있으며 나에게 협력을 아끼지 않는 친구들조차 많은 문제의 해결을 감정이나 취미에 맡기고 있는 형편으로, 아무래도 기준이라고 할 만한 것이 결여되어 있다.

만약에 모리츠의 『운율학』이라는 북극성과 같은 지도적인 서적이 나타나지 않았다면, 나도 『이피게니에』를 이암보스로 고치는 것 같은 일은 해낼 수 없었을 것이다. 특히 병석에 있는 그와 교제하면서 나는 운율에 대해 많이 깨우쳤다. 나는 이 일에 관해서도 여러분의 호의 있는 배려를 바라지 않을 수 없다.

독일어에 결정적으로 짧거나 긴 음절이 극히 조금밖에 없다는 것은 명백한 사실이다. 그 밖의 음절은 각자의 취향에 따라, 또는 적당히 다루어진다. 그래서 모리츠는 음절에는 어떤 서열이 있어서 의미가 무거운 음절은 의미가 가벼운 음절에 비해 길고, 따라서 이 두 개가 나란히 있으면 후자는 짧아지게 되는데, 의미가 무거운 것도 그것이 정신적으로 더 중요한 다른 음절 가까이에 놓이면 짧아질 수도 있다는 것에 착안했다. 이 말은 확실히 근거가 있는 것이어서, 만사가 해결되지는 않는다 하더라도 그에 따라 일을 진행시킬 수 있는 안내서는 된다. 나는 이 법칙을 몇 번 참고해 보았는데 나의 느낌과 잘 맞았다.

앞에서 낭독에 관해 이야기했는데, 그 결과에 대해서도 간단하게 적어두어야겠다. 여기 있는 젊은 사람들은 이전의 격렬한 작품에 익숙해 있어서 『괴츠 폰 베를리힝겐』[331] 같은 것을

---

331) 괴테의 가장 초기작 중 하나로, 1771년 22세 때 구상해 1773년에 발표한 비극이다. 16세기에 농민전쟁에서 용병으로 활약했던 실존인물 호른베르크의 기사 고트프리트, 괴츠 폰 베를리힝겐(Gottfried, Götz von Berlichingen

기대하고 있었기 때문인지, 조용하고 차분한 이번 줄거리에는 그다지 공감이 가지 않는 모양이다. 그러나 숭고하고 순수한 면에 있어서는 그들도 감명을 받지 않을 수 없었다. 티슈바인도 이 작품이 정열을 거의 완전히 억압하고 있는 점이 이해가 안 가는 듯 일종의 점잖은 비유(라기보다는 일종의 상징)를 표현했다. 즉 그는 그것을 희생의 불에 비유해서, 불꽃은 높이 타오르려고 하는데 연기는 온화한 기압에 눌려 땅을 기고 있다고 평했다. 그리고 그것을 매우 아름답고 의미 깊은 한 장의 선화(線畵)로 그려냈다. 그 그림도 같이 부친다.

이런 이유로 곧 끝나리라고 생각했던 이 일은 꼬박 석 달 동안이나 나를 즐겁게 해주기도 하고, 중단시키기도 하고, 정진시키기도 하고, 괴롭히기도 했다. 내가 가장 중요한 일을 틈틈이 여가에 한 것은 이번이 처음은 아니다. 이 일로 더 이상 무어 무어라고 논의하는 것은 그만두자.

아름답게 조각된 돌도 같이 보낸다. 작은 사자의 코끝에서 모기가 붕붕 날고 있는 모습을 새긴 것이다. 옛사람들은 이런 것을 좋아해서 되풀이해 제작했다. 이제부터는 이걸 가지고 여러분의 편지를 봉인해 주기 바란다. 이 조그마한 물건을 통해서 일종의 인공 메아리가 여러분에게서 나에게로 울려오도록.

1787년 1월 13일

이야기할 것은 날마다 많이 있으나 애써 적으려 해도 연일 계

---

zu Hornberg, 1480~1562)을 모델로 삼아, 봉건적 계급사회에 저항하는 괴츠의 투쟁과 한계를 그렸다. 『젊은 베르테르의 슬픔』보다 '질풍노도'의 성격이 더 뚜렷하다.

속되는 구경이라든가 기분 풀이 때문에 방해가 된다. 거기다가 집 안에 있기보다는 바깥에 있는 편이 좋은 맑은 날이 계속되어서, 그런 날에는 스토브도 난로도 없는 방에 있더라도 잠들어 버리지 않으면 기분이 우울해질 뿐이다. 하지만 지난주에 일어난 몇 가지 일은 말하지 않을 수 없다.

주스티니아니 궁에는 내가 대단히 찬미하는 아테나 상[332]이 있다. 빙켈만은 그것에 대해 거의 언급을 하지 않고 있다. 적어도 적당한 곳에서는 말하지 않는다. 또한 나 자신도 그 조각에 대하여 비평 같은 것을 가할 자격이 없다고 느낀다. 우리가 그 조각을 보면서 오랫동안 서성거리고 있는 모습을 보고 관리하는 여자가 나섰다. 이건 옛날 성상인데 이 종파에 속하는 영국인들은 지금도 그 한쪽 손에 키스함으로써 숭상의 뜻을 표한다고 말해 주었다. 실제로 조상의 다른 부분은 갈색인데 그 손만은 하얗다. 여자는 다시 덧붙여서 말했다. 며칠 전에도 이 종파에 속하는 한 부인이 와서 무릎을 꿇고 이 상을 배례하고 있었는데 기독교도인 자기로서는 그런 기묘한 행동을 웃지 않고서는 볼 수가 없어서, 웃음을 터뜨리지 않기 위해 자리를 피해 뛰어나갔다고. 나 또한 이 조상 곁을 떠나지 못하는 것을 보고 관리인은 나한테 이 석상을 닮은 좋은 사람이라도 있어서 그렇게 마음이 끌리는 게 아니냐고 묻기도 했다. 마음씨 좋은 이 여자가 아는 것은 예배와 연애에 관한 것뿐으로, 위대한 작

---

332) Athena Giustiniani. 기원전 5세기경의 고대 그리스 청동상을 복사한 로마의 대리석 상이다. 16세기에 판테온 인근에 지어진 궁을 주스티니아니 가문이 인수한 뒤, 17세기에 은행가였던 빈첸초 주스티니아니가 수집한 작품이어서 이와 같은 이름이 붙었다. 현재는 바티칸 박물관의 브라치오 누오보관에 있다.

품에 대한 감탄이라든가 인간 정신에 대한 동포로서의 경애심 같은 것은 전혀 안중에 없었다. 우리는 영국 부인의 이야기를 즐겁게 생각하면서 석별의 정을 안고 그 자리를 떴지만 조만간 꼭 다시 가 보았으면 한다. 여러분이 더 상세한 설명을 듣고 싶다면 빙켈만이 절정기[333] 그리스 양식에 관해 논하고 있는 대목을 읽어주기 바란다. 유감이지만 그는 거기서 이 아테나 상에 관한 것을 언급하고 있지 않다. 만약 내가 틀린 것이 아니라면, 이 상은 엄격한 절정기 양식으로 이행해 가던 시기의 아름다운 작품이며, 말하자면 막 피어나려고 하는 꽃망울인 것이다. 그리고 이 과정이야말로 아테나의 성격에 매우 적합한 것이다.

다음으로 종류가 다른 광경의 이야기를 하자. 예수 공현축일, 즉 이교도들에게 은총이 고지된 것을 기념하는 축일에 우리는 포교성성(布教聖省)[334]에 갔다. 먼저 3명의 추기경과 많은 참석자들이 모인 앞에서 강연이 있었다. 마리아가 동방박사

---

333) 빙켈만은 고대 그리스 예술 양식을 3단계로 구분했다. 고대기(Älterer Stil, 기원전 7~6세기), 절정기(Hoher Stil, 기원전 5세기), 유미기(Schöner Stil, 기원전 4세기), 그리고 이후의 양식은 모두 헬레니즘이다. 이러한 시기 구분은 오늘날에는 사용되지 않지만, 당시만 해도 유일한 최고의 해석으로 여겨졌다.

빙켈만의 분류에서 절정기에 해당하는 고대 그리스의 대표 작가로는 피디아스(Phidias/Pheidias)가 있다. 기록에 따르면 피디아스는 상아로 조각하고 황금을 입힌 올림포스 신전의 제우스 상, 아크로폴리스의 아테나 상, 파르테논 신전의 「아테나 파르테노스」 등을 제작했고, 파르테논 신전의 설계와 조각 장식을 총감독했다. 가장 위대한 그리스 조각가로 꼽힌다.

334) 이탈리아어 명칭은 프로파간다 피데 궁(Palazzo di Propaganda Fide)이다. 로마교황청 부속 행정 및 심의 기관 건물로, 기독교 선교 활동을 지원한다. 1982년 교황 요한 바오로 2세가 인류복음화성(Congregatio pro Gentium Evangelisatione)으로 개칭했다. 로마의 스페인 광장에 있다.

3인을 영접했던 곳은 어디인가, 마구간 안인가 아니면 다른 곳인가 하는 논제였다. 그러고 나서 비슷한 논제에 의한 두세 개의 라틴어 시가 낭송된 뒤에, 30명의 신학생이 차례로 나와서 각자의 모국어로 된 짧은 시를 읽었다. 말라바르어, 알바니아어, 튀르크어, 몰다우어, 에렌어, 페르시아어, 콜키스어, 히브리어, 아랍어, 시리아어, 곱트어, 사라센어, 아르메니아어, 아일랜드어, 마다가스카르어, 아이슬란드어, 보헤미아어, 이집트어, 그리스어, 이사우리아어, 에티오피아어 등등. 그 밖에 내가 모르는 나라 말도 몇 개 있었다. 시는 대체로 그 나라의 운율로 쓰여서 낭송도 나름의 방법으로 하는 모양이었다. 야만스러운 리듬이나 음조도 튀어나왔다. 그리스어의 울림은 밤하늘에 별이 나타날 때와 같았다. 청중이 귀에 익지 않은 음조를 듣고 마구 웃어댔기 때문에 모처럼의 공연이 익살극으로 변하고 말았다.

마지막으로 이 신성한 로마에서 신성한 것이 얼마나 방자하게 취급되고 있는가 하는 우화를 하나 적어둔다. 작고한 알바니 추기경[335]이 예전에, 지금 내가 말한 것 같은 기념총회에 참석하고 있었다. 그때 신학생 중 한 명이 이국 방언으로 추기경들을 향해 "경배! 경배!" 하고 외쳐댔다. 그런데 그 말이 "악당! 악당!" 같이 들렸다. 그러자 추기경이 동료들 쪽을 향해서 말했다. "놈은 우리를 잘 알고 있군."

---

[335] 알레산드로 알바니(Alessandro Albani, 1692~1779). 로마 가톨릭의 추기경이었지만, 고대 미술품을 보는 뛰어난 안목과 투자 감각으로 유명했으며, 예술품 수집가이자 딜러로도 활약했다. 빙켈만의 후원자였다.

1월 13일

빙켈만의 업적은 대단히 크지만, 우리의 희망에 부응하지 않는 것도 많이 남기고 갔다. 그는 자기 업적의 완성을 위해 입수한 재료를 너무 조급하게 사용했다. 만약 그가 지금까지 살아 있다면 아직도 원기 왕성할 터이니 누구보다도 앞서서 자기 저술을 개정했을 것이다. 그 뒤에 그의 원칙에 따라 남이 이루어놓은 것, 관찰한 것, 또 최근에 발굴하고 발견한 것들까지도 그는 남김없이 몸소 관찰하고, 보고하고, 이용했을 것이 틀림없다. 알바니 추기경도 그때쯤에는 세상을 떠났을 것이다. 빙켈만은 이 사람을 위해 많은 것을 쓰기도 했지만, 아마 이 사람을 위해 말하지 않고 가만히 있었던 적도 많았으리라.

1787년 1월 15일

마침내 「아리스토데모」가 성공과 절대적인 갈채 속에 상연되었다. 몬티 사제는 교황의 조카뻘되는 자로, 상류사회에서 매우 중요시되는 인물이기 때문에 그런 면에서도 잘된 일이다. 실제로 특별석의 손님들도 박수에 인색하지 않았으며, 일반석의 관객들은 작가의 아름다운 말솜씨와 배우들의 뛰어난 낭독에 처음부터 정신을 잃어서 기회만 있으면 만족을 표시했다. 그때 독일 예술가들이 차지한 좌석도 적지 않게 눈에 띄었는데 그들은 대체로 나서기를 좋아하는 편이니까 이 경우 제자리를 얻었다고 할 만하다.

　작자는 작품이 성공할 것인가 걱정되어 집에 머물러 있었는데 한 막이 끝날 때마다 좋은 소식이 들려와서 최초의 우려는 점차 환희로 변해 갔다. 그 뒤 지금까지도 상연되고 있는데 모두 잘되어 가고 있다. 이처럼 사람은 아무리 자기 본업과 동떨어진 방면이라도 뛰어난 업적만 보인다면 대중이나 식자들의 갈채를 받을 수 있는 것이다.

여하튼 공연은 실제로 칭찬받을 만한 것이었고, 극 전반에 걸쳐 등장하는 배우들도 뛰어난 대사와 연기를 선보여 마치 고대의 어떤 황제를 보는 것 같았다. 우리로 하여금 외경심을 갖도록 하는 저 조각상의 복장이 무대의상으로 훌륭하게 이용되고 있고 배우가 고대를 잘 파악하고 있다는 것을 알 수 있었다.

1월 16일

로마는 지금 미술적으로 일대 손실에 직면해 있다. 나폴리 왕이 파르네세 궁전[336]의 헤라클레스 상을 자기 관저로 옮기려 하고 있기 때문이다.[337] 예술가들은 모두 애석해 하고 있지만,

---

336) 르네상스기 이탈리아에서 가장 강력한 가문 중 하나였던 파르네세의 로마 궁전은 1517년 추기경 알레산드로 파르네세(Alessandro Farnese, 1468~1549)가 당시 가장 촉망받던 건축가 안토니오 다 상갈로(Antonio da Sangallo, 1484~1546)에게 설계를 맡겨 짓기 시작했다. 하지만 상갈로의 죽음으로 공사가 중단되었다가, 추기경이 교황 바오로 3세(Paul III, 재위 1534~1549)가 된 뒤 미켈란젤로를 고용해 설계를 변경하여 공사를 이어갔다. 바오로 3세 사후, 교황의 손자로 열정적인 예술 후원가이자 수집가였던 알레산드로 파르네세 추기경(1520~1589)이 궁전의 규모를 확장하면서 테베레 강변에 접한 모습으로 1589년에 완공되었다. 내부는 카라치, 도메니키노, 라파엘로 그리고 절정기 미켈란젤로의 벽화들로 장식되었고, 당대 로마에서 가장 많은 수의 명화와 조각 작품을 소장한 궁전이었다.

337) 나폴리 왕 페르디난도 4세(Ferdinando IV, 1751~1825)는 엘리사베타 파르네세(Elisabetta Farnese, 1692~1766) 에스파냐 여왕의 손자로, 파르네세가의 정통 상속자였다. 그가 1787년에 파르네세 궁전의 보물들을 나폴리 왕국으로 옮긴 덕분에 오늘날 나폴리 국립박물관이 파르네세 컬렉션을 소장하

우리는 이 기회에 선인들 눈에는 감춰졌던 것을 볼 수 있게 될 것이다.

그 이유는, 조각상의 머리부터 무릎까지 부분과 그 아래의 발과 대좌가 파르네세 궁전의 토지에서 발견됐는데, 무릎부터 발목까지의 다리 부분이 없는 채였다. 그러자 굴리엘모 델라 포르타가 다리를 보수했고, 그래서 그 상이 오늘날까지 보충된 다리를 가지고 서 있는 것이다. 그런데 그 후 진짜 옛 다리 부분이 보르게세의 소유지 안에서 발견되었기에, 그것은 또 그것대로 빌라 보르게세에 진열되어 있었다.[338]

그런데 최근에 이르러 보르게세 추기경[339]이 결단을 내려

게 되었다. 한편 파르네세 궁전은 양시칠리아 왕국의 마지막 왕 프란체스코 2세(Francesco II de Bourbon, 1836~1894)가 1874년 프랑스 정부에 팔았고, 이후 이탈리아가 돌려받긴 했지만 상징적인 1유로 임대 계약을 맺어 현재까지 프랑스 대사관으로 쓰이고 있다. 벽화가 있는 일부 공간은 미술관으로 공개 중이다.

338) 1546년에 발굴된 파르네세의 헤라클레스 상은 기원전 4세기경의 그리스 청동상을 대리석으로 확대 모사한 것으로(3.17미터), 216년 카라칼라 목욕탕의 장식으로 제작되었다. 파르네세 공사장에서 발견되었을 때는 머리도 없었는데, 트라스테베레(Trastevere) 샘 근처에서 머리가 발견되어 파르네세 추기경이 막대한 금액에 사들였다. 한편, 헤라클레스의 잃어버린 다리는 이후에 카라칼라 목욕탕 터에서 발굴되었지만, 이때는 굴리엘모 델라 포르타(Guglielmo della Porta, 1500?~1577)가 제작한 다리를 붙인 뒤였다. 당시 파르네세 궁전 건축 총감독이었던 미켈란젤로는 고대와 현대가 공존하는 상태 또한 가치 있다는 이유로 원본 다리로 교체하기를 반대했고, 때문에 원래 다리는 보르게세 가문이 매입해 소장하게 되었다. 파르네세의 헤라클레스는 휴식을 취하고 있는 헤라클레스의 드문 모습이어서 각기 다른 시기에 제작된 복사본이 많은데 그중 파르네세의 헤라클레스가 가장 오래되었다. 나폴리 국립박물관에 있다.

339) 시피오네 카파렐리 보르게세(Scipione Caffarelli Borghese, 1577~1633). 시에나의 유서 깊은 귀족 가문으로, 그의 삼촌 카밀로 보르게세(Camillo Borghese, 1552~1621)가 1605년 교황 바오로 5세로 선출되면서 추기경이 되었다. 막강한 교황권에 힘입어 수많은 공식 직책을 가졌으며, 수입 또한 막대했다. 보르게세 추기경은 로마 북쪽 외곽의 광대한 포도원 부지에 보르게세 정

이 귀중한 유물을 나폴리 왕에게 기증하기로 했다. 그래서 포르타가 보충했던 다리가 제거되고 대신 진짜가 끼워지게 될 것이다. 사람들은 지금까지의 다리에도 만족하고 있었지만, 이번에는 다시 새로운 모습을 볼 수 있으며, 보다 조화된 형태를 즐길 수 있게 되는 것이다.

1월 18일

어제는 성 안토니우스 대수도원장[340]의 축일로 우리는 즐거운 하루를 보냈다. 드물게 보는 좋은 날씨로 전날 밤에는 얼음이 얼었는데도 낮에는 맑게 개고 따뜻했다.

예배나 묵상을 중시하는 종교가 결국 동물에게도 다소의 종교적 은총을 베푼다는 사실은 우리가 인정하는 바다. 수도사이자 주교였던 성 안토니우스는 네발짐승의 수호자였기 때문에 그의 축제는 언제나 무거운 짐을 나르는 동물이나 파수꾼, 마부 등을 위한 즐거운 날이다. 이날은 아무리 지체 높은 분이라도 집에 있거나, 아니면 도보로 외출해야 한다. 사람들이 늘 예로 드

원과 빌라를 지어 세계적인 예술품을 수집, 소장하였다. 또한 조각가 베르니니와 화가 카라바조의 후원자로서 이들에게 빌라 보르게세의 장식 벽화를 맡겼다. 빌라 보르게세는 오늘날 보르게세 미술관으로, 정원은 공원으로 공개되고 있다.

340) Antonius abbas, 251?~356. 이집트 출신의 기독교 사제이자 성인으로, 모든 수도사들의 아버지라는 뜻에서 대수도원장(abbas)으로 불린다. 35세 때 나일강 근처 사막의 버려진 요새에서 철저한 은둔생활을 시작했는데, 그를 따르는 제자들이 몰려들어 주변에 오두막을 지으면서 기독교 최초의 금욕적 수도자 집단이 형성되었다. 민간에서는 아궁이의 수호신, 질병으로부터의 수호신, 가축의 수호신으로 추앙되었다. 그가 서거한 1월 17일을 안토니우스 축일로 기리고 있다. 괴테가 안토니우스를 '주교(Bischof/bishop)'로 칭한 것은 제도화된 가톨릭 사제의 직위를 의미하기보다, 비숍의 어원인 그리스어 에피스코포스(epískopos, 감독, 연장자, 지도자)에 가까운 의미로 쓴 듯하다.

는 것이 있다. 이날 신심이 부족한 귀족이 마부를 무리하게 부렸다가 큰 재난을 당했다는 이야기다. 성당은 황야라고 해도 과언이 아닐 정도의 넓은 터에 있는데 오늘은 대단히 번잡하다. 화려하게 리본을 단 말이나 나귀가 성당에서 좀 떨어져 있는 작은 예배당에 끌려간다. 그러면 거기에는 커다란 솔을 가진 사제가 앞에 있는 물통이나 대야에서 성수를 기운 좋은 짐승에게 마구 뿌린다. 때로는 장난을 해서 말들을 화나게 할 때도 있다. 믿음이 깊은 마부들은 크고 작은 양초를 기부하고 마주들은 보시물이나 선물을 보내온다. 값나가고 유용한 짐승이 1년 동안 모든 재난에서 벗어나도록 기원하기 위해서다. 마찬가지로 소유주에게 유용하고 값진 나귀나 소 역시 똑같은 축복을 받는다.

그 후에 우리는 푸른 하늘 아래 멀리까지 걸었다. 도중에도 매우 흥미 있는 여러 가지 사물을 접했으나 오늘은 그다지 주의를 기울이지 않고 마음 내키는 대로 즐기고 놀았다.

1월 19일

명성은 일세를 풍미하고 업적은 가톨릭의 천국에도 비견할 만한 대왕[341]도 끝내는 타계해 명부에서 동렬의 영웅들 틈에 끼게 되었다. 이러한 분을 매장했을 때는 저절로 숙연해진다.

오늘 우리는 기분 좋은 하루를 보냈다. 지금까지 소홀히 했던 캄피돌리오 언덕의 일부를 구경하고 나서 테베레강을 건너, 새로 도착한 배 위에서 에스파냐산 포도주를 마셨다. 이 근

---

341) 프로이센 국왕 프리드리히 2세는 1786년 8월 17일에 서거했다. 괴테는 이미 카를스바트에서 그 사실을 알았는데, 여기에서 언급한 이유는 이즈음에 오간 편지에 대왕의 업적에 관한 이야기가 나왔기 때문이다.

방은 옛적에 로물루스와 레무스[342)]가 있던 곳이라고 한다. 그 곳에서 우리들은 성령강림제(聖靈降臨際)가 두셋씩 겹쳐서 온 것처럼 신성한 예술 정신, 극히 온화한 분위기, 고대에 대한 추억, 감미로운 포도주에 취할 수 있었다.

1월 20일

처음에 겉으로만 보았을 때에는 즐거움이던 것도, 근본적인 지식 없이는 결코 진실한 기쁨을 맛볼 수 없다는 진리를 깨닫게 되면 도리어 골칫거리로 변한다.

해부학에 대해서 나는 상당한 준비도 했고, 인체에 관한 어느 정도의 지식은 꽤 고생해서 획득한 것으로 생각했다. 그

---

342) 트로이 왕가의 유일한 생존자 아이네이아스는 트로이 패망 후 이탈리아 반도로 건너와 원주민의 도시 라티움을 정복하고, 원주민과 이민족을 통합한 국가 라비니움(Lavinium)을 건설한다. 아이네이아스가 사망한 후 그의 아들 아스카니우스는 라비니움을 떠나 로마에서 남동쪽으로 30킬로미터가량 떨어진 알바노 호숫가에 새 도시국가 알바롱가(Alba Longa)를 건설한다.(오늘날의 카스텔 간돌포 인근이다. 268쪽 참조)

그로부터 300여 년 후, 알바롱가 왕 누미토르의 딸 레아 실비아는 처녀의 몸으로 전쟁의 신 마르스와의 사이에서 로물루스와 레무스 쌍둥이를 낳는다. 그사이 형 누미토르를 몰아내고 왕위를 찬탈한 동생 아물리우스는 장래에 자신의 왕권을 위협하게 될 것을 염려해 쌍둥이를 내다버렸는데, 딱따구리가 아기들을 보호해주고 암늑대가 자신의 젖을 먹여 키웠다.(로마 신화에서 암늑대와 딱따구리는 마르스 신의 동물이다.)

장성한 이들은 자신들의 출생의 비밀을 알게 되고, 알바롱가로 쳐들어가 할아버지 누미토르를 다시 왕으로 복위시킨다. 알바롱가를 떠난 형제는 새 나라를 세울 땅을 고심하다 각자 원하는 곳에 국가의 경계를 정해 보기로 한다. 로물루스는 팔라티노 언덕을, 레무스는 캄피돌리오 언덕을 선택한다. 그런데 독수리들이 팔라티노 언덕을 지지하자, 형제간에 싸움이 일었고 결국 로물루스는 레무스를 죽인다. 로물루스는 팔라티노 언덕 주위로 고랑을 파서 로마의 경계를 정하고, 기원전 754년(또는 752년 또는 772년) 4월 21일 건국을 선포한다.

러나 이곳에서 우리는 항상 조각상을 봄으로써 끊임없이 보다 고도의 방법으로 암시를 받고 있다. 우리의 의학적 외과적 해부학에 있어서는 단순히 부분을 아는 것이 중요해서 겨우 한 편의 근육이라도 족히 소용에 닿는 것인데, 로마에서 각 부분이란 것은 하나의 고귀하고 아름다운 형태를 나타내는 것이 아니면 아무 의미도 없다.

광대한 산스피리토 병원[343]에는 미술을 위해 매우 아름다운 근육체가 비치되어 있는데 얼마나 훌륭한지 경탄할 수밖에 없다. 그건 정말 피부를 벗겨 놓은 반신(半神) 마르시아스[344]와 같다. 이곳 사람들은 또한 고대인의 지시에 따라 골격을 기술적으로 조합된 뼈의 집단으로 보지 않고, 골격에다 생명과 운동을 부여하는 인대와 함께 연구하는 것을 관습으로 하고 있다.

밤에도 원근법을 연구하고 있다는 말을 덧붙인다면 우리가 게으른 생활을 하지 않는다는 것을 알 수 있으리라. 여하튼 지금 하고 있는 것보다 앞으로 더 많은 일을 하고자 한다.

1월 22일

독일인의 예술적 감각이나 예술 생활에 관해서는, 음향은 들려도 화음이 없다고 말할 수 있으리라. 우리들 가까이에 얼마나 훌륭한 것이 있었는데도 내가 그것들을 하나도 이용하지 않았다

---

343) La chiesa di Santo Spirito in Sassia. 바티칸 산피에트로 광장 근처에 있는 사시아 산토스피리토 성당을 말한다. 1198년 교황 인노첸시오 3세의 명으로 유럽 최초의 교회병원이 부설되어 로마 시민들과 순례자들을 치료해 주었다. 다수의 벽화와 예수가 치유의 기적을 행하는 제단화가 유명하다.

344) 그리스 신화의 사티로스 중 하나로, 자신의 피리 솜씨를 자랑하며 음악의 신 아폴론에게 도전했다가 패배한 후 산 채로 살가죽이 벗겨지는 벌을 받는다.

는 것을 생각하면, 나는 절망하고 싶어진다. 그러나 당시에는 단지 모색하기에 그쳤던 걸작을 이번에는 확실하게 인식할 수 있다는 희망이 있다고 생각하면, 귀국하는 것이 즐거움이 된다.

하지만 로마에서도 진지하게 총체적 연구를 하려는 사람에게는 역시 배려가 부족하다. 너무나 많은, 거의 무한한 파편 가운데서 수집해 조각 붙이기 작업을 하지 않으면 안 된다. 참말로 좋은 것을 관찰하고 연구하려는 열의가 있는 외국인은 물론 극히 소수에 지나지 않는다. 다수의 사람들은 일시적 기분과 자만을 따르는 것뿐으로, 그것은 외국인을 상대하는 사람들 모두가 잘 알고 있는 점이다. 모든 안내인은 흑심이 있어서 장사꾼을 소개하든지 미술가를 돈 벌게 해준다. 하지만 그걸 나쁘다고 탓할 수만도 없다. 왜냐하면 풋내기는 아무리 훌륭한 것을 추천해도 받아들이지 않는 것이 보통이니까.

고대 미술품이 수출될 때에는 먼저 정부에 허가를 신청해야 하는데, 그때마다 일종의 강제적인 명령에 의해 모조품을 제출하도록 되어 있다면 그 후의 관찰도 매우 편리해질 것이고 독특한 미술관도 만들어질 것이다. 그러나 설사 교황이 이러한 생각을 가졌다 하더라도 모든 사람이 이에 반대했을 것이다. 왜냐하면 몇 년 못 가서 사람들은 수출된 물품의 가치와 귀함에 놀라게 될 것이기 때문이다. 또한 사람들은 개개의 경우에 모든 수단을 이용해 은밀히 수출 허가를 손에 넣는 방편을 알고 있으니까.

1월 22일
벌써 예전부터, 특히 「아리스토데모」의 상연 때에 우리 독일 출신 예술가들의 애국심이 눈을 떴다. 그들은 나의 『이피게니에』를 칭찬해 마지않았다. 두세 군데 낭독을 요청 받았는데 결국은 간청에 못 이겨 전체를 다시 읽지 않을 수 없게 되었다. 그때 깨달은 것인데, 종이에 쓰여 있을 때보다 낭독하는 편이 더 유창하게 느껴지는 곳이 여러 군데 있었다. 물론 시란 것은 눈을 위해서 만들어진 것은 아니다.

이 평판이 지금은 라이펜슈타인이나 앙겔리카[345]에게까지 전해져 거기서도 내 작품을 소개하게 되었다. 나는 잠시 동안의 유예를 청했지만 작품의 구성과 줄거리만은 곧 상세하게 보고했다. 이것이 상상 이상으로 사람들의 마음에 들어서 내가 제일 기대할 수 없다고 생각했던 추키 씨까지도 호의를 보여주었다. 지금까지 이야기한 것은 이 작품이 그리스, 이탈리아, 프랑스와 같은 나라의 형식에 가까워서, 영국풍 대담성에 익숙하지 못한 사람들에게 여전히 가장 잘 먹히는 형식이라는 점으로도 설명이 된다.

1787년 1월 25일, 로마

나의 로마 체재 이유를 설명하는 것이 점점 곤란해지고 있다. 바다는 들어가면 들어갈수록 깊어지는데, 이 도시의 구경도 그것과 같다.

---

345) 마리아 안나 앙겔리카 카우프만(Maria Anna Angelika Kauffmann, 1741~1807). 스위스 쿠어(Chur) 태생의 여성 화가로, 런던에서 활동하며 신고전주의 양식의 초상화로 명성을 얻었으며, 영국 왕실의 총애를 받아 왕립예술원 창립 회원이 되었다. 베네치아 출신으로 영국에 거주하던 화가 안토니오 추키(Antonio Pietro Francesco Zucchi, 1726~1795)를 만나 결혼, 이탈리아로 이주하여 로마 사교계에서 명성을 날렸다.

과거를 모르고 현재를 안다는 것은 절대 불가능하다. 그리고 양자를 비교하려면 한층 더 많은 시간과 침착성이 필요하다. 세계의 수도인 로마의 지세가 벌써 그 건설 당시를 상상케 한다. 이곳에 정착해서 나라의 기초를 구축한 것이 위대하고 잘 통제된 이주 민족의 총명한 작업이 아니었다는 것은 쉽게 인정할 만한 일이다. 또한 권세 있는 군주가 이곳이 식민 집단의 정착지로 적당한 땅이라고 해서 선정한 것도 아니었다. 유목민들과 천민들이 먼저 이 땅을 개간하기 시작했고 몇몇 기운 좋은 젊은이가 언덕 위에 후일 도래하게 될 세계 지배자의 장려한 궁전의 기초를 놓았던 것에 지나지 않는다. 그리고 그들은 예전에 사형집행인이 기분 내키는 대로 언덕 기슭의 늪과 갈대 사이에 버렸던 유아들이었다. 이렇게 해서 로마의 일곱 언덕은 그 배후에 있는 국토에 대해서 고지대인 것이 아니라, 테베레강에 대해서, 또한 후세에 캄푸스 마르티우스[346]가 된 태곳적 테베레 하상(河床)에 대해서 고지대인 것이다. 올봄에 다시 여행을 할 수 있다면 이 불리한 지세에 관해서 더 소상하게 써보려고 한다. 나는 지금도 알바[347] 여인들의 통곡과 고

---

346) Campus Martius(라). 이탈리아어로는 캄포 마르치오(Campo Marzio). 로마 건국자 로물루스는 33년간 치세 후, 7월 7일에 '로마와 테베레강 사이의 들판'에서 군대를 사열하던 중 일식이 일어난 사이 홀연 자취를 감춘다. 로마인들은 로물루스를 기리기 위해 이 들판을 마르스 신에게 바친다.(마르티우스는 마르스의 라틴어 표기다.) 고대에 캄푸스 마르티우스는 캄피돌리오 언덕에서부터 북쪽으로 테베레강에 이르는 반경 2킬로미터 지역으로, 당시에는 강의 수면보다 3~8미터나 낮은 습지대였기 때문에 침수 피해가 자주 발생했다. 그럼에도 로마의 규모가 점차 확장되면서 이곳에도 극장, 목욕탕, 분수 등이 지어졌다. 오늘날 남아 있는 랜드마크는 판테온이다.

347) 로마의 3대 왕 툴루스 호스틸리우스(Tullus Hostilius, 기원전

뇌에 충심으로 동정을 금할 수 없다. 그녀들은 도시가 파괴되는 것을 목도했고, 현명한 지도자에 의해 선정되었던 아름다운 땅을 버리고 테베레강의 안개에 싸인 비참한 카일리우스[348] 언덕에 살면서, 자신들이 잃어버린 낙원을 뒤돌아보지 않으면 안 되었다. 이 지방에 관해서는 아직 잘 모르지만, 고대 민족의 도시 중에서 로마만큼 나쁜 지형에 있었던 것은 없다고 나는 확신한다. 그리고 로마인이 마침내 모든 토지를 다 소진해 버렸을 때, 그들은 살기 위해서, 또 생활을 향유하기 위해서, 다시 별장을 시외에 세우고 예전에 자신이 파괴했던 도시 자리에 돌아와 살게 되었던 것이다.

1월 25일

얼마나 많은 사람들이 이곳에서 조용히 생활하며, 또한 얼마나 많은 사람들이 나름의 방법으로 일하고 있는가를 평화스러운 기분으로 관찰할 수 있는 기회가 주어졌다. 우리는 최근에 큰 재능은 없지만 평생을 예술에 바친 어느 성직자를 방문하고, 그가 매우 재미있게 세밀화로 옮겨 그린 여러 명화의 모사를 보았다. 가장 훌륭한 것은 밀라노에 있는 레오나르도 다빈치의 「최후의 만찬」[349]의 모사화였다. 예수가 제자들과 함께 즐겁고 편

672?~640?)는 매우 호전적인 성격으로, 선대의 왕들이 이웃 도시국가들과 맺은 평화조약을 깨고 알바롱가를 침략해 파멸시킨 후 알바롱가 시민들을 로마로 강제 이주시켰다.

348) Caelius. 첼리오 언덕의 라틴어 표기다.

349) 다빈치가 1495년부터 1497년까지 밀라노의 산타마리아 델레 그라치에(Santa Maria delle Grazie) 수도원에 그린 벽화다. 이 그림 덕분에 수도원이 유네스코 세계문화유산으로 지정되었다.

안하게 식탁에 앉으면서 "그러나 너희들 가운데 한 사람 나를 배반하는 자가 있으리." 하고 언명하는 순간을 포착한 것이다.

이 모사화 아니면 지금 제작 중인 다른 모사 동판화라도 만들어지면 좋겠다고 생각한다. 만약 훌륭한 것이 대중의 눈에 띄게 된다면 그건 더할 나위 없는 선물이 될 것이다.

이삼일 전에 나는 프란치스코회 성직자인 자키에 신부[350]를 찾아 트리니타 데이 몬티 성당[351]에 들렀다. 프랑스 태생이며 수학 저술로 유명한 사람인데 상당한 고령으로 참으로 기분 좋고 이해심 깊은 인물이었다. 그는 전에 저명한 인사들과의 교류가 많았고, 볼테르 곁에서도 수개월을 보낸 적이 있으며 볼테르도 그에게 비상한 호의를 가졌었다고 한다.

이렇게 해서 나는 많은 독실한 인사들과 아는 사이가 되었다. 그런 인물은 여기에는 헤아릴 수 없을 정도로 많이 있지만 그들은 불행하게도 성직자의 불신감에 의해 서로 교제하는 것

---

350) 프랑수아 자키에(François Jacquier, 1711~1788). 프랑스 출신의 수학자이자 과학자다. 수도회 신부인 삼촌이 그의 수학 과학 재능을 일찌감치 알아차리고 수도회에 입회시켜 교육을 받도록 했다. 교황청 직속 연구기관으로 1690년에 설립된 아르카디아 아카데미(Pontificia Accademia degli Arcadi)에서 연구를 계속하면서 수리과학자로 빠르게 명성을 얻은 자키에는 1734년 포교성성의 성서학 교수로 임명되었다. 1739년 스위스 제네바에서 출판된 뉴턴의 『프린키피아』 번역본 편집과 주해 작업을 맡아, 영국 왕립학술원으로부터 회원 자격을 받았다. 1742년에는 교황 베네딕토 14세의 명으로 산피에트로 대성당 돔의 안정성 보강을 위한 구조를 연구했다. 1773년 교황 클레멘스 14세가 로마대학(1551년 예수회가 설립)에서 예수회 성직자 교수들을 축출하고 자키에를 수학과 교수로 임명했다.

351) Trinità dei Monti. 1502년 프랑스의 루이 12세가 나폴리 침공 승리를 기념하기 위해 프란치스코회 수도원 옆에 세운 성당으로, 스페인 광장 계단 정상에 있는 흰색 건물이다. 자키에는 트리니타 데이 몬티 수도원 사제 자격으로 세상을 뜰 때까지 이곳에서 살았다.

이 금지되어 있다. 책방끼리도 서로 연락이 없고, 눈에 띄는 문학 신간도 별로 없다.

고독한 자에게는 은둔자를 방문하는 것이야말로 어울리는 일이다. 「아리스토데모」 상연 때 우리가 상당한 수고를 한 뒤로 사람들은 다시 나를 끌어들이려 했다. 그러나 '나'라는 인간이 문제가 되는 것이 아니고 사람들이 자기 당파를 강화하기 위해 나를 도구로 삼고 있다는 것이 명백했다. 그러니 설사 내가 나서서 끼어봤자 잠시 동안 인체 모형으로서의 역할을 담당하는 데 그칠 것이다. 그러나 결국 그들도 나를 어찌할 수 없다는 것을 알아차리고 가만 내버려 둘 것이기 때문에 나는 나의 확고한 길을 걸어갈 따름이다.

그렇다. 마침내 나의 생활에도 적당한 무게가 될 짐이 주어졌다. 나를 우롱했던 악령들도 이젠 무서울 것이 없다. 여러분도 안녕히 계시길 바란다. 나도 근간 아무 탈 없이 그곳으로 돌아갈 수 있을 것이다.

1월 28일

모든 일에 통용되고, 우리들이 항상 준거하지 않으면 안 되는 두 개의 고찰이 최근에 밝혀졌으므로 그것에 관해 여기 적어보려고 한다.

이 도시의 수많은, 그러나 한낱 파편으로밖에는 제공되지 않는 풍부한 유물이나 미술품을 접했을 때 우선 제일 문제가 되는 것은 그 각각의 성립 연대다. 빙켈만은 시대를 구분해서, 우선 각 민족에 의해 채택되고, 그것이 시대와 더불어 발전하고, 마침내는 그 형태가 붕괴해 버리는 각각의 양식을 인식해야 한다고 계속 요구하고 있다. 이 점에 관해서는 진실한 예술 애호가라면 누구나 다 납득하는 바이며, 그 요구의 정당성과 중요성은 모두가 인정한다.

그러나 어떻게 해서 그 통찰에 도달할 수 있는가? 일반 개념은 별 준비 없이도 정확하고 훌륭하게 세울 수 있겠지만 개별적인 경우에는 여전히 암중모색의 범위를 벗어날 수 없다. 중요한 것은 긴 세월의 노력으로 확실하게 눈을 수련하는 일이다. 질문을 할 수 있으려면 먼저 공부부터 해야 한다. 이때 주저해서는 안 된다. 이 중요한 점에 대한 주의력은 이제 눈뜨고 있다. 진지하게 일하려는 사람은 누구나 이 분야에 있어 역사적으로 연구를 진행시키는 것 이외에는 어떠한 판단도 가능하지 않다는 것을 깨닫게 될 것이다.

두 번째 고찰은 주로 그리스인의 미술에 관한 것인데, 저 비할 데 없는 예술가들이 인간의 모습으로부터 여러 신들의 군상을 제작하기 위해 어떤 방법을 썼는지를 탐구하려고 한다. 이들 일군의 상은 나무랄 곳 없이 완결되어 있어서, 거기에는 주요한 성격이라든가, 추이 과정이라든가, 비유라든가 하나도 부족한 것이 없다. 내가 추측하는 바로는, 그리스인은 자연을 지배하는 것과 동일한 법칙에 따라 제작했으며, 나는 그 법칙을 뒤쫓을 수가 있다. 그런데 그 외에도 무언가 원인이 있기는 한데 나는 그걸 설명할 수가 없다.

1787년 2월 2일

만월의 달빛 아래 로마를 거니는 아름다움은 실제로 본 사람이 아니면 상상할 수 없다. 개개의 물체의 모습은 모두 빛과 어둠의 집단에 의해 삼켜져버리고, 가장 크고 일반적인 형상만이 우리들 눈앞에 나타난다. 우리는 벌써 사흘째 매우 아름다운 맑게 갠 밤을 마음껏 즐기고 있다. 특히 아름다운 광경은 콜로세움이다. 그것은 밤에는 폐쇄되지만 한 명의 은둔자가 작은 교회 옆에 살고 있으며, 거지들이 허물어진 둥근 지붕 건물 안에 진을 치고 있다. 마침 그들은 토방에서 불을 피우고 있었는데 조용한 바람이 연기를 아레나 쪽으로 몰아가서, 그 때문에 연기가 폐허의 아랫부분만을 둘러싸게 되어, 위쪽의 거대한 성벽이 그 위로 어둡게 솟아오르는 것처럼 보였다. 우리는 격자문 옆에서 그 광경을 바라보았는데 때마침 달은 중천에 걸려 있었다. 연기가 점차로 벽, 틈새, 창문 등을 빠져나가며 달빛을 받아 마치 안개와도 같이 보였다. 참으로 멋진 광경이었다. 판테온, 캄피돌리오 언덕, 산피에트로 대성당의 앞마당, 그 밖에 베로나 광장도 그렇게 달빛에 비친 모습을 보아두어야 한다. 웅대하고도 세련된 이곳의 사물 앞에서는 태양이나 달도 인간의 정신처럼 다른 장소와는 다른 작용을 하게 되는 것이다.

2월 13일

대수로운 일은 아니지만 어떤 행운에 관해서 말하지 않을 수 없다. 모든 행복은 크고 작음을 불문하고 같은 종류의 것이어서 항상 기쁜 것이다. 지금 트리니타 데이 몬티에 오벨리스크[352]를

---

352) Obelisco Sallustiano. 이집트의 오벨리스크를 모방해 2~3세기경 로마제국에서 제작된 것으로 높이가 13.91미터에 이른다.(좌대를 포함하면 15.21미터.) 오벨리스크에 새겨진 비문은 포폴로 광장의 오벨리스크에 새겨진 고대 비문을 베껴 후대에 제작한 것으로, 오류가 많다. 언제 로마로 옮겨졌는지도 알

세우려고 지반을 파고 있는데, 그곳의 윗부분에 성토되어 있는 흙은 전부가 나중에 황제의 소유가 된 루쿨루스 정원[353] 터에서 나온 것이다. 내 가발 장인이 아침 일찍 그곳을 지나다가 문양이 있는 도기 파편 몇 개를 잡동사니 속에서 발견해 그것을 씻어가지고 우리에게 보여주었다. 나는 곧 그걸 받아두었는데, 손바닥보다 작은 크기로 큰 접시의 가장자리 부분인 듯하다. 두 마리의 그리핀이 제단 옆에 서 있는 것이 그려져 있는데 최고의 세공 솜씨여서 나는 크게 기뻐하고 있다. 돌에다가 새긴 것이었다면 봉인용으로 제격이었을 것이다.

그 밖에 여러 가지 종류의 물건이 내 가까이에 모였지만 쓸데없는 것, 무익한 것은 하나도 없다. 그리고 그런 것이 이곳에 있을 리도 없다. 모든 것은 유익하고 의미 있는 것뿐이다. 그러나 특히 기쁜 것은 뭐니 뭐니 해도 마음속에 가지고 갈 수 있는 것으로 항상 성장하고 증가할 수 있는 것이다.

수 없으나, 처음에는 기원전 1세기경 로마 북동부에 조성된 별장인 살루스티아노의 정원(Horti Sallustiani)에 있었다. 이후 오랫동안 땅속에 묻혀 있다가 이 일대 땅을 사들인 루도비시 추기경이 빌라 루도비시를 지을 때 세 조각으로 나뉜 채로 발굴되었다. 교황 비오 6세가 트리니타 데이 몬티 성당 앞에 이 오벨리스크를 옮겨 놓도록 명하여 1787년에 이전이 완료되었다.

353) Horti Lucullani. 기원전 60년경 로마 장군 루쿨루스(Lucius Licinius Lucullus, 118~57?)가 핀치오(Pincio) 언덕에 지은 별장과 정원으로, 당시에는 로마 외곽이었다. 1세기에 집정관이자 대부호였던 아시아티쿠스(Decimus Valerius Asiaticus)는 루쿨루스 정원을 사들여 새롭게 단장했다. 그러나 47년에 그는 부정을 저지른 죄로 고발당했는데, 이는 황제 클라우디우스의 아내 메살리나가 정원을 빼앗기 위해 꾸민 음모였다. 결국 아시아티쿠스는 처형되었지만, 머지않아 메살리나 역시 부정을 저지른 사실이 발각되자 루쿨루스 정원으로 피신했다가 황제의 근위병에게 처형당했다. 이후 정원은 황제 소유로 몰수되었다. 오늘날 빌라 보르게세가 있는 곳이 옛 루쿨루스 정원 부지로, 스페인 광장과는 일직선상 약 500미터 거리다.

2월 15일

나폴리로 떠나기 전에 나는 한번 다시 『이피게니에』를 낭독하지 않으면 안 되었다. 앙겔리카와 궁정고문관 라이펜슈타인이 청중이었다. 추키 씨로부터도 자기 아내의 희망이라고 하면서 낭독해 달라는 청을 받았으나, 그는 마침 큰 설계도를 제작 중이었다. 그는 장식풍 설계도를 작성하는 장기를 가진 인물이다. 원래 클레리소[354]와 친교가 있어 함께 달마티아에 갔던 적도 있으며, 그가 그린 건물이나 폐허의 도면을 나중에 클레리소가 출판하기도 했다. 그 기회에 여러 가지 원근법이라든가 효과 등에 관해 배워두었기 때문에 그는 나이가 든 지금도 종이 위에 도면을 그리면서 즐길 수 있는 것이다.

마음씨 착한 앙겔리카는 내 작품에서 믿을 수 없을 정도의 감명을 받았다. 그녀는 내 작품에서 테마를 얻어 한 장의 그림을 그려 나에게 기념으로 주겠다고 약속했다. 머지않아 로마 땅을 떠나려 하는 지금 특히 나는 이들 친절한 사람들과 친밀하게 어울리고 있다. 이들도 나와의 이별을 애석하게 생각하리라 확신하니 기쁜 일인 동시에 또한 가슴 아픈 일이기도 하다.

1787년 2월 16일

전에 보낸 『이피게니에』가 무사히 도착했다는 소식을 나는 약간 예외적이면서도 유쾌한 방법으로 받았다. 눈에 익은 필적

---

354) 샤를 루이 클레리소(Charles Louis Clérisseau', 1722~1820). 파리 태생의 건축가로, 20대 때 건축 공모전에 당선되어 장학금을 받고 로마로 유학, 20여 년 동안 로마에 거주하며 고대 건축 전문가로 명성을 얻었다.

의 편지를 받은 것은 마침 오페라를 보러 가던 길에서였다. 소포가 아무 지장 없이 도착했다는 증표로 찍혀 있던 작은 사자의 봉인은 나에게 이중의 기쁨을 주었다. 나는 서둘러서 오페라 극장 안으로 들어가 모르는 관객 속을 헤집고 큰 촛대 밑 좌석에 앉았다. 거기서 나는 마치 고향 사람들 곁에 앉아 있는 기분이 들어 뛰어올라 그들 모두를 껴안고 싶을 정도였다. 『이피게니에』의 도착을 일부러 알려준 것에 대해 충심으로 감사하고 있다. 호의 있는 갈채로써 여러분의 친근한 벗을 맞이해 주기 바란다.

괴셴 출판사로부터 내가 받게 돼 있는 기증본을 어떻게 친구들에게 분배할 것인가에 대한 목록을 동봉한다. 일반 독자들이 내 저작을 어떻게 생각하는가는 문제가 안 되지만 친구들은 조금이라도 기쁘게 해주고 싶은 것이 내 소망이다.

계획이 너무 많다. 신작으로 쓸 네 작품을 동시에 생각하면 현기증이 날 것 같다. 하나씩 별개로 생각해 나갈 필요가 있겠다. 그렇게 하면 잘되겠지.

처음의 결심대로 이들 작품을 단편인 채로 세상에 내보내고, 최근 새롭게 관심을 갖게 된 테마에 활달한 용기와 힘을 가지고 전념하는 편이 낫지 않을까? 『타소』[355]의 변덕과 씨름하고 있느니보다 '델피의 이피게니에'를 쓰는 편이 더 좋지 않을

---

355) 궁정시인으로서 사랑과 정치적 이유로 불우해진 타소의 생애는 여러 모로 괴테에게 자신의 상황을 투영하게 만들었다. 이탈리아를 여행하는 동안 5막으로 된 비극 『타소』를 쓰기 시작한 괴테는 넘치는 감정과 천재를 주체하지 못하는 몽상적 시인 타소와 냉정하고 현실적인 정치가 안토니오를 대비시키면서, '예술가의 비극'이라는 주제가 그에게 얼마나 무거운 과제인지를 우회적으로 표출했다

까. 하지만 나는 이미 그 작품들에 나 자신을 너무 많이 쏟아넣어서 이제 와 중도에 포기하기는 아깝다.

나는 대기실 난로 옆에 앉았다. 웬일인지 잘 타고 있는 불의 따스함이 나에게 새로운 편지를 쓸 용기를 불어넣어 준다. 자신의 최근 생각을 이렇게 먼 곳으로부터 써 보내고, 자신의 환경을 언어에 의탁해 전할 수 있다는 것을 생각하면 유쾌해진다. 날씨는 굉장히 좋고, 해도 눈에 띄게 길어졌으며, 월계수며 회양목, 아몬드도 꽃이 피기 시작했다. 오늘 아침 나는 이상한 광경에 놀랐다. 아름다운 제비꽃 색깔에 싸인 높은 막대기 모양의 나무가 멀리 보여서 가까이 가 자세히 보았더니 그것은 식물학자가 '케르시스 실리쿠아스트룸'이라고 부르는, 독일의 온실 등에서 자주 볼 수 있는, 통칭 유다나무[356]였다. 제비꽃 색깔을 띠고 있는 나비 모양의 꽃이 줄기에서 직접 피어난다. 내가 본 나무는 지난겨울에 가지를 쳤기 때문에 줄기의 표피로부터 모양새 좋은 꽃이 수천 개나 피어난 것이다. 데이지는 개미처럼 지면으로부터 나오고 사프란이나 복수초는 수는 적지만 한층 가련하고 아름답기도 하다.

여기서 남쪽으로 더 내려가면 나에게 어떠한 환희와 지식이 주어질 것인가. 그것들은 나에게 새로운 성과를 가져다줄 것이다. 자연계의 사물은 예술상의 모든 일과 하나도 다르지 않다. 이에 관해서는 지금까지 많이 기술되어 왔지만 자연을 보는 자는 누구나 그것을 다시 새로운 연관 속에 놓을 수 있다.

---

356) 예수를 배반한 제자 유다가 이 나무에 목을 매 죽었다고 하여 붙은 별칭이다. 우리말 이름은 박태기나무.

나폴리나 시칠리아에 관해 생각을 하면, 이야기를 읽건 그림을 보건 주의를 끄는 것이 있다. 이 세계의 낙원에는 화산이 무서운 지옥처럼 맹위를 떨치고 수천 년 동안 주민과 관광객을 위협하고 혼란시키고 있다는 점이다.

그러나 나는 출발 전에 이 세계의 수도를 좀 더 충분히 이용하기 위해서, 저 의미 깊은 광경을 보고자 하는 희망을 머릿속으로부터 제거해 두기로 한다.

2주일째 나는 아침부터 밤까지 돌아다니고 있다. 지금까지 보지 못했던 것을 찾아다니고 있는 것이다. 가장 뛰어난 것은 두세 번씩 보고 있는데 그렇게 하니 어느 정도 순서가 정해진다. 왜냐하면 주요한 것이 각각 적당한 장소에 자리를 차지하면 보다 가치가 적은 것은 그것들 사이사이에 끼어버린다. 나의 애호물은 정돈되고 결정된다. 이렇게 해서 지금 처음으로 내 마음은 안정된 흥미를 느끼면서 보다 위대한 것, 가장 순수한 것을 향해 높여지는 것이다.

이럴 때 가장 부러운 것은 미술가다. 그들은 모사와 모방을 통해서 옛사람의 위대한 고안에 접근함으로써, 그저 보면서 사색하는 사람보다 한층 더 깊게 이해한다. 하지만 인간은 결국 각자 자기가 할 수 있는 일을 해야만 하는 것이다. 나도 정신의 모든 닻을 다 올리고 이 바닷가를 회항할까 한다.

오늘은 난로가 참 잘 타고 있다. 그리고 좋은 숯이 많이 쌓여 있다. 이런 일은 독일에선 드문 일이다. 그 누구도 난롯불에 몇 시간씩이나 신경을 쓸 만큼의 흥미도 여유도 가지고 있지 않기 때문이다. 이 기분 좋은 온도를 이용해서 나의 공책으로부터 이미 반쯤 사라져버린 기사를 살려내 보자.

2월 2일 나는 시스티나 예배당의 성촉절(聖燭節)[357]에 가 보았다. 그러나 곧 심히 불쾌해져서 친구와 함께 그곳을 나와 버렸다. 왜냐하면 300년 전부터 이곳의 훌륭한 그림들을 연기로 그을리는 것은 이 촛불이고, 성스러운 파렴치를 가지고 유일무이한 예술의 태양을 흐리게 할 뿐 아니라, 해마다 그 빛을 탁하게 만들어 끝내는 암흑 속으로 묻어버리는 것이 바로 이 향의 연기라고 생각했기 때문이다.

그러고 나서 우리는 교외로 나가 사방을 돌아다닌 후에 산토노프리오 수도원[358]에 갔다. 그곳 한구석에 타소가 묻혀 있다. 수도원 도서관 위에는 그의 흉상이 서 있다. 얼굴은 납으로 되어 있는데 아무래도 시신에서 본을 뜬 것 같다. 그다지 뚜렷하지 않고 여기저기 깨진 곳도 있으나 전체로서 그 상은 그의 다른 어느 초상보다도 재간이 넘치고 섬세하면서도 세련되고 내향적인 인품을 잘 나타내고 있다.

오늘은 이 정도로 붓을 놓는다. 이제부터 존경하는 폴크만이 로마에 관해서 쓴 책의 2부를 조사해서 아직 내가 보지 못한 것을 추려내려 한다. 지금까지의 수확이 적다 하더라도 나

---

357) 지상의 인간을 비추러 온 빛인 예수를 기리기 위해 촛불을 밝히는 날로, 가톨릭에서는 봉헌축일이라 한다. 샹들리에(chandelier)의 어원이 성촉절(Chandeleur, 샹들뢰르)이라는 설이 있다.

358) 산토노프리오 알 자니콜로(Sant'Onofrio al Gianicolo) 수도원. 4세기 이집트의 은둔수도자 성 오누프리우스(Onuphrius)에게 봉헌된 수도원으로, 1446년 바티칸 남쪽, 산토노프리오의 가파른 언덕 위에 지어졌다. 페라라를 떠난 후 16년 동안 떠돌이 생활을 했던 타소는 교황의 초청으로 로마에 와서 이 수도원에 기거했다. 25일 뒤인 1595년 4월 25일 교황이 캄피돌리오 언덕에서 그에게 월계관을 씌워주는 행사가 예정되어 있었는데, 바로 전날 수도원 방에서 영면한 모습으로 발견되었다. 오늘날에도 타소를 기리는 작은 기념관이 있다.

폴리로 출발하기 전에 거둬들이지 않으면 안 되겠다. 그것을 묶어서 정리할 기회는 반드시 올 것이다.

2월 17일

날씨는 믿을 수 없을 정도로, 말로 표현할 수 없을 정도로 아름답다. 2월 들어 나흘간의 비 온 날을 제외하고는 늘 깨끗하고 맑게 갠 하늘을 볼 수 있으며, 낮에는 너무 더울 정도다. 그래서 사람들은 지금까지 신들과 영웅들만을 상대하던 것과 반대로, 이젠 갑자기 야외로 나와서 권리를 회복한 자연의 풍물과 빛나는 태양에 생기를 얻은 사방의 풍광에 마음을 뺏긴다. 나는 가끔 북방의 예술가들이 짚으로 이은 지붕이나 허물어진 성곽으로부터 무언가를 잡으려 하고, 회화적 효과를 바라고 개천이나 풀숲 또는 부서진 바위 근처를 서성거리는 것을 떠올리곤 한다. 그리고 이러한 사물이 장구한 전통을 거쳐 여전히 우리들 마음에 붙어 있는 것을 생각하면, 예컨대 '나'라는 존재가 한층 불가사의한 것으로 느껴진다. 나는 2주 전부터 용기를 내서 별장이 서 있는 움푹한 곳이나 언덕을, 작은 종이를 들고 돌아다니면서, 특별히 이것저것 생각지 않고 눈에 띄는 남국적 풍물을 스케치했다. 그리고 지금은 성공을 빌면서 그것에다 빛과 그림자를 첨가하려 하고 있다. 무엇이 좋고, 무엇이 더 좋은가를 명확하게 보고 알 수 있다는 것은 특별한 작용이다. 그런데 우리들이 자기 소유로 만들려고 하는 순간 그것은 손안에서 사라져버린다. 그래서 우리는 올바른 것을 잡으려 하지 않고 늘 잡던 것을 잡게 된다. 우리는 오로지 규칙적인 연습에 의해서만 진보할 수 있을 것이다. 하지만 지금의 나는 그런 시간과 안정을 어디서 찾아야 한단 말인가! 그렇기는 하지만 지난 2주간 열심히 노력한 결과로 꽤 진보한 것을 느낀다.

나는 이해가 빠른 편이기 때문에 미술가들은 기꺼이 나에게 여러 가지 것을 가르쳐준다. 하지만 이해한다고 해서 곧 실행할 수 있는 것은 아니다. 일을 빨리 이해한다는 것은 확실히 정신의 특질이기는 하지만, 일을 훌륭하게 해내기 위해서는 평생을 통한 연습이 필요하다.

하지만 아마추어는 마음대로 되지 않는다고 해서 포기하면 안 된다. 내가 종이에 긋는 적은 수의 선은 가끔 너무 서툴러서 정확한 것이 못 되지만 그래도 감각적 사물의 표현을 하는 데 좋은 도움이 된다. 왜냐하면 우리가 사물을 보다 정확히 또 명세하게 관찰하면 할수록 우리는 보다 빨리 보편적인 것으로 고양될 수 있기 때문이다.

사람은 자신을 반드시 미술가와 비교할 필요는 없다. 도리어 독자적인 방법으로 행동해야 한다. 자연은 그 자식들을 위해 배려를 베풀고 있어서 가장 못난 자라 할지라도 가장 잘난 자에 의해서조차 그 존재가 방해받는 일이 없기 때문이다. "작은 사나이도 또한 사나이다."[359] 이렇게 생각하고 우리들도 마음을 편안케 하자.

---

359) 괴테의 희곡 「플룬더스바일러 시장의 연례축제(Das Jahrmarktsfest zu Plundersweilern)」 서곡에 나오는 대사다. 1773년에 초고를 썼고, 1778년에 수정본을 완성해 그 해 10월 20일 에터스부르크 극장에서 초연했다. 괴테는 극중 시장에서 소리치는 두 인물, 하만과 모르드개를 연기했다. 구약성경 「에스더기」에서 유대인을 핍박하는 이교도 하만과, 그에 맞서 유대인을 수호하는 에스더와 모르드개를 축제가 벌어진 시장 광장에서 갑론을박하는 인물들로 바꾼 유쾌한 재담극이다.

나는 두 번 바다를 봤다. 처음은 아드리아해, 다음은 지중해. 하지만 두 번 다, 말하자면 인사만 한 정도다. 나폴리에서는 바다와 더 친해지고 싶다. 이것저것 모든 것이 한꺼번에 마음속에 끓어오른다. 왜 그것들이 더 빨리, 더 손쉽게 와주지 못했던가. 얼마나 많은 일들을 나는 보고하지 않으면 안 될 것인가. 그중에는 새롭게 발단부터 얘기하지 않으면 안 될 것도 적지 않다.

1787년 2월 17일, 카니발[360]의 열기가 식은 저녁에

떠나야 할 때가 다가오지만 나는 모리츠를 혼자 남겨두고 싶지 않다. 그는 순탄한 길을 걷고 있기는 하지만 혼자가 되면 금방 자기 멋대로 도피처를 찾는다. 나는 그를 재촉해서 헤르더에게 편지를 쓰게 했다. 편지를 동봉하니 그에게 도움 될 일이나 힘이 될 만한 것을 써서 답장해 주기 바란다. 그는 드물게 볼 수 있는 좋은 사람이다. 만약 그가 자기의 상태를 계몽해 줄 만한 능력과 친절을 가진 사람을 만났다면 지금보다 훨씬 더 진보해 있었을 것이다. 지금으로서는 그가 가끔 편지하는 것을 헤르더가 용서해 준다면 그에게는 가장 고마운 교우가 될 것이다. 그는 칭찬할 만한 가치가 있는 고대 연구에 관계하고 있는데, 그건 충분히 장려할 만한 일이다. 나의 친구 헤르더로서도 이 정도로 애쓰는 만큼 보람 있는 일은 흔치 않을 것이고, 또한 훌륭

---

360) 예수가 황야에서 40일간 단식한 사건을 기리기 위해 40일간 금욕하는 사순절이 시작되기 직전 일주일 동안 실컷 먹고 마시는 축제다. 초기 기독교도들이 로마인들을 회유하기 위해 로마 전래의 디오니소스 제전 또는 사투르날리아(Saturnalia, 농신제)를 계승한 축제로, 기독교 전통보다는 이교도적 성격이 강했다. 사육제로 번역하기도 한다.

한 학설을 이보다 더 풍요한 땅에 심을 수는 없을 것이다.

티슈바인이 시작한 나의 큰 초상화는 벌써 캔버스를 빠져나오려고 한다. 그는 숙련된 조각가에게 작은 점토 모델을 만들게 했는데 느긋하게 입은 외투의 옷 주름 등은 참으로 우아하다. 그는 그것을 모델로 해서 열심히 그리고 있다. 왜냐하면 우리가 나폴리로 떠나기 전에 어떻게 해서든 어느 정도까지 마쳐야 하는데, 저렇게 큰 캔버스는 단지 물감을 바르기만 하는데도 꽤 시간이 걸리기 때문이다.

2월 19일

표현할 수 없을 만큼 아름다운 날씨가 계속되고 있다. 나는 카니발로 바보스러운 소동을 벌이는 사람들 속에 섞여서 오늘 하루를 보냈는데 그건 참으로 고통스러운 일이었다. 그러나 저녁 때부터는 빌라 메디치[361]에서 휴식을 취할 수 있었다. 마침 달이 바뀐 때라 홀쭉한 초승달 곁에 육안으로도 어렴풋이 보이는 어두운 달의 전면이 망원경으로 뚜렷하게 보였다. 지상에는 클로드[362]의 유화나 데생을 연상케 하는 낮 안개가 깔려 있었다. 이처럼 아름다운 자연 현상은 좀처럼 볼 수 있는 것이 아니다. 지상에는 이름 모를 꽃이 피어나고 나무에는 새로운 꽃이 봉오

---

361) Villa Medici. 토스카나 공작 페르디난도 데 메디치 추기경(Ferdinando I de' Medici, 1549~1609)이 로마에서 메디치 가문의 위세를 과시하고 예술 소장품을 전시하기 위해 1576년 핀치오 언덕 위에 지은 저택이다. 고대의 루쿨루스 정원 근처, 즉 오늘날 스페인 광장의 트리니타 데이 몬티 성당 옆이다.

362) 클로드 로랭(Claude Lorrain, 1600~1682). 프랑스 태생으로 일찍부터 이탈리아로 옮겨와 그림을 배우고, 로마에서 평생 살았다. 고대 유적을 배경으로 한 상상적 풍경화로 많은 사랑을 받았으며, 그의 그림은 특히 로마의 여행자들에게 기념품으로 인기 있었다.

리를 터뜨리고 있다. 아몬드 꽃도 피어서 진한 초록색 참나무 사이에 새로운 밝고 들뜬 조망을 만들어내고 있다. 하늘은 마치 햇빛을 받은 담청색 호박직(琥珀織)과도 같다. 나폴리는 도대체 얼마나 아름다운 것일까. 초록색이 많이 눈에 띈다. 이런 것을 보면 식물에 대한 나의 열정이 다시 고조된다. 그리고 나는 자연이라는, 이 아무것도 아닌 듯 보이는 거대한 물체가 어떻게 해서 단순한 것으로부터 복잡한 것으로 발전하는지, 그러한 새롭고도 아름다운 관계를 발견하려고 하는 것이다.

베수비오 화산은 돌과 재를 분출시켜서 밤에는 산정이 불타는 것이 보인다. 활동하는 자연이 용암의 유출을 보여주면 좋을 텐데! 이러한 위대한 대상이 내 것이 되기까지 나는 기다리지 못할 것이다.

2월 20일, 재의 수요일[363]

이제 축제 소동도 끝났다. 어제저녁의 수없는 불꽃은 정말 엄청난 야단법석이었다. 로마의 카니발은 한 번 보면 두 번 다시 볼 기분이 나지 않는다. 그에 관해서는 별반 이것이다 확신을 가지고 쓸 것도 없지만, 말로 설명한다면 다소 재미있는 것도 있을 듯하다. 특히 불쾌하게 느낀 것은 사람들의 마음속에서 나오는 기쁨이 없다는 것, 또한 조금 흥이 나는 일이 있어도 그걸 발산시키기 위한 돈이 그들에게는 없다는 점이다. 상류층 사람들은 검약하느라고 안 쓰고, 중류층은 자금이 없으며, 일반

---

363) 사순절(부활절 전까지 6번의 주일을 제외한 40일) 첫째 날로, 참회의 의미로 몸에 재를 바르는데, 이때 성지(聖枝, 축성한 종려나무 가지)를 태워 만든 재를 사용한다.

대중은 무기력해진 상태다. 지난 며칠은 대단한 소란이었으나 마음으로부터 우러나오는 기쁨은 조금도 없었다. 한없이 맑고 아름다운 하늘만이 이 바보스러운 소동을 고귀하고 무심한 모습으로 내려다보고 있었다.

그래도 스케치를 중단할 수는 없어서 아이들을 위해 카니발 가면이라든가 로마 특유의 의상을 그려두었다. 색칠도 해보았는데, 이것으로 사랑스러운 아이들이 『오르비스 픽투스』[364]에 빠져 있는 장을 보충할 수 있을 것이다.

1787년 2월 21일

짐 싸는 동안의 틈을 내서 몇 가지 써둔다. 내일 우리는 나폴리로 간다. 형언할 수 없이 아름답다는 새로운 세계를 생각하면 마음이 뛴다. 그리고 저 낙원과 같은 자연 속에서, 다시 이 진지한 로마로 돌아와 예술 연구에 몰두할 수 있는 새로운 자유와 의욕을 배양해 가지고 오려 한다.

짐 싸는 일은 그다지 고통스럽지 않다. 자기가 사랑하고 소중히 여기던 것을 모두 남기고 떠났던 반년 전에 비하면 나는 편안한 기분으로 짐을 꾸리고 있다. 정말로 벌써 반년이나 되었다. 로마에서 보낸 넉 달간 나는 한순간도 헛되이 보내지 않았다. 이렇게 말하면 굉장히 뽐내는 것같이 들릴지 모르나 결코 과장은 아니다.

---

364) Orbis Pictus. 체코 출신의 철학자이자 교육학자 코메니우스(Johann Amos Comenius, 1592~1670)가 1658년에 뉘른베르크에서 펴낸 라틴어와 독일어 병기 교과서로 동판 삽화가 포함되어 있었다. 이후 유럽 전역에서 각국의 언어로 번역되어 1780년대에도 여전히 교과서로 널리 쓰였다.

『이피게니에』가 도착했다는 것은 이미 알고 있다. 베수비오의 산록 근처에서는 그것이 환영받았다는 소식을 들었으면 좋겠다.

예술에 대해서와 마찬가지로 자연에 대해서도 굉장한 눈을 가지고 있는 티슈바인과 이 여행을 같이 하게 된 것을 나는 매우 의미 깊게 생각한다. 하지만 토박이 독일 사람으로서 우리는 일에 대한 계획과 전망을 수립하지 않을 수 없다. 최상급 종이는 구입해 놓았다. 우리는 거기에다 실컷 그려보려고 마음먹고 있다. 그리려고 하는 대상이 너무나 많고, 그 아름다움과 광채로 인해 모처럼의 우리의 의도가 십분 달성되기는 어렵다는 것은 알고 있지만.

문학상의 일은 오로지 『타소』하나만을 가지고 가기로 결심했다. 내가 제일 기대를 걸고 있는 작품이다. 『이피게니에』에 대한 여러분의 의견을 알 수 있다면 참고가 되리라고 생각한다. 『타소』는 『이피게니에』와 비슷한 종류지만 테마는 한층 더 제한되어 있다. 개개의 점에 있어서는 더욱더 손질할 필요가 있다. 하긴 장차 그것이 어떤 것이 될지는 나도 아직 잘 모른다. 지금까지 쓴 것은 전부 다시 써야 한다. 너무 오랫동안 내버려 두었기 때문에 인물도 구상도 리듬도 지금의 내 생각과는 동떨어져 있다.

방 안을 정리하다 보니, 여러분의 정겨운 편지가 몇 통 나왔다. 읽어보니 내 편지에 쓰여 있는 내용이 시종 일관성이 없다는 비난이 눈에 띄었다. 나도 깨닫지 못했던 점인데 그것은 내가 편지를 쓰면 곧 발송해 버리곤 했기 때문이다. 하지만 내가 생각해도 그런 것 같다. 나는 터무니없이 큰 힘에 의해 이쪽

저쪽으로 내동댕이쳐지고 있어서 어디에 서 있는지 모르게 되는 것도 극히 자연스러운 일일 것이기 때문이다.

　어떤 뱃사공 이야기다. 그는 어느 날 밤 해상에서 폭풍우를 만나 집으로 돌아오려고 온 힘을 다해 키를 잡고 있었다. 어둠 속에서 아버지에게 매달려 있던 어린 아들이 물었다. "아버지, 저쪽에 위아래로 왔다 갔다 하는 이상한 불빛은 대체 무얼까요?" 아버지는 내일이 되면 알게 될 것이라고 대답했다. 날이 밝고 보니 그것은 등대였다. 높은 파도에 흔들리고 있는 뱃사공의 눈에는 위아래로 왔다 갔다 하는 듯이 보였던 것이다.

　나 역시 흔들리고 있는 바다에서 항구를 향해 키를 잡고 있다. 등댓불이 때때로 장소를 바꾸는 것같이 보이더라도 나는 그저 그 불을 단단히 지켜보고 있을 것이다. 그러면 끝내는 무사히 해변에 도착하게 될 것이다.

　출발에 즈음해서 언제나 나도 모르게 떠오르는 것은, 이전에 있었던 하나하나의 이별과 미래에 있을 최후의 이별이다. 우리 인간들은 살기 위해 너무 많은 준비를 지나칠 정도로 한다는 생각이 이번에는 다른 때보다 더욱 강하게 마음에 다가온다. 티슈바인과 나도 이렇게 많은 훌륭한 것과 우리가 공들여 정돈해 놓은 수집품에조차 등을 돌리고 떠나야만 한다. 비교를 위해 나란히 세워 놓은 세 개의 유노 두상이 저기 있건만, 우리는 마치 아무것도 없는 듯이 버리고 가는 것이다.

◈ **2부** ◈

나폴리

1787년 2월 22일, 벨레트리

우리[1]는 마침 좋은 시간에 이곳에 도착했다. 벌써 그저께부터
날씨가 이상해져서 계속 맑은 날씨인데도 구름이 조금씩 끼었
지만, 그러면서도 다시 좋아질 듯한 징조도 다소 보이더니 과
연 그렇게 되었다. 구름은 이곳저곳으로 흩어지고 여기저기에
파란 하늘이 보이더니, 마침내 우리가 가는 길에 해가 비치기
시작했다. 알바노를 통과하기 전 젠자노에 못 미처 어느 공원
입구에 마차를 세웠다.[2]

---

1) 괴테는 티슈바인과 나폴리로 출발해 시칠리아까지 함께 여행했다.

2) 로마에서 남쪽으로 30킬로미터에 있는 아리차(Ariccia)의 키지 공원
(Parco Chigi)으로, 내부에 키지 궁전과 정원이 있다. 28헥타르(8만 5000평)
에 이르는 광대한 숲은 잘 보존된 천연생태계와 희귀식물군으로 이루어져, 인공의
자연화의 이상적 예로 꼽힌다. 이탈리아에서 가장 오랜 명망가 중 하나인 키지 가
문은 르네상스기에 은행가로 성장해 막대한 부를 소유했다. 17세기에는 보르게
세 가문과 친인척이 되어 파르네세 공국, 캄파냐노 공국, 아리차 공국을 물려받았
다. 교황 선출권을 가졌으며(콘클라베), 교황 알렉산데르 7세(Alexander VII,
1599~1667, Fabio Chigi)와 추기경 플라비오(Flavio Chigi, 1631~1693)를
배출했다.

이 공원의 소유자인 키지 제후[3]는 손질을 안 하는 묘한 방식으로 공원을 보존하고 있기 때문에 사람들이 공원을 구경하는 것도 싫어한다. 공원 안은 마치 황야나 다름없이 수풀과 나무, 덩굴과 잡초가 제멋대로 마구 자라서 한쪽에서는 쓰러져 말라 죽고 썩고 있다. 그런데 그런 광경이 도리어 정취를 더해 준다. 입구 앞 광장은 말할 수 없이 아름답다. 높은 성벽이 계곡을 가로막고 있으며, 격자문으로부터 공원의 내부가 들여다보인다. 내다보니 언덕이 차츰 높아져서 다 올라간 곳에 성이 있다. 거장이 그림으로 그린다면 최고의 걸작이 될 것이다.

더 이상 서술할 수도 없지만 좀 더 첨가한다면, 좀 높다란 곳으로부터 세체 연봉(連峰),[4] 폰티노 습지,[5] 바다와 섬들을 조망하고 있을 때, 마침 심한 소나기가 늪지대 위 바다 쪽으로 지나가면서 빛과 그늘이 교차하며 움직이더니 황량한 평야에

---

3) 괴테 시절에는 프린시페 시지스몬도 키지(Principe Sigismondo Chigi, 1736~1793)가 소유자였다. 이때 이름 앞에 붙는 '프린스'는 우리말의 왕세자와는 다르다. 로마제국 시대에 아우구스투스 황제에게 붙여졌던 칭호로 '제1의 시민', 즉 일인자를 뜻하는 프린켑스(princeps)에서 유래한 프린스는 중세 이후 다양한 지위를 포괄했다. 왕위 계승자가 아닌, 공국의 공작(duke)이나 소국의 군주를 가리킬 때 붙는 프린스는 실질적 통치자를 뜻하므로 '제후'로 번역한다. 제후의 아들로 군주가 아닌 경우나, 여성 군주의 남편에게도 프린스 칭호를 붙이는데, 이때는 공자(公子)로 번역한다.

4) Sezze. 로마에서 남쪽으로 60킬로미터에 있는 산지다.

5) Agro Pontino. 우리나라는 내륙 산지에서 해안으로 갈수록 점차 고도가 낮아져 모래사장이나 갯벌 해변을 이루는 지형이 흔하다. 하지만 화산지형인 이탈리아 중부 이남에는 내륙보다 고도가 높은 해안 절벽이나 구릉이 많다. 로마 외곽은 알프스에서부터 티레니아해로 흘러드는 여러 강의 지류들이 모이는 곳인데, 해안의 고도가 높으니 상대적으로 지대가 낮은 내륙에 물이 고여 광활한 습지를 이뤘다. 이는 수천 년 동안 각종 전염병과 악취의 원인이 되었다.

여러 가지 형태로 생기를 불어넣었다. 그 위에 여기저기 흩어져 있는, 겨우 보일락 말락 하는 오두막집에서 몇 줄기의 연기가 피어오르면서 햇빛에 비치는 것이 퍽 아름다웠다.

벨레트리[6]는 화산성 구릉 위에 좋은 자리를 잡고 있다. 이 언덕은 북쪽만 다른 언덕과 연결되어 있고 나머지 삼면은 전망이 끝없이 터져 있다.

다음에 우리는 보르자 기사의 캐비닛[7]을 구경했다. 보르자는 추기경과 포교성성의 관계자들과 인척 관계였던 덕택에 훌륭한 고대 유물과 그 밖의 명품을 이곳에 수집할 수 있었다. 즉 굉장히 단단한 돌로 만들어진 이집트의 우상, 고금의 소형 금속상, 이 지방에서 발굴된 도기로 된 평평하게 융기한 조각품 등이다. 이 조각품들이 계기가 되어 고대 볼스키족[8]이 독자적 양식을 가지고 있었다는 주장이 제기되고 있다.

그 밖에도 온갖 종류의 진품을 이 박물관은 수없이 소장하고 있다. 나는 작은 중국제 벼루 상자 두 개가 인상에 남았다. 하나에는 양잠의 전 과정이, 또 하나에는 벼농사의 과정이 그려져 있다. 두 개 다 극히 소박한 구상이며 치밀한 작풍이다. 벼루도, 그것을 넣어두는 함도 매우 아름다워서, 포교성성 서고

---

6) Velletri. 알바니 구릉의 고도 332미터에 위치한 도시다.

7) 르네상스 시대에 교황 갈리스토 3세(Calixtus III, 1378~1458)와 알렉산데르 6세(Alexander VI, 1431~1503)를 배출하고, 이탈리아 정치에 큰 영향력을 끼친 에스파냐 귀족 가문인 보르자가의 일부는 벨레트리에 기반을 닦았다. 이들은 몰타기사단 총사령관을 맡아 교황령에 봉사했다. 괴테가 말하는 캐비닛은 몰타기사단 기록물 보관실로, 오늘날에는 로마의 스페인 광장 근처, 포교성성에서 도보로 5분 거리인 몰타 궁전(Palazzo Malta)으로 옮겨져 있다.

8) 기원전 6세기경 움브리아에서 내려와 라티움 남부에 정착한 고대 이탈리아 부족으로, 로마와 경쟁하며 세력을 키웠으나 4세기에 로마에 의해 정복되었다.

에서 내가 이미 칭찬한 그 책[9]과 나란히 진열해도 손색이 없을 것이다.

이러한 보물이 로마 가까이 있는데도 방문하는 사람이 별로 없다는 것은 이해할 수 없다. 하지만 이 지방까지 오는 것이 불편하다는 점과 로마라고 하는 마술적 영역이 가진 위력이 변명이 될지도 모르겠다. 여관으로 돌아오는 도중 문 앞에 앉아 있던 아주머니 몇 명이 골동품 살 생각이 없냐며 말을 걸어왔다. 꼭 사고 싶다는 의사표시를 하자, 헌 솥이라든가 부젓가락, 그 밖의 잡동사니를 갖고 나와서는 우리를 한 방 먹였다고 배를 잡고 웃어댔다. 우리가 화를 내자 안내인이 잘 중재해서 수습했다. 즉 이런 농담은 옛날부터 전해 내려오는 것으로 외국인은 모두 한 번씩은 겪어야 하는 일이란 것이다.

이 편지를 형편없는 여관에서 쓰고 있다. 이 이상 계속해서 쓸 힘도, 감흥도 일어나지 않는다. 그럼 안녕히.

1787년 2월 23일, 폰디

새벽 3시에 우리는 길을 떠났다. 날이 밝았을 때는 폰티노 습지에 있었다. 여기는 로마에서 늘 듣던 것처럼 나쁜 상태는 아닌 듯싶다. 늪의 물을 바짝 말리려는 이 광대한 간척사업 계획을 지나가는 길손이 판단할 수는 없는 노릇이지만, 교황이 지시한 이 사업은 그 소기의 목적을 적어도 대부분은 달성하리라고 생각된다.[10] 북에서 남으로 약간 낮아지며, 동쪽의 연봉보

---

9) 괴테는 1787년 1월 13일자 편지에 포교성성 방문기를 썼지만(299쪽 참조) 소장도서와 관련된 언급은 없다.

10) 주기적으로 말라리아가 창궐하는 폰티노 습지의 열악한 환경을 개선하

다는 너무 낮고, 서쪽 바다에 비하면 너무 높은 위치에 있는 넓디넓은 계곡을 상상해 주기 바란다.

고대의 아피아가도는 전장에 걸쳐서 일직선으로 수복되어, 우측에 연결된 대운하 속으로 물이 천천히 흘러 내려간다. 그 덕분에 바다 쪽을 향하고 있는 우측 토지는 건조해져 경작에 이용되고 있다. 눈이 닿는 곳까지 밭이 계속되며, 밭이 아닌 곳이라도 소작인만 있다면 두서너 곳 아주 심한 저지대를 빼고는 경작이 가능해 보인다.

산 쪽을 향하고 있는 좌측은 확실히 처리가 곤란하다. 물론 가도 밑으로 여러 개의 배수로들이 대운하에 횡으로 연결되어 있다. 그러나 지면이 산 쪽으로 낮아지고 있기 때문에 이 방법으로는 배수가 되지 않는다. 산록에 제2의 운하를 건설할 계획이라고 한다. 넓은 지역에 걸쳐서, 특히 테라치나[11]를 향해서 버드나무나 포플러가 여기저기에 자라나 있다.

오로지 하나의 길쭉한 짚단으로 이은 지붕의 오두막집이 우편마차의 역사(驛舍)다. 티슈바인은 그 정경을 스케치한 대가로 어떤 기쁨을 맛보았지만, 그건 그만이 맛볼 수 있

기 위한 노력은 고대에 볼스키족이 정착하던 때부터 전 세기에 걸쳐 지속적으로 이루어졌다. 로마제국의 아우구스투스 황제는 물론이고, 중세의 교황 보니파시오 8세, 레오 10세, 식스토 5세 등이 폰티노 습지 간척사업을 시도했으며, 괴테 시절의 교황 비오 6세는 폰티노 습지에 배수로를 설치해 물을 빼는 사업을 추진했다. 하지만 이 습지 환경을 극적으로 개선한 인물은 1922년 이탈리아 왕국의 총리가 된 무솔리니로, 그는 말라리아 종식을 위한 공중보건 프로젝트의 일환으로 폰티노 습지 물빼기 사업을 명령했고, 10년에 걸쳐 수십만 명의 노동자가 투입된 끝에 1935년에 완료되었다. 오늘날은 풍요로운 폰티노 평야다.

11) Terracina. 로마에서 일직선으로 뻗은 아피아가도는 티레니아해와 만나는 지점에서 동쪽으로 꺾여 내려가는데, 바로 이 지점에 있는 해안도시다.

는 것이다. 바짝 말라 있는 부지에 한 필의 백마를 놓아기르고 있었다. 말은 자유로워진 것을 기회로 갈색 대지 위를 한 줄기 광선과 같이 이리저리 질주했다. 그것은 참말로 장관이었다. 티슈바인이 몰두하고 있어서 한층 더 매력 있는 광경이 됐다.

이전에 메자의 촌락이 있던 자리 한가운데에 교황이 크고 아름다운 건물을 건축해 평지의 중심 목표로 삼았다. 이것을 바라보면 이번 간척사업 전체에 대한 희망과 신뢰감이 더해진다. 우리는 떠들썩하게 담소하면서, 이 여행길에선 잠들면 안 된다는 경고를 잊어버리지 않도록 정신을 바짝 차리고 길을 재촉했다. 그런 데다 벌써 이 계절에 푸른 안개가 지상 어느 정도의 높이에 깔려 있어서 위험한 기층(氣層)에 대한 주의를 예보하고 있었다. 그만큼 테라치나의 첩첩 쌓인 암석 모양이 우리에겐 기쁘고 고마웠다. 그리고 그 암석을 즐길 사이도 없이 바로 앞에 바다가 보였다.

얼마 안 가서 이 산골 마을 건너편에서 새로운 식물 분포를 보았다. 인도무화과가 낮은 회록색의 도금양나무 사이에, 황록색의 석류와 담록색의 올리브 나뭇가지 밑에 두터운 잎을 뻗치고 있다. 길가에는 아직 본 적이 없는 새로운 화초와 관목이 보였다. 목장에는 수선화와 복수초가 피어 있었다. 길을 가는 동안 잠시 오른쪽으로 바다가 이어졌다. 그러나 왼쪽에는 여전히 석회암이 가까이까지 바싹 다가와 있는데, 아펜니노산맥이 계속되는 것이다. 즉 이것은 티보리 근처로부터 연결되어 바다에 인접해 있는데, 먼저 로마평원에 의해, 다음으로 프라스카티, 알바노, 벨레트리의 화산에 의해, 마지막으로 폰티노의 소택지에 의해 바다로부터 분리되어 있는 것이다. 폰티노 소택지의 끝머리에 해당하는 테라치나 건너편 치르첼로산도 똑같이 석회암의 병렬로 되어 있는 것 같다.[12]

바다를 떠난 지 얼마 안 돼서 매력적인 폰디평야[13]로 들어섰다. 그다지 험하지 않은 산들로 둘러싸인 이 작고 비옥한 개간지는 틀림없이 누구라도 미소로 반길 것이다. 오렌지가 아직 나무에 많이 달려 있고 녹색으로 가득 찬 밭은 전부 밀이다. 경작지에는 올리브가 심겨 있고 계곡 바닥에 작은 마을이 있다. 특히 야자수 한 그루가 눈에 띄게 서 있다. 오늘 밤은 이만 쓴다. 난필을 용서해 주기 바란다. 나는 생각할 겨를 없이 써야 한다. 오로지 쓰기 위해서 말이다. 쓸 것은 너무 많고 여관은 너무 형편없고, 그러면서도 조금이라도 써두어야겠다는 나의 욕망은 너무나도 크다. 우리는 밤이 다 되어 도착했다. 이제는 쉴 때다.

1787년 2월 24일, 산타아가타 여관에서

추운 방 안에서 유쾌했던 하루에 관한 보고를 쓰지 않으면 안된다. 폰디를 떠나니 곧 날이 밝았다. 그리고 우리는 담 위에 늘어진 광귤나무의 영접을 받았다. 나무에는 상상할 수 없을 정도로 열매가 잔뜩 열려 있다. 새잎은 위쪽은 누렇지만 아래와 가운데는 선명한 녹색이다. 미뇽이 이런 곳에 오고 싶어 했

---

12) Monte Circello. 치르첼로는 티레니아해에 접한 곳인 동시에, 541미터 높이의 산이어서 해안선이 절벽을 이룬다.

13) Fondi. 티레니아해와 아우소니, 아우룬치 산맥 사이에 있는 작은 평원이다.

던 것도 당연한 일이다.[14]

그러고 나서 우리는 손질이 잘된 밀밭을 지나갔는데 적당한 간격을 두고 올리브가 심기어 있었다. 바람이 불어서 잎사귀의 은빛 뒷면이 나타나고 작은 가지는 가볍고 나긋나긋하게 휘었다. 잿빛 아침이었으나 북풍이 강해서 구름을 흩어버릴 것만 같았다.

거기서부터 길은 계곡을 지나, 돌은 많지만 잘 갈아놓은 밭을 빠져나갔다. 작물은 푸릇푸릇하고 아름다웠다. 곳곳에 낮은 돌담에 둘러싸이고 넓고 둥글게 포장된 광장이 보였다. 곡물은 단으로 묶어 다른 곳으로 운반해 가지 않고 곧바로 여기서 탈곡한다. 계곡은 점점 좁아지고 길은 경사가 심해지고 석회암이 양측에 노출되어 있었다. 등 뒤에서는 폭풍우가 세차게 후려쳤다. 싸락눈이 내리기 시작했는데 이것도 좀처럼 쉽게 녹지 않는다.

고대 건축의 여러 돌 축대에는 그물 모양 세공이 되어 있었는데 우리가 예상치 못한 바였다. 높은 곳은 어디나 암석이지만 조금이라도 빈 공간이 있으면 올리브나무를 심어놓았다. 조금 지나서 올리브가 많이 심긴 평지를 하나 넘고 작은 고을을 하나 지났다. 제단이나 고대의 묘석, 그리고 모든 종류의 파편이 정원 뜰 안에 갇혀 있는 것을 보았으며, 또 지금은 흙 속에

---

14) 미뇽은 괴테의 장편소설 『빌헬름 마이스터의 수업시대』(1782년 집필 시작, 1796년 출판)에 등장하는 유랑곡예단의 소녀로, 고향인 이탈리아를 그리워하며 "당신은 아시나요, 저 레몬꽃 피는 나라?"로 시작하는 노래를 부른다. 괴테가 '미뇽의 노래'를 쓴 것은 1782~1784년 사이로, 1787년 당시 괴테의 친구들은 모두 이 시를 알고 있었다.

묻혀 있지만 훌륭하게 건축되었던 낡은 별장의 아래층은 이젠 올리브 숲이 되어 있었다. 그러는 동안 산꼭대기에 연기 같은 구름이 길게 끼어 있는 베수비오산의 모습이 보였다.

몰라 디 가에타에 도착하니 또다시 울창한 광귤나무가 우리를 영접했다. 우리는 두세 시간 그곳에 머물렀다. 이 고을 앞의 만(灣)은 전망이 매우 좋고 바닷물이 발밑 물가까지 적시고 있다. 오른쪽 해안을 눈으로 좇아서 마지막으로 반달형을 한 첨단에 다다르면 그다지 멀지 않은 곳에 가에타 요새[15]가 바위 위로 보인다. 왼쪽의 갑(岬)은 저 멀리까지 뻗어 있는데, 먼저 일련의 연봉이 보이고 그다음으로 베수비오산과 섬들이 보인다. 이스키아섬은 중간쯤에 대치하고 있다.

이곳 해변에서 처음으로 불가사리와 성게가 파도에 밀려 올라와 있는 것을 발견했다. 최고급 상질지(上質紙)처럼 아름다운 녹색 잎, 그리고 기묘한 표석도 보였다. 가장 많은 것은 보통 석회석, 그리고 사문석, 벽옥, 석영, 규석 각력암, 화강암, 반암, 대리석류, 녹색이나 청색 천연유리 등이다. 단 마지막 것은 이 지방에서는 거의 산출되지 않는 것으로 보아 필경 고대 건축의 유물일 것이다. 그러고 보니 우리들 눈앞에서 파도가 가지고 놀고 있는 것은 과거 세계의 영화의 흔적이다. 여기서 야만인처럼 행동하고 있는 사람들의 기질이 재미있어서 좀처럼 떠날 수가 없었다. 몰라에서 멀어짐에 따라 바다는 보이지 않게 되지만 전망은 여전히 아름답다. 바다의 마지막 기념으로

---

15) 몰라 디 가에타(Mola di Gaeta)만의 해안절벽에 있는 가에타 성(Castello di Gaeta)은 중세에 천혜의 지형을 활용해 지은 철옹성인데, 13~16세기 동안 요새화가 더욱 강화되어 이탈리아 중부의 주요 군사기지이자 감옥으로 쓰였다.

아름다운 후미를 스케치해 두었다. 그 뒤부터는 생울타리를 친 비옥한 알로에 밭이 계속된다. 수도가 산 쪽에서 눈에 잘 띄지 않는 황폐한 폐허 쪽으로 통해 있는 것이 보였다.

다음은 가릴리아노강[16]을 배로 건너서 산자락을 향해 꽤 비옥한 지역을 통과한다. 눈을 끄는 것은 아무것도 없다. 겨우 최초의 화산회질 구릉에 도착했다. 여기서부터 산악과 계곡의 웅대하고 장려한 지대가 시작되는데 그 끝에는 눈 덮인 산정이 솟아 있다. 가까운 언덕 위에는 눈에 잘 띄는 길쭉한 고을이 하나 있다. 골짜기에서 산타아가타라는 이름의 좋은 여관을 발견했는데, 장식장 모양으로 만들어놓은 난로에는 불이 막 타오르고 있었다. 그러나 우리 방은 춥고 창문도 없이 덧문뿐이다. 나는 서둘러 이 편지를 마친다.

1787년 2월 25일, 나폴리

마침내 이곳에도 무사히 그리고 길조와 함께 도착했다. 오늘 여행에 관해서는 단지 다음 일만을 적어둔다. 산타아가타를 일출과 더불어 출발했다. 뒤에서 바람이 심하게 불어댔는데 이 동북풍은 하루 종일 멎지 않았다. 오후가 돼서야 겨우 구름을 몰아버렸지만 추위는 견딜 수 없을 정도였다.

길은 다시 화산성 구릉을 빠져나가 넘어갔는데 이제 거기부터는 석회암이 조금밖에 없는 것 같았다. 마침내 카푸아 평야를 지나 거기서부터 얼마 안 걸려서 이곳 카푸아시에 도착해

---

16) Garigliano. 가리강과 리리강이 합류해 티레니아해로 흘러드는 강이다. 북쪽의 가에타와 남쪽의 나폴리 사이를 가로질러 흐른다.

점심을 먹었다. 오후에는 아름답고 평평한 밭이 눈앞에 펼쳐졌다. 넓은 길은 초록색 밀밭 사이를 지난다. 밀은 마치 융단을 깐 듯하고 20센티미터 정도의 높이다. 포플러는 열을 지어 밭에 심어놓아 높게 뻗친 가지에 포도 넝쿨이 휘감길 수 있게 되어 있다. 그 모습은 나폴리까지 계속된다. 토양은 깨끗하고 부드러우며 잘 갈리어 있다. 포도나무는 유난히 드세고 높게 자라서 넝쿨이 그물처럼 포플러에서 포플러로 연결되어 있다.

베수비오는 여전히 왼편에서 맹렬히 연기를 내뿜고 있었다. 그리고 나는 이 기묘한 것을 마침내 내 눈으로 보았다는 사실 때문에 마음속에서부터 기뻤다. 하늘은 더욱더 맑아져 마지막에는 삐걱삐걱 흔들리는 비좁은 마차 속까지 비쳐 들어왔다. 나폴리에 가까워지면서 대기는 아주 맑고 투명해졌다. 이렇게 해서 우리는 전혀 딴 세계로 온 것이다. 지붕이 납작한 건물은 토질이 다르다는 것을 나타내고 있다. 하지만 집의 내부는 그다지 살기 편하게 되어 있는 것 같지 않다. 해가 나 있는 동안은 누구나 다 거리에 나와서 볕을 쪼이고 있다. 나폴리 사람들은 자기네가 살고 있는 곳이 천국이라고 믿고 있으며, 북쪽 나라들은 참으로 비참한 곳이라고 생각한다. '항시 눈, 목조 가옥, 심한 무지, 하지만 충분한 돈.' 우리들 상황을 이렇게 생각하고 있는 것이다.

나폴리는 보기에도 즐겁고 자유롭고 활기차다. 수많은 사람들이 뒤범벅되어서 뛰어다닌다. 국왕[17]은 수렵에 들떠 있고,

---

17) 파르네세 컬렉션을 나폴리로 옮긴 페르디난도 4세를 가리킨다.(302쪽 각주 337번 참조.) 오늘날 이 인물의 공식 칭호는 양시칠리아 왕 페르디난도 1세로 나폴리-부르봉 왕가의 일원이다. 프랑스 왕 루이 14세의 손자인 에스파냐 왕 필리

왕비[18]는 희망에 들떠 있다. 이 이상 좋은 일이 또 있으랴.

1787년 2월 26일, 월요일, 나폴리

'라르고 델 카스텔로, 모리코니 씨 여관 전교.' 화려하고 밝게 들리는 이 주소만 쓰면 세계 어느 끝에서 부친 편지도 틀림없이 우리 손에 들어올 것이다. 해변에 있는 커다란 성 근처에는 넓은 공터가 펼쳐져 있다. 사방이 집으로 둘러싸여 있는데, 광장도 아니고 '라르고'라 한다. 아마도 여기가 아직 구획되지 않은 벌판이었을 적에 생긴 이름인 듯하다.[19] 이 광장 한편에 커

페 5세(Felipe V de Borbón, 1700~1746)가 파르네세 여공작 엘리사베타 파르네세와 재혼하여 낳은 아들 카를로(Carlos I de Borbón, 1716~1788)는 파르마 피아첸차 공국의 군주 카를로 1세였다가, 이어서 나폴리 왕 카를로 7세이자 시칠리아 왕 카를로 5세(재위 1734~1759)가 되었으며, 어머니의 섭정기를 거쳐 최종적으로 에스파냐 왕 카를로스 3세가 되었다. 카를로스 3세(재위 1759~1788)에게는 세 아들이 있었는데, 에스파냐 왕위는 차남인 카를로(에스파냐 왕 카를로스 4세, Carlos IV de Borbón, 재위 1788~1808)가 물려받을 예정이었다. 때문에 페르디난도는 여덟 살의 나이로 1759년부터 나폴리 왕 페르디난도 4세이자 시칠리아 왕 페르디난도 3세가 되었다. 그는 1799년 나폴레옹이 나폴리를 점령하자 시칠리아로 피난해 맞서 싸웠으며, 1816년 나폴레옹이 실각한 뒤 나폴리 왕국과 시칠리아 왕국을 통합한 '양시칠리아 왕국'을 수립하고 초대 왕 페르디난도 1세로 즉위했다. 페르디난도는 사냥을 매우 좋아했다.

18) 마리아 카롤리나 루이제 요제파 요한나 안토니아(Maria Carolina Louise Josepha Johanna Antonia, 1752~1814). 신성로마제국 황제 프란츠 1세와 합스부르크 왕가의 마리아 테레지아 황후의 딸 마리아 카롤리나 여공작은 1768년 나폴리 왕 페르디난도 4세와 결혼했는데, 결혼계약서에 아들을 낳으면 참사회에서 발언권을 갖는다는 조항을 넣었다. 1775년에 왕자 카를로(1778년 요절), 1777년에는 차남 프란체스코(후일 양시칠리아 2대 국왕 프란체스코 1세)가 태어났고, 이때부터 국정 운영에 적극 개입했다. 마리아 카롤리나는 프랑스 루이 16세의 왕비 마리 앙투아네트의 언니이고, 신성로마제국 황제 요제프 2세의 여동생이다.

19) 여관의 주소가 '성이 있는 광대한 땅'이라는 뜻의 '라르고(largo) 델 카스텔로'인 유래를 설명하고 있다.

다란 건물이 한 채 튀어나와 있다. 우리는 파도가 밀려오는 해면을 언제나 기분 좋게 내다볼 수 있는 이 집의 모퉁이에 있는 큰 홀을 차지했다. 철제 발코니가 창을 따라서 바깥쪽으로 둘러쳐져 있다. 심한 바람이 지나치게 몸을 파고들지만 않는다면 떠나고 싶지 않은 그런 장소다.

홀은 화려하게 장식되어 있는데, 특히 천장을 무수한 구획으로 갈라놓은 아라베스크 문양[20]은 벌써 폼페이나 헤르쿨라네움이 멀지 않다는 것을 말해 주고 있다. 모두 아름답고 좋은 것이기는 하지만 화덕도 벽난로도 찾아볼 수가 없고 아무래도 2월이라 한기가 몸에 스며든다. 나는 몸을 좀 따뜻하게 하고 싶어졌다.

삼각대를 가지고 왔다. 그 위에 양손을 올리고 불을 쬐기에 꼭 알맞은 높이다. 넓적한 화로가 위에 놓여 있고 안에는 약간의 숯불이 피워져 있는데 위에 재를 덮어서 평평하게 해놓았다. 우리가 이미 로마에서 익힌 검약 정신이 여기서도 통용되고 있는 것이다. 가끔 열쇠 끝으로 위에 덮인 재를 조금 치워서 불의 숨통을 터준다. 만약에 성급하게 불을 긁어 일으키기라도 한다면 잠시 동안은 더 따스할는지 몰라도 순식간에 불은 다 타버리고 말 것이다. 그리고 다시 한 번 화로에 불을 넣어 오게 하려면 얼마간의 돈을 주어야만 할 것이다.

나는 몸이 좀 편치 않아서 될 수 있으면 더 편안한 자세를 취하고 싶었다. 바닥에서 올라오는 냉기를 막아주는 것이라곤 돗자리 한 장뿐이었다. 모피는 보통 사용하지 않는다. 그래서

---

20) 고대 로마의 그로테스크 패턴을 말한다. 277쪽 각주 313번 참조.

나는 장난삼아 가지고 온 뱃사공의 작업복을 입기로 했다. 이것이 꽤 도움이 됐다. 특히 그걸 트렁크 끈으로 몸에 달라붙게 조여 매니 더 효과가 있었다. 그 모습은 뱃사람과 카푸친회 수도사의 혼혈 같아서 대단히 우스워 보일 것이 틀림없었다. 친구를 방문하고 돌아온 티슈바인은 웃음을 참지 못했다.

1787년 2월 27일, 나폴리

어제는 하루 종일 누워 쉬고 우선 몸의 회복을 기다렸다. 오늘은 비할 데 없는 경관을 실컷 즐기고 지냈다. 사람들이 뭐라고 말하건, 이야기하건, 그림으로 그리건, 이곳의 경관은 그 모든 것을 초월해 있다. 해변과 만과 후미, 베수비오, 시가, 교외, 성, 유락장! 그리고 우리는 저녁에 포실리포의 동굴[21]에 갔다. 마침 저무는 태양이 반대쪽에서 비쳐 들고 있었다. 나폴리에 오면 모두들 머리가 이상해진다고 하는 것도 무리가 아니라는 생각이 들었다. 그리고 나는 아버지가 오늘 내가 처음으로 보았던 사물에서 특별히 불멸의 감명을 받았다는 것을 곰곰이 생각했다. 유령을 만난 사람은 두 번 다시 즐기지 못한다고 하는데, 이와는 반대로 아버지는 노상 나폴리를 그리워하고 있었기 때문에 절대 불행해질 수 없었다고 말할 수 있으리라. 그러나 나는 내 식대로 태연하게, 주위가 아무리 열광하고 있을 때에도 다만 눈을 크게 뜨고 바라볼 따름이다.

---

21) 그로타 디 세이아노(Grotta di Seiano), 즉 '세이아누스의 동굴'을 가리킨다. 1세기에 아우구스투스 황제가 건축가 코케이우스 악투스에게 명하여 설계한 인공 터널로, 나폴리의 서쪽 산등성이를 관통한다. 그다음 황제 티베리우스의 심복 세이아누스 장군의 지휘 아래 총 780미터 길이로 연장되었다.

1787년 2월 28일, 나폴리

오늘 우리는 필리프 하케르트를 방문했다. 그는 저명한 풍경화가로 국왕 및 왕비의 특별한 신임과 각별한 총애를 받고 있는 사람이다. 프랑카빌라 궁전[22]의 한 귀퉁이를 하사받아서 예술가적 취미를 살려 가구를 배치하고 그곳에서 만족스럽게 살고 있다. 매우 확고한 데가 있는 영리한 사나이로, 근면하면서도 생활을 즐길 줄 아는 사람이다.

그리고 우리는 해변으로 가서, 온갖 종류의 물고기와 이상한 형태를 한 생물들이 파도 사이로부터 뛰어오르는 것을 보았다. 좋은 날씨에다 북풍도 그다지 심하지 않았다.

3월 1일, 나폴리

이미 로마에 있을 때부터 나의 완고하고 은둔자적인 기질은 좀 싫어질 정도로 사교적이 되었다. 원래 세상으로 진출하면서 고독한 채로 버틴다는 것은 비상식적인 일이다. 그런고로 발데크 공자[23]가 극히 정중하게 나를 초대하고, 그 지위와 권세를 가

---

22) Palazzo Francavilla. 오늘날 명칭은 팔라초 첼람마레(Palazzo Cellammare). 16세기에 나폴리 출신의 추기경 조반니 프란체스코 카라파(Giovanni Francesco Carafa, 1447~1541)가 별장용으로 지은 궁전이다. 17세기에 있었던 민중봉기 때 시위대가 점거한 궁을 탈환하면서 국유화되었다. 18세기에 첼람마레 제후 안토니오 델 주디체(Antonio del Giudice, 1657~1733)의 소유가 되어 이 이름으로 오늘날까지 불린다. 각 세기마다 개축되어 여러 건축 양식이 섞여 있다. 나폴리 해안에서 멀지 않은 시내에 위치한다.

23) 크리스티안 아우구스트(Christian August, Prinz zu Waldeck und Pyrmont, 1744~1798). 오스트리아 태생으로 발데크와 피어몬트의 제후 카를 아우구스트(1704~1763)의 아들이다. 젊은 시절에는 열정적인 예술 애호가이자 후원자였으며, 그랜드투어에 동참했다. 1792년부터 시작된 대프랑스 동맹전쟁(Coalitions against France, 프랑스혁명 이후 공화국 프랑스에 반대한 유럽 군

지고 많은 편의를 도모해 주시는 뜻을 거절할 수는 없었다. 후작은 벌써 얼마 전부터 나폴리에 머무르고 있었는데 우리가 도착하자 곧 포추올리[24] 근교로 산책하러 나가는 데 동행하도록 우리를 초대했다. 나는 오늘 베수비오 등산을 할 생각이었는데 티슈바인이 나에게 동행할 것을 거의 강제로 권했다. 산책은 그 자체로서도 쾌적한 것이기도 하려니와 좋은 날씨에 이렇게 더할 나위 없이 교양 있는 후작과 동행한다면 필시 많은 기쁨과 이익을 가져다줄 것이라고 했다. 우리는 이미 로마에서 남편과 함께 후작 곁을 맴도는 아름다운 귀부인을 보았는데, 그 부인 역시 일행에 참가한다니 그처럼 유쾌한 일도 없을 듯했다.

그리고 나는 예전에 이 귀족들과 만나 이야기를 나눈 적이 있었기 때문에 그들도 나에 대해 잘 알고 있었다. 후작은 처음 우리가 만났을 때 지금 어떤 일을 하고 있느냐고 물었다. 『이피게니에』의 일이 머리에 남아 있었기 때문에 어느 날 밤 상당히 소상하게 그걸 이야기해 드릴 수 있었다. 사람들은 이해를 가지고 들어주었으나 더 발랄하고 강렬한 것을 나한테서 기대하고 있는 것 같았다.

저녁

오늘 하루 일어난 일을 설명하려고 해도 곤란할 것 같다. 예를

주국들의 연맹)에 오스트리아군 장교로 참전, 공로를 세워 기병대장으로 승진했다. 1797년 포르투갈 육군 총지휘관이 되었다.

24) Pozzuoli. 나폴리에서 15킬로미터 떨어진 항구도시로, 최초에는 그리스의 식민지였다가 기원전 5세기에 로마에 정복되었다. 플라비우스 암피테아터, 일부가 바닷물에 잠긴 시장터, 지하묘지 등 로마 시대 유적이 많다.

들어 아무런 군말이 필요 없을 만큼 마음을 매료해 버리는 책을 한 번 읽은 것이, 전 생애에 지대한 영향을 주고 나중에 다시 읽거나 열심히 성찰하더라도 거의 더 보탤 것이 없을 정도의 효과를 일찍이 결정하고 말았다고 하는 따위의 일은 누구나 경험한 적이 있을 것이다. 내가 이전에 「샤쿤탈라」[25]를 읽었을 때 같은 것이 일례다. 그렇다면 뛰어난 사람을 만났을 경우도 역시 같지 않을까. 포추올리까지의 배편, 마음 편한 마차 여행, 천하의 명승지를 지나는 명랑한 산책, 머리 위에는 맑은 하늘, 다리 밑에는 위험천만인 지면, 보기에도 무참하게 황폐해진 천고 영화의 흔적, 끓어오르는 열탕, 유황을 분출하는 동굴, 초목이 자라지 않는 용암 산, 불쾌한 불모의 지역, 그리고 마지막에는 지금과는 딴판인 사시 울창한 식물이 한 치의 땅이라도 틈새만 있으면 무성하게 자라 모든 죽어버린 것 위를 뒤덮으며 호수나 계류 주변을 둘러싸고, 나아가서는 오래된 분화구의 벼랑에까지 가장 훌륭한 참나무 숲을 만들고 있는 것이다.

이렇게 해서 우리는 자연의 사상(事象)과 민족의 유적 사이를 이리저리 끌려다니고 있다. 사색에 잠기고 싶어도 어쩐지 어울리지 않는 듯한 기분이 든다. 그러는 사이에도 살아 있는 자는 즐겁게 살아가는 법이어서, 우리 역시 그것을 소홀히 하지 않았다. 교양 있는 인물들은 현세와 현세의 본질에 속해 있으면

---

25) Śakuntala. 4~5세기에 활동한 인도 시인 칼리다사(Kālidāsa)가 지은 7막의 운문 음악극으로, 산스크리트어 최고의 걸작으로 꼽힌다. 최초의 독일어 번역본은 1791년에 출판된 게오르크 포스터(Johann George Adam Forster, 1754~1794)의 것으로, 괴테가 이탈리아 여행 당시에는 읽지 못했을 것이고, 이 문장은 1813년 이후에 원고를 수정하면서 삽입한 것으로 보인다.

서도, 또한 엄숙한 운명의 경고를 받으면 성찰에 마음을 돌리는 것이다. 땅과 바다와 하늘을 바라보는 한없는 조망에 넋을 잃으면서도, 또한 존경과 사랑을 받는 것이 버릇이 되어 그 상태를 즐기는 사랑스러운 젊은 귀부인 곁으로 돌아오게 된다.

그러나 이러한 온갖 도취 속에 있으면서도 나는 몇 가지 일을 적어두는 것을 잊지 않았다. 그 자리에서 이용되었던 지도와 티슈바인의 간단한 스케치는 장래의 원고 정리를 위해 더 없는 도움이 될 것이다. 오늘은 이 이상 조금도 쓸 수가 없다.

3월 2일

흐린 날씨여서 산정에는 구름이 걸쳐 있었으나 베수비오에 올랐다. 레시나까지 마차로 가서 거기서부터는 나귀를 타고 포도원 사이를 지나 산으로 올라갔다. 그리고 걸어서 71년 전의 용암을 넘어갔는데, 잘지만 단단한 이끼가 벌써 바위 위에 껴 있었다. 그러고선 용암 옆을 따라서 나아갔다. 왼쪽 언덕 위로 은둔자의 오두막이 줄곧 보였다. 그리고 다시 재로 덮인 산을 올랐는데, 상당히 힘들었다. 산꼭대기의 3분의 2는 구름으로 덮여 있었다. 지금은 매몰된 오래된 분화구에 겨우 이르러서, 두 달하고도 14일 전의 새로운 용암과 불과 닷새밖에 안 된 연한 용암까지도 벌써 냉각되어 있는 것을 보았다. 이들 용암을 넘어, 형성된 지 얼마 되지 않은 화산성 구릉에 올라갔는데 여기저기서 증기가 나오고 있었다. 연기가 우리들로부터 멀어졌기 때문에 나는 분화구 쪽으로 가려고 했다. 증기 속을 다섯 걸음쯤 들어가니 증기가 매우 짙어져서 자기 구두조차 잘 보이지 않게 되었다. 손수건을 얼굴에 대도 소용이 없고 안내인도 모습이 보이지 않았다. 분출된 용암 덩어리 위를 걷는 것은 위험했기 때문에 오늘은 되돌아가고 염원하던 구경은 날씨가 좋아지고 연기도 줄어든 다음으로 미루는 것이 좋겠다고 생각했다. 이런 공기 속에서 호흡하는 것이 얼마나 해로운가 정도는 나도 잘 알고 있다.

하지만 산은 극히 조용했다. 지금까지 그랬던 것처럼 불도 뿜어대지 않고 산울림도 없고 돌도 날리지 않았다. 그래서 나는 날씨가 좋아지면 곧 본격적으로 포위 공격할 생각으로 일대를 잘 정찰해 두었다.

눈에 띈 용암은 대개 내가 알고 있는 것들이었다. 그러나 나에게는 매우 진기하게 생각되는 현상을 발견했다. 나는 이를 상세히 연구해 전문가나 수집가에게 물어보려고 한다. 한때 화산의 분기공(噴氣孔)[26]을 아치형으로 막아 가리고 있던 종유석 형태의 돌이 제 역할을 다한 옛 분화구를 뚫고 밖으로 튀어나와 있는 것이었다. 단단하고 회색빛이 약간 도는 종유석 모양의 이 암석은 극히 미세한 화산성 증발물이 습기의 작용도 받지 않고 용해되지도 않은 채 그대로 승화해서 만들어진 것이라고 생각한다. 이것은 기회를 보아서 더 여러 가지로 생각해볼 필요가 있다.

오늘, 3월 3일의 하늘은 흐렸고 시로코가 불고 있다. 편지를 쓰기에는 안성맞춤인 날씨다.

---

26) 화산의 화구뿐만 아니라 산 중턱이나 기슭에서 화산가스가 분출되는 구멍을 말한다. 괴테가 '종유석' 형태라고 표현한 것은 화산승화물(다양한 광물 성분이 포함된 고온의 가스가 분출되다 지표의 찬 공기와 접해 굳으면서 분기공 주변에 엉겨 붙은 물질)이다.

매우 잡다한 인간들, 아름다운 준마, 진기한 물고기 등을 나는 이곳에서 이제 충분히 보았다.

이 도시의 풍광이나 명소에 관해서는 수없이 서술되고 찬양되고 했기 때문에 여기에는 한마디도 쓰지 않는다. 이곳 사람들은 말한다. "나폴리를 보고 나서 죽어라!"

3월 3일, 나폴리

나폴리 사람은 자기 고향을 떠나려 하지 않으며, 나폴리의 시인은 이곳의 은혜 받은 경관을 매우 과장해서 읊고 있지만 그것도 무리는 아니라는 생각이 든다. 설사 근처에 베수비오와 같은 화산이 두어 개 더 있다 하더라도 나폴리의 가치는 변하지 않는다. 여기 있으면 로마에 관한 것은 다시 생각해 볼 기분이 안 난다. 이곳의 광대한 주변에 비하면, 테베레강 저지대에 있는 세계의 수도는 벽지의 낡은 사원처럼 느껴진다.

바다와 선박들의 특징도 완전히 새로운 양상을 보이고 있다. 팔레르모행 프리깃함이 어제 진짜 트라몬타네(북풍)를 타고 출범했다. 이번 항해는 필시 36시간도 걸리지 않으리라 생각한다. 배가 카프리섬과 미네르바곶 사이를 빠져나가서 마침내 사라졌을 때, 바람을 잔뜩 안고 가는 돛을 나는 얼마나 동경에 찬 마음으로 보냈던가. 사랑하는 사람을 이렇게 떠나보내는 것이었다면 나는 틀림없이 애가 타서 죽었을 것이다. 지금은 시로코가 불고 있다. 바람이 좀 더 강해지면 부두에 부딪쳐 산산이 날리는 파도가 장관일 것이다.

오늘은 금요일이어서 귀족들의 승마 대회가 있었다. 여기서는 각자가 자기 소유의 마차, 특히 말을 자랑한다. 이곳에서

처럼 훌륭한 말은 다른 데서는 볼 수 없다. 말을 보고 가슴이 뛴 것은 내 생애에 처음이다.[27]

3월 3일, 나폴리

지금 보내는 몇 장의 간략한 편지는 내가 이곳에서 새롭게 겪은 일들에 대한 보고다. 그리고 여러분이 일전에 보내온 편지의 봉투 한 귀퉁이가 그을려 있는 것은 베수비오에 동행한 증거이므로, 이것도 동봉한다. 그러나 내가 위험에 둘러싸여 있다고는 꿈에도 생각하지 말기 바란다. 걱정할 것은 하나도 없다. 내가 어디에 가든 벨베데레[28]로 가는 길 이상의 위험은 없으니까. 지상 모두가 하느님의 나라라고 하는 말은 이런 때에 써야 할 것이다. 나는 나서기 좋아해서 또는 호기심 때문에 모험을 사서 하지는 않는다. 다만 나는 대강의 사정에는 밝고 또한 금방 대상의 특성을 꿰뚫어 보기 때문에 보통 이상으로 일도 하고 무리도 하게 되는 것이다. 시칠리아에 가는 것은 결코 위험한 일이 아니다. 며칠 전에 북동쪽에서 불어오는 순풍을 타고 출범했던 팔레르모행 프리깃함은 카프리섬을 오른쪽에

---

27) 나폴리산 말은 16세기부터 에스파냐 왕가가 추진한 안달루시아산 말과의 혈통 교배로 개량되면서, 작지만 힘차고 날렵한 특성이 강화되어, 17세기부터는 이탈리아 마장마술 경기에서 '지상 위의 공기'라는 별명을 얻을 만큼 우수한 품종으로 유명했다.

28) 여기서 벨베데레는 바티칸의 벨베데레 정원이 아니라, 오스트리아 빈에 있는 벨베데레 궁전(Schloß Belvedere)을 말한다. 합스부르크가의 사보이 왕자 외젠(Prince Eugene Francis of Savoy-Carignano, 1663~1736)의 여름별궁으로 1723년에 완공되었지만, 그가 세상을 뜬 뒤로 장기간 비어 있었다. 이따금 합스부르크 왕가의 사교연회 장소로 쓰였으며, 카를 아우구스트 바이마르 대공과 안나 아말리아 여공작이 한동안 여름별궁으로 사용했다.

두고서 36시간 만에 전 항로를 주파하고 귀항길에 오른 것이 틀림없다. 멀리 떨어져 있으면 위험하다고 생각하기 쉽지만 실제로 그곳에 가보면 그다지 위험하다고는 느끼지 않을 것이다.

지진에 관해서라면 현재 이탈리아 남부에서는 전혀 일어나지 않는다. 북부에서는 최근에 리미니와 그 부근의 고을들이 피해를 입었다. 지진은 별스러운 변덕이 있어서 이곳에서 지진 이야기를 하는 것은 날씨 이야기를 하는 것과 같으며, 튀링겐에서 화재 이야기를 하는 것이나 다를 바 없다.

『이피게니에』의 이번 개작에 대해 여러분이 보여준 호의를 기쁘게 생각한다. 그래도 이번 개작에서 달라진 점을 여러분이 확연히 느낄 수 있었더라면 더 좋았겠다. 나 스스로는 그것을 위해서 얼마나 노력했는가를 잘 알고 있으며, 더 잘 쓸 수도 있을 것 같기에 이런 말을 하는 것이다. 좋은 것을 즐길 수 있는 것은 기쁨이지만, 보다 좋은 것을 느낄 수 있는 것은 더 큰 기쁨이다. 그리고 예술에 있어서는 최고로 좋은 것이라야만 비로소 만족할 수 있는 것이다.

3월 5일, 나폴리

사순절의 두 번째 주일을 기회로 삼아 우리는 여러 교회를 돌아다녔다. 로마에서는 모든 것이 엄숙하기만 했는데, 이곳에서는 무엇이든지 명랑하고 유쾌하다. 나폴리 화파의 그림 같은 것도 나폴리에 와보지 않으면 모른다. 어떤 교회의 정면 전부가 밑에서 위까지 그림으로 채워져 있는 것을 보고 놀랐다.[29]

---

29) 나폴리 중심가 트리부날리 거리(Via dei Tribunali)의 대성당 맞은편

문 위쪽에는 행상인들을 성당에서 내쫓는 예수가 그려져 있는데, 그들이 놀라자빠져 양쪽 계단을 굴러 떨어지는 모양은 정말 우습고 재미있다. 또 어떤 교회에는 들어가는 문 위쪽 공간이 헬리오도로스의 추방[30]을 그린 벽화로 가득히 장식되어 있다. 이런 벽면을 메우려면 루카 조르다노는 속필이 아니면 안 되었겠다는 말은 굳이 할 필요도 없다. 설교단도 다른 데처럼 일인용 연단 또는 강좌(講座)로 정해져 있지 않고, 회랑식으로 된 곳도 있다. 나는 카푸친회 신부가 설교단 위를 왔다 갔다 하면서, 혹은 이쪽저쪽 끝에 서서 신도들에게 죄업을 뉘우치도록 설교하는 것을 보았다. 그곳에서라면 이야기되지 않는 게 없으리라.

그런데 이야기할 수도 글로 쓸 수도 없는 것이 있다. 그것은 만월 밤의 절경이다. 우리는 거리를 지나고 광장을 넘어 끝도 없는 키아자[31]의 산책길을 따라 해변 곳곳을 걸으면서 달밤의 아름다움을 즐겼다. 그런 때에는 공간의 무한감이 사람의

에 있는 지롤라미니 성당(Chiesa dei Girolamini)을 가리킨다. 성 필리포 네리의 오라토리오회가 매입한 궁전 자리에 1619년에 지어진 교회여서 필리포 네리 성당으로도 불린다. 괴테가 언급하고 있는 벽화는 나폴리 출신으로 에스파냐 궁정화가로 활동했던 루카 조르다노(Luca Giordano, 1634~1705)의 만년작 「성전에서 고리대금업자를 내쫓는 예수」다.

30) 헬리오도로스(Heliodoros)는 시리아 셀레우코스 왕조의 4대 왕 시절 재무장관으로, 예루살렘 성전에 세금을 부과하라는 왕명에 따라 성전 내 보화를 세금으로 징수해 가려 했으나, 성전 안에 들어가자 영적 존재가 나타나 그를 밖으로 내쫓았다고 전해진다. 괴테가 말하는 벽화는 나폴리 화파로 조르다노의 영향을 받은 프란체스코 솔리메나(Francesco Solimena, 1657~1747)가 제수누오보 성당(Chiesa del Gesù Nuovo)에 그린 「성전에서 추방되는 헬리오도로스」다.

31) Chiaja. 나폴리 서쪽에서 포실리포까지 길게 뻗은 키아자 거리를 따라 고급 주택들이 있는 해변지구다.

마음을 압도한다. 이러한 몽상에 잠기는 것도 확실히 헛된 일
은 아니다.

1787년 3월 5일, 나폴리

요사이 알게 된 한 훌륭한 인물에 관해서 극히 일반적인 사항
을 간단하게 알리려고 한다. 그는 입법에 관한 저서로 유명한
기사 필란지에리[32]다. 그는 인간의 행복과 귀중한 자유에 항
상 유의하고 있는 존경할 만한 청년이다. 태도를 보면 그가 군
인이며 기사인 동시에 신사라는 것을 알 수 있다. 이러한 위용
은 그의 인격 전체에 미쳐 있으되, 말과 행동거지에 드러나는
고상한 도덕적 감정의 표현으로 순화되었다. 현재의 정치에 대
해서는 반드시 찬성하는 편은 아니지만 국왕과 왕국에 대해서
는 마음속으로부터 지지하고 있다. 그러나 그 또한 요제프 2세
에 대한 공포로 고민하고 있었다.[33] 폭군의 모습은 설사 상상
에 불과하더라도 그것만으로도 벌써 고결한 인사에게는 무서
운 존재인 것이다. 그는 지극히 솔직하게, 나폴리가 요제프 2세
에 의해 어떠한 처분을 받을 염려가 있는가를 나에게 말해 주

---

32) 가에타노 필란지에리(Gaetano Filangieri, 1753~1788). 나폴리
의 법률가이자 철학자로, 1777년 국왕 페르디난도 4세의 사법 개혁안의 타당성
을 변호하여 궁정법률고문에 임명되었다. 1780년에 출판한『입법원리탐구(La
Scienza della Leglizione)』에서 입법의 법률적 원칙을 세우고 국가의 복지증진
과 무역을 방해하는 중세적 경제법의 폐지를 주장하여 이탈리아와 유럽 전역에 개
혁적 법학자로 널리 이름을 알렸다. 1787년 재무장관에 임명되었다.

33) 개혁적이고 전제적인 황제 요제프 2세가 여동생이 나폴리 왕비가 된 것
을 빌미로 토스카나 공국과 나폴리 왕국을 실질적으로 지배하려 들지 모른다는 소
문이 퍼져 있었다.

었다. 그는 자주 몽테스키외[34]와 베카리아[35]에 관한 것, 그리고 자신의 저서에 관해 이야기했는데, 그의 담화를 일관하는 정신은 선을 행하려고 하는 최선의 의지와 젊은 마음에서 우러나는 욕구였다. 그는 아직 30대라고 생각된다.

그가 노령의 저술가 한 명을 나에게 소개해 주었다. 그를 포함해 이탈리아의 신진 법학자들은 이 사람의 한없는 심원함을 접하고 기력과 교시를 받은 바 크다는 것이다. 그의 이름은 조반니 바티스타 비코[36]로, 그들은 이 학자를 몽테스키외보다 더 존경하고 있다. 그들이 금과옥조로 여기는 책을 주어서 훑어보았는데, 장차 도래할, 또는 도래해야 할 정의와 선에 대한 예언자적 예감이, 전통과 생활의 진지한 고찰에 바탕을 두고 교시되어 있는 듯했다. 한 민족이 이러한 원로를 가지고 있다는 것은 지극히 다행스러운 일이다. 독일인에게는 장차 하만[37]이 그러한 스승이 되지 않을까 생각한다.

---

34) 샤를 드 몽테스키외(Charles De Montesquieu, 1689~1755). 프랑스의 계몽주의 정치사상가로, 전제군주를 강하게 비판하고 삼권분립의 입헌군주제를 최선의 정치 체제로 보았다.

35) 체사레 베카리아(Cesare Beccaria, 1738~1794). 밀라노 태생의 계몽주의 철학자로, 종교법과 형법의 분리를 주장하고 죄형법정주의 개념을 제시해 근대 형법학의 선구자로 평가된다.

36) 지암바티스타 비코(Giambattista Vico, 1668~1744). 나폴리 출신의 철학자, 법학자, 역사학자로, 한 민족의 흥망성쇠는 신적 → 영웅적 → 인간적 단계를 거치며, 역사 발전은 이 3단계 내에서 순환한다고 주장했다.

37) 요한 게오르크 하만(Johann Georg Hamann, 1730~1788). 쾨니히스베르크 출신의 철학자로, 루터파의 지도자 중 한 명이어서 '북방의 거인(Der Magnus im Norden)'으로 일컬어졌다. 프랑스 계몽주의의 이성주의에 반대하여 독일 낭만주의 형성에 큰 영향을 끼쳤으며, 헤르더의 질풍노도 사상도 하만에서 비롯되었다. 괴테는 하만을 당대 최고의 지성으로 여겼다.

1787년 3월 6일, 나폴리

마음은 내키지 않는 듯했지만, 언제나 의리를 지키는 티슈바인이 오늘 나의 베수비오 등산에 동행해 주었다. 그는 항상 특별히 아름다운 인체나 동물의 모습만을 대상으로 하고, 암석이나 풍경과 같은 형태가 일정하지 않은 것조차도 감성과 취미를 가지고 인격화하는 조형미술가다. 그에게는 노상 자기를 파괴하고 모든 미적 감정에 도전하는 것 같은 무서운 기형의 퇴적은 불쾌하기 짝이 없을 것이다.

우리는 직접 마차를 몰고 혼잡한 거리를 빠져나갈 자신이 없었기 때문에 두 대의 이륜마차에 나누어 탔다. 마부는 끊임없이 소리를 지르면서 나귀나 재목 부스러기 등을 운반해 오는 이륜마차, 짐을 들거나 맨손으로 걸어가고 있는 사람들, 어린이와 노인들이 조심하고 피하도록, 그리고 우리 마차가 그대로 달려갈 수 있도록 했다.

거리의 변두리나 농장을 빠져나가는 길은 벌써 저승의 광경을 방불케 하고 있었다. 오랫동안 비가 오지 않았기 때문에 원래는 상록인 잎 위에 회색 먼지가 두껍게 쌓이고, 지붕이며 발코니 등 조금이라도 표면을 가진 것은 모조리 똑같은 회색으로 변해 있었다. 따라서 우리가 살아 있는 것들 사이를 지나가고 있다는 증표는 오로지 장려한 창공과 내리쬐는 강렬한 태양뿐이었다.

험한 언덕길 아래에서 두 명의 안내인이 기다리고 있었다. 나이 든 사람과 젊은이로, 둘 다 건실해 보이는 남자였다. 앞사람이 나를, 뒷사람이 티슈바인을 끌고 산을 올라갔다. 끌었다는 말은 다음과 같은 이유 때문이다. 이런 안내인은 몸에 가죽 끈을 감고 있다. 등산객은 그걸 붙잡고 끌어당겨 주는 대로 지팡이에 의지하여 올라가기 때문에 그만큼 발도 가벼워진다.

이렇게 해서 우리는 건너편의 원추봉을 바라보며 북쪽으로 솜마산의 폐허를 등진 평지에 도달했다.

서쪽 일대를 바라보기만 해도 마치 영천에 목욕하듯 피로가 싹 가셔버린다. 거기서 우리는 쉴 새 없이 연기를 내뿜으며 돌과 재를 분출하는 원추봉 주위를 돌았다. 적당한 거리를 유지할 수 있을 만한 장소의 여유만 있다면, 그것은 가슴 뛰는 일대 장관이다. 먼저 깊은 분화구 밑바닥으로부터 굉음이 울려오고, 다음에는 크고 작은 암석이 화산재 구름에 싸여서 수천 개씩 공중으로 내던져진다. 대부분은 다시 분화구 속으로 떨어진다. 옆쪽으로 내팽개쳐진 나머지 돌덩이는 원추의 바깥쪽에 떨어지며 이상한 소리를 낸다. 먼저 무거운 놈이 쿵 하고 떨어져, 둔탁한 소리를 내면서 원추의 측면을 굴러 내려간다. 작은 것이 툭탁거리면서 그 뒤를 따른다. 그리고 끝으로 화산재가 바삭바삭 소리를 내며 내려온다. 이 과정이 모두 규칙적인 간격을 두고 일어났다. 우리는 침착하게 계산했으므로 충분히 측정할 수 있었다.

그러나 솜마와 원추봉 사이의 구간이 몹시 좁아졌고, 이미 몇 개의 돌이 우리 주변에 떨어져서, 우리는 기분이 잡쳤다. 티슈바인은 산 위에서 이런 상황이 되니 더욱 시무룩해졌다. 이 괴물 같은 화산이 단지 추하기만 할뿐더러 위험해지기 시작했기 때문이다.

그러나 눈앞의 위험이란 것에는 무언가 사람의 마음을 끄는 것이 있어서, 이에 대항하려는 반항심을 인간에게 일으킨다. 나는 폭발과 폭발 사이의 시간에 원추봉을 올라서 분화구까지 도달하고, 다시 같은 시간 내에 돌아올 수 있으리라고 생각했다. 솜마의 돌출한 바위 아래 안전한 장소에 자리 잡고 가져온 도시락으로 기운을 차리면서 나는 안내인들과 의논했다. 젊은 이가 용감하게 나와 동행하기로 했다. 우리는 모자 꼭대기에다 아마와 명주 손수건을 쑤셔넣고, 지팡이를 들었다. 나는 안내인의 허리띠를 붙잡고, 준비를 마쳤다.

아직 잔돌이 우리 주위에 떨어지고 또 재도 내리고 있는 가운데, 기운 좋은 젊은이는 벌써 작열하는 돌덩이를 밟고 넘어서 나를 끌고 갔다. 거대한 심연의 가장자리까지 오니 한줄기 미풍이 연기를 불어주었으나, 그와 동시에 주위에 있는 수천 개의 틈새에서 무럭무럭 증기를 내뿜고 있는 분화구의 내부를 덮어 감춰버렸다. 분연의 틈바귀로 여기저기 갈라진 암벽이 보였다. 바라보았댔자 얻는 것도 없고 재미도 없었지만 아무것도 보이지 않으니 도리어 무엇인가 발견하려고 지체하게 되었다. 침착하게 시간을 재는 것도 잊은 채, 우리는 거대한 심연에 면한 벼랑 끝에 서 있었다. 갑자기 산울림 소리가 나더니 굉장한 분출물이 몸을 스치고 튀어나왔다. 우리는 저도 모르게 몸을 움츠렸다. 그렇게 하면 암석이 떨어져도 목숨을 건질 수 있기나 한 것처럼……. 작은 돌덩이가 굴러 왔다. 우리는 다음까지는 한 번 더 휴지 간격이 있다는 것도 생각지 않고 다만 위험을 벗어났다는 것만이 기뻐서, 아직도 비처럼 쏟아지는 재 속을 모자 구두할 것 없이 재 범벅이 되어서 원추봉 기슭에 도달했다.

티슈바인이 매우 반가이 맞아주고는, 또 질책과 격려도 해

주었다. 나는 지금 여기서 옛날과 최초에 생긴 용암에 특별한 주의를 기울일 수 있게 되었다. 나이 든 안내인은 암석의 연대를 정확하게 이야기해 줄 수 있었다. 오래된 것은 벌써 재로 덮여서 일반적인 형태를 하고 있었으나 새로운 쪽, 특히 완만하게 유출된 것은 기묘한 외관을 나타내고 있었다. 즉 그런 용암은 천천히 흐르면서 표면이 이미 응고한 덩어리를 얼마간 끌고 가는데, 이 덩어리는 가끔 정체할 때가 있고, 그것이 다시 용암의 흐름에 밀려 내리면서 서로 얹히고 쌓여, 이상하게 우둘두툴한 형태로 굳은 채 움직이지 않게 되는 것이다. 그것은 같은 경우에 역시 얹히고 쌓여서 흐르는 빙괴보다도 더 기이한 형상을 나타내게 된다. 이러한 용해된 잡석 중 어떤 것이 방금 깨져서 금 간 자리를 보면 태고의 암석과 흡사한 암괴가 섞여 있기도 했다. 안내인들의 주장은 가끔 이 산이 분출하는, 제일 밑바닥 쪽에 있던 오래된 용암이라는 것이다.

나폴리로 돌아오는 도중 기묘한 건축 방식으로 세운 작은 이층집들이 눈에 띄었다. 창은 없고 단지 길 쪽으로 난 문을 통해 방으로 빛을 들여오고 있었다. 새벽부터 밤까지 주민들은 집 앞에 앉아 있다가 아주 어두워지면 그 동굴 속으로 들어가는 것이다.

좀 색다른 저녁 거리의 혼잡을 보고, 나는 아무래도 여기에 잠시 머무르며 번화한 광경을 그리고 싶은 마음이 들었다. 바라는 대로 되지는 않겠지만.

1787년 3월 7일, 수요일, 나폴리

이번 주에는 티슈바인이 나폴리 미술품의 대부분을 충실하게 나에게 보여주거나 설명해 주었다. 우수한 동물학자이자 화가인 그는 벌써 예전부터 콜룸브라노 궁전에 있는 청동으로 만든 말 머리 상[38]에 대해서 나의 주의를 불러일으켰더랬다. 오늘은 그것을 보러 갔다. 이 고대의 유물은 대문과 마주하여 중정의 분수 곁에 있는 벽감 속에 있다. 경탄을 금치 못할 작품이다. 이 머리가 당초에 나머지 네 다리와 붙어서 한 개의 완전한 작품이었을 때에는 어떠했을까! 말 전신상이라면 산마르코 대성당에 있는 것[39]보다 훨씬 컸겠다. 여기 있는 머리만 해도 일일이 세밀하게 보면 볼수록 더욱더 명료하게 성격과 기력이 확인되어 참으로 경탄할 수밖에 없다. 반듯한 이마뼈, 숨 쉬는 코, 꼿꼿이 세운 귀, 흐트러지지 않은 갈기털! 격렬하게 날뛰는 사나운 말이다.

우리는 뒤돌아서서 대문 위 벽감 속에 모셔 있는 여인 상에 눈을 멈추었다. 빙켈만은 이 작품을 무희 상으로 간주하고 있다. 대체로 무희의 약동하는 동작은, 조각의 거장이 가만히 움직이지 않는 님프나 여신상으로 후세에 남겨준 것을 지극히 다양하게 표현하고 있다. 그 상은 매우 경쾌하고 아름답다. 전에는 머리가 떨어져 있었는데 원상대로 솜씨 있게 복원해 놓았다. 그 밖에는 파손된 것도 없고 더 좋은 장소에 놓아둘 가치가 있다고 생각된다.

---

38) 나폴리의 명문 귀족인 카파라 디 콜룸브라노 가문이 15세기에 지은 디오메데 카라파 궁전(Palazzo Diomede Carafa) 안뜰에는 로렌초 데 메디치가 디오메데 카라파에게 기증한 고대 유물인 말 머리 청동상이 있었다. 오늘날에는 테라코타로 본뜬 사본이 있고, 원본은 나폴리 국립박물관이 소장한다. 궁전은 나폴리 구시가 스파카나폴리(Spaccanapoli) 거리에 있다.

39) 173쪽 참조.

3월 9일, 나폴리

2월 16일자 편지를 오늘 받았다. 앞으로도 계속 써주었으면 좋겠다. 친구끼리 좀처럼 얼굴을 마주하는 일이 없다는 소식을 이렇게 멀리 떨어져 있는 곳에서 읽으니 참으로 기이한 감정이 든다. 하지만 서로 가까이 있을 때는 도리어 얼굴을 맞대지 않는 것이 가장 자연스러운 경우도 곧잘 있다. 날씨가 흐려졌다. 지금은 환절기인데 봄이 오면 곧 우기로 접어들 것이다. 내가 올라간 이래 베수비오의 정상은 아직 개지 않고 있다. 최근 여러 번 밤중에 분화하는 것이 보였는데 지금은 멈추어 있다. 더 큰 폭발이 있을 것 같은 기미다.

요 며칠간 풍랑으로 바다가 장관을 이룬 덕분에 웅장한 파도의 자태를 연구할 수 있었다. 뭐니 뭐니 해도 자연은 전 페이지에 걸쳐 심오한 내용을 제시하는 유일한 책이다. 이에 반해 극장 같은 것은 이제 조금도 재미가 없다. 사순절에는 이곳에서 종교 가극을 하지만 그건 막과 막 사이에 발레를 끼워 넣지 않는다 뿐이지 세속적인 가극과 하등 다를 것이 없다. 하지만 엄청나게 호화스럽기는 하다. 산카를로 극장[40]에서는 「네부카드네자르[41]의 예루살렘 파괴」를 상연하고 있다.

---

[40] 레알레 궁전(Palazzo Reale di Napoli) 부설 극장이다. 17세기까지 나폴리 총독이 쓰던 궁전과 부지를 나폴리 왕 카를로 7세(에스파냐 왕 카를로스 3세)가 1734년에 개축했다. 이후 페르디난도 4세가 결혼하던 해인 1768년에 메인 홀을 수리하고 궁정극장을 지었다. 나폴리의 대표적인 왕궁으로, 나폴리 항구 바로 앞이다.

[41] Nebuchadnezzar. 신바빌로니아 제국의 2대 왕으로 예루살렘을 공격하여 유대 왕국을 파괴하고 주민들을 바빌로니아로 강제 이주시켰다.(바빌론유수.) 성경에서는 '느부갓네살'로 쓴다.

커다란 환등 장치나 매한가지인 이런 것에는 흥미를 잃은 것 같다.

오늘은 발데크 공자와 카포디몬테[42]에 갔다. 여기에는 회화, 화폐 등이 많이 수집되어 있다. 진열 방식은 마음에 안 들지만 모두 귀중품뿐이다. 수많은 전통적 개념이 이제야 내 머릿속에서 명확한 형태를 잡아간다. 북유럽에는 레몬나무 분재처럼 간혹 가다 들어올 뿐인 화폐, 보석, 화병도 이곳 보물의 고향에는 이렇게 많이 진열되어 있는 것을 보면 완전히 느낌이 색다르다. 예술품이 희귀한 곳에서는 희귀하다는 것 자체가 예술품에 일종의 가치를 부여하는데, 이곳에서는 정말로 훌륭한 것만을 존중한다는 사실을 배운다.

에트루리아 화병은 근래 고가에 팔리고 있다. 확실히 그중에는 일품이라 할 만한 아름다운 것도 있다. 여행객이라면 누구라도 이것을 손에 넣고자 할 것이다. 집에 있을 때보다 여행을 하면 다들 씀씀이가 헤퍼진다. 나 자신도 유혹에 빠질 것만 같은 염려를 느낀다.

1787년 3월 9일, 금요일, 나폴리

참신하든지 뜻밖이든지 하면 보통 일이라도 기이한 일같이 느

---

42) Capodimonte. 1738년에 나폴리 왕 카를로 7세가 당시에는 나폴리의 교외였던 카포디몬테 언덕에 사냥용 별장으로 착공했으나, 이후 페르디난도 4세가 파르마 공국의 유산으로 받은 미술품들을 보관하기 위해 궁전으로 설계를 변경했다. 하지만 언덕 위까지 건축 자재를 운반하는 데 어려움을 겪어 공사가 끝난 것은 1840년이다. 나폴리-부르봉 왕가의 많은 예술품이 소장되어 있었으나, 나폴레옹에게 10년간 점령당하면서 미술품들은 나폴리 국립박물관으로 옮겨졌다가, 1950년에 일부가 반환되었다. 지금은 박물관(Museo di Capodimonte)이다.

껴지는 것은 여행의 즐거움이기도 하다. 카포디몬테에서 돌아와서 나는 다시 필란지에리 댁에 저녁 방문을 했다. 가보니까 안주인과 어떤 부인이 나란히 소파에 앉아 있었다. 그 부인의 겉모습은 스스럼없고 허물없이 구는 그녀의 태도와 어울리지 않았다. 자그마하고 귀여운 여자가 가벼운 줄무늬 비단옷을 입고, 머리를 이상하게 짧게 쳐서 위로 올린 모습은, 남의 의상 걱정만 하고 자기 자신의 모양새에는 그다지 신경을 안 쓰는 미용사와 꼭 같았다. 일의 보수로 항상 돈을 받아왔기 때문에 자기 자신을 위해 무료로 일하는 것 따위에는 마음이 내키지 않는 것이다. 내가 들어가도 그녀는 수다를 멈출 기색도 없이 최근에 당했다기보다는 오히려 자신의 경솔이 일으킨 익살스러운 이야기를 수도 없이 털어놓았다.

이 집 부인은 나에게도 무언가 말을 시키려고 카포디몬테의 아름다운 경치라든가 보물에 관해서 이야기했다. 그러자 발랄한 여성이 갑자기 자리에서 일어났는데 서 있는 모습은 한층 더 귀여웠다. 그녀는 작별 인사를 하고 문 쪽으로 달려가면서 내 옆을 지날 때에 "조만간에 필란지에리 댁의 여러 분들이 저희 집에 식사하러 오십니다. 당신께서도 부디 와주십시오."라고 말했다. 그러고는 내가 채 대답도 하기 전에 나가버렸다. 부인에게 물어보니까 그녀는 이 집과 가까운 친척이 되는 무슨 프린세스[43]라고 한다. 필란지에리 댁은 유복

---

43) 가에타노 필란지에리의 누이동생인 테레사로, 당시 60세였던 필리포 라바시에리 피에시 디 사트리아노(Filippo Ravaschieri Fieschi di Satriano) 공자의 부인이다. 이 장면에서 괴테는 여성의 정체를 모른 채 프린세스라는 칭호만을 듣고 있기 때문에 그대로 써주었다. 프린세스는 군주의 딸일 때는 공주로, 결혼

하다고는 할 수 없고 상당히 검소하게 지내고 있었다. 이 프린세스도 그럴 것이라고 나는 짐작했다. 원래 나폴리에서는 고귀한 칭호가 별로 진귀하지 않으니까. 이름, 날짜, 시간을 기억해 두었으니 적당한 시각에 그 집까지 가는 것은 문제없는 일이다.

1787년 3월 11일, 일요일, 나폴리

나의 나폴리 체류도 그다지 길지 않을 것이다. 우선 먼 지점부터 보는 것으로 해야겠다. 가까운 데는 언제든지 볼 수 있으니까. 티슈바인과 함께 마차를 타고 폼페이로 갔다. 도중에 여러 풍경화로 낯이 익은 아름다운 경치가 우리들 좌우에 연이어 나타나면서 미관을 자랑했다. 폼페이가 비좁고 작은 것은 모두들 의외로 생각한다. 똑바르고 양쪽에 보도는 있지만 비좁은 가로, 창문이 없는 작은 가옥, 방들은 중정이나 지붕 없는 복도로부터 문을 통해서 빛을 들이고 있을 뿐이다. 대문 옆의 섬돌이나 성당과 같은 공공건물, 그리고 근교의 별장까지도 건물이라기보다는 모형이나 인형 상자 같다. 하지만 방이나 복도나 회랑이나 할 것 없이 모두 밝은색으로 그림이 그려져 있다. 벽면은 단조롭지만 중앙에는 세밀한 그림이 하나 있는데, 지금은 대부분 떼어가 버렸지만[44] 가장자리나 구석구석에 있는 영묘

으로 얻은 칭호일 때는 공녀(公女)로 번역한다.

[44] 기원전 7~6세기부터 그리스 식민도시로 번성했던 폼페이와 헤르쿨라네움은 서기 79년 8월 24일 베수비오 화산의 대폭발로 멸망했다. 당시 폼페이는 나폴리에서 25킬로미터가량 남쪽에 있던 로마의 주요 항구도시였다. 반면, 나폴리에서 8킬로미터 남쪽의 헤르쿨라네움은 베수비오 산기슭의 해변도시로, 폼페이보다 한적한 고급 휴양지였다. 도시가 형성되었을 때는 두 곳 모두 티레니아해

하고 취향이 고상한 아라베스크 문양 속에서 귀여운 어린애의 모습이나 님프의 모습이 나타나고, 또 다른 데서는 커다란 화환 모양으로부터 야수나 가축이 뛰어나오고 있다. 이렇게 처음에는 돌과 재의 비로 뒤덮이고 다음에는 발굴자한테 약탈당했던 이 도시의 황폐한 현재 상태는 어느 한 민족 전체의 미술적 회화적 의욕을 암시하고 있기는 하지만 현재에 이르러서는 어떠한 열성적 호사가라도 그것을 이해할 수 없고, 감득할 수도 없으며, 그러고자 하는 욕구도 없다.

이 도시와 베수비오와의 거리를 생각해 보면 이 땅을 뒤덮고 있는 분출물은 튕겨내진 것도 돌풍에 날려 온 것도 아닌 것 같다. 오히려 이 돌들과 재는 잠시 동안 구름처럼 공중에 떠돌다가 최후에 불운한 이 도시에 쏟아진 것으로 추정된다.

이 광경을 더 똑똑히 떠올리려거든 우선 눈으로 고립된 산촌이라도 생각해 보는 게 좋겠다. 건물과 건물 사이의 공지도,

---

에 인접해 있었으나, 화산 폭발로 육지가 밀려나오면서 현재는 해안에서 약간 떨어진 내륙이 되었다. 두 유적지가 발견된 과정에 대해서는 자료마다 다소 차이가 있지만, 폼페이의 존재가 먼저 알려진 것만은 분명하다. 이들 유적지는 그 전까지 별다른 관리 없이 간헐적으로 유물이 출토되는 상태로 방치되다가, 18세기에 이르러 고대 문명과 고고학에 대한 관심이 커지면서 예술 애호가들을 중심으로 그 가치를 재인식하게 된다. 1738년, 나폴리 왕 카를로 7세는 나폴리 남쪽 포르티치 해변에 왕궁을 건설하기로 계획하는데(Palacio Real de Portici, 1742년 완공), 이 궁전 기반 공사와 더불어 인근의 헤르쿨라네움 유물 발굴이 본격적으로 시작된다.(현재까지 발굴이 완료된 헤르쿨라네움 유적지와 포르티치 궁전 사이의 거리는 800미터다.) 또한 카를로 7세는 출토된 유물들을 전시하기 위해 왕궁 옆에 포르티치 박물관(Reggia di Portici)도 건립한다.(1758년 개관.) 여기서 괴테가 "떼어가 버렸다"고 말한 것은 폼페이와 헤르쿨라네움 유물들이 포르티치 박물관으로 옮겨졌다는 의미다. 오늘날에는 대부분 나폴리 국립박물관이 소장하고 있고, 포르티치 왕궁은 나폴레옹 때부터 나폴리 대학교 농학부 건물로 쓰이고 있다. 폼페이와 헤르쿨라네움 유적지 발굴 및 복원은 아직도 진행 중이다.

또한 눌려 부서진 건물 자체까지도 매몰되고, 재의 언덕이 마침내 포도원이나 농원으로 이용될 즈음이 되어서도 다만 담장만이 여기저기 머리를 내밀고 있었던 모양이다. 그런 연고로 지주 중에는 자기 소유지를 파내서 막대한 횡재를 한 사람도 적지 않았다. 즉 재가 덮이지 않은 방도 있었지만 한구석에 재가 높게 쌓여서 그 속에 작은 가재도구나 미술품이 숨겨져 있는 방도 있었다.

미라 같은 이 도시의 기이하고 어쩐지 불쾌한 인상도 우리가 어느 자그마한 요릿집에서 해변에 가까운 정자에 앉았을 때에는 싹 가셔서, 간단한 식사에 입맛을 다시고 푸른 하늘, 빛나는 바다에 흥을 돋우면서, 이곳이 포도 잎으로 덮일 때 재회하여 더불어 즐기기로 기약했다.

나폴리 근교에 오니까 전에 본 작은 집들이 또 눈에 띄었다. 그 모습은 폼페이의 가옥과 흡사했다. 허락을 받아 그중 한 집에 들어가 보니 세간이 매우 깔끔했다. 등나무로 짠 예쁜 의자, 금칠 위에 화려한 꽃문양을 옻칠로 그린 옷장. 이처럼 긴 세월과 수없는 변천을 겪은 후에도 이 지방 주민들은 예전의 생활양식과 풍습, 기호, 취미 등을 잃지 않고 있는 것이다.

3월 12일, 월요일, 나폴리

오늘은 몰래 내 멋대로 거리를 돌아보고, 후일 이 도시에 대해 서술하기 위해 많은 것을 적어두었다. 유감이지만 지금 이것을 알려줄 수는 없다. 짐작할 수 있는 것은, 삶에 기본적인 것들을 풍부히 제공하는 토지가, 오늘 있는 것은 내일도 있을 것이라고 느긋하게 기다리면서 한가로이 고생도 모르고 살아가는 행복한 성격의 인간을 만들어낸다는 점이다. 찰나의 만족, 적당한 향락, 한때의 괴로움을 명랑하게 참고 견디는 것! 마지막에 언급한 이 인내심에 대해서는 재미있는 실례가 있다.

아침은 춥고 축축했다. 조금 비가 내린 뒤였다. 내가 어느 광장에 가니까 포장용으로 쓰이는 커다란 석판을 누가 비로 쓸어서 청소한 듯이 보였다. 자세히 보니 놀랍게도 평평한 지면 위에 넝마를 입은 사내애들 몇 명이 둥글게 둘러앉아서 손을 지면에다 뻗치고 불을 쬐는 시늉을 하고 있었다. 처음엔 장난하고 있는 줄 알았다. 그러나 얼굴 표정이 마치 무슨 욕구를 만족시켰을 때와도 같이 진지하고 침착한 것을 보고 나는 가능한 궁리를 다 해보았다. 하지만 도저히 답을 알아낼 수 없었다. 무엇 때문에 이런 묘한 모양으로 정연한 원을 그리며 모여 앉아 있는지 물어보았다.

들어보니 근처의 대장장이가 바로 이 자리에서 마차의 쇠 바퀴를 가열했다는 것이다. 쇠 바퀴를 지면에 놓고, 원하는 만큼 부드럽게 하는 데 필요한 참나무 조각을 그 위에다 원형으로 쌓아올린다. 장작에 불을 붙이고, 그것이 다 타면 쇠 바퀴를 차륜에 끼운 다음 재는 말끔히 쓸어버린다. 그러면 이 아이들은 포석에 전도된 열이 식을 때까지 자리를 지키며 마지막 온기를 빨아들이는 것이다. 이런 절약과, 일반적으로는 낭비해 버릴 것을 주의 깊게 이용하는 예는 이곳에 수없이 있다. 나는 이 민족 속에서, 부유하게 되기 위해서가 아니라 마음 편히 살아가기 위한 활기차고 기지 있는 활동을 발견하는 것이다.

밤

오늘은 정해진 시각에 그 색다른 프린세스의 집을 방문하려고, 집을 잘못 찾는 일이 없도록 안내인을 불렀다. 그는 나를 커다란 저택의 중정 대문 앞으로 데려갔다. 이런 훌륭한 저택에 살고 있다고는 믿기지 않았기 때문에 다시 한 번 똑똑히 그녀의 이름을 안내인에게 말해 주었다. 그는 틀림없다고 잘라 말했다. 그런데 본채와 양쪽 별채로 둘러싸인 넓은 중정은 인기척 하나 없이 조용하기만 했다. 건축 양식은 밝은 나폴리식이며 색조 또한 그렇다. 나의 맞은편에는 커다란 현관과 폭 넓고 완만한 계단이 있고 계단 양측에는 비싼 제복을 입은 하인들이 줄지어 서서 그 앞을 지나쳐 올라가는 내게 공손히 경례를 했다. 나는 빌란트의 동화에 나오는 술탄[45]이라도 된 듯하여 용기를 냈다. 다음에는 지위가 높은 가신들이 영접하고 마지막에 제일 점잖아 보이는 가신이 큰 홀의 문을 열어주었다. 그러자 눈앞에 방이 하나 나타났는데 그곳도 다른 방과 같이 밝았으나 역시 아무도 없었다. 여기저기 거닐면서 측랑을 들여다보니 40명쯤 앉을 수 있고 이런 저택에 어울리는 호화스러운 식탁이 준비되어 있었다. 재속신부가 한 분 들어왔는데 내가 누구인지, 어디서 왔는지도 묻지 않고 내가 그곳에 있는 것이 당연한 것 같은 표정으로 세상 돌아가는 이야기를 시작했다.

양쪽 문이 열리고 한 노신사가 들어오고, 문이 다시 닫혔다. 신부가 그 사람에게 다가가기에 나도 따라서 몇 마디 정중

---

45) 빌란트(188쪽 참조)가 아라비안나이트를 각색하여 쓴 『겨울동화(Das Wintermärchen)』에 등장하는 인물로, 색다른 귀족 여인을 셰에라자드에, 괴테 자신을 술탄에 빗댄 것이다.

한 인사를 했더니 그는 불친절하고 더듬거리는 말투로 답했다. 호텐토트[46]식의 사투리는 하나도 알아들을 수가 없었다. 그가 난로 옆에 서니 사제가 물러나기에 나도 그를 따랐다. 체구당당한 베네딕트회 신부가 젊은 동행과 함께 들어왔다. 이 성직자도 주인에게 인사를 했으나, 노인이 거칠게 대답하는 바람에 우리가 있는 창가 쪽으로 물러났다. 종단의 성직자로 특히 우아한 복장을 한 사람은 사교계에서는 가장 큰 특권을 누린다. 그들의 복장은 겸양과 체념을 나타내는 동시에 결정적인 위엄을 그들에게 부여한다. 별로 자기를 낮추지 않더라도 공손한 태도를 보이며, 또 결연히 위엄을 차렸을 때는 다른 신분 사람이었다면 그냥 보아줄 수 없을 만한 일종의 자부 같은 것까지도 그들에게는 잘 어울리게 된다. 이 남자가 바로 그랬다. 나는 몬테카시노[47]에 관해 물어봤다. 그는 나를 그곳에 초대해서 크게 환대할 것을 약속해 주었다. 그러는 동안에도 홀에는 손님이 불어났다. 장교, 관리, 성직자, 그리고 여러 명의 카푸친회 신부까지 와 있었다. 다시 양쪽 문이 좌우로 열렸다가 도로

---

46) Hottentot. 원래는 17세기에 네덜란드 식민지였던 네덜란드동인도회사(인도네시아)의 유색인을 가리키는 인종차별적 용어였는데, 18세기에 들어서부터는 특정 인종을 지칭하기보다 외래의 것을 향한 비하의 의미로 과용되었다.

47) Monte Cassino. 성 베네딕투스가 529년경 창립한 수도원으로, 현존하는 베네딕트회의 시초지다. 로마와 나폴리의 중간 지점, 해발 520미터의 바위산 정상에 있다. 베네딕트회 사제들은 예술품의 창작과 기록 보존에 많은 노력을 기울였으며, 전성기였던 11~12세기에는 비잔티움 황제들의 적극적인 후원을 받아 다양한 벽화와 조각 장식을 보유하게 되었다. 하지만 14세기부터 수도원으로서의 독립성을 잃고 교황권에 포함되었다. 이후 프랑스혁명, 2차 세계대전을 거치면서 수도원 건물은 거의 파괴되었고, 대부분의 고문서들이 독일로 약탈되었다. 수도원은 1950년대에 재건되었다.

닫혔다. 들어온 사람은 어떤 노부인으로, 주인보다 나이가 많은 듯했다. 그리고 이 안주인의 등장으로, 내가 이곳 주민들과는 일면식도 없는 낯선 인물로서 이 궁전에 와 있음이 확실해졌다. 벌써 음식이 들어오고 있었다. 나는 성직자들과 함께 식당의 낙원으로 숨어 들어가려고 그 곁에 붙어 있었다. 그때 갑자기 필란지에리가 부인과 함께, 지각한 것을 사과하면서 들어왔다. 바로 그 뒤로 작은 프린세스도 홀 안으로 뛰어들더니 무릎을 굽히고, 허리를 구부리고, 머리를 숙이고 하면서 모든 사람들 앞을 지나 나를 향해 뛰어왔다.

"약속을 지켜주셔서 정말 감사해요!" 그녀는 외쳤다. "식사 때에는 제 곁에 앉아주세요. 제일 좋은 음식을 대접해 드릴게요. 잠깐만 기다려요! 우선 좋은 자리를 찾아야지. 그러면 곧 제 옆에 앉아주세요."

이렇게 권유를 받고, 그녀가 이런저런 앙큼한 이야기를 하는 것을 들었다. 그런 끝에 우리는 베네딕트회 성직자들의 맞은편이자 한쪽 옆에는 필란지에리가 있는 좌석에 다다랐다.

"식사는 모두 고급이에요." 그녀는 말했다. "어느 것도 사순절 음식이지만 좋은 것만 골랐어요. 그중에서도 제일 맛있는 것을 가르쳐드릴게요. 그렇지만 이제 신부님들을 좀 골려줘야지. 저분들은 참을 수가 없어요. 매일같이 집에 와서 지저분하게 먹어치우고 가거든요. 집의 것은 집안 식구들이 친구하고 먹는 것이 당연하잖아요."

수프가 나오자 베네딕트회 신부는 단정한 자세로 먹었다.

"신부님, 부디 사양하지 마시고요," 그녀가 외쳤다. "혹시 스푼이 너무 작지나 않으신지. 더 큰 것을 가져오게 할게요. 신부님들은 늘 한입 가득 잡수시니까요."

신부는 이 집은 구석구석까지 모든 것이 잘 배려되어 있어서 자기들과는 전혀 다른 훌륭한 손님일지라도 충분히 만족할 거라고 대답했다.

파이가 나왔을 때 신부는 하나밖에 집지 않았다. 그러자 그녀는 여섯 개쯤 집으라면서 파이가 소화에 좋다는 걸 잘 아시지 않느냐고 했다. 이해가 빠른 신부는 불경스러운 농담을 못 들은 체, 후의에 감사하면서 파이를 하나 더 집었다. 마찬가지로 큼직한 빵 요리가 나왔을 때에도 그녀는 기회를 놓칠세라 악담을 했다. 신부가 포크를 가지고 하나를 찍어 자기 접시에 옮겨 담는데 하나가 더 딸려온 것이다.

"하나 더요." 하고 그녀는 외쳤다. "신부님, 신부님은 단단한 기초공사를 하실 작정이신가 봐요."

"이런 좋은 재료가 있으면 건축가의 일도 쉽습니다." 신부가 대답했다.

이런 식으로 그녀는 나를 위해 제일 맛있는 음식을 골라주는 일을 빼고는 쉴 새 없이 악담을 연발하고 있었다. 그러는 동안 나는 옆에 있는 필란지에리와 극히 진지한 문제에 대해 이야기를 나눴다. 대체로 나는 필란지에리가 쓸데없는 말을 하는 것을 들은 적이 없다. 이런저런 면에서 볼 때 그는 우리들의 친구 게오르크 슐로서[48]와 비슷하다. 다만 그는 나폴리인이고

---

48) 요한 게오르크 슐로서(Johann Georg Schlosser, 1739~1799). 프랑크푸르트 출신 법률가로, 괴테의 처남이었다. 에멘딩겐에서 법관으로 일하면서 계몽주의 사상을 담은 정치철학 저술을 발표했으며, 이후 카를스루에의 정부 관료로 일했다. 말년에는 프랑크푸르트로 돌아와 변호사로 활동했다.

세상물정에 밝기 때문에 성질이 보다 유순하고 사교성도 좋을 뿐이다.

신부들은 시종 내 옆에 있는 방자한 프린세스의 공격을 받고 있었다. 특히 사순절용으로 고기 모양으로 바꿔 만든 생선이 나오자 그녀는 이것을 계기로 신을 모독하고 양속을 해치는 말을 쉬지 않고 늘어놓았다. 그리고 특히 육식 취미를 예찬하면서 고기 자체는 금지되어 있더라도 그 형태 정도를 즐기는 데는 찬성이라고도 말했다.

이러한 농담을 더 많이 기억하고 있지만 그것을 보고할 만한 용기가 나지 않는다. 이런 것은 현장에서, 그것도 미인의 입을 통해서 듣는 것이니까 그런 대로 참을 수 있는 것이지, 문자로 적는 것은 나 자신도 손들 수밖에 없다. 게다가 뻔뻔한 대담함은 그 속성상 현장에서 들을 때는 어처구니가 없어서 웃기기도 하지만, 전해지는 말이 되면 어쩐지 우롱당하는 것 같아 불쾌하기 마련이다. 후식이 들어왔다. 여전히 같은 식으로 나오지 않을까 하고 걱정했는데 뜻밖에도 옆자리의 프린세스가 아주 점잖아져서 나에게 말하는 것이었다.

"시라쿠사의 술은 신부님들이 천천히 마시도록 내버려두어야겠어요. 사람을 죽도록 화나게 만드는 것은 저에게는 불가능한 일이고 또한 이 사람들의 식욕을 죽이는 것도 불가능해요. 자, 이젠 진지한 이야기를 해요. 그런데 필란지에리하고는 무슨 얘기를 하셨나요? 아주 좋은 분이지요. 매우 바쁘시고요. 난 여러 번 저분에게 말했어요. 당신들이 새로운 법률을 만들어내면 우리는 또 어떻게 하면 이번 법망을 빠져나갈 수 있을까를 생각해 내기 위해 새로운 노력을 하지 않으면 안 된다고요. 지난번 법률은 다 졸업했으니까요. 그건 그렇고 나폴리가 얼마나 좋은 곳인가 잘 보아두세요. 사람들은 모두 옛날부터 고생 안 하고 유쾌하게 살고 있어요. 가끔 교수형에 처해지는 사람도 있지만 그 외에는 모두 호경기지요."

그리고 그녀는 나에게 소렌토에 가보도록 권했다. 그녀는 거기에 넓은 땅을 소유하고 있는데, 그곳에서 일을 보는 집사가 최상의 생선과 최고로 맛있는 송아지 고기를 대접할 것이라고 했다. 그녀는 계속해서 내게 산의 공기를 마시고 절경에 접해서 고루한 머리를 식혀야 한다, 그때는 그녀 자신도 와서 너무 일찍 생긴 내 이마의 주름도 모두 흔적 없이 해주겠다, 그리고 함께 즐거운 생활을 보내고 싶다고 말하는 것이었다.

1787년 3월 13일, 나폴리

편지가 끊어지지 않도록 오늘도 또 조금 써 보낸다. 나는 평안히 지내고 있는데, 구경하는 것은 아무래도 충분치 않다. 이곳은 나에게 나태한 기분과 안일한 기운을 불어넣는다. 하지만 시가의 모습은 내 머릿속에서 점점 혼연하게 떠오른다.

우리는 일요일에 폼페이에 갔다. 이 세계에서는 지금까지 여러 가지 재난이 일어났는데 그중 후세 사람들에게 이처럼 많은 기쁨을 준 경우는 드물다. 이것 이상으로 흥미진진한 것은 흔치 않다. 집들은 작고 비좁지만 내부에는 모두 우아한 그림이 그려져 있다. 시의 성문은 인접한 묘지와 함께 진귀한 것이다. 수녀의 묘가 하나 있는데 사람이 등을 기댈 수 있게 만든 반원형의 돌의자로 되어 있고, 거기에 큰 글씨로 비명이 새겨져 있다. 그 등받이 너머 저편에 바다와 지는 해가 보인다. 아름다운 착상에 걸맞은 멋진 장소다.

그곳에서 우리는 선량하고 쾌활한 나폴리 사교계 사람들을 만났다. 그들은 매우 자연스럽고 소탈하다. 우리들은 토레 안눈치아타[49]에서 바다 바로 가까이에서 식사를 했다. 최고로 아름다운 날이었다. 카스텔람마레와 소렌토[50]도 가깝게 보이는 근사한 조망이었다. 동석한 사람들은 이 장소가 대단히 마음에 들어서 누군가는 바다가 바라보이는 조망이 없다면 도저히 살아갈 수 없겠다고 말했다. 나는 이 풍경을 마음속에 담아 두는 것만으로도 충분하니까 때가 되면 다시 산의 나라[51]로 돌아가도 좋다고 생각한다.

다행스럽게도 이곳에 매우 충실한 풍경화가 한 사람이 있어서, 넓고 풍부한 주위의 인상을 화면에 전하고 있다. 그는 벌써 나를 위해 그림을 두세 장 그려주었다.[52]

베수비오산의 산물을 상세하게 조사해 보니, 사물을 서로 관련시켜 관찰하면 모든 것이 달라 보인다. 본래 생각대로라면 나는 여생을 관찰에 바쳐야 옳았을 것이다. 그렇게 한다면 인간의 지식을 증대시킬 만한 여러 가지를 발견할 수 있을 것이다. 헤르더에게 나의 식물학상의 해명이 착착 진행되고 있다고

---

49) Torre Annunziata. 베수비오 남쪽 기슭의 해변도시로, 서기 79년 화산 대폭발 때 파괴되었다가 재건된 뒤, 1631년에 화산 폭발로 두 번째로 파괴되고 다시 재건되었다. 17세기에 수로 공사를 하다가 고대 로마 유적지인 오플론티스(Oplontis)가 발견되었다.

50) 카스텔람마레 디 스타비아(Castellammare di Stabia)는 나폴리에서 남동쪽으로 약 45킬로미터 거리에 있지만, 소렌토반도가 해상으로 멀리 튀어나와 있기 때문에 나폴리와 일직선으로 마주 본다.

51) 바이마르가 있는 튀링겐 지방을 가리킨다.

52) 크니프를 말한다. 389쪽 참조.

전해 주기 바란다. 원리는 항상 동일하지만 그것을 수행하는 것은 평생이 걸리는 작업이 될 것이다. 기본적인 틀을 대충 세우는 일은 지금의 나로서도 가능할 것 같다.

나는 포르티치 박물관에 가보는 날을 즐거이 기다리고 있다. 관광객들은 보통 제일 먼저 그곳에 들르는데, 우리는 맨 마지막에나 가게 될 것 같다. 나도 지금부터 어떻게 될지 모르겠다. 모두들 내가 부활절까지는 로마로 돌아오기를 바라고 있지만 나는 모든 것을 될 대로 되라는 심정에 맡기려고 한다. 앙겔리카가 나의 『이피게니에』의 한 장면을 그리려고 계획하고 있다. 구상은 매우 잘돼 있으니까 그녀는 훌륭하게 해낼 것이다. 오레스트가 누이와 친구를 다시 만나는 순간을 그린 것이다. 세 사람의 인물이 차례차례 말하는 것을 어느 집단의 동시적 발언으로 취급하고, 그 말을 또한 몸짓으로 바꿔 표현하려는 것이다. 그녀의 감각이 얼마나 섬세하고, 자기 영역에 속하는 일을 자기만의 것으로 만드는 방법을 얼마나 터득하고 있는가는 이것만 보아도 알 수 있으리라. 그리고 실제로도 그 점이 작품의 중심인 것이다.

모두들 안녕히, 그리고 나를 잊지 않도록! 이곳 사람들은 나에게 친절히 대해 준다. 나를 어떻게 대해야 좋을지 모르는 것 같기도 하지만. 반면에 티슈바인은 그들 마음에 든 것 같다. 티슈바인은 저녁이 되면 그들에게 머리 그림을 실물 크기로 두세 장 그려서 보여준다. 그들은 마치 뉴질랜드 사람이 군함을 보았을 때와 같은 표정을 하고 그것을 바라본다. 이에 관해서는 재미있는 이야기가 하나 있다.

티슈바인은 신들이나 영웅의 모습을 등신대로, 또는 더 크게 펜으로 스케치하는 특수한 재능을 가지고 있다. 그는 가는 선을 여러 개 그어서 그림자를 만드는 따위는 별로 하지 않고 뭉툭한 붓을 가지고 크게 그림자를 그리기 때문에 머리는 둥글게 공중에 떠 있는 것처럼 된다. 그곳에 참석한 사람들은 너무도 쉽게 그려지는 그림을 경탄하면서 바라보며 진심으로 기뻐했다. 그리고 그들도 어디 나도 한번 하는 마음이 들어서는 화필을 잡고, 번갈아 가며 수염도 그리고 얼굴도 그려보곤 했다. 이런 데에 인간 본연의 성질이 숨어 있는 것은 아닐까. 여하튼 이건 저마다 그림을 훌륭하게 그리는 어떤 사람의 집에서 있었던 교양 있는 사람들의 모임이다. 이 패거리는 실제로 만나보지 않고서는 상상조차 할 수 없는 사람들이다.

3월 14일, 수요일, 카세르타

하케르트의 최고로 쾌적한 거처에 있다. 이 거처는 옛 성 안에 있으며 그에게 제공된 것이다. 새로운 성은 거대한 궁전으로, 에스코리알 양식으로 지어진 네모꼴 건축물인데, 중정이 여러 개 있고 전체적으로 당당한 모습이다.[53] 지형은 세상에 드물 정도로 풍요한 평야에 위치하여 지극히 아름답고, 정원은 산자락까지 이어져 있다. 수로를 통해 성과 인근에 풍부한 물이 공급된다. 그 풍부한 수량을 인공적으로 축조한 바위 위로 떨어

---

53) 나폴리 왕 카를로 7세가 1752년에 짓기 시작한 카세르타 궁전(Reggia di Caserta)을 페르디난도 4세가 이어서 완공했다. 1200개의 방과 15만 평의 정원으로 이루어졌다. 해상으로 접근하는 적을 피하기 위해 나폴리에서 35킬로미터 떨어진 내륙 평원 위에 지었다. 에스코리알은 마드리드에 있는 에스파냐 군주의 왕궁 수도원으로, 이탈리아 르네상스 건축의 화려한 외장과 반대되는 '무(無)장식'이 특징이다.

뜨린다면 장대한 폭포가 만들어질 것이다. 매우 아름다운 정원은 전체가 이미 거대한 정원인 이 지방과 잘 어울린다.

성은 참으로 당당하지만 그다지 변화한 모양은 아니었다. 터무니없이 크면서 텅 비어 있는 장소는 기분 좋은 것이 못 된다. 국왕도 같은 생각이신 모양으로, 사람들이 더 친밀하게 모여서 수렵을 하고 그 밖의 오락을 즐기는 데 적당한 설비가 산중에 설치되어 있다.

3월 15일, 목요일, 카세르타

하케르트는 옛 성 안에서 아주 쾌적하게 지내고 있다. 그 면적은 자신과 손님을 수용하기에 충분하다. 그는 항상 그림 그리기에 바쁘지만, 일면 상당히 사교적인 사람이어서 모여드는 사람들을 끌어들여 자기 제자로 만드는 법을 알고 있다. 그는 나의 잘못도 참아주었으며 특히 소묘를 명확하게, 다음으로는 명암의 배치를 확실 명료하게 하도록 주의를 줌으로써 내 마음까지도 완전히 사로잡아 버렸다. 그는 수채화를 그릴 때 늘 세 가지 잉크를 준비해 놓고서 원경으로부터 근경으로 그려 오면서 차례차례 사용하는데, 이렇게 해서 그림이 완성되고 보면 어떻게 해서 그렸는지 알 수가 없다. 저렇게 잘 그릴 수 있으면 좋을 텐데. 그는 늘 그러듯이 명확한 솔직함을 가지고 나에게 이렇게 말했다.

"당신은 소질은 있는데 잘되지 않는군요. 1년 반쯤 내 곁에 있으면 당신 자신에게도 다른 사람에게도 기쁨을 줄 만한 것을 그릴 수 있을 겁니다."

이것은 모든 아마추어 화가에게 끊임없이 들려줘야 할 말이 아닐까? 이 설교가 얼마만큼 나에게 효력이 있는지는 몸으로 직접 경험해 보기로 하자.

그가 왕녀들에게 실기 지도를 하고 있을 뿐만 아니라 가끔씩 밤에 초청되어 미술 및 관계 사안에 대해 유익한 이야기를 한다는 사실은 그에 대한 여왕의 신뢰가 얼마나 두터운가를 말해 준다. 그런 경우 그는 줄처의 『미학 및 예술의 일반 이론』을 기본 삼아 그 책에서 자기 기분과 생각에 따라 이런저런 장을 선택하는 것이다.

나는 그것이 지당한 방법이라고 생각했지만, 동시에 나 자신에 관해 웃지 않을 수 없었다. 자신을 내부로부터 쌓아올리려는 사람과, 세상 사람들에게 영향을 끼쳐 그 사람들의 가풍까지도 교화시키려고 하는 사람 사이에는 얼마나 큰 차이가 있는 것일까! 줄처의 이론은 그 근본 원리가 잘못 되어 있기 때문에[54] 전부터 좋아하지 않았지만 이번에 나는 이 책에 보통의 세상 사람들이 필요로 하는 것 이상으로 많은 내용이 쓰여 있음을 알았다. 이 책에 적혀 있는 많은 지식과, 줄처와 같이 야무진 사람이 안심하고 사용했던 사고방식이면 일반 사람들에게는 충분한 것이 아닐까.

우리는 미술품 복원을 하는 안드레스 곁에서 즐거운 시간을 몇 차례 보냈다. 그는 로마로부터 초빙되어 역시 이 성 안에 살고 있으며 왕도 흥미를 가지고 있는 이 일을 열심히 계속하고 있다. 오래된 그림을 재생시키는 그의 숙련된 솜씨에 대한 이야기를 지금 시작할 수는 없다. 이 독특한 기술에 따르는 어

---

54) 줄처는 모든 예술의 효과가 도덕적 감화력 여부에 달렸다고 주장했다.

려운 점과 교묘한 방법에 관한 여러 가지 많은 이야기를 해야
할 것이기 때문이다.

3월 16일, 카세르타

2월 19일자의 그리운 편지 몇 통이 오늘 내 손에 도착했다. 즉
시 답장을 보내기로 한다. 여러 친구들 생각을 하면서 본래의
자신으로 돌아가는 것은 얼마나 기쁜 일인지 모르겠다.

나폴리는 낙원이다. 사람들은 모두 자신을 망각한 도취 상
태에서 살고 있다. 나도 마찬가지로 나 자신을 잘 모르겠다. 전
혀 딴사람이 된 것 같은 기분이다. '너는 지금까지 미쳐 있었든
지 아니면 지금 미쳐 있든지 둘 중 하나다.'라는 생각이 어제 들
었다.

고대 카푸아의 유적[55]과 그와 관계되는 것을 이곳에서부
터 둘러보며 갔다.

식물의 성장이란 어떤 것인가, 무엇 때문에 사람들은 논밭
을 경작하는가 하는 물음은 이 지방에 와봐야 처음으로 이해할
수 있다. 아마(亞麻)는 벌써 꽃이 피어날 준비를 하고 있고 밀
은 한 자 가까이 자라 있다. 카세르타 부근은 토지가 평탄해서
논밭이 마치 화단처럼 평평하게 잘 개간되어 있다. 도처에 포
플러가 심겨 있고 포도가 그것을 감고 있다. 이렇게 그늘이 져
있는데도 이 땅에서는 곡물이 익는다. 이제 봄이 되면 정말 어

---

55) 고대 카푸아는 카세르타에서 멀지 않은 산타마리아 카푸아 베테레
(Santa Maria Capua Vetere)시를 말하며, 이곳에 로마의 콜로세움 다음으로 큰
암피테아터 유적지가 있다. 오늘날 카푸아는 840년에 아랍인의 침략으로 고대 카
푸아가 파괴된 뒤 북쪽으로 4~5킬로미터 떨어진 곳에 새로 세운 도시다.

떠할까! 이제까지는 해가 떠 있어도 바람은 매우 찼다. 산에 있는 눈 때문이었다.

시칠리아에 가느냐 안 가느냐를 2주 안에 결정해야 한다. 결심이 이처럼 기묘하게 이리저리 흔들리는 일은 지금까지 한 번도 없었다. 오늘은 여행을 떠나고 싶은 기분이었다가도 내일은 여행을 중지해야 할 사정이 생겨난다. 나를 사이에 두고 두 개의 영혼이 싸우고 있는 것이다.

이건 부인들에게만 내밀하게 이야기하는 것이라 친구들이 들어서는 곤란한데, 나의 『이피게니에』를 의아해 하는 반응은 나도 이해가 간다. 모두들 몇 번이고 듣고 읽고 하는 사이에 첫 번째 형식에 익숙해지고 몇몇 표현은 아예 외워서 자기 것으로 만들어버렸기 때문이다. 그러므로 이번 것은 전혀 다른 느낌이 드는 게 당연하다. 나의 무한한 노력에 대해서 사실은 아무도 고맙게 생각하지 않는다는 것을 나는 잘 알고 있다. 도대체 이런 작품에는 완성이라는 것이 없는 법이다. 시간과 사정이 허락하는 한에서 할 수 있는 만큼 했으면 그것으로 완성된 것이라고 말하지 않으면 안 된다.

그러나 나는 그런 일로 물러서지는 않는다. 『타소』에도 같은 수술을 행할 작정이다. 이 작품은 차라리 태워버리는 편이 나을지도 모르겠는데, 그래도 역시 목적을 관철하기로 하자. 취향을 바꿀 수도 없으므로 이것을 기본 삼아 이상한 작품을 만들어내려 한다. 그러므로 내 원고의 인쇄가 이렇게 늦어지는 것은 나에게는 아주 유쾌한 일이다. 그리고 좀 떨어진 곳에 있으면서 식자공으로부터 위협을 받는 것도 나쁘지는 않다. 극히 자유롭게 행동하기 위해 도리어 약간의 강제를 기대한다든지 혹은 스스로 요구하기까지 한다는 것은 기묘한 이야기다.

1787년 3월 16일, 카세르타

로마에 있으면 공부를 하고 싶어지는데, 이곳에서는 그저 즐겁게 지내고 싶어진다. 그리고 자기 자신도 세상도 잊어버린다. 향락을 좋아하는 사람들하고만 교제하면 나는 이상한 기분이 된다. 해밀턴 기사[56]는 여전히 영국 공사로서 이곳에 살고 있는데, 그는 대단히 장기간에 걸친 예술 애호와 자연 연구 끝에, 자연과 예술에 대한 희열의 정점을 어떤 아름다운 소녀[57]에게서 발견했다. 그는 이 소녀를 자기 집에 두고 있는데 스무 살

---

56) 윌리엄 해밀턴 경(Sir. William Hamilton, 1730~1803). 런던의 귀족 가문 출신으로, 하원의원을 지낸 후 1764년부터 나폴리 주재 영국 공사로 살면서 고미술품 수집가와 화산 연구가로 활동했다. 베수비오와 에트나의 화산활동에 대한 보고서로 왕립학술원 회원이 되었다. 1800년 영국으로 돌아와 그곳에서 생을 마감했다.

57) 데임 에마 해밀턴(Dame Emma Hamilton, 1765~1815). 해밀턴 부인이라는 공식 칭호보다는 결혼 전부터 썼던 에마 하트(Hart)라는 예명으로 더 알려졌다. 런던에서 태어난 화류계 여성으로, 해밀턴의 조카인 찰스 프랜시스 그레빌에게 한동안 후원을 받았다. 그러나 장래 자신의 결혼에 방해가 될 것을 염려한 그레빌이 당시 아내를 사별해 영국에 와 있던 55세의 외삼촌 해밀턴에게 에마를 넘기기로 한다. 1785년 에마는 해밀턴의 초청으로 나폴리 여행을 떠났다가 그곳에서 자신이 버림받았음을 알게 된다. 에마는 해밀턴의 적극적인 구애로 그와 결혼하고, 한동안 나폴리 사교계에서 유명인사가 된다. 그런데 1798년 넬슨 제독이 나일강 전투에서 프랑스군을 격파한 후 나폴리에 들러 해밀턴 경을 방문했고, 에마 하트를 보고 한눈에 반한다. 이 일로 결국 넬슨 제독은 이혼을 하고, 두 사람은 해밀턴 경의 묵인 아래 불륜 관계를 유지한다. 1803년 해밀턴 경이 죽을 때까지 에마는 넬슨의 아이를 둘 낳으며 관계를 이어갔다. 하지만 1805년 넬슨 제독마저 트라팔가르 해전에서 전사했다. 이후 막대한 빚에 쫓겨 1814년 프랑스 칼레로 피신, 이듬해 그곳에서 죽었다. 본문에서 괴테가 묘사한 에마의 모습은 해밀턴 경이 고대풍 그림의 모델로 세우기 위해 연출한 것이다. 해밀턴은 손님으로 온 화가들에게 에마를 그리도록 주문한 뒤, 완성된 그림을 비싼 값에 팔았다.

쯤 된 영국 여성이다. 대단히 아름답고 몸매도 좋다. 해밀턴은 그녀에게 그리스식 의상을 입혀놓았는데 그녀에게 무척 잘 맞는다. 거기다가 그녀는 머리를 풀어 늘어뜨리고 두세 장의 숄을 걸치고 있으면서 수시로 태도, 몸놀림, 표정 등을 여러 가지로 바꾸기 때문에 관찰자는 자기가 꿈을 꾸고 있는 것이 아닌가 하고 생각할 정도다. 수천 명의 예술가가 어떻게 해서든 성취하려고 했던 것이 움직임과 놀라운 변화를 나타내면서 그녀 안에서 완성되어 있는 모습을 볼 수 있다. 일어서기도 하고, 무릎 꿇기도 하고, 앉기도 하고, 옆으로 눕기도 하고, 진지하게, 슬프게, 장난스럽게, 방종하게, 뉘우치듯, 위협하듯, 또 불안해 하듯, 이렇게 차례차례 모습이 바뀐다. 그녀는 그때그때 표정에 맞추어 베일의 주름을 고르고 변화시키는 방법을 알고 있으며, 스카프를 사용해서 다양한 머리 장식도 만든다. 이 늙은 기사는 등불을 비추는데, 온통 그녀에게 빠져 있다. 그는 온갖 고대의 작품, 시칠리아 동전에 새겨져 있는 아름다운 옆얼굴, 그리고 벨베데레의 아폴론까지도 그녀 속에서 발견하는 것이다. 틀림없이 비할 데 없는 기쁨이다. 우리는 이 기쁨을 벌써 이틀 밤이나 맛보았다. 오늘 아침에는 티슈바인이 그녀의 초상화를 그리고 있었다.

궁정 사람들과 내가 여러 가지 사건을 통해 맺은 관계는 음미해서 정리하지 않으면 안 된다. 왕은 오늘 이리 사냥을 나갔는데 적어도 다섯 마리는 잡을 것이라고들 한다.

3월 17일, 나폴리
내가 무엇인가 쓰려고 하는 순간, 풍요한 땅과 자유스러운 바다, 안개 긴 섬, 멀리 부옇게 보이는 산의 모습이 언제나 눈앞에 아른거린다. 그러나 나에게는 이런 모든 것을 묘사할 만한 기관이 결핍되어 있다.

인간이 어떻게 해서 토지 경작을 생각해 냈는가는 이곳에 와서야 처음으로 알게 된다. 이곳의 전답에서는 무엇이든 재배할 수 있으며 한 해에 세 번 내지 다섯 번도 수확이 가능하다. 풍년일 때는 같은 땅에 세 번이나 옥수수를 경작했다고 한다.

지금까지 많은 것을 보고, 또 그보다 더 많은 것을 생각해 왔다. 세상은 점점 더 넓게 눈앞에 전개돼 온다. 이전부터 알고 있었던 사실도 이제야 겨우 나의 것이 되었다. 인간이란 어찌 이렇게 아는 것에는 빠르되 행하는 것에는 느린 동물인가!

자기가 관찰한 것을 순간순간마다 전할 수 없다는 것은 실로 유감스러운 일이다. 물론 티슈바인은 나와 함께 있지만 그는 인간으로서, 또 화가로서 수많은 사상에 의해 이리저리 쫓기고, 많은 사람들로부터 갖가지 요구를 받는다. 그의 입장이야말로 독특하고도 기묘한 것이다. 그는 자신의 노력의 범위가 매우 한정되어 있다는 것을 느끼기 때문에 타인의 존재에 대해 자유로운 기분으로 관여할 수가 없는 것이다.

역시 세계는 하나의 차륜에 지나지 않는다. 그 주변은 어디나 평형을 유지하고 있지만 우리들도 같이 회전하기 때문에 아주 이상한 것처럼 생각되는 것이다.

이곳에 와야만 비로소, 자연의 잡다한 현상이라든가 인간의 수많은 혼란한 견해도 이해하고 발전시킬 수 있을 것이라고 나는 항상 자신에게 말해 왔는데, 그 예상이 적중했다. 나는 온갖 방면으로부터 얻은 여러 가지 것들을 가지고 돌아갈 것이다. 특히 조국에 대한 사랑과 두세 명의 친구와 함께했던 생활의 기쁨은 틀림없이 가지고 갈 것이다.

시칠리아 여행에 관해서는 아직도 신들이 저울을 손에 들고 있다. 그리고 그 저울 바늘은 좌우로 흔들리고 있다.

이렇게 비밀스럽게 나에게 소개되는 친구는 도대체 누구일까? 내가 이렇게 돌아다니고 섬에 건너가 있는 동안에 그 친구와의 만남을 놓쳐버리는 일이 없었으면 좋겠는데.

팔레르모에서 프리깃함이 돌아왔다. 여드레 뒤에 다시 이곳에서 출범한다. 이 배를 타고 부활절 전주까지 로마로 돌아갈 것인지 아직 결정하지 못했다. 이처럼 결단을 내리지 못했던 적은 지금까지 한 번도 없었다. 어느 순간 사소한 일에 의해 어느 쪽으로든 결정이 날 것이다.

사람들과의 교제는 전보다 잘 되어가고 있다. 그들을 계량하려면 잡화상의 저울을 써야지 황금 저울을 사용해서는 안 된다. 유감스럽게도 우울증의 충동질이나 이상한 요구 때문에 친구들끼리 가끔 이 금기를 범할 때가 있다.

여기 사람들은 남의 일은 아무것도 모른다. 그들은 서로 나란히 걷고 있다는 것을 깨닫지 못한다. 종일 낙원 안을 뛰어다니고 있으면서도 주위를 둘러보는 일이 거의 없다. 그리고 바로 옆에 있는 지옥의 입구가 거칠어지면 성 야누아리오[58]의

---

58) St. Januarius. 3세기 로마 황제 디오클레티아누스의 기독교 박해 때 순교한 나폴리 주교다. 나폴리 대성당(Cattedrale di Santa Maria Assunta)에는 야누아리오의 피가 담긴 유리 용기가 모셔져 있는데, 굳었던 혈액이 액화되는 기적이 주기적으로 일어난다고 하며, 이는 나폴리를 수호하는 좋은 징조로 여겨져 신도들에게 회람된다.

피에 매달려서 난을 피한다. 마치 다른 나라 사람들이 사신(死神)과 악마를 막는 데 피를 사용하고 또 그러기를 원하듯이.

이렇게 끊임없이 움직이고 있는 수많은 군중 속을 지나는 것은 참으로 진기하기도 하고 또 보양(保養)도 된다. 인파는 서로 섞여서 흘러가지만 각자 자신의 길과 목표를 찾아낸다. 이처럼 많은 사람과 움직임 속에 있으면서 나는 처음으로 진정한 정적과 고독을 느낀다. 거리가 시끄러우면 시끄러울수록 나의 기분은 더욱더 차분해진다.

나는 곧잘 루소와 그가 시달리던 우울증의 비참함을 떠올리곤 하는데, 그처럼 우수한 두뇌를 가진 사람이 어떻게 해서 머리가 돌았는지 이해가 갈 것 같다. 만약 내가 자연의 사상(事象)에 대해 지금 품고 있는 것 같은 흥미를 느끼지 않았다면, 또 측량기사가 한 줄의 선을 긋고 세세하게 여러 가지 측량을 하듯이 언뜻 착잡하게 보이는 경우에도 많은 관찰을 서로 비교하고 질서를 잡아갈 수 있다는 사실을 인정하지 않았다면, 나는 몇 번이고 나 자신을 미치광이라고 생각했을 것이다.

1787년 3월 18일, 나폴리

드디어 우리는 헤르쿨라네움과 포르티치에 있는 발굴 수집품을 보러 가는 것을 더 이상 연기할 수 없는 상황에 이르고 말았다. 베수비오 산록에 있는 저 고도(古都)는 완전히 용암으로 뒤덮여 있는데, 계속되는 폭발로 말미암아 용암이 더욱더 높이 쌓여서 지금은 건물이 지하 60피트나 되는 곳에 있다. 우물을 파다가 대리석을 깐 마루에 부딪치는 바람에 이 도시가 발견된 것이다. 독일인 광부의 손에 의해 충분한 발굴이 이루어지지 못한 것은 애석한 일이다. 나중에 사람들이 제멋대로 훔쳐가 귀중한 고대 유물이 많이 없어져버린 것이 확실하기 때문이다. 동굴 속으로 60단쯤 내려가 그 옛날 푸른 하늘 아래 있었던 극장에 횃불이 비치고 있는 모습을 보면 경탄하게 된다. 그리고 그곳에서 발견되어 운반해 올린 온갖 것에 대한 설명을 듣게 되는 것이다.

포르티치 박물관에 들어간 우리는 기분 좋은 영접과 환대를 받았다. 그러나 거기 있는 물건을 그림으로 그리는 것은 역시 허락되지 않았다. 그래서 우리는 오히려 주의 깊게 관찰하고, 이 물건들이 소유주 주변에서 자주 쓰였던 과거 시대에 자신을 놓고서 생생한 상상에 잠겼다. 그러자 저 폼페이의 작은 가옥과 방이 한층 더 좁아 보이기도 하고, 동시에 더 넓어 보이기도 하는 것처럼 생각되었다. 즉 이렇게 귀중한 물건들이 그 안에 충만해 있는 상황을 생각하면 비좁게 생각되고, 또 이들 물건이 생활에 필요한 것으로서 존재할 뿐 아니라 조형미술에 의해 지극히 교묘하고 우아하게 장식되고 생명이 불어넣어져서 아무리 넓은 집도 따라올 수 없을 정도로 사람의 마음을 즐겁고 상쾌하게 해주는 것을 생각하면 한층 넓게도 생각되는 것이다.

예를 들자면, 상부에 대단히 아름다운 장식이 붙어 있는 멋진 형태의 물통이 눈에 띄는데, 이 장식을 잘 관찰하면 그 가장자리가 양쪽에서 높아져 반원형이 결합되는 부분이 손잡이 역할을 함으로써 용기 운반을 쉽게 해준다는 것을 알 수 있다. 램프는 그 등심(燈心)의 수에 따라 가면과 소용돌이무늬로 장식되어 있어, 하나하나의 불꽃이 진짜 예술품을 조명하게끔 되어 있다. 키 크고 우아한 청동 램프대도 있다. 또 달아매는 램프는 여러 취향에 맞도록 달아놓아서 보는 사람을 즐겁고 기쁘게 하도록 만들어져 있는데 좌우로 흔들리면 더욱 재미있다.

다시 와서 보아야겠다고 생각하면서 우리는 안내인의 뒤를 따라 방에서 방으로 보고 다녔으며, 짧은 시간이 허용하는 한 될 수 있는 대로 많은 기쁨과 지식을 훔쳐 가지고 돌아왔다.

1787년 3월 19일, 월요일, 나폴리

요 며칠 사이 상당히 친밀하고도 새로운 관계가 맺어졌다. 지난 4주간 티슈바인이 자연의 풍물과 미술품을 충실히 안내해 주어서 큰 도움이 되었다. 어제도 포르티치에 함께 갔는데 서로의 생각을 교환해 본 결과, 그의 예술상의 목표와 장차 나폴리에서 취직할 작정으로 이 도시와 궁정에서 하고 있는 그의 일은 나의 의도나 희망 그리고 취미와는 결부될 수 없다는 것이 판명되었다. 언제나 나의 일을 걱정해 주는 터라, 티슈바인은 어떤 청년을 나의 반려로 삼을 것을 제안했다. 나는 이 청년을 이곳에 온 첫날부터 자주 봤는데, 관심과 호감이 좀 생긴다. 크니프[59]라고 하는 사람인데, 잠시 로마에 체재했다가 곧 풍경화가들의 집합소인 나폴리로 왔다. 나는 이미 로마에서 그가 기량 있는 화가로 칭찬받고 있으나 일하는 태도에서는 그만큼 칭찬받지 못하고 있다는 이야기를 들었다. 내가 아는 그의 인물 됨됨이로 볼 때 그가 비난받는 이유는 차라리 그의 결단

---

59) 크리스토프 하인리히 크니프(Christoph Heinrich Kniep, 1755~1825). 독일 힐데스하임 태생의 초상화가로, 1781년 이탈리아에 와서 풍경화를 배웠으며 티슈바인, 하케르트 등과 친구가 되었다. 나폴리에 정착해 그곳에서 여생을 보냈다.

력 부족 때문이라고 말하고 싶다. 하지만 우리가 얼마간 함께 지내는 동안 이 결점은 극복될 것이라고 생각한다. 좋은 시작이 내게 그런 희망을 주었다. 지금부터라도 내가 생각하는 대로 해나간다면 우리 두 사람은 오랜 세월에 걸쳐서 좋은 반려가 될 수 있을 것이다.

3월 19일, 덧붙임, 나폴리

거리를 거닐다 보면, 그리고 눈이 있는 사람이라면, 이 세상에서도 진기한 광경을 보게 된다.

어제 나는 제일 번화한 부두에 있는 판자로 된 가무대(假舞臺)에서 어릿광대가 새끼 원숭이와 싸우는 것을 보았다. 그 위쪽 발코니에서는 예쁜 여자애가 애교를 팔고 있었고, 원숭이가 있는 무대 옆에서는 돌팔이 의사가 만병통치약을 병으로 고생하는 신자들에게 팔았다. 헤리트 다우[60]가 그렸더라면 이런 정경의 그림은 당대나 후세 사람들을 기쁘게 했을 것이다.

성 요셉 축일은 오늘도 계속되었다. 이날의 성 요셉은 '프리타루올리', 즉 모든 제빵사의 보호자[61]다.(여기서 튀김은 넓

---

60) Gerrit Dou, 1613~1675. 네덜란드 라이덴 태생으로 17세기 황금시대에 활동한 화가다. 어릴 때부터 동판화와 유리그림 등을 견습하다가, 렘브란트의 작업실에서 조수로 일하며 본격적으로 회화를 익혔다. 라이덴 세밀화파로, 작지만 매우 완성도 높은 패널 그림, 초상화 등을 그려 당대에는 렘브란트보다 비싸게 팔렸으며 국제적으로도 명성이 높았다.

61) 이 문장에는 번역문으로는 이해하기 쉽지 않은 비유가 들어 있다. 가톨릭에서 3월은 성요셉성월로, 예수의 양부(patron)가 되기를 받아들인 마리아의 남편 요셉을 기리는 기간인데, 시장 거리에서 '프리타루올리(frittaruoli)'를 관찰하던 괴테가 축제의 의미에 걸맞게 요셉을 '제빵사들의 보호자(Patron)'에 빗댄 것이다. 프리타루올리는 '튀김(fritto)'과 '맡은 일(ruolo)'을 합성한 복수형 인칭대명사다.

은 의미의 빵으로 이해하면 된다.) 한데 끓고 있는 검은 기름 밑에는 언제나 뜨거운 불이 타고 있으니 모든 업화의 괴로움은 그들이 전문으로 하고 있는 바다. 그들은 어젯밤에도 공양을 위해 많은 그림을 집 앞에 장식해 놓았고, 그래서 연옥의 불 속에 있는 인간들이나 최후의 심판 그림이 빛을 뿜으며 주변 일대를 환하게 밝히고 있었다. 대문 앞에 아무렇게나 만들어놓은 화덕에는 큰 냄비가 걸려 있었다. 한 직공이 반죽을 하면 다른 직공이 둥글게 말아 빵으로 만들어서 끓는 기름 속에 던져 넣는다. 세 번째 직공이 작은 꼬챙이를 들고 냄비 옆에 서 있다가 기름에 잘 튀겨진 빵을 끄집어내어 네 번째 직공의 꼬챙이 위에다 밀어주면, 그 직공은 주위에 서 있는 사람들에게 그걸 판다. 이 마지막 두 사람은 금발 가발을 쓴 젊은이로 여기서는 천사를 의미한다. 이 그룹에는 두세 사람이 더 있는데, 그들은 일하고 있는 패들에게 포도주를 주고 자기들도 마시면서 큰 소리로 떠들고 있었다. 거기에는 많은 사람들이 몰려들고 있었다. 왜냐하면 오늘 저녁은 어떤 빵도 여느 때보다 싸고 거기다가 수입의 일부는 빈민에게 베풀게 되어 있기 때문이다.

　이런 것을 이야기하고 있다가는 한이 없겠다. 매일 이런 식이어서, 항상 무언가 새로운 것이나 미친 짓 같은 것을 만나게 된다. 거리에서 눈에 들어오는 의상은 천차만별이며 톨레도 거리[62]만 해도 대단한 인파다.

---

62) Via Toledo. 아라곤 왕명으로 나폴리 초대 총독에 부임한 페드로 알바레스 데톨레도(Pedro Álvarez de Toledo, 1484~1553)가 1536년에 조성했기 때문에 톨레도 거리로 불렸으나, 이탈리아 왕국 개국을 기념해 1870년부터 1980년까지는 로마가(Via Roma)로 변경되었다. 오늘날은 다시 톨레도 거리로, 단테

이렇게 민중과 어울려 지내는 것에 이 고장 특유의 즐거움이 몇 가지 더 있다. 그들은 자연 그대로이므로 함께 있으면 이쪽도 자연 그대로가 되는지 모르겠다. 예를 들어 이탈리아 고유의 국민적 가면 광대 풀치넬라가 있는데, 이것은 베르가모가 본고장인 익살꾼 아를레키노, 티롤 태생의 어릿광대 한스부어스트에 상당한다.[63] 그런데 이 풀치넬라는 아주 침착하고 조용하며 어느 정도까지는 대범하고 게으르다고도 할 만한 우스운 패거리다. 급사라든가 하인 중에 이러한 인간이 도처에 있다. 오늘 우리 하인과 관련해서 재미있는 일이 있었다. 펜하고 종이만을 가져오게 했는데, 반은 잘못 듣고, 꾸물꾸물하고, 선의와 교활함이 섞이면서 지극히 애교 있는 장면이 연출되었다. 이런 장면을 무대에 올린다면 반드시 성공할 것이다.

1787년 3월 20일, 화요일, 나폴리

방금 전에 분출한 용암이 나폴리에서는 보이지 않지만 오타비아노[64] 쪽으로 흘러내리고 있다는 통지에 자극되어서, 나는

광장에서 톨레도 지하철역까지 1.2킬로미터 길이다.

63) 여기에 언급된 어릿광대 캐릭터들의 공통 기원은 14세기 이탈리아 소극의 하인 캐릭터로, 극 중에서 베르가모 출신으로 소개되는 잔니(Zanni)다. 성격에 따라 바보스러운 잔니와 영악한 잔니로 나뉘는데, 어릿광대는 후자의 캐릭터에 희극적 요소가 가미된 것이다. 풀치넬라(Pulcinella)는 17세기에 나폴리 인형극에서 우스꽝스러운 서민 캐릭터로 구체화되었다. 한편, 아를레키노는 그 이름은 프랑스 연극의 장난기 많은 악마 할리퀸에서 따왔지만, 슬랩스틱을 하는 코믹 캐릭터로 다듬어진 것은 16세기경이며, 이를 대중화한 것은 17세기 베네치아 가면극에서였다. 마지막으로 농부 차림을 하고 즉석에서 떠올린 저속한 농담을 늘어놓는 한스부어스트는 17세기에 독일의 유랑극단에서 만들어졌으며, 프랑스 할리퀸의 변형으로 여겨진다.

64) Ottaviano. 나폴리를 기준으로 동서쪽, 베수비오산 너머에 있는 소도시다.

세 번째 베수비오 등산을 기도했다. 산기슭에서 한 마리의 말이 끄는 이륜마차로부터 내리자마자 전에 우리를 안내했던 두 안내인이 나타났다. 어느 쪽도 거절하기 싫어서 한 명은 관습과 감사의 마음으로, 또 한 명은 신뢰감과 어떤 점에서든 도움이 되리라는 기대로 둘 다 데리고 갔다.

정상에 도착하자 한 명은 외투와 식량과 함께 남고, 젊은 쪽이 나를 따라왔다. 그리고 우리는 원추형 화구 아래쪽에서 분출하고 있는 굉장한 분연(噴煙)을 향해 힘차게 전진해 갔다. 산의 측면을 따라 천천히 내려가니 마침내 맑은 하늘 아래 자욱하게 오르는 증기구름 속에 분출하는 용암이 보였다. 어떤 사실에 관해 천 번쯤 이야기를 들었다 하더라도 사물의 특질은 역시 직접 관찰함으로써 비로소 우리들에게 밝혀진다. 용암의 폭은 매우 좁아서 10피트를 넘지 않았을 텐데, 그러나 완만하고 평탄한 지면을 흘러내리는 광경은 실로 볼만한 것이었다. 용암은 흘러가는 동안 측면과 표면이 냉각되어 도랑이 만들어지고, 용해한 물질은 열류 밑에서도 응고하기 때문에 바닥이 점점 높아진다. 그 열류가 표면에 떠 있는 덩어리를 좌우로 균등하게 내던져서, 그 때문에 둑은 점점 높아지고 그 위를 작열하는 용암류가 물레방앗간의 작은 냇물처럼 조용히 흘러간다. 우리는 유난히 높아진 둑을 따라 걸었는데, 덩어리가 규칙적으로 둑의 측면을 따라 굴러서 우리 발아래까지 떨어져 왔다. 곳곳에 있는 도랑의 갈라진 틈으로 작열하는 흐름을 밑에서 볼 수 있었으며, 또 그것이 흘러내려감에 따라 위쪽에서도 관찰할 수가 있었다.

태양 빛이 너무나 밝아서 작열하는 용암류도 거무스레하게 보이고, 오직 한줄기의 연기만이 가볍게 맑은 하늘로 올라가고 있었다. 나는 열류가 산에서 분출하는 지점에 가까이 가보고 싶었다. 안내인의 이야기로는, 용암이 분출하면 곧 위쪽에 천장이나 지붕을 만드는데 그는 몇 번이나 그 위에 서본 일이 있다고 했다. 이것도 구경하고 경험해 두려는 생각으로 우리는 다시 산을 올라 배후로부터 이 지점으로 접근해 갔다. 다행히도 그 장소가 한차례의 강풍으로 노출되어 있는 것이 보였다. 그렇지만 그 주변의 수많은 틈새에서 증기가 자욱하게 올라오기 때문에 전부가 보인 것은 아니다. 거기서 우리는 죽처럼 걸쭉하게 응고해 있는 천장 위에 서보았는데, 이 천장이 멀리까지 펼쳐져 있어 용암이 분출하는 곳은 보이지 않았다.

20~30걸음 더 전진해 가자 지면이 점점 더 뜨거워졌다. 참을 수 없을 정도로 진한 연기가 소용돌이치고 있어서 태양도 어두워지고 숨이 막힐 것 같았다. 앞서 나아가고 있던 안내인이 곧 돌아와 나를 붙잡으며 말렸다. 거기에서 멈춘 우리는 그 지옥의 가마솥으로부터 탈출해 나왔다.

눈은 조망에 의해, 입과 배는 포도주에 의해 기운을 차리고서 우리는 낙원 한가운데 솟아 있는 이 지옥의 산정의 다른 기이한 광경을 구경하러 돌아다녔다. 화산의 연통으로서, 별로 연기를 뿜어내지는 않지만 끊임없이 열풍을 맹렬히 불어대고 있는 두세 개의 분기공을 주의 깊게 관찰했다. 분기공은 종유석 모양을 하고 위쪽까지 뒤덮고 있었다. 연통 크기가 다르기 때문에 매달려 있는 증기 부산물 중 어떤 것은 상당히 가까이 있는 것도 있어서, 우리는 가지고 있던 지팡이에다 갈고리 모양 도구를 붙여 끌어당김으로써 쉽게 손에 넣을 수 있었다. 나는 예전에 어느 용암 상인이 이러한 표본을 진짜 용암 속에 포함시켜 분류해 놓은 것을 본 적이 있는데, 이것은 뜨거운 증기 속에 침전해서 생겨난 화산의 매연인바, 이번에 그 속에 함유되어 있는 광물의 휘발성 있는 부분을 나타내는 것을 발견할 수 있어서 기뻤다.

참으로 멋진 일몰과 아름다운 저녁 경치가 숙소로 돌아오는 나의 원기를 돋우어주었다. 그러나 극단적인 대조라는 것이 얼마나 마음을 교란하는가를 느낄 수 있었다. 매혹적인 것에 대한 두려움, 두려운 것에 대한 매혹, 이 둘은 서로를 상쇄하여 결국 무덤덤한 느낌만 남게 된다. 만약 나폴리인들이 신과 악마 사이에 끼어 있다고 느끼지 않는다면 그들은 별난 인간임에 틀림없다.

1787년 3월 22일, 나폴리

독일인의 기질과, 향락보다 학습과 행동을 원하는 욕망이 나를 재촉하지만 않는다면, 이 경쾌하고 태평한 인생의 학교에 좀 더 머물러서 보다 더 이익을 얻으려고 노력할 텐데. 약간 비축해 둔 것만 있다면 여기서는 참으로 즐겁게 지낼 수 있다. 도시의 위치나 온화한 기후는 아무리 칭찬해도 부족할 정도지만 외국인에게는 이것만이 거의 유일하게 의지되는 것이다.

여가도 있고 수완과 재산도 있는 사람이라면 물론 여기서도 떳떳하게 상당한 생활을 할 수 있다. 그래서 해밀턴 같은 사람은 훌륭한 주택을 지어서 만년의 생활을 즐기고 있는 것이다. 그가 영국풍으로 꾸며놓은 방은 정말 훌륭하며, 모퉁이의 방에서 보는 조망은 아마도 천하일품일 것이다. 눈 아래는 바다, 건너편에 카프리섬이 보이고, 오른쪽에는 포실리포, 가까이에는 빌라 레알레[65)]의 산책로, 왼쪽에는 낡은 예수회 성당 건물, 그 배후에는 소렌토의 해안이 미네르바곶까지 연결되어 있다. 유럽에서 이 정도의 조망은 아마 둘도 없을 것이다. 적어도 인구가 조밀한 대도시의 중심에는 없다.

해밀턴은 광범위한 취미를 가진 사람인데, 온갖 창조의 세계를 편력한 후에 세계의 조화(造化)이자 위대한 예술가의 걸작인 아름다운 여성에게 도달했다.

이렇듯 다양한 즐거움을 맛본 뒤에 바다 저편의 세이렌들이 나를 유인한다. 순풍이 불면 나는 이 편지와 동시에 출발한다. 편지는 북으로, 나는 남으로. 인간의 마음은 제어할 수 없는 것이어서 특히 나는 먼 곳을 너무나 동경한다. 지금의 나는 고집하기보다 잽싸게 붙잡는 것에 유의하지 않으면 안 된다. 어떤 대상물의 손가락 끝만 잡으면, 그다음은 묻고 생각해서 그 손 전체를 충분히 내 것으로 만들 수 있다.

기묘한 것은 요즘 어떤 친구가 나에게 '빌헬름 마이스터'를 상기시키고 그것을 이어서 쓰도록 요구하고 있는 것이다.[66)] 그 작업은 이 하늘 밑에서는 가능할 것 같지 않은데, 아마도 마지막 몇 장(章) 속에 이곳 분위기가 얼마간은 전해지게 될 것이다.

---

65) Villa Reale. 페르디난도 4세가 1780년에 조성한 왕실정원으로, 키아자의 해변 산책로 대부분을 차지하는 1.4킬로미터 길이다. 오늘날에는 빌라 콤무날레 디 나폴리(Villa Comunale di Napoli) 공원으로 개방되어 있다.

66) 『젊은 베르테르의 슬픔』으로 단숨에 스타가 된 뒤 여러 이유로 중압감에 시달리던 20대의 괴테는 윌리엄 셰익스피어를 모델로, 연극계에서 자신의 예술적 사명을 찾고자 하는 주인공의 도전을 그린 소설 「빌헬름 마이스터의 연극적 사명(Wilhelm Meisters theatralische Sendung)」을 쓰기 시작했지만, 작품을 완성하지는 못했다.

그것이 가능할 정도로 내 생활이 발전해서 줄기가 자라고 한층 풍부하고 아름답게 꽃이 핀다면 좋을 텐데. 다시 태어나 돌아가는 것이 아니라면 차라리 이대로 돌아가지 않는 편이 낫다.

3월 22일, 덧붙임, 나폴리

우리는 오늘 매물로 나온 코레조[67]의 그림을 보았다. 보존 상태가 완벽하진 않았지만 화가의 장기인 우아한 특색은 여전히 남아 있었다. 그림은 성모를 그린 것으로, 어린애가 엄마의 젖과 천사가 내밀고 있는 두어 개의 배 중에서 어느 것을 잡을까 망설이는 순간을 나타내고 있다. 즉 '예수의 젖떼기'를 다룬 것이다. 취향은 매우 우아하고 구도에는 활기가 있으며, 자연스럽고 효과적이며 지극히 매력적으로 그려진 작품이라고 생각한다. 이 그림을 보니 곧 「성 카타리나의 결혼」[68]이 생각났는데, 코레조

---

67) 안토니오 다 코레조(Antonio da Correggio, 1489?~1534). 르네상스기에 파르마에서 활동한 화가로, 르네상스에서 초기 바로크로의 이행을 보여주는 종교화와 신화 소재의 작품들을 그렸다. 대표작은 파르마 대성당의 「성모 승천」 벽화, 오비디우스의 『변신이야기』에서 소재를 가져온 「유피테르와 이오」, 「레다와 백조」 등이 있다. 괴테가 묘사하고 있는 작품은 코레조의 1524년작 「젖먹이는 마돈나(madonna del latte)」로 보이는데, 오늘날은 부다페스트 미술관(Museum of Fine Arts in Budapest)이 소장하고 있다. 나폴리에 있던 괴테가 이 시기에 어떻게 그림을 접하게 되었는지는 알 수 없다.

68) 코레조가 1520년대에 그린 「성녀 카타리나의 신비한 결혼식」은 17~18세기 유럽의 여러 귀족들이 소장하기 위해 경쟁했으며, 그래서 모작 혹은 위작도 많아졌다. 현재는 파리 루브르가 소장한 1520년대 중반 작품을 코레조의 진품으로 본다. 나폴리 카포디몬테 박물관에도 같은 제목의 코레조 그림이 있지만, 이는 다른 작가가 그렸다는 견해가 더 우세하다. 한편, 워싱턴 국립미술관에도 같은 제목의 코레조 작품이 있는데, 제목만 같을 뿐 확연히 다른 구성으로, 코레조가 1510년경에 이 소재를 처음으로 다룬 초기작으로 설명되어 있다. 괴테가 어떤 그림을 본 것인지는 알 수 없다.

의 작품이 틀림없다고 생각된다.

1787년 3월 23일, 금요일, 나폴리

이제 크니프와는 지극히 실제적으로 확고한 관계를 맺었다. 우리는 함께 파에스톰[69]에 갔는데, 그는 왕복하는 도중에도 그곳에 도착해서도 많은 스케치를 해서 훌륭한 약도가 여러 개 완성되었다. 이 활발하고 근면한 생활은 자신도 깨닫지 못했던 재능을 자극하게 되기 때문에 그는 이 생활에 크게 만족하고 있다. 스케치할 때는 결단성이 중요한데, 실제로 이런 경우에 그의 정확하고 꼼꼼한 솜씨가 잘 발휘된다. 그는 그리려고 하는 종이에 사각 윤곽을 그리는 것을 절대로 게을리하지 않는다. 최상품 영국제 연필을 몇 번이고 깎아서 뾰족하게 하는 일은 그에게는 스케치하는 것과 거의 같은 정도의 즐거움이다. 그러므로 그가 그리는 윤곽은 나무랄 데가 없다.

우리는 다음과 같은 협정을 맺었다. 오늘부터 우리는 함께 생활하고 함께 여행한다. 그러나 그는 일상사에 신경을 쓰지 않고 그림 그리는 데만 전념한다. 지난 며칠간처럼 스케치는 전부 나의 소유로 한다. 그러나 우리가 여행에서 돌아온 뒤 그

---

69) 나폴리에서 남쪽으로 80킬로미터 거리에 있는 파에스톰(Paestum) 역사유적 공원을 말한다. 파에스톰은 원래 기원전 7세기에 고대 그리스의 식민시 포세이도니아(Poseidonia)였는데, 기원전 3세기부터 로마 식민지가 되어 로마식 신전, 포럼, 암피테아터 등의 유적이 보존되어 있다. 하지만 파에스톰의 대표 유적은 기원전 6세기경 지어진 남성적이고 웅장한 도리스식 신전 3채다. 18세기에 처음 발굴되었을 때는 로마 신전으로 착각해 유노 신전, 넵튠(포세이돈) 신전으로 명명했으나, 나중에 둘 다 그리스의 헤라 신전임이 밝혀졌다. 다른 하나는 아테나 신전이다. 질 좋은 대리석이 출토되는 지역이 아니었기 때문에 유적들은 대부분 돌에 테라코타 장식을 붙이는 방식으로 지어졌다.

스케치들을 본으로 해서 더 훌륭한 작품이 완성될 수 있도록, 그중에서 내가 골라내는 것을 크니프는 나를 위해서 완성시킨다. 그러는 동안에 그의 솜씨도 나아지고 장래 전망도 충분히 밝아질 것이고 그다음 일도 어떻게든 잘되어 갈 것이다. 이렇게 이야기가 좋게 결말이 나서 나는 대단히 기쁘다. 이제야 비로소 우리의 여행에 관해 간단히 설명할 수가 있다.

경쾌한 이륜마차를 타고, 뒤에는 착한 개구쟁이를 태우고, 교대로 고삐를 잡으면서 우리는 경치 좋은 지방을 지나갔다. 크니프는 화가의 눈으로 이 경치를 맞이하고 있었다. 이윽고 산협으로 접어들자 평탄한 차도를 질주하면서 우리는 아름다운 숲과 바위산 옆을 지나갔다. 그러자 크니프는 참을 수가 없어져서, 바로 우리들 앞에 뚜렷하게 하늘에 떠 있는 코르포디카바[70]의 수려한 산을, 그 측면과 기슭에 이르기까지, 깨끗하게 특색을 포착해서 윤곽을 그렸다. 우리는 이것을 두 사람의 결합의 증표라고 말하며 기뻐했다.

살레르노의 숙소 창문에서 본 비슷한 스케치도 저녁때에 한 장 완성되었다. 이 지방은 필설로 다하지 못할 만큼 아름답고 풍요한 곳이다. 대학[71]의 융성이 극에 달했던 그 시대에 누

---

70) 원문에는 'Alla Cava'로 되어 있는데, 근처에 이런 지명은 없고, 해발 1138미터의 뾰족하고 울창한 몬테피네스트라(Monte Finestra) 산기슭에 있는 코르포디카바(Corpo di Cava)가 괴테의 묘사와 일치한다. 살레르노 인근이다.

71) 스콜라 메디카 살레르니타나(Scuola Medica Salernitana), 즉 살레르노에 있는 중세 최초의 의과대학을 가리킨다. 설립 기원에 대한 설은 분분하나, 9세기경부터 의학교로 자리 잡았으며, 11세기에 의사 콘스탄티누스 아프리카누스가 이곳에서 그리스와 북아프리카의 고전 의학서를 라틴어로 번역 편찬하면서 명성을 얻고 크게 번성하였다. 13세기에 나폴리 대학교가 설립되면서 쇠퇴하기 시작하여 1861년에 폐교되었다.

군들 이곳에서 배우고자 생각지 않았던 사람이 있었을까? 이튿날 아침 일찍이 우리는 닦아놓지 않아 질퍽거리는 길을 지나 모양 좋은 한 쌍의 산을 향해 마차를 달렸다. 작은 개천과 소택지를 지나갔는데 그곳에서 하마 같은 물소가 핏빛 야생의 눈을 하고 있는 것을 보았다.

　토지는 더욱더 평탄하고 황량해졌다. 건물 수가 적은 것은 농업의 부진을 암시하는 것이다. 바위 사이를 가는 것인지 폐허 속을 가는 것인지 분간하지 못하는 사이에, 마침내 우리는 멀리서부터 눈에 들어왔던 두세 개의 커다란 장방형 물체가 옛날 그렇게 번영했던 도시의 전당 혹은 기념 건축물이라는 것을 식별할 수 있게 되었다. 크니프는 오는 도중에 그림 같은 석회산을 벌써 두 장 그려놓았는데, 지금은 회화적인 취향이라고는 조금도 없는 이 지방의 특징을 포착해서 표현할 수 있을 만한 위치가 어디 없을까 하고 급히 찾고 있는 중이다.

　그동안 나는 한 농부의 안내를 받으며 건물 안을 돌아다녔다. 첫인상은 오로지 놀라움뿐이었다. 마치 전혀 딴 세상에 와 있는 것 같았다. 왜냐하면 수백 년의 세월은 엄숙한 것을 쾌적한 것으로 바꾸어놓은 것처럼 인간까지도 변화시키기 때문이다. 오히려 인간을 그렇게 개조한다고 하는 편이 낫겠다. 그런데 우리들의 눈과, 눈을 통한 내적 생활 전체는 이 건물보다 섬세한 건축에 익숙해졌고 뚜렷하게 개념이 정립되어 있기 때문에, 비좁게 늘어선 이 둔중한 원추형 기둥들은 우리에게는 번잡스럽고 무섭게까지 생각되는 것이다. 그러나 곧 나는 마음을 다시 먹고 미술사를 상기하여, 이러한 건축이 정신에 합당하던 시대를 생각하고 엄격한 조소 양식을 머리에 떠올려 보았다. 그러자 한 시간도 안 되는 사이에 친숙한 감정이 우러나왔다. 아니, 도리어 이렇게 훌륭하게 보존된 폐허를 눈앞에 보여준 것에 대해 수호신을 찬양했다. 이러한 건물은 모사를 통해서는 도저히 개념을 얻을 수 없는 것이기 때문이다. 이런 것은 건축 도면으로 보면 실물보다 섬세해 보이고, 원근법적 도면에서는 실물보다 둔중해 보인다. 주위를 걷기도 하고 안을 지나가 보기도 해야만 비로소 그 본래의 생명에 접할 수 있다. 즉 건축가가 무엇을 의도했고, 어디에 생명을 불어넣었는가를 그 안에서 감득할 수 있는 것이다. 나는 이러면서 하루 종일을 지내고, 그동안 크니프는 정확하기 그지없는 약도를 그리느라고 정신이 없었다. 그러한 걱정이 아주 없어지고 추억을 위해 이렇게 정확한 기념물을 얻는 것이 나는 얼마나 기뻤는지 모른다. 유감스럽게도 여기에는 숙박 시설이 없었기 때문에 우리는 살레르노로 돌아와서 이튿날 아침 일찍 나폴리를 향해 떠났다. 베수비오산은 배후에서 보면 가장 풍요한 평원에 솟아 있고, 전경의 가도에는 거대한 포플러가 피라미드처럼 나란히 서 있다. 이것도 꽤 기분 좋은 경치이기 때문에 우리는 종종 마차를 세우고 바라보았다.

그리고 우리는 한 구릉에 도착했는데 웅대한 경치가 눈 아래로 전개되었다. 장려한 나폴리, 만의 평평한 해변에 연해 몇 마일이나 이어져 있는 인가들, 갑, 지협, 암벽, 그리고 많은 섬과 그 뒤에 바다가 있다. 보는 이로 하여금 황홀하게 하는 아름다운 조망이었다.

마차 뒤에 타고 있는 소년이 부르는, 시끄러운 노래라고 하기보다는 환희의 절규와 열락(悅樂)의 신음 소리가 나를 놀라게 하고 방해했다. 나는 큰 소리로 야단쳤다. 그는 아직 한 번도 우리들로부터 야단맞은 적이 없었던 것이다. 마음 착한 소년이었다.

그는 잠시 동안 가만있다가 내 어깨를 가볍게 두드리고 오른팔을 우리들 사이에 내밀고 둘째손가락을 올려 "나으리, 용서하셔요! 하지만 이건 저의 나라니까요!"라고 말했다. 거기서 나는 다시 놀랐다. 불쌍한 북방인인 나의 눈에 눈물 같은 것이 맺혔다.

1787년 3월 25일, 나폴리, 수태고지 축일

크니프가 나와 함께 시칠리아에 가는 것에 매우 기뻐하고 있음을 느낄 수 있었으나, 그래도 그가 왠지 여행을 꺼리는 듯한 감이 오는 것을 막을 수 없었다. 원래가 솔직한 사람이기 때문에 오래 감추지 못하고 장래를 약속한 연인이 있다는 사실을 나에게 털어놓았다. 이 두 사람이 친해진 경위를 들으니 참으로 가련한 이야기였다. 요컨대 그가 그녀를 좋아하게 된 근원은 그녀의 행동거지였던 것이다. 그는 나에게 그녀를 한번 만나봐 줄 것을 부탁했다. 때마침 약속 장소는 나폴리를 전체적으로 바라볼 수 있는 곳 중에서 최고의 조망을 가지고 있는 장소였다. 그는 나를 어떤 집의 평평한 지붕 위로 데려갔다. 거기서는 부두에 이르기까지 도시의 아래쪽과 만, 소렌토의 해안이 완전히 손금 보듯 내려다보였다. 거기서부터 오른쪽에 있는 모든 경치는 여기에 서지 않고서는 쉽게 볼 수 없으리라고 생각될 만큼 절묘하다. 나폴리는 어디서 보아도 아름답고 멋지다.

이렇게 우리가 이 지방의 경치에 경탄하고 있을 때, 예상한 바기는 하지만 그래도 갑자기, 매우 귀여운 머리가 다락방으로부터 나타났다. 덮개 문으로 덮을 수 있는, 회반죽으로 굳힌 길쭉한 사각형 구멍이 이 발코니로 통하는 유일한 출입구인 것이다. 그 작은 천사가 완전히 모습을 드러냈을 때 내 머릿속에는 갑자기 마리아의 수태고지가 떠올랐다. 이 천사는 참으로 자태가 아름답고 얼굴도 예쁘고 동작은 정숙하고도 자연스러웠다. 빛나는 하늘 아래, 세상에 둘도 없는 아름다운 경치를 눈앞에 두고 친구가 행복해 하는 모습을 보니 나도 기뻤다. 그녀가 떠난 후에 그는 지금까지 자신이 가난을 마다하지 않았던 것은 바로 그렇게 함으로써 동시에 그녀의 사랑을 즐기고 그녀의 과욕을 존중하게 됐기 때문이라고 나에게 고백했다. 그러므로 그녀에게 보다 좋은 날을 마련해 주기 위해서도 장래에 대한 한층 유망한 전망과 풍요한 생활 상태가 특별히 소망되는 것이다.

3월 25일, 덧붙임, 나폴리

이 유쾌한 사건 뒤에 해안을 따라 산책하면서 나는 마음이 편하고 즐거워졌다. 그때 갑자기 식물학상의 기발한 생각이 떠올랐다. 원식물[72]에 관한 나의 연구는 곧 완성된다고 헤르더에게 전해 주기 바란다. 다만 이 원식물에 깃든 전체 식물계를 아무도 인정하려 들지 않을까 봐 걱정이다. 떡잎에 관한 나의 탁

---

72) Urpflanze. 괴테가 상정한 개념으로, '모든 식물의 근원이 되는 원형(元型)으로서의 식물'이라는 뜻이다.

월한 학설은 누구도 그 이상은 해명할 수 없을 정도로 세련된 것이다.

1787년 3월 26일, 나폴리

이 편지는 내일 보낼 것이다. 29일 목요일에 나는 코르벳 범선을 타고 팔레르모로 향한다. 항해술에 대해 잘 모르는 탓에 지난번 편지에서는 이 코르벳 범선을 프리깃함으로 격상시켜 놓았었다.[73] 여행을 갈까 말까 망설이고 있었기 때문에 이곳 체재 중 한때 불안한 기분이 들었다. 그러나 이제는 결심이 섰으므로 사태가 호전되고 있다. 나 같은 기질의 사람에게 이 여행은 약이 된다. 그 이상으로 필요한 것이다. 시칠리아라고 하면 나에게는 아시아나 아프리카를 의미한다. 세계 역사에서 이처럼 많은 활동 반경이 향하고 있는 이 경탄할 만한 땅에 내가 몸소 선다는 것은 결코 무가치한 일이 아니다.

나는 나폴리를 나폴리식으로 취급해 왔다. 나는 결코 근면했다고는 할 수 없지만, 그래도 많은 것을 보고 국토, 주민, 생활 상태에 관한 일반적 개념을 양성해 왔다. 돌아오면 여러 가지 보충할 것도 있지만 그리 대단한 것은 못 된다. 왜냐하면 6월 29일 이전에 로마로 돌아가야 하기 때문이다. 부활절 전주에 갈 수 없을 경우에는 적어도 성 베드로 축일은 로마에서 축하하고 싶다. 시칠리아를 여행했다고 해서 나의 최초 계획이 너무 변경되어서는 곤란하다.

---

73) 코르벳 범선은 프리깃 범선보다 크기가 작으며, 주로 근해를 오가는 데 사용되었다. 3월 3일자 편지(352쪽)에서 괴테는 팔레르모와 나폴리를 오가는 여객선을 프리깃함이라고 썼다.

엊그저께는 천둥, 번개, 호우의 악천후였다. 하지만 오늘은 다시 맑아져서 산으로부터 기분 좋은 북풍이 불어오고 있다. 이 바람이 계속해서 불면 배의 속력도 훨씬 빨라질 것이다.

어제 나는 동행자와 함께 우리들이 탈 배와 선실을 구경 갔다. 내 개념에는 항해라는 것이 전혀 없었다. 해변을 도는 이 자그마한 해상여행은 상상력을 돋워 나의 세계를 넓혀줄 것이다. 선장은 젊고 기운 좋은 남자다. 배도 매우 깨끗하고 느낌이 좋다. 미국에서 만들어진 훌륭한 범선이다.

여기서는 이제 모든 것이 녹색으로 변하기 시작했다. 시칠리아에는 녹색이 더 진할 것이다. 여러분이 이 편지를 받아볼 때쯤엔 나는 벌써 귀로에 접어들어 트리나크리아[74]를 뒤로하고 있을 것이다. 인간이란 그런 것으로, 생각은 앞으로 뒤로 항상 날아다니고 있는 것이다. 나는 아직 저 섬에 도착하지도 않았는데 생각은 벌써 여러분 곁으로 돌아와 있다. 그러나 이 편지의 혼란은 내 죄가 아니다. 편지 쓰는 것을 시종 방해받으면서도 나는 이 편지를 끝까지 써버리려고 생각한다.

방금 베리오 후작이라고 하는, 나이는 젊지만 유식한 듯한 남자가 나를 찾아왔다. 무슨 일이 있어도 『젊은 베르테르의 슬픔』의 저자와 만나고 싶다는 것이었다. 대체로 이곳에서는 교양과 지식을 탐구하는 열정이 매우 대단하다. 다만 그들은 지나치게 행복해서 올바른 길에 도달하지 못하는 것이다. 나에게 시간만 있다면 기꺼이 그들을 위해 나의 시간을 할애해 주

---

74) Trinacria. 시칠리아의 고대 이름으로, 세 개의 곶이 삼각을 이룬 섬의 모양에서 비롯했다.

고 싶다. 앞으로 4주간, 그것은 긴 인생에 있어서 아무것도 아니다! 그럼 안녕! 나는 이번 여행에서 여행하는 법을 배울 것이다. 살아가는 법도 배울 수 있을지는 모르겠다. 생활하는 법을 터득하고 있는 듯 보이는 인간은 그 기풍이나 성격에 있어서 너무나 나하고는 동떨어져 있기 때문에 이런 재능을 내 몸에도 갖고 싶다는 생각은 도저히 들지 않는다.

안녕. 내가 여러분을 마음으로 생각하고 있듯 여러분도 나를 잊지 말아주기 바란다.

1787년 3월 28일, 나폴리

요 며칠은 짐을 꾸리고, 작별 인사를 하고, 여러 가지 조달과 지불을 하고, 지금까지 게을리했던 것의 뒤치다꺼리와 여행 준비를 하느라 그럭저럭 지나갔다.

발데크 공자는 작별에 임해서도 나의 마음을 편안히 해주지 않았다. 그의 이야기가 주로, 내가 돌아오거든 시간을 내서 함께 그리스와 달마티아에 가자는 제안과 관련되었기 때문이다. 한번 세상에 나와서 세상 사람들과 사귀게 되면 아무렇게나 끌려다니지 않도록, 또 끌려다니더라도 미치는 일이 없도록 주의할 필요가 있다. 더 이상 한 자도 못 쓰겠다.

1787년 3월 29일, 나폴리

이삼일 전부터 날씨가 나빴는데, 출발하기로 예정했던 오늘은 더할 나위 없이 좋은 날씨다. 안성맞춤인 북풍, 맑게 갠 하늘. 이런 하늘 아래 있으면 멀리 가고 싶어진다. 바이마르와 고타의 여러분에게 다시 한 번 마음으로부터 인사를 드린다. 여러분의 사랑이 나의 길동무다. 언제나 나는 여러분의 사랑이 필요하다. 어젯밤에는 바이마르의 내 집무실에서 평소처럼 일하는 꿈을 꿨다. 아무래도 나의 꿩 배[75)]는 여러분 곁 말고는 어디에도 짐 내릴 곳이 없는 모양이다. 그렇다면 더더욱 훌륭한 짐을 싣고 가야겠다!

75) 1786년 10월 19일자 일기(206쪽) 참조.

시칠리아

3월 29일, 목요일, 선상에서

지난번 우편선이 출발했을 때 같이했던 북동풍의 순풍과는 달리, 이번에는 곤란하게도 반대쪽으로부터 제일 방해가 되는 뜨뜻미지근한 시로코가 불고 있다. 그래서 배 타기가 날씨와 바람의 변덕에 얼마나 좌우되는가를 경험했다. 우리는 초조한 기분으로 해변과 카페에서 오전을 보내고 정오가 되어서야 겨우 승선했는데, 날씨만은 최고로 좋았기 때문에 멋진 풍경을 즐겼다. 부두에서 멀지 않은 곳에서 코르벳 범선이 닻을 내리고 있었다. 태양은 밝게 비치고 대기에는 엷은 안개가 끼어 있어서, 그늘져 있는 소렌토의 암벽이 참으로 아름다운 푸른빛을 발했다. 환한 햇살을 받고 있는 번화한 나폴리의 거리는 온갖 색채로 빛나고 있었다. 해가 저물 무렵에야 겨우 배는 움직이기 시작했지만 매우 느린 속도였다. 태풍 때문에 배는 포실리포와 그 갑 쪽으로 밀려갔다. 밤새 배는 천천히 나아갔다. 이 배는 미국에서 건조된 속력이 빠른 범선인데, 내부에는 깨끗한 방과 따로따로 분리된 침실을 갖추고 있다. 선객들은 떠들썩하지만 예의에 벗어나지는 않는다. 그들은 팔레르모에 초대받아 가는 오페라 배우들과 무용가들이다.

3월 30일, 금요일

날이 밝기 전 우리는 이스키아와 카프리 사이, 카프리섬에서 약 1마일 떨어진 곳을 지나고 있었다. 카프리 연봉과 미네르바곶의 배후로부터 장엄하게 태양이 떠올랐다. 크니프는 해안, 섬의 윤곽, 여러 경치 같은 것을 부지런히 그렸는데, 배의 진행이 느린 것이 그의 일에 도움이 되었다. 배는 약한 바람을 옆으로 받으면서 나아갔다. 4시에 베수비오산은 시계로부터 사라졌으나 미네르바곶과 이스키아는 여전히 보였다.[76] 그것도 저녁이 되니 모습을 감췄다. 태양은 구름과 몇 마일이나 이어진 빛줄기와 더불어 바다 저편으로 가라앉았고 주변 전체가 진홍색으로 빛났다. 크니프는 이 현상도 스케치했다. 이제 육지라곤 보이지 않고 수평선상에서 눈 닿는 끝까지 망망대해이며, 밤하늘은 맑게 개어 달빛이 아름다웠다. 그러나 이 멋진 광경을 채 즐기기도 전에 나는 뱃멀미에 시달리기 시작했다. 선실로 들어가 반듯한 자세로 드러누워, 흰 빵과 붉은 포도주 외에는 일체의 식음을 폐하고 있었더니 기분이 좀 나아졌다. 외계로부터는 차단되어 있기 때문에 나는 내부 세계의 지배에 내맡

---

76) 시칠리아 팔레르모는 나폴리 항에서 직선거리로 약 350킬로미터다. 이스키아(Ischia)는 나폴리만에 있는 화산섬이고, 소렌토반도 바로 앞에 있는 카프리는 서쪽이 600미터 고지대의 절벽해안이다. 소렌토반도 극단, 해안절벽과 산지를 따라가는 하이킹 코스로 유명한 푼타캄파넬라(Punta Campanella)에는 고대 그리스의 아테나 신전 유적이 발견된 동굴(Grotta di Minerva)이 있어 미네르바곶으로 불린다.

겼다. 그리고 느린 항해가 예견되었으므로 곧 힘든 일과를 나 자신에게 부과해서 의의 있는 소일거리로 삼았다. 산문시로 쓰인 『타소』의 처음 2막을, 모든 원고 중에서 이것만을 골라서 가지고 왔다. 이 부분은 계획과 줄거리 진행은 지금 쓰고 있는 것과 거의 같지만, 벌써 10년도 더 전에 쓴 것이기 때문에 힘이 약한 곳이라든가 애매한 곳이 있었는데, 새로운 견해에 따라 형식에 중점을 두고 운율을 채용했기 때문에 그런 약점도 곧 해소되었다.

3월 31일, 토요일

맑은 태양이 바다로부터 올라왔다. 7시에 우리보다 이틀 먼저 출항했던 프랑스 배를 따라잡았다. 그만큼 우리 배가 빨랐는데, 그래도 목적지는 아직 보이지 않았다. 다소라도 위안이 된 것은 우스티카섬[77]이었는데, 카프리와 마찬가지로 오른쪽으로 보면서 지나야 할 이 섬이 곤란하게도 왼쪽에 보이는 것이었다. 정오경에는 바람이 완전히 역풍으로 바뀌어서, 배가 전혀 앞으로 나아가지 않았다. 바다의 파도가 높아져서 배 안에 있는 거의 모두가 뱃멀미를 시작했다.

나는 평소 자세를 유지하면서 『타소』를 처음부터 끝까지 여러 관점에서 철저하게 관찰해 보았다. 파도가 높아져도 조금도 식욕이 줄지 않는 장난꾸러기 크니프가 가끔 나에게 포도주와 빵을 가져오면서 맛있는 점심 자랑을 하고, 또 젊고 유능한

---

77) Ustica. 시칠리아 북단 갈로곶(Capo Gallo)에서 북쪽으로 52킬로미터 지점에 있는 작은 섬이다.

선장이 나하고 식사하지 못하는 것을 유감으로 여긴다는 보고를 하고, 선장이 쾌활하고 애교 있다는 칭찬을 하면서 나를 놀리지 않았더라면, 나는 시간도 분간 못 하면서 지냈을 것이다. 농담을 하고 쾌활했던 내가 점점 뱃멀미로 불쾌해지고, 배에 탄 한 사람 한 사람이 그렇게 변하는 모습이 그에게는 곧 놀림거리가 되었다.

오후 4시에 선장은 배의 방향을 바꿨다. 큰 돛대를 다시 올리고 똑바로 우스티카섬으로 방향을 잡고 진행했는데, 이 섬 너머로 시칠리아의 산들이 보여서 우리는 매우 기뻤다. 바람 상태도 좋아지고 배가 한층 더 속력을 내 시칠리아로 나아가니 다른 섬들도 두서넛 보이기 시작했다. 석양은 잔뜩 찌푸린 하늘 아래 안개 속에 가려 있었다. 저녁때부터는 줄곧 순풍이었으나, 한밤중이 되면서 바다는 파도가 높아졌다.

4월 1일, 일요일

새벽 3시에 맹렬한 폭풍우가 몰아쳤다. 잠 속에서 반은 꿈꾸면서도 나는 희곡의 구상을 계속했는데, 갑판에서는 대소동이 벌어지고 있었다. 돛은 내려지고 배는 높은 파도 위를 표류하고 있었다. 날이 밝으면서 폭풍우는 멎고 하늘은 다시 맑아지기 시작했다. 이제 우스티카섬은 완전히 왼쪽에 누워 있다. 커다란 거북이 한 마리가 먼 곳에서 헤엄치고 있다고 하는 사람이 있어서 망원경으로 보니 작은 점이 움직이는 것이 보였다. 정오경에는 시칠리아 해안, 그 곳과 만이 뚜렷하게 보이기 시작했으나, 배가 너무 아래쪽으로 와버려서 이리저리 돛의 방향을 바꿔보고 있었다. 오후에는 해안에 근접했다. 맑은 날씨로 해가 밝게 비치고 있기 때문에 릴리바에움[78] 곶에서 갈로곶까지 서해안이 아주 뚜렷하게 보였다. 돌고래 한 무리가 뱃머리 양 측에 따라붙어서 계속 우리를 앞서가고 있었다. 어떤 때는 투명한 파도를 뒤집어쓰며 헤엄쳐 가고, 어떤 때는 등의 지느러미를 보이고, 녹색 빛이나 금빛으로 번쩍이는 배가 보이도록 몸을 뒤집으면서 파도 위를 뛰어오르며 헤엄치는 광경은 참으로 재미있었다.

우리 배는 바람에 떠밀려서 너무 아래쪽으로 와 있었기 때문에 선장은 갈로곶 바로 뒤편에 있는 만을 향해 배를 전진시켰다. 크니프는 이 좋은 기회를 놓치지 않고 변화무쌍한 광경을 상당히 세밀하게 스케치했다. 해가 떨어지자 선장은 다시 배를 먼 바다 쪽으로 돌려서 팔레르모 언덕에 대기 위해 북동쪽으로 나아갔다. 나는 가끔 갑판에 나가보았다. 하지만 계속해서 극작 계획을 염두에 두고 있었기 때문에, 이젠 극 전체를 상당히 자유롭게 지배할 수 있게 되었다. 하늘은 흐려 있었지만 밝은 달빛이 바다 위에 반사되는 것이 더없이 아름다웠다. 화가라는 사람들은 강한 효과를 내기 위해, 하늘의 빛이 물에 반사할 때 보는 사람에게 가장 가까운 곳이 최대의 에너지를 가지며 폭도 제일 큰 것처럼 믿게 하는 기술을 가지고 있다. 그러나 여기서는 반사는 수평선이 있는 데서 가장 폭이 넓고, 마치 뾰족한 피라미드처럼 되어 있으며, 배 근처의 반짝이는 파도가 있는 곳에서 반사가 끝나는 것을 볼 수 있다. 이날 밤 선

---

78) Lilybaeum. 시칠리아섬 서쪽 끝에 위치한 도시 마르살라(Marsala)의 옛 지명으로, 고대 카르타고의 요새였다.

장은 다시 두세 번 배의 방향을 바꿨다.

4월 2일, 월요일, 오전 8시

이제 우리는 팔레르모와 마주하고 있다. 오늘 아침 나는 더없이 즐거웠다. 내 희곡이 요 며칠 동안 고래 배 속[79]에서 상당히 진척되었다. 기분이 상쾌해졌기 때문에 갑판에 나가 시칠리아 해안을 주의 깊게 바라볼 수 있었다. 크니프는 열심히 스케치를 계속해서, 그의 숙련되고 세밀한 화법으로 채워진 몇 장의 종이가 이 지연된 상륙에 대한 매우 귀중한 기념품으로 남았다.

1787년 4월 2일, 월요일, 팔레르모[80]

여러 가지 고난 끝에 우리는 오후 3시에 겨우 항구에 도착했는데 아주 즐거운 풍경이 맞이해 주었다. 이제 기분도 무척 좋아졌기 때문에 나는 큰 기쁨을 느꼈다. 도시는 높은 산기슭에 북향으로 누워 있는데, 마침 햇볕이 제일 뜨겁게 내리쬐는 때라,

---

79) 구약성경 「요나서」에서 고래에게 삼켜진 요나가 그 배 속에서 신께 기도해 구원받은 일화를 빗대고 있다.

80) 시칠리아섬은 북아프리카 이집트에서 에스파냐를 오가는 지중해상로 한가운데 있어, 고대로부터 무역과 교통의 요충지였기 때문에 무수한 침략의 대상이 되었다. 시칠리아의 역사는 기원전 8세기경 페니키아인들이 건설한 카르타고 왕국에서 시작한다. 기원전 7세기에는 그리스의 식민지였으나, 로마에 의한 그리스 몰락 이후 로마제국에 편입되었다. 831년 이슬람의 팽창으로 다시 정복되었으며, 이때 처음 '시칠리아'라는 이름으로 불렸다. 팔레르모는 이슬람 지배기에 시칠리아의 수도가 되었는데, 당시 지명은 발람(Balarm)이었다. 999년 노르만족(스칸디나비아 바이킹) 오트빌 가문이 시칠리아의 이슬람을 몰아내고 1071년까지 로마 토후 세력과 신성로마제국 교황권을 상대로 전투를 벌였다. 1130년에 오트빌가의 로제르 2세(Roger II of Sicily, 1095~1154)가 시칠리아 왕국 초대 왕으로 즉위한다. 이후 1816년 양시칠리아 왕국이 성립될 때까지, 노르만, 호엔슈타우펜, 에스파냐, 합스부르크, 사보이, 부르봉 왕가의 지배를 받았다.

거리에는 태양이 이글거리고 있었다. 모든 건물의 뚜렷한 그늘 부분이 반사광을 받으면서 우리 쪽을 향해 있다. 오른쪽에는 밝게 햇빛을 받고 있는 몬테펠레그리노산의 우아한 모습, 왼쪽에는 만과 반도 그리고 갑이 있는 먼 곳까지 뻗은 해변, 그리고 가장 좋은 인상을 받은 것은 수목의 아름다운 신록이었다. 그 가지는 배후로부터 광선을 받아 마치 식물로 만들어진 반디의 대군(大群)과도 같이 어두컴컴한 건물 앞을 좌우로 파도치고 있었다. 맑고 엷은 안개가 모든 건물의 그림자를 파랗게 물들였다.

우리는 서둘러 상륙하지 않고 재촉당할 때까지 갑판에 머물러 있었다. 이러한 자리와 이렇게 행복한 순간을 어디서 또 다시 쉽게 얻을 수 있겠는가!

탑처럼 높은 성 로살리아의 마차가 저 유명한 축일에 지나갈 수 있게끔,[81] 상부를 막지 않고 다만 두 개의 거대한 기둥만으로 만들어놓은 재미있는 문[82]이 있는데, 이 문을 통과해 시내로 들어간 우리는 바로 왼쪽에 있는 커다란 여관[83]에 투숙

---

81) 성녀 로살리아는 12세기의 은둔수도자로 팔레르모 북쪽 해안의 몬테펠레그리노(Monte Pellegrino, 고도 606미터) 동굴에서 은거하다 죽었다. 1624년 로살리아의 유골이 발견되어 팔레르모로 운구해 왔는데, 당시 창궐하던 페스트가 사라졌고, 이때부터 팔레르모의 수호신으로 추앙되었다. 매년 7월 10~15일에 성 로살리아 축제가 벌어지는데 그중 하이라이트는 14일 밤, 꽃과 초로 화려하게 장식한 10미터 길이의 배 모양 수레가 높이 10미터의 성녀 상을 싣고 팔레르모 대성당을 출발해 시내를 관통하며 불꽃놀이를 펼치는 퍼레이드다. 성 로살리아 축제는 그랜드투어기에 많은 여행객을 끌어들였다.

82) 팔레르모 항구 바로 앞에 서 있는 포르타펠리체(Porta Felice)를 말한다. 바로크 양식으로, 1637년 완공되었다.

83) 지금은 가정집으로, 괴테의 체재를 기념하는 액자가 걸려 있다.

했다. 여관 주인은 평소 세계 각국의 손님들을 대하는 데 익숙한 듯한 마음씨 좋은 노인으로, 우리를 큰 방으로 안내했다. 그 방의 발코니에서는 바다와 선착장, 로살리아산과 해변을 바라볼 수 있으며, 또한 우리들이 타고 온 배도 보여서 우리가 현재 어디에 있는지 판단할 수 있었다. 방의 위치가 마음에 든 나머지 이 방 뒤쪽에 한 단 높게 만들어놓은 침실이 커튼에 가려져 있는 것을 미처 몰랐는데, 이 침실에는 큰 침대가 놓여 있고 그 침대는 비단으로 만든 천장 가리개로 호화롭게 장식되어서 주변에 놓인 훌륭한 고가구들과 잘 조화되어 있었다. 방이 이처럼 호화스러운 데 약간 당황해서 관례대로 방 값과 기타 사용 조건을 정하고 싶다고 말했다. 그러자 노인은 "아무것도 정할 필요 없습니다. 여러분 마음에 들기만 한다면 그것으로 기쁩니다."라고 답했다. 이 방에 바로 붙어 있는, 통풍이 잘되어 시원하고 몇 개의 발코니가 달려 있어 기분 좋기까지 한 넓은 복도도 사용해도 좋다는 것이었다.

우리는 한없이 다양한 경관을 즐기면서 그것을 하나하나 스케치나 채색화에 옮겨 담으려고 애썼다. 이곳에서의 전망은 예술가에게는 무한한 수확이기 때문이다.

그날 밤은 밝은 달빛의 인도를 받아 선착장까지 산책했고, 여관에 돌아와서도 다시 얼마 동안 발코니에 머물렀다. 달빛의 조명 또한 각별해서 조용함과 우아함이 가득했다.

1787년 4월 3일, 화요일, 팔레르모

최초의 일은 거리를 소상히 관찰하는 것이었는데, 거리를 대충 파악하는 것은 쉬우나 완전히 정통하는 것은 좀처럼 쉽지 않다. 왜냐하면 몇 마일이나 계속되는 한 개의 대로가 이 도시를 아래쪽 문에서부터 위쪽 문까지, 해안에서부터 산 쪽까지 관통하고 있고, 이 대로가 중간에서 또 다른 가로와 교차하고 있기 때문이다.[84] 그 때문에 서로 가로지르는 두 대로 주변에 있는 것은 쉽게 찾을 수 있으나, 그 대신 거리 내부로 들어가면 외지인은 어리둥절해져서 안내인의 도움 없이는 도저히 그 미궁으로부터 빠져나올 도리가 없다. 저녁에는 마차의 행렬이 우리의 주의를 끌었다. 이것은 신분 높은 사람들이 하는 유명한 산책으로, 그들은 거리를 나와 부두로 가서, 그곳에서 신선한 공기를 마시며 담소하고 또한 부인들에게 경의를 표하기도 하는 것이다.

밤이 되기 2시간쯤 전에 보름달이 떠서 초저녁 경치의 아름다움은 이루 말할 수 없을 정도였다. 팔레르모는 북향이기 때문에 거리와 해변은 하늘의 빛과 기묘한 관계에 있다. 하늘의 반사가 파도에 비치는 장면을 볼 수 없는 것이다. 그러므로 오늘 같은 날도 반짝 갠 날씨임에도 바다는 진한 감색으로 무겁게 해변으로 밀려오는 것 같은 느낌이었다. 이곳이 나폴리라면 바다는 낮부터 점점 맑고 쾌활하게, 그리고 멀리까지 빛나 보일 텐데.

크니프는 벌써 여기저기 걸어다니면서 구경하는 일은 나

---

84) 괴테가 말하는 "한 개의 대로"는 팔레르모 시내에서 가장 오래된 중앙로인 카사로(Cassaro, 오늘날 비토리오 에마누엘레 거리)다. 이 길의 해안 쪽 끝에 포르타펠리체("아래쪽 문")가 있고, 그 반대편 끝에 1570년대에 세워진 43미터 높이의 무어 양식 게이트인 포르타누오바(Porta Nuova, "위쪽 문")가 있다. 오늘날은 괴테가 표현한 것 같은 대로가 아니라 복잡한 구시가지다.

혼자에게 맡겨버리고, 자기는 세계에서도 가장 아름다운 몬테 펠레그리노곳을 정밀하게 스케치하고 있다.

1787년 4월 3일, 팔레르모

추가로 두세 가지 일을 정리해서 적어둔다.

우리는 3월 29일 목요일 일몰과 함께 나폴리를 출발해, 나흘 후 3시에야 겨우 팔레르모 항에 상륙했다. 동봉한 작은 일기장이 우리가 어떤 일을 겪었는지 말해 줄 것이다. 이번처럼 안정된 마음으로 여행을 시작한 적은 없었다. 여태껏 나는 쉴 새 없는 역풍 때문에 많이 지연된 이 항해에서처럼 안정된 시간을(심한 뱃멀미로 처음 얼마 동안은 좁은 선실 침대에 누워 있지 않으면 안 됐던 때조차) 가져본 적이 없었다. 이제 나는 마음 편안히 여러분을 떠올리고 있다. 무언가 나에게 결정적인 것이 있다면 바로 이 여행 때문이다.

제 육신이 바다로 둘러싸이는 경험을 해본 적 없는 사람은 세계라는 개념도, 세계와 자신의 관계도 이해할 수 없다. 이 위대하고도 단순한 선(線)은 풍경화가로서의 나에게 전혀 새로운 사상을 부여해 주었다.

일기에도 적어놓았듯이 우리는 이 짧은 항해에서 여러 가지 변화의 상황을, 말하자면 뱃사람의 운명이란 것을 적게나마 경험했다. 여하튼 우편선의 완벽함과 편리함은 아무리 칭찬해도 모자랄 지경이다. 선장은 지극히 용감하고 훌륭한 사람이다. 같이 탔던 승객들은 여러 종류의 사람들의 집합으로 마치 하나의 극장 같았으나, 예의 바르고 느낌이 좋은 상당한 수준의 사람들이었다. 나의 동반자 예술가는 기운이 좋고 성실하고 선량한 사람으로서 극히 세밀한 스케치를 한다. 그는 눈앞에 나타나는 섬이나 해안을 모조리 스케치했다. 내가 그걸 모두 가지고 갈 수 있다면 여러분을 크게 기쁘게 해줄 수 있을 것이다. 그건 그렇고, 그는 항해하는 동안 장시간의 무료를 달래려고 지금 이탈리아에서 유행하는 수채화 기법에 관해 나에게 적어주었다. 그는 어떤 색조를 내기 위해 어떤 물감을 써야 하는지를 잘 알고 있는데 만약 이 비결을 모르는 사람이라면 아무리 물감을 섞어도 불가능한 일이다. 나도 로마에서 상당히 배웠으나 별로 계통을 세워서 한 것은 아니었다. 이탈리아 같은 나라에 있으니, 예술가는 이 비결을 연구해 낼 수 있는 것이다. 아름답게 갠 오후, 우리가 팔레르모 항으로 들어왔을 때 해변 일대에 떠 있던 엷은 안개의 청명함은 도저히 말로 표현할 수가 없다. 윤곽의 맑기, 전체의 부드러움, 색조의 분리, 하늘과 바다의 조화. 이것을 본 사람은 평생 잊을 수 없다. 이제야 비로소 나는 클로드 로랭의 그림을 이해할 수 있다. 그리고 언젠가 북쪽 나라에 돌아가면, 이 행복한 삶의 그림자를 내 마음속에 다시 불러일으켰으면 한다. 내가 갖고 있는 회화의 개념으로부터 짚으로 이은 지붕 같은 작은 것들이 사라져버렸듯이, 내 영혼으로부터 모든 잡다하고 사소한 것들을 말끔히 씻어버리고 싶다. 섬 중의 여왕이라고도 할 수 있는 이 섬이 어떤 작용을 할 것인지 두고 보기로 하자.

여왕이 어떻게 우리를 환영해 주었는지는 표현할 말이 없다. 신록이 뚝뚝 떨어질 것만 같은 뽕나무, 상록의 협죽도, 레몬나무로 만들어진 생울타리 등이 먼저 우리를 맞아주었다. 어떤 공원[85])에는 미나리아재비와 아네모네의 넓은 화단이 있었다. 공기는 따뜻하고 온화하며, 향기로운 냄새에 바람은 미지근하다. 거기다 둥근 달이 어느 갑 뒤편으로부터 떠올라서 해면을 비춘다. 그리고 나흘 낮 나흘 밤 동안이나 파도 위를 표류한 뒤에 맞이하는 이 즐거움! 용서를 바라지만 나는 지금 동행인 크니프가 스케치하는 데 사용한, 조개껍질에 들어 있는 먹물에 끝이 다 찌그러진 펜을 적셔가면서 이 편지를 쓰고 있는 것이다. 하지만 여러분에게는 그것이 속삭임처럼 들릴 것이다. 왜냐하면 나는 나를 사랑해 주는 모두를 위해 이 행복한 시간으로부터 두 번째 기념품[86])을 준비하고 있으니까. 그것이 어떤 것이 될지는 이야기해 줄 수 없으며, 여러분이 그걸 언제 받게 될지도 말할 수 없다.

1787년 4월 3일, 화요일, 팔레르모

친애하는 여러분, 이 한 장의 그림은 여러분에게 더없이 큰 즐거움을 가져다줄 것으로 생각한다. 이건 만조 때의, 다른 데와 비교할 수 없는 만의 풍광을 그린 것이다. 약간 평탄한 곳이 바다 멀리까지 돌출해 있는 동쪽으로부터 시작해, 모양새 좋게 솟아 있는 숲이 무성한 바위산을 따라 교외의 어부 집까지, 다시 거기서부터 시내까지가 그려져 있다. 시 외곽의 집들은 모

---

85) 빌라 줄리아(Villa Giulia). 1778년에 완공된 시칠리아 최초의 공원으로, 신고전주의 양식으로 조성되었다.

86) 괴테가 시칠리아 여행을 하면서 구상했으나 미완성으로 남은 비극 「나우시카」를 말한다. 호메로스의 『오디세이아』에서 풍랑으로 조난당한 오디세우스가 파도에 떠밀려 도착한 파이아케스족의 섬나라 스케리아에서 처음 만나는 소녀가 알키노오스 왕의 딸 나우시카아다.

두 우리 여관과 마찬가지로 항구 쪽을 향하고 있다. 그림은 우리가 지나왔던 이 도시의 문까지도 묘사하고 있다.

그로부터 더 서쪽으로 보면 작은 배가 닿는 보통 선착장에서 본래의 항구까지, 즉 큰 배가 정박하는 축항(築港)까지 포함하고 있다. 거기에는 모든 선박을 보호하는 몬테펠레그리노의 아름다운 모습이 솟아 있고 이 산과 이탈리아 본토 사이에 있는 건너편 바다에 이르기까지 경치 좋고 비옥한 계곡이 누워 있다.

크니프는 스케치를 하고 나는 도식화를 그렸는데 두 사람 다 매우 기분이 좋았다. 그런데 우리가 흡족해서 숙소로 돌아온 뒤에는 다시 이 그림을 끝마무리할 기력도 용기도 솟아나지 않았다. 따라서 우리의 스케치는 장래를 위해 그냥 남겨둘 수밖에 없다. 그리하여 이 한 장의 그림은 우리가 이 대상을 충분히 파악할 만한 능력이 없다는 증거에 지나지 않으며, 또한 이렇게 짧은 시간 내에 대상을 극복하고 지배하려 하는 오만의 증거에 지나지 않는다.

1787년 4월 4일, 수요일, 팔레르모

오후에 우리는 남쪽 산으로부터 팔레르모 근처까지 이어지고 오레토강이 구불구불 흐르고 있는 풍요하고 기분 좋은 계곡을 방문했다. 이곳의 경치를 그리려면 화가의 안목과 숙련된 기량이 필요하다. 역시 크니프는 하나의 지점을 포착했다. 거기는 막아놓은 물이 반쯤 깨진 제방으로부터 흘러내리는 지점인데, 재미있는 나무들이 그림자를 던지고 있고 그 배후의 계곡을 오르면 전망이 트이면서 농가가 두셋 보인다.

아름다운 봄 날씨와 솟아나는 듯한 풍요로움이 싱싱한 평화의 기분을 계곡 위 전체에 널리 퍼지게 하고 있었지만, 아무것도 모르는 안내인이 한니발이 옛날에 여기서 전쟁을 했느니 이 장소에서 훌륭한 무훈을 세웠느니 따위의 이야기를 귀찮게 떠들면서 아는 체했기 때문에 모처럼의 감흥도 크게 손상되었다. 그런 옛날 망령을 불러내면 불유쾌하다고 크게 나무랐다. "종자가 가끔가다 코끼리에 밟히는 일은 없다 하더라도, 말이나 인간에 의해 짓밟히는 것은 참으로 곤란한 일이다. 이런 소동을 다시 불러들여서 상상력의 평화를 놀라게 하는 따위의 일은 하지 말아주었으면 좋겠다."라고 나는 말했다.

이런 장소에서 고대의 추억에 대해 얘기하는 것을 내가 좋아하지 않는다는 사실을 안내인은 몹시 이상하게 여겼지만, 이러한 과거와 현대의 혼효(混淆)로 내가 어떤 기분이 되는지 그에게 알릴 방법은 없었다.

이 안내인이 더욱 이상하게 생각한 것은 개울물이 말라 있는 여울에서 내가 여러 가지 종류의 작은 돌을 찾아 채집하는 일이었다. 계곡물 속에 밀려 흘러가는 돌의 종류를 조사해 보면 산악 지방에 대한 개념이 가장 빨리 얻어진다는 것, 또 암석의 파편에 의해 지구 고대의 고지에 관한 개념을 얻을 수 있다는 것을 그에게 이해시키는 일 역시 불가능했다.

이 강에서의 수확은 충분해서 거의 40개쯤 수집했는데, 물론 분류해 보면 종류가 그렇게 많지는 않다. 대부분은 벽옥이나 각석, 또는 점판암 등이었다. 나는 이들 암석을 완전한 전석(轉石), 기형의 것, 또는 마름모꼴의 형태로 발견했는데 색채는 가지각색이었다. 그 밖에 오래된 석회암의 변형도 있었고 각력암도 상당히 많았다. 이 각력암의 결합 재료는 석회였는데, 결합되어 있는 돌은 벽옥이나 석회암이었다. 그중에는 패각석회층[87]도 있었다.

이 지방에서는 말의 먹이로 보리, 짚, 겨를 사용하는데 봄이 되면 싹이 난 녹색 보리를 말려서 준다. 말의 기운을 북돋우기 위해서인데, 이 지방 사람들 말로 하면 "페르 린프레스카레"[88]다. 초지가 없기 때문에 건초도 없다. 산 위에 목장이 두어 개 있으며, 밭도 3분의 1은 휴한지기 때문에 거기에도 목장이 있다. 양은 그다지 없고, 품종은 바르바리[89]종이다. 대체로 말보다 나귀가 많은데, 그것은 열성(熱性) 사료가 나귀 쪽에 더 적합하기 때문이다.

팔레르모 지방의 평원, 시외의 아이콜리 지역 및 바게리아의 일부는 지반이 패각석회이며, 도시가 그 위에 세워져 있기 때문에 근방에 큰 채석장이 있다. 몬테펠레그리노 근처 어느 곳에는 깊이가 50피트 이상이나 되는 채석장도 있다. 지층 아래쪽은 색이 희고 그 층 속에는 붉은 점토가 섞여 있으며 조가비는 그다지 포함되어 있지 않거나 전혀 없다. 맨 위쪽에는 묽은 점토가 있으나 그 층은 견고하지 않다.

이 모든 것 위에 몬테펠레그리노가 솟아 있는 것이다. 이 산은 비교적 오래된 석회로 되어 있고 그 석회암에는 많은 구멍과 갈라진 틈이 있다. 그것을 상세히 관찰하면, 매우 불규칙

---

87) 조개류의 껍질 화석이 석회질의 진흙과 엉겨 응고한 암석층이다.

88) per rinfrescare. 직역하면 '차갑게 식혀주기 위해서'라는 뜻이다.

89) Barbarei. 모로코, 알제리, 튀니지 등을 아우르는 아프리카 북서 해안 지역의 옛 이름이다.

적이긴 하지만 역시 지층의 질서에 따르고 있음을 알 수 있다. 암석은 단단하고 때리면 잘 울린다.

1787년 4월 5일, 목요일, 팔레르모

우리는 거리를 일일이 걸어다니며 관찰해 보았다. 건축 양식은 대개는 나폴리와 같지만 공공기념물, 예를 들어 분수 같은 것은 그다지 좋은 취향이라고 할 수 없다. 여기는 로마와 달라서 제작을 지배하는 예술 정신 같은 것이 없다. 건축물 중에는 아름답고 다채로운 대리석이 없고, 또한 동물의 모습을 조각하는 데 숙련된 조각사가 그 당시 그처럼 인기를 얻고 있지 않았더라면, 섬사람 전체가 경탄의 눈으로 보고 있는 분수는 만들어지지 않았을 것이다. 이 분수[90]의 모양새를 글로 표현하기는 힘들다. 보통 크기의 광장에 2층 높이까지는 안 되지만 둥글게 지은 건축물이 있는데, 대석도 석벽도 가장자리 장식도 모두 색이 있는 대리석으로 되어 있다. 석벽에는 여러 개의 벽감이 일렬로 설치되어 있고, 그 벽감으로부터 흰 대리석으로 만든 온갖 종류의 동물 머리가 목을 뽑아서 이쪽을 보고 있다. 말, 사자, 낙타, 코끼리가 교대로 줄 서 있어서, 이 동물원을 한 바퀴 돌면 그 배후에 분수가 있으리라고는 도저히 생각되지 않는다.

---

90) 팔레르모 중심가에 있는 산타카테리나 성당(Chiesa di Santa Caterina d'Alessandria) 서쪽, 프리토리아 광장 분수(Fontana Pretoria)를 가리킨다. 원래는 메디치 가문의 루이지 데 톨레도(Luigi de Toledo)가 1544년 피렌체에 있는 자신의 정원에 설치한 분수인데, 그가 막대한 빚에 쫓겨 나폴리로 도피하면서 자신의 동생이자 당시 시칠리아 총독이던 가르시아 데 톨레도(García de Toledo)에게 분수를 팔았다. 1574년 분수는 644개의 조각으로 나뉘어 운반된 후 팔레르모에서 다시 조립 설치되었다.

사방에 틈새가 있어서 거기로 대리석 계단을 올라가면 분수로 통하는데, 풍부하게 넘치는 물을 길을 수 있게 되어 있다.

교회에 관해서도 대충 같은 말을 할 수 있다. 교회 건축에 있어서는 예수회의 화려한 취향도 도저히 따를 수 없을 정도지만, 그것도 원칙이나 의도가 있는 것이 아니라 우연히 그렇게 되었을 뿐이다. 당시의 수공 장인, 인형이나 잎 장식 조각사, 도금사, 칠 장인, 대리석공이 그들 기술로 만든 것을 아무런 취향이나 지도도 없이 한 장소에 가져다가 붙여놓아서 만들어진 것이나 다름없다.

그런 경우에라도 자연의 사물을 모방하는 능력은 인정된다. 예를 들어 저 동물 머리 같은 것은 정말 훌륭한 세공으로, 틀림없이 대중의 경탄을 획득할 만하다. 대중이 예술에서 맛보는 기쁨은 모조를 원형과 비교하는 데 있기 때문이다.

저녁때 여러 가지 자질구레한 물건을 사려고 긴 대로에 있는 작은 상점에 들어갔다가 재미있는 인물을 알게 됐다. 내가 상점 앞에 서서 물건을 보고 있는데 한차례 돌풍이 불어와 가로를 따라 소용돌이치면서 무수히 불어 올린 먼지를 상점, 창문 할 것 없이 사방에 뿌려놓았다.

나는 외쳤다. "이거 지독하군! 자네들 거리에 있는 오물은 어디서 오는 거지? 이걸 어떻게 할 수 없는 건가? 이 거리는 길이로 보나 아름다움으로 보나 로마의 코르소[91]에 견줄 만한데! 양측에 있는 보도는 상점이나 공장 주인이 항상 쓸어서 깨

---

91) Via del Corso. 고대 로마 시대 때부터 있던 대로로, 로마의 캄피돌리오 언덕 포폴로 광장에서부터 베네치아 광장까지 뻗은 1.6킬로미터의 길이다.

끗하지만, 모든 쓰레기를 길 가운데로 쓸어 모으니 가운데는 더욱더 더러워지고, 바람이 불 때마다 자네들이 길에 쓸어 모은 쓰레기가 도로 자네들 쪽으로 돌아오지 않나. 나폴리에서는 나귀가 매일 부지런하게 쓰레기를 농원이나 밭으로 나르고 있는데, 자네들도 무언가 그런 설비를 하든지 대책이 있어야 하지 않겠는가?"

"우리로서는 다르게 할 도리가 없습니다." 하고 그 남자는 대답했다. "우리가 집 안에서 밖으로 쓸어내는 것은 문밖에 쌓였다가 곧 썩어버립니다. 보시다시피 여기에는 짚이랑 갈대, 부엌 쓰레기와 여러 가지 오물이 층을 만들고 그것이 함께 마르면 먼지가 되어 이쪽으로 되돌아옵니다. 우리들은 하루 종일 그것을 막고 있는 형편입니다만, 보시다시피 아무리 고급 빗자루를 사용해도 결국은 닳아버리고 오히려 집 앞의 오물만 증가시킬 뿐입니다."

우스운 사고방식이지만 실제가 그렇다. 그들은 지중해야자나무[92]로 만든, 약간만 개량하면 부채가 될 만한 고급 빗자루를 사용하고 있는데 이 빗자루는 금방 닳아버리기 때문에 그 닳아버린 빗자루가 수천 개나 길거리에 버려져 있다. 이것을 어떻게 막을 도리가 없느냐고 내가 되풀이해서 물어보니 그는 이렇게 대답했다.

"세상 사람들 이야기로는 거리의 청소를 담당하는 관리들이 대단한 세력을 가지고 있기 때문에, 법대로 청소 비용을 그쪽으로 배정해 달라고 요구할 수가 없다는 것입니다. 위에 있

---

92) Chamaerops humilis. 난쟁이야자 또는 부채야자로도 불린다.

는 더러운 지푸라기더미를 제거하면 그 밑에 있는 포장도로가 얼마나 엉터리로 만들어졌는지가 밝혀져 부정한 금전 관리까지도 폭로될 가능성이 있는 기묘한 사정도 있으니까요." 그는 익살맞은 표정으로 덧붙였다. "하지만 이런 것은 모두 심술궂은 사람들의 억지 주장에 불과합니다. 언제나 저녁이 되면 귀족 분들이 산책을 위해 마차를 모는데, 그럴 때는 아무래도 탄력 있는 지면이 기분 좋기 때문에 마차의 승차감을 위해 지면을 부드럽게 해두는 것이라는 사람들의 주장에 나는 찬성입니다."

그러고 나서 남자는 여세를 몰아 경찰의 권리 남용과 관련된 두세 가지 사건을 반 농담조로 이야기했는데, 어쩌지도 못하는 일은 아예 조소해 버릴 만한 유머를 이 사람은 가지고 있다는 사실을 알게 되어서 나에게는 재미있게 느껴졌다.

1787년 4월 6일, 팔레르모

팔레르모의 수호 여신 성 로살리아에 관해서는 브라이던[93]이 제전에 관해서 쓴 기록에 의해 일반에게 널리 알려져 있는 터이므로, 로살리아가 특별히 숭배되고 있는 고장에 대한 설명을 읽는 것은 여러분에게도 흥미가 있으리라고 믿는다.

거대한 암석 덩어리인 몬테펠레그리노는 높다기보다는 폭

---

93) 패트릭 브라이던(Patrick Brydone, 1736~1818). 스코틀랜드 출신 여행가로, 1770년에 당시 서유럽 대중에게는 별로 알려지지 않았던 시칠리아와 몰타를 여행하고 『시칠리아와 몰타 여행기: 윌리엄 베크포드 씨에게 부치는 편지 모음(A Tour through Sicily and Malta, in a Series of Letters to William Beckford)』이라는 책을 펴냈다. 이 책이 크게 인기를 얻어 프랑스와 독일에서도 번역본이 출판되었다.

이 넓으며, 팔레르모만의 북서단에 있다. 그 아름다운 자태는 말로는 묘사할 수 없다. 불완전하기는 하지만 그 풍광은 『나폴리와 시칠리아로 가는 그림 같은 여행』[94] 속에서 볼 수 있다. 이 산은 전(前) 세대의 회색 석회암으로 되어 있는데, 바위는 전부 노출되어서 수목도 관목도 그 위에는 자라나지 못하고 있으며, 평평한 부분만이 겨우 잔디나 이끼로 덮여 있을 뿐이다.

지난 세기 초에 이 산 어느 동굴에서 성 로살리아의 유골이 발견되어 팔레르모로 운반되어 왔다. 그 유골이 있었기 때문에 도시는 페스트의 재앙으로부터 구제되었고, 그때부터 로살리아는 이 지방 사람들의 수호 성녀가 되었다. 사람들은 로살리아를 위해 몇 개의 성지[95]를 세우고 또한 그녀를 위해 성대한 의식을 올렸다.

신앙심 깊은 사람들이 부지런히 이 산에 참배하러 오기 때문에 막대한 비용을 들여 도로를 깔았다. 이 도로는 수도(水道)와 마찬가지로 지주와 아치 위에 설치되었는데 두 개의 절벽 사이를 지그재그형으로 올라가게 되어 있다.

예배소 자체는 성녀가 철저하게 현세로부터 은둔생활을 했던 것을 기리기 위해, 제의의 거행보다는 그녀가 이곳으로 도피해 온 겸양에 알맞게 건조되어 있다. 지난 1800년 동안 그

---

94) *Voyage pittoresque ou Description des royaumes de Naples et de Sicile.* 프랑스 판화가 장 클로드 리샤르 드 생농(Jean Claude Richard de Saint-Non, 1727~1791)이 나폴리와 시칠리아를 여행하며 그린 542개의 에칭 판화와 짧은 글 모음집으로, 1781년부터 1786년까지 전5권을 출판했다. 흔히 '생농의 수도사'로 불리지만, 실제로 성직자는 아니었다.

95) 묘지, 성당, 수도원으로 이루어진 지성소 산투아리오 디 산타로살리아 (Santuario di Santa Rosalia)를 말한다.

리스도교는 최초의 설립자이자 열성적 신봉자였던 사람들의 고뇌를 토대로 해서, 그 위에 재산과 사치와 예식의 환락을 쌓아올려 왔는데, 전체 기독교 정신 중에서도 이처럼 천진하게, 이처럼 마음을 담아 장식되고 경배되는 성지는 다른 어디에서도 찾아볼 수 없을 것이다.

산을 다 올라가면 하나의 바위 모퉁이를 돌아가게 되는데, 거기서 험한 암벽과 마주 서게 된다. 이 암벽에 딱 붙어서 성당과 수도원이 자리하고 있다.

성당 바깥쪽에서는 눈길을 끌거나 기대를 품게 하는 것이 아무것도 없다. 문을 열 때만 해도 별다른 기대가 없었는데, 안으로 들어가 보고는 깜짝 놀라고 말았다. 즉 그곳은 성당 전면만큼의 폭을 가진, 본당을 향해 열려 있는 커다란 홀이었다. 거기에는 성수를 가득 채운 보통 용기와 두서너 개의 고해성사석이 있다. 본당은 지붕이 없는 중정으로 되어 있으며, 우측은 천연의 바위에 의해, 좌측은 홀의 연결 부분에 의해 막혀 있다. 중정에는 빗물이 빠지게끔 판석이 좀 경사지게 깔려 있다. 그 한가운데쯤에 작은 샘이 있다.

동굴 자체는 성가대석으로 개조되어 있는데, 자연 그대로의 거친 모양에 아무런 가공도 더하지 않았다. 몇 개의 계단을 오르면 바로 그곳에 성가집을 올려놓은 큰 책상이 있고 양측에 성가대석이 있다. 모든 것은 중정 또는 본당으로부터 들어오는 햇빛으로 조명된다. 동굴의 어둠 속 깊은 곳 중앙에 대제단이 있다.

앞서도 말했듯이 동굴에는 조금도 손을 대지 않았는데, 끊임없이 바위에서 물이 떨어지기 때문에 이 장소가 젖지 않도록 해둘 필요가 있었다. 그래서 납으로 된 여러 가지 홈통을 바위 모서리를 따라 설치하고 각양각색으로 연결해 놓았다. 홈통은 위쪽이 넓고 아래쪽은 좁아져서 뾰족하게 되어 있는데, 녹색칠을 지저분하게 해놓아 마치 동굴 내부에 커다란 선인장류가 자라고 있는 것처럼 보인다. 일부는 측면에서, 일부는 뒷면에서 끌어와 물이 맑은 수조로 들어가게 해놓았다. 신자들은 그 물을 길어서 여러 가지 악행을 물리치는 데 사용하고 있는 것이다.

내가 이런 것들을 상세하게 관찰하고 있으려니까 한 성직자가 다가와 "제노바 근방에서 오셨습니까? 미사를 보고 싶으신가요?" 하고 물었다. 나는 대답했다. "제노바 사람과 함께 팔레르모에 왔습니다만, 그 사람은 축일인 내일 이곳으로 올라올 것입니다. 우리들 중 한 사람은 항상 남아 있어야 하기 때문에 오늘은 제가 구경하러 올라왔습니다." 그러자 그는 "자유롭게 무엇이든 잘 보시고 믿음을 깊게 하십시오."라고 대답했다. 특히 그는 동굴 좌측에 있는 제단을 가리키면서 그것이 특별히 신성한 장소라고 가르쳐주고는 가버렸다.

제단 밑에 있는 몇 개의 번쩍번쩍 빛나는 램프 때문에 황동으로 만든 커다란 이파리 모양 장식의 틈새로 그 뒤에 있는 것이 보여서, 나는 바로 앞으로 가 꿇어앉아서 틈새를 들여다보았다. 안쪽에는 다시 촘촘히 짠 황동 철사가 격자형으로 설치되어 있어서 그 뒤에 있는 것은 마치 베일을 통해 보는 정도로밖에 식별할 수가 없었다.

두세 개의 램프가 비추어내는 조용한 빛 옆에 아름다운 여인 상 하나가 보였다.

그녀는 반쯤 눈을 감고, 여러 개의 반지를 낀 오른손 위에 머리를 아무렇게나 얹고서 일종의 황홀 상태에 빠진 듯이 누워 있었다. 이 여인 상을 충분히 관찰할 수는 없었으나 특별한 매력을 가지고 있는 것같이 느껴졌다. 그 옷은 도금한 양철로 만들어졌는데, 금을 풍부하게 섞어서 짠 천을 참으로 교묘하게 모방한 것이다. 흰 대리석으로 된 머리와 손은 그다지 우아한 양식이라고는 할 수 없지만 아주 자연스럽게 잘 만들어져서, 금방이라도 숨 쉬고 움직이는 것이 아닐까 싶을 정도였다.

그녀 곁에는 자그마한 천사가 서서 백합 잎으로 그녀에게 시원한 바람을 보내고 있다.

그러는 동안 수도자들이 동굴 안으로 들어와 의자에 앉아 저녁 기도를 드리기 시작했다.

나는 제단을 마주하고 있는 긴 의자에 앉아 잠시 그 소리를 들었다. 그러고 나서 다시 제단에 가서 꿇어앉아 이 아름다운 성녀 상을 더 똑똑히 보려고 애썼다. 이 모습과 장소가 자아내는 기분 좋은 환상에 나는 완전히 몸을 맡긴 셈이었다.

수도자들의 노래는 이제 동굴 속으로 사라지고, 물은 제단 바로 옆의 수조 안으로 졸졸 흘러들고 있었다. 교회의 본당에 해당하는 앞마당을 둘러싸고 있는 바위는 이 광경을 한층 더 비좁게 만들고 있었으며, 이 자연 그대로의 동굴에는 청순한 기운이 가득 차 있었다. 가톨릭의, 특히 시칠리아의 예배 의식이 가지는 현란한 장식도 여기서는 아직 자연의 소박함에 가장 가까운 상태에 있다. 잠자고 있는 아름다운 여인 상이 불러일으키는 환상은 많은 수련을 쌓은 사람의 눈에도 매력적일 것이다. 여하튼 나는 간신히 이곳을 떠나 밤이 깊어서야 팔레르모로 돌아왔다.

1787년 4월 7일, 토요일, 팔레르모

부둣가 바로 옆 공원[96]에서 나는 마음을 조용히 가라앉히며 즐거운 시간을 보냈다. 여기는 세상에서 가장 아름다운 곳이다. 이 공원은 법칙대로 설계되어 있지만, 그러면서도 선경 같은 느낌이 든다. 나무를 심은 지 그다지 오래되지 않았는데도 마치 옛날로 돌아간 듯한 생각을 금할 수 없다. 녹색 화단 언저리가 외국산 식물을 둘러싸고, 레몬나무 울타리는 아름다운 아케이드를 형성하고 있으며, 석죽 같은 무수한 빨간 꽃으로 장식된 협죽도로 만들어진 높은 생울타리가 눈길을 끈다. 그리고 우리가 전혀 본 적이 없는 진기한, 아마도 더 남쪽 지방에서 가져온 듯한 나무가 아직 잎도 달지 않은 채 기묘한 모양으로 가지를 펼치고 있다. 평평한 공지의 뒤쪽에 있는 한 단 높인 벤치로부터는 기묘하게 서로 엉킨 식물이 바라보이고, 마지막으로 시선은 커다란 샘물로 옮겨간다. 그 샘물에는 금빛, 은빛 고기들이 참으로 귀엽게 헤엄치고 있는데, 이끼 긴 갈대 밑으로 숨었다가 한 조각의 빵에 유도되어 떼 지어 모여든다. 식물은 모두 우리가 보지 못했던 녹색을 띠고 있으며, 독일 것보다 황색이나 푸른색이 더 진한 것도 있다. 그러나 전체적으로 우아함을 더해 주고 있는 것은 모든 식물 위에 한결같이 퍼져 있는 진한 안개다. 이것이 큰 작용을 미치고 있기 때문에 물상은 겨우 몇 발짝 앞뒤로 떨어져 있기만 해도 뚜렷하게 엷은 청색으로 떠오르고, 그 때문에 식물 본래의 색은 마침내 사라져버리든가 아니면 적어도 매우 푸른빛이 끼어서 눈에 비치는 것이다.

---

96) 빌라 줄리아 공원. 419쪽 참조.

이러한 안개가 멀리 떨어져 있는 선박이나 갑과 같은 사물에 얼마나 이상한 외관을 부여하는가는 화가로서 주목할 만한 가치가 있는 것이다. 이것에 의해 원근 구별을 정확하게 할 수 있을 뿐만 아니라, 거리까지도 측정할 수 있기 때문이다. 그러므로 고지를 산책하는 일은 대단히 흥미롭다. 눈에 보이는 것은 단순한 자연이 아니라, 기교가 지극히 뛰어난 화가가 그림에 덧칠을 해서 농담의 단계를 나타낸 것 같은 광경이기 때문이다.

그러나 그 이상한 공원의 인상은 내 마음 깊이 새겨졌다. 북방 수평선에 보이는 거무스레한 파도, 그것이 구불구불한 후미로 밀려드는 광경, 수증기가 오르고 있는 바다의 독특한 향기, 이 모든 것이 나의 감각에도, 나의 기억 속에도, 행복한 파이아케스족[97]의 섬을 연상시킨 것이다. 나는 곧장 호메로스를 사러 갔다. 그 시를 읽어서 많은 계발도 하고, 또 즉석 번역을 크니프에게 낭독해서 들려주려고 생각했기 때문이다. 크니프는 한 잔 술을 기울이면서 힘겨웠던 오늘 하루의 노고에 대해 유쾌한 휴양을 취할 자격이 충분히 있다.

1787년 4월 8일, 부활절 일요일, 팔레르모

주님의 반가운 부활을 축하하는 즐거운 소동이 날이 밝기가 무섭게 시작되었다. 불꽃, 폭죽, 봉화 같은 것이 예배당 문전에서

---

97) 오디세우스의 오랜 유랑은 자신의 아들 폴리페모스를 조롱한 데 대한 포세이돈의 노여움에서 비롯되었다. 오디세우스가 고향에 가까워지려 할 때마다 포세이돈이 파도와 바람을 일으켜 다시 망망대해로 떠밀려간 것이다. 그런데 스케리아섬의 파이아케스족은 예로부터 뛰어난 해양민족이었고, 오디세우스는 이들의 호송을 받아 비로소 이타케로 귀향할 수 있었다.

엄청나게 터뜨려지는 한편, 신자들은 열려 있는 옆문 쪽으로 몰려들었다. 종소리와 오르간의 울림, 행렬의 합창과 그에 화답하는 수도자들의 합창은 이렇게 소란한 예식에 익숙하지 않은 사람들의 귀를 정말로 혼란시킬 정도였다.

아침 미사가 끝나자마자 잘 차려입은 총독[98]의 가신 둘이 우리 숙소를 찾아왔다. 첫째는 모든 외국인에게 예식의 축사를 전하고 축의금을 받기 위해서고, 둘째는 나를 식사에 초대하기 위해서였는데, 그 때문에 나는 얼마간의 축의금을 헌납하지 않을 수 없었다.

오전에 여러 성당을 방문하고 민중의 얼굴과 모습을 관찰하면서 시간을 보낸 다음, 나는 시의 산 쪽 끝에 있는 총독의 궁전[99]으로 마차를 몰았다. 조금 빨리 왔기 때문에 커다란 홀에

---

98) Vizekönig(독), Viceré(이), Viceroy(영). 역사 용어 'Viceroy'는 봉건군주제에서 식민지의 최고통치자로, 상당한 정도의 자율권을 가졌기 때문에 해당 식민지 내에서는 군주의 역할이었다. 주로 총독으로 번역하지만, 시기와 지역에 따라서는 부왕(副王)으로 번역하기도 한다. 그러나 부르봉 왕가 통치기 시칠리아에서 이 직위는 나폴리 및 시칠리아 왕에 봉사하는 지방관으로, 행정 및 군사 결정권은 훨씬 축소되었으며, 거주민 대표로서 의회의장과 문화예술 후원자 역할을 주로 했다. 우리말에서는 태수(太守)가 가장 비슷한 것 같지만, 통례에 따라 총독으로 표기한다.

시칠리아 왕 페르디난도 3세(나폴리 왕 페르디난도 4세) 치세기 시칠리아 총독은 총 9명이었는데, 그중 괴테가 만난 인물은 나폴리 귀족 출신의 프란체스코 다퀴노(Francesco d'Aquino, 1738~1795)다. 그는 런던과 파리에서 나폴리 대사를 역임한 후 1786년 시칠리아 총독에 임명되었다.

99) 팔레르모 왕궁(Palazzo Reale). 1132년 초대 시칠리아 왕 로제르 2세가 짓기 시작해 노르만 궁전(Palazzo dei Normanni)으로도 불린다. 엄격한 중세풍 외관에 비해 실내는 화려한 비잔틴 양식으로 꾸며져 있다. 특히 궁전 예배당 카펠라 팔라티나(Cappella Palatina)는 로마네스크 양식의 골격에 아랍식 아치와 천장 구조, 비잔틴식 돔과 황금빛 모자이크가 풍요롭게 혼합되어 있다.

는 아직 사람들이 없었으나 키가 작고 건강한 남자 하나가 내 곁으로 다가왔다. 나는 그가 몰타기사단 소속이라는 것을 금방 알 수 있었다.[100]

내가 독일인이라는 것을 듣고 그는 에르푸르트에 관해 이야기해 줄 수 없는지, 자기는 그곳에서 잠시 동안 매우 유쾌한 날을 보낸 적이 있다고 말했다. 그는 다허뢰덴 가문과 달베르크 주교의 근황을 물었고, 내가 충분한 정보를 주자 무척 흡족해 하면서 튀링겐에 대해서도 질문했다.[101]

"그 사람은 어떻게 하고 있습니까?" 하고 그가 물었다. "내가 독일에 있을 때, 젊고 기운이 넘치며 사람들을 슬프게도 즐겁게도 만들던 분이 있었습니다. 이름은 잊어버렸습니다만, 저 『젊은 베르테르의 슬픔』의 저자 말입니다."

나는 주저하듯 좀 시간을 두고서 대답했다. "당신이 말씀하시는 사나이는 바로 접니다."

그는 놀라운 표정을 역력히 나타내고 한 발 뒤로 물러서면서 외쳤다. "그럼 무척 많이 변했군요!"

"그럼요." 나는 대답했다. "바이마르와 팔레르모 사이에서 나는 매우 많이 변했습니다."

---

100) 과거 몰타기사단의 유니폼은 어깨에 몰타십자가 문양을 수놓은 금색 견장이 달린, 빨간색 장교 군복 스타일 재킷이었다. 현대에는 검정색 재킷으로 바뀌었지만, 어떤 경우에도 몰타기사단의 상징인 십자가(화살촉의 뾰족한 끝 네 개가 중점에서 만나는 형태)는 그대로다.

101) 다허뢰덴(Dacheröden)은 르네상스 시대 에르푸르트의 대표 가문으로, 문화예술계의 주요 후원자였으며 괴테, 실러, 빌헬름 폰 훔볼트 등과 친분이 있었다. 선제후 카를 폰 달베르크(Karl Theodor Anton Maria von Dalberg, 1744~1817)는 에르푸르트 제후이자 부교구장 주교였으며, 다허뢰덴 가문과 가깝게 지냈다.

그때 가신들을 거느리고 총독이 들어왔는데 그 행동거지는 고귀한 사람에 걸맞게 점잖고 유연한 데가 있었다. 몰타의 기사가 여기서 나를 만나게 된 놀라움을 털어놓고 있는 동안 총독은 미소를 금치 못했다. 식사 중에 나는 총독 옆에 앉아 있었는데 그는 나의 여행 목적에 관해 물어보고 팔레르모에 있는 모든 것을 나에게 보여줄 것 외에 시칠리아 여행에도 가능한 한 편의를 도모하도록 명령을 내리겠다고 약속해 주었다.

1787년 4월 9일, 월요일, 팔레르모

오늘 우리는 종일 팔라고니아 공자[102]의 몰상식한 행위에 말려들어서 시간을 보내고 말았다. 그의 바보스러움은 지금까지 상상했던 것과는 전혀 딴판이었다. 대체로 상식을 벗어난 일에 관해서 변명하려고 드는 사람은 아무리 진리에 대한 사랑을 가지고 있다 하더라도 결국은 곤경에 빠지는 법이다. 그는 상식 밖의 것에 하나의 개념을 부여하려고 하지만, 원래는 무의미한 것을 의미 있는 것으로 보이기 위해 억지로 날조하는 데 지나지 않는다. 그래서 나는 이제 하나의 일반적인 고찰을 미리 말

---

102) 그라비나의 페르디난도 프란체스코 2세(Il principe di Palagonia Ferdinando Francesco II Gravina, 1722~1788). 그로테스크한 취향의 소유자로, 팔레르모에서 10킬로미터가량 떨어진 소도시 바게리아(Bagheria)에 위치한 그의 저택 '빌라 팔라고니아'는 기괴한 조각상들로 장식된 시칠리아 바로크 양식으로 유명해서 '괴물의 집(Villa dei Mostri)'이라는 별명이 붙었다. 괴테뿐만 아니라 많은 그랜드투어 여행객들이 '바게리아의 괴물'을 둘러보고 팔라고니아 공자의 취향에 혐오감을 드러내며 광인일 것으로 추측했는데, 실제로는 매우 멀쩡하고 유능한 귀족이었다고 한다. 다만 그는 당시 유럽의 주도적 사상이었던 계몽주의에 대한 강한 반발심, 인간 이성에 대한 회의, 종교에 대한 비판적 시각을 환상과 상상의 기괴한 형상화를 통해 표출했다는 점에서 낭만주의의 한 유형에 속했다.

해 둘 필요가 있다. 즉 아무리 몰취미한 것일지라도, 또한 아무리 뛰어난 것일지라도, 그것은 하나의 인간 또는 하나의 시대로부터 직접 태어나는 것이 아니라, 조금만 주의해 본다면, 양자가 유래한 계통을 밝힐 수 있다는 점이다.

팔레르모의 저 분수는, 팔라고니아식 몰상식의 원조 중 하나지만, 자기 소유의 땅에 있기 때문에 지극히 자유롭게 또 지극히 제멋대로 기를 펴고 있을 수 있는 것이다. 여기에 그 성립 경과를 적어보려 한다.

이 지방의 별장들은 각각 다소 차이는 있을지언정 소유지의 중앙에 위치하고 있다. 따라서 그 훌륭한 저택에 도달하려면 잘 경작된 밭이나 채원이나 기타 농업 시설을 지나야만 한다. 이것은 눈을 즐겁게 하기 위해 열매를 맺지 않는 관목을 심어서 넓고 훌륭한 토지를 유원지로 만드는 북방 사람들보다 이들이 경제적이라는 것을 나타내고 있다. 그 대신 남방인은 두 개의 장벽을 축조해서 그 사이를 지나 저택에 도달하도록 해놓았기 때문에 좌우에 무엇이 있는지 알 수 없다. 이 길은 보통 대문 또는 아치형 문으로부터 시작해서 저택 앞마당에서 그친다. 하지만 이 장벽을 지나가는 동안 눈의 보양도 할 수 있도록, 장벽은 위쪽으로 돌출한 부분에 소용돌이 모양 장식이나 대좌로 꾸며져 있다. 또 그 위에는 경우에 따라 여기저기 화병을 올려놓았다. 벽 표면에는 회반죽을 발랐는데 구획을 해서 페인트칠을 해놓았다. 저택의 앞마당에는 사용인이나 일꾼들이 사는 단층집들이 둥그렇게 둘러서 있고, 그것들 모두를 내려다보도록 네모난 저택이 높게 솟아 있다.

이것이 전통적인 설계 방법인데, 옛날 팔라고니아 공자의 부군이 저택을 건축했을 때까지만 해도 존속했던 모양이다. 이 설계는 최상이라고는 하지 못해도 우선 참을 수 있을 정도의 취향이다. 그런데 현재의 소유주는 일반적인 근본 원칙을 버리지도 않으면서 자신의 기호와 도락이 원하는 대로 내맡겨 버려서, 볼품없고 몰취미한 건물을 만들어버렸다. 조금이라도 그의 상상력을 인정해 주는 것은 그에게 과대한 영예를 안겨주는 것이 된다.

우리는 소유지 경계 지점에서 시작되는 커다란 아치문으로 들어갔는데 거기에는 폭에 비해 높이가 높은 팔각 누각이 있었다. 단추가 달린 근대식 각반을 맨 네 명의 거인이 장식 테를 떠받치고 있고 그 장식 테 위의 바 입구 정면에 신성한 삼위일체가 세워져 있다.

저택으로 가는 길은 보통 길보다도 폭이 넓고, 장벽은 높은 대석 형태로 멀리까지 연결되어 있는데, 그 대석 위에는 훌륭한 초벽이 진기한 군상을 높이 받치고 있고, 그 사이사이에 많은 화병이 놓여 있다. 지극히 저속한 석공의 손으로 만들어진 서툰 솜씨의 조각물은 몹시 조악한 패각응회암으로 제작되었기 때문에 더욱더 혐오스럽게 보인다. 하지만 재료가 더 좋았다면 형태의 무가치함이 한층 더 눈에 띄었을지도 모르겠다. 내가 지금 군상이라고 했는데, 이것은 적합하지 않은 표현이다. 왜냐하면 위에서 말한 조립 방법은 어떤 고려에서 나온 것도 아니며, 또한 분방한 감정에서 이루어진 것도 아니라 단지 이것저것 끌어모은 것에 지나지 않기 때문이다. 즉 세 개의 상으로 사각형 대좌 장식을 만들고 있는데, 그들 상은 각기 제멋대로의 위치에 있어, 그저 합쳐져서 사각의 공간을 메우고 있을 따름이다. 가장 우수한 것은 보통 두 개의 조각상으로 구성되어 있는데, 그 대각은 기저 앞면의 대부분을 차지하고 있다. 조각상은 대부분이 동물이나 인간의 형태를 한 괴물이다. 기저면의 뒤 공간을 메우기 위해서는 두 개의 상이 더 필요하다. 거기에 중간 크기로 보통 남자나 여자 양치기, 기사나 귀부인, 춤추는 원숭이나 개가 놓여 있다. 기저에는 또 하나의 빈 공간이 남게 되는데 이것은 대개의 경우 난쟁이로 채운다. 이 난쟁이란 놈은 언제나 골 빠진 우스개를 표현하는 데 중대한 역할을 하는 놈이다.

팔라고니아 공자가 가지고 있는 광기의 모든 요소를 십분 전달하기 위해 다음과 같은 목록을 만들어보았다. 인간부(部)에는 남녀 거지, 에스파냐 남녀, 무어인, 튀르크인, 곱사등이, 온갖 종류의 불구자, 난쟁이, 악사, 익살꾼, 고대 복장을 한 병사, 남신과 여신, 고대 프랑스 복장을 한 사람, 탄창과 각반을 두른 병사, 기괴한 동반자를 거느린 신화적 인물, 가령 풀치넬라를 데리고 다니는 아킬레우스와 케이론(半人半馬) 등이 있다. 동물부에는 부분적인 것들뿐인데 사람의 손을 가진 말, 사람의 동체에 말 머리를 붙인 것, 비뚤어진 얼굴의 원숭이, 용과 뱀, 온갖 종류의 인간 모습에다 여러 가지 앞발을 붙인 것, 머리를 중복시키거나 바꿔 붙인 것 등이 있었다. 화병부에는 온갖 종류의 괴물과 소용돌이 모양 장식이 있으며 그것들의 하부는 화병의 복부와 받침대가 되면서 끝나고 있다.

이런 모양의 물건이 60개씩이나 제작되고, 전혀 아무런 의미도 이해도 없이 생겨나서, 아무런 선택이나 목적도 없이 배열돼 있는 광경을 상상해 보기 바란다. 또한 이들 대좌나 대각과 기괴한 형상들이 일렬로 끝도 없이 나란히 서 있는 광경을 상상한다면, 망상의 가느다란 회초리에 쫓길 때 누구에게나 엄습하는 불쾌한 감정을 감득할 수 있으리라고 생각한다.

저택에 가까이 가면 반원형을 한 앞마당의 양팔 안으로 들어가게 되어 있다. 정문이 붙어 있는 주벽은 성벽과 같은 축조물이다. 이 벽에는 이집트 상, 물이 없는 분수, 기념비, 흩어져 있는 화병, 일부러 엎어져 있게 만든 조각상 등이 박혀 있다. 저택의 앞마당 안으로 들어가면 작은 가옥으로 둘러싸인 전통적인 원형 형상이 더욱 강력한 변화를 주기 위해 다시 여러 개의 작은 반원을 형성하며 돌출해 있다.

지면에는 대부분 풀이 자라 있다. 그곳은 흡사 황폐한 묘지 같고, 공자로부터 전해 받은 기묘한 소용돌이 모양 장식이 달린 대리석 화병과 새 시대의 산물인 난쟁이와 기타 여러 가지 기형이 아직까지도 제자리를 찾지 못하고 어수선하게 서 있다. 거기에다 오래된 화병과 그 밖의 소용돌이 장식을 한 암석으로 가득 차 있는 정자까지 있다.

이러한 몰취미한 사고의 불합리성은, 작은 가옥의 베란다가 완전히 어느 한쪽으로 기울어져 있는 데서 가장 강하게 나타나고 있다. 그 때문에 모든 조화의 근본이자 우리 인간 고유의 것인 수평 및 수직 감각이 파괴되고 현혹되어 버린다. 그리고 나란히 있는 지붕에도 역시 아홉 개의 머리를 가진 뱀과 작은 흉상, 음악을 연주하는 원숭이나 그와 유사한 망상의 산물이 테두리 장식으로 사용되고 있다. 신 대신 용이 있는가 하면 천구 대신 포도주 통을 짊어진 아틀라스가 있기도 하다.

이런 모든 것을 피해서 공자의 부군이 건축한, 비교적 조리 있는 외관을 갖춘 저택에 들어가려고 하니까 현관으로부터 얼마 떨어지지 않은 곳에 돌고래를 타고 있는 난쟁이의 몸통 위에 월계관을 쓴 로마 황제의 머리가 얹혀 있는 것이 보였다.

저택의 외관으로 보아서는 내부도 그다지 엉망은 아닐 것 같이 보였는데, 한 발 안으로 들어가 보면, 공자의 몰상식함이 다시 맹위를 떨치기 시작한다. 의자는 다리 길이가 서로 다르게 잘려 있어서 앉을 수가 없고, 앉을 만한 의자가 있으면 그 벨벳 쿠션 밑에 바늘이 숨겨져 있다고 관리인이 주의를 준다. 중국 도기로 만든 장식 촛대가 구석구석 서 있는데 잘 보면 여러 개의 접시와 찻잔 그리고 잔 받침 등을 붙여서 만든 것이다. 어느 구석을 보아도 제멋대로 하지 않은 것이 없다. 갑을 넘어서 바다를 바라보는 아름다운 조망도 색유리로 말미암아 흥이 깨지고 만다. 이 유리는 색조가 제멋대로여서 경치가 추워 보이기도 하고, 불타오르는 것처럼 보이기도 한다. 그리고 도금한 낡은 틀을 잘게 자른 다음 나란히 박아서 벽으로 만든 작은 방에 관해서도 한마디 해두어야겠다. 여러 가지 모양으로 조각되고, 다소 차이는 있지만 먼지가 쌓이고 금도금이 손상된 여러 가지 색조의 새것과 오래된 물건들이 벽 전체를 가득 뒤덮고 있어서 마치 잡동사니 수집장 같은 느낌이다.

예배당에 관해서 쓴다면 그것만으로도 한 권의 노트가 필요할 것이다. 여기에 오면 사람들은 편협한 신앙가에게 광신 상태가 이렇게까지 만연될 수 있는가 하는 전모를 비로소 이해할 수 있게 된다. 신앙이 낳은 기괴한 상이 이곳에 얼마나 많은가는 추측에 맡기기로 하고, 나는 제일 좋은 것만을 알려주려고 한다. 즉 상당한 크기로 조각된 십자가 상이 평평하게 천장에 부착되어 있는데 자연 채색을 한 데다 옻칠도 되어 있고 군데군데 금으로 도금한 곳도 있다. 십자가에 못 박혀 있는 그리스도의 배꼽에 갈고리가 나사로 고정돼 있고 거기서 내려온 쇠사슬이, 공중에 매달려 있는 무릎을 꿇고 기도하는 사나이의 머리에 연결되어 있다. 이 남자 상은 예배당 안의 다른 상과 마찬가지로 채색과 옻칠이 되어 있는데, 이것은 변치 않는 소유주의 믿음의 상징으로 추측된다.

그건 그렇다 해도 이 저택은 완성되어 있지 않다. 공자의 부군에 의해 다채롭고 사치스럽게 설계되고 혐오스러운 장식도 없는 큰 홀은 미완성인 채 남겨져 있다. 공자의 한없이 몰상식한 행위도 그 어리석음을 아직 본격적으로 발휘하지는 못했던 것 같다.

나는 처음으로 크니프가 신경질 부리는 것을 보았다. 이 정신병원 같은 집 안에서 그의 예술 정신이 자포자기 상태에 이르게 된 것이다. 내가 이 기괴한 창조의 제 요소를 하나하나 마음속에 새기면서 도식으로 만들고 있으려니까 그는 나를 재촉해서 앞으로 나아갔다. 그래도 마음씨 좋은 그는 마지막에 군상을 하나 그렸는데 그나마 그림이 될 수 있는 것으로는 이것이 유일하다. 말 머리를 가진 부인이 의자에 앉아서 몸 아래쪽에는 고대풍 의상을 입고, 독수리 머리에 왕관과 커다란 가발을 쓴 한 기사와 카드놀이 하는 모습을 표현한 그림인데, 어이없지만 그래도 매우 진기한 팔라고니아 가문의 문장(紋章)을 상기시킨다. 그 문장이란 염소의 발을 가진 숲의 신 사티로스가 말 머리를 한 부인에게 거울을 내밀고 있는 그림이다.

1787년 4월 10일, 화요일, 팔레르모

오늘 우리는 마차를 몰고서 몬레알레[103]에 올라갔다. 홀륭한 길이다. 이 길은 수도원장이 남아도는 부를 소유하고 있던 시대에 만든 것으로, 넓고 완만한 비탈길 군데군데 나무를 심어 놓았으며 특히 커다란 분수와 우물이 독특하다. 팔라고니아식 소용돌이 모양으로 장식되어 있지만, 그래도 동물이나 인간을 기운 차리게 해주는 데는 충분하다.

언덕 위에 세운 산마르티노 수도원[104]은 홀륭하고 당당한 건물이다. 팔라고니아 공자 같은 독신자 혼자서는 좀처럼 조리에 맞는 것을 만들어낼 수 없으나, 많은 사람이 모이면 교회나 수도원에서 볼 수 있듯이 광대한 건물을 지을 수 있다. 하기야 수도자 단체가 이만한 일을 해낼 수 있었던 이유는 후손이 무한히 이어질 것을 그들이 확신했기 때문일 것이다.

수도자들은 우리에게 수집품을 보여주었다. 그들은 고대 유물과 자연계의 산물 가운데 일품(逸品)을 많이 가지고 있었다. 특히 젊은 여신이 새겨진 메달이 주의를 끌었는데 우리는

---

103) Monreale. 팔레르모 남서쪽 카푸토산 구릉지에 자리 잡은 몬레알레는 노르만 시칠리아 왕국 시대의 종교문화 유적지다. 10~11세기 이슬람 통치기에 팔레르모 주교좌성당은 팔레르모 외곽으로 쫓겨나게 되는데, 그곳이 바로 몬레알레였다. 1072년 노르만의 시칠리아 정복이 이루어진 뒤, 1174년 시칠리아 왕 굴리엘모 2세(William II, 1153~1189)는 몬레알레의 임시 교회 자리에 웅장한 베네딕트회 수도원성당을 지었고, 1182년에는 교황 루치오 3세에 의해 대성당으로 승격되었다. 전통적 로마 가톨릭 양식과 비잔틴의 화려한 모자이크가 뒤섞여 있으며, 후대에 재건된 부분에는 르네상스 양식도 일부 적용되었다.

104) Abbazia San Martino delle Scale. 7세기 교황 그레고리오 1세 시대에 건립된 베네딕트회 수도원이 아랍의 침략으로 파괴된 후, 1347년 오늘날의 산마르티노 수도원으로 재건되며 한때 크게 융성했다. 몬레알레 대성당에서 서북쪽으로 약 6킬로미터 떨어져 있다.

이것을 보고 기뻐서 어쩔 줄 몰랐다. 친절한 사람들은 우리에게 복사를 떠서 주려고 했지만 본을 뜨는 데 쓸 만한 도구가 하나도 없었다. 그들은 다소 슬픈 듯한 표정으로 예전과 지금 상태를 비교하면서 우리에게 모든 것을 보여주고 다니더니, 우리를 쾌적한 방으로 안내했다. 그곳 발코니에서 우리는 아름다운 조망을 즐겼다. 이 방에는 우리 두 사람을 위한 식사 준비가 되어 있어서 훌륭한 점심 식사의 향응을 받았다. 후식이 나온 뒤 수도원장이 나이가 가장 많은 수도자를 따라 들어와 우리 옆에 앉아서 30분가량 있었는데 그동안 우리는 여러 가지 질문에 답하지 않을 수 없었다. 이렇게 해서 우리는 참으로 즐거운 기분으로 작별했다. 젊은 수도자는 다시 한 번 수집실로 안내하고 마지막에는 마차 있는 곳까지 따라왔다.

우리는 이처럼 어제와는 전혀 다른 기분으로 숙소에 돌아왔다. 한편에서는 몰취미한 계획이 대단한 기세로 발흥하고 있는 이 시대에, 몰락일로를 걷고 있는 이 광대한 시설에 대하여 우리는 통석한 마음을 금할 수 없었다.

산마르티노로 가는 길은 조금 오래된 석회암 산을 올라가게 되어 있다. 분쇄한 암석을 구워 석회를 만들면 석회는 매우 하얗게 된다. 질기고 긴 풀을 묶어 말린 것을 연료로 사용한다. 이렇게 해서 칼카라(석회석)가 만들어지는 것이다. 대단히 험한 고지에 이르기까지 붉은 점토가 퇴적되어 있어서 그것이 여기서는 상층 비토(肥土)를 형성하여, 토지가 높아질수록 색이 더욱 붉어지기 때문에, 식물이 자라 있어도 거무스레하게 보이는 곳은 드물다. 조금 떨어진 곳에 진사(辰砂) 비슷한 동굴을 하나 보았다.

수도원은 석회산 한가운데 서 있는데, 이곳에는 샘이 많고 주위의 산들은 개간이 잘 되어 있다.

1787년 4월 11일, 수요일, 팔레르모

시외에 있는 두 개의 중요한 장소를 구경한 다음, 우리는 왕궁으로 향했다. 이곳에서는 사환이 일일이 궁전 내부를 보여주었다. 놀라운 것은 지금까지 고대 유물이 진열되어 있던 큰 홀이 마침 새 장식을 시공하느라 대단히 난잡스러웠다는 점이다. 조각들은 본래 있던 장소에서 옮겨져 천이 씌워져 있었고, 공사용 비계 등으로 시야가 막혀 있었기 때문에 안내인의 모든 호의와 일꾼들의 수고에도 불구하고 극히 불완전한 개념밖에는 얻을 수 없었다. 가장 나의 흥미를 끈 것은 청동으로 만든 두 마리 숫양으로 이런 상황에서 보아도 우리의 예술 정신을 높여주었다. 이 두 마리는 한쪽 앞다리를 앞으로 뻗치고 엎드려 있는데, 쌍으로 되어 있기 때문에 머리는 각기 다른 방향을 향하고 있다. 신화 속 세계의 힘찬 자태를 나타낸 것으로 프릭소스와 헬레[105]를 등에 태워도 부끄럽지 않을 모양을 갖추고 있다. 털은 짧고 곱슬곱슬하지 않고 길게 굽이치며 드리워 있다. 박진감이 나는 우미한 작품으로 그리스 전성기의 것이다. 이것은 시라쿠사 항구[106]에 서 있었다고 한다.

---

105) Phrixus, Helle. 그리스 신화에 나오는 쌍둥이 남매로, 계모의 박해를 피해 황금 털의 숫양을 타고 날아가다 헬레는 바다에 빠져 죽고 프릭소스만 살아남는다.

106) Siracusa. 시칠리아섬 동쪽 이오니아해의 시라쿠사만에 자리한 항구로, 기원전 그리스의 주요 도시였다.

그러고 나서 사환은 우리를 시외에 있는 지하묘지[107]로 안내했다. 이것은 건축 양식적 센스로 만들어진 것이지 채석장을 묘지로 이용한 것은 결코 아니다. 상당히 굳어진 응회암을 수직으로 깎아낸 벽 속에 아치형의 구멍을 뚫어서 그 안에다 관을 안치시켰는데, 여러 개의 관들을 겹쳐 쌓아 올려놓았다. 벽에 따로 보강 공사를 하지 않고 모두 벽을 깎아 만든 것으로, 기둥의 상부로 갈수록 크기가 작은 관이 놓여 어린애의 묘소가 된다.

1787년 4월 12일, 목요일, 팔레르모

오늘은 토레무차 공자[108]의 화폐수집관을 참관했다. 실은 별로 가고 싶지 않았다. 나는 이 방면에 대해 잘 모르는 데다, 단순히 호기심만 많은 여행가는 진짜 전문가나 애호가 들이 싫어하기 때문이다. 하지만 무슨 일이든 한 번은 처음 시작하지 않으면 안 되는 것이니까 생각을 고쳐먹고 가보았는데, 가보니 매우 유쾌하기도 하고 얻는 바도 많았다. 이 오래된 세계에는 마치 뿌려놓은 것처럼 많은 도시가 있고, 그중 가장 작은 도시조차도 예술사의 전 계열까지는 아니더라도 적어도 두세 개의 시기를 귀중한 화폐의 형태로 우리에게 남겨주고 있다는 것이 얼마나 큰 수확인지 모르겠다. 비록 단 한 번의 개관에 지나지

---

107) 카타콤 데 포르타도순나(Catacombe de Porta d'Ossuna). 4~5세기경의 것으로 추정되는 고대 기독교 공동체의 장례 공간이자 지하 공동묘지다. 1739년 카푸친회 수녀원 건립 공사를 하던 중 발굴되었다. 괴테 시대에는 내부에 관들이 보존된 상태였으나, 오늘날에는 골조구조만 남아 있다.

108) 가브리엘레 란칠로토 카스텔로(Gabriele Lancillotto Castello Principe di Torremuzza, 1727~1794). 18세기 시칠리아의 화폐 연구가, 골동품 수집가, 고대 유물 연구가로, 카타콤 발굴 작업에도 참여했다.

않을망정 말이다. 이 서랍 속으로부터 예술, 고상한 의미로 영위되는 산업이나 그 밖에 여러 가지가 꽃피고 열매 맺는 무한의 봄이 우리에게 웃음을 던져온다. 현재는 흐려 있지만 시칠리아 도시의 광채가 찍어낸 금속 속으로부터 다시 신선한 빛을 던져오는 것이다.

유감스럽게도 우리의 젊은 시절에는 아무런 의미도 없는 가족 동전이나 똑같은 옆얼굴을 싫증나도록 되풀이하고 있는 황제 동전이 있었을 뿐이다. 그 군주 상이란 것도 반드시 인류의 모범이라고 생각할 수 있는 것은 아니다. 우리들의 청년 시대를 형태가 없는 팔레스티나와 형태가 혼란스러운 로마로 한정했다는 것은 얼마나 슬퍼해야 할 일인가! 시칠리아와 새로운 그리스가 이제 나에게 다시 새 생명에 대한 희망을 안겨 준다.

내가 이 대상에 관해서 단지 일반적인 관찰을 말하는 데 그치고 있는 것은 아직 그 방면을 잘 모른다는 증거 중 하나다. 그러나 그것도 다른 사안과 마찬가지로 점점 지식을 쌓아가게 될 것이다.

1787년 4월 12일, 목요일, 팔레르모

오늘 저녁에 또 하나의 소원이 풀렸다. 그것도 기묘한 방법에 의해서다. 나는 대로의 보도 위에 서서 상점 주인과 농담을 하고 있었다. 갑자기 키가 크고 좋은 옷차림을 한 하인이 가까이 오더니 많은 동전과 약간의 은화가 담겨 있는 은 쟁반을 나에게 내밀었다. 무슨 일인지 몰라서 나는 목을 움츠리고 어깨를 으쓱거려, 상대의 요구나 질문의 요지를 모를 때라든가 또는 응하고 싶지 않은 것은 나타낼 때 하는 표정을 지었다. 그는 왔을 때와 마찬가지로 잽싸게 가버렸는데 나는 길 저편에서도 그의 동료가 같은 짓을 하고 있는 모습을 보았다.

어떻게 된 일이냐고 내가 상점 주인에게 물었더니 그는 염려스러운 표정으로 가만히 키가 후리후리하고 마른 한 남자를 가리켰다. 이 남자는 귀인 같은 복장을 하고 점잖은 태도로 대로 한복판에 있는 쓰레기 위를 천천히 걷고 있었다. 머리는 지지고 머리 분을 뿌렸으며, 모자는 옆구리에 끼고, 비단옷에 칼을 허리에 차고, 보석이 박히고 장식이 달린 멋진 구두를 신고서 장중하고도 조용하게 걸어가고 있었다.

상점 주인이 말했다. "저분이 팔라고니아 공자십니다. 가끔 거리에 나오셔서 바르바리에서 포로가 된 노예를 위해 몸값을 모금하고 계십니다. 기부금이 결코 많이 모이는 것은 아닙니다만, 이런 일은 사람들 기억에 남으니까요. 살아 있는 동안 모은 돈을 이런 목적에 쓰라고 유언하는 사람도 있습니다. 공자는 여러 해 전부터 이 협회의 회장을 맡으시면서 많은 공덕을 쌓으셨습니다!"

나는 외쳤다. "저 별장의 바보스러운 공사에다 돈을 쓰는 대신 그 막대한 돈을 이 방면에다 썼어야지. 그랬다면 세계의 어느 군주도 그 이상은 할 수 없었을 텐데."

그러자 상점 주인은 이렇게 말했다. "인간이란 다 그런 거지요. 바보 같은 일에는 좋아서 자기 돈을 내지만, 선한 일에는 남의 돈을 내게 하지요."

1787년 4월 13일, 금요일, 팔레르모

시칠리아의 광물계에서는 보르흐 백작[109]이 우리보다 먼저 매우 열심히 연구를 하고 있기 때문에, 같은 목적을 가지고 이 섬을 방문하는 사람은 그에게 마음으로부터 감사를 드릴 것이다. 선배의 기념을 찬양하는 것은 유쾌한 일이기도 하며 또한 의무라고 생각한다. 나 같은 사람도 후대 사람에게는 생활에 있어서나 여행에 있어서나 일개 선배에 불과하다.

그런데 백작의 업적은 그 지식보다도 한층 더 위대한 것처럼 보인다. 실은 백작은 일종의 자기만족으로 일을 하고 있는데, 그것은 중요한 대상을 취급할 때 필요한 겸손한 진지함과는 상반되는 것이다. 하지만 그의 저서인 시칠리아 광물계에 바친 사절판 책자로부터 나는 얻은 바가 컸다. 나는 이것을 읽고 예비지식을 얻은 후에 연마 석공을 찾아갔기 때문에 매우 도움이 됐다. 이 연마 석공들은 예전에 교회나 제단을 대리석 또는 마노로 온통 덮지 않으면 안 되었던 시절에는 지금보다 더 바빴지만, 현재도 아직 그 일을 계속하고 있다. 나는 그들에게 단단한 돌과 연한 돌의 견본을 주문했다. 석공들은 대리석과 마노를 그렇게 구별하고 있는데, 주로 이 구별에 따라 값이 차이 나기 때문이다. 그러나 그들은 이 밖에도 석회 가마의 불에서 생겨나는 어떤 재료를 이용하는 방법을 알고 있다. 석

---

109) 미하엘 요한 폰 데어 보르흐(Michael Johann von der Borch, Baron von Borchland, 1753~1810). 발트 독일인 자연사학자이자 작가. 폴란드-리투아니아 공국의 귀족으로, 패트릭 브라이던(426쪽 참조)의 시칠리아 여행기를 읽고 감명받아 1774년부터 1778년까지 독일, 프랑스, 스위스, 이탈리아를 여행했다. 특히 1776~1777년 시칠리아에서 광범위한 광물 연구와 채집을 실시했고, 그 결과를 이탈리아 학술지에 논문 형태로 7차례에 걸쳐 발표했다.

회 가마에는 연소 후에 일종의 모조 보석용 유리가 남는다. 아주 밝은 청색부터 거무스레한 색이나 검은색에 이르기까지 가지각색이다. 이 덩어리는 다른 암석과 마찬가지로 박편으로 절단되어, 그 색채와 순도에 따라 분류된 다음 제단, 분묘, 기타 교회 장식의 피복용으로 청금석 대신 쓰이는데, 상당한 성공을 거두고 있다.

내가 원하는 만큼의 완전한 수집은 아직 되어 있지 않다. 그것은 나폴리로 돌아간 뒤에 보내올 것이다. 마노는 굉장히 아름답다. 황색이나 적색 벽옥에 불규칙한 반점이 있는, 말하자면 빙결한 듯한 형태의 흰 석영과 섞여서 비할 데 없는 효과를 내는 마노는 또 각별하게 아름답다.

얇은 유리판 이면에 에나멜 칠을 해서 만드는 정교한 모조품은 내가 전일 팔라고니아식 무궤도에서 발견할 수 있었던 유일한 합리적 물건이다. 이런 유리판은 장식으로서는 진짜 마노보다 더 아름답다. 진짜는 작은 파편을 접합해서 만들어야 하는데 모조품은 판의 크기를 건축가의 필요에 따라 만들 수 있기 때문이다. 실제로 이 기술은 모방할 만할 가치가 있다.

1787년 4월 13일, 팔레르모

시칠리아 없는 이탈리아란 우리들 마음에 아무런 심상도 만들어내지 못한다. 시칠리아야말로 모든 것을 푸는 열쇠를 가지고 있다.

기후는 아무리 칭찬해도 모자랄 지경이다. 지금은 우기지만 그래도 맑을 때가 있다. 오늘은 천둥 번개가 있었다. 모든 것이 세차게 녹색을 더해 가고 있다. 아마는 일부는 열매를 맺고 일부는 꽃이 한창이다. 낮은 곳에 작은 연못이 있는 것같이 보이지만 실은 밑으로 퍼져 있는 아마 밭이 그처럼 아름답게 청록색을 띠고 있는 것이다. 우리의 흥미를 끄는 사물은 무수히 많다! 그리고 내 동료는 탁월한 인물로, 내가 '트로이프로인트'로서 성심을 다하는 만큼, 그는 내게 '호페구트'일 것이다.[110] 이미 그는 참으로 훌륭한 스케치를 했으며, 앞으로도 최상의 것을 그려줄 것이다. 이렇게 해서 여러 가지 보물을 안고 언젠가 무사히 고국으로 돌아간다는 것은 얼마나 즐거운 일인가!

이 지방 음식물에 관해서는 아직 아무 말도 하지 않았는데 역시 사소한 항목으로 끝날 문제가 아니다. 야채는 고급이며 특히 샐러드는 연하고 맛이 있어 마치 우유 같다. 옛날 사람들이 이것을 락투카[111]라고 부른 이유를 알 만하다. 기름이나 포도주도 모두 최상품인데 조리하는 방법에 조금 더 주의를 기울인다면 더욱 나아질 것이다. 제일 좋은 것은 생선으로, 매우 연하다. 쇠고기는 이곳에서는 그다지 쳐주지 않지만 그래도 최근에 대단히 맛있는 것을 먹었다.

모두들 점심 식탁을 떠나서 창가로, 거리로 나간다. 죄인이 한 명 풀려나는 참이었는데 이것은 축복을 가져오는 부활절 주간을 축하하기 위해 언제나 행해지는 일이다. 한 교단 사람이 이 죄인을 진짜처럼 보이기 위해 만들어놓은 교수대 아래로

---

110) 괴테가 자신의 희곡 「새들」을 다시 한 번 빗대고 있다. '진정한 희망'이라는 뜻의 호페구트(Hoffegut)는 트로이프로인트와 함께 새들의 나라에 가는 인물이다. 아리스토파네스의 원작 속 아테네인 에우엘피데스(Euelpides, '희망의 아들'이라는 뜻)를 독일어로 살짝 변형했다.

111) Lactuca. 라틴어로 상추는 '우유'를 뜻하는 'lac'에서 파생되었다.

데리고 가면, 죄인이 사다리 앞에서 기도하고 사다리에다 키스 한 후, 다시 데려간다. 이 죄인은 중류계급의 깨끗한 남자인데 머리를 지지고 하얀 연미복에 흰 모자, 그 밖의 모든 것을 흰색으로 차려입었다. 모자를 손에 들고 있는데 만약 여기저기 밝은색 리본이라도 달아줄 수 있다면 이 사나이는 양치기로서 어떤 가장무도회에 나가더라도 상관없을 듯했다.

1787년 4월 13일에서 14일까지, 팔레르모

떠나기에 앞서 특별히 재미있는 사건이 생겼으므로 그에 관해 상세히 보고한다.

이곳에 머무는 동안 내내, 나는 공식적인 식사 자리에서 사람들이 칼리오스트로라는 인물의 태생이라든가 운명에 대해 얘기하는 것을 들었다. 팔레르모 사람들의 일치된 이야기에 따르면, 이 고장에서 태어난 주세페 발사모라는 자가 여러 가지 나쁜 짓으로 악명을 떨치다 추방되었다는 것이다. 하지만 그자가 과연 칼리오스트로 백작과 동일인인가에 대해서는 의견이 분분했다. 예전에 그자를 본 적이 있다는 몇 사람은 우리에게 잘 알려져 있을 뿐만 아니라 이곳 팔레르모에까지 전해진 저 동판화 속 인물의 모습이 분명 그자와 똑같다고 했다.[112]

---

112) 이어지는 일화는 당시 유럽 여러 나라의 왕실과 귀족을 농락한 희대의 사기꾼 알레산드로 칼리오스트로(Alessandro di Cagliostro, 1743~1795, 본명 Giuseppe Balsamo)에 관한 것으로, 그는 1785년 프랑스 왕비 마리 앙투아네트의 평판에 치명적 타격을 준 다이아몬드 목걸이 스캔들에 연루되었다는 의혹으로 바스티유에 투옥되었지만, 증거 불충분으로 풀려나 프랑스에서 추방되었다. 목걸이 사건은 백작부인 행세를 한 다른 사기꾼 여인의 소행으로, 로앙(Louis René Édouard de Rohan, 1734~1803) 추기경이 얽혀 있었다.

이 이야기가 나오자 참석자 중 한 분이 팔레르모의 법률가가 이 사건을 맡아 실체를 밝히기 위해 노력하고 있다는 소식을 전했다. 그 법률가는 프랑스 정부의 위촉으로, 중요하고도 위험한 어떤 소송 사건과 관련하여 한 남자의 신원을 추적하고 있는데, 그자는 프랑스의 면전에 대고(아니, 전 세계의 면전이라고 하는 편이 낫겠다.) 대담하게도 황당무계한 허위 진술을 했다는 것이다.

그리고 이야기 끝에, 법률가가 주세페 발사모의 족보를 작성해 증빙 자료들과 증언들이 담긴 공증서를 프랑스에 보냈으므로, 프랑스에서는 아마도 그것을 공적으로 이용하게 되리라는 것이었다. 이 사건과 관계없이도 그 법률가는 평판이 매우 좋은 인물이었으므로 알고 지내면 좋겠다고 내가 말하니, 이야기를 꺼낸 분이 나를 그에게 데려가 소개해 주겠다고 했다.

이삼일 후에 우리는 그를 방문했는데 그는 소송 의뢰인과 이야기하고 있는 중이었다. 그 사람들을 보내고 같이 아침 식사를 끝낸 뒤 그는 한 질의 서류를 끄집어냈다. 거기에는 칼리오스트로의 가계보(家系譜), 증빙서류의 사본, 프랑스로 보낸 증언 조서의 초고 등이 포함되어 있었다.

그는 가계보를 나에게 보여주고 필요한 설명을 해주었는데 그중에서 이 사건을 대충 이해하는 데 필요할 만한 것만 여기에 기술한다.

주세페 발사모의 외가쪽 증조부는 마테오 마르텔로지만 증조모의 친정 성씨는 분명치 않다. 이 부부 사이에서 태어난 두 딸 중 마리아라는 딸이 주세페 브라코네리와 결혼했는데 이 사람이 주세페 발사모의 외조모다. 또 한 명의 딸은 빈첸차라고 하며 메시나로부터 8마일가량 떨어진 라 노아바라는 작은 고을에서 태어난 주세페 칼리오스트로와 결혼했다. 메시나에는 지금도 이 이름을 가진 종 만드는 기술자가 두 사람 있다는 것을 밝혀둔다. 이 외종조모는 후에 주세페 발사모의 대모(代母)가 되었다. 주세페 발사모는 이 외종조부의 세례명을 받았는데 나중에는 외국에서 외종조부의 성(姓)인 칼리오스트로까지도 자칭하게 되었다.

브라코네리 부부에게는 세 명의 아이가 있었다. 펠리치타스, 마테오, 그리고 안토니오가 그들이다.

펠리치타스는 피에트로 발사모와 결혼했다. 이 피에트로 발사모는 안토니오 발사모라고 하는, 팔레르모에 사는 유대계 리본 상인의 아들이다. 악명 높은 주세페의 부친인 피에트로 발사모는 파산당하고 마흔다섯에 사망했다. 그 미망인은 아직도 살아 있는데 남편과의 사이에 위에서 말한 주세페 외에 또한 사람 조반나 주세페마리아라는 딸을 낳았다. 이 딸은 조반니 밥티스타 카피투미노에게 출가해 세 명의 아이를 가졌으나 남편은 사망했다.

이 친절한 작성자가 우리에게 읽어주고, 나의 청으로 이삼 일 동안 빌려준 증언 조서는 세례 증명서와 혼인 계약, 그 밖에 꼼꼼하게 수집된 문서에 근거해 작성되어 있었다. 그 서류는 (예전에 내가 요약본을 만든 적도 있는) 로마 소송판례집[113]을

---

113) 신성로마제국은 로마의 소송판례를 꾸준히 번역해 판례집(Römischen Prozeßakten)을 만들어 이를 입법과 사법에 활용했다. 바이마르 공국에서는 안나 아말리아 여공작이 설립한 도서관(Herzogin Anna Amalia Bibliothek)의 사서였던 크리스티안 요제프 야게만(Christian Joseph Jagemann,

통해 우리에게 익히 알려진 바와 같이, 다음과 같은 상황을 대략 기록하고 있었다. 즉 1743년 6월 초에 팔레르모에서 태어난 주세페 발사모는 칼리오스트로에게 출가한 빈첸차 마르텔로에 의해 세례를 받았다는 것, 주세페 발사모는 소년 시절에 병자 간호를 하는 일종의 종교 단체인 자선 교단의 제복을 입고 있었다는 것, 그리고 의술에 비상한 재능을 보였으나 품행이 나빠 쫓겨났다는 것, 그 후 팔레르모에서 연금술을 하는 동시에 보물 도굴도 틈틈이 했다는 것 등등.

이어지는 증언에 따르면, 그는 타인의 온갖 필적을 흉내 내는 비범한 재간을 이용하지 않고는 못 견뎠다. 그는 고문서를 위조했고, 그로 인해 두세 건의 재산 소유권과 관련된 분쟁이 생겼다. 그는 심문을 받고 투옥되었다가 탈옥했기 때문에 공개 수배되었다. 그는 칼라브리아를 거쳐 로마로 가서 장신구 만드는 사람의 딸[114]과 결혼했다. 로마에서 나폴리로 돌아왔을 때에는 스스로를 펠레그리니 후작이라 칭하고 있었다. 그러고 나서 대담하게도 팔레르모에 다시 갔다가 신분이 탄로 나 붙잡혀 감옥에 갔지만, 어찌어찌해서 방면되었다. 그 방법에 대해서는 상세히 이야기할 가치가 있다.

시칠리아의 일류 공자 중 한 사람으로, 대지주이며 나폴리

1735~1804)이 로마 판례의 번역 및 문서화를 맡아 했다. 야게만은 단테의 『신곡』「지옥편」도 번역했으며, 『이탈리아어 사전』도 만들었다.

114) 로렌차 세라피나 펠리치아니(Lorenza Seraphina Feliciani, 1751~1810). 칼리오스트로와 결혼할 당시 17세의 소녀였다. 상당한 미인이었으며, 몸 파는 일도 개의치 않는 대담함과 능란한 사기꾼 자질의 소유자였다. 남편의 사기 행각에 공범으로 적극 활약했으나, 후일 이탈리아로 돌아와서는 그의 범죄 사실을 모두 폭로해 종신형을 언도받게 했다.

궁정에서 명망 있는 지위를 차지하고 있는 인사의 아들은 강건한 신체와 방종한 기질에다 교양 없는 부호나 귀족이 자기네 특권으로 생각하는 온갖 철면피를 모조리 갖추고 있었다.

돈나 로렌차가 이 고위층 자제에게 아첨하는 술수를 알고 있었기에, 가짜 펠레그리니 후작은 그에게 매달려서 자신의 안정을 도모했다. 그래서 공자가 새로 도착한 부부를 보호한다는 취지를 공고했다. 그러나 주세페 발사모가 그의 사기에 걸려 손해를 본 사람들의 고소로 다시 투옥되자 공자는 격노했다. 공자는 발사모를 방면하기 위해 여러 가지 수단을 강구했다. 하지만 성공하지 못했기 때문에 재판장 대기실에서 상대측 변호사에게, 만약 발사모의 구류를 즉시 해제하지 않을 경우에는 가만두지 않겠다고 협박했다. 그러나 상대측 변호사가 이를 거절하자 그는 그 변호사를 붙잡아 주먹을 날리고 땅바닥에 내동댕이쳐 발로 차고, 그래도 모자라서 좀 더 혼내 주려고 하는 참에 재판장이 이 소동을 듣고 달려와 겨우 자리가 수습되었다.

이 재판장은 마음이 약하고 패기가 없는 남자여서 모욕을 가한 인간을 벌할 용기가 없었고, 또한 원고 측과 그 변호사도 용기가 꺾여서 발사모는 석방되고 말았다. 그러나 재판소의 서류에는 이 석방에 관해서 누가 그것을 처리했는지, 어떻게 해서 집행되었는지, 기록이 존재하지 않는다.

그 후 얼마 안 돼서 발사모는 팔레르모를 떠나 여러 곳을 여행했는데 그 여로에 관해서는 증언 조서의 작성자도 불완전한 보고밖에는 남기지 못했다. 조서는 칼리오스트로와 발사모는 틀림없는 동일인이라는 명백한 증명으로 끝나 있었다. 오늘날에 와서는 이 사건의 관계가 우리에게 명백하게 되어 있기 때문에 그다지 별다른 것도 아니지만, 당시에 이 사실을 주장한다는 것은 오늘날보다 훨씬 어려운 일이었다.

이 조서는 프랑스에서 공적으로 이용되고 있어서, 내가 돌아갈 때쯤에는 당연히 인쇄되어 있을 것이라고 내가 그 당시 추측하지 않았다면, 사본을 베껴두었다가 내 친구들과 사람들에게 더 빨리 여러 가지 흥미 있는 사정을 알릴 수 있었을 텐데.

그럼에도 우리는 대부분의 정황과 그 조서에 포함된 내용 이상의 것을 다른 경로로 알아낼 수 있었는데, 안 그랬다면 혼란만 가중되었을지 모른다. 일찍이 로마가 간행한 소송판례집 요약본이 세상을 계몽하고 어느 사기꾼의 행각을 철저히 폭로하도록 기여하리라는 것을 당시에 누가 상상이나 했겠는가! 생각건대 이 문서는 이 이상으로 재미있는 것이 될 수도 있었을 것이며 또한 더욱 재미있는 것이 당연할지도 모르겠으나, 기만당한 자와 반쯤 기만당한 자 그리고 남을 기만하는 자들이 이 사나이와 그의 거짓말을 몇 년간이나 숭배하고, 그 패거리에 끼는 것을 대단한 자랑으로 생각하고, 그들의 맹신적 자만으로 말미암아 인간의 상식 같은 것을 (경멸까지는 아니더라도) 가련하게 여기는 것을 보면서 불만을 참지 못했던 이성적인 사람에게는, 이 문서는 이대로도 충분히 좋은 기념물이 될 수 있을 것이다.

이 사건이 계류 중이었을 때 스스로 침묵을 지키지 않았던 사람이 과연 몇이나 되었을까? 사건이 모두 종결되고 논의의 여지가 없어진 지금이니까 나 같은 사람도 이 문서의 부족한 부분을 보충하기 위해 자기가 알고 있는 것을 감히 진술할 기분이 드는 것이다.

계보 속에 적혀 있는 많은 사람들, 특히 모친과 누이동생이 아직 살아 있다는 것을 알았을 때, 나는 조서 작성자에게 이 기묘한 인간의 친척을 만나서 알고 지내고 싶다는 희망을 말했다. 그러자 그는, 그것은 어려울 것이다, 그 사람들은 가난하지만 명예심이 강하며 은둔생활을 하고 있어서 외국인과는 만나지 않는 것으로 되어 있고 또한 이탈리아인의 의심 많은 성격으로 미루어 볼 때 그런 일을 하면 여러 가지 억측을 낳을 것이라고 했다. 그래도 그는 그 집에 드나들고 있는 서기를 나에게 보내주겠다고 했으며, 자기도 이 남자 덕택으로 여러 가지 보고나 기록을 얻을 수 있어서 그것을 바탕으로 계보도 작성했다고 중얼거렸다.

그런데 이튿날 서기가 와서 내 계획에 몇 가지 난처한 점이 있다고 말했다. 그가 말하기를 "나는 이 사람들과 만나는 것을 피하고 있습니다. 그 까닭은 솔직히 말해 이 사람들의 혼인 계약서나 세례 증명서, 그 밖의 서류를 입수해 합법적인 사본을 만들기 위해 특별한 책략을 쓰지 않을 수 없었기 때문입니다. 즉 나는 기회를 포착해서, 가정 장학금이 한 자리 비어 있다는 이야기를 했습니다. 그리고 카피투미노 청년[115]은 그것을 받을 자격이 있는데 어느 정도까지 장학금을 청구할 수 있는가를 알기 위해서는 무엇보다도 먼저 계보를 작성해야 된다. 물론 그 뒤는 교섭 여하에 달려 있는데 만약 수령하는 금액 중 약간을 나에게 사례금으로 준다면 내가 대신 일을 해주겠다고 제안했던 것입니다. 이 선량한 사람들은 기꺼이 만사를 승낙했습니다. 나는 필요한 서류를 입수해 사본을 만들었지요. 그 뒤로

---

115) 주세페 발사모의 여동생의 아들을 말한다.

나는 그 사람들 만나는 것을 피하고 있습니다. 이삼 주 전에 카피투미노의 모친에게 들켰는데, 이쪽 방면의 일은 생각대로 좀처럼 진척이 안 된다고 변명했지요."

이것이 서기의 이야기였다. 하지만 아무리 해도 내가 계획을 변경하지 않자 잠시 동안 의논한 결과, 내가 영국인 행세를 하고 마침 바스티유 감옥에서 풀려나 런던에 온 주세페의 소식을 가족에게 전하는 것으로 하자는 데 의견의 일치를 보았다.

오후 3시경이었던가, 약속 시간에 맞추어 우리는 갔다. 그 초라한 집은 일카사로라고 하는 대로에서 멀지 않은 골목 한구석에 있었다. 초라한 계단을 올라가니 곧장 부엌이 나왔다. 비만까지는 아니지만 중키에 건강해 보이는 단단한 체격의 부인이 식기를 씻고 있었다. 그녀는 깨끗한 복장을 하고 있었는데 우리가 들어가니 앞치마 끝을 잡아 올려서 옆구리의 더러워진 곳을 감췄다. 그녀는 나의 안내인을 기쁜 얼굴로 바라보며 말했다.

"조반니 씨, 좋은 소식을 가지고 오셨나요? 그 일은 잘되었나요?"

그는 대답했다. "그 일은 아직 잘 안 되고 있습니다. 하지만 오늘은 외국 분을 모시고 왔습니다. 당신 오라버니한테서 부탁을 받고 그분의 소식을 얘기해 주신다고 해서."

내가 가지고 왔다는 소식에 관해 완전히 말을 맞추고 온 것은 아니었다. 하지만 이렇게 말이 시작됐으니 어쩔 수가 없었다.

"오라버니를 알고 계신가요?" 그녀가 물었다.

나는 대답했다. "온 유럽 사람들이 알고 있지요. 당신은 지금까지 그분의 운명에 대해서 여러 가지로 걱정이 많았을 테니까 그분이 아주 건강하게 지내고 있다는 걸 들으시면 기쁘실 것이라고 생각합니다."

"어서 들어가세요. 저도 곧 뒤따라가겠어요."

나와 서기는 방 안으로 들어갔다.

방은 넓고 천장이 높아서, 독일에서라면 홀로 사용해도 될 만하지만, 이것이 가족의 주거 전부인 듯했다. 오직 한 개뿐인 창은 예전에 색이 칠해져 있던 커다란 벽을 비추고 있는데 벽 곳곳에 금테 안에 들어 있는 까만 성자 그림들이 걸려 있었다. 장막이 없는 큰 침대 두 개가 한쪽 벽에 붙어 있고, 작업용 책상 같은 형태를 한 갈색 옷장이 다른 쪽에 있었다. 등받이에 도금한 흔적이 있는 낡은 등의자가 그 옆에 있고, 바닥 벽돌은 여기 저기 밟혀서 닳은 곳이 많았다. 하지만 모든 것이 깔끔했다. 식구들은 방 저편에 있는 유일한 창 밑에 모여 있었는데 우리는 그쪽으로 가까이 갔다. 안내자가 방구석에 앉아 있는 발사모의 노모에게 우리의 방문 이유를 설명하고, 이 선량한 노인이 귀가 어두워져 같은 말을 몇 번이고 큰 소리로 되풀이하는 동안, 나는 이 방과 사람들을 관찰할 여유를 얻었다. 나이가 열여섯 쯤 되고 발육이 좋은, 천연두 자국으로 얼굴을 확실하게 볼 수 없는 처녀가 창가에 서 있었다. 그 옆에는 젊은 남자가 있었는데 역시 얽어서 추해진 불쾌한 얼굴이 내 눈에 들어왔다. 팔걸이의자에는 일종의 기면병에 걸린 것처럼 보이는 매우 꼴사나운 병자가 창 쪽을 향해 앉아 있었다. 아니 차라리 누워 있었다고 하는 편이 맞겠다.

내 안내자가 찾아온 뜻을 밝혔을 때 사람들은 나에게 앉으라고 권했다. 노인은 나에게 몇 가지 질문을 했지만 나는 시칠리아 사투리를 몰랐기 때문에 통역을 거쳐서 대답했다. 그러는 동안 나는 유쾌한 기분으로 이 노부인을 관찰했다. 키는 중간 정도이지만 체격이 좋고 닥쳐오는 나이에도 불구하고 그다지 추해지지 않은 단정한 얼굴 생김에는, 청각을 잃은 사람에게서 자주 볼 수 있는 즐거운 평화가 깃들어 있었다. 그녀의 목소리는 부드럽고 듣기 좋았다.

나는 그녀의 질문에 대답했지만 내 대답 역시 통역해 주지 않으면 안 됐다.

우리가 교환하는 회화는 느렸기 때문에 나는 말을 조심스럽게 고를 여유가 있었다. 나는 그녀의 아들이 프랑스에서 석방되어 지금은 영국으로 건너와 좋은 대우를 받고 있다고 말했는데, 이 소식을 듣고 그녀가 나타낸 기쁨에는 마음으로부터의 절실한 표정이 깃들어 있었다. 그리고 나서부터는 그녀가 전보다 목청을 높여 천천히 말했기 때문에 훨씬 이해하기 쉬웠다.

그동안 그녀의 딸이 들어와서 내 안내자 옆에 앉았다. 서기는 내가 말한 것을 그대로 그녀에게 되풀이했다. 그녀는 깨끗한 앞치마를 걸치고 단정하게 땋은 머리 위에 망을 얹고 있었다. 그녀를 잘 보고 모친과 비교하면 할수록 두 사람의 차이가 눈에 띄었다. 생동감 넘치는 건강한 감각이 딸의 자태 전체로부터 나오고 있었으며 나이는 마흔 정도 되어 보였다. 그녀는 생기 있는 파란 눈으로 영리하게 주위를 돌아보고 있었는데, 그 시선에는 의심하는 빛이 하나도 없었다. 앉아 있는 것을 보니까 서 있을 때보다 키가 큰 것 같은 느낌을 주었다. 그녀는 똑바른 자세로 몸을 좀 앞으로 굽히고 양손을 무릎에 얹고 앉아 있었다. 여하튼 예리하다기보다는 둔한 느낌이 드는 그녀의 얼굴 표정에는 우리가 판화로 알고 있는 그녀 오빠의 얼굴을 상기시키는 무엇이 있었다. 그녀는 여러 가지로 나의 여행과 시칠리아 구경의 목적에 관해서 묻고 내가 반드시 다시 돌아와서 성 로살리아 축제를 자기들과 함께 축하하게 될 것이라고 믿고 있었다.

그러는 사이에 노부인이 다시 나에게 던진 질문에 대답하고 있는 동안 딸은 내 동반자와 작은 소리로 이야기를 나누었는데, 기회를 틈타 내가 무슨 얘기냐고 물었더니 그는 다음과 같이 이야기했다.

"카피투미노 부인의 이야기로는, 오빠가 그녀에게 14운키아[116]의 빚이 있다고 합니다. 팔레르모를 급하게 출발할 때 전당포에 잡혀 있던 물건을 이분이 꺼내주었답니다. 하지만 지금까지 오빠로부터는 아무 소식도 없고, 돈도 돌려주지 않으며, 보조금도 보내오지 않는답니다. 들리는 소식에 의하면, 오빠는 막대한 부를 소유하고 왕후처럼 사치스럽게 지내고 있다는데 말입니다. 그래서 당신이 돌아가거든 적당한 방법으로 오빠한테 이 빚 이야기를 상기시켜서 그녀가 돈을 돌려받을 수 있도록 해줄 수 없겠느냐는 겁니다. 오빠에게 편지를 가지고 간다든지 아니면 편지를 보낼 수 있도록 주선해 준다든지 해서요."

나는 승낙했다. 그녀는 편지를 가져오기 위해 내 주소를 물었다. 나는 숙소를 가르쳐주지 않고 이튿날 저녁에 내가 직접 편지를 가지러 오겠다고 약속했다.

---

116) uncia. '12분의 1'이라는 뜻으로, 시대와 지역에 따라 가치는 유동적이었다. 시칠리아 지방에서는 1리트라(리라) 은화의 12분의 1에 해당하는 청동 주화였다.

그러고 나서 그녀는 자신의 어려운 처지를 나에게 이야기했다. 그녀는 세 자녀를 가진 과부인데 그중 딸 한 명은 수도원에서 양육하고 있으며, 다른 한 명은 지금 여기 있는 아이이며, 아들은 공부하러 나가 있다. 이 세 자식 외에도 친정어머니가 있어서 그 부양도 자기가 해야 하며, 게다가 기독교 사랑의 정신에서 불행한 병자를 집에 데리고 있기 때문에 그녀의 부담은 더욱더 크다. 고생을 마다하지 않고 일해도 자신과 가족의 생활을 간신히 지탱하는 데 불과하다. 하느님이 이 선행에 대해 반드시 보답해 주시리라고 믿지만, 그래도 이렇게 오랫동안 짊어지고 온 무거운 짐 아래에선 한숨을 쉴 때가 많다고 말하는 것이었다.

젊은 사람들이 이야기에 끼어들었기 때문에 담화는 활기를 띠게 되었다. 내가 딴 사람하고 이야기하고 있는 사이에 노모가 딸에게, 자기들의 신성한 종교를 저분도 믿고 계실까 하고 묻는 것을 들었다. 딸은 모친에게 (내가 이해한 바로는) 이 외국 분은 우리에게 호의를 갖고 계신 듯 보이며, 또한 처음 뵙는 분에게 대뜸 그런 것을 물으면 실례가 될 거라고 말하면서 교묘하게 답을 피하는 것을 알 수 있었다. 내가 곧 팔레르모를 떠날 것이라고 듣고 그들은 더욱 열심히 꼭 다시 팔레르모에 오라고 간청했다. 특히 그들은 로살리아 축제처럼 멋진 날은 세계 어디를 가도 다시 볼 수도 즐길 수도 없다고 자랑했다.

아까부터 돌아가고 싶어 하던 내 동행은 마침내 몸짓으로 대화를 끝냈다. 나는 다음 날 저녁에 편지를 가지러 다시 오겠다고 약속했다. 서기는 이처럼 일이 잘된 것을 기뻐했고 우리는 서로 만족스러운 기분으로 작별했다.

이 경건하고 마음씨 고운 불쌍한 일가가 나에게 어떤 인상을 주었는지 여러분은 십분 상상할 수 있을 것이다. 나의 호기심은 만족되었지만, 그들이 보여준 자연 그대로의 선량한 거동은 내 마음속에서 동정심을 불러일으켰고 그 감정은 생각하면 할수록 더해졌다.

하지만 곧 다음 날 일이 걱정되기 시작했다. 오늘 일은 처음에는 그들을 놀라게 했지만, 내가 떠난 뒤에는 틀림없이 그들에게 여러 가지 생각을 일으켰을 것이다. 나는 일족 중에 그들 외에도 몇 명 살아 있는 사람이 있다는 것을 계보를 보아 알고 있었다. 내가 만난 가족이 그 친척들을 불러 모아서 놀라움을 가지고 그날 나한테서 들은 모든 이야기들을 반복하리라는 것은 의심할 여지가 없다. 나의 목적은 이미 달성되었으니까 이번에는 이 모험을 어떻게 잘 마무리 짓는가 하는 것이 남은 과제다. 그래서 나는 이튿날 식사가 끝나자마자 곧 혼자서 그들 집으로 갔다. 내가 들어가자 그들은 깜짝 놀랐다. 그리고 입을 열어 편지는 아직 쓰지 못했는데, 친척 중에 나와 만나고 싶어 하는 몇몇 사람이 저녁에 올 것이라고 말했다.

나는 내일 아침 일찍 무슨 일이 있어도 출발해야 하기 때문에 그 전에 방문도 하고 짐도 꾸리고 해야 하기에 전혀 찾아오지 않는 것보다는 시간이 이르더라도 찾아오는 편이 낫겠다는 생각으로 왔다고 이야기했다.

그러는 동안 전날 보지 못했던 아들이 들어왔는데, 키도 모습도 제 누이를 꼭 닮았다. 그는 나에게 부탁할 편지를 가지고 왔는데, 그 편지는 이 지방에 많이 있는 대필업자가 쓴 것이었다. 조용하고 침착한 모습의 겸손한 젊은이였는데, 삼촌에 관한 일과 그의 재산 및 씀씀이에 관한 것들을 물어보고는 슬픈 표정으로 "왜 삼촌은 일가붙이들을 아주 잊어버렸을까요?"라고 덧붙여 묻고서 "삼촌께서 이곳에 와서 우리를 돌봐주시게 된다면 그 이상의 행복은 없습니다."라고 말하고, 이어서 "하지만 팔레르모에 친척이 있다고 왜 삼촌이 당신에게 털어놓았을까요? 그분은 우리들에 관한 것은 부정하고 자기는 귀족 출신이라고 한다던데요."라고 말했다. 처음 방문했을 때 안내자가 부주의해서 이런 질문을 받게 된 것인데 나는 이 질문에 대해 아주 자연스럽게, 삼촌은 물론 많은 사람들 앞에서는 신분을 숨길 필요도 있겠으나 친구나 지인 사이에서는 그걸 완전히 비밀로 할 수는 없다고 대답해 두었다.

이야기를 하는 동안 누이가 들어왔는데 동생이 있는 데다, 아마도 어제 같이 왔던 친구가 없는 것에 기운이 난 듯, 동생과 같이 매우 상냥하고 활발하게 이야기하기 시작했다. 그들은 만약 내가 삼촌에게 편지를 쓰는 일이 있게 되면 잘 말씀드려 달라고 열심히 부탁했다. 그리고 또한 내가 여행을 마치거든 다시 이곳에 돌아와서 로살리아 축제를 함께 축하하자고 열심히 권하는 것이었다.

모친도 자식들과 보조를 맞추어서 말했다. "나으리, 저희에게는 혼기가 된 딸이 있기 때문에 외간남자 분을 집 안에 들이는 것을 꺼리는 데다, 실제로 위험하기도 하고 세상 사람들의 험구도 조심하지 않으면 안 됩니다만, 당신만은 이 고을에 돌아오시거든 부디 언제라도 와주십시오."

"그럼요." 자식들도 맞장구치며 말했다. "축일에는 이분을 사방으로 안내해 드립시다. 온갖 것을 다 보여드리고, 축제가 제일 잘 보이는 자리에 앉읍시다. 장식한 수레랑 멋진 불꽃놀이를 보시면 얼마나 기뻐하실까요!"

노부인은 그동안 몇 번이고 편지를 되풀이해 읽고 있었는데, 내가 작별 인사하는 것을 듣고 일어나서 접은 편지를 나에게 건네주었다. 그녀는 점잖고 생기 있는 말투로 감격스럽게 말했다. "나으리께서 부탁받고 가져오신 소식으로 제가 얼마나 행복해졌는지를 아들에게 이야기해 주십시오. 제가 그 애를 이 가슴에 꼭 껴안고 있다고 전해 주세요." 이렇게 말하고 그녀는 양팔을 펼쳐 자신의 가슴을 껴안았다. "제가 매일 아들을 위해서 하느님과 우리들의 성녀님께 기도를 올리고, 아들 부부를 축복하고 있다고 말해 주십시오. 그 애 때문에 이렇게 눈물을 흘린 이 눈으로 목숨이 붙어 있는 동안 다시 한 번 아들을 보고 싶어 한다고 전해 주십시오."

이탈리아어의 독특하고 우아한 음조가 이들 낱말의 선택과 고상한 배치를 돕고 있었으나, 또한 그 말에는 이탈리아인이 말할 때 놀라운 매력을 더해 주는 저 생동감 있는 몸짓이 수반되어 있었다.

나는 감동해서 그들에게 작별 인사를 했다. 모두들 손을 뻗치고 아이들은 나를 바깥까지 배웅하러 나왔는데, 내가 계단을 내려올 때에 그들은 부엌에서 길 쪽으로 나와 있는 창의 발코니로 뛰어나와 등 뒤로부터 부르면서 작별 인사를 하고, 잊지 말고 다시 와달라고 되풀이해 말했다. 내가 모퉁이를 돌 때까지도 그들은 아직 발코니에 서 있었다.

내가 이 가족에 대해서 갖게 된 동정의 결과로, 그들에게 무언가 도움이 되고 그들의 요구를 도와주고 싶은 강한 소망이 내 마음속에서 일어난 것은 새삼스럽게 말할 필요도 없다. 그들은 두 번이나 나한테 속았는데, 기대하지 않았던 도움에 대한 그들의 희망이 북구인의 호기심에 의해 다시 한 번 기만당하려 하고 있었다.

나의 최초의 계획은 도망친 사나이가 차용한 14운키아를 그들에게 주고 이 금액을 후에 발사모로부터 돌려받는 것으로 해서, 내가 준 것이라는 사실을 숨길 작정이었다. 그러나 내가 여관에 돌아와 계산을 마치고 현금과 어음을 계산해 보니, 의사소통의 어려움으로 인해 거리가 무한정 멀어진 것 같은 지방에서, 내가 마음으로부터 우러난 호의로 분수를 모르는 못된 인간의 부정한 행위를 뒤치다꺼리했다가는 나 자신이 곧 궁지에 몰리게 되리라는 사실을 깨달았다.

저녁때 나는 상점 주인한테 가서, 내일 의식이 어떻게 치러질 것인지를 물었다. 대규모 행렬이 거리를 통과하고, 총독이 걸어서 성체(聖體) 뒤를 따른다던데 조금이라도 바람이 불면 신도 사람도 모두 먼지를 뒤집어쓰지 않겠냐고 말이다.

그러자 씩씩한 주인은 대답했다. "팔레르모 사람들은 기적에 쉽게 의지합니다. 이런 경우는 흔해서, 대단하신 양반들도 곧잘 기적을 의지 삼지요. 지금까지 여러 번 굉장한 소나기가 내린 적이 있는데, 경사져 있는 큰길의 대부분, 적어도 그 일부분을 깨끗이 씻어내서 행렬을 위해 산뜻한 길을 만들어주곤 했습니다. 이번에도 같은 희망을 모두들 품는 것도 무리는 아닙니다. 이처럼 하늘이 흐려 있는 것을 보니 밤에는 한줄기 쏟아질 것 같으니까요."

1787년 4월 15일, 일요일, 팔레르모

그런데 정말로 그렇게 되었다! 어젯밤은 굉장한 호우였다. 오늘 아침 일찍 이 기적을 목격하기 위해 큰길로 나가보았는데, 정말로 이상한 일이었다. 양쪽 보도 사이에 흐르는 빗물은 가벼운 쓰레기를 경사진 도로를 따라 쓸어가 버리는데, 일부는 바다로, 나머지는 막혀 있지 않은 배수구 쪽으로 가져가고 큰 지푸라기 같은 것은 적어도 한곳으로부터 다른 곳으로 밀어붙여서, 포석 위에는 멘데레스처럼 기묘하고 아름다운 곡선[117]이 그려졌다. 그러자 수백 명의 사람들이 삽이나 빗자루, 혹은 갈퀴를 들고 나와서 아직 남아 있는 오물을 이쪽저쪽에다 쌓아올리고 깨끗한 장소를 넓히고 하면서 정리했다. 그 결과 행렬이 시작되자 실제로 진창 속에 말끔한 길이 길게 뚫려서 긴 의상을 입은 성직자나 예쁜 신발을 신은 귀족이나 할 것 없이 총독을 선두로 해서 진창에 더럽혀지지도 않고 아무런 지장 없이 통과할 수 있었다. 천사의 손에 의해 진창과 늪 속에 마른 길을 수여받은 이스라엘의 아이들을 보는 것 같았다. 그리고 이렇게 경건하고 훌륭한 많은 사람들이 진흙이 쌓여 만들어진 가로수 길을 기도를 올리면서 누비고 다니는 차마 볼 수 없는 광경도, 이런 비유를 머릿속에 떠올리는 것으로써 그 품위를 높일 수 있었던 것이다.

돌로 포장해 놓은 보도 쪽은 깨끗하고 걷기에 좋았지만, 지금까지 미처 보지 못했던 것들을 오늘 구경하리라 마음먹고 발을 들여놓은 시의 내부는 쓸고 쌓아 모으는 것은 어느 정도

---

117) 오늘날 튀르키예 서부를 흘러 사모스 부근에서 에게해로 흘러드는 548킬로미터 길이의 멘데레스(Menderes)강은 8자에 가까운 만곡의 반복이 특징적이어서, 이로부터 미앤더(meander) 무늬라는 용어가 생겨났다.

되어 있었지만, 거의 통행이 불가능할 정도였다.

이 행렬이 계기가 되어서 본당[118]을 방문해 그곳에 있는 중요한 물건을 구경하고, 또 나온 김에 그 밖의 건물들도 구경하게 되었다. 지금까지 매우 잘 관리되고 있는 무어 양식의 건물[119]은 특히 우리를 기쁘게 해주었다. 그다지 크지는 않지만 아름답고 넓고 균형 잡히고 조화로운 방이 많아서, 북국의 기후에서라면 살 수 없겠지만 남국의 기후에서는 최고로 기분 좋을 만한 곳이다. 건축가가 이 설계도와 입면도를 우리한테 전해 주었으면 좋겠다.

그리고 별로 호감 가지 않는 다른 지역에서 우리는 고대 대리석 조각상의 여러 잔해들을 보았지만, 그걸 일일이 조사해 볼 기분은 나지 않았다.

1787년 4월 16일, 월요일, 팔레르모

우리는 곧 이 낙원과 이별해야 하기 때문에 오늘도 공원에 가서 십분 원기를 회복하고, 일과로 삼고 있는 『오디세이아』의 한 권을 읽고 나서, 로살리아 산기슭에 있는 골짜기를 산책하면서 「나우시카」를 구상하고, 과연 이 테마에서 희곡적인 재료가 얻

---

118) 팔레르모 대성당(Cattedrale di Palermo)을 말한다. 1185년부터 짓기 시작해 600여 년 동안 다양한 양식으로 개축, 증축되었다. 본당 내부에는 호엔슈타우펜 왕조로 시칠리아 왕, 독일 왕, 이탈리아 왕, 신성로마제국 황제를 지낸 하인리히 6세(Heinrich VI, 1065~1197, 황제 재위 1191~1197, 시칠리아 국왕 재위 1194~1197)와 그 아들 프리드리히 2세(Friedrich II, 1194~1250, 황제 재위 1220~1250, 시칠리아 국왕 재위 1198~1250)의 석관이 안치되어 있다.

119) 팔레르모의 서쪽 지역에 있는 라치사 성(Castello della Zisa)을 가리킨다. 노르만 왕조 시칠리아 왕 굴리엘모 1세(William I, 1120?~1166)가 1165년 짓기 시작한 궁전으로, 이슬람 건축의 장식 기법인 무하르나스가 적용되었다.

어질까 시험해 보려고 생각했다. 이 기획은 대단한 성과를 얻었다고는 할 수 없지만 그래도 매우 유쾌하게 진행되었다. 나는 이것을 메모하고 특별히 나의 마음을 끄는 몇 가지 구상을 정리해 써버리지 않을 수 없었다.

1787년 4월 17일, 화요일, 팔레르모

진정한 불행은, 여러 유령들에게 쫓기고 유혹당하는 것이다. 오늘 아침 나는 조용히 시적 상상력을 계속 진행시키리라 굳게 결심하고 혼자서 공원으로 갔다. 그러나 시작도 하기 전에, 요즈음 나 몰래 나타난 다른 유령에 사로잡히고 말았다. 지금까지 통이나 화분 안에서만, 그것도 한 해의 대부분은 유리창 너머로만 보아오던 온갖 식물이 여기서는 기쁜 듯 싱싱하게 자유로운 하늘 아래 서 있고 그 사명을 남김없이 다하고 있기 때문에, 더욱더 명료하게 우리 눈에 보인다. 이렇게 여러 가지 새로운, 또 새롭게 만들어진 모습을 눈앞에 보면 이 일군 속에서 원식물을 발견할 수 있지 않을까 하는 예전부터의 생각이 다시 내 마음속에 살아난 것이다. 그런 식물은 반드시 있을 것이다! 만약 식물이 모두 하나의 기준에 따라 형성되어 있는 것이 아니라고 한다면, 이런저런 형상을 하고 있는 식물이 같은 종이라는 것을 어떤 근거에 의해 인식할 수 있단 말인가!

나는 여러 가지 다른 형상이 어떤 점에 의해서 구별되는가를 규명하려고 노력했다. 그러나 다른 점보다는 오히려 닮은 점이 많다는 사실을 발견하게 되었다. 이 사실은 나의 식물학상의 술어를 사용한다면 설명은 되지만, 아무런 결말이 나지 않았다. 그 때문에 나의 사고는 조금도 나아가지 못하고 도리어 불안하게 되고 말았다. 나의 훌륭한 시적 계획은 방해받았고, 알키노 오스의 정원은 사라져버렸으며, 그 대신 세계의 정원이 눈앞에 펼쳐졌던 것이다. 우리들 현대인은 왜 이리 마음이 산란하고, 도달할 수도 실행할 수도 없는 요구에 자극받는 것일까!

1787년 4월 18일, 수요일, 알카모

우리는 아침 일찍 마차를 몰고 팔레르모를 떠났다. 크니프와 마부는 짐을 싸고 싣는 데 유능함을 발휘했다. 산마르티노 수도원을 구경했을 때부터 낯익은 훌륭한 가도를 우리는 천천히 올라갔다. 그리고 다시 길가에 있는 훌륭한 샘터를 보고 감탄했는데, 그때 이 나라의 검약 풍습을 눈으로 똑똑히 보았다. 우리 마부는 술집 접대부처럼 작은 포도주 통을 가죽 끈으로 이어서 어깨에 걸치고 있었다. 그 속에는 이삼일분의 포도주가 가득히 들어 있는 모양이었다. 그래서 그가 여러 개 있는 샘물중 한 곳에 말을 세우고 마개를 열어 물을 넣는 것을 보고 우리는 이상하게 생각했다. 우리는 독일인다운 놀라움을 가지고, 거기서 무엇을 하고 있느냐, 통에는 포도주가 가득 들어 있는 것이 아니냐고 물었다. 그는 태연하게 다음과 같이 대답했다.

"통 속은 3분의 1만큼 비워두었지요. 물이 섞이지 않은 포도주는 아무도 마시지 않으니까 곧바로 물을 넣어두는 게 잘 혼합되어서 좋지요. 거기다가 아무 곳에나 물이 있는 건 아니니까요."

그동안에 통은 가득 찼다. 그리고 우리는 이 동양 고대의 혼례 풍습을 따라야만 했다.

우리가 몬레알레의 뒤편 언덕 위에 도달했을 때 경제적

양식이라기보다는 역사적 양식을 가진 대단히 멋진 지역이 보였다. 오른쪽으로는 바다가 보였는데, 그 바다는 굉장히 기괴한 형태의 곶과 곶 사이에 있는, 수목이 많은 해변과 수목이 없는 해변 건너로 일직선의 수평선을 그었고, 바다가 매우 잠잠했기 때문에 거친 석회암과 좋은 대조를 이루고 있었다. 크니프는 이 광경을 몇 장면 작은 스케치화로 그리지 않을 수 없었다. 현재 우리는 조용하고 청결한 알카모[120]의 소도시에 있는데 이 도시에 있는 설비가 잘 갖추어진 여관은 훌륭한 숙소로 추천할 만하며, 게다가 여기서부터는 교외에 위치한 적막한 세제스타[121]의 신전을 방문하기에도 편리하다.

1787년 4월 19일, 목요일, 알카모

조용한 산간 도시에 있는 마음에 드는 숙소에 끌려 하루를 여기서 지내기로 마음먹었다. 무엇보다 먼저 어제 일에 관해 이야기하지 않으면 안 되겠다. 훨씬 전에 나는 팔라고니아 공자의 독창성을 부정했는데, 그에겐 똑같이 생각하는 사람의 선례가 있었던 것이다. 몬레알레에 이르는 길의 분수 옆에 두 개의 괴물이 서 있고, 또한 난간 위에는 몇 개의 화병이 놓여 있는 모습이 흡사 공자가 만들게 한 것 같았다.

몬레알레의 배후에서 아름다운 가도와 갈라져서 돌이 많은 산으로 들어서니 산등성이 길 쪽에 암석이 얹혀 있었다. 나

---

120) Alcamo. 팔레르모에서 50킬로미터 떨어진 해변의 소읍이다. 현재 괴테와 크니프는 시칠리아섬 북쪽 능선을 따라 이동하고 있다.

121) Segesta. 시칠리아 북서부 구릉지에 있는 고대 유적지로, 기원전 5세기경의 그리스식 신전과 로마 시대 극장 일부가 남아 있다.

는 무게와 풍화의 정도로 보아 철광석이라고 판단했다. 산의 평탄한 곳은 전부 개간되어서 다소나마 수확이 있다. 석회석은 붉은색을 나타내고 있으며 그런 암석이 있는 풍화된 토지도 역시 붉은색을 띠고 있다. 이 점토 석회질의 토지는 멀리까지 퍼져 있으며 토양은 묵직하고 모래가 섞이지 않았으나 훌륭한 밀이 자란다. 우리는 옹골찬 올리브 고목이 몇 개 절단되어 있는 것을 보았다.

허술한 여관 전면에 붙은, 바람이 잘 통하는 홀 안에 몸을 의지하고 우리는 간단한 식사로 기운을 차렸다. 우리가 던져주는 소시지 껍질을 개가 게걸스럽게 받아먹었다. 거지 아이 한 명이 그 개를 쫓아내고 우리가 먹다 버린 사과 껍질을 맛있게 주워 먹고 있었는데, 이 어린 거지도 나이 먹은 거지에 의해서 쫓겨났다. 직업적인 질투심이라는 것은 어디에나 있는가 보다. 이 늙은 거지는 토가를 입고 하인이나 사동 역할을 하면서 여기저기 뛰어다니고 있었다. 손님이 주문한 물건이 집에 없으면 여관 주인이 그 거지를 소매상인한테 보내는 모습을 전에 본 적이 있다.

그러나 우리가 고용한 마부는 아주 잔재간이 있는 사나이로 마부, 안내인, 경비원, 구매원, 요리사, 그 밖의 모든 역할을 혼자서 해냈기 때문에 우리는 대체로 그런 불유쾌한 봉사를 받지 않아도 되었다.

산이 높아져도 여전히 올리브, 메뚜기콩류, 물푸레나무가 자라고 있었다. 이 근방의 경작은 역시 3년으로 나눠진다. 첫해는 콩류, 다음 해는 곡물, 그다음은 휴경으로 되어 있어서, 그들은 "비료는 성자 이상으로 기적을 행한다."라고 말한다. 포도나무는 거의 재배되지 않는다.

알카모는 만에서 좀 떨어진 언덕 사면에 위치해 풍광이 뛰어나고 경치의 웅대함이 우리를 매혹한다. 높은 바위와 깊은 골짜기가 있으면서도 광대하고 변화무쌍하다. 몬레알레의 배후로 나란히 있는 두 개의 아름다운 골짜기로 들어가면 그 가운데에 다시 바위 등성이 하나가 지나간다. 비옥한 전답은 녹색 빛을 띠고 조용히 이어지고, 넓은 길에는 야생 수풀과 관목림이 미친 듯이 꽃을 피우고 있다. 편두콩 수풀은 나비 모양의 꽃으로 덮여서 온통 황색이고 푸른 잎은 하나도 보이지 않는다. 서양산사나무는 꽃 다발이 서로 겹치고, 알로에는 키가 자라서 막 꽃이 필 것 같고, 그 밖에 융단을 가득 깔아놓은 듯한 보랏빛 클로버, 곤충란(昆筮蘭), 석남화(石楠花), 오므린 종 모양의 꽃을 달고 있는 히아신스, 상추, 파, 백합 등등이 있었다.

세제스타로부터 흘러오는 물은 석회암 외에도 각암 표석을 많이 날라 오는데 이 돌은 매우 단단하며 보라색 적색 황색 갈색 등 여러 가지 색상을 띤다. 또한 나는 각암이나 부싯돌이 석회에 의해 층으로 분리된, 다시 말해 석회암 속에 광맥으로 노출되어 있는 것을 보았다. 알카모에 도착할 때까지 언덕 전체가 이런 표석이었다.

1787년 4월 20일, 세제스타

세제스타의 신전은 완성되지 못한 채 끝나 있고 그 주위의 광장도 정지(整地)가 되어 있지 않으며 기둥 설 자리만 평평하게 되어 있다. 지금도 몇 군데에 9피트 내지 10피트짜리 계단이 땅속에 나 있지만 돌이나 흙을 채취해 올 만한 언덕이 이 근방에는 없다. 돌은 대개 자연 그대로의 상태로 누워 있으며 그 밑에 파편 같은 것도 보이지 않는다.

기둥은 모두 세워져 있고 전에 쓰러져 있던 두 개도 최근 다시 세워졌다.

이 기둥이 얼마나 큰 대좌를 갖기로 되어 있었는지는 짐작하기 어려우며 도면 없이는 밝힐 수가 없다. 기둥이 네 번째 계단 위에 서 있는 것같이 보이기도 하는데, 그 경우에는 신전 내부로 들어가려면 다시 한 단 내려가지 않으면 안 된다. 최상단의 계단이 잘려 있는 것으로 보면 기둥에는 토대가 있던 것으로 보이나, 이 기둥과 기둥 사이가 다시 메워져 있는 것을 보면 역시 첫 번째 경우 같기도 하다. 건축가라면 이 점을 명백하게 밝혀줄 수 있을 것이다.

측면에는 구석 기둥을 제하면 12개의 기둥이 있고, 전면과 후면에는 구석 기둥을 포함해서 6개가 있다. 돌을 운반하는 데 쓰이는 둥치가 아직 깎이지 않은 채 신전 안에 놓여 있는 것은 신전이 완성되지 않았다는 증거다. 바닥을 보면 더 확실하다. 바닥은 측면에서 들어가면 두어 곳 판석이 깔려 있어 바닥같이 되어 있지만 한가운데는 자연 그대로의 석회암이 돌을 깐 바닥 평면보다도 높게 놓여 있는데 이것을 보더라도 바닥이 아직 한 번도 정지(整地)되지 않았다는 것을 알 수 있다. 또한 본당은 그런 흔적조차 없다. 더구나 이 신전은 회반죽을 바른 적도 없는데 그럴 의도가 있었다는 것만은 추측할 수 있다. 아마도 기둥머리의 대판에 있는 돌출부에 회반죽을 바를 작정이었던 모양이다. 전체는 엷은 색의 석회화 같은 석회암으로 되어 있으나 지금은 많이 부식되어 있다. 1781년에 이루어진 수리는 이

건물에 큰 도움이 되었다. 부분 부분을 잇고 있는 돌은 단순하지만 아름답다. 리데젤[122]이 언급하고 있는 커다랗고 특별한 돌이란 것을 나는 발견할 수 없었다. 아마도 기둥 수리에 소비된 모양이다.

　신전의 위치는 좀 별나다. 넓고 긴 골짜기의 제일 높은 끝머리에 있는데, 고립된 언덕 위에 서 있으나 그러면서도 암벽으로 둘러싸여서, 육지는 멀리까지 바라다보이지만 바다는 겨우 한구석에 보일 뿐이다. 이 지역은 비옥하면서도 호젓하고 어디나 잘 개간되어 있으나 인가를 거의 볼 수 없다. 꽃이 핀 엉겅퀴 위에는 무수한 나비가 떼 지어 있었다. 야생 회향은 높이가 8피트에서 9피트로 지난해부터 말라버린 모습으로 서 있는데, 정연한 자태로 풍부한 양의 꽃이 나란히 있어서 수목원이 아닌가 싶을 정도였다. 바람이 마치 숲속처럼 기둥 사이로 불어대고 맹금이 들보 위를 소리 지르며 날고 있었다.

　극장의 볼품없는 폐허를 오르내리는 데 지쳐서 시내의 폐허를 구경할 마음이 사라졌다. 신전 기슭에는 큰 각암 덩어리가 있다. 알카모로 가는 길에도 각암의 표석이 무수히 섞여 있었다. 그 결과 지면에는 규토가 섞이고 땅은 더욱 부드러워지게 되었다. 새로 잎이 나온 회향을 보니 위 잎과 아래 잎이 다르다는 것을 깨달았는데, 이것은 결국 동일한 기관이 단순한 것에서

---

122) 요한 헤르만 폰 리데젤(Johann Hermann von Riedesel, 1740~1785). 독일의 외교관이자 여행가로, 로마에서 빙켈만과 만나 우정을 쌓았으며, 『시칠리아와 마그나그라이키아 여행기(Reise durch Sicilien und Großgriechenland)』를 썼다. 마그나그라이키아(Magna Graecia)는 이탈리아 남부와 시칠리아를 포함해 지중해의 그리스 식민도시들이었던 곳을 통칭하는 말로, 메갈레 헬라스(Megale Hellas, 위대한 그리스)의 라틴어 번역이다

복잡한 것으로 발전하고 있음을 보여준다. 여기 사람들은 풀 뽑기에 아주 열심이다. 그들은 사냥감 몰이라도 하듯 밭 가운데를 돌아다니고 있다. 곤충 또한 발견된다. 팔레르모에서는 충류를 보았을 뿐인데, 도마뱀, 거머리, 달팽이도 독일 것과 비교해 별반 색채가 아름답지도 않으며 그저 회색을 띠고 있을 따름이다.

1787년 4월 21일, 토요일, 카스텔베트라노

알카모에서 카스텔베트라노로 가는 길은 석회산 옆을 지나고 자갈 언덕을 넘어서 뻗어 있다. 험한 불모의 석회산들 사이에는 구릉이 많은 넓은 계곡이 있어서 어디나 다 개간되어 있지만 수목은 거의 없다. 자갈 언덕에는 커다란 표석이 많이 있어 고대의 해류를 암시한다. 지면은 적당히 모래가 섞여 있기 때문에 지금까지 지나온 곳보다는 가볍다. 오른쪽으로 1시간 거리쯤 떨어진 곳에 살레미가 보인다. 우리는 석회산 전방에 있는 석고암산을 넘어 왔는데 여기 토양은 더욱 기름지게 혼합되어 있다. 저 멀리 서쪽 바닷가가 보인다. 앞에 보이는 땅에는 언덕이 참많다. 싹이 난 무화과나무가 눈에 띄었으나 그보다도 흥미와 경탄을 불러일으킨 것은 꽃의 끝없는 군생이다. 넓은 길 위에 뿌리를 내리고 가지각색으로 서로 섞여서 큰 평면을 이루고 여기저기 끊겼다가 다시 이어지는 광경을 되풀이하고 있다. 아름다운 나팔꽃, 부용, 당아욱, 각종 클로버 꽃이 서로 섞여서 피어 있는 사이사이에 마늘과 완두 꽃이 띄엄띄엄 있다. 우리는 이 다채로운 깔개를 밟으면서 서로 교차하는 수많은 좁은 길로 말을 몰고 지나갔다. 그 가운데서는 아름다운 적갈색을 띤 가축이 풀을 뜯고 있었는데, 크지는 않지만 무척 귀여운 모습을 하고 있었다. 작은 뿔이 나 있는 놈이 특히 가련했다.

모두 나란히 있는 북동쪽 산맥 가운데에 유일한 봉우리인 쿠닐리오네가 솟아 있다. 자갈 언덕에는 물이 귀한데 이곳은 강우량도 적은 모양이다. 물이 흐른 자국도 없고 흘러내려 쌓인 흙도 없다.

이날 밤 진귀한 일이 일어났다. 우리는 그다지 훌륭하지 못한 한 여관의 침대 위에 피곤한 몸으로 누워 있었는데 밤중에 문득 눈을 뜨니 하늘에 더없이 기분 좋은 풍경이 보였다. 그건 내가 이때껏 보지 못했던 아름다운 별이었다. 나는 좋은 일을 예언하는 듯한 이 반가운 광경에 기분이 썩 좋았는데 얼마 안 있어 이 정다운 빛은 사라지고 나는 홀로 어둠 속에 남겨졌다. 날이 밝아서야 비로소 나는 이 불가사의의 원인을 알 수 있었다. 지붕에 구멍이 하나 뚫려 있어서 하늘에서 가장 아름다운 별 중 하나가 그 순간 나의 자오선을 통과하는 장면이 보였던 것이다. 그러나 여행자인 우리는 자연의 사건을 자기 좋을 대로 해석했던 것이다.

1787년 4월 22일, 시아카[123]

여기까지 오는 길은 광물학적으로는 별로 흥미롭지 못했고 그저 자갈 언덕을 넘어 오는 것에 불과했다. 해변으로 나오면 곳곳에 석회암이 서 있다. 평탄한 토지는 모두 한없이 비옥해서 보리나 귀리의 작황이 아주 좋다. 수송나물도 심어져 있다. 알

---

123) 시칠리아 북서쪽 알카모에서 남서쪽 카스텔베트라노(Castelvetrano)까지 직선으로 40킬로미터를 내려와, 동남쪽을 향해 다시 40킬로미터를 이동하면 지중해변의 시아카(Sciacca)에 이른다.

로에는 어제나 그저께 보았던 것보다 더 높게 줄기가 뻗어 있었다. 여러 가지 종류의 클로버는 어디를 가도 끝이 없었다. 우리는 마침내 작은 숲에 도달했는데 관목들이 대부분이어서 높은 나무는 몇 없었다. 코르크나무도 발견했다.

4월 23일, 저녁, 아그리젠토

시아카에서 여기까지 오는 것은 하루 여정으로는 매우 힘들었다.[124] 시아카 바로 못 미쳐서 온천이 있었다.[125] 뜨거운 온천물이 바위 사이에서 분출해 강한 유황 냄새를 풍기고 있다. 이 온천물은 매우 짠데 부패하지는 않았다. 유황 냄새는 분출하는 순간에 나는 것이 아닐까? 그 조금 위쪽에 있는 샘은 물이 차고 냄새가 없다. 더 위쪽에는 수도원이 있고 거기에는 한증막이 있어서 맑은 공기 속에 진한 수증기가 올라오고 있다. 바다가 이곳으로 운반해 오는 것은 석회 표석뿐으로 석영과 각암이 분리되어 있다. 작은 개천을 관찰해 보았는데, 칼타벨로타강과 마카솔리강은 석회 표석만 나르고, 플라타니강은 고귀한 석회석의 영원한 동반자인 황(黃) 대리석과 부싯돌을 운반하고 있다. 몇 개의 용암이 나의 주의를 끌었지만 근처에 화산 같은 것이 있다고는 생각하지 않는다. 차라리 돌절구의 파편이거나 또는 돌절구를 만들 목적으로 멀리서 가져온 것으로 보인다. 몬

---

124) 시아카에서 아그리젠토까지는 지중해변을 따라 동남쪽으로 65킬로미터다.

125) 시아카라는 지명의 유래에 관해서는 두 가지 설이 있는데, 하나는 '엑스 아쿠아(ex acqua, 물에서)'의 변형이라는 주장과, 아랍어의 '시아크(Syac, 목욕)'에서 유래했다는 것으로, 둘 다 이곳의 온천과 관련이 있다.

탈레그로 근방은 전부 석고암으로 이루어져 있다. 석회산 앞이나 사이에 있는 암석은 모두 두꺼운 석고나 운모다. 칼타벨로타의 암석층은 참으로 기묘하다!

1787년 4월 24일, 화요일, 아그리젠토[126)

오늘 아침 해돋이에서 본 것같이 아름다운 봄의 조망은 내 생애를 통틀어 처음이다. 고대의 높은 성터가 있는 곳은 새로운 아그리젠토가 주민을 수용하기에 충분한 넓이다. 여관 창문으로부터 옛날 영화로웠던 도시의 완만한 경사가 멀리 보이는데, 농원과 포도원으로 완전히 덮여 있어서 그 녹색 아래에 인구가 조밀했던 시가의 흔적이 있으리라고는 생각되지 않을 정도다. 다만 이 녹음이 짙고 꽃이 만발한 평원의 남쪽 끝에 콘코르디아의 신전이 솟아 있고 그 동쪽에는 헤라 신전의 폐허가 약간 보일 뿐이다. 그 밖에 이런 것들과 일직선으로 있는 다른 신전의 폐허는 위에서는 보이지 않으며, 시선은 남으로 달려서 바다를 향해 30분 거리만큼 뻗어 있는 해변의 평지로 끌려간다. 가지와 줄기 사이를 지나서, 물들 듯한 신록과 만발한 꽃, 풍요한 결실을 예감하게 하는 저 멋진 평원으로 오늘 내려가는 것

---

126) 최초의 도시는 '아크라가스(Akrágas)'로, 기원전 6세기경 시칠리아 동부와 크레타에서 이동한 그리스인 개척자들에 의해 세워졌다. 지중해변에 위치해 교역의 요지였고, 또 이곳에서 시칠리아 북부 티레니아해까지 이어지는 육로가 발달해, 자체 화폐(주화)를 발행할 만큼 경제적으로 큰 번영을 누렸다. 기원전 5세기에 카르타고에 의해 침략당한 후, 기원전 3세기 포에니 전쟁에서 승리한 로마가 카르타고를 몰아내고 아그리젠토를 점령, 이때부터 로마에 편입되었다. 9세기 아랍 지배기에 '지르잔트'로 이름이 바뀌었다가, 노르만의 시칠리아 정복 후 옛 이름을 되찾아 아그리젠토(Agrigento)가 되었다. 괴테는 지르젠티(Girgenti)로 표기했다.

은 불가능했다. 왜냐하면 우리를 안내한 마음씨 좋고 키 작은 재속신부가 오늘은 무엇보다도 거리 구경을 할 것을 권했기 때문이다.

그는 우리에게 매우 정돈이 잘되어 있는 시가를 먼저 보여주었고, 다음은 우리를 약간 높은 지점으로 안내했는데 그곳은 시계가 더욱 넓어서 참으로 조망이 훌륭했다. 그리고 미술 감상을 위해 본당으로 향했다. 이 본당에는 파괴를 면한 석관이 제단으로 쓰이면서 잘 보존되고 있다.[127] 이 석관에는 사냥 친구와 말을 데리고 있는 히폴리토스를 막아선 어머니 파이드라가 작은 글씨 판을 건네려는 장면이 조각되어 있다. 아름다운 젊은이를 묘사하는 것이 이 조각의 주목적이기 때문에 노파는 방해가 되지 않도록 난쟁이처럼 조그맣게 부수적인 인물로 표현돼 있다.[128] 내 생각에 반부조 작품으로 이만큼 훌륭한

---

127) 아그리젠토 주교좌대성당 또는 산제를란도 대성당(Cattedrale di San Gerlando)은 노르만 왕 로제르 1세(Roger I, 1031~1101)의 친족으로 1088년 아그리젠토 주교로 임명된 성 제를란도가 1093~1095년에 지은 노르만 고딕 양식 성당으로, 17세기까지 거듭 증축 및 개축되었다. 괴테가 말한 대리석 관은 11세기경에 '신전의 계곡' 근처에 지은 산니콜라 성당(Chiesa di San Nicola)에서 발견되어 대성당으로 옮겨온 것이다. 과거에는 그리스 시대의 것으로 여겨졌으나, 오늘날은 그리스 황금시대(5세기) 양식을 모방해 기원전 2세기경 로마 시대 때 제작된 것으로 본다. 그랜드투어 때 아그리젠토를 방문한 여행자들에 따르면 이 석관이 대성당의 성수반으로 쓰였다는 기록도 있는데, 오늘날은 제단으로도 사용되고 있지 않다.

128) 괴테가 묘사한 여성은 파이드라가 아니라 그녀의 늙은 유모다. 히폴리토스는 고대 그리스 신화의 영웅 테세우스와 아마존족 여인의 아들로, 모계의 피를 물려받아 사냥과 운동을 좋아했으며, 사냥과 처녀의 여신 아르테미스를 숭배했다. 한편, 오랫동안 방랑하며 많은 공적을 쌓은 테세우스는 아테네의 왕이 되었고, 이에 크레타 왕은 동맹을 위해 자신의 여동생 파이드라를 테세우스와 결혼시킨다. 그런데 파이드라는 테세우스의 장성한 아들 히폴리토스를 보자마자 반하고, 결국 자신의 유

것은 본 적이 없는 것 같다. 게다가 완전한 상태로 보존되어 있다. 이것은 앞으로 내 가슴속 깊이 그리스 예술이 가장 우아했던 시대의 일례로서 남을 것이다.

대단히 크고 보존 상태가 완전한 낡은 병[129]을 보고 우리의 생각은 옛 시대로 거슬러 올라갔다. 또한 이 밖에도 많은 건축 유물이 이 새로운 성당 이곳저곳에 혼재해 있는 것 같았다.

이곳에는 여관이 없기 때문에 어느 친절한 일가가 우리에게 숙소를 제공해 큰 방에 붙여서 한 단 높게 만들어져 있는 침실을 비워주었다. 녹색 커튼이 우리와 짐을 가족들로부터 격리해 주었다. 이 집 사람들은 큰 방에서 마카로니를 만들고 있었다. 잘 정제된 밀가루로 만든 희고 작은 종류로, 그중에서도 제일 값진 것은 먼저 팔뚝만 한 길이의 막대기 모양으로 만든 다음 소녀의 가는 손끝으로 둥글게 말고 나서 달팽이 형상으로 빚은 것이다. 우리는 예쁜 아이들 옆에 앉아서 제조 방법에 대한 설명을 들었는데 마카로니는 그라노포르테(grano forte)라고 하는, 무게가 제일 많이 나가는 최상품 밀로 만든다는 것을 알게 되었다. 제조할 때는 기계나 형틀보다도 손이 중요한 역할을 한다는 것이다. 그들은 우리를 위해 최고급 마카로니 음식을 마련

모를 보내 그에게 연정을 고백한다. 그러나 아르테미스에게 순결을 맹세한 히폴리토스는 젊은 새어머니의 고백을 매몰차게 거절한다. 모욕당한 파이드라는 히폴리토스가 자신을 겁탈하려 했다고 모함하고, 이에 분노한 테세우스는 히폴리토스를 내쫓아 버린다. 석관에는 친구들과 사냥을 나가려는 히폴리토스에게 파이드라의 메시지를 전하는 유모와 이를 받기를 거절하는 히폴리토스의 모습이 부조로 새겨져 있다.

129) 아그리젠토 시내에서 약간 벗어난 곳에 있는 콘트라다 페치노 공동묘지(Contrada Pezzino necropolis)에서 발굴된 유물로, 그리스 시대의 생활상을 묘사한 그림이 있는 대형 테라코타 꽃병이다. 오늘날은 아그리젠토 고고학박물관(Museo archeologico regionale Pietro Griffo)에 전시되어 있다.

해 주었다. 제일 상급의 종류는 아그리젠토 이외에서는, 더 자세히 말하면 이 집 사람들이 아니고서는 만들 수 없는데, 그 종류가 마침 한 접시도 남은 것이 없다고 그들은 애석해 했다. 여기서 만드는 것은 빛깔과 부드러움에서 비할 데가 없는 듯싶었다.

우리는 빨리 아랫동네를 구경하고 싶어 조바심을 냈지만, 안내자는 우리의 욕망을 억제시키는 방법을 알고 있었다. 저녁 동안에 그는 우리를 언덕의 전망 좋은 곳으로 다시 한 번 데리고 가서 내일 이 근방에서 구경하기로 되어 있는 명소 유적의 위치를 손으로 가리키면서 보여주었다.

1787년 4월 25일, 수요일, 아그리젠토

아침 해가 뜨자마자 우리는 아래로 내려갔는데 한 발 옮길 때마다 아름다운 경치가 그림처럼 전개되었다. 우리가 틀림없이 기뻐할 것이라고 생각하며 안내하는 작은 사나이는 풍부한 초목 속을 가로질러서, 이 일대 풍경에 목가적인 색채를 더해주고 있는 수천 가지 풍물을 쉴 새 없이 설명하며 지나갔다. 땅이 평탄하지 않고 파도치듯 폐허를 덮어 감추고 있는 것 또한 목가적 풍경에 크게 기여하고 있다. 이 폐허[130]는 옛날 이곳에

---

130) 이날 괴테가 방문한 곳은 아그리젠토 남쪽 구릉의 고대 유적 지구로, 기원전 6~5세기 그리스의 도리아식 신전 20여 채와 그 터가 흩어져 있어 '신전의 계곡(Valle dei Templi)'으로 불린다. 아그리젠토의 그리스 신전들은 오랫동안 방치되었다가 18세기에 빙켈만 등에 의해 재발견되었다. 때문에 후대의 영향으로 변형되지 않고 원래 상태가 거의 그대로 보존된 유일한 그리스 유적으로서, 역사적 가치가 매우 높아 유네스코 세계문화유산이다. 괴테가 서술한 순서대로 부연하자면, 유노 신전은 인근에 있던 라틴어로 새겨진 비문 때문에 한때 로마 신전으로 잘못 알려졌으나, 실제로는 기원전 5세기의 헤라 신전이다. 콘코르디아 신전은 6세기부터 기독교 예배당으로 쓰였던 덕분에 보존 상태가 가장 우수하다. 제우스 신전

있었던 건물이 가벼운 패각응회암으로 만들어졌기 때문에 더 빠른 속도로 옥토로 덮이는 중이다. 이렇게 해서 우리는 도시의 동쪽 끝에 도달했는데 거기 있는 유노 신전의 폐허는 부서지기 쉬운 돌이 비바람을 맞아 부식하는 탓에 해가 갈수록 황폐해질 뿐이다. 오늘은 한차례 쭉 둘러보기만 할 참이었는데 크니프는 내일 그릴 지점을 벌써 선정해 놓았다.

신전은 현재 풍화된 암석 위에 서 있고, 여기서부터 도시의 성벽이 일직선으로 서쪽에 걸쳐 석회암 층까지 뻗어 있다. 이 암석층은 평평한 해변 위에 수직으로 서 있는데 바다가 암석층을 형성하고 그 밑을 들락날락하다가 뒤에 모래사장을 남기고 간 것이다. 성벽의 일부는 암석을 깎아내서 만들고, 나머지 부분은 바위를 쌓아서 축성했으며 배후에는 신전이 일렬로 솟아 있다. 그 때문에 아그리젠토의 낮은 부분이나 융기한 부분이 가장 높은 부분과 하나가 되어서, 바다에서 보았을 때 그렇게 멋진 광경을 보여주는 것도 전혀 이상하지 않았다.

콘코르디아의 신전은 수백 년의 세월을 견뎌왔다. 그 섬세한 건축술은 이미 미와 쾌감에 관한 우리의 기준에 근접해 있다. 이 신전과 파에스툼 신전의 관계는 바로 신들의 모습과 거인상의 관계와 유사하다. 이 기념물을 보호하려는 근래의 칭찬할 만한 계획이 몰취미한 방법으로 실행에 옮겨져, 벌어진 틈

은 기원전 480년경 아그리젠토가 카르타고와의 전쟁에서 승리한 것을 기념하기 위해 지어졌고, 헤라클레스 신전은 이곳에서 가장 오래된 신전으로 원래 38개의 기둥으로 이루어진 대규모 신전이었는데, 후대의 전쟁과 지진으로 오늘날은 8개의 기둥만 남아 있다. 고대 그리스 신화에서 의술의 신이었던 아스클레피우스의 신전은 고대 도시의 성벽 외곽에 지어졌는데, 환자들의 순례지로 유명했으며, 이곳에서 치유된 자들이 새겨놓은 비문이 남아 있다.

새를 눈이 부실 정도의 흰 석고로 수리한 것에 대해서 비난할 심산은 아니다. 그러나 그 때문에 이 기념물이 다소 파괴된 듯한 외관을 보이는 것도 사실이다. 석고가 풍화된 돌의 색조를 띠게 하는 것은 간단한 일인데 말이다. 원주나 장벽에 사용하고 있는 부서지기 쉬운 패각석회를 보면 이렇게 긴 세월 동안 잘도 보존되었구나 하고 경탄하게 된다. 하지만 이것을 세운 사람은 자기와 같은 자손이 있을 것을 기대하고 예방공사를 해 놓았다. 즉 기둥에 남아 있는 양질의 덧칠은 눈을 기쁘게 하는 동시에 장기 보존을 위한 것이다.

다음에 들른 곳은 제우스 신전의 폐허였다. 이 신전은 생울타리에 둘러싸여 크고 작은 수풀이 무성한 몇 개의 작은 언덕의 내부나 하부에 있으며 마치 거인의 해골 덩어리같이 넓고 멀리 뻗어 있다. 대단히 큰 트리글리프[131]와 그에 걸맞은 반원주의 일부 외에는 건조물은 모두 이 폐허에서 사라져 있다. 양 팔을 벌려서 트리글리프를 측정해 보았는데 다 잴 수가 없었다. 그 대신 원주의 홈은 그 안에 들어가면 마치 작은 벽감과 같이 한가득 차서 양어깨가 벽에 닿는다고 하면 대강 상상이 될 것이다. 22명이 둥글게 둘러싸면 대강 이 기둥의 둘레가 되리라고 생각한다. 화가로서는 여기서 아무것도 얻을 게 없다는 언짢은 기분을 안고 우리는 자리를 떴다.

이에 반해 헤라클레스의 신전에서는 고대의 좌우대칭 양식의 흔적을 발견할 수 있었다. 이 신전의 저편과 이편에 나란

---

131) Triglyph. 도리아식 건축 양식에서 프리즈를 구성하는, 3줄의 세로 홈이 있는 돌 장식판을 가리킨다.

히 있는 두 줄의 기둥은 동시에 거기에 놓인 것처럼 같은 방향으로 북에서 남을 향해, 저편 것은 언덕을 오르고, 이편 것은 언덕을 내려오듯이 하고 쓰러져 있었다. 언덕은 작은 산이 허물어져서 생겨난 것 같았다. 기둥은 들보에 의해 지탱되었던 모양인데 아마도 폭풍으로 인해 쓰러졌을 것이다. 한꺼번에 도괴된 듯 조립되어 있던 부분 부분이 그대로 붕괴해서 규칙적으로 누워 있는 것이다. 크니프는 이 진귀한 장면을 정밀하게 스케치하려고 이미 머릿속에서 연필을 깎고 있었다.

아스클레피오스 신전은 참으로 모양이 좋은 나무 아래 그늘에 있는데, 자그만 농가 속에 갇힌 듯한 모습으로 친근감이 들었다.

그리고 우리는 테론의 묘탑[132]이 있는 곳으로 내려가서, 모형으로만 여러 번 본 일이 있는 이 기념물을 눈앞에 보고 기뻐했는데 특히 그것이 진귀한 경치의 전경으로 되어 있어서 더 기뻤다. 다시 말하면, 서쪽에서 동쪽에 걸쳐 암석층이, 그 위에는 틈이 벌어진 도시의 성벽이, 그 성벽을 통해서 성벽 위에 있는 신전의 우물이 보였기 때문이다. 하케르트의 교묘한 붓에 의해 이 광경은 훌륭한 그림이 되어 있지만, 크니프 또한 스케치 하나쯤 그리지 않고는 못 견딜 것이다.

---

132) 5세기에 아크라가스를 통치한 폭군 테론(Theron)의 묘로 알려졌으나, 테론은 기원전 472년에 죽었으며, 이 정육면체 묘탑은 기원전 3세기 헬레니즘 양식을 나타내고 있기 때문에 로마 시대의 것으로 본다. 1차 포에니 전쟁 때 로마군의 아그리젠토 포위 공격 중에 전사한 3만여 명의 로마 군인을 기리기 위한 추모비로 추측된다.

1787년 4월 26일, 목요일, 아그리젠토

눈을 뜨니 크니프는 벌써 길 안내와 그림 용지 운반을 돕는 소년을 데리고 스케치 여행을 떠나려는 참이었다. 나는 창가에 기대서 나의 비밀스럽고 조용한, 그러나 말이 없지는 않은 친구를 곁에 두고 더없이 멋진 아침을 즐겼다. 나는 지금까지 내가 우러러보고 귀를 기울이는 스승의 존함을 경건한 경외심 때문에 말하지 않았으나, 밝히자면 리데젤이라는 탁월한 분으로, 나는 이분의 저서를 매일 읽는 기도서나 부적처럼 가슴에 안고 있다.[133] 나는 나에게 모자라는 점을 가지고 있는 인물을 거울삼아 언제나 자신을 즐겨 비춰 보고 있는데, 이분이 바로 그런 인물이다. 냉정한 계획, 목적의 확실성, 순수하고도 적절한 수단, 준비와 지식, 빙켈만과의 밀접한 관계, 이 모든 것과 그로부터 파생하는 온갖 것이 나에게는 결여되어 있다. 그러나 나는 내 생애에 있어서 평범한 방법으로는 얻을 수 없는 것을 교활한 수단으로 얻는다든지, 또는 강탈하거나 사취할 만큼 자신을 배반할 수는 없다. 원컨대 저 훌륭한 인물이, 친척과 친구들로부터 잊히고 또한 그들을 잊으면서 다만 홀로 이곳에서 여생을 보내길 바랐을 정도로 매력을 느꼈던 이 조용한 땅에서, 감사에 찬 제자 한 명이 고독 속에서 얼마나 그의 업적을 찬양하고 있는가를 지금 이 순간 세속의 소란 속에서 느낄 수 있기를!

나는 안내자인 키 작은 성직자와 함께 어제 다녔던 길을 걸어다니면서 여러 가지 사물을 다각도로 관찰하기도 하고, 열

---

133) 1787년 4월 20일자 편지(475쪽 참조)에서 이미 한 번 리데젤을 언급했다.

심히 일하고 있는 친구를 가끔 위로해 주기도 했다.

이 도시가 융성했던 시절의 훌륭한 설비에 대해 안내인은 나의 주의를 환기시켰다. 아그리젠토의 보루였던 암석과 장벽 속에는 묘가 있는데, 아마도 용사나 공덕자의 묘소였을 것이다. 그들 자신의 명예를 위해서도, 영원히 생존하는 후세의 추모의 표적으로서도 이처럼 적당한 장소는 다시없을 것이다!

성벽과 바다 사이에 있는 넓은 터에는 작은 신전의 유물이 있는데 그것은 기독교의 예배당으로서 보존되어 있다.[134] 여기서도 또한 반원주가 성벽의 네모난 석재와 잘 결합해 양자가 서로 맞물려 있는 모양은 더없이 눈을 즐겁게 해준다. 도리아식 건축법이 이것으로 완벽의 경지에 달했다고 확실하게 느낄 수 있다.

그다지 눈에 띄지 않는 고대 기념물 몇 개를 대강 구경하고 나서 벽을 둘러친 지하의 큰 창고에 밀을 저장하는 현대적 설비를 주의 깊게 구경했다. 선량한 노인은 시민의 생활 상태와 교회에 관해 여러 가지 이야기를 해주었지만, 번영해 가고 있다는 이야기는 전혀 없었다. 이야기는 끊임없이 풍화되어가고 있는 폐허에 걸맞은 것이었다.

패각석회층은 전부 바다를 향해서 무너지고 있다. 암석층은 이상하게도 하부와 후부부터 침식되어서 상부와 전면부가 부분적으로 남아 있을 뿐이기 때문에 마치 매달려 있는 송이처

---

134) 신전의 계곡 북쪽 외각의 산비아조 넬 템포 디 데메트라(S. Biagio Nel Tempio di Demetra)를 말한다. 기원전 5세기경에 도리스식으로 건설된 데메테르 신전을 13세기에 기독교 교회로 개축하면서 원래의 신전을 일부 살려두었다. 지하수조가 딸린 샘이 있다.

럼 보인다. 프랑스인들은 미움을 사고 있는데, 그들이 바르바리들[135]과 평화협정을 유지하고 있기 때문에, 이교도 때문에 기독교도를 배신했다는 비난을 받고 있다. 바다 쪽으로부터 바위를 뚫어서 고대풍으로 만들어놓은 문[136]이 있었다. 현존하는 성벽은 바위 위에 계단식으로 쌓아올려 있다. 우리의 안내인은 돈 미카엘 벨라라고 하는 골동품상인데, 산타마리아 성당[137] 인근에 위치한 자신의 스승 게리오의 집에서 생활하고 있다.

이 지방 사람들은 다음과 같이 누에콩을 심는다. 적당한 거리를 두고 땅에 구멍을 파고 그 속에다 한 줌의 비료를 넣고 비가 오기를 기다려서 콩을 심는다. 콩 짚을 태워서 나오는 재는 아마포를 세탁하는 데 사용한다. 비누는 쓰지 않는다. 편도의 바깥껍질도 태워서 소다 대신 사용한다. 먼저 세탁물을 물빨래한 뒤 이런 잿물로 세탁하는 것이다.

그들의 경작 순서는 콩, 밀, 투메니아[138]로 4년째에는 풀

---

135) 원래 바르바리는 아프리카 북서 해안 지역을 가리키는 말이었는데 (422쪽 각주 89번 참조) 15~19세기에는 특히 바르바리에 거점을 둔 이슬람 해적 집단을 일컫는 말로 쓰였다. 이들은 지중해를 오가는 상선들을 약탈하거나 인질을 잡아 노예로 팔고 몸값을 요구해 악명이 높았다.

136) 고대의 아크라가스시 성벽에는 네 개의 문이 있었는데, 그중 중앙문인 포르타 아우레아(Porta Aurea) 남문(南門)을 말한다.

137) Chiesa di Santa Maria dei Greci. 1200년에 그리스 비잔틴 양식으로 지은 예배당으로, 옛 도리아식 신전 터에 지어졌다.

138) Tumenia, 또는 티밀라(Timilìa). 유럽 중부에서 수확하는 듀럼밀(학명 Triticum durum)의 일종으로, 밀 품종 가운데 가장 크고 딱딱해서 '그라노 듀로(grano duro)'라고 불리며, 분쇄하면 거칠고 노란색을 띠기 때문에 주로 파스타와 마카로니를 만들어, 파스타밀이라고도 한다.

이 자라는 대로 방치한다. 여기서 콩이라고 하는 것은 누에콩을 말한다. 이 지방에서 나는 밀은 매우 아름답다. '비메니아' 또는 '트리메니아'에서 그 이름이 왔다고 하는 투메니아는 케레스[139] 여신의 귀한 선물이다. 이것은 하절 곡물의 일종으로 석 달이면 성숙한다. 1월 1일부터 6월까지 파종하고 일정한 시간이 경과하면 성숙한다. 비는 그다지 많이 오지 않아도 되지만 높은 온도가 필요하다. 잎은 처음에는 부드럽지만 밀만큼 성장하면 매우 질겨진다. 밀은 10월과 11월에 심어서 6월이면 익는다. 12월에 심은 보리는 6월 1일에는 성숙하는데 해안에서는 일찍 익고 산지에서는 다소 늦게 익는다.

삼은 벌써 성숙했다. 아칸서스는 아름다운 잎이 나 있다. 수송나물 수풀이 울창하다.

아직 경작되지 않고 있는 구릉에는 에스파르셋[140]이 무성하게 자라 있다. 이것의 일부는 임대를 주었는데 다발로 묶어서 시장으로 출하된다. 밀밭에서 솎아낸 귀리도 똑같이 다발로 묶어서 판매된다.

양배추를 심을 때에는 토지에다 두렁을 만들어서 반듯하게 구획을 한다. 관개를 위한 것이다.

무화과나무는 잎은 다 떨어졌고 열매가 익어 있었다. 세례

---

139) 로마 신화의 케레스(Ceres) 여신은 그리스 신화의 데메테르에 해당하며, 곡물의 생장과 수확을 관장한다. 참고로, 그리스 신화에서 전쟁과 죽음의 여신 케레스(Keres)와는 무관하다.

140) Esparsett. 학명이 오노브리키스(Onobrychis)인 잠두콩과 식물의 독일어 표기다. 빨간 나비 모양의 꽃이 핀다.

자 요한의 축일[141] 때쯤에 익는데 그러고 나서 다시 한 번 열매를 맺는다. 짧게 잘라준 편도는 무수한 열매를 달고 있었다. 식용 포도는 높은 지지대를 세워 만든 퍼걸러[142]에서 재배한다. 멜론은 3월에 파종하면 6월에 열매를 맺는다. 제우스 신전의 폐허에는 수분이 전혀 없는데도 멜론이 잘 자라고 있었다.

마부는 아티초크와 유채를 생으로 맛있게 먹었다. 물론 독일 것보다 훨씬 부드럽고 수분도 많다. 밭 가운데를 지나면 농군이 누에콩 같은 것을 먹고 싶은 만큼 먹게 해준다.

내가 검고 단단한 용암 같은 돌을 보고 있으려니까, 나를 안내를 해주던 골동품상이, 그건 에트나 화산[143]에서 나온 것인데 항구 근처, 아니 거기보다도 부두의 하역장 부근에 많이 굴러다닌다고 말했다.

이 지방에는 새가 많지 않다. 메추라기 정도다. 철새로는 나이팅게일, 종달새, 제비 등이 있다. 작고 까만 린니네(Rin-nine)라고 하는 새는 지중해 동부에서 날아와 시칠리아에서 알을 까고 다시 더 날아가든지 아니면 도로 돌아가 버린다. 리데네(Ridene)는 12월과 1월에 아프리카에서 와서 아크라가스 강에 내렸다가 산지로 날아간다.

---

141) 세례자 성 요한(St. John the Baptist)의 탄생일인 6월 24일을 기리는 축일이다. 세례자 요한은 유대의 사막 지역에서 은둔하다가 30세 때부터 요르단 강가에서 설교와 세례를 베풀었다. 예수가 그에게 세례를 받으러 왔을 때 메시아임을 알아보았다.

142) pergola. 덩굴식물을 올리기 위해 나무 막대 등으로 세운 골조를 가리킨다.

143) 시칠리아 동부 카타니아 인근에 있는 해발 3323미터의 에트나(Etna) 화산은 오늘날에도 수년에 한 번씩 폭발하는 활화산이다.

성당에 있는 꽃병[144]에 대해 한마디 적어둔다. 꽃병에는 왕관과 홀로 보아 국왕임을 짐작할 수 있는, 몸을 낮추고 있는 노인 앞에 갑옷 차림의 영웅이, 말하자면 새로 온 손님격으로 서 있는 모양이 그려져 있다. 왕 뒤에는 한 여자가 머리를 숙이고 왼손으로 턱을 받치고 서서 무언가 생각에 잠긴 듯한 모습이고, 영웅 뒤에 역시 관을 쓰고 있는 노인이 친위병으로 보이는 창을 가진 남자와 이야기를 하고 있다. 노인은 영웅을 안내해 온 듯한 위병에게 "이 사람은 왕과 직접 이야기하게 하는 것이 좋겠다. 훌륭한 사람이다."라고 말하고 있는 것 같다.

이 작품의 바탕은 빨간색이고 그 위에 까만색이 덧칠된 듯하다. 그러나 여자가 입은 옷만은 검정색 위에 빨간색을 칠한 것 같다.

1787년 4월 27일, 금요일, 아그리젠토

크니프가 모든 계획을 실행하려고 생각한다면, 내가 그 작은 안내자와 둘이서 돌아다니는 동안 끊임없이 그림을 그리지 않으면 안 될 것이다. 우리는 바다 쪽을 거닐었는데 노인들이 확언하기를 바다에서 본 아그리젠토는 매우 풍치가 있다는 것이다. 시선이 멀리 대해로 쏠리자 안내인은 남방의 수평선상에 산등성이 같은 형태를 하고 누워 있는 긴 구름 띠에 내 주의를 향하게 하면서, 저것이 아프리카 해안이 있는 곳이라고 말했다. 그러나 내 눈을 끈 또 다른 진귀한 현상이 있었다. 그것은 가볍게 떠 있는 구름 사이로 나온 가느다란 무지개로서, 한쪽 다리

---

144) 481쪽 각주 129번

를 시칠리아에 걸치고, 맑게 갠 푸른 하늘에 동그라미를 그리면서, 다른 쪽 다리를 남쪽 해상에 걸치고는 쉬고 있는 듯 보였다. 저무는 태양에 아름답게 물들어 거의 움직이지 않는 모양은 보기에도 진귀하고 즐거운 광경이었다. 이 무지개는 똑바로 몰타섬[145] 쪽을 향한 채로, 한쪽 다리는 틀림없이 저 섬에다 내려놓고 있는 것 같았는데, 이런 현상이 가끔 나타난다는 설명을 들었다. 양쪽 섬의 인력이 서로 작용해 대기 중에 이런 현상을 일으킨다니 참으로 재미있는 일이다.

이 이야기 때문에 몰타행 계획을 과연 중지할 것인가 하는 문제가 다시 마음속에서 재발했다. 그러나 벌써 이전부터 심사숙고했던 여러 가지 장애와 위험은 지금도 여전히 변함이 없다. 그래서 우리는 마부를 메시나까지 계속 고용하기로 했다.

그런데 우리의 행동은 또다시 변덕에 좌우되게 되었다. 즉 지금까지의 시칠리아 여행에서는 곡물이 풍부한 지방은 거의 본 적이 없었다. 어디를 가도 지평선은 멀고 가까운 산들로 차단되어서 그 때문에 섬에는 평지가 전혀 없는 것처럼 보였으며, 케레스 여신이 이 지방에 특별히 풍요한 은혜를 내렸다는 이야기는 이해되지 않았다. 내가 이 점에 대해서 묻자, 이것을 이해하려면 시라쿠사를 통과하지 말고 사선으로 이 나라를 횡단해 가지 않으면 안 되며, 만일 가로질러 간다면 밀 생산지를 볼 수 있을 것이라는 대답이었다. 나는 이 권고에 따라서 시라쿠사행을 중지하기로 했다.[146] 왜냐하면 그 훌륭한 도시도 지

---

145) 몰타섬은 아그리젠토에서 약 170킬로미터 남쪽 지중해상에 있다. 1522년부터 1798년까지 몰타기사단의 독립주권국 수도였다.

146) 아그리젠토에서 해안선을 따라 줄곧 내려가면 삼각형 섬의 남단 꼭짓

금은 그 빛나는 명칭 외에는 아무것도 남아 있지 않다는 것을 알고 있었기 때문이다.[147] 여하튼 그 도시는 카타니아로부터도 간단히 갈 수가 있다.

1787년 4월 28일, 토요일, 칼타니셋타

오늘에 이르러서야 비로소 우리는 말할 수 있다. 시칠리아가 어떻게 해서 이탈리아의 곡창이라는 명예로운 칭호를 획득할 수 있었는지 명확한 대답을 얻었다고. 아그리젠토를 떠나서 조금 가면 풍요한 토지가 전개된다. 큰 평야는 아니지만 완만하게 서로 대치하고 있는 연이은 산이나 언덕 등성이 곳곳에 밀이나 보리가 심겨 있어서 풍요로운 광경을 끊임없이 제공해 준다. 이들 식물에 적합한 토지는 한 그루의 나무도 볼 수 없을 정도로 이용되고 잘 손질되어 있으며, 작은 촌락이나 가옥은 모두 언덕 등성이 위에 산재해 있는데, 그곳은 석회암의 열이 뻗쳐 있어서 집을 짓는 것밖에는 달리 용도가 없는 땅인 것이다. 여자들은 1년 내내 이 땅에 살면서 실을 뽑고 피륙을 짜는 일에 매달리고 있다. 이에 반해 남자들은 농번기에 토요일과

점인 파세로곶(Portopalo di Capo Passero)에 이르고, 여기서 동쪽 해안선을 따라 북쪽으로 올라가면 시라쿠사 → 카타니아 → 메시나로 이동할 수 있다. 이 경로는 이동거리가 상당할뿐더러, 괴테는 선박 여행에 어려움을 겪기 때문에 이 루트를 포기하고, 아그리젠토와 거의 같은 위도에 있는 카타니아까지 내륙을 곧장 가로질러 가기로 결정한 것이다.

147) 고대 그리스 자연철학자 아르키메데스와 비극시인 아이스킬로스를 배출한 고장으로, 그리스 식민도시들 가운데 가장 유명하고 번성했던 시라쿠사 (Siracusa)는 1542년과 1693년의 대지진으로 심하게 파괴된 뒤 도시 전체가 바로크 양식으로 재건되었다. 괴테는 자기 시대의 주류였던 바로크 스타일에는 전혀 호의적이지 않다.

일요일을 부인과 함께 지낼 뿐, 다른 날에는 아래쪽에 머물며 밤에는 오두막으로 돌아간다. 이렇게 해서 우리의 희망은 충분히 채워졌다. 오히려 이 단조로움에서 탈출하기 위해 트리프톨레모스[148]의 익차(翼車)를 갖고 싶다고 생각했을 정도다.

우리는 태양이 이글거리는 가운데 삭막하지만 풍요로운 이 땅을 지나서 말을 몰아, 마침내 지형으로 보나 건축으로 보나 훌륭한 칼타니셋타[149]의 거리에 도착한 것을 기뻐했지만, 참을 수 있을 법한 여관은 아무리 찾아도 없었다. 나귀는 훌륭한 둥근 천장이 있는 마구간에서 쉬고, 하인들은 말에게 먹이는 클로버더미 위에서 자는데 여객은 지낼 만한 공간을 만들어야 했다. 그리고 방으로 옮기려고 해도 먼저 청소를 해야만 했으며, 의자도 걸상도 없어서 튼튼한 나무로 된 낮은 받침대에 앉아야 하는 데다 테이블도 없었다.

높은 쪽의 나무 받침대를 침대 다리로 사용하려면 목공소에 가서 필요한 만큼의 널빤지를 얼마간의 돈을 주고 빌려 와야 한다. 하케르트가 빌려준 큰 러시아산 가죽 부대는 이번에 무척 도움이 되어서, 여기에다 짚 썬 것을 집어넣어 급한 대로 쓰기로 했다.

하지만 무엇보다 먼저 식사 준비를 하지 않으면 안 되었다. 우리는 오는 도중에 암탉을 한 마리 사두었으며, 마부가 나가서 쌀과 소금과 양념을 구해 왔지만 그도 이곳은 처음이기

---

148) Triptolemus. 대지의 여신 데메테르/케레스에게 농경술을 전수받아 농업의 신으로 추앙된 인물로, 날개 달린 수레를 타고 다닌다.
149) Caltanissetta. 시칠리아섬 중앙 내륙, 해발고도 568미터의 구릉지에 자리 잡고 있다.

때문에 어디서 요리를 해야 할지 한동안 난감해 했다. 여관에도 그런 설비는 없었다. 결국 나이 지긋한 이 지방 사람이 한명 나서서 부엌과 땔감, 부엌 용구와 식기를 싼 비용으로 빌려주고, 게다가 요리가 다 될 때까지 거리를 안내해 주기로 했다. 안내를 받아 마지막에 간 곳은 시장이었는데, 거기에는 이 도시의 존경받는 인사들이 고대의 풍습 그대로 둘러앉아서 여러 가지 이야기를 주고받고 있었으며 또 우리의 이야기도 듣고 싶어 했다.

우리는 프리드리히 대왕에 관해 이야기하지 않으면 안 되었다. 이 위대한 왕에 대한 그들의 관심이 너무도 깊어서 우리는 대왕의 서거를 숨겼다. 이것을 알림으로써 여관 주인이 우리를 싫어할까 두려웠기 때문이다.

지질학적인 관찰 몇 가지를 첨가한다. 아그리젠토로부터 패각석회암을 내려가면 희끄무레한 지면이 나타난다. 이것은 옛날의 석회암이 다시 나타나면서 그것에 부착된 석고라는 것이 나중에 판명되었다. 널따랗고 평평한 골짜기는 정상 부분에서도 경작이 이루어지고 있으며, 때로는 그 너머까지 뻗쳐 있는 경우도 있다. 오래된 석회암에는 풍화되기 쉬운 새 석회암이 나타난다. 갈아놓은 밭을 보면 거무스름하고, 때로는 자색을 띠고 있는 석회암의 색조를 확실하게 구별할 수 있다. 노정의 반쯤 갔을 때 석고암이 다시 나타났다. 그 석고암 위에는 거의 장미의 붉은색에 가까운 아름다운 보라색 꿩의비름[150]이

---

150) 장미목 꿩의비름속의 여러해살이풀이다.

무성한 것을 볼 수 있었으며 석회암에는 예쁜 황색 이끼가 껴 있었다.

이 풍화된 석회암은 자주 나타나는데, 칼타니셋타 부근에서 가장 현저하여 여기서는 층을 형성하고 있고 그 속에는 두세 개의 조가비가 들어 있다. 그리고 거의 연단과 같은 붉은색이 낀 것도 보이는데 이전에 산마르티노 부근에서 보았던 것 같은 엷은 자색을 나타내는 것도 있다.

석영 표석은 노정 중간쯤에서 세 방향이 막혀 있고 동쪽, 즉 바다를 향한 쪽만이 열려 있는 것을 어느 작은 골짜기에서 보았다.

좌측 멀리 있는 캄마라타[151] 근처의 높은 산이 눈길을 끌었고, 또 다른 산은 머리 쪽이 잘린 원추형 같았다. 길에는 나무가 거의 보이지 않는다. 곡물은 훌륭한 작황이고, 아그리젠토나 해안에서만큼 키가 크지는 않지만 그래도 고루 잘 자라고 있다. 멀리까지 이어진 밀밭에는 잡초가 전혀 없었다. 처음에는 푸릇푸릇한 밭밖에 눈에 보이지 않았는데 점점 잘 갈아놓은 밭이 보이고 물기가 있는 곳에는 약간의 초지가 있었다. 여기에는 포플러도 보인다. 아그리젠토 바로 뒤에는 사과와 배나무가 있고, 그 밖에 언덕이나 작은 촌락 부근에는 무화과가 조금 있었다.

좌우로 보이는 것 모두를 포함해서 30밀리오[152] 이내는

---

151) Cammarata. 아그리젠토 지방의 소읍으로 해발고도 1578미터의 고지대다. 원문에는 카메라타(Camerata)로 되어 있는데, 이는 이탈리아 본토 북부 베르가모의 도시로, 오기(誤記)인 듯하다.

152) Miglio. 마일에 해당하는 이탈리아의 옛 거리 단위. 1밀리오는 지역에

신구의 석회암으로 형성되어 있고 그 안에 석고암이 섞여 있다. 이 셋이 풍화하여 서로 혼합된 덕분에 이 지방의 토지가 비옥한 것이다. 입에 넣고 씹어도 자글거리지 않는 것을 보면 모래는 거의 섞여 있지 않은 모양이다. 아카테스강[153]에 관한 어떤 가설이 있는데 그건 내일 증명하기로 하자.

골짜기는 아름다운 형세고, 완전히 평탄하다고 할 수는 없지만 그래도 빗물이 흘렀던 자국은 발견되지 않는다. 모든 물길은 곧장 바다로 흘러든다. 빨간 클로버는 거의 볼 수 없다. 키가 낮은 야자도, 서남쪽에 보였던 꽃도 관목도 사라져버린다. 다만 엉겅퀴만이 제멋대로 길에 우거졌고 그 밖의 것은 모두 케레스 여신에게 속하는 곡물이다. 여하튼 이 지방은 독일의 언덕이 많은 풍요한 지방, 예를 들자면 에르푸르트와 고타 사이, 특히 글라이헨 같은 곳과 많은 점에서 유사하다. 시칠리아를 세계에서 가장 풍요한 지방의 하나로 만들기 위해서는 매우 많은 요건이 갖추어져야 했던 것이다.

길 가는 도중에 말은 거의 보이지 않는다. 이 지방 사람들은 농사에 수소를 사용하며, 암소나 송아지는 도살해서는 안 된다는 금지령이 있을 정도다. 산양, 나귀, 노새는 많이 만났다. 말은 대체로 발과 갈기가 까맣다. 훌륭한 마구간들은 말이 자는 곳 바닥을 돌로 깔아주었다. 누에콩이나 편두를 심기 위해서 땅에는 비료를 주고, 여름에 성숙하는 작물이 익으면 그 뒤에 다른 농작물을 재배한다. 이삭이 갓 팬, 아직 파란 보리를 단

따라 차이가 있었지만, 시칠리아에서는 약 1.48킬로미터였다.

153) Achates. 시칠리아 남부를 흘러 시칠리아해협에 이르는 디릴로(Dirillo)강의 고대 그리스 명칭이다.

으로 묶고, 빨간 클로버도 마찬가지로 다발로 묶어서, 말을 타고 여행하는 사람들에게 매물로 제공한다.

칼타니셋타 위에 있는 산에서 화석을 포함하고 있는 견고한 석회암을 발견했다. 큰 조가비의 화석은 아래쪽에, 작은 것은 위쪽에 들어 있었다. 우리는 이 작은 도시의 포석 중에서도 국자가리비의 화석이 들어 있는 석회암을 발견했다.

1787년 4월 28일, 덧붙임

칼타니셋타를 지나자 언덕은 급경사를 이뤄 여러 가지 모양을 한 골짜기가 되고, 골짜기에서 흐르는 물은 살소강[154]으로 흘러든다. 토지는 붉은색을 띠고 다량의 점토를 포함하고 있으며, 대부분은 미경작 상태지만 경작되고 있는 부분은 곡물이 상당히 영글었다. 하지만 앞서 본 지방에 비하면 한참 뒤떨어진다.

1787년 4월 29일, 일요일, 엔나에서

전날 보았던 것보다 더 풍요하고 인가가 드문 곳을 우리는 보아야 했다. 비가 내리는 데다가 물이 많이 불어난 강을 건너가야 하기 때문에 여행은 매우 불유쾌했다. 살소강에서 다리를 찾았으나 보이지가 않았는데, 그 대신 우리는 신기한 방법을 보고 크게 놀랐다. 건장한 남자들이 기다리고 있다가 두 사람

---

154) Salso. 시칠리아 중부 마도니에(Madonie)산맥에서 발원해, 엔나와 칼세니셋타를 지나 지중해로 흘러드는 강이다. 132킬로미터 길이로, 시칠리아에서 가장 넓은 유역을 가진 강이다. 시칠리아 중부 무파라(Mufara)산에서 발원해 시칠리아 북부 티레니아해로 흐르는 그란데강과 더불어, 고대로부터 시칠리아 동부와 서부의 경계선이었다.

씩 짝을 지어 손님과 짐을 실은 노새를 가운데 끼고 강물 깊은 곳을 지나 큰 모래밭까지 운반해 가는 것이다. 그리고 모두들 모래밭에 도착하면 다시 같은 방법으로 강의 두 번째 분류(分流)를 건넌다. 방금 전처럼 마찬가지로 받쳐주고 밀어 주고 해서 노새가 똑바로 전진해서 물살에 떠내려가지 않도록 해주는 것이다. 강가에는 얼마간의 수풀이 있으나 강가를 떠나면 곧 보이지 않는다. 살소강은 화강암, 편마암으로의 과도기의 암석, 그리고 각력(角礫) 대리석, 단색 대리석 등을 날라 온다.

다음에는 고립되어 있는 봉우리가 눈앞에 보였는데, 이 꼭대기에 엔나[155]의 도시가 형성되어 있기 때문에, 봉우리는 주위의 경치에 장중하고 야릇한 특징을 부여하고 있다. 산 중턱을 따라 길게 뻗어 있는 길로 말을 몰고 들어갔을 때 이 산이 패각석회로 되어 있다는 것을 알았다. 크고 석회화한 조가비만을 꾸려서 실었다. 봉우리 정상에 도달하기 전에는 엔나는 보이지 않는다. 도시가 바위산의 북쪽 사면에 있기 때문이다. 이 이상한 도시 자체와 탑, 왼편으로 좀 떨어진 곳에 있는 작은 촌락 칼라시베타[156] 등은 실로 엄숙하게 서로 대치하고 있다. 평지에는 콩이 만개한 꽃을 피우고 있었지만 이런 광경을 즐기고 있을 때가 아니었다! 길은 지독하게 나쁘고 이전에 돌로 깔았

---

155) 원문에는 카스트로조반니(Castro Giovanni)로 되어 있다. 고대 그리스 시대 때부터 엔나로 불렸으나, 중세부터 1926년까지는 도시의 공식 명칭이 카스트로조반니였다. 시칠리아 정중앙, 해발 931미터의 고지대에 자리하고 있다.

156) Calascibetta. 엔나와 직선거리로 2킬로미터 맞은편, 해발 691미터의 고지대 사면에 있다. 칼라시베타라는 도시명은 아랍어에서 유래했으며, 9세기에 시칠리아에 들어온 이슬람군이 비잔틴 요새 엔나를 공격하기 위해 세운 주둔지였다.

던 것이라 더욱 고약한 데다 끊임없이 비가 내리고 있는 것이다. 고대의 엔나 거리는 극히 불친절하게 우리를 맞아주었다. 회반죽을 바른 바닥에 판자를 둘러친 방에는 창문이 없었기 때문에 우리는 암흑 속에 앉아 있든지 아니면 문을 열고 방금 피해 온 이슬비를 다시 참고 견뎌야 할 판이었다. 여행용 식료품이 얼마간 남아 있었지만 그것도 다 먹어치우고 비참한 하룻밤을 보냈다. 이렇게 해서 우리는 신화[157]의 이름에 끌려 행선지를 정하는 따위의 일은 앞으로 절대 안 하겠다는 엄격한 맹세를 했다.

1787년 4월 30일, 월요일

엔나부터 시작되는 내리막은 기복이 많은 불쾌한 비탈길이기 때문에, 우리는 말에서 내려 끌고 가지 않으면 안 되었다. 우리들 눈앞의 하늘에는 낮게 구름이 껴 있었는데 멀리 높은 곳에 이상한 현상이 보였다. 그것은 흰색과 회색의 줄무늬 모양을 띤 고체 같은 것이었다. 그러나 고체가 어떻게 공중에 있을 수 있을까! 안내자는 지금 우리가 보고 놀라고 있는 것은 에트나의 산허리가 구름 사이를 통해서 보이는 모습이라고 설명해 주었다. 눈과 산마루가 번갈아 있는 것이 줄무늬 모양을 만들어내고 있는데 제일 높은 정상은 그보다 더 위에 있다는 것이다.

옛 엔나 고을의 험준한 암석을 뒤로하고 길고 긴 적막한 골짜기를 지나갔다. 경작도 안 하고, 사람도 살지 않고, 가축이

---

157) 제우스와 데메테르의 딸인 페르세포네는 엔나 인근에서 수선화 꽃밭을 거닐다 하데스에게 납치되어 하계로 끌려갔다.

풀을 뜯는 대로 내버려두고 있었다.

아름다운 갈색을 한 그 짐승은 크지 않고 작은 뿔이 달려 있는데 참으로 귀엽다. 새끼 사슴처럼 날씬하고 활발하다. 목장은 이들 선량한 가축에게는 충분한 넓이인데 터무니없이 군생하는 엉겅퀴 때문에 목초는 점점 위축해 간다. 이 식물은 여기서 스스로 씨를 뿌려서 그 종족을 증식할 절호의 장소를 얻고 있는 것이다. 이것들은 믿을 수 없을 정도로 널리 퍼져 있어서, 그런 목장은 두 개의 대농장만큼이나 크다. 엉겅퀴는 다년생식물이 아니기 때문에 꽃이 피기 전인 지금 잘라버린다면 근절시키는 것은 문제없는 일이다.

우리가 엉겅퀴에 대한 농업상의 작전 계획을 진지하게 짜고 있는 동안에, 부끄러운 일이지만 엉겅퀴도 전혀 무용지물은 아니라는 사실을 깨달았다. 우리가 식사를 했던 여관에 어떤 소송사건 때문에 이 지방을 횡단해서 팔레르모로 간다는 시칠리아의 귀족 두 사람이 도착했다. 성실하게 보이는 그 두 사람이 예리한 나이프를 손에 들고 엉겅퀴 수풀 앞에 서서, 잘 자란 이 들풀의 제일 윗부분을 잘라내는 것을 보고 우리는 미심쩍게 생각하지 않을 수 없었다. 그들은 이 가시 돋친 수확물을 손끝으로 잡고 줄기의 껍질을 벗겨서 맛있게 먹었다. 우리가 물을 타지 않은 포도주와 고급 빵으로 기운을 차리고 있는 동안, 그들은 긴 시간 이렇게 엉겅퀴를 벗겨 먹고 있었다. 마부는 같은 줄기의 속대를 우리에게도 만들어주면서 몸에 좋은 시원한 음식이라고 했지만, 먹어보니까 세제스타의 특수재배 양배추처럼 별로 맛이 없었다.

4월 30일, 도중에서

산파올로강이 구불구불 흐르고 있는 계곡에 도착했다. 이곳 토지는 검붉은 색으로 풍화된 석회가 섞여 있다. 놀고 있는 땅이 많으며 대단히 넓은 밭도 있고 아름다운 골짜기도 있으면서 개울이 흐르고 있어서 매우 기분이 좋다. 잘 혼합된 훌륭한 점토지는 때로는 20피트 깊이로 대체로 질이 고르다. 알로에는 힘차게 뻗어 있다. 곡물의 작황은 양호하지만 그래도 가끔 잡초 같은 것이 섞여 있고, 남쪽에 비하면 상당히 떨어진다. 여기저기에 작은 집이 있는데, 엔나 바로 아래 부근을 빼면 나무가 자라고 있지 않다. 강가에는 목장이 많으나 무수하게 많은 엉겅퀴 때문에 좁아져 있다. 강물 속의 표석 중에는 역시 석영이 발견되는데 단순한 종류도 있고 각력암 같은 것도 있다.

새로운 작은 촌락 몰리멘티는 산파올로 강가의 아름다운 밭 한가운데에 매우 좋은 자리를 잡고 있다. 밀은 이 부근에서는 아주 비길 데 없는 훌륭한 작황으로 5월 20일에는 벌써 수확을 한다. 이 근방 일대에는 아직 화산활동의 흔적이 없고, 강물도 이 종류의 전석은 날라 오지 않는다. 지면은 잘 혼화되어서 가볍다기보다는 오히려 무거운 편인데 전체적으로 커피 같은 갈색에 보랏빛이 섞여 있다. 강을 둘러싼 왼쪽 편의 산은 모두 석회석과 사암으로, 그 둘이 서로 자리를 바꾸고 있는 상태를 관찰할 수는 없었으나 그것들이 풍화함으로써 아래쪽 골짜기는 어디나 비옥하다.

1787년 5월 1일, 화요일

자연으로부터 똑같은 비옥함을 받았지만 경작 상태가 매우 고르지 못한 골짜기를 지나, 우리는 좀 불유쾌한 기분으로 말을 달리고 있었다. 왜냐하면 고르지 못한 날씨를 참고 견디면서 이곳까지 오는 동안 우리 그림의 대상이 될 만한 것은 하나도 만날 수 없었기 때문이다. 크니프는 먼 곳을 스케치했는데, 중경과 전경이 너무나도 살풍경해서 재미로 거기에다 푸생[158]풍의 전경을 멋있게 그려 넣었더니 그리 힘들이지 않고 참으로 아름다운 그림 한 장이 완성되었다. 그림 여행을 하다 보면 이런 가짜 그림도 왕왕 생기곤 한다. 마부는 우리의 언짢은 기분을 풀어주려고 오늘 밤은 좋은 곳으로 안내하겠다고 약속하고선, 몇 년 전에 지은 괜찮은 여관으로 데리고 갔다. 카타니아에서 적당한 거리에 있기 때문에 당연히 길손들로부터 환영받을 만한 곳이다. 시설도 괜찮아서 12일 만에 어느 정도 몸을 풀 수 있었다. 그런데 벽에 연필로 예쁜 글씨의 영어 낙서가 적혀 있는 것이 눈에 들어왔다. 거기에는 이렇게 쓰여 있었다.

"길손이여, 당신이 어떤 사람이건, 카타니아의 '금사자 여관'에는 머물지 않도록 조심하라. 키클로페스, 세이레네스, 스킬레[159]와 같은 괴물의 발톱에 한꺼번에 당하는 것보다도 무서운 일을 당하리라."

---

158) 니콜라 푸생(Nicolas Poussin, 1594~1665). 17세기 프랑스의 대표 화가로, 신화와 성서의 소재를 가져와 상상의 고대 풍경화로 표현하는 데 뛰어났다.

159) 모두 호메로스의 『오디세이아』에 등장하는 괴물로, 오디세우스의 귀향을 방해하는 존재들이다. 키클로페스(키클롭스들)는 외눈박이 거인으로, 사람을 잡아먹는다. 포세이돈의 아들 폴리페모스가 키클롭스다. 세이레네스(세이렌들)는 반은 여자고 반은 새인 바다마녀로, 노래로 선원들을 유인해 잡아먹었다. 스킬레는 메시나해협에 숨어 있는 괴물로, 상반신은 여자고 하반신은 여섯 마리의 들개에 둘러싸여 있으며, 지나는 선박들을 공격해 삼켜버린다.

이 호의에 찬 충고를 남긴 사람은 위험을 다소 신화적으로 과장하고 있는 것 아닌가 생각했지만, 아무튼 괴물이라고 예고하고 있는 금사자 여관은 피하자고 우리는 마음을 정했다. 그러므로 노새를 끄는 사나이가 카타니아에서는 어디에 묵을 것이냐고 물었을 때, 우리는 금사자 여관만 아니면 어디라도 좋다고 대답했다. 그러자 그는 노새를 묶어두는 곳이라도 괜찮다면 그렇게 해도 좋다면서, 우리가 지금껏 해왔듯이 같은 음식을 먹어야 한다고 덧붙였다. 우리는 모든 것을 승낙했다. 사자의 복수를 피하는 것이 우리의 유일한 소원이었으니까.

파테르노[160]에 가까워지자 북쪽으로부터 강물이 나르는 용암의 표석이 나타나기 시작한다. 선착장 위쪽에는 온갖 종류의 전석, 각암, 용암, 석회 등과 결합한 석회암과 석회질 응회암으로 덮인 경화된 화산재도 보인다. 혼성된 자갈 언덕은 멀리 카타니아까지 계속되며, 에트나에서 분출한 용암의 흐름은 이 언덕 위까지 달하는데, 그중에는 언덕을 넘은 것도 있다. 분화구라고 생각되는 것을 왼편으로 보면서 나아갔다. (몰리멘티 바로 밑에서는 농민이 삼을 뜯고 있었다.) 자연이 이 근처에서 흑청색이나 갈색의 용암을 만들어서 즐기고 있는 것을 보면 얼마나 다채로운 색을 좋아하는지 알겠다. 이 용암 위에는 진황색 이끼가 껴 있으며, 더 위쪽에는 아름다운 빨간 꿩의비름이 무

---

160) Paternò. 시칠리아 동부 카타니아주에 속한 소도시다. 원문에는 이블라 마요르(Ibla Major)로 되어 있는데, 통상 'Hybla Major'로 쓴다. 시칠리아 동부에는 그리스 식민지 이전 원시 철기시대에 시쿨리(Siculi/Sicels)족의 정착지들이 여럿 있었는데, 지명에 공통적으로 '이블라(Hybla)'가 들어간다. 이블라 마요르는 그중 가장 큰(major) 마을이라는 뜻이다. 시쿨리족은 페니키아와 그리스 식민지에서 이동해 온 시카니(Sicani)족에 의해 정복되었다.

성하고 그 밖에 고운 보랏빛 꽃도 피어 있다. 선인장 재배와 포도 퍼걸러를 보면 재배법이 얼마나 정성스러운가를 알 수 있다. 곧 거대한 용암류가 밀려왔던 곳에 도달한다. 모타는 아름답고 거대한 바위산이다. 이곳 콩은 잘 자라서 키가 큰 관목 같다. 경작지는 장소에 따라 가지각색으로, 자갈이 매우 많은 곳도 있고 잘 혼합된 곳도 있다.

마부는 동남 지방의 봄 경작물을 오랫동안 보지 못했던 듯 곡물의 훌륭한 작황에 감탄하여, 나라 자랑을 하는 의기양양한 투로, 독일에도 이렇게 근사한 작물이 있느냐고 물었다. 이 근방 토지는 모두 곡물 생산을 위해 제공되어서 수목은 거의 없다고, 아니 하나도 없다고 해도 좋다. 마부와 예전부터 알고 지내는 예쁘고 날씬한 처녀가 노새에 뒤떨어지지 않게 따라와 마부와 이야기하면서, 보기에도 우아한 손놀림으로 실을 뽑고 있었는데 정말 사랑스러웠다. 얼마 안 있어 노란 꽃이 만발한 곳을 지났다. 미스테르비안코 부근에서는 또다시 선인장이 울타리를 만들고 있었다. 그러나 이 기묘한 형태의 식물로 만들어진 울타리는 카타니아 가까이에 오면 더욱더 규칙적으로 그리고 아름답게 된다.

1787년 5월 2일, 수요일, 카타니아[161]

과연 여관은 형편없었다. 마부가 만들어준 요리는 빈말이라도

---

161) Catania. 시칠리아에서 두 번째로 큰 도시로, 에트나 산기슭에 있다. 서부의 중심이 수도인 팔레르모라면 동부의 중심은 카타니아로, 고대로부터 지중해 교통과 무역의 요지였다. 또한 문화와 예술의 중심지이기도 해서, 시칠리아 최초의 대학이 설립되었다.

고급이라고는 할 수 없었다. 쌀과 함께 삶은 암탉은 터무니없이 많이 넣은 사프란 때문에 도저히 먹을 수 없을 정도로 노랗게 되었다. 그것만 아니었다면 그런대로 괜찮았을 것이다. 침상은 지극히 불편해서 하케르트가 빌려준 러시아산 가죽 부대를 끄집어낼 지경까지 갈 뻔했다. 그래서 이튿날 아침이 되어 곧 마음씨 고운 여관 주인과 이야기해 보았으나, 주인은 더 이상 어떻게 할 도리가 없다고 말하면서 안타까워했다. "하지만 저 건너편에 있는 집에서는 외국 손님을 잘 모시니까 마음에 드실 겁니다." 그렇게 말하고 그는 커다란 모퉁이에 있는 집을 가리켰는데 이쪽에서 보니 그럴듯해 보였다. 곧바로 가보니까 자신을 종업원이라고 소개한 싹싹한 남자가 주인 대신 홀 옆에 있는 깨끗한 방을 배정해 주었다. 그리고 숙박료도 특별히 싸게 해주겠다고 약속했다. 우리는 곧 습관대로, 방, 책상, 포도주, 아침밥 등등에 대해 얼마를 지불하면 되겠느냐고 물었다. 모든 것이 쌌기 때문에 우리는 서둘러 짐들을 가지고 와서 도금이 되어 있는 큰 장롱 속에 집어넣었다. 크니프는 비로소 종이를 펼칠 기회를 얻게 된 것이다. 그는 스케치한 것을 정리하고 나는 노트를 정리했다. 그러고 나서 이 깨끗한 방에 만족하며 발코니로 나가서 조망을 즐겼다. 충분히 경치를 보고 나서 일을 시작하려고 돌아오니까, 아차, 이게 웬일이지! 우리 머리 위에 커다란 황금 사자가 있지 않은가! 우리는 걱정스러운 얼굴로 서로 마주 보고 미소 짓다가 크게 웃었다. 그러고 나서 우리 둘은 호메로스에 나오는 괴물이 어딘가 숨어 있지 않나 주위를 돌아보았다.

　괴물 같은 것은 어디에도 보이지 않았는데 그 대신 홀에서 젊고 아름다운 여자가 두 살쯤 되어 보이는 어린애를 데리고 놀고 있는 것이 눈에 띄었다. 그러나 곧 그녀는 활달한 지배인 남자에게 심하게 꾸지람을 들었다.

"여기서 나가! 넌 여기서 할 일이 없어!"

"저를 내쫓다니 너무해요." 그녀는 대꾸했다. "집에서는 당신이 없으니까 애를 달랠 수가 없어요. 그리고 손님들도 당신 앞에서 아이 달래는 걸 용서하실 거예요."

남편은 그래도 승낙하지 않고 그녀를 내쫓으려 했고, 아이는 문 앞에서 불쌍한 소리로 울부짖었다. 마침내 우리는 그에게 이 아름다운 부인을 내버려 두도록 진정으로 부탁하지 않을 수 없었다.

영국인의 경고 덕분에 이 연극을 간파하는 것은 쉬운 일이었다. 우리는 아무것도 모르는 신참인 척 연기를 했고, 반면에 그는 정이 넘치는 아버지 노릇을 그럴듯하게 했다. 어린애는 정말로 그를 잘 따랐는데, 아마도 어머니라는 여자가 문 앞에서 어린애를 꼬집어 울렸을 것이다.

그렇게 해서 그녀는 아주 순진한 체하고 그곳에 남아 있게 되었고, 남자 쪽은 비스카리 제후의 재속신부에게 소개장을 갖다주기 위해 밖으로 나갔다.[162] 그녀가 어린애처럼 재잘대고

---

162) 에스파냐 아라곤 왕가에서 뻗어나온 비스카리는 파테르노의 귀족 가문으로, 중세 때부터 카타니아 영주였으며, 1633년 에스파냐의 필리페 4세에 의해 카타니아 공국 군주로 승인되었다. 괴테가 만난 카타니아 제후는 6대 비스카리 공작 빈첸초 파테르노 카스텔로(Vincenzo Paternò Castello, Principe di Biscari, 1743~1813)다. 또한 제후의 재속신부는 피렌체 출신의 고고학자, 식물학자, 화폐 연구가인 도메니코 세스티니(Domenico Sestini, 1750~1832)다. 1775년부터 1810년까지 비스카리 제후의 골동품 수집 책임자였다.

있는 동안 남자는 돌아왔다. 신부가 몸소 찾아와서 우리에게 긴히 할 말이 있다는 것이었다.

1787년 5월 3일, 목요일, 카타니아

어젯밤에 인사를 전해 온 신부는 오늘 일찍 와서 우리를 높은 대석 위에 서 있는 단층 궁전[163]으로 안내했다. 먼저 미술관을 구경했는데, 대리석이나 청동으로 만든 상, 화병 등등 온갖 고대 유물이 수집되어 있었다. 우리는 지식을 넓힐 수 있는 기회를 한 번 더 얻게 된 셈인데, 특히 유피테르의 토르소가 우리 마음을 끌었다. 그 모상을 나는 이미 티슈바인의 작업실에서 보아 알고 있었지만, 우리의 비평이 허용될 수 없을 만큼의 장점을 갖추고 있었다. 관내 사람에게 필요한 역사상의 설명을 듣고 나자, 천장이 높은 큰 홀로 들어갔다. 주변 창가에 의자가 많은 것은 사람들이 가끔 여기서 회합하기 때문이었다. 우리는 우리를 맞을 사람이 친절하기를 바라면서 의자에 앉았다. 부인 둘이 방 안으로 들어와서 왔다 갔다 하면서 열심히 이야기하고 있었다. 그 두 사람이 우리의 존재를 발견했을 때 신부가 일어나기에, 나도 따라 일어나 절을 했다. 저들이 누구냐고 물어

---

163) Palazzo Biscari. 1693년 시칠리아 대지진 후에 도시를 재건하면서 3대 비스카리 공작이 카타니아 해변에 짓기 시작한 궁전으로, 이후 5대 비스카리 공작이 시칠리아 바로크 양식의 장식으로 마감하고, 자신의 방대한 고미술품과 화폐 컬렉션을 전시하는 박물관 동을 추가해 1763년에 완공했다. "단층 궁전"이라는 괴테의 표현과 달리 3층 건물인데, 한 층 높이를 계단으로 올라가야 본관 주출입구가 나오기 때문에 단층으로 인식한 것 같다. 오늘날 궁전은 각종 연회장으로 쓰이고 있으며, 비스카리 컬렉션은 카스텔로 우르시노(Castello Ursino) 시립박물관에 있다. 13세기에 카타니아 왕궁으로 지어진 카스텔로 우르시노는 이후 의회의 사당이 되었다가, 1934년에 카타니아 시립박물관으로 개관했다.

보니 젊은 분은 제후비(妃)이고, 나이 든 쪽은 카타니아의 귀족 부인이라고 했다. 우리는 다시 앉았는데, 그녀들은 시장 바닥이라도 돌아다니듯 여기저기를 돌아다녔다.

우리는 제후가 있는 곳으로 안내되어 갔는데 이미 들어서 알고 있던 대로 제후는 특별한 신뢰감으로 우리에게 화폐 수집한 것을 보여주었다. 부군 시대에도 또 당대로 내려와서도 이런 식으로 공람을 시킬 때에 많은 화폐가 분실됐기 때문에 그전처럼 쾌히 보여주는 일은 근래에는 좀 줄었다고 했다. 나는 토레무차 공자의 수집을 보고 배운 바가 있었기 때문에 이번에 여기서는 이전보다도 더 잘 이해할 수 있었다. 나는 새로 배우는 바가 있었고, 거기다가 예술상 여러 시대를 관통하면서 우리를 인도해 주는 저 유구한 빙켈만의 이론을 통해 견해를 상당히 깊게 할 수가 있었다. 이 방면에 매우 정통한 제후는 우리가 전문가가 아니고 단지 주의 깊은 애호가에 불과한 것을 알고 우리의 질문에 대해 기꺼이 설명해 주었다.

관람에는 시간이 턱없이 부족했으나 벌써 한참 머물렀기 때문에 작별 인사를 하려고 하니까 제후는 자신의 어머니에게로 우리를 안내해 갔다. 거기서는 다른 종류의 여러 가지 자질구레한 미술품을 볼 수 있다는 것이었다. 우리는 꾸미지 않고도 품위가 있어 보이는 훌륭한 귀부인을 만났는데 그녀는 다음과 같은 말로 우리를 맞았다.

"자, 내 방을 구경해요. 돌아가신 남편이 수집해 정돈해 놓은 그대로를 보실 수 있어요. 그것도 아들이 마음씨가 고와서지요. 나를 제일 좋은 방에서 살게 해줄 뿐 아니라, 돌아가신 아버지의 수집품을 하나도 없애지 않고, 위치를 옮기지도 않는답니다. 덕택으로 나는 오랫동안 살아온 대로 생활할 수 있고, 또 우리들의 보물을 구경하려고 멀리서 오시는 훌륭한 외국 분들을 만나 뵙고 친해질 수 있는 이중의 혜택을 누리지요."

그리고 그녀는 자기 손으로 호박 세공을 진열해 놓은 유리장을 열었다. 시칠리아의 호박이 북방의 호박과 다른 점은, 투명 또는 불투명한 납색(蠟色)과 벌꿀색부터 진황색의 모든 농담(濃淡)을 거쳐서, 지극히 아름다운 히아신스의 붉은색에 이르기까지 다양하다는 점이다. 항아리나 술잔, 그 밖의 여러 가지 물건이 호박을 조각해서 만들어져 있었는데 때로 놀랄 만한 재료가 쓰였을 것이 틀림없다. 이러한 세공물과 트라파니에서 제작되는 산호(珊瑚) 공예품,[164] 그리고 정교한 상아 세공 등에 대해서 귀부인은 특별한 애착을 가지고 있어서, 여러 가지 재미있는 이야기를 들려주었다. 그리고 제후는 또다른 중요한 사항에 대해 우리의 주의를 끌어주는 식이어서 유쾌하고도 유익하게 몇 시간이 지나고 말았다.

이럭저럭하는 동안에 어머님은 우리가 독일인이라는 것을 듣고서는 리데젤, 바르텔스,[165] 뮌터 같은 사람들에 관해 물었다. 그녀는 이 사람들을 모두 잘 알고 있어서, 그들의 성격과

---

164) 시칠리아 북서부의 바닷가 마을 트라파니(Trapani)에서는 15~16세기부터 어부들이 산호를 채취해 가공하는 기술을 발달시켰고, 이로써 다양한 조각 장식품과 장신구를 만드는 장인들이 생겨났다.

165) 요한 하인리히 바르텔스(Johann Heinrich Bartels, 1761~1850). 함부르크 태생의 변호사로, 1785년부터 2년간 이탈리아를 여행하고 돌아와 1791년에 『칼라브리아와 시칠리아에 대한 편지(Briefe über Kalabrien und Sizilien)』를 출판했다. 함부르크 시의회 의원을 지낸 후, 1820년부터 30년 동안 시장으로 재직했다.

행실도 잘 식별하고 평가를 내릴 수 있었다. 우리는 이별을 아쉬워하며 그녀에게 작별을 고했는데 그녀 역시 섭섭해 하는 것 같았다. 적적한 섬 생활을 지나쳐 가는 사람의 관심에 의해 지탱하고 활기를 찾는 것 같았다.

신부는 다음으로 베네딕트회 수도원[166]의 한 수사의 방으로 안내했는데, 그다지 고령도 아니면서 슬프고 소극적으로 보이는 외모로 미루어 재미있는 이야기를 기대할 수는 없을 듯했다. 그런데 그는 이곳 성당의 거대한 오르간을 혼자서 칠 수 있는 재주를 가진 사람이었다. 그는 우리의 소원을 듣기 전에 벌써 알아차리고 말없이 우리가 원하는 바를 설명했다. 우리는 대단히 큰 성당으로 갔다. 그는 그 멋진 악기를 연주해서 아주 작은 소리에서부터 굉장한 음향에 이르기까지, 높고 낮은 음률을 예배당 구석구석까지 울려 퍼지게 했다.

이 남자를 사전에 만나 보지 않았다면 이 같은 힘을 발휘하는 자는 틀림없이 거인이라고 생각했을 것이다. 그러나 우리는 그 인물을 이미 알고 있었기 때문에, 그가 이 싸움을 하고도 아직 기운이 남아도는 것을 보고 감탄할 따름이었다.

1787년 5월 4일, 금요일, 카타니아

식후 얼마 안 돼서 신부는 도시에서 상당히 멀리 떨어진 곳을 안내하겠다며 마차를 타고 왔다. 마차에 올라탈 때 기묘한 자

---

166) 산니콜로 라레나(San Nicolò l'Arena) 베네딕트회 수도원이다. 1687년에 짓기 시작했지만, 1693년 지진으로 공사가 중단되었다가 1796년에야 완공되었다. 수도원 성당의 오르간은 도나토 델 피아노(Donato Del Piano, 1704~1785) 수도사가 1755년에 제작했다.

리다툼이 벌어졌다. 내가 먼저 타서 그의 왼쪽에 앉으려고 했더니, 그가 올라타면서 자리를 바꿔서 자기가 왼쪽에 앉게 해 달라고 청하는 것이었다. 그런 거북스러운 일은 걷어치우자고 그에게 부탁했더니 그가 말했다.

"제발 우리가 이렇게 앉는 것을 허락해 주십시오. 왜냐하면 만약 제가 당신 오른편에 앉으면 사람들은 제가 주인이고 당신이 동반자라고 생각합니다. 그러나 왼편에 앉는다면 당신이 주인이고 제가 하인으로 되어, 다시 말해 제가 제후의 명에 따라 당신을 안내해 드리고 있다는 것이 명백해집니다."

반대할 마땅한 이유도 없어서 그가 하자는 대로 했다.

우리는 산 가까운 쪽으로 마차를 몰았는데 이 근방에는 1669년에 도시 대부분을 파괴했던 용암이 오늘에 이르도록 도로에 그대로 남아 있다.[167] 응고해 있는 용암류는 다른 암석과 같이 가공되어서 그 위에 시가지가 만들어질 예정인 곳도 있

---

167) 17세기 말 시칠리아 동부에는 두 번의 엄청난 자연재해가 있었다. 첫째로, 1669년 3월 10일 밤에 시작된 에트나 화산폭발은 화산분출물이 그리스까지 날아갈 만큼 강력했다. 4월 초까지 용암이 뿜어져 나와 일대 40평방킬로미터를 뒤덮었으며, 남동쪽 40킬로미터 떨어진 카타니아의 카스텔로 우르시노 성 바로 옆을 흘러 이오니아해로 흘러들었다. 원래 해안 절벽에 서 있던 성은 이 용암이 굳으면서 늘어난 땅 때문에 오늘날에는 뜬금없는 위치에 요새를 지은 것처럼 보인다. 1669년 에트나 대폭발은 시칠리아 동부의 인구를 급격히 감소시켰고, 다른 한편으로 화산활동에 대한 과학적 관심을 높이는 계기가 되었다. 둘째로, 1693년 시칠리아 동쪽 이오니아해상에서 발생한 지진은 이탈리아 역사상 최고의 강진으로, 시칠리아와 몰타, 그리고 본토 남단 칼라브리아까지 강타했다. 1월 9일부터 진도 6.2의 전진(前震)이 시작되어 11일 밤에 진도 7.4의 본진이 4분간 이어졌는데, 이로써 70개 이상의 마을과 도시가 파괴되고 사망자가 6만 명에 달했다. 여기에 더해 지진에 의한 해일이 동부 해안 230킬로미터 일대를 덮쳐, 카타니아 인구의 3분의 2가 사망하고 메시나가 황폐화했다.

고, 현재 일부분 만들어진 곳까지 있다. 내가 독일을 출발하기 전에 벌어졌던 현무암의 화산성(火山性)에 관한 논쟁[168]을 떠올리면서, 나는 용암 조각이라고 생각되는 돌을 깨보았다. 그것으로부터 여러 가지 변화를 알아내려고 이곳저곳에서 같은 일을 반복했다.

그러나 사람이 자기가 살고 있는 지방에 대한 애착을 가지지 않거나, 이익을 위하든 학문을 추구하든 간에 자기 구역 내의 진기한 것을 수집하려고 노력하는 일이 없었다면, 여행자는 오랫동안 고생하더라도 보상받는 일이 없을 것이다. 이미 나폴리에서 나는 용암 상인한테서 크게 덕을 보았는데, 여기서도 그것보다 고차원적인 의미에서 기사 조에니[169]로부터 얻은 바가 있었다. 나는 그의 짜임새 있게 진열된 풍부한 수집품 중에서 에트나산의 용암, 같은 산기슭에 있는 현무암, 그리고 변화한 암석을 다소라도 식별할 수 있었다. 그는 수집품을 전부 친절하게 보여주었다. 아치[170] 밑의 해저에서 솟아오른 험준한 절벽에서 채취한 제올라이트[171]에 나는 가장 감탄했다.

---

168) 85쪽 각주 55번 참조.

169) 주세페 조에니(Giuseppe Gioeni d'Angiò, 1743~1822). 카타니아 대학교의 자연사 교수로, 시칠리아의 식물학, 동물학, 지질학에 관한 책을 펴낸 인물이다.

170) 에트나산 바로 밑자락에 있는 해안 지역인 아치레알레(Acireale)의 줄임말로, 이름의 유래는 과거에 이곳에 용암 분출로 인해 생겨난 아치(Aci)강에 있지만, 강은 중세에 화산활동으로 다시 사라졌다.

171) zeolite. 미세한 구멍들이 있는 규산염 광물의 통칭으로, 이 돌에 열을 가하면 구멍 속의 수분이 증발해 수증기가 나오는 데서 끓는(zeo) 돌(lite)이라는 이름이 붙었다. 천연에서는 화산암이나 화산재가 변성되며 형성되거나, 심해에서 화학적 퇴적작용으로 생성된다.

에트나산에 오르려면 어떻게 하면 좋으냐고 기사에게 물었으나 그는 정상에 오르는 것은 일종의 모험이며, 특히 지금 같은 계절에는 더욱 위험하다고 말하면서 상대도 해주지 않았다. 그는 실례를 사과하고 나서 다시 말했다.

"대체로 이곳에 오시는 외국 분들은 에트나 등반을 매우 간단하게 생각하고 있습니다. 그런데 우리 같은 산기슭 주민도 평생에 가장 좋은 기회를 포착해서 두세 번 정상에 오를 수 있으면 만족하는 형편입니다. 처음으로 이곳에 대한 보고서를 써 등반 열풍을 일으킨 브라이던도 정상까지 올라간 것은 아닙니다. 보르흐 백작의 기록도 확실하지 않지만 역시 어느 높이까지 오른 데에 지나지 않습니다. 이런 예는 그 외에도 많이 있습니다. 현재는 아직 눈이 상당히 밑에까지 퍼져 있기 때문에 이것이 여간 어렵지 않습니다. 당신이 만일 제 충고를 받아들인다면 내일 되도록 일찍 몬테로소 기슭까지 말을 타고 오십시오. 그리고 정상으로 오르는 것입니다. 그곳에서는 조망도 멋지고, 거기다가 1669년에 분출해서 불행하게도 시내 쪽으로 흘러든 오래된 용암도 동시에 잘 볼 수 있습니다. 그곳의 조망은 멋지고 선명합니다. 하지만 그 밖의 것은 이야기로 들으시는 편이 낫습니다."

1787년 5월 5일, 토요일, 카타니아

친절한 충고를 따라 우리는 이른 아침에 출발해서 노새 등에 타고 끊임없이 배후의 경치를 돌아다보면서, 용암이 긴 세월에도 정복되지 않고 누워 있는 장소에 도착했다. 톱날 같은 암괴와 암반이 우리 앞을 가로막았으나 노새가 그 사이에 있는, 잘 보이지도 않는 길을 찾아서 지나갔다. 우리가 꽤 높은 언덕에 도착해 휴식을 취하는 동안, 크니프는 눈앞에 솟은 산의 모습을 매우 정확하게 스케치했다. 전방에는 용암의 덩어리, 왼편에는 몬테로소의 쌍봉, 또한 우리 바로 위에는 니콜로시의 삼림이 있고, 그 사이로부터 약간의 연기를 내뿜는 눈 덮인 에트나의 산정이 솟아 있었다.

곧 붉은 산에 접근하여 나는 올라갔다. 이 산은 전부가 붉은 화산질의 자갈과 재와 돌로 되어 있다. 화구를 일주하는 것은 보통 때라면 문제없는데, 아침 바람이 폭풍처럼 몰아쳐서, 한 발 한 발 떼기가 위험하기 때문에 도저히 할 수 없었다. 조금이라도 앞으로 가려고 하면 외투가 벗겨지고 모자도 금방이라도 화구 속으로 날아가 버릴 것 같고 나 자신도 그 뒤를 따라 날려 떨어질 것만 같았다. 그래서 몸을 안전하게 하고 주위의 경치를 바라보기 위해 쪼그려 앉아 보았지만, 이런 자세로도 여전히 위험했다. 눈 아래에 멀고 가까운 해안에서부터 아름다운 육지를 넘어서 무서운 동풍이 불어닥치는 것이다. 메시나로부터 시라쿠사에 이르는 우여곡절의 해안 조망은 바닷가에 있는 바위에 조금 가릴 뿐 아무것에도 막힐 것이 없었다.

나는 아찔한 기분으로 산을 내려왔는데, 그사이에 크니프는 피난소에서 시간을 잘 이용해 내가 맹렬한 바람 때문에 거의 볼 수가 없었고 더구나 마음에 담아두는 것은 엄두도 내지 못했던 경치를 섬세한 선으로 종이 위에다 옮기고 있었다.

우리가 돌아와 금사자 여관 초입에 들어서자, 아까 우리하고 함께 가겠다는 것을 간신히 말렸던 지배인 남자가 기다리고 있었다. 그는 우리가 산정 정복을 단념한 것을 칭찬하고, 그 대신 내일은 바다에 배를 띄워서 아치의 바위로 가보자고 열심히 권했다.

"카타니아에서 제일 멋진 유람 여행입니다! 마실 것과 먹을 것, 그리고 취사도구도 가져가지요. 집사람이 준비를 하겠답니다."

그리고 예전에 어떤 영국인이 작은 배에 악대를 태워서 데리고 갔었는데 상상 이상으로 유쾌했다고 말하면서 그때의 재미를 되씹는 듯했다. 아치의 바위는 내 마음을 강렬하게 끌어당겨, 조에니의 집에서 본 것 같은 아름다운 제올라이트를 채취하고 싶은 욕망도 일었다. 물론 모든 것을 간단히 마치고 아낙의 동행 같은 것은 거절할 수도 있었다. 하지만 결국 그 영국인이 남겨준 경고가 이겨서 우리는 제올라이트를 단념하기로 했는데, 이 자제력에 대해 우리는 내심 적잖이 자랑으로 생각했다.

1787년 5월 6일, 일요일, 카타니아

우리를 안내하는 신부는 예정대로 왔다. 그는 고대 건축의 유적을 보여주기 위해 우리를 데리고 갔는데, 이런 것을 보려면 감상자 스스로가 부족한 부분을 보충해서 생각할 만한 재능을 충분히 갖추고 있지 않으면 안 된다. 나우마키아[172]의 저수조

---

172) Naumachia. 로마 공화정기 삼두정 체제의 집정관 중 한 사람이었던 율리우스 카이사르는 갈리아전쟁을 승리로 이끌고, 그사이 동료에서 정적이 된 집정관 폼페이우스 일파를 소탕하면서 1인 권력자로 등극한다. 기원전 58년경부터 12년간 숱한 전투에서 연승한 끝에 마침내 원로원으로부터 실권을 빼앗은 카이사르는 기원전 46년에 승전기념 행사로, 테베레강 기슭의 저지대에 넓은 원형경기장을 조성한 후 물을 채우고 전쟁포로들에게 모의 해전을 시켰다. 이후 로마인들이

유적과 그 밖의 폐허를 보았다. 용암이나 지진, 전쟁으로 도시가 여러 번 파괴되던 때 매몰되거나 침해되었기 때문에 고대 예술에 십분 정통하고 있는 사람이 아니면 흥미와 교훈을 끌어낼 수 없다. 감사 인사를 하려고 제후를 다시 한 번 방문하고자 하는 나를 신부는 사절하고, 이렇게 해서 우리는 서로 감사와 호의의 말을 교환하면서 작별했다.

1787년 5월 7일, 월요일, 타오르미나

고맙게도 오늘 우리가 본 것들은 이미 상세한 기록[173]이 있으며, 거기다 더 고마운 것은 크니프가 내일은 해안 위편에서 하루 종일 스케치하기로 마음먹은 일이다. 해안으로부터 멀지 않은 곳에 있는 깎아지른 암벽 위에 오르면, 두 개의 정점이 한 개의 반원에 의해 합쳐지고 있는 것을 볼 수 있다.[174] 이 반원은 자연 그대로의 상태에서는 어떤 형태였는지 알 수 없으나, 여기에 인공이 가미되어 관람객을 위해 암피테아터의 반원을 형성하고 있는 것이다. 벽돌로 쌓은 장벽이나 그 밖의 증축물이 잘 배치되어서 필요한 통로나 홀을 보충하고 있다. 계단식으로 되어 있는 반원의 발밑에 무대가 비스듬히 설치되어 있기 때문에 양쪽 바위가 결합되어 거대한 자연적, 인공적 작품이 만들어진 것이다.

즐기는 공연의 한 형태로 정착한 모의 해전과 그것이 이루어진 분지 또는 경기장을 아울러 나우마키아라 한다.

173) 앞서 언급했던 리데젤, 보르흐, 브라이던 등의 여행기를 가리킨다.

174) 타오르미나는 해발 204미터의 험준한 절벽 위에 있는데, 도시에서 다시 150미터 높이의 바위산 위에, 지름이 105미터에 달하는 대규모 암피테아터의 터가 남아 있다.

그 옛날 관람인이 앉아 있었을 제일 위 좌석에 앉아보니, 극장의 관람인으로서 이 정도의 경치를 눈앞에서 바라본 사람은 나 외에는 없으리라는 것을 인정하지 않을 수 없다. 오른쪽에는 조금 높은 바위 위에 성채가 솟아 있고 그 멀리 아래쪽에는 시내가 보인다. 저 건축물들은 근대의 것이지만, 옛날에도 역시 같은 장소에 비슷한 건물들이 있었을 것이다. 둘러보면 에트나산맥의 산등성이가 전부 한눈에 들어오고 왼쪽으로는 카타니아 아니 시라쿠사까지 뻗쳐 있는 해안선이 보이며, 이 광대 망망한 한 폭의 그림이 다하는 곳에 연기를 뿜어내는 에트나의 거대한 모습이 보이지만, 온화한 대기가 이 화산을 실제보다도 더 멀리 그리고 부드럽게 보여주기 때문에 그 모습은 결코 무섭지가 않다.

이 광경으로부터 눈을 돌려서 관람석 뒤에 만들어놓은 통로를 보면, 왼편에는 암벽이 한눈에 들어오고 그 암벽과 바다 사이에는 메시나로 향하는 길이 구불구불하다. 바다 속에는 몇 개의 암괴 군과 바위의 등성이가 보이고, 저 멀리에는 칼라브리아의 해안이 보이는데 여간 주의해서 보지 않으면 조용히 올라가는 구름과 구별하기 힘들다.

우리는 극장 안으로 내려가 그 폐허에 서서, 유능한 건축가로 하여금 이 극장 수복의 기술을 종이 위에서나마 발휘시켜 보았으면 하는 생각을 했다. 그리고 우리는 농원을 지나 시내 쪽으로 길을 개척해 보려고 생각했다. 그러나 나란히 심긴 용설란의 생울타리가 요새처럼 되어 있어서 도저히 지날 수가 없었다. 얽혀 있는 잎 사이로 보면 지나갈 수 있을 듯이 보이지만, 잎 언저리에 있는 강한 가시가 장애물이 되어서 닿으면 아프다. 사람이 올라서도 괜찮겠지 싶어 그중 큰 잎을 밟으니까, 잎은 뜯어져 건너편 공지로 가는 게 아니라 옆에 있는 식물의 가지 안쪽으로 떨어져버리는 것이었다. 겨우겨우 이 미로로부터 빠져나와 시내를 잠시 산책했는데, 해 떨어지기 전에는 이 지역에서 돌아올 수 없었다. 천천히 어둠 속으로 가라앉은 이 지방의 경치는 어떤 각도에서 보아도 두드러지는 특색이 있었고, 그것을 바라보는 것은 한없이 아름다운 일이었다.

1787년 5월 8일, 화요일, 타오르미나 아래 해변에서

행운이 나에게 인도해 준 크니프를 아무리 칭찬해도 지나침이 없다. 그는 나 혼자서는 도저히 질 수 없는 무거운 짐에서 나를 풀어주고 자연 그대로의 자신으로 되돌려 주는 것이다. 우리가 대충 관찰한 것을 그는 하나하나 스케치하기 위해 산에 올라갔다. 그는 몇 번이고 연필을 깎고 있을 것이지만 어떻게 작품을 마무리할 것인지는 여기서 보이지 않는다. 하지만 어차피 나중에 다 보게 될 터이니까 하는 생각으로 기다리고 있었다. 실은 처음에 나도 함께 올라갈 생각이었는데 역시 여기 남아 있는 편이 좋겠다는 생각이 들어, 나는 마치 둥지를 만들려고 하는 새처럼, 좁다란 장소를 찾았다. 그러고는 손질이 안 되어 있는 황폐한 농원에 가서 오렌지나무의 큰 가지에 걸터앉아 제멋대로 사색에 잠겼다. 길손이 오렌지나무 가지에 앉았다고 하면 좀 기이하게 들릴지 모르지만, 대체로 오렌지나무라고 하는 것은 자연 그대로 놔두면 뿌리 바로 윗부분에서 가지가 돋아나고 해를 거듭하여 훌륭한 큰 가지가 된다는 사실을 안다면 별로 이상할 것도 없는 이야기가 된다.

나는 거기에서 앉아서 『오디세이아』를 희곡으로 집약시킨 「나우시카」의 구상을 더욱 심화시켜 보았다. 나는 이것이 불가능한 일이라고는 생각지 않지만, 희곡과 서사시의 근본적 차이를 바르게 인식할 필요가 있다고 생각한다.

크니프가 산에서 내려와 참으로 아름답게 그린 두 장의 큰 그림을 아주 만족한 듯이 들고 돌아왔다. 그는 이 두 장의 그림을 오늘이라는 멋진 날의 영원한 기념으로 나를 위해 완성해 줄 것이다.

맑은 하늘 아래에 작은 발코니로부터 아름다운 바다를 내려다보면서, 장미가 피어 있는 광경을 보고 나이팅게일이 지저귀는 소리를 들었던 것은 잊지 못할 추억이다. 이곳 사람들 이야기로는 이곳의 나이팅게일은 여섯 달 동안 운다고 한다.

회상 중에서

유능한 예술가가 내 곁에서 활동해 주고 있는 것에 더하여 나의 미약하고 작은 노력도 도움이 되어, 이제 이 흥미 있는 지방과 그 부분 부분을 테마로 하여 잘 선택된 불후의 회화랄까, 간단한 스케치 혹은 완성된 그림이 내 수중에 남을 것이 확실해졌다. 그렇게 되니까 한 발 더 나아가, 지금 눈앞에 보이는 이 멋진 바다와 섬, 항구의 풍경을 시적 인물들을 통해 되살아나게 하고, 이 지방을 토대와 출발점으로 삼아 내가 지금까지 생산해 내지 못했던 의미와 리듬을 가지고 하나의 작품을 구성해 보고 싶은 충동이 점점 더 높아져 마침내 그 충동에 몸을 내맡기게 되었다. 하늘의 청명함, 바다의 숨결, 산과 바다와 하늘을 하나의 요소로 융합시키는 안개, 이 모든 것이 나의 계획에 양분을 주었다. 나는 그 아름다운 공원[175) 안에서 꽃이 핀 협죽도 생울타리 사이라든가 열매가 달린 오렌지나 레몬나무 밑을 산책하고, 그 밖에 내가 아직 모르는 수목과 관목 사이에 머무르면서 이국이 미치는 감화를 더없이 유쾌하게 느꼈던 것이다.

나는 『오디세이아』의 주석으로는 이 활기찬 환경 이상의 것은 없다고 확신하고 있었기 때문에, 한 권을 입수해, 내 식대로 믿을 수 없을 정도의 공감을 가지고 읽었다. 그러자 불현듯 나도 하나 만들어볼까 하는 생각이 일어서, 그것도 처음에는 이상하게 생각됐지만 점점 더 하고 싶은 기분이 들어서, 마침내는 아주 거기에 몰두하게 되었다. 즉 '나우시카의 테마'를 비극으로 취급하려는 생각이 든 것이다.

나 자신도 이 작품이 어떻게 될 것인지 예측할 수 없지만, 그래도 계획은 곧 확실해졌다. 요지는 다음과 같다. 나우시카는 많은 남자들로부터 구혼을 받고 있는 훌륭한 처녀. 그녀는 별반 애정이라는 것을 의식하지 않고 모든 구혼자에 대해서 냉정하게 행동하고 있다. 그런데 어느 기묘한 이국인에게 마음이 흔들리고 자기 궤도를 벗어나 애정의 표현이 너무 빨랐던 탓에 자기 명예를 손상하고 그 때문에 사태가 아주 비극적으로 되어버린다. 이것에다 부차적 동기를 풍부하게 넣고, 전체의 묘사나 특수한 색조로 바다와 섬의 기분을 집어넣으면, 이 간단한 이야기는 틀림없이 재미있어질 것이라고 생각한다.

---

175) 괴테는 1787년 4월 3일 팔레르모의 빌라 줄리아 공원에서 「나우시카」를 처음 구상하기 시작했다. 419쪽 참조.

1막은 공놀이로 시작된다. 여기서 예상치 못한 만남이 이루어지는데, 이방인에게 직접 도시를 안내해 주느냐 마느냐 하는 망설임에서 이미 애정의 전조가 나타난다.

2막은 알키노오스의 집을 보여 주고 구혼자들의 성격을 설명하며 오디세우스의 등장으로 막이 내린다.

3막에서는 주로 모험자의 뛰어난 점을 나타내는 것으로 되어 있다. 그로 하여금 모험을 대화식으로 이야기하게 하여, 듣는 사람에 따라서 여러 가지 다른 의미로 들리는 데에 나는 기교와 흥미를 돋우려고 생각하고 있다. 이런 이야기를 하는 사이에 두 사람의 정열은 뜨거워져서, 이국인에 대한 나우시카의 절실한 애정은 상호작용에 의해 마침내 바깥으로까지 나타나기에 이른다.

4막에서는 무대 밖에서 오디세우스가 그의 용기를 증명해 보이고 있는 동안 여자들은 집에 남아 애정과 희망 그리고 온갖 상냥한 기분에 젖어 있다. 이국인이 대승리를 거두었을 때, 나우시카는 자신을 억제할 수 없게 됨으로써 자기 나라 사람들에 대해 돌이킬 수 없이 체면을 잃게 된다. 이 모든 일을 일으킨 것에 대해 절반은 죄가 있는 것 같기도 하고 없는 것 같기도 한 오디세우스는 결국 이 땅을 떠날 것을 선언하지 않을 수 없게 되고, 이렇게 해서 이 선량한 처녀는 5막에서 죽음을 택할 수밖에 없게 된다.[176]

---

176) 호메로스의 『오디세이아』 6~8권의 내용을 차용한 구상이다. 원작에서, 칼립소의 섬을 빠져나온 오디세우스는 바다를 표류한 끝에 파이아케스족의 섬에 도착한다. 오디세우스의 수호자인 아테나 여신은 알키노오스 왕의 딸 나우시카아의 꿈에 나타나 바닷가로 빨래를 하러 가도록 명한다. 해변에서 빨래를 마친 나

이 구상 속에는 내가 자신의 체험에 비추어 자연 그대로 묘사해 내지 못할 곳은 하나도 없다. 여행 중 위험에 처했을 때 호감을 갖게 되는 상황, 호감이 비극적인 종말까지 가지는 않더라도 마음 아프고 위험하고 해가 될 수도 있는 경우, 함정에 빠지는 경우, 고향에서 멀리 떨어진 곳, 모험적인 여행, 사건들. 이런 일들을 사람들한테 재미있는 이야기로 들려주기 위해 생생한 색채로 그려내기. 젊은이들한테는 반신(半神)으로, 나이 지긋한 사람들한테는 허풍쟁이 취급받기. 우연한 호의, 그리고 예상치 못한 장애를 체험하기, 이 모든 요소들이 나에게 이 작품의 구상에 대한 강한 애착을 불어넣었다. 그래서 팔레르모 체재 중에도, 시칠리아의 다른 지역을 여행할 때도 이 작품에 관한 것만을 몽상하면서 지냈을 정도다. 사실 내가 여행에서 여러 가지 불편을 거의 느끼지 않았던 것도 지극히 고전적

우시카아는 시녀들과 공놀이를 하고, 이때 덤불에 숨어 있던 오디세우스가 등장한다. 오랜 고생과 조난으로 험악한 모습에 알몸인 오디세우스를 보고 모두 달아났으나, 나우시카아만이 그를 두려워하지 않는다. 서로의 신분을 밝히지 않은 채로, 도움을 청하는 오디세우스에게 나우시카아는 알키노오스 왕의 궁전으로 가는 길을 알려준다. 오디세우스는 알키노오스의 궁에서 환대를 받는데, 추레한 모습임에도 그에게서 남다른 기운이 느껴졌기 때문이다. 오디세우스를 흠모하게 된 나우시카아는 아버지에게 자신의 소망을 말하고, 알키노오스 왕 또한 그가 사윗감으로 마음에 든다. 고향으로 돌아가게 도와달라는 오디세우스의 청에 알키노오스 왕은 배를 저을 유능한 청년 52명을 선발하는 대회를 연다. 여기서 오디세우스는 좌중을 압도하는 기량을 선보여, 결국 그가 이타케의 왕이자 트로이 영웅임이 드러난다. 나그네가 이미 아내가 있는 이타케 왕이었기 때문에 알키노오스 왕과 나우시카아는 그를 붙잡아두기를 포기한다. 알키노오스 왕은 연회를 베풀어 오디세우스를 극진히 대접하고, 이에 오디세우스는 트로이 전쟁 후 7년간 바다를 떠돈 사연을 사흘에 걸쳐 들려준다. 호메로스의 『오디세이아』는 시간의 역순행적 구성과 액자식 구성이 적용된 최초의 문학작품이다. 괴테가 구상한 「나우시카」는 원작에 비해 매우 낭만주의적이며, 셰익스피어의 영향이 느껴진다.

인 이 땅에서 시적인 기분에 잠겨 있었기 때문이며, 내가 경험하고 보고 깨닫고 만나고 했던 것을 모조리 이 기분 속에서 포착하여 즐거운 용기 속에 저장해 둘 수 있었기 때문이다.

내게 있는 칭찬할 만한 습관, 혹은 칭찬할 만하지 않은 습관 때문에 나는 이 일에 대해 별로, 아니 전혀 써두지 않았다. 그래도 대부분은 머릿속에서 상세한 부분에 이르기까지 잘 다듬어 놓았는데, 그러고는 한동안 정신이 산란해서 그냥 내버려 두었던 것을 오늘 문득 떠올라 적어둔다.

5월 8일, 메시나로 가는 길 위에서

왼편에 높은 석회암이 보인다. 아름다운 만을 이루고 있다. 그것에 이어진 것이 점판암이나 경사암이라고 이름 붙이고 싶은 일종의 암석이다. 냇물 속에는 이미 화강암의 표석이 있다. 노란색 솔라눔 열매[177]와 협죽도의 빨간 꽃이 주변의 풍경을 돋우어주고 있다. 니시강과 그것에 이어져 있는 냇물은 운모편암을 날라 온다.

1787년 5월 9일, 수요일

동풍이 불어닥치는 가운데 오른편에서 파도치는 바다와 암벽 사이를 노새를 타고 지나갔다. 엊그저께는 이 암벽 위에서 내려다보았는데 오늘은 끊임없는 파도와의 싸움이다. 우리가 건너온 많은 개천 중에서 가장 큰 니시 정도가 강이라는 명칭으로 불릴 수 있다. 그러나 이 강도, 강이 날라 오는 전석(轉石)도

177) 솔라눔(Solanum)은 가지, 감자, 토마토가 속한 '가지과'의 학명으로, 여기서는 토마토를 가리킨다.

바다보다는 건너기가 쉬웠다. 바다는 대단히 거칠어서 많은 곳에서 도로를 넘어 바위까지 파도가 밀어닥쳐 물보라가 여행자에게 떨어졌다. 참으로 장관이어서 이 기이한 광경을 보고 있으면 불쾌한 일도 그다지 마음에 걸리지 않았다.

동시에 광물학상의 관찰도 소홀히 하지 않았다. 거대한 석회암은 풍화하면서 부스러져 떨어지고, 연약한 부분은 파도로 인해 닳아 없어지고, 혼성된 딱딱한 부분만이 남아 있는 것이다. 그래서 해안은 전부 각양각색의 각암질의 부싯돌로 덮여 있는데, 그 가운데서 표본을 몇 개 채취해 짐 속에 넣었다.

5월 10일, 목요일, 메시나

이렇게 해서 메시나에 도착했는데, 어디가 어딘지 알 수 없어서 첫날 밤은 마부들 숙소에서 지내고 이튿날 아침에 더 좋은 곳을 찾기로 했다. 이런 결정을 하고 시내로 들어와 보니, 파괴된 도시라는 처참한 인상을 받았다.[178] 왜냐하면 15분쯤 말을 몰고 가는 동안 폐허 또 폐허의 연속이었으며, 여관에 도착해 보니, 이것이 이 근방에서 수복된 단 하나의 건물이었고, 그곳 2층 창에서 보면 톱니 모양으로 들쭉날쭉한 폐허로 변한 광야가 보일 뿐이었기 때문이다. 이런 농장 가옥의 바깥쪽으로는 사람도 동물도 눈에 띄지 않고, 밤에는 섬뜩할 만큼 적막하다. 문에는 자물쇠도 없으며, 객실에도 다른 마부들 숙소와 마찬가

---

178) 당시의 메시나는 1638년 대지진에 이어 1783년에 있었던 칼라브리아 지진으로, 도시가 복구된 지 150년 만에 또다시 초토화되었다. 2월 5일부터 3월 28일까지 5차례의 강진이 시칠리아와 이탈리아 본토 남단을 이동하며 발생했다. 특히 지진에 동반하는 해일로 메시나의 건물 대부분이 파괴되었다.

지로 아무 설비도 되어 있지 않다. 하지만 친절한 마부가 주인을 설득해서 주인이 깔고 있던 요를 빌려 왔기 때문에 그 위에서 우리는 편안히 잘 수 있었다.

1787년 5월 11일, 금요일, 메시나

오늘 우리는 충직한 안내인과 헤어졌다. 술값을 톡톡히 주어 그의 완벽한 봉사에 보답했다. 우리는 친근한 기분으로 작별했는데, 떠나기 전 그는 이 지방의 잡역부 한 사람을 소개해 주었다. 그는 곧 우리를 제일 좋은 여관으로 데려가고, 메시나의 명소도 전부 안내해 주기로 했다. 여관 주인은 한시라도 빨리 우리가 떠나서 귀찮은 존재가 없어지기를 바라는 듯, 재빠르게 트렁크나 그 밖의 모든 짐을 시내 번화가의 쾌적한 숙소로 날라다 주었다. 번화한 장소라고 하지만 교외에 있는 곳으로, 거기에는 다음과 같은 사정이 있다. 메시나가 조우한 미증유의 재난에서는 1만 2000명의 주민이 사망하고 나머지 3만 명은 살 집이 없었다. 대부분의 가옥은 쓰러져버리고 남은 집도 벽이 허물어져서 안에 있기도 불안한 상태였다. 그래서 사람들은 메시나의 북쪽에 있는 초지에다 다급하게 판자촌을 세운 것이다. 프랑크푸르트의 뢰머베르크나 라이프치히의 시장을 걸어본 적이 있는 사람이면 이 판자촌의 모양을 쉽게 상상할 수 있을 것이다. 시장과 마찬가지로 상점이나 작업장은 모두 길 쪽을 향해 열려 있어서 장사는 문밖에서 하는 경우가 대부분이다. 주민들은 주로 문밖에서 지내기 때문에 길 쪽이 닫혀 있는 것은 극히 소수의 비교적 큰 건물뿐이며 그것도 특별히 꼭꼭 닫아놓지는 않았다. 그들은 벌써 3년간이나 이렇게 살고 있기 때문에 이 노천 생활, 오두막 생활, 아니 천막생활은 그들 성격에 결정적인 영향을 미치고 있다. 저 미증유의 재난에 대한 경악, 그리고 같은 재화가 다시 일어나지는 않을까 하는 공포는 오히려 낙천적인 기분으로 찰나의 향락을 즐기는 쪽으로 그들을 몰아가고 있다. 이 새로운 재해에 대한 걱정은 바로 20일쯤 전, 즉 4월 21일에 다시 현실화되었는데, 상당히 심한 지진이 대지를 뒤흔들었던 것이다. 남자는 우리에게 작은 예배당을 보여주었는데, 거기서는 한 무리의 사람들이 예배당에 모인 바로 그 순간에 첫 번째 지진이 일었다는 것이다. 그곳에 있던 몇몇 사람은 아직도 당시의 경악에서 헤어나지 못하는 듯 보였다.

이러한 사물을 찾아다니고 관찰하는 데에는 친절한 영사 한 사람이 안내를 해주었는데, 그는 자진해서 우리를 위해 여러 가지로 수고를 해주었다. 이렇게 불탄 자리 같은 곳에서는 그 고마움이 다른 어디서보다도 한층 더 컸다. 그 밖에도, 그는 우리가 곧 떠난다는 말을 듣고 나폴리를 향해 출범하는 프랑스 상선을 소개해 주었다. 배에 달린 백기는 해적에 대해 안전하기 때문에 이중으로 고마웠다.

단층이라도 좋으니까 좀 큰 오두막집 하나의 내부를, 그 살림살이와 임시방편으로 살고 있는 모습을 보고 싶다는 희망을 마음씨 좋은 안내인에게 귀띔하고 있을 때 붙임성이 있는 남자 하나가 우리 패에 끼어들었다. 그 남자가 프랑스어에 능하다는 것을 곧 알았는데, 산책이 끝난 뒤 영사는 이러이러한 집을 보고 싶다는 우리의 희망을 이 남자한테 전하고 우리를 그의 집에 데려가서 가족에게도 소개하도록 부탁해 주었다.

우리는 판자 지붕에 판자로 둘러친 오두막집 안으로 들어갔다. 그 인상은 마치 맹수나 그 밖의 진기한 것을 입장료를 받고 보여주는 연말의 가설 흥행장과도 같았다. 벽에도 천장에도 대들보 같은 것이 노출되어 있고 칸막이라곤 녹색 커튼 한 장뿐인데, 앞쪽의 방은 마루가 깔려 있지 않고 곳간처럼 토방으로 되어 있었다. 의자와 테이블은 있지만 그 밖의 가구라고는 아무것도 없었다. 또한 조명은 천장의 판자와 판자 사이에 우연히 생긴 틈에서 새어드는 것이 전부였다. 우리가 잠시 이야기를 나누는 동안 내가 녹색 커튼과 그 위로 보이는 내부의 지붕 재목을 관찰하고 있으려니까, 갑자기 커튼 왼편과 오른편에서 각각 까만 눈과 검은 곱슬머리의 아주 귀여운 소녀의 머리 두 개가 나타나 신기하다는 표정으로 우리를 엿보고 있었다. 그러다 나한테 들킨 것을 알아채자마자 번개같이 잽싸게 모습을 감췄다. 하지만 영사가 나오라고 하니까 옷을 갈아입을 만한 시간을 두고서 잘 차려입은 귀여운 모습으로 다시 나타났다. 눈이 부실 것 같은 복장을 하고 녹색 태피스트리 앞에 선 모습은 참으로 아름다운 색상의 배합이었다. 그녀들의 질문으로 미루어 보면, 둘은 우리가 딴 세상에서 온 동화 속의 인물로 생각하고 있는 모양으로, 그 순진한 착각은 우리의 대답을 듣고 더해졌을 것이 틀림없었다. 영사는 우리의 동화 같은 출현을 유쾌한 말투로 과장해서 이야기해 주었다. 이야기는 대단히 재미있어서 작별하기가 애석할 정도였다. 문밖으로 나와서야 비로소 우리가 그 소녀들에게 홀려서 집 내부를 보지 못하고 집의 구조를 관찰하는 것도 잊었음을 깨달았다.

1787년 5월 12일, 토요일, 메시나

영사가 이야기 중간에 말하기를, 총독[179]에게 경의를 표하는 것은 꼭 해야 하는 일은 아니지만 무슨 일에건 이로울 것이며, 총독은 별난 노인으로 기분이나 선입관에 따라서 냉정하기도 하고 힘이 되어주기도 하는데, 훌륭한 외국인을 소개한다면 영사에게도 유리할지 모르겠으며, 처음으로 이곳에 온 사람은 어떤 식으로든 이 사람의 힘을 필요로 할 수 있다는 이야기였다. 이 친구를 위해서 나는 같이 갔다.

대기실로 들어갔을 때 안에서 굉장한 외침 소리가 들렸다. 사동이 어릿광대 시늉을 하면서 "액일입니다. 위험한 때입니다!" 하고 영사 귀에다 속삭였다.

그래도 우리가 상관 안 하고 들어가니, 노령의 총독은 이쪽에다 등을 돌리고 창가의 책상에 앉아 있었다. 누렇게 낡은 서류가 그의 앞에 높게 쌓여 있고 그 속에서 아무것도 적혀 있지 않은 종이쪽지를 골라서 유유히 잘라내고 있었는데 이것만 보아도 그의 검약하는 성격이 엿보였다. 그는 이 한가로운 일을 하면서 어떤 점잖은 사람에게 지독한 호통을 퍼붓고 있었다. 그 남자는 복장으로 보아서 몰타기사단과 관계가 있는 듯했는데, 매우 냉정하고 명백한 태도로 변명을 하고 있었지만 총독은 거의 그럴 틈을 주지 않았다. 그 자리의 상황으로 보아서 총독은 이 남자에게 정당한 권한도 없이 여러 번 이 나라를 왕래했다는 혐의를 걸고 있고, 한편 질책과 호통을 받고 있

---

179) 원문에서는 'Gouverneur'로 호칭하고 있는데, 이에 해당하는 인물이 누구인지는 특정하기 어렵다.

는 남자는 침착하게 그 혐의를 해명하고 있는 모양으로, 남자는 여권과 나폴리에 있는 지인 관계를 증빙으로 대고 있었다. 그러나 그것은 아무 소용에도 닿지 않았고 총독은 낡은 서류를 잘라서 아무것도 적혀 있지 않은 흰 종이쪽지를 차분하게 분류하면서 호통을 치고 있었다.

우리 두 사람 외에도 12명의 사람들이 멀리 원을 그리고 서 있었는데, 말하자면 야수의 싸움을 구경하고 있던 그들은 우리가 문간에 서 있는 것을 보고 혹시 이 광분한 노인이 지팡이를 들어 후려칠 경우에도 우리 위치라면 잘 피할 수 있을 거라며 부러워하는 눈치였다. 이 장면을 보고 영사는 아주 언짢은 얼굴을 했다. 그 익살스러운 사동이 내 가까이 있었기 때문에 나는 마음이 든든했다. 그는 내 등 뒤 문턱 밖에 서서 자주 뒤돌아보는 나에게 별로 걱정할 것은 없다는 듯 나를 안심시키기 위해 여러 가지 익살스러운 시늉을 해 보였다.

그러나 이 무서운 사건도 극히 조용하게 결말이 났다. 총독은 결국 이렇게 언도한 것이다. "너 같은 침입자 하나 체포해서 유치장에 처넣는 것은 문제없는 일이지만, 이번만은 봐줄 테니까 정해진 이삼일만 메시나에 체류한 다음 곧 퇴거해서 다시는 여기 오지 말도록 해라."

남자는 얼굴색 하나 변하지 않고 참으로 태연한 태도로 작별한 다음, 모여 있는 사람들에게도 정중하게 인사했다. 문으로 나가려면 우리 곁을 지나야 했기 때문에 우리에게는 특히 공손하게 절을 했다. 총독은 그 뒤에 대고 호통을 치려고 무서운 얼굴로 뒤돌아보았는데, 우리를 발견했기 때문에 곧 마음을 바로잡고 영사에게 가까이 오라는 눈짓을 했다. 그래서 우리는 앞으로 나아갔다.

대단한 고령으로, 고개는 앞으로 굽었고 회색빛 굵은 눈썹 아래에는 까만 눈동자가 움푹 파인 눈에서 빛나고 있었다. 그는 지금까지와는 전혀 딴판인 상냥한 태도를 취하면서 나를 앉게 하고, 하던 일을 여전히 계속하면서 여러 가지로 물어보기에 나는 일일이 대답했다. 끝으로 그는 내가 이곳에 있는 동안 식사에 초대하겠다는 말을 덧붙였다. 영사는 나와 마찬가지로 만족한 모양으로, 아니 우리가 피한 위험을 더 잘 알고 있었기 때문에, 나보다도 더 만족해서 계단을 날듯이 뛰어 내려갔다. 나는 이 사자의 동굴을 다시 탐사해 보려는 마음이 싹 없어졌다.

1787년 5월 13일, 메시나

밝게 비치는 태양 아래 조금은 편안한 여관에서 눈을 떠보니 우리는 여전히 불행한 메시나에 있었다. 당당한 궁전이 기역자로 나란히 있는 팔라차타[180]의 광경이야말로 불유쾌한 것 중의 으뜸으로, 걸어서 한 15분쯤 걸릴 정도의 길이로 부두를 둘러싸고 있으며 그것이 부두의 표시가 되고 있다. 전부 석조인 4층 건물로 그중 몇 동은 그 전면이 발코니에 이르기까지 완전하지만 그 밖의 것은 3층, 2층, 1층까지도 넘어져버려서 옛날 호화롭게 늘어섰던 집들은 지금 마치 이가 빠진 것처럼 모양

---

180) Palazzata di Messina. 1622년에 건축가 시모네 굴리(Simone Gulli, 1585~1657)가 설계한 대규모 궁전으로 메시나 해변에 나란히 늘어선 13채의 건물이 성벽의 역할을 하도록 디자인되었지만, 매 세기 일어난 지진으로 붕괴와 수복을 거듭했으며, 20세기까지도 단 한 번도 전체가 완공되지 못했다.

사납다. 거기다가 거의 모든 창문으로부터 하늘이 엿보이는 식으로 구멍투성이다. 내부의 본 저택은 완전히 파괴되어 있다.

왜 이러한 기묘한 현상이 일어났느냐 하면, 부자들이 시작한 호사스러운 건축을 그다지 부유하지도 않은 이웃 사람들이 따라하면서 집의 외관을 두고 경쟁이라도 하듯 크고 작은 강에서 난 표석과 다량의 석회석을 섞어 쌓아서 만든 헌 집 전면에 깎은 석재를 덧씌웠기 때문이다. 그 자체가 벌써 불안전한 결합물은 대지진을 만나 붕괴하고 파괴되지 않을 수 없었던 것이다. 이런 대재해에는 이상하게 목숨을 건진 경우가 많은데, 다음 같은 것도 그 한 예다. 역시 이런 건물에 살고 있던 사람이 하나 있었는데, 그 무서운 순간에 창 옆의 벽이 움푹한 곳으로 들어갔다. 그리고 그의 배후에서 가옥은 완전히 붕괴돼 버렸다. 이렇게 해서 그는 높은 곳에서 목숨을 건지고 이 공중의 감옥으로부터 구출될 때를 조용히 기다렸다고 한다. 근방에 깎은 석재가 귀했기 때문에 이런 조잡스러운 건축 방법을 썼다는 것이 애당초 이 도시의 전멸의 주요 원인이라는 점은 견고한 건축이 지금도 튼튼하게 서 있는 모습을 보아도 알 수 있다. 훌륭한 솜씨로 깎은 돌로 지어진 예수회 학교와 성당[181]은 조금도 허물어지지 않고 여전히 당당한 모습이다. 그건 그렇고 메시나의 외관은 극도로 불유쾌해서, 시카니족과 시쿨리족[182]이 이 불안한 땅을 떠나 시칠리아의 서해안에다 도시를 건설했던 옛날을 상기시킨다.

---

181) 1542년경에 지은 산그레고리오 성당(Chiesa di San Gregorio)과 수도원으로 추정된다. 1908년 지진으로 무너지면서 철거되었다.

182) 503쪽 각주 159번 참조.

이런 일로 아침 시간을 소비하고 나서 우리는 간단히 식사하기 위해 여관으로 돌아왔다. 느긋한 기분으로 식탁에 앉아 있는데 영사의 하인이 숨을 헐떡이며 뛰어들어 와서 식사에 초대했는데도 모습을 보이지 않아서 총독이 전 시내를 뒤져 나를 찾고 있다고 했다. 그리고 식사를 마쳤든 아직 안 했든, 또한 잊고 있었든 고의로 시간을 늦추고 있었든, 하여간에 즉각 와주었으면 좋겠다는 영사의 전갈도 전해 주었다. 이것을 듣고 비로소 처음에 어려움을 잘 피했다고 기뻐한 나머지 키클롭스의 초대[183]를 잊고 있었던 터무니없는 경솔을 깨달았다. 하인은 나에게 조금의 틈도 주지 않으면서 열심히 그리고 절박하게 설득했다. 영사는 이 광포한 전제군주로부터 자기와 주민들이 호되게 당하지 않을까 겁내고 있다는 것이었다.

나는 머리를 빗고 의복을 가다듬는 동안 결심을 단단히 하고서 안내자를 따라나섰다. 오디세우스를 수호신으로 하여 빌고, 팔라스 아테네에게 화해와 중재를 마음속으로 간청하면서.

사자의 동굴에 도착하자 어제의 익살스러운 사동의 안내로 큰 홀로 들어갔는데, 거기에는 40명쯤의 사람들이 끽소리도 내지 않으면서 타원형 테이블에 둘러앉아 있었다. 그리고 총독의 우측 빈자리로 사동이 나를 인도해 갔다.

나는 주인과 손님들에게 절을 하고 그의 옆자리에 앉아서,

---

183) 오디세우스와 그의 부하들은 키클롭스들이 사는 섬에 도착했다가 폴리페모스의 동굴에 갇히는데, 이때 폴리페모스가 매일 식사 때마다 오디세우스의 부하들을 두셋 씩 잡아먹은 다음, 맨 마지막으로 오디세우스를 먹어치우겠다고 예고한다. 오디세우스는 포도주로 그를 잠재운 뒤, 불에 달군 나무기둥으로 하나뿐인 눈을 찔러 장님을 만들고, 동굴 속 양들의 배 아래에 몸을 묶고 있다가 이튿날 아침 양 떼와 함께 동굴을 탈출한다.

거리와 시간을 재는 방법에 익숙하지 못한 까닭으로 가끔 저지르는 실수를 오늘도 저도 모르게 저질러서 지각했다고 사과했다. 그는 불타는 듯한 눈초리로, 외국에 가면 그때마다 그 나라의 습관을 잘 알아서 그에 따르도록 해야 한다고 말했다.

"그건 제가 항상 주의하고 있는 바입니다만, 사정을 모르는 땅에 오면 처음 얼마간은 아무리 조심을 해도 항상 실수를 합니다. 하기는 여행의 피로라든가 여러 가지 사건 때문에 정신이 산란해진다든지, 지낼 만한 숙소를 찾을 때까지의 마음고생이라든지, 앞으로의 여행에 대한 걱정이라든지 여러 가지 변명할 이유도 있습니다만, 아무튼 용서해 주실 것으로 생각합니다." 내가 대답했다.

그러자 그는 얼마쯤 체재할 예정이냐고 물었다. 나는 가능한 한 오래 머무르고 총독의 명령과 지시에 충실히 따라서, 내가 받은 후의에 대한 감사의 뜻을 표시하고 싶다고 대답했다. 잠시 있다가 그는 메시나에서는 무엇을 보았느냐고 물었다. 나는 오늘 아침에 본 것에 두세 가지 의견을 붙여서 이야기하고, 파괴된 도시의 가로가 깨끗하게 정돈된 모습을 보고 대단히 놀랐다고 덧붙였다. 모든 도로가 깨끗이 치워져서 쓰레기는 부서진 성벽 안으로 쓸어 넣고 돌은 집 옆으로 쌓아올리고 해서 길 복판에는 방해될 것이 아무것도 없고, 장사나 왕래가 자유로이 행해질 수 있게 된 모습은 실제로 경탄할 만했다. 나는 메시나의 주민 모두 이 도시가 훌륭한 것은 총독의 덕택이라고 감사하고 있다는 취지를 이야기한 덕분에, 이 귀족을 기쁘게 해줄 수 있었다.

"모두들 그것을 인정하고 있는가?" 그는 중얼거리듯 말했다. "예전에는 그들을 위해서 무리를 하면 가혹하다고 불평이 많았는데."

나는 정부의 현명한 정책이나 고매한 목적이란 것은 나중에 가서야 비로소 인정되고 칭송을 얻게 된다고 말하며, 그 밖에도 비슷한 이야기를 했다. 예수회 성당을 보았느냐고 묻는 그의 질문에 아직 보지 않았다고 대답하니까 그러면 안내자를 구하고 부속물도 전부 볼 수 있도록 해주겠다고 약속했다.

거의 끊길 사이도 두지 않고 대화가 계속되는 동안, 다른 사람들은 침묵 일관으로 먹을 것을 입으로 가져가는 데 필요한 동작 이외에는 몸도 움직이지 않고 있었다. 식사가 끝나고 커피가 나오고 나자 그들은 납 인형처럼 벽에 붙어서 일어났다. 나는 성당을 안내해 줄 재속신부 쪽으로 가서 미리 그 노고에 감사의 뜻을 표하려 했다. 그는 옆으로 몸을 비키면서 총독 각하의 명령은 한시라도 잊지 않고 있다고 조심스럽게 말했다. 나는 다음으로 옆에 서 있는 젊은 외국인에게 말을 걸었다. 그는 프랑스인이었지만 그다지 자리가 편하지 않은 듯했다. 그도 또한 주위의 모든 사람들처럼 입을 다물고 몸이 굳어 있었다. 그리고 그들 중에는 어제 몰타의 기사가 호통을 듣고 있는 것을 옆에서 걱정스럽게 지켜보던 얼굴도 몇몇 끼어 있었다.

총독은 자리를 떴다. 잠시 있다가 재속신부가 이제 갈 시간이라고 말해서, 나는 그의 뒤를 따라갔고 다른 사람들도 조용히 모습을 감추었다. 그는 나를 예수회 성당의 현관으로 데려갔다. 이 현관은 유명한 예수회의 건축법에 따라 세워진 것으로, 화려하고 참으로 당당하게 공중에 솟아 있다. 문지기가 곧 와서 안으로 모시려고 했으나, 신부는 총독이 오실 때까지

기다려야 한다고 말렸다. 총독이 곧 마차로 도착했고, 성당에서 가까운 곳에 마차를 세우고 손짓을 해서 우리 셋은 마차 문 옆으로 다가가 모였다. 총독은 문지기에게 성당을 구석구석까지 보여줄 뿐만 아니라 제단과 그 밖의 시주물의 유래를 상세히 설명하도록, 그리고 성물실(聖物室)도 열어서 그 안에 있는 보물도 전부 보여주라고 명령했다. 그리고 이어서, 이분은 내가 존경하는 분으로 본국에 돌아가시면 메시나에 대해 칭찬의 말씀을 하시도록 해야 한다고 말했다. 그런 다음 나를 향해 얼굴에 될 수 있는 한 한껏 웃음을 띠면서 "당신이 이곳에 계실 동안은 식사 시간에 늦지 않게 오시는 것을 잊어서는 안 됩니다. 언제든지 환영할 테니까요." 내가 공손히 인사하려고 하니까, 그럴 사이도 없이 마차는 달려갔다.

마차가 떠나자 신부는 전보다 명랑해졌고, 우리는 성당 안으로 들어갔다. 청지기가(지금은 예배소로 쓰이지 않는 마법의 궁전이니까 이렇게 불러도 괜찮을 듯하다.) 엄하게 명령받은 의무를 실행에 옮기려 하고 있는데, 영사와 크니프가 인기척 없는 성당으로 뛰어들더니 나를 얼싸안고 이미 구금되어 있는 것으로 생각하고 있었다며 나를 다시 만나게 된 것이 꿈인가 생시인가 하고 기뻐했다. 그들은 대단히 걱정을 하고 있었다. 아마도 영사로부터 많은 수당을 받고 있는 듯한 민첩한 급사가 사건의 반가운 결과를 여러 가지로 재미있고 우습게 보고하고 나서야 두 사람은 안도의 숨을 쉬었고, 총독이 나에게 교회를 보여주려고 한다는 것을 듣자마자 나를 찾아온 것이었다.

이윽고 우리는 대제단 앞에 서서 옛 귀중품에 대한 설명을 들었다. 도금한 청동 막대기로 홈을 파놓은 것 같은 청금석 원주, 피렌체식으로 끼워 넣게 되어 있는 벽주(壁柱)와 격자천장, 사치스럽게 쓰이는 훌륭한 시칠리아산 마노, 풍부하게 사용되어서 모든 것을 결합하고 있는 청동과 도금 등등. 크니프와 영사가 이 사건으로 혼난 이야기를 하고, 안내자는 안내자대로 지금까지도 잘 보존되어 있는 훌륭한 보물에 대해 설명하고, 양편이 뒤범벅이 되어 자기 이야기에 열중하고 있는 모양은 마치 기묘한 대위법의 푸가와도 같았다. 하지만 덕분에 나는 어려운 일을 잘 넘겼다는 고마움을 느끼는 동시에, 애를 많이 쓰며 지금까지 연구해 온 시칠리아 산악의 산물이 건축에도 사용되고 있는 것을 보는 이중의 만족을 가졌던 것이다.

이 화려한 건축을 구성하고 있는 개개의 부분을 상세히 조사해 보니까 저 원주의 청금석은 실은 석회석에 지나지 않는다는 것이 판명되었다. 그러나 색조는 어디서도 본 적이 없을 만큼 아름답고, 결합 상태도 훌륭하다. 석회석이라 하더라도 여전히 이 기둥은 존중할 만한 가치가 있는 것이다. 왜냐하면 이처럼 아름다우면서 같은 색조의 돌을 찾아서 골라낼 수 있으려면, 터무니없는 다량의 재료가 전제되어야 하며 거기에다 이것을 자르고 갈고 마무리하는 노력은 막대하기 때문이다. 하지만 저 예수회 신부들에게 극복할 수 없는 일이란 있을 리 없다.

영사는 그동안에도 나의 위태로웠던 운명에 대해서 이야기하는 것을 멈추지 않았다. 그가 말한 바에 의하면, 내가 맨 처음 방에 들어가자마자 총독이 몰타인 남자를 고압적으로 다루고 있는 장면을 목격한 것이 총독 자신에 있어서도 재미없는 일이었기 때문에, 특별히 나를 존경하기로 마음먹고 그 때문에 모종의 계획을 세웠는데, 내가 식사에 지각하는 바람에 실행에 옮기기도 전에 암초에 부딪히고 만 것이다. 오래 기다린 후에 식탁에 앉기는 했지만 폭군은 불쾌한 감정을 감출 수 없었다. 그리고 동석했던 사람들도 내가 도착했을 때 아니면 식사가 끝난 뒤에 한바탕 소동이 벌어지지 않고서는 못 배길 것이라고 걱정했다는 이야기였다.

이런 이야기가 계속되는 중에도 문지기는 여러 번 발언의 기회를 노려서 비밀의 방을 열어 보였다. 그 방은 아름다운 균형이 잡히게 만들어져 있고 우아하다기보다는 화려하게 꾸며져 있었으며, 그 안에는 운반이 가능한 성당 집기가 아직 많이 남아 있었다. 모든 것이 전체적으로 균형이 잡히도록 만들어지고 장식되었지만, 귀금속이나 고대 및 근대의 진짜 예술품은 아무것도 없었다.

신부와 문지기는 이탈리아어로, 크니프와 영사는 독일어로 불러대는 찬송가의 2개 국어 푸가가 끝머리에 가까워졌을 즈음, 식사 때 만났던 한 장교가 우리와 합류했다. 그런데 그 때문에 또다시 다소 걱정되는 일이 벌어졌다. 이 장교가 나를 항구로 데려가서 보통 외국인이 볼 수 없는 장소를 안내하겠다고 제안했기 때문이다. 나의 친구들은 서로 얼굴을 마주 보았는데, 나는 개의치 않고 그와 단둘이서 가기로 했다. 몇 마디 일상적인 이야기를 나눈 다음, 나는 그에게 친근감을 나타내면서 말을 걸었다. 식사 때 침묵하고 앉아 있었던 많은 사람들 중에는, 내가 전혀 모르는 사람들 사이에 있는 게 아니라 친구들 아니 형제들과 함께 있으니까 아무 걱정 없다고 암암리에 알려 준 사람들이 있던 것을 충분히 알고 있다고 말했다. 그리고 나는 그에게 감사하며 다른 분들에게도 마찬가지로 감사의 뜻을 전해 주시도록 간청하지 않으면 안 되겠다고 했다. 그러자 그는 다음과 같이 답했다. 그들은 총독의 성격을 잘 알고 있어서 나에 대해서도 별반 걱정할 것은 없다고 생각했기 때문에 더욱 나를 안심시키려고 그랬던 것이고, 몰타인에게 나타낸 것 같은 폭발은 극히 드문 일이며, 오히려 이런 일이 있으면 존경할 만한 이 노인은 자책을 하면서 그 후에는 행동을 삼가고 당분간은 자기 의무를 성심껏 다하는데, 그러다가 예상외의 사건이 일어나든지 하면 또다시 흥분해서 화를 못 참게 된다는 것이다. 이 정직한 친구는 말을 이어서, 그와 동료들은 나와 더 친하게 교제하고 싶어 하며, 그러므로 내 신분을 좀 더 확실하게 밝혀주기를 바라고, 그런 점에서 오늘 저녁은 절호의 기회가 될 것이라고 했다.

나는 너무 내 멋대로인 것을 용서해 주기 바란다고 하면서 그 요구를 정중하게 거절했다. 나는 여행 중에는 오로지 한 명의 인간으로서 보아주기를 바랄 뿐이며, 그래도 사람들의 신뢰와 동정을 얻는다면 그것은 나에게 지극히 기쁘고 바라는 바이지만, 그 외의 관계에 관여하는 것은 여러 가지 이유로 삼가고 있다고 답했다.

그를 설득하려는 마음은 없었다. 왜냐하면 나의 진짜 이유를 말할 수 없었기 때문이다. 하지만 선량한 사람들이 훌륭하고 순진한 태도로 전제정부 밑에서 자신과 외국인을 보호하기 위해 잘 단결되어 있는 것이 감탄스럽다고 생각했다. 내가 다른 독일 여행자들과 그들의 관계도 충분히 잘 알고 있다는 것을 감추지 않았고, 그들이 달성하려는 칭찬할 만한 목적에 관해서도 소상하게 말했더니, 그는 터놓고 얘기하면서도 완고한 나의 태도에 새삼 놀랄 뿐이었다. 그는 나를 미행하여 신원을 밝히려고 온갖 노력을 다해 보았지만 성공하지 못했다. 그건 첫째로는, 내가 하나의 위험을 피해 온 판국에 다시 필요도 없는 다른 위험을 찾아갈 수는 없는 일이었고, 둘째로는 이 섬의 성실하고 정직한 사람들이 가지고 있는 생각이 나의 생각과 큰 차이를 보이기 때문에, 내가 더 이상 가까워진다 하더라도 그들에게 기쁨도 위안도 줄 수 없다는 것을 너무나 잘 알고 있었기 때문이다.

그 대신 밤에는 친절한 활동가인 영사와 함께 두세 시간을 보냈는데 영사는 그 몰타인에 대해 설명해 주었다. "물론 그는 진짜 사기꾼은 아닙니다만, 한군데 있지 못하고 떠돌아다니는 사나이입니다. 총독은 명문가 출신에다 성실하고 유능한 덕분에 존경도 받고 수많은 업적으로 중용되고 있기는 하지만, 터무니없는 변덕쟁이에다 지독하게 성미가 급하고 거기다가 무서운 고집쟁이라는 평판을 받고 있습니다. 노인인 데다가 전제군주이기 때문에 의심이 많고, 궁정 안에 자신의 적이 있다고 믿지는 않는다 해도 걱정하고 있는 것은 확실하므로, 그 때문에 이곳저곳 돌아다니는 인물이 있으면 스파이라고 여기고 증오하는 것입니다. 이번 경우도 한동안 조용하다가 이제 한번 성미가 폭발해 울화를 풀 때가 됐다고 하는 판에 그 붉은 옷차림의 사나이가 걸려들었던 것입니다."

1787년 5월 13일, 월요일, 메시나 그리고 해상에서

우리 두 사람은 같은 기분으로 잠에서 깨어났다. 즉 메시나의 황폐한 광경을 처음 보고 나서 참을 수가 없어져서 프랑스 상선을 타고 돌아가기로 결정한 우리의 경솔함에 대해 똑같이 화나는 기분으로 눈을 뜬 것이었다. 지금 돌이켜보면, 총독과의 사건도 잘 결말이 났고, 선량한 사람들과의 관계도 내가 좀 더 소상히 신분을 밝히면 되는 것이고, 시골의 매우 기분 좋은 곳에 살고 있는 은행가 친구를 방문해서 유쾌했고, 이런 일로 미루어 보더라도 더 오래 메시나에 머물러 있으면 재미있는 일이 있을 것 같았다. 두세 명의 귀여운 아이들과 친해진 크니프는 다른 때라면 방해가 되었을 역풍이 더 오래 불어줄 것을 절실하게 원하고 있는 눈치다. 하지만 사정이 유쾌한 것만은 아니다. 짐을 꾸려놓고 우리는 언제라도 출발할 수 있도록 준비하고 있지 않으면 안 되었다.

정오에는 출항한다는 통지가 있어서 우리는 서둘러 배로 갔다. 해안에 모인 군중 속에 친절한 영사의 얼굴도 보였으므로, 우리는 고맙다는 인사를 하고 작별했다. 누런 얼굴의 사동도 잔돈을 얻을 속셈으로 인파를 헤치고 우리에게로 왔다. 약간의 돈을 주며, 주인에게 내가 출발했다는 것을 말씀드리고, 식사에 참석하지 못하게 된 것을 사과드려 달라고 부탁했다.

"항해를 떠나는 자는 용서받는 것이지요." 하고 그는 외쳤다. 그리고 기묘한 동작으로 뒤돌아서더니 사라져갔다.

배 내부는 나폴리의 프리깃함과는 달랐다. 하지만 해안으로부터 점점 멀어짐에 따라서 팔라차타 궁전의 둥근 윤곽과 망루, 그리고 도시 배후에 솟아 있는 산맥의 멋들어진 조망이 우리의 눈길을 앗아갔다. 맞은편에는 칼라브리아[184]가 보였다.

---

184) Calabria. 이탈리아 본토의 최남단으로, 메시나를 마주보는 해안이

남북으로 이어지고 있는 해협은 탁 트인 채로 바라보이고 길다란 양측에는 아름다운 해변이 멀리 내다보였다.

우리가 이 경치를 감탄의 눈으로 보고 있으려니까, 어떤 사람이 왼쪽 멀리 물이 움직이고 있는 곳이 카립디스이며, 오른쪽에 그것보다 좀 가까이 해안에 솟아 있는 바위가 스킬레라고 가르쳐주었다.[185] 자연에서는 이렇게 떨어져 있는 저 둘이 시인이 쓴 글에서는 매우 가까이 있는 악명 높은 장소로 묘사된 것을 보고 시인의 허구라고 불평하는 사람이 있다. 하지만 인간의 상상력이 대상을 보다 현저하게 표상하려 할 때는 폭보다도 높이를 중시해서, 그 필법으로 대상의 모습에 더한층 성격이나 엄숙성이나 가치를 부여하는 법이다. 그리고 이야기 속에서 알게 된 대상은 현실 세계에서는 사람을 만족시키지 못한다는 불평을 자주 듣는데, 그 이유도 마찬가지다. 상상과 현실의 관계는 시와 산문과의 관계와 매한가지로, 전자는 대상을 웅대 준험하게 생각하는 데 반해, 후자는 항상 평면으로 펼쳐가는 것이다. 16세기의 풍경화가를 현대 화가에 비교해 보면 이 사실을 확실하게 알 수 있다. 예를 들어 요스 데 몸퍼[186]의 그림을 크니프의 스케치와 비교하면 이 대비는 명백

다. 칼라브리아와 시칠리아섬 사이의 메시나해협은 폭이 가장 좁은 곳은 3.5킬로미터에 불과한 지리적 특징 때문에 고대로부터 동서의 주요 교통로였지만, 이오니아해와 티레니아해가 마주치며 형성하는 거센 조류로 조난 사고가 빈번했다.

185)『오디세이아』에서 항해자들을 괴롭히는 무서운 바다괴물 카립디스와 스킬레는 메시나해협의 거친 소용돌이 물살의 의인화로 여겨진다.

186) Joos de Momper, 1564~1653. 네덜란드 안트베르펜 출신의 플랑드르파 화가로, 자연 속 농민들의 소박한 모습을 즐겨 그렸지만, 이때 배경인 자연은 실제가 아니라 작가가 임의로 구상한 상상적 풍경으로, 인물의 크기에 비해 매우 과장되었다.

해질 것이다.

크니프는 해안의 경치를 스케치하려고 벌써부터 준비하고 있었지만 그릴 만한 것이 나타나지 않아서 우리는 이런 대화를 하고 있었다.

또다시 뱃멀미의 불쾌한 느낌이 엄습해 왔다. 이 배에서는 섬으로 갈 때처럼 자신을 간편하게 격리해서 불쾌한 기분을 완화시킬 수가 없었다. 하지만 선실은 몇 사람을 수용하기에 충분한 넓이였고 고급 깔개도 있기는 했다. 그곳에서 내가 전처럼 수평 자세를 취하고 누워 있으니까 크니프가 붉은 포도주와 흰 빵을 가지고 와서 성실히 간호해 주었다. 이런 상태에서 생각해 보니 시칠리아 여행 전체가 그다지 유쾌한 조명을 받고 있는 것 같지 않다. 우리가 시칠리아에서 본 것이라고는 대체로 자연의 흉폭한 행위와 시간의 끈질긴 농락, 인간들 서로의 적대적 분열에 의한 증오 같은 것으로부터 자기를 지키려는 인류의 공허한 노력뿐이었다. 카르타고인, 그리스인, 로마인 그리고 그 후의 많은 민족은 건설하고 다시 파괴했다. 셀리눈테[187]는 계획적으로 파괴되어 있다. 아그리젠토의 수도원을 폐허로 만드는 데는 2000년의 세월도 충분하지 못했는데, 카타니아와 메시나를 파괴해 버리는 데는 순식간은 아니라 하더라도 몇 시간이면 족했던 것이다. 그러나 나는 인생의 파랑 위에서 흔들리고 있는 사나이의 이 뱃멀미와도 같은 고찰에 의해 완전히 지배되어 버리지는 않았다.

---

187) Selinunte. 시칠리아 남서부의 고대 그리스 도시로, 최고 번영기였던 기원전 5세기에는 주민이 3만 명에 달했지만, 기원전 409년과 기원전 397년 카르타고에 의해 두 차례 침략당한 후 멸망했다.

1787년 5월 13일, 화요일, 바다 위에서

이번에는 좀 빨리 나폴리에 도착하겠지, 그렇지 않더라도 뱃멀미는 요전보다는 빨리 낫겠지 하고 소망했건만 그렇게 되지 않았다. 크니프의 격려를 받고 나는 갑판에 나가보려고 여러 번 시도했지만 변화무쌍한 경치를 즐길 수가 없었다. 다만 두세 번은 뱃멀미를 잊을 수 있었다. 하늘은 전면이 희끄무레한 안개로 덮여서 그 뒤로부터 태양이, 모습은 확실하게 분간할 수 없었지만, 해면에 비치고 있기 때문에 바다는 비할 데 없는 아름다운 하늘색을 띠고 있었다. 돌고래 떼가 배를 따라와서 헤엄치고 뛰어오르고 하면서 배와 항상 같은 간격을 유지하고 있었다. 돌고래들은 바다 깊은 곳이나 먼 곳에서는 검은 점같이 보이는 이 떠 있는 건물을 무슨 사냥감이나 맛있는 먹이라고 여기는 것은 아닐까 생각했다. 그러나 뱃사람들은 그들을 동반자가 아니라 적이라고 생각하고 있는 모양으로 그중 한 마리를 작살로 명중시켰는데 배 위에 끌어올리지는 않았다.

바람 상태가 나빠서 우리가 타고 있는 배는 방향을 바꿔가면서 겨우 바람을 속일 수 있었다. 이것을 보고 참지 못하는 선객이 점점 늘어나, 마침내 항해 경험이 많은 선객 두세 명이 나서서, 선장도 조타수도 전혀 일을 모르며 선장은 상인, 조타수는 하급선원 정도밖에 안 되고, 이렇게 많은 인명과 화물을 맡을 자격이 없다고 불평했다.

악담은 하지만 근본은 정직한 그들에게 나는 염려를 입 밖에 내지 말아 달라고 부탁했다. 선객의 수는 굉장히 많아서 그중에는 늙은이, 젊은이, 여자, 어린이도 섞여 있는데, 모두들 하얀 깃발이 해적에 대해 안전하다고 해서 그 밖의 것은 하나도 생각하지 않고 프랑스 배로 몰려왔던 것이다. 그래서 나는 상상했다. 이 사람들은 표식 없는 하얀색 깃발 덕분에 안전하다고 믿고 있을 뿐이니, 만일 이 배를 전혀 신용할 수 없다고 한다면 다들 극도의 불안 상태에 빠지게 될 것이라고.

사실 하늘과 바다 사이에서 이 흰 헝겊은 영험이 뚜렷한 부적으로서 참으로 불가사의한 작용을 한다. 길 떠나는 자와 뒤에 남는 자가 흰 손수건을 흔들어 인사를 교환하며 서로 보통 때는 느끼지 못했던 이별의 우정과 애정을 자아내듯, 이 단순한 깃발의 기원은 그야말로 신성하다. 그것은 한 사람이 손수건을 막대기에 묶어서 친구가 바다를 건너온다는 소식을 전세계에 알리는 것과도 같다.

식사는 돈을 지불하고 먹어달라고 요구한 선장은 화를 냈을지도 모르지만, 나는 지참한 포도주와 빵으로 기운을 차리고 어떻든 갑판에 앉아서 세상 돌아가는 잡담에 끼어들 수 있었다. 크니프는 지난번 코르벳 범선에서는 맛있는 음식을 자랑하면서 먹어 내 부러움을 샀던 것과는 달리, 도리어 이번에는 나에게 식욕이 없는 것이 다행이라고 위로하면서 나를 쾌활하게 만들려고 애썼다.

1787년 5월 14일, 수요일

오후가 다 지났지만 배는 나의 소망대로 나폴리만에 들어갈 수가 없었다. 도리어 우리 배는 끊임없이 서쪽으로 밀려서 카프리섬 가까이 와 있는데도 점점 미네르바곶으로부터 멀어지는 모양이다. 모든 승객이 초조를 참지 못하고 있었으나, 세상을 화가의 눈으로 관찰하는 우리 두 사람은 극히 만족하고 있었다. 왜냐하면 이번 여행이 우리에게 준 가장 아름다운 풍경을 이날 일몰 즈음에 즐길 수 있었기 때문이다. 미네르바곶은 눈부실 만큼 아름다운 색깔로 물들어 인접한 산들과 같이 우리 눈앞에 누워 있고, 남으로 뻗쳐 있는 바위는 벌써 푸른 기운이 도는 색조를 띠고 있었다. 미네르바곶에서 소렌토에 이르기까지 해안은 석양을 받아 길게 이어져 있었다. 베수비오산도 모습을 드러냈다. 봉우리 위에 수증기가 소용돌이치며 동쪽으로 길게 낀 것을 보면 최근에 강렬한 폭발이라도 있지 않았나 추측된다. 왼쪽에는 카프리가 험하게 솟아 있고 투명한 푸른 기운이 낀 안개 속에서도 암벽을 완전하게 식별할 수 있었다. 구름 한 점 없는 맑은 하늘 아래 조용하고 거의 파도가 없는 바다가 빛나고 있었는데, 바람 한 점 없이 마치 맑은 연못처럼 눈앞에 펼쳐져 있었다. 우리는 황홀하게 이 광경을 바라보았다. 크니프는 어떠한 회화도 이 조화를 그려낼 수는 없을 것이며, 아무리 노련한 화가가 최상급의 영국제 연필을 사용한다 하더라도 도저히 이 선을 그을 수는 없다고 말하면서 길게 탄식했다. 이에 반해서 나는, 설령 이 재능 있는 화가가 이루고자 하는 것보다 훨씬 가치가 떨어지는 기념품일지라도 머지않은 장래에는 대단히 귀중한 것이 되리라 확신하고, 크니프에게 손과 눈을 최대한 움직여서 불후의 작품을 제작하도록 격려했다. 그는 내 말을 받아들여 지극히 정확한 스케치를 한 장 그렸다. 나중에 색을 입히고 보니, 재현 불가능한 것도 회화적 묘사에 따라서는 가능하게 될 수 있다는 실례를 남겼다. 우리는 저녁에서 밤으로 옮겨가는 경치를 탐닉하듯이 눈으로 좇았다. 이제 카프리는 시커먼 모습으로 우리 앞에 누웠고, 놀랍게도 베수비오산 근처의 길게 깔려 있는 구름도 점점 불타올라서 마침내는 우리가 바라보고 있는 경치의 배경을 이루고 있는 일대의 대기가 밝게 빛나고 끝내는 번개처럼 섬광을 발했다.

우리 둘은 이처럼 기쁜 광경에 완전히 넋을 잃고 있었기 때문에 일대 재난이 우리를 위협하고 있는 것을 전혀 알아차리지 못했다. 그러나 선객들 사이의 동요는 우리에게도 위험을 인정하지 않을 수 없게 만들었다. 우리보다 훨씬 바다 사정에 밝은 선객들은 선장과 조타수의 기술이 미숙해 해협[188]으로 들어가지 못했을 뿐만 아니라, 위탁된 인명이나 재화 등의 모든 것이 위험에 처하게 되었다며 호되게 비난했다. 우리는 바람이 조금도 없는데 무엇을 걱정하는지 몰라서 그 불안의 원인을 물어보았다. 그런데 이 무풍 상태야말로 걱정의 근원이라는 이야기였다.

그들은 말했다. "이미 우리 배는 저 섬의 주위를 돌고 있는 조류 속으로 들어와 있습니다. 이 조류는 기묘한 물살에 의해 속도는 느리지만 어쩔 수 없이 저 깎아지른 바위 쪽으로 흘러갑니다. 저 바위가 있는 곳에는 발 디딜 만한 틈도 없으며 피난할 만한 후미진 곳도 없습니다."

이 이야기를 들은 우리는 긴장했고, 우리 자신의 운명을 생각하며 전율을 느꼈다. 밤이 되어서 닥쳐오는 위험을 식별할 수는 없었지만, 그래도 배는 크고 작게 흔들리며 바다 전체에 퍼져 있는 희미한 저녁놀 속을 통과하여 점점 더 시커멓게

---

188) 카프리섬과 소렌토반도 사이의 해협을 말한다. 카프리섬의 동쪽 해안은 깎아지른 절벽과 기암괴석, 많은 해상 동굴들로 이루어진 거친 지형이어서 항구가 없다.

솟아오르고 있는 눈앞의 바위를 향해 접근하고 있었다. 바람은 한 점도 없어서 사람들은 손수건이나 가벼운 리본을 높이 공중에 쳐들고 있었으나, 애타게 바라고 있는 바람이 불어올 기척은 없었다. 사람들은 더욱더 소리 높여 떠들기 시작했다. 아녀자들은 갑판 위에 꿇어앉아 기도라도 드릴 텐데, 움직일 공간이 없어 그저 밀고 당기며 서 있었다. 남자들은 그래도 구조 방법 등을 생각하고 있는 데 반해, 여자들은 선장에 대해 줄곧 욕설만 퍼부었다. 여행 중 입에 담지 않고 뱃속에 쌓아두었던 온갖 불평불만을 선장을 향해 쏟아놓았다. 비싼 뱃삯을 받으면서 선실이 낡았다, 음식이 빈약하다, 선장의 태도가 불친절한 것까지는 아니더라도 무뚝뚝하다고 투덜거렸다. 선장은 그러나 자기 행동에 관해서 아무에게도 변명 같은 것은 하지 않았다. 어젯밤에도 자신의 조종 방법에 대해 완강하게 침묵을 지켰다.

그러니까 이번에는 모두들 선장과 조타수는 어디선가 잘못 기어든 행상인이며 항해술 같은 것은 모르고 다만 잇속 때문에 이 배를 입수했는데, 무능과 미숙으로 인해 이제 자기들에게 위탁된 모든 것을 위험에 빠뜨렸다고 악담을 했다. 선장은 여전히 침묵한 채 계속 구조 방법을 생각하고 있는 것 같았다. 나는 원래 젊었을 적부터 무질서란 것을 죽기보다도 싫어한 인간이기에 더 이상 참고 있을 수 없었다. 나는 그들 앞으로 나아가 새 떼 같은 말체시네의 군중 앞에서 그랬듯이[189] 평온한 기분으로 다음과 같이 이야기했다. 이런 때에 모든 사람이 큰 소리로 떠들어대면 구조의 유일한 희망이랄 수 있는 선장과

그의 부하들의 귀와 머리를 혼란하게 만들기 때문에 그들은 생각할 수도 서로 의논할 수도 없게 되어버린다고.

나는 소리를 질렀다. "당신들이 저지른 일은 결국 당신들에게 돌아오는 겁니다. 그러니까 열심히 성모님께 기도를 올리십시오. 옛날 갈릴리의 호수가 거칠어져서 파도가 배에 들이쳤을 때, 희망을 잃고 방도를 찾지 못한 사람들이 주무시던 주님을 깨우니까, 주님은 '바람이여 자라!' 하고 명령하신 적이 있습니다.[190] 마찬가지로 지금도 주님께서 원하신다면 바람이 불도록 명령하실 수 있습니다. 주님께서 그때 사도를 위해 하신 말씀을 여러분을 위해서도 해주실 것인지 여부는 오로지 성모님이 주님께 잘 말씀드려 주시느냐 아니냐에 달려 있어요."

이 말은 이상한 효과를 거두었다. 아까 나하고 도덕과 종교 문제 등에 관해서 서로 이야기를 나누었던 한 부인이 외쳤다. "바를람님, 바를람님에게 축복 있으라!"[191] 그리고 그들은 마침 무릎 꿇고 있었으므로 평상시와 다른 열정을 가지고 연도(連禱)[192]를 드리기 시작했다. 선원들이 구조 작업을 하는 것이 눈에 보였기 때문에 그녀들은 더욱 안심하고 이 기도를 계속할 수 있었다. 선원들은 6~8인승 보트 한 척을 내려서, 긴 밧

---

190) 「마태복음」 8장 24~27절, 「누가복음」 8장 23~25절.

191) 원문은 이탈리아어로 되어 있다. "il Barlamé! benedetto il Barlamé!" 성 바를람은 중세 기독교의 전설상 성인이며, 이교도인 인도 왕자 요아사프를 개종시킨 은둔수도자로 여겨진다. 통상 이 일화는 부처의 불교 창시 과정을 기독교 버전으로 바꾼 것으로 해석된다.

192) 리타니아(litania). '간구하다'라는 뜻의 그리스어에서 유래한 명칭으로, 한 사람이 경구를 선창하면 나머지가 화답해 짧은 구절을 반복하는 탄원기도.

줄로 본선과 연결한 후 노를 저어서 본선을 예인하려고 죽을 힘을 다하여 노력하고 있었다. 한순간 배는 조류 속에서 움직인 것같이 보였고 조류 밖으로 나올 수 있겠다는 희망을 안게 했다. 그런데 이 방법이 조류의 반동력을 증대시켰기 때문인지 아니면 무언가 다른 사정이 있어서였는지, 갑자기 긴 밧줄에 끌린 보트와 승무원들이 활처럼, 마치 마부가 냅다 갈긴 채찍처럼 배 쪽으로 튕겨져 왔다. 이렇게 해서 이 희망도 물거품으로 사라졌다. 기도와 애원이 뒤범벅되어 울려 퍼졌다. 아까부터 양치기가 지피는 불이 멀리 보이고 있었는데, 그 양치기가 바위 위에서 "아래쪽에 배가 닿는다!" 하고 공허한 소리로 외쳤을 때에는 사태가 더욱 악화되어 있었다. 양치기들이 서로 외쳐대는 알아들을 수 없는 사투리를 이해한 선객의 말로는, 그들이 내일은 고기가 많이 잡히리라 기뻐하고 있다는 것이었다. 설마 배가 그렇게까지 바위에 가까이 가 있지는 않겠지 하고 불안 속에서도 위안하고 있었지만, 선원이 큰 작대기를 가지고 만약의 경우 작대기가 부러져 만사 끝날 때까지 바위에다 대고 버텨서 배의 충돌을 막으려는 자세를 취하고 있는 것을 보니까, 순간의 위안도 금세 사라지고 말았다. 배의 동요는 전보다도 심해지고, 밀려와서 부서지는 파도는 더욱 많아지는 것 같았다. 이 때문에 뱃멀미가 다시 일어나 별수 없이 선실로 내려가려고 결심했다. 나는 반쯤 혼미한 상태로 자리에 누워 있었는데 어쩐지 기분이 좋았다. 이 기분은 갈릴리의 호수에서 연유된 듯하다. 왜냐하면 동판화가 있는 메리안성서[193]가 생

---

193) 스위스 태생의 동판화가, 지도 제작자, 출판인인 마테우스 메리안

나폴리

헤르더에게

1787년 5월 17일, 나폴리

친애하는 친구들이여, 나는 매우 건강하게 다시 이곳으로 돌아왔다. 시칠리아 여행은 간단하게 빨리 끝냈다. 귀국하면 내가 본 것에 관해서 여러분의 비판을 듣고 싶다. 나는 지금까지 대상을 단단히 잡고 늘어져 있었기 때문에 이제는 악보만 보아도 금방 연주할 수 있을 만한 훌륭한 숙련을 쌓을 수 있었다. 그리고 나는 시칠리아에 관한 위대하고 아름답고 또한 비할 수 없는 생각을 이처럼 명확하고 순수하게 마음에 안게 된 것을 대단한 행복이라고 생각하고 있다. 나는 어제 파에스툼으로부터 돌아왔기 때문에, 이것으로 남국에서 나의 동경의 대상은 전부 본 셈이다. 바다와 섬은 나에게 즐거움과 함께 괴로움도 주었지만 나는 만족하고 간다. 자세한 이야기는 내가 귀국하는 날까지 기다려 주기 바란다. 이 나폴리라고 하는 곳은 명상에는 어울리지 않는다. 나는 이번 편지에서는 저번보다 요령 좋게 이 땅에 관해 쓸 수 있다고 생각한다. 이변이 생기지 않는 한 나는 6월 1일 로마로 간다. 그리고 7월 초에는 로마를 떠나려고 생각한다.

나는 될 수 있는 한 빨리 여러분을 만나고 싶으며 그날이야말로 기쁨의 날이 아닐 수 없다. 선물은 꽤 많이 생겼으나 좀 차분하게 정리를 해야겠다.

자네가 나의 전집에 대해 보여준 친절과 호의에 대해 마음으로부터 감사하고 있다. 나는 무언가 지금까지 해온 것 이상의 훌륭한 작품을 써서 자네와 기쁨을 나누고 싶다고 항상 소원해 왔다. 자네로부터 어디서 무엇을 받든지, 나는 언제나 기꺼이 얻으려고 생각한다. 우리 두 사람은 사물의 사고방식에 있어서 똑같지는 않아도 더없이 접근해 있으며, 주요한 안목에 있어서는 가장 가까워져 있다. 자네는 최근에 자신의 내부로부터 많은 것을 퍼 올렸을 텐데, 나 또한 많은 것을 배웠다. 그러므로 훌륭한 교환이 되리라고 생각한다. 물론 자네가 말하듯이, 내 생각은 너무나도 눈앞의 사물에 집착해 있었다. 그리고 내가 세상을 관찰하면 할수록, 인류가 장차 현명하고 사려 깊고 행복한 집단이 될 수 있으리라는 생각이 점점 약해진다. 하기는 백만의 세계 중에 아마 하나쯤은 그러한 특색을 자랑할 수도 있겠지. 그러나 우리들 세계와 같은 조직에서 그런 것을 도저히 바랄 수 없다는 점은 시칠리아에서의 경우와 마찬가지다.

동봉한 쪽지에 살레르노로 가는 길과 파에스툼 자체에 관해서 의견을 약간 적어둔다. 이것은 내가 완전한 모습으로 북방에 가지고 돌아갈 수 있는 최후의, 그리고 정직하게 말하자면, 아마도 가장 멋진 아이디어다. 한가운데의 신전[195]도 내

---

195) 파에스툼에서 가장 보존 상태가 좋은 헤라 제2신전(포세이돈 신전으로 잘못 알려졌던)을 가리킨다. 398쪽 각주 69번 참조.

의견으로는 시칠리아에서 볼 수 있는 것 중에 가장 훌륭하다.

호메로스에 관해서는 눈에 덮였던 것이 벗겨진 느낌이다. 묘사나 비유를 할 것 없이 아주 시적인 느낌을 받으며, 말할 수 없는 자연미가 있고, 그러면서도 놀랄 만한 순수성과 열성을 가지고 쓰여 있다. 극히 기묘한 허구의 사건일지라도 자연미가 들어 있는데, 묘사된 대상을 눈으로 직접 보고는 더욱더 그렇게 느껴졌다. 내 생각을 간단히 말하자면, 그들은 존재를 묘사하고 우리들은 효과를 묘사한다. 그들은 무서운 것을 표현했지만 우리들은 무섭게 표현한다. 그들은 유쾌한 것을, 그리고 우리들은 유쾌하게 그리는 것이다. 극단적인 것, 부자연스러운 것, 허위의 우아함이나 과장은 모두 여기서 유래하는 것이다. 왜냐하면 효과를 내려고 하거나 효과를 노려서 창작하는 경우에는 그 효과를 아무리 독자에게 십분 전하려 해도 여전히 부족함을 느끼기 때문이다. 내가 말하는 바가 새롭지는 않다 하더라도 최근의 기회에 나는 절실하게 그것을 깨달았다. 즉 나는 이들 모든 해안과 곶, 만과 후미, 섬과 해협, 암석과 모래사장, 관목이 우거진 언덕, 완만한 목장, 아름답게 가꿔진 정원, 손질이 잘된 수목, 매달려 있는 포도 넝쿨, 구름에 휩싸인 산과 언제나 청명한 평야, 단애와 여울, 그리고 이 모든 것을 둘러싼 바다의 천변만화의 양상을 마음속에 생생하게 보전하고 지니고 있음으로 해서 『오디세이아』는 비로소 나에게 생명이 넘치는 말을 걸어오는 것이다.

또한 나는 자네에게 털어놓지 않으면 안 되는 것이 있는데, 식물의 번식과 조직의 비밀이 나에게는 상당히 확실하게 판명되었다는 점이다. 그것은 생각지도 못할 정도로 간단하다.

이탈리아의 하늘 아래서는 참으로 재미있는 관찰을 할 수 있다. 나는 맹아(萌芽) 발생의 핵심을 발견했다. 지극히 명백하고, 아무런 의심을 할 여지도 없다. 그 밖의 문제들도 이미 전체적으로는 파악했으며, 다만 두세 가지 점만 좀 더 명료해지면 되는 것이다. 원식물은 지상에서 가장 경이로운 피조물이니, 이를 발견한 나를 자연이 시샘할 만하다. 이 모델과 해결 방법으로 우리는 식물을 무한히 발견할 수 있으며, 그것은 수미일관될 수밖에 없다. 즉 설령 그런 식물이 존재하지 않는다 하더라도 존재할 수 있는 것이며, 회화나 문학의 영상이나 가상과는, 달리 내적 법칙과 필연성을 가진다. 같은 법칙은 다른 모든 생물에도 적용될 수 있을 것이다.

1787년 5월 18일, 나폴리

티슈바인은 로마로 돌아가 있지만[196] 지금 돌이켜보니 그는 자기가 없더라도 우리가 불편을 느끼지 않도록 여러 가지로 애써 두었다. 그는 이곳 친구들에게 우리에 대한 신뢰감을 충분히 불어넣은 듯, 이 친구들은 너나없이 모두 허물없는 태도로 친절하게 우리를 돌봐준다. 누군가로부터 무엇이든 친절과 도움을 필요로 하지 않는 날이 하루도 없었기에, 그 우정이 지금 특별히 고마운 것이다. 나는 다시 이제부터 보고 싶은 것의 목록을 작성 중이다. 시간이 짧다는 것은 기정사실이며, 그에 따라 앞으로 얼마만큼 구경할 수 있을지가 정해질 것이다.

---

196) 괴테가 시칠리아에 있던 1787년 5월 초, 그때까지 나폴리에 체류하던 티슈바인은 크리스티안 폰 발데크 공자와 함께 로마로 돌아갔다.

1787년 5월 22일, 나폴리

오늘 내가 겪은 재미있는 사건은 여러 가지로 생각을 해보아도 여기서 이야기할 만한 가치가 있을 것이다. 나의 첫 번째 체재 때 여러 가지로 편의를 보아주었던 어느 부인이 저녁 5시 정각에 찾아와 주었으면 좋겠다면서, 내가 쓴 『젊은 베르테르의 슬픔』에 관해서 어떤 영국인이 이야기를 하고 싶어 한다고 부탁해 왔다.

이것이 반년 전이었다면 설사 그 부인이 나한테 두 배나 소중한 사람이었을지라도 거절했을 것이다. 그러나 내가 승낙한 것을 보면 시칠리아 여행이 나에게 좋은 영향을 주었다는 사실을 알 수 있다. 여하튼 나는 가기로 약속했다.

그러나 유감스럽게도 도시가 큰 데다가 볼 것이 너무 많아서 나는 15분쯤 늦게 도착했다. 층계를 올라가 닫혀 있는 현관 앞의 갈대로 만든 매트 위에 서서 초인종을 누르려는데, 문이 안으로부터 열리고 중년의 점잖은 남자가 나왔다. 나는 그가 영국인이라는 것을 금방 알아차렸다. 그는 나를 보자마자 "당신은 『젊은 베르테르의 슬픔』의 작가시군요!"라고 말했다. 나는 그렇다고 답하고 시간 맞춰 오지 못한 것을 사과했다.

그랬더니 그는 "저는 이제 한시도 기다릴 수가 없게 되었습니다. 제가 당신한테 드리려는 말씀은 아주 간단해서 이 깔개 위에서도 말할 수 있습니다. 저는 당신이 많은 사람들로부터 들으신 일을 여기서 되풀이하라고 하지 않겠습니다. 거기다가 그 작품은 다른 사람들에게 미친 만큼 열렬한 영향을 저한테는 주지 못했습니다. 하지만 그것을 쓰는 데 얼마큼의 노력이 필요했을까를 생각하면 저는 언제나 경탄을 금치 못합니다."라고 말했다.

내가 그에 대해서 무언가 감사의 말을 하려고 하니까 그는 가로막으면서 외쳤다. "저는 더 이상 지체할 수 없습니다. 당신을 만나 이것만은 직접 말씀드리고 싶다는 제 바람은 이것으로 만족되었습니다. 그럼 안녕히!"

그러더니 그는 계단을 내려갔다. 나는 거기 선 채로 이 명예로운 말을 잠시 반추하고 있다가 겨우 초인종을 눌렀다. 부인은 우리 두 사람의 해후의 모양을 재미있게 듣고서 이 진귀하고 색다른 남자의 여러 가지 장점을 들려주었다.

5월 25일, 금요일, 나폴리에서

저번에 만났던 그 제멋대로의 프린세스[197]를 다시 만날 일은 없을 것이다. 그녀는 자기 말대로 소렌토로 가 있다. 그녀는 출발하기 전에 내가 그녀보다도 돌뿐인 황량한 시칠리아를 선택한 것 때문에 나에 대해서 좋지 않게 말했다고 하는데, 몇몇 친구가 이 색다른 여자의 내력을 전해 주었다. 그녀는 가문은 좋지만 빈한한 가정에 태어나 수도원에서 양육되었는데, 나이 많은 부호 공자와 결혼하려고 결심했다. 그녀는 천성이 선량했으나 사람을 전혀 사랑하지 못하는 성격이었다. 그 결혼은 주위에서 권한 것이었다. 돈은 있지만 가정 사정상 극도로 속박이 많은 처지에서 그녀는 자신의 재기로 난관을 뚫고 나가려고 마음먹고, 행동이 구속되어 있다면 구변만은 마음껏 구사하기로 결심했다. 사람들의 말에 의하면, 그녀의 행실은 본래 비난할

---

197) 사트리아노 공자비를 말한다. 365쪽 각주 43번 참조.

것이 아무것도 없으나, 상대를 불문하고 대놓고 막말하는 것을 원칙으로 삼는 듯하다는 이야기다. 그녀의 말을 종이에 적어놓는다면 처음부터 끝까지 종교, 국가, 풍속을 해치는 이야기뿐으로 도저히 검열을 통과할 수 없을 것이라고 농담 삼아 말하는 사람도 있었다.

그녀에 관한 아주 기발하고 애교 있는 이야기를 들었기에 그다지 품위 있는 내용은 아니지만 그중 하나를 여기 적어둔다.

칼라브리아를 덮친 지진이 일어나기 직전, 그녀는 남편의 영지에 살고 있었다. 그녀의 저택 근처에는 지면에 바로 세운 단층 판잣집이 있었다. 판잣집이기는 하지만 내부에는 깔개와 가구도 있고 상당한 살림살이가 있었다. 지진의 징후가 있었을 때 그녀는 그곳으로 피신했다. 집 안에서 그녀는 뜨개질을 하면서 소파에 앉아 있었고, 그 앞에는 재봉대를 마주 보고 한 성직자가 있었다. 그런데 갑자기 대지가 흔들리면서 그녀가 있는 쪽은 땅속으로 꺼지고 반대쪽은 솟아올라 사제와 재봉대는 위로 올려졌다.

"망측해라!" 그녀는 쓰러지는 벽에 머리를 기대면서 외쳤다. "성직자란 사람이 그래도 되나요? 마치 나를 덮칠 것 같은 모양이네요. 정말 풍속괴란이에요."

그러는 사이에 집은 다시 바로잡혔지만, 그녀는 이 선량한 노인이 취할 수밖에 없었던 진묘하고 음탕한 자세를 생각하느라 웃음을 멈추지 못했다. 그리고 이런 농담을 함으로써 그녀는 모든 재해와 그녀 가족은 물론이고 수천의 사람들에게 닥친 크나큰 손실을 전혀 개의치 않는 듯이 비쳤다. 땅속으로 빠져들어가려는 순간에도 그런 농담을 할 수 있다니, 참으로 이상하고 행복한 성격이라 할 것이다.

1787년 5월 26일, 토요일, 나폴리

잘 생각해 보면 이렇게 성자가 많다는 것은 역시 편리한 일이라고 해야겠다. 신자들은 각자의 성자를 선택할 수가 있으며, 자기에게 정말 맞는 성자에게 충분한 신뢰를 갖고 의지할 수 있는 것이다. 오늘은 나의 성자의 날이어서 나는 교의에 따라서 경건하게 그리고 명랑하게 제례를 올렸다.

성자 필리포 네리[198]는 사람들로부터 깊은 존경을 받는 동시에 유쾌한 추억 속에 기억되고 있다. 그의 인물 됨됨이와 숭고한 신앙심에 관한 이야기를 듣는 일은 우리에게 수양도 되고 흥미도 있는 일이다. 그의 재미있는 기질에 대해서도 여러 가지 이야기가 전해져 온다. 그는 아주 어렸을 적부터 이미 열렬한 종교적 충동을 느꼈고, 나이가 들면서 내면의 종교적 열정이 깃든 숭고한 천성이 발전되었다. 저도 모르게 입 밖으로 나오는 기도나 심원하고도 침묵하는 예배의 재능, 눈물을 흘리고 황홀경에 빠지는 종교적 천분, 그리고 마지막으로 정말 최고의 경지인바, 지상으로부터 날아올라서 공중에 떠 있는 재능 등이 나타난 것이다.

---

198) S. Flippo Neri, 1515~1595. 피렌체 공국의 귀족 가문에서 태어났으나 로마에서 평신도로 16년 동안 순례자와 병자를 구호하며 기독교의 사랑을 실천했다. 교황청에 의해 재속신부로 임명된 후에는 오라토리오회를 창설했다. 형식에 얽매이지 않고 세속에서 자발적으로 자유롭게 기독교의 사명을 실천하는 수도자들의 모임이라는 오라토리오회의 성격은 네리에 의해 확립되었다. '성 베드로 다음가는 로마의 사도'로 일컬어진다. 1622년 축성되었다. 나폴리에는 필리포 네리에게 봉헌된 지롤라미니 성당이 있다. 354쪽 각주 29번 참조.

이러한 신비하고도 비범한 여러 성정에 더해 그에게는 한없이 투철한 이성, 현세의 사물에 대한 순수하고 정확한 평가 혹은 더 나아가 경멸, 그리고 동포의 육체적 정신적 고통을 실질적으로 돕기 위해 헌신하는 성격까지 있었다. 그는 축일 제례, 미사 참례, 기도, 단식 및 기타 믿음이 깊은 성직자가 지켜야 할 온갖 의무를 엄수했다. 게다가 청년의 교육, 그들의 음악 및 구변의 양성에도 종사했다. 그리고 그때에는 종교상의 문제만 아니라 재기 넘치는 문제도 폭넓게 제기하며 여러 가지 자극이 될 담화나 논의를 벌였다. 그중에서도 가장 훌륭한 점은, 이 모든 것을 전적으로 자기의 충동이나 권능에서 실행하면서 어떤 교단이나 교회에도 속하는 일 없이, 또한 아무런 직위에도 취임하는 일 없이, 장기간에 걸쳐 자기의 길을 부단히 추구해 갔다는 점이다.

무엇보다 뜻깊은 일로 주목해야 할 것은 이때가 마침 루터 시대였으며, 유능하고 신앙심 깊은 정력적 활동가가 그것도 로마 한복판에서 종교적이고 신성한 것을 세속적인 것과 결합시키고 천상의 것을 현세의 생활 속에 도입해, 일종의 종교개혁을 준비하려고 생각했다는 사실이다. 왜냐하면 이곳에야말로 교황 정치의 감옥을 개방하여 신을 자유의 세계로 돌려 올 수 있는 열쇠가 존재하기 때문이다.

이렇게 훌륭한 인물을 가까이에, 즉 로마 관할 내에 두고 있던 교황청은, 그러지 않아도 이미 종교생활을 하며 수도원에도 살았고, 그곳에서 설교를 해 신앙심을 고무했으며, 정식 교단은 아닐지언정 자유로운 한 집단을 설립하려 한 이 인물을 부단한 설득과 추궁으로 끝내 직위에 앉힘으로써, 지금까지의 인생에는 결여되어 있던 온갖 이익을 누리게끔 했던 것이다.

그의 육체가 기이하게도 땅 위로 떠올랐다는 이야기를 의심하는 것은 지극히 당연한 일이지만, 그러나 정신적으로 보면 그는 확실히 지상 높이 뛰어오른 것이다. 그는 허영, 허식, 불손을 가장 싫어했으며 이것을 참된 신앙생활로 들어가는 최대의 장애라고 극력 반대했다. 그것도 많은 일화에 남아 있듯이 늘 해학이 넘치는 식으로.

예를 들어 다음과 같은 이야기가 있다. 그가 교황 측근에 있었을 때 로마 근방에 온갖 종류의 영묘한 종교적 능력을 지닌 수녀에 대한 보고가 교황에게 전해졌다. 이 이야기의 진상을 조사하라는 명령이 네리한테 떨어졌다. 그래서 그는 곧 나귀를 타고 궂은 날씨와 지독히 나쁜 길을 뚫고 수녀원으로 갔다. 안으로 들어가 수녀원장과 이야기했는데, 그녀는 이 불가사의한 징후를 곧이곧대로 믿고 네리에게 소상히 설명했다. 그들은 문제의 수녀 본인을 불러들였다. 그녀가 들어오자마자 네리는 인사도 없이 흙투성이의 장화를 벗겨달라고 그녀 면전에 내밀었다. 신성한 처녀는 놀라서 뒤로 물러나며 격앙된 어조로 이 무례한 요구에 대해 분격을 토로했다. 네리는 침착하게 일어나 나귀를 타고 되돌아왔다. 그는 교황이 예측하고 있던 것보다도 빨리 복귀했다. 이런 종류의 정신적 천부(天賦)를 사정하기 위해 가톨릭의 고해사제들에게는 중요한 예방책이 지극히 정밀하게 정해져 있다. 즉 교회는 이러한 신의 은총의 가능성을 인정하고는 있지만, 그 현실성에 대해서는 대단히 엄격한 시험을 과하도록 되어 있는 것이다. 놀란 교황에게 네리는 간단하게 결과를 보고했다.

"그 여자는 성자가 아닙니다." 그는 외쳤다. "그래서는 기적을 행할 수 없습니다. 그 이유는, 그녀에게는 겸손이라고 하는 최대의 미덕이 결여되어 있기 때문입니다."

이 원칙은 그의 전 생활에 있어 근본 원리라고 할 수 있다. 그 증거로 한 예를 들어보면, 그가 오라토리오 수도회를 설립하고 얼마 지나지 않아 수도회가 사람들로부터 큰 존경을 받게 되어 회원 희망자가 대단히 불어났을 때, 로마의 한 공자가 회원이 되기를 원해서 수도사의 자격과 규정된 복장이 허가되었다. 그로부터 머지않아 그는 정식 회원이 되겠다고 청원했다. 규정에 따라 그는 몇 가지 시련 절차를 밟아야 했고, 그는 물론 이를 받아들였다. 네리는 긴 여우 꼬리를 가지고 와서 공자에게 이 꼬리를 저고리의 뒷자락에 매달고 로마의 모든 거리를 극히 엄숙하게 걷도록 요구했다. 그 젊은 남자는 지난번의 수녀와 같이 놀라서는 자기는 치욕을 구하러 온 것이 아니라 명예를 구하고자 왔노라고 대답했다. 그러자 교부 네리는 이 수도회에서 그런 희망을 기대하는 것은 무리며, 이곳에선 극도의 체념과 인내가 가장 소중한 법칙이라고 대답했다. 그 말을 듣고 청년은 돌아갔다.

다음과 같은 짧은 잠언 속에 네리는 그의 교리를 표현했다. "현세를 경멸하라, 너 자신을 경멸하라, 남이 너를 경멸하는 것을 경멸하라." 이 말이 모든 것을 표현한다. 첫 두 구절은 우울증 환자라도 실행할 수 있다고 생각하겠지만 세 번째 구절을 기꺼이 실행하려면 성인이 될 정도의 수양이 필요하리라.

1787년 5월 27일, 나폴리

지난달 말에 발송된 편지는 로마의 프리스 백작[199]을 통해 어제 전부 함께 받았다. 되풀이해 읽으면서 큰 기쁨을 느꼈다. 고대하던 작은 상자[200]도 받았다. 여러모로 정말 감사한다.

그러나 내가 이곳으로부터 도망갈 시기는 다가왔다. 마지막이라는 마음으로, 나폴리와 그 주변을 돌아보며 인상을 새로이 하고 몇 가지 일에 관해서 결론을 내려고 생각하고 있으니, 하루의 일정이 걷잡을 수 없게 되었기 때문이다. 게다가 이곳의 훌륭한 사람들과도 지기가 되어서, 새로 사귄 친구들과 옛 지인들을 함부로 거절할 수도 없는 것이다. 한 사랑스러운 부인[201]과도 재회했는데 그녀와는 지난여름 카를스바트에서 유쾌한 날을 보낸 적이 있다. 우리 두 사람은 얼마나 긴 시간을, 즐거웠던 과거의 추억에 잠겨서 현재의 시간이 가는 것을 잊었던가. 그립고 소중한 사람들의 모습이 차례차례 떠올랐는데 특

---

199) 요제프 요한 폰 프리스(Joseph Johann Graf von Frieß, 1765~ 1788). 스위스의 기업인이자 은행가로, 당대 유럽에서 황제보다 더 재산이 많은 것으로 알려졌던 요한 프리스(1719~1785)의 장남이다. 1783년에 오스트리아 궁정으로부터 백작 작위를 받았으며, 부친의 사망으로 엄청난 유산을 상속받자마자 그랜드투어를 떠나 1785년부터 1787년까지 로마에 체류했다. 이때 조각가 카노바(Antonio Canova, 1757~1822)에게 테세우스와 미노타우로스 상의 제작을 주문했고, 앙겔리카 카우프만은 그 조각상 옆에 서 있는 프리스의 초상화를 그렸다.(「테세우스와 미노타우로스」는 카노바의 대표작이다.) 예술 애호가였던 프리스는 로마에서 탁월한 고미술품 감정가를 자처했으나 실제로는 보잘것없는 수준이었고, 막대한 유산으로 닥치는 대로 예술품들을 매입했기 때문에 당시 로마의 미술상들에게 소문난 먹잇감이었다. 프리스는 괴테가 이 책 642쪽에 언급한 사건 이후 몇 달 만에 22세의 나이로 갑자기 세상을 떴다.

200) 슈타인 부인이 보낸 지갑과, 슈타인 씨가 선물한 소지품 케이스(etui)가 들어 있었다.

201) 란시에리 백작 부인인 듯하다. 71쪽 참조.

히 우리의 경애하는 대공의 기분 좋은 모습이 생각났다. 대공이 말을 타고 떠나려 할 때 엥겔하우스의 처녀들이 대공을 놀라게 했던 일화를 그린 시[202]를 그녀는 여태 간직하고 있었다. 그 시는 기지가 풍부한 해학과 재미있는 속임수, 서로 복수권(復讐權)을 행사하려는 재기 만발한 시도 등, 당시의 유쾌한 장면을 기억에서 되살아나게 했다. 그러자 순식간에 우리는 독일 국내의 일류 인사들 모임 속에 있는 듯한 기분이 되었다. 우리 모임은 암벽으로 둘러싸인 이국적 살롱 안에 한정되어 있었으나, 그보다도 존경과 우의와 애정에 의해서 한층 더 깊게 결합되어 있었다. 그런데 우리가 창가로 걸어가자마자 나폴리의 물살은 다시 맹렬한 기세로 우리들 곁을 지나갔기 때문에 이 평화로운 추억도 지워질 지경이었다.

우르젤 공작 부부[203]와 알고 지내는 것도 마찬가지로 피할 수 없었다. 이분들은 언행도 품위가 있고 자연과 인간에 대해 순수한 감각을 가졌으며, 예술을 깊이 사랑하고 후의를 가지고 사람을 대하는 훌륭한 사람들이다. 몇 번이나 장시간에 걸쳐서 대화를 나눴는데 참으로 매력적이었다.

해밀턴과 그의 미녀는 여전히 나에게 친절하다. 나는 이 두 사람과 식사를 같이 했는데, 저녁에는 하트 양이 음악을 연

---

202) 괴테가 카를 아우구스트 대공에게 헌정한 여러 시편들 가운데 「엥겔하우스의 농부 처녀들의 작별인사(Abschied im Namen der Engelhäuser Bäuerinnen)」(1786)라는 짧은 시를 가리킨다.

203) 벨기에 브뤼셀의 명문 귀족인 3대 우르젤 공작 볼프강 뒤르젤(Wolfgang Willem Jozef Leonard Vitalis van Ursel, 줄여서 Wolfgang d'Ursel, 1750~1804)과 그의 아내 마리 플로레 다렌베르크(Maire Flore d'Arenberg, 1752~1832) 공녀를 말한다.

주하고 노래를 부르며 그녀의 재능을 보여주었다.

나에게 점점 더 후의를 표시하고 온갖 진귀한 물건을 구경시켜 주려고 애쓰는 하케르트의 권고에 응해서 해밀턴은 예술품과 오래된 도구를 소장하고 있는 자신의 비밀 창고로 우리를 안내했다. 온갖 시대의 작품이 어수선하게 섞여 있었다. 흉상, 토르소, 화병, 청동 작품, 시칠리아산 마노로 만든 여러 가지 가정용 장식품, 그 밖에 작은 예배당 모형, 조각, 회화, 그리고 그가 우연히 손에 넣은 물건 등등. 바닥 위에 긴 상자가 눈에 띄어 호기심에서 그 깨진 뚜껑을 들어보니, 그 안에는 청동 가지들이 멋들어진 훌륭한 촛대 두 개가 있었다. 나는 눈짓으로 하케르트의 주의를 끈 다음, 이 물건은 포르티치 박물관에 있던 것과 참으로 닮았다고 속삭이니까, 그는 잠자코 있으라는 신호를 보냈다. 말할 것도 없이 폼페이의 신전으로부터 유출되어서 이곳 창고 속으로 자취를 감춘 것이 틀림없었다. 이런 좋은 진품이 있기 때문에 이 기사는 자신의 보물을 친밀한 친구 외에는 보여주지 않는 모양이다.

그다음으로 눈에 띈 것은 수직으로 서 있는, 앞면은 열려 있고 내부는 까맣게 칠한 상자로 화려한 황금 테가 둘러져 있다. 사람이 선 채로 충분히 들어갈 수 있을 만한 크기여서, 그것으로 이 상자의 용도를 알 수 있었다. 즉 예술과 여성 애호가인 그는 여성의 아름다운 자태를 움직이는 입상으로 보는 것만으로는 만족할 수 없어서, 그것을 다채롭고도 아무도 모방할 수 없는 한 폭의 그림으로 즐기려고 생각했던 것이다. 그래서 여성은 가끔 이 황금 액자 속에 들어가 검은 배경 앞에 여러 가지 색색의 의상을 두르고 폼페이의 고대 회화나 나아가서는 근대

회화의 걸작까지도 흉내 냈던 것이다. 물론 지금은 그런 시대도 지나갔고, 거기다가 이 장치도 무거운 탓에 들고 나가 적당한 광선으로 조명한다는 것도 불가능하다. 따라서 우리도 그런 광경을 구경할 수는 없었다.

이쯤에서 나폴리 사람들이 대단히 좋아하는 오락에 관해 이야기하자. 그들은 크리스마스 때 어느 교회에서나 볼 수 있는 마구간을 호화롭게 장식하곤 한다. 원래는 양치기, 천사, 동방박사들의 예배를 표현하는 것으로, 전부 갖춰진 것도 있고 부분적인 것도 있다. 옥상에 오두막 같은 간단한 가설무대를 설치하고 그걸 상록수나 관목으로 장식한다. 성모와 어린 아기 예수, 그리고 주변에 서 있거나 공중에 떠 있는 인형이 돈을 아끼지 않고 장식되고 또 그 의상에도 사람들은 많은 비용을 들인다. 그렇지만 전체를 더없이 아름답게 해주는 것은 베수비오 산과 그 일대의 풍경을 포함한 수려한 배경이다.

이 인형 사이에는 가끔 살아 있는 인간이 섞여들 수도 있었을 것이다. 이렇게 해서 서서히 역사나 문학에서 취재한 것 같은 세속적 인물의 모습이 밤의 오락으로서 저택 안에서 상연되다가, 마침내 귀족 부호의 가장 중요한 오락 가운데 하나가 되었던 것이다.

나같이 환대를 받은 사람이 이러쿵저러쿵할 것은 아니지만, 한마디 소견을 말하는 것이 용서된다면, 우리를 즐겁게 해주는 역할을 맡았던 그 미인은 정직하게 고백하자면 아무래도 정신이 좀 나간 데가 있는 것 같았다. 물론 그녀의 아름다움은 인정하는 바이지만, 목소리나 말의 표현에 정신이 들어 있지 않기 때문에 빛을 잃고 마는 것이다. 그녀의 노래부터가 사람을 매료하는 충실성을 가지고 있지 않다.

아마도 이것은 결국 영혼을 가지고 있지 않은 아름다움의 경우일 것이다. 아름다운 겉모습을 가지고 있는 사람은 어디에나 있지만, 유쾌한 발성기관을 가지고 있는 민감한 사람은 드물다. 양자를 조화롭게 가지고 있는 사람은 더욱 드물다.

나는 헤르더의 책[204] 3부가 매우 기다려진다. 어디서 그 것을 받아볼지 통지해 드릴 때까지 잘 보관해 주기 바란다.

언젠가 인류의 상태는 지금보다 나아질 것이라는 아름다운 공상적 소망이 그 책 속에 잘 쓰여 있을 것이다. 감히 말하거니와, 나 자신도 인본주의(Humanität)가 최후의 승리를 점하리라는 것은 참이라고 생각한다. 다만 그 승리의 날에 이 세상, 전 인류가 서로를 간호해 주어야 하는 하나의 거대한 병원으로 변해 버리는 것은 아닐까 걱정하고 있을 뿐이다.

1787년 5월 28일, 나폴리

저 훌륭하고 매우 유익한 폴크만의 안내서에는 가끔 나와 의견을 달리하고 있는 대목이 있다. 예를 들자면 그는 나폴리에는 3~4만 명 정도의 무위도식하는 떼거리가 있다고 썼다. 그리고 누구나 그같이 말한다. 하지만 내가 남국의 사정에 정통해짐에

---

204) 헤르더의 『인류 역사에 대한 철학적 고찰(Ideen zur Philosophie der Geschichte der Menschheit)』 3권을 말하며, 1787년에 출판되었다. 고대부터 중세까지 인류사의 여러 문명, 언어, 관습, 종교, 예술과 학문의 발전을 두루 개괄하면서, 세계와 인간 존재의 유일한 목적은 그 본연의 '인간다움(Humanität)'을 되찾기 위해 교육하는 것이라는 헤르더의 사상이 집약되어 있다.

따라서, 그것은 하루 종일 악착같이 일하지 않는 자는 모두 빈둥거리고 있는 패거리라고 생각하는 북국인의 견해일지도 모르겠다고 추측하게 되었다. 그래서 나는 활동하고 있든 휴식하고 있든 불문하고 일반 대중을 세심하게 관찰해 보았더니, 남루한 옷차림을 한 사람은 실제로 상당히 많았지만 아무 일도 하지 않는 사람은 한 명도 없었다.

무수하다는 무위의 떼거리를 확인해 보려는 생각에 두세 명 친구에게 물어보았으나, 그들도 가르쳐줄 수가 없었다. 이런 조사는 도시의 관찰과 밀접한 관계가 있기 때문에 나는 몸소 탐구에 나서기로 했다.

나는 대단히 혼잡한 장소에 자리를 잡고 여러 종류의 인간을 관찰하며 그 얼굴과 모양, 의복, 언동, 직업에 의해 그들을 판단하고 분류하기 시작했다. 여기서는 각자가 비교적 제멋대로의 태도를 취하는 것이 허용되고 있으며, 외견으로 말하더라도 신분에 상응하는 복장을 하고 있기 때문에, 이 작업은 다른 곳에서보다 훨씬 용이했다.

나는 이른 아침부터 관찰을 시작했다. 여기저기에 서성거리고 있거나 휴식하고 있는 사람들은 한눈에 직업을 알 수 있는 삶들이었다.

화물 운반인은 각기 면허를 받은 구역이 있으며 거기서 호출을 기다린다. 넓은 광장에서는 하인과 심부름하는 아이를 데리고 다니는 마부들이 말 한 마리가 끄는 마차 옆에 서서 말을 돌보면서 승객을 기다린다. 뱃사람은 부두에서 담배를 피우고, 어부는 바람 상태가 나빠 바다로 못 나가는 모양인지 햇볕을 쪼이고 있다. 그 밖에 많은 사람들이 왔다 갔다 하는 것을 보니 대부분은 직업의 표시를 갖추고 있었다. 거지는 아주 나이가 들어 전혀 일할 수 없는 불구자뿐이었다. 주위를 둘러보고 면밀히 관찰하면 할수록 하층민에도 중류층에도, 아침 시간에도 대낮의 대부분 시간에도, 남녀노소를 불문하고 정말로 아무 일도 안 하고 있는 사람은 없었다.

내가 주장하는 바를 더욱 확실하고 명료히 하기 위해 보다 상세하게 들어가 보자. 아주 어린 아이까지도 여러 가지 일을 하고 있다. 그런 아이들의 대부분은 생선을 팔러 산타루치아[205]에서 시내로 나온다. 또 다른 아이들이 병기창[206] 근처, 나무 부스러기가 흩어져 있는 공사장, 나뭇가지나 작은 나뭇조각이 파도에 떠밀려 올라와 있는 바닷가 등에서 작은 파편까지도 손바구니에 주워 담고 있는 것을 자주 보았다. 겨우 땅을 기어다니는 두세 살 난 아이도 대여섯 살 아이들 틈에 끼어서 이 작은 생업에 종사하고 있다. 그것이 끝나면 아이들은 바구니를 가지고 시내 중심가로 들어와, 이 근소한 나뭇조각으로, 말하자면 시장을 여는 것이다. 장인, 소시민 같은 사람들이 이것을 사가지고 화덕 위에서 태워 숯을 만들어 난방용으로 쓰거나 간단한 취사용 열원으로 사용한다.

다른 아이는 유황천 물을 팔고 다닌다. 이것은 특히 봄에 많이 마신다. 또 다른 아이들은 과일, 정제한 벌꿀, 과자, 사탕

---

205) 나폴리만의 부두와 해변을 아우르는 구역으로, 정식 명칭은 보르고 산타루치아(Borgo Santa Lucia)다.

206) 나폴리 아스날(Arsenale di Napoli). 나폴리만 키아자의 요새인 카스텔 델로보(Castel dell'Ovo)와 부두 선착장 사이(산타루치아 지구)에 1577년부터 지어 1583년에 완공한 해군 무기고다. 1998년에 폐쇄되었다.

류를 사 가지고 꼬마 장사꾼이 되어 물건을 다시 다른 아이들에게 팔아 약간의 이윤을 남기려고 한다. 아무튼 그들은 자기 군것질만큼은 제 힘으로 손에 넣으려고 하는 것이다. 이런 아이가 자신의 유일한 점포이자 장사 도구인 널빤지 한 장과 작은 칼을 지니고 수박이나 구운 호박을 절반쯤 가지고 다니면 아이들이 떼 지어 모여든다. 그러면 그 아이는 널빤지를 내려놓고 과일을 작게 썰기 시작하는데, 그 모습을 보고 있으면 여간 재미있지 않다. 손님 쪽은 작은 동전에 상응한 분량을 살 수 있을까 하고 매우 진지한 얼굴로 긴장하고 있고, 꼬마 상인 쪽도 게걸거리고 있는 상대에게 다만 한 조각이라도 속아서 더 주지 않으려고 신중을 기하고 있다. 더 오래 머물러 있으면 이런 아이들 직업의 실례를 얼마든지 수집할 수 있을 것이다.

중년 남자들 또는 사내아이들, 대개는 형편없는 복장을 한 많은 사람들이 쓰레기를 나귀에다 싣고 시외로 운반해 나가는 일을 하고 있다. 나폴리 근교에 있는 밭은 채소밭뿐이다. 시장이 서는 날은 놀랄 만큼 많은 채소가 반입되고, 또한 요리사가 버린 못 쓰는 부분을 재배에 열심인 사람들이 채소 성장의 주기를 단축하기 위해 밭으로 도로 가지고 가는 광경은 보기에도 유쾌하다. 채소 소비량이 상상 이상으로 많아서, 꽃양배추, 브로콜리, 아티초크, 양배추, 샐러드, 마늘 등의 줄기와 잎이 나폴리 쓰레기의 대부분을 차지한다. 그래서 이 쓰레기에는 특별한 배려를 하고 있다. 크고 낭창낭창한 바구니 두 개를 나귀 등에 달고 거기에다 가득 쑤셔 넣을 뿐만 아니라, 다시 그 위에다 특별한 기술로 산처럼 쌓아올린다. 어떤 채소밭도 이런 나귀 없이는 해나갈 수 없다. 하인, 사내아이, 때로는 주인 자신도 낮이면 틈나는 대로 몇 번이고 시내로 나간다. 시내는 그들에게는 온종일 풍부한 보고인 곳이다. 이 수집자들이 말이나 나귀의 똥을 얼마나 유심히 찾아다니는지 쉽게 그려볼 수 있을 것이다. 밤이 되면 그들은 마지못해 거리를 떠난다. 한밤중이 지나 마차를 타고 오페라에서 돌아가는 부자들은 날이 채 밝기도 전에 부지런한 사람들이 자기네 말의 발자국을 주의해서 찾고 있다고는 상상도 못 할 것이다. 이런 사람들 몇 명이 공동으로 나귀를 한 마리 구입하고 대지주로부터 채소밭을 빌려 열심히 쉬지 않고 일한다면, 식물의 성장이 끊이지 않는 이 기후 좋은 토지에서는 점차로 발전해 그 영업이 크게 확장된다.

다른 대도시에서와 마찬가지로 나폴리에서도 온갖 소매상인을 보고 있으며 상당히 재미있지만, 거기까지 이야기를 가지고 가면 너무 옆길로 샐 염려가 있다. 그래도 호객 행상에 대해서만은 꼭 여기서 언급해 둘 필요가 있다. 왜냐하면 그들은 민중 가운데서도 가장 낮은 계급에 속해 있기 때문이다. 어디서나 즉석에서 레모네이드를 만들 수 있도록 냉수를 통에 넣고 잔과 레몬을 가지고 다니는 사람이 있다. 이 레모네이드는 최하층 사람들에게도 없어서는 안 될 음료인 것이다. 또 다른 행상인은 여러 가지 과일주가 든 병과 쓰러지지 않게 나무틀이 달린 술잔 등을 쟁반에 올려 가지고 걸어다닌다. 그리고 또 잡다한 빵과 안주, 레몬과 그 밖의 과자류를 바구니에 넣어 가지고 다니는 사람도 있다. 이것을 보면 시민 각자가 매일 나폴리에서 열리는 향락의 잔치를 자기들도 더불어 즐기며, 그 잔치를 한층 더 성대하게 만들려는 것 같다.

이런 종류의 호객 상인이 일하고 있는 한편에서는, 소매상인도 마찬가지로 돌아다니면서 상자 뚜껑 위에다 자질구레한 물건을 아무렇게나 늘어놓든지, 광장 같은 곳에서는 땅에다 직접 잡화를 늘어놓는다. 이런 잡화는 큰 상점에서 팔고 있는 것 같은 온전한 물건이 아니라 정말 고물들이다. 쇠붙이, 피혁, 나사(螺絲), 삼베, 펠트 등의 조각까지도 고물로 다시 시장에 나타나는 통에 팔리지 않는 물건이란 없다. 그리고 많은 하층민이 상인들이나 장인들한테서 심부름이나 잡일을 얻고 있다.

여기서는 한 발짝 밖으로 나가면 참말로 더러운 옷차림의, 거의 누더기를 두른 사람을 만나지 않을 때가 없을 정도인데, 그렇다고 해서 그들이 놀고먹는 사람도 아니며 게으름뱅이도 아니다! 오히려 나는 나폴리에서는 하층사회 속에 근면하게 일하는 사람이 비교적 많이 발견된다는 역설을 주장하고 싶을 정도다. 물론 우리는 이것을 북방인의 근면과 비교할 수는 없다. 북국에서는 그날 그 시간을 위해서만이 아니라, 날씨가 좋은 맑은 날에는 천후가 나쁜 흐린 날을 위해서, 여름철에는 겨울철을 위해서 준비를 해놓아야만 한다. 미리 준비를 하고 채비를 갖추도록 자연이 강제로 시키는 것이다. 주부는 소금 절임으로 훈제를 만드는 등 1년 중의 수요를 충족하도록 부엌일을 해야 하고, 남자는 또한 장작이나 과실을 저장하고 가축에게 사료를 준비하는 일을 등한히 할 수 없다. 그 때문에 가장 즐거운 날도 시간도 빼앗기고, 노동을 위해 바쳐야 한다. 몇 달씩이나 문밖을 나가지 않고 집 안에서 폭풍, 비, 눈, 추위로부터 스스로를 보호해야 하는 것이다. 거기다가 끊임없이 계절이 교체한다. 각자는 자신의 몸을 파멸시키고 싶지 않다면 좋은 가사관리인이 되지 않을 수 없다. 북국에서는 없어도 괜찮다고 가만있는 것은 전혀 생각할 수 없는바, 다시 말해서 괜찮다는 것은 용서되지 않는다. 괜찮을 수가 없는 것이다. 북방의 자연은 걸핏하면 만사가 끝장인 것처럼 장래를 준비하라고 강요한다. 수천 년 이래로 변하지 않는 자연의 영향은 확실히 모든 점에 있어서 존경할 만한 북방인의 성격을 결정하고 있다. 이에 반해 하늘의 은총이 풍부한 남방 사람들을 우리는 북방인의 견지에서 너무 준엄하게 비판한다. 폰 파우[207] 씨가 『그리스인에 관한 연구(Recherches philosophiques sur les Grecs)』에서 견유학파의 철학자에 대해서 말하고 있는 것이 이 경우 완전히 들어맞는다. 그는 말하기를, 이러한 인간의 빈곤한 상태에 대해 내리는 세인의 판단은 결코 정곡을 뚫은 것이 못 된다. 즉 모든 결핍을 참는다고 하는 그들의 기본 원칙은 모든 것을 주는 기후에 의해서 비호되고 있다. 우리들 눈으로 보면 비참하게 보이는 인간이라도 이 남방 땅에서는 필요불가결한 욕구들과 부차적인 욕구들까지 충족시킬 수 있을 뿐만 아니라, 나아가 현세를 가장 아름답게 향락하고 있는 것이다. 그러므로 소위 나폴리의 거지는 노르웨이 부왕(副王)의 지위도 아무것도 아닌 양 경멸하고, 러시아 여제가 시베리아 총독의 지위를 준다고 해도 그 명예를 간단히 거절할 것이다.

　북방 나라에서는 견유학파의 철학자도 좀처럼 버티지 못

---

207) 코르넬리스 데 파우(Cornelis Franciscus de Pauw, 1739~1799). 네덜란드 암스테르담 태생으로 프로이센 프리드리히 대왕의 궁정 외교관이었다. 사상가이자 지리학자로도 유명해, 고대 중국과 이집트에 대한 책을 썼으며, 아메리카 대륙에 한 번도 가본 적은 없었지만 당대 가장 권위 있는 아메리카 전문가였다. 괴테가 언급한 책은 1787년 베를린에서 출판되었다.

했을 테지만, 남방 나라에서는 자연이 그런 생활을 하도록, 말하자면, 유혹한다. 누더기를 걸친 인간이라 해도 남국에서는 아직 알몸은 아니다. 자기 집도 없고 셋집에서도 못 살고, 여름에는 궁전이나 교회의 처마 밑에서, 문지방 위에서, 또는 공공건물의 회랑에서 밤을 새우고, 날씨가 나쁠 때에는 약간의 돈을 내고 어딘가에 기숙하는 처지의 사람이라도 아직은 추방된 비참한 인간은 아닌 것이다. 그들은 내일의 생활에 대한 걱정은 전혀 하지 않아도 되기 때문에 정말로 빈곤하다고는 말할 수 없다. 어류가 풍부한 바다는(교회의 규정에 의해 해산물은 일주일에 두세 번만 먹게 되어 있지만) 얼마나 많은 식량을 제공하고 있는지, 온갖 종류의 과일과 채소가 사계절 내내 얼마나 풍부하게 생산되는지, 나폴리 일대의 토지가 어째서 '테라 디 라보로(Terra di Lavoro, 노동의 땅이 아니라 수확의 땅이라는 뜻이다.)'라는 이름으로 불리는지, 그리고 이 지방 전체가 왜 '행복한 들판(캄파냐 펠리체, Campagna felice)'이라는 명예로운 이름을 수백 년에 걸쳐 보유하고 있는지 생각한다면, 이곳의 생활이 얼마나 안이한가는 쉽게 이해될 수 있는 일이다.

내가 앞서 감히 말한 그 역설은 나폴리의 상세한 그림을 그리려고 하는 사람에게는 여러 가지 고찰의 계기가 될 것이다. 물론 그것에는 적지 않은 재능과 오랜 시간의 관찰이 필요하겠지만, 대부분의 하층민이 다른 계급의 사람과 비교해서 조금도 나태하지 않다는 것을 깨달을 것이다. 그러나 동시에 그들은 그 분수에 맞게, 단순히 생활하기 위해서가 아니고 향락하기 위해 일하고 있으며, 노동을 하고 있을 때에도 생활을 즐기려 한다는 사실을 인정할 것이다. 이렇게 해서 몇 개의 사항이 명백해진다. 즉 장인은 북국에 비해서 대체적으로 매우 뒤떨어진다는 것, 남국에는 공장이 건설되어 있지 않다는 것, 변호사와 의사를 제외하고는 인구 대비 학식 있는 사람이 적다는 것(유능한 사람은 각자의 방면에서 학문에 힘쓰고 있지만), 그리고 나폴리 화파의 화가 중에는 그 길에 철저히 정진해 대성한 자가 아직 하나도 없다는 것, 성직자는 아무런 일도 하지 않고 안락한 생활을 보내고 있다는 것, 또 상류층 사람들은 그 재산을 오로지 관능적 쾌락과 호의호식, 그리고 노는 데에만 쓰려고 한다는 것 등이다.

이렇게 말하는 것이 지나친 일반화이고, 각 계급의 특색은 정확하게 관찰한 후에야 비로소 명백히 할 수 있다는 것은 나도 잘 알지만, 그렇다 하더라도 대체적으로는 역시 같은 결과를 얻게 되리라고 믿는다.

나폴리 하층민으로 다시 이야기를 돌리자. 그들의 일하는 태도를 보고 있으면 마치 쾌활한 어린애처럼 반은 장난으로 한다는 인상을 받는다. 이 계급 사람들은 대체적으로 두뇌 회전이 빠르고 자유롭고 날카로운 견해를 가지고 있다. 말에는 비유가 많고, 기지 또한 매우 활기 있고 신랄하다고 한다. 고대의 아텔라는 나폴리 인근이었고, 그들이 좋아하던 풀치넬라가 지금도 연극을 계속하고 있는 데서 볼 수 있듯이,[208] 대부분 하

---

208) 아텔라는 남부 이탈리아의 고대 부족인 오스키족(오스칸)이 세운 도시로, 이들은 아텔란파르스(Atellan Farce)라는 풍자 소극을 즐겼다. 17세기 나폴리 인형극에서 발달한 익살꾼 캐릭터 풀치넬라는 아텔란파르스에서 상반된 역할을 하던 두 캐릭터 '탐욕스러운 마쿠스(Maccus)'와 '허풍선이 부쿠스(Buccus)'의 특징을 하나의 인물에 합쳐 만든 것이다.

층계급 사람들은 지금도 이 기풍을 가지고 있다

플리니우스[209]는 『박물지』 3권 5장에서 캄파니아[210]만이 상세히 기술할 만한 가치가 있다고 쓰고 있다. "이 지방은 참으로 복 많이 받고, 우아하고, 또한 천혜 풍성한 땅이기 때문에 우리는 이 지방에서 자연이 자신의 일을 즐겼던 모양을 알 수 있다. 이 생명이 넘치는 공기, 건강에 좋은 온화한 하늘, 비옥한 들판, 햇빛 따사로운 언덕, 풍성한 숲, 그늘진 임원(林苑), 유용한 삼림, 바람이 잘 통하는 산, 널리 퍼진 곡물, 이토록 무수한 포도 넝쿨과 올리브나무, 훌륭한 양모, 살찐 수소의 목, 많은 호수, 풍부한 관개용 강과 샘, 많은 바다와 항구! 대지는 어디서나 그 품을 상업을 위해 열고, 그 팔을 바다로 뻗쳐 인간을 위해 거들어주고 있다."

"인간의 능력과 그 풍습 및 정력에 관해서, 또한 그들이 얼마나 많은 국민을 언어와 손으로 정복했는가에 대해서는 나는 여기서는 말하지 않겠다."

"매우 자존심이 강한 국민인 그리스인이 이 토지의 일부를 '마그나그라이키아'로 이름 붙인 것은 이 땅에 가장 명예로운 비평을 내린 격이다."

---

209) 가이우스 플리니우스 세쿤두스(Gaius Plinius Secundus, 23~79). 일명 대(大)플리니우스. 고대 로마의 정치가, 군인, 학자, 자연사학자다. 티투스 황제에게 바친 37권의 백과전서인 『자연사(Naturalis Historia)』를 흔히 '박물지'로 번역한다. 나폴리 해군 총사령관으로 부임했다가 79년 베수비오 화산 대폭발 때 해상에서 구조 작업을 벌이던 중 사망했다.

210) Campania. 이탈리아 남부 지방의 통칭이다. 평야를 뜻하는 캄파냐(campagna)와 혼동하지 말 것.

1789년 5월 29일, 나폴리

도처에 즐거운 기분이 넘쳐서 보는 사람 마음에 더없는 기쁨을 준다. 자연이 자신을 장식하고 있는 각양각색의 화려한 꽃과 과일은 인간 자신과 그 도구들을 가능한 한 화려한 색으로 장식하도록 유혹하는 것 같다. 조금이라도 여유가 있는 사람은 누구나 비단 천과 끈으로, 또는 모자에 꽃을 달아 장식한다. 가난한 집의 의자나 장롱도 도금한 바탕 위를 예쁜 꽃으로 장식해 놓았다. 경마차는 빨갛게 칠해져 있고 조각이 있는 부분에는 도금을 입혔고, 매어 놓은 말도 조화나 진홍빛 술 혹은 황동박으로 장식되어 있다. 머리에 깃털 장식을 한 사람도 많으며, 그중에는 머리 위에 작은 깃발을 꽂고 있는 사람도 있어서 걸을 때마다 여러 가지 움직임에 따라 펄럭인다. 우리는 보통 야한 색채를 좋아하는 것을 보고 야만적이라든가 취미가 나쁘다고 말한다. 경우에 따라서는 확실히 그렇겠지만 이 맑게 갠 푸른 하늘 아래서는 어떠한 것도 결코 지나치게 야할 수가 없다. 왜냐하면 어떠한 것도 태양의 빛과 바다에 비친 반사를 능가할 수 없기 때문이다. 가장 선명한 색깔도 강력한 광선 때문에 지워지고, 나무나 식물의 녹색이든, 황색이나 갈색, 적색을 한 대지든, 모든 색채가 최대한의 힘으로 눈에 작용함으로써, 화려한 색의 꽃이나 의상이라도 전반적인 조화 속에 용해돼 버리는 것이다. 네투노[211]의 여인들이 입고 있는 폭이 넓고 금은으로 장식한 진홍빛의 조끼나 저고리, 지방 특유의 색채가 화려한 의

---

211) Nettuno. 티레니아 해안의 대표 항구이자 휴양도시로, 고대 로마 시대에는 안티움이었으며, 오늘날은 라치오주에 속해 있다.

상, 그림이 그려져 있는 배 등은 모두 하늘과 바다와의 광휘 아래에서 조금이라도 눈에 띄려고 경쟁하고 있는 듯이 보인다.

죽은 자를 매장할 때도 살아 있을 때와 같은 식이다. 온통 검은색의 장례 행렬이 느릿느릿 간다고 해서 유쾌한 세상의 조화를 뒤흔드는 일은 없다.

어린아이의 장례식을 볼 기회가 있었다. 금실로 폭 넓게 수를 놓은 커다란 붉은 융단이 넓은 관대(棺臺)를 덮고, 그 위에는 현란하게 조각하고 금은으로 도금한 작은 관이 안치되고 그 안에 흰 수의를 입은 죽은 아이가 장밋빛 리본으로 장식되어 누워 있었다. 관 네 귀퉁이에는 2피트 정도 높이의 천사 넷이 커다란 꽃다발을 잠든 아이 위로 받쳐 들고 있는데, 천사 상들은 발목을 철사로 묶어 고정시켜 놓았기 때문에 관대가 움직일 때마다 따라 움직여서 향기로운 꽃향기를 가만히 뿌리고 있는 것같이 보였다. 행렬은 거리를 매우 급하게 지나는데 선두의 신부와 촛불잡이는 뛰는 듯 가기 때문에 천사는 더욱더 흔들리는 것이었다.

어디를 가나 식료품에 둘러싸이지 않은 계절이 없다고 해도 좋을 정도다. 나폴리인은 먹는 것을 좋아할 뿐만 아니라 팔려고 내놓은 물건이 예쁘게 장식되어 있는 것을 좋아한다. 산타루치아 인근에서 어류는 대개 종류별로 깨끗하고 예쁜 바구니에 담겨 있고, 게, 굴, 맛조개 및 작은 조개류는 하나하나 받침대 위에 올려놓고 그 밑에는 푸른 잎을 깔아놓았다. 말린 과일과 풋콩류를 팔고 있는 가게는 참으로 여러 가지로 취향을 살려서 장식해 놓았다. 각양각색의 유자와 레몬이 진열돼 있고 그 사이로 빠져나온 푸른 잎은 보기에도 느낌이 좋다. 하지만 정육점처럼 장식을 많이 한 가게도 없다. 주기적인 채식으로 인해 식욕이 더욱 자극되기 때문에 사람들의 눈은 유난히 육류에 끌리는 것이다.

정육점 앞쪽에 걸어놓은 수소와 송아지, 거세 양에는 비곗살과 함께 옆구리나 넓적다리에다 반드시 금물을 칠해 화려하게 매달아 놓고 있다. 1년 중에는 갖가지 날이 있는데 특히 크리스마스는 잔칫날로 유명하다. 그다음으로 가장 규모가 큰 축일이 코카냐[212] 인데, 50만 명의 사람들이 참여한다고 한다. 그때 톨레도나 근방의 여러 거리 및 광장은 가장 식욕을 돋우게끔 장식된다. 채소류를 팔거나 건포도, 멜론, 무화과를 쌓아놓은 소매점은 보는 눈을 아주 즐겁게 해준다. 통로 위를 가로질러 매놓은 꽃 줄에 식료품이 매달려 있기도 하다. 금종이로 싸고 빨간 리본으로 묶은 소시지의 커다란 타래, 궁둥이에다 붉은 깃발을 꽂아놓은 칠면조. 그런 것이 3만 마리나 팔렸다고 하는데, 각자 집에서 기르고 있던 것은 이 계산에 들어 있지 않다. 그 밖에 많은 나귀에 채소류와 거세 닭, 어린 양을 싣고 시내를 지나 시장을 넘어서 몰고 간다. 거기다가 여기저기에 쌓아놓은 계란 더미는 상상할 수도 없는 엄청난 분량이다. 그러고도 이것을 전부 먹어치우는 것만으로는 부족한 모양으로, 매년 기마순경이 나팔을 불고 시내를 돌면서 광장이나 네거리에서 나폴리 사람이 얼마큼 수소, 송아지, 양, 돼지를 먹었는가를 보고한다. 사람들은 이를 귀 기울여 듣고서는 그것이 막대한 숫자가 되는 것을

---

212) Cocagna. 나폴리의 카니발 때 거행되는 행사로, 본래는 국왕이 시녀들에게 고기와 포도주 등을 베풀던 관습에서 유래했으나, 이 전통은 1783년 이래 중단되고 그 비용을 80명의 가난한 신부의 결혼 비용으로 쓰게 되었다.

한없이 기뻐하고, 각자는 이 향락 속에 자기의 몫도 포함되어 있다는 것을 생각하고 만족을 느끼는 것이다. 밀가루나 우유로 만드는 식품에 관해서는, 독일의 요리사라면 이것을 여러 가지로 조리하는 방법을 알고 있지만, 이 지방 사람은 조리라는 것은 간단히 끝내기를 좋아하고 설비가 갖추어진 부엌도 없기 때문에, 이 식재료를 제조하는 쪽에 두 배나 배려를 하게 된다. 마카로니는 고급 밀가루를 부드럽게 충분히 손질해서 반죽하고 그것을 쪄서 일정한 모양으로 압축한 것인데, 온갖 종류의 마카로니를 어디서든지 싸게 살 수 있다. 대강 물로 데쳐서 치즈 가루를 묻혀 양념한다. 또 거의 모든 대로 모퉁이에는, 특히 축제일에는 기름이 끓어오르는 냄비를 가진 튀김 장수가 가게를 내고 생선 프라이라든가 비스킷을 각자 입맛에 맞게 그 자리에서 만들어준다. 이것이 또한 대단한 매상이어서 수천 명의 사람들이 점심이나 저녁으로 그 한 조각을 종이에 얹어서 돌아간다.

1787년 5월 30일, 나폴리

밤에 거리를 산책하면서 부두로 가보았다. 달과, 구름 가장자리를 비추는 달빛과, 다시 그 빛이 바다의 파도에 부드럽게 비쳐서 번쩍이는 모습이 한눈에 들어오고, 가까운 곳에 있는 파도의 등성이는 달빛을 받아 한층 더 밝고 선명하게 빛나고 있었다. 하늘의 별, 등대의 불빛, 베수비오산이 뿜는 섬광, 그것이 물에 비치는 반영, 배 위에 뿌려져 있는 수많은 작은 불들, 이렇게 다양한 화제는 아르트 판 데르 네이르[213]에 의해서 해결됐

---

213) Aert van der Neer, 1603?~1677. 네덜란드 암스테르담 태생의 풍

으면 하고 생각했다.

1787년 5월 31일, 목요일, 나폴리

나는 로마의 성체축일[214]을 보고 싶었으며, 특히 그때에는 라파엘로가 도안한 태피스트리[215]를 보아야겠다고 굳게 마음먹고 있었기 때문에, 세상에 다시없는 이 멋진 자연의 절경에 조금도 마음 흔들리는 일 없이 완강하게 출발 준비를 계속했다. 여권 청구도 마치고, 마부는 나에게 착수금을 보내왔다. 이상하게 들리지만 이곳에서는 여행자의 안전을 위해 마부 쪽에서 보증금을 건다. 크니프는 새 숙소로 옮기느라 바빴다.[216] 이번

경화가로, 달밤의 광경이나 화재 장면 등 빛의 효과를 나타내는 그림이 유명하다.

214) Festum sanctissimi Corporis Christi. 1264년 벨기에 리에주의 수녀 성 율리아나가 제정을 추진하고, 토마스 아퀴나스가 건의하여 교황 우르바노 4세가 축일로 지정했다. 예수의 성체성혈을 경배하는 의미의 화환과 꽃다발을 만들어 도시와 가정 곳곳에 건다. '예수의 육신(Corpus Christi)'을 성체(聖體)로 받든다는 점에서 프로테스탄트의 관점과는 대치되는 가톨릭 제례다. 루터는 특히 성체축일에 비판적이었다. 원래는 성삼위일체 축일 다음 목요일이었으나, 1970년의 전례개혁으로 그다음 일요일도 허용된다. 날짜는 유동적인데, 보통은 6월 초다.

215) 1515년 라파엘로는 교황 레오 10세의 명에 따라 시스티나 예배당에 걸 태피스트리의 도안을 그린다. 예수와 사도들의 이야기를 테마로 한 10장짜리 연작이며, 태피스트리 실물 제작은 브뤼셀의 유명 작업장에서 이루어졌는데 제작비로 1만 5000두카트(오늘날 화폐가치로 40억 원에 육박한다.)가 투입되었다. 하지만 이 첫 번째 태피스트리는 1527년 로마 약탈 때 금사와 은사로 제작된 태피스트리의 귀금속을 추출하려는 병사들로 인해 상당 부분이 불태워졌다.(로마 약탈은 이탈리아의 지배권을 두고 프랑스와 경쟁을 벌이던 에스파냐-합스부르크 가문 출신의 신성로마제국 황제 카를 5세의 군대가 로마로 진군했을 때 벌어진 사건이다.) 이후 다시 제작된 태피스트리는 비공개로 보관되다가 특별한 행사 때에만 시스티나 예배당에 걸었다. 바티칸 사도의 궁전 '태피스트리 갤러리(Galleria Degli Arazzi)'에 있다. 한편 라파엘로의 도안 원본은 일부만이 남아 오늘날은 런던 빅토리아앤앨버트 박물관이 보관하고 있다.

216) 괴테와 시칠리아 여행을 함께했던 크니프는 이때 나폴리에 정착해 이

숙소는 방 크기나 장소나 지난번보다 훨씬 낫다.

이사를 시작하기 전에 크니프는, 처음 가는 집으로 이사하는데 짐이 전혀 없는 것은 아무래도 기분이 언짢고 또한 실례도 될 것 같으니, 침대라도 하나 가지고 가면 다소 사람들의 인정을 얻게 되지 않을까 하고 두세 번 나에게 의논해 왔다. 오늘 성채 광장[217]에 끝없이 늘어서 있는 벼룩시장을 지날 때, 나는 청동색 칠을 한 철제 침대를 발견했다. 곧 그것을 깎아서 사 가지고 장차 더 안락하고 견고한 침대를 구할 때까지 써달라고 하면서 그에게 선사했다. 언제든지 대기하고 있는 짐꾼이 필요한 널빤지와 함께 새 숙소로 운반해 갔는데, 크니프는 이 물건이 매우 마음에 든 모양으로, 금방이라도 나와 헤어져 숙소로 이사하려고 큰 제도판과 종이, 그 밖의 필요한 것을 사들일 걱정을 하고 있었다. 나는 그와의 약속에 따라, 함께 여행하면서 그린 시칠리아 스케치의 일부를 그에게 나눠주었다.

1787년 6월 1일, 나폴리

루케시니 후작[218]이 이곳에 도착했기 때문에 나의 출발은 이삼일 연기되었으나, 나는 이 사람과 알게 돼서 많은 기쁨을 맛

후 38년 동안 살았다.

217) 17세기에 부르봉-나폴리 왕가의 레알레 궁이 지어지기 전까지, 13세기부터 나폴리 왕궁으로 쓰였던 카스텔 누오보(Castel Nuovo) 인근인 듯하다. 이곳은 오늘날에도 나폴리 시청사와 의사당이 있는 중심가로, 큰 광장이 있다.

218) 지롤라모 루케시니(Girolamo Lucchesini, 1751~1825). 프로이센 왕국의 외교관으로, 프리드리히 대왕 때 처음 대사로 임명되었다. 1787년 당시에는 프로이센 국왕 프리드리히 빌헬름 2세(Friedrich Wilhelm II, 1744~1797, 재위 1786~1797)가 임명한 마인츠 대주교에 대해 교황의 승인을 받아오는 임무를 맡아 로마에 파견되었다. 이후 폴란드 대사와 오스트리아 대사를 역임했다.

보았다. 세계라고 하는 위대한 식탁에서 항상 더불어 식사를 즐길 수 있는, 훌륭한 정신적 위장을 가진 사람들이 있는데, 내 생각에는 후작도 그 범주에 들어간다. 우리와 같은 되새김질동물은 가끔 지나치게 집어넣는 탓에 반복되는 저작과 소화를 끝내기 전에는 아무것도 입에 넣을 수가 없다. 하지만 이러한 저작과 소화는 우리들에게는 매우 적합해서, 이를 두고 건전한 독일 기질이라고 부른다.

나는 이제 나폴리를 떠나고 싶다. 아니 떠나야 한다. 지난 4~5일은 자진해서 사람들을 만나는 데 소비했다. 내가 알게 된 사람들은 대개 흥미가 가는 인물들이었고 그들과 소비한 시간에 대해서도 매우 만족하고 있다. 그러나 앞으로 2주를 더 있게 되면 더욱더 내 목적으로부터 멀어질 것이다. 그리고 또 이곳에 있으면 점점 나태해진다. 파에스툼에서 돌아오고서는 포르티치의 보물 외에는 거의 아무것도 보지 않았다. 아직도 여러 가지 물건이 남아 있는데도 그 때문에 일부러 가볼 생각이 들지 않는다. 하지만 저 박물관은 역시 고대 예술품 수집의 알파이며 오메가다. 이것을 보면 고대 세계가 엄밀한 수공업적 기능에 있어서는 현대에 훨씬 미치지 못한다 하더라도 예술적 정신에 있어서는 현대보다도 우수하다는 것을 잘 알 수 있다.

1787년 6월 1일, 덧붙임

여권을 가지고 온 하인은 나의 출발을 애석해 하면서, 베수비오산에서 분출한 다량의 용암이 바다 쪽으로 흘러가고 있는데 이제 산의 급한 비탈길을 거의 내려왔으니까 이삼일 중에는 해안에 도달할 것이라고 말했다.

그래서 내 입장은 아주 진퇴양난에 빠졌다. 오늘은 나에게 호의를 베풀어주고 격려해 준 사람들을 찾아서 작별 인사를 할 예정이었다. 그러면 내일은 어떻게 될 것인지는 자명한 일이다. 인간이 생활하는 데 있어서 타인과의 교섭은 피할 수는 없지만, 타인이 우리를 이롭게 하고 즐거움을 준다 하더라도 결국 그들은 오히려 우리를 진지한 목적으로부터 옆길로 이탈시키며, 또한 우리 쪽에서도 그들을 이롭게 하는 것도 없다. 이런 생각을 하면 무척 화가 난다.

밤

나의 작별 인사를 위한 방문은 어느 정도 유쾌하기도 하고 이익도 있었다. 사람들은 지금까지 미루고 있었거나 아직 보여주지 않았던 것을 친절하게 보여주었다. 기사 베누티[219]는 비장의 보물을 보여주었다. 일부 깨지기는 했으나 참으로 훌륭한 오디세우스 상을 지대한 존경심을 가지고 다시 한 번 관찰했다. 작별에 임해서 그는 도자기 공장을 구경시켜 주었다. 여기서 나는 헤라클레스를 가능한 한 깊게 뇌리에 새기고 또한 캄파니아의 항아리를 보고 새삼 경탄의 눈을 크게 떴다.

그는 마음속으로부터 우러나오는 감동과 친근함을 표시하고 작별을 고하면서, 최후에는 자신의 평소 고민을 털어놓고 내가 조금만 더 머물러주기를 부탁했다. 은행가 집에는 식사 때에 도착했는데 그는 좀처럼 나를 놓아주려고 하지 않았다.

---

219) 로도비코 베누티(Lodovico Venuti, 1745~?). 최초의 헤르쿨라네움 발굴단 감독의 아들이었으며, 카포디몬테에 도자기 공장을 세운 인물이다.

만약에 저 용암이 나의 상상력을 자극하지 않았다면 나도 천천히 머물 수 있고 만사가 좋았을 것이다. 돈을 지불하고 짐을 꾸리는 등 여러 가지 일을 마치고 있는 동안에 밤이 되자 나는 서둘러서 부두 쪽으로 나가보았다.

거기 도착하니까 온갖 불빛과 그 반사가 눈에 비치고 바다는 파도가 쳐서 모든 것이 한층 더 흔들려 보였다. 화산이 뿜어내는 불꽃과 함께 휘영청 밝은 만월, 근간에는 휴지하고 있었는데 지금은 작열하면서 엄숙히 흐르고 있는 용암을 보았다. 마차를 타고 더 구경을 갔더라면 좋았겠지만 준비가 귀찮았고 설사 갔다 하더라도 내일 아침에야 도착했을 것이다. 지금 즐기고 있는 이 광경을 성급한 짓을 해서 손상시키고 싶지 않았기 때문에 나는 부두에 앉은 채로 있었다. 그리고 사람들이 우왕좌왕하면서 용암이 어느 쪽으로 흐를 것인가를 두고 여러 가지로 해석하고 이야기하고 논쟁하며 소동을 벌이고 있는데도 나는 점점 졸음이 왔다.

1787년 6월 2일, 토요일, 나폴리

이렇게 해서 나는 이 아름다운 나날을 뛰어난 사람들과 더불어 유쾌하고 유익하게 보냈다고는 하지만, 나의 의도와 반대되기 때문에 마음은 무거웠다고 해도 좋다. 동경에 찬 마음으로 나는 산을 천천히 내려가 바다 쪽으로 길게 뻗치고 있는 연기에 눈을 돌렸는데 그 연기는 용암이 시시각각 흘러가고 있는 길을 나타냈다. 저녁이 와도 나는 자유의 몸이 될 수 없었다. 왕궁에 살고 있는 조반네 공작비[220]를 방문할 약속이 있었기 때문

---

220) 뷔르츠부르크에서 무더스바흐 남작의 딸(Freiin von Mudersbach)

이다. 왕궁에 도착해서 안내를 받아 많은 층계를 올라 긴 복도를 따라서 갔는데, 복도 맨 끝에는 상자, 옷장, 궁중의 의상 등 보기 흉한 물건이 지저분하게 가득 놓여 있었다. 나는 특별히 볼 것도 없이 넓고 천장이 높은 방 안에 있는 아름다운 젊은 부인을 보았다. 그녀는 말하는 품이 매우 정숙하고 품위가 있었다. 이 부인은 독일 태생이기 때문에 독일 문학이 다른 나라 문학보다도 자유롭고 견식이 넓은 인본주의에 도달해 있음을 알고 있었다. 헤르더의 노력과 그와 유사한 것들을 특별하게 평가하고 가르베[221]의 명석한 이해력에는 마음 깊이 공명하고 있었다. 독일의 여성 작가들과도 보조를 맞춰서 그들에게 떨어지지 않으려고 노력하고 있으며, 매력적이고 숙달된 필봉을 마음껏 휘두르게 될 수 있기를 희망하고 있다는 것도 충분히 알아차릴 수 있었다. 또한 그녀는 상류사회의 처녀들에게 영향을 주고 싶어 하고 있었다. 이야기는 끝이 없었다. 어둠이 벌써 밀려오고 있었건만 아무도 촛불을 가져오는 사람은 없었다. 우리

로 태어난 율리아네 조반네(Juliane Giovane, 1766~1805)는 1786년 4월 나폴리 귀족 니콜라 조베네 디 지라솔레(Nicola Giovene di Girasole) 공작과 결혼해 나폴리에 왔다. 나폴리 궁정에서 마리아 카롤리나 왕비의 시종장으로 활동했으며, 작가의 꿈을 안고 화산과 광물에 관한 논문도 썼다. 1790년 남편과 이혼 후 빈으로 옮겨가 그곳에서 시인과 교육 저술가로 활동했다. 나폴레옹 황제의 두 번째 황후이자 파르마 여공작인 마리 루이즈(Maria Ludovica von Österreich, 1791~1847)의 시종장이 되었다. 1794년 프로이센 학술원 회원들이 신규 회원을 선출하는 투표에서 탈락했지만, 프로이센 국왕 프리드리히 빌헬름 2세가 직권으로 회원에 지명했다. 스웨덴 왕립학술원 명예회원이었다.

221) 크리스티안 가르베(Christian Garve, 1742~1798). 브레슬라우 출신의 후기 계몽주의 철학자로, 당대에는 칸트와 더불어 명성이 높았다. 자신의 사상을 학문적으로 체계화시키는 대신, 심리학, 윤리학, 경제학에 관한 다양한 비평과 에세이를 써 철학의 대중화에 기여했다.

는 방 안을 여기저기 걸어다녔는데 그녀는 창가로 가서 덧문을 열었다. 그러니까 평생에 단 한 번밖에는 볼 수 없을 광경이 내 눈에 들어왔다. 만약에 그녀가 나를 놀라게 하려고 고의로 그랬다면 완벽하게 목적을 달성했다고 해야 할 것이다. 우리는 제일 높은 창가에 서 있었고 베수비오산은 바로 정면에 있었다. 해는 벌써 떨어져서, 흘러내리는 용암은 붉은 불꽃을 뿜어 올리고 거기서 연기는 금빛으로 물들기 시작했다. 무섭게 광란하는 산 위 상공에는 꿈쩍도 안 하는 거대한 연기구름이 있어서 분화할 때마다 번개에 찢긴 것처럼 여러 개의 구름 덩어리로 갈라져서, 그 하나하나가 물체처럼 조명되어 보였다. 거기서 바닷가까지는 한줄기 빨간 빛과 작열하는 수증기가 이어져 있다. 그 밖에는 바다도 대지도 암석도 식물도 황혼 속에 확연히 평화스러운 모습으로 이상한 적막 속에서 뚜렷하게 보인다. 이러한 모든 것을 한눈에 담고, 산등성이 뒤에서 떠오른 만월을 이 멋진 그림의 화룡점정으로 바라보기에 이르러서는 경탄을 금치 못했다.

모든 경치를 이 지점에서는 한눈에 잡을 수가 있었다. 개개의 대상을 자세하게 살필 수는 없었다 치더라도 커다란 전체의 인상은 결코 상실되지 않았다. 우리의 대화는 이 광경에 의해서 중단되었으나 그만큼 더 정취 있는 화제로 바뀌어갔다. 우리는 지금 수천 년이 걸려도 해석할 수 없는 하나의 텍스트를 눈앞에 펼치고 있는 것이다. 밤이 깊어감에 따라서 주변은 더욱더 밝아지는 듯했다. 달은 두 번째 태양처럼 비치고 있었다. 연기의 기둥, 연기의 띠와 덩어리는 하나하나 명료하게 달빛에 비쳐 보이고, 그뿐만 아니라 우리의 반무장한 눈에는 시꺼면 사발 모양의 분화구 위로 작렬해서 내동댕이쳐지는 암괴까지도 식별할 수 있는 것 같았다. 여주인은(나는 그녀를 이렇게 부르고 싶다. 왜냐하면 더 이상 좋은 만찬은 좀처럼 없으니까.) 촛불을 방 반대쪽에 세워놓게 했다. 그러니까 이 아름다운 부인은 달빛을 받아 절묘한 그림의 전경으로서 더욱더 아름다워지는 듯했으며, 또한 그녀의 사랑스러움도 이 남방의 낙원에서 매우 기분 좋은 독일어를 들은 덕인지 더욱 더해 갔다. 내가 시간 가는 것도 잊고 있으니까, 그녀는 나에게 이 회랑이 수도원식으로 닫히는 시각이 가까워졌기 때문에, 자기 뜻은 정말 아니지만 돌아가셔야겠다고 주의를 주었다. 그래서 멀리 있는 장관에도 가까이에 있는 부인에게도 마음을 남기고 작별했다. 낮 동안의 불가피한 의례적인 거북스러움을 저녁에는 훌륭하게 보상해 준 나 자신의 운명을 축복하면서. 나는 문밖으로 나와서 혼잣말을 했다. 저 큰 용암 가까이 갔다 하더라도 보는 것은 역시 예전의 작은 용암의 반복에 불과했을 것이고 또한 이러한 전망, 그리고 나폴리로부터의 이러한 이별은 이와 같은 방법밖에는 없었을 것이라고. 숙소로 돌아가지 않고 이 웅대한 광경을 다른 전경에서 바라보기 위해 나는 부두로 발을 옮겼다. 하지만 다망한 하루를 보낸 피로 탓인지, 아니면 이 최후의 아름다운 정경을 뇌리에서 지우고 싶지 않아 하는 감정 탓인지는 모르겠으나, 나는 발길을 돌려서 모리코니로 돌아왔다. 그런데 숙소에는 새로 이사한 하숙으로부터 저녁 방문을 온 크니프가 기다리고 있었다. 우리는 한 병의 포도주를 나눠 마시면서 서로의 장래에 관해 이야기했다. 나는 만약 크니프의 작품 중 약간을 독일에서 전시할 기회가 있다면, 반드시 저 탁월한 안목

의 에른스트 폰 고타 공작에게까지 추천되어 그림 주문을 받게 될 거라고 그에게 약속할 수 있었다.[222]

이렇게 해서 우리는 마음에서 우러난 기쁨을 느끼며, 장차 서로 협력해 활동해 가리라는 확신을 안고 헤어졌다.

1787년 6월 3일, 일요일, 삼위일체 축일, 나폴리

나는 아마 두 번 다시 보는 일이 없으리라고 생각하는 이 비할 데 없는 도시의 무한한 생활 속을 빠져나와 반쯤 혼미한 기분으로 시외를 향해 마차를 달렸다. 하지만 회한도 아픔도 뒤에 남기지 않은 것에 만족을 느꼈다. 나는 저 선량한 크니프를 떠올리고, 멀리 떨어져도 그를 위해서는 가능한 한 진력해 주리라고 마음에 맹세했다.

교외에 있는 제일 바깥쪽 경비선에서 한 세관원이 잠시 나를 세우고 내 얼굴을 호의 있는 눈으로 쳐다본 다음 급히 다시 저쪽으로 뛰어갔다. 그리고 세관원이 마부를 조사하고 있는 사이에 커피숍 문으로부터 블랙커피를 가득 담은 대형 중국제 찻잔을 쟁반에 올려 가지고 크니프가 나타났다. 그는 지극히 진지한 얼굴을 하고 천천히 마차 문으로 다가왔는데 그게 또 마음으로부터의 진지함이기에 그에게 잘 어울리는 것이었다. 나는 놀라는 동시에 눈시울이 뜨거워졌다. 이렇게 세심한 배려는 다시없는 것이다.

그는 말했다. "당신은 저에게 보통 이상의 후의와 친절을

---

222) 괴테가 고타 공작에게 티슈바인을 추천해 그가 로마 유학을 지원받은 일을 상기시키면서 크니프를 격려하고 있다.

베풀어주시고 또한 일평생 지워지지 않을 격려를 해주셨습니다. 저는 여기에 당신에 대한 사례의 표시로 한 잔의 커피를 드리는 바입니다."

나는 대체로 이런 경우 말을 잘 못하는 성격이지만 매우 간결하게, 나도 그의 직업에 의해서 덕을 보아왔으며 우리의 공동의 보물을 이용하고 손질한다면 그로부터 더 큰 은덕을 입게 될 것이라고 말했다.

우리는 헤어졌다. 우연히 잠시 결합되어 있던 인간의 이별에서는 도저히 볼 수 없는 이별이었다. 우리가 상대방에 대한 서로의 기대를 정직하게 털어놓는다면 아마도 훨씬 많은 감사와 이익을 인생에서 얻을 수 있을 것이다. 그것이 가능해지면 쌍방이 다 만족하고 모든 것의 최초이고 최후인 무한한 친근감이 그에 따른 순수한 선물로 나타나는 것이다.

6월 4~6일, 도중에서

이번은 단독 여행이기 때문에 과거 수개월의 인상을 다시 불러일으킬 만한 시간이 충분히 있다. 매우 즐거운 일이다. 그러나 원고를 살펴보니 빈 곳이 도처에 나온다. 여행은 그것을 직접 체험한 본인에게는 하나의 흐름을 이루고 지나가는 듯이 생각되어 상상 속에서는 끊임없는 연속으로 나타나지만, 이것을 그대로 보고한다는 것은 실제로는 불가능하지 않을까? 이야기하는 사람은 모든 것을 하나하나 늘어놓지 않으면 안 되지만 그 걸 듣고 과연 제삼자의 심중에 전체로서 통일된 이미지가 형성될 수 있을까?

그러므로 여러분이 열심히 이탈리아와 시칠리아를 연구

하고, 여행기를 읽거나 동판화를 들여다본다고 하는 최근의 편지 속의 말처럼 나를 위안하고 기쁘게 해주는 것은 없었다. 그로 인해 내 편지에 한층 더 흥미를 느낀다는 증언은 나에게는 최상의 위안이다. 자네가 이걸 더 일찍부터 실행했든지 알려주었든지 했더라면 나는 더 열심히 보고를 했을 것이다. 바르텔스나 뮌터 같은 뛰어난 사람들과 여러 나라의 건축가는 나보다 먼저 이탈리아에 와서 외면적인 목적을 공들여 추구했지만, 나는 가장 내면적인 것에만 눈을 돌려왔다. 돌이켜보면, 설사 나의 노력이 불충분하다고 인정하지 않을 수 없더라도, 그래도 가끔 나는 마음을 놓을 수가 있다.

대체로 모든 사람은 다른 인간들의 보충으로 간주되어야 하며, 이러한 태도를 취할 때 인간이 가장 유익하고 사랑받을 수 있다고 한다면, 특히 여행기나 여행자가 그런 점에서 유의미할 것이다. 개인 각자의 성격, 목적, 시류, 우연한 사건에 따른 성공과 실패 등 모든 것은 저마다 다르게 경험된다. 그렇지만 앞서 간 여행자가 있다는 사실만 알게 되어도 나는 그에게 반가움을 느끼고, 또 내가 그와 함께 나중에 올 여행자를 돕게 되기를 기대한다. 그리고 나에게 그 지방을 몸소 찾아가 보는 행운이 주어진다면, 그 미래의 여행자에게 마찬가지로 친밀하게 다가가고 싶은 생각이다.

2권

두 번째 로마 체류기
1787년 6월~1788년 4월

그의 시대가 무궁하여 그 권세가 세계를 다스리게 하소서,

그리하여 떠오르는 날과 지는 날을 모두 그 아래에 두소서.*

Longa sit huic aetas dominaeque potentia terrae,

Sitque sub hac oriens occiduusque dies.

---

* 로마 시인 오비디우스의 『로마의 축제들(Fasti)』(기원전 8년경)에서 인용한 구절이다. 로마 달력을 바탕으로, 한 해 동안 로마인들이 기리는 매월의 축제와 제례의 기원을 별자리와 그에 얽힌 신화를 통해 설명하는 연작시로, 원래 총 12권으로 이루어졌다고 하나, 1월부터 6월까지만 현존한다. 괴테가 인용한 구절은 4권에서 로물루스가 로마를 건국한 뒤 도시의 번영을 위해 신들에게 올리는 기도의 마지막 구절이다. 월별로 나뉜 괴테의「두번째 로마 체류기」형식은『축제들』의 구성에서 착안한 것이다.

6월

서신 [1]

1787년 6월 8일, 로마

나는 그저께 무사히 다시 이곳에 도착했고, 어제는 장엄한 성체축일이라서 또 한 번 로마인들에게 휩쓸렸다. 기꺼이 고백하자면 나폴리를 떠나는 것이, 아름다운 도시는 물론이고 산 정상에서 솟구쳐 바다로 흘러내리는 거대한 용암을 뒤로하기가 고통스러웠다. 그 용암에 관해서 그렇게 많이 읽고 이야기를 들었는지라, 어떤 종류인지 가까이에서 자세히 관찰해 개인적 체험으로 만들고 싶었기 때문이다.

그러나 그토록 열렬하던 웅대한 자연경관을 보고 싶은 마음이 오늘은 벌써 정상으로 되돌아왔다. 신앙심 돈독한 축제 군중 가운데 몰취미한 일부가 전체 자연경관에 끼어들어 내적 의의를 깨뜨려서가 아니라, 라파엘로의 태피스트리를 봄으로

---

1) 2권에서는 편지와 일기가 뚜렷이 나뉜다. 편지는 바이마르의 지인들이 각자 쓴 편지를 모아 한꺼번에 부치면, 괴테가 한 번에 모두에게 답장하는 형식이어서 수신자가 불특정해 보인다. 또한 실제 오고간 개별 편지들 가운데 내용을 발췌해 수록하면서, 나중에 필요에 따라 부연하거나 수정한 곳들이 있다.

써 다시금 높은 관찰의 세계로 들어섰기 때문이다. 라파엘로가 도안했던 것이 확실한, 매우 우수한 작품들이 전시되었고, 그의 제자나 동시대 미술가들의 작품도 격에 맞게 전시되어, 어마어마하게 넓은 갤러리들을 채우고 있었다.

6월 16일, 로마

친애하는 여러분에게, 다시 이곳 소식을 전한다. 나는 잘 지내고 있으며, 점점 더 내면으로 깊숙이 들어가 나 자신의 고유한 것과, 내게 생소한 것들을 구분하는 방법을 배우고 있다. 열심히 노력하고 있고, 모든 면을 받아들여 내면으로부터 성장하고 있다. 지난 며칠은 티볼리에 가서 지냈고, 자연경관들 중 하나를 처음으로 구경했다. 폭포들과 폐허, 그리고 경치 전체가 보는 이로 하여금 마음 깊은 곳까지 풍요로움을 느끼게 해주었다.

지난번 우편배달일에는 편지를 쓸 수가 없었다. 티볼리에서는 산책을 하고 더위에 스케치를 하느라 몹시 피곤했다. 나는 하케르트와 야외에서 시간을 보냈다. 그는 자연을 스케치하고, 그림에 형태를 부여하는 데 굉장한 실력을 갖고 있다. 지난 며칠 동안 그에게서 많은 것을 배웠다.

이 이상은 더 얘기하고 싶지 않다. 다시 세속의 일들이 극에 달해 있다. 이 지역에서 일어난 아주 복잡한 사건이 엄청난 파장을 일으키는 중이다.

하케르트는 칭찬하기도 하고 꾸짖기도 하면서, 계속 나를 도와주고 있다. 그는 농담 반, 진담 반으로 나에게 18개월 동안 이탈리아에 머물면서 철저히 연습할 것을 제안했다. 그렇게 하고 나면 그림 그리는 일이 내게 즐거움을 줄 거라고 그는 확언했다. 몇 가지 난관을 헤쳐가기 위해 무엇을 어떻게 공부해야 되는지는 나 자신도 대강 알고 있다. 안 그러면 평생을 엉거주춤하고 있을 것이다.

또 한 가지 이야기가 있다. 이제야 나무들이며, 암벽들, 그리고 로마 자체가 마음에 들기 시작한다. 지금까지는 늘 그저 생소하게만 느껴졌고, 반면에 내가 어린 시절에 보았던 것들과 닮은 구석이 있는 사소한 대상들만이 나를 기쁘게 해주었다. 이젠 이곳이 내 집 같은 기분이 들어야 될 텐데, 그렇지만 태어나서부터 접했던 사물들처럼 그렇게 친밀한 느낌이 들지는 않는다. 이번 기회에 나는 예술과 모방에 관해 여러 가지 생각을 했다.

내가 없는 동안 티슈바인이 포르타 델 포폴로 근교의 수도원에서 다니엘레 다 볼테라[2]가 그린 작품을 한 점 발견했다. 성직자들은 그 그림을 1000스쿠도[3]에 팔려고 했으나, 형편이 넉넉지 않은 티슈바인은 돈을 마련할 방법이 없었다. 그래서 그는 마이어[4]를 통해 앙겔리카한테 그 그림을 구입하자고 제

---

2) Daniele da Voltera, 1509~1566. 볼테라에서 태어난 화가이자 조각가로, 로마에서 미켈란젤로의 팀원으로 바티칸 벽화 작업을 진행했다. 미켈란젤로가 시스티나 예배당 천장화를 끝내고 로마를 떠난 뒤, 교황으로 즉위한 비오 4세(Pius IV, 1499~1565, 재위 1559~1565)의 명령으로 원래 전라(全裸)였던 인물들의 성기를 천이나 잎사귀로 덮는 작업을 했다. 볼테라의 덧칠은 1994년 복원 작업을 통해 제거되었다.

3) roman scudo. 교황청에서 발행한 은화로, 1866년까지 유럽 전역의 교황령에서 사용되었다. 가치는 시대에 따라 가변적이었는데, 1866년 이탈리아 왕국이 발행한 리라로 대체될 당시 1스쿠도를 5.375리라로 환산했다.

4) 하인리히 마이어. 246쪽 각주 262번 참조.

안했다. 그녀는 제안을 받아들여 그 금액을 지불한 다음 그림을 가지고 있다가, 티슈바인과 계약한 대로 나머지 몫으로 절반에 상당하는 금액을 그에게서 받고 그림을 넘겨주었다. 그림은 매장(埋葬)을 묘사한 것인데, 많은 인물들이 그려져 있는 뛰어난 작품이다. 마이어가 꼼꼼히 복사해 사본 한 점을 만들었다.

6월 20일, 로마

얼마 전 이곳에서 또다시 훌륭한 미술 작품들을 보았다. 내 정신은 정화되고 확고해지고 있다. 그러나 이번 체류를 내 방식대로 유익하게 하려면 로마에서만 최소한 1년은 더 체류해야 한다. 여러분이 알다시피 나는 다른 사람의 방식대로는 아무것도 할 수가 없다. 만일 지금 떠난다면 내가 어떤 면을 아직 파악하지 못했는지 정도를 겨우 알게 될 테고, 그것으로 족하다면 잠시만 머물러도 될 것이다.

파르네세 궁전의 헤라클레스 상이 실려 갔다. 오랜 세월후 원래의 다리를 되찾아 맞춘 그 상을 보았다. 이제야 어찌 그토록 오랫동안 포르타가 만든 예전의 다리를 훌륭하다고 생각했었는지 모르겠다고 다들 말한다.[5] 이 상은 이제 완벽한 고전예술 작품 중 하나가 되었다. 나폴리 왕이 박물관을 지을 계획이다. 그 박물관에는 왕이 소유하고 있는 예술품들, 예컨대 헤라클레스 박물관의 소장품들, 폼페이의 그림들, 카포디몬테의 그림들, 파르네세 궁전 소장품 전부가 함께 진열될 예정이다. 거대하고 근사한 구상이다. 우리 동향인 하케르트가 이 사업의

---

5) 굴리엘모 델라 포르타. 303쪽 각주 338번 참조.

첫 추진자가 되었다. 파르네세 궁전의 황소 상까지 나폴리로 운반되어 산책로에 진열된다고 한다. 카라치의 벽화를 궁전에서 떼어내 옮길 수만 있다면 분명 그렇게 했을 것이다.

6월 27일 로마

오늘 하케르트와 콜론나 갤러리[6]에 갔다. 니콜라 푸생, 클로드 로랭, 살바토르 로사[7]의 작품들이 걸려 있는 곳이다. 그는 나에게 그림들에 관해 유용한 이야기를 많이 해주었고, 그가 철두철미하게 생각한 바를 설명해 주었다. 그는 몇 작품을 복사했고, 다른 작품들은 정말 기본이 되는 것부터 세밀하게 관찰했다. 내가 처음 이 갤러리를 방문했을 때, 전반적으로 그와 똑같은 생각을 했다는 것이 기뻤다. 그가 해준 이야기들은 내 생각을 변화시킨 것이 아니라, 단지 생각의 범위를 넓혀주거나 확고히 해준 것이다. 우리가 그 자연을 다시 보고, 그 화가들이 발견해서 많든 적든 모방한 것들을 다시 찾아내 읽을 수 있다면, 그 일은 우리의 영혼을 더 크게 해주고, 정화해 주며, 마지막에는 자연과 예술에 관해 최상의 개념을 갖게 줄 것이다. 모든 것이 말과 전통이 아니라 생생한 개념이 될 때까지, 나 또한 앞으로도 쉬지 않으려 한다. 이 작업은 청년 시절부터 나의 욕

---

6) Palazzo Colonna. 로마 중심부 퀴리날레 언덕 초입에 있는 콜론나 궁전 부속 미술관으로, 로마의 유서 깊은 귀족 가문 콜론나의 탁월한 예술품 콜렉션을 전시하고 있다.

7) Salvator Rosa, 1615~1673. 나폴리 태생의 화가, 동판화가, 시인으로, 어둡고 악마적인 요소가 있는 상상적 풍경화와 전쟁화를 그려, 바로크가 주류였던 로마보다 영국과 프랑스에서 더 환영받았으며, '낭만주의 풍경화' 형성에 영향을 끼친 화가로 평가된다.

망이자 동시에 고통스러운 짐이었는데, 나이를 먹어가면서 드는 생각은, 가능한 것만을 성취하고 행동이 가능한 범위 내에서만 움직여야겠다는 것이다. 왜냐하면 그토록 오랫동안, 당연하건 당연하지 않건, 시시포스와 탄탈로스의 운명[8]을 감내해 왔기 때문이다.

나에 대한 애정과 믿음을 계속 간직해 주길 소망한다. 이젠 사람들과 잘 지내고 있고, 마음도 열어놓고 건강하게 생활을 만끽하고 있다.

티슈바인은 괜찮은 친구다. 그러나 그가 기쁨과 자유를 누리며 일할 수 있는 상황이 언제 올지 걱정스럽다. 마음씨 좋은 이 사람에 대해서는 참으로 할 이야기가 많다. 내 초상화는 잘 되어가고 있다. 내 모습과 꽤 닮았다. 다른 사람들도 이 착상이 마음에 드는 것 같다. 앙겔리카도 나를 그리고 있는데, 신통치는 못하다. 그녀는 아무리 애를 써도 내 모습과 비슷하게 그림이 그려지지 않아 속상해 하고 있다. 예쁘장한 청년의 모습이긴 하지만 나와는 거리가 멀다.

6월 30일, 로마

성 베드로와 성 바오로 사도 대축일이 드디어 시작되었다. 어제 우리는 대성당 돔에 밝혀진 조명과 성에서 터지는 불꽃놀이를 구경했다.[9] 조명은 마치 굉장한 동화처럼 장관이어서 우리

---

8) 시시포스와 탄탈로스의 공통점은 신들을 속인 죄로 '영원한 형벌'을 받았다는 것이다.

9) 바티칸의 한 해 축일 가운데 가장 성대하게 기려지는 성 베드로와 성 바오로 사도 대축일은 6월 29일이다. 이때 산피에트로 대성당 외부 전체를 조명으로

의 눈을 믿지 못할 정도였다. 옛날과는 달리 요즘의 나는 그 사물에 내재하는 것까지는 감지하지 않고, 사물을 있는 그대로만 보기 때문에 대단한 구경거리가 아니면 그다지 기쁨을 느끼지 못한다. 이번 여행에서 본 장관이 대여섯 가지가 되는데, 이 축제의 불꽃놀이는 최상급에 속한다. 기둥이 즐비한 복도, 성당, 특히 대성당의 돔 같은 아름다운 건축물이 불꽃으로 둘러싸여 윤곽만을 보이다가, 시간이 지나면서 눈부시게 환한 하나의 덩어리가 되는 것이 무엇과도 비교할 수 없는 볼거리다. 이 행사 동안 그 웅대한 건축물이 단지 무대로 쓰인다는 점을 감안하면, 이 비슷한 행사가 세상에 있을 수 있을까 싶다. 하늘은 구름 한 점 없이 환했고, 달이 떠서 등불의 불빛이 쾌적하게 약해졌으나, 맨 나중에 두 번째로 모든 것이 다시 환한 불꽃에 휩싸이자, 달은 그 빛의 위력을 잃고 말았다. 이 불꽃놀이는 장소가 아름다움을 더하게 하기도 하지만, 불꽃 자체만으로도 장소와는 상관없이 장관이다. 오늘 밤 우리는 그 장소와 불꽃놀이를 다시 한 번 구경할 것이다.

위의 글도 이제 지난 이야기가 되었다. 청명한 하늘과 만월 때문에 조명은 은은했고, 그 모든 광경이 동화 속의 그림 같았다. 아름다운 예배당과 돔이 불빛에 휩싸여 보기 드문 장관을 이루었다.

장식하고, 바티칸시티 동편에 나란히 있는 테베레 강변의 요새 산탄젤로 성(Castel Sant'Angelo)에서 성대한 불꽃놀이가 벌어진다. 불꽃놀이는 1481년 산피에트로 대성당을 완공한 미켈란젤로가 기념행사로 기획한 데서 시작된 전통이다.

6월 말, 로마

너무나 어려운 배움의 길로 들어섰기에 배움의 과정을 빨리 끝마치지 못할 것 같다. 미술에 관한 나의 지식, 조그만 재능을 여기서 완전히 연마해 숙성시켜야겠다. 그러지 않으면 또다시 어설픈 지식을 가지고 여러분한테 돌아가게 될 것이다. 간절히 바라고, 노력하고, 어린애처럼 한 발짝 한 발짝 새로 시작하고 있다. 이번 달에도 여기에서 거의 모든 일이 잘 진행되었다. 내가 원하던 모든 것이 마치 가만히 앉아 밥상을 받듯이 순조롭게 이루어졌다. 이야기를 하자면 끝이 없을 것이다. 숙소는 편안하고, 집주인도 좋은 사람들이다. 티슈바인이 나폴리로 떠나면 내가 그의 넓고 시원한 아틀리에로 이사할 예정이다. 여러분이 나를 떠올리게 된다면 행복한 사람으로 여겨 주길 바란다. 자주 편지 쓰겠다. 그러면 우리는 언제나처럼 함께일 것이다.

새로운 생각과 아이디어도 많다. 완전히 혼자가 되니 어리던 시절의 사소한 일까지 생각난다. 그러다 보면 그런 일들에 내재한 고귀함과 품위가 나를 다시금 더할 수 없이 높은 곳으로, 또 넓은 곳으로 이끈다. 보는 눈은 믿기 어려울 정도로 숙련되고 있으며, 그림 솜씨도 나쁘지 않다는 소리를 듣고 있다. 세상에 로마는 단 하나뿐이고, 나는 이곳에서 물고기가 물을 만난 듯, 다른 액체 속에서는 가라앉지만 수은 속에서는 맨 위에 뜨는 작은 알갱이처럼 행복하게 지내고 있다. 오로지 단 한 가지, 이 행복을 내가 사랑하는 사람들과 함께 체험할 수 없다는 생각이 나를 우울하게 만든다. 하늘은 이제 완전히 청명해졌고, 로마에는 아침과 저녁나절에만 안개가 조금 끼고 있다. 반면에 지난주에 내가 사흘을 보냈던 알바노, 카스텔로, 프라스카티 세 곳의 산악 지역은 온종일 공기가 청명하고 온화했다. 그곳의 자연은 자세히 관찰할 만하다.

메모

당시의 상황, 인상, 그리고 감정에 적합한 나의 글들을 정리하다 보니, 내가 쓴 편지들이야말로 그때그때 겪은 일들의 고유한 성격을 훗날에 한 어떤 이야기보다도 잘 묘사하고 있다. 이런 이유에서 내 편지들 가운데 일반적으로 흥미 있을 만한 부분들을 발췌하는 작업을 시작했는데, 내 수중에 있는 친구들의 편지들을 읽어보니 나의 의도에 더할 나위 없이 딱 들어맞는다. 그래서 그런 편지들을 곳곳에 삽입하기로 결정했다. 로마를 떠나 나폴리에 도착한 티슈바인의 아주 생생한 편지를 여기 소개한다. 이런 편지들이 갖는 장점은 독자를 그 지역과 편지를 쓴 사람이 처한 상황에 금세 몰입하게 만드는 것이다. 특히 티슈바인의 편지는 예술가로서 그의 특성을 잘 묘사해 준다. 그는 일면 꽤나 이상하게 보이기도 하지만, 그러한 성격이 오랫동안 중요한 영향을 끼친 것이 사실이고, 또 그의 업적보다는 그가 바친 노력을 상기할 때 늘 고마운 마음이 든다.

티슈바인이 괴테에게

1787년 7월 10일, 나폴리에서

로마에서 카푸아까지 우리의 여행은 아주 즐겁고 순탄했습니다. 알바노에서 하케르트 씨가 우리와 합류했습니다. 벨레트리에 있는 보르자 추기경 집에서 식사를 하고 그분의 갤러리를 관람했습니다. 재미있는 일은, 지난번 처음으로 관람할 때 제가 어떤 작품들은 그냥 지나쳐버린 것을 이번 기회에 알게 된 것입니다. 우리는 다시 오후 3시에 출발해 폰티노 습지대를 관통했는데, 겨울에 본 것과는 달리 초록색 나무들과 관목들이 넓은 평지에 잔잔한 변화를 주고 있어 마음에 들었습니다. 땅거미가 질 무렵 우리가 늪지대 한복판에 도달했을 때, 마차를 바꿔 타야 했습니다. 마부들이 우리한테 돈을 뜯어내기 위해 온갖 변설을 늘어놓는 동안, 배짱 좋은 수컷 백마 한 마리가 기회다 싶었는지 굴레를 빠져나가 도망쳤습니다. 우리에게 이 장면은 굉장히 재미있는 구경거리였습니다. 그 말은 눈부실 정도로 하얀색의 털에 용모가 빼어난 녀석이었습니다. 매어놓은 고삐를 끊고, 앞발로는 붙들려고 하는 사람한테 발길질을 하고 뒷발질하며 히힝 하고 울어대니 모두 무서워서 비켜섰습니다. 그러자 그놈은 도랑을 뛰어넘어 계속 콧김을 내뿜으며 히힝거리면서 들판을 내달렸습니다. 꼬리와 갈기가 허공중에 높이 나풀거렸습니다. 제 마음대로 뛰는 말의 모습이 어찌나 멋있던지 모든 사람이 "와, 저 근사한 놈! 근사한 놈!" 하고 외쳐댔습니다. 그러자 녀석은 다른 도랑을 따라 뛰더니, 그 도랑을 뛰어넘을 수 있는 좁은 장소를 찾았습니다. 도랑 저편에서 큰 무리를 지어 풀을 뜯고 있는 망아지들과 암말들에게 가려는 것이었습니다. 결국 놈은 도랑을 뛰어넘더니, 조용히 풀을 뜯고 있던 암말들 사이로 뛰어들었습니다. 녀석의 난폭함과 울음소리에 놀라, 모두들 줄을 지어 판판한 들판 위로 도망쳤습니다. 그러나 그놈은 뒤를 쫓아가 자꾸만 암컷에 올라타려고 했습니다.

마침내 암컷 한 마리를 대열에서 끌어냈습니다. 그러자 그 암말은 다른 들판으로 해서, 큰 무리를 짓고 있는 암말들에게로 급히 뛰어갔습니다. 이 암말들은 놀라서 첫 번째 무리를 향해 달리기 시작했습니다. 들판은 이렇게 놀라서 정신없는 말들로 새까만데, 그 하얀 수컷이 그곳에 섞여 뛰었습니다. 말의 무리가 길게 열을 지어, 들판 위를 우왕좌왕 달리니, 바람 소리가 대기를 가르고, 육중한 말들이 치닫는 소리에 천지가 진동했습니다. 우리는 오랫동안 재미있게 구경했습니다. 수백 마리의 말들이 한 떼가 되어 들판을 마구 달리는 광경, 어느 때는 한 무리를 지어서, 어느 때는 나뉘어서, 다음엔 모두 각각 뿔뿔이 흩어져서, 다시금 긴 열을 지어 땅 위를 치달리는 것이었습니다.

드디어 밤이 되니, 그 황홀한 구경거리가 어둠에 가려 보이지 않게 되었습니다. 산 저편에서 청명하기 그지없는 달이 떠오르니, 우리가 밝힌 등불이 빛을 잃었습니다. 오랜 시간 동안 그윽한 달빛을 감상하다가 더 이상 잠을 이룰 수가 없었습니다. 건강에 좋지 못한 공기가 걱정되기는 했지만 한 시간 넘게 자다가, 말을 바꾸는 테라치나에 도착해서야 겨우 깨어났습니다.

여기서는 마부들이 착하게 굴었습니다. 루케시니 후작이 사뭇 겁을 준 덕분이었습니다. 우리는 최상급 말과 안내자를 제공받았습니다. 높은 낭떠러지와 바다 사이에 난 길이 위험했기 때문입니다. 특히 말들이 겁을 내는 밤에 이 길에서 사고가 여러 번 났다고 합니다. 말을 갈아 매고, 마지막 로마 초소에 여권을 제시하는 동안 저는 높은 암벽과 바다 사이 길에서 산책을 하며 엄청난 장관을 보았습니다. 시커먼 암벽이 달빛을 받아 번뜩이고, 푸른 바다 속으로까지 찬란하게 반짝이는 달빛의 기둥이 드리워졌으며, 해변에 출렁이는 파도가 달빛을 반사해 반짝거렸습니다.

저기 산꼭대기 위에 가이세리크[10]의 성이 폐허가 되어 어둠이 내리기 직전의 푸른빛 속에 서 있었습니다. 지나간 과거지사가 생각났고, 저는 불행했던 콘라딘[11]이 탈출을 간절히 원했던 것을 감지할 수 있었습니다. 또한 이곳에서 두려워했던 키케로[12]와 마리우스[13]의 심정을 헤아릴 수 있었습니다.

바닷가에 비치는 달빛을 받으며, 굴러 떨어진 거대한 바윗

---

10) Gaisericus, 390?~477. 에스파냐 반달족의 왕으로, 429년 카르타고를 정복하고 455년에는 로마를 공격, 점령했다. 가이세리크의 침략은 서로마제국이 몰락하는 데 큰 영향을 미쳤다.

11) Konradin, 1252~1268. 호엔슈타우펜 왕조의 마지막 왕으로, 태어난 지 2년 만에 부친 콘라트 4세가 서거하면서 예루살렘 왕, 시칠리아 국왕, 슈바벤 공작 작위를 물려받아 삼촌이 섭정을 했다. 그러나 호엔슈타우펜 왕가의 시칠리아 지배가 못마땅했던 교황 클레멘스 4세는 프랑스의 샤를 백작(Charles Ier d'Anjou, 앙주의 샤를, 1226~1285)과 손잡고 콘라딘을 시칠리아 왕에서 파문했다. 1268년, 16세의 콘라딘은 샤를 백작에게 체포되어 나폴리에 수감된 뒤 참수형을 당했다. 이후 샤를 백작이 시칠리아 왕 카를로 1세가 된다.

12) 마르쿠스 툴리우스 키케로(Marcus Tullius Cicero, 기원전 106~기원전 43)는 로마 공화정 말기 정치가로, 자신의 오랜 경쟁자였던 집정관 율리우스 카이사르가 암살된 후 그 후계자로 등장한 옥타비아누스와 안토니우스에 맞서다 투스쿨룸(Tusculum)에 있는 자신의 별장에서 처형된다. 로마 남쪽 알바노 언덕 인근 프리스카티가 고대의 투스쿨룸이다.

13) 가이우스 마리우스(Gaius Marius, 기원전 157~기원전 86)는 로마 공화정 말기의 유능한 장군으로, 다수의 무공을 세워 7차례나 집정관에 선출되었고, 로마 군사제도를 징병제에서 모병제로 개혁했다. 공화정 말기의 혼란한 권력 경쟁 속에서 집정관 술라(Lucius Cornelius Sulla)에게 쫓겨 피신할 때, 나폴리 북쪽 70킬로미터 근처의 민트루노(Minturno) 습지에 몸을 숨겼다.

돌 사이를 가는데 산길이 아름다웠습니다. 올리브나무, 야자수, 폰디 근교의 잣나무들이 무리를 지어 있는 것이 또렷이 보였습니다. 그러나 아름다운 레몬나무 숲을 볼 수 없어 유감이었습니다. 레몬나무가 가장 예쁠 때는 황금색 열매들이 햇빛을 받아 반짝일 때지요. 산을 넘으니 올리브나무와 캐롭나무[14]가 수없이 서 있습니다. 벌써 날이 밝아오고, 우리는 고대 도시의 폐허에 도착했습니다. 묘비들의 잔해가 많았습니다. 그중에서 가장 큰 묘석은 키케로의 것인데, 그가 살해된 바로 그 장소에 세워져 있었습니다. 몇 시간 후 우리는 몰라 디 가에타만에 도착해서 반가웠습니다. 벌써 어부들이 잡은 생선을 싣고 귀향하고 있어서, 해변은 몹시 활기에 넘쳤습니다. 어떤 사람들은 생선과 해산물을 바구니에 담아 실어 나르는가 하면, 다른 사람들은 다음 번 출어를 위해 그물을 손보고 있었습니다. 그곳에서 가릴리아노를 향해 떠났습니다. 베누티 기사[15]가 묻힌 곳입니다. 여기서 하케르트 씨는 카세르타로 급히 가야 했기에 우리와 헤어졌습니다. 우리는 길에서 아래쪽 바닷가로 걸어 내려갔습니다. 우리를 위해 아침 식사가 차려졌는데, 점심때가 다 되어 있었습니다. 이곳에는 고대 물품들이 발굴되어 보관되어 있는데, 민망할 정도로 파손된 상태였습니다. 볼만한 것들

---

14) carob. 지중해 원산지의 콩과 상록관목으로, 키가 10미터까지 자란다. 납작하고 길쭉한 꼬투리 열매가 달린다. 세례자 요한이 광야에서 이것으로 연명했다고 해서 '요한의 빵(Johannisbrotbaum)'으로 불린다.

15) 리돌피노 베누티(Ridolfino Venuti, 1705~1763). 토스카나 태생의 고고학자로, 에트루리아 아카데미의 설립자이자 영국 왕립자연과학학회(The Royal Society) 회원이었다. 1763년에는 고대 로마 지도를 작성했으며, 로마에서 알바니 가문의 박물관장이 되었다. 585쪽 로도비코 베누티의 삼촌이다.

중에 입상의 다리 하나가 있었는데, 벨베데레의 아폴론 상과 가히 견줄 만했습니다. 그 다리 외에 나머지 부분을 찾아낸다면 행운이겠지요.

우리는 피곤해서 잠시 수면을 취하려고 누웠습니다. 한참 자고 깨어나니 유쾌한 가족이 기다리고 있었습니다. 이 동네에 사는 사람들인데, 우리한테 점심 식사를 대접하기 위해 온 분들이었습니다. 물론 우리와 헤어진 하케르트 씨의 고마운 배려였지요. 이렇게 해서 식탁이 새로 차려졌습니다. 그러나 저는 먹을 수도 없고, 좋은 사람들이었지만 같이 앉아 있을 수도 없어서, 바닷가 돌들 사이를 산보했습니다. 기이한 돌들이 많았는데, 특히 해충들이 구멍을 낸 돌들 중에 어떤 것은 꼭 해면 같았습니다.

여기서 재미있는 일을 목격했습니다. 한 목동이 해변으로 염소를 몰고 왔습니다. 염소들이 물속으로 들어가 몸을 식혔습니다. 그러는 가운데 돼지를 모는 목동이 합류했습니다. 염소 떼와 돼지 떼들이 파도를 타며 더위를 식히는 동안, 두 목동은 그늘에 앉아 음악을 연주했습니다. 돼지 목동은 플루트를 불고, 염소 목동은 백파이프를 연주하는 것이었습니다. 어른만한 체구의 소년이 발가벗은 채로 말을 타고 나타났습니다. 물속으로 자꾸 깊이 들어가니 말이 그를 태운 채 헤엄을 쳤습니다. 해변 쪽으로 가까이 왔을 때는 그의 전신이 보이다가 갑자기 되돌아서 바다로 들어가니 헤엄치는 말의 머리와 그의 어깨만 드러났습니다. 볼만한 광경이었습니다.

우리는 오후 3시에 출발했습니다. 카푸아를 지나 3마일쯤 달렸을 땐 이미 밤이 된 지 한 시간이 지난 후였습니다. 이때 우리 마차의 뒷바퀴가 부서졌습니다. 다른 바퀴를 바꿔 끼우는데 서너 시간이 걸렸습니다. 어쨌든 그러고 나서 또다시 3~4마일을 달렸는데, 이번엔 마차 축이 부러졌습니다. 모두에게 몹시 짜증스러운 사고였습니다. 나폴리가 바로 코앞인데도 친구들을 만날 수가 없으니 말입니다. 자정이 지나고 몇 시간 후 우리는 드디어 나폴리에 도착했는데, 그때에도 거리엔 사람들이 많았습니다. 다른 도시에선 자정 무렵엔 사람들 보기가 힘든데 말입니다.

여기에서 우리의 친구들을 모두 만났습니다. 다들 건강하게 잘 지내고 있고, 당신도 무고하다니 모두들 기뻐했습니다. 저는 하케르트 씨의 집에 묵고 있습니다. 그제는 해밀턴 남작과 함께 포실리포에 있는 그의 별장에 갔습니다. 거기서는 그야말로 지상에서 볼 수 있는 가장 희한한 장면을 보았답니다. 식사가 끝난 후 12명의 청년들이 바다에서 수영을 했는데, 보기가 참 좋았습니다. 그들이 그룹을 지어 마치 공연을 하듯 수영하던 장면이라니! 해밀턴 남작은 매일 오후 이 구경거리를 보기 위해 그들에게 보수를 지불합니다. 그분은 제 마음에 꼭 드는 사람입니다. 여기 집에서는 물론, 바다에 배를 타고 놀러 나가서도 저는 그분과 많은 이야기를 한답니다. 그분에 관해 많은 것을 알게 되어 무척 흡족합니다. 앞으로도 그분과 계속 긍정적인 일을 체험했으면 좋겠습니다. 여기에 사는 당신의 다른 친구들 이름을 보내주십시오. 그러면 그들한테 안부도 전하고, 안면을 익히도록 하겠습니다. 이곳 소식을 곧 더 많이 전해 드릴게요. 친구들 모두한테, 특히 앙겔리카 부인과 라이펜슈타인 씨에게 제 안부 전해 주십시오.

추신: 나폴리가 로마보다 훨씬 더운 것 같습니다. 차이점은 여기 공기가 더 좋고, 끊임없이 시원한 바람이 분다는 것입니다. 그러나 태양은 훨씬 강합니다. 처음 며칠간은 거의 죽을 뻔했습니다. 냉수와 눈을 녹인 물로만 지냈습니다.

얼마 후, 날짜 미상

어제는 당신이 나폴리에 계셨더라면 좋았겠다고 생각했습니다. 오로지 식료품을 사기 위해 모여든 이런 와자지껄한 군중을 여태껏 본 적이 없습니다. 그리고 그렇게 많은 식료품이 한군데 모인 곳도 처음 봤습니다. 큰 도로와 톨레도 거리는 온갖 종류의 식품으로 덮여 있을 정도였습니다. 생각해 보면 이곳 사람들은 축복받은 지역에서 살고 있습니다. 1년 내내 매일같이 과일이 열리니 말입니다. 오늘도 50만이나 되는 사람들이 성찬을, 그것도 나폴리 방식으로 즐기고 있다고 생각해 보십시오. 저는 어제와 오늘 흥청거리는 식탁에 자리를 같이했습니다. 죄가 될 정도로 먹고도 음식이 남아돌아가니 저는 놀라지 않을 수 없었습니다. 크니프도 동석했는데, 맛있는 음식이라고는 죄다 먹어치워서, 배가 터져버리기라도 하면 어떻게 하나 걱정이 되었습니다. 그러나 그는 개의치 않았습니다. 그가 선상에서, 그리고 시칠리아 섬에서 느낀 식욕에 관해서 자주 이야기했습니다. 당신이 그 귀한 돈을 치르고서도 한편으로는 뱃멀미 때문에, 한편으로는 결심한 바 때문에, 굶다시피 단식했던 것과는 대조적인 이야기였습니다. 어제 장 본 것들은 오늘 이미 다 먹어치워졌습니다. 내일도 어제처럼 거리가 다시 그득할 거라고 합니다. 톨레도 거리는 과잉의 풍요함을 보여주는 극장과 같습니다. 작은 상점들은 식료품으로 장식되어 있는데, 식료품을 주 렁주렁 엮은 줄들이 길 밖으로 매달려 있습니다. 부분적으로 금물이 칠해진 작은 소시지들은 빨간 리본을 달고 있습니다. 영계들은 모두 항문에 빨간 기가 꽂혀 있는데, 어제 3만 마리가 팔렸다고 합니다. 사람들이 집에서 사육하는 숫자까지 더해 봐 야겠지요. 거세한 수탉을 실은, 작은 오렌지를 운반하는 당나귀 숫자, 금색 과일들을 포장된 도로에 쏟아서 쌓아올린 커다란 무더기들이 우리를 경악케 했습니다. 그러나 그중 가장 아름다 운 것은 푸른 청과물 상점들과, 알이 작은 포도, 무화과, 참외를 파는 과일 상점들입니다. 모든 물건이 어찌나 예쁘게 진열되어 있는지 보는 이의 눈과 마음을 즐겁게 합니다. 나폴리는 신이 온갖 감각을 위해 자주 축복을 주는 도시입니다.

며칠 후, 날짜 미상

이곳에 감금된 튀르크인들을 묘사한 소묘 한 점을 여기에 동봉 합니다. 처음 소문에 의하면 헤라클레스가 그들을 포획했다고 했는데, 사실은 산호 채취자들을 실어 나르는 배였습니다. 튀 르크인들이 기독교인들의 배를 보고 탈취하려 했지만 그것은 그들의 계산 착오였습니다. 기독교인들이 더 강했는지라, 오히 려 튀르크인들이 잡혀서 이곳으로 끌려왔습니다. 기독교인들 의 배에는 30명이, 튀르크인 쪽에는 24명이 있었는데, 격전 끝 에 튀르크인 중 6명이 전사하고 한 명이 부상당했습니다. 성모 마리아의 가호를 받은 것이겠지요.

선장은 많은 돈과 상품, 실크 제품들과 커피, 그리고 젊은 무어 여자 소유였던 값진 패물 등 굉장한 전리품을 얻었습니다.

수천 명의 사람들이 포로들을, 특히 무어 여인을 보기 위해 카누를 타고 줄지어 가는 모습은 기이했습니다. 많은 사람들이 포로를 사겠다고 거액을 제안했지만, 선장은 팔지 않겠다고 합니다.

저도 매일 그곳으로 갔는데, 하루는 해밀턴 남작과 하트 양을 만났습니다. 그녀는 감정이 몹시 고조되어 울고 있었습니다. 그것을 본 무어 여인도 울기 시작했습니다. 하트 양이 그녀를 사려고 했으나 선장은 절대로 내놓지 않았습니다. 이젠 그들 모두가 이곳을 떠나고 없습니다. 그 밖의 이야기는 제 소묘가 말해 주고 있습니다.

추서

교황의 태피스트리

산 정상에서부터 거의 바다까지 흘러내리는 용암을 보지 않고 가기로 결정하는 것은 몹시 어려웠으나, 내가 세운 목표대로 태피스트리를 보게 됨으로써 톡톡히 보상받았다. 그 태피스트리는 성체축일에 전시되었으며, 라파엘로와 그의 제자들, 그의 동시대인들을 더없이 잘 떠올리게 해주었다.

네덜란드에서는 오티스[16]라고 하는 베틀을 세워놓고 태피스트리를 짜는 기술이 고도로 발달했다. 태피스트리 제조가 점차 어떻게 발전되었는지 나는 모른다. 12세기까지 개개의

---

16) haute-lisse(프). 통상 직조기는 날실이 수평으로 배열되는데, 오티스는 세로로 배열되는 직조기여서 우리말로는 수기(竪機)라 한다.

형상을 수놓거나, 아니면 그 비슷한 방식으로 만든 다음, 특수한 중간 매체를 이용해 짜 맞추었으리라. 그와 유사한 것을 옛 성당의 사제석에서 볼 수 있다. 그 작업은 아주 작은 색유리 조각들로 그림을 만드는 스테인드글라스 제작 과정과 비슷하다. 태피스트리를 만드는 데는 바늘과 실이 땜납과 주석 막대를 대신한다. 예술과 기술의 시초가 이런 식이었다. 이와 똑같은 방식으로 만든 값진 중국 태피스트리를 본 적이 있다.

16세기 초 상업이 성행하고 화려했던 네덜란드에서 아마도 동양의 선례에서 얻은 아이디어로 이 정교한 기술을 최고의 경지로 끌어올렸을 것이다. 이 기술은 거꾸로 동방으로 유입되었을 것이고, 비록 완벽하지 못하고 비잔틴풍으로 변형된 문양과 그림대로 만든 것이었겠지만 로마에 잘 알려졌을 것이다. 위대한 교황 레오 10세[17]는 특히 미학적인 측면에서 자유정신의 소유자였는데, 벽에 그려진 그림을 감상하고 난 다음 자기 주변 태피스트리에서 그와 비슷한 큰 그림을 보고 싶어 했다. 라파엘로가 그의 청탁을 받아 견본용 그림을 완성했다. 예수와 그의 사도들을 주제로 한 이 작품들은 다행히 대가의 사후에도 그런 천재들이 남긴 업적을 소개해 주고 있다.

---

17) Leo X, 1475~1521. 피렌체에서 조반니 데이 메디치(Giovanni dei Medici)로 태어나, 17세의 나이에 추기경이 되었다. 박학한 예술 애호가로, 젊은 시절 유럽 각국을 여행하며 저명인사들과 친분을 쌓았다. 1513년 교황에 선출된 뒤 피렌체에서 추방되었던 메디치 가문을 복귀시켜 제2의 부흥기를 맞게 한다. 로마와 피렌체를 르네상스 문화예술의 중심지로 만들고, 로마대학교를 설립했으며, 미켈란젤로와 라파엘로에게 예술 작품을 의뢰해 많은 걸작이 탄생하도록 했다. 하지만 교황으로서 레오 10세는 사후 부정적 평가를 받는다. 사치와 예술에 탐닉했으며, 무엇보다 산피에트로 대성당 건립자금을 모으기 위해 면벌부를 발행해 루터의 비판을 받았고, 그를 파문함으로써 종교개혁을 촉발했다.

성체축일에야 우리는 태피스트리들의 진정한 용도를 알게 되었다. 그것들은 여기 주랑과 열린 공간들을 화려한 홀과 산책 공간으로 만들어주었다. 또한 뛰어난 천재들의 재능을 우리에게 확실히 보여주었고, 예술과 공예가 서로 만나서 최고의 완성품을 탄생시킨 최상의 실례였다.

라파엘로의 도안은 현재까지 영국에 보존되어 있으며 아직도 온 세계 사람들에게 찬탄의 대상으로 남아 있다. 몇 작품들은 대가 자신이 혼자 완성한 것이고, 다른 작품들은 그의 스케치와 지시에 따라, 또 다른 작품들은 그가 죽은 다음에 다른 예술가들이 마무리했다고 한다. 모든 것이 위대한 예술의 사명을 뚜렷이 증명해 주고 있다. 각국의 미술가들이 그들의 정신을 고양하고, 그들의 능력을 향상하기 위해 이곳에 구름처럼 밀려들었다.

이것을 계기로, 라파엘로의 초기 작품들을 높이 평가하고 애호했던, 그리고 당시 그런 경향을 희미하게나마 자기 작품에 남긴 독일 화가들의 경향에 관해 생각해 본다.

재능이 풍부하지만 아직은 여물지 않은, 부드럽고 우아하며 자연스러운 상태에 있는 젊은이를 보면 사람들은 그의 예술에 더욱 친근감을 느낀다. 자신을 감히 그와 비교할 수는 없지만, 내심으론 그와 경쟁하고 싶고, 그가 이룩한 것을 자신도 이루고 싶어 한다.

이미 완성된 인물에 대해서는 우리 마음이 그렇게 편치 않다. 왜냐하면 뚜렷이 타고난 재능이라도 그로부터 최상의 성취를 이뤄내기까지 감내해 왔을 끔찍한 과정을 짐작하게 되기 때문이다. 그러니 좌절하지 말고 우리 자신에게로 되돌아가 노력하는 사람, 발전되어 가는 사람과 스스로를 비교해야만 한다.

독일의 화가들은 어찌하여 덜 성숙하고 불완전한 화가를 존경하고 애호하고 또 친근하게 느끼는가. 그것은 자신도 그 옆에 나란히 설 수가 있으며, 그의 업적을 자신도 이룰 수 있으리라는 희망을 감히 가져 볼 수 있기 때문이다. 설령 수백 년이 걸릴 업적이라 할지라도.

다시 라파엘로의 도안으로 되돌아가자. 그 도안들은 모두 남성적이다. 도의적인 진지함, 예감에 찬 위대함이 전체를 지배하고 있다. 군데군데 신비스러운 곳이 있긴 하지만 구세주의 작별, 그리고 그가 사도들에게 남긴 이적(異蹟)을 다루고 있는데, 성경을 정독하여 아는 사람이라면 오해의 여지가 없다.

무엇보다도 아나니아[18]가 저지른 수치스러운 짓과 그가 받은 벌을 상상해 보자. 그런 다음, 라파엘로의 세밀한 스케치를 도안으로 하여 제작한 마르칸토니오[19]의 작은 동판화와, 같은 원본을 그대로 본뜬 도리니[20]의 동판화를 비교해 봄직하다.

두 동판화의 구도는 별로 다를 것이 없다. 본질적으로 가

---

18) 예루살렘 교회의 교인이었던 아나니아(Ananias)와 그의 아내 삽비라는 자기 소유물을 팔아 마련한 돈을 헌금으로 바치면서 얼마간의 금액을 떼어 숨겼는데, 사도 베드로에게는 전액을 바쳤다고 거짓말을 한다. 이 때문에 부부는 하느님을 속인 죄로 죽음을 맞는다. 「사도행전」 5장 3~11절 참조.

19) 마르칸토니오 라이몬디(Marcantonio Raimondi, 1475~1534). 르네상스 시대 이탈리아의 동판화가였던 마르칸토니오는 라파엘로 생전에 그와 협업하여 대표작들 다수를 판화로 옮겼다. 또한 라파엘로 사후에도 그의 작품들을 동판화로 복사했으며, 이로써 라파엘로의 회화가 유럽 전역에 알려지는 계기가 되었다. 오늘날 파괴되거나 유실된 라파엘로의 원본 벽화, 스케치, 초안 등은 마르칸토니오의 판화로만 남아 있다.

20) 니콜라 도리니. 262쪽 각주 292번 참조.

장 중요한 이야기가 완벽한 다양성을 띠고 있는데, 위대한 상상력이 이를 극히 명료하게 표현하고 있다.

사도들은 개인의 재산을 공동의 소유물로 바치기를 바란다. 다시 말해서 신앙심이 돈독한 공물을 기대하고 있다. 한편에는 공물을 가지고 오는 믿음이 깊은 사람들, 다른 한편엔 공물을 받는 가난한 사람들, 그리고 중앙에는 공물을 가로채어 처참하게 벌을 받는 자가 나온다. 이러한 배치는 주는 사람을 중심으로 시작된다. 묘사의 필연성에서 볼 때 그 배치는 눈에 안 띄는 것도 아니고, 그렇다고 강조한 것도 아니다. 마치 인체를 불가피하게 대칭으로 나누었을 때 다양한 동작을 부여해야만 강렬한 인상을 주는 원리와 같다.

이 예술 작품을 관찰하고 있노라면 논평이 끝이 없겠으나, 여기서는 이 그림의 가장 중요한 업적에 관해서만 언급하기로 하자. 옷가지를 싸 가지고 다가오는 두 남자는 아나니아의 머슴들일 수밖에 없다. 그러나 이 그림에서 옷가지 중 일부를 남겨놓고, 공동의 소유물을 횡령했다는 것을 어떻게 알아볼 수 있을까? 여기 젊고 예쁜 여자가 우리의 눈길을 끈다. 유쾌한 표정으로 돈을 오른손에서 왼손으로 옮기며 세고 있다. 우리는 즉시 '오른손이 하는 일을 왼손이 모르게 하라.'라는 고결한 말을 상기한다. 이제 이 여인이 삽비라임이 분명하다. 사도에게 바쳐야 하는 돈 중에서 얼마를 남겨 가지려고 세고 있다. 그녀의 유쾌하면서도 사악한 표정이 이를 암시해 준다. 곰곰이 생각하면 이 착상은 놀랍고도 무섭다. 우리 앞에 그 남편은 벌써 벌을 받아 거꾸러져 땅에서 처참하게 몸부림친다. 앞에서 일어나는 일을 모른 채, 약간 뒤쪽에 있는 그의 부인은 보나 마나 사악한 생각에 빠져 신성을 제멋대로 무시하며, 어떤 운명이 자신을 기다리는지 전혀 모르고 있다. 아무튼 이 그림은 우리로 하여금 끊임없이 의문을 갖게 하며, 그에 대한 명확한 답을 많이 찾을수록 더욱더 경탄스러운 작품이다. 라파엘로의 커다란 소묘를 복사한 마르칸토니오의 동판화, 그리고 역시 라파엘로의 도안을 복사한 도리니의 좀 더 큰 동판화를 서로 비교해 보면, 우리는 심오한 관찰의 경지로 들어선다. 마르칸토니오의 작품보다 나중에 제작된 후자의 경우는, 같은 구상이지만 변화와 긴장감의 고조라는 면에서 과연 천재적인 지혜를 발휘했다. 기꺼이 고백하자면 이런 공부는 인생을 오래 살면서 얻는 최상의 기쁨들 중 하나다.

7월

서신

1787년 7월 5일, 로마

현재 내 삶은 완전히 젊은 시절에 꿈꾸었던 그대로다. 이 꿈이 내가 만끽하라고 정해진 것인지, 아니면 한참 후에 이 역시 다른 일들처럼 제멋대로 생각한 것임을 깨닫게 될지는 두고 볼 일이다. 티슈바인은 떠났고, 짐이 빠진 그의 아틀리에는 깨끗이 청소가 되어서, 이제야 내가 그곳에 기거하고 싶은 마음이 든다. 요즈음 들어 쾌적한 집이 필수적이다. 더위가 극성이다. 아침이면 해가 떠오를 때쯤 일어나 탄산수가 나오는 아쿠아 아체토사 샘[21]으로 간다. 내가 사는 성문에서 약 1시간 걸린다. 거기서 물을 마시는데, 슈발바흐[22] 지방의 물맛이 약간 난다. 지금 같은 기후에 상당히 효과가 좋은 물이다. 8시경 다시 집

---

21) Fontana dell'Acqua Acetosa. 로마 북쪽 테베레 강변 근처로, 철분이 함유된 물이 솟아 교황 바오로 5세가 1619년 처음 이곳에 샘터를 조성했고, 이후 교황 알렉산데르 7세가 1661에 반원형 벽감 모양의 현재 분수를 세웠다.

22) 독일 헤센주의 바트 슈발바흐(Bad Schwalbach)를 말한다. 예로부터 광천수가 나오는 샘으로 유명해 치료제로 판매되기도 했다. 프랑크푸르트의 교외 지역이다.

에 돌아와, 기분만 나빠지지 않는다면 열심히 일한다. 나는 아주 잘 있다. 흐르는 것이라곤 더위가 모두 증발시켜 버리고, 몸속에 짠 것이라고는 모두 피부 밖으로 짜낸다. 그래서 환부는 갈라지거나 옥죄지 않고 가렵다. 그림 그리는 데 취향과 기량을 계속 길러나가고 있다. 건축에 대해서도 더욱 진지하게 공부하고 있다. 모든 것이 나에게 놀랍도록 쉬워진다.(이건 생각이 그렇다는 말이다. 연습의 경지를 넘어서려면 한평생이 걸릴 것이다.) 가장 좋은 일은, 나에게는 독단이나 자만심이 없었고, 여기 왔을 때 아무것도 기대하지 않았다는 것이다. 매사가 나에게 말이나 개념으로만 남아 있지 않도록 애쓰고 있다. 아름다운 것, 위대한 것, 경외심을 일으키는 것들을 내 눈으로 직접 보고 인식하려고 한다. 이는 모방 없이는 불가능하다. 이제 나는 석고 두상 앞에 앉아야 한다.(화가들이 옳은 방식을 넌지시 가르쳐주고, 나는 이것들을 머릿속에 잘 간직하려고 애쓴다.) 이번 주 초에 이곳저곳에서 식사 초대를 받았는데 거절할 수가 없었다. 지금도 여기저기서 초대를 한다. 나는 사양하고 조용히 지내고 있다. 모리츠, 같은 집에 유숙하고 있는 독일인 몇 명, 활달한 스위스인 한 명,[23] 이들이 내가 일상적으로 만나는 인물들이다. 앙겔리카와 라이펜슈타인 궁정고문관한테도 들른다. 어디서나 사려 깊은 태도를 유지하고, 아무한테도 속마음을 털어놓지 않는다. 루케시니 후작이 다시 이곳에 왔는데, 세상 안 가본 데가 없는 사람인지라, 그를 보고 있으면 온 세상의 모습이 보

---

23) 언급된 순서대로, 카를 필리프 모리츠(274쪽 참조), 프리드리히 부리(639쪽 참조), 요한 게오르크 슈츠(690쪽 참조), 하인리히 마이어를 말한다.

이는 것 같은 생각이 든다. 내가 대단한 착각을 하고 있는 것이 아니라면, 그는 자신의 역량을 옳게 발휘할 줄 아는 인물이다. 다음 편지엔 내가 조만간 사귀게 되기를 바라는 서너 사람들에 관해 이야기하겠다.

『에그몬트』[24]를 집필 중인데, 잘 진행되었으면 좋겠다. 이 작품을 쓸 때 적어도 몇 가지 징후가 있었는데, 내 예측이 벗어난 적이 없었다. 수차례나 작품을 완성하려 할 때마다 번번이 방해를 받았는데, 이제 로마에서 완성하려니 기분이 좀 이상하다. 1막은 정서(淨書)가 끝나 완성되었다. 모든 장면들이 더 이상 손댈 필요가 없다.

예술 전반에 관해 기회가 되는 대로 사색을 많이 하고 있고, 『빌헬름 마이스터』의 분량도 많이 불어났다. 그러나 이제 옛 작품들은 미뤄둬야겠다. 나도 어지간히 나이가 들었고, 계속 작업을 할 생각이라면 시간을 허비해서는 안 될 것이다. 자네도 짐작하겠지만, 내 머릿속은 수백 가지 새로운 착상으로 가득하다. 중요한 것은 생각이 아니라, 작업한다는 사실이다. 대상을 표현하는 데 있어서, 이러저러하게 확정하는 것은 까다로운 일이다. 예술에 관해 많은 이야기를 하고 싶지만 대상이 되는 작품 없이 무슨 이야기를 할 수 있겠나? 내가 바라는 것은, 몇 가지 사사로운 일들을 초월하는 것이고, 그것이 바로 내

---

24) *Egmont*. 16세기 에스파냐 식민지였던 네덜란드의 군인이자 정치가 라모랄 에그몬트 백작(Lamoral, Count of Egmont, 1522~1568)의 생애에서 소재를 착안한 5막의 사극이다. 1774년 처음 구상하기 시작해 1775년부터 띄엄띄엄 작업을 진척시키다가 로마에서 완성, 1788년에 초판이 출판되었다. 에스파냐의 식민통치자와 자치권을 원하는 네덜란드 민중 사이에서 중재 역할을 하려던 에그몬트의 비극적 실패를 다뤘으며, 실존인물의 이야기와는 그다지 관련이 없다.

가 여기서 지내기로 작정한 이유다. 이곳에서 지내는 시간은 좋기도 하고 이상하기도 하지만, 그 때문에 애정 어린 박수를 보내주니 이 시간을 만끽하고 있다.

그럼 이쯤에서 편지를 끝내야겠다. 한 페이지가 공백으로 남아 마음에 들진 않지만. 오늘 낮에 더위가 심했고, 저녁 무렵 잠이 들었다.

7월 9일, 로마

앞으로는 일주일 내내 편지를 쓸 작정이다. 그래야 더위나 예기치 않은 일로 방해를 받아 여러분한테 쓸 만한 생각을 전달하지 못하게 되는 상황을 피할 수 있을 듯하다.

어제 나는 많은 것을 보고 또 보았다. 예배당을 거의 열두 곳쯤 들렀는데, 가는 곳마다 훌륭하기 이를 데 없는 제단화들이 있었다.

그러고 나서 앙겔리카와 같이 영국인 무어 씨를 방문했다. 그는 풍경화가인데, 작품들은 대부분 착상이 뛰어나다. 노아의 홍수를 그린 작품이 독특하다. 같은 소재를 사용한 다른 작품들이 망망대해를 표현하고 있지만 높이 치솟은 파도를 보여주지 않는 데 반해, 그의 그림은 높은 산에 위치한 분지와, 흘러넘치는 바닷물이 드디어는 이 분지 안으로 밀어닥치는 광경을 생생하게 담고 있다. 바위의 형상을 보면, 수위가 산 정상까지 올라갔고 뒤쪽이 비스듬히 막혀 있는 데다가, 암벽들이 깎아지른 듯해서 공포감을 주는 효과가 그만이다. 온통 회색인 그림은 소용돌이치는 시커먼 물과 주룩주룩 쏟아지는 비가 절실한 상관관계를 보여주고, 물이 쏟아져 바위에서 뚝뚝 떨어지는 것이 마치 엄청난 물줄기가 전체 원소들까지 분해해 버릴 듯한 인상을 준다. 태양은 흡사 흐릿한 달처럼 빗줄기 사이로 내다볼 뿐 아무것도 밝혀주지 못한다. 아무튼 밤은 아니다. 전경의 중앙에는 판판한 바위 하나가 고립되어 있는데, 그 위에 몸을 피한 몇 사람을 홍수가 밀려들어 휩쓸어 가려는 찰나다. 아, 모든 것이 믿을 수 없을 정도로 심사숙고 끝에 표현되어 있었다. 이 그림은 대작이다. 길이가 7~8피트, 높이는 5~6피트 정도 된다. 다른 그림들에 관해서는, 예를 들어 아름답기 그지없는 아침이나 빼어난 밤 풍경을 그린 그림에 관해서는 아무 이야기도 않겠다.

아라 코엘리[25]에서 프란치스코회 소속 성자 두 분의 시복시성(諡福諡聖)식[26]이 꼬박 사흘 동안 열렸다. 성당의 장식, 음악, 밤의 조명과 불꽃놀이가 수많은 군중을 끌어들였다. 그곳에서 가까운 캄피돌리오 성에 조명이 설치되었다. 불꽃놀이가 캄피돌리오 성 안에서 벌어졌다. 이 모든 것이 두루 볼만했다. 비록 성 베드로 축제의 후렴에 불과한 셈이었지만. 로마 여인들은 이 제전에 남자 친구들 아니면 남편을 동행했는데, 밤이면 하얀 의상에 검정 벨트를 매고 다닌다. 모두 예쁘고 얌전했다. 코르소 거리[27]에 이젠 밤이면 산책하는 사람들과 바람

---

25) 아라 코엘리의 산타마리아(Santa Maria in Ara Coeli) 대성당을 가리킨다. 캄피돌리오 언덕 정상에 있는 티툴루스 교회(Titular church)다. 티툴루스 교회는 기독교 초기에는 집회소로 사용되는 특정 개인의 집을 가리키는 말이었으나, 가톨릭법이 정비된 이후에는 추기경에게 배정해주는 교회를 일컫는 용어로 쓰인다. '명목교회'로 번역하기도 한다.

26) 가톨릭에서 순교를 하였거나 덕행이 뛰어났던 인물을 그 사후에 성인으로 추대하는 예식이다.

27) 괴테가 당시 기숙한 집이 코르소 거리 18번지였다. 코르소(Corso) 거리의 이름은 15세기부터 로마 카니발 기간 동안 이곳에서 '코르사 데이 바르베리'라

을 쐬러 마차를 타고 나온 사람들이 많아졌다. 낮에 외출들을 안 하기 때문이다. 더위는 견딜 만해졌고, 요 며칠은 줄곧 시원한 미풍이 불고 있다. 나는 시원한 아틀리에에서 조용하고도 만족스럽게 지내고 있다.

열심히 집필 중이다. 『에그몬트』가 많이 진척되었다. 내가 12년 전에 써놓은 장면들이 지금 이 순간, 브뤼셀에서 현실로 이루어지고 있다니[28] 기분이 정말 묘하다. 이제 사람들은 몇몇 문장을 아마도 시사적인 풍자로 해석할 것이다.

7월 16일, 로마

이미 밤이 깊었는데도 그렇게 느껴지지 않는다. 노래를 부르기도 하고, 치터[29]와 바이올린을 번갈아 연주하며 오락가락하는 사람이 거리에 한가득이기 때문이다. 밤엔 서늘해서 상쾌하고 낮엔 견딜 만하게 덥다.

어제는 앙겔리카와 함께 프시케 벽화가 있는 빌라 파르네시나에 갔다. 내 방에서 여러분과 함께 이 벽화의 채색 복사화를 얼마나 자주 기회 될 때마다 감상했던가! 각각의 사본을 통해 벽화를 샅샅이 알고 있는지라, 눈에 확 띄었다. 홀이라기보다 차라리 미술관에 가까운 그 방은 장식의 관점에서 내가 아

는 경마 대회가 열린 데서 유래했다.(813쪽 참조)

28) 오늘날 벨기에 브뤼셀은 당시 브라반트 공국의 수도로, 네덜란드령이었으며, 황제 요제프 2세가 추진한 신정(神政) 분리의 계몽주의 개혁과 중앙집권화에 반발해 1786년부터 민중 봉기가 일어나기 시작했다. 괴테의 희곡 속에서 에그몬트가 이끌어내지 못한 시민혁명이 실현되고 있음을 말한다.

29) zither. 평평한 공명판에 30~40개의 현을 매 퉁기는 악기로, 고대 그리스에서 사용되었던 키타라(kithara)에서 유래했다.

는 가장 아름다운 공간이며, 손상되었다 복원된 부분들도 많다.

오늘은 아우구스투스 황제의 묘[30]에서 소몰이 경기가 있었다. 거대하고, 가운데는 비었고, 위쪽은 뚫린 완벽한 원형의 이 건물은 이제는 일종의 암피테아터처럼, 황소몰이 경기장으로 개조되어 있다. 4000~5000명의 관객을 수용할 수 있을 것 같다. 경기 자체는 그다지 재미가 없었다.

7월 17일, 화요일 저녁에는 고대 조각 복원가 알바치니[31] 씨 집에서 토르소를 구경했다. 나폴리로 옮겨갈 파르네세의 유품들 중에서 발견했다고 한다. 앉아 있는 아폴론의 토르소인데, 그 아름다움은 비할 데가 없다. 현존하는 고대의 유물들 가운데 최상품에 속할 것이다.

프리스 백작 집에서 식사를 했다. 그와 함께 여행 중인 카스티 신부[32]가 자신의 단편소설 가운데 하나인 「프라하의 대주교」를 낭독했다. 최상급은 아니었으나 8행시체로 쓰인 매우 아름다운 작품이었다. 나는 진즉에 그의 작품 「베네치아의 테오도어 왕」을 읽고 마음에 들었던지라, 그를 높이 평가하고 있

---

30) Mausoleo di Augusto. 기원전 28년에 테베레 강변에 조성한, 지름 87미터, 높이 42미터 규모의 웅대한 원추형 기념묘로, 정상에 황제의 청동상이 서 있었다. 묘의 상당 부분이 훼손되어 현재는 남은 유적만 복원되었다.

31) 카를로 알바치니(Carlo Albacini, 1734~1813). 당대에 유명한 조각가이자 복원가였다. 파르네세의 고미술품들이 나폴리로 옮겨지기 전, 하케르트와 베누티의 감독 하에 헤라클라스 상을 포함해 여러 원본의 사본을 제작했다.

32) 조반니 바티스타 카스티(Giovanni Battista Casti, 1724~1803)는 이탈리아 아쿠아펜덴테 출신으로, 사제 서품을 받았지만 사제직에 봉사하지는 않았다. 유럽 각국을 여행하며 시와 오페라 대본을 써 작가로 이름을 알렸으며, 빈에서 궁정작가가 되고자 했으나 뜻을 이루지 못하고, 이후 파리에서 여생을 보냈다.

었다. 그는 최근에 「코르시카의 테오도어 왕」[33])을 썼는데, 그 중에서 1막을 읽어보았다. 아주 좋은 작품이다.

프리스 백작은 많은 작품들을 사들이는데, 그 가운데 안드레아 델 사르토[34])의 마돈나 그림을 600체키노[35])에 샀다. 지난 3월에 앙겔리카가 그 그림을 450체키노에 사려 했다. 그녀의 인색한 남편이 이의를 제기하지만 않았더라면, 그 금액에 살 수 있었을 것이다. 지금은 두 사람 다 후회하고 있다. 정말 믿을 수 없을 만큼 아름다운 그림이다. 직접 보지 않고서는 상상할 수 없을 정도로.

이런 식으로 오래된 것, 남아 있는 것에 나날이 새로움이 첨가되어 매우 재미있다. 내 안목도 높아지고 있어서, 시일이 지나면 전문가가 될지도 모르겠다.

---

33) 퀼른 태생의 테오도어 폰 노이호프(Theodor von Neuhoff, 1694~1756)를 모델로 한 작품들이다. 모험가로 유명했던 노이호프는 프랑스에서 군에 입대해 에스파냐, 스웨덴, 포르투갈, 네덜란드, 이탈리아 등지를 돌며 소규모 전쟁을 치러 잠시 왕이 되기도 했지만, 금세 축출되어 망명하는 등 좌충우돌했다. 볼테르의 『캉디드』 또한 이 인물을 모델로 쓴 소설이다.

34) Andrea del Sarto, 1486~1530. 피렌체 출신의 화가로, 당대에는 최고의 실력자로 평가되었으나, 미켈란젤로, 라파엘로 등 동시대 다른 화가들의 빛에 가려 후대에는 덜 알려졌다. 여기에 언급된 작품은 일명 「프리스의 마돈나(The 'Fries' Madonna)」로, 이후에 대부호 로스차일드가 사들여 영국 내셔널트러스트 애스콧하우스에 기증했다.

35) zecchino. 13세기 베네치아에서 주조되기 시작해 국제통화로 기능했던 금화 두카트를 대체하기 위해, 15세기에 베네치아 도제가 은본위 화폐개혁으로 발행한 주화다. 1두카트를 124솔디의 은화와 등가로 계산해 주조했는데, 이후 은화 가치가 계속 하락했기 때문에 본래의 금 두카트와 구분하기 위해 '두카토 데 체카(ducato de zecca, 조폐국의 두카트)'로 불리게 되었다. 체키노는 두카토 데 체카의 줄임말로, 이로부터 반짝이는 장식 조각을 뜻하는 세퀸(sequin)이라는 말이 유래했다. 600체키노는 당대 화폐가치로 1억 원 이상의 거액이다.

티슈바인은 나폴리에 더위가 기승을 부려 죽겠다고 하소연하는 편지를 보냈다. 여기도 마찬가지다. 화요일엔 어찌나 더웠던지, 에스파냐나 포르투갈에 있는 외국인들도 겪지 않을 무더위였다.

『에그몬트』는 4막까지 진척이 되었다. 여러분도 기뻐해 주기 바란다. 3주 안에 탈고할 것 같다. 즉시 헤르더에게 송부하겠다. 소묘와 색칠도 열심히 하고 있다. 집 밖으로 나가 산책로를 잠깐 걷기만 해도 최상의 소재들과 마주치지 않을 수 없다.

7월 20일, 로마

평생 나를 따라다니며 괴롭힌 커다란 결함 두 가지를 요즘에야 찾아냈다. 첫째는 내가 계획했거나 해야만 하는 일을 가능하게 해주는 작업 방법을 전혀 배우려 들지 않았다는 점이다. 그러한 까닭에 타고난 재주가 많았음에도 이룬 일이 별로 없다. 정신력으로 억지를 부렸기 때문에 행운이 따를 때는 성공했지만, 우연에 따라 실패도 했다. 아니면 어떤 일을 심사숙고하여 잘하려고 작정하면 겁이 나서 완성시킬 수가 없었다. 이와 비슷한 둘째 결함은 내가 일이나 사업에 요구되는 만큼의 시간을 기꺼이 투자한 적이 한 번도 없었다는 점이다. 많은 것을 단시간에 생각하고 연결하는 재주가 있기 때문에, 한 걸음씩 일하는 것이 지루하고 견딜 수 없었다. 지금이야말로 나의 단점을 개선할 최적기인 것 같다. 예술의 나라에 와 있으니, 이 분야를 정말 깊이 있게 공부해 보아야겠다. 그러면 나머지 우리 인생에 안식과 기쁨이 깃들고, 다른 일을 또 시작할 수 있을 것이다.

로마는 그런 목적에 적합한 도시다. 온갖 종류의 사물들 뿐 아니라, 별의별 인간들이 있다. 그들은 진지하게 올바른 길을 가는 사람들인데, 그들과 대화를 나누면서 마음 편히 그리고 조속히 발전할 수 있다. 다행히 나는 다른 사람들한테서 배우고 받아들이기 시작하고 있다.

이렇게 해서 나는 몸과 마음이 그 어느 때보다 평안하다. 여러분이 그걸 내 작품들에서 보게 된다면 내가 떠나온 것을 칭찬하게 될 것이다. 내가 행하고 생각하는 것, 그것이 나와 여러분을 연결하고 있다. 참, 나는 당연히 대부분 혼자 지내고 있으며, 대화를 나눌 때는 표현을 자세히 해야 한다. 그런데도 이곳에선 다른 곳보다 훨씬 쉬운 편이다. 어느 누구와도 뭔가 흥미 있는 대화를 나눌 수 있기 때문이다.

멩스는 벨베데레의 아폴론 상에 관해 언급하면서, 어떤 조각상이 육체의 진리를 훌륭한 양식으로 표현해 내고 있다면 바로 그것이 인간이 생각할 수 있는 범위 내에서 가장 훌륭한 작품이라고 말했다. 예의 그 토르소, 앞서 얘기한 아폴론이나 바쿠스의 토르소를 보면 그의 소망과 예언이 성취된 것 같다. 내 안목은 그렇게 미세한 소재를 분간할 만큼 원숙한 경지에 이르지는 못했다. 그러나 나 자신도 이제껏 본 유물 가운데 가장 아름다운 작품이라는 생각이 굳어지고 있다. 유감스럽게도 토르소 자체뿐만 아니라, 표면 역시 여러 곳이 비에 마멸되어 있다. 지붕 물받이 바로 아래 세워 두었던 것이 분명하다.

7월 22일, 일요일

앙겔리카 부부 집에서 식사를 했다. 일요일마다 그 집의 손님이 된 지 꽤 되었다. 식사 전 우리는 바르베리니 궁전[36]에 가서, 레오나르도 다빈치의 뛰어난 작품과 라파엘로가 손수 그린 그의 애인 그림을 보았다. 앙겔리카와 그림을 감상하면 마음이 편하다. 그녀의 안목이 매우 높고, 기술적인 면에서 해박한 지식을 갖고 있기 때문이다. 그녀는 아름다운 것, 진실한 것, 섬세한 것에 대해 민감하고 동시에 놀랍게 겸손하다.

오후에는 아쟁쿠르 기사[37]를 방문했다. 그는 프랑스 사람인데, 예술의 소멸과 부흥에 관한 역사책을 쓰는 데에 시간과 돈을 투자하고 있다. 그의 수집품들은 참으로 흥미롭다. 날씨가 흐리고 어두운 계절에도 그는 항상 바지런했다는 점을 알 수 있다. 그의 책이 출판되면 굉장한 주목을 끌 것이다.

요즘 시도해 보는 일이 있는데, 그로써 배우는 바가 많다. 내가 풍경을 상상해서 스케치하면 재주 많은 화가인 디스[38]가

---

36) Palazzo Barberini. 바르베리니 가문 출신으로 교황에 선출된 우르바노 8세가 1625~1633년에 건축한 궁전으로, 오늘날에는 로마 국립고전회화관(Galleria Nazionale d'Arte Antica)으로 쓰이고 있다. 카라바조, 레니 등의 회화 작품을 소장하고 있다. 괴테가 언급한 라파엘로의 작품은 「라포르나리나(La Fornarina)」로, 12년 동안 내연의 연인이었던 마르게리타 루티의 초상을 그린 것으로 추정된다. 퀴리날레 언덕 인근에 있다.

37) 장바티스트 루이조르주 스루 다쟁쿠르(Jean-Baptiste-Louis-Georges Seroux d'Agincourt, 1730~1814). 프랑스 출신의 귀족으로 루이 15세에 의해 징세관으로 임명받아 유럽의 여러 나라들을 여행한 후, 1778년부터 로마에 정착, 미술품 수집가이자 미술사가로 활동하며 방대한 자료를 모아 연구서를 집필하던 중, 출판 계획을 완수하지 못하고 1814년에 죽었다. 사후에 6권에 이르는 『유적들을 통해 본 예술의 역사(L'Histoire De L'art Par Les Monuments)』가 간행되었다.

38) 알베르트 크리스토프 디스(Albert Christoph Dies, 1755~1822). 하노버 출생의 화가로, 스무 살 때부터 로마에 체류하며 그림을 그리고 이따금 작곡도 했지만 전해지는 작품은 거의 없다. 1796년 빈으로 이주해 그곳에서 여생을

내가 보는 앞에서 색칠을 한다. 이 과정을 통해 내 눈과 정신은 색채와 조화에 차츰 익숙해지고 있다. 아무튼 매사가 잘 진행되고 있다. 문제는, 늘 그래 왔듯이 내가 하는 일이 너무 많다는 것이다. 내 눈은 확실히 틀이 잡혀가고, 형태와 비례를 보다 잘 파악하게 되었다. 그와 더불어 예전의 내 태도와 전체에 대한 느낌이 생생히 되살아나서, 이 모두가 나에게는 말할 수 없이 커다란 즐거움이다. 이제 만사가 연습에 달렸다.

7월 23일, 월요일

저녁엔 트라야누스 기념원주[39]에 올라가 기막힌 전경을 즐겼다. 그 꼭대기에서 내려다보니 해가 저무는 가운데, 콜로세움 전체가 두드러지게 모습을 나타내고, 캄피돌리오 언덕이 손에 닿을 듯하고, 그 뒤로 팔라티노 언덕이 있고, 시가지가 잇달아 연결되어 있었다. 저녁 늦게야 시가지를 지나 천천히 걸어서 돌아왔다. 몬테카발로 광장엔 오벨리스크[40]가 있는데, 볼만한 장소다.

보냈다. 빈에서 말년의 작곡가 하이든을 몇 차례 인터뷰하고 쓴 전기가 있다.

39) 로마제국의 13대 황제 트라야누스(Marcus Ulpius Trajanus, 53~117)가 다키아(오늘날 루마니아)인들을 성공적으로 물리친 것을 치하하기 위해 112~113년에 로마 원로원과 시민들이 세워준 도리아식 공로 기념탑이다. 황제와 로마 군인들의 영광스러운 장면들이 새겨진 대리석판(프리즈)을 나선형으로 감겨 올라가도록 쌓아 속이 빈 기둥 구조를 만들어냈다. 그래서 안쪽의 나선계단으로 맨 위 전망대까지 올라갈 수 있다. 높이는 바닥에서부터 상부의 황제 청동상까지 39미터지만, 프리즈들을 일직선으로 배열했을 때 길이는 200미터에 달한다. 포로로마노 북쪽, 베네치아 광장 뒤편의 산티시모 노메 디 마리아(Santissimo Nome di Maria al Foro Traiano) 성당 앞에 있다.

40) 아우구스투스의 묘에 있던 약 15미터 높이의 오벨리스크를 1786년에 퀴리날레 언덕의 몬테카발로 광장으로 옮겨와 디오스쿠리(241쪽 각주 254번 참조) 분수와 함께 설치했다.

7월 24일, 화요일

빌라 파트리치[41]에 다녀왔다. 그곳에서 해 지는 광경을 구경하고, 신선한 공기도 마시고, 이 위대한 도시의 모습으로 정신을 충만케 하고, 길게 늘어선 도시의 지평선을 보면서 시야를 넓히고, 군데군데 꼼꼼히 보기도 하고, 아름답고도 다양한 대상물들을 더 많이 알게 되었다. 이날 밤 나는 안토니우스 기념원주가 있는 광장과 달빛을 받아 환한 키지 궁전을 보았다.[42] 하얗게 빛나는 주춧돌을 딛고 서 있는 기둥은 세월에 의해 검게 퇴색되어 밤하늘이 오히려 더 밝게 보였다. 그런 산책길에서 보게 되는 대상물은 그 밖에도 수없이 많을 뿐 아니라, 모두가 아름답다. 그러나 그중 극히 소수만이라도 자기 것으로 만들려면 많은 시간이 필요하다. 한 사람의 일생, 아니 여러 사람의 일생을 합쳐 단계적으로 서로 배운다면 가능할지도.

---

41) Villa Patrizi. 1717년 추기경 조반니 파트리치(Giovanni Patrizi, 1658~1727)가 당시에는 로마 외곽이었던 노멘타노 지구에 지은 저택이다. 이후 여러 차례 개축되거나 부분적으로 헐리면서 웅대한 로코코 양식의 원래 모습은 사라졌다. 현재는 이탈리아 교통부 건물로 사용되고 있다.

42) 코르소 거리에 면해 있는 키지 궁전과 그 앞의 콜론나 광장, 그리고 광장 중앙의 안토니우스 기념원주를 묘사하고 있다. 키지 궁전은 1562~1580년에 지어진 저택을 1659년에 키지 가문이 매입해 리모델링했다. 로마 교황의 가족들의 사저로 사용되었으며, 아고스티노 키지 추기경이 조성한 도서관 또한 수천 종의 희귀 장서를 보유한 것으로 유명했다. 오늘날은 이탈리아 총리 관저로 사용되고 있다. 한편, 안토니우스 기념원주란 마르쿠스 아우렐리우스 기념원주를 말하며, 당시까지는 안토니우스 피우스(Antoninus Pius, 86~161) 황제의 기념원주로 잘못 알려져 있었다. 로마 황제 마르쿠스 아우렐리우스(Marcus Aurelius, 121~180)를 기리기 위해 약 30미터 높이로 제작, 193년에 완성된 원주는 고대에 캄푸스 마르티우스의 하드리아누스 신전과 마르쿠스 아우렐리우스 신전 사이에 있었는데, 1589년에 교황 식스토 5세가 콜론나 광장으로 옮겨놓았다. 안토니우스 피우스 기념원주는 좌대만 남아 현재 바티칸 피나코테카 정원에 있다.

7월 25일, 수요일

프리스 백작과 함께 피옴비노 제후[43]의 보석 수집품을 보러 다녀왔다.

7월 27일, 금요일

노소를 막론하고 모든 화가들이 나의 작은 재능을 넓혀주려고 돕고 있다. 원근법과 건축 드로잉, 풍경화 구도 잡기는 많이 늘었다. 살아 있는 대상을 그리는 일은 아직도 미숙해서 큰 난관이지만, 진지함과 부지런함으로 발전할 수 있을 것 같다.

지난 주말에 내가 주최한 음악회에 관해 앞서 언급을 했는지 모르겠다. 이곳에서 나에게 많은 즐거움을 주었던 사람들을 초대했고, 희극 오페라 가수들을 데려다 최근의 간주곡들 가운데 최상의 작품들을 부르게 했다. 모두 즐거워하며 만족했다.

이제 내 아틀리에는 깨끗하게 정돈되고 청소되었다. 이 무더위에도 편안하게 지낼 수 있는 장소다. 흐린 날, 비오는 날, 천둥 치던 날이 지나고 요즈음은 별로 덥지 않은 화창한 날씨가 이어졌다.

1787년 7월 29일, 일요일

앙겔리카와 론다니니 궁전에 갔다. 내가 로마에 온 지 얼마 안

---

43) 안토니오 2세 본콤파니 루도비시(Antonio II Boncompagni Ludovisi, 1735~1805). 토스카나 지방의 티레니아해에 면한 소국 피옴비노(Piombino)의 제후다. 1594년 신성로마제국 황제에 의해 피옴비노 공국으로 승인되었고, 17세기부터는 교황청과 긴밀한 관계인 루도비시 가문이 피옴비노 제후를 겸했다. 본문에 언급된 제후 안토니오가 1803년 프랑스군에 의해 폐위된 뒤 토스카나 대공국에 흡수되었다.

됐을 때 보낸 편지에 언급한 메두사를 기억하리라 생각한다. 그때도 매우 마음에 들었는데 이젠 최상의 즐거움이 되었다. 이런 작품이 세상에 있다는 사실, 또 이런 작품을 만들 수 있다는 것을 생각만 해도 내 마음은 말할 수 없이 흡족해진다. 그런 작품에 관해 이야기하면서 어떤 한 부분만 언급한다는 것 자체가 공허한 바람 조각에 지나지 않는다. 예술 작품은 보라고 있는 것이지, 그것에 관해 말하라고 있지 않다. 작품을 앞에 두고 이야기한다면 모를까. 과거에 내가 예술 작품에 대해 늘어놓았던 너절한 이야기들이 부끄럽기 짝이 없다. 이 메두사를 본뜬 좋은 석고 사본을 구할 수 있다면 갖고 가고 싶은데, 새로 만들어야 한단다. 여기에서 살 수 있는 작품이 몇 개 있으나 마음에 들지 않는다. 그것들을 보면, 원본을 상상하게 되기는커녕, 오히려 그 의의를 손상하고 있기 때문이다. 특히 입이 형언할 수 없이 대단해서, 섣불리 흉내 내지를 못한다.

7월 30일, 월요일

종일 집에서 열심히 일했다. 『에그몬트』가 완성되어 가고 있다. 4막도 거의 끝났다. 정서가 끝나면 우편마차로 보내겠다. 여러분이 이 작품을 읽고 박수를 보내준다면 더없이 기쁠 것이다. 이 작품을 쓰고 있노라니 정말 다시 젊어진 기분이다. 독자들한테 참신한 인상을 주고 싶다. 저녁엔 집 뒤 정원에서 열린 무도회에 우리도 초대되었다. 지금은 춤추는 계절이 아닌데도, 사람들은 개의치 않고 몹시 즐거워했다. 이탈리아 아가씨들은 고유한 특색이 있다. 10년 전만 해도 몇몇 아가씨들한테 마음이 끌렸겠지만 이젠 그런 기운이 메말랐다. 아무튼 이 작은 축제엔 그다지 관심이 없어 끝까지 보지 않았다. 달 밝은 밤이 참으로 아름답다. 안개를 헤치고 떠오른 노랗고 따뜻한 달의 모습이 마치 '영국의 태양' 같다.[44] 달이 떠오르고 난 후의 밤은 맑고 온화하다. 서늘한 바람 한 점, 만물이 소생하기 시작한다. 새벽녘까지 길에는 노래하고 악기를 연주하는 사람들이 나와 있다. 어떤 때 듣는 이중창은 아주 잘 불러서 오페라나 음악회에서 들리는 것보다 낫다.

7월 31일, 화요일

달밤의 풍경을 몇 점 그렸고, 그 밖에도 이것저것 그렸다. 저녁엔 동향인과 산책을 하면서 미켈란젤로와 라파엘로 중에서 누가 더 우월한지에 관해 논쟁을 벌였다. 나는 전자가 낫다 했고 그는 후자 편이었는데, 우리는 결국 레오나르도 다빈치를 함께 칭송했다. 이 모든 이름들이 오로지 이름으로서만 존재하지 않고, 이 뛰어난 인물들이 지닌 가치가 생생한 개념으로 차츰 완벽해지고 있으니, 나는 정말 행복하다.

밤에는 희극 오페라를 보았다. 「걱정 많은 극장장」[45]이라는 새로운 간주곡이 아주 뛰어났다. 연극 구경하기엔 여전히 더운 날씨지만, 공연은 며칠 더 계속될 것이다. 시인이 자작시를 읽고, 한편에선 매니저와 프리마돈나가 그에게 박수를 보내고,

---

44) 달빛의 부드러움을 흐린 날씨가 잦은 영국의 약한 햇빛에 빗댄 것이다. 원문은 이탈리아어(come il sole d'Inghilterra)로 되어 있다.

45) *L'impresario in Angustie*. 주세페 마리아 디오다티(Giuseppe Maria Diodati, 1750~1790)의 대본에 도메니코 치마로사가 곡을 붙인 단막 오페라로, 1786년 나폴리에서 초연되었다.

또 다른 한편에서는 작곡가와 세콘다돈나가 그를 힐난하다가, 마지막엔 두 그룹이 싸움을 벌이게 되는 5부 합창이 아주 재미있다. 카스트라토[46]들이 여장을 했는데, 그들의 연기가 갈수록 좋아져서 마음에 들었다. 이 작은 극단은 여름 한철을 위해 그럭저럭 결성되었는데, 나름대로 아주 괜찮다. 연기가 몹시 자연스럽고 재미도 있다. 이 무더위와 싸우는 배우들이 안쓰럽다.

보고

여기 소개하려고 하는 글들을 준비하다 보니, 몇 가지는 지난번에 출판된 책[47]에서 인용하는 게 좋을 듯하다. 그리고 그동안에 관심 밖의 일이 되고 말았는지 모르지만, 일이 진행되는 과정을 여기에 약간 삽입하여, 내게 몹시 중요한 주제를 자연과학 애호가들에게 다시 한 번 소개할 필요가 있을 것 같다.

1787년 4월 17일, 화요일, 팔레르모

진정한 불행은, 여러 유령들에게 쫓기고 유혹당하는 것이다. 오늘 아침 나는 조용히 시적 상상력을 계속 진행시키리라 굳게 결심하고 혼자서 공원으로 갔다. 그러나 시작도 하기 전에, 요즈음 나 몰래 나타난 다른 유령에 사로잡히고 말았다. 지금까

---

46) castrato. 변성기 전에 고환을 제거해, 성인이 된 뒤 고음역대를 소화하는 남자 가수다. 1688년 교황 클레멘스 9세가 여성은 교회는 물론 오페라에서도 노래하지 못하도록 법으로 금한 뒤에 생겨나, 18세기까지 이탈리아 오페라에서 주역을 담당했다.

47) 1816년에 출판된 『이탈리아 기행』 1권을 가리킨다.

지 통이나 화분 안에서만, 그것도 한 해의 대부분은 유리창 너머로만 보아오던 온갖 식물이 여기서는 기쁜 듯 싱싱하게 자유로운 하늘 아래 서 있고 그 사명을 남김없이 다하고 있기 때문에, 더욱더 명료하게 우리 눈에 보인다. 이렇게 여러 가지 새로운, 또 새롭게 만들어진 모습을 눈앞에 보면 이 일군 속에서 원식물을 발견할 수 있지 않을까 하는 예전부터의 생각이 다시 내 마음속에 살아난 것이다. 그런 식물은 반드시 있을 것이다! 만약 식물이 모두 하나의 기준에 따라 형성되어 있는 것이 아니라고 한다면, 이런저런 형상을 하고 있는 식물이 같은 종이라는 것을 어떤 근거에 의해 인식할 수 있단 말인가!

나는 여러 가지 다른 형상이 어떤 점에 의해서 구별되는가를 규명하려고 노력했다. 그러나 다른 점보다는 오히려 닮은 점이 많다는 사실을 발견하게 되었다. 이 사실은 나의 식물학상의 술어를 사용한다면 설명은 되지만, 아무런 결말이 나지 않았다. 그 때문에 나의 사고는 조금도 나아가지 못하고 도리어 불안하게 되고 말았다. 나의 훌륭한 시적 계획은 방해받았고, 알키노오스의 정원은 사라져버렸으며, 그 대신 세계의 정원이 눈앞에 펼쳐졌던 것이다. 우리들 현대인은 왜 이리 마음이 산란하고, 도달할 수도 실행할 수도 없는 요구에 자극받는 것일까!

1787년 5월 17일, 나폴리

또한 나는 자네에게 털어놓지 않으면 안 되는 것이 있는데, 식물의 번식과 조직의 비밀이 나에게는 상당히 확실하게 판명되었다는 점이다. 그것은 생각지도 못할 정도로 간단하다. 이탈리아의 하늘 아래서는 참으로 재미있는 관찰을 할 수 있다. 나는 맹아(萌芽) 발생의 핵심을 발견했다. 지극히 명백하고, 아무런 의심을 할 여지도 없다. 그 밖의 문제들도 이미 전체적으로는 파악했으며, 다만 두세 가지 점만 좀 더 명료해지면 되는 것이다. 원식물은 지상에서 가장 경이로운 피조물이니, 이를 발견한 나를 자연이 시샘할 만하다. 이 모델과 해결 방법으로 우리는 식물을 무한히 발견할 수 있으며, 그것은 수미일관될 수밖에 없다. 즉 설령 그런 식물이 존재하지 않는다 하더라도 존재할 수 있는 것이며, 회화나 문학의 영상이나 가상과는, 달리 내적 법칙과 필연성을 가진다. 같은 법칙은 다른 모든 생물에도 적용될 수 있을 것이다.

이쯤에서 그만하기로 하고, 더 많은 이해를 돕기 위해 짧게 몇 마디 언급한다. 내가 생각하는 문제의 해결점은 우리가 잎이라고 부르는 식물의 기관 속에 변화무쌍하게 변신하는 능력이 감추어져 있다는 것이다. 그것은 모든 형태에 잠재해 있다가 우리 눈앞에 나타날 수 있다. 식물은 퇴보를 하건 진보를 하건, 결국은 잎에 불과하다. 장래의 씨앗과 떨어질 수 없게 하나가 되어 있어서, 둘 중 하나만 떼어서 생각하면 안 된다. 이런 생각을 이해하고, 감수하고, 자연 속에서 찾아내는 일이 우리를 너무나 달콤한 상태로 몰입시킬 것이다.

방해받은 자연 관찰

내용이 충실한 사상이 무엇인지 몸소 체험한 사람은 다음과 같은 사실에 동의할 것이다. 그 생각을 자신이 해낸 것이든, 다른 사람에게서 들은 것이든 간에, 그런 사상은 우리 정신을 활발하게 자극하고, 우리 마음도 황홀하게 해준다. 전체를 보면 무엇이 그다음에 진전될지, 그 진전이 어떤 방향으로 계속 진행될지 예감할 수 있기 때문이다. 이런 것을 알고 있는 사람이라면, 열정에 불타오르며 그런 인식에 완전히 몰입하는 정도는 아닐지라도, 여생을 이 일에 바쳐야겠다는 나의 생각을 이해할 것이다.

위와 같은 생각에 흠뻑 빠져 있었으나, 로마로 돌아온 후에는 어떠한 규칙적인 연구에 몰입할 수 없었다. 문학과 미술 그리고 고대사, 이들 모든 분야가 나의 집중력을 거의 모조리 요구했기 때문이다. 그래서 나는 평생을 하루같이 힘들고 바쁘게 지냈다. 내가 매일 산책하는 도중에나 마차로 바람을 쐬러 나갔을 때도 어떤 정원에서 내 주의를 끈 식물을 채취한다고 이야기한다면, 전문가들은 나더러 순진하다고 할 것이다. 종자의 싹이 트기 시작할 때, 그들 중 어떤 것들이 햇빛을 보게 되는지 관찰하는 일은 내게 특별히 중요했다. 그래서 성장하면서 울퉁불퉁한 형태를 이루는 오푼티아 선인장[48]이 싹트는 것을 주의 깊게 보았다. 아주 재미있는 사실은, 그게 쌍떡잎식물의 특성대로 두 개의 연한 잎으로 돋아나다가, 점점 자라면서 울퉁불퉁한 형상을 이루는 것이었다.

씨방에서도 특이한 점을 보았다. 아칸서스 몰리스[49]의 씨방 몇 개를 집에 가지고 와 뚜껑이 없는 상자에 넣어두었다. 그

---

48) cactus opuntia. 오푼티아속. 그리스 오푸스 지방에서 유래한 선인장으로, 납작한 부채를 연달아 이어 붙인 듯한 줄기 모양 때문에 우리말로는 부채선인장이라 한다.

49) Acanthus mollis. 쥐꼬리망초과에 속하는 지중해 원산의 여러해살이풀이다.

런데 어느 날 밤, 팍 하는 소리가 나더니 연이어서 조그만 뭔가가 천장과 벽으로 튀는 것이었다. 처음에 나는 무슨 영문인지를 몰랐는데, 나중에 보니 봉오리 하나가 터져서 씨앗들이 여기저기로 흩어진 것이었다. 방 안의 건조한 공기가 며칠 만에 그렇게 터지는 수준까지 씨앗의 성숙도를 끌어올렸다.

많은 씨앗들을 이런 방법으로 관찰했는데, 그중 몇 가지를 언급해야겠다. 기간이 길건 짧건 나의 로마 체류를 기념하기 위해 심어놓았던 몇 그루의 나무가 역사의 도시 로마에서 계속 자라고 있기 때문이다. 잣 열매는 아주 이상한 방법으로 싹텄다. 그것들은 마치 새 알이 껍데기에 싸여 있는 듯한 모양으로 올라오더니, 얼마 안 있어 껍질을 벗어던지고 녹색 침엽수들이 둥그렇게 자라나 장래에 무엇이 될 건지 그 시초를 보여주었다.

지금까지 내가 든 예는 씨앗에 의한 종자 번식이었는데, 꺾꽂이 싹에 의한 번식에도 똑같은 관심을 가졌었다. 그건 궁정고문관 라이펜슈타인 덕이었는데, 그는 산책할 때마다 여기저기서 나뭇가지를 꺾었다. 그러면서 극구 주장하기를, 꺾은 가지를 땅에 심으면 무엇이든 곧 성장을 계속한다는 것이었다. 결정적인 증거로 그는 자신의 정원에다 꺾꽂이해서 새끼치기한 식물들을 보여주었다. 그러한 번식 방법이 오늘날 식물학적 원예에서 얼마나 중요하고 널리 활용되고 있는가. 그가 살아서 이것을 보았더라면 하는 생각이 든다.

유독 눈에 띄는 것은 관목처럼 높이 자라는 카네이션이었다. 이 식물의 엄청난 생명력과 번식력은 잘 알려져 있다. 가지마다 촘촘히 눈이 돋아 있고, 마디마다 새 마디가 원추형으로 촘촘히 나 있다. 이 현상은 시간이 흐를수록 더욱 고조되어 신기하게 촘촘히 돋아난 눈이 자랄 수 있는 만큼 무성해진다. 그래서 활짝 핀 꽃은 다시금 중심부에서 네 송이의 꽃을 피워낸다.

이 경이로운 식물을 보존할 방법이 없었기에 나는 정확히 소묘하기로 했다. 그럴 때마다 변형의 기본 개념을 많이 이해하게 되었다. 여러 가지 할 일이 많으니 집중할 수가 없었고, 로마에서 체류 기간이 끝나가고 있으니 점점 마음이 무거워지고 부담스러워졌다.

나는 상당히 오랫동안 상류층 사교계와 접촉을 피해 아주 조용히 지냈는데, 결국 실수를 범하고야 말았다. 같은 집에 사는 사람들과 새롭고 기이한 사건을 찾는 사람들의 관심이 우리에게 쏠리게 된 것이다. 사건의 전말은 다음과 같다. 앙겔리카는 그때까지 극장에 간 적이 없었는데, 우리는 이유가 무엇인지 묻질 않았다. 하지만 우리는 열렬한 무대예술 애호가였으므로 그녀 앞에서 가수들의 우아함, 노련함에 대해서뿐만 아니라, 치마로사[50]가 작곡한 음악의 효과에 관해서 입에 침이 마르도록 칭송했었다. 그리고 그녀도 이 즐거움을 같이 나누기를 진심으로 원했다. 그런 이유에서 다음과 같은 일이 연이어 벌어졌다. 젊은 사람들, 그중에서도 특히 부리[51]는 가수나 음악계

---

50) 도메니코 치마로사(Domenico Cimarosa, 1749~1801). 나폴리 태생의 작곡가로, 나폴리, 로마, 베네치아, 피렌체 등지에서 활동했으며, 1770~1780년대에 전성기를 누리며 80편이 넘는 오페라를 작곡했다.

51) 프리드리히 부리(Friedrich Bury, 1763~1823), 일명 프리츠(Firtz). 하나우 태생의 화가로, 1783년부터 로마에 체류하며 미술 공부를 했다. 1799년 나폴레옹의 이탈리아 침공을 피해 귀국하여 베를린에 정착해 역사화와 초상화를 주로 그렸다. 프로이센 예술아카데미 회원이 되었다.

사람들과 친분이 두터웠는데, 이들로 하여금 즐거운 분위기를 만들도록 주선했다. 우리는 그들의 열렬한 팬이어서 열광적으로 박수를 쳤다. 그래서 그들은 기회가 닿는 대로 우리 집에서 음악을 연주하고 노래를 부르기를 원했다. 이 계획에 대해 가끔 제안과 이야기가 있었으나 연기되곤 했는데, 드디어는 젊은 이들의 희망에 따라 즐거운 현실이 되었다. 악장 크란츠[52]는 숙련된 바이올리니스트로서 바이마르 공화국에서 일하고 있는데, 이탈리아에서 연수차 휴가를 보내고 있었다. 그가 뜻하지 않게 이곳에 도착한다는 소식이 마지막으로 결정하는 데 박차를 가했다. 그의 재능이 우리 음악 애호가들의 마음을 사로잡은 것이었다. 이때 우리는 앙겔리카와 그녀의 남편, 라이펜슈타인 궁정고문관, 젠킨스 씨,[53] 볼파토 씨[54] 외에 우리가 평소 신세진 사람들을 모두 파티에 초대하자는 의견이었다. 유대인들과 도배장이들이 홀을 장식했고, 이웃 커피숍 주인이 음료를 맡았다. 이렇게 해서 아주 기분 좋은 여름날 밤에 멋진 음악회가 열렸고, 밖으로 열린 창문 아래엔 많은 사람들이 모여들었

---

52) 요한 프리드리히 크란츠(Johann Friedrich Kranz, 1752~1810). 바이마르 출신의 작곡가이자 바이올리니스트, 극장 감독이다.

53) 토머스 젠킨스(Thomas Jenkins, 1722~1798). 영국 출신으로 1750년경에 이탈리아로 와, 그랜드투어를 온 여행자들을 대상으로 가이드와 환전상 노릇을 하며 로마에 정착했다. 초상화를 원하는 사람에게 화가를 연결해주는 에이전트이자 골동품상으로 유명해지면서, 상류층 신사들에게 이탈리아의 많은 고대 예술품을 판매해 큰 부자가 되었다. 한동안 로마 미술 시장을 장악했으나, 나폴레옹의 이탈리아 원정기에 수집품을 모두 압수당하고 영국으로 돌아와 몇 달 뒤 사망했다.

54) 조반니 볼파토(Giovanni Volpato, 1733~1803). 베네치아 근교에서 태어난 조각가로, 로마에서 고미술품 발굴 및 사본 제작, 골동품 딜러로 활약했으며, 도자 공예가로도 명성을 얻었다.

다. 다들 마치 극장에 있는 것처럼 노래가 끝나면 열렬하게 박수를 쳤다.

음악 애호가들로 구성된 오케스트라를 태운 커다란 마차는 정말 볼만했다. 그들은 밤거리를 즐거운 마음으로 마차를 몰고 돌아다니던 사람들이었는데, 우리 창 아래에 정차했다. 위쪽에서 들리는 음악에 열띤 박수를 보낸 다음, 우렁찬 바리톤 한 명이 아주 인기 있는 아리아를 온갖 악기 반주에 맞춰 불렀다. 우리가 군데군데 연주하던 오페라에 나오는 아리아였다. 우리도 열띤 박수로 답했고 군중도 함께 박수를 보냈다. 그런 식으로 재미있는 밤을 여러 번 경험했지만, 이렇게 우연히 성공적으로 참가한 멋진 밤은 처음이었다고 모두들 강조했다.

넓긴 하지만 조용했던 우리 숙소는 졸지에 코르소 거리의 주목을 받게 되었다. 부유한 귀족이 이사 왔을 거라는 소문이 났으나, 알려진 인사 가운데 그런 사람은 찾을 수가 없었다. 물론 우리 경우야 예술가들끼리 마음이 맞아 적은 비용으로 치른 일이었지만 그런 파티는 통상 현금으로 지불되었고, 꽤 큰 지출을 요하기 마련이다. 우리는 예전처럼 조용히 지냈으나 부유한 귀족 출신이라는 편견을 더 이상 떨칠 수가 없었다.

프리스 백작이 도착해 활기 있는 모임을 갖는 계기가 되었다. 카스티 신부와 함께 왔는데, 신부는 당시 아직 출판되지 않은 재미있는 단편소설들을 낭독해 커다란 즐거움을 안겨주었다. 그의 쾌활한 낭독은 재치 있고, 천재적인 장면 묘사에 완벽한 생동감을 부여한다는 느낌이었다. 우리가 한 가지 유감스럽게 생각하는 점은, 그렇게 착하고 부유한 미술 애호가인 백작이 가끔 믿을 만하지 않은 사람들과 거래를 한다는 것이었다. 위조 석조상을 구입한 것에 대해 많은 이야기가 있었고 모두들 분개했다. 그런 반면에, 그는 아름다운 입상을 구입해서 무척 흡족해 했다. 어떤 사람들은 그 입상을 파리스라 하고, 다른 사람들은 미트라스를 형상화한 것이라고 했다.[55] 지금 파리스와 짝을 이루는 나머지 조각상이 비오 클레멘티노 박물관[56]에 있는데, 두 작품 모두 어떤 모래 채취장에서 발견되었다. 그 작품을 노리는 것이 미술품 중개상들만은 아니었기에 그는 몇 가지 모험을 치러야 했다. 게다가 그 더운 날에 자신의 몸을 보호하는 법을 전혀 몰랐기 때문에 병을 얻게 되었고, 그로 인해 마지막 체류일에 기분이 언짢았다. 그의 후의에 덕을 많이 본 내 마음도 편치 않았다. 그와 동행한 덕분에 피옴비노 제후의 훌륭한 보석조각 수집품을 구경할 수 있는 기회가 있었다.

프리스 백작 집에는 미술품 상인들 외에, 수도사 차림을 하고 이곳을 배회하는 일종의 문인들도 있었다. 그들과는 기분 좋은 대화를 나눌 수 없었다. 누군가 민족문학에 관해 막 얘기를 시작하여 이러저러한 점을 설명하려고 하면, 난데없이 이

---

55) 대단한 미남으로 묘사되는 파리스는 트로이의 왕자로, 헤라, 아테나, 아프로디테 가운데 아프로디테를 최고의 미녀로 꼽아 트로이 전쟁의 원인을 제공한 인물이다. 한편, 고대 아리아(인도, 이란)에서 빛(진리)의 신이었던 미트라스는 1~4세기 로마제국에서 널리 숭배되었다.

56) Museo Pio-Clementino. 12개의 전시실로 이루어진 바티칸 메인 박물관으로, 고대 그리스와 로마 시대의 최고 걸작들이 소장되어 있다. 1771년에 교황 클레멘스 14세가 사도의 궁전 일부를 박물관으로 조성했으며, 후임인 비오 6세가 더욱 크고 화려하게 증축했다.

런 질문을 들어야 했다. 아리오스토와 타소 둘 중 어떤 시인이 더 위대하다고 생각하는지? 그래서 그는 이렇게 대답했다. 그토록 훌륭한 시인 두 사람을 같은 나라에 태어나게 해준 신 또는 자연에 감사해야 하며, 두 시인 모두가 우리에게 시간과 상황, 입장과 감정에 따라 극치의 순간을 맛보게 해준다고. 우리는 그 답변을 듣고 안심하는 한편 매료되었는데, 아무도 이렇게 사리에 맞는 말을 인정해 주지 않았다. 사람들의 인정을 받은 사람은 더욱 치켜세워지고, 상대편은 반대로 깊이 추락하는 꼴이 되었다. 처음 몇 번 나는 추락당하는 사람을 변호하기로 작정하고, 그의 정당한 논조가 인정받게 하려 했다. 그러나 아무 효과도 얻지 못했다. 사람들은 패를 갈라 자기 고집만 세웠다. 똑같은 일이 항상 반복되고, 그런 주제를 가지고 변증법적으로 논쟁을 한다는 것 자체가 진지하지 못한 태도인지라 대화를 피했다. 특히 말하는 사람들이 대상에 관해 진정한 관심도 없으면서 그저 떠들어대고 주장하니, 그게 모두 말장난에 불과하다는 사실을 알았기 때문이다.

단테가 화제에 올랐을 때는 훨씬 더 불쾌한 일이 일어났다. 사회적 지위도 있고, 지성도 갖춘 한 젊은이가 예의 탁월한 시인에 대해 진정한 관심을 가지고 있었으나, 내가 보내는 찬사와 동의는 탐탁하게 받아들이지 않았다. 그는 이탈리아인들도 단테를 모두 이해할 수 없기 때문에 외국인들은 모두 그렇게 위대한 정신의 소유자를 이해하려는 것을 단념해야 한다고 거리낌 없이 주장했다. 찬반 토론이 오갔으나, 결국 나는 심사가 뒤틀려 나야말로 그의 말에 동의하는데 적당한 사람임을 고백해야만 하겠다며 나섰다. 왜냐하면 단테의 시를 어떻게 이해

해야 할지 지금까지 모르고 있기 때문에,「지옥편」은 혐오스럽고,「연옥편」은 의미가 분명치 않고,「천국편」은 지루하게 느껴진다고 했다. 그는 나의 말에 크게 만족해서 자신의 주장을 뒷받침하는 논리를 폈다. 나의 발언이야말로 외국인은 단테 시의 깊이와 탁월함을 이해할 수 없다는 말을 증명한다는 것이다. 헤어질 때 우리는 둘도 없는 친구가 되어 있었다. 그는 자신이 오랫동안 심사숙고해서 마침내 의미를 깨우치게 된 몇몇 어려운 부분을 내게 알려주고 설명해 주겠다는 약속까지 했다.

유감스럽게도 미술가나 예술 애호가들과의 대화는 고무적이지 못했다. 우리는 상대방의 과실을 자신한테서도 발견하게 되니 결국 용서할 수밖에 없었다. 더 훌륭하다고 하는 예술가가 어느 땐 라파엘로였다가, 어느 때는 미켈란젤로가 되었다. 이로 인해 인간은 매우 제약된 존재에 불과하다는 결론을 이끌어낼 수 있다. 우리가 설령 위대한 것에 우리의 정신을 개방한다 할지라도, 다양한 형태의 여러 가지 위대함을 골고루 똑같이 인정하고 찬양할 능력을 절대로 갖출 수 없기 때문이다.

티슈바인이 없어서 그의 영향력을 아쉬워했으나, 그가 보내준 생동감 넘치는 편지는 우리에게 위안이 되었다. 재치 있게 묘사한 기이한 사건들과 뛰어난 견해는 물론이고, 소묘와 스케치를 통해 나폴리에서 그를 유명하게 만든 그림 한 점에 관해 상세한 것을 알게 되었다. 오레스테스의 반신상이 그려진 그림인데, 신전 제단에 있던 이피게네이아가 그를 알아보자 지금까지 그를 추격하던 복수의 여신들이 물러나는 장면이었다.[57] 이피게네이아의 모델은 레이디 해밀턴이었는데, 그녀는 당시에 빼어난 아름다움과 명망으로 칭송이 자자했다. 복수의 여신들 가운데 한 여신이 그녀와 흡사하게 품위 있게 그려져서, 마치 그녀가 모든 여걸, 뮤즈, 반신반인의 전형인 듯했다. 이러한 그림을 그려낼 수 있는 화가는 해밀턴 경의 중요한 사교 모임에서 좋은 대접을 받았다.

---

57) 티슈바인의 유화 「이피게네이아와 오레스테스」는 1788년에 완성되어 해밀턴 경이 소장했다. 오늘날은 독일 헤센주의 아롤젠 성(Residenzschloss Arolsen)이 소장하고 있다.

8월

서신

1787년 8월 1일

더위 때문에 하루 종일 가만히 작업에만 몰두했다. 이런 무더위가 나에게 큰 기쁨인 이유는, 독일에 있는 여러분도 여름다운 날씨를 즐길 것이 확실하기 때문이다. 여기서 건초를 보면 기분이 참 좋다. 이즈음엔 전혀 비가 오지 않아, 경작지가 있다면 마음껏 경작할 수가 있다.

저녁 무렵엔 테베레강의 조그만 수영장에서 수영했는데, 설계도 잘되었고 안전한 건물이었다. 그러고 나서 신선한 공기를 만끽하면서 달빛 아래 트리니타 데이 몬티에서 산책했다. 이곳의 달빛은 우리가 상상하면서 만들어낸 것 같은 달빛이다.

『에그몬트』 4막이 끝났다. 다음 편지에 이 작품이 탈고되었다고 알릴 수 있기를 바란다.

8월 11일

나는 다음 부활절까지 이탈리아에 머무를 생각이다. 식견을 넓히는 과정을 지금 중단할 수는 없고, 내가 잘 견뎌내면 분명히 더 큰 발전을 할 것이므로, 친구들과 함께 기쁨을 나눌 수 있을 것이다. 여러분께 계속 편지를 쓰겠다. 작품들도 계속해서 보낼 것이므로, 부재중이지만 여러분이 나를 살아 있는 사람으로 상상할 수 있을 것이다. 유감스럽게도 번번이 나를 죽은 사람인 양 생각했다니까 하는 말이다.

『에그몬트』는 완성되었으니, 이달 말쯤 부칠 수 있겠다. 그렇게 하고 나서 마음 졸이며 여러분의 평을 기다릴 것이다.

매일 예외 없이 회화에 관한 지식을 넓히고 그림 그리는 연습을 하고 있다. 마개 없는 빈 병을 물속에 넣으면 그 병 안에 물이 쉽게 차듯, 이곳에서는 받아들일 마음의 준비만 되어 있으면 금방 배울 수 있다. 어디를 가더라도 예술이라는 요소와 대면하게 되기 때문이다.

여러분이 즐기고 있는 근사한 여름을 나는 이곳에서 예측했다. 이곳 하늘도 똑같이 청명하고, 한낮에는 무척 덥다. 내가 쓰는 큰 방은 서늘해서 견딜 만하지만. 9월과 10월에는 시골에서 지내면서 자연을 스케치할 생각이다. 다시 나폴리에 가서 하케르트에게 배울까 싶기도 하다. 그때 2주 동안 시골에서 함께 지내면서 그에게 배운 것이 몇 년 동안 혼자 정진한 것보다 훨씬 많았다. 작은 소묘들이 10점 정도 있지만, 하나도 보내지 않고 갖고 있겠다. 그러다 어느 날 갑자기 더 훌륭한 작품을 보낼 것이다.

이번 주는 조용하고 근면하게 보냈다. 특히 원근법에 관해 많은 것을 배웠다. 만하임 미술대학장의 아들 페어샤펠트[58]가

---

58) 막시밀리안 요제프 폰 페어샤펠트(Maximilian Joseph von Ver-

이 방면의 이론에 정통한 사람인데, 그가 알고 있는 것을 나에게 가르쳐주기로 했다. 달빛을 묘사해 채색했다. 그 밖에도 아이디어가 몇 가지 있으나, 말하기엔 너무 엉뚱한 것 같다.

1787년 8월 11일, 로마

여공작님께[59] 긴 편지를 썼는데, 이탈리아 여행을 1년 연기하시라고 충고했다. 10월에 떠나신다면 아름다운 계절로 바뀌는 때에 도착하게 되겠지만, 만일 날씨가 나빠지면 아주 고약할 것이다. 나의 이런저런 충고를 따르신다면, 그리고 운이 따른다면, 기쁨을 느끼게 되실 것이다. 진심으로 좋은 여행이 되기를 바라고 있다.

나는 물론이고 다른 사람들 걱정도 할 필요가 없다. 우리는 모두 조용히 미래를 기다리고 있다. 아무도 자신을 바꿀 수 없으며, 자신의 운명을 회피할 수 없다. 이 편지를 읽으면 내 계획을 짐작할 수 있을 것이다. 찬성해 주었으면 좋겠다. 더 이상은 되풀이해 말하지 않겠다.

자주 편지 쓰겠다. 그리고 겨울 내내 마음속에서 항상 여러

---

schaffelt, 1754~1818). 건축가이자 건축일러스트레이터로 아버지를 이어 만하임 미술대학장을 지냈다.

59) 안나 아말리아 여공작을 말한다. 브룬스비크 볼펜뷔텔 공주 안나 아말리아 여공작(Duchess Anna Amalia of Brunswick-Wolfenbüttel, 1739~1807)은 1756년 16세의 나이로 바이마르 제후 에른스트 아우구스트와 결혼했는데, 두 아들을 낳고 얼마 지나지 않은 1758년 남편이 사망하자 장남 카를을 대신해 섭정을 시작한다. 신중하면서도 효율적인 관리자였던 아말리아 여공작은 자녀들의 교양 교육에도 매우 적극적이어서 유럽의 저명한 문화예술계 인사들을 교사로 초빙했다. 괴테가 바이마르에 도착한 1775년은 아우구스트 대공이 성년이 되는 해였고, 이에 아말리아 여공작은 섭정을 종료하고 자신은 도서관 사업 등을 펼치며 문화예술 분야에 집중하기 시작했다.

분과 함께 있겠다. 『타소』는 새해나 되어야 완성될 듯하다. 『파우스트』는 표지만 보아도 마치 전령처럼 내가 곧 도착한다는 소식을 알려줄 것이다. 그러면 나는 중요한 시기를 보냈고, 깨끗이 마감한 것이 되고, 필요한 곳에서 일을 다시 시작할 수 있을 것이다. 내 마음은 평온하고, 1년 전과 비교하면 무척 달라졌다.

내게 사랑스럽고 가치 있는 모든 것들이 풍요롭게 넘치고 있다. 요 몇 달간 비로소 여기 있는 시간을 만끽했다. 이제 모든 일들이 하나하나 분명해지고 있기 때문이다. 예술은 나에게 제2의 자연이 되고 있다. 이 예술은 제우스의 머리에서 태어난 아테나처럼, 위대한 인간들의 머리에서 창조되기 때문이다. 여러분은 나중에 몇 날 며칠 혹은 몇 년간 이에 대한 내 이야기를 들어야 할 것이다.

여러분이 있는 그곳에 화창한 9월이 찾아오기 바란다. 우리 모두의 생일[60]이 겹치는 8월 말에는 여러분의 생각을 더 많이 하겠다. 더위가 수그러지면 시골로 가서 그림을 그릴 생각이다. 그때까지는 실내에서 할 수 있는 일을 하고 있는데, 자주 휴식을 취해야 한다. 특히 저녁엔 감기를 조심해야 한다.

1787년 8월 18일, 로마

이번 주에는 북국인다운 나의 근면성을 좀 느긋하게 풀어놓을 수밖에 없었다. 주초 며칠은 엄청나게 더워서 원하는 만큼 많은 일을 못 했다. 그러나 이틀 전부터 선선한 북풍이 불어 대기

---

60) 괴테의 생일은 8월 28일, 헤르더는 8월 25일, 아우구스트 대공은 9월 3일이다.

가 상쾌하다. 9월과 10월은 두 달 모두 아주 좋은 날씨가 될 것 같다.

어제는 일출 전에 아쿠아 아체토사에 갔다. 그 청명함, 다양함, 향기로운 투명함, 아름다운 단풍이 이루는 풍경, 특히 원경을 보고 있으면 마냥 행복해진다.

모리츠는 이제 고미술을 연구하고 있다. 그는 고미술을 젊은이에게는 물론이고 생각하며 사는 모든 사람에게 유용하게끔 인간화해서, 책과 학교에서 배우는 죽은 지식을 새롭게 할 것이다. 그는 사물을 보는 방법을 다행히 잘 알고 있다. 내가 그에게 바라는 바는 철두철미하게 사유할 수 있는 시간을 갖는 것이다. 우리는 저녁에 산책을 하면서 낮에 읽었던 책과 자신의 생각에 관해 이야기를 나눈다. 이렇게 해서 나는 일 때문에 소홀히 하느라 뒤늦게야 애써 만회해야 할 공백을 메우고 있다. 그동안 나는 건물, 거리, 동네, 기념 조각 들을 구경한다. 밤에 집에 오면, 특별하게 눈에 띄었던 장면을 잡담하면서 종이에 그려보곤 한다. 어젯밤에 그린 스케치를 여기 동봉한다. 캄피돌리오 언덕을 뒤쪽에서 올라가면 대충 이렇게 보인다.

일요일에는 마음씨 좋은 앙겔리카와 함께 알도브란디니 공자[61]가 소장한 그림을 보러 갔는데, 그 가운데 레오나르도

---

61) 파올로 보르게세 알도브란디니 공자(Paolo Borghese, Principe Aldobrandini, 1733~1792). 알도브란디니는 피렌체의 오랜 귀족 가문으로, 교황 클레멘스 7세와 다수의 추기경을 배출하고, 파르네세 가문, 보르게세 가문과 결혼을 통해 친인척으로 맺어졌다. 퀴리날레 언덕 아우구스투스 황제의 기념묘 바로 옆에 보르게세 광장과 궁전이 있다. 또한 프라스카티에 있는 웅장한 빌라 알도브란디니는 멀리 로마가 내려다보이는 언덕에 자리 잡아 '벨베데레(belvedere, 전망대라는 뜻)'라는 별칭으로 불린다.

다빈치의 작품 한 점은 정말 훌륭했다. 앙겔리카는 재능이 뛰어나고 재산은 매일 불어나는데도 행복하지 못하다. 그녀는 팔기 위해 그림 그리는 일에 지쳤다. 그런데도 그녀의 늙은 남편은 손쉬운 일을 해서 그렇게 벌기 어려운 돈이 들어온다고 좋아한다. 그녀는 이제 자신의 즐거움을 위해, 마음의 여유를 가지고 신중히 연구해 가며 작업하고 싶어 한다. 그들은 자식도 없고, 불어나는 이자도 다 못 쓰고 있는데, 부인이 매일 적당히 작업을 해서 돈을 더 벌어들이고 있다. 하지만 이것은 그녀가 바라는 생활이 아니고, 앞으로도 그럴 것이다. 우리가 함께 있을 때마다 그녀는 나에게 매우 솔직하게 이야기하고, 나도 그녀에게 내 의견을 말하고 조언도 해주고, 또 그녀에게 용기도 북돋아주고 있다. 충분히 소유하고 있으면서도 그것을 사용할 줄도 즐길 줄도 모르는 사람들이 있으니, 부족함과 불행에 관해 이야기하는 것이 당연하다. 그녀는 대단하고 또한 여성으로서도 엄청난 재능이 있다. 우리는 그녀가 하지 않는 일이 아니라, 하는 일을 보고 평가해야 한다. 부족한 점만 따지고 든다면 대체 얼마나 많은 예술가들의 작품이 좋은 평가를 받겠는가.

사랑하는 여러분. 로마와 로마적인 것의 본질, 예술과 예술가들이 나에게 점점 더 친숙해지고 있다. 나는 그 상호관계를 꿰뚫어볼 수 있으며, 내가 직접 체험하고 이곳저곳을 돌아보니 그 관계가 피부에 와닿고 자연스럽게 느껴진다. 피상적인 방문으로 얻는 인상은 진실한 것이 아니다. 이런 허상 때문에 나도 이곳에서 정적과 규칙적인 생활을 버리고, 바깥세상으로 끌려 나가기도 한다. 그러나 가능한 한 스스로를 지키고 있다. 약속하고 연기하고 회피하고 다시 약속하고, 이탈리아 사람들과는 이탈리아인처럼 어울린다. 국무원장인 본콤파니[62] 추기경이 다른 사람을 통해 나를 초대했으나, 나는 9월 중순쯤에 시골로 갈 때까지 피할 생각이다. 상류계급의 신사 숙녀 들을 마치 고약한 질병인 양 피하고 있다. 그들이 마차를 타고 지나가는 것만 보아도 고통스러울 정도다.

1787년 8월 23일, 로마

여러분이 보내준 애정 어린 편지를 그저께 바티칸에 가기 직전에 받았다. 가는 도중에 읽고, 시스티나 예배당에서도 읽었다. 아무튼 관람을 하다가 잠깐씩 쉴 때마다 펼쳐보았다. 여러분이 나와 함께 있었더라면 하는 생각이 말로 표현할 수 없을 정도로 간절했다. 인간이 이룩할 수 있는 경지가 어떤 것인지 여러분이 보고 알았으면 하는 마음에서다. 시스티나 예배당을 보지 않고서는, 한 명의 인간이 해낼 수 있는 게 무엇인지 상상할수가 없기 때문이다. 위대하고 훌륭한 사람들에 관해서 우리는 이야기도 듣고 책을 읽어서 알고 있다. 여기 그 모든 것이 우리의 머리 위와 눈앞에서 살아 숨 쉬고 있다. 나는 여러분과 많은 이야기를 나누었고, 이 모든 것이 기록되었다고 생각했건만, 나에 관한 이야기를 듣고 싶다니! 할 얘기가 얼마나 많은지! 나는 진정으로 새로 태어나, 새롭게 개조되고 충만해졌다. 나의 모

---

62) 이그나치오 본콤파니 루도비시(Ignazio Boncompagni-Ludovisi, 1743~1790) 추기경을 말한다. 피옴비노 제후와 키지 공녀의 아들로, 친인척인 교황 비오 6세에 의해 1755년 추기경으로 임명되었다. 성직에 봉사한 적은 없고 주로 교황청 행정관으로 일했다. 1785년부터 1789년까지 바티칸 국무원장 추기경(국가의 총리에 해당)이었다.

든 힘이 응집된 기분이고, 아직 더 행할 수 있기를 바라고 있다. 근간엔 경치와 건축물에 관해 진지하게 생각해 봤고, 몇 가지 시도도 해봤다. 이제 이 일이 어떤 방향으로 얼마나 진전이 가능한지 보고 있는 중이다.

이제 드디어 우리가 알고 있는 것들의 알파와 오메가, 즉 인체에 들어갔다. 그러므로 나는 이렇게 말하련다. "주여, 저에게 복을 주시지 않으면 보내드리지 않겠나이다."[63] 소묘가 더 이상 진전되지 않아서 점토 상을 해보기로 했는데, 조금은 진전이 있는 듯하다. 적어도 한 가지 생각에 도달했는데, 이로 인해 많은 것들이 쉬워졌다. 그것을 상세히 설명하기엔 너무 장황할 듯하다. 또 이야기보다는 행하는 것이 낫다. 결과적으로 보면, 내가 자연 연구와 비교해부학을 꾸준하고 꼼꼼하게 지속해온 것이 이제 자연과 고대 미술품을 관찰하는 데 있어 하나하나 찾아내기 어려운 것들을 전체적으로 볼 수 있게 해주고 있다. 화가들은 그것을 세부적으로 찾아내기도 힘들고, 설령 어느 땐가 찾아낸다 할지라도 자신만을 위한 것이지 다른 사람에게 전달할 수 없다.

소위 예언가에 대한 분노 때문에 구석에 처박아두었던 나의 인상학적인 작품들을 모두 다시 *끄*집어냈다.[64] 그것들은

---

63) 「창세기」 32장 26절.

64) "예언가"란 취리히 문예그룹의 중심인물이었던 라바터를 말한다. 괴테가 평생에 걸쳐 교우한 많은 사람들 가운데 라바터는 가장 양극단을 달린 경우다. 라바터의 사상과 활동은 두 측면으로 요약된다. 하나는 '인상학자'이고, 다른 하나는 '열정적 기독교 전도사'다. 동양의 관상학과 유사한 서구의 인상학은 사람의 얼굴과 머리뼈 모양을 분석해 성격에서부터 질병은 물론 운명까지 예측하는 것으로 18세기에 유럽에서 대대적·인기를 끌었는데, 라바터는 이 유행의 선두에 있었다.

이제 나에게 정말로 과거지사에 불과한 것 같다. 헤라클레스 두상을 시작했다. 이것이 성공하면 계속해 볼 생각이다.

나는 현세와 온갖 세상사에서 멀리 떨어져 있기에, 신문을 읽고 있으면 참으로 기분이 묘해진다. 세상일은 흘러가 버리는 것이기에 나는 영속적인 일에만 전념하고 싶다. 그리고 스피노자의 가르침대로 먼저 내 정신에 영원성을 부여하고 싶다.

워슬리 경[65]은 그리스, 이집트 등을 여행한 인물인데, 어

다른 한편, 라바터는 취리히 대성당 사제로 스위스 종교개혁을 이끌었던 츠빙글리 파에 속한 목사였다. 초현실적이고 열정적인 기독교 신비주의자였던 라바터는 독일 라인 강변을 따라 여행하며 곳곳에서 카리스마 넘치는 설교로 많은 호응을 얻었다. 그 전까지 편지로만 교류했던 두 사람이 처음 대면한 것도 이때다.(1774년경.)

비록 괴테는 비기독교적 성향이 강했지만, 실제 만나본 라바터의 인간적 따뜻함과 순수함에 크게 매료되었다. 뿐만 아니라 두 사람은 계몽주의적 합리주의의 현학성과 피상성, 프랑스 신고전주의 문학의 지나친 양식화에 비판적이라는 공통점으로 급격히 가까워졌다. 괴테는 1775년 라바터가 『골상학적 고찰들(Physiognomische Fragmente; zur Beförderung der Menschenkenntniß und Menschenliebe)』을 출판하는 것도 도와주었다.(1778년까지 전4권으로 출판되었다.) 그렇지만 라바터가 괴테에게 끊임없이 개종을 설득하자 두 사람은 서서히 멀어진다. 괴테는 근본적으로 현실주의적이며 균형감각을 타고난 사람이었고, 자신이 자연과학 탐구가라는 자부심도 있었기 때문에, 결국은 스피노자의 유물론적 범신론적 신관(존재하는 모든 것에 신이 깃들어 있다.)을 채택하게 된다.

두 사람의 관계가 결정적으로 악화된 것은 1786년 라바터가 펴낸 종교시집 『나다니엘(Nathanael)』 때문이었다. 처음에는 메시아의 존재를 의심했으나 스스로 깨달아 예수의 사도가 된 나다니엘 이야기를 다룬 서사시인데, 책 맨 앞에 '아직 오지 않은 나다니엘에게'라는 헌사를 써서 괴테를 암시했던 것이다. 이에 분노한 괴테는 라바터를 미신을 믿는 위선자라고 비난했다. 1797년에 괴테가 취리히를 방문했을 때, 멀리서 라바터의 모습이 보이자 마주치지 않기 위해 다른 길로 피해 갔다는 일화가 있다.

65) 리처드 워슬리 경(Sir. Richard Worsley, 7th Baronet, 1751~1805). 영국 와이트 섬에서 태어난 7대 워슬리 준남작으로, 어린 시절부터 부모님을 따라 나폴리를 여행했으며, 1769년 옥스퍼드를 졸업하고 2년 동안 그랜드투어를 했다. 하원의원으로 정치에 입문한 뒤, 1784년부터 1788년까지 에스파냐, 포

제 그의 집에서 많은 그림들을 보았다. 가장 크게 나의 관심을 끈 것은 피디아스[66]가 제작한 릴리프(아테네 근교에 있는 아테나 신전의 기둥 장식)를 소묘한 것들이었다. 단순한 형태를 띠고 있는 몇 안 되는 장식들이지만 아름다움의 극치를 보여준다. 그것 말고 다른 소묘 대상들은 그다지 인상적이지 못했다. 밋밋한 풍경보다는 건축물들이 좋았다.

오늘은 이만 줄이겠다. 내 흉상이 만들어지고 있는데, 이번 주엔 사흘 오전을 모델을 서느라고 보냈다.

1787년 8월 28일

요 며칠 좋은 일들이 꽤나 많았다. 오늘을 축하하기 위해서 자네가 보낸, 신에 관한 고귀한 생각을 담은 소책자[67]를 받았다. 수많은 기만과 오류로 넘쳐나는 이 바벨의 세상에서 그렇듯 순수하고 아름다운 생각들을 읽어내다니, 위안도 되고 새로운 기운도 생긴다. 그러한 신념과 사고방식이 확산될 수 있고, 널리 퍼져도 되는 시기가 왔다는 생각을 했다. 혼자 있을 때 그 책을 여러 번 읽어 마음에 새겨두겠다. 훗날 대화하는 데 도움이 될 수 있는 메모도 하겠다.

르투갈, 프랑스, 로마를 여행했다. 나중에 베네치아 주재 영국 대사를 역임했다. 고미술 전문가이자 수집가로도 명성이 높았는데, 이탈리아의 유명한 건축 연구가이자 고고학자로 바티칸의 큐레이터였던 에니오 퀴리노 비스콘티(Ennio Quirino Visconti, 1751~1818)를 초빙해 워슬리아눔 박물관(Museum Worsleya-num)을 세우고 자신이 수집한 고미술품을 전시했다.

66) 피디아스에 대해서는 299쪽 각주 333번 참조.

67) 신 존재의 증명과 인식 문제를 다룬 헤르더의 책 『신. 몇 가지 담론 (Gott. Einige Gespräche)』(1787)을 말한다.

요즘 나는 예술을 관찰하는 데 자꾸만 범위를 넓혀, 급기야는 매듭지어야 하는 일의 총체를 간과하고 있다. 생각으로 매듭짓는다고 해도, 행동으로 옮겨진 건 아닌데 어쩌면 다른 기회가 있어서 더 손쉽게 잘할 수 있을지도 모르겠다. 그렇게 하려면 재능과 재치가 필요할 것이다.

로마 아카데미 드 프랑스[68]에서 전시한 작품 중에 흥미로운 것들이 있었다. 신들에게 행복한 최후를 달라고 기원하는 핀다로스가 사랑하는 소년의 팔에 쓰러져 죽는 그림[69]은 상당한 가치가 있다. 어떤 건축가는 아주 좋은 착상을 작품화했다. 그는 현재의 로마를 한 각도에서 소묘했는데, 시가지의 윤곽이 선명하다. 다른 종이에는 옛 로마시를 마치 같은 장소에서 본 것처럼 그렸다. 옛날 기념비들이 서 있던 곳엔 아직 여러 곳에 그 형태가 폐허로 남아 있다. 그는 새로운 건물들을 제거하고 옛 건물들을 재현해 놓아서 마치 디오클레티아누스[70] 시대의

---

68) Académie de France à Rome. 태양왕 루이 14세가 프랑스의 전도유망한 예술가들을 4년간 국비 유학을 보내 이탈리아 예술을 공부하도록 1666년 로마에 세운 예술학교다. 이와 더불어 회화, 조각, 판화, 건축, 음악의 5개 분야에서 유학 장학생을 선발하는 그랑프리 드 로마(Grand Prix de Rome, 로마 대상)도 함께 제정되었다. 최초의 학교 건물은 오늘날 극장으로 쓰이고 있는 카프라니카 궁전(Palazzo Capranica)이었으며, 두 번째는 1737년부터 1793년까지 만치니 궁전(Palazzo Mancini)이었다. 마지막으로 나폴레옹 정복기였던 1803년부터 빌라 메디치에서 운영되다가 1968년에 폐지되었다.

69) 기원전 5세기 그리스의 시인으로 합창시와 송시를 썼던 핀다로스를 그린 장바티스트 프레데리크 데마레(Jean-Baptiste Frédéric Desmarais, 1756~1813)의 작품이다. 데마레는 프랑스 신고전주의 화가로, 파리 왕립미술원에서 그림을 공부하고 1786년부터 이탈리아에서 활동했다. 카라라 예술아카데미 교수가 되어 그곳에서 여생을 보냈다.

70) 가이우스 아우렐리우스 발레리우스 디오클레티아누스(Gaius Aurelius Valerius Diocletianus, 245~316, 재위 284~305). 로마 제정을 확고히

전경을 보는 것 같았다. 연구적 측면에서뿐만 아니라 그림의 취향과 채색 모두 훌륭했다.

내가 할 수 있는 일은 모두 하고 있으며, 지닐 수 있는 한도 내의 모든 지식과 재능을 쌓아가고 있다. 이런 식으로 참된 것만을 지니고 돌아가려고 한다.

트리펠[71]이 내 흉상을 제작하고 있다는 얘기를 자네에게 했던가? 발데크 공자가 주문한 것이다. 대충 완성되었는데, 형식면에서도 우수하고 전체적으로 괜찮다. 모형이 완성되면, 그것으로 석고본을 뜨고, 그다음엔 곧바로 대리석 상에 착수할 것이다. 그는 이 대리석 상을 실물 크기로 제작할 계획이다. 대리석은 다른 재료로는 불가능한 것을 완성할 수 있다.

앙겔리카가 요즈음 그리고 있는 그림은 좋은 작품이 될 것 같다. 그라쿠스의 어머니가 보석을 자랑하는 어떤 여자 친구에게, 최상의 보석인 자신의 아이들을 가리켜 보이는 그림이다.[72] 구도가 매우 자연스럽고 훌륭하다.

수확하기 위해 씨를 뿌린다는 건 얼마나 좋은 일인지! 오늘이 내 생일이라는 것을 여기서는 아무한테도 이야기하지 않았다. 아침에 잠자리에서 일어나면서 고향에서 축하하는 우편

하고 오리엔트식 전제군주정을 수립한 황제. 로마의 다신교 전통을 회복하기 위해 많은 신전을 세우고 기독교를 금했다.

71) 알렉산더 트리펠(Alexander Trippel, 1744~1793). 스위스 샤프하우젠 태생의 조각가로, 로마에서 활동했다.

72) 로마 공화정 말기의 탁월한 정치가이자 개혁가였던 티베리우스와 가이우스 그라쿠스(Gracchus) 형제의 어머니 코르넬리아는 남편을 일찍 여읜 후 이집트 왕의 청혼도 거절하고 두 아들을 혼자 키웠는데, 그리스에서 교사들을 초빙해 와 아들들을 가르칠 만큼 자녀 교육에 열성적이었고, 자식들에 대한 자부심도 남달랐던 것으로 유명하다.

물이 오지 않을까 하고 생각했다. 그런데 여러분의 소포가 도착해 형언할 수 없이 기뻤다. 곧 일어나 앉아 소포에 동봉한 편지를 읽자마자 이렇게 진심으로 감사의 답신을 적고 있다.

지금 여러분과 함께라면 좋겠다. 그러면 몇 가지 시사적인 일들에 관해 자세한 대화를 나눌 수 있을 텐데. 분명 그럴 때가 올 것이다. 이제 우리가 다시 만날 날을 헤아릴 수 있게 된 것만으로도 나는 정말 감사하다. 자연과 예술의 들판을 마음껏 거닐고 나서, 이곳에서부터 기쁜 마음으로 여러분에게 돌아갈 것이다.

오늘 자네의 편지를 받고 다시 한 번 곰곰이 생각했다. 그리고 나의 미술 공부나 저작 활동 등 모든 것이 아직 시간을 필요로 한다는 사실을 확인했다. 미술 분야에서는 모든 것을 확실한 지식으로 만들어야 한다. 전통이나 개념에 매달려 있으면 안 된다. 이를 위해 로마보다 더 적합한 곳이 없을 것이기에, 남은 반년을 최선을 다할 것이다. 나의 사소한 일거리들을(내 일이라는 것이 한없이 작아 보인다.) 적어도 집중력과 즐거운 마음을 갖고 완수해야겠다.

그러고 나면 모든 것이 나를 조국으로 불러들일 것이다. 또다시 내가 고립된 채 사적인 생활을 하게 된다손 치더라도, 깊이 생각하고 정리할 일이 너무 많기 때문에 10년 정도는 심심할 시간이 없을 것이다.

박물학 분야에서 나는 자네가 예기치 못한 것들을 가지고 갈 것이다. 나는 내가 유기체의 생성 및 발달이 어떻게 이루어졌는가 하는 문제의 핵심에 거의 접근했다고 생각한다. 자네는 발출(發出)이 아닌 발현(發顯)을 즐거운 마음으로 보게 될 것이다.[73] 그리고 자네는 과거에나 현재 누가 나와 같은 점을 발견하고 생각했는지, 같은 측면에서 관찰했는지 아니면 조금 다른 입장이었는지를 알려주어야 한다.

보고

올겨울은 로마에서 지내야겠다고 이달 초에 결심을 굳혔다. 지금 떠나기엔 아직 미숙한 상태라는 것, 다른 곳에선 내 작품들을 마무리 짓기 위한 공간도 시간도 없을 것이라는 느낌과 깨달음이 드디어 결정을 내리도록 만들었다. 이 결심을 고향에 전하고 나니, 이 시점부터 새로운 시대가 시작된다.

더위가 점점 기승을 부리자, 발 빠르게 행동하는 데 제약을 받게 되었다. 그래서 우리는 조용하고 시원한 곳에서 시간을 유용하게 보낼 수 있는 쾌적한 장소를 찾아보았다. 시스티나 예배당이 아주 적격이었다. 바로 이 무렵에 미켈란젤로가 새삼스럽게 예술가들의 존경을 받고 있었다. 여타의 위대한 특징은 물론 그의 채색 또한 다른 화가가 따를 수 없다는 것이었다. 미켈란젤로와 라파엘로 중에 누가 더 천재인가에 대해 논

---

73) 헤르더는 『신. 몇 가지 담론』에서 라이프니츠의 발출설(Fulguration)을 논박했는데, 이를 염두에 둔 표현이다. 발출설은 라이프니츠가 『모나드론』에서 신 존재를 증명할 때 사용한 개념으로, 자연과 세계의 모든 것은 모나드(신, 單子)에 의해 예정되어 있으며, 때로 예기치 않은 '돌발적 출현'이 있더라도 그 또한 모나드에 이미 내재한 것이라는 주장이다. 괴테는 자신의 원식물 개념이 라이프니츠의 모나드론과 비슷해 보일 수 있음을 의식해서, 그 차이를 강조하기 위해 발현(Manifestation)이라는 단어를 썼다.

쟁하는 것이 유행이었다. 라파엘로의 「그리스도의 변용」은 신랄한 비난을 받았으나, 「논쟁」은 그의 작품 가운데 가장 훌륭하다고 언급되었다.[74] 이 작품은 고대의 양식을 선호하는 후기 경향을 앞서 보여주고 있는데, 조용한 관람자에게는 그것이 아직 재능이 충분히 개발되지 못한 것으로 보일 뿐이기에 결코 친숙해질 수 없었다.[75]

위대한 천재를 이해하기란 어려운 일이다. 두 사람을 동시에 이해하기란 더더욱 그러하다. 사람들은 편을 가름으로써 작업을 쉽게 해결하려고 한다. 이런 이유로 미술가와 작가들에 대한 평가가 항상 변하기 마련이고, 이 사람 혹은 저 사람이 어떤 시기를 완전히 지배하게 되는 논쟁이 나를 당혹스럽게 할수는 없었다. 나는 그런 논쟁에 휩쓸리지 않고, 내가 직접 관찰함으로써 가치와 품격을 전심전력으로 찾으려 하기 때문이다. 이 위대한 피렌체 화파를 선호하는 경향은 화가들로부터 시작해 예술 애호가들한테 전달되었다. 당시 부리와 립스[76]가 프

---

74) 라파엘로가 바티칸 사도의 궁전 벽화를 처음으로 의뢰받아 1509~1510년에 그린 「성찬에 대한 논쟁(La Disputa del Sacramento)」과 1520년에 완성된 라파엘로의 마지막 작품 「그리스도의 변용」을 비교하고 있다.

75) 바티칸 사도의 궁전에 4개의 독립된 공간을 통칭하는 라파엘로의 방에는 각기 다른 시대의 종교적 사건이 연작 형식으로 그려졌는데 그중 서명의 방(Stanza della Segnatura)에 있는 「아테네학당」과 「성찬에 대한 논쟁」은 가장 초기작이다. 특히 서명의 방에 있는 벽화들은 고대 그리스적 요소를 기독교와 결합한 고전주의 양식이 두드러지며, 이전까지는 이 고대적 요소가 기독교 세계의 관람자들에게 훌륭한 것으로 인식되지 못했으나, 18세기에 고대의 재발견과 더불어 비로소 재평가되고 있음을 말한다.

76) 요한 하인리히 립스(Johann Heinrich Libs, 1758~1817). 스위스 취리히 출신의 화가이자 동판화가로, 라바터의 문예그룹에 속했다. 1782년부터 1789년까지 로마에서 유학한 후, 괴테의 초청으로 바이마르 자유회화학교 교수가

리스 백작의 요청으로 시스티나 예배당의 수채화를 복사하고 있었다. 성당 관리인은 상당히 많은 돈을 받고 우리를 제단 옆으로 난 후문을 통해 들여보내 주었다. 우리는 있고 싶은 만큼 성당 안에 머무를 수 있었다. 먹을 것도 부족하지 않았다. 한번은 내가 한낮의 찌는 듯한 더위 때문에 지쳐서 교황의 의자에 앉아 낮잠을 잤던 일이 생각난다.

사다리를 타고, 제단화의 아래쪽 두상들과 인물들을 면밀히 복사하는 일이 끝났다. 치음엔 김정색 전에 흰 백묵으로, 다음엔 커다란 종이에 스케치 연필로 꼼꼼히 투사해 냈다.

더 옛날 사람들을 돌아보면 레오나르도 다빈치 역시 마찬가지로 유명하다. 그의 작품 「바리새인들과 함께 있는 예수」가 걸작이라고들 하는데, 나는 앙겔리카와 함께 이 그림을 알도브란디니 갤러리에서 보았다. 그녀가 일요일 정오쯤 자신의 남편과 라이펜슈타인 궁정고문관과 함께 마차로 나를 데리러 왔다. 푹푹 찌는 삼복더위에도 우리는 모두 느긋이 어딘가의 전시실에 가서, 두어 시간 관람한 다음 훌륭한 점심 식사가 차려져 있는 그녀의 집으로 돌아가는 것이 통례처럼 되어 있었다. 이 세 사람은 각각 나름대로 이론적 실제적 미학적 기술적인 면에서 지식을 겸비한 사람들인지라, 유명한 예술 작품 앞에서 그들과 이야기를 나누면 배우는 것이 한두 가지가 아니었다.

그리스에서 돌아온 워슬리 준남작은 가져온 그림들을 우리에게 보여주는 친절을 베풀었다. 특히 피디아스의 아크로폴리스의 전면 장식을 복사한 그림들은 잊을 수 없는 인상을 나

되었으나, 이후 괴테와의 불화로 1794년에 취리히로 돌아갔다.

에게 결정적으로 남겼다. 내가 미켈란젤로의 역동적인 인물들을 보는 것이 계기가 되어, 전보다 인체에 대해 더 많은 관심을 가지고 관찰하게 되었기 때문이었다.

로마 아카데미 드 프랑스의 전시회는 이달 말에 활기찬 미술계에 또 하나의 중요한 시점을 마련했다. 다비드의 작품 「호라티우스」에서는 프랑스 화가들의 우수성이 드러나게 되었다.[77] 티슈바인은 이 작품에 자극받아 실물 크기의 헥토르 상을 그리기 시작했다. 헥토르가 헬레네 앞에서 파리스 왕자를 질책하는 장면이다.[78] 프랑스 화가들의 명성을 높이는 화가로는 드루에, 가녜로, 데마레, 고피에, 생투르 등이 있고, 푸생풍의 풍경화가인 보케도 좋은 평을 받고 있다.[79]

---

77) 18세기 프랑스 신고전주의의 정점으로 평가되는 화가 자크루이 다비드(Jacques-Louis David, 1748~1825)의 역사화 「호라티우스 형제의 맹세」(1784)를 말한다. 1785년 파리 살롱전에 엄청난 찬사를 받은 작품으로, 기원전 7세기 로마와 알바롱가의 전쟁에서 싸운 호라티우스 가문의 세 형제가 조국을 위해 목숨을 바칠 것을 아버지에게 맹세하는 장면을 그렸다. 왕립미술아카데미 출신으로 루이 16세의 궁정화가였던 다비드는 통치자의 흥망성쇠에 따라 기민하게 대응하며 화가로서 성공가도를 달리다 나폴레옹의 실각 후 브뤼셀로 망명해 그곳에서 사망했다.

78) 트로이 왕국의 장남 헥토르가 동생인 파리스에게, 그가 헬레네를 아내로 선택하는 바람에 벌어진 트로이 전쟁에 책임을 느끼고 즉시 참전하도록 촉구하는 장면을 말한다.

79) 장 제르맹 드루에(Jean Germain Drouais, 1763~1788). 자크루이 다비드의 제자로, 다비드와 견줄 만한 신고전주의 걸작을 여럿 남겼다.

베니녜 가녜로(Bénigne Gagneraux, 1756~1795). 프랑스와 이탈리아에서 활동한 화가로, 피렌체 예술아카데미 교수를 역임했다.

데마레. 656쪽 각주 69번 참조.

루이 고피에(Louis Gauffier, 1761~1801). 역사와 신화 소재의 그림을 즐겨 그렸으나, 프랑스대혁명 이후 귀족들의 초상화가로 전락해 일찍 생을 마감했다.

장피에르 생투르(Jean-Pierre Saint-Ours, 1752~1809). 스위스 제네바

모리츠는 그동안 고대 신화에 열을 올리고 있었다. 그가 로마에 온 이유는 예전의 방법으로 여행기를 써서 여행비용을 마련하기 위해서였다. 어떤 출판업자가 그에게 고료를 선불로 주었다. 그가 로마에 체류하자마자 곧 깨달은바, 쉽고 하찮은 일기를 쓰는 것도 쉽지 않았다. 매일 대화를 나누고 그렇게 많은 수의 중요한 예술품들을 보면서, 그는 완전히 인간적인 측면에서 고대 신화를 집필하기로 작정했다. 그리고 그 교훈적인 이야기를 석판화를 곁들여 출판하기로 했다. 그는 일에 열중했고, 우리도 그 일에 도움을 줄 수 있는 대화를 많이 나누었다.

내 흉상을 만들고 있는 조각가 트리펠과 이야기를 나누면서 우리의 관점이 일치한다는 것을 발견했다. 매우 유익하고 위대한 내용이었다. 내 흉상은 발데크 공자가 주문했고 대리석으로 제작될 예정이다. 인체를 배우고, 인체의 비율이 균형과 상이한 성격을 표현하는 데 얼마나 중요한지를 배운 좋은 기회였다. 게다가 주스티니아니 궁전에 소장되어 지금까지 주목받지 못했던 아폴론 두상을 발견한 장본인이 바로 트리펠이라, 그 대화는 갑절로 흥미진진했다. 그는 그 두상이 최고 작품들 중 하나라 평했으며, 그걸 사고 싶어 했으나 매입하지 못했다. 이 고대 유품은 그다음부터 유명해졌고, 후에 포르탈레 기사가 구입해 뇌샤텔로 가져갔다.[80]

태생이지만 프랑스에서 주로 활동했다.

니콜라 디디에 보케(Nicolas-Didier Boguet, 1755~1839). 23세 때 로마 아카데미 드 프랑스 장학생으로 로마에서 유학한 후, 유럽 귀족들의 이탈리아 풍경화 주문을 받아 다수의 작품을 남겼다.

80) 자크루이 드 포르탈레(Jacques-Louis de Pourtalès, 1722~1814)는 제네바 출신으로, 뇌샤텔에서 무역, 운송, 은행업으로 부유해졌으며, 신성로마

용기를 내어 바다로 나간 사람이 바람과 날씨에 따라 때로는 이쪽으로, 때로는 저쪽으로 뱃길을 잡듯, 내 경우도 마찬가지였다. 페어샤펠트가 원근법 강좌를 열어 저녁마다 상당히 많은 참석자들이 그의 이론을 주의 깊게 듣고 즉석에서 연습했다. 그 강좌가 특히 좋았던 것은 너무 지나치지 않게 아주 적당히 가르쳐준다는 점이었다.

이런 조용함 속에서 정적인 일로 분주한 나를 자꾸 사람들은 끌어내려 했다. 마치 작은 마을에서 보통 하루 일어난 일에 대한 이야기를 주고받는 것처럼, 예의 그 연주회가 로마 시내에서 화제가 되었다. 사람들의 관심이 나와 나의 저작 활동에 쏠렸다. 나는 『이피게니에』와 여타 작품들을 친구들 앞에서 낭송했는데, 이 낭송 또한 화제가 되었다. 본콤파니 추기경이 나를 만나자고 했으나, 나는 조용히 지내기로 한 결심을 바꾸지 않았다. 라이펜슈타인 궁정고문관이, 자신의 초대에도 내가 응하지 않았는데 어느 누가 내 마음을 움직일 수 있겠느냐는 완강한 발언을 해서 내 조용한 은거 생활을 고집하기가 쉬워졌다. 이 발언이 내게 몹시 유용했기 때문에, 나는 그의 사회적 지위를 이용해 내가 선택한 정말 조용한 은거 생활을 계속할 수 있었다.

제국 황제 프리드리히 빌헬름 2세에게 기사 작위를 받았다. '포르탈레의 아폴론'으로 불리는 이 두상은 기원전 4세기 그리스 작품의 로마 복사본으로, 오늘날 대영박물관이 소장하고 있다.

9월

서신

1787년 9월 1일

오늘 『에그몬트』가 완성되었음을 알려드린다. 나는 그동안 이 작품을 군데군데 손질했다. 원고는 취리히로 먼저 보냈는데, 카이저[81]에게 간주곡과 그 밖에 음악이 필요한 부분의 작곡을 맡기고 싶기 때문이다. 그런 다음에 여러분도 즐겁게 감상해 주시기 바란다.

미술 공부는 큰 발전을 이루었다. 나의 원칙은 어디에서나 맞아떨어져, 모든 것을 이해할 수 있다. 화가들이 일일이 애를 써서 찾아 모아야 하는 그 모든 것이 이제 내 앞에 완전히 펼쳐져 있다. 내가 모르고 있는 것이 얼마나 되는지를 스스로 알고 있으며, 모든 것을 알고 이해할 수 있는 길이 열려 있다.

헤르더의 신학이 모리츠의 마음에 들었다고 한다. 그것이 그의 인생에 중요한 기점이 되어, 그의 감정이 그쪽으로 쏠려

---

81) 필리프 크리스토프 카이저(Philipp Christoph Kayser, 1755~1823). 프랑크푸르트 태생의 피아니스트이자 작곡가, 음악 교사로, 어릴 때부터 괴테와 가까웠다.

있다. 그는 나와 교제함으로써 마음의 준비가 되었는지라, 마치 마른 장작에 불이 붙듯 그 사상에 빠졌다.

9월 3일, 로마

오늘은 내가 카를스바트를 떠난 지 1년째 되는 날이다. 굉장한 한 해였다! 이날은 나에게 특별히 의미 있는 날이다. 대공의 생일이자 내 삶의 재탄생일인 것이다. 1년을 어찌나 유용하게 보냈는지, 아직은 나 스스로한테나 다른 사람한테 길게 나열하듯 이야기할 수가 없다. 내가 여러분과 함께 이 모든 시간을 총체적으로 이야기할 수 있는 때가 오길 바란다.

이제야 내 연구가 이곳에서 본격적으로 시작되었다. 만일 내가 예전에 이곳을 떠났다면, 나는 정말로 로마를 보았다고 할 수 없었을 것이다. 여기에서 보고 배울 것들이 얼마나 많은지 보통 사람들은 생각할 수도 없을 정도다. 여기가 아닌 다른 데서는 이런 것을 상상할 수도 없다.

나는 또다시 이집트 미술을 접하고 있다. 요 며칠간 저 거대한 오벨리스크를 몇 번 보러 갔는데, 손상된 채로 정원의 쓰레기와 진창 사이에 있다. 아우구스투스 황제를 기리기 위해 로마에 세워진 세누스레트의 오벨리스크였는데, 한때는 그것이 캄푸스 마르티우스에 그려져 있던 거대한 해시계의 바늘 구실을 하기도 했다.[82] 많은 기념물들 가운데 가장 오래되고 홀

---

82) 당시까지의 고고학 연구가 불완전했기 때문에 내용에 오류가 있다. 세누스레트의 오벨리스크는 고대 이집트의 파라오 세누스레트 1세(Senusret I, 재위 기원전 1971~1926)가 재위 30주년 기념으로 헬리오폴리스(Heliopolis, 오늘날 카이로 외곽)의 태양 신전으로 세운 것이다. 현존하는 고대 이집트 오벨리스크

룽한 유적이 훼손되어, 몇몇 부분은 알아보기조차 힘들 정도가 되었다. 어쨌든 아직 그곳에 남아 있고, 파괴되지 않은 부분들은 마치 어제 만들어놓은 것같이 생명력이 있고 나름대로 무척 아름답다. 최근에 나는 스핑크스 두상 하나, 그리고 몇 개의 다른 스핑크스, 인간, 새들의 두상을 본뜬 석고상 제작을 주문했다. 우리는 이 귀중한 작품들을 소유해야 한다. 이집트 상형문자를 더 이상 해독하지 못하게 될 것을 대비해서, 교황이 그 오벨리스크를 새건하려 한다는 이야기를 들었다. 그래서 나는 최상의 작품들도 모형을 뜨고 싶다. 이 작품들을 살아 있는 지식으로 소화 흡수하기 위해 점토로 만들어보고 있다.

9월 5일

나에게는 축제의 날이 될 이 아침에 편지를 쓰고 있다. 『에그몬트』를 오늘 완전히 끝마쳤기 때문이다. 제목과 등장인물을 써넣었고, 비워두었던 몇 군데 공백도 메웠다. 나는 지금 여러분이 이 원고를 받아 읽게 될 날을 생각하면서 기뻐하고 있다. 그림 몇 장도 동봉한다.

가운데 가장 오래되었으며, 최초에 놓인 장소에 남아 있는 유일한 오벨리스크다.
　　한편, 괴테가 세누스레트의 오벨리스크라고 한 것은 파라오 프삼티크 2세(Psamtik II, 재위 기원전 595~589)가 기원전 6세기에 세운 한 쌍(두 개)의 오벨리스크다. 기원전 10년, 이집트 원정에서 승리한 아우구스투스 황제는 이들 오벨리스크 중 하나를 로마로 옮겨와 마르티우스 평원에 조성한 대형 해시계의 시침으로 세워놓았다. 오벨리스크는 9~11세기경 지진 등으로 파괴되어 땅속에 묻혀 있다가, 16세기부터 18세기까지 부분들이 계속 발굴되었다. 1789년에 마침내 일부가 재조립되어 몬테시토리오 광장(Piazza di Montecitorio) 해시계의 시침으로 세워졌다. 이때 유실된 부분을 보충하기 위해 안토니우스 피우스 기념원주의 화강암을 일부 사용했지만, 높이는 기단부를 포함해도 23미터로, 원래보다 낮아졌다.

9월 6일

여러분한테 많은 이야기를 써 보내고, 또 지난번 편지에 이어 여러 가지 소식을 전하려고 했는데, 그만 중단해야 될 일이 생겼다. 게다가 내일은 프라스카티로 떠난다. 이 편지는 토요일에 발송될 것이기에, 여기에 작별 인사로 몇 마디 쓰겠다. 내가 이곳에서 맑은 날씨를 즐기듯, 지금쯤 여러분도 그곳에서도 좋은 날씨를 즐기고 있으리라 믿는다. 나는 항상 새로운 생각을 하고 있다. 주위에 천만 가지 볼 것들이 있으니, 그 대상들이 나에게 때에 따라 이런저런 착상을 준다. 많은 길이 있으나, 모든 것은 하나로 집약된다. 그렇다. 내가 할 수 있는 말은, 내 능력과 나를 인도해 온 빛이 이제야 보인다는 것이다. 자기의 상황을 현실적으로 파악하기 위해서 우리는 어느 정도 나이를 먹어야 하나 보다. 그러니까 마흔 살이 되어야 현명해지는 것은 슈바벤 사람들만이 아니라는 뜻이다.

헤르더가 아프다는 소식을 듣고 걱정하고 있다. 곧 좋은 소식이 들려오길 바란다.

나는 언제나 심신이 평안하다. 근본적으로 치유되었다고 믿을 수 있을 정도다. 매사가 순조롭고, 어느 때는 젊은 시절의 기운을 느끼기도 한다. 『에그몬트』를 이 편지와 함께 발송하겠다. 그러나 이 편지를 우편마차로 부칠 예정인지라 늦게 도착할 것이다. 여러분이 이 작품에 관해 뭐라고 말할지 몹시 궁금하다.

아마 곧장 인쇄에 들어가는 것이 좋을 것 같다. 이 작품이 독자들에게 참신한 인상을 주었으면 좋겠다. 전집에 누락되는 작품이 없도록 여러분이 일처리를 잘해 주시길.

예의 『신』이 나에게 최상의 말동무가 되어주고 있다. 모리츠는 그 이론을 통해 자신을 정립했단다. 무언가 부족하여 허물어져버릴 듯했는데, 이제 비로소 그는 자신의 사상을 완성했다. 그가 쓰는 책은 잘될 것이다. 그는 자연에 관계되는 일에 박차를 가하라고 나를 북돋워주었다. 특히 식물학에 있어서 나는 "하나인 동시에 전부"[83]인 경지에 이르렀는데, 이제는 경이롭기까지 하다. 어떤 범위까지 적용될지 나 자신도 아직 모르겠다.

미술의 부흥 이래 여러 예술가와 지식인들이 그것을 조각내어 찾고 연구하지만, 미술 작품을 설명하고 한눈에 파악하는 원칙적 이론에는 통일성이 없다. 나는 나 자신의 원론을 적용시킬 때마다 매번 옳다고 생각한다. 내가 그런 결정적 열쇠를 가지고 있다고 말하지 않고서도 미술가들과 부분적인 것에 관해 이야기를 나눌 수 있다. 그러면서 그들이 얼마나 발전했는지, 어떤 능력이 있는지, 무엇이 부족한지 꿰뚫어볼 수 있다. 나는 문을 활짝 열고 문지방에 서 있다. 거기에 서서 신전의 내부를 둘러볼 수 있는데 그 자리를 다시 떠나야 하는 사실이 유감이다. 옛날 예술가들은 호메로스처럼 분명히 자연에 관해 대단한 지식을 가지고 있었다. 뿐만 아니라 그들은 무엇이 표현될 수 있고 또한 무엇이 표현되어야 하는가를 확실하게 파악했다. 불행히도 일급 예술 작품은 그 숫자가 적다. 어쨌든 만일 우리

---

83) 원문은 그리스어 "ἕν καὶ πᾶν(헨 카이 판)"으로 되어 있다. 그리스 철학자 크세노파네스(Xenophanes of Colophon, 기원전 560?~기원전 470?)는 그리스의 의인화된 다신론을 거부하고, 신은 '하나인 동시에 전체'로서 통일성과 영원성을 그 본질로 한다는 일원론적 신관을 주장했다.

가 그런 작품을 보게 된다면, 우리가 바라는 것은 이를 올바르게 인식한 다음, 편안한 마음으로 떠나는 것이다. 이런 고귀한 예술품들은 인간이 참된 자연의 법칙에 따라 이룩한 최상의 자연 창조물이다. 우연적인 것, 내실 없는 것들은 모두 붕괴된다. 거기에는 필연성이 있고, 또한 신이 내재되어 있다.

며칠 후 재능 있는 건축가[84]의 작품들을 보기로 했다. 그는 팔미라까지 가서 대단한 감식안과 취향을 가지고 대상을 그렸다. 이에 관한 이야기를 곧 전해 드리겠다. 이 중요한 폐허에 관한 여러분의 생각을 듣고 싶다.

내가 행복하니, 여러분도 기뻐해 주시길. 그렇다. 이렇게 행복했던 적은 없었다. 엄청나게 고요하고 순수한 가운데 타고난 대로 정열을 바쳐 일할 수 있다는 것, 끊임없이 즐거운 일에서 지속적으로 유익한 과업을 이뤄낼 수 있으리라는 것, 이는 결코 대수로운 것이 아니다. 사랑하는 여러분에게 내가 누리는 기쁨과 느낌을 조금이라도 전달할 수 있기를 바란다.

정계에 감도는 어두운 구름이 걷히기 바란다.[85] 우리 시

---

84) 679~683쪽에서 언급되는 루이프랑수아 카사(Louis-François Cassas, 1756~1827)를 말한다. 카사는 프랑스 태생의 화가, 건축가, 조각가, 동판화가로, 10대 때 자크루이 다비드에게 그림을 배웠다. 1778년부터 이탈리아에서 고대 예술품을 연구했으며, 1784년 오스만튀르크 제국 주재 프랑스 대사의 수행인으로 1787년까지 콘스탄티노플에 체류했다. 이집트, 팔미라(시리아), 예루살렘, 팔레스타인 등을 여행하고 그때까지 알려지지 않았던 근동의 유적지들을 풍경화로 남겼다.

85) 러시아와 오스트리아는 오스만튀르크를 상대로 16세기부터 1차 세계대전이 발발할 때까지, 총 12차에 걸쳐 전쟁을 벌였는데, 그중 1787년에 8차 러시아튀르크 전쟁이 발발했다. 그때까지만 해도 동유럽의 강국이었던 폴란드는 러시아오스트리아 동맹에 참여해 자국의 이익을 도모하고자 했으나 뜻을 이루지 못했다. 한편, 1786년 프로이센 국왕이 된 프리드리히 빌헬름 2세는 폴란드의 개혁세력인

대의 전쟁은 지속되는 동안엔 많은 사람들을 불행하게 하고, 또 끝나더라도 행복해할 사람은 아무도 없다.

9월 12일

사랑하는 친구들이여, 나는 여전히 노력하면서 사는 사람이다. 요 며칠은 즐기는 것은 제쳐두고 일에 몰두했다. 이번 주도 끝나가니 여러분께 소식을 전해야겠다.

내가 없는 해에 벨베데레 궁전[86]의 알로에가 꽃을 피웠다니 아쉽다. 내가 시칠리아에 너무 일찍 도착해서 이곳에는 오로지 한 그루만 꽃을 피우고 있다. 그나마 별로 크지도 않고 너무나 높은 곳에 피어서 사람들이 가까이 갈 수가 없다. 인도산 식물들은 이 지방에서도 별로 잘 자라지 못한다.

그 영국인의 묘사는 내 마음에 들지 않았다. 영국에서는 성직자들이 매우 신중해야 하고, 그만큼 평신도들한테도 엄격하다. 개방적인 영국인이라도 도덕적인 글을 쓰는 데는 몹시 제한을 받고 있다.

꼬리 달린 인간들은 내게 놀랍지 않다. 묘사한 바로 보건대, 극히 자연스러운 것 같다. 매일 우리 눈앞에서 그보다 더 놀

애국당(Polish Patriotic Party)을 제재하고 병사를 모집한다는 명분으로 폴란드에 프로이센 근위대(Preußische Truppe)를 파병했다. 당시 바이마르의 아우구스트 대공 역시 프로이센 장군으로 폴란드에 파견되었다. 러시아 튀르크 전쟁에 개입해 동유럽에서 영향력을 키우고 영국을 견제하려는 프로이센의 전략이었다. 결국 1790년 프로이센과 폴란드는 동맹을 체결했으며, 이때 본문에도 언급된 루케시니 후작(583쪽 참조)이 프로이센 대사로 바르샤바에 파견되어 활약했다. 이후 러시아, 오스트리아, 프로이센 연합은 폴란드 영토를 3분할 해 식민지로 나눠 갖는다.(2차 폴란드 분할, 1793년)

86) 빈의 벨베데레 궁전. 353쪽 각주 28번 참조.

라운 일들이 일어나지만, 그것이 우리와 직접적 관계가 없기 때문에 주의하지 않을 뿐이다.

다른 많은 사람들처럼 B씨도 평생 동안 신에 대한 진실한 경외심이 없다가 늙어서야 경건해졌다니 그 역시 좋은 일인 것 같다. 그런 부류의 사람들과 마음이 맞지 않는다고 할지라도 말이다.

라이펜슈타인 궁정고문관과 프라스카티에서 며칠 묵었다. 일요일에 앙겔리카가 우리를 데리러 왔다. 그곳은 낙원이다.

「에르빈과 엘미레」[87]를 이미 절반 정도 고쳐 썼다. 좀 더 흥미와 생동감을 불어넣으려 애썼고, 진부한 대화는 완전히 삭제해 버렸다. 이전 것은 학생의 습작, 아니 졸작이다. 물론 이 작품의 핵심인 아름다운 노래는 모두 그대로 두었다.

미술과 관계된 일도 돌진하듯이 진전되고 있다.

내 흉상은 아주 성공적이다. 모두가 만족하고 있다. 그 양식은 확실히 아름답고 품위가 있다. 이 흉상으로 인해 나의 외모가 흡사 아름답고 품위 있게 보였던 것처럼 후세에 전해지리

---

87) 괴테의 징슈필 「에르빈과 엘미레」의 모티프가 된 작품은 영국 작가 올리버 골드스미스의 소설 『웨이크필드 교구의 목사(The Vicar of Wakefield)』(1766)에 수록된 시 「은둔자(The Hermit)」다. 괴테는 이 시를 24세이던 1773년경에 처음 접했는데, 젊은 남녀의 애틋한 사랑 이야기에 깊은 인상을 받았다. 이후 1775년 바이마르에 정착한 괴테가 에터스부르크 극장 감독으로 처음 선보인 작품이 바로 2막의 징슈필 「에르빈과 엘미레」다.(1776년 초연) 당시 괴테의 대본에 곡을 붙인 인물은 안나 아말리아 여공작이다. 1770년부터 이미 여러 편의 징슈필을 작곡했던 아말리아 여공작은 오늘날에도 독일 악극의 발전에 기여한 작곡가로 평가된다. 두 사람의 협업으로 완성된 「에르빈과 엘미레」는 대성공을 거두어, 이후 많은 작가들에 의해 각색되었다. 하지만 이러한 대중적 성공과 무관하게, 자신이 젊은 시절에 썼던 작품들에 불만이 컸던 괴테는 이탈리아 체류 기간 동안 이 작품 대본 역시 개정하고 있다.

라 생각하니 나쁘지 않다. 이 흉상은 곧 대리석에다 실물 크기로 제작될 것이다. 운송이 아주 까다롭다. 그렇지 않았다면 석고로 떠서 하나 보냈을 텐데. 언젠가 배편을 이용할까 싶기도 하다. 마지막 짐을 싸다 보면 상자를 여러 개 꾸려야 되겠다.

아이들에게 전해주라고 크란츠 편에 상자를 하나 보냈는데, 아직도 도착하지 않았을까?

발레 극장[88]은 두 번이나 비참한 실패작을 낸 후, 최근엔 또다시 상당히 우아한 오페레타를 공연하고 있다. 사람들이 재미있게 연주를 해서 모든 것이 조화를 이루었다. 이제 곧 지방 순회공연을 떠날 것이다. 몇 번 비가 오더니 날씨가 서늘해졌고, 주변의 자연은 다시 초록색이 되었다.

여러분이 에트나 화산 폭발에 관해 신문에서 읽지 않았다면 곧 보도될 것이다.[89]

9월 15일

요 며칠 트렝크[90]의 자서전을 읽었다. 아주 흥미진진하고, 많

---

88) 269쪽 각주 304번 참조.

89) 1787년 7월 18일에 발생했다.

90) 프리드리히 프라이헤어 폰 더 트렝크(Friedrich Freiherr von der Trenck, 1726~1794). 프로이센 왕국 마그데부르크 인근에서 태어난 트렝크는 쾨니히스베르크에서 법학을 공부하다 1742년 프리드리히 대왕의 근위대 장교가 되었다. 그런데 1744년 실레지아 전쟁(오스트리아와 프로이센의 슐레지엔 영유권 전쟁) 때 프리드리히 대왕을 포로로 잡을 뻔했던 오스트리아 장교가 트렝크의 사촌이었고, 이 때문에 트렝크는 스파이 혐의로 수감되었다. 1746년 감옥을 탈출한 트렝크는 프로이센과 사이가 나빴던 헝가리로 가 제국 연대의 장교가 되었다. 1753년 그는 어머니의 장례식을 위해 단치히(오늘날 폴란드 그단스크)를 방문했다가, 프리드리히 빌헬름 2세의 수배령 때문에 다시 체포되어 마그데부르크 요새에 갇히고 온몸이 쇠사슬로 결박된다. 1763년 오스트리아 마리아 테레지아 황후의 개입으로

은 생각을 하게 만드는 책이다.

내일 어떤 특이한 여행자와 만나기로 했는데, 그에 관해서는 다음 편지에 이야기하겠다.

내가 여기 있는 것에 대해서 여러분도 같이 기뻐해 주었으면 한다. 로마는 이제 내 집처럼 친숙해졌다. 나를 긴장시키는 것은 거의 없어졌다. 눈에 보이는 대상물들이 나를 차츰 고양시켜준다. 나는 점점 더 순수하게 향유하고 더 많은 지식을 습득하고 있다. 행운이 계속해서 나아가도록 도와줄 것이다.

여기 편지 한 장을 정서해서 동봉하니, 친구들한테 전해주기 바란다. 로마는 무수히 많은 것들이 모여드는 중심지이기 때문에 이곳에 체류하는 것은 매우 흥미롭다. 카사의 작품들은 기가 막히게 아름답다. 여러분에게 알려주기 위해서 몇 가지를 머릿속에 훔쳐두었다.

나는 언제나 근면하다. 내 원칙이 맞는지 알아보기 위해 조그만 석고상을 소묘했다. 그런데 완전무결하게 맞아떨어져서, 제작이 놀랍게도 쉬웠다. 내가 만들었다는 것을 사람들이 믿지 못할 정도였다. 그건 아무 문제도 아니다. 내가 얼마만큼 발전할지는 두고 볼 일인 것 같다.

월요일엔 다시 프라스카티로 간다. 일주일 후에 편지를 발송하도록 신경을 쓰겠다. 그렇게 하고 나선 알바노로 갈 것 같

다시 한 번 자유의 몸이 된 트렝크는 1787년 자서전 『기묘한 인생 이야기(Merk-würdige Lebensgeschichte)』를 출판했고, 당시에 세간의 큰 관심을 끌었다. 이해 8월에 트렝크는 오스트리아 황실의 명으로 프랑스혁명의 추이를 관찰하도록 파리로 파견되고, 결국 스파이로 고발되어 1794년 로베스피에르에 의해 단두대에서 처형되었다.

다. 그곳에서 열심히 자연을 사생할 생각이다. 나는 전심전력을 다해 무언가 창출해 내려 하고 있다. 내 감수성을 발전시키는 일이 목적이다. 청년 시절부터 앓고 있는 이 병이 이젠 치유되도록 신에게 맡기겠다.

9월 22일

어제는 성 프란치스코의 성혈을 신고 행진하는 행사가 있었다. 이 종파의 성직자들이 열을 지어 행진하는 동안, 나는 그들의 머리 모양과 얼굴을 관찰했다.

고대 보석조각[91]의 모사품을 구입했다. 200점인데 모두 최상급이다. 고대의 수공품 가운데 가장 아름다운 것들이고, 일부는 착상이 뛰어나 골랐다. 로마에서 가지고 갈 물건 중에서 이보다 값진 것은 없을 것 같다. 이 모사품들은 아름답고 정교하기가 비할 데가 없다.

배를 타고 귀향할 때 가지고 갈 좋은 물건들은 많이 있다. 그러나 그 무엇보다 귀중한 것은 내게 애정과 우정을 베풀어준 행운을 만끽할 수 있는, 기쁜 마음일 것이다. 조심할 것은 다만 하나, 능력이 안 되는데 시도했다가 기운만 빠지고 아무런 결실을 맺지 못할 일이라면 애초에 시작하지 말아야 한다.

9월 22일

사랑하는 친구들에게 이번 우편에 또 한 장의 편지를 급히 추

---

91) Antike Gemmen. 호박이나 마노 등 준보석에 다양한 이미지를 새긴 것으로, 주로 반지나 펜던트 등 장신구의 일부였다. 18세기에 이 유물들을 본틀로 떠낸 모사품 판매가 크게 유행했다.

가한다. 오늘은 내게 아주 특별한 날이었다. 많은 친구들, 그리고 어공작님의 편지를 받았고, 내 생일 축하 모임에 대한 소식과, 드디어 출간된 내 작품들을 받았다. 반평생의 총체라 할 수 있는 이 아담한 네 권의 전집을 로마에서 받으니 정말 감격스럽기 그지없다. 내가 할 수 있는 말은 이런 것뿐이다. 이 책에 들어 있는 단어 하나하나는 내가 직접 체험하고 느끼고 즐기고 괴로워하고 생각했던 것이다. 이제 보니 모든 것들이 더욱 생생하게 느껴진다. 앞으로 출간될 네 권이 이보다 못하지 않을까 걱정이다. 그렇게 되지 않기를 바란다. 여러분이 이 책을 위해 도와준 모든 일에 감사드리며, 함께 기뻐해 주시리라 믿는다. 속간될 책에도 여러분의 우정 어린 배려가 있기를 부탁드린다.

여러분은 내가 '지방'이라고 했다고 비난을 하시는데, 고백하자면 그 표현은 일종의 비유일 뿐이다.[92] 어쨌든 누구나 로마에 있다 보면 모든 것을 거창하게만 생각하는데, 그 좋은 본보기인 셈이다. 정말 나도 로마인이 다 됐다. 무릇 로마인들은 큰 것만 알고 또 큰 것만 얘기한다고 비난을 받고 있으니 말이다.

나는 늘 그러듯 부지런히 지내고 있다. 요즈음에는 인체 연구에 모든 힘을 쏟고 있다. 예술의 길은 얼마나 멀고도 긴지, 세계는 얼마나 무한한지 모르겠다. 비록 우리는 유한한 것에만 집착하고 있긴 하지만.

25일 화요일에 프라스카티로 가서 열심히 노력하고 작업

---

92) 괴테가 아우구스트 대공에게 별도로 보낸 1787년 8월 11일자 서신에서 바이마르와 아이제나흐를 "공작님의 지방"이라고 칭했다.

할 생각이다. 잘 풀려가고 있으니, 한 번만이라도 성공적인 그림을 그렸으면 좋겠다.

대도시, 다시 말해서 넓은 지역에서는 매우 가난하고 신분이 비천한 사람이라도 자의식을 가지고 있는 반면, 작은 지방에서는 아주 고상하고 돈 많은 사람도 자신을 느끼지 못하고 역량을 제대로 발휘하지 못한다는 사실이 내 주의를 끌었다.

1787년 9월 28일, 프라스카티

나는 이곳에서 무척 행복하다. 아침부터 밤까지 스케치하기, 그림 그리기, 색칠하기, 붙이기를 하고 있다. 수공과 미술을 완전히 전문적으로 익히는 중이다. 집주인인 라이펜슈타인 궁정 고문관이 말동무가 되어준다. 우리는 즐겁고 재미있게 지내고 있다. 밤이면 달빛 아래 별장들을 방문하기도 하고, 심지어는 어둠 속에서도 기발한 소재를 찾아낸다. 그리고 확실히 파악해내고 싶은 대상이 있으면 끝까지 추적한다. 우리가 찾아낸 몇 가지 모티프들은 내가 꼭 한번 그려보고 싶은 것들이었다. 이제 바라는 것은 완전함의 시기가 도래하기를 기다리는 것이다. 멀리 보는 사람에게 완전함은 엄청나게 멀기만 하다.

우리는 어제 알바노에 다녀왔다. 이번 여행길에서도 날아가는 새를 많이 사냥했다. 모든 것이 충만한 이곳에선 누구나 자신을 위해 유익한 일을 할 수 있다. 모든 것을 내 것으로 소화하고 싶은 욕망이 몹시 강렬하다. 내 영혼이 더 많은 대상을 파악하는 만큼 내 취향도 순화되고 있는 듯하다. 이 모든 말 대신 뭔가 좋은 작품을 한번 보낼 수 있다면 얼마나 좋을까. 여러분한테 몇 가지 작은 선물을 동향인 편에 보낸다.

아마도 로마에서 카이저를 만날 좋은 기회가 있을 것 같다. 그러면 나를 둘러싼 예술들에 음악도 합류해 동등한 자리를 잡게 되겠지만, 동시에 이 예술들은 내가 친구들을 만나지 못하게 막을 것이다. 내가 얼마나 자주 외로움을 느끼는지, 여러분과 함께 있기를 얼마나 갈망하는지, 이루 다 표현할 수 없을 정도다. 나는 정말 근본적으로 도취된 상태에서 살고 있기 때문에 더 이상을 생각할 수도 없고 생각하지도 않을 것이다.

모리츠와는 아주 유익한 시간을 보내고 있다. 나의 식물체계 이론을 그에게 설명해 주고 있다. 매번 우리가 얼마나 진보했는지 그가 있는 자리에서 기록한다. 이런 방식으로 생각을 조금이나마 종이 위에 옮겨놓을 수 있다. 이런 유의 생각 가운데 제아무리 추상적인 것일지라도, 옳은 방법으로 설명되고 또 듣는 이의 마음만 준비되어 있으면 이해하는 데 문제가 없다는 사실을 내 새로운 제자를 통해 터득했다. 그는 이 일에 큰 즐거움을 느끼고 있으며, 언제나 스스로 해답을 찾으며 진보하고 있다. 그러나 어떤 경우일지라도 생각을 글로 쓴다는 일은 어렵고, 또 설령 모든 것이 아주 자세하고 치밀하게 기록되었다고 해도 간단히 읽어서 이해하기란 불가능하다.

이렇게 나는 행복하게 살고 있다. 내가 우리 아버지 집에 있기 때문이다.[93] 나에게 호의를 베풀어주는 분들, 직간접적으로 나를 도와주는 분들, 나를 후원하고 보조해 주시는 모든 분들께 안부 전해 주시기를.

---

93) 「누가복음」 2장 49절을 변형했다.

보고

9월 3일은 이중 삼중으로 축하해야 할 만큼 나에게는 각별한 날이었다. 충성심에 대해 여러 가지의 선행으로 보상해 주실 줄 아는 우리 대공님의 생신이었고, 내가 카를스바트에서 도망치듯 떠나온 지 꼬박 1년이 되는 날이기도 했다. 그런데도 이렇게 중요한 체험과 완전히 낯선 상황이 내게 어떤 영향을 끼쳤고 무엇을 가져다주었는지 아직 되돌아볼 수 없었다. 많은 일을 곰곰이 생각할 여유가 없었기 때문이다.

로마가 예술 활동의 중심지로 인정받는 것은 나름대로 훌륭한 장점을 지니고 있기 때문이다. 교양 있는 여행자들이 들르게 되면, 이들이 보낸 체류 기간이 길거나 짧거나 상관없이 이곳에 많은 빚을 지게 된다. 그들은 계속해서 여행하고 활동하고 수집해서 시야를 넓혀 집에 돌아가 사 들고 간 물건들을 진열하고, 그들로부터 멀리 떨어져 있는 교사에게 감사하는 마음으로 기념물들을 나열하는 것을 명예롭고 기쁜 일로 생각하게 된다.

프랑스 건축가인 카사가 동방을 여행하고 돌아왔다. 그는 아주 중요한 고대 기념 건축물들, 특히 아직 알려지지 않은 기념 건축물들을 측량했고 그 주변 지역도 그림으로 그렸다. 오래되어 파손되고 파괴된 상태를 그림으로 재현했는데, 치밀하고 기품 있는 작품들이었다. 그 가운데 일부는 펜으로 스케치하거나 생동감 있게 수채화 물감으로 채색된 것이었다.

1. 시가지 일부와 소피아 사원[94]을 배경으로 하여 바다 쪽에서 바라본 콘스탄티노플의 궁전을 그린 그림. 유럽의 가장 아름다운 산꼭대기에 왕궁이 아주 재미있게 지어져 있다. 커다란 나무들이 대개 큰 무리를 지어 뒤쪽에 서 있고, 그 밑에 보이는 것은 큰 성벽과 궁전이 아니라 조그만 집, 칸막이, 좁은 길, 정자와 펼쳐놓은 태피스트리들이다. 매우 가정적인 분위기에 자그마하고 다정하게 모든 요소들이 뒤섞여 있었다. 이 스케치는 채색이 되어 아기자기한 효과를 자아낸다. 아름다운 바다가 아무도 거닐지 않는 빼곡한 해안을 파도로 씻어내고 있었다. 그 너머에서 아시아가 시작되고, 다르다넬스[95]로 통하는 해협을 볼 수 있다. 이 그림의 크기는 가로 7피트, 세로 3피트다.

2. 같은 크기의 팔미라 폐허의 전경. 카사가 폐허 더미에서 찾아내 꿰어 맞춘 그 도시의 평면도를 먼저 보여주었다.

열주(列柱)들이 이탈리아 측정법으로 1마일 정도 성문에서부터 시가지를 관통해 태양 신전까지 서 있다. 일직선이 아니라 중간 부분에서 완만한 곡선을 이루고 있다. 이 열주는 네 줄이고, 각 기둥의 높이는 직경의 10배다. 기둥의 위가 덮여 있는지는 알 수 없다. 카사는 태피스트리를 천장처럼 덮었을 것으로 추정하고 있었다. 다른 큰 그림에는 열주의 일부가 전면

---

94) 이스탄불의 아야소피아 성당(Hagia Sophia Mosque)을 말한다. 동로마제국 수도이던 시절에 유스티니아누스 황제(Justinianus, 483~565)가 비잔틴 양식의 그리스도교 대성당으로 지었는데(563년 완공), 1453년 오스만튀르크가 동로마제국을 멸망시킨 후 이슬람 모스크로 일부 개조되었다. 초기의 기독교 바실리카 건축양식을 간직하고 있다.

95) 에게해와 마르마라해를 잇는 튀르키예의 해협이다. 고대의 트로이는 이 해협 연안에 있던 도시였다.

에 똑바로 서 있다. 대상(隊商)이 막 가로질러 지나가고 있는 정경이 보기 좋다. 뒤쪽에는 태양 신전이 있고, 오른쪽에는 대평원이 펼쳐져 있는데, 예니체리[96] 몇몇이 말을 타고 쏜살같이 달리고 있다. 이 그림에서 가장 인상적인 것은 바다의 수평선처럼 그림을 마무리 짓고 있는 하나의 청색 선이다. 카사는 우리에게 다음과 같이 설명해 주었다. 바다가 마치 완전히 수평선을 이루는 것처럼 사막의 지평선도 먼 곳에서 보면 푸른색으로 보여야 하고, 자연을 관찰할 때 우리 눈이 착각을 일으키는 것과 마찬가지로, 우리가 처음에 그림을 볼 때도 착각을 일으킨다고 했다. 그래서 그림에도 속고 있는 것이라고. 왜냐하면 우리는 팔미라가 바다에서 멀리 떨어져 있다는 사실을 잘 알고 있기 때문이라고 설명했다.[97]

---

96) Yeniceri. 오스만튀르크의 정예부대로, 8세기경 발칸반도의 그리스도교 출신 소년들 가운데 징용하여 강제 개종시킨 후 군인으로 양성한 데브쉬르메에서 기원한다. 유목민족인 튀르크의 전통 기병과 달리, 비잔틴 세계를 상대로 평지에서 전투하도록 훈련된 보병부대. 따라서 그림 속 역사 고증에는 약간의 오류가 있다.

97) 시리아 중부 구릉지의 고대 도시 팔미라(Palmyra)는 사막의 오아시스 지역이어서 대상들의 무역 거점으로 발달했다. '종려나무(palm)'에서 유래한 도시의 이름도 이 오아시스 때문이다. 로마제국 역사상 동방으로 가장 멀리 진출했던 황제 트라야누스는 아라비아와 아시리아를 점령하고 서기 105년경 팔미라를 로마의 속주로 편입시켰다. 이어서 디오클레티아누스 황제는 로마제국의 주요 동방 거점이 된 팔미라에 주둔지를 건설했다. 이때 로마식 도시 설계에 따라 높이 9.5미터의 열주들이 1킬로미터에 걸쳐 늘어선 주도로와 아고라, 극장, 목욕탕 등 다양한 헬레니즘 건축물이 들어섰다. 그러나 이 유적지는 오랜 기간에 걸쳐 지속적으로 파괴되어 형태가 남아 있는 것이 거의 없고, 괴테가 말하고 있는 '태양 신전'이 유일하게 보존되어 있다. 이 신전은 괴테가 224쪽에서 "팔미라의 괴물"로 표현한 '바알신전'과 같은 것인데, 내용에 다소 혼선이 있다. 최초에 이곳에는 고대 바빌로니아에서 태양과 달을 아우르는 우주신 벨(Bel-Marduk)을 기리기 위해 기원전 2000년 이전에 지어진 신전이 있었다. 서기 17년부터 32년까지 페니키아인들은

3. 팔미라의 무덤들.

4. 바알베크[98]의 태양 신전 복원도. 현존하는 폐허로 된 풍경.

5. 예루살렘의 모스크.[99] 솔로몬 신전 자리에 세운 것임.

6. 페니키아의 어떤 작은 신전의 폐허.

7. 레바논 산기슭에 있는 지방. 아늑하기 그지없다. 어린 잣나무 숲, 호수, 그 옆에 수양버들, 그 밑에 무덤들, 멀리 보이는 산.

8. 튀르크인의 무덤들. 묘석마다 죽은 사람의 머리 장식이 걸려 있다. 튀르크인들은 머리 장식으로 서로를 구분하기 때문에 매장된 사람의 신분을 금방 알아볼 수 있다. 처녀들의 무덤엔 매우 정성 들여 가꾼 꽃나무들이 있다.

'벨 신전'을 천계의 최고신에게 바치는 '바알샤민(Baalshamin) 신전'으로 개조했으며, 이것을 다시 로마 황제 티베리우스가 유피테르 신에게 헌정했다. 이후 기독교 시대에 비잔틴 사원으로 개조해 사용되었고, 마지막으로 12세기에는 이슬람 사원으로 변경되면서 입구에 개선문이 세워졌다. 즉 오랜 세기에 걸쳐 여러 신전 양식으로 변형되며 꾸준히 사용된 덕분에 오늘날의 모습으로 완성된 것이다.

98) Baalbek. 오늘날 레바논과 시리아 국경을 이루는 안티레바논산맥의 해발 1150미터 고원에 위치한 고대 페니키아 도시다. 기원전 4세기 이집트의 지배를 받으면서 태양신의 도시라는 의미로 '헬리오폴리스'로 불리기 시작했다.(카이로의 헬리오폴리스와는 별개다.) 기원전 64년 로마에 편입되며 전성기를 누렸다. 이때 토착신앙과 로마 다신교가 어우러진 헬레니즘 신전(유피테르, 바쿠스, 베누스 신전 등)이 다수 건립되어 많은 순례자를 불러들였다. 7세기 이후 이슬람의 지배를 받으면서, 페니키아의 바알 신에서 유래한 옛 도시 이름을 되찾았다. 20세기 이후 끊임없는 내전으로 계속 파괴되고 있다.

99) 예루살렘 구시가지 성전산에 위치한 알아크사 모스크 내의 '바위사원'을 말한다. 691년에 건립한 이슬람 최초의 신전으로, 당시 이슬람에는 대규모 신전 건축술이 없었기 때문에 비잔티움 출신의 건축가를 대거 고용해 건설되었다. 솔로몬 재판이 이루어진 장소이자 예언자 무함마드가 승천한 성지를 기리는 상징적 건물로, 실제적 예배당의 기능은 없었다.

9. 거대한 스핑크스 머리와 이집트의 피라미드. 카사의 설명에 따르면, 그 스핑크스 머리는 석회암 벽을 깎아서 만든 것이라고 한다. 그런데 균열이 생기고 형태가 망가졌기 때문에, 사람들이 그 거대한 상에 석회를 입히고 색을 칠한 것을 머리 장식의 주름에서 뚜렷이 볼 수 있다고 했다. 한쪽 얼굴의 크기는 약 10피트였다. 카사는 아랫입술 밑을 편안하게 걸어다닐 수 있었다고 한다.

10. 두서너 개의 기록에 따라, 어떤 동기와 추측을 통해 복원된 피라미드 하나. 사방에 돌출한 큰 방들이 있고, 그 옆엔 오벨리스크가 서 있다. 큰 방들이 끝나는 곳엔 스핑크스가 있는 길이 나 있다. 이는 북부 이집트에서 아직 볼 수 있다. 이 그림은 내 평생 본 건축 구상 중 가장 엄청난 것이었다. 더 이상의 발전이 가능하다고 생각하지 않는다.

저녁 때 우리 모두는 이 아름다운 작품들을 유유자적한 마음으로 감상한 후, 팔라티노 언덕에 있는 정원으로 갔다. 폐허가 된 황제의 궁전들 사이의 공간을 예쁘게 가꾼 정원이다. 사람들이 모일 수 있는 툭 트인 장소에 근사한 나무들이 있는데, 그곳에서 빙 둘러보면, 장식이 된 기둥머리들, 세로줄 홈이 파인 매끄러운 기둥들, 깨진 릴리프 조각 등은 물론 그 밖에도 멀리까지 보였다. 흔히 그렇듯 야외에서 유쾌한 모임을 가질 수 있도록 그곳에도 탁자며 의자, 벤치가 마련되어 있었다. 그곳에서 우리는 황홀한 시간을 마음껏 즐겼다. 조금 전에 보고 교양을 높인 눈으로 그렇듯 다양한 광경을 해가 지는 시간에 둘러보았을 때, 우리 모두는 노을의 풍경이 예전에 보았던 다른 그림에 비해 조금도 손색이 없다는 데 의견을 모았다. 카사가 그의 취향대로 그려서 채색한다면 어떤 풍경이라도 감탄을 자아내리라. 이렇게 예술적인 작품들을 봄으로써 우리의 안목을 차츰 높이면 우리가 자연을 볼 때에도 감수성이 풍부해져, 우리 앞에 펼쳐진 아름다움에 마음이 더 활짝 열릴 것이다.

그러나 바로 다음 날 우스꽝스러운 일이 우리를 기다리고 있었다. 그 화가한테서 위대함과 무한함을 보았던 것이 우리로 하여금 비천하고 저속한 구석으로 가게끔 한 것 같다. 어제의 웅장한 이집트의 기념물들은 우리에게 예의 그 거대한 오벨리스크를 상기시켰다. 아우구스투스 황제가 캄푸스 마르티우스에 세운 것으로 해시계의 바늘 역할을 했었으나, 지금은 조각조각 부서져 더러운 구석에 판자 조각으로 엮어놓은 울타리로 둘러싸여, 뛰어난 건축가가 다시 복원해 주기를 기다리고 있었다.(덧붙이자면, 오늘날 이 오벨리스크는 몬테시토리오 광장에 다시 세워져 로마 시대처럼 해시계의 바늘 역할을 하고 있다.[100]) 그것은 이집트의 순수 화강암을 깎아 만들었으며, 이미 널리 알려진 양식이기는 하지만 섬세하고 순박한 형상들이 도처에 촘촘하게 새겨져 있었다. 옛날에는 하늘에 우뚝 치솟아 사람의 눈이 아니라 오로지 광선만이 도달할 수 있었던 오벨리스크의 첨두(尖頭)에 올라서서 보니, 그곳에는 스핑크스가 하나하나 지극히 정교하게 각인되어 있었다. 신기했다. 예술에게 신을

---

100) 이 문장은 1829년 『이탈리아 기행』 2권이 출간될 때 추가된 것이다. 오벨리스크에 관해서는 666쪽 각주 82번 참조.

찬양하는 목적이 주어질 때, 인간의 눈에 어떤 효과를 주는지는 고려되지 않는다는 사실의 좋은 본보기였다. 옛날에는 구름층을 향해 치솟게 만들어졌던 이 신성한 상들을 우리가 눈높이에서 편안하게 볼 수 있도록, 모형을 떠서 만들라고 주문했다.

이런 불쾌한 장소에서 지고의 가치를 지닌 예술품을 보고 있자니, 우리는 로마를 무질서한 곳이라고 여기지 않을 수 없었다. 로마 특유의 뒤섞임이지만, 바로 이러한 의미에서 이 도시의 지역성은 역시 엄청난 장점들을 가지고 있기 때문이다. 이곳에서 우연이 만들어낸 것은 아무것도 없다. 우연은 단지 파괴되었을 뿐이다. 지금까지 존속하는 것들은 모두 감탄을 자아내고, 파괴된 것들은 모두 경외심을 불러일으키고, 폐허의 무형태는 지극히 오래전의 규칙성을 암시해 준다. 이 규칙성에 따라 다시 새로운 예배당이며 궁전들이 훌륭한 형태로 건축되었다.

주문한 주조물이 곧 완성되었다. 이것을 보니 보석조각을 모사해 모은 덴[101]의 엄청난 수집품이 생각났다. 모사품의 전부 혹은 일부를 살 수 있었는데, 그중 이집트 작품들이 있었다. 한 가지 일에서 다른 일이 연이어 발생하듯, 나는 그 수집품 가운데 최상의 작품들을 골라 소유주한테 복사해 달라고 주문했다. 그런 복제품들은 몹시 값진 것으로, 재력의 한계가 있는 애호가들이 이것을 기반으로 하여 장차 큰 이익을 보기도 한다.

괴셴 출판사에서 출간한 내 전집 중 첫 번째 네 권이 도착

---

101) 크리스티안 덴(Cristian Dehn, 1700~1770). 보석조각 모사품 제작자. 1728년부터 로마와 피렌체에서 유리 장인의 조수로 일했다. 1739년부터 로마에 자신의 공방을 차려 유명해졌다. 덴이 제작한 보석조각 모사품은 2만 8000개에 달한다.

했다. 이 호화본은 즉시 앙겔리카의 손으로 들어갔고, 그녀는 자신의 모국어를 새삼스럽게 칭찬할 이유가 생겼다고 말했다.

그러나 과거의 활동에 비추어 볼 때 나는 마구 떠오르는 생각들에 몰두해선 안 되었다. 내가 선택한 길이 나를 얼마나 멀리 이끌어갈지도 몰랐고, 과거의 노력이 얼마나 성과를 거두었는지, 그리고 나의 동경과 변화가 노력한 만큼의 수고를 보상해 줄 정도로 성공적일지, 이 모든 것을 통찰할 수가 없었다.

정말로 되돌아보고 생각할 시간이나 여유가 없었다. 유기적인 자연, 자연의 형성과 변형에 관한 내 착상은 정지 상태를 허용하지 않았다. 골똘히 생각하는 가운데 한 가지 결론에서 다음 결론이 나오기 때문에 내 이론을 발전시키기 위해 매일, 매 시간 어떤 방법으로든 내 생각을 이야기할 필요성을 느꼈다. 나는 이런 이야기 상대자로 모리츠를 택했고, 그에게 식물의 변형에 대해서 내 역량이 미치는 한도 내에서 많은 강의를 했다. 그는 마치 빈 항아리처럼 배워서 자신의 것으로 소화할 수 있는 대상을 항상 목마르게 찾고 있는 것 같았으며, 내가 강의하는 도중에 자신의 생각을 말해 주어서 최소한 내게 강의를 계속할 용기를 북돋아주었다.

이즈음 우리는 특이한 책을 읽게 되었다. 도움이 될지는 모르는 일이지만, 중요한 생각을 자극한다는 의미에서 읽었다. 그것은 짧은 제목을 달고 있는 헤르더의 저서로서 신과 신적인 것들에 관해 여러 가지 상이한 견해들을 대화체로 서술하고 있는 책이다. 책을 읽으니 이 뛰어난 친구와 앞의 문제에 관해 자주 이야기하던 당시로 돌아간 기분이 들었다. 어쨌든 지극히 경건한 시각에서 쓰인 이 책은 우리로 하여금 특별한 성자의 축제를 존경하는 마음에서 지켜보게 하는 동기가 되었다.

9월 21일 성 프란치스코를 기념하는 행사가 있었다. 수도 사들과 신자들이 긴 열을 지어 그의 피를 모시고 시가지를 도는 종교 행렬이었다. 많은 수도사들이 내 앞을 지나가는데, 그들의 복장이 간소했기 때문에 나의 시선은 그들의 두상에 집중되었다. 원래 머리카락과 수염이 남성을 제각기 다르게 보이게 한다는 생각이 들었다. 처음엔 주의 깊게, 다음엔 놀라움을 가지고 내 앞을 지나가는 행렬을 지켜보았다. 머리카락과 수염이 마치 그림틀처럼 얼굴을 에워싸고 있어서 주위의 수염 없는 군중 속에서 유별나게 눈에 띄는 것이 사뭇 재미있었다. 이런 얼굴들이 그림으로 묘사된다면, 딱히 뭐라 말할 수는 없지만, 보는 이의 마음을 사로잡을 것이라고 생각했다.

궁정고문관 라이펜슈타인은 다른 곳에서 온 사람들을 안내하고 즐겁게 해주는 자신의 직무를 속속들이 잘 알고 있었다. 그렇기 때문에 그는 직무를 수행하면서 곧 다음과 같은 사실을 알게 되었다. 관광과 휴식을 목적으로 로마에 온 사람들은 타지인인지라 집에서처럼 한가하게 시간을 때우는 일을 할 수 없기 때문에, 오히려 끔찍한 권태감에 시달릴 수도 있다는 것이다. 그는 실제적인 인간사에 능통한 사람이어서, 단순한 관광이 무척 피곤한 일이고 친구들이 스스로 어떤 소일거리를 찾아 심심하지 않게 해주는 것이 얼마나 중요한지도 잘 알고 있었다. 이런 손님들한테 제공하는 소일거리로 두 가지가 있었다. 그것은 밀랍화 그리기와 돌과 보석조각 모사품 제작이었다. 그즈음 밀랍 비누를 착색제로 사용하는 방식이 다시 성행했다. 그 방면에 있어서 미술계의 주된 관심사는 미술가가 어떤 방법으로 제작하느냐 하는 것이었기 때문에, 새로운 방식으로 다음과 같은 것이 있었다. 종래의 방법을 취하되, 예전과 같은 형식으로 제작할 마음이 없을 경우에 새로운 방법을 시도해 참신한 관심과 생동감 있는 동기를 부여하는 것이다.

'라파엘로 로지아'의 온갖 장식을 포함한 건축물 전체를 상트페테르부르크에 그대로 재현하겠다는 대담한 계획은 카타리나 여제[102]를 위한 것이었는데, 이는 위에 언급한 새로운 기술의 덕을 많이 보았다. 이러한 기술이 혁신되지 않았더라면 불가능했을지도 모르겠다. 실물과 똑같이 실내 바닥, 벽, 기둥, 기둥받침, 기둥 상부, 천장과 벽 사이의 장식들을 견고한 밤나

---

102) 러시아의 여황제 예카테리나 2세(Katherine II, Sophie of Anhalt-Zerbst, 1729~1796, 재위 1762~1796)를 말한다. 프로이센의 한 소국에서 태어난 그녀는 프랑스식의 세련된 교육을 받긴 했지만 대국의 왕비가 될 조건은 아니었다. 그런데 당시 러시아와 우호적 관계를 맺고 싶었던 프리드리히 대왕과 왕권 안정에 도움이 되는 평범한 가문의 처녀를 후계자의 배우자로 원했던 러시아의 엘리자베타(Petrovna Elizabeta, 재위 1742~1762) 여제의 이해가 맞아떨어져, 장래에 표트르 3세가 될 카를 울리히(그 또한 프로이센 출신이다.)와 1745년 결혼했다. 이때 러시아정교로 개종하면서 예카테리나라는 세례명을 받았다. 하지만 부부 사이는 매우 나빴고, 그럼에도 무능하고 러시아를 싫어했던 황태자와 달리, 러시아의 미래를 진심으로 고민하는 총명하고 뛰어난 황태자비에 러시아 대중은 열광했다. 엘리자베타 여제 사후 카를이 차르로 등극했지만, 프로이센에 대한 노골적 편애와 거듭된 실정으로 러시아 국민은 물론 귀족들까지 반발하게 된다. 이에 예카테리나는 군대를 동원해 쿠데타를 일으키고 남편을 암살한 후 스스로 차르의 자리에 오른다. 이 모든 것이 전임자 사후 9개월 만에 벌어진 일이다. 예카테리나는 이상적 계몽군주를 꿈꾸었지만, 현실에 적용하기 힘든 급진적 헌법을 제정했다. 예카테리나 여제의 계몽주의적 '법치주의'는 농노제를 공식화하여 귀족이 민중을 착취하는 것이 더 쉬워지는 결과로 이어졌다. 견디다 못해 일어난 농민봉기는 여제의 군대에 의해 잔혹하게 진압되었다. 뿐만 아니라 낙후된 러시아의 예술, 교육, 문화 수준을 끌어올리겠다는 목표로 유럽 각국의 명사들과 교류하고 뛰어난 예술품들을 수집해 겨울궁전(오늘날 에르미타주 박물관)을 장식했지만, 여기에 투입된 막대한 비용 또한 민중을 착취하여 마련한 것이었다.

무의 매우 단단한 통나무와 널빤지들로 만들어 아마포로 씌운 다음, 그 위에 본뜬 밀랍화를 입혔다. 라이펜슈타인의 지휘 아래, 특히 운터베르거[103]가 수년간에 걸쳐 꼼꼼하게 제작한 이 작품은 내가 도착했을 때 이미 발송되었기 때문에 이 거대한 제작물 가운데 남아 있는 것을 보고 상상할 수밖에 없었다.

그런 모형 때문에 밀랍화는 매우 각광을 받게 되었다. 외국인 가운데 조금만 재주가 있으면 그 일을 배울 수가 있고, 색깔을 만드는 화구도 저렴한 값으로 구입할 수 있었다. 비누는 각자가 직접 끓였다. 언제나 뭔가 할 일이 잡다하게 많아서, 조금이라도 한가한 시간이 나면 소일거리가 충분했다. 중급 정도 수준의 미술가들이 교사나 과외선생으로 채용되었다. 로마식 밀랍화를 직접 제작하고 포장해서 기분 좋게 귀국하는 외국인들을 몇 사람 본 적이 있었다.

다른 소일거리, 즉 돌이나 보석조각 모사품 만들기는 남자들한테 적합했다. 라이펜슈타인의 집에 있는 크고 오래된 부엌은 우리의 작업에 적합한 장소였다. 이 일을 하는 데 필요 이상으로 여유 공간이 충분했다. 불에 녹지 않는 고형 물질은 아주 고운 가루로 빻아 체에 걸러서 반죽을 한 다음, 돌이나 보석조각을 본틀에 찍어서 조심스럽게 말린다. 그런 다음 쇠로 된 링

---

103) 크리스토퍼 운터베르거(Christopher Unterberger, 1732~1798). 오늘날은 이탈리아 지역인 티롤의 작은 마을에서 태어나 빈, 베네치아, 베로나 등지에서 미술을 공부했다. 1758년 로마에서 안톤 라파엘 멩스와 친구가 되어 여러 고대 예술품을 복제했다. 예카테리나 여제의 요청으로 1780년부터 겨울궁전 회랑에 천장부터 벽과 바닥까지 바티칸 라파엘로 로지아를 그대로 모사한 공간을 제작했다. 또한 빌라 보르게세에 베르사유 궁전의 '헤라클레스의 방'을 재현하는 작업도 했다.

을 채워 불 속에 집어넣는다. 그리고 녹인 유리를 그 위에 부어 굳히면 작은 예술품이 완성되어서, 자기 손으로 직접 만든 사람은 누구나 기쁨을 맛보게 된다.

라이펜슈타인 궁정고문관은 자진해서 나를 가르치는 데 열심이었지만, 이런 종류의 일을 계속한다는 것이 내겐 적합지 않다는 사실을 알아차렸다. 뿐만 아니라, 그는 나의 근본적 관심이 자연 대상과 예술 작품을 모방함으로써 안목과 기량을 가능한 높은 수준으로 끌어올리는 데 있다는 것을 알게 되었다. 찌는 듯한 더위가 채 물러가기 전에 그는 나를 위시해 두서너 명의 미술가들을 프라스카티로 데려갔다. 잘 꾸며진 그곳 사택에는 손님방과 필요한 것들이 갖추어져 있었다. 낮에는 야외에서, 저녁이면 단풍나무로 만든 커다란 탁자 주위에 모두들 모였다. 게오르크 슈츠[104]는 프랑크푸르트 사람인데, 솜씨는 있지만 탁월한 재능은 없는 편이었고, 미술 작업에 매진하기보다 점잖고 유쾌한 친목에 더 열중하고 있었기 때문에 로마인들은 그를 남작이라고 불렀다. 그는 나와 산책을 하면서 내게 여러 가지 도움을 주었다. 이곳은 수백 년 동안 최상의 건축술이 지배했으며 지금까지 남아 있는 거대한 건물들은 뛰어난 인간들의 예술 정신을 구현했다는 점을 고려하면, 수많은 건물이 수평과 수직선으로 단절되기도 하고 또는 장식되어 온갖 조명을 받기도 하는 것을 볼 때 우리의 정신과 눈이 황홀경에 빠지는 것은 자명한 일이다. 그건 마치 소리 없는 음악을 눈으로 보

---

104) 요한 게오르크 슈츠(Jahann Georg Schütz, 1755~1815). 프랑크푸르트의 화가 집안에서 태어났으며, 뒤셀도르프 미술아카데미에서 공부했다. 1784년부터 1790년까지 로마에 체류했다.

는 것과 같고, 우리 내부에 존재하는 사소하고 편협한 생각과 고통스러운 모든 것을 정화해 준다. 특히 풍요로운 원경은 모든 상상을 초월한다. 이야기하는 것, 어쩌면 쓸데없이 규정하는 것, 이 모든 것들은 뒷전으로 물러나고 거대한 빛과 그림자의 무리가 엄청나게 우아하고 대칭적 조화를 이룬 어마어마한 덩어리로 보인다. 저녁이면 그것에 관하여 유익한 대화는 물론이고 우스운 이야기도 빠지지 않았다.

젊은 예술가들이 활달한 라이펜슈타인의 성격을 약점이라고 했으나, 그를 알아주는 의미에서 조용하게나마 그를 놀리는 농담을 했다는 것을 숨길 필요는 없겠다. 어느 날 밤 예술에 관한 대화를 나누던 중, 무궁무진한 화제의 원천이 되는 벨베데레의 아폴론 이야기가 다시 나왔다. 뛰어난 두상에 비해 두 귀가 그다지 특별하지 않다는 견해가 나오자 우리는 자연스럽게 이 부위의 품위와 아름다움을 다루었다가, 다시 실제로 아름다운 귀를 발견해 예술적으로 형상화시키는 데 따른 어려움에 대해 이야기했다. 이때 슈츠의 귀가 예쁘다고 소문났던지라, 내가 아주 잘생긴 그의 오른쪽 귀를 꼼꼼히 스케치하기 위해 램프 옆에 앉아달라고 부탁했다. 이래서 그는 라이펜슈타인의 맞은편에 앉아서 그에게서 시선을 돌릴 수 없고 돌려서도 안 되는 부동자세로 모델이 되었다. 라이펜슈타인은 예의 정평이 난 강연을 시작했다. 요컨대 우리는 처음부터 바로 최고의 작품으로 강연을 시작해선 안 되고, 파르세네 궁전에 소장된 전시품 가운데 카라치 유파에서 시작해 라파엘로로 옮겨간 다음, 마지막으로 벨베데레의 아폴론에 도달해야 했다. 우리는 그의 설명을 외울 수 있을 정도로 자주 들어서 더 이상의 이야기는 들을 필요가 없을 정도였다.

마음 좋은 슈츠는 배 속에서 발작적으로 터져나오는 웃음을 겨우 참고 있었는데, 내가 조용한 자세를 잡고 있는 그를 보면서 그리는 시간이 길어질수록 그의 고통은 커지기만 했다. 이리하여 교사이자 자선가 노릇을 하는 라이펜슈타인은 독특하지만 부당한 상황 때문에 감사도 받지 못하고 놀림의 대상이 될 수밖에 없었다.

우리는 알도브란디니 공자의 별장[105]에서 밖으로 보이는, 역시나 예상대로 기가 막힌 전망을 감상했다. 때마침 이 지방에 와 있던 공자가 친절하게도 자신의 집에 기거하는 성직자와 속인 모두에다 우리까지 초대해 호화로운 식사를 대접했다. 아름다운 언덕과 평지를 한눈에 내려다 볼 수 있게 성을 지었다는 생각이 든다. 별장에 관해 많은 이야기가 있었으나, 이곳에서 사방을 둘러보면 어떤 집이라도 이보다 나은 자리를 잡기 어렵다는 것을 확신하게 된다.

여기서 나는 한 가지 사실과 그것의 진지한 의미를 꼭 피력하고 싶다. 그것은 이미 기술한 것에 빛을 주고, 앞으로 기술할 것에도 빛을 확산시켜 준다. 자기수양을 하는 많은 사람들이 이로 인해 자신을 점검해 보는 기회를 갖게 될 것이다.

활기차게 정진하는 사람들은 향락하는 것으로 만족하지 않기 때문에 새로운 지식을 갈구한다. 이러한 욕망은 사람들을 활동적으로 만들고, 결과가 어떠하건 간에 자신이 직접 만들어

---

105) 빌라 알도브란디니. 650쪽 각주 61번 참조.

낸 것을 제외하고는 아무것도 어떠하다고 판단할 수 없다고 생각하게 된다. 그러나 인간은 이 문제를 명확하게 이해하지 못한다. 그렇기 때문에 그릇된 노력을 하게 되고, 그 의도가 성실하고 순수하면 할수록 우리를 더욱 불안하게 만든다. 이 기간에 회의와 억측이 나를 사로잡기 시작하여, 쾌적한 상태에 있는 나를 불안하게 했다. 그렇게 느낀 이유는 내가 여기에 체류하는 원래의 의도와 희망사항이 이루어지는 것이 쉽지 않으리라는 생각 때문이었다.

어쨌든 우리는 며칠을 재미있게 보내고 로마로 다시 돌아왔다. 몹시 우아한 신작 오페라가 사람들로 꽉 찬 밝은 홀에서 공연되었는데, 우리가 아쉬워한 자유로운 하늘을 보상해 줄 만큼 좋았다. 아래층 맨 앞줄 중 하나는 독일 예술가들 좌석이었는데 언제나처럼 입추의 여지가 없었다. 마치 현재와 과거의 향락에 대한 빚을 갚으려는 듯이 이번에도 박수갈채와 환호성이 대단했다. 그렇다. 우리는 처음엔 낮게, 다음엔 강하게, 마지막엔 명령조로 쉿쉿 소리를 내서, 인기 있는 아리아나 그 밖의 마음에 드는 전주곡을 연주하는 부분에서 큰 소리로 잡담하는 청중을 조용하게 만드는 데 성공했다. 무대 위의 우리 친구들은 보답하는 뜻으로 볼만한 장면에서는 우리 쪽을 보고 연주를 해주었다.

10월

서신

1787년 10월 2일, 프라스카티

여러분이 이번 우편배달일에 편지를 받을 수 있도록 짧게 써야겠다. 원래 할 얘기가 많았지만, 막상 또 그렇게 많은 것 같지도 않다. 나는 계속 그림을 그리고 있으며, 말은 안 해도 친구들이 무척 그립다. 요 며칠 다시 집 생각이 자주 났다. 잘 지내고는 있지만 내가 가장 사랑하는 것은 없다고 느끼기 때문이다.

내가 처한 상황은 정말 예외적이다. 그래도 스스로를 가다듬어 날마다 유용하게 보내고, 올겨울 내내 작업을 해야겠다.

지난 1년 동안 완전히 낯선 사람들과 함께 살았던 것이 매우 유익하기도 했지만, 또한 얼마나 어려웠는지 여러분은 모를 것이다. 특히 티슈바인은 (우리끼리 이야기지만) 내가 마음속으로 바랐던 그런 사람은 아니었다. 그는 정말로 좋은 사람이지만, 그의 편지에서처럼 그렇게 순수하고 자연스럽고 개방적이지는 않다. 그에게 불리하지 않으려면 나는 그의 성격을 구두로만 묘사해야 한다. 하지만 그런 묘사가 무슨 소용이 있을까? 한 인간의 인생이 곧 그의 성격이다. 지금 나는 즐거운 마음으로 카이저를 기다리고 있다. 불쾌한 일이 그와 나 사이에 끼어들지 않도록 하늘이 도와주시길!

　나에게 여전히 가장 중요한 일은 그림 솜씨가 확실한 단계에 도달하는 것이다. 손놀림이 편해지고, 다시는 잊어버리지 않고, 또 안타깝게도 내 인생의 가장 좋은 시기에 그렸던 것처럼 오랫동안 정체되어 있지 않을 정도의 수준에 이르고 싶다. 하지만 자기변명을 하지 않을 수 없다. 예컨대 그리기 위해서 그런다는 것은, 말하기 위해 말하는 것과 같다. 내가 표현하고 싶은 것이 없다면, 또 나를 자극하는 것도 없고 그럴 가치 있는 대상을 애써 찾아내야 한다거나 아무리 찾아도 없다면, 대체 어디서 모방의 욕망이 생기겠는가? 그러나 이 지방에서는 미술가가 될 수밖에 없다. 모든 것이 압력을 가하면서 무언가를 그리고 싶다는 욕망이 가득 차도록 강요당하게 된다. 나의 소질과 그간에 얻은 지식에 의하면, 내가 여기에서 몇 년 내에 매우 큰 발전을 이루리라는 것을 확신한다.

　여러분은 나 자신에 관한 이야기를 듣고 싶다고 했는데, 이제 내 생활이 어떠한지 아셨을 것이다. 우리가 다시 모이면 많은 이야기를 하겠다. 나 자신과 다른 사람들에 관해, 또 세계와 역사에 관해 깊이 사색할 기회를 가졌다. 그것들 가운데 새로운 생각은 아닐지라도 여러 가지 좋은 생각들을 내 방식대로 이야기해 드리겠다. 결국 이 모든 것이 『빌헬름 마이스터의 수업 시대』에 기록되어 마무리될 것이다.

　모리츠는 언제나처럼 내가 가장 기꺼워하는 대화 상대다. 예나 지금이나 그와 교우하면서 내가 가장 염려하는 점은, 그가 나와 어울림으로써 똑똑해지길 원하지, 더 올바르거나 선해

지거나 행복해지기를 바라지 않는다는 사실이다. 이것이 내가 그에게 마음을 완전히 터놓지 못하는 이유다.

일반적인 의미에서 여러 사람과 지내는 것은 나에게 매우 좋은 일이다. 나는 개개인의 기질과 행동 방식을 관찰한다. 어떤 사람은 자기 역할을 다하는데, 다른 사람은 그러지 못한다. 전자는 발전하는데, 후자는 어려움을 겪는다. 어떤 이는 수집하고, 다른 이는 흩뜨려버린다. 모든 것을 만족하여 받아들이는 사람도 있는 반면, 만족스러운 것이 한 가지도 없는 사람이 있다. 어떤 이는 재능이 있는데 연습을 게을리하고, 다른 이는 재능은 없지만 열심이다. 나는 이 모든 것을 지켜보고 있으며, 나 자신도 그 안에 포함되어 있다. 이것이 나에게 기쁨을 주고, 또 그 사람들에 대해 내가 책임질 일이 전혀 없기 때문에 나쁘지 않은 재치를 얻기도 한다. 각자가 자기 방식대로 행동하면서 총체적 인간이 되었노라 주장한다면, 그때는 멀어지거나 미쳐버리는 것밖에 도리가 없다는 것이 내 주장이다.

10월 5일, 알바노

이 편지를 내일 로마로 떠날 우편마차에 맞추도록 하겠다. 여기에 내가 하고 싶은 이야기 가운데 1000분의 1이나마 적을 수 있을지 모르겠다.

어제 내가 막 프라스카티를 떠나려는 참에 여러분의 편지를 받았다. '흩어지지' 않고 잘 모은 『잡문집』과 『이념』, 네 권의 가죽 장정본이 이번 별장 체류 동안 보물이 되어줄 것이다.[106]

---

106) 편지와 함께 도착한 책들은 다음과 같다. (1) 헤르더의 신간 『잡문집』

「페르세폴리스」를 어젯밤에 읽고 몹시 기뻤다. 그러한 양식과 예술품이 이곳에 유입되지 않았기 때문에 그에 관해 내가 덧붙일 말은 없다. 인용된 책들이 어떤 도서관에 있는지 찾아보겠다. 다시 한 번 여러분께 고맙다. 바라건대, 여러분도 정진하고 또 정진하시길. 여러분의 빛으로 세상을 밝히는 것은 여러분의 의무다. 『이념』과 시편들은 아직 손대지 못했다.[107] 전집도 진척되고 있으니, 나 또한 성실하게 정진하겠다. 마지막 권에 들어갈 동판화 넉 장은 이곳에서 제작될 것이다.[108]

예의 그 사람들[109]과 우리 관계는 서로 호의로 맺어진 휴전 상태였다. 나는 전부터 알고 있었다. 무언가 될 가능성이 있는 것만이 발전할 수 있는 법이다. 점점 사이가 멀어지다가 일이 잘 풀리면 조용히 헤어지게 될 것이다. 그중 한 사람[110]은

3권. 이 책의 원제인 'Zerstreute Blätter'가 '흩어진 낱장들'이라는 뜻이기 때문에 이를 가지고 농담을 만들었다. (2) 1787년 5월 27일자 편지(568쪽)에서 출간을 기다린다고 썼던 헤르더의 신간 『인류의 역사철학에 대한 이념』 3권. (3) 괴테 전집 1차분 4종. 1787년 9월 22일에 받은 저자 증정본을 앙겔리카 카우프만이 가져갔기 때문에(686쪽) 다시 한 질을 보내준 것이다.

107) 「페르세폴리스(Persepolis)」는 위의 헤르더의 책 4장으로, 고대 페르시아 제국의 수도 페르세폴리스(오늘날 이란 남서부 파르사)의 유적들을 탐구한 내용이다. "시편들"은 같은 책 1장 「형상들과 꿈들(Bilder und Träume)」과 3장 「젊은 날의 단편들(Blätter der Vorzeit)」을 말한다.

108) 전집의 2차분 4종 중 5권과 8권의 표제지(title page) 삽화를 앙겔리카 카우프만이 그리고 립스가 동판화로 제작했다.

109) 뤼베크 태생의 시인이자 신문발행인 마티아스 클라우디우스(Matthias Claudius, 1740~1815), 뒤셀도르프 태생의 철학자이자 종교학자로 레싱과 범신론 논쟁을 벌였으며 '허무주의'라는 말을 유행시킨 프리드리히 하인리히 야코비(Friedrich Heinrich Jacobi, 1743~1819), 그리고 라바터를 말한다. 모두 헤르더의 신학을 비판한 인물들이다.

110) 클라우디우스를 말한다.

단세포적 자만심만 가득한 바보다. '우리 엄마는 거위를 갖고 있다네'를 노래하는 것은 '하늘에 계신 하느님께만 영광이 있으리라'보다 단순하고 보잘것없다. '그들은 건초와 짚, 건초와 짚을 구별할 줄 안다네' 따위를 부르는 자가 그 사람이다. 이런 패거리와는 거리를 두어야 한다! 애초에 배은망덕한 것이 나중에 배은망덕한 것보다 낫다. 또 다른 사람[111]은 자기가 낯선 땅으로부터 자기 편 사람들에게로 돌아왔다고 믿지만, 실은 자기 자신만을 추구하면서도 이를 인정하지 않는 사람들에게로 돌아온 것이다. 그는 소외감을 느끼지만 그 이유는 모른다. 내가 크게 착각했던 것 같고, 어쩌면 알키비아데스의 후의[112]도

---

111) 라바터를 가리킨다.

112) 이 표현은 괴테가 "우리 시대 가장 탁월한 지성"으로 상찬하기도 했던 (357쪽 참조) 요한 게오르크 하만과 관련이 있다. 하만은 쾨니히스베르크 대학에서 철학, 수학, 과학, 법학 등을 공부했지만, 가난 때문에 학업을 마치지 못했다. 이후 귀족 가문의 집사로 고용되어 생활의 안정을 찾았는데, 1758년 업무차 영국 런던에 홀로 체류하던 중 성경을 읽고 종교에 귀의하게 된다.(당시 그가 왜 영국에 파견되었는지 이유는 알려져 있지 않다.) 독실한 기독교도가 되어 고향으로 돌아온 하만은 친구인 칸트의 소개로 쾨니히스베르크의 하급 세무 관리로 생계를 이어가지만, 여전히 생활고와 빚에 시달린다. 하만의 사상은 철학에서 신학으로 점진적으로 이동하는데, 『이성 순수주의에 대한 메타비판』(1784)에서 감각, 미의식, 열정 등을 주지주의로 설명하는 데 반대하고, 천재와 초월성, 창조주를 받아들이는 것으로 종합에 이른다. 질풍노도의 정신적 지도자였던 하만의 개종은 헤르더나 괴테 같은 지식인 청년들을 곤혹스럽게 한다. 한편, 1782년경 부유한 귀족으로 기독교 신비주의자였던 청년 부흐홀츠(Franz Kaspar Bucholtz, 1760~1812)는 라바터와 서신을 교환하면서 하만에 대해 알게 된다. 하만의 열성적 추종자가 된 부흐홀츠는 1784년 하만에게 4,000탈러를 송금하고, 자신의 대모인 아말리아 폰 갈리친(Amalia von Gallitzin) 뮌스터 공녀에게도 그를 소개한다. 갑작스럽게 거액을 후원받은 하만은 빚을 청산하고 풍족해진다. 『소크라테스 회상록(Socratic Memorabilia)』(1759)에서 자기 자신을 소크라테스에 빗대 계몽주의를 비판하기도 했던 하만은 부흐홀츠에게 감사의 편지를 쓰면서 그를 "나의 알키비아데스"로 칭했다고 한다.(소크라테스의 제자 알키비아데스는 아테네의 위대한 정치가 페

취리히 예언가의 눈속임 잔재주였는지 모른다. 그 취리히 예언가는 영리하고 잽싸기 때문에 크고 작은 구슬들을 놀라울 만큼 재빠르게 뒤바꾸고 섞을 뿐만 아니라, 그의 신학적이고 시인다운 기분에 따라 참된 것과 허위를 유효하게 하거나 사라지게 만들 수 있다. 태초 이래 거짓말, 악마론, 예지, 갈망의 친구인 사탄이여, 어서 와서 그를 데려가라!

여기서부턴 새 편지지에 써야 한다. 내가 눈보다는 정신으로, 손보다는 영혼으로 이 편지를 쓰고 있음을 여러분이 알아주기 바란다.

친애하는 형제여, 정진하시라. 다른 사람들을 개의치 말고, 계속 생각하고 찾고 종합하고 시를 쓰고 글을 쓰자. 우리는 살아 있는 한 글을 써야 한다. 처음엔 자기 자신을 위해서인데, 그러다 보면 자기와 비슷한 사람들을 위해 '존재'하게 되리라.

플라톤은 기하학을 모르는 사람을 제자로 받지 않았다. 내가 만일 제자를 받는다면, 자연과학 중 어떤 한 분야를 진지하게 선택하지 않는 학생은 받지 않을 것이다. 최근에 취리히 예언가의 사도스럽고 카푸친스러운 장광설 중 어처구니없는 말을 읽었다. "살아 있는 모든 것은 자신 이외의 그 무언가에 의해 산다."[113] 아무튼 그 비슷한 말이었다. 이교도들에게 포교

리클레스의 조카로, 매우 부유하고 언변이 뛰어나며 잘생긴 청년이었다.) 하만은 자신의 후원자를 만나보기 위해 1787년 뮌스터를 방문했다가, 그곳에서 병이 나 이듬해 사망한다. 여기서 괴테는 하만이 부흐홀츠의 후원금을 받게 된 데에 라바터의 개입이 있었을지 모른다고 억측하는 것이다.

113) '사도스럽고 카푸친스러운(apostolisch-kapuzinermäßigen)'은 라바터가 내세우는 종교적 엄격함과 독실함을 비꼬기 위해 괴테가 만든 말이고, 이어지는 인용은 라바터의 종교시 『나다니엘』(653쪽 각주 64번 참조)의 한 구절이다.

하는 전도사라서 그런 글을 쓰나 보다. 수호신이 그걸 고치라고 그의 옷소매를 잡아당기지 않을 테니까. 그들은 기초가 되는 가장 쉬운 자연의 진리도 파악하지 못했으면서 보좌[114] 주위에 앉고 싶어 한다. 다른 사람의 자리거나 아니면 아무에게도 속하지 않는 그 자리에 말이다. 내가 그러고 있듯이 이 모든 것을 그냥 내버려두자. 요즘 나는 이 문제를 가볍게 받아들이고 있다.

내가 어떻게 지내는지는 이야기하고 싶지 않다. 내 생활은 너무 재미있어 보인다. 무엇보다 풍경화를 열심히 그리고 있는데, 이곳 하늘과 땅이 그 작업에 적격이다. 아름다운 곳을 몇 군데 찾아내기도 했다. 내가 하고 싶지 않은 일이 어디 있겠나? 내 생각에, 우리 같은 사람들은 언제나 주변에 새로운 대상을 가져야 한다. 그래야 마음이 편하다.

즐겁고 평안히 잘 지내시길. 여러분은 함께 있으며, 서로를 위해서 있다는 것을 잊지 마시라. 반면에 나는 내 의지로 추방되어, 계획적으로 방황하고, 목적 있는 우둔함으로 어디를 가더라도 이방인이지만, 또 모든 곳을 내 집으로 여기며 살아가고 있다. 그리고 나는 인생을 꾸려간다기보다는 되어가는 대로 맡기고 있다. 아무튼 내 인생이 어떤 방향으로 진행될지는 나도 모른다.

이 편지에서 괴테는 라바터를 위시한 일원론적 초월적 기독교주의를 노골적으로 비판하면서, 자신이 스피노자의 유물론적 범신론에 근접하고 있음을 드러낸다.

114) 요한계시록에 묘사된 "하나님과 어린양의 보좌"를 말한다. 심판의 날에 희생 제물로 바쳐진 '하나님의 어린양'이 보좌에 앉아 있는데, 그가 곧 구세주임이 드러난다.

다들 잘 지내고, 여공작님께도 안부 전해 주시길. 프라스카티에서 라이펜슈타인과 함께 여공작님의 체류 일정을 완벽히 짜 놓았다. 매사가 순조롭다면 굉장할 것이다. 우리는 요즘 빌라 하나를 섭외 중이다. 차압당할 상황이라 세를 놓겠다는 빌라다. 다른 것들은 이미 예약이 되어 있거나, 대가족이 호의를 베풀어 집을 내주어야 하는 형편이니 부담스러운 관계에 놓이게 될 것이다. 알려드릴 일이 있으면 곧 다시 편지를 쓰겠다. 로마에도 여공작님을 위한 아름다운 집이 마련되어 있다. 정원이 있고, 사방이 트인 집이다. 내가 바라는 것은 여공작님께서 어디서나 집처럼 편안하게 느끼시는 것이다. 그게 안 되면 아무것도 만끽할 수 없으니까. 시간은 흘러가버리고 돈은 써 없애고, 이렇게 되면 스스로가 마치 손아귀에서 달아나버린 새 같은 기분이 든다. 내가 여공작님을 위해 모든 것을 준비해 놓아 그분 발에 돌 하나도 채이지 않을 수 있다면 그렇게 하겠다.

자, 이젠 더 이상 쓸 수가 없다. 비록 여백이 좀 남아 있지만 급하게 쓴 이 편지를 용서하기 바란다. 안녕.

10월 8일, 카스텔 간돌포(실제 편지 쓴 날은 10월 12일)

이번 주는 편지 쓸 틈도 없이 지나가버렸다. 이 편지를 여러분이 받아 보도록 급히 로마로 보내겠다.

이곳에서 우리는 휴양지에서처럼 지내고 있다. 아침나절에는 그림을 그리기 위해 혼자가 된다. 그러고 나선 온종일 다른 사람들과 함께 보낸다. 잠시 동안이라면 이런 생활도 나쁘지는 않을 것이다. 실제로 시간을 낭비하지 않고 한꺼번에 많은 사람들을 만나고 있다.

앙겔리카도 이곳으로 와서 가까운 곳에 숙소를 정했다. 그 외에 명랑한 처녀들, 부인 몇 명, 멩스의 매제인 폰 마론[115]은 가족과 함께 왔는데, 식구 중 일부는 한 집에, 나머지는 이웃집에 묵고 있다. 이 모임은 유쾌해서 언제나 웃음이 가득하다. 저녁에는 풀치넬라가 주인공으로 출현하는 희극을 보러간다. 그러면 다음 날엔 간밤의 재치 있는 대사들이 온종일 화제가 된다. 감동적이고 청명한 하늘 아래 있다는 것만 빼고는 마치 내집에 있는 듯하다. 오늘은 바람이 불어서 나가지 않았다. 누군가 내부에 가라앉아 있는 나를 끄집어낼 생각이라면, 아마 이런 날이라야 가능할 것이다. 그러나 나는 언제나 자신으로 다시 돌아간다. 내 모든 관심은 예술에 쏠려 있다. 매일 새로운 빛을 경험하고 있다. 적어도 보는 법을 배운 듯하다.

「에르빈과 엘미레」는 거의 완성되었다. 며칠 오전만 글이 잘 써지면 마감이다. 생각하는 작업은 끝이 났다.

헤르더가 나더러 포스터[116] 씨의 세계일주 여행과 관련해 궁금한 점들과 대비할 것들을 얘기해 주라고 했다. 내가 진심으로 그러고 싶어도 집중할 시간이 있을지 모르겠다. 두고 봐야겠다.

---

115) 안톤 폰 마론(Anton von Maron, 1733~1808). 빈 태생이지만 어린 시절에 로마로 이주해 안톤 라파엘 멩스 밑에서 그림을 배웠다. 멩스의 여동생과 결혼하고, 로마에서 평생 초상화가로 활동했다.

116) 조지 포스터(Georg Forster, 1754~1794). 영국 출신의 여행가이자 동인도회사 사무관이었다. 1782년부터 인도에서 아시아를 거쳐 러시아까지 여행한 최초의 영국인으로, 1785년에 돌아와 여행기를 출판했다. 당시 포스터는 세계일주 여행을 원하는 예카테리나 2세와 가이드 계약을 앞두고 있었다. 그러나 여행은 실현되지 않았다.

여러분이 있는 곳은 이미 춥고 음산한 날씨일 텐데, 여기는 아직 한 달은 더 산책을 할 수 있을 것 같다. 헤르더의 『이념』이 나를 얼마나 기쁘게 하는지 이루 말할 수 없다. 구세주를 기대하지 않는 나에겐 가장 친근감이 가는 복음서다. 모두에게 안부 전해 주시고 내 생각도 많이 해주시길. 마음속으로는 언제나 여러분과 함께 있다.

친애하는 친구들아, 지난 우편일에는 내 편지를 받지 못했을 것이다. 카스텔로[117]에서는 결국 너무나 번잡했다. 게다가 나는 그림 그리는 일까지 했으니 말이다. 그곳은 마치 온천 휴양지 같았는데, 내가 머물렀던 집은 항상 손님들이 많았던지라 나도 어울리지 않을 수 없었다. 그곳에서 나는 지금까지 만났던 것보다 더 많은 이탈리아인을 만났는데, 유익한 경험이었다.

어떤 밀라노 여자가 일주일간 머물렀는데, 내 관심을 끌었다. 그녀가 로마 여자들보다 나아 보이는 이유는 그녀의 자연스러움, 협동 정신, 그리고 좋은 매너 때문이었다. 앙겔리카는 언제나처럼 이해심이 많고 상냥하고 부드럽고 친절했다. 그녀는 훌륭한 친구다. 그녀의 친구가 되고 나면 많은 것을, 특히 일하는 법을 배울 수 있다. 무엇보다 그녀가 그 모든 일을 끝까지 마무리 짓는 것을 보면 믿을 수 없을 정도다.

---

117) 'Castello(성)'라고 썼으나 특정 장소를 가리킨 것은 아닌 듯하다. 카스텔 간돌포에서 괴테는 미술상 젠킨스의 별장인 빌라 토를로니아(Villa Torlonia)에 머물렀는데, 바로 근처에는 17세기에 지어진 팔라초 폰티피치오(Palazzo Pontificio, 교황의 궁전)도 있다.(교황청 소유의 여름별장이어서 사도의 궁전이라고도 한다.)

지난 며칠 동안 날씨가 싸늘했다. 다시 로마로 돌아온 것이 나는 참으로 좋다. 어젯밤 막 잠들려고 했을 때 이곳에 있다는 사실이 무척 기뻤다. 마치 넓고 안전한 자리에 누워 있는 듯한 기분이 들었다.

헤르더의 『신. 몇 가지 담론』에 관해서 그와 이야기를 나누고 싶다. 내가 보기에 가장 주목할 만한 부분은 다음과 같은 것들이다. 사람들은 그의 책을 다른 책들과 마찬가지로 음식으로 착각하고 있다. 그러나 그 책은 원래 그릇이다. 그릇을 채울 것이 없는 사람은 그릇이 비었다고 한다.

조금 더 비유를 하겠다. 헤르더가 내 비유를 가장 잘 설명해 줄 것이다.

지렛대와 롤러를 쓰면 상당히 많은 짐을 옮길 수 있다. 오벨리스크의 파편들을 움직이기 위해서는 기중기와 도르래 등이 필요하다. 짐이 크면 클수록, 그 목적이 치밀할수록, 마치 시계처럼 기계의 부속은 더 많고 정교할 것이다. 그러나 기계의 내부는 아주 커다란 통일성을 가지고 있을 것이다. 모든 가설, 아니 모든 원리가 그러하다. 움직여야 할 것이 많지 않은 사람은 지렛대를 사용하면서 내 도르래를 우습게 여길 것이다. 석공이 만년 나사를 가지고 무얼 하겠나? L이 전력을 다해 동화를 사실과 일치시키려고 애쓴다면, J가 어린애 머리에서 나온 공허한 감정을 신격화하려고 한다면, C가 심부름꾼에서 전도사가 되려 한다면, 이는 분명 자연의 심오함을 좀 더 세밀하게 밝히려는 모든 것을 혐오하는 것임에 틀림없다. 첫 번째 사람은 '살아 있는 모든 것은 자신 이외의 그 무언가에 의해 산다'고 말한 것에 대해 벌받게 되지 않을까? 두 번째 사람은 개념에 혼란을 일으키고, 또 지식과 신앙, 관습과 체험이라는 단어들을 혼동하고 있으니 부끄럽지 않을까? 세 번째 사람은 무력행사로 어린양의 보좌 주위에 자리를 잡으려 애쓰는 것이 아니라면 몇 자리 아래로 내려가야 되지 않을까? 이 땅에서는 누구나 자기만큼의 존재밖에 안 되고, 또 모든 사람이 똑같은 권리를 가지고 있기에, 그들은 자연의 견고한 땅을 밟는 데 있어서 더 조심스러운 마음가짐을 가져야 될 것 같다.

반면 『이념』 같은 책을 펼쳐 3부를 읽고 나서 '저자가 과연 신에 대한 확실한 개념 없이 이런 책을 쓸 수 있는가?'라는 질문을 하는 독자가 있다면, 그 대답은 단연코 '그럴 수 없다'는 것이다. 왜냐하면 이 책이 갖고 있는 순수한 것, 위대한 것, 내적인 것은 신과 세상에 대한 개념 안에서, 그 개념으로부터, 그것을 통해서 얻어진 것이기 때문이다.

뭔가 부족함이 있다면 그것은 상품 탓이 아니라 구매자에게 결점이 있는 것이다. 기계에 흠이 있는 것이 아니라 그것을 사용하는 사람한테 문제가 있다. 형이상학적 대화를 할 때, 그들이 나를 완벽하지 못하다고 여길 때마다, 나는 조용히 미소 지으며 내버려두었다. 나는 예술가고, 따라서 나와는 그다지 상관없는 일이기 때문이다. 내게 훨씬 중요한 일은 그 원리가 밝혀지지 않은 것이다. 나의 창작은 그 원리로부터, 그 원리를 통해서 이루어진다. 개인은 각자 자기 지렛대를 쓰는데, 나는 이미 오래전부터 만년 나사를 쓰고 있는데, 이제는 보다 많은 기쁨과 편리함을 느낀다.

1787년 10월 12일, 카스텔 간돌포

헤르더에게

급히 몇 자만 적겠네. 먼저, 『이념』을 보내준 것에 대해 정말 고맙네! 그 책은 나에게 매우 소중한 복음이 되었고, 내가 살아오는 동안 가장 큰 흥미를 품었던 것에 대한 연구와 고찰이 모두 담겨 있더군. 그렇게 오랫동안 찾으려 애썼던 것이 완벽하게 제시되어 있었어. 이 책이 내게 모든 선(善)에 대한 기쁨을 얼마나 많이 주었고, 또 새롭게 했는지 자네는 모르겠지! 아직 절반밖에 못 읽었다네. 자네가 159페이지에 인용한 캄퍼르[118]의 글을 전부 베껴서 가능하다면 조속한 시일 내에 보내주었으면 하네. 그리스의 이상적 예술가에 대해 그가 적용하는 규범들이 어떤 것인지 알고 싶다네. 내가 기억하는 것은 동판화에서 본 해부를 시연하는 캄퍼르의 옆모습뿐이라네. 그것에 관해 편지해 주고, 또 그 밖에 나에게 유익할 것 같은 생각이 드는 내용이 있다면 함께 발췌해 주게나. 이 문제에서 사람들이 가정해 내세운 이론이 현재 어디까지 왔는지 내가 알 수 있도록 말이야. 나는 언제나 새로 태어난 어린애와 비슷하다네. 라바터의 『인상학』에 이 문제와 관련해 주목할 만한 무슨 언급이 있었나? 포스터에 관한 자네의 요청은 그것이 어떤 방식으

---

118) 페트루스 캄퍼르(Petrus Camper, 1722~1789). 네덜란드의 철학자이자 의학박사로, 암스테르담 대학교의 해부학과 교수였다. 자연사(natural history)가 아닌 '인류학(anthropology)'을 연구한 최초의 비교해부학자다. 라바터의 골상학이 형태론을 바탕으로 하지만 결국 예언적 미신적 속성이 강했다면, 캄퍼르는 고미술사를 실증주의적으로 연구한 빙켈만의 영향을 받아 자연과학적 방법론으로 안면 각도를 연구해 인종 발달사를 정리했다. 당대에 초상화와 인체를 그리는 미술가들에게도 많은 영향을 끼쳤다.

로 가능하게 될지 아직은 정확히 알 수 없지만, 기꺼이 응하겠네. 왜냐하면 내가 일일이 의문을 제기할 수도 없는 일이니까, 내 가정은 아예 별개로 하고 설명해야겠지. 이런 것을 글로 쓰는 게 얼마나 힘든지 알지 않나? 언제까지 완성시켜 어디로 보내야 할지 알려주게나. 나는 지금 갈대밭에 앉아 갈대 피리를 만드느라 정작 피리를 불어볼 시간이 없는 형편일세. 그 일을 시작하게 된다면, 구술을 시켜야겠어. 근본적으로는 내 생각이 일종의 제안에 불과하니까, 모든 면에서 나는 마지막을 대비해 집도 정리해 두고 집필도 마감해야 할 것 같네.

내게 가장 어려운 일은, 모든 것을 완전히 머릿속에서 짜내야 한다는 사실일세. 나는 아무것도 가진 것이 없다네. 스크랩 한 장 없고, 그림도 없는 데다가, 이곳에서는 신간 서적들을 구할 수도 없다니까.

앞으로 2주간 이곳 카스텔로에 머물며 휴양지에서처럼 지내게 될 것 같아. 아침 시간은 그림을 그리지만, 그런 후에는 사람, 또 사람들이지. 나로선 그들을 모두 한꺼번에 만나는 게 차라리 낫네. 한 사람씩 만난다면 큰 고역일 거야. 앙겔리카도 여기 와 있는데, 늘 통역을 해주어 도움이 되고 있다네.

프로이센이 암스테르담을 점령했다는 소식이 교황의 귀에도 들어간 모양이야.[119] 다음 신문들이 확실한 소식을 알려주

---

119) 네덜란드에서는 1780년대에 혁명적 애국주의파가 오라녜(Oranje, 오렌지) 왕가의 빌럼 5세((Willem V van Oranje-Nassau, 1748~1806)를 몰아내기 위한 민주주의 투쟁을 벌이고 있었다. 위기에 몰린 빌럼 5세의 왕비 빌헬미나(Princess Wilhelmina of Prussia, 프로이센 왕가 출신)는 1787년 6월 오라녜 지지자들을 규합해 애국주의자를 몰아내고자 반왕당파가 자리 잡은 지역인 헤이그로 가던 중, 의용 자경단에게 저지당한다. 이에 프리드리히 빌헬름 2세는 자신

겠지. 그것은 금세기가 얼마나 위대한지 보여줄 최초의 원정일
수도 있겠다 싶어. 지구력의 문제라는 게 내 생각일세. 한 자루
의 칼도 뽑지 않고, 한두 방의 대포로 모든 상황은 종료되며, 아
무도 그것이 연장되는 것을 원치 않네. 잘 지내게나. 나는 평화
주의자라네. 온 세상과 영원히 평화를 지킬 걸세. 나 자신과도
이미 평화 체결을 했으니까.

10월 27일, 로마

나는 다시 신비한 이 도시에 도착해 만족스럽고 평안하다. 조용
히 작업하고, 나 자신의 일이 아닌 것은 모두 잊어버리고 지낸다.
친구들의 형상이 평화롭고도 다정하게 나를 찾아오곤 한다. 처음
며칠은 편지를 쓰고, 시골에서 그린 그림들을 자세히 들여다보았
다. 다음 주에 새로운 일을 시작할 것이다. 내 풍경화를 본 앙겔리
카가 말로는, 어떤 전제 아래선 희망이 있다고 하니, 나로서는 과
분한 칭찬을 들은 것 같다. 내가 영원히 도달하지 못할지 모르겠
으나, 어쨌든 적어도 계속 정진해 그 어떤 것에 접근해 보겠다.

　『에그몬트』가 도착했는지, 마음에 들었는지, 여러분의 소
식을 학수고대하고 있다. 카이저가 이곳에 온다는 이야기를 했
던가? 그는 며칠 후면 도착한다. 그가 「스카펀」[120]을 모두 작

의 조카를 모욕한 데 대한 응징으로서 네덜란드를 침공, 1787년 10월 10일에 암스
테르담을 점령했다. 이는 서유럽 군주들이 반봉건주의 시민혁명에 대해 국가를 막
론하고 연합전쟁으로 대응한 여러 사례 중 하나였다. 그런데 네덜란드는 일찍이 종
교개혁을 단행, 신교도가 주류를 이루었기 때문에 기득권을 빼앗긴 소수파인 가톨
릭이 이 혁명 세력을 지지했다. 네덜란드의 애국주의파는 프랑스대혁명을 기화로
빌림 5세를 축출하고 프랑스의 점령 아래서 바타브 공국을 건설한다.
　120) 괴테가 대본을 쓴 오페레타 「익살, 꾀, 복수(Scherz, List und

곡해서 악보를 가지고 온단다. 엄청난 축제가 되리라는 것을 다들 상상할 수 있을 것이다. 곧 새로운 오페라에 착수할 것이다. 카이저가 도착하면 「클라우디네」[121]와 「에르빈」을 그의 조언에 따라 개작할 생각이다.

그간 헤르더의 『이념』을 끝까지 읽었고, 내내 무척 즐거웠다. 결말이 멋있고 참되고 참신하다. 그의 책이 늘 그렇듯, 그는 시간이 흘러야 그리고 어쩌면 생소한 이름으로야 사람들을 기쁘게 해 줄 것이다. 그런 식의 생각을 많이 할수록, 사고하는 인간은 더욱더 행복해질 것이다. 올해 나는 잘 알지 못하는 사람들을 유심히 관찰하며 얻은 결론이 있다. 정말 현명한 사람은 누구나, 좀 더 혹은 좀 덜 섬세하건 투박하건, 순간이 전부라는 것을 터득하고 있으며, 합리적인 사람의 유일한 장점이 자기 삶을 스스로 좌우할 수 있는 한에서 가급적 자주 행복하고 합리적인 순간들을 갖기 위해 실천하는 것임을 알고 있다.

이러저러한 책을 읽을 때 내가 무슨 생각을 했는지 말해야 한다면, 책 한 권을 또 써야 할 것이다. 방금 책을 펼쳐 다시 읽고 있는데 매 페이지마다 훌륭하다. 처음부터 끝까지 통찰이

Rache)」의 등장인물 스카팽(Scapin)과 스카피네(Scapine)를 말한다. 베네치아의 욕심 많고 간교한 의사에게 유산을 빼앗긴 스카피네가 자신의 하인 스카팽과 함께 계략을 펼쳐 복수에 성공하는 4막의 징슈필이다. 스카팽 캐릭터는 이탈리아 소극의 어릿광대 하인 '잔니'(392쪽 각주 63번 참조)를 변형한 것이다.

121) 괴테가 1776년에 썼던 가극 「빌라 벨라의 클라우디네(Claudine von Villa Bella)」를 말한다. 벨라 별장 주인의 딸 클라우디네와 약혼자가 있는 귀족 여행자 돈 페드로가 서로를 사랑하게 되어 괴로워하다가 우여곡절 끝에 행복하게 맺어지는 줄거리다. 산문부와 성악부가 교차하는 구성 중 산문부를 로마 체류기에 무운시로 고쳤다. 이후 여러 작곡가에 의해 거듭 징슈필로 작곡되었는데, 그중 1815년 슈베르트가 붙인 곡이 유명하다.

탁월하고 글은 유려하다.

특히 마음에 드는 것은 그리스 시대다. 이렇게 표현해도 된다면, 로마 시대는 육체적인 것이 결여되어 있다. 내가 이런 소리를 하지 않아도 다른 사람들도 어쩌면 그렇게 생각하고 있을 것이다. 그건 또 자연스러운 일이다. 요즘 내 소회로는, 과거의 국가란 민중 그 자체였던 것 같다. 그리고 그것은 조국이라는 개념과 마찬가지로 배타적이라는 생각이 든다. 이 엄청난 세계 전체에서 개별 국가의 존재 가치가 어떤 관계에 있는지는 여러분이 판단해야 할 것이다. 어쩌면 그에 따라서 많은 것들이 점차 쪼그라들어 연기로 날아가 버릴지도 모른다.

콜로세움은 언제 보아도 인상적이다. 그것이 어느 시기에 지어졌으며, 이렇게 어마어마하게 큰 원형경기장을 꽉 메운 군중이 더 이상 그 옛날의 로마인들이 아니라는 생각을 할 때마다 더더욱 인상적이다.

로마의 회화와 조각 예술에 관한 책[122]을 우리도 입수했다. 독일어 판을 구했는데, 더 고약한 것은 저자가 독일인 기사라는 점이다. 아마도 활력이 넘치는 젊은이 같은데, 이곳저곳 돌아다니며 메모를 하고 다른 사람의 의견도 듣고 유심히 관찰하고 읽는 데 수고를 아끼지 않았음이 분명하다. 하지만 무척 잘난 척을 하는 사람 같다. 그의 저서는 전체를 포괄하고 있

---

122) 작센 출신으로 드레스덴에서 활동한 법률가, 예술비평가, 언론인인 프리드리히 빌헬름 바실리우스 폰 람도어(Friedrich Wilhelm Basilius von Ramdohr, 1757~1822)가 1787년에 출판한 책『로마의 회화와 조각 예술에 대하여(Über Mahlerei und Bildhauerarbeit in Rom)』를 말한다. 괴테와 실러는 람도어의 이 책을 신랄하게 비판했다.

는 듯한 인상을 준다. 그 책에는 참되고 좋은 것도 많이 있지만 동시에 잘못된 것, 유치한 것, 남이 생각했던 것, 남의 이야기를 그대로 지껄이는 대목, 장광설, 그리고 경솔한 오류들이 많다. 조금 거리를 두고서라도 이걸 꿰뚫어보는 사람이라면, 이렇게 많은 분량의 책이 남의 생각을 베낀 데다 자신의 생각을 덧붙인 것뿐이라는 사실을 금방 알아차릴 것이다.

『에그몬트』가 도착해서 기쁘기도 하고 안심도 된다. 아직 도착하지 않은 평론을 학수고대하고 있다. 가죽 장정본이 와서 앙겔리카에게 주었다. 우리 함께 카이저의 오페라를 사람들이 충고한 것보다 좀 더 잘 만들어봅시다. 여러분의 제안은 아주 좋다. 카이저가 도착하면 더 많은 소식을 전하겠다.

그 비평[123]은 정말 그 노친네 스타일이다. 늘 너무 지나치거나 뭔가 부족하다. 현재 나에게 중요한 것은 작업이다. 다음과 같은 사실을 알고부터는 더욱 그렇다. 평론은 이미 제작된 작품이 완벽하지 못할지라도 수천 년 동안 그 작품에 관한 비평을 반복하기 때문에 이미 존재하고 있는 것에 대해서 그저 쓰고 있을 뿐이다.

내가 기부금[124]을 내지 않고 어떻게 지금까지 머무르고 있는지 모두들 놀라워한다. 그러나 내가 어떻게 행동했는지 사람들은 모른다. 이곳의 10월은 그저 그랬지만, 요 며칠은 날씨가 최상이었다.

---

123) 빌란트가 자신이 발행하는 잡지 《메르쿠어》 1787년 9월호에 괴테 전집 1차분 4종에 대해 쓴 비평을 말한다.

124) '조공'을 뜻하는 'tribut(트리부트)'를 썼다. 로마는 당시 교황령이었으므로 십일조 등의 교회세나 헌납금을 말하는 듯하다.

이제 내 인생에 새로운 시기가 시작되고 있다. 많은 것을 보고 인식함으로써 내 생각이 너무 많이 넓어졌기 때문에 어떤 특정한 작업으로 국한시킬 때가 되었다. 한 인간의 개인적 특성은 놀라운 것이다. 나는 요즈음 내 특성을 아주 잘 파악하게 되었다. 한편으로는 올해 완전히 혼자 지냈기 때문이기도 하고, 다른 한편으로는 완전히 낯선 사람들과 교제해야 했기 때문이다.

보고

이달 초에는 온화하고 맑은 날씨가 계속되었는데, 우리는 카스텔 간돌포에서 우아한 시골 생활을 즐겼다. 그 때문에 우리는 이 독특한 고장의 한가운데로 빨려 들어가 여기 사람이 된 듯한 기분이 들었다. 바로 이곳에 부유한 영국인 미술상 젠킨스가 웅장한 저택에 살고 있다. 과거 예수회 총장의 집이었던 곳으로, 많은 친구들에게 쾌적한 방이며 유쾌하게 함께 모일 수 있는 홀과 기분 좋게 거닐 수 있는 회랑들을 제공해 주고 있다.

사람들이 온천 휴양지에서 어떻게 머무르는지 생각해 본다면, 우리의 가을날의 체류를 가장 잘 이해할 수가 있다. 서로 아무런 관계도 없었던 사람들이 우연히 잠깐 동석하게 된다. 조반, 점심 식사, 산책, 놀이, 진지하거나 익살스러운 대화. 이 모든 일이 금방 서로를 알게 하고 친밀감을 갖도록 해준다. 이곳에서는 온천 요양지처럼 질환과 치료 방법에 따라 사람을 나누지 않는다. 이곳에서는 완벽하게 한가롭기 때문에 강력한 친화력이 생기지 않는다면 그것이 오히려 이상한 일일 것이다. 라이펜슈타인 궁정고문관은 적당한 시간에 나가 산보를 하든지 산길을 오래 걷자고 제안했다. 사람들이 무더기로 몰려 우리를 고통의 대화로 끌어들이기 전까지는 옳은 말이었다.

맨 먼저 도착한 우리 일행은 경험이 풍부한 안내자가 이끄는 대로 그 지역을 마음껏 구경할 수 있어서 많은 것을 배우고 즐겼다.

얼마 후 나는 예쁘장한 로마 여자를 보았다. 우리 거처에서 가까운 코르소 거리(Corso della Repubblica)에 사는 이웃집 여잔데, 그녀의 어머니와 길을 올라오는 것을 몇 번 보았다. 내가 주최한 연주회가 있은 후에 두 여성은 내 인사에 전보다 더 친절하게 응답했다. 저녁에 그 집을 지나갈 때면 집 앞에 앉아 있는 모녀를 자주 보긴 했지만 그들에게 말을 걸진 않았다. 그런 일로 나의 주요 목표에서 이탈하지 않겠다는 결심을 완벽하게 지키기 위해서였다. 그러나 어느 날 갑자기 우리는 아주 오래된 지인처럼 느껴졌다. 예의 그 연주회가 첫 번째 대화에 충분한 이야깃거리를 제공해 주었다. 그리고 로마 여인과의 대화는 정말 유쾌했다. 그녀는 자연스러운 대화에서 명랑하고, 현실 그 자체에 집중된 주의력이 생생하고, 상대방 이야기에 적극 참여하고, 적절하게 자기 자신에 대한 이야기를 했다. 그녀의 로마식 억양이 듣기 좋았고, 빠르지만 분명했다. 세련된 사투리지만, 이 사투리는 중류계급을 승격시키고, 극히 자연스럽고 솔직한 계층 사람들한테 어떤 귀족적인 면을 부여해 주기도 한다. 이러한 특징과 특색에 대해 많은 이야기를 들어 잘 알고 있었지만, 이렇게 흐뭇한 대화를 체험하는 것은 처음이었다.

모녀는 같이 온 젊은 밀라노 여인 한 명을 내게 소개해 주었다. 젠킨스의 점원 중 젊은 남자가 있었는데, 민첩함과 정직을 신조로 지켜 젠킨스의 총애를 받고 있었다. 그녀는 그 청년의 여동생이었다. 이 세 여인은 절친한 친구 같았다.

그 두 아름다운 여인은 정말 미인이라 할 만했는데, 극단적인 것은 아니지만 결정적으로 상이한 대조를 이루고 있었다. 로마 여인은 암갈색의 머리와 가무잡잡한 피부에다 갈색 눈으로 좀 진지하고 조심스러운 편인 반면에, 밀라노 여인은 엷은 갈색 머리에 투명하고 부드러운 피부에다 거의 푸르스름한 눈을 가지고 있으며 개방적인 성격으로 말을 걸기도 하고 묻기도 했다. 복권 놀이 비슷한 게임을 하는데, 나는 두 여인 사이에 앉아 로마 여인과 짝이 되어 돈을 공동으로 관리했다. 게임이 진행되면서 어쩌다 보니 내가 밀라노 여인과 짝이 되어 내기 같은 걸 하게 되었다. 아무튼 이쪽 편과도 일종의 협력 관계가 생겼는데, 이렇게 두 편으로 나누어진 나의 관심사가 다른 사람 기분에 거슬린다는 것을 나는 순진하게도 조금도 눈치 채지 못했다. 놀이가 끝나자 드디어 로마 여인의 어머니가 나를 한편으로 불러 예의 바르게, 그러나 노부인다운 진지함을 가지고 이방인인 나에게 하나하나 일러주었다. 즉 내가 먼저 그녀의 딸과 한패가 되었으니, 다른 사람과 똑같은 협력 관계를 맺는 것은 온당치 못하다는 것이다. 시골에서의 풍속은, 어느 정도 관계가 한번 맺어지면 다른 사람 앞에서 그 관계를 지키고, 순수하고도 은근한 상호 관계를 보여야 한다는 것이다. 나는 최선을 다해 사과하고, 다음과 같이 설명했다. 외국인이 그런 의

무를 인정하긴 쉽지 않은데, 그 이유는 우리나라의 풍속에 따르면 남자는 한 모임에 참가한 모든 숙녀에게 순서대로든, 여러 여성에게 한꺼번에든 정중하게 경의를 표해야 한다, 그리고 우리의 풍속이 이 장소에서는 더더욱 유용할 것이, 두 여성이 서로 몹시 가까운 친구이기 때문이라고 설명했다.

그러나 유감스럽게도 내가 그렇게 변명하고 있는 동안, 참으로 이상하게 나의 마음이 결정적으로 밀라노 여인에게로 쏠려 있음을 느꼈다. 번개처럼 빠르지만 확실한 느낌이었다. 내 자신에 만족해서 평정한 상태 속에 머물러 아무것도 두려워하지 않고 원하는 것도 없다고 확신하고 있던 내 마음속에서, 언제나 그렇듯 갑자기 열렬히 갈구하는 어떤 것이 내 옆으로 다가오고 있음을 느꼈다. 그러나 이런 순간에 사람은 그 매혹적 끌림에 위험이 도사리고 있음을 간과하지는 않는다.

다음 날 우리는 셋이서만 있게 되었다. 밀라노 여인에 대한 나의 호감은 더 커졌다. 그녀가 하는 이야기에는 노력하는 면모가 있어 그녀의 친구보다 훨씬 돋보였다. 그녀는 자신이 교육을 못 받은 것은 아니지만 지나치게 억압적이었다고 비판했다.

"우리한테 쓰는 걸 가르쳐주지 않아요." 그녀가 말했다. "우리가 펜을 연애편지 쓰는데 사용할까 봐 겁이 나서지요. 우리가 기도서를 읽어야 할 의무가 없다면, 읽는 법도 가르쳐주지 않을 거예요. 우리한테 외국어를 가르쳐줄 생각은 그야말로 아무도 못 한답니다. 저는 영어를 배우기 위해서라면 어떤 노력도 아끼지 않을 거예요. 제 오빠나 앙젤리카 여사, 추키 씨,

볼파토 씨, 그리고 카무치니 씨[125])가 젠킨스 씨와 영어로 이야기하는 것을 자주 보는데, 그때마다 저는 질투 비슷한 기분이 든답니다. 그리고 제 앞의 탁자에 쌓여 있는 신문들이 온 세계의 소식들을 전해 주고 있는 걸 제 눈으로 보면서도 무슨 일인지를 읽을 수가 없잖아요."

"그건 참으로 유감스러운 일이군요." 내가 응수했다. "영어는 배우기가 유독 쉬우니까요. 단시간에 듣고 이해하도록 해 보십시오. 우리 당장 시도해 봅시다." 나는 계속 이야기하면서, 흔히 우리 주변에 널려 있는 영자신문을 하나 집어 들었다.

나는 재빨리 훑어보고 기사 하나를 골랐다. 여자가 물에 빠졌는데, 다행히 구조되어 가족에게 돌아갔다는 기사였다. 이 사건에는 복잡하면서도 흥미 있는 상황이 있었는데, 그 여자가 자살하려고 물에 뛰어들었는지, 그래서 그녀를 구해낸 자가 그녀를 사랑하는 남자들 중 애인인지 아니면 실연을 당한 남자인지 확실치 않았다. 나는 그녀에게 그 대목을 가르쳐주고 주의해 읽어보라고 했다. 그런 다음 내가 먼저 모든 명사를 번역해 주고, 그녀가 그 뜻을 암기하고 있는지 시험해 봤다. 그녀는 금방 기본 단어와 중요한 단어의 위치를 파악했고, 전체 문장에서 차지하는 위치를 익혔다. 그다음에 나는 영향을 끼치는 단어, 동작을 나타내는 단어, 규정 지어주는 단어로 넘어가, 이런 단어들이 어떻게 전체 문장을 생동감 있게 만드는지 가르쳐주었다. 그렇게 한참 동안 문답식 수업을 이어갔다. 마침내 그녀

---

125) 빈첸초 카무치니(Vincenzo Camuccini, 1771~1844). 로마 태생의 화가로, 멩스에게 그림을 배웠으며, 역사화와 종교화를 주로 그렸다.

는 내가 묻지 않아도 그 전체 문장을, 마치 이탈리아어로 쓰여 있기라도 하듯 내게 읽어 보였다. 이때 그녀는 아담한 몸을 움직이지 않을 수 없었다. 그녀가 새로운 분야를 소개해 준 데 대해 최상의 감사를 표할 때 나의 정신적 기쁨은 이루 말할 수 없을 정도였다. 그녀는 그렇게 갈구하던 소망이 시험적이긴 하지만 거의 성취되는 가능성을 엿보았다는 사실을 스스로도 믿지 못할 정도였다.

우리 일행은 더 불어났다. 앙젤리카도 도착했다. 커다란 식탁에서 내 자리는 그녀의 오른편이었고, 내 제자는 식탁의 맞은편에 서 있었는데, 다른 사람들이 자리를 찾는 동안 한순간도 지체하지 않고 식탁을 돌아와 내 옆자리에 앉았다. 사려 깊은 앙젤리카는 다소 놀란 듯 지켜보았다. 그동안 여기서 내게 무슨 일이 일어났음이 틀림없다는 사실, 내내 예의가 없다고 할 정도로 여자들을 멀리해 온 내가 드디어는 유순하게 마음이 쏠려 있다는 사실을 눈치 채기 위해선 반드시 현명할 여자일 필요가 없었다.

나는 겉으로는 꽤 자제하고 있었지만, 두 여성과 대화를 나눌 때 일어난 당혹감 때문에 내적 동요를 억누르기 힘들었다. 나이가 더 많고 우아한 앙젤리카가 말수가 적어져서, 나는 그녀와 활발한 대화를 이어가려고 노력했다. 다른 한편으로는 오랫동안 염원해 오던 외국어 공부에 서광이 비치자 한껏 고무되어 주변 분위기를 파악하지 못하는 밀라노 여성을 친절하고 조용하게, 관심을 삼가는 태도로 진정시키려고 애썼다.

그러나 이러한 흥분 상태는 곧 주목할 만한 전환의 순간을 체험해야만 했다. 내가 저녁 무렵 젊은 여성들을 찾다가 좀 나이 든 여성들이 정자에 모여 대단히 아름다운 전망을 즐기는 모습을 보았다. 나는 주위를 둘러보았다. 내 눈앞엔 회화적 풍경이 아닌 그 어떤 것이 일어나고 있었다. 그 지역에 깔린 어떤 색조였는데, 그건 일몰 때문도 아니고 저녁 공기 때문도 아니었다. 높은 곳은 작열하는 빛, 아래 깊은 곳은 서늘한 푸른색의 그림자가 드리워져 지금껏 유화나 수채화에서는 보지 못한 황홀한 전경이었다. 아무리 보아도 싫증나지 않았지만, 그 자리를 떠나 작은 모임에서 일몰의 광경을 찬양하는 대화를 나누고 싶었다.

하지만 나는 그 어머니와 이웃집 여성들이 자기네들과 동석하자는 초대를 거절할 수 없었다. 그들은 내게 가장 전망이 좋은 창가에 자리를 내주었다. 그들의 이야기로 미루어보아 주제는 혼수였는데, 지칠 줄 모르고 내내 반복하는 화젯거리였다. 온갖 종류의 필요한 물건들이 상세히 토론되었다. 갖가지 혼수의 수량과 품질, 집안에서 하는 기본적인 선물, 남녀 친구들이 하는 결혼 선물들에 관한 이야기였는데 어떤 것은 비밀이었다. 이런 세세한 이야기로 그 좋은 시간을 채우고 있었지만, 나는 인내심을 가지고 들어야만 했다. 여성들이 이후의 산보에도 나와 동행하기로 했기 때문이다.

마침내 이야기가 신랑에 대한 평가에 이르렀다. 부인들은 신랑에게 꽤 후한 점수를 주었지만, 그의 단점을 못 본 체하지도 않았다. 다만 그녀들의 밝은 희망은 이 단점들이 장래 결혼생활에서 신부의 세련됨, 총명함, 다정함 덕분으로 약화되고 개선되리라는 것이었다.

해가 먼 바다로 가라앉아 긴 그림자를 드리우고, 반사되는 빛이 좀 엷어지긴 했어도 여전히 장관을 이룰 즈음 나는 참다못해 아주 조심스레 대체 신부가 누구냐고 물어보았다. 그들은 믿지 못하겠다는 듯이 내게 되물었다. 모든 사람이 알고 있는 사실을 내가 모르고 있느냐는 것이었다. 그제야 그들은 내가 그 집에서 묵고 있지 않은 이방인이라는 사실에 생각이 미쳤다.

얼마 전부터 내가 흠모하던 제자가 바로 신부라는 이야기를 들었을 때 내가 얼마나 참담했을지 지금에 와서 설명할 필요까지는 없으리라. 태양은 꼴깍 져버렸다. 나는 핑계를 대고 그들에게서 떠나왔는데, 그들은 내게 얼마나 잔인한 방법으로 그 사실을 알려주었는지조차도 모르고 있었다.

얼마 동안 별 생각 없이 쏟았던 애정이 꿈에서 깨어나고, 그래서 그 애정이 마음 아픈 상태로 변하는 과정은 흔한 이야기이고 누구나 알고 있다. 그러나 이번 경우가 흥미로울 수 있다면, 쌍방의 적극적인 호의가 막 싹트려는 순간에 깨져버렸고, 그로 인해 장차 끝없이 발전할 행복한 감정에 대한 예감조차 사라져버렸다는 점에서 독특하다 하겠다. 나는 느지막이 집에 왔다. 다음 날 아침, 나는 식사에 참석할 수 없어 미안하다는 말을 남기고 옆구리에 가방을 끼고 먼 길을 나섰다.

나는 수년 동안 많은 경험을 통해, 비록 마음 아프긴 하지만 곧 마음을 추스를 수 있었다. "만일 베르테르와 비슷한 운명이 로마에서 널 찾아와 여태껏 잘 지켜온 너의 중요한 상황을 망가뜨렸더라면?" 나는 큰 소리로 말했다. "그랬더라면 참으로 놀랄 만한 일이었겠지."

나는 즉시 관심을 그동안 소홀히 했던 자연에 쏟았다. 가능한 한 보이는 그대로 충실히 그리려고 노력했는데, 내가 원하는 것 이상으로 좀 더 잘 볼 수 있었다. 내가 지니고 있는 작은 기량으로는 별로 특징 없는 윤곽을 겨우 그릴 정도였으나, 그 지역의 암벽들과 나무들, 오르락내리락하는 풍경, 고요한 호수, 흐르는 냇물 등 온갖 살아 있는 풍경을 다른 때보다 더 가까이 보고 느낄 수 있었다. 나는 마음의 고통을 미워할 수 없었다. 그것이 내적 외적인 감각을 그런 정도로까지 나를 민감하게 만들어주었기 때문이다.

여기서부터는 짧게 기술하겠다. 손님이 많아져서 이 집과 이웃집들이 꽉 찼다. 우리는 평계를 대지 않아도 서로 피할 수 있었고, 서로의 호감을 정중함으로 표현해 모인 사람 모두가 기분 좋게 받아들였다. 나의 태도 역시 괜찮았는지라 불쾌한 일로 다투는 일이 없었는데, 딱 한 번 집주인 젠킨스하고 언짢은 일이 있었다. 그 일은 내가 멀리 산과 숲을 산책하며 아주 맛있어 보이는 버섯을 가지고 와 요리사에게 주었던 것으로부터 비롯되었다. 요리사는 그것을 희귀하지만 그 지방에서는 아주 유명한 요리로 잘 만들어 식탁에 내놓았다. 모두가 그 요리를 매우 맛있게 먹었다. 그런데 누군가 나에게 경의를 표하는 의미에서 내가 밖에서 버섯을 따 왔다는 이야기를 털어놓자, 우리 영국인 주인은 비록 드러내지는 않았지만 몹시 불쾌해 했다. 주인이 명령하거나 시키지도 않았는데, 주인도 모르는 음식을 손님을 대접하는 식사에 가져왔다는 것, 그리고 그가 책임질 수 없는 어떤 음식을 누군가 식탁에 올려놓아 그를 놀라게 하는 것은 그리 온당한 일이 아니라는 것이었다. 라이펜슈타인이 식사가 끝난 후 내게 이 모든 이야기를 외교적으로 털어놓았다. 버섯과는 상관없는 아주 다른 고통을 마음 깊이 참고 있던 나는 공손하게 대답했다. 나는 요리사가 주인한테 이야기를 했으리라 생각했고, 만일 차후에 길을 가다 그 비슷한 식물을 얻게 되면, 우리의 뛰어난 주인이 직접 보고 허락을 내릴 수 있도록 갖다주겠노라고 다짐했다. 간단히 얘기하자면, 그의 분노는 이 위험할 수도 있는 음식이 적당한 검사를 거치지 않고 식탁에 올랐다는 사실에서 비롯됐기 때문이었다. 요리사가 내게 안심의 말을 했던 건 물론이었다. 그는 또 그와 같은 요리가 이 계절에 자주는 아니지만 가끔씩 희귀한 요리로 상에 올라 매우 각광을 받았다는 사실을 주인에게 상기시켜 주었다.

이 미식(美食) 사건 때문에 나는 혼자 속으로 엉뚱한 생각을 하게 되었다. 완전히 자신의 독에 감염된 내가, 그러한 부주의로 인해 우리 모임의 모든 사람을 독살시키지나 않을까 하는 혐의를 받게 된다는 상상이었다.

내가 세운 계획을 실행하기는 그리 어렵지 않았다. 나는 즉시 영어 수업을 회피할 수 있었다. 아침이면 집을 나가고, 사람들이 같이 모이지 않으면 내가 남몰래 사랑하는 제자의 근처엔 안 가면 되었다.

얼마 안 있어 분망하기 짝이 없던 내 심중이 다시금 정상으로, 그것도 몹시 고상한 방법으로 회복되었다. 내가 그녀를 신부로, 미래의 부인으로 보니, 그녀는 순박한 처녀 상태를 벗어나 품위 있게 보였던 것이다. 그리고 또한 내가 이제는 그녀에 대한 똑같은 호감을 자기중심적이지 않은 숭고한 감정으로 승화시키자, 금방 그녀에 대해 아주 친절하고도 좋은 감정을 느낄 수 있었다. 게다가 나는 예전처럼 분별력 없는 청년이 아니었다. 나의 헌신은, 만일 그러한 자유로운 관심을 이렇게 칭해도 된다면, 내 감정을 고집하지 않는 데 있었고, 그녀와 마주치게 되면 일종의 외경심을 갖는 데 있었다. 내가 그녀의 상황을 알고 있다는 것을 그녀도 이젠 분명히 알아버린 터였는지라, 그녀는 나의 태도에 완전히 만족했다. 내가 누구하고나 대화를 나누었기 때문에, 다른 사람들은 조금도 눈치채지 못했고 불쾌한 일도 없었다. 이렇게 시간과 날이 조용하고 마음 편하게 흘렀다.

재미있는 일이라면 여러 가지가 있겠으나, 그 가운데 카니발에서 우리의 열렬히 박수를 받은 풀치넬라에 대해서만 기록해 두도록 하자. 여기서도 그는 평상시에는 구두 수선공으로 일하는 점잖은 소시민으로 설정되어 있었다. 그가 간단한 팬터마임으로 익살스러우면서도 맹랑한 연기를 해내는 것이 하도 우스워서 우리는 마음 편히 무아지경의 상태에 몰입했다.

고향에서 온 편지들을 읽고 나는 다음과 같은 것을 감지했다. 내가 그토록 오래 계획했으나 늘 미루어왔던 여행을 갑자기 떠나고 난 후, 고향에 남은 사람들은 걱정도 하고 조바심을 내기도 했었다. 그러다가 내가 그들에게 보낸 유쾌하고도 교훈적인 편지 때문에 모두들 내가 누리는 행복을 상상할 수 있게 되었고, 그래서 나를 뒤따라와 같은 행복을 누리고 싶어 한다는 것이다. 아말리아 여공작을 중심으로 한 재기발랄한 예술 예호가 그룹은 전통적으로 이탈리아를 진짜 교양인들의 예루살렘으로 생각해 왔고, 미뇽의 뛰어난 표현 그대로, 이곳에 대한 열렬한 동경을 머리와 마음속에 늘 지니고 있었다. 그런데 마침내 강둑이 무너진 셈이었고, 여공작께서 몸소 알프스를 넘어 올 계획을 세우기에 이른 것이다. 여기에는 그녀의 주변 사람들, 그리고 다른 한편으로는 헤르더와 동생 달베르크[126]의 권유가 있었다. 겨울을 지내고 초여름쯤 로마에 도착해 세계적인 고도(古都)의 주변과 남부 이탈리아를 차츰 즐기시라고 나는 조언해 드렸다.

　나의 조언은 정직하고도 사실에 맞는 것이었으나, 나 자신에게도 이점이 있었다. 지금까지 내 인생의 경이로운 날들은 매우 낯선 상황에서 매우 낯선 사람들과 지내며, 인간적인 상태를 다시금 생생하게 만끽하는 시간이었다. 그것은 오래전부터 우연히, 그렇지만 자연스러운 관계를 통해서 느끼는 바였다. 그러나 삶에서 가장 놀라운 체험은 결국 폐쇄된 고향 사람들의 그룹에서, 다시 말해 절친한 친구들이나 친척들 사이에서 이루어진다. 여기서는 서로가 참고 견디고 참가하고 포기함으로써 얼마간은 늘 체념하는 상태에 있다. 그리고 또한 고통과 기쁨, 언짢은 기분과 유쾌한 기분이 전통적인 습관에 따라 교대로 소멸되는 곳이 여기다. 그래서 그 모든 것의 중간 상태가 형성되어 개개 사건의 특성을 완화시킨다. 그러나 결국 사람은 기쁨도 고통도 아닌 편안함을 추구하기 위해 자유로운 영혼을 포기할 수는 없다.

---

126) 요한 프리드리히 휴고 폰 달베르크(Johann Friedrich Hugo von Dalberg, 1752~1812). 달베르크 영주의 아들로 성직 교육을 받고 마인츠 대주교의 참사회원을 지냈다. 에르푸르트 제후 달베르크(434쪽 참조)의 동생이다. 1788~1789년에 헤르더와 함께 이탈리아를 여행했다. 당대에 피아니스트로도 유명했으며, 교회음악이 아닌 가곡의 작곡가이기도 했다.

이런 감정과 예감 때문에 나는 우리 친구들이 이탈리아에 도착하는 것을 기다리지 않겠다는 쪽으로 결심했다. 내가 사물을 보는 방식이 그들의 방식과 같을 수 없다고 확실히 알기 때문이기도 했다. 내 자신이 1년 전부터 북구인의 어두운 사고방식과 상상에서 벗어나 푸른 하늘 아래서 좀 더 자유롭게 관찰하고 숨 쉬는데 익숙해졌기 때문이기도 했다. 그동안 독일에서 온 여행자들은 내게 몹시 불편한 사람들이었다. 그들은 잊어버려야 할 것을 찾을 뿐, 그렇게 오랫동안 염원했던 것이 그들 눈앞에 있는데도 알아보지 못했다. 나 자신도 내가 옳다고 인식하고 결정한 길을 생각하면서 행동에 옮기는 일이 항상 쉽지는 않았다.

낯선 독일인들은 피할 수 있었다. 그러나 절친한 사이, 혹은 존경하거나 사랑하는 사람들은 오류와 설익은 지식을 가지고 나를 방해하거나 심지어는 나의 사고방식을 간섭함으로써 나를 괴롭힐 수 있다. 북쪽에서 여행 온 사람들은 자기 존재를 보완하고 자신에게 결여된 것을 채우기 위해 로마에 왔다고 생각한다. 그러나 그들은 시간이 경과하면 생각을 바꿔서, 처음부터 다시 시작해야 한다는 것을 감지하고 마음이 몹시 편치 않게 된다.

그런 상황이 이제 분명해졌지만, 나는 매일 매 시간, 불확실한 상태에서나마 현명하게 지내려 하고, 언제나처럼 시간을 아주 유용하게 쓰고 있다. 독자적인 심사숙고, 다른 사람 말을 경청하기, 예술적인 노력의 산물들을 감상하기, 나만의 미술 실습 등을 끊임없이 반복 중이다. 어쩌면 이 모든 것이 서로 상호 작용하며 이루어진다는 말이 맞겠다.

취리히에서 온 하인리히 마이어의 참여가 특히 이런 측면에게 내게 많은 도움을 주고 나를 분발시켜 주었다. 그와의 대화가 잦은 건 아니지만 내게 유익하다. 그는 무척 부지런하고 스스로에게 엄격한 예술가로서, 시간을 유익하게 쓸 줄 아는 사람이다. 그에 비해 젊은 예술가들은 재빠르고 쾌락적인 인생을 살면서 개념과 기술의 진지한 진보를 쉽게 결합시킬 수 있다고 믿고 있다.

11월

서신

1787년 11월 3일, 로마

카이저가 이미 도착했는데, 지난주에 그에 대한 얘기는 전혀 쓰지 않았다. 그는 피아노를 조율하고 있는데, 조만간 오페라를 들려줄 것이다. 그가 여기 있게 됨으로써 다시 특별한 시기가 시작되었다. 우리는 조용히 우리의 길을 가면 될 듯하다. 그러면 매일매일 최상의 것 아니면 최악의 것을 가져올 것이다.

『에그몬트』에 관한 호평이 나를 행복하게 했다. 다시 읽어도 마찬가지이길 바란다. 내가 그 작품에 써 넣은 생각들이 단 한 번에 전달되진 않는다는 것을 알고 있기 때문이다. 여러분이 칭찬한 그 부분은 내가 의도했던 바다. 그것이 이루어졌다고 여러분이 말씀하시니 내 최종 목적은 달성되었다. 그것은 정말 어려운 작업이었다. 일상생활과 감정의 무한한 자유가 없었다면 결코 해낼 수 없었을 것이다. 이것이 무슨 의미인지를 생각해 보시라. 12년 전에 썼던 작품에 다시 손을 대, 새로 쓰지 않고 완성하는 일이다. 특별한 시간적 제한이 그 일을 어렵게도 만들었지만, 또한 쉽게도 만들었다. 아직도 내 앞에는 그러한 바위가 두 개 더 놓여 있다. 그것은 『파우스트』와 『타소』다. 자비로운 신이 내 미래에 시시포스의 형벌을 내린 듯하니, 내가 이 짐들 역시 산 위로 메고 갈 수 있기를 바랄 뿐이다. 어느 날 내가 그것을 가지고 산꼭대기에 다다르면, 똑같은 일을 다시 시작해야겠지만. 별로 한 일도 없는데, 여러분이 내게 끊임없이 애정을 주시니 나는 여러분의 박수를 받기 위해 최선을 다하겠다.

그런데 자네가 클레르헨에 관해 한 이야기는 무슨 말인지 잘 모르겠네. 다음 편지를 기다리겠네. 내 생각엔 자네가 처녀와 여신 사이의 뉘앙스를 간과한 듯해. 어쩌면 내가 에그몬트에 대한 그녀의 태도를 매우 예외적인 것으로 묘사했기 때문인지도 모르겠네. 그녀의 사랑은 그녀가 사랑하는 연인의 완전성을 이루는 요소이고, 그가 관능적 쾌락이 아니라 그녀에게 속해 있다는 사실로부터 형언할 수 없이 황홀한 충만감을 느끼는 것일세. 그래서 내가 그녀를 영웅적으로 묘사한 거야. 그녀는 영원한 사랑이라는 절실한 감정을 가지고 사랑하는 남자를 따르고, 마침내는 그의 영혼 앞에서 숭고한 꿈을 통해 미화되지.[127] 이런 이유 때문에 어디에다가 중간 뉘앙스를 주어야 할

---

127) 클레르헨(Klärchen)은 에그몬트를 열렬히 흠모하는, 에그몬트보다는 신분이 낮은 여성이다. 에그몬트는 클레르헨을 마음속으로 사랑하지만 절체절명의 정치적 위기 속에서 사적 감정에 매몰될 수 없는 처지다. 독립을 요구하는 네덜란드 시민들의 소요사태를 진정시키고 에스파냐 섭정 총독인 알바 공작과 협상을 통해 정치적 자유를 이루려 했던 에그몬트는 반역죄로 투옥된다. 이때 클레르헨은 에그몬트를 구하기 위해 시민들을 설득하려 하지만 실패하고, 결국 자살하고 만다. 처형되기 전날 밤 에그몬트의 꿈에 클레르헨이 여신의 모습으로 나타난다. 클레르헨은 그의 죽음이 순교의 일종이며, 이를 통해 자유가 실현되리라고 말해 준다. 이러한 줄거리와, 위에서 작가가 밝힌 의도로 볼 때, 괴테는 에그몬트와 클레르

지 잘 모르겠네. 고백건대 마분지나 판자를 맞춘 듯한 허술한 연극 배경 때문에, 내가 위에서 언급한 명암들이 어쩌면 너무나 소홀히 취급되었거나, 연결이 안 되었거나, 아니면 암시한 부분들이 너무 약한지도 모르겠네. 어쩌면 두 번째 읽어볼 땐 나을 수도 있겠으니, 다음 편지에 좀 더 상세히 알려주기 바라네.

앙겔리카가 『에그몬트』의 표제지에 들어갈 삽화를 그렸고, 립스가 그걸 동판화로 새겼네. 독일에서는 이렇게 만들어지지 못할 것 같아.

11월 3일, 로마

유감스럽게도 나는 미술을 완전히 그만두어야겠다. 그러지 않으면 희곡 작품들을 완성하지 못할 것이다. 이 일도 그럴듯하게 만들려면 집중력, 그리고 조용한 집필 시간 없이는 불가능하기 때문이다. 요즘은 「빌라 벨라의 클라우디네」를 쓰고 있다. 그야말로 완전히 새로운 작품이 될 것이고, 나의 옛날 껍질을 가려내 내버리겠다.

11월 10일, 로마

카이저가 여기 왔으니, 음악을 포함하여 삼중의 생활을 하고 있다네. 그는 아주 훌륭한 남자야. 이 지상에서 가능한 한 전원생활을 하고 있는 우리와 잘 맞지. 티슈바인이 나폴리에서 돌

헨의 사랑을 남녀 간의 낭만적 사랑이 아니라, 위대한 지도자를 돕는 여신과 그 현현인 처녀라는 이상주의적 관계로 설정하려 한 듯하다. 하지만 이 작품은 헤르더뿐 아니라 실러에 의해서도 비판되었다. 두 남녀의 관계가 부자연스럽고, 구체적 행위보다는 설명적인 대사가 주를 이뤄 극으로서 긴장감이 떨어진다는 지적이었다.

아올 예정이어서, 두 사람의 숙소와 그 밖의 다른 모든 것이 달라져야 한다네. 우리는 다들 착한 사람들이니까 일주일이면 만사가 다시 순조롭게 돌아가겠지.

내가 여공작님께 제안 드리기를, 200체키노에 해당하는 미술품들을 그녀를 위해 하나하나 사 모으도록 허락해 달라고 했네. 자네가 이 편지를 읽은 다음 내 제안을 지지해 주었으면 좋겠어. 내가 지금 당장 그 돈이 한꺼번에 필요한 것은 아니야. 이건 아주 중요한 문제일세. 많은 설명을 안 해도 그 중요성을 자네도 짐작하겠지. 내게는 손바닥 들여다보듯 빤한 이곳의 상황을 자네가 안다면, 내 제안의 필요성과 유용성을 더 잘 이해할 텐데. 내가 그분을 위해 준비하는 작은 일들에 크게 만족하실 걸세. 내가 하나하나 제작을 지시하고 있는 물건들을 여기 와서 보면, 여공작님의 소유욕이 충족될 테니까. 여기 도착하는 사람들은 하나같이 그런 소유욕을 느끼는데, 마음 아프게도 사람들은 포기하는 것으로 욕망을 억제하거나, 아니면 돈을 지출해 욕망을 채우면서 손해를 볼 수밖에 없다네. 이에 관해서는 편지지 몇 장을 꽉 채워도 모자랄 거야.

11월 10일, 로마

『에그몬트』가 갈채를 받는다니 정말 기쁘다. 이처럼 많은 마음속의 자유를 가지고 양심에 따라 쓴 것은 이 작품이 처음이었다. 그런데도 이미 다른 작품을 읽은 독자들을 만족시키기가 어렵다. 독자는 항상 이전의 작품과 비슷한 어떤 것을 요구하기 때문이다.

11월 24일, 로마

지난번 편지에 당신이 이 지방 풍경은 어떤 빛깔을 띠느냐고 물었는데, 그에 관해 답을 하자면, 청명한 날, 특히 가을엔 모든 색감이 너무나도 또렷하고 생생해서 풍경화를 그린다면 알록달록해질 겁니다. 조만간 당신에게 그림 몇 점을 보낼 수 있었으면 좋겠습니다. 독일인 크니프가 그린 작품들인데, 그는 현재 나폴리에 있습니다.[128]

여러분은 말도 안 된다고 생각하겠지만, 수채화 물감은 찬란한 자연을 절대 따라갈 수 없다. 가장 아름다운 것은, 이 선명한 색깔들이 조금만 거리를 두고 보면 대기의 색조로 인해 부드러운 빛으로 변하는 것이다. 그리고 소위 말하는 차고 따뜻한 색조가 완전히 대조를 이루어 눈에 확 띄는 것이다. 선명한 푸른색 그림자는 환한 색들, 녹색과 노랑 색조, 붉은 색조, 갈색 계통의 색 등과 예쁘게 대조되어 선명하게 보이는데, 이게 푸르스름하고 흐릿한 원경으로 흡수된다. 그건 북쪽에서는 상상할 수 없는 찬란함인 동시에 조화이며 전체의 명암이기도 하다. 여러분이 있는 곳에선 모든 것이 강렬하거나 탁하고, 알록달록하지 않으면 한가지 색이다. 어쨌든 내 기억으로는, 이곳에서 매일 매 시간 눈앞에 전개되는 색조 하나하나의 것을 미리 조금씩 맛보는 그런 효과를 독일에서 본 적이 거의 없다. 하지만 이제 내 눈이 많이 숙달되었으니, 북쪽에서도 아름다움을 더 많이 발견할지도 모르겠다.

그 밖에 하고 싶은 이야기는, 이제는 내 앞에 똑바로 놓여 있는 조형미술 전체를 향한 옳은 길이 보인다는 것, 그리고 그

---

128) 이 단락은 슈타인 부인에게 보내는 글이므로 경어체로 옮겼다. (옮긴이)

길이 얼마나 넓고 긴가를 전보다 더 뚜렷이 인식한다는 것이다. 나는 이미 너무 나이가 들어서, 지금부터 해봐야 수박 겉핥기식의 일밖에 안 될 것이다. 다른 사람들을 봐도 바른 길로 들어섰다고는 해도 크게 진보하는 사람은 잘 눈에 띄지 않는다. 이 일 역시 행운이나 지혜와 비슷하다. 우리는 그 원형을 어슴푸레 예감하고, 잘해야 그 옷자락을 만져보는 정도다.

　카이저가 도착하고 나서 그와 함께 집안일을 정리하느라고 시간을 뺏긴 탓으로 내 작업이 중단되었다. 이제 다시 시작이다. 오페라들은 거의 끝나간다. 카이저는 매우 점잖고 이해심도 있고 건실하고 침착하다. 그는 예술에 관해서만큼은 더할 수 없이 확고한 자신감을 가지고 있다. 그와 가까이 있음으로써 다른 사람이 더 건강해지는 그런 사람이다. 그는 또한 매우 너그러운 면이 있고, 삶과 사회를 보는 옳은 안목이 있다. 이런 점들이 보통 때는 엄격한 그의 성격을 유연하게 만들고, 그가 사람을 대할 때 독특한 너그러움을 갖게 해준다.

보고

점차적으로 사람들한테서 멀어져야겠다고 속으로 생각하는 즈음에 새로운 유대관계가 이루어졌다. 크리스토프 카이저라는 활달한 옛 친구가 도착한 것이다. 그는 프랑크푸르트 태생으로, 클링거[129]를 비롯해 우리 또래 사람이다. 카이저는 특이한

---

129) 프리드리히 막시밀리안 클링거(Friedrich Maximilian Klinger,

음악적 재능을 타고났다. 이미 몇 년 전에 「익살, 꾀, 복수」의 오페라를 작곡했고, 동시에 『에그몬트』에 맞는 음악을 쓰기 시작했다. 나는 로마에서 그에게 연락해, 작품은 출판사로 보냈고 복사본 한 부를 가지고 있노라고 했다. 그리고 장황한 서신 교환보다는 카이저가 직접 이곳으로 지체 없이 오는 것이 최선이라는 결정이 났다. 그는 정말로 곧장 특별 우편마차를 타고 이탈리아로 와서 우리 있는 곳에 도착했다. 그는 론다니니 건너편 코르소 거리에 숙소를 정해 짐을 풀고 예술가 그룹에 끼게 되었다.

그러나 필요한 집중력과 통일성 대신, 새로운 산만함과 시간낭비를 곧 체험하게 되었다.

우선 피아노를 구입해 시험해 보고, 조율하고, 유별난 음악가의 뜻과 요구대로 정비하는 데 며칠이 소요되었다. 그런데도 뭔가 원하고 요구할 것이 남아 있곤 했다. 하지만 그 일이 끝나자마자 그동안의 수고에 대한 대가로, 또 지체되었던 일을 만회하는 뜻에서 재능 있는 음악가가 능란하고 시대에 딱 들어맞는 연주를 선보였다. 그는 당시 가장 어려운 작품들을 쉽게 연주했다. 음악사에 정통한 사람이 여기에서 무슨 이야기를 하고 있는지 쉽게 알게끔 말하자면, 다음과 같다. 당시에는 슈바르트[130]가 최고로 인정을 받았고, 능숙한 피아니스트인지 아

1752~1831). 프랑크푸르트 태생의 극작가이자 소설가로, 어릴 적에 아버지가 일찍 돌아가셔서 홀어머니가 부유한 집들의 세탁부로 일하며 자식들을 키웠다. 아마도 이때 괴테와 알게 되었던 것 같다. 괴테는 클링거가 작가로 자리를 잡기 전까지 얼마간 재정적 도움도 주었다. 1776년 「슈투름 운트 드랑(Sturm und Drang, 질풍노도)」이라는 희곡을 썼다.

130) 크리스티안 슈바르트(Christian Friedrich Daniel Schubart, 1739~1791). 슈바벤 출신의 시인, 오르간 연주자, 저널리스트다. 대학에서 신학

닌지 시험할 때는 변주곡 연주를 중점적으로 평가했다. 간단한 주제에 의한 이 변주곡은 매우 기교적인 방법으로 연주되었고, 마지막에는 그 주제가 자연스럽게 다시 연주됨으로써 청중이 안도의 숨을 내쉬었다.

카이저는 「에그몬트」를 위해 쓴 교향곡을 가져왔다.[131] 필요와 흥미 때문에 그 어느 때보다도 악극에 관심이 쏠렸던 나는 이 방면에서 매우 활기차게 노력하게 되었다.

「에르빈과 엘미레」 그리고 「빌라 벨라의 클라우디네」를 독일로 보내야 했다. 그러나 『에그몬트』를 수정할 때 스스로 세운 기준이 하도 높았던지라, 아무래도 나는 예전에 쓴 그대로 그냥 넘길 수가 없었다. 그 작품들이 지니고 있는 풍부한 서정성은 내가 보기에도 자랑스럽고 소중했다. 그것은 어리석게 보낸, 그러나 행복을 느낀 시간을 묘사하는 생기발랄한 젊은이가 조언을 받지 못할 때 빠지는 슬픔과 근심을 표현한 장면들이었다. 그럼에도 불구하고 산문적인 대화는 프랑스 오페레타를 너무나 연상시켰다. 우리의 초연 무대에서 쾌활한 선율이 흐르게 했기 때문에, 우리는 좋은 느낌으로 그것을 기억한다. 그러나 지금에 와서는 만족스럽지 못하다. 이탈리아인들에 동화된 사람이라면 아름다운 곡조의 노래를 적어도 낭독 혹은 낭송에 어울리는 음악과 결합하는 게 좋다.

을 공부했지만 뒤늦게 오르간에 남다른 재능을 보여 음악가의 길에 들어섰다. 슈투트가르트 궁정 악장으로 활동했다.

131) 오늘날 가장 유명한 「에그몬트」 악곡은 베토벤의 작품으로, 1810년에 빈 궁정극장이 이 비극을 상연하기 위해 의뢰해 작곡한 것이다. 하지만 여기서는 카이저가 작곡한 극음악을 말한다.

이런 측면에 주안점을 두어 두 오페라를 작업한 것을 알 수 있을 것이다. 작곡된 음악들은 여기저기서 호응을 얻었고, 연극이라는 조류를 타고 오늘날에 이르렀다.

　사람들은 대부분 이탈리아 가극 대본을 비난한다. 생각 없이 남이 하는 말을 그대로 되풀이해 주장하는 식의 상투적인 비난이다. 이탈리아 가극 대본들은 물론 가볍고 유쾌하지만 작곡가와 오페라 가수가 기꺼이 노력하고 싶은 것 이상을 요구하지는 않는다. 이 문제를 광범위하게 언급할 필요 없이,「비밀결혼」[132]의 대본을 기억해 보자. 대본가가 누구인지는 모르지만, 누가 되었든지 이 분야에서 매우 재주 있는 작가 가운데 한 사람인 것만은 분명하다. 이와 같은 의미에서 작품을 쓰는 것, 그리고 똑같은 자유를 가지고 특정한 목적을 달성하고자 하는 것이 나의 의도였다. 내가 과연 얼마만큼 나의 목적에 접근했는지는 나 자신도 말하기 어렵다.

　나는 친구 카이저와 얼마 전부터 어떤 계획을 세우고 있었는데, 유감스럽게도 시간이 지남에 따라 점점 회의하게 되었고 쉽게 실현할 수 없을 것 같았다. 독일 오페라의 성격이 매우 소박했던 시기를 회상해 보자. 그 당시엔 페르골레시의「마님이 된 하녀」[133] 같은 단순한 간주곡이 연주되었고 갈채를 받았다. 그

---

　132) *Il Matrimonio Segreto*. 1792년 빈 궁정극장에서 초연된 치마로사의 2막 오페라부파다.

　133) 조반니 바티스타 페르골레시(Giovanni Battista Pergolesi, 1710~1736)의 1733년작「마님이 된 하녀(La Serva Padrona)」는 이탈리아에서 초연 당시 크게 호평을 받았지만, 1752년 파리에서 상연되었을 때는 혹평을 받았다. 이로 인해 프랑스 정통 궁정 오페라와 이탈리아의 유쾌하고 낭만적인 오페라부파 중 어느 쪽이 더 우월한가를 두고 치열한 논쟁이 벌어졌다.(일명 '부퐁논쟁'.)

시절에 베르거라는 독일인 희가극 가수가 예쁘장하고 당당하고 재주 있는 여성과 함께 활약했다.[134] 그들은 독일의 도시와 시골에서 빈약한 의상과 보잘것없는 음악을 가지고도 유쾌하고 자극적인 실내 공연을 보여주었다. 그 공연들은 사랑에 빠진 늙은 광대가 언제나 거짓말을 하고 수모를 당하는 이야기였다.

나는 이 두 사람에다가 세 번째 가수를 생각해 냈는데, 중간 성량에 쉽게 구할 수 있는 역할이었다. 이미 몇 년 전에 이러한 생각에 따라 오페레타 「익살, 꾀, 복수」가 탄생했다. 나는 그 작품을 취리히에 있는 카이저한테 보냈는데, 그는 진중하고 양심적인 사람인지라 이 작품을 사소한 것까지 너무도 성실하게 만들었다. 나 자신도 이미 간주곡을 정도 이상으로 늘려놨기에, 사소하게 보이는 그 주제가 그렇게 많은 노래에 펼쳐져 있다. 그래서 잠정적으로 축소된 음악 부분에서조차 세 가수들이 끝까지 연기하기가 몹시 어려웠다. 이제는 카이저가 아리아들을 옛날 방식대로 자세히 작곡했다. 부분적으로는 몹시 잘되었고, 전체적으로 보아도 우아함까지 깃들어 있다.

그나저나 이 작품을 어떻게, 그리고 어디서 공연할 것인가? 이것이 문제였다. 중간 수준이라는 이전의 원칙은 불행히도 목소리가 너무 빈약하다는 결점을 초래했다. 예컨대 삼중주 이상은 불가능했기 때문에, 합창단을 구하려면 의사의 '만병통치 약상자'[135]라도 만들어야 될 판이었다.[136] 그리하여 우리의

---

134) 안톤 베르거(Anton Berger)와 그의 아내로, 1777년에 바이마르에서 공연했다.

135) 「익살, 꾀, 복수」에서 사기꾼 돌팔이 의사가 제조하는 약이다.

136) 단 세 명의 등장인물이 대사만으로 4막을 이끌어가는 징슈필인 데다

노력, 즉 간결하고 쉽게 마무리 짓겠다는 계획은 모차르트의 징슈필 「후궁으로부터의 탈출」[137]의 출현으로 수포로 돌아갔다. 모차르트의 가극은 다른 모든 것들에 참패를 가했다. 우리가 그렇게도 많은 생각을 가지고 만든 작품이 극장에서 한 번 거론되지도 못했다.

카이저와 함께 있으니 지금까지 극장의 공연에만 국한되었던 우리의 음악에 대한 사랑이 고양되고 확장되었다. 그는 교회 축제에 관심을 가졌기 때문에 우리는 이 기회에 교회 축제 음악을 같이 듣게 되었다. 성악이 중심이긴 하지만, 완전한 오케스트라가 함께 연주하는 그런 음악이 우리에게 매우 비종교적으로 들렸음은 자명한 일이다. 성 체칠리아의 날에 처음으로 감동적인 합창과 아리아 디 브라부라[138]를 들었던 기억이 난다. 내게 잊을 수 없는 감동을 주었던 그런 스타일의 아리아

각 곡의 길이가 매우 길어서, 2시간이 넘는 공연을 배우 셋이 소화해 내기가 몹시 힘들다고 한다.

137) 크리스토프 프리드리히 브레츠너(Christoph Friedrich Bretzner)의 원작 오페라 「벨몬트와 콘스탄체, 또는 후궁 탈출(Belmont und Constanze, oder Die Entführung aus dem Serail)」(1781)을 대본가 고틀리프 슈테파니(Gottlieb Stephanie)가 모차르트의 요청에 따라 수정했다. 이때 모차르트는 오페라의 성공이 대사 자체의 훌륭함이 아니라 대사가 음악에 얼마나 어우러지느냐에 달려 있다고 보아, 음악에 맞게 가사와 극 구성을 바꿨다. 황제 요제프 2세가 모차르트에게 이탈리아 오페라에 대항할 만한 독일 악극을 주문해 만들어진 이 작품은 이후 '황제가 사랑하는 징슈필'이라는 별명을 얻었다.

138) aria di bravura. 18세기 중반부터 오페라에서 가수가 가창력을 뽐내는 고난도의 독창으로 관객의 환호('브라보')를 이끌어내면서 유행하기 시작한 아리아 스타일 중 하나로, 주로 소프라노가 솔로 악기와 함께 힘차고 화려한 멜로디를 노래한다.

가 오페라에 삽입된다면 청중 역시 감동받을 것이다.

카이저는 이 밖에도 다른 미덕을 갖고 있었다. 즉 그는 고전음악에 관심이 매우 많았고, 음악사를 진지하게 연구했기 때문에 도서관들을 섭렵했다. 충실하고 근면한 그는 미네르바 도서관[139]에서 환대와 지원을 받았다. 그는 고문헌을 조사해 찾아낸 옛 16세기 동판화로 우리의 흥미를 불러일으켰는데, 가령「웅장한 로마의 거울」, 라마초의『건축물들』, 그보다 더 후기작인「로마의 경이」그리고 그와 비슷한 다른 동판화들이 우리에게 끊임없이 과거를 되살려 주었다.[140] 우리는 이런 책들과 동판화 컬렉션을 성지순례 하듯 찾아다녔고, 인쇄가 선명한 경우는 특별히 가치가 있었다. 이걸 보면 옛사람들이 고대의 유산을 보면서 진지함과 경외심을 느꼈으며, 유적을 표현할 때 적

---

139) 비블리오테카 카사나텐세(Biblioteca Casanatense)를 말한다. 1701년 추기경 카사나테(Girolamo Casanate, 1620~1700)가 개인 소장하던 2만 5000종의 고문헌과 희귀 장서를 기증받은 도미니크회 수도원장이 로마의 산타마리아 소프라 미네르바 수도원에 조성한 도서관이다.

140)「웅장한 로마의 거울(Speculum Romanae Magnificentiae)」은 부르고뉴 태생으로 로마에서 활동한 조각가이자 지도 제작자인 안토니오 라프레리(Antonio Lafreri 1512~1577)가 1575년에 펴낸 200장의 판화 모음집이다.

『건축물들』은 밀라노 태생의 화가 지안 파올로 라마초(Gian Paolo Lamazzo, 1538~1592)가 펴낸 7권짜리 책『회화, 조각, 건축 예술에 관한 논문(Trattato dell'arte della pittura, scoltura et architettura)』을 말한다. 라마초는 1571년에 시력을 상실한 후 화가에서 미술 비평가로 전향, 고전 미술과 기독교 미술에 나타난 주제와 도상 들을 분석해 미학 체계를 완성했다.

「고대 로마의 경이(Admiranda Romanarum antiquitatum)」(1693)는 키지 가문을 위해 일한 고미술 수집가이자 감정가인 조반니 피에트로 벨로리(Giovanni Pietro Bellori, 1631~1696)가 페루자 태생의 동판화가 피에트로 산티 바르톨리(Pietro Santi Bartoli, 1635~1700)에게 주문해 제작한 84장의 연작 동판화집이다. 주로 고대 로마 조각이나 건축의 릴리프 부분에 새겨진 부조를 판화로 모사했고, 추기경 플라비오 키지의 동판 초상화도 수록되어 있다.

극적이었음을 알 수 있었다. 예를 들어, 고대의 거상이 오늘날 콜론나 정원이 들어선 자리에 있던 때가 더 가깝게 느껴지고, 셉티미우스 세베루스 황제가 건립한 다층 열주의 반 폐허를 보면, 사라져버린 옛 건축물이 어떤 모습이었는지도 대강 상상할 수 있다.[141] 현재와 같은 파사드가 없는 산피에트로 대성당 입구. 돔 지붕 없는 거대한 예배당. 옛날 바티칸의 마당에서 무술 연습을 하는 말 탄 군인들. 이 모든 것을 보면 지난날을 생각하게 되고, 동시에 다음과 같은 사실들을 명확히 알 수가 있다. 지난 200년 동안에 어떤 변화가 있었으며, 심각하게 훼손되고 파손되었던 것을 재건하고, 소홀히 했던 것을 뒤늦게나마 보완했다는 사실이다.

나는 기회가 있을 때마다 취리히에서 온 하인리히 마이어를 자주 떠올렸다. 그는 외부와 별 접촉 없이 근면하게 살고 있었지만, 중요한 것을 보고 체험하고 배우는 데는 거의 빠지지 않았다. 그는 우리 모임에서 겸손하면서도 식견이 많은 사람으로 인정을 받았기 때문에 다른 사람들이 그를 만나고 싶어 했다. 그는 빙켈만과 멩스가 제시한 확실한 방향을 묵묵히 좇고 있었다. 자이델만[142] 풍으로 고대 흉상들을 세피아로 묘사한

---

141) 루키우스 셉티미우스 세베루스 페트리낙스(Lucius Septimius Severus Pertinax, 146 ~ 211) 황제는 서기 3세기 당시 퀴리날레 언덕 경사면에 형성되어 있던 주거 지역 초입에 태양 신전, 세라피스 신전, 그리고 헤라클레스와 디오니소스에게 헌정한 세베루스 신전 등을 건립했다. 이 일대는 13세기에 콜론나 가문의 소유지가 된 뒤로 유적의 발굴, 복원, 보수 및 개축을 통해 콜론나 정원으로 조성되었고, 1710년경 필리포 2세 콜론나(Filippo II Colonna, 1663~1714)가 정원과 맞은편 콜론나 궁전을 다리로 연결했다.

142) 야콥 자이델만(Jakob Seydelmann, 1750~1829). 드레스덴 태생으로 1772~1779년에 로마에서 미술을 공부하면서 멩스의 영향을 받았다. 원본과

그의 소묘에 사람들이 칭찬을 아끼지 않았다. 그런 이유로 전기와 후기의 미술품들이 지니는 섬세한 차이점을 정확히 가려내고 파악하는 능력에 있어서는 누구도 그를 따를 수 없었다.

외국인, 예술가, 전문가, 비전문가를 가릴 것 없이 우리 모두는 그토록 고대하던 바티칸과 캄피돌리오의 박물관 횃불 관람에 참가했고, 그도 우리와 동행했다. 내 서류 중엔 당시 마이어가 쓴 글이 한 편 남아 있다. 그의 글 덕분에 훌륭하기 그지없는 예술품들을 더 잘 즐길 수 있다. 황홀하고 하나씩 사라지는 꿈처럼 영혼 앞에서 떠도는 이 글은 우리의 지식과 인식을 넓히는 데 유익한 영향을 주기 때문에 영속적 가치가 있다.

거대한 로마의 박물관들, 예를 들어 바티칸에 있는 비오 클레멘티노 박물관, 카피톨리니 박물관 등을 밀랍 횃불 조명 아래서 관람하는 풍속은 1680년대까지만 해도 상당히 새로운 일이었던 같다. 그러나 나는 이 풍속이 언제 시작되었는지 모른다.

횃불 조명이 갖는 이점들은 다음과 같다. 개개의 작품은 나머지에서 분리되어, 완전히 하나로 관찰된다. 관람객은 모두가 똑같은 작품에 집중한다. 그다음으로는 강하게 빛나는 횃불 아래서 작품의 세세한 뉘앙스들이 매우 뚜렷이 보이고, 다른 반사광선(특히 반짝거리게 닦아놓은 조각상들의 경우에 광선은 좋지 않다.) 때문에 방해를 받지 않게 된다. 그림자가 더욱 진해져 조명된 부분이 더 밝게 드러난다. 가장 큰 장점은 말할 나위 없이, 불리한 장소에 세워진 작품들이 횃불 덕분에 원래의 권리를 되찾는 것이다. 예를

같은 크기의 세피아 사본을 제작해 유명해졌다.

들어 벽의 오목한 부분에 있는 라오콘 군상은 횃불로만 제대로 볼 수가 있다. 라오콘 군상을 비추는 것은 직사광선이 아니라, 벨베데레의 정원에서 흘러나오는 반사광선이다. 그 정원은 작고 둥그런데, 주랑으로 에워싸여 있다. 아폴론 상, 그리고 일명 안티노우스(메르쿠리우스)의 경우도 마찬가지다. 나일강의 신이나 멜레아그로스를 보고 그 뛰어난 점을 평가하기 위해서는 횃불 조명이 더욱 필요하다. 포키온 상은 고대 작품들 중 횃불 조명에서 가장 유리하다. 그 상은 불리한 자리에 세워졌기 때문에 보통 빛으로는 간단한 옷을 통해 비치는 놀랍도록 부드럽게 보이는 몸의 부분을 감지할 수 없다. 역시나 걸작인 비스듬히 누운 바쿠스 상은 두부(頭部)와 자태가 무척이나 아름답고, 트리톤 반신상도 마찬가지다. 그리고 무엇보다도 예술의 기적이라 할 수 있는, 아무리 칭찬해도 모자랄 지경인 그 유명한 토르소도 마찬가지다.[143]

---

143) 여기에 언급된 작품들과 오늘날 바티칸의 벨베데레 팔각정원에 전시되어 있는 작품은 서로 일치하지 않는다.

라오콘은 고대 트로이의 제사장으로, 그리스군이 제작한 목마를 트로이 성벽 안으로 들여놓는 것을 반대했다가 포세이돈이 보낸 뱀에 의해 죽임을 당한 인물이다. 트로이의 생존자 아이네이아스의 후손인 로마인들에게 상징적 존재로 추앙된다. 라오콘 군상은 그리스 헬레니즘기에 제작된 상으로, 1506년에 산타마리아 마조레 대성당 인근 포도밭에서 발굴되었다. 미켈란젤로를 비롯한 르네상스 예술가들에게 많은 영감을 주었고, 빙켈만을 선두로 18세기 고고학자들에게 격찬을 받았다.

'안티노우스(메르쿠리우스)'로 지칭한 상은 서로 다른 두 상을 혼동한 것으로 보인다. 벨베데레의 안티노우스 상은 교황 비오 6세의 조카가 18세기에 지은 브라스키 궁전에 소장되어 있었던 것이어서 '브라스키의 안티노우스(Braschi Antinous)'로 불린다. 안티노우스는 2세기 로마 황제 하드리아누스가 총애하던 소년으로, 나일강에 투신자살했다는 설과 황제에 의해 제물로 바쳐졌다는 설이 있는데, 그가 죽은 뒤 황제에 의해 신격화되었다. 한편, 오늘날 벨베데레의 대표작 중에는 그리스 신화의 헤르메스 상이 있으며, 이는 로마의 메르쿠리우스와 동격이다.

카피톨리니 박물관 유물들은 비오 클레멘티노 박물관의 기념물보다는 훨씬 덜 중요하지만, 그 가운데 몇 가지는 매우 의미 있는 작품들이다. 이 작품들의 가치를 잘 알기 위해서 횃불 조명으로 관찰하는 것이 좋다. 걸작인 피루스 상은 계단 위에 서 있는데 햇빛을 조금도 받지 못한다. 비너스로 추정되는 옷차림의 아름다운 반신상은 기둥 위쪽 작은 공간에 있어서 삼면에서 약하게만 빛을 받고 있다. 나신의 비너스 상은 로마에서 이 계통의 작품들 가운데 가장 아름답지만, 구석진 곳에 세워졌기 때문에 낮에는 제대로 볼 수가 없다. 이른바 아름다운 옷을 입은 유노 상은 창 사이 벽에 세워졌는데, 햇빛이 스쳐 지나가는 것이 고작이다. 그 유명한 아리아드네의 두상은 횃불 조명이 아니고선 그 완벽한 미를 볼 수가 없다. 이런 식으로 이 박물관의 많은 작품들이 좋지 않은 위치에 놓여 있기 때문에, 그것들을 제대로 보고 진가를 알려면 횃불 조명이 필수적이다.[144]

멜레아그로스(Meleagros)는 그리스 신화에서 칼리돈 왕의 아들로, 아르테미스 여신이 보낸 멧돼지를 사냥한 인물이다.

포키온(Phocion)은 플루타르코스의 『영웅전』에 등장하는 아테네의 정치가로, 알렉산드로스 대왕 사후 혼란해진 아테네에서 정적의 모함으로 반란죄 누명을 써 독배를 받았다.

트리톤(Triton)은 포세이돈의 아들로, 상반신은 사람이고 하반신은 물고기인 해신(海神)이다.

벨베데레의 토르소는 헬레니즘 말기의 대리석상으로, 헤라클레스 또는 필록테테스 상의 몸통으로 추정된다.

현재 벨베데레 팔각정원에 포키온, 트리톤, 나일강의 신 조각상은 없고, 로마 신화에서 강의 신인 아르노 상이 있다. 그 밖에 언급되지 않은 작품으로 아리아드네 상과 아폭시오메노스(Apoxyomenos) 상이 있다. 아폭시오메네스란 고대 그리스에서 체육대회에 참가했던 선수가 경기 후 몸에 붙은 먼지를 막대로 긁어내는 모습을 표현한 상을 통칭하는 것이다.

144) 고대 로마의 신전 지구였던 캄피돌리오 언덕 정상에는 중세 때 건립한

그러나 무작정 유행을 쫓다 보면 잘못을 범하는 경우가 많은데, 햇불 조명도 마찬가지로, 이것이 무엇에 유용한지를 이해할 경우에만 장점이 된다. 위에서 몇 가지 사례를 언급했듯이, 낮에도 침침한 곳에 있는 기념물들을 보기 위해서는 필수적이다. 햇불 조명은 (횃불을 들고 있는 사람과 관람객이 어떤 점이 중요한가를 알고 있는 경우에) 작품들의 높낮이는 물론 부분들의 연결을 좀 더 또렷이 보여주므로, 황금기에 제작된 작품들을 감상하는 데는 유용할 것이다. 햇불은 작품의 전체를 더 잘 보여주고 작품의 섬세한 뉘앙스를 돋보이게 한다. 그와 반대로 고전기 작품들은 웅장한 작품이거나 고상한 작품을 막론하고 햇빛을 받는 자리에 놓여야만 진가를 발휘한다. 왜냐하면 당시의 예술가들은 빛과 그림자에 관해 아직 충분한 지식이 결여되어 있어서 작품을 제작할 때 명암의 요소를 고려할 수 없었기 때문이다. 후대에 제작된 작품일지라도 예술가들이 빛과 그림자를 소홀히 한 경우도 마찬가지다. 취향이 저

로마 시청사인 세나토리오 궁전(Palazzo Senatorio)과 시의회의사당인 콘세르바토리 궁전(Palazzo dei Conservatori)이 있었다. 1471년 교황 식스토 4세가 수집한 고대 청동상들을 로마시에 기증하면서 이곳에 박물관 조성이 진행되었다. 1536년 미켈란젤로는 캄피돌리오 광장을 새로 디자인하면서 두 궁전을 리모델링했고, 이때부터 콘세르바토리 궁전이 카피톨리니 박물관(Musei Capitolini)으로 쓰이게 되었다. 1654년에 완공된 누오보 궁전(Palazzo Nuovo)은 미켈란젤로의 콘세르바토리 궁전 디자인을 그대로 적용했다. 세나토리오 궁전은 오늘날에도 시청사로 쓰이고 있으며, 다른 두 궁전은 각각 고대 유물관, 현대 미술관, 자연사박물관, 도서관 등으로 일반에 공개되고 있다.

본문에서 마이어가 언급한 작품들은 모두 그리스 황금기 작품을 3~4세기 로마 시대에 복제한 것이다. 피루스(Pyrrhus)라고 칭한 거상은 로마의 군신 아레스 상인데, 18세기까지만 해도 그리스 에피루스의 피로스 왕(기원전 3세기)으로 잘못 알려져 있었다. 나신의 비너스는 '카피톨리니의 비너스'로 일컬어지는 로마 조각으로, 아프로디테를 로마식으로 변형했다. 아리아드네 두상이라고 한 것은 디오니소스의 두상으로, 누보오 궁전 '갈리아의 방(Sala di gallo)'에 있다.

속해져서 조각 작품에 명암을 제대로 유념하지 않고, 질량의 법칙도 잊어버릴 정도였다. 이런 유의 기념물에 있어서는 횃불 조명이 무슨 쓸모가 있겠는가?

지금이 히르트 씨[145]를 떠올릴 적절한 기회인 것 같다. 그는 여러 면에서 우리 모임에 유익하고 필요한 존재였다. 그는 1759년 퓌어스텐베르크[146]령에서 태어났는데, 고대 작가들에 관한 연구를 마치고 로마로 가야겠다는 충동을 떨쳐버릴 수가 없었다. 그는 나보다 몇 년 일찍 로마에 도착해 온갖 종류의 건물 양식과 조형미술 작품을 매우 진지하게 공부했다. 그래서 지식욕이 왕성한 외국인들을 안내하면서 설명해 주는 데 적임자였다. 그는 나에게도 헌신적인 관심을 가지고 이런 좋은 일을 해주었다.

그의 주요 연구 분야는 건축 예술이었다. 고전적인 장소와 다른 많은 희귀한 작품들도 소홀히 하지 않았다. 예술에 대한 그의 이론적 견해는 논쟁과 파당을 좋아하는 로마에서 열띤 토론을 위한 계기를 많이 제공했다. 어딜 가나 항상 예술에 관한 대화가 끊이지 않는 이곳에서는 다양한 견해 차이 때문에 갑론을박이 성했고, 중요한 대상물이 가까이 있는지라 우리의 정신은 왕성하게 자극받고 고조되었다. 히르트의 원칙에 따르면,

---

145) 알로이스 루트비히 히르트(Aloys Ludwig Hirt, 1759~1837). 독일의 예술사학자이자 고대 그리스와 로마의 건축을 연구한 고고학자다. 1782~1796년까지 이탈리아에 체류했다. 1810년 베를린 대학교 최초의 미학 및 미술사 교수가 되었다.

146) Fürstenberg. 중세 소도시로, 오늘날 바덴뷔르템베르크(Baden-Württemberg) 인근이다.

그리스와 로마의 건축술 역시 가장 오래된, 극히 필수적이었던 목조건축에서 비롯되었다는 것이다. 그는 이 원칙을 근대의 건축술을 칭찬하거나 비난하는 데 근거를 삼았고, 그럴 때면 역사와 사례를 적절하게 이용했다. 다른 사람들은 그에 맞서 주장하기를, 다른 모든 분야에서처럼 건축술에 있어서도 고상한 취향의 아이디어가 작용하고, 건축가는 그 아이디어를 절대로 포기하면 안 되며, 그가 닥친 여러 가지 문제를 어느 때는 이렇게 다른 때는 저렇게 해결할 줄 알아야 하고, 엄격한 원리원칙에서 약간은 벗어날 줄 알아야 한다고 했다.

아름다움에 관해서도 그는 다른 예술가들과 의견 충돌을 자주 겪었다. 그는 같은 근거로 특징적인 것을 주장했고, 그러자 모든 예술 작품에는 근본적으로 특징이 있는 것이 당연하다고 믿고 있는 사람들은 그의 의견에 동조했다. 그들은 작품을 제작하는 데는 미적 감각과 취향에 맞아야 하고, 그럼으로써 각각의 특성이 적절하고도 우아하게 표현되어야 한다는 의견이었다.

그러나 예술이란 작업에 의해 탄생되는 것이지, 말로 만들어지는 것이 아닌데도 사람들은 행동보다는 말을 훨씬 더 많이 한다는 점을 우리는 쉽사리 간과하곤 한다. 그런 식의 대화가 당시에 끊임없이 이어졌는데, 오늘날까지 그러한 현상은 여전하다.

예술가들의 상이한 의견 때문에 불쾌한 일이 많았고, 서로 간에 멀어진 경우마저 있었다. 이때 드물긴 하지만 재미있는 일이 생기기도 했다. 다음 이야기가 그런 일례가 되겠다.

예술가들이 어느 날 오후 바티칸을 방문하고 저녁 늦게 집으로 가게 되었다. 시가지를 통해 숙소로 가는 먼 길을 피해,

주랑 끝 문을 나와 포도밭을 따라 테베레강에 도착했다. 길 가는 도중 그들은 논쟁을 벌였고, 계속 입씨름을 하면서 강변에 도착해, 배를 타고 강을 건너는 동안에도 열띤 토론을 계속했다. 리페타[147]에 도착했는데, 거기서 내려 헤어질 상황이었지만 서로가 아직 못다 한 말이 많이 남아 있었다. 그들은 헤어지지 말고 같이 배를 타고 다시 강을 오르락내리락하며 흔들거리는 배 안에서 자기들의 궤변에 숨통을 터주자고 합의를 보았다. 그러나 한 번 왕복하는 것으로는 충분치 못했다. 이왕에 불붙은 논쟁인지라, 그들은 뱃사공에게 계속해서 오르락내리락하라고 했다. 한 번 왕복할 때마다 1인당 1바조코[148]를 받는지라, 뱃사공은 이 일이 흐뭇했다. 그렇게 늦은 시각에 기대하지도 않은 큰 돈벌이였기 때문에 그는 군소리 없이 시키는 대로 했다. 뱃사공의 어린 아들이 이상하다는 듯이 물었다.

"저 사람들은 도대체 뭐 하는 거예요?"

사공이 아주 조용히 대답했다.

"나도 몰라. 어쨌든 정신 나간 사람들이란다."

대략 이쯤에 나는 집에서 온 소포를 받았는데, 다음과 같은 편지가 함께 들어 있었다.

선생님, 저는 당신의 독자들이 바보라는 사실에 그다지 놀라지 않습니다. 많은 사람들이 느끼는 것보다는 이야기하기를 더 좋

---

147) 테베레 강변 북쪽의 선착장(Porto di Ripetta)이다. 19세기 중반까지 사용되다가 강변도로와 철교, 다리가 건설되면서 1901년 철거되었다.

148) Bajocco. 교황청에서 발행하던 은화인 바이오코(Baiocco)의 옛 표기로, 가치는 1스쿠도의 100분의 1이다.

아합니다. 그러나 그들은 불쌍한 사람들이고, 우리는 그런 사람들과 다르다는 사실에 대해 기뻐해야 합니다. 선생님, 그렇습니다. 제 인생 가운데 가장 탁월한 선택에 대해서, 그 결과로 이어지는 몇몇 선행의 근원에 대해서 선생님께 감사드립니다. 그리고 어쨌든 선생님의 책은 제게 소중합니다. 만일 제가 선생님의 나라에 사는 행운을 가졌더라면, 저는 쫓아가 당신을 얼싸안고, 제 비밀 이야기를 털어놓았을 것입니다. 그러나 불행하게도 저는 다른 나라에 살고 있고, 여기에는 제가 그렇게 행동하려는 이유를 믿을 사람이 없답니다. 그러니 선생님, 300마일이나 떨어진 곳에 사는 젊은 청년의 마음을 움직여, 다시 정직함과 미덕으로 이끌어주신 분이 바로 당신이었다는 사실로 만족하십시오. 한 집안이 안정되었고, 제 마음은 한 가지 선행에도 기뻐하고 있습니다. 제가 만일 재능, 학식, 직위를 가졌더라면, 그래서 인간의 운명에 영향을 끼칠 수 있다면, 그렇다면 당신에게 제 이름을 알려드릴 것입니다. 그러나 저는 대수롭지 않은 인간이고, 아무것도 되지 않으리라는 사실을 알고 있습니다. 선생님, 저는 당신이 항상 젊음을 유지하시기를, 집필을 즐겨하시길, 또 아직 베르테르 같은 사람을 한 번도 만난 적이 없는 로테 같은 여자의 남편이 되시기를 바랍니다. 당신은 사람들 가운데 가장 행복한 분이 될 것입니다. 왜냐하면 저는 당신이 미덕을 사랑하는 분이라는 것을 믿고 있기 때문입니다.[149]

---

149) 원문은 프랑스어로 되어 있다.(옮긴이) 이 편지의 발신자는 밝혀지지 않았다.

12월

서신

1787년 12월 1일, 로마

적어도 이것만큼은 자네에게 단언한다. 나는 가장 중요한 문제점들을 분명하게 인식하고 있다. 인식이 무한정으로 확장될 수 있긴 하지만 유한한 것과 무한한 것에 관한 나의 생각은 확실하고 명료하며 또한 언어로 표현할 수 있는 것이다.

나는 여전히 아주 비상한 일들을 계획하고 있으며, 그래서 이를 실행에 옮길 추진력이 약화되지 않도록 나의 인식능력을 억제하고 있다. 왜냐하면 이곳에는 경탄할 것들이 많고, 우리가 그것을 포착하기만 하면 손바닥 들여다보듯이 쉽게 이해할 수 있어서다.

12월 7일, 로마

이번 주에는 글이 잘 안 써져서 그림 그리는 일을 했다. 어떤 시기인지를 잘 알아차리고 적절히 활용하는 것이 필요하다고 생각한다. 우리들의 가정 화실은 언제나처럼 잘되어 간다. 우리는 잠자는 늙은 앙간튀르[149]를 깨우려 하고 있다. 저녁마다 원근법을 배우고 있다. 이 기회에 나는 인체의 부분들을 더 능숙하고 정확히 스케치하는 법을 배우고 있다. 이것은 모두 기본적인 것들인데도 매우 어렵고, 막상 그림을 그리려면 상당한 손재주가 필요하다.

앙겔리카는 착하고 사랑스럽다. 나는 여러 가지 면에서 그녀의 신세를 지고 있다. 우리는 일요일이면 함께 지내고, 주중 저녁때에 한 번 만난다. 그녀는 엄청나게 많은 일을 매우 훌륭하게 해낸다. 어떻게 그럴 수 있는지 아무도 상상할 수 없을 정도다. 그런데도 그녀 자신은 한 것이 없다고 생각한다.

12월 8일, 로마

제 짧은 노래를 좋아해 주시니 얼마나 기쁜지 모르실 겁니다.[151] 당신 기분에 딱 맞는 노래를 쓴 것이 흐뭇합니다. 『에그몬트』도 그와 같이 당신 맘에 들기를 바랐건만, 별로 언급도 하지 않으신 걸 보니 좋기보다는 별로인가 봅니다. 아, 우리는 잘 알고 있습니다. 그렇게 큰 작품에 곡을 붙일 때 완벽하게 조율하기란 매우 어려우며, 근본적으로 예술가가 아닌 사람은 예술의 진정한 어려움이 무엇인지 이해할 수 없다는 사실을.

예술에는 우리가 보통 믿고 있는 긍정적 요소 외에 다른 것도 있습니다. 즉 교훈적 요소와 전승 가능성입니다. 그리고

---

150) Agantyr. 북유럽 신화의 영웅으로, 마법의 검에 찔려 죽은 앙간튀르를 그의 딸 헤르보르가 되살려낸다. 헤르더가 1778년에 출판한 『민요집(Volksliedern)』에 「앙간튀르와 헤르보르의 마법 주문(Zaubergespräch Aganthyrs und Hervors)」이라는 민요가 수록되어 있었다.

151) 샤를로테 폰 슈타인 부인에게 쓴 편지로, 언급한 "짧은 노래"는 「빌라벨라의 클라우디네」에 수록된 곡이다.

정신적인(언제나 정신에 의해 파악되는) 효과를 내기 위한 기술적 요령들도 아주 많습니다. 이런 소소한 예술의 기교를 안다면, 기적처럼 보이는 많은 문제들이 유희임을 깨닫게 됩니다. 제 생각에는 숭고한 것이든 저속한 것이든 간에 이렇게나 많이 배울 수 있는 곳은 로마뿐입니다.

12월 15일, 로마

늦었지만 당신께 몇 자 씁니다.[152] 이번 주는 매우 만족스럽게 지냈습니다. 지난주엔 이 일도 저 일도 다 안 됐습니다. 월요일엔 화창했고, 날씨에 관한 제 식견에 따르면 당분간 좋은 일기가 계속 될 것 같아, 카이저와 둘째 프리츠와 함께 집을 나섰습니다. 화요일부터 오늘 저녁까지 이미 알고 있던 곳과 가보지 못했던 장소를 도보로 두루 여행했습니다.

화요일 저녁, 우리는 프라스카티에 도착했습니다. 수요일엔 가장 아름다운 별장들과 몬테 드라고네 별장에 있는 걸작 안티노우스[153]를 구경했습니다. 목요일에는 프라스카티에서 로카디파파를 경유해 몬테카보산에 갔습니다. 이곳을 그린 풍경화를 언젠가 꼭 보여드리겠습니다. 말로 설명할 수 없기 때문입니다. 거기서 알바노로 내려갔습니다. 금요일엔 몸이 편치 않

---

152) 역시 폰 슈타인 부인에게 쓴 편지로, 샤를로테의 아들인 프리츠 폰 슈타인이 괴테를 방문한 후의 보고다. 화가 프리츠 부리(640쪽 각주 51번 참조)와 구분하기 위해 "둘째 프리츠"라고 썼다.

153) 통상 '몬드라고네의 안티노우스(Antinous Mondragone)'로 일컬어진다. 130년경에 제작된 높이 약 1미터의 거대한 대리석 두상으로, 18세기 초 프라스카티에서 발굴되어 보르게세 가문 소유의 빌라 몬드라고네에 소장되어 있었다. 오늘날은 루브르에 있다.

던 카이저가 우리와 헤어졌고, 저는 둘째 프리츠와 아리치아, 겐 차노로 올라가 네미 호수까지 갔다 알바노로 돌아왔습니다. 그리고 오늘 카스텔 간돌포와 마리노에 들렀다가 그곳에서 로마로 돌아왔습니다. 우리 여행에 아주 적격인 날씨였습니다. 1년 중 가장 좋은 날이었다고 할 수 있을 정도였습니다. 상록수 외에 몇 그루의 떡갈나무에는 아직도 잎이 남아 있었고, 어린 밤나무에도 노란 잎이 달려 있었습니다. 풍경의 색조들은 아름다움의 극치였고, 밤의 어둠 속에서 보이는 거대한 형체들이 감동적이었습니다! 제가 만끽한 큰 기쁨을 멀리에서나마 당신께 전해 드립니다. 마음이 흡족했고 몸도 건강했습니다.

12월 21일, 로마

내가 그림을 그리고 미술을 공부하는 것이 나의 문학적 능력에 저해가 되는 않으며, 오히려 도움이 되고 있습니다. 글로 써야 할 것은 적지만, 그려야 할 것은 많기 때문입니다. 현재까지 내가 터득한 조형예술에 관한 개념만이라도 당신께 알려드릴 수 있다면 얼마나 좋을까요. 아직은 미술이 부차적이지만, 그것이 참되며 항상 정진을 의미하기에 나는 매우 행복합니다. 대가들의 생각과 철두철미함은 믿기 어려울 정도입니다. 내가 이탈리아에 도착했을 때 새로 태어난 기분이었다면, 지금은 새로운 교육을 받기 시작한 것 같습니다.

지금까지 보낸 그림들은 가벼운 습작일 뿐입니다. 당신이 좋아할 만한 이국적 요소가 잘 표현돼 있는 두루마리 하나를 투르나이젠 편에 보내겠습니다.

12월 25일, 로마

이번에는 예수가 번개와 천둥 속에서 태어나신 듯했다. 정각 자정에 날씨가 몹시 거칠었다.

더없이 위대한 예술품들의 광휘가 더 이상 내 눈을 멀게 하지 않는다. 나는 이제 두루 관찰하고, 상이한 점들을 진정으로 인식할 수 있다. 이 점에서 마이어라는 스위스인한테서 받은 도움은 말할 수 없을 정도다. 그는 조용한 성품으로 사람들과 어울리지 않은 채 열심히 작업한다. 그는 내게 먼저 세세한 부분과 각 형식의 특성을 관찰하는 안목을 갖게 해주었고, 내가 제대로 된 작업에 착수하도록 이끌어주었다. 그는 작은 것에도 만족하며 겸손하다. 근본적으로 보자면 그가 예술 작품을 보고 즐기는 것이 많은 작품들을 소장한 사람들보다, 그리고 자기들이 도달하지 못할 모방 욕심 때문에 초조해 하는 다른 예술가들보다 더 크다. 그의 개념들은 더할 수 없이 명료하고, 그의 마음은 천사처럼 자비롭다. 그와 이야기할 때면 나는 항상 그 모든 것을 기록하고 싶어진다. 그 정도로 분명하고 옳은 말만 한다. 그의 말은 유일한 진리의 길을 설명해 준다. 그의 수업은 내게 아무도 줄 수 없었던 것을 주고 있기 때문에, 그와 헤어진다면 그를 대신할 사람이 없을 것이다. 그의 곁에서 시간을 갖고, 계속해서 스케치 수준을 높여볼 수 있으면 좋겠으나, 지금으로써는 차마 생각도 할 수 없다. 내가 독일에서 배우고 시도하고 생각했던 모든 것을 그의 지도와 비교한다면, 열매의 씨앗과 나무껍질에 불과하다. 이제 나는 예술품들을 감상할 때면 잔잔하지만 뚜렷한 행복감에 휩싸이는데, 이를 표현할 말이 없다. 나의 정신은 예술품들을 충분히 이해할 만큼 고양되었고, 그것들을 진정으로 평가할 수 있을 만큼 더욱더 향상되고 있다.

또다시 외국인들이 이곳에 와 있는데, 나는 가끔 그 사람들과 갤러리를 방문한다. 그들은 내 방에 들어온 말벌 같다. 밝은 유리창을 대기로 착각하고는 창문을 향해 날아가다가 부딪쳐 튕겨 나와서 벽에 붙어 윙윙거리는 말벌들 말이다.

나는 적들이 침묵하고 떠나는 상태가 되기를 바라지 않는다. 그리고 이제 나는 그 어느 때보다도 병적이고 편협한 것으로 평가될 이유가 없다. 그러니 사랑하는 친구여, 사고하고 행동하게. 그리고 그 최상의 것으로 나를 위해, 내 삶을 지탱할 수 있도록 영향을 끼쳐 주게. 그러지 않으면 아무에게도 도움이 되지 못한 채 파멸할 테니. 그렇다, 나는 올 한 해 도의적으로 상당히 무례했다. 세상 전체로부터 완전히 물러나 한동안 혼자 지냈다. 이제 내 주변에 다시 친밀한 그룹이 형성되었다. 모두 좋은 사람들이고 올바른 길을 가고 있는 이들이다. 그들이 나와 함께 지낼 수 있고, 나를 좋아하고, 내가 있음으로써 기쁨을 느낀다는 사실이, 그리고 또한 그들이 더욱 많이 생각하고 행동한다는 사실이, 옳은 길을 가고 있다는 징표다. 나는 각자의 길을 가는 데 있어 어슬렁거리거나 헤매는 사람들, 스스로를 심부름꾼이나 여행자로 여기려 드는 모든 사람에게 무정할 뿐만 아니라 인내심도 없다. 나는 농담과 비꼬기를 계속해 그들이 자기 인생을 바꾸거나 아니면 나와 헤어지게 만든다. 물론 오로지 선하고 강직한 사람들에 대해서만 이야기하려 한다. 설익은 사람, 삐딱한 사람은 사정없이 키질해서 가려내고 있다. 두 사람, 아니 세 사람이 이미 그들의 사고와 삶의 변화에 대해 내게 감사하고 있다. 그들은 평생 내게 감사할 것이다. 그곳, 즉 나의 존재가 작용하는 그 지점에서 내 천성이 건강한 전파력을 발휘하고 있음을 느낀다. 신발이 작으면 발이 아플 수밖에 없고, 장벽 앞에 나를 세워두면 나는 아무것도 볼 수가 없다.

보고

12월은 맑은 날씨가 상당히 오랫동안 지속되었다. 그래서 선량하고 유쾌한 우리는 기분 좋은 날들을 보내게 될 거라는 생각이 굳어졌다. 즉 다음과 같은 말을 하는 사람이 있었다.

"우리가 지금 막 로마에 도착했다고 상상해 봅시다. 시간이 없는 외국인으로서 가장 훌륭한 작품들만 재빨리 관람해야 한다고 생각합시다. 이런 마음으로, 우리가 이미 알고 있는 것이라도 우리의 정신과 감각 속에서 다시 새롭게 불러일으킬 수 있도록 순회관람을 시작해 봅시다."

이 생각은 곧 실행에 옮겨졌다. 몇 가지 상이한 의견이 충돌했지만 대부분 관철되었다. 이러한 기회에 발견하고 생각해놓았던 많은 훌륭한 것 가운데 극히 일부분만 남게 되었다는 사실은 유감스럽다. 이 시기에 작성된 서신, 메모, 소묘, 그리고 초안이 거의 모두 없어져 버렸다. 그러나 여기에 몇 가지 짧게 언급하겠다.

로마의 아래쪽, 테베레강에서 멀지 않은 곳에 조금 큰 성당[154]이 있다. '세 개의 샘'이라고 불리기도 하는데, 사람들의

---

154) 산파올로 알레 트레 폰타네(S. Paolo alle Tre Fontane) 대수도원

이야기에 의하면 성 바오로가 참수당할 때 그가 흘린 피로 생겨난 샘에서 오늘날까지 물이 솟는다고 한다.

그 성당은 지대가 낮은 데다, 성당 내부에서 솟는 샘물 때문에 실내는 습기가 자욱했다. 장식도 별로 없고 찾는 사람도 거의 없었다. 가끔 미사가 거행되며, 비록 이끼는 끼었을지라도 깨끗이 보존하느라 신경을 쓰고 있다. 이 성당에서 꽤 볼만한 장식품은 예수와 사도들의 그림이다.[155] 라파엘로의 그림 그대로 본당의 기둥에 차례대로 사람 크기로 그린 채색화들이다.[156] 뛰어난 천재 라파엘로는 다른 그림에서는 신앙심이 돈독한 사도들을 통일된 복장을 하고 한곳에 모인 모습으로 묘사를 하는데, 여기서는 각 사도가 자신만의 특성을 지닌 개인으로 그려졌다. 마치 예수를 따르는 것이 아니라, 예수의 승천 후 혼자 독립해서 저마다의 성격에 맞는 삶을 영위하고 고난을 감내하는 듯하다.

을 말한다. 그리스어에 능통한 유대인으로 로마 시민권자였던 성 바오로는 사형수가 로마 시민일 경우 참수하는 당시 로마법에 따라 처형되었다.(서기 64년경.) 이때 피가 세 번 튀었는데, 한 번 튈 때마다 각각 뜨거운 물, 미지근한 물, 차가운 물이 솟는 샘이 생겼기 때문에, '트레 폰타네(세 개의 샘)'라는 이름이 붙었다. 원래 고대에 온천지였을 것으로 추정되는 아쿠아스 살비아스(Aquas Salvias) 지역으로, 이곳에 지어진 최초의 수도원이다.

155) 산파올로 수도원이 아니라, 그 옆에 있는 성 빈첸초와 아나스타시오 트레 폰타네 수도원(Chiesa dei Santi Vincenzo e Anastasio a Tre Fontane)이다. 트레 폰타네 수도원 단지의 세 수도원 가운데 마지막으로 626년에 지어졌다.

156) 라파엘로의 12사도는 1517년에 바티칸 사도의 궁전에 그린 단색 벽화였는데, 교황 바오로 4세(Paulus IV, 1476~1559, 재위 1555~1559)가 이를 지워버렸다. 바오로 4세는 교황권에 집착한 독재적 교황으로, 종교적 엄격함과 비타협을 내세우며 종교재판소 감옥을 설치한 인물이다. 하지만 마르칸토니오(615쪽 참조)가 벽화가 사라지기 전에 사본을 세피아로 남겼기 때문에 그 모습을 유추할 수 있게 되었다.

먼 곳에서도 그 작품의 뛰어난 점들을 배울 수 있도록 재주 있는 마르칸토니오가 사본을 제작했다. 그것은 아직까지 남아 우리 기억을 새롭게 하고, 생각을 써두는 기회는 물론 동기를 마련해 주곤 했다. 내가 1791년[157] 《메르쿠어》지에 발표한 글 중 일부를 여기에 소개한다.

스승의 말씀과 삶을 전적으로 따랐던, 그리고 대부분이 자신의 단순한 내적인 변화를 순교로 장식했던 그 고귀한 12사도들과 거룩한 스승을 격에 맞게 표현하는 과제를 라파엘로는 더할 수 없는 단일성, 다양성, 성실성과 풍부하기 짝이 없는 예술 지식을 총동원해서 해결했다. 이 그림들이 그가 남긴 가장 아름다운 기념물들에 속한다고 볼 수 있다.

그는 그들의 성격, 신분, 활동, 내적 변화 그리고 죽음에 관해서 우리에게 전해져 내려온 글이나 전통 행사를 매우 신중하게 이용하여, 일련의 인물들을 완성했다. 이들은 서로 비슷하지도 않고 서로 간에 내적인 관계도 가지고 있지 않다. 이 흥미 있는 작품에 독자들의 관심을 집중시키기 위해서 한 인물씩 주목해 보자.[158]

베드로: 라파엘로는 야무지고 단단한 작은 체형의 그를 정면으로 묘사했다. 몇 명의 다른 사도의 그림처럼, 이 베드로 그림도 사지가 조금 크게 그려져서 인물이 약간 작게 보인다. 목은 짧고,

---

157) 이 글은 1789년에 발표되었다. 괴테가 연도를 착각한 듯하다.

158) 예수의 12사도 표기는 라이프성경사전을 기준으로 했다. 바오로(바울)는 히브리어로는 '사울'이며, 통상 예수의 12사도에 포함되지 않는 대사도다. 반면, 동명이인 사도인 세베대의 아들 야고보와 알패오의 아들 야고보가 있는데, 이 목록에선 야고보가 한 번만 언급된다.

짧은 머리카락은 열세 인물들 가운데 가장 심한 곱슬머리다. 옷의 주름들이 신체의 중심부로 흐르고 있으며, 다른 그림처럼 얼굴이 완전 정면으로 그려져 있다. 자신의 내부에 깊숙이 빠져 있으며, 마치 무거운 짐을 지고 버티고 있는 기둥처럼 서 있다.

바오로: 서 있는 옆모습이다. 마치 앞으로 가려다가 뒤를 돌아보는 듯하다. 외투를 벗어 팔에 걸쳤고 펼친 책을 들고 있다. 두 발은 앞으로 나아가는데 걸리는 것이 없이 자유롭다. 머리칼과 수염이 마치 불꽃처럼 나부낀다. 광신적인 영혼이 얼굴에 번득인다.

요한: 끝부분만 곱슬곱슬한 아름다운 긴 머리를 가진 고상한 청년이다. 종교의 징표들, 즉 성경과 성배를 지니고 있으며, 이것들을 보여줄 수 있다는 사실에 만족하고 있으며, 침착하다. 독수리가 날개를 펴면서 옷자락을 창공으로 끌어올리고, 이 때문에 예쁘게 잡힌 옷 주름들이 더할 수 없이 완벽한 위치로 흐르는데, 이야말로 훌륭한 예술적 기교다.

마태: 부유하고 유쾌하며 자신의 내부에서 평화롭게 쉬고 있는 남자다. 지나칠 정도로 느긋한 평안함과 안락함은 진지하고 수줍은 듯한 시선으로 균형을 이룬다. 몸 위로 잡힌 주름들과 돈주머니는 쾌적한 조화를 이루 말할 수 없이 잘 나타내고 있다.

도마: 간결하면서도 지극히 아름답고 표정이 풍부한 인물들 가운데 하나다. 그는 외투 속에 몸을 사리고 있는데, 외투의 주름들은 양쪽이 거의 대칭을 이루고 있다. 그러나 주름들은 아주 작은 선의 변화로 완전히 다르게 보인다. 이보다 더 말없이 조용하고 겸손한 상을 만들 수 없을 정도다. 약간 방향을 돌린 머리, 진지함, 슬픈 듯 보이는 시선, 정교한 입, 이 모든 것이 조용한 전체와 몹시 아름답게 조화를 이루고 있다. 머리카락만이 날리고 있어서

부드러운 외모 속에 감정이 동요되고 있음을 보여준다.

야고보: 온화하고, 옷으로 몸을 감싸고 지나가는 순례자의 모습이다.

빌립: 앞의 두 사람 사이에 빌립을 끼워 넣고, 세 사람의 옷 주름들을 관찰해 보자, 눈에 띄는 것은 이 인물의 옷주름들은 다른 두 사람에 비해 풍부하고 크고 넓다는 점이다. 그의 의상은 풍성하고 품위 있다. 그는 확신에 찬 모습으로 십자가를 꽉 잡고, 매우 예리한 시선으로 십자가를 올려다보고 있다. 모든 것은 내적인 위대성과 평안함 그리고 확신을 표현하고 있는 것 같다.

안드레: 십자가를 들고 있다기보다는 차라리 십자가를 안고서 애무하고 있는 듯하다. 외투의 단순한 주름들이 심사숙고 끝에 만들어졌다.

유다: 무릇 수도사들이 여행할 때 하듯이 이 청년도 보행에 지장이 되지 않도록 기다란 덧옷을 높이 추켜올리고 있다. 간단한 이 동작으로 몹시 아름다운 옷 주름이 생긴다. 그는 순교자의 죽음을 상징하는 창을 방랑객의 지팡이처럼 손에 들고 있다.

다대오: 매우 잘 구상해서 표현한 여러 형태의 옷 주름들과 간편한 옷을 입은 활기찬 노인이다. 그는 창에 몸을 기대고 있는데, 외투가 뒤쪽으로 흘러내리고 있다.

시몬: 측면보다는 오히려 뒤쪽에서 보고 그린 이 인물의 의상과 외투의 주름들은 다른 인물들과 비교해 가장 아름다운 것에 속한다. 그의 자세, 표정, 머리 스타일이 조화를 이루고 있어서 감탄스럽다.

바돌로매: 외투를 아무렇게나 걸치고 있는데 대단한 기교로 마치 기교를 부리지 않은 듯이 그렸다. 그의 자세, 머리칼과 그가

단도를 움켜쥐고 있는 모양이, 마치 그가 그런 수술을 감내하기보다는 차라리 누군가의 살갗을 벗기겠다는 인상을 준다.

마지막으로 신의 아들로서 예수는 아마도 이 그림에서 기적을 일으키는 인물을 보고자 하는 사람들을 만족시켜 주지 못할 것이다. 그는 그저 조용히 걸어 나와 백성을 축복하고 있다. 아래서 위로 입혀진 덧옷은 예쁜 주름이 잡혀 있고, 그 사이로 무릎이 보이는데, 이것이 몸 움직임에 반대되기 때문에, 한순간도 그대로 있지 못하고 곧 아래로 흘러 떨어질 것이라고 누구나 생각할 것이다. 그리고 그 생각은 옳다. 라파엘로는 이 인물이 오른손으로 덧옷 자락을 들어 올려 붙잡고 있다가, 축복을 내리려고 팔을 들어 올리는 순간에 옷자락을 놓아 그것이 떨어져내리는 순간을 가정했을 것이다. 남아 있는 옷 주름 상태를 보임으로써 방금 일어난 동작을 암시하는 데 적합한 미술적 기교의 한 예가 될 것이다.

이 아담한 성당에서 얼마 떨어지지 않은 곳에 기념물이 있는데, 위대한 사도에게 헌정된 성당이다. '성 밖의 성 바오로'[159]라고 하는 성당으로, 뛰어난 고대 유물들을 가지고 웅장하고도 예술적인 기념물을 만들었다. 이 성당에 들어서면 숭고한 인상을 받게 된다. 죽 늘어선 몹시 우람한 기둥들은 벽화가 있는 높은 벽들을 떠받치고 있다. 이 벽에서 이어지는 천장은

---

159) 바오로의 유해는 참수 현장에서 약 4킬로미터 떨어진 테베레 강변에 매장되었으며, 당시는 로마 성벽 밖이었다. 기독교를 공인한 로마 황제 콘스탄티누스 1세가 4세기에 이곳에 대성당(Basilica di San Paolo fuori le mura)을 처음 건립했다. 산파올로 푸오리 레무라 대성당은 가톨릭 4대 성전 가운데 하나로, 12세기까지 계속해서 증축되었으며 많은 유물이 있었다. 오늘날 대성전은 1823년 화재로 소실된 후 복원된 것이다.

엮어 짜는 건축 방식이어서, 요즈음 찬란한 것만 보아온 우리 눈에 마치 헛간을 보는 듯한 인상을 준다. 그러나 축제일에 대들보가 태피스트리로 덮이면 이곳의 내부 전체가 굉장하게 보일 것이 틀림없다. 거대하고, 기가 막히게 장식된 기둥머리 건축물들 가운데 아직 남아 있는 훌륭한 유물들이 이곳에 잘 보관되어 있다. 이들은 지금은 거의 없어진, 이곳에서 가까운 곳에 위치한 카라칼라 궁전의 폐허에서 옮겨 와 구해 낸 것들이다.

그다음은 경마장[160]이다. 아직도 그때의 황제 이름으로 불리고 있는데 대부분이 붕괴되었지만 어마하게 거대한 장소였으리라고 상상할 수 있다. 만일 사생하는 사람이 경주 시발점의 왼편에 선다면, 오른쪽으로 붕괴된 관람석 너머 높은 곳에 체칠리아 메텔라의 묘와 새로 형성된 주위 환경을 보게 되리라. 여기서부터 옛날 관람석의 선이 무한하게 뻗어 나가고, 먼 곳에 유명한 별장들과 정자들이 보인다. 시선을 다시 거두어들이면, 바로 앞에 스피나[161]의 폐허를 아직도 볼 수 있을 것이다. 건축가적인 상상력을 타고난 사람이라면 당시의 오만 방자함을 어느 정도 상상할 수 있다. 현재 우리 눈앞에 놓인 폐허의 잔재는, 만일 재능 있고 지식을 활용할 줄 아는 예술가가 그림으로 그린다면, 어떤 경우라도 보기 좋은 작품이 될 것이다. 물론 화폭의 길이는 높이의 두 배가 되어야 할 것이다.

---

160) 키르쿠스 막시무스 경기장을 말한다. 258쪽 각주 283번 참조.

161) spina. 경주가 이루어지는 트랙의 안쪽 빈 공간 중앙에 장축을 따라 세운 구조물을 가리키기 때문에 '척추'라는 단어를 쓰게 되었다. 화려한 기둥, 조각상, 오벨리스크 등의 장식물이 일렬로 설치되었고, 이 스피나 양쪽 끝에 반환점을 알리는 기둥이 있다. 스피나의 한쪽 끝은 선수들이 입장하는 통로로 쓰였다.

케스티우스의 피라미드가 이번에는 바깥쪽에서 보였고, 안토니우스 또는 카라칼라 목욕탕[162]의 폐허도 피라네시[163]가 그토록 효과적으로 그린 풍경이었으나, 막상 그림에 익숙한 눈으로 보니 별로 만족할 수 없었다. 그러나 이 기회에 헤르만 판 스바네벨트[164]를 상기해 보자. 그는 섬세하고 매우 순수한 예술 감각과 자연에 대한 감정을 가지고, 이러한 과거 묘사를 바늘을 써서 동판화로 생동감 있게 표현했다. 그래서 생생한 현재의 전달자로써 과거를 몹시 아름답게 변형시킬 수 있었다.

몬토리오의 산피에트로 성당 앞 광장에서 우리는 아쿠아 파올라 분수[165]의 물결을 보았다. 분수는 개선문의 크고 작

---

162) 카라칼라 목욕탕(Terme di Caracalla)은 로마제국 시대에 건설된 욕장 중 가장 큰 규모 중 하나였다. 셉티미우스 세베루스 황제 때부터 설계해서 그 아들인 마르쿠스 아우렐리우스 안토니우스(Marcus Aurelius Antoninus, 188~217, 재위 198~217) 황제가 완공했다는 주장이 있다. '카라칼라'는 안토니우스의 별명이지만, 오늘날은 주로 카라칼라 황제로 불린다.

163) 조반니 바티스타 피라네시(Giovanni Battista Piranesi, 1720~1778). 베네치아 태생의 신고전주의 건축가, 고고학자다. 고대 로마 유적지의 당대 모습을 상상해 복원한 137점의 동판화 시리즈인 「로마 경관도(Vedute di Roma)」(1748~1774)로 이름을 알렸다. 그리스 양식의 탁월성을 주장한 빙켈만에 반대하고, 그리스 문명을 개선한 것으로서 로마 문명의 우수성을 주장하여 그레코로만 논쟁을 불러일으켰다.

164) Herman van Swanevelt, 1603~1655. 네덜란드 위트레흐트 출신의 화가이자 판화가로, 로마에서 그림을 배운 뒤 1641년 파리에 정착해 그곳에서 풍경화를 주로 그렸다.

165) Fontana dell'Acqua Paola. 대형 분수라는 뜻의 '폰타노네(Il Fontanone)'로 주로 불린다. 서기 1세기부터 로마 시내에 물을 공급하던 수도인 아쿠아 트라이아노(Acqua Traiano)는 두 차례에 걸쳐 사용이 중단되었는데, 카밀로 보르게세 추기경이 교황(바오로 5세)이 된 1605년부터 4년간 복구공사를 했다. 그리고 이 수도의 끝 지점에 설치한 분수가 아쿠아 파올라다. 수도와 분수의 이름은 교황의 이름을 땄다. 로마 시가지가 내려다보이는 자니콜로 언덕에 있다.

은 문을 관통해, 다섯 개의 물줄기로 드넓은 수반에 떨어져 찰랑찰랑 차 있다. 교황 바오로 5세가 복구한 이 수도는 25마일이나 길을 따라 흘러가는데, 브라차노 호수 뒤편에서 시작하여 높고 낮은 언덕길을 지그재그로 아름답게 흐르면서 여러 곳의 물방앗간과 공장들에 필요한 물을 공급해 준 다음 트라스테베레까지 흐른다.

여기서 건축 예술의 애호가들은 물줄기가 개선장군처럼 당당하게 흐르도록 보이게 고안한 멋진 아이디어를 칭송했다. 늘어선 기둥들, 아치들, 아치와 기둥의 장식들을 보면, 옛날에 전쟁 승리자들이 들어오던 그 화려한 문이 생각날 것이다. 바로 이곳에 가장 평화로운 양육자인 물이 똑같은 힘과 위력을 가지고 들어와, 먼 길을 흘러온 노고에 대해서 감사와 찬탄을 받는다. 비문(碑文)들 역시 보르게세 가문 출신의 교황이 행사했던 절대 권력과 자선사업이 영원히 중단되지 않는 힘찬 행진을 계속하고 있다고 전하고 있다.

얼마 전에 노르웨이에서 도착한 어떤 사람은 여기에 자연 암석들을 쌓아서 물이 자연스럽게 흐르게 하는 것이 낫지 않았을까 하는 의견을 내놓았다. 사람들이 그에게 대답하길, 이 물은 천연수가 아니라 인공 수도이기 때문에, 물이 흘러드는 장소도 인공적인 방법으로 장식을 하는 것이 타당하다고 했다.

이러한 문제에 사람들이 의견 일치를 보지 못한 것과 마찬가지로, 그리스도의 '변용'을 주제로 한 훌륭한 그림[166]에 관해

---

166) 라파엘로의 그림을 말한다.(262쪽 각주 293번 참조.) '변용(Transfiguration)'은 기독교미술에서 자주 다뤄지는 주제 중 하나로, 복음서에 언급된 장면이다. 예수가 메시아라는 증거가 사도들과 목격자들 앞에서 드러나는 순간으

서도 의견이 분분했다. 우리는 얼마 후 그 그림을 인근에 위치한 예배당에서 볼 수 있었다. 이곳에서야말로 말이 많았다. 과묵한 사람들은 그림 속 이야기가 중의적이라는 해묵은 비판이 되풀이되는 것을 보고 짜증을 냈다. 그러나 이는 유통 가치가 없어진 동전이 아직도 일종의 어음 가치는 가지고 있듯이, 여느 세상사와 다를 바 없는 것이다. 특히 단시간 내에 상업 거래를 끝내고, 심사숙고하지 않고도 어느 만큼의 손해 차액을 메우려고 할 경우에 말이다. 오히려 놀라운 것은 이렇게 거대한 단일성을 추구했던 아이디어를 두고 시시콜콜 비난하는 사람들이 있다는 사실이다. 주님이 계시지 않아 절망한 부모가 귀신 들린 아들을 사도들에게 보이고 있다. 사도들은 귀신을 쫓아내는 시도를 이미 해본 듯하다. 심지어는 책을 펼쳐 이 몹쓸 병을 쫓는 주문이 전해 내려온 기록이 있는지도 찾아본다. 그러나 모두가 허사다. 바로 이 순간 유일한 강자, 예수가 나타난다. 그는 신격화되어 있고 그의 위대한 선조들에게 인정받고 있는데, 사람들은 치유의 유일한 원천인 이 광경을 다급히 가리키며 올려다보고 있다. 여기서 윗부분과 아랫부분을 어떻게 가를 것인가? 두 부분은 하나다. 아래쪽에는 괴로워하며 도움이 필요한 존재가, 위쪽엔 효험이 있고 자비로운 존재가 그려져 있으며 이 두 가지가 서로 연관을 맺고 쌍방이 상호 작용을 하고 있다. 이 의미를 다른 방식으로 말해 보자. 사실성에 대한 어떤 이상적인 관계를 이 의미에서 분리할 수 있을까?

로, 공중에 뜬 몸에서 눈부신 빛이 나오고, 예수 옆에는 모세와 엘리야("위대한 선조들")가 있다.

공감하는 사람들은 이번에도 그들의 확신을 공고히 했다. 그들은 서로에게 말했다. "라파엘로는 뛰어난 사람이었으며, 우리가 바로 이 그림을 보고 인정할 수밖에 없는 천부의 재능을 지닌 남자였다. 그런데 과연 그가 인생의 전성기에 잘못 생각하고, 잘못된 결정을 내렸을까? 아니다! 그는 자연처럼 언제나 옳았고, 특히 우리가 잘 이해하지 못하는 자연을 그는 철저하게 이해하고 있었다."

무리지어 로마를 둘러보기로 한 우리의 약속은 계획대로 실행할 수 없었다. 우연한 일이 생겨 빠지는 사람이 있는가 하면, 이런저런 명소를 관광하는데 같은 길이어서 우리 일행에 끼게 되는 사람도 있었다. 그런 중에도 핵심 구성원은 헤어지지 않고, 어느 땐 다른 사람을 받아들이거나 제외시키거나 뒤처져 남거나 급히 앞장을 섰다. 가끔 기상천외한 말을 듣기도 했다. 일종의 경험적 판단이었는데, 이는 얼마 전부터 영국과 프랑스 여행자들한테서 유래한 것이었다. 사람들은 순간적이고 즉흥적으로 판단한 바를 말한다. 모든 예술가가 여러 가지 면에서 제약받고 있다는 데 대해서는 전혀 생각하지 않고 말이다. 제약받는 조건의 예를 들자면 자신의 재능, 선배와 스승, 시간과 장소, 후원자와 주문자 등일 것이다. 순수하게 작품을 존중하고자 할 때 절대적으로 필요불가결한 이런 측면들 가운데 어느 것 하나도 고려되지 않고, 칭찬과 비난, 긍정과 부정을 혼합한 기괴망측한 잡탕이 생겨난다. 그로 인해 문제시되는 대상의 모든 독특한 가치가 완전히 무효화되어 버리는 것이다.

우리의 친애하는 폴크만은 보통 때는 매우 자상하고 안내자로서 매우 적절한 사람이었는데, 어떤 판단을 내릴 때는 전적으로 위에 언급한 외국인들과 비슷했다. 그 때문에 그 자신의 평가가 아주 이상하게 표출되었다. 예를 들어서 마리아 델라 파체 성당[167]에서 한 다음과 같은 말처럼 웃기는 이야기가 또 있을까?

"첫 번째 채플 위에 라파엘로가 몇 명의 무녀를 그렸는데, 보기에 괴로울 정도다. 소묘는 잘되었지만 구성이 약하다. 이유는 불편한 장소를 선정했기 때문이라고 추측한다. 두 번째 채플은 미켈란젤로의 그림에 따라 아라베스크로 장식되었는데, 매우 높이 평가된다. 그러나 간결성이 몹시 결여되어 있다. 원형 지붕에는 세 개의 그림을 볼 수 있다. 첫 번째 그림은 카를로 마라타가 '성모의 방문'을 묘사했는데, 차가운 색이지만 구도가 좋다. 다른 그림은 반니 기사의 「성모의 해산」인데, 피에트로 다 코르토나의 그림과 흡사하다. 세 번째 그림은 마리아 모란디가 그린 「성모의 죽음」으로, 구도가 좀 혼란해서 조잡하다. 합창대석 위쪽 궁륭에 알바니가 「성모승천」을 흐린 색으로 그렸는데, 원형지붕 아래쪽 기둥들에 그린 그림이 더 권할 만하다. 이 성당에 속하는 수도원의 안마당은 브라만테가 설계했다."[168]

---

167) 산타마리아 델라 파체(Santa Maria della Pace) 성당은 교황 식스토 4세가 건립해 1480년에 완공한 후, 1656~1667년 교황 알렉산데르 7세가 증축했다. 나보나 광장(Piazza Navona) 근처에 있다.

168) 괴테가 인용한 폴크만의 말에는 명칭과 내용의 오류가 많아 실제 성당의 어떤 부분을 가리키는지 알기가 어렵다. 이곳 성당에는 한쪽 구석에 작은 제단이 설치된 기도대가 세 군데 있는데, 이를 각각 '채플'이라 한다. 문이나 벽으로 막히지 않은 열린 구조로, 공통적으로 하단부에 기도대가 있고, 그 위쪽에 벽감처럼

이와 같이 불충분하고 줏대 없는 판단은 그런 책을 안내서로 선택한 관람자를 완전히 혼란에 빠뜨린다. 완전히 잘못된 점들이 많다. 예를 들어서 무녀에 관한 이야기가 그렇다. 라파엘로는 건축물이 제공하는 공간에 구애된 적이 한 번도 없었다. 오히려 그가 빌라 파르네시나에서 명백히 보여주었듯이, 자신의 천재적인 위대함과 우아함 덕분에 어떤 장소라도 완전

안으로 파고들게 설치한 제단과 음각된 궁륭(穹窿)이 있다. 벽화는 궁륭 좌우의 평면 벽, 그 위쪽의 반달 모양 창(건축용어로 뤼네트, lunette) 주위에 그려지기 때문에, 항상 반원형 구조를 고려해야 한다.

"첫 번째 채플"은 일명 키지(Chigi) 채플로, 아고스티노 키지가 라파엘로에게 의뢰하여 그린 벽화「무녀들(Sybils)」이 있다. 천사의 가르침을 받는 여자 예언가 넷을 묘사했다. "두 번째 채플"은 안젤로 체시(Angelo Cesi, 1530~1606) 추기경의 의뢰로 안토니오 다 상갈로가 디자인했기 때문에 '체시 채플'이라 한다. 상갈로는 미켈란젤로의 선배이자 경쟁자였으므로 폴크만의 설명은 납득하기 어렵다. 세 번째는 폰체티(Ponzetti) 채플이다.

카를로 마라타(243쪽 각주 256번 참조)의「성모의 방문」은 예수를 잉태한 마리아가 세례자 요한을 잉태한 엘리사벳의 집에 찾아간 장면을 그린 것으로, 마리아와 엘리사벳은 사촌지간이다.

시에나 출신의 라파엘로 반니(Raffaello Vanni, 1587~1673)는 카라치에게 그림을 배웠으며 피에트로 다 코르토나의 스타일을 추종한 화가다.

피에트로 베레티니 다 코르토나(Pietro Berrettini da Cortona, 1596~1669)는 고대 로마 미술을 공부했으며 종교화에 관심이 많았던 덕분에 17세기 교황, 황제, 귀족 가문의 여러 저택에 활달한 바로크 양식의 벽화를 그렸다.

조반니 마리아 모란디(Giovanni Maria Morandi, 1622~1717). 피렌체 태생으로 로마에서 주로 활동했으며, 다수의 제단화를 그렸다.

프란체스코 알바니(Francesco Albani, 1578~1660). 볼로냐 태생의 화가로, 귀도 레니를 통해 카라치의 미술 아카데미에 들어가 프레스코화를 배웠다. 파르네세 궁전, 파르네세 갤러리, 주스티니아니 궁전의 천장화를 그렸다.

브라만테(Bramante, 1444~1514)는 전성기 르네상스 시대의 건축가로, 교황 율리오 2세에게 발탁되어 바티칸 사도의 궁전, 산피에트로 대성당 등의 개축 설계를 맡았다. 브라만테가 설계한 수도원 안마당이란 중정을 둘러싼 회랑을 말한다. 브라만테 특유의 다각형 회랑으로, 바티칸 벨베데레 중정 회랑도 브라만테가 디자인했다.

히 섬세하게 메우고, 장식하는 방법을 잘 알고 있었던 것이다. 「볼세나의 미사」「성 베드로의 해방」「파르나소스」 같은 훌륭한 그림들[169]은 장소의 제약을 받지 않았더라면, 그토록 뛰어난 아이디어가 나오지 않았을 것이다. 무녀들 또한 구도가 모든 것을 좌우하듯, 은은한 대칭이 더할 수 없이 천재적인 방식으로 표현되어 있다. 자연의 유기체와 마찬가지로, 예술에 있어서도 엄격한 제약에서 생명의 표현이 완벽하게 나타난다.

예술 작품을 받아들이는 방식은 어쨌든 각자 개인에 따라 완전히 다를 수 있으리라. 이번 순회관람을 하는 동안 최상의 의미에서 고전적인 토대 위의 현재라고 부를 수 있는 그 어떤 것에 대한 느낌, 개념, 그리고 시각이 나에게 뚜렷해졌다. 나는 이 현상을 감각적이고 정신적인 확신이라고 칭하겠다. 이곳에 위대함이 있었고, 현재에도 미래에도 존재하리라는 확신이다. 가장 위대한 것, 가장 훌륭한 것이 덧없이 흘러가 버린다는 것은 시간의 법칙이고, 상호 간에 절대적으로 영향을 끼치는 도덕적 물리적 요소들의 특성이기도 하다. 우리는 매우 폭넓게 관람을 하는 중, 파괴된 것을 지나갈 때도 서글프지 않았다. 오히려 아직도 그렇게 많이 남아 있다는 사실, 그리고 그토록 많이 복구되어 옛날보다 더욱 현란하고 돋보인다는 사실에 기뻐했다.

산피에트로 대성당은 확실히 크게, 어떤 고대 신전들보다 더 웅장하고 대담하게 설계되고 건축되었을 것이다. 우리 눈에

---

169) 「볼세나의 미사」와 「성 베드로의 해방」은 바티칸 사도의 궁전 엘리오도로의 방(Stanza di Eliodoro) 출입문 주위의 뤼네트에, 「파르나소스」는 서명의 방 창문 위쪽 뤼네트에 그려진 벽화다.

보이는 것은, 2000년이라는 세월이 파괴할 수 있는 그 사실뿐 아니라, 동시에 다시금 복구할 수 있는 축적된 지식이었다.

예술적 취향의 변동 그 자체, 단순한 위대성의 추구, 복잡한 세부로의 복귀, 이 모든 것은 삶과 움직임을 의미한다. 예술사와 인류사가 동시성을 가지고 내 눈앞에 펼쳐져 있었다.

위대한 것은 덧없이 사라져버린다는 생각이 우리를 엄습하더라도 낙담해서는 안 된다. 오히려 덧없이 사라진 것이 훌륭했다고 우리가 인식할 때, 다음과 같은 사실에 용기를 얻어야 한다. 우리 자신이 의미 있는 일을 하고 있다는 것, 설령 언젠가 파괴되어 쓰레기가 된다 할지라도 이제부터 후손들에게 고귀한 작업을 하게끔 동기를 부여한다는 사실을 말이다. 우리의 선조들을 보면 이런 인식이 결여된 적이 절대로 없었다.

이렇듯 배울 점이 많고 정신을 고양시키는 예술을 관람하는 도중에도 마음 아픈 감정이 어딜 가나 나를 놓아주지 않았다. 이 감정 때문에 방해를 받거나 생각이 중지되었다고 할 수는 없지만, 예컨대 예전의 착한 밀라노 처녀의 신랑 될 사람이, 나로서는 이유를 알 수 없지만 어쨌든, 자신의 청혼을 취소하고 그가 한 약속을 무효로 만들었다는 사실을 전해 듣게 되었다. 마음이 끌리는 대로 행동하지 않고, 곧 이 사랑스러운 소녀를 멀리했던 것이 한편으로는 다행스러웠다. 지난여름 피서객이었다는 핑계를 대어 그녀에 관해 상세하게 알아본 후에도, 조금도 그녀와 가까워질 생각은 없었다. 하지만 지금까지 그토록 쾌활하고 친절하게 마음에 간직해 온 그녀의 얌전한 모습이 이제 우울하고 낭패한 모습으로 변하자 나는 몹시 언짢았다.

이 사랑스러운 소녀는 그 사건 때문에 충격을 받고 절망한 나머지 굉장한 고열에 시달리며 생명이 위급한 지경이라고 했다. 난 처음에는 하루에 두 번씩 그녀의 소식을 물었고, 지금은 매일 안부를 묻고 있다. 그 어떤 불가능한 것을 상상해 보려고 안간힘을 썼다. 예의 그 명랑하고, 개방적이고, 유쾌한 날에 보았던 인상, 구김살 없이 조용히 앞을 향해 가는 그런 소녀의 인상이었는데, 이젠 눈물 자국이 나고, 병으로 일그러졌으며, 그렇게 싱싱했던 젊음이 안팎의 고통을 겪으며 그리도 빨리 창백해지고 연약해졌다고 상상하니 마음이 아팠다.

그런 분위기에서 정반대의 커다란 힘이 절실하게 요구되었다. 그것은 가장 중요한 일의 연속으로서, 부분적으론 존재를 꿰뚫어 볼 수 있는 눈이고 또 부분적으론 절대로 사라지지 않는 존엄성을 상상해 보는 능력이다. 그것의 대부분을 내적인 서글픔을 가지고 바라보는 일보다 더 자연스러운 일은 없었다. 옛날의 기념물들이 수백 년 후에는 대부분 형체 없는 무더기로 붕괴되었으니, 아직 건재한 비교적 새롭고 호화로운 건물을 볼 때, 시간이 지남에 따라 여러 가문이 마찬가지로 붕괴되리라는 것은 애석했다. 그렇다. 아직 새롭게 보이는 멀쩡한 건물조차 알 수 없는 벌레에게 침식당해 병든 것처럼 보인다. 근본적으로 물리적인 힘이 없는 속세의 사물이 오로지 도덕적이고 종교적인 지원만을 받고서 어떻게 우리 시대에서나마 견디어낼 수 있을까? 밝은 마음으로는 폐허도 다시 재생시킬 수 있고, 싱싱하고 영원한 식물, 무너진 성벽, 그리고 부서져 흩어진 돌 조각에까지 다시 생명력을 불어넣을 수 있다. 그러나 슬픈 마음은 생생히 살아 있는 것을 보아도, 그것의 가장 아름다운 장식 부분을 못 보고 지나쳐버리기 때문에, 마치 앙상한 해골바가지를 보는 것 같은 생각이 들게 한다.

겨울이 오기 전에 마음 맞는 사람들끼리 함께 산골로 여행하자는 제안에 나는 한동안 결정을 내릴 수가 없었다. 그녀의 병이 호전되었다는 것을 확인한 다음, 그녀가 완전히 회복되었다는 소식이 내가 가는 곳에 전달되도록 조심스럽게 조처를 했다. 그곳은 내가 쾌활하고 사랑스러운 그녀를 기가 막히게 아름다운 가을날에 처음 만나 알게 된 곳이었다.

『에그몬트』에 관한 편지들이 바이마르에서 벌써 도착하기 시작했는데, 이런저런 감상평들이 쓰여 있었다. 여기서 다시 한 번 오래된 비평이 등장했다. 즉 중류층의 편안함에 빠진 비문학적인 예술 애호가들은 주로 작가가 문제를 해결하려고 미화하거나 은폐한 부분에서 반발하곤 한다. 안락함에 익숙해진 독자는 모든 것이 자연스러운 경로로 진행되기를 원한다. 그러나 범상하지 않은 것도 자연스러울 수 있는데, 자신의 관점만을 고집하는 사람에게는 그렇게 생각되지 않는다. 이런 내용의 편지 한 통이 도착해서, 나는 그 편지를 가지고 빌라 보르게세로 갔다. 『에그몬트』 중 몇 장면이 너무나 길다는 내용이었다. 나는 곰곰이 생각해 봤으나, 지금도 마찬가지지만, 매우 중요한 주제가 전개되는 장면이었기 때문에 줄일 수가 없었다. 반면에 여자 친구들이 가장 많이 비난한 것은 에그몬트가 자신의 클레르헨을 페르디난트에게 부탁하는 간결한 유언장인 듯했다.[170]

---

170) 에그몬트의 정적으로 그를 처형하는 알바 공작의 아들 페르디난트는

당시 내가 쓴 답장 가운데 일부분이 나의 생각과 상황을 매우 선명하게 설명해 주고 있다.

내가 여러분의 희망사항을 충족시키고 에그몬트의 유언장을 세부적으로 수정할 수 있다면 얼마나 좋겠는가! 날씨 좋은 어느 날 오전 나는 여러분의 편지를 가지고 빌라 보르게세로 서둘러 갔다. 거기서 2시간 동안 작품의 진행, 성격, 연관관계에 대해 생각을 거듭했으나 줄일 만한 곳이 없었다. 나의 생각들, 그리고 나의 신중한 검토를 여러분에게 정말로 알리고 싶다. 그러나 그것은 책 한 권 분량은 될 테고, 나의 작품에 관한 학위논문이 될 것이다. 일요일에 앙겔리카에게 가서 이 문제를 꺼내놓았다. 그녀는 작품을 연구했기에 아직도 사본을 가지고 있다. 그녀가 얼마나 여성적으로 부드럽게 그 모든 것을 분석하고 다음과 같은 의견을 이야기했는지, 자네도 같이 들었더라면 좋았을 텐데. 여러분이 주인공의 입을 통해서 듣기를 바라는 바는 그가 환영을 보면 장면에 암시되어 있다는 의견이었다. 앙겔리카의 생각은 이렇다. 환영은 잠자고 있는 그의 마음속에 일어나는 상상이며, 그가 그녀를 얼마나 지극히 사랑하고 존경하는지를 말로 할 수가 없기 때문에 꿈으로밖에 표현하지 못하는 것이다. 즉 그 꿈에선 사랑스러운 여성이 단지 위치만 그보다 위에 있는 것이 아니라, 보다 높은 단계로 고양되어 있으므로 그것은 말보다 훨씬 강한 표현이다. 뿐만 아니라 앙겔리카는 에그몬트가 평생을 깨어 있으면서 꿈꾸고, 삶과 사랑을 무한

___

아버지에 맞서, 에그몬트를 영웅으로 추앙하는 청년이다. 처형 전날 밤에 페르디난트가 감옥으로 찾아오자 에그몬트는 그를 격려하며 희망의 메시지를 준다.

히 존중하고, 그것을 향유함으로써 더욱더 가치 있게 만드는 것이 맘에 꼭 든다고 한다. 마지막에 꿈꾸면서 깨어 있는 상태가 바로 그의 삶이고, 그는 차분하게 우리에게 이렇게 말하는 것이다. 자신이 사모하는 여성은 그의 마음속 깊이 살아 있으며, 그의 마음속에서 그녀의 위치는 형언할 수 없이 높고도 숭고하다고. 이 밖에도 더 많은 이야기가 있었다. 페르디난트 장면에서 클레르헨의 역할은 부수적일 수밖에 없는데, 그 이유는 이 젊은 친구와의 이별을 소홀히 취급하지 않으려는 의도였고, 그게 아니더라도 그 순간에 이 친구가 뭔가를 듣거나 인식할 수는 없다.

어원학자로서의 모리츠

오래전에 어떤 현명한 사람이 진리를 말했다. "필요한 일과 유용한 일을 할 만큼 기운이 충분치 않은 사람은 불필요한 일과 쓸모없는 일을 자진해서 하느라고 분주하다!" 어쩌면 아래에 전개될 이야기 가운데 많은 부분을 이런 식으로 판단할 수 있을 것이다.

우리의 청년 모리츠는 이제 지고한 예술과 지극히 아름다운 자연에 휩싸여 지낸다. 그가 인간의 내면성, 자질, 그리고 발전에 관해 끊임없이 성찰하고 또 사고하는 것을 말릴 사람이 없었다. 이러한 이유로 그는 무엇보다도 일반성에 관한 연구에 전념했다.

당시에는 헤르더의 『언어의 기원에 관하여』[171]라는 저술

---

171) *Abhandlung über den Ursprung der Sprache*. 1769년 베를린 학술원이 제시한 '언어의 기원'을 주제로 한 논문 공모에서 헤르더가 1등상을 수상, 1772년에 책으로 출판되었다. 인간의 언어가 신으로부터 부여받은 것이라는 기존

의 영향으로, 그리고 일반적인 사고방식에 따르면 다음과 같은 생각이 지배적이었다. 인류는 인간의 선조 한 쌍이 높은 동방에서 내려와 지구 전체로 퍼진 것이 아니라, 어떤 특정한 기간에, 즉 지구가 기이하리만큼 생산적이었던 시기에, 자연이 많은 종류의 동물들을 단계적으로 생산하려고 한 이후에, 입지조건이 좋은 이곳저곳에서 어느 정도 완성된 모습으로 출현했다는 것이다. 인간에게는 선천적으로 인체와 정신 능력에 관련하여 언어가 부여되었다. 언어의 근원은 초자연적인 것도 아니고, 전승될 필요는 더더욱 없었다. 이런 의미에서 하나의 일반적인 언어가 있었고, 정착하기 시작한 개개의 종족들은 이 일반 언어를 여러 종류로 다르게 사용하기 시작했다. 그렇기 때문에 모든 언어가 서로 유사성을 가지고 있는데, 이는 인간의 창조력과 인간의 유기체를 형성하는 그 어떤 창조적인 생각과 일치한다. 이런 까닭으로, 한편으로는 내적인 근원적 본능에 의해서, 부분적으로는 외적인 필요에 의해서 감정과 생각을 표현하는 데 있어 극히 제한된 수의 자음과 모음이 올바르게, 혹은 그르게 사용되었다. 서로 다른 여러 정착 인종들이 경우에 따라 합쳐지고 분리되는 과정을 겪으면서 어떤 언어는 개선되고 또 다른 언어는 악화되는 현상은 지극히 자연스럽고 필요불가결한 것이었다. 어간에 해당하는 것이 파생어에도 적용되므로, 이에 따라서 각각의 개념과 생각의 내용들이 표현되었고 차츰 그 의미가 정착되었다는 것은 훌륭한 일인데도, 아직 연구되지 않아서 결정적 정확성이 결여된 채로 방치되어 있다.

의 주장을 반박하고 언어의 발생과 진보 과정을 논증했다.

이 문제와 관련하여 내가 비교적 자세히 기록해 놓은 것을 다른 글들 중에서 찾았다.

　모리츠가 질펀한 게으름, 의욕 상실과 자신에 대한 좌절감에서 벗어나, 활동적인 것에 전념하게 된 것은 좋은 일이다. 덕분에 쓸데없는 것을 골똘히 생각하는 일이 진정한 토대를 구축했고, 그의 공상은 목적과 의미를 찾게 되었다. 이제 그는 하나의 이념에 몰두하고 있다. 나 역시 거기에 빠져들었고, 이러한 이념 때문에 우리는 매우 즐거웠다. 이 이념을 전달하기는 어렵다. 왜냐하면 다른 사람에게는 당장에 미친 소리로 들리기 때문이다. 그러나 나는 시도해 보겠다.
　그는 '이성적이고 감성적인 알파벳'을 고안해 냈다. 그의 주장에 의하면, 글자는 자의적으로 만들어진 것이 아니라 인간이 타고난 것이며 어떤 특정한 내적 영역에, 즉 말하고 표현하는 감각 영역에 속한다. 그렇기 때문에 언어들은 이 알파벳으로 평가를 할 수가 있으며, 모든 민족은 그들의 내적인 감각에 맞게 자신을 표현하려고 했다. 그러나 모든 언어는 자의와 우연으로 인해 옳은 길에서 벗어났다. 이런 연유에서 우리는 언어에서 가장 잘 맞아떨어지는 단어들을 찾는데, 때에 따라 이런저런 단어를 고르게 된다. 그런 다음 우리는 그 단어들이 적당하다고 생각될 때까지 변화시키고 새로운 단어를 만들어낸다. 그리고 우리가 이런 아이디어를 시험해 보기 위해 사람 이름들을 만들고 일정한 명칭이 이 사람 것인지 저 사람 것인지를 검토해 볼 수도 있다고 그는 주장했다.
　이미 많은 사람들이 이런 어원학적 유희에 몰두했다. 우리도 이 같은 재미있는 방법을 많이 알고 있다. 우리는 만나자마자 마치 장기를 두듯이 수백 가지의 조합을 시도한다. 만일 누가 우연히 우리 말을 엿듣는다면 우리를 미친 사람으로 여길 것이다. 나역시 이 이야기를 정말 친한 친구들에게만 하겠다. 그만하자. 이것은 세상에서 가장 기지가 풍부한 유희이며 언어 감각을 믿을 수없을 정도로 훈련시킨다.

익살스러운 성자 필리포 네리

필리포 네리는 1515년 피렌체에서 태어났고, 유년 시절부터 신체가 건강하고 순종적이며 예의 바른 소년으로 자랐다. 그의 초상화는 다행스럽게도 피단차의 『초상화 전집』[172] 5장 31쪽에 수록되어 있다. 네리는 누구보다도 유능하고 건강하며 올곧은 소년이었다. 그는 좋은 집안의 후손으로서, 그 시대에 적합하고 가치 있고 훌륭한 지식을 교육받았다. 자신의 지식을 완성하기 위해 그는 마침내 로마로 유학을 가게 되는데, 그때가 몇 살이었는지는 알려지지 않았다. 이곳에서 그는 완벽한 청년으로 성장한다. 그의 수려한 용모, 숱 많은 곱슬머리가 눈길을 끈다. 그는 사람의 마음을 끄는가 하면 동시에 거부하기도 하고, 어디에서나 우아함과 품위를 잃지 않는다.

극히 비극적이었던 시기, 즉 이 도시가 잔인하게 약탈[173]당한 지 몇 년 후, 그는 많은 귀족들의 선례와 행적대로 신앙심을 단련하는 데 전념한다. 그의 열광적인 신앙심은 싱싱한 젊음의

---

172) 이탈리아의 화가 파올로 피단차(Paolo Fidanza, 1731-1785)가 1756~1766년에 출판한 동판화집 『명사들의 초상 선집(Teste Scelte di Personaggi Illustri)』으로, 216점의 초상화가 담겨 있다.

173) 1527년 카를 5세의 '로마 약탈'을 말한다. 582쪽 각주 214번 참조.

힘으로 고조된다. 성당, 그 가운데 중요한 일곱 개의 성당을 열심히 다니고, 필요한 도움을 주십사 열렬히 기도하고, 고해성사도 빠지지 않으며 영성체를 즐기고, 정신적인 성숙을 갈구하고 기원한다.

언젠가 그러한 열광적인 순간에 그는 제단 앞 계단에 제 몸을 던졌다가 갈비뼈가 몇 대 부러진다. 이것이 완치되지 않아 평생 동안 심계항진을 앓게 되고, 이 때문에 그의 감정이 고조되기도 한다.

네리를 중심으로 청년들이 모여들어 도덕과 신앙을 행동으로 실천한다. 그들은 가난한 사람들을 돌보고, 병든 사람들을 간호하는 일을 쉬지 않는다. 그들은 학업은 뒷전으로 제쳐두었다. 아마도 집에서 보낸 보조금도 자선 활동 목적에 희사했을 것이다. 아무튼 그들은 나누어주고 도와주되, 대가를 받지 않았다. 오히려 나중에는 가족들의 도움을 완전히 거절한다. 그래서 그들은 자선 활동에 대한 대가를 궁핍한 사람들에게 나누어주고, 자신들은 궁핍에 빠진다.

이런 신앙심이 돈독한 행위는 가슴에서 우러난 지나칠 정도로 열정적인 행위였지만, 그들은 아주 중요한 문제에 관해 종교적이고 감정적인 방식으로 이야기를 나누는 일도 병행했다. 이 작은 무리는 거처가 없어서 때에 따라 수도원 이곳저곳에서 빈방을 구하려 했다. 짤막하고 조용한 기도가 끝나면 성경의 한 부분을 낭독했고, 이에 대해 다른 사람이 내용을 설명하거나 현실에 맞는 뜻을 짧게 말했다. 이런 순간에는 분명히 모든 것을 직접적인 활동에 관련시켜 이야기했을 것이다. 변증법적이고 궤변적인 발언은 철저히 금지되어 있었다. 그 외 시간은 언제나 환자들을 극진히 돌보고, 병원에서 봉사하고, 가난하고 고통받는 사람들을 돕는 일로 채워졌다.

가입과 탈퇴가 자유로웠기 때문에 참가자의 숫자는 엄청나게 늘어났고, 이 모임은 더욱 진지해지고 활동의 범위도 넓어졌다. 성자들의 생애에 관한 책도 낭독되고, 교부들의 사상과 교회사도 필요에 따라 인용되었는데, 참가자 중 네 사람이 이에 관해 각각 30분 동안 의견을 말하는 것이 의무이자 권리이기도 했다.

하루도 거르지 않는 이 경건한 일, 가족적이고도 실제적이라고 할 수 있는 이 일은 차츰 종교적인 분야에서 엄청난 관심을 끌게 되었다. 이는 개인에 그치지 않고, 모든 단체에 퍼졌다. 이 모임은 여러 교회의 회랑이나 다른 공간에서 열리게 되었고, 참가자도 늘어났다. 특히 도미니크 수도회는 이런 식으로 자기 훈련을 하는 것이 적합하다고 판단하여 많은 신자들을 참가시켰다. 이렇듯 배우는 사람의 숫자는 갈수록 불어났고, 이들 중 어떤 사람들은 지도자의 높은 이상과 힘의 도움을 받아 갖가지 시련을 이겨내고 동일한 길로 나아갈 수 있었다.

이 훌륭한 지도자의 높은 이상에 따라서 모든 사변적인 것이 금지되었고, 모든 규칙적인 활동이 실생활에 연결되었지만 유쾌하지 않은 삶은 생각조차 할 수 없었다. 이 문제에 관해서 네리는 회원들의 어린아이 같은 욕구와 소망에도 대처할 줄 알았다. 봄이 다가오던 어느 날, 그는 이들을 산토노프리오로 데리고 나갔다. 높은 곳에 있는 널찍한 터였는데 이런 날에 딱 맞는 장소였다. 활기 넘치는 계절에 만물이 풋풋하게 보이는 이곳에서 침묵의 기도가 끝나자 예쁜 소년이 나와 암기한 설교를 낭송했다. 다음에 기도가 이어졌고 마지막으로 특별히 초대된 합창단이 심금을 울리는 노래를 했다. 당시엔 음악이 보급되지도 않았고, 음악 교육도 개발되지 않았기 때문에 이 아름다운 연주는 더욱더 의미가 컸다. 아마도 이것이 최초로 실외에서 열린 종교 성악 음악회였을 것이다.

이런 식으로 끊임없이 활동하니 회원들의 수도 늘고 그 중요성도 더욱 커졌다. 피렌체 시민들은 동향 사람인 그에게 그 시에 속하는 지롤라모 수도원[174]을 억지로 떠맡기다시피 주었다. 이곳에서 단체의 활동은 점점 확장되었고, 드디어는 교황이 나보나 광장 근처에 있는 수도원을 그들 소유로 지정해 주기에 이르렀다. 완전히 새로 지어진 곳이었는데 꽤 많은 숫자의 독실한 교우들을 수용할 수 있었다. 이곳에서도 이들은 전과 다름없이 살면서 주님의 말씀에 충실했다. 성스럽고 고귀한 생활 철학이란 평범한 상식과 일상생활에 접근하여 자기 것으로 만드는 것을 의미했다. 그들은 예전과 다름없이 함께 모여 기도하고, 성경을 강독하고, 그것에 관한 강론을 듣고, 기도하고, 마지막엔 음악을 듣는 즐거움을 만끽했다. 당시에 자주, 아니 매일 행해졌던 일이 오늘날엔 일요일마다 열린다. 이 성스러운 창시자에 관해 상세한 지식을 가지고 있는 여행자라면

---

174) 로마에 있는 산지롤라모 델라 카리타(San Girolamo della Carità) 성당을 말한다. 원래는 1419년 프란치스코 수도회가 순례자를 위한 호스피스(자선숙소)로 지은 것인데, 피렌체 귀족 자선회를 설립한 줄리오 데 메디치(이후 교황 클레멘스 7세)가 1524년 인수했다. 필리포 네리는 1551년부터 이곳에 거처를 얻어 살았고, 때문에 1561년 오라토리오회가 결성되어 나보나 광장 인근의 산타마리아 발리셀라 성당(Santa Maria in Vallicella)을 배정받기 전까지 실질적 회합 장소로 쓰였다. 산타마리아 성당은 흔히 '키에사 누오바'로 일컬어진다.

누구나 이 순수한 활동에 참가하여 지금까지 언급한 내용을 생각과 감정으로 음미해 보고 분명히 내적으로 굉장한 힘을 얻게 될 것이다.

여기에서 우리는 이 조직 전체가 아직도 세속적인 것에 가까이 있다는 사실을 상기할 필요가 있다. 그들 중에서 극소수만이 정식 성직자 신분이었기 때문에 교회의 서품식을 통해 합법화된 성직자, 즉 고해성사를 주관하고 미사성제를 집전할 수 있는 성직자의 숫자는 꼭 필요한 만큼밖에 없었다. 필리포 네리도 서른여섯 살이 되도록 사제가 될 생각을 하지 않았다. 그는 현재 상태에서 자유를 즐겼으며, 교회 조직에 들어가 거대한 서열 체계에 끼면 존경은 받겠지만 오히려 그것 때문에 구속을 느낄 것이기 때문이었다.

그러나 고위층에서 이를 내버려 두지 않았다. 그의 고해성사 담당 신부가 그에게 서품을 받고 성직자 신분을 취하는 것이 옳다고 그의 양심에 호소했다. 결국은 그렇게 되었다. 여태껏 이 자유로운 정신의 소유자는 성과 속, 덕성과 일상을 일치시켜 융합하는 데 전념했는데, 이러한 사람을 교회가 자기네 영역으로 흡수한 것은 현명한 일이었다. 그러나 이 변화, 즉 성직자로의 전환이 그의 외적인 태도에 조금도 영향을 끼치지 않았던 것 같다.

그는 지금까지보다 더욱 엄격하고 철두철미하게 검소한 생활을 했다. 작고 형편없는 수도원에서 다른 사람들과 함께 궁색한 생활을 했다. 그는 대기근이 닥치자 자신에게 헌정된 빵을 자기보다 더 궁핍한 사람에게 나누어 주었고, 불행한 사람들을 돕는 일을 쉬지 않았다.

그러나 그의 사제 신분은 그의 내면세계에 이상하게도 상승적인 영향을 끼쳤다. 의무가 된 미사를 집전할 때 그는 열광적인 상태, 다시 말해 황홀한 무아지경에 빠져서 지금까지 사람들이 알고 있던 자연스럽기 그지없는 남자와는 판이하게 달라졌다. 그는 자기가 어디로 가고 있는지도 모르는 듯 제단으로 향한 길과 제단 앞에서 휘청거렸다. 성찬의 빵을 높이 들어 올리면 팔을 다시 내리지를 못했다. 마치 어떤 보이지 않는 힘이 그를 추켜세우는 듯했다. 예배용 포도주를 따를 때엔 몸을 떨면서 몸서리를 쳤다. 그리고 공물을 바치는 이 신비한 의식이 끝난 후에 먹고 마실 때가 되면 그는 형용할 수 없이 탐욕스럽게 행동했다. 열정이 넘쳐나 성배를 이로 물어뜯었고, 예감에 가득 차서 성혈을 핥고 있다고 믿었다. 마치 조금 전에 성체를 게걸스럽게 먹어치운 행동과 같았다. 그러나 이런 도취의 순간이 지나면 그는 여전히 정열적이고 신비스러운 반면, 몹시 분별력 있고 현실적인 남자였다.

이렇게 활기 있고 기이한 남자, 결혼도 하지 않은 남자는 사람들 눈에 경이롭게 보였을 것이고, 그의 덕성스러운 행동은 이해할 수 없고 때로는 혐오스러웠을 것이다. 어쩌면 그는 이런 반응을 과거에도 자주 접했을 것이다. 어쨌든 그가 성직에 임명된 후에도 궁핍한 수도원에서 식객으로 그렇게 좁고 보잘것없이 생활하는 동안, 그를 조롱하고 멸시하며 박해하는 불쾌한 일들이 일어났다.

그건 그렇고 우리 이야기를 계속하자. 그는 지극히 훌륭한 인간이었기에 인간 각자가 타고난 이런 종류의 교만을 극복하고, 체념, 궁핍, 자선 행위, 겸손, 수치스러움을 몸소 행함으로서 그의 존재가 지니고 있는 찬란한 빛을 갖추어야 한다고 믿고 있었다. 세상 사람들한테 바보스럽게 보이는 것, 그럼으로써 신과 신적인 일에 몰입하고 수련하는 것이야말로 그가 끊임없이 추구하는 일이었다. 그는 이러한 생각에 따라 자신은 물론이고, 그의 제자들을 교육했다. 성 베르나르도[175]의 잠언이 그를 완전히 사로잡은 듯하다.

현세를 경멸하라,
사람을 경멸하지 마라,
너 자신을 경멸하라,
남이 너를 경멸하는 것을 경멸하라.[176]

아니, 이 잠언은 네리를 통해 다시 참신한 의미를 부여받은 듯하다.

비슷한 의도와 비슷한 상황에 처한 사람들은 이와 같은 잠언으로 정신과 마음을 가다듬고 있다. 지극히 고결하고 내적으

---

175) 클레르보의 베르나르도(Bernhard von Clairvaux, 1090~1153). 부르군트의 귀족 가문 태생으로, 69개에 이르는 수도원을 창설했다. 1130년에 있었던 교황 선거는 매우 문제적이었는데, 신성로마제국이 인노첸시오 2세를 교황으로 추대한 동시에 로마 추기경들이 아나클레토 2세를 교황으로 추대했기 때문에 독일 군대가 로마로 진격하는 상황까지 벌어졌다. 이때 베르나르도는 인노첸시오 2세를 지지했고, 결국 그가 우여곡절 끝에 교황의 자리에 오른다. 뛰어난 설교자이기도 했던 베르나르도는 1145년 2차 십자군 모집이 시작되었을 때 홍보에 앞장서 많은 지원자를 모았다.

176) 원문은 라틴어로 되어 있다.(Spernere mundum, Spernere neminem, Spernere se ipsum, Spernere se sperni.) 괴테는 이 경구를 563쪽에서도 언급했다.

로 긍지를 가지고 있는 사람들은 이 같은 원리 원칙을 따르고 있다고 믿어도 된다. 이러한 사람들은 항상 선과 위대함에 반대하는 추악한 세상을 미리 맛보고, 이런 쓰디쓴 체험의 잔이 그들에게 부여되기 전에 그 잔을 마지막 한 방울까지 마시겠다고 결심한 사람들이다. 네리에 관한 이야기는 헤아릴 수 없이 많다. 그가 제자들을 어떻게 시험했는지 많은 이야기가 오늘날까지 전해지고 있다. 향락적인 사람들은 이 이야기를 듣기만 해도 완전히 참을성을 잃었다. 이런 계명은 그것을 따라야 하는 사람들에게 몹시 고통스럽고 거의 견딜 수 없을 정도였다. 그렇기 때문에 누구나 다 이런 엄격한 시련을 이겨낸 것은 아니었다.

이런 이야기는 별난 것이고 독자에게 별로 달갑지 않을 터이니 여기서는 이 정도로 하고, 차라리 당시 사람들이 드높이 칭송했던 그의 훌륭한 능력에 다시 한 번 시선을 돌려보자. 사람들의 말에 의하면, 네리는 지식과 교양을 수업과 교육을 통해 얻었다기보다는 타고났다는 것이다. 다른 사람들이 애써서 습득하는 모든 것이 그에겐 이미 부여되었다는 말이다. 이 밖에도 그는 위대한 재능을 타고나서, 인간의 정신을 식별할 줄 알았고, 인간의 천성과 능력을 인정하고 귀하게 여길 줄 알았다. 동시에 그는 비상한 예지로 세상사를 꿰뚫어 보았는데, 사람들로부터 예언자로 인정을 받을 정도였다. 그는 또한 사람의 마음을 끄는 강렬한 매력을 타고났는데, 이탈리아 사람들은 이를 '아트라티바(attrattiva)'라는 아름다운 단어로 표현한다. 이 힘은 사람들한테만이 아니라 동물에게도 작용했다. 실례로 전해지는 이야기가 있다. 한 친구의 개가 네리를 따르고 그의 뒤만 쫓아다녔다. 친구가 개를 다시 데리고 가려고 온갖 방법을 동원했으나, 개는 절대로 전 주인한테 돌아가려 하지 않고, 네리에게로 가서 절대로 떠나질 않았다. 몇 년 후 개는 자신이 선택한 주인의 침실에서 죽었다. 이 동물은 우리에게 옛날에 있었던 시련에 관해 생각할 기회를 준다. 잘 알려져 있듯 중세 로마에는 개를 끌고 다니거나 안고 다니는 것이 매우 수치스러운 일이었다. 그 점을 고려한다면 이 경건한 필리포 네리는 이 동물을 사슬에 매어 시가지를 데리고 다녔을 것이고, 그의 제자들 역시 이 동물을 팔에 안고 다녔을 테니 군중의 웃음과 조롱을 불러일으켰음이 틀림없다.

그는 제자들과 동료들에게 다른 수치스러운 일들을 하라고 요구했다. 한 젊은 로마의 후작은 종단의 일원이 되는 영예를 누리고자 했고 그의 뜻은 수락이 되었다. 그런데 그에게 엉덩이에 여우 꼬리를 달고 로마를 산보하라고 하자, 그는 그런 일은 할 수 없다고 거절했고 종단 입문이 거부되었다. 네리는 한 사람은 웃옷을 벗겨서, 또 다른 사람은 옷의 소매가 찢긴 채 시가지를 다니라고 내보냈다. 어떤 신사가 후자를 보고 불쌍한 생각이 들어, 그에게 양 소매를 새것으로 주었다. 젊은이는 이를 거절했는데, 후에 스승의 명령에 따라 고마움을 느끼면서 그것을 가져다가 입어야 했다. 새 교회를 신축할 때는 제자들에게 자재를 운반해서 일당을 받고 일하는 인부들한테 가져다주라고 했다.

이와 비슷하게, 그는 인간이 느끼고 싶어 하는 모든 정신적 쾌락을 방해하고 파괴하는 방법을 알았다. 젊은 제자가 설교를 너무 잘한 나머지 자기도취에 빠지는 듯하면, 네리는 설교자의 말을 가로막고 자신이 이어서 설교를 하거나, 아니면 능력이 부족한 제자에게 지체 없이 앞으로 나와 설교를 시작하라고 명령했다. 이래서 예기치 않게 고무된 제자는 즉석 설교를 예전과 비교할 수 없을 만큼 잘하는 행운을 얻기도 했다.

16세기 말로 되돌아갔다고 상상해 보자. 당시 로마는 여러 교황들 치하에서 불안정한 원소처럼 혼란한 상태였다. 이런 시기에 위와 같은 방법이 효과적이었고 또한 위력적이었으리라는 것을 우리는 쉽사리 이해할 수 있다. 즉 애정과 경외심, 헌신과 복종을 통해 인간의 깊은 내면에 도사리고 있는 의지에 큰 힘을 부여하고, 모든 외적인 장애에도 불구하고 자신을 보존하고, 일어날 수 있는 모든 일에 저항할 수 있도록 한다. 그로써 합리적인 것과 이성적인 일, 전통적인 것과 숙명적인 일을 무조건 포기할 수 있는 능력을 얻게 된다.

좀 이상하지만, 유명한 시련의 역사 가운데, 사람들이 즐겨 되풀이하는 특히 세련된 이야기가 있다. 지방의 어떤 수도원에 기적을 행하는 수녀가 있다는 소식이 교황에게 전해졌다. 우리의 주인공이 교회에 매우 중요한 이 일을 조사해 보라는 위촉을 받게 된다. 그는 명령을 수행하기 위해서 노새를 타고 가는데, 교황이 생각한 것보다 일찍 돌아온다. 교황이 의아해 하자 네리는 다음과 같이 대답한다.

"교황님, 그녀는 기적을 행하는 것이 아닙니다. 왜냐하면 기독교인의 첫 번째 미덕인 겸손이 결여되었기 때문입니다. 험한 길과 악천후 때문에 저는 형편없는 몰골로 도착했습니다. 교황님의 이름으로 그녀를 제 앞으로 불렀습니다. 그녀가 나타나자 인사 대신 제 장화를 그녀에게 내밀며 벗기라는 몸짓을 했습니다. 그녀는 놀라서 뒤로 물러나 화를 내며 저의 태도를 책망했습니다. 자신을 대체 무엇으로 취급하느냐 소리쳤습니다. 주님의 시녀이지, 어디서 굴러와 하녀와 같은 일을 요구하는 사람들의 시녀가 아니라고 했습니다. 저는 아무렇지도 않게 몸을 일으켜 다시 노새에 몸을 실었습니다. 이리하여 다시 여러분 앞에 서게 되었습니다. 다른 시험이 필요 없다고 저는 확신합니다."

교황도 미소를 지으며 이 일을 마무리 지었고, 아마도 그녀는 더 이상 기적을 일으키지 못했을지도 모른다.

다른 사람한테 그런 시험을 한 것과 마찬가지로 그 역시 다른 남자들의 시험을 견뎌내야 했다. 그들 역시 그와 같은 생각을 가지고 같은 길, 즉 자기부정의 길을 가는 사람들이었다. 이미 성자의 체취를 풍기는 어떤 탁발수도사가 번잡한 거리에서 네리를 만나게 되었다. 그가 예방책으로 가지고 다니는 포도주 병을 꺼내 네리에게 한 모금 마시라고 권했다. 필리포 네리는 조금도 주저함 없이 머리를 확 뒤로 젖히고 목이 기다란 술병에 게걸스럽게 입을 댔다. 사람들이 박장대소하며 두 수도사가 그런 꼴로 술을 마신다고 놀려댔다. 이에 기분이 상한 필리포 네리는 자신의 경건성과 겸허함을 잊어버리고 다음과 같이 말했다.

"그대가 나를 시험했으니, 이젠 내가 그대를 시험할 차례요."

그러고는 자신의 사각 두건을 벗어 상대방의 대머리 위에 턱 올려놓으니, 이젠 사람들이 대머리 수도사를 보고 조소했다.

네리는 유유히 자리를 떠나며 말했다.

"누구든 내 머리에서 이것을 가져가려는 사람이 있다면 가져가도 좋소."

네리는 두건을 되찾았고, 두 사람은 가던 길을 계속 갔다.

감히 이런 행동을 하고서도 도덕적인 영향력을 행사할 수 있었던 것은 필리포 네리의 행동이 기적으로 보였던 적이 허다했기에 가능했음은 말할 필요가 없다. 그는 고해신부로서 두려움의 대상이었고 같은 이유로 무한한 신뢰의 대상이었다. 그는 고해하는 사람들이 자신들의 죄를 말하지 않는다는 것을 알아차렸고, 또한 그들이 소홀히 한 점들을 찾아냈다. 그가 무아지경으로 심혈을 다해 기도를 하면, 주변 사람들은 초자연적이고 경이로운 상태에 빠져 상상력이 고조된 감정 상태에서 보여주었을 그런 일들을 온몸으로 체험했다고 믿는 것이었다. 그다음에는 이런 기적과 같은 일, 아니 불가능한 일을 이야기하고 또 거듭 이야기함으로써 결국은 완전히 가능한 일이나 일상적인 일로 자리를 잡게 되는 것이다.

이런 종류로 다음과 같은 이야기도 있다. 그가 미사 중 제단 앞에서 성배를 올릴 때 몸이 공중에 뜨는 것을 여러 사람이 보았다고 한다. 생명이 위급한 환자를 구해 달라고 그가 무릎을 꿇고 기도하는 중 그의 몸이 지상에서 떠 있는 것을 봤다든지, 심지어는 그의 머리가 거의 천장에 닿은 것을 봤다고 증언하는 사람들도 있었다.

이렇게 감정과 상상력이 도치된 상태에서는 귀신에 홀린 이야기도 아주 없지는 않았을 것이다.

언젠가는 이 성자가 위쪽이 허물어진 카라칼라 목욕탕 건물들 사이에서 원숭이 비슷한 끔찍한 형체를 보았노라고 했다. 그러나 그가 명령하자마자 파편들과 균열 사이로 사라져버렸다는 것이다. 이런 자세한 이야기보다 중요한 것은, 성모와 다른 성자들한테서 은총을 받았다고 말하며 이런 현상을 기쁨에 넘쳐 보고하는 제자들한테 네리가 어떤 방식으로 대했는가 하는 것이다. 대체적으로 이와 똑같은 망상에서 무엇보다도 가장 몹쓸, 가장 끈질긴 종교적 오만이 싹튼다는 점을 그는 잘 알고 있었다. 그렇기 때문에 그는 제자들에게 이런 천상의 명료함과 아름다움 뒤에는 분명히 악마적인 추한 어둠이 숨어 있노라고 확언했다. 이런 시험을 이기기 위하여 다음과 같은 방법을 권했다. 그렇게 순결한 처녀가 다시 나타나거든 바로 그녀 얼굴에 침을 뱉으라는 것이다. 그들은 그 말대로 했고 같은 자리에서 악마의 얼굴이 나타났다고 하니 성공이었다.

이 위대한 남자는 이런 일을 의식적으로, 아니 깊은 본능에서 했다는 것이 더 맞을 듯하다. 어쨌든 그가 확신한 바는, 환상적인 사랑과 동경이 만들어낸 그런 상(像)은 증오와 경멸이 역으로 작용할 경우 즉각 추악한 꼴로 변신한다는 점이었다.

그가 이렇듯 독특한 교육 방식을 행할 수 있었던 이유는 지극히 보기 드문 천부의 재능, 즉 지고하게 정신적인 것과 극도로 육체적인 것 사이를 한계 없이 넘나들 수 있는 재능을 타고났기 때문이었다. 그것은 아직 보이지는 않아도 그를 향해 오고 있는 사람을 감지한다든지, 먼 곳에서 일어나고 있는 일을 예감한다든지, 그의 앞에서 임종하는 사람의 생각을 안다든지, 다른 사람으로 하여금 자기가 생각하는 바를 받아들이도록 이끌 수 있는 그런 재능이었다.

이런저런 재주를 타고난 사람은 꽤 많다. 어떤 이는 같은 일을 지금이 아니면 다른 때에 성공적으로 해낼 수 있다. 그러나 이런 능력이 언제나 어떤 경우에나 끊임없이 행해지고 놀랄 정도로 성공을 거두는 경우는 아마도 한 세기에 한 번 있을까 하는 정도다. 정신과 육체의 힘이 흩어짐 없이 모여서 굉장한 에너지를 만들어 낼 수 있는 그런 세기에 말이다.

그러나 이렇게 독립적이고 무한히 정신적인 행위를 갈망하고 추구한 이 인물이 엄격하게 지배하는 로마 가톨릭 교회 조직과 어떻게 다시 결속되어야 하는지를 주목해 보자.

우상을 숭배하는 이교도들 속으로 들어가 포교한 성 사베리오[177]의 활동이 당시 로마에서 대단한 화제를 불러일으켰다. 이에 자극을 받은 네리와 그의 친구들 몇 명이 당시 인도에 마음이 끌려 교황의 허락을 받아 그곳으로 가기를 원했다. 아마도 상부의 지시를 받았을 고해신부가 그들을 만류하면서, 이웃을 돕고 신앙을 전파하는 데 전력하는 믿음이 깊은 남자들이라면 로마에서도 얼마든지 인도를 발견할 수 있고, 여기에도 이런 활동을 하는 데 적합한 무대가 열려 있으니 다시 생각해 보라고 했다. 고해신부는 얼마 안 있어 이 대도시에 큰 재앙이 닥칠지도 모른다고 말하면서, 얼마 전부터 산세바스티아노 문 앞에 있는 세 개의 샘[178]에서 나오는 물이 탁하고 피가 섞여 있

---

177) 성 프란치스코 사베리오(St. Franciscus Xaverius, 1506~1552). 에스파냐 바스크 귀족 출신으로 파리 대학 재학 시절 동향인인 이냐시오 로욜라를 만나 이교도에게 복음을 전파하는 사명을 다짐하며 예수회를 창립했다. 1537년 사제가 된 뒤 선교사로 인도, 일본, 중국에서 교회를 세웠다. 1662년에 시성되었다.
178) 트레 폰타네. 753쪽 각주 154번 참조.

는데, 이것은 간과할 수 없는 징후라고 이야기했다.

이렇게 해서 점잖은 네리와 그의 동료들은 마음을 진정시키고, 로마에서 기적을 일으키며 자선 활동을 계속하고 살았을 것이다. 한 가지 분명한 사실은, 해가 거듭할수록 신분과 나이를 막론하고 그를 신뢰하고 존경하는 사람이 늘었다는 것이다.

이제 다음과 같은 점들에 관해서 생각해 보자. 아주 상반되는 요소들, 즉 물질적인 것과 정신적인 것, 평범한 것과 불가능한 것, 불쾌한 것과 감동적인 것, 유한한 것과 무한한 것 등 늘어놓자면 한없을 이런 기묘하고 복잡한 요소들이 한 인간에게 부여되었다. 훌륭한 인간이었던 그가 그런 상충되는 요소들을 가지고 있었다는 점 또한 생각해 볼 만한 가치가 있다. 즉 그의 내면에서 솟구쳐 나오는 비합리성으로 이성을 헷갈리게 하고, 상상력을 총동원하고, 굳건한 믿음을 누구보다 잘 보여주고, 미신을 정당화하는 등, 이런 일로 자연스러운 상태를 극히 부자연스러운 상태와 매끄럽게 연결시키고 일치시켰다는 점이다. 널리 알려진 이 사람의 인생을 이렇게 고찰해 보면 거의 한 세기 동안 그렇게 커다란 무대에서, 엄청난 의의를 가지고 부단하고도 확실하게 활동하면서 얼마나 막대한 영향을 끼쳤을지 우리는 쉽게 이해할 수 있다.

그를 존경하는 마음이 지고한 나머지 사람들은, 그의 건전하고 힘 있는 활동으로부터 유용함과 치유, 행복감을 얻었을 뿐만 아니라, 한 걸음 더 나아가 그가 앓았던 질병까지 신뢰하게 되었다. 사람들은 이 질병이야말로 신과 지고한 신성에 대해 그가 몹시 은밀한 관계를 맺고 있었음을 증명하는 것이라고 생각했다. 그는 이미 살아생전에 성자로서 고귀한 삶을 살았으며, 그의 죽음은 동시대인들이 그를 믿고 신뢰했던 마음을 더욱더 깊게 해주었다는 것을 우리는 이제 알게 되었다.

이런 이유로, 살아 있을 때보다 더 많은 기적을 불러왔던 그의 사후, 사람들이 교황 클레멘스 8세에게 네리의 시성식 전에 필요한 절차대로 조사를 시작해도 좋은지를 물었을 때, 지금껏 그를 성자로 여겨온 교황은 교회가 그를 성자로 공포하고 소개하는 데 이의가 있을 수 없다고 생각하고 동의했다.

이제 우리가 관심을 가져볼 만한 가치가 있는 다음과 같은 이야기를 보자. 네리는 그가 활동했던 그 긴 기간 동안 교황을 15명이나 겪었다. 그는 레오 10세 치하에 태어나 클레멘스 8세 때 생을 마쳤다. 이런 연유로 그는 감히 교황한테도 독자적 위치를 주장하기를 서슴지 않았고, 교회에 속하는 일원으로서 일반적인 지시는 따랐지만 세부적인 일에선 전혀 관계가 없다는 태도를 취했다. 심지어는 교회의 최고위층에 오히려 명령조의 태도를 보이기도 했다. 그가 추기경의 권위를 조금도 인정하지 않고, 자신의 누오바 성당[179]에 앉아서, 마치 오래된 성안에 틀어박힌 반항적인 기사처럼 최고의 보호자에게 무례하게 굴었던 배경을 우리는 짐작할 수 있다.

이러한 관계의 특징은 교회가 완전히 정비되기 이전 시기에 형성되어 16세기 말까지 지속된, 충분히 기이해 보이는 상황에서 비롯했는데, 그것을 우리 눈앞에 선명하게, 우리 마음에 인상적으로 보여주는 일례로 네리의 서신이 있다. 그의 편지는 임종 직전에 아직 신참인 교황 클레멘스 8세에게 발송되었는

---

179) 산타마리아 발리셀라 성당. 777쪽 각주 174번 참조.

데,[180] 이에 대해 교황이 내린 결정 역시 기이하다.

여기서 우리는 다른 방법으로는 설명이 불가능한 관계를 볼 수 있다. 얼마 안 있어 여든 살이 되고 성자의 직위에 해당하는 길을 가는 남자와, 몇 년의 치세로 권능이 유명해진 로마 가톨릭교회의 최고책임자가 맺었던 관계 말이다.

필리포 네리가 클레멘스 8세에게 보낸 서신

교황 성하! 제가 대체 어떤 인물이기에 추기경님들이, 어제저녁에는 피렌체와 쿠사노[181]의 추기경님들이, 저를 찾아오셨는지요? 저는 잎사귀에 싼 만나가 조금 필요했는데, 피렌체의 추기경님이 저를 생각해서 산스피리토에서 2온스나 가져다주셨습니다. 우리 수도원 숙소에 많은 음식을 보내주신 그분은 밤에 2시간이나 머무셨는데, 교황님에 관해서 좋은 말씀을 많이 하셨습니다. 제 생각에는 과도한 칭찬이었습니다. 왜냐하면 성하는 교황이니 겸양 그 자체여야 하기 때문입니다. 그리스도께서 저와 한 몸이 되기 위해서 저녁 7시에 오셨습니다. 그러니 성하도 한번쯤 저희 교회에 오실 수 있을 것입니다. 예수는

---

180) 클레멘스 8세(Clemens VIII, 1536~1605)는 1592년에 교황에 즉위했고, 네리는 1595년에 서거했다. 클레멘스 8세는 서유럽 북부를 중심으로 한 종교개혁에 맞서 가톨릭의 자발적 개혁운동을 펼쳤던 마지막 교황으로, 교황선거를 장악했던 에스파냐의 영향력을 약화시키기 위해 에스파냐 출신 추기경들을 모두 축출했다. 교황령을 정비해 교황청 재정을 건실하게 만들고, 서기 382년 히에로니무스가 번역한 라틴어 성서(Editio Vulgata, 그때까지 다양하게 번역되었던 고어 라틴어 번역들을 통일한 판본으로, 불가타성서라고 한다.)를 개정하여 이를 가톨릭 교회의 표준성서로 공인했다. 타소를 계관시인으로 임명한 교황이기도 하다. 165쪽 각주 154번 참조.

181) Cusano. 밀라노 인근의 도시다.

인간이고 또한 하느님이신데 저를 자주 찾아오십니다. 성하는 오로지 인간일 뿐이고, 성하의 부친은 성스럽고 정직한 분이시지만, 그리스도의 부친은 하느님이십니다. 성하의 모친은 대단히 믿음이 깊은 아그네시나 부인이지만 그리스도의 모친은 모든 처녀 중의 처녀이십니다. 제가 만일 울분을 참지 않는다면 못할 말이 무엇이 있겠습니까? 제가 토르 데 스페키[182]로 보내려는 처녀의 일과 관련해서 성하께 명하건대, 성하는 제가 뜻한 바대로 하십시오. 그녀는 클라우디오 네리[183]의 딸인데, 성하가 그에게 그의 자녀들을 보호하시겠다고 약속하셨습니다. 제가 성하께 상기해 드리는바, 교황이 약속을 지키는 것은 좋은 일이라는 점입니다. 그러니 제게 일을 맡기시고, 필요한 경우 성하의 존함을 사용하게끔 허락해 주십시오. 더욱이 제가 그 처녀의 뜻을 알고 있으며 그녀가 신의 계시를 통해 마음이 바뀔 것이 분명하기 때문입니다. 제게 마땅한 최대의 겸손으로 성하의 양발에 입을 맞춥니다.

---

182) 베네딕토회의 성녀 프란치스카가 1433년 로마에 설립한 헌신회 수녀원(Congregatio Oblatarum Turris Speculorum)을 말한다. 로마의 부유한 귀족 가문 여성들의 봉사활동으로 운영된 수녀원이다. 간단히 '토르 데 스페키 수녀원(Oblate di Tor de' Specchi)'이라고도 하는데, 이는 수녀원이 스페키 가문이 축조한 요새의 탑 아래에 위치했기 때문에 붙은 이름이다.

183) 클라우디오 네리(Claudio Neri)는 팔라코르다 거리에 테니스 코트를 소유했던 인물로, 당시 로마에서 테니스 코트는 극장, 경기장 등 다용도로 쓰이던 오락시설이었다. 클라우디오는 일찍부터 필리포 네리의 오라토리오회 회원으로 봉사했으며, 네리에 의해 두 번이나 병이 치유되는 기적을 체험했다. 이후 그와 그의 아내가 연달아 세상을 뜨자 네리는 클라우디오의 어린 딸을 수녀원에 넣어달라고 부탁하기 위해 이 편지를 썼다. 그러나 보는 바와 같이 교황이 거절했고, 결국 다른 추기경을 통해 수녀원에 거처를 마련해 주었다.

이 서신에 교황이 친필로 쓴 결정

교황이 말하노니, 그의 편지 앞부분에서 추기경들이 자주 방문한다는 말로써 그들이 신실한 마음을 갖고 있음을 암시하려는 것이 아니라면(그들의 신실함은 누구나 알고 있다.) 다소간 자만심이 발견된다. 그를 보려고 교황이 오지 않는다는 말에 대한 교황의 답은 이러하다. '그대에게 그토록 여러 번이나 권했던 추기경직을 수락하지 않았으므로, 교황은 그대를 방문할 필요가 없습니다.' 그가 내린 명에 대한 교황의 답은 이러하다. '그대가 항상 사용하는 그 명령조로, 그대 뜻에 따르지 않는 착한 어머니들을 아주 따끔하게 혼내주세요.' 이제 교황이 그에게 명하노니, '몸조심하시고, 교황의 허가 없이 고해성사를 받지 마십시오. 그리고 우리들의 주님이 그대를 찾아오신다면, 우리를 위해, 그리고 전 기독교도의 절실한 궁핍을 위해 기도드려 주십시오.'[184]

---

184) 교황의 편지 형식은 봉건제의 왕이나 황제와 마찬가지로, 발신자와 수신자가 직접 메시지를 주고받는 것이 아니라 제삼자에 의해 전해지는 형식을 취하기 때문에, 교황 자신을 포함한 모든 인물이 3인칭으로 지칭된다. 단, 교황의 말을 인용문의 형식으로 전할 때는 교황이 네리에게 높임말을 썼다.

1월

서신

1788년 1월 5일, 로마

오늘은 짧게 몇 줄 쓰겠으니 양해해 주시라. 새해는 진지함과 부지런함으로 시작되었으며, 나는 뒤돌아볼 시간도 없다.

몇 주간의 정체 상태로 괴로워하다가, 이제 다시 최상의 시간에 눈떴다고 말하고 싶다. 사물의 본질과 관계를 꿰뚫어 보는 눈이 내게 주어져 이 눈으로 심오한 풍요로움을 감지하고 있다. 이런 현상이 마음속에서 일어난 이유는 내가 쉬지 않고 배우고, 특히 다른 사람한테서 배우고 있기 때문이다. 스스로를 가르치려면 가르치는 힘과 소화하는 힘이 하나가 되어야 하고, 따라서 발전은 줄어들고 느려질 수밖에 없다.

나는 인체 연구에 전념하고 있다. 다른 일들은 내 시야 밖으로 밀려났다. 이 일은 평생 동안 행할 것이며, 현재에도 또다시 놀랍게 진행되고 있다. 이에 관해서는 이야기할 것이 없다. 나의 할 일은 시간이 가르쳐줄 것이다.

오페라는 별 재미가 없다. 이젠 오로지 내적이고 영원한 진실만이 나를 기쁘게 한다.

짐작건대 이런 시간이 부활절 즈음까지 계속될 것 같다. 결과가 어떨지는 나도 모르겠다.

1월 10일, 로마

「에르빈과 엘미레」를 이 편지와 함께 보내네. 이 작품이 자네 마음에 들었으면 좋겠네! 그러나 오페레타는 아무리 잘되었다고 해도, 읽어서는 그 진가가 나타나는 법이 없다. 작가가 상상하는 진짜 면모를 보이기 위해서는 음악이 따라줘야 한다. 「클라우디네」를 곧 보내겠네. 두 작품 다 카이저와 함께 가극의 형태에 관해서 충분히 공부하느라, 사람들이 생각하는 것보다 시간이 오래 걸렸다.

저녁에 배우는 원근법 시간과 같이 인체에 대해 계속해서 열심히 소묘하고 있다. 떠날 때에 용기를 잃지 않기 위해서 마음의 준비를 하고 있다. 하늘에 계신 분들이 부활절로 결정한 것 같다. 좋은 일이 일어나겠지.

요즈음은 인체에 관한 관심이 모든 것을 압도하고 있다. 나는 그것을 옛날에도 느꼈지만, 마치 눈부신 햇살을 피하듯이 항상 외면해 왔다. 그리고 로마가 아닌 다른 곳에서 그 공부를 하려 한다면 헛된 일이기도 하다. 오로지 이곳에서만 짜는 법을 배울 수 있는 한 가닥 실이 없으면, 이 미궁에서 빠져나갈 수가 없으니까. 유감스럽게도 내 실이 충분히 길어지지는 않겠지만, 그것이 처음 통로를 빠져나가는 데는 도움을 줄 것이다.

만일 내가 작품들을 완성하는 데 있어 지금까지와 같은 상황이 계속된다면, 『타소』를 쓰기 위해서는 스스로 납득되기 전에 먼저 공주님과 열애에 빠져야 되고, 『파우스트』를 쓰기 위해서는 악마에게 굴복해야 한다. 두 가지 다 별로 내키지 않는다. 지금까지 늘 그랬 왔다. 내 입장에서는 『에그몬트』를 더욱 흥미진진하게 해주려고 로마의 카이저가 브라반트 사람들과 전쟁을 시작했고, 내 오페라를 완벽하게 하기 위해서는 취리히의 카이저가 로마로 왔나 보다.[185] 이런 걸 가리켜 헤르더는 "고결한 로마인"[186]이라 하겠지만, 원래는 나와 전혀 상관없는 우연한 일이 이야기의 궁극적 원인이 된다는 사실이 내겐 몹시 재미있다. 이런 일을 행운이라고 말할 것이다. 이러니 공주와 악마를 인내심을 가지고 기다려보아야겠다.

1월 10일, 로마

여기 독일 양식과 독일 작품의 표본인 「에르빈과 엘미레」 원고를 로마에서 보내네. 이 작품이 「빌라 벨라의 클라우디네」보다 먼저 완성되었지만, 먼저 인쇄되지는 않았으면 해.

보면 알겠지만, 서정적인 무대에 필요한 모든 점을 고려했어. 그런 것들을 이곳에서야 배울 기회가 있었기 때문이다. 가수들 각자가 휴식 시간을 충분히 갖도록, 모든 등장인물이 적당한 순서로, 적당한 정도만큼 등장하게 배려했다네. 이탈리아인들이 시의 의미마저 희생시키며 따르는 규칙들이 수백 가지나 되는데, 이런 음악적 연극적 조건들이 이 작품에서도 충족

---

185) "로마의 카이저"란 신성로마제국(Heiliges Römisches Reich)의 황제(Kaiser)인 요제프 2세를 가리키며, 브라반트 공국에서 일어난 반란을 진압하기 위해 황제가 군대를 투입한 일을 말한다.(623쪽 각주 28번 참조.) 작곡가 카이저(Kayser)와는 표기가 다르다.

186) ein vornehmer Römer. 비꼬는 표현으로, 대단한 사람인 양 거드름을 피운다는 뜻이다.

되었기를 바란다. 그 일이 아주 무의미한 것만은 아니었다. 또한 두 오페레타가 읽히면서도, 같은 시기에 쓰인『에그몬트』에 피해를 입히지 않도록 유념했다. 물론 이탈리아인 중에는 오페라 대본을 공연 당일 저녁에 읽는 사람이 아무도 없겠지만. 그리고 이 작품들을 비극 작품과 함께 한 권에 싣는 것은 이 나라에서는 오페라를 독일어로 노래하는 것과 마찬가지로 불가능한 일이다.

「에르빈과 엘미레」에 관한 이야기인데, 특히 2막에서 강약 운율을 자주 읽게 될 거야. 그것은 우연이나 습관 때문이 아니라 이탈리아식 모델에서 따온 것일세. 이 운율은 음악에 더할 수 없이 적합해서, 작곡가가 이를 더 많은 박자로, 그리고 움직임으로 변형시킬 수가 있는데, 청중은 절대로 눈치 채지 못한다. 이탈리아 사람들이 매끈하고 간단한 운율과 리듬으로 시종일관하는 것은 놀랄 만하다.

젊은 캄퍼르[187]는 머리가 어지러운 사람이야. 아는 것도 많고, 이해도 빠르며, 내용을 건너뛴다.

『이념』4권의 성공을 기원하네! 3권은 우리에게 성스러운 책이 되었네. 내 생각에는 내면으로 향한 책인 것 같아. 모리츠는 이 책을 이제야 받아서 읽고 있는데, 이런 인간 교육 시대에 살고 있다는 사실에 행복해 하고 있지. 그 책이 정말 그의 마음

---

187) 아드리안 힐스 캄퍼르(Adriaan Gilles Camper, 1759~1820). 네덜란드 해부학자 캄퍼르(706쪽 각주 118번 참조)의 아들로 당시 로마에 체류하고 있었다. 아버지를 통해 고생물학, 광물학 등을 배우고 프라네케르 대학교(Franeker, 오늘날 라이덴 대학교)를 14세에 입학해 신동으로 알려졌다. 프라네케르 대학교의 수학과 물리학 교수가 되었다. 네덜란드 왕립아카데미 회원이었다.

에 꼭 들고, 마지막 부분에서는 완전히 반해버렸다고 하네.

자네의 그 모든 훌륭한 점 때문에 한 번만이라도 이곳 캄피돌리오 언덕에서 자네에게 한턱낼 수 있다면 얼마나 좋을까? 이것이 내가 간절히 원하는 소망들 중 하나야.

나의 거대한 착상들은 더 진지한 시기를 향해 미리 쏘아올린 고무풍선에 불과했다. 나는 이제 모든 인간의 지식과 행위 중에서 극치라고 할 수 있는 인간 형태를 연구하는 과정에 있다. 전체 자연, 특히 골상학을 연구하기 위한 준비를 열심히 하고 있는데, 이로써 나의 발전에 큰 도움이 되고 있다. 이제야 나는 본다. 고대로부터 우리한테 전해진 최상의 것, 즉 조각 작품들을 이제야 비로소 만끽한다. 그렇다. 나는 일생 동안 그것을 연구한 사람들이 마침내는 '이제야 나는 보고, 이제야 나는 만끽한다.' 하고 외치는 것을 진정 이해할 수 있다.

부활절까지, 짧았던 한 시절을 끝내기 위해서 그리고 로마를 떠날 때 큰 저항감을 갖지 않기 위해서, 내가 현재 할 수 있는 한 모든 노력을 하고 있다. 그리고 독일에서 몇 가지 연구를 비록 느리기는 해도 철저하고 편안하게 계속할 수 있기를 바라 마지 않는다. 조각배라도 올라타기만 한다면 물결이 우리를 이곳으로 실어다 줄 것이다.

보고

큐피드, 변덕스럽고도 고집스러운 소년인
네가 나한테 몇 시간 거처를 부탁했지!

그러고선 몇 날 몇 밤을 내 집에서 지냈는지

넌 이제 독재자가 되어 집 안을 네 마음대로 휘두르는구나.

널따란 내 침상에서 쫓겨난 나는,

이제 땅바닥에서 밤을 지새우는 고통에 시달리고,

너의 방자함은 끊임없이 화덕에 불을 지펴

겨울을 대비한 땔감을 모두 태워 나를 가난하게 만든다.

네가 내 기구를 다른 곳에다 밀쳐놓아,

나는 그것을 찾아 헤매다가 장님처럼 혼돈에 빠져버렸다.

네가 하도 시끄러워, 내 작은 영혼이 걱정되어

도망치며, 너한테서 도망치려고, 오두막집을 비우려고 치운
다.[188]

이 노래를 글자의 의미대로가 아니라 다르게 해석하면, 즉
우리가 보통 '아모르'라고 부르는 그런 본능을 생각하지 않고,
오히려 활동적인 귀신들의 무리가 인간의 깊은 내면에 말하고,
요구하고, 이리저리 잡아끌고, 상반되는 관심 분야로 정신을 헷
갈리게 하는 것을 독자가 상상한다면, 내가 처했던 상황을 상
징적인 방법으로 이해할 수 있을 것이다. 그것은 다름 아니라,
내가 발췌한 서신들과 여태껏 내가 쓴 이야기를 통해 충분히
전달된 상황이었다. 고백하건대 그 많은 일에도 불구하고 나
자신을 지키고 작업하는 데 지치지 않으면서도 배우는 일을 소

---

188)「빌라 벨라의 클라우디네」2막에 나오는 노래다.

홀히 하지 않기 위해서는 많은 노력이 필요했다.

아르카디아 아카데미아 가입

이미 작년 말에 나는 뜻하지 않은 가입 신청서를 받았다. 이
것도 예의 그 숙명적인 음악회, 즉 우리가 신중하지 못해서
무명인으로서의 우리의 체류를 폭로한 연주회의 결과라고 나
는 생각했다. 그러나 나를 아르카디아 아카데미아의 저명한
목동[189]으로 가입시키려고 여러 사람이 다양한 경로로 나를
찾아온 데는 다른 동기도 작용했을 수 있다. 나는 줄곧 거절해
왔지만 결국엔 이 일에 어떤 특별한 의미를 부여한 듯한 친구
들에게 지고 말았다.

아르카디아 아카데미아가 무엇인지는 일반에 널리 알려
져 있지만 그에 대해 언급하는 것도 그리 나쁠 것 같지 않다.

17세기 이탈리아의 시는 여러 가지 면에서 퇴보했다고 한
다. 이 시대의 말엽에 학식과 교양을 갖춘 사람들은 당시 시인
들이 시의 내적인 아름다움에 소홀했다고 비난했다. 뿐만 아니
라 외적인 아름다움, 즉 형태에 관해서도 비난의 여지가 많다

---

189) 로마의 문예그룹 아르카디아 아카데미아(Accademia dell'Arcadia)
는 가톨릭으로 개종하고 로마에 살면서 예술가들을 후원했던 스웨덴 여왕 크리스
티나(Christina, 1626~1689, 재위 1632~1654. 스스로 왕위를 내려놓았다.)
사후 그녀를 기리기 위한 예술가 모임에서 비롯되었다. 회원은 전성기에 1300여
명에 이르렀으나, 프랑스혁명 이후에는 구체제의 유물로 여겨지다가, 1925년 이
탈리아 고전문학연구소(Accademia Letteraria Italiana)로 변경되었다. 아르
카디아 아카데미아 회원을 지칭하는 용어는 이탈리아어로 문지기, 관리인을 뜻하
는 '쿠스토데(custòde)'를 썼는데, 괴테는 이를 전원 속에서 유유자적하는 양치기
(Schäfer)에 빗댔다. 비유의 맥락을 찾아보자면, 책의 첫머리에 인용한 베르길리
우스의 『전원시』와 연결되며(31쪽 참조.) 그리스 로마 신화 속의 시와 예술의 신
아폴론, 음악의 신 판 역시 목동의 모습을 하고 있다.

고 했다. 그 이유는 표현이 조야하고, 시 구절들이 듣기 싫을 정도로 딱딱하고, 비유는 결점투성인 데다가, 특히 적당치 못한 과장, 환유, 은유가 끊임없이 이어지기 때문이다. 이로 인해 사람들이 즐겼던 시의 외적인 측면, 즉 우아함과 달콤함을 완전히 망쳐버렸다는 것이 비난의 이유였다.

그러나 그런 오류에 빠져 있는 사람들은 항상 그러듯이, 참된 것과 훌륭한 것을 제멋대로 규정한다. 그럼으로써 그들의 과오가 미래에도 비난받지 않고 통용될 수 있기 때문이다. 하지만 이런 현상은 결국 지성과 통찰력을 가진 사람들에게는 더 이상 받아들여지지 않았다. 이런 이유에서 1690년에 일련의 사려 깊고 힘 있는 이들이 합심해 다른 길로 방향을 바꾸자고 의기투합하기에 이르렀다.

그들은 모임이 이목을 끌지 않고 저항감을 불러일으키지 않도록 야외로 나갔다. 로마시는 그 자체가 성벽으로 경계를 지어 둘러싸인 전원 속의 정원이다. 여기에서 그들은 자연을 접하고 신선한 공기를 마시며 시 예술의 원초적 정신을 느낄 수 있는 이점을 누리게 되었다. 그곳에서 잔디밭에 앉거나 폐허의 잔해나 돌덩이 위에 앉는 등 자유롭게 자리를 잡았다. 설령 추기경이 참석하더라도 존경심의 표현으로 좀 더 푹신한 방석만이 제공될 뿐이었다. 그들은 이곳에서 그들이 가지고 있는 확신, 원리 원칙, 계획에 대한 이야기를 나누었다. 이곳에서 시를 낭송함으로써 숭고한 고전, 고상한 토스카나파[190]의 시가

---

190) 이탈리아를 대표하는 위대한 두 시인 단테(Durante degli Alighieri, 1265~1321)와 페트라르카(Francesco Petrarca, 1304~1374)는 토스카나 출신이다. 두 사람은 모두 라틴어가 아니라 당시 '속어(俗語)'로 비하되던 이탈리아

가진 의미를 되살리고자 했다. 그러던 중 한 사람이 감격해서 외쳤다. "이곳이 우리의 아르카디아다!" 이 일을 계기로 모임의 이름이 정해졌고, 또한 그들 모임의 전원적 성격이 규정되었다. 그들은 영향력이 큰 거물급 인사의 보호를 원치 않았고, 상급자나 회장을 두는 것도 원하지 않았다. 한 명의 '문지기'가 아르카디아 장소를 열고 닫되, 꼭 필요한 경우에는 가장 연장자가 그에게 조언을 줄 수 있었다.

이즈음에서 크레심베니[191] 씨를 언급하는 것이 좋을 듯하다. 그는 모임의 창단 회원이었고 첫 번째 감독자로서 몇 년 동안이나 자신의 임무를 충실히 수행했다. 뿐만 아니라 그는 보다 나은 순수한 취향을 지킴으로써 조야한 수법을 꾸준히 타개해 나갔다.

통속시는 민족시라고 번역할 수는 없지만, 한 나라에 적합한 시의 형태다. 이는 시에 진정한 재능이 부여되었을 때, 그리고 시가 정신이 산만한 사람들의 망상이나 기벽으로 왜곡되지 않을 경우에 한한다. 그는 이 점에 대해 자신의 지론을 잘 설명했고, 그의 지론은 모임의 대화가 맺은 결실이라고 볼 수 있으며, 또한 우리가 추구하는 새로운 미학을 비교하는 데 더없이 중요하다. 이런 의미에서 그가 아르카디아 회원의 시를 모아 출간한 것도 우리의 관심을 끌고 있다. 이에 관해 다음과 같은 점만 언급하기로 하자.

어로 시를 썼기 때문에, 최초의 이탈리아 민족시인으로도 일컬어진다.

191) 조반니 마리오 크레심베니(Giovanni Mario Crescimbeni, 1663~1728). 교황령 마세라타에서 태어나 예수회 학교에서 법학을 공부하고 1680년에 로마로 이주, 비평가이자 시인으로 활동했다.

존경할 만한 목동들은 푸른 잔디밭에 앉아 자연에 가까워졌다고 생각했다. 이런 상황에서는 사랑과 정열이 인간의 마음에 싹트는 것이 보통이겠지만 이 모임의 회원들은 성직자들과 존경받는 인사들이었다. 그렇기 때문에 이들은 로마 3인방의 아모르[192]를 받아들여서는 안 되는 입장이었고, 그것을 강경하게 배척했다. 한데 시인에게서 사랑을 배제하는 것은 불가능하니, 이 모임의 시인들은 초인간적인, 일종의 플라토닉한 동경에 몰입할 수밖에 없었다. 그리고 우의적인 표현도 이들에겐 몹시 중요해졌다. 이런 특성으로 그들의 시는 매우 존경을 받게 되었고, 그들의 위대한 선배인 단테와 페트라르카의 길을 따라갈 수 있었다.

내가 로마에 도착했을 때는 이 모임이 창설된 지 100년을 맞는 해였다. 장소와 그들의 이념이 수없이 바뀌었지만, 이 모임은 외적으로 보아서 큰 명성을 지키진 못했다 할지라도 항상 품위를 잃지 않았다. 어느 정도 유명한 외국인이 로마에 체류하고 있으면 이들은 그에게 반드시 회원 가입을 권유했다. 특히 이 문학적 모임을 이끄는 사람이 그 덕에 충분치 못한 재정 상태를 조금이나마 개선할 수 있을 경우에는 더욱 그랬다.

어쨌든 가입 절차는 다음과 같았다. 어떤 단아한 건물의 대기실에서 나는 한 고위 수도사에게 소개되었다. 이분이 나

---

192) 고대 로마의 서정시인으로 유명했던 카툴루스(Gaius Valerius Catullus, 기원전 84~기원전 54), 프로페르티우스(Sextus Propertius, 기원전 48?~기원전 16?), 티불루스(Albius Tibullus, 기원전 48?~기원전 19)의 연애시를 말한다.

의 보증인이자 동시에 대부가 될 것이며 나를 회원들에게 소개하는 일을 맡을 것이라고 했다. 우리는 이미 사람들이 꽤 많이 모여 있는 커다란 홀로 들어가서 맨 앞줄의 중앙에 자리를 잡았다. 연단을 마주 보는 자리였다. 청중이 점점 더 많이 모였고 내 우측의 빈자리에 나이가 지긋한 우람한 체격의 남자가 착석했다. 그의 차림새나 사람들이 그에게 보이는 경외의 태도로 미루어 나는 그가 추기경이라고 생각했다.

간사가 높은 연단에서 일반적인 개회사를 마친 다음 몇 사람을 호명했다. 그들은 시 혹은 산문을 낭독했다. 꽤 시간이 지나 이 순서가 끝나고 간사는 연설을 시작했다. 연설의 내용과 스타일이 내가 받은 가입증서와 일치했다. 연설이 있은 후 내가 공식적으로 그들 중 한 회원이 되었노라 공표되었고, 우렁찬 박수를 받으며 가입이 승인되었다.

소위 나의 대부와 나는 자리에서 일어나 수없이 절을 함으로써 감사의 뜻을 전달했다. 그도 역시 연설을 했는데, 연설을 미리 준비해서 내용이 조리 있었고 너무 길지도 않았다. 그에 대한 박수가 끝날 무렵 나는 회원 모두에게 감사를 표하고 내 소개를 할 수 있는 기회를 얻었다. 내가 이튿날 받은 가입증서를 여기에 소개한다.(지금까지 나는 새로운 동지로서 간사를 흡족하게 하는 데 게을리하지 않았다.) 다른 언어로 번역하면 그 독특한 뉘앙스가 없어지기 때문에 원어로 게재한다.[193]

---

193) 독자의 이해를 위해 우리말로 번역했다.(옮긴이)

총회의 결의에 따라

니빌도 아마린치오[194]

아르카디아 최고 수문장

　오늘날 독일에서 명성을 떨치고 있는 일급 천재들 중 한 사람인, 박식하고 저명한 괴테 씨가 우연히 테베레 강변을 찾아오셔서 우리를 기쁘게 했다. 그는 현재 작센 바이마르의 공작 전하의 고문관이다. 그는 철학적인 겸손함으로 자신의 가계, 직위, 재능을 우리에게 드러내지는 않았지만, 온 문학계에 유명한 그의 품격 높은 산문과 시를 조명하는 빛을 어둡게 할 수는 없었다. 이에 위에 언급한 괴테 씨는 우리의 공식 회의에 참석하시겠다는 친절한 의사를 밝히셨고, 타국 하늘의 별처럼 우리의 숲과 우리의 유쾌한 집회에 출현하셨으니, 우리 아르카디아인들 다수가 모여 그에게 진정한 환호와 박수로써 답례하고, 무수히 뛰어난 작품들의 저자인 그를 메갈리오라는 이름으로 우리의 수문장으로 받아들여, 성스러운 비극의 여신 멜포메네[195]의 땅을 그에게 맡긴다. 이로써 그가 아르카르디아 정회원으로 임명되었으니, 총회는 최고 수문장에게 명하는바, 우렁찬 박수를 받으며 장중하게 개최된 이 공식 입회식을

---

　194) Nivildo Amarinzio. 알레산드로 알바니 추기경의 비서관이자 시인이었던 조아키노 피치(Gioacchino Pizzi)의 예명이다. 1770년부터 1790년까지 아카데미아의 회장을 지냈다.

　195) 멜포메네(Melpomene)는 그리스 신화에서 제우스의 딸인 9명의 무사이(뮤즈) 중 비극을 관장하는 여신이다. 삶의 고난으로 괴로워하는 인간들의 안내자로 칭송된다. 회원들이 모임 내에서 서로를 예명으로 부르는 전통에 따라, 괴테에게 주어진 '메갈리오 멜포메니오(Megalio Melpomenio)'는 멜포메네의 남성형이다.

아르카르디아 연감에 기록하고, 우리 문학의 수문장들의 공화국이 저명하고 고상한 인사들에게 최고의 존경을 상징하여 영원히 기억하도록 마련한 이 증서를 우리의 유명한 신입 동료 수문장 메갈리오 멜포메니오에게 수여하라. 제641올림피아드 2년, 아르카디아 재건립으로부터 제24올림피아드 4년,[196] 포세이돈의 초승달[197]이 뜬 파라시오의 숲에서,[198] 우리 총회의 기쁜 날에.

니빌도 아마린치오 최고 수문장

보조 수문장

코림보

---

196) 연도 표기는 고대 그리스의 캘린더 시스템처럼 보이는 '올림피아력'을 사용했지만, 실제로 이런 달력은 사용된 적이 없다.(부족 연맹 체제였던 고대 그리스에서는 각 국가별로 또 목적에 따라 다양한 달력을 사용했다. 아테네에서만 최소 5가지의 다른 달력이 있었다.) 또한 이 달력은 올림픽 경기가 최초로 열린 해로 알려진 기원전 776년을 원년으로 잡았는데, 이는 기원전 5세기의 소피스트인 엘리스의 히피아스(Hippias of Elis)가 남긴 기록 때문이며, 사실은 그리스의 체육 대회는 기원전 8세기보다 훨씬 전부터 치러졌다. 즉 이 달력은 18세기에 유행한 고전주의의 한 유희로써 고안된 것이다. 오늘날의 그레고리력(교황 그레고리오 13세가 1582년에 공포한 캘린더 시스템)의 4년이 올림피아드의 1주기이므로, 1주기를 다시 1~4년으로 세분해 표기했다.

197) 그리스 본토 최남단인 수니온곶 정상에 있는 포세이돈 신전은 예로부터 달 관측 장소로 유명했다. 오늘날 나사가 촬영한 '포세이돈의 초승달' 사진도 인상적이다.

198) 아르카디아 아카데미아의 회합은 반드시 숲속에서 이루어져야 한다는 원칙에 따라, 초창기에는 에스퀼리노 언덕 근처에 있는 오르시니 공작의 정원, 파르네세 정원 등을 전전하다가, 1725년 포르투갈 왕이 자니콜로 언덕의 부지를 기증해 보스코 파라시오(Bosco Parrasio, 파라시오의 숲)라는 정원을 짓고 터전을 잡았다. 파라시오라는 이름은 고대 아르카디아의 지명 가운데 하나인 파라시아(Parrasia)에서 따 왔다.

멜리크로니오

플로리몬테

에지레오

직인의 모양은 다음과 같다. 절반은 월계수 가지, 절반은 솔가지로 된 월계관 중앙에 팬플루트가 그려져 있고, 그 아래 '글리 아르카디(Gli Arcadi)'라는 문구가 적혀 있다.[199]

---

199) 증서의 내용은 옮겨 적을 수 있지만, 실제로 찍혀 있는 직인까지 인쇄하려면 별도의 동판을 떠야 했기 때문에 괴테가 글로 대신하고 있다.

로마의 카니발

우리가 로마의 카니발을 묘사하려고 한다면 다음과 같은 반박을 각오해야 한다. 원래 그렇게 거창한 축제를 묘사하는 것은 불가능한 일이다. 감각적인 대상이 그토록 크게 무리 지어 움직이는 장면은 직접 육안으로 보아야 하고, 각 개인은 자기 식대로 보고 이해해야 한다.

게다가 우리 자신이 다음과 같은 고백을 한다고 치면, 위의 비난은 더더욱 염려가 된다. 외국인이 로마 카니발을 처음 보고는 다시 보려 하지 않는다면, 이 사람은 전체적인 인상도 얻지 못할 것이고 유쾌한 인상도 받지 못한다는 것이다. 즉 눈이 즐겁지도 않을 것이고 기분이 좋아지지도 않을 것이다.

그 길고 좁은 길을 셀 수 없이 많은 사람들이 이리저리 몰려다닌다. 눈에 가득 차는 이 혼란의 와중에 무언가를 구별하기란 거의 불가능하다. 그 움직임은 단조롭고, 소음은 귀가 아플 정도이며, 하루가 끝나고 나면 만족스럽지 못한 기분이 든다. 그러나 더 자세히 이야기를 펼쳐나가면, 이런 의구심이 당장 사라져버릴 것이다. 그리고 우려가 되는 것은 우리의 묘사가 적절한 것인가 하는 것이다.

로마의 카니발은 원래 국민에게 주어진 것이 아니라 국민 자신이 베푸는 축제다. 여기에 국가는 적은 비용을 부담하고 하는 일도 많지 않다. 환희에 찬 군중은 저절로 움직이고, 경찰은 별로 간섭하지 않는다.

로마에서 열리는 수많은 종교 축제가 관객의 눈을 부시게 하는 데 비해 여기 이 축제는 그렇지 않다. 여기엔 산탄젤로 성에서 기가 막힌 장관을 보여주던 그런 불꽃놀이가 없다. 각국에서 온 많은 외국인들을 끌어들여 만족시키는 산피에트로 대성당과 돔을 밝히는 조명도 없다. 사람들을 기도하고 경탄하게 만드는 눈부신 종교 행렬이 지나가지도 않는다. 다만 누구나 마음껏 바보짓이나 정신 나간 짓을 해도 되고, 주먹질과 칼부림만 아니라면 모든 것이 허용된다는 신호가 있을 뿐이다.

상류층과 하류층의 차이가 잠시 없어진 듯하다. 모두가 가까워지고 누구나 쉽게 친해진다. 그리고 상호간의 무례함과 자유가 일반적으로 유쾌한 분위기 때문에 한쪽으로 치우치지 않는다.

이날이 오면 로마인들은 우리 시대에도 여전히, 예수의 탄생이 농신제와 그 특전을 누리는 날짜를 몇 주쯤 미루게는 했어도 완전히 없애버리지는 못한 것을 기뻐한다.[200]

---

200) 고대 로마의 사투르날리아 축제 기간은 12월 14일에 시작해 절기상 동지에 해당하는 12월 29일까지였다. 그런데 기원전 45년 율리우스 카이사르가 캘린더 시스템을 정비한 뒤, 날짜가 이틀 밀려서 12월 17일부터 이듬해 1월 1일로 바뀌었다. 이후 313년 콘스탄티누스 1세가 기독교를 공인하자, 기독교 최대의 명

독자 여러분이 이 축제의 즐거움과 도취를 상상할 수 있도록, 또한 로마 카니발에 직접 참가했던 이들에겐 당시를 생생하게 떠올릴 수 있도록 노력해서 써 보겠다. 이런 여행을 계획하고 있는 사람들에게는 이 작은 글이 대혼잡을 이루는 소란스러운 축제의 기쁨을 개관하고 향유하는 데 도움이 될 것이다.

코르소 거리

로마의 카니발은 코르소 거리에 집중된다. 축제 기간 동안 공식적인 행사를 치르기 위해 이 거리가 통제된다. 각기 다른 장소에서는 각기 다른 축제가 열릴 것이다. 그래서 나는 무엇보다도 코르소 거리를 묘사할 수밖에 없다.

이 거리의 이름은 이탈리아 도시들의 많은 기다란 거리들과 마찬가지로 경마에서 유래되었다. 다른 도시에서는 다른 행사, 즉 수호성인 축제 아니면 성당개원 축제 등으로 끝맺는 데 반해, 로마에서는 카니발 기간 동안 매일 하루의 끝을 경마로 마무리한다.

이 거리는 포폴로 광장에서 베네치아 궁전[201])까지 일직선으로 뻗어 있다. 약 4500걸음 길이의 이 거리에는 대부분 구

절로 가장 성스럽게 여기는 예수탄신일이 사투르날리아 축제 기간에 들어 있는 문제가 생겼다. 이에 사투르날리아를 카니발로 바꾸고, 날짜를 '사순절 전 3~7일'로 변경했다. 12월 25일을 신년의 시작으로 하는 기독교 달력에서 사순절은 통상 2월 말이기 때문에, 이로써 애초의 사투르날리아가 동지 축제의 성격을 띠었다면, 기독교 이후 카니발은 입춘제에 더 가까워졌다.

201) Palazzo Venezia. 베네치아 추기경 피에트로 바르보(Pietro Barbo, 1417~1471, 이후 교황 바오로 2세)가 1451년에 지은 궁전이다. 당시 로마 주재 베네치아 대사관이었다.

간에 화려한 건물들이 늘어서 있다. 이 거리의 폭은 도로 길이나 건물들의 높이에 비해 좁은 편이다. 거리 양쪽에는 도로보다 살짝 돋워진, 6~8걸음 너비의 인도가 있다. 거리 중앙은 통행로로서 대부분 12~14걸음 너비여서, 최대한 마차 석 대가 나란히 지나갈 수 있다.

카니발 기간에는 포폴로 광장의 오벨리스크[202]가 거리의 북쪽 경계선이 되고, 베네치아 궁전이 남쪽 경계선이 된다.

코르소 거리에서 마차 드라이브

로마의 코르소 거리는 1년 내내 일요일과 축제일마다 번잡하다. 부유한 상류층 로마인들은 저녁나절이면 한 시간 내지 한 시간 반쯤 이 거리에서 상당히 긴 행렬을 이루며 드라이브한다. 이 마차들은 베네치아 궁전에서 좌측통행을 지키며 내려와 날씨가 좋으면 오벨리스크를 지나 성문 밖의 플라미니아 가도로 나가, 대개는 몰레 다리[203]까지 간다.

되돌아오는 마차들은 빨리 돌아오든 늦게 돌아오든 반대편 도로를 이용한다. 양쪽의 마차 행렬은 매우 질서정연하게 움직인다.

---

202) 플라미니오 오벨리스크(Obelisco Flaminio). 기원전 13세기 이집트 파라오 세티 1세를 기리기 위해 그 아들 람세스 2세가 만들어 헬리오폴리스의 태양 신전에 세웠다. 기원전 10년 아우구스투스 황제가 로마로 옮겨왔다. 1587년에 세 조각으로 잘린 채 발굴되어 포폴로 광장에 조립 설치되었다.

203) 폰테 몰레(Ponte Molle). 오늘날에는 폰테 밀비오(Ponte Milvio)라는 이름으로 불린다. 테베레강의 로마 북부 외곽 지점에 놓인 다리로, 고대에는 이 다리 남단만 로마였다. 성 밖 시외에 있는 로마의 방어선으로서 그 중요성이 높았다.

외교관들은 이 두 열의 중간에서 상행이건 하행이건 마차를 몰 권리가 있다. 로마에 체류하고 있던 '왕위요구자' 올버니 백작[204]에게도 같은 권리가 부여됐다.

밤을 알리는 종이 울리자마자 이 질서는 깨진다. 마차들은 아무 데서나 회전하고 지름길을 택하기 때문에 다른 마차들이 이 좁은 길에서 정지해 기다려야 하는 등의 불편함을 겪는다. 이런 저녁 드라이브는 이탈리아의 모든 대도시에서 화려하게 열리고 마차가 서너 대 밖에 없는 소도시에서도 모방한다. 이는 많은 보행자들을 코르소 거리로 유혹한다. 누구든지 이것을 보기 위해서, 또는 보여지기 위해서 몰려온다.

우리가 곧 알게 되겠지만 카니발은 그저 평상의 일요일이나 축제일의 즐거움이 계속되는 상태, 아니 그것이 절정에 달한 상태일 뿐이다. 그것은 새로운 것도 기이한 것도 유일무이한 것도 아닌, 로마인들의 생활 방식에 완전히 자연스럽게 녹아 있는 것이다.

날씨와 성직자들의 복장

1년 내내 기분 좋게 청명한 하늘 아래에서 여러 가지 생활 장면을 보는 데 익숙해진 우리에겐, 집 밖에서 가면을 쓰고 돌아다니는 군중을 보아도 낯설지가 않다.

축제 때는 태피스트리들을 내걸고 꽃을 뿌리고 현수막처럼 천들을 내다 걸어서 거리는 마치 큰 무도장이나 전시장처럼 보인다.

---

204) 찰스 에드워드 스튜어트. 272쪽 각주 309번 참조.

무덤을 향해 시신을 옮기는 수도사 행렬에도 가면은 빠지지 않는다. 여러 종류의 수도사 복장 덕분에 우리는 이렇게 낯설고 기이한 모습을 보는 데 익숙해지고, 1년 내내 카니발이 열리고 있는 듯한 인상을 받는다. 다른 여느 수도사들의 가면 복장보다 검은 타바로를 두른 수도사들이 더 기품 있는 것 같다.

카니발 시작 직전

극장들이 개막하고 카니발이 시작된다. 극장 관람석 이곳저곳에는 장교로 변장한 아리따운 여성이 시민들에게 득의양양하게 견장을 보여주고 있다. 코르소 거리에는 드라이브하는 마차들이 더 많아진다. 그래도 사람들의 기대는 다가올 마지막 일주일에 쏠려 있다.

마지막 몇 날을 위한 준비

여러 가지 축제 준비 풍경이 관객들에게 지상낙원 같은 시간이 오고 있음을 예고한다.

로마의 거리 가운데 1년 내내 깨끗함을 유지하는 길은 드문데, 코르소 거리는 이 경우에 속한다. 그런데도 코르소 거리는 더욱더 깨끗이 청소된다. 이 도로는 상당히 균일하게 깨어 다듬은 작은 사각형 현무암으로 포장되어 아름답다. 그런데 이 시기에는 도로 포장에 조그만 틈이 생겨도 그 돌을 빼내고 새로운 현무암을 다시 끼워 넣느라고 분주하다.

이 외에 활기 있는 전조들이 나타난다. 이미 언급했듯이 카니발 저녁마다 경마로 하루가 마감된다. 경마용으로 기르고 있는 말들은 대부분 체구가 작은데, 그중에서도 최고로 쳐주는 것은 외국에서 들여왔기 때문에 '바르베리'[205]로 일컬어지는 녀석들이다.

이 예쁜 조랑말에게 하얀 마직 천을 입혀 장식한다. 말의 옷은 머리, 목, 몸통에 꼭 맞게 만들어졌고, 바느질 자국이 난 곳은 알록달록한 리본으로 장식되어 있다. 이 말은 경마가 시작되는 장소인 오벨리스크 앞에서 뛸 차례를 기다린다. 마주(馬主)는 말 머리를 코르소 거리로 향하도록 하고 잠시 조용히 서 있다가, 말을 베네치아 궁전까지 자연스럽게 몰아간다. 그러고 나서 경마에서 더 빨리 뛰도록 기운을 돋우기 위해 귀리를 조금 먹인다.

16마리, 때로는 20마리 되는 말들 대부분이 이런 연습 과정을 거친다. 이 산책로에는 항상 즐겁게 소리치는 소년들로 시끌벅적하고, 커다란 소음과 함성이 곧 터질 것 같다.

옛날 로마 시절에는 아주 잘사는 사람들만이 그런 말들을 집 안의 마구간에서 키웠다. 사람들은 자기 말이 상을 받게 되면 이를 명예로 여겼다. 사람들은 내기를 걸었고 우승마의 집에서는 향연을 베풀었다. 그러나 얼마 전부터 이런 취미가 크게 줄었다. 자신의 말로써 명예를 획득하고자 하는 소망이 중류계급, 아니 하류계급 사람들에게로 옮아갔다.

아마도 이 시기에 다음과 같은 풍습이 생겼을 것이다. 이 며칠 동안에 상을 받은 마주들이 로마시 전체를 돌며 트럼펫

---

205) 바르바리 품종 조랑말(422쪽 참조)인데, 이 경마 대회의 명칭이 코르사 데이 바르베리(Corsa dei barberi)이기 때문에 이탈리아어 발음으로 썼다. 의미는 중의적이어서 '바르바리 말들의 경마' 또는 '야만인들의 경마'이고, 기수가 말을 모는 것이 아니라 말들끼리만 레이스를 펼친다.

연주와 함께 상을 내보인 다음, 귀족들의 집에 들어가 트럼펫을 한 곡 연주하고 나서 술값을 받아내는 풍속 말이다.

그 상이란 약 2.5엘레[206] 길이에 1엘레가 채 못 되는 폭의 금사 아니면 은사로 짠 천을 오색 막대기에 묶어 펄럭이게 한 것이다. 막대기의 아래쪽 끝부분에는 질주하는 말 몇 마리가 비스듬히 새겨져 있다. 이 깃발을 팔리오(palio)라고 부르는데, 카니발이 열리는 며칠간 매일 위에서 언급한 퍼레이드가 진행될 때, 그 날짜 수만큼의 우승기가 로마 거리에서 펄럭인다.

이러는 동안 코르소 거리도 그 모습을 바꾸기 시작한다. 오벨리스크가 이 거리의 경계선이 된다. 그 앞에 의자들을 층층이 위로 쌓아 만든 가설 관람석이 설치되는데, 여기에 앉으면 코르소 거리가 똑바로 내다보인다. 이 가건물 앞에는 울타리를 설치해 경주마들을 그 사이로 데리고 나오도록 만든다.

이 가건물 양쪽에 잇대어 또다른 큰 가건물을 설치해 그 끝이 코르소 거리의 첫 번째 집에 닿게 한다. 이리하여 거리는 광장 안쪽까지 연장된다. 울타리의 양쪽에는 말의 출발을 컨트롤하는 사람들이 앉을 자리가 설치되는데, 아치형 지붕을 얹고 높게 올린 조그만 가건물이다.

코르소 거리를 따라 올라가면 여러 채의 집 앞에 설치해 놓은 비슷한 관람석들을 보게 된다. 카를로 성당의 광장들과 안토니우스 기념원주[207]는 울타리로 거리와 격리되어 있다.

---

206) 독일의 옛 치수 단위로 1엘레는 약 66센티미터다.

207) 코르소 거리에 있는 '카를로 성당'이라면 코르소 거리 중간 지점 도로변에 산카를로 알 코르소(San Carlo al Corso)로 불리는 바실리카가 있다. 그리고 안토니우스 기념원주는 코르소 거리 남단에 가까운 콜론나 광장의 아우렐리우

이 모든 것을 보면 이 축제가 길고 좁은 코르소 거리 안에 국한된다는 것을 금방 알 수 있다.

마지막으로 질주하는 말들이 미끄러운 포장도로에서 쉽게 미끄러지지 않도록 거리 한복판에 모래를 뿌린다.

카니발의 완벽한 자유를 알리는 신호

이렇게 카니발에 대한 기대는 나날이 부풀어오르고 분주해진다. 정오를 알리는 종소리가 막 울린 다음 마침내 캄피돌리오 성에서 종이 울리면 자유로운 하늘 아래 제멋대로 날뛰어도 좋다는 허가가 내렸음을 뜻한다.

이 순간, 1년 내내 한 발짝도 실수하지 않기 위해 조심스럽게 살아온 진지한 로마인들조차 진중함과 신중함을 한꺼번에 벗어던진다.

마지막 순간까지 달그락거리며 일하던 도로포장 인부들도 장비들을 챙기고 농담을 주고받으며 일을 끝낸다. 모든 발코니와 모든 창들마다 태피스트리가 하나씩 걸리고, 거리 양편의 약간 올라간 부분에는 걸상들이 놓인다. 신분이 낮은 사람들과 아이들이 거리로 나온다. 길은 이제 더 이상 길이 아니다. 그곳은 커다란 무도장, 아니면 장식이 기가 막히게 잘된 전시장에 훨씬 가깝다. 모든 창들이 태피스트리로 장식되어 있듯이, 모든 관람용 가건물들에도 오래된 듯한 태피스트리들이 쳐 있기 때문이다. 그리고 수많은 걸상들이 방을 연상시킬 뿐만 아니라 화창한 하늘이 천장 없는 옥외에 있다는 사실을 잊게 해준다.

스 기념원주를 말한다. 630쪽 각주 42번 참조.

이렇게 이 거리는 시간이 갈수록 사람이 사는 집 같아진다. 집 밖으로 나가면 옥외에서 낯선 사람들 사이에 있는 것이 아니라, 어떤 홀 안에 아는 사람들과 있는 것같이 생각된다.

위병(衛兵)

코르소 거리가 차츰 활기를 띠고 평상복을 입고 산책하는 사람들 사이에 광대가 이곳저곳에서 출현하는 동안, 포폴로 광장 앞에 병사들이 집합한다. 새 군복을 입고 있는 그들은 말 탄 장교의 인솔 하에 질서정연하게 악기를 연주하며 코르소 거리를 행군한다. 거기서 그들은 모든 입구를 점령하고 주요 장소에 두 명씩 위병을 세워 이 행사 내내 질서를 유지하는 임무를 맡는다.

이즈음 걸상과 객석을 대여해 주는 사람들은 지나가는 행인들을 향해 열심히 외쳐댄다. "자리요, 자리! 숙녀님들, 자리 사세요!"

가면

이제 가면을 쓴 사람들이 모여들기 시작한다. 대개 맨 먼저 나타난 사람들은 젊은 남자들로서, 최하층 계급에 속하는 여자들의 축제 의상으로 가장했는데, 가슴을 드러내놓고 뻔뻔스러운 자아도취에 빠져 주로 먼저 자신의 모습을 보여준다. 이들은 마주치는 남자들에게 키스를 하는 등 짓궂게 굴고 여자들에게는 마치 동료인 것처럼 친숙하게 대한다. 그리고 기분이 내키는 대로 마음껏 익살스럽게 장난을 친다.

이들 중 우리의 기억에 남아 있는 젊은 남자가 있다. 그는 활달하면서도 싸우기를 좋아해, 어느 누구도 말리지 못하는 여자의 역할을 탁월하게 연기했다. 그는 코르소 거리를 위에서부터 아래까지 내려가며 모든 사람한테 시비와 싸움을 걸고 그의 패거리는 애를 태우며 그를 진정시키는 역할을 했다.

이때 알록달록한 끈들을 허리춤에 감고, 끈에는 커다란 호른 하나를 매단 풀치넬라 하나가 어슬렁거리며 다가온다. 그는 여자들과 수다를 떨며 몸짓은 조금만 하는데, 대담하게도 이 신성한 로마의 옛 정원들의 신[208]을 흉내 낸다. 그의 경박함은 불쾌하다는 느낌보다는 즐거움을 불러일으킨다. 여기에 그와 비슷한 광대가 나타나는데, 그는 좀 더 겸손하고 만족스러워하면서 예쁜 부인을 데려왔다.

여자들도 남장을 하고 등장하는 일을 즐긴다. 남자들이 여자로 변장하는 것과 똑같다. 인기 있는 풀치넬라들의 복장을 하고 나타나는 여자들이 있는데, 이 혼성 형상을 한 그들이 종종 아주 매력적으로 보인다는 사실을 인정하지 않을 수 없다.

변호사 한 명이 마치 법정에서처럼 열변을 토하며 군중 사이를 뚫고 빠른 걸음으로 나타난다. 그는 위쪽의 창을 올려다보며 고함을 지르기도 하고, 가장한 혹은 가장하지 않은 보행인들을 붙들고 소송을 걸겠다고 위협한다. 어떤 사람한테는 대수롭지 않은 일인데 죄를 범했다고 억지를 쓰며 장황하게 떠들어대고, 어떤 이한테는 꼼꼼하게 기록된 명세서를 들이대고 설명하기도 한다. 그는 여자들은 정부가 있다고 훔쳐보고, 처녀

---

208) 그리스 신화의 프리아포스(Priapus)를 말한다. 번식과 다산을 상징하는 과수원의 수호신인데, 남근을 뜻하는 팔루스(phallus)에서 유래한 이름답게 유난히 큰 성기를 내놓고 있는 모습이다.

들은 애인이 있다고 흘겨본다. 그리고 가지고 다니는 책을 인용하기도 하고, 서류를 작성하기도 한다. 그는 몹시 심금을 자극하는 목소리와 유창한 변설로 이 모든 일을 해낸다. 그는 모든 사람을 창피하게 하고 혼이 빠지도록 만든다. 이제 끝났다고 생각하는 순간 그는 정식으로 다시 시작한다. 드디어 떠나가나 보다 하면 다시 되돌아온다. 그는 한 사람을 향해 곧장 달려가서 그를 붙들고 이야기를 하는 것이 아니라 지나간 사람을 붙잡는다. 이제 동료 한 사람이 그를 향해 오고 있으니 이 미친 장난은 절정에 달한다.

그러나 이들은 관객들의 주의를 오랫동안 자기네들한테 집중시킬 수 없다. 아주 광적인 인상도 너무나 많이 일어나는 여러 가지 다양한 일들에 희석되어 버리고 만다.

특히 퀘이커교도들은 별로 시끄럽지 않은데도 변호사 패거리만큼이나 인기가 있다. 퀘이커교도의 가장 의상은 고물 상점에서 옛 프랑켄 지방[209]의 옷들을 쉽게 살 수 있기 때문에 일반화된 것 같다.

이 분장에서 중요한 점은 의상이 옛 프랑켄 지방의 것이되 낡아선 안 되고, 고급 천이어야 한다는 점이다. 대부분 우단이나 실크로 된 옷들이고 그 위에 수놓은 실크 조끼를 입는다. 그리고 퀘이커교도들은 타고난 뚱뚱이였음이 틀림없다. 가면을 보면 모두 볼이 통통하고 눈이 작다. 가발은 예쁘게 땋아 늘어뜨렸다. 모자는 작고 대개 가장자리를 리본으로 둘러 박았다.

---

209) 독일 중남부 마인강에서 바이에른 북부에 이르는 지역으로, 이곳에 프랑크족이 6세기경부터 정착했다. 뉘른베르크, 뷔르츠부르크 등이 대표 도시다.

이들의 모습은 희극 오페라 가수와 매우 흡사하다. 이런 가수의 역할이 대개 맹한 바보여서 사랑에 빠져 속임을 당하듯이, 퀘이커교도로 분장한 사람들도 천박한 멋쟁이 역할을 흉내 낸다. 그들은 발끝으로 이리저리 아주 가볍게 뛰어다니고, 오페라글라스 대신에 커다란 검은색 안경을 썼는데 안경알이 없다. 이런 모습으로 마차 안을 들여다보고 창문을 올려다본다. 그들은 흔히 뻣뻣하게 깊숙이 허리를 숙여 절을 하는데, 동료들과 마주치면 기쁘다는 표시로 여러 번 높이 깡충깡충 뜀뛰기를 하면서 괴성을 지른다. 이 날카롭고 경쾌한 소리는 '부르르' 하는 자음이 들릴 정도다.

그들은 이런 소리로 자주 신호를 하고 동료들이 이 신호에 똑같이 응답하는지라 온 코르소 거리에 잠시 동안 괴성이 흘러넘친다.

그런 반면 장난꾸러기 소년들은 커다란 소라 껍데기를 귀가 터질 듯이 시끄럽게 불어댄다.

협소한 공간과, 여러 가장 의상들이 비슷하다는 점(항상 수백 명의 풀치넬라들과 100여 명의 퀘이커교도들이 코르소 거리를 오르내린다.)을 보고 나면, 이들 대부분이 남들의 이목을 집중시키거나 칭찬을 받으려는 의도가 없다는 사실을 금방 깨닫게 된다. 남의 시선을 받고 싶은 사람들은 일찌감치 코르소 거리에 나타나야 한다. 그러나 대부분의 사람들은 스스로 즐기고 한번 미친 척하고 놀아봄으로써 이 며칠간의 자유를 최대한 만끽하기 위해서 거리로 나온 것이다.

특히 처녀들과 부인들은 이 기간 동안 자기 마음대로 재미있게 변장하기를 원하고 또 그 방법을 알고 있다. 그들은 각자 어떤 방법이 되었든 가장을 하고 집을 빠져나갈 궁리를 한다. 많은 돈을 들일 수 있는 여성은 극히 소수인지라 창의력을 최대한 발휘해야 한다. 온갖 변장 방법을 궁리해서 치장을 하기보다는 자신을 감추는 데 중점을 둔다.

여자나 남자나 아주 쉽게 할 수 있는 변장은 거지 행색이다. 첫째로 필요한 것은 아름다운 머리칼이다. 다음엔 얼굴을 하얗게 칠하고 색깔 있는 허리띠에 진흙 도자기 그릇을 꿰차고 손엔 지팡이와 모자를 든다. 그들은 공손한 거동을 하며 창문 아래로 가거나 사람들한테 다가가, 동냥 대신 사탕이나 호두 같은 것을 얻는다.

더 쉽게 하는 사람들도 있다. 모피로 몸을 감싸거나 얌전한 평상복에다가 얼굴에 가면만 쓰고 나오는 여성들이 바로 그들이다. 그들 대부분은 남자를 동반하지 않고 대나무 가지에 꽃을 묶은 방어용 무기를 가지고 나온다. 이것으로 귀찮게 구는 사람들을 쫓기도 하고, 아는 사람이든 모르는 사람이든 변장을 하지 않고 나온 사람들과 마주칠 때마다 그들의 얼굴에 이것을 휘두르는 장난을 한다.

네다섯 명의 무리를 이룬 처녀들에게 표적이 되어 둘러싸인 남자들은 도망칠 방법이 없다. 이 패거리가 에워싸고 있으니 도망갈 수도 없고, 어디로 몸을 돌려도 코앞으로 들이미는 이 빗자루를 벗어날 수가 없다. 이런저런 희롱에 진지하게 대항한다는 것은 매우 위험한 일이 될 수도 있다. 왜냐하면 변장은 불가침이고, 보초병은 변장한 사람 편을 들라는 명령을 받기 때문이다.

각 계층의 평상복도 똑같이 변장 의상으로 간주된다. 마구간지기가 커다란 솔을 가지고 나타나서 그들 맘대로 행인의 등을 박박 긁기도 한다. 마부들은 평상시처럼 마차를 타라고 치근덕거린다. 좀 더 아기자기한 변장은 시골 처녀들, 프라스카티 여자들, 어부들, 나폴리 뱃사공들, 나폴리 경찰관들, 그리고 그리스 사람들이다.

가끔 어떤 가장 복장은 연극에 나오는 의상을 그대로 모방한 것도 있다. 어떤 사람들은 태피스트리나 마직 천으로 온몸을 감싸면서 그것을 머리 위에서 묶는 손쉬운 복장을 한다.

하얗게 가장한 형상은 대개 다른 사람들의 길을 막고 그들 앞에서 깡충깡충 뛰는데, 이런 방식으로 귀신을 연출하고 있다고 생각된다. 어떤 사람들은 기이하게 혼합된 변장을 해서 눈에 띄기도 한다. 타바로는 언제나 가장 고상한 변장으로 인정을 받는데, 이는 전혀 눈에 띄지 않기 때문이다.

기지에 넘치고 풍자적인 가장은 매우 드물다. 이는 이미 처음부터 그 의도가 목적이 되어, 눈에 띄어야겠다고 작정을 하기 때문일 것이다. 간통녀의 남편으로 분장한 광대가 있었다. 그는 두 개의 뿔을 움직일 수 있도록 만들어 달팽이처럼 양쪽 뿔을 넣었다 뺐다 할 수 있었다. 그가 막 결혼한 사람 집 창문 밑에서 뿔 하나만 조금 빼 보이거나, 다른 사람한테 두 뿔을 완전히 빼내 보이고 맨 위에 고정시킨 부분을 요란하게 움직여 소리를 낼 때마다 관중은 재미있게 구경을 하고 가끔 박장대소를 한다.

한 마술사가 이 무리에 끼어들어 숫자가 적힌 책을 사람들에게 보여주면서, 시민들의 복권 열기를 상기시킨다.

앞뒤로 두 얼굴을 한 사람이 이 무리에 나타난다. 어떤 얼굴이 앞이고 어떤 얼굴이 뒤인지 분간이 안 되니, 그가 오고 있는 건지 가고 있는 건지도 알 수가 없다.

외국인은 이 기간에 놀림을 당해도 화를 내면 안 된다. 북쪽에서 온 외국인들은 긴 의상, 큰 단추, 멋있는 둥근 모자 때문에 로마인들 눈에 띄기 마련이고, 이래서 외국인은 그들에게 이미 가장을 한 사람이 된다.

외국인 화가들 가운데 특히 풍경과 건물을 공부하는 이들은 로마의 어디에서나 공개적으로 앉아 소묘를 한다. 그래서 그들은 카니발 군중 사이에 꾸준히 소개되고, 커다란 화구 가방, 긴 외투, 거대한 제도용 컴퍼스를 가지고 매우 바쁜 모습을 보여준다.

독일의 빵 굽는 사람들은 로마에서 자주 술 취한 모습으로 모방되어 사람들의 눈길을 끈다. 그들은 고유 의상이나 약간의 장식을 단 옷을 입고 포도주 병을 손에 들고 비틀비틀 걷는 사람으로 소개된다.

유일무이하게 풍자적인 변장이 기억난다. 오벨리스크 하나가 트리니타 데이 몬티 성당 앞에 세워지게 되었다. 군중은 그 결정에 그다지 만족하지 않았다. 자리가 좁다는 이유 외에, 그 작은 오벨리스크에 일정 정도의 높이를 부여하기 위해 아주 높은 좌대를 설치해야 했기 때문이다. 어떤 사람이 이 사건을 소재로 삼아 크고 하얀 좌대 모양의 모자를 만들어 쓰고 그 위에 아주 작은 붉은색 오벨리스크를 고정시켰다. 좌대에는 커다랗게 쓴 글자들이 붙어 있었는데, 그게 무슨 뜻인지 알아낼 수 있는 사람이 아마 거의 없었을 것이다.

마차

변장한 사람들이 점점 많아질 때쯤이면 마차들도 하나씩 코르소 거리 안으로 들어온다. 일요일이나 축제일을 묘사할 때 흔히 위에 쓴 것처럼 마차들이 질서정연하게 오가는 것으로 그리는데, 다른 점이 있다면 베네치아 궁전을 향해 북쪽에서 내려온 마차가 코르소 거리가 끝나는 바로 그 지점에서 돌아서 왔던 길을 거슬러 올라간다는 것이다.

앞에서 설명했듯이, 길 양편을 돋워 보행로를 만들었기 때문에 실제 이 거리의 대부분 구간은 석 대의 마차가 지나갈 수 있는 폭밖에 되지 않는다.

길 양쪽에 높인 장소는 모두 가설 관람석으로 막혔고, 내놓은 의자에 관람객들이 자리를 잡았다. 이 가설 관람석과 의자들에 바짝 붙어 마차들이 열을 지어 내려가고, 반대편에서는 올라간다. 보행자들은 이 두 마차 행렬 사이에 끼어 다니는 데 그 폭이 겨우 8걸음 정도에 불과하다. 누구나 되는 대로 밀치면서 이리저리 몰려다닌다. 모든 창문과 발코니에는 구경꾼으로 꽉 차 있는데 이 무리들이 아래 모인 인파를 내려다본다.

카니발의 처음 며칠 동안에는 평범하게 장식한 마차들만 보인다. 예쁘고 호화로운 장식은 축제의 후반부를 대비해서 다들 아껴두기 때문이다. 카니발이 끝나가는 날들에는 무개마차들이 나타난다. 이들 중 어떤 마차들은 6인석이다. 앞뒤의 높은 자리에는 각각 숙녀들이 마주 보고 앉아 있어서, 사람들이 그들의 전체 모습을 잘 볼 수 있다. 나머지 낮은 네 좌석에는 남자 넷이 앉는다. 마부와 하인들은 가장을 했고 말들은 꽃과 나뭇잎으로 예쁘게 꾸며놓았다.

가끔 마부의 양발 사이에 분홍색 리본으로 꾸민, 아름다운 하얀색 푸들이 서 있기도 하는데, 마차에 단 방울을 울리면 잠시 동안 관람객들의 시선이 이 마차에 쏠린다.

　　높은 자리에는 미인들만이 얼굴에 가면도 쓰지 않고 앉아서 모든 관람객에게 자신을 드러낸다는 사실은 상상하기 어렵지 않을 것이다. 모든 사람의 눈이 이들에게 집중되고 미인들은 이곳저곳에서 "야, 진짜 예쁘다!" 하는 탄성을 듣고 행복에 젖는다.

　　옛날에는 이런 호화 마차들이 훨씬 많았고 더 볼만했다고 한다. 그리고 신화적이고 비유적인 상상력을 동원했기 때문에 훨씬 더 흥미진진했단다. 그러나 요즈음엔 어떤 이유에서인지는 모르지만 전체적으로 상류층 사람들이 자신들을 관객의 눈에 두드러지게 나타내는 재미를 잃었고 오히려 축제 분위기를 향유하고 싶어 하는 것 같다.

　　카니발이 끝나갈 즈음에는 이 마차들의 차림이 더욱 재미있다.

　　가장을 하지 않고 마차에 앉아 있는 진지한 사람들조차 자기네 마부와 하인들에게는 가장을 하도록 허락한다. 마부들은 대개 여자 의상을 즐겨 입어서 축제가 끝나갈 무렵에는 여자들만 말을 다루는 것처럼 보인다. 그들은 여러 번 품위 있게, 정말 매력적으로 옷을 입었다. 그와는 반대로 뚱뚱하고 못생긴 녀석이 완전히 최신 유행을 따라 머리를 올리고 깃털로 장식을 해서 커다랗게 희화한 모습으로 등장하기도 한다. 칭찬받는 미인들처럼, 누가 이 녀석 코앞까지 와서 "아이고 형님, 참말로 흉측한 하녀 꼴이네요!"라고 외쳐도 그는 참아야 한다.

마부들은 인파 속에서 자신의 여자 친구들을 만나게 되면, 이들을 마부 석에 앉히는 게 통례다. 대개 남장을 한 이 여자들은 마부 옆에 앉아서, 그 예쁘장한 다리와 굽 높은 구두를 신은 풀치넬라의 발을 행인들의 머리에 대고 흔들며 장난한다.

하인들도 마찬가지로 자기 친구들이나 여자들을 마차 뒤에 태운다. 사람들이 마치 영국의 시골 마차 궤짝 위에 올라앉은 것 같은데도 부족함이 없다.

주인들도 자신의 마차에 사람들이 주렁주렁 매달리는 것을 즐기는 것 같다. 이 며칠 동안에는 모든 것이 허용되고 모든 것이 무례하게 생각되지 않는다.

인파

이제 길고 좁은 이 거리를 한번 훑어보자. 모든 발코니와 창문에는 총천연색의 태피스트리들이 길게 걸려 있고, 또한 구경하는 사람들로 가득 차 있다. 구경꾼들은 길 양편의 사람들로 꽉 찬 가설 관람석을, 그리고 길게 줄지어 늘어선 의자들을 내려다본다. 도로 한복판에선 마차들이 양쪽으로 열을 지어 천천히 움직이고, 기껏해야 세 번째 마차가 지나갈 수 있을 만한 가운데 공간은 완전히 사람들로 꽉 찼는데, 이들은 왔다 갔다 하는 것이 아니라 이리저리 떠밀려 다닌다. 마차들은 밀려서 급정거할 경우 충돌하지 않기 위해서 가능한 한 서로 조금 간격을 유지하려 한다. 때문에 많은 보행자들이 잠시 숨을 돌리기 위해 이 중앙 인파에서 벗어나려면, 앞에 가는 마차의 바퀴와 뒤따라오는 마차의 말과 고삐 사이를 빠져나가야 한다. 그런데 이럴 때 보행자의 위험이 크면 클수록, 빠져나오기가 어려우면 어려울수록 그들의 모험심과 기분이 고조되는 것 같다.

좌우로 줄지어 가는 마차 사이에서 움직이는 보행자들 대부분이 신체와 의상을 보호하기 위해 마차 바퀴와 차축을 피한다. 그래서 그들은 자신들과 마차 사이에 필요 이상의 공간을 두는 게 보통이다. 천천히 움직이는 인파에 휩쓸려가기에 싫증이 난 사람이 있다고 치자. 그가 마차와 보행자들 사이, 즉 위험과 싫증 난 인파 사이를 헤집고 갈 용기가 있다면, 그는 순식간에 꽤 긴 거리를 갈 수 있다. 다시 다른 장애가 나타나 그의 길을 저지할 때까지 말이다.

이미 이 정도 이야기로도 믿을 수 있는 한계선을 넘어선 것처럼 보인다. 만일 로마의 카니발을 직접 본 많은 사람들이 내가 정확하게 진실을 고수하고 있다는 것을 증명하지 않는다면, 그리고 만일 이 축제가 매년 반복되지 않는다면, 그래서 많은 독자가 장차 이 책을 손에 들고 가서 직접 관찰하고 비교할 수 없다면, 나는 이 이야기를 계속할 엄두를 못 내리라.

이제껏 인파, 소용돌이, 소음 그리고 장난 같은 것이 단지 전체 이야기의 첫 번째 단계였다는 말을 우리 독자들이 듣는다면 대체 어떤 반응을 보일 것인가?

로마 대장과 대법관[210]의 퍼레이드

마차들은 천천히 앞으로 가다가 정체되면 제자리에 서 있으면

---

210) 원문에 사용된 용어는 현대의 번역으로는 각각 시장/총독(Gouverneur)과 원로원/상원의원(Senator)이지만, 연대상 이 시기 로마의 거버너는 군대의 총지휘관에 더 가깝다. 그리고 공화정제였던 로마의 세나토와 달리, 신권통치기 로마에서 세나토는 민법과 종교법 사건을 재판하는 법관에 해당했다.

되지만, 보행자들은 여러 가지로 고충을 겪는다.

교황의 근위병들은 각자 말을 타고 이 인파 사이를 다니면서 우발적인 무질서를 바로 잡고 마차들의 정체를 해소한다. 그러니 보행자는 마차의 말을 피하는 순간, 뒤통수에 이 근위병의 말 머리를 느낀다. 이것 한 가지만도 몹시 불편하다.

로마 대장은 커다란 국가 공용 마차를 타고 마차 여러 대의 호위를 받으며 길 양편 마차들 사이 중앙으로 꼿꼿이 간다. 교황의 근위대와 앞장선 시종들이 인파를 향해 경고하며 자리를 만든다. 행렬은 보행자들로 가득 찼던 공간을 순식간에 온통 차지해 버린다. 보행자들은 서로 밀치면서 다른 마차들 사이로 피하거나 가능한 대로 이렇게 저렇게 옆으로 물러난다. 배가 지나가면 선미의 바닷물이 잠시 갈라졌다가 배의 뒤꽁무니에서 곧장 다시 합쳐 어우러지듯이, 가장행렬과 보행자 무리는 이 행렬이 지나가자마자 다시 합쳐진다. 그러나 얼마 지나지 않아 혼잡한 인파는 이런 식으로 움직이는 데 방해를 받는다.

대법관도 비슷한 퍼레이드를 한다. 그의 커다란 국가 공용 마차와 호위 마차들이 질식할 듯한 인파의 머리 위로 헤엄치듯 지나간다. 이곳 사람들이나 외국인들이 만일 현 대법관인 레초니코 공자[211]의 착한 마음씨에 반하지만 않았더라면, 아마 이 행렬이야말로 지나가버려서 속 시원하다고들 말할 유일한 경우가 될 것이다.

로마 최고의 치안과 법률 책임자 둘이 퍼레이드를 통해 카

---

211) 교황 클레멘스 13세의 조카인 아본디오 레초니코(Prince D. Abondio Rezzonico, 1742~1810) 대법관이다.

니발의 성대한 개막을 알리며 첫날의 코르소 거리를 누비고 지나간다. 그 뒤를 올버니 백작이 따랐는데, 그는 축제 기간 매일같이 이 길을 오가서 수많은 인파에 커다란 불편을 주었으며, 가면 분장의 흔한 소재 중 하나로 사육제극[212]에서 왕위 쟁탈전을 벌이는 늙은 여왕들의 모습을 연상시켰다.

같은 권리를 가진 외교관들은 인도적 배려로 그 권리를 거의 행사하지 않는다.

루스폴리 궁전 옆의 미인들

코르소 거리의 교통 흐름을 막거나 방해하는 것은 이 퍼레이드들만이 아니다. 루스폴리 궁전[213] 모퉁이와, 그 바로 옆의 조금도 더 넓지 않은 포장도로들의 좌우 가장자리가 돋워지고, 이곳에 아름다운 여인들이 자리를 잡는다. 모든 의자는 곧 사람들로 차거나 예약이 끝난다. 중류층의 이 최고 미녀들은 매력적인 가장을 하고서 남자 친구들에 둘러싸여, 호기심 많은 행인들에게 보란 듯이 앉아 있다. 이 동네에 온 사람이면 누구나 이 보기 좋은 미인들의 대열을 둘러보기 위해 발걸음을 멈춘다. 모두들 호기심에 가득 차 있다. 그곳에 앉아 있는 남자로 변장한 수많은 여성들 중에서 진짜 여성을 찾아내려 하고, 어쩌면 예쁜 장교로 변장한 여성한테서 자기가 갈망하던 대상을

---

212) Fastnachtsspiel. 로마 시대 사투르날리아를 모방했지만 이탈리아 카니발과는 별개인 독일 민중극 양식으로, 15세기에 뉘른베르크를 중심으로 발달해 독일 전체로 확산되었다. 한스 작스(859쪽 참조)의 사육제극이 유명하다.

213) Palazzo Ruspoli. 코르소 거리가 카를로 골도니 광장(Largo Carlo Goldoni)과 만나는 오거리에 있어서, 건물의 삼면이 길을 향해 있다. 여러 골목길이 모이는 교차점이므로 혼잡할 수밖에 없다.

찾았다고 생각하는 사람도 있을 것이다. 여기 이 지점에서 행렬의 움직임이 정체된다. 그도 그럴 것이 마차들이 가능한 한 오랫동안 이곳에 머물려고 하기 때문이다. 어차피 어디에선가 정체될 것이라면 이 아름다운 무리와 함께 있고 싶어 하는 것은 당연하다.

콘페티

여기까지의 묘사는 주로 비좁고 다소 우려스러운 상황들뿐이라면, 이제는 독자가 좀 더 특별한 인상을 받을 만한 이야기를 해보자. 이 억눌린 흥취가 사소하고 대개는 장난기 넘치는 방식으로 풀리다가도 어떻게 해서 종종 심각한 싸움으로 번지는지를 말이다.

옛날에 한 미인이 우연히 지나가는 친한 친구를 보고, 가면 쓴 군중 사이에 자신이 있다는 것을 알리기 위해서, 곡물 알갱이에 설탕을 입혀 만든 사탕을 던진 일이 아마도 그 시초일 것이다. 사탕에 맞은 남자는 뒤를 돌아보고 가장한 여자 친구를 알아보았을 것이다. 이처럼 자연스러운 이야기가 또 있을까? 이것이 요즈음엔 일반적인 관습이 되었다. 콘페티[214]를 던

---

214) confetti. 원래는 이탈리아 술모나 지역에서 유래한 설탕 입힌 아몬드(confetto)의 명칭이었다. 이탈리아 전역에서 카니발 때 서로에게 작은 물건들을 던지는 전통은 퍼레이드 마차의 귀부인들이 군중에게 던져주던 꽃이나 동전 같은 자선품에서 유래해, 서서히 계란이나 과일, 사탕 등을 던지는 놀이문화로 바뀌었다. 하지만 가난한 서민들은 값비싼 사탕을 던질 수 없었기 때문에 괴테가 묘사한 것처럼 석고로 만든 가짜 콘페티를 던졌다. 그러다 16세기 말, 코르소 거리가 막대한 양의 오물로 덮이자, 가짜 콘페티를 제외한 모든 물품의 투척을 법으로 금하게 되었다. 이로써 콘페티 자체가 이 던지기 놀이의 대명사가 되었고, 오늘날 파티용 색종이 조각을 가리키는 콘페티도 여기서 유래했다. 또한 17세기에 카니발에서 던

진 두 사람이 서로 다정한 얼굴들을 알아보는 장면을 자주 목격할 수 있다. 그러나 진짜 사탕을 낭비하는 것은 가계를 곤란하게 하니까, 이런 낭비를 덜어줄 보다 값싼 재료를 많이 보유할 필요가 있었을 것이다.

근래에는 꼭 알사탕처럼 보이는, 석고를 깔때기에 부어 굳힌 뒤 자른 조각들을 커다란 바구니에 담아 인파를 헤집고 다니며 파는 장사꾼도 있다.

이 콘페티 공격에서 안전한 사람은 아무도 없다. 모두가 방어 태세다. 공격적인 장난, 아니면 필요성 때문에 여기서는 두 사람 사이에 격투가 벌어지는가 하면 저기서는 패싸움이나 대전투가 벌어진다. 보행자들, 마부들, 창문에서 내다보는 구경꾼들, 가건물과 의자에 앉아 있는 관람객들이 서로 공격하고 방어한다.

숙녀들은 금물과 은물을 입힌 바구니에 이 알맹이를 가득 채워 가지고 있고, 남성 동반자들은 이 미인들을 기세 좋게 방어한다. 사람들은 마차의 창문을 내리고 이런 공격을 기다리며, 친구들과 농담을 주고받다가 모르는 사람이 공격하면 끈질기게 대항한다.

이 싸움이 가장 많이 일어나고 정도가 가장 심한 곳이 바로 루스폴리 궁전 인근이다. 가장을 하고 거기 앉아 있는 사람들은 누구나 다 바구니, 자루, 손수건을 묶은 주머니들로 무장하고 있다. 그들은 공격을 당하기보다 더 자주 공격한다. 최소한 몇 명의 가장한 무리에게 공격당하지 않은 채로 통과하는

져지던 콘페티는 고수(coriandolo) 씨앗으로 만들어졌기 때문에 이탈리아어로는 이 색종이 조각을 코리안돌리(coriandoli)라고 부른다.

마차는 없다. 보행자들 또한 그들 앞에서 안전하지 않다. 특히 검은색 옷을 입은 수도원장 가면이 나타나면 사방팔방에서 모두가 공격한다. 콘페티를 맞은 자리는 석고 알맹이들의 색이 물들기 때문에 수도원장은 온몸이 흰색과 회색의 점투성이가 된다. 이런 싸움이 몹시 진지하고 일반화되어 있는 것을 흔히 보는데, 질투심과 개인적 증오심을 이렇게 자유롭게 발산하는 것을 보면 놀라울 뿐이다.

　변장객이 몰래 다가와 첫 줄에 앉아 있는 미인들 중 한 명을 겨냥해서 콘페티를 한 주먹 던진다. 기세등등하게 던진 이것이 얼굴 가면에 정통으로 맞아 콩을 튀기는 소리가 나고 예쁜 목에는 상처가 난다. 양쪽에 앉은 그녀의 남자들이 붉으락푸르락해져서는 바구니와 자루에서 콘페티를 움켜쥐어 공격한 사람을 향해 소나기 퍼붓듯 던져댄다. 그러나 그 공격자는 변장을 잘했고 갑옷투구로 무장했기에 되돌아오는 공격에 눈 하나 깜짝하지 않는다. 방어 차림이 안전하면 안전할수록 그는 공격을 계속한다. 방어자들은 자신들의 외투를 벗어 여자를 보호한다. 공격자가 하도 기세등등하게 던져대는지라, 방어자 주변 사람들도 얻어맞게 된다. 그리고 이 거친 행위와 맹렬함이 주변 사람들의 분노를 사게 되어 주위에 앉아 있던 사람들까지 싸움에 가세한다. 그들도 석고 알맹이들을 아끼지 않고 이런 경우를 대비해서 대부분 좀 더 큰 탄알, 즉 설탕을 입힌 아몬드 크기의 탄알을 예비용으로 가지고 있다. 공격자는 결국 사방에서 집중 공격을 받아 퇴각하는 도리밖에 없다. 특히 그가 석고 콘페티를 다 써버렸을 경우에는 어쩔 수 없다.

　이런 모험을 감행하는 공격자는 대개 탄알을 건네주는 지원병을 데리고 다닌다. 그리고 이 석고 콘페티를 파는 상인들은 싸움이 계속되는 동안 바구니를 들고 돌아다니며 손님이 원하는 만큼의 무게를 재빨리 다느라고 정신이 없다.

우리도 이런 전투 현장을 가까이에서 직접 본 적이 있다. 싸우던 사람들이 탄알이 다 떨어지자 마지막엔 금도금을 한 자기네 바구니들을 상대방 머리 위에다 집어던져서, 옆에 있다가 덩달아 심하게 얻어맞은 위병들의 경고에도 불구하고 말릴 수 없었다.

만일 이탈리아 경찰의 잘 알려진 처벌 도구인 오랏줄이 여러 모퉁이에 쳐 있지 않다면, 그래서 이 순간에 위협적인 무기를 쓰는 것은 매우 위중한 일임을 이 재미있는 와중에 상기하지 않는다면 아마도 이런 싸움들 중 상당수가 칼부림으로 끝날 것이다.

싸움은 수없이 많이 일어나는데, 대부분은 진지하기보다는 재미있다.

일례로 광대를 가득 실은 무개마차 한 대가 루스폴리를 향해 다가온다. 마차는 관람객들을 지나치면서 모두에게 콘페티를 던져 차례차례 맞힐 계획이다. 그런데 불행히도 밀려든 인파가 너무 엄청나서 마차는 그들 사이에 끼어 꼼짝할 수가 없다. 모두가 갑자기 똑같은 기분이 되어 사방팔방에서 이 마차를 향해 우박처럼 던져댄다. 광대들이 던지던 탄알은 이미 바닥났기 때문에 사방팔방에서 불처럼 쏟아지는 탄알 세례를 한참 동안이나 맞고 있을 수밖에 없다. 막바지에 이르면 마차는 완전히 눈과 우박을 뒤집어쓴 모양새가 되고, 마침내 그 마차가 서서히 빠져나가기 시작하면 사람들의 웃음소리가 터지고 비난하는 말들이 오고 간다.

코르소 거리 남쪽 끝에서 벌어지는 대화

코르소 거리에서 일어나는 여러 이벤트들 가운데 가장 주목 받는 일, 즉 이렇게 활발하고 격렬한 놀이에 많은 미인들이 참여하고 있는 동안, 관람객의 일부는 이 코르소 거리의 남단 인근에서는 다른 방식의 놀이를 즐긴다.

로마 아카데미 드 프랑스[215]에서 멀지 않은 곳에 에스파냐 고유 의상을 입고 있는 사람이 출현한다. 모자에 깃털을 꽂았고 대검을 차고 긴 장갑을 꼈다. 소위 이탈리아 극장의 카피타노[216]로 변장한 사람이 가설 관람석에서 구경하는 가장한 군중 한가운데 나타나, 산 넘고 물 건너 행한 자신의 위대한 모험담을 열렬한 톤으로 이야기하기 시작한다. 얼마 안 있어 광대 한 사람이 그에게 모든 사건이 그럴듯하다고 편을 드는 척하다가 의심과 이의를 제기한다. 광대는 말장난과 일부러 꾸민 순박함으로 이 영웅의 호언장담을 우습게 만들어버린다.

여기에서도 지나가던 사람은 누구나 발걸음을 멈추어 이 떠들썩한 대화에 귀를 기울인다.

어릿광대 왕

새로 나타난 행렬이 가끔 이 인파를 더욱 혼잡하게 만든다. 한 다스쯤 되는 풀치넬라들이 모여서 왕을 한 명 뽑고 왕관을 씌

---

215) 괴테 시대에는 베네치아 광장 가까이에 있던 만치니 궁전이었다. 656쪽 각주 68번 참조.

216) El Capitano. 콤메디아델라르테에서 화려한 제복 차림으로 등장해 자기 위업을 떠벌리는 허세에 찬 군인이다.

우고 홀을 손에 쥐여준다. 그리고 그 왕을 잘 꾸며놓은 소형 마차에 태워 음악을 연주하고 환호성을 지르며 코르소 거리를 따라 올라간다. 이들이 행진해 가면 다른 모든 풀치넬라들이 뛰어와 합세한다. 무리는 점점 불어나고 이들은 고함을 지르고 모자를 흔들어 길을 연다. 그러면 이제야 이들이 이 평범한 변장을 각자 다르게 하려고 신경 쓴 이유를 알게 된다.

어떤 광대는 가발을 쓰고 있고, 다른 광대는 거무튀튀한 얼굴에 여자 두건을 쓰고 있다. 세 번째 광대는 모자 대신에 머리 위에 새장을 이고 있는데, 새장 안에는 한 쌍의 새가 막대기 위에서 이리저리 깡충깡충 뛰어다닌다. 한 마리는 수도원장 옷을, 다른 한 마리는 귀부인의 드레스를 입고서 말이다.

샛길들

독자에게 가능한 한 생생하게 묘사하려고 애썼던 그 끔찍스러운 혼잡스러움을 피하기 위해서 많은 변장객들이 코르소 거리를 빠져나와 자연스럽게 샛길로 들어선다. 연인들은 이곳에서 좀 더 조용하고 정답게 나란히 걸어다니고, 익살스러운 총각들은 온갖 별난 연극을 연출해 보이기도 한다.

한 무리의 남자들이 일요일에 평민이 입는 복장을 했다. 즉 금실로 수놓은 조끼 위에 짧은 상의를 입고 길게 늘어뜨린 망 안에 머리카락을 집어넣었다. 그들은 여자로 가장한 젊은 남자들과 이리저리 산책을 한다. 평화스럽게 오락가락 걷는 여자들 가운데 한 여자는 만삭인 것 같다. 갑자기 남자들이 두 패로 갈려서 격한 말들을 주고받는다. 여자들이 끼어들고 싸움은 점점 커진다. 드디어 남자들이 은박을 입힌 마분지 칼집에서 칼을 꺼내 서로 상대방을 공격한다. 여자들은 귀가 따갑도록 고함을 지르며 이 남자는 이쪽으로 저 남자는 저쪽으로 뜯어말린다. 이들 주변에 서 있던 사람들이 참견을 해 마치 진짜 싸움인 것처럼 각 편을 진정시키느라 정신이 없다.

이러는 동안 만삭인 여자가 놀라서 몸을 가누지 못한다. 의자를 갖다주고 나머지 여자들이 그녀를 돌본다. 임산부가 죽겠다는 몸짓을 하고 잠깐 사이에 형체가 뚜렷하지 않은 것을 낳게 된다. 주위에 서 있던 사람들은 재미있다고 야단이다. 연극은 이것이 끝이고 이들은 다른 장소에서 똑같은, 혹은 비슷한 극을 연출하기 위해서 자리를 뜬다.

로마인들은 평소에도 살인 이야기를 좋아하는지라 기회만 있으면 살인 연극을 해 보인다. 심지어 아이들까지 '교회' 놀이라는 것을 한다. 그것은 우리네의 '사방 구석에서 힘내'[217] 놀이하고 비슷한데, 원래는 교회의 계단으로 피신한 살인자를 묘사하는 놀이다. 나머지 아이들은 경찰 역을 맡아 온갖 방법을 동원해 살인자를 체포하려고 찾아다닌다. 그러나 경찰들은 보호구역 안으로 들어가면 안 된다.

옆길에서, 특히 바부이노 거리[218]와 스페인 광장[219]에서

---

217) Frischauf in allen Ecken. 술래잡기에서 부르는 '꼭꼭 숨어라' 같은 노래다.

218) Via del Babuino. 코르소 거리와 나란한 옆길이다.

219) 로마 최고의 명소 가운데 하나인 스페인 광장(Piazza di Spagna, 피아차 디 스파냐)은 당시 언덕 위에 있던 부르봉-프랑스 소유의 트리니타 데이 몬티 성당과 지상의 로마 주재 부르봉-에스파냐 대사관을 연결하기 위해 계단을 놓으면서 조성한 광장으로, 1725년 교황 베네딕토 13세가 희년(가톨릭의 50년 주기의 안식년)을 기념해 개통했다.

는 아주 재미있는 일들이 일어난다.

쿼이커교도들도 떼거리로 몰려와 좀 더 자유롭게 연기를 한다.

그들은 모든 사람을 웃기는 기술을 하나 갖고 있다. 12명이 한 조를 이루어 모두 발가락 끝을 빳빳하게 세워, 종종걸음으로 빠르게 행진해 온다. 그래서 아주 반듯한 횡대를 이룬다. 모두 자기 자리에 서자마자 우향우 아니면 좌향좌를 해서, 종대를 이루어 총총걸음으로 간다. 그러다 돌연히 우향우로 다시 횡대를 만든다. 이렇게 다른 길로 접어든다. 그러다가 어느 사이에 다시 좌향좌를 한다. 이 종대는 마치 구이용 꼬챙이에 반듯하게 꿰어 매달린 듯이 어떤 집의 문 안으로 밀려들어간다. 바보들은 이렇게 사라져버린다.

저녁

이제 저녁이 되니 모두들 코르소 거리로 점점 더 꾸역꾸역 몰려든다. 훨씬 전부터 마차들은 움직일 수 없다. 어느 때는 밤이 되기 전 2시간 동안, 마차 한 대도 제자리에서 꼼짝할 수 없을 정도로 정체되기도 한다.

교황의 근위병들과 도보로 다니는 보초병들은 이제 바쁘기 짝이 없다. 모든 마차들을 가능한 한 중앙에서 밀어내 열을 똑바로 세우니 군중 사이에서 대단한 무질서와 불평이 생긴다. 이곳저곳에서 마차를 후진시키고, 떠밀거나 들어 올린다. 후진하는 마차 한 대 때문에 그 뒤에 있는 마차들이 모두 뒤로 물러서고, 그러다 보니 결국엔 마차 한 대가 거리 중앙으로 말을 몰고 나가 피하는 도리밖에 없다. 그러자 근위병이 야단을 치고,

보초병들이 욕을 하며 위협한다.

그러나 그 불행한 마부는 잠시 동안 어쩔 도리가 없다. 그는 야단을 맞고 위협하는 소리를 한바탕 듣고 다시 열로 들어가든지, 아니면 근처에 골목이 있으면 아무 죄가 없더라도 열에서 빠져나가야 한다. 그렇지만 대개 옆길도 마차로 가득 찼고, 뒤늦게 들어선 마차는 이미 움직일 수 없게 된 곳에서 완전히 발이 묶여 버린다.

경마 준비

점점 경마 시간이 다가오고, 이 순간을 수천 명의 사람들이 목빠지게 기다린다.

의자를 빌려주는 사람들과 관람석을 대여해 주는 사람들이 외치는 소리가 더 커진다. "자리요! 앞자리 있어요! 상등석 있습니다! 신사 분들, 자리 사세요!" 그들은 경우에 따라서는 돈을 조금만 받고서라도 이 마지막 순간에 모든 자리를 대여해야 한다.

이곳저곳에 아직 빈자리가 남아 있다는 것은 다행스러운 일이다. 왜냐하면 장교가 위병들을 거느리고 코르소 거리에 나타나 양쪽 마차 대열 사이로 내려오면서 보행자들을 유일하게 남은 공간으로 밀쳐 내기 때문이다. 이러니 누구나 즉시 의자나 가설 관람석의 자리를 찾든가, 아니면 마차 위나 마차들 사이 혹은 아는 사람 집의 창문으로 피해야 한다. 이제 이 창문들도 구경꾼으로 가득 차게 된다.

그동안 구경꾼 하나 없이 오벨리스크 앞 광장이 정리되었다. 요즈음 이곳에서 볼 수 있는 순간 중 가장 아름다운 순간이리라.

앞에서 언급한 가설 관람석은 앞면에다 태피스트리를 내걸어 장식했는데, 이제 입장을 완료한다. 수천 명의 관객들이 층층으로 머리를 길게 빼어 내다보니 이 광경은 마치 고대의 암피테아터, 아니면 서커스를 연상시킨다. 가설 관람석은 오벨리스크의 좌대만 가리고 있기 때문에 정중앙 가설 관람석 위로 오벨리스크가 높이를 온전히 드러내며 우뚝 서 있다. 이제야 거대한 군중과 비교가 되는 그 엄청난 높이가 눈에 띈다.

텅 빈 광장은 매우 조용해서 보는 눈을 즐겁게 해준다. 밧줄을 쳐 놓은 텅 빈 칸막이가 기대감을 고조시킨다.

드디어 장교가 코르소 거리로 내려온다. 이 거리가 정리되었다는 신호다. 장교가 지나간 다음, 보초병이 어떤 마차도 열에서 이탈하여 앞으로 나아가지 못하도록 감시한다. 장교는 상등석 중 하나에 착석한다.

출발

이제 경주마들이 마구간지기들의 손에 이끌려 추첨된 순서대로 칸막이로 나온다. 칸막이 앞쪽에는 밧줄이 쳐 있다. 말들의 몸에는 굴레나 안장 같은 것이 하나도 없다. 이때 사람들이 다가가 군데군데 가시 공이 달린 끈을 말의 몸통에 매달고,[220] 박차가 가해지는 부위와 시야 근처는 가죽 띠를 둘러 보호한다. 그리고 커다란 금박 종이도 몇 장 붙인다.

---

220) 기수가 없는 경마라서 말들이 스스로 뛰도록 자극하기 위해, 따가운 가시 방울을 엮은 끈을 등에서 엉덩이까지 걸쳐지도록 묶는다.

칸막이 안으로 들어간 말들은 벌써부터 흥분해서 가만있지 못한다. 그래서 이들을 제어하려면 마부에게 노련함과 힘이 필요하다. 질주하려는 말의 충동을 억제하기는 어렵지만, 말들은 엄청난 인파를 보고 주춤한다. 간혹 옆 칸에다, 어느 때는 밧줄 너머까지 발길질을 해댄다. 이런 동작과 무질서는 매순간 기대감을 고조시킨다.

마구간지기들의 긴장이 최고조에 달한다. 출발 순간에 노련하게 말을 놔주는 기술, 그리고 다른 우연한 상황들이 이 말 혹은 저 말을 유리하게 만드는 데 결정적 역할을 할 수 있기 때문이다.

드디어 밧줄이 내려지고 말들이 뛰기 시작한다.

그들은 빈 광장에서 서로 선두 자리를 차지하려고 기를 쓴다. 그러나 좌우에 마차들이 늘어선 비좁은 길 안으로 들어서면 대부분 경쟁은 허사가 된다.

보통 두 마리가 전력을 다해 앞장선다. 모래를 뿌렸는데도 포도 위엔 불똥이 튄다. 말갈기가 휘날리고 금박지들이 윙윙 소리를 낸다. 관객이 말들을 보았다 하는 순간 이미 지나가 버린다. 나머지 말의 무리들이 서로 밀치고 방해를 하며 뛴다. 어느 때는 뒤늦게 한 마리가 추격해 오기도 한다. 말들이 지나간 길에는 찢겨나간 금박지 조각들이 펄럭인다. 말들은 곧 시야에서 사라지고 군중이 밀려들어 경마로를 가득 메운다.

베네치아 궁전 옆에 미리 가 있던 다른 마구간지기들은 말들이 도착하기를 기다린다. 그들은 이 폐쇄된 장소에서 능숙하게 말들을 붙잡는다. 우승한 말에게 상이 수여된다.

축제는 이렇게 번갯불처럼 빠르고 강렬한, 순간적인 인상으로 끝을 맺는다.[221] 수천 명이 한동안 긴장해서 기대한 순간이었는데, 왜 이 순간을 기대했고 왜 그렇게 흥겨워했는지를 설명할 수 있는 사람은 극소수에 불과할 것이다.

지금까지의 묘사를 잘 읽어보면, 이 경기가 동물과 사람 모두에게 위험할 수 있음을 쉽게 알아차릴 것이다. 여기 몇 가지 사례를 들어보자. 이 좁은 공간 좌우에 길게 늘어선 마차들 중 뒷바퀴 하나가 바깥쪽으로 조금 빠져 있다고 하자. 이럴 경우 우연하게 이 마차 뒤에 약간 넓은 공간이 형성될 수 있다. 무리를 지어 서로 밀치고 뛰는 말들 중 한 마리가 이 약간 넓혀진 공간을 이용하기 위해서 달려들다가 마차 바퀴에 정면으로 충돌하기도 한다.

우리는 그런 사례를 직접 목격했다. 말 한 마리가 충돌한 충격으로 쓰러졌는데, 그 뒤를 쫓던 말 세 마리가 쓰러진 말 위에 연속으로 엎어졌다. 다행히 그다음 말들은 이 쓰러진 말들을 뛰어넘어 계속 경기를 할 수 있었다.

그러다 간혹 말이 그 자리에서 죽기도 한다. 이때 관객들이 목숨을 잃는 경우도 적지 않다. 마찬가지로 말들이 뛰는 방향을 바꾸면 큰 사고가 발생할 수도 있다.

이런 경우도 있다. 시기심 많고 마음씨가 고약한 사람들이 맨 앞에서 뛰는 말의 눈을 외투로 후려쳐서 말이 방향을 바꾸어 옆으로 뛰게 했다. 더 위험한 것은 말들이 베네치아 궁전에서 마구간지기한테 붙들리지 않는 경우다. 이 말들은 곧바로

---

221) 코르소 거리의 경마는 출발부터 도착까지 레이스에 소요되는 시간이 5분 남짓이었다.

뒤돌아 뛰는데 경주로가 이미 인파로 꽉 찼기 때문에 이 사실을 모르고 있던 사람들이나 주의를 하지 않은 사람들에게 사고가 발생하는 경우도 적지 않다.

무너진 질서

대개 어둠이 깔리기 시작할 때가 되면 말들의 경주가 끝을 맺는다. 말들이 베네치아 궁전에 도착하자마자 소형 대포가 발사된다. 이 신호는 코르소 거리 중앙에서도 반복되고, 오벨리스크가 있는 광장에서 마지막으로 발사된다.

이 순간에 보초병들이 자리를 떠나고, 마차 행렬의 질서는 더 이상 지켜지지 않는다. 이때야말로 자기 창문에 서서 조용히 구경하던 관객도 불안하고 짜증나는 순간이다. 그것에 대하여 몇 가지 언급하는 것도 가치 있는 일일 것이다.

우리는 이탈리아에서 휴일과 축제일의 밤이 시작되면 마차 드라이브가 어떤 지경이 되는지 이미 앞에서 보았다. 이 시간에는 보초병이나 위병이 없고, 모든 마차는 질서를 지키면서 오가는 것이 오래된 상례이며 일반적인 관습이다. 그러나 저녁 기도 종이 울리자마자, 누구나 자기 권리를 주장하며 아무 때건 어디서건 회전한다. 카니발 동안에도 동일한 거리에서 비슷한 규칙이 마차를 모는 데 적용된다. 여기 인파와 다른 상황 때문에 여느 날과 엄청난 차이가 있는데도 말이다. 이래서 모든 마차는 밤이 시작되자마자 자기 권리를 주장하느라고 질서를 지키지 않는다.

경마를 위한 짧은 순간이 지나가자마자 코르소 거리가 다시금 인파로 완전히 뒤덮이는 것을 보면, 가장 가까운 골목으로 빠져나가 서둘러 집에 돌아가려 애쓰는 모든 마차가 질서를 유지하도록 하는 것은 결국 이성과 공평함뿐이라는 생각을 하게 된다.

대포를 쏘아 알리는 신호가 떨어지기 무섭게 마차 몇 대가 거리 중앙으로 열을 빠져 나오는 것만으로도 보행하는 군중을 정신없게 하고 방해한다. 뿐만 아니라 이 좁은 거리 한복판에서 어떤 마차는 위로 다른 마차는 아래로 가려고 하기 때문에 이 두 마차는 그 자리에서 더 이상 전진하지 못하고, 이성을 잃지 않고 마차 대열에서 이탈하지 않고 있던 사람들까지 옴짝달싹못하게 방해한다.

이때 되돌아온 경주마가 정체되어 있는 마차들 속으로 뛰어들면 위험과 불행, 분노는 배가된다.

밤

이런 혼잡은 뒤늦게나마 대개는 다행스럽게 풀린다. 밤이 되면 누구나 평안한 휴식을 원한다.

극장 [222]

이 순간부터 모두가 얼굴에 쓴 가면을 벗는다. 그리고 축제 인파의 상당수가 서둘러 극장으로 몰려간다. 극장 위층 객석에 타바로를 입은 신사나 가장 의상을 입은 숙녀가 혹시 눈에 뜨일까? 1층의 관객들은 다들 어느새 일반 정장으로 갈아입었다.

---

222) 언급된 극장들 중 1732년 개관한 아르젠티나 극장(Teatro Argentina)만이 오늘날까지 남아 있다. 로마 공화정기의 폼페이 극장 터가 보존되어 있는 아르젠티나 광장 옆에 있다.

알리베르티 극장과 아르젠티나 극장에서는 발레를 삽입한 진지한 오페라가 공연된다. 발레 극장과 카프라니카 극장에서는 희극과 비극을 공연하는데, 막간에 희가극을 선보인다. 파체 극장은 주로 다른 극장들을 따라하는데, 인형극이나 줄타기 곡예 등 부수적인 구경거리를 많이 제공한다.

토르데노네 대극장은 한 번 화재로 타버렸다가 다시 개축되었다. 그러나 다시 무너져버려서 더 이상 주요 행사나 국가 행사는 물론이고 다른 근사한 공연도 할 수 없게 되었다.

극장을 사랑하는 로마인들의 열기는 대단하다. 전에는 카니발 기간에만 공연이 있었기 때문에 더 열렬했다. 근래에는 극장 한 곳이 여름과 가을에도 공연을 해서, 연중 거의 내내 관객들의 욕구를 채워주고 있다.

여기서 장황하게 극장 설명을 하고 로마인들이 특별히 좋아하는 것을 묘사한다면, 이는 우리 목적에서 크게 이탈하는 일일 것이다. 이에 관해서는 이미 다른 글에서 언급했다는 사실을 독자들은 기억할 것이다.

가장무도회

이른바 가장무도회에 관해서도 마찬가지로 짧게 언급하기로 하자. 이것은 가장객들이 참여하는 대무도회인데, 근사하게 조명된 알리베르티 극장에서 서너 차례 열린다.

여기에서도 신사들과 숙녀들이 점잖은 가장 의상으로 타바로를 입는지라, 전체 홀은 검은색 형상으로 가득 찬다. 알록달록한 캐릭터 변장을 한 사람은 소수다.

때문에 몇 사람이 고상한 차림을 하고 나타나면 호기심은 더욱더 커진다. 그런 사람이 드물긴 하지만, 주로 미술사의 각기 다른 시대에 등장했던 의상들이나, 로마에서 볼 수 있는 여러 입상들의 모습을 훌륭하게 모방하고 있다.

예를 들면 이집트의 신들, 여사제들, 바쿠스와 아리아드네, 비극의 뮤즈, 역사의 뮤즈,[223] 어떤 도시, 베스타의 무녀들,[224] 로마 집정관 등을 이렇게 저렇게 흉내 낸 코스튬을 입은 모습이다.

춤

이 축제에서는 통상 영국식으로 길게 대열을 이뤄 춤을 춘다. 다른 점이 있다면, 파트너가 한 순배씩 교체될 때마다 무엇인가 특징적인 것을 팬터마임으로 표현하는 것이다. 예를 들어 연인이 갈라졌다가 화해하고, 헤어졌다가 다시 만나는 모습을 표현한다.

로마인들은 팬터마임 발레를 통해서 매우 두드러지는 얼굴 표정과 몸으로 표현하는 데 익숙하고, 사교춤을 출 때 우리에게는 과장되고 부자연스러워 보일지도 모르는 표현을 좋아한다. 정식으로 춤추는 법을 배운 사람들이 아니면 감히 가볍

---

223) 클리오(Clio). 제우스는 기간테스를 상대로 치른 전쟁에서 승리한 후 이를 기리기 위한 축시를 짓고자, 기억의 여신 므네시모네와 9일 동안 동침하여 아홉 딸을 낳는다. 이들이 무사이(뮤즈)인데, 그중 어머니 므네시모네를 가장 닮은 클리오가 역사와 영웅시를 담당한다. 양피지 두루마리(또는 책), 트럼펫, 월계관 등의 물건을 가지고 있다.

224) 로마 신화의 화로(火爐)의 여신 베스타(Vesta)는 처녀신이자 가정의 수호자로, 로마의 민간에서 가장 널리 숭배되었다. 베스타 여신을 섬기는 무녀인 베스탈리스(vestalis)는 귀족 가정의 딸들 가운데서 미성년일 때 선발되는데, 6명으로 구성된 사제단에 들어가 30년간 순결을 지키며 무녀로 살았다.

게 춤출 엄두를 못 낸다. 특히 미뉴에트는 완전히 엄격한 예술 작품으로 간주되며, 이렇게 추는 이들은 불과 몇 쌍뿐이다. 그런 쌍이 춤을 출 때는 다른 사람들이 이들을 에워싸 원 안에 넣어주고, 마지막에는 박수를 쳐준다.

아침

이런 식으로 짝지어 놀기 좋아하는 무리들이 아침까지 즐겁게 시간을 보내는 동안, 다른 사람들은 동이 트자마자 다시 코르소 거리를 청소하고 정리하느라고 분주하다. 특히 길 중앙에 포촐란[225]을 골고루 깨끗하게 까는 데 정성을 다한다.

　얼마 안 있어 마구간지기들이 어제 성적이 부진했던 말들을 오벨리스크 앞으로 끌고 나온다. 이 말에 작은 소년을 태우고 다른 기수가 채찍으로 말을 몬다. 말은 전력을 다해 경주로를 최대한 빨리 달린다.

　오후 2시경 종소리 신호가 끝나면 이미 앞에서 묘사한 축제가 같은 순서로 되풀이된다. 산책하는 사람들이 모여들고, 위병들이 보초를 서고, 모든 발코니 창문과 가설 관람석에 태피스트리가 내걸린다. 가면을 쓴 사람들이 점점 늘어나고 자신들의 재미있는 놀이를 시작한다. 마차들이 오르내리고, 거리는 점점 혼잡해진다. 이 혼잡함은 날씨나 다른 상황에 의해 큰 영향을 받기 때문에 어떤 때는 괜찮지만 어떤 때는 난감하다. 당연한 이야기지만 카니발 기간이 후반으로 갈수록 관객, 가장한

---

225) Pozzolan. 실리콘 성분이 들어 있는 화산암 가루로, 물과 반응해 굳으면 포도를 단단하게 만들어준다.

사람, 마차, 치장, 소음, 이 모든 것이 늘어난다. 그러나 마지막 날 저녁에 벌어지는 혼잡함과 자유분방함은 그 어떤 것과도 비교될 수 없다.

마지막 날

이미 밤이 되기 2시간 전부터 대부분의 마차 행렬이 정체되어 어떤 마차도 제자리에서 움직일 수가 없고, 마차 한 대도 옆 골목길에서 들어올 수 없다. 가설 관람석과 의자들은 임대료가 더 비싸지지만 더 빨리 자리가 찬다. 누구나 제일 빨리 자리를 잡고 싶어 하고, 경마가 시작되는 것을 전보다도 더 열렬히 학수고대한다.

마침내 이 순간도 지나가고, 축제가 끝났음을 알리는 신호가 떨어진다. 마차, 가장한 사람, 관객 중 아무도 자리를 뜨는 이가 없다.

모든 것이 정지하고, 만물이 고요하다. 그리고 어둠이 살며시 내리기 시작한다.

촛불

좁고 경사진 거리가 어두컴컴해지면 곧 여기저기에 불이 켜진다. 창문과 가설 관람석에도 하나둘 불이 밝혀지다 곧 삽시간에 전체로 퍼져나간다. 거리가 온통 불타는 촛불로 조명된다.

발코니들은 투명한 종이 따위로 장식되고 모두들 창밖으로 초를 내비친다. 모든 가설 관람석에 불빛이 환하고, 마차 안을 들여다보는 것도 즐겁다. 어떤 마차는 마차 덮개에 초를 여러 개 꽂을 수 있는 크리스탈 촛대를 달고 있어서 마차 안에 있는 사람들을 조명한다. 또 다른 마차 안에는 숙녀들이 예쁜 색의 초를 손에 들고 있어서, 마치 자신의 아름다움을 보러 오라고 초대하는 것처럼 보이기도 한다.

하인들은 마차 덮개의 가장자리에 초를 매달고, 무개마차에는 오색 종이등을 단다. 보행자들 중에는 초를 피라미드형으로 높게 쌓아올려 머리에 이고 다니는 이들도 있고, 길게 연결한 장대에 초들을 꽂은 이도 있는데, 그 높이가 어느 때는 삼사층 건물만큼 치솟기도 한다.

이젠 누구나 한 가지 의무를 수행해야 한다. 손에 촛불을 켜 들고 로마인들이 사랑하는 주문 "sia ammazzato(살해당하리라)!"를 거리 어디에서나 외쳐대는 것이다.

한 사람이 "sia ammazzato chi non porta il moccoletto(촛불을 들고 있지 않은 자 살해당하리라)!"라고 외치며 다른 사람 초를 불어서 끄려 한다. 촛불 켜기, 촛불 불어서 끄기, 그리고 걷잡을 수 없이 외쳐대는 "살해당하리라!", 이 모두가 엄청나게 모여든 군중 사이에 생명과 동요, 그리고 서로의 관심을 불러일으킨다.

자기 옆 사람이 아는 사람인지 모르는 사람인지 전혀 상관없이 누구나 옆 사람의 촛불을 불어서 꺼버리려고 하고 자기 초에는 다시 불을 붙이려고 하면서, 동시에 불을 붙이고 있는 사람의 불을 끄려 한다. 거리 전체에 "살해당하리라!"의 함성이 더욱 크게 울려 퍼지면 사람들은 자신이 로마에 있다는 것을, 이 저주가 어떤 사소한 이유로 곧장 이 사람 또는 저 사람에게 일어날 수도 있다는 사실마저 까맣게 잊어버리게 된다.

이 표현은 그 의미를 차츰, 그리고 나중엔 완전히 잃어버린다. 우리가 외국어에서 종종 욕설이나 상스러운 단어가 감탄과 환희를 나타낸다는 것을 들어 알고 있듯이 "살해당하리라." 라는 말이 이날 밤에는 암호, 환성, 모든 익살의 후렴, 장난, 칭찬의 말로 사용된다.

우리는 이렇게 조롱하는 말도 듣는다. "육욕에 빠진 수도원장은 살해당하리라." 아니면 지나가는 친한 친구한테 외치는 소리도 들린다. "필리포 씨는 살해당하리라." 혹은 아양이나 칭찬의 뜻이 담기기도 한다. "아름다운 공주는 살해당하리라! 금세기 최고의 화가 앙겔리카 여사는 살해당하리라."

사람들이 구호를 격렬하고 빠르게, 그리고 맨 끝에서부터 두 번째 아니면 세 번째 음절을 길게 끌면서 외쳐댄다. 이렇게 외치는 동시에 촛불을 불어서 끄고, 다시 불을 붙이는 일이 한없이 되풀이된다. 계단이나 집 안에서 마주친 사람, 방 안에 같이 앉아 있는 사람, 창문에서 내다보다 이웃을 만나면 누구나, 어디서나 상대방이 누가 되었든 가리지 않고 촛불을 꺼서 이기려고 전력을 다한다.

계층과 나이를 막론하고 모두가 적이 된다. 마차의 발판에도 올라가는 판이니, 주마등이건 샹들리에건 무사하지 않다. 어린 아들이 아버지의 촛불을 불어서 끄고는 "아빠는 살해당하리라!"라고 계속해서 외친다. 아버지가 아들을 불손하다고 꾸짖어봐야 소용없다. 어린 아들은 이날 밤의 자유를 주장하고, 아버지의 화를 돋우고 더욱 고조되도록 또 저주한다. 코르소 거리의 양쪽 끝에선 서서히 혼잡한 무리가 줄어들지만, 인파가 모두 걷잡을 수 없이 중앙으로 집결하기 때문에 이곳의 밀도는 모든 상상을 초월한다. 고도의 기억력으로도 이런 장면을 다시 눈앞에 떠올릴 수 없을 정도다.

서 있거나 앉아 있거나 아무도 자기 자리에서 꼼짝할 수가 없다. 그 많은 사람들과 무수한 촛불의 열기, 계속 불어서 꺼진 촛불의 연기. 군중은 사지를 움직일 수 없을수록 더욱 격렬하게 외쳐댄다. 모든 것이 극도로 건강한 정신을 가진 사람까지 어지럽게 만든다. 이러니 사고가 나지 않을 수 없다. 마차의 말들이 난폭해지고 많은 사람들이 눌리고 밟히는 등 부상을 입게 된다.

그러나 마지막엔 누구나 여기서 빠져나가기를 간절히 원한다. 때문에 눈에 띄는 골목길에 접어들거나, 다음 장소에서 신선한 공기를 마시며 한숨 돌리기를 원한다. 이런 식으로 군중도 해산하고 주변에서부터 중앙까지 차츰 와해된다. 자유 방종의 축제, 현대판 농신제가 도취경 속에서 막을 내린다.

이제 사람들은 맛있게 만들어놓은 음식을 즐기기 위해 발걸음을 재촉한다. 곧 자정이 되면 육류 요리는 금지된다. 세련된 계층의 사람들도 아주 단축된 연극 공연이 끝나자마자 극장을 떠난다. 자정이 다가오면 이 즐거움도 끝인 것이다.[226]

---

226) 공식적으로 최장 9일에 걸쳐 진행된 카니발의 마지막 날 촛불 싸움은 바로 다음 날부터 시작되는 40일의 금욕기간인 사순절의 반대급부로써 로마의 사투르누스제 성격이 극대화된 것으로 본다. 또한 이 촛불놀이는 사순절 첫날인 재의 수요일에 나뭇가지를 초로 태워 그 재를 몸에 바르고 참회하는 기독교 전통을 더 극적으로 만들어주는 측면도 있다. 사투르누스는 제우스의 아버지라는 점에서 그리스의 크로노스와 같지만, 크로노스가 타르타로스에 영원히 갇혀 있는 것과 달리 로마의 사투르누스는 올림포스의 주신(主神) 자리를 아들에게 빼앗긴 후 지상으로 내려와 이탈리아 카피톨리움(캄피돌리오)에 요새를 건설하고 인간들에게 농경술을 알려주는 인물로 묘사된다는 점에서 긍정적 존재로 변환된다. 사투르누스의 치

재의 수요일

자유 방종한 축제도 이렇게 꿈속이나 동화 속 이야기처럼 지나가버렸다. 축제에 참석했던 사람들의 마음속에 남아 있는 것은 아마 우리 독자의 마음에 있는 것보다 적을지도 모른다. 우리가 독자들의 이성과 상상력을 일깨운 다음 전체를 일관성 있게 소개했기 때문이다.

해괴한 일들이 연출되는 가운데 천박한 광대가 우리에게 뻔뻔스럽게 사랑의 기쁨을 상기시키더라도, 또 사실 인간은 그 기쁨 덕분에 이 세상에 있게 되는 것이지만, 그래서 설령 바우보[227]가 공공장소에서 임신의 비밀을 누설할지라도, 그리고 밤에 켜진 수많은 촛불들이 이 축제의 끝을 의미한다는 것을 우리가 기억한다 해도, 우리는 그러한 무의미함 가운데에서도 우리 인생의 가장 중요한 장면에 주의를 집중해야 할 것이다.

인파로 가득한 그 비좁고 기다란 거리는 모든 사람이 가야 할 인생의 길을 연상시킨다. 가면을 썼건 맨얼굴이건 관객

세기는 황금기로 여겨졌으며, 이에 사투르누스에게 바쳐진 날이 바로 동짓날인 사투르날리아다. 사투르날리아의 자유분방함은 신분질서의 역전(아버지와 아들의 자리바꿈)을 토대로 하기 때문에, 과거에는 노예가 주인에게 명령하고 주인이 노예의 시중을 드는 날이기도 했다. 모든 공적 활동이 멈추는 법정 휴가 기간으로, 고대 전통으로서 새해를 맞이하기 전에 해묵은 것들을 청산하는 의미와, 기독교 전통으로서 다가올 금욕의 날에 앞서 방종을 즐기는 의미가 모두 포함되었다. 그러나 로마 카니발은 1883년 한 소년이 말에 깔려 참혹하게 사망하는 사고로 경마가 폐지되면서 그 열기가 희미해지게 되었다.

227) Baubo. 그리스 신화 속 도시 엘레우시스의 여인이다. 하데스에게 납치된 딸 페르세포네를 찾아 온 세상을 돌아다니던 대지의 여신 데메테르가 엘레우시스에 들렀을 때, 바우보는 비탄에 잠긴 어머니를 위로하기 위해 치마를 걷어 음부를 보여주는 장난을 쳐 데메테르를 웃게 만들었다. 성기 과시의 여성 버전으로, 다산과 익살을 상징한다.

과 참가자들은 모두 발코니나 가설 관람석의 비좁은 공간을 차지하고 있고, 마차를 탔건 걸어서 이동하건 한 발짝씩밖에 전진할 수가 없다. 나아간다고 하기보다는 차라리 밀려가는 것이고, 본인 의사에 따라 서 있다기보다는 어쩔 수 없이 그렇게 있는 것이다. 조금 나아 보이고 더 재미있어 보이는 저쪽 편으로 가겠다고 안간힘을 쓰는데, 거기에서도 다시 사람들 틈바구니에 끼어 밀리고 만다.

이 축제를 그렇게 진지하게 볼 수는 없지만, 아무튼 계속해서 좀 더 심각한 이야기를 해도 된다면 다음과 같이 말하고 싶다. 마치 순식간에 지나가버리는 질주하는 말들처럼 우리는 극도로 강렬한 최상의 기쁨이라도 일순간만 보고 느낄 뿐이며, 우리 마음속에 남아 있는 것이라고는 거의 아무것도 없다. 자유와 평등도 광란의 도취경에서만 즐길 수 있다는 것, 그리고 가장 큰 재미도 위험이 아주 가까이 있을 때, 그리고 무섭고도 달콤한 느낌이 동반될 때에야 비로소 정말 재미있는 일로 느껴진다는 것이다.

이러한 생각을 하지 않았다면, 독자를 슬픔에 잠기게 만들기를 겁내지 않는 나는 우리의 카니발을 재의 수요일에 대한 고찰로 끝맺을 수도 있었으리라. 그러나 내가 진정 바라는 것은, 독자 모두가 우리와 함께 자유롭게 가장한 카니발 참가자들의 이야기를 통해서 우리 인생의 순간적이고 사소해 보이는 즐거움이 갖는 중요성을 새삼 다시 생각해 보는 것이다. 인생은 로마 카니발처럼 전체적으로 파악할 수도 향유할 수도 없으며, 의혹으로 남아 있을 것이기 때문이다.

2월

서신

2월 1일, 로마

저 시끄럽게 떠드는 사람들이 오는 화요일 밤이 되면 잠잠해진 다니, 나는 정말 기쁘다. 자기 자신은 전염되지 않고 멀쩡한 채 로 미친 사람들을 봐야 하는 것은 정말로 괴로운 일이다.

나는 가능한 한 작업을 계속했다. 「클라우디네」도 진척이 되어, 수호신들 모두가 도움을 거절하지만 않는다면, 일주일 후 에 3막이 헤르더 앞으로 발송될 것이다. 그러면 전집의 5권이 끝난다. 그러고 나면 다른 난관이 시작될 텐데, 이에 관해서는 누구도 나에게 조언을 해줄 수도 도움을 줄 수도 없다. 『타소』 를 개작해야 되는데, 이미 써놓은 것들은 아무짝에도 쓸모가 없다. 그렇게 끝을 맺을 수도 없고, 그렇다고 전부 버릴 수도 없 다. 이렇게 어려운 일을 신이 인간들한테 부여했다!

6권에는 아마도 『타소』「릴라」[227] 「예리와 베텔리」[228]를 수록할 텐데, 모두 개작되고 퇴고되어서 아무도 그 작품들을 알아보지 못할 것이다.

동시에 자잘한 시편들을 훑어보았고 8권의 구성을 생각해 보았다. 어쩌면 8권이 7권보다 먼저 출간될 것 같다. 인생의 전체를 이렇게 종합한다는 것은 기이한 일이다. 한 존재가 남기는 흔적이라는 것이 참으로 미미할 뿐이다!

여기서는 모두들『젊은 베르테르의 슬픔』의 번역본들을 가지고 나를 괴롭힌다. 나한테 보여주면서 어떤 번역이 가장 잘되었는지, 그리고 그것이 모두 실제 있었던 일인지를 묻는다! 이러는 게 이제는 놀랍지도 않다. 그들은 나를 인도까지라도 쫓아올 기세다.

2월 6일, 로마

여기「클라우디네」의 3막을 보내네. 이것을 완성할 때 내가 느낀 기쁨의 반만큼이라도 자네 마음에 들었으면 좋겠어. 요즈음

---

228) *Lila*. 아우구스트 대공비의 20세 생일축하 공연을 위해 몇 주 만에 쓴 가극으로, 1777년에 바이마르에서 초연되었다. 최초의 대본은 5막으로 궁정 극장 상연이 주목적이었기 때문에, 엔터테인먼트 요소로 극 중간 중간에 막간 춤과 동화가 삽입된 형식이었다. 그러나 1788년 개정판에서는 막간 공연이 빠지고, 인물의 성격이 대폭 변화되었으며, 분량도 4막으로 줄었다. 1790년에 개정 3판까지 발표되었다. 최종 판본의 줄거리는, 잘못된 편지로 남편이 악령에게 사로잡혔다고 믿게 된 여인이 자신의 망상적 환상세계에 뛰어들어 모험과 승리를 경험하면서 정신이 치유되고 현실로 돌아오는 내용이다. 극 속의 극 구성이 특징적이고, 오늘날의 심리치료를 위한 사이코드라마적 요소도 있다.

229) *Jery und Bätely*. 1779년에 스위스 여행을 하면서 쓴 1막의 징슈필이다. 젊고 재산도 있는 농부 예리는 결혼할 마음 없이 아버지와 단둘이 사는 씩씩한 농부 처녀 베텔리에게 구애하지만 거절당하고, 이후 군대에서 갓 제대하고 여자에게 치근덕거리는 토마스라는 친구와 어울리게 되는데, 나중에 토마스가 베텔리를 괴롭힐 때 그녀를 구하다 부상당하고, 베텔리는 그런 예리를 치료해 주다가 마음이 움직여 두 사람이 행복하게 결혼식을 준비한다는 내용이다. 괴테 생전에 가장 성공적이었던 작품으로 바이마르에서만 24회 공연되었다. 여기서는 괴테가 전면적인 개작을 선언하고 있지만, 실제로는 전혀 수정을 하지 않아서, 최초의 대본이 그대로 남아 있는 거의 유일한 작품이다.

엔 서정극에 대한 욕구가 뚜렷한지라 작곡가들과 배우들의 의
견을 반영하기 위해 다른 점들을 포기하기도 하네. 그런 작품
은 마치 그 위에 수놓을 천과 비슷하기 때문에 천 조직이 탄탄
해야 하니까. 그리고 희극 오페라를 만들려면 이 작품은 꼭 아
마포처럼 짜여야 해. 그럼에도 불구하고 나는 이 작품을 「에르
빈과 엘미레」처럼 읽는 사람을 위해서도 신경을 썼네. 한마디
로 말해 나는 내가 할 수 있는 만큼 했다네.

　내 마음은 진정으로 조용하고 맑은 상태고, 내가 이미
여러분에게 확언한 대로 어떤 부름에도 응할 준비가 되어 있
다. 조형미술을 하기에는 내 나이가 너무 많다. 조금 더 그려
보거나 조금 덜 끼적거리나 마찬가지다. 내 갈증은 가셨고,
관찰하고 연구하기 위해 올바른 길로 들어섰다. 나는 평화롭
고도 만족스럽게 이것을 향유할 수 있게 되었다. 이 모든 일
을 여러분이 축복해 주었으면 한다. 나는 요즈음 나머지 세
부분을 완성하는 일 이외에는 다른 생각을 하지 않고 있다.
그리고 나선 『빌헬름 마이스터의 수업 시대』 등이 계속될 것
이다.

2월 9일, 로마

축제 군중은 월요일과 화요일에 정말 시끄러웠다. 특히 화요일
밤에는 촛불놀이를 하면서 광란이 절정에 달했다. 수요일에 사
람들은 사순절을 준비하며 하느님과 교회에 감사드린다. 나는
한 번도 가장무도회에 가지 않았다. 내 머리가 생각하고자 하
는 것에만 열심을 다하고 있다. 5권이 완료되었으니, 그림을 몇
장 손봐서 완성시키려 한다. 그런 다음 즉시 6권에 착수할 것

이다. 지난 며칠 동안 다빈치가 회화에 관해서 쓴 책[230]을 읽었는데, 내가 여태껏 왜 이 책을 이해하지 못했는지 그 이유를 이제야 깨닫게 되었다.

아, 관객이란 얼마나 행복한 존재들인가! 그들은 스스로 현명하다고 믿고, 자신에게 잘 맞는 것을 찾아낸다. 애호가나 전문가도 다를 바 없다. 늘 겸손함을 유지하는 뛰어난 예술가가 얼마나 좋은 인간인지 당신은 아마 짐작도 못 할 것이다. 그렇지만 나는 이제 자신은 아무 일도 직접 하지 않으면서 다른 사람을 평가하는 사람들의 말을 들으면 구역질이 난다. 이 기분은 형언할 수가 없는데, 그런 말은 마치 매캐한 담배 연기처럼 내 마음을 불쾌하게 만든다.

앙겔리카는 그림을 두 점 구입하고 행복에 젖어 있다. 한 점은 티치아노 작품이고, 한 점은 파리스 보르도네[231]의 작품인데, 둘 다 비싼 가격이었다. 그녀는 자신의 정기 수입을 탕진하지 않고, 오히려 매년 돈을 벌어서 상당히 부유하다. 그러니 그녀에게 기쁨을 주고 예술에 대한 열정을 고조시켜 주는 작품들을 구입하는 것은 칭찬할 만한 일이다. 그녀는 이 그림들을 집에 들여놓자마자 새로운 풍으로 그림을 그리기 시작했다. 대가들의 확실한 장점을 자기 것으로 만들려는 시도인 것이다. 그녀는 작업뿐만 아니라 연구에도 지칠 줄 모른다. 그녀와 함

---

230) 레오나르도 다빈치의 『회화론(Trattato della pittura)』을 가리킨다. 애초에 출판을 목적으로 쓴 책은 아니고, 르네상스 회화와 예술에 관해 다빈치가 연구하고 기록했던 문헌들을 모아 그의 사후에 책으로 묶은 것이어서, 발행자에 따라 여러 판본이 존재했다. 괴테는 1651년에 파리에서 출판된 판본을 읽었다.

231) Paris Bourdone, 1500~1571. 르네상스기 베네치아파 화가로, 티치아노에게 그림을 배웠지만 매너리즘 양식에 더 가까운 그림들을 그렸다.

께 예술품을 감상하는 것은 굉장히 즐거운 일이다.

카이저도 정열적으로 작업하는 예술가다. 『에그몬트』를 위한 음악을 많이 진척시켰다. 나는 아직 다 들어보지는 못했지만, 모든 부분이 최종 목적에 잘 부합할 것이다.

그는 「귀엽고 변덕스러운 큐피드」[232]도 작곡할 예정이다. 당신이 자주 내 생각을 하면서 노래할 수 있도록 곧 보내드리겠다. 나도 정말 마음에 든다.

내 머리는 많은 집필과 작업, 그리고 사색을 하느라 지쳤다. 나는 더 현명해지지 못하고 있다. 스스로한테 너무 많은 것을 요구하고, 너무 많은 짐을 지려고 한다.

2월 16일, 로마

얼마 전 프로이센 외교우편을 통해 우리 대공님의 편지[233]를 받았다. 그 편지는 참으로 친절하고 다정하고 선량하고 상쾌해서, 앞으로도 그런 편지는 쉽게 받기 어려울 것 같다. 검열 걱정 없이 썼기 때문에 전반적인 정치 상황과 대공님의 정치적 상황 등을 알려주셨다. 그리고 나에 대해 더할 수 없이 다정다감한 말씀도 써 보내주셨다.

2월 22일, 로마

이번 주에는 우리 예술가 모임 전체를 우울하게 만든 사건이 있었

---

232) 797~798쪽에 인용된 시다.

233) 이 편지에는 안나 아말리아 여공작의 이탈리아 여행에 동행하도록 괴테의 체류를 연장하면 어떠냐는 대공의 제안이 있었으나, 괴테는 1788년 1월 25일자 편지에서 이를 정중히 거절했다.

다. 드루에라는 프랑스 청년이 천연두에 걸려 죽은 사건이다. 나이는 약 25세고 자상한 어머니의 외아들로, 부유하고 지성을 겸비해서 연구하는 모든 화가들 가운데 가장 촉망되던 청년이었다. 그의 죽음은 모두에게 충격적이고 슬픈 일이었다. 비어 있는 그의 화실에서 필록테테스[234]를 묘사한 그림을 보았다. 실물 크기의 그림인데, 맹금을 죽여서 그 날개로 상처를 부채질하며 식히고 있는 모습이었다. 구상이 훌륭하고 처리하는 기법도 대단했으나 미완성이다.

나는 근면하게 잘 지내고 있으며, 미래도 다음과 같이 기대하고 있다. 매일 나 스스로에게 확실해지는 사실은, 내가 원래 문학인으로 태어났다는 것과, 젊은 시절에는 불같은 힘 때문에 크게 노력하지 않아도 많은 일을 성취할 수 있었지만 이제는 앞으로 10년 정도가 내가 실제 작업할 수 있는 기간일 테니, 이 재능을 잘 가다듬어 괜찮은 작품을 집필해야 한다는 것이다. 내가 로마에 더 오랫동안 체류한다면 그림 그리기를 포기해야 내게 이득일 것이다.

앙겔리카는 로마에서 미술 작품을 나보다 잘 보는 사람이 그리 많지 않다고 칭찬해 주었다. 나는 내가 무엇을, 그리고 어떤 부분을 아직도 보지 못하는지 잘 알고 있다. 내가 끊임없이 성장하고 있다는 것도 확실하게 느끼고 있으며, 계속해서 보는 눈을 기르기 위해 해야 하는 일이 무엇인지도 분명히 안다. 이

---

234) Philoctetes. 그리스 신화의 멜리보이아 왕으로, 트로이 원정길에 올랐다가 잠시 들른 섬에서 물뱀에 물린다. 그의 상처에서 악취가 너무 심하게 나자 그리스군은 그를 렘노스 섬에 홀로 두고 떠났다. 10년 동안 고독과 고통 속에서 연명하던 그에게는 헤라클레스로부터 선물 받은 활과 화살이 있었는데, 이것이 있어야만 그리스군이 승리한다는 신탁이 내려지자 오디세우스가 그를 다시 찾아가 상처를 치료해 주고 섬에서 데리고 나온다.

정도면 충분하다. 나는 이제 소원을 성취했다. 내 마음을 그토록 사로잡았던 분야에서 더 이상 장님처럼 더듬지 않게 되었다.

곧 「풍경화가로서의 아모르(Amor als Landschaftsmaler)」라는 시를 한 편 보내겠다. 좋은 평을 기대한다. 소품 시들을 정리했는데, 기이한 느낌이 들었다. 한스 작스에 관한 시와 미딩의 죽음에 관한 시로[235] 8권을 마무리 지을 것이다. 이번에는 이것으로 충분하다. 나를 피라미드[236] 옆에서 쉬게 한다면, 이 두 편의 시가 내 약력과 조사(弔詞)를 대신할 것이다.

아침에 교황의 미사가 열리고, 유명한 고대 음악이 연주된다. 얼마 뒤 부활절 전주가 되면 이 음악은 가장 큰 관심사가 될 것이다. 나는 매주 일요일 아침마다 가서 그 양식에 친숙해져 보려 하고 있다. 원래 이 분야를 연구하고 있는 카이저가 내게 그 의미를 잘 설명해 줄 것이다. 세족식음악[237]이 인쇄되어

---

235) 각각 괴테가 1776년에 쓴 시 「한스 작스의 시적 사명(Hans Sachsens poetische Sendung)」과 1782년에 쓴 시 「미딩의 죽음을 애도함(Auf Miedings Tod)」을 가리킨다. 한스 작스(Hans Sachs, 1494~1576)는 뉘른베르크의 재봉사의 아들로 태어나 평생 제화공으로 일하면서도, 자신이 시인으로 부름 받았다는 소명의식으로 6170여 편의 종교시와 교회음악을 남겼고 사육제극의 배우로도 활동했다. 한스 작스는 괴테, 빌란트, 바그너 등의 작품에서 열정적인 민중예술가 캐릭터로 묘사되었다. 한편, 요한 마르틴 미딩(Johann Martin Mieding, 1725~1782)은 바이마르의 궁정극장 무대미술을 담당한 목수였다.

236) 케스티우스의 피라미드(256쪽 참조) 옆에는 프로테스탄트와 영국 국교회 신자들을 위한 사설 공동묘지(Cimitero Acattolico)가 있다. 훗날 괴테의 아들 아우구스트(Julius August Walther von Goethe, 1789~1830)가 괴테의 조수 에커만(Johann Peter Eckermann, 1792~1854)과 이탈리아 여행을 떠났다가 31세의 나이로 로마에서 사망해 이곳에 묻혔다.

237) 가톨릭 교회음악 중 하나로, 부활절 전 목요일에 거행되는 세족식에서 연주되는 음악이다. 세족식은 예수가 유월절 예식 전에 제자들의 발을 씻겨준 것으로부터 유래했다.

우리에게 우편으로 송부되었는데, 곧 도착할 것이다. 카이저가 그곳에 남기고 온 작품이다. 여기 도착하면 우선 피아노로 연주되었다가 나중에 교회에서 연주될 것이다.

보고

예술가가 되기 위해 태어난 사람에게는 많은 대상이 예술적인 안목을 높여준다. 나의 경우에도 이와 같아서, 사순절 전의 광란과 혼잡 가운데에서도 예술적 안목이 싹을 틔웠다. 내가 카니발을 구경한 것은 이번이 두 번째였는데, 얼마 안 있어 다음과 같은 생각이 들었다. 반복되는 삶과 활동처럼 이 국민축제도 확정된 과정에 따라 진행된다는 것이다.

이런 생각을 함으로써 나는 이 소란스러운 무리와 화해하게 되었고, 이 축제를 중요한 자연현상으로, 그리고 국가적 행사로 여기게 되었다. 이런 의미에서 축제에 관심을 가지고, 이 난장판의 전 과정을 소상히 묘사하고, 그 전체가 어떤 형식으로 얼마나 매끄럽게 진행되는지 기록했다. 축제 행사를 일일이 순서대로 메모해 두었는데, 이것이 나중에 앞에서 본 글의 기본 자료가 되었다. 나는 또 같은 집에 사는 게오르크 슈츠한테 가장한 사람들의 모습을 대충 스케치해서 색을 칠해 달라고 부탁했는데, 그는 언제나처럼 호의를 베풀어 이 일을 해주었다.

이 스케치들은 후에 프랑크푸르트암마인 출신으로 바이마르 자유회화학교 교장인 멜키오르 크라우스가 4절판 크기의 동판화로 떠서 원화대로 채색했는데, 그 초판이 웅거에 의해

출판되어 희귀본이 되었다.[238]

앞의 목적을 달성하기 위해서는 평소보다 훨씬 더 많은 일을 해야만 했다. 예컨대 나 자신이 가장한 사람들의 무리에 끼어들어야 했다. 하지만 아무리 예술적 안목을 동원해도 불쾌하고도 두려운 인상을 자주 받을 수밖에 없었다. 로마에서 1년 내내 고귀한 사물의 관찰에만 익숙했던 정신이 깃들 곳으로는 이 난장판이 적합한 장소라고 생각하지 않는 것 같았다.

그러나 더 훌륭한 내적 감각을 위해서 무척 기분 좋은 사건이 준비되어 있었다. 베네치아 광장에는 많은 마차들이 있었는데 앞에서 열을 지어 가는 마차들에 다시 끼어들기 전에, 앙겔리카가 탄 마차를 발견하고 마차의 문으로 다가가 인사를 했다. 그녀가 반갑게 나를 향해 몸을 밖으로 내밀었다가 다시 몸을 뒤로 젖혀 그녀 옆에 앉아 있는, 병이 완쾌된 밀라노 처녀를 보여주었다. 그녀는 변하지 않았다. 건강하고 한창 젊은 나이에는 곧 다시 회복되기 마련 아닌가! 그렇다. 나를 바라보는 그녀의 눈은 전보다 더 싱싱하고 반짝이는 것 같았다. 반가워하는 그녀의 표정은 내 마음 저 깊은 곳까지 파고들었다. 할 말을 잃고 우리는 한동안 마주 보고 있었다. 마침내 앙겔리카가 나를 향해 허리를 구부리며 말했다.

---

238) 게오르크 멜키오르 크라우스(Georg Melchior Kraus, 1737~1806)는 아우구스트 대공의 비서실장이었던 프리드리히 유스틴 베르투흐(Friedrich Justin Bertuch, 1747~1822)와 함께 1776년에 바이마르 자유회화학교를 공동 창립한 화가다. 요한 프리드리히 웅거(Johann Friedrich Unger, 1753~1804)는 베를린의 활자주조가, 인쇄업자, 출판업자로, 괴테의 작품집도 발행했다.

"내 옆의 젊은 친구가 말을 못하고 있으니, 아무래도 내가 통역을 해야겠어요. 그녀가 그토록 오랫동안 간절히 바라며 나에게 자주 한 이야기가 있거든요. 그녀의 병과 운명에 대해서 당신이 보여주신 마음 씀씀이에 몹시 감동을 받았고, 그녀가 다시 삶의 문턱을 넘을 때에 위안이 되었으며, 그녀가 회복될 때 다시 건강하게 기운을 찾게 해주었다고요. 친구들의 정성, 특히 당신의 이런 정성이 없었더라면 그녀가 그토록 깊은 외로움에서 빠져나와 선량한 사람들과 다시 교제를 시작하지 못했을 것이라고 말했답니다."

"그 말은 모두 정말이에요."

처녀가 앙겔리카 너머로 내게 손을 내밀며 말했다. 나는 그 손을 맞잡기는 했지만 차마 입술에 갖다 대지는 못했다.

나는 평온한 만족감을 느끼고 그들과 헤어져 다시 바보들이 들끓는 곳으로 돌아갔다. 앙겔리카에게 그윽한 감사의 마음을 느꼈다. 그녀는 그 불상사가 발생한 이후 곧바로 이 착한 처녀를 보살폈고, 더 나아가 로마에서는 흔치 않은 일까지 했으니 말이다. 즉 이제껏 알지도 못했던 처녀를 신분이 높은 그녀의 무리에 끼워준 것이다. 이 착한 아이에게 보인 나의 정성이 적지 않게 작용을 했다는 말이 은근히 내 기분을 좋게 했다.

로마 대법관 레초니코 공자는 독일에서 돌아와 벌써 한참 전에 나를 방문했더랬다. 그는 자신의 친구이자 소중한 후원자인 디데 백작 부부[239]의 안부를 전해주기도 했다. 나는 언제나

---

239) 튀링겐 지방의 명문 귀족인 퓌어스텐슈타인 백작 빌헬름 크리스토프 디데(Wilhelm Christoph Diede zum Fürstenstein, 1732~1807)는 신성로마제국의 여러 왕가들에서 정치가, 고문관, 외교관으로 활동했다. 그의 아내 루이

처럼 더 친밀한 관계를 맺기를 사양했지만, 이제는 어쩔 수 없이 이 사람들과 왕래할 수밖에 없다.

디데 백작 부부가 절친한 친구인 레초니코 공자를 방문하러 왔기 때문에 나는 이런저런 초대를 거절하지 못했다. 피아노 연주로 유명한 백작 부인이 캄피돌리오 관저[240]에서 열리는 연주회에서 피아노를 치기로 했다. 재주 좋기로 이미 소문난 우리의 동료 카이저도 여기에 연주가로 초대되어 나까지 으쓱한 기분이었다. 초대에 응한 나는 콜로세움 쪽을 향해 있는 대법관 집무실에서 잊을 수 없는 일몰을 감상했다. 모든 방향에서 보이는 것들이 일몰을 장식해 우리 예술가들의 눈에 기가막히게 아름다웠지만, 여기에 빠져들어 넋을 잃을 상황이 아니었다. 모인 사람들에게 존경심을 보이고 예의 바른 태도를 취해야 했기 때문이다. 디데 부인은 피아노 연주 솜씨가 늘어 훌륭한 연주를 했다. 카이저가 자리를 이어받아 이에 못지않게 좋은 연주를 들려주는 것 같았다. 사람들이 그에게 칭찬하는 말을 곧이곧대로 듣는다면 말이다. 프로그램이 바뀌면서 연주회는 한참 계속되었다. 어떤 숙녀가 좋아하는 아리아를 불렀고드디어 다시 카이저 차례가 되었다. 그는 우아한 주제를 들려주고 이 주제를 다양하게 변화시켜 연주했다.

모든 것이 순조롭게 진행되었다. 대법관은 나와 대화하면서 친절한 말을 많이 하면서도, 아무래도 숨길 수가 없었는지,

---

제 디데(Ursula Margarethe Konstantia Louise Diede, 1752~1803)는 칼렌베르크 제국백(Reichsgraf von Callenberg) 가문 출신이며, 당대에 피아니스트로 명성이 높았다.

240) 캄피돌리오 광장의 세나토리오 궁전이다. 741쪽 각주 144번 참조.

예의 유화적인 베네치아 억양으로 말을 꺼냈다. 원래 자기는 그런 변주곡들을 별로 좋아하지 않고, 그의 친구 부인이 훌륭하게 연주한 아다지오를 들으면 언제라도 완전히 감동한다고 좀 아쉽다는 듯이 말했다.

아다지오와 라르고의 늘어지는 듯한, 예의 그 동경 어린 음악이 나한테 거슬린다고는 말할 수 없다. 그렇지만 나는 뒤로 갈수록 톤이 고조되는 음악을 좋아한다. 우리 자신의 여러 가지 감정, 그리고 상실과 실패에 대한 깊은 생각이 너무나 자주 우리를 잡아 끌어내리고 마음을 뒤흔들려고 하기 때문이다.

그렇다 해도 나는 대법관을 비난할 수는 없었다. 오히려 아주 친절하게 그가 즐겨 듣는 음악이 그에게 어떤 확신을 줄 것이며, 그가 세상에서 가장 아름다운 곳에서 체류함으로써 그렇게 사랑과 존경을 한 몸에 받고 있는 그의 친구 부인을 이곳으로 초대할 수 있었다고 말했다.

외국인, 특히 독일인 청중들에겐 이루 말할 수 없는 즐거운 순간이었다. 이미 오래전부터 잘 알려졌고 훌륭한 피아니스트로 존경받는 그 부인이 음악에 심취해 그랜드피아노를 부드럽게 연주하는 순간, 우리는 음악을 들으면서 동시에 창밖에 펼쳐진, 세상에서 유일한 그 지역을 내려다보았다. 태양이 지는 모습은 찬란했고, 지붕이 약간 보였고, 그 너머에 일대 장관이 펼쳐져 있었다. 셉티미우스 세베루스 개선문 왼쪽에서 시작해서 캄포 바치노[240]를 따라 미네르바 신전과 평화의 신전[241]까지 이어졌다. 그 뒤에서는 콜로세움이 자태를 드러내고 있는데, 여기서 오른쪽으로 눈을 돌려 티투스 개선문을 지나면, 우리의 마음과 눈길을 끄는 미로가 펼쳐진다. 팔라티노 언덕의 폐허와 정원, 그리고 야생식물들이 우거진 황량한 풍경이다.

(1824년 프리스와 튀르머가 동판화로 묘사한 로마의 북서쪽 시가지 풍경화를 보자.[243] 캄피돌리오의 첨탑에서 조망한 로마시 풍경이다. 몇 층 위에서 내려다본 것인데, 최근의 발굴 작업이 끝난 후의 전경이다. 우리가 당시에 감상했던 석양과 그 음영을 묘사했는데, 이글거리는 빛을 청색 음영으로 대조를 이루게 하고, 상상할 수 있는 그 모든 마력적인 것을 묘사했다.)

그리고 나서 우리는 훌륭한 그림을 조용히 감상할 수 있는 행운을 가졌다. 아마도 멩스가 그린 그림들 중에서 가장 훌륭한 그림이리라. 그것은 교황 클레멘스 13세 레초니코의 초상화였는데, 우리의 후원자인 대법관은 교황의 친척이어서 현재의 위치에 오를 수 있었다. 마지막으로 이 그림의 가치에 관해서 우리 친구[244]가 쓴 일기의 일부를 인용한다.

"멩스가 그린 그림들 중에서, 그의 예술 감각을 가장 잘 나타

---

241) Campo Vaccino. '소들의 평야'라는 뜻으로, 16세기부터 1812년 포로로마노 발굴이 시작되기 전까지 이곳에 가축시장이 열렸다. 고대의 유적지 속 동물들의 모습과 시장의 활기가 독특한 조화를 이뤄 화가들이 즐겨 그린 풍경화 소재였다.

242) 당시까지 이렇게 알려져 있었으나, 실제로는 308년 막센티우스 황제가 건설하기 시작해, 콘스탄티누스 1세가 312년에 완공한 막센티우스 대성전(Basilica di Massenzio)이다.(막센티우스와 콘스탄티누스 대성전이라고도 한다.) 로마제국 말기 4명의 황제가 각자 영토를 분할해 통치하던 혼란기에 콘스탄티누스가 막센티우스를 제거했으며, 리키니우스와는 동맹을 맺어 각각 동로마제국과 서로마제국으로 분할 통치하기로 결정하면서 로마제국기가 사실상 끝난다.

243) 하이델베르크 출신 화가이자 판화가인 에른스트 프리스(Ernst Fries, 1801~1833)와 뮌헨 태생의 건축가이자 동판화가 요제프 튀르머(Joseph Thürmer, 1789~1833)가 1824년에 작업한 에칭화로, 바이마르의 안나 아말리아 도서관 소장품인데, 괴테가 특별 허가를 받아 사본을 떴다.

244) 하인리히 마이어다.

내고 있는 작품은 교황 레초니코의 초상화다. 채색과 기법에 있어서 베네치아파를 모방했는데, 다행스럽게도 완전히 성공한 작품이 되었다. 색채의 톤이 진실하고 따뜻하며, 얼굴의 표정에선 생동감과 재치가 엿보인다. 금실로 짠 커튼은 두상과 나머지 신체 부위를 아름답고 두드러져 보이게 하는데, 이 아이디어는 회화에서 상당히 용감한 시도다. 덕분에 그림이 풍요롭고도 조화를 이룬 느낌을 주고, 우리 눈에 적당히 안정감 있어 보이니, 아주 성공한 그림이다."

3월

서신

3월 1일, 로마

일요일에 우리는 시스티나 예배당에 갔다. 교황이 추기경들과 함께 미사에 참례했다. 추기경들은 사순절 기간인지라 붉은색이 아니라 보라색 옷을 입고 있었는데, 그게 새로운 구경거리였다. 나는 며칠 전에 알브레히트 뒤러의 그림을 실제로 볼 수 있게 되어 기뻤다. 전체를 종합적으로 보면 독특하면서도 근사하지만, 몹시 간소했다. 부활절 전주에는 많은 행사가 개최되고 무수한 사람들이 모여드는데, 외국인들이 이때 이곳에 오면 어처구니없어 하는 것이 내게는 조금도 이상하지 않다. 나는 이 성당을 잘 알고 있다. 지난여름에 그곳에서 점심도 먹고, 교황의 의자에서 낮잠도 잤다. 그리고 그곳에 있는 그림들도 외우다시피 모두 잘 안다. 그러나 원래의 의도에 맞게 그 모든 그림들이 한자리에 모여 있으면 완전히 달라 보여서, 다시 알아보기 어렵다.

에스파냐 작곡가 모랄레스[245]의 모테트가 연주되었다.

---

245) 크리스토발 모랄레스(Cristobal Morales, 1500?~1553). 16세기 에스파냐의 대표적 교회음악 작곡가로, 로마 교황청 합창단원과 톨레도 성당의 악

앞으로 계속될 연주회를 예감케 하는 곡이었다. 이 음악은 여기에서만 들을 수 있고, 그러므로 꼭 들어야 한다는 카이저의 의견에 나도 동의한다. 그 이유는 우선, 다른 곳에서는 성악가들이 파이프오르간과 다른 악기의 반주 없이는 그런 노래를 연습할 수 없기 때문이고, 둘째로는 이 모테트가 교황의 성당에 소속된 고전 예술품들과 미켈란젤로의 연작 그림들, 그리고 최후의 심판, 예언자들, 성경 이야기들, 이 모두와 잘 어울리기 때문이다. 카이저가 언젠가 이 점에 관해 확실한 의견을 발표할 것이다. 그는 고전음악의 숭배자이고, 옛 음악과 관계가 있는 것은 모두 열심히 연구하고 있다.

그리하여 우리는 이탈리아어로 된 가사에 베네치아 귀족 베네데토 마르첼로가 금세기 초에 곡을 붙인 진귀한 『시편 모음곡집』[246] 하나를 집에 두게 되었다. 그는 많은 곳에 유대풍의 음조를 사용했고, 부분적으로는 에스파냐풍과 독일풍의 음조도 모티프로 썼으며, 다른 한편으로는 옛 그리스풍의 멜로디를 기본으로 삼았다. 그는 음악에 대한 이해와 지식이 풍부하고 절제할 줄도 아는 작곡가였다. 작품들은 독주곡, 이중창, 합창곡 등 다양한데, 이에 대한 지식을 가지고 들으면 믿을 수 없을

장을 지녔다. 모테트(motet)는 르네상스 시대 종교음악으로, 라틴어로 된 「시편」이나 성경 구절에 곡을 붙인 무반주 다성 합창곡 양식이다.

246) 이탈리아의 작곡가, 작가, 변호사, 교사였던 마르첼로(Benedetto Marcello, 1686~1739)가 1724~1726년에 출판한 악보집이다. 베네치아의 여러 예배당을 돌며 「시편」의 1~50편에 해당하는 부분의 찬송가를 듣고 기보(記譜)한 것으로, 가사는 역시 베네치아의 귀족으로 마르첼로의 친구인 주스티니아니(Girolamo Ascanio Giustiniani, 1697~1749)가 이탈리아어로 번역했다. 이 탈리아어로는 『에스트로 포에티코아르모니코(Estro Poeticoarmonico)』라고 한다.

정도로 독창적이다. 카이저는 이 음악을 높이 평가해서 그중 몇 곡을 필사할 것이다. 어쩌면 찬송가 50곡이 수록된 1724년 베네치아 판본의 전곡을 입수할 수도 있다. 헤르더가 연구해 보면 이 흥미로운 작품 목록에서 뭔가 알아낼지 모른다.

나는 용기를 내서 내 전집의 마지막의 세 권에 대해 생각을 한번 해보았다. 그리고 내가 원하는 것을 정확히 깨달았다. 이제 이를 행하기 위해서는 하늘이 행운과 분위기를 내려주시면 된다.

이번 주는 좋은 일이 많아서 되돌아보면 마치 한 달을 산 듯하다.

첫 번째로 『파우스트』에 대한 계획을 세웠다. 이 수술 작업이 잘되기를 바라고 있다. 물론 이 작품이 지금 쓰이든, 15년 전에 쓰였든, 그것은 다른 문제다. 내 생각에는 모든 것을 살려야 할 것 같다. 최근에야 전체를 연결하는 실마리를 다시 찾았다고 믿기 때문이다. 전체적인 톤에 대해서도 별 걱정이 없다. 이미 한 장면을 새로 썼다. 이제 내가 원고를 연기로 그을려놓으면, 아무도 옛날 원고에서 새로 집필한 장면을 찾아내지 못할 것이라는 생각이 든다. 장기간의 휴식과 은둔생활로 나의 고유한 자아가 원하는 상태로 지내다보니, 완전히 나 자신으로 돌아왔다. 그리고 지난 세월과 사건들 때문에 내 마음 깊은 곳에서 그다지 괴로워하지 않은 것이 놀라울 뿐이다. 옛날 원고를 보고 있으면, 가끔 많은 생각을 하게 된다. 사실은 첫 번째 작품인데, 주요 장면들을 구상도 하지 않고 그냥 써 내려갔다. 지금 보니 세월이 지나 누렇게 퇴색되었고 닳아빠졌다.(각 장을 묶어 철하지 않았더랬다.) 가장자리가 쓸려 마모되었고, 완전히 너덜거려서 정말 고대 경전의 한 편린처럼 보인다. 이를 계기로, 당시에 내가 곰곰이 생각하고 예감함으로써 그 과거 세계로 되돌아갔듯이, 이젠 나 자신이 직접 살았던 옛 시절로 되돌아가 본다.[247]

『타소』의 구상도 잘 진행되고 있고, 마지막 권에 수록될 여러 가지 시들도 거의 다 교정이 됐다. 「예술가의 지상 순례」는 개작되어야 하고, 「예술가의 신격화」가 첨부되어야 한다.[248] 이 젊은 시절의 작품들에 관해서 요즈음 연구를 해봤기 때문에 모든 세부들이 완전히 생생해졌다. 참으로 기대가 되고, 마지막 세 권에 대한 희망에 부풀어 있다. 전체적으로 이미 완성되어 내 앞에 있는 것만 같다. 내가 오로지 원하는 것은 이미 생각한 것을 한 걸음씩 진척시키기 위한 마음의 여유와 평온이다.

여러 가지 소품 시를 수록하는데 있어서 나는 자네의 『잡문집』을 모범으로 삼았다. 이것이 서로 다른 내용의 시들을 연결시키는 좋은 해결책이 되어, 너무나 개인적이고 순간적인 작품들을 독자들이 어느 정도 즐길 수 있게 되기 바란다.

---

247) 괴테는 1773~1775년에 「초고 파우스트(Urfaust)」를 썼지만, 장면들을 단편적으로만 구상해 놓은 상태였다. 여기서 언급한 수정본은 1790년에 『단편 파우스트(Faust. Ein Fragment)』로 발표되었는데, 최종본의 1부에 해당하는 내용이다. 각 장면들이 연결은 되었지만 여전히 미완의 상태였다. 이후 실러의 끈질긴 설득으로 1798년에 다시 집필을 시작, 최종본 『파우스트』의 1부를 1808년에 출판했다. 2부까지 완성한 것은 1831년이고, 출판은 그의 사후인 1832년에 이루어졌다.

248) 1774년에 썼던 짧은 극시 「예술가의 지상 순례(Des Künstlers Erdewallen)」를 개작하는 것이고, 그 속편에 해당하는 「예술가의 신격화(Künstlers Apotheose)」를 1788년에 덧붙였다. 둘 다 1789년에 출판되었다.

이런 생각들을 하고 있는데, 멩스의 새 책[249]이 도착했다. 현재 이 책은 나한테 너무나 흥미롭다. 이 책의 단 한 줄이라도 제대로 이해하려면 반드시 필요한 조건인 감각적 이해력을 내가 소유하게 되었기 때문이다. 어떤 의미로 보든 뛰어난 책이어서 한 장마다 우리에게 도움을 준다. 그의 '아름다움에 관한 소고들'[250]은 어떤 독자들에겐 몹시 어둡게 보일지 모르지만, 내게는 도를 깨우치게 해준 고마운 책이다.

그 밖에는 색채에 관해 많은 생각을 했다. 지금까지는 아는 것이 거의 없는 분야라서 내게 매우 중요한 일이다. 연습을 거듭하고 끊임없이 생각함으로써 이 세계의 외면적 아름다움도 즐길 수 있을 것 같다.

1년 동안 가보지 않았던 빌라 보르게세의 갤러리를 어느 날 오전에 방문했다. 내가 작품을 보는 데 많은 이해력이 생긴 것을 확인하게 되어 기뻤다. 추기경의 소장품은 이루 말할 수 없이 귀중한 예술 작품들이다.

3월 7일, 로마

풍요롭고도 조용했던, 그리고 유익했던 한 주일이 또 지나갔다. 일요일 교황의 합창단 연주는 놓쳤지만, 대신 앙겔리카와 함께 코레조의 작품으로 여겨지는 아주 훌륭한 그림을 감상했다.

라파엘로의 두개골이 안치되어 있는 산루카 아카데미의

---

249) 멩스 사후인 1786년에 출판된 『안톤 라파엘 멩스 기사가 남긴 작품들(Des Ritters Anton Raphael Mengs Hinterlaßne Werke)』을 말한다.

250) 위의 책에 수록된 에세이 「아름다움과 좋은 취향에 관한 고찰(Betrachtung über die Schönheit und den guten Geschmack)」을 말한다.

소장품들을 구경했다.[251] 내가 보기엔 이 유물이 진짜 같았다. 골격 형성이 뛰어나서 아름다운 영혼이 그 안에서 편안하게 산보를 했을 것 같다. 대공께서도 원하시는 이 유골의 모사품을 입수할 수 있을 것 같다. 그곳에 걸려 있는 라파엘로의 그림이 그의 진가를 보여준다.

캄피돌리오도 다시 보았고, 아직 보지 못했던 다른 것들도 보았다. 카바체피[252]의 저택은 여태껏 가보지 못했었는데, 대단했다. 그 많은 훌륭한 작품들 가운데 몬테카발로의 거대한 말 조각의 두상 모작을 보고 대단히 즐거웠다. 사람들은 카바체피 저택에서야 비로소 그 실물 크기와 아름다움을 가까이에서 관찰할 수 있다. 하지만 유감스럽게도 가장 아름다운 두상의 반질반질한 표면이 세월과 풍상을 겪어 지푸라기 두께만큼이나 마모되었고, 가까이에서 보면 천연두 자국처럼 패어 있다.

오늘 산카를로 성당에서 비스콘티 추기경[253] 장례미사가 있었다. 그곳에서 거행된 장엄미사에서 교황청 합창단이 노래를 부르기 때문에 우리도 아침부터 가서 귀 청소를 말끔히 했

---

251) 1577년에 설립된 산루카 아카데미(Accademia di San Luca) 예술학교는 1934년까지 카르페냐 궁전(Palazzo Carpegna)을 사용하고 있었다. 그렇지만 라파엘로의 유골은 1883년 판테온에서 발굴되었기 때문에, 괴테가 본을 떠 바이마르로 가져온 두개골은 진본이 아니다.

252) 바르톨로메오 카바체피(Bartolomeo Cavaceppi, 1716?~1799). 로마의 조각가로, 빙켈만의 친구였다. 빙켈만의 영향으로 고대 조각의 복원에 관심을 갖게 되었다. 교황청 소속 복원가로 활동했으며, 그의 작업실은 당시 그랜드 투어를 온 여행자들이 꼭 한번 들르는 명소였다.

253) 안토니오 유제니오 비스콘티(Antonio Eugenio Visconti, 1713~1788). 밀라노 귀족 태생으로, 에페수스 명목대주교를 거쳐 1771년 추기경이 되었다. 가톨릭 예식을 주관하는 로마의 예부성성(禮部聖省, Congregatio sacrorum Rituum) 장관이었다.

다. 소프라노 두 명이 레퀴엠을 불렀는데, 우리가 들을 수 있는 것들 중에서 가장 진기한 곡이었다. 주의할 점은 이 음악도 파이프오르간이나 다른 반주가 없었다는 것이다.

파이프오르간이 얼마나 듣기 싫은 악기인지는 어제저녁 산피에트로 대성당의 성가대 연주에서 실감했다. 저녁 예배의 찬송을 그 악기로 반주했는데 사람의 육성과 전혀 어울리지 않을뿐더러, 소리가 너무 컸다. 시스티나 예배당에서는 그와는 완전히 반대로 노래만 불러서 얼마나 듣기 좋았는지 모른다.

며칠 전부터 날씨는 흐리고 온화하다. 아몬드나무들은 대개 만개한 후라서 나무 꼭대기에 가끔 꽃이 보일 뿐 벌써 새파래지고 있다. 이젠 복숭아나무들이 뒤를 이어, 그 아름다운 색으로 정원들을 장식할 것이다. 비부르눔티누스[254] 꽃들이 폐허마다 만발하고, 활엽의 딱총나무 관목 울타리들과 그 밖에도 내가 이름을 모르는 나무들에 모두 잎이 돋아나고 있다. 이젠 담장과 지붕도 푸르러지고 여기저기에 꽃이 핀다. 티슈바인이 나폴리에서 돌아올 예정이라 이사를 했는데, 나의 새 숙소에서 내다보면 다양한 전망을 즐길 수 있다. 수많은 이웃집의 정원과 가옥의 뒷방이 보이는데, 어느 때는 아주 우습기도 하다.

나는 찰흙으로 소조(塑造) 작업을 해보기 시작했다. 인식의 측면에서 나는 매우 또렷하고 확실하게 발전하고 있다. 활력을 응용하는 문제에 있어서는 약간 혼란스럽다. 나도 다른 모든 친구들과 다를 바 없다.

---

254) Viburnum tinus. 학명은 라우루스티누스(Laurustinus). 인동과 상록관목으로, 겨울에도 푸른빛을 유지하며 봄에 다발로 무리를 이룬 분홍 꽃이 핀다.지중해와 북아프리카가 원산지다.

3월 14일, 로마

다음 주는 여기서 생각하는 일도 안 되고, 작업도 할 수 없을 것이다. 연이어 열리는 축제를 쫓아다녀야 할 판이다. 부활절이 지난 후에 아직도 보지 못한 몇 가지를 관람할 생각이다. 그러고 나서는 내가 체류하면서 엮어놓은 끈을 풀어야 한다. 계산서를 지불하고 보따리도 싸고 카이저와 이곳을 떠나야 한다. 모든 일이 내가 원하고 계획하는 대로 된다면, 4월 말경 피렌체에 도착할 것이다. 그때까지 소식을 여러분에게 전하겠다.

나는 외부적 계기로 여러 가지 조치를 취했어야 했는데, 그로 인해 새로운 상황에 당면하게 되었고 내 로마 체류가 더 긍정적이고 유익하고 행복하게 되었으니, 참으로 뜻밖의 일이다.[255] 더 나아가 이렇게 말할 수도 있겠다. 지난 8주 동안은 내 인생에서 가장 만족스러운 시기였으며, 적어도 이제는 미래의 내 존재의 온도를 측정할 수 있는 지극히 외적인 기준을 알게 되었다.

이번 주에는 날씨가 나빴는데도 매사가 순조로웠다. 일요일엔 시스티나 예배당에서 팔레스트리나[256]의 모테트를 들었

---

255) 안나 아말리아 여공작의 로마 체류를 위한 여러 준비를 말한다. 여공작의 그랜드투어는 괴테의 루트를 거의 그대로 쫓아 이루어졌는데, 1788년 10월 로마에 도착, 6개월간 체류, 이후 나폴리까지 내려갔다가 1790년 3월 베네치아를 거쳐 6월 바이마르로 귀국했다. 괴테는 여공작의 귀국길에도 베네치아로 가 그곳에서부터 바이마르까지 에스코트했다. 여공작의 그랜드투어는 앙겔리카 카우프만, 티슈바인 등의 초상화로 그 모습이 기록되었다.

256) 조반니 피에르루이지(Giovanni Pierluigi da Palestrina, 1525~1594). 로마 근교인 팔레스트리나에서 태어나 일찍부터 교회음악가로 활동했다. 산타마리아 마조레 대성당, 산피에트로 대성당에서 악장을 지내며 100곡 이상의 미사곡과 300곡 이상의 모테트를 작곡하여, 대위법과 성악 중심의 가톨릭

다. 화요일엔 여러 가지 종려주일[257] 성악곡이 어느 외국 여성에게 경의를 표하기 위해 어떤 홀에서 연주되었다. 운 좋게도 우리는 이 성악곡을 대단히 편안하게 들었고, 우리가 예전에 피아노 반주에 맞춰 그 곡들을 자주 부른 적이 있어서 잘 이해할 수 있었다. 믿을 수 없을 정도로 단순하면서도 위대한 음악인데, 이 곡을 언제나 새롭게 연주하는 장소와 상황으로 이곳보다 나은 곳이 없을 듯하다. 그 연주가 기가 막히게 매끄럽게 들리는 것은 물론 수공업자 전통에서 비롯하지만, 자세히 듣고 있으면 이 점은 문제가 되지 않고 비범하다는 인상만이 남게 된다. 완전히 새로운 음악이다. 언젠가 카이저가 이에 관한 의견을 표명하리라 본다. 그는 성당에서의 리허설에 참석할 수 있는 특권을 얻을 것이다.

그 밖에도 이번 주에는 골격과 근육을 공부한 후에 사람의 발을 하나 흙으로 만들어 선생님에게 칭찬을 들었다. 신체를 그렇게 완벽하게 완성해 본 사람이라면 눈에 띄게 나아질 수밖에 없다. 온갖 도움을 받을 수 있고 전문가들의 다양한 조언을 얻을 수 있는 로마에서 이는 당연한 일이다. 나는 해골의 발과 원형대로 부어서 만든 아름다운 복사본을 하나 가지고 있다. 보기 좋은 고대의 족상(足像) 사본 6개는 모방하기 위해서고, 보기 싫은 것도 몇 개 가지고 있는데 이것은 훈계하기 위해서다. 나는 또한 원형도 참고할 수가 있는데, 내가 출입하는 모든 저택들에서 이런 부분을 관찰할 수 있기 때문이다. 그림들을

교회음악 양식을 확립한 인물이다.
    257) 부활절 전 일주일간의 성주간을 말한다. 예수의 예루살렘 입성을 환영하기 위해 신도들이 종려나무 가지를 흔들었던 데서 유래한 명칭이다.

보면 화가가 무슨 생각을 했으며 무엇을 만들어냈는지도 알 수 있다. 날마다 나를 찾아오는 화가 서너 명으로부터 조언과 의견을 많이 듣고 참고하는 중이다. 그러나 정확히 따져보면, 하인리히 마이어의 충고와 조언이 가장 유익했다. 만일 이런 기반을 가지고 이런 순풍에도 배가 움직이지 못한다면, 이 배는 돛이 하나도 없든지 항해사가 엉터리일 것이다. 내 경험상, 미술품을 전반적으로 개관하는 데 있어서는 세부적인 것들에 주의를 기울이며 열심히 공부하는 일이 절실하게 필요하다. 끊임없이 발전한다는 것은 유쾌한 일이다.

나는 마차를 타고 나가서 지금까지 소홀히 했던 대상을 관찰하려고 돌아다닌다. 어제는 처음으로 라파엘로의 빌라[258]에 갔다. 그가 미술도 명성도 젖혀두고 연인과 함께 인생의 즐거움을 선택한 곳으로, 성스러운 기념물이다. 도리아 제후[259]가 이 건물을 사들여 명성에 걸맞게 보존하려는 것 같다. 라파엘로는 갖가지 의상을 입은 자신의 연인 초상을 스물여덟 점이나 벽에다 그렸다. 역사적인 구도의 그림들에 등장하는 여자들도 그의 연인과 비슷하다. 이 빌라의 위치도 매우 아름답다. 이 모든 세부 사항에 관해 말하자면, 글로 쓰기보다는 직접 이야기하는 것이 나을 것이다.

그러고 나서 빌라 알바니[260]로 가서 대략적으로 훑어보

---

258) 빌라 보르게세 초입, 포르타 델 포폴로 근처에 있었는데, 1848년 로마 혁명 때 대부분 파괴되었다. 라파엘로의 이름이 붙긴 했지만 그가 소유했던 집은 아니다.

259) 13대 멜피(Melfi) 공자, 팜필리-란디(Pamphili-Landi) 제후 안드레아 도리아(Andrea Doria, 1744~1820)가 1785년에 이 일대 부지를 사들였다.

260) Villa Albani. 살라리아 거리(Via Salaria)에 위치한 알레산드로 알

왔다. 그날 날씨가 기막히게 좋았다. 오늘 새벽에는 비가 많이 왔는데 이제 해가 다시 떴다. 창밖 경치가 낙원 같다. 아몬드나무가 완전한 초록이고, 복숭아꽃은 벌써 지기 시작했다. 레몬나무 꼭대기에는 꽃봉오리들이 터지고 있다.

내가 이곳을 떠나는 것을 세 사람이 매우 마음 아프게 생각한다. 그들이 나한테서 발견한 그 어떤 것을 다시는 얻지 못하기에, 그들을 두고 떠나기가 나도 괴롭다. 나는 로마에서야 비로소 나 자신을 발견했고, 내 자아와 일체가 된 행복을 느꼈고, 또한 이성적으로 되었다. 이 세 사람은 이런 상태의 나를 여러 가지 의미에서 다양하게 알고 소유했으며 즐겼다.

3월 22일, 로마

오늘은 산피에트로 대성당에 가지 않고 대신 편지를 쓰겠다. 기적과 고난의 종려주일도 이젠 지나갔고, 내일 우리는 축성을 받을 것이다. 그러고 나면 완전히 다른 삶을 위한 심정적 전환이 이루어질 것이다.

좋은 친구들의 수고 덕택으로 나는 모든 것을 보고 들었다. 특히 사람들에게 밀리고 눌리는 와중에서도 순례자들의 세족식(洗足式)과 성찬식을 보았다.

교회음악은 상상할 수 없을 정도로 아름답다. 알레그리의 「미제레레」와 십자가에 박힌 주님이 백성을 질책한다는 뜻이 담긴 「임프로페리아」가 특히 아름답다.[261] 이 합창곡들은 성

바니 추기경(300쪽 참조)의 집으로 1747~1767년에 지어졌다.

261) 로마 태생으로 교황청 합창단원이자 교회음악 작곡가였던 그레고리오 알레그리(Gregorio Allegri, 1584~1652)가 작곡한 「미제레레(Miserere Mei

금요일[262] 아침에 연주된다. 교황이 십자가를 받들기 위해 화려한 예복을 벗고 옥좌에서 내려오는 순간 장내는 고요해지고 합창단이 노래를 시작한다. "나의 백성들아, 나한테 저지른 일이 무엇이뇨?" 이 순간이야말로 모든 진귀한 의식들 가운데 가장 아름다운 장면이다. 이제 자세한 것은 만나서 이야기하기로 하고, 이 음악들 가운데 옮길 수 있는 것은 카이저가 가지고 갈 것이다. 나는 소원대로 즐길 수 있는 의식을 모두 보고 즐기면서 언제나처럼 조용히 관찰했다. 소위 사람들이 말하는 효과는 내게 아무런 작용도 못 했다. 근본적으로 나를 감동시킨 것은 하나도 없었다. 내가 감탄한 것은 그들이 기독교 전통을 완벽하게 전례(典禮)화했다는 점이다. 정말 그들은 이런 말을 들을 만도 하다. 교황의 전례들 중에 특히 시스티나 예배당에서 행해지는 예식들은 고상한 취향과 완벽한 위엄을 갖추었다. 그것이 보통 가톨릭 미사에서는 별로 좋아 보이지 않는데 말이다. 그러나 이런 완벽한 전례는 수백 년 전부터 모든 예술이 번성하는 곳에서만 가능할지도 모르겠다.

이에 관한 자세한 이야기를 여기서 할 수는 없다. 그동안에 예의 그 일로 다시 주저앉아 더 오래 체류할 생각을 하지 않았더라면, 나는 다음 주에 떠날 수 있었을 것이다. 그러나 그 일도 나에게 좋은 방향으로 바뀌었다. 그간 나는 많은 공부를 했

Deus)」는 시편 51장에 곡을 붙인 성가로, 참회의 노래라고도 한다. 성주간에 시스티나 예배당에서 5부 아카펠라 합창단이 부르는 성가로 유명하다. 「임프로페리아(Improperia)」는 11세기경부터 성금요일에 불렸던 그레고리오 성가인데, 1560년 이후로는 팔레스트리나의 곡을 사용하고 있다.

262) 부활절 성주간의 금요일. 그리스도의 십자가 수난을 기리는 날로, 한 해 중 유일하게 미사 없이 예수 수난예식만 거행된다.

으며, 원했던 그림 그리는 일도 완료되어 기반이 잡혀간다. 힘찬 발걸음으로 가던 길을 일순간에 버리고 떠나려니 그 느낌이 묘하다. 그러나 그러려니 하고 말아야지, 그런 기분을 키워서는 안 된다. 모든 큰 이별에는 광기의 싹이 잠재하고 있기 때문에 우리는 감상에 젖어 그 싹이 터 자라나지 않도록 조심해야 한다.

시칠리아까지 함께 갔던 화가 크니프가 나폴리에서 아름다운 그림들을 보냈다. 내 여행의 달콤한 열매인 셈인데, 여러분의 마음에도 들 것이다. 눈앞에 보이는 것을 가지고 갈 수만 있다면 가장 확실한 방법일 텐데. 이 그림들 가운데 몇 점은 색채의 톤이 특별히 잘되었는데, 여러분은 이곳이 이렇게 아름다운가 하고 믿기 힘들 것이다.

나는 이렇게 로마에서 점점 더 행복해졌고 즐거움은 매일 커졌다고 말하겠다. 그리고 내가 누구보다도 여기에 머무를 자격이 있는 사람이기에, 이제 떠나야 한다는 것이 슬프게 보일지 모르지만, 한편으로는 내가 이만큼 오래 체류했기 때문에 목표한 바에 도달할 수 있었다는 사실이 마음을 무척 편안하게 해준다.

방금 그리스도가 끔찍한 소음과 함께 부활하셨다. 성[263]에서 축포가 발사되고 교회 종들이 모두 울리고 있다. 온 시가지에서 폭죽과 꽃불이 터지고 연발 총포가 발사되고 있다. 오전 11시 정각이다.

---

263) 산탄젤로 성. 600쪽 각주 9번 참조.

보고

필리포 네리는 로마에 있는 7대 본당을 마치 의무라도 되는 듯 자주 찾아다님으로써 자신의 지극한 믿음을 증명했다.[264] 이에 대해 생각해 보기 전에 먼저 언급할 것이 있다. 교회 축일에 오는 순례자들이 치러야 하는 의무적인 성당 순례는 이 성당들이 각각 멀리 떨어져 있기 때문에, 모두를 하루에 순례해야 한다면 끔찍한 여행이나 다름없다는 사실을 염두에 두어야 한다.

7대 본당은 산피에트로, 산타마리아 마조레, 성 밖의 산로렌초, 산세바스티아노, 라테라노의 산조반니, 예루살렘의 산타크로체, 성 밖의 산파올로 성당이다.

신앙심이 깊은 이 지방 사람들도 부활절 전 종려주일, 그리고 특히 성금요일이 되면 이런 순례를 한다. 이로서 영혼이 면죄된다는 종교적 이점을 누릴 뿐만 아니라 육체적인 즐거움까지 추가된다. 이런 의미에서 그 목표와 목적이 더욱 매력적으로 다가온다.

구체적으로 말하자면, 이 순례를 끝마치고 마침내 산파올로 성문 안으로 다시 들어온 사람은 증명서를 가지고 가서 표

---

264) 로마의 일곱 성당 순례 전통을 만든 인물이 바로 필리포 네리다. 그는 새벽 동이 트기 전에 순례를 시작해 하루 종일 7곳의 성당을 돌며 예배와 짧은 설교를 주관했다. 이들 가운데 산피에트로(성 베드로), 산타마리아 마조레(성모마리아), 성 밖의 산파올로(성 바오로), 라테라노의 산조반니(성 요한)는 교황청 직할의 4대 메이저 바실리카이고, 성 밖의 산세바스티아노(성 세바스찬), 예루살렘의 산타크로체(성 십자가), 성 밖의 산로렌초(성 로렌초)는 마이너 바실리카다. 그리고 산세바스티아노 성당은 2000년에 교황 요한 바오로 2세가 성당 순례 코스에서 제외하고, 대신 산투아리오 델라 마돈나 델 디비노 아모레(Santuario della Madonna del Divino Amore, 성모 하느님의 사랑) 성당을 지정했다.

를 받는데, 이것은 지정된 날짜에 빌라 마테이[265]에서 열리는 종교적 국민 축제에 참가할 수 있는 입장권이 된다. 그곳에서 사람들은 빵, 포도주, 약간의 치즈와 계란 등 간단한 식사 대접을 받는다. 입장객들은 정원 곳곳에 자리를 잡는데, 대부분 사람들은 그곳에 있는 조그만 암피테아터에 진을 친다. 그리고 맞은편 정자에는 신분이 높은 사람들, 추기경들, 주교들, 영주들과 신사들이 모여 이 광경을 즐긴다. 이렇게 모두가 마테이 가문이 제공하는 축제에 참여한다.

우리는 열 살에서 열두 살 되는 소년들의 종교 행진을 보았다. 수도사 차림이 아니라 흔히 축제일에 수공업 견습생들이 입는 의상이었는데, 색상과 디자인이 모두 같았다. 둘씩 짝을 지어 가는데 모두 40명쯤 되었다. 그들은 경건하게 연도(連禱)를 읊조리며 조용하고 질서 있게 행진했다.

수공업 장인으로 보이는 건장한 노인이 소년들 옆에서 전체를 정리하고 통솔하는 것 같았다. 눈에 띄는 것은 잘 차려입은 행렬의 말미에 맨발에다 넝마를 걸친 거지 행색의 아이들 여섯이 따라가는 모습이었다. 이 아이들도 소년들과 똑같이 얌전하게 행진했다. 걱정이 되어서 알아보니, 신발을 만드는 이 남자는 자식이 없었다. 그는 일찍이 불쌍한 남자 아이 한 명을 데려다가 견습생으로 삼아 뜻있는 사람들의 도움을 받아서 옷

---

265) Villa Mattei. 캄피돌리오 언덕에 있는 마테이의 별장으로, 현재의 건물은 1580년에 지어졌으며, 정원이 유명하다. 오늘날 명칭은 빌라 첼리몬타나(Villa Celimontana)다. 마테이 가족은 순례를 마치고 들른 필리포 네리에게 늘 간단한 식사를 대접했는데, 이로부터 괴테가 언급한 축제와 음식이 유래했다.

도 제대로 입히고 교육도 시키겠다는 생각을 했다. 이런 실례로 그는 다른 장인들도 아이들을 맡도록 설득했고, 다른 아이들도 후원을 받게끔 신경을 썼다. 이런 방법으로 작은 무리가 형성되었고, 그는 일요일이나 휴일에 아이들이 심심해서 나쁜 생각을 하지 못하도록 엄격한 종교 행사를 끊임없이 요구했다. 서로 멀리 떨어져 있는 본당들을 하루에 방문하라고 요구하기도 했다. 이런 식으로 이 경건한 무리의 수가 점차 늘어났고, 그는 칭찬받는 그 순례 행렬을 예전과 같이 계속했다. 눈에 띄게 유용한 이 무리가 모두 수용할 수 없을 정도로 불어나자 일반인들의 자선 활동을 일깨우기 위해서 다음과 같은 방법을 썼다. 앞으로 돌봐주어야 하는 아이들을 그의 행진 대열 말미에 따라가게 한 것이다. 이 생각은 매번 이 아이들을 돌보게끔 기부를 받아내는 데 성공했다.

우리가 이런 자초지종을 듣고 있을 때, 나이가 더 들고 옷을 제대로 입은 소년들 가운데 한 명이 우리 곁으로 와서 접시를 내밀며 아직 헐벗고 신발도 못 신은 아이들을 위해 조금이라도 적선해 달라고 깍듯이 말했다. 감동한 우리 외국인들은 기부금을 듬뿍 희사했다. 뿐만 아니라 우리 옆에 있던, 평소에는 한 푼에도 인색한 로마인들까지 조금 희사했다. 그들은 이 좋은 일을 칭찬하는 말과 더불어 종교적으로 무게 있는 말을 건넸는데, 작은 기부금에 비해 말이 많았다.

우리는 신앙심 깊은 아이들의 아버지가 이런 수확이 있는 행렬이 끝나고 나면, 자신의 수련생들 모두에게 이 기부금의 혜택을 주는지를 알고 싶었다. 왜냐하면 그의 숭고한 목적을 위한 수입이 절대로 적을 것 같지 않기 때문이다.

아름다움을 조형적으로 모방하는 일에 대하여
카를 필리프 모리츠 지음, 1788년 브라운슈바이크

위의 제목으로 32페이지가 채 못 되는 소책자가 발행되었는데, 이는 모리츠가 독일의 출판사로부터 선금을 받은 대가로 보낸 이탈리아 기행문 원고의 일부였다. 확실히 이런 글은 도보로 영국을 순회한 모험 이야기처럼 쓰기 쉽지는 않다.

이 책자에 관해 무슨 생각을 했는지 여기에 언급하지 않을 수 없다. 그것은 우리 책의 기반이 되었고, 모리츠가 그 대화를 나름대로 자기화해서 유용하게 썼기 때문이다. 이 일은 그렇다 치고 당시에 우리가 무슨 생각을 했으며 어떤 생각이 나중에 진전되고 검토되고 실제로 사용되었는지, 그래서 금세기의 사고방식과 맞아떨어지게 되었는지 등은 역사적 관심의 대상이 될 수 있을 것이다.

이 원고의 중간 부분에서 몇 장을 여기에 소개한다. 이로써 이 원고 전체를 재발행하는 계기가 될 수도 있을 것이다.

조형미술의 천재의 경우 그의 활동력의 범위는 자연 자체만큼 넓고 커야 한다. 다시 말해서 그 조직이 몹시 섬세하게 짜여 있어 주변의 수없이 활동 중인 자연과 끊임없이 접촉해 표현할 수 있어야 한다. 그렇게 함으로써 자연의 모든 상호 관계를 극히 외부적인 것까지 전체적으로 혹은 부분적으로 병행해서 보여주되, 각 대상들이 서로 밀쳐 방해하지 않도록 충분한 공간을 보유하고 있어야 한다.

이 섬세한 짜임의 조직이 최대한도로 성장했는데, 그의 활동하는 힘이 갑자기 모호한 예감에 휩싸여 전체를 볼 수도, 들을 수도, 상상할 수도, 생각할 수도 없게 된다면 필연적으로 불안이 싹트기 마련이다. 그러면 평형을 유지하는 힘들이 오랫동안 불균형 상태에 빠지게 될지라도, 결국엔 이런 힘이 다시 균형 상태를 이루게 된다.

불분명한 예감 속에서나마 순수하게 활동하는 힘으로 자연의 고귀하고도 위대한 전체를 통찰한 예술가라면, 자연의 관계를 낱낱이 떼어서 관찰하는 것으로는 더 이상 만족할 수 없게 된다. 확실하게 인식하는 사고력, 훨씬 더 생생하게 전달하는 상상력, 그리고 극도로 밝게 반사하는 외적인 감각을 얻었기 때문이다.

모호한 예감 속에서 발휘된 활동력으로 이 상호 관계 전체를 어떤 방식으로든 볼 수 있거나, 들을 수 있거나, 혹은 상상력으로서 파악할 수 있어야만 한다. 이렇게 되기 위해서는 전체 관계를 예감하고 있는 활동력이 자체의 내부에서부터 자기 나름대로 형성되어야 한다. 그래서 이 커다란 전체의 관계들과 이 관계들 속에 깃든 최상의 아름다움을 그 빛의 정점에다 초점을 맞추어야 한다. 이 초점에서부터 눈으로 측정한 범위에 따라 최상의 아름다움을 섬세하고도 충실하게 표현하는 상이 형성되어야 한다. 이 상은 대자연 전체의 완벽한 상호 관계를 그 자체처럼 진실하고도 올바르게 포착하고 있어야 한다.

그러나 최상의 아름다움의 이런 복사가 무언가에는 남아 있어야 하기 때문에, 이 활동력은, 개인에 따라 다르지만, 볼 수 있고 들을 수 있는 어떤 것을 선택한다. 혹은 상상력이 포착할 수 있는 대상을 선택해 최상의 아름다움의 후광을 소생케 하는 한도만큼 전달한다. 그러나 자연의 관계에서 볼 때 자연은 자신 이외에 어떠한 인위적 전체를 절대로 용납하지 않기 때문에, 이 표현된 대상은 계속 존립할 수가 없을 것이다. 이렇게 해서 우리는 이미 언급한 원점으로 되돌아가게 된다. 예술을 통해 그 자체를 위해 존재하는 전체로 형성되기 이전에, 그래서 방해받지 않고 대자연 전체의 관계들을 완전히 그 범위만큼 반영할 수 있기 이전에, 그 내적인 존재가 매번 먼저 형상화되어야 한다.

하지만 아름다움이 내재한 이 커다란 상호 관계들은 사고력의 범주에 속하지 않기 때문에, 아름다움을 조형적으로 모방하려는 의도 역시 활동력이 생생하게 감지할 수 있을 뿐이다. 이미 상상 속에서 점차적으로 완성된 작품이 형성되는 첫 순간에 갑자기 모호한 예감으로부터 이 작품이 영혼 앞에 나타난다. 그래서 첫 제작 순간부터, 그것이 현실적으로 존재하기 이전에 이미 존재한다. 이로 인해 뭐라 이름 붙일 수 없는 마력이 생겨나고, 이것이 작업하는 천재로 하여금 끊임없이 제작하도록 유도한다.

아름다움의 조형적 모방에 관한 생각은 아름다운 예술 작품을 순수하게 즐기는 일도 포함해서, 우리로 하여금 예의 생생한 개념에 가까이 접근토록 해준다. 그래서 우리는 아름다운 예술 작품을 더더욱 즐길 수 있게 된다. 그러나 아름다움을 최고로 즐기기에는 우리 자신의 힘이 미치지 못하기 때문에 이 유일한 최상의 향유는 항상 이를 만들어 낸 천재 자신에게만 가능하다. 이 아름다움은 그것이 형성될 때, 만들어질 때에 그 최상의 목적을 이미 달성한 것이다. 우리가 그 나중에 향유하는 것은 이 천재가 존재하기 때문이고, 고로 천재는 자연의 홀륭한 계획에 따라 우선 자신을 위해서, 그다음으로는 우리를 위해서 존재한다. 왜냐하면 자신이 만들고 형성하지는 않지만, 한번 형성된 것을 상상력으로 파악할 수 있는, 천재가 아닌 다른 존재들이 있기 때문이다.

아름다움의 특성은 본질적으로 사고력의 경계 밖에 존재하며, 그것의 형성 자체가 생성의 과정 속에 있다. 무엇이 왜 아름다운가는 사고력으로 질문할 수 없기 때문에, 바로 그 때문에 아름답다. 사고력이 완전히 부재하는 그곳이 바로 아름다움을 평가하고 관찰할 수 있는 비교 지점이 된다. 위대한 자연 전체의 조화로운 상호 관계 외에 진짜 아름다움을 비교할 수 있는 것이 대체 있을 수나 있을까? 이는 사고력으로 파악할 수 없는 것이다. 다른 모든 개별적인 자연 이곳저곳에 산재한 아름다움은, 위대한 전체의 온갖 관계를 많든 적든 보여주는 개념이라는 의미에서만 아름다울 뿐이다. 이는 절대로 조형미술의 아름다움을 비교하는 관점이 될 수 없으며, 아름다움을 진실하게 모방하는 데 있어서 모범으로 사용될 수도 없다. 부분적인 자연이 최고로 아름답다 할지라도, 모든 것을 내포하는 자연 전체의 크고도 존엄한 상호 관계들을 당당히 모방한 것과는 비교할 수 없이 미미하기 때문이다. 그렇기 때문에 아름다움은 인식될 수 없다. 그것은 표출되어야 하고, 아니면 감지되어야 한다.

비교 지점이 전혀 없다는 측면에서 아름다움은 사고력의 대상이 아니기 때문에, 그리고 우리 자신이 아름다움을 표출할 수 없기 때문에, 우리는 아름다움을 즐기는 것 역시 완전히 포기해야 될 것 같다. 이는 아름다움이 보다 덜 아름다운 것보다 우리에게 더 가까이 다가오게 하는 어떤 기준이 절대로 없다는 가정을 의미한다. 그러나 우리 내면에 어떤 것이 표출하는 힘을 대신하기 때문에, 그 힘 자체는 아니지만 그에 가능한 만큼 접근할 수 있다. 바로 이것이 우리가 소위 말하는, 아름다움에 관한 취향, 혹은 감수성이다. 감수성은 아름다움을 표출하는 지고한 즐거움이 결여되어 한계가 있기는 하지만, 방해받지 않고 조용히 관찰하는 과정에서 결여된 것을 보충해 준다.

다시 말해 만일 조직이 그렇게 섬세하게 짜여 있지 않다면 밀려드는 자연 전체에 접촉하게 하는 점들을 필요한 만큼 충분히 제공할 수가 없을 것이고, 자연의 위대한 상호 관계들을 완전히 축소해서 반영할 수도 없을 것이다. 그리고 또한 이 순환의 원을 완전히 매듭을 짓기 위한 한 점이 우리에게 결여될 터인즉, 우리는 아름다움에 대한 형성력 대신에 감수성만을 갖게 될 것이다. 우리 외부에서 아름다움을 재현하고자 하는 시도는 실패할 것이다. 또한 아름다움에 관한 우리의 감수성이 우리한테 결여된 형성력의 한계를 비좁게 만들수록 우리는 우리 자신에 대해 더더욱 불만족할 것이다.

그 이유를 말하자면 이렇다. 아름다움은 바로 완성되는 순간에 그 자체 내에 존재하고 있기 때문에, 마지막으로 결여된 그 한 점이 마치 다른 수많은 것처럼 아름다움을 해치기 때문이다. 그 한 점이 다른 모든 점들을 그들이 속하는 자리에서 밀어내 버리기 때문이다. 그리고 일단 이 완성의 한 점이 결여되었을 경우, 미술 작품은 애써서 시작해 시간을 들여 진행시킬 가치가 없다. 그것은 졸작 아니면 쓸데없는 작품으로 전락하기 때문이다. 그리고 그런 작품은 당연히 망각의 나락으로 떨어져 소멸하고 말 것이다.

아름다움의 완성에 결여된 그 마지막 한 점은 유기체의 섬세한 조직에 뿌리를 내린 형성력에도 다른 수천의 점들처럼 똑같이 해를 입힌다. 감수성 중에서 최고의 가치도 형성력과 마찬가지로 지극히 미비하게 고찰될 것이다. 감수성이 스스로의 한계를 넘어서는 바로 그 점에서, 그것은 의당 자체 내에서 침몰해 없어지고 소멸하고 만다.

한 가지 확실한 종류의 아름다움을 감지하는 능력이 완벽하면 할수록 그것을 형성력이라고 착각할 위험이 더더욱 크다. 이런 식으로 수천 가지 시도가 실패로 끝나고, 자신과의 평화가 깨지는 위험에 처하게 된다.

예를 들면 이 감수성은 어떤 미술 작품에서 아름다움을 즐기는 순간에 그 작품의 과정을, 작품을 작업해 낸 형성력을 꿰뚫어본다. 그리고 이 아름다움의 더 높은 경지의 즐거움을 어렴풋이 예감하고 그 내부로부터 표출되는 강렬한 힘을 느낀다.

이미 존재하는 작품에서는 찾을 수 없는 더 높은 경지의 즐거움을 만들어내기 위해서, 한번 너무나 강렬하게 느꼈던 감수성이 비슷한 것을 자체 내에서 표출해 내려고 안간힘을 쓰지만 허사가 된다. 이 감수성은 자신이 만들어낸 것을 증오하게 되고 그것을 내버린다. 동시에 이미 자신의 외부에 존재하는 그 모든 아름다움을 향유하는 쪽으로 방향을 바꾸지만, 이 아름다움에는 자신의 행위가 덧붙여질 필요가 없다는 이유 때문에 그것을 보고도 즐거움을 얻지 못한다.

감수성이 유일하게 원하고 노력하는 바는 그가 어렴풋이 예감하는 더 높은 경지의 즐거움을 공유하는 것이다. 자신의 형성력에 대한 의식을 가지고 감수성에 감사하는, 아름다운 작품에 자신을 투영하고자 한다.

이런 감수성의 소원은 영원히 이루어지지 않을 것이다. 작품을 생산하는 일은 어떤 유용성이 아니라 자체의 만족이고, 아름다움 역시 그 자체가 목적이 되어 예술가의 손에 잡혀 저항 없이 순순히 형성되기 때문이다.

제작하고자 하는 형성 본능에 아름다움을 향유하는 상상이 개입되면, 아름다움이 완벽할 경우, 형성 본능은 성공할 수 있을 것이다. 그러나 상상이 행동력을 추진하는 힘 중 첫 번째이자 가장 강렬한 것일 경우에는, 그리고 행동력이 만들기 시작하는 것에 대해 자체 내부에서 솟아나는 느낌이 들지 않을 경우에는, 그 형성 본능이 분명히 순수하지 못하다. 아름다움의 초점, 아니면 완성점이 작품이 효력을 발생하는 데 빠져서 보이지 않는다. 빛이 발산되지 않는다. 이 작품은 자체 내에서 완성될 수 없다.

자체 내에서 표출된 아름다움을 향유하는 최고의 경지에 가깝게 접근했다고 생각하면서도 결국 포기한다는 것은, 물론 힘든 투쟁인 듯 보이지만 다음과 같은 경우에는 아주 쉽게 이루어질 수 있다. 즉 우리가 타고났다고 자랑스럽게 생각하는 형성 본능을 근본적으로 고상하게 만들기 위해서 우리가 감지하는 이기심을 철두철미하게 없애버리는 경우가 그중 하나다. 그리고 이미 있는 것을, 우리가 표출하고자 하는 아름다움을 향유하려는 그 모든 상상을 우리 자신의 힘에서 나온 감정으로 대치시키고, 이 감정을 가능한 한 최대한도로 억제하는 것이 다른 경우이다. 그래서 우리가 마지막 숨을 내쉴 때에야 이를 완성시킬 수 있고, 완성시키려고 노력할 경우다.

이렇게 우리가 예감하는 아름다움이 그 자체로서 표출되는 과정에서 유지되어 우리의 행동력에 자극을 주어 움직이게 한다면, 우리는 안도의 숨을 쉬며 우리의 형성 본능을 따라가도 된다. 이 본능이 참되고 순수하기 때문이다.

그러나 만일 향유와 작용에 관한 생각을 완전히 버렸을 때 그 자극 역시 사라져버린다면, 이런 경우에는 투쟁을 계속할 필요가 없다. 우리 내면에는 평화가 깃들고, 다시금 제자리로 돌아온 감수 능력이 눈뜨고, 경계선까지 겸손하게 물러난 대가로, 본질상 자연과 결부된 아름다움을 최고로 순수하게 향유할 수 있게 된다.

형성력과 감수성이 갈라지는 점에서 실수하거나 경계선을 잘못 넘는 경우가 너무나 흔하고 쉬운 것은 당연하다. 최상의 아름다움을 복사한 작품들 중 한 작품만이 진짜인데도, 항상 수많은 것이 졸작이거나 잘난 체하는 것들이고, 또한 오류의 형성 본능이 예술 작품을 만들어낸다는 것은 위의 이유 때문에 조금도 놀랄 일이 아니다.

이렇듯 다수의 시도가 실패하고 자신이 착각하는 것을 피하는 일이 거의 불가능한 이유는 다음과 같다. 진짜 형성력이 바로 작품 형성 초기에 확실한 대가로서 자신의 내부에서 최초의, 최상의 즐거움을 체험한다. 그리고 이 점만이 오류의 형성 본능을 구별하게 한다. 왜냐하면 형성력은 최초의 순간에 작품을 향유하는 예감 때문이 아니라, 그 자체로서 발동하는 것이기 때문이다. 그리고 이 열정의 순간에 사고력 자체는 올바른 판단을 내릴 수 없다.

그렇지만 이와 같이 실패한 시도들이 언제나 형성력의 결여를 증명하는 것은 아니다. 순수한 형성력도 흔히 아주 잘못된 방향으로 가기 때문인데, 이 경우는 눈으로 보아야 할 것을 상상력에, 들어야 할 것을 보는 일로 처리해서다.

자연이 이 내재하는 형성력을 완전한 성숙, 완전한 발전의 길로 항상 인도하는 것이 아니라, 절대로 성숙할 수 없는 오류의 길로 가게 하기 때문에, 참된 아름다움은 드물게 존재한다.

그리고 자연이 오류의 형성 본능에서 천박한 것과 졸렬한 것을 거침없이 생겨나게 하기 때문에 참된 아름다움과 고귀함은 희소가치로 인해 졸렬한 것이나 천박한 것과 구분된다.

감수 능력에는 항상 틈이 있기 마련인데, 이는 오로지 형성력의 결과로만 메워질 수 있다. 형성력과 감수성은 마치 남자와 여자의 관계처럼 상호적이다. 작품이 최초로 생겨날 때에, 감수 능력과 마찬가지로 형성력 역시 지고의 즐거움의 순간을 갖게 되고, 마치 자연처럼 자체에서부터 본질을 모사해 내기 때문이다.

감수성은 형성력과 똑같이 조직의 섬세한 구조에 기반을 두고 있고, 그렇기 때문에 대자연 전체와 접촉하는 모든 점들에 있어서 이들은 완벽한, 아니면 거의 완벽한 모사품이다.

감수성이나 형성력은 사고력보다 훨씬 더 많은 것을 포괄한다. 그리고 이 양자의 근원이 되는 행동력은 사고력이 포착하는 모든 것을 동시에 포착한다. 이 행동력이 우리가 가질 수 있는 모든 개념들 가운데 최초의 동기들을 항상 내부에서부터 실을 엮어내듯 자체 내에 지니고 있기 때문이다.

이 활동력이 사고력의 범주에 속하지 않는 모든 것을 표출하면서 자신의 내부에서 포괄하고 있을 때, 이를 형성력이라고 칭한다. 반대로 이 활동력이 사고력의 경계 밖에 있는 것을 표출하는 자신의 내부로 향하면서 파악하는 것을 감수성이라고 칭한다.

형성력은 감수성과 활동력 없이 존재할 수 없다. 반대로 활동력은 근본적인 감수성과 형성력이 없이도, 이들 중 유일한 기반이기 때문에 자체만을 위해서 존재할 수 있다.

이 활동력 역시 조직의 섬세한 구조에 기반을 두고 있기 때문에, 이 기관은 그 모든 접촉점에서만이라도, 위대한 전체 관계의 모사일 수 있다. 이 경우 감수성과 형성력이 전제되는 완전성의 정도는 문제되지 않을 것이다.

다시 말하자면 우리를 에워싸고 있는 그 위대한 전체의 상호 관계들 중에서 다수가 우리 기관의 모든 접촉점에서 항상 만나고 있다. 그래서 우리는 이 위대한 전체를, 우리 자신의 것은 아니지만, 우리 내부에서 어렴풋이 느끼고 있다. 우리 본질에 섞여 들어온 그 전체 관계는 사방팔방으로 다시금 팽창하려고 한다. 이 기관은 모든 방향으로 끝없이 뻗어나가려고 한다. 이 기관은 자신을 둘러싸고 있는 전체를 내부에서 투영하고 있을 뿐만 아니라, 가능한 한 그 자신이 자신을 둘러싸고 있는 전체가 되고자 한다.

이런 이유에서 모든 고등 조직은 자연의 법칙에 따라 하등 조직을 삼켜 그것을 자신의 본질에 이식한다. 식물은 무기질을 취해서 생성하고 생장한다. 동물은 식물을 취해서 생성, 생장, 향유를 거듭하고, 인간은 동물과 식물을 취해서 생성, 생장, 향유를 거듭함으로써 자신의 본질로 변화시킬 뿐만 아니라 동시에 자신의 조직보다 열등한 그 모든 것을, 무엇보다 가장 밝게 깎이고 반사하는 그 존재의 외면을 통해서, 존재의 영역 안으로 끌어들인 다음 다시 자신 밖으로 내보인다. 이 일은 그의 기관이 내부에서 완전하게 형성되어 미화되는 순간에 일어난다.

　이렇게 되지 않는 경우, 그는 자신을 에워싸고 있는 것을 파괴함으로써 자기 실존의 영역 안으로 끌어들이려 하고, 기를 쓰고 가능한 멀리까지 주변을 장악하려 하는데, 이는 한번 확장된 실존을 갈구하는 그의 열망이 순진무구한 명상으로는 채워지지 않기 때문이다.

4월

서신

4월 10일, 로마

내 몸은 아직 로마에 있지만, 마음은 이미 떠나 있다. 떠나기로
결심하고 보니 더 이상 관심도 없고, 차라리 2주일 전에 떠났더
라면 하는 마음이다. 사실은 카이저와 부리 때문에 아직 여기
에 머물고 있다. 카이저는 아직 몇 가지 일을 끝마쳐야 하는데,
그 일은 로마에서만 할 수 있다. 그리고 몇몇 음악 자료도 모아
야 한다. 부리는 그림 한 점을 스케치해서 내 아이디어대로
완성해야 하는데, 이 일에 내 조언이 필요하다고 한다.

　어쨌든 나는 4월 21일 아니면 22일에 출발하기로 확정했
다. [266]

4월 11일, 로마

날짜는 자꾸 지나가는데, 나는 더 이상 아무것도 할 수가 없다.
무엇을 보고 싶은 생각도 거의 없다. 충직한 마이어가 아직 내

---

[266] 1788년 4월 23일에 로마를 출발했다.

게 신경을 써주고 있어서, 나는 마지막으로 그의 가르침을 즐겨 받고 있다. 만일 카이저가 여기에 오지 않았더라면, 나는 마이어를 데리고 돌아갔을 텐데. 마이어가 우리와 함께 1년만 더 같이 있었더라면 우리 작업은 충분히 진전되었을 것이다. 특히 두상 소묘에 따르는 그 모든 어려운 점들을 해결하는 데 도움을 주었을 것이다.

나는 오늘 오전에 나의 훌륭한 마이어와 함께 로마 아카데미 드 프랑스를 방문했다. 고대 조각 작품의 복사본들이 진열되어 있는데 모두가 최상급이다. 이곳과도 작별한다니 이 기분을 어떻게 설명할 수 있을까! 그런 순간에 우리는 자신보다 더 커질 수 있다. 즉 우리가 몰두해야 할 가장 존엄한 것은 인간의 형상이라는 점을 느낀다. 이곳에서는 인간의 형상들이 매우 다양한 방식으로 찬란하게 의식된다. 그러나 이를 보는 순간에 곧 자신의 부족함을 느끼지 않을 사람이 누가 있겠는가? 마음의 준비가 되어 있는데도, 보고 있노라면 스스로가 정말 하찮게 느껴진다. 인체의 균형, 해부학, 동작의 규칙성에 관해 어느 정도 지식을 쌓은 내 눈에 여기서 너무나 강렬히 눈에 띄는 것은 형식이 마지막엔 모든 것을, 즉 인체의 각 부분들의 합목적성, 관계, 특성, 아름다움까지를 전부 포괄한다는 사실이다.

4월 14일, 로마

아마 이런 혼란스러움이 더 이상 심할 수는 없을 것이다! 예의 그 발을 점토로 만드는 일을 계속하고 있는데, 그러면서도 여태껏 구상해 온 『타소』를 다시 써서 끝내야 한다는 생각뿐이다.[267] 다가오는 여행길에 좋은 반려가 될 판이다. 그러는 중에 짐을 싸야 하고, 이런 순간에야 비로소 내가 모아서 끌고 다닌 그 모든 것이 무엇인지를 깨닫게 된다.

보고

지난 몇 주간의 서신에서는 중요한 점을 별로 읽을 수가 없다. 내 입장은 예술과 우정 사이에, 소유와 노력 사이에, 익숙한 현재와 새로이 적응해야 할 미래 사이에 너무나 휘말려 있었다. 이런 상황에서 쓰인 나의 편지들은 전달하는 내용이 적을 수밖에 없다. 역경을 헤치며 오랜 세월 동안 우정을 나눈 옛 친구들을 다시 만나게 될 기쁨에 대한 말은 적었고, 그와 반대로 떠나야 하는 슬픔은 상당히 공공연했다. 때문에 나는 과거를 되돌아보는 현시점에서 어떤 것은 요약하기로 하고, 그 당시에 다른 메모나 기념물에 간직한 것들과 기억을 더듬을 수 있는 것들을 조명해 보겠다.

티슈바인은 이미 봄에 돌아오겠다고 몇 번이나 통지를 하고서도, 여전히 나폴리에 체류하고 있었다. 그는 잘 지내고 있었는데, 시간이 지날수록 어떤 괴상한 습관 때문에 손해를 보게 되었다. 설명을 하자면 그는 계획했던 모든 일을 일종의 미확정 상태에서 신경 쓰지 않고 내버려두었다. 이로 인해서 다

---

267) 『타소』를 끝내고자 하는 의지는 괴테가 스스로를 타소와 동일시하고 이탈리아를 향해 쏠렸던 마음 상태에서 벗어나고 있음을 보여주며, 작가 자신에게도 하나의 시대를 끝맺는다는 상징성을 띤다. 결국 괴테는 귀국길에 『타소』를 완성했다.

른 사람들이 손해를 보고 기분이 언짢아졌다. 이젠 나도 이런 경우에 처하게 되었다. 그가 돌아온다고 했기 때문에 우리 모두 편안하게 지내기 위해 숙소를 옮겨야만 했다. 우리가 묵고 있던 집의 위층이 마침 비게 되었기에 나는 지체하지 않고 그 숙소를 빌려서 이사했다. 그가 돌아오면 아래층에 모두 준비되어 있는 것을 잘 볼 수 있게 하기 위해서였다.[268]

위층 숙소는 아래층과 똑같았지만 한 가지 장점이 있었다. 숙소 뒤쪽에서 내다보면, 우리 집과 이웃집의 정원이 보여서 전망이 아주 좋았다. 우리 집이 구석에 있었기 때문에 이웃집들이 사방으로 펼쳐져 있었다.

여기에서 보면, 모양이 다른 정원들이 담장에 의해 규칙적으로 구분되었고, 끝도 없이 다양한 식물들이 가꾸어지고 있는 것이 보인다. 이렇게 푸르고 꽃이 만발한 낙원을 더욱 아름답게 하기 위해, 도처에 고상한 건축 예술물들이 세워져 있었다. 온실들이며 발코니와 테라스들, 그리고 좀 높은 뒤채에는 외부 로지아, 즉 지붕 있는 야외 테라스가 있었다. 그리고 이 사이엔 이 지방의 온갖 종의 나무들과 식물들이 자라고 있었다.

우리 집 정원에는 늙은 재속신부가 레몬나무를 가꾸었다. 이 나무들은 별로 크지 않은데, 모두가 예쁘게 장식된 토기에 정성 들여 가꾸어서 여름에는 옥외의 신선한 공기에서 자라고, 겨울에는 온실로 옮겨졌다. 열매들이 익으면 완전히 익었는지를 잘 보아서 조심스럽게 딴 다음 레몬을 하나씩 부드러운 종이에 포장해서 운송한다. 이들은 특별히 질이 좋아 시장에서

---

268) 티슈바인은 1789년 3월에야 나폴리에서 로마로 돌아왔다.

인기가 있었다. 이런 오랑제리[269]는 중류층 집안에서 작은 투자 대상이었는데, 매년 상당한 관심을 끌고 있었다.

그렇게 아름다운, 몹시 맑은 하늘을 방해받지 않고 창문을 통해 보곤 했는데, 이 창문들은 또한 그림을 관람할 수 있도록 근사한 빛을 선사해 주었다. 크니프가 우리의 시칠리아 여행 중 세밀히 윤곽을 스케치했다가 수채화로 완성한 여러 그림들을 약속한 대로 이곳으로 보내왔다. 모든 사람이 이 그림들을 빛이 가장 적당한 때에 보면서 기뻐하고 감탄했다. 이런 방식의 명료함과 여유로움에 있어 그를 따를 화가는 아마도 없을 것이다. 그는 바로 이 점에 심혈을 기울였다. 이 작품들을 보면 정말 감탄스러웠다. 축축한 바다며, 절벽의 푸르스름한 그림자, 불그스름하면서도 누런 색조의 산맥들, 빛나는 하늘에 녹아든 원경 등을 다시 보고, 다시 감상하고 있다고 착각할 정도였다. 그러나 이 그림들만이 그 정도로 효과적으로 보이는 것은 아니었다. 그 장소와 그림 받침대에 세워두면 어떤 그림이라도 더 눈에 띄고 효과적으로 보였다. 내가 방으로 들어섰을 때, 그림이 신비하게까지 보였던 기억이 몇 번 있다.

유익하거나 무익한 조명, 직접조명 혹은 간접적인 분위기 조명의 비밀이 그 당시엔 아직 밝혀지지 않았다. 사람들은 충분히 느끼고 경탄하면서도, 이를 완전히 우연한 것으로, 설명할 수 없는 현상으로만 생각했다.

---

269) Orangerie. 17~19세기에 북부 유럽에서는 이탈리아의 르네상스식 정원을 모방한 정원 조성이 유행했는데, 이때 심은 지중해 원산의 감귤류를 겨울철에 보호하기 위해 덮개를 씌운 건물을 지었고, 이로부터 오랑제리가 온실을 가리키는 말이 되었다.

나의 새로운 숙소는 우리가 하나씩 모은 석고 모상들을 효과적인 조명을 받도록 질서 있게 전시해 보는 좋은 기회가 되었다. 그렇게 해놓고 보니 비로소 소유인으로서 몹시 당당한 기분을 만끽하게 되었다. 고대 조각 작품들을 로마에서처럼 끊임없이 보게 되면, 마치 자연에 묻혀 있는 듯 무한하다는 느낌과 신비로움을 느끼게 된다. 고귀한 것, 아름다운 것이 주는 인상은 그것이 매우 기분 좋은 것이긴 하지만, 우리를 불안하게 만들기 때문에 우리가 느끼는 것, 우리가 보는 것을 언어로 표현하고 싶어 한다. 그러기 위해서는 먼저 알아보고 분간하고 이해해야 한다. 우리는 나누고 분류하고 정리하기 시작한다. 이것이 불가능한 것은 아니지만 매우 어려운 일이기 때문에, 우리는 결국 관람하고 즐기면서 감탄하는 역할로 되돌아온다.

　　그러나 오래된 예술 작품들의 결정적 영향력은 우리로 하여금 작품이 만들어진 시대와 개인이 처했던 상황으로 되돌아가게 한다는 데 있다. 고대의 입상들에 둘러싸여 있으면 살아 있는 자연의 삶 속에 들어앉아 있는 느낌이 든다. 우리는 인체의 다양함을 의식하고, 가장 순수한 상태의 인간한테 눈길을 준다. 이로 인해서 관람자 자신도 생기 있고 순수하게 인간적으로 된다. 조각된 인물을 어느 정도 돋보이게 하는 자연스러운 의상도 일반적인 의미에서 우리에게 좋은 느낌을 갖게 한다. 로마에서 매일 그런 환경을 즐길 수 있는 사람은 그것들을 소유하고 싶은 욕심에 빠지게 된다. 그런 조각 작품들의 석고 모상들을 자기 옆에 진열해 놓고 싶어 하는데, 아주 원형에 충실한 모사품들이 이런 목적에 적합하다. 아침에 눈을 뜨면 이런 훌륭한 작품에 감동을 받게 된다. 우리의 생각과 느낌은 그런 작품의 영향을 받고, 그 덕분에 야만 상태로 돌아가는 일은 없을 것이다.

우리는 루도비시의 유노 두상[270]을 최고로 여겼다. 그 원형을 보기란 아주 어렵고, 오로지 우연히만 볼 수 있기 때문에 더욱 높이 평가하고 존경했다. 그리고 항상 눈앞에 두고 볼 수 있다는 것은 분명 행운이었다. 우리의 동시대인 가운데 그 상을 처음으로 마주한 사람은 아무도 그 첫 대면을 감당할 수 없기 때문이다.

그 옆에는 그것과 비교하기 위해 작은 유노 상 몇 개를 세워두었다. 유피테르의 반신상도 뛰어난 작품이었고, 다른 상들은 건너뛰더라도, 론다니니의 메두사 사본은 오래된 것이었지만 그래도 훌륭했다. 죽음과 삶, 고통과 환희를 오가는 갈등을 표현하는 빼어난 이 작품은 우리 삶에 영향을 주는 다른 많은 문제들과 마찬가지로, 무어라 명명할 수 없는 강한 끌림을 담고 있었다.

물론 아낙스 헤라클레스 상도 언급하지 않을 수 없다. 아주 힘차고 크고 총명하고 온화하다. 그리고 몹시 사랑스러운 메르쿠리우스 상 하나. 이들 두 작품의 원형은 현재 영국에 소장되어 있다.[271]

질이 조금 떨어지는 작품들, 아름다운 많은 작품들의 이집트산(産) 테라코타 모사품도 있었다. 커다란 오벨리스크의 첨

---

270) 292쪽 각주 327번 참조.
271) 이 둘은 여기서 처음 언급되는데, 어떤 작품인지 특정하기 어렵다.

단도 있었고, 그 밖에 미완성 작품들 중에는 대리석으로 된 것도 있었다. 이들 모두는 질서 정연하게 놓여 있었다.

내가 여기에서 언급하는 작품들은 몇 주일 동안 새로운 숙소에 진열해 두었던 귀중한 것이다. 유언장을 쓰면서 주변에 있는 소유물들을 잔잔한 마음으로, 그러나 회고의 정을 가지고 둘러보고 있는 사람 같은 기분이 든다. 가장 좋은 작품들을 골라 독일로 보내기로 결정하는 일은 어려웠다. 그에 드는 수고와 비용, 선택의 어려움, 번잡한 문제 들이 나를 망설이게 만들었다. 결국 루도비시의 유노 상은 고상한 앙겔리카에게 주고, 다른 몇 작품들은 다른 화가들에게 주고, 또 몇 작품들은 티슈바인의 소유였고, 나머지들은 고스란히 그대로 남겨두어, 내가 묵는 숙소로 옮길 예정인 부리의 마음에 드는 대로 사용하게끔 결정되었다.

이 글을 쓰고 있자니 나는 아주 옛날로 되돌아가 내가 그런 대상을 처음으로 보고 관심을 기울이기 시작했던 때가 떠오른다. 당시 나의 사유는 몹시 미비한 상태였지만 감동은 말할 수 없이 강렬했고, 그 결과 나는 이탈리아를 무한히 동경하게 되었었다.

어릴 적 고향에서의 나는 조형예술에 대해 아는 것이 하나도 없었다. 심벌즈를 치면서 춤추는 모습의 판[272] 석고 모상을 라이프치히에서 처음 보았을 때는 꽤나 인상적이어서, 그 모상의 특징과 당시의 주변 모습까지 지금도 생각날 정도다. 하지

---

272) 「춤추는 사티로스 판(Pan)」은 피렌체 우피치 갤러리에 원본이 있는데, 기원전 200년경 제작된 그리스 청동상을 로마 시대에 대리석으로 복사한 작품이다.

만 그 뒤로 오랫동안 관심이 없었는데, 만하임 박물관 위층에 채광 좋은 전시실에서 수집품들을 보고 있자니[273] 갑자기 깊은 바다에 빠진 것 같은 상태에서 내 주위에 늘어선 작품들을 의식하게 되었다.

나중에 석고를 부어 본뜨는 사람들이 프랑크푸르트에 오게 되었다. 그들은 여러 가지 모사품들을 알프스산맥 너머로 가져와서 그것을 본뜬 다음, 원래 모사품들을 적잖은 값으로 팔았다. 그래서 나는 볼만한 라오콘 두상, 니오베의 딸들, 작은 두상을 입수했고 나중에는 사포[274] 상 등 다른 작품들에 매료되었다. 허약한 것, 거짓된 것, 조작된 것이 나의 눈을 혼란시킬 때 이 고상한 상들은 일종의 은밀한 해독제가 되었다. 그렇지만 나는 언제나 만족하지 못했기 때문에 심적으로 고통스러웠으며, 당시에는 모르고 있었던 대상을 갈망하는 마음이 약하기는 해도 늘 되살아나곤 했었다. 이런 연유로, 오매불망 소원했던 작품들을 드디어 입수해서 소유하고 있었는데, 내가 로마를 떠날 때 이들과 결별하자니 마음이 무척 아팠다.

나는 다른 일을 하면서도 시칠리아에서 깨달은 식물의 발생학에 관해서도 계속 관심을 기울였다. 이는 우리의 관심사가 흔히 그렇듯이 우리 내면에서 그렇게 하도록 시키고, 동시에

---

273) 괴테는 1771년 슈트라스부르크에서 학업을 마치고 고향으로 돌아오던 길에 만하임에 들러 고미술박물관(Mannheimer Antikensaal)을 둘러보았다. 오늘날 만하임대학교 내에 있는 이 박물관은 1769년 바이에른 선제후 카를 테오도어(Karl Theodor, 1724~1799)가 건립했다.

274) Sappho, 기원전 612?~?. 고대 그리스의 대표적 여성 서정시인으로, 레스보스섬에 살면서 소녀들에게 음악과 시를 가르쳤다.

우리가 해낼 수 있는 범주에 속한 일이었다. 나는 식물원[275]을 찾아갔다. 그곳은 구식으로 운영되고 있어서 일반적으로 그다지 감탄스럽다고는 할 수 없었다. 그러나 내가 그곳에서 본 많은 식물들이, 기대하지 않았던 새로운 것들이어서 유용하게 이용할 수 있었다. 나는 기회가 주어지는 대로 주변에 있는 희귀한 식물들을 수집해서 계속 관찰했고, 또한 직접 씨앗과 열매를 심고 기르면서 꾸준히 지켜보았다.

특히 후자의 식물들은 내가 떠날 때 여러 친구들이 나누어 갖고 싶어 했다. 나는 이미 제법 자라서 앞으로 의젓한 나무가 될 만한, 잣나무 묘목을 앙겔리카의 집 정원에다 옮겨 심어 주었다. 이 나무가 몇 년 후에 볼만한 크기로 자라서, 이 일에 관심 있는 여행자들이 로마에 남긴 나의 기념물인 그 나무에 대한 여러 가지 이야기를 해서 우리 모두를 즐겁게 해주었다. 말할 수 없이 소중한 내 여자 친구가 안타깝게 사망하고 난 후,[276] 새로운 집주인은 꽃밭에서 자라고 있는 잣나무가 적합하지 않다고 생각했다. 그 후에 계속 이 사건을 주시한 여행자들이 가서 보니 잣나무 자리가 비어 있었다. 이로 인해 그 예쁜

---

275) 오르토 보타니코 디 로마(Orto Botanico di Roma). 로마 식물원은 교황 니콜로 3세(Nicolò III, 1277~1330)가 바티칸 경내에 약초를 재배하던 텃밭을 교황 레오 10세가 1514년에 약초 정원으로 조성한 것에서 비롯했다. 1601~1629년 동안 바티칸 식물원 관리자였던 조반니 파베르가 이 정원을 처음으로 '보타니(botany)'라고 불렀다. 이후 교황의 사저가 퀴리날레 궁전으로 옮겨지면서 1660년에 교황 알레산드로 7세가 바티칸 인근 자니콜로 언덕의 땅을 로마대학에 학술식물원 부지로 기증했다. 당시 아르카디아 아카데미아도 이곳에 있었다. 현재의 식물원 건물은 1883년에 지은 것이다.

276) 괴테가 『이탈리아 기행』 2부 원고를 정리하기 시작한 것은 1816년이고, 앙겔리카는 1807년에 세상을 떴다.

식물의 자취가 소멸되어 버렸다.

내가 열매의 씨를 심어 키운 대추야자 몇 그루는 운이 좋았다. 나는 여러 번 실패한 후, 그 나무들의 신기한 생장 과정을 시간이 날 때마다 관찰했다. 싹이 터서 올라온 묘목들을 로마인 친구에게 주었는데, 그는 이 나무들을 시스티나 거리 정원에다 심었다. 그 나무들은 아직까지 살아서 사람 키만큼이나 자랐다고 지체 높은 한 여행자[277]가 나에게 특별히 확인해 주었다. 이 나무들이 소유주들한테 불편을 끼치지 않고 앞으로도 푸르게 자라고 잘 커서 나의 기념물이 되기를 바란다.

로마를 떠나기 전에 꼭 보아야 할 목록 중에 남은 곳들은 몹시 성격이 다른 유적지로, 클로아카 막시마[278]와 산세바스티아노 성당 옆의 지하묘지[279]였다. 전자는 피라네시가 우리에게 사전 지식[280]을 주었던 정도의 거대한 상상을 가히 능

---

277) 1827년, 시스티나 거리의 트리니타 데이 몬티 성당 뒤에 위치한 빌라 몰타(Villa Malta)를 구입한 바이에른 왕 루트비히 1세(Ludwig I, 1786~1868)가 알려주었다.

278) Cloaca Maxima. 고대 로마의 하수구로, 기원전 6세기에 건설되었다. 원래는 캄푸스 마르티우스 일대, 즉 포로로마노 북쪽의 아우구스투스 황제 포럼에서부터 테베레강까지 돌을 놓아 만든 노천 수로였다. 이 지역이 당시 습지였기 때문에 우천 시에 물이 범람하지 않고 강으로 흘러들도록 유도한 것이다. 기원전 4세기부터 수로의 폭과 길이는 점차 늘어났고, 위쪽에 뚜껑을 덮어 배수관 형태로 발전했다. 제정시대에 각 가정과 공공목욕탕과 연결해 하수를 처리하는 시설로 완성되었다. 괴테 시대에는 마르티우스 신전 근처에서 발굴된 하수로 유적지를 관람했으며, 2019년에도 테베레 강변에서 하수 배출구 중 하나가 발견되었다.

279) Catacombe di San Sebastiano. 1세기경까지 거슬러 올라가는 초기 기독교 공동묘지로, 당시에는 포촐란 광산 지대였기 때문에 이교도들의 매장지로 사용된 것이다. 산세바스티아노 대성당 바닥에서 지하 10미터 아래에 있다.

280) 피라네시의 동판화 「로마 경관도」(760쪽 각주 163번) 참조.

가했고, 후자의 경우는 성공적인 방문이 되지 못했다. 그 음산한 곳에 몇 발짝 들여놓자마자 금세 기분이 언짢아졌다. 나는 곧 밝은 곳으로 되돌아 나왔다. 안 그래도 시내에서 멀리 떨어져 있어 내게는 생소한 장소였는데, 다른 사람들은 지하묘지를 구경하는 데 나보다는 마음의 준비가 잘되었기에, 나는 그들과 함께 집에 가려고 밖에서 기다릴 수밖에 없었다.

그로부터 한참 후에 나는 안토니오 보시오의 대작 장편소설 『지하의 로마』[281]를 읽으면서 내가 그곳에서 보았던 곳이나, 보지 않았던 곳들에 관해서 어렵게 지식을 넓혔고, 이로써 미흡한 내 지식을 충분히 보충했다고 생각했다.

이와는 달리 다른 순례는 나에게 도움이 되어 좋은 결실을 맺었다. 그것은 산루카 아카데미에 있는 라파엘로의 유골[282]에 우리의 존경심을 표한 일이었다. 건축 공사 때문에 이 뛰어난 남자의 묘지에서 두개골을 꺼내, 이곳으로 옮겨와 성물로 보관하고 있었다.

정말 절묘한 광경이었다! 그 두개골은 아주 잘 보존되어 둥그스름한 형태를 이루고 있었는데, 후일 갈 박사[283]의 이론

---

281) *Roma Sotterranea*. 몰타 태생의 고고학자로, 1578년 로마 살라리아 거리에서 우연히 고대 지하 공동묘지를 발견한 것을 계기로 평생 동안 로마의 카타콤을 연구한 안토니오 보시오(Antonio Bosio, 1575?~1629)가 1623년에 쓴 책이다. 당시에는 카타콤 연구의 중요성을 인정받지 못해 출판은 그의 사후 3년 뒤에야 이루어졌다. 내용의 상당 부분은 현대에 오류로 밝혀졌으나, 초기 고고학 연구방법론을 제시했다는 점에서 평가된다.

282) 871쪽 각주 251번 참조.

283) 프란츠 요제프 갈(Franz Joseph Gall, 1758~1828). 독일 태생으로 슈트라스부르크와 빈 대학에서 의학을 공부한 해부학자다. 두골의 모양새로 인간의 정신 상태를 판단하는 골상학을 창시해 큰 주목을 받았다. 학설 자체의 정당성

에서 다양한 의미로 해석되었던 융기나 함몰, 혹 같은 모양은 볼 수 없었다. 나는 그 두개골에서 눈을 뗄 수가 없었다. 그 자리를 떠날 때 나는 자연 애호가로서, 그리고 미술 애호가로서 만일 가능하다면 사본을 하나 소유하는 것이 매우 의미 있는 일일 것이라고 말했다. 영향력이 큰 친구인 라이펜슈타인 궁정 고문관이 내게 희망을 주었다. 얼마 후 정말로 그가 사본을 독일에 있는 나에게 보냈다. 그래서 나는 아직도 그 두개골을 여러 방면으로 관찰할 수가 있다.

그 화가가 그린 사랑스러운 그림이 있는데, 바로 성 누가다.[284] 누가 앞에 성모가 나타나 그 완벽하게 성스러운 고귀함과 우아함을 직접 보고 자연스럽게 그리도록 하는 유쾌한 장면을 그렸다. 그림 속의 아직 젊은 라파엘로는 한 걸음 떨어진 위치에서 이 복음사가가 작업하는 모습을 지켜보고 있다. 자신이 몹시 매료당해 선택한 직업을 이토록 우아하게 표현하고 고백할 수는 없을 것이다.

피에트로 다 코르토나가 옛날에 이 작품을 소유하고 있다가 아카데미에 기증했다.[285] 물론 이곳저곳 손상을 입고 복구되었지만 그 중요한 가치는 변함없는 그림이다.

을 떠나, 인간 정신을 과학의 대상으로 보고 연구했다는 점에서 의의가 인정되지만, 현대적 신경생리학의 초기 버전에 해당하는 유물론적 연구 방법론이 당시 기독교 교리에 반했기 때문에 황제 요제프 2세가 공개 강의를 금지했다. 이에 프랑스로 귀화해 그곳에서 여생을 보냈다. 괴테는 1805년경에 갈의 이론을 접했다.

284) 라파엘로가 1525년경에 그린 것으로 여겨지는 제단화 「성모를 그리는 성 누가(San Luca che dipinge la Vergine)」를 말한다.

285) 17세기 화가 코르토나(764쪽 각주 168번 참조.)를 말하는데, 이 내용이 사실인지는 확인되지 않는다.

이즈음에 나는 몹시 나다운 유혹을 이겨내야 했다. 안 그랬다면 귀향을 취소하고 로마에 새로 묵게 될 판이었다. 화가이자 미술품 딜러인 안토니오 레가[286] 씨가 친구인 마이어를 보러 나폴리에서 왔다. 마이어에게 털어놓기를, 레가는 중요한 고대 조각품, 일명 무희 혹은 뮤즈를 싣고 배로 왔으며, 시외의 리파그란데[287]에 정박 중이니 와서 보라고 했다는 것이다. 나폴리의 콜롬브라노 궁전 안마당 벽감에 오랜 세월 서 있던 그 여인 상[288]은 아주 좋은 작품으로 평가받고 있다고 했다. 그는 이 작품을 소문내지 않고 팔고 싶었기 때문에 마이어 자신이나, 아니면 마이어의 친한 친구 중에 이 거래에 관심 있는 사람이 있는지 물어 왔다. 그는 이 고귀한 작품을 누가 봐도 아주 적절한 값인 300체키노는 받아야겠다고 했단다. 만일 사고파는 사람이 신중해야 할 이유가 없었더라면 물어볼 것도 없이 더 높은 값을 부를 것이라고도 했다.

이 일은 곧장 나에게 전해졌고, 우리는 셋이서 나의 숙소에서 꽤 멀리 떨어진 선착장으로 서둘러 갔다. 레가는 즉시 갑판에 있는 궤짝의 널빤지를 들어올렸고, 우리는 아름답기 비할 데 없는 두상을 보았다. 지금껏 한 번도 몸체에서 분리된 적이 없던 두상인데, 흐르는 곱슬머리를 하고 앞을 보고 있었다. 흠

---

286) 괴테는 'Antonio Rega'로 표기했는데, 콜롬브라노의 카라파 컬렉션을 바티칸에 판매한 것은 로마인 딜러인 안토니오 가스탈디(Antonio Gastaldi)라는 인물로 확인된다.

287) Ripa grande. 현재는 로마 시내에 해당하는 테레베 강변 남쪽에 있던 선착장이다.

288) 1787년 3월 7일자 일기(362쪽)에서 괴테가 주목했던 조각상으로, 기원전 5세기 그리스 원본의 로마 사본이다. 처음 발굴 당시에는 몸통만 있었다.

잡을 데 없는 옷을 입고, 예쁘게 몸동작을 하는 조각 작품이 차츰 그 자태를 드러냈다. 손상된 곳이 별로 없었고, 한쪽 손은 완벽하게 보존된 상태였다.

우리는 이 작품을 현장에서 바로 본 것같이 기억했다. 그 당시에는 이 작품이 우리에게 이토록 가까이 올지 꿈에도 생각하지 못했다.

누구한테나 그랬겠지만 우리한테 이런 생각이 떠올랐다. 분명한 것은 '만약 누군가 1년 내내 엄청난 경비를 들여 발굴 작업을 한 끝에 이런 보물을 발견했다면 아마도 최고로 행복한 일로 여기겠지.' 우리는 차마 작품에서 눈을 떼지 못했다. 그렇듯 정갈하고 보존이 잘된 고대 예술품이 쉽게 복구될 수 있는 상태로 우리 눈앞에 나타날 기회는 다시 오지 않을 테니 말이다. 그렇지만 우리는 우리의 구매 의사를 가능한 한 빨리 결정해 답을 주겠다고 하고는 자리를 떴다.

우리는 둘 다 심한 갈등에 빠졌다. 여러 가지를 고려해 볼 때 이 작품을 사는 것이 바람직하지 않은 것 같았다. 그래서 우리는 이 일을 덕성스러운 앙겔리카에게 알리기로 했다. 그녀는 구매할 수 있는 재력도 있거니와, 원상복구 작업이나 그 외에 필요한 일을 처리할 인맥도 있기 때문에 아주 적당한 인물로 여겨졌다. 마이어가 전에 앙겔리카에게 다니엘레 다 볼테라의 그림을 소개한 것과 마찬가지로,[289] 이번에도 이 일을 알렸고 우리는 잘 성사되기를 바랐다. 그런데 사려 깊은 앙겔리카

---

289) 597쪽 참조.

는 물론, 이재에 밝은 그녀의 남편이 완강히 이 구매를 반대했다. 회화 작품들을 구입하는 데 큰 금액을 지출했을 뿐만 아니라, 조각 작품의 구입은 결정할 수가 없다는 것이었다.

이 거절의 회신을 받고 나서 우리는 다시 생각에 생각을 거듭했다. 행운이 완전히 우리 편이 된 듯했다. 마이어가 이 보물을 다시 보고 난 후, 이 작품의 전체적인 특징으로 미루어보아 그리스 작품, 즉 아우구스투스 시대나 어쩌면 그보다 더 이전의 히에로 2세[290] 시대 것이 틀림없다고 했다.

나는 이 훌륭한 작품을 구입하기 위해서 빚을 낼 수도 있었다. 레가는 나누어 지불하는 방법에도 찬성하는 듯했다. 그야말로 우리가 이 작품을 이미 소유해서 우리의 큰 홀에 조명 좋은 자리에 세워놓고 보고 있는 듯한 순간이었다.

그러나 열정적인 연애 감정과 혼인 계약의 완료 사이에는 많은 생각이 오락가락하듯이, 이 일도 그와 같았다. 우리는 고상한 미술 애호가 추키 씨와 그의 착한 부인[291]의 조언과 찬성 없이 그런 거래에 뛰어들 수 없었다. 이 거래에는 이상향에 집착하는 피그말리온적 요소가 있었다. 이 조각상을 소유하고자 하는 의지가 내 마음속 깊이 뿌리내렸음을 부인할 수 없다. 내가 얼마나 그 상에 마음을 빼앗기고 있었는지를 입증하는 고백을 하자면, 당시 내게 이 사건은 거대한 악마가 손짓해서 나를 로마에 묶어두고 내가 떠나기로 작정한 모든 이유들을 완벽하게 백지로 만들려는 것처럼 보였다.

---

290) 히에로 2세(Hiero II of Syracuse, 기원전 308?~기원전 215)는 시라쿠사를 통치한 고대 그리스의 폭군이다.

291) 앙겔리카 카우프만과 그 남편을 말한다.

다행스럽게도 우리는 이런 상황에서 합리적인 결정을 내리도록 이성의 도움을 받을 만큼은 나이를 먹었고, 고귀한 친구 앙겔리카가 맑은 정신과 호의를 가지고 자신이 생각하는 바를 우리에게 이야기함으로써, 우리는 이 미술품에 대한 애착과 소유욕, 그 밖에도 스스로 만들어낸 궤변이며 미신 등을 철회하게 되었다. 그녀의 말을 들으니 이러한 일에 따르는 모든 난관과 문제점이 아주 선명해진 것이다. 지금까지는 조용하게 미술과 고전 연구에 열중해 온 남자들이 갑자기 미술품 거래에 휘말려 원래 이런 일에 노련한 사업가들을 따라잡으려 애쓰는 꼴이었다. 조각상은 복구하는 데 많은 난관이 있으며, 얼마나 저렴하고 성실한 복원가를 만날지도 의문이라고 했다. 그리고 더 나아가 만사가 잘되어 작품을 발송하더라도, 마지막 순간에는 그런 예술품을 위한 수출허가서를 받는 데 장애가 따를 것이고, 다음으로는 수송과 하역이며 집에 도착하기까지 무슨 일이 생길지 모른다는 것이었다. 미술상이라면 이런 위험들을 감수할 것인지를 고려해야 하며, 모든 수고와 난관은 물량이 많을 경우에는 상쇄가 되지만 이런 식으로 낱개일 경우에는 위험하다고 했다.

이런 의견으로 나의 욕심, 소망, 그리고 계획은 점점 누그러지고 약화되었으나, 결코 완전히 사라지지는 않았다. 특히 그 조각 작품이 매우 명예스러운 자리를 차지하게 되었으니 말이다. 그 작품은 현재 비오 클레멘티노 박물관의 증축된 작은 전시실에 있다.[292] 박물관에 연결된 전시실인데, 중앙 바닥

---

292) 괴테가 사려던 무희/님프 상은 교황 비오 6세가 매입해, '마스크의 캐비닛(Gabinetto delle Maschere, Cabinet of Masks)' 전시실에 설치했다. 15세기에 교황 인노첸시오 8세가 지은 개인 궁전 일부를 증축한 공간에 마련한 전시실

에는 나뭇잎 넝쿨로 장식한 마스크들이 모자이크로 새겨져 있어 아름답다. 이 마스크의 캐비닛에 진열된 다른 조각 작품들은 다음과 같다. 1) 발꿈치를 들고 앉아 있는 비너스, 좌대에 부팔루스라는 이름이 새겨져 있다. 2) 가니메데스 소상, 아주 아름답다. 3) 아름다운 청년의 조각상, 아도니스라고 하는데, 맞는지 나로서는 확실치 않다.[293] 4) 로소 안티코[294]로 된 판 신. 5) 정지 자세를 취한 원반던지기 선수 상.[295]

비스콘티[296]가 이 박물관을 다룬 책 3권에서 이 상을 묘사를 했다. 그는 자기 방식대로 이 상에 대해 설명하고, 그것을 모사해 30번 삽화로 실었다. 미술 애호가라면 누구나 이 조각 작품을 독일로 가져와 조국의 큰 박물관에 진열할 수 없게 된 점을 우리와 함께 애석하게 생각할 것이다.

내가 고별 방문을 하면서 그 우아한 밀라노 처녀를 잊지 않은 것을 독자들은 당연하다고 생각할 것이다. 나는 그 이후로 그녀에게 즐거운 일이 많이 생겼다고 들었다. 그녀는 앙겔리카와 점점 친해졌고, 교양 있는 사람들과 사귀게 되어, 품위 있는 행동을 배우게 되었다는 것이다. 그래서 짐작하건대, 추

이다. 1780년부터 전면 수리해 박물관으로 사용되고 있다.

293) 기원전 4세기경에 제작된 아폴론 상이다.

294) Rosso Antico. 로마 시대에 사용된 붉은색 대리석이다.

295) '디스코볼로스(Diskobolos)'라고 하는 원반던지기 선수 상은 기원전 5세기에 고대 그리스 조각가 미론(Myron)이 제작한 청동상인데, 원반을 던지기 직전의 긴장감 넘치는 정지 자세로 유명하다. 원본은 없고 로마 사본이 여러 개다. 바티칸에 있는 것은 1790년에 티볼리의 하드리아누스 황제 별장에서 발굴된 두 개의 디스코볼로스 중 하나다. 1792년에 공개 경매로 팔렸는데, 다른 하나는 본문에도 언급된 미술상 젠킨스가 매입해 영국으로 가져가 현재 대영박물관에 있다.

296) 바티칸의 큐레이터 에니오 퀴리노 비스콘티. 654쪽 각주 65번 참조.

키 씨와 각별한 사이인 어떤 부유한 젊은 청년이 그녀의 우아함을 높이 평가해 진지한 의도를 실행에 옮겼으면 좋겠다는 희망을 갖게 되었다.

이번에도 그녀는 내가 간돌포 성에서 처음으로 보았을 때처럼 깨끗한 오전 복장을 하고 있었다. 나를 맞이하는 그녀의 태도는 솔직하고도 품위가 있었다. 그녀는 자연스럽고도 우아하게, 그리고 내가 표했던 관심에 대해 사랑스러울 정도로 거듭 감사를 표했다.

"저는 평생 잊지 못할 거예요." 그녀가 말했다. "제가 혼란에서 다시 회복될 때, 제 상태를 염려하는 사랑스럽고 존경스러운 분들의 이름 중에 당신의 성함을 들어 있는 것을 저는 몇 번이나 확인했지요. 그게 정말이냐고요. 당신은 몇 주일 동안이나 염려해서 물으셨고, 결국에는 제 오빠가 당신을 찾아가 저희의 감사의 뜻을 전하게 되었어요. 제가 부탁한 그대로 오빠가 전했는지는 모르겠어요. 제 상태가 좋았더라면 저도 동행했을 거예요."

그녀는 내가 계획한 귀향 경로에 대해 물었고, 내가 여정을 이야기해 주니 다음과 같이 말했다.

"그렇게 부유하셔서 이런 여행을 하실 수 있으니 행복하시겠어요. 우리 같은 사람들은 하느님과 성자들이 우리에게 지정해 주신 자리를 지켜야 한답니다. 저는 오래전부터 창가에서 배들이 도착하고 떠나고 짐을 부리고 싣는 장면을 본답니다. 보고 있으면 재미있어요. 그런데 저는 저 배들이 어디서 오고, 어디로 가는지 가끔 궁금해요."

그 집의 창문들은 리페타 선착장 계단을 향해 나 있었고,

아닌 게 아니라 그곳은 몹시 활기 있어 보였다.

그녀는 오빠에 관해 다정하게 말했다. 오빠가 가계를 잘 꾸려서 많지 않은 급료에도 항상 돈을 남기고 이익이 많은 거래에 투자할 수 있어서 기쁘다고 했다. 어쨌든 그녀는 자신이 처한 상황에 대해 자세한 이야기를 들려주었다. 그녀가 이야기를 많이 하자 편안했다. 처음 우리가 만난 순간부터 마지막까지, 우리의 다정했던 관계가 스쳐지나가 기이한 기분이 들었다. 그 순간 오빠가 방 안으로 들어왔고 우리는 다정하면서도 평범한 분위기에서 작별했다.

내가 집 문밖으로 나오니 마차만 있었다. 바지런한 아이가 마부를 부르려고 뛰어갔다. 그녀는 창문 밖으로 내다보았다. 그녀는 큰 집의 1층과 2층 사이를 꾸며 만든 작은 집에서 살고 있었다. 창이 높지 않았기 때문에 손을 맞잡을 수도 있을 것만 같았다.

"봐요, 날 당신한테서 데리고 갈 사람이 없잖소." 내가 큰 소리로 말했다. "내가 당신과 헤어지고 싶지 않다는 걸 사람들이 알고 있는 것 같지 않소."

그녀와 내가 나누었던 아주 다정한 말들, 그리고 모든 속박에 벗어난, 두 사람 다 절반쯤밖에 의식하지 못한 연정을 드러냈던 그 대화 전부를 공개하고 싶지는 않다. 그래서 여기서 반복해서 이야기하지 않겠다. 그것은 정말로 순진무구하고 다정한, 서로가 호의를 품고 있는 우리 두 사람의 마지막 고백이었는데, 아름답고 우연히 주고받은, 짧을 수밖에 없는 고백이었다. 때문에 나는 이것을 마음이나 생각에서 잊을 수가 없다.

내가 로마를 떠나는 날은 특별히 장엄하게 다가오고 있었다. 사흘 전 밤에는 그지없이 청명한 하늘에 만월이 떠 있었다. 이 거대한 도시를 비추고 있는 마술과 같은 광경을 그토록 자주 보았는데, 이젠 그 분위기가 마음속 깊이 느껴졌다. 엄청난 달빛이 마치 온화한 대낮처럼 밝고 선명한데, 깊은 그림자가 대조적이었다. 달빛의 역광을 희끗하게 반사하는 어두운 곳이 어떤 건물인지 짐작할 수 있었다. 우리는 마치 다른 세계, 더 큰 세계로 와 있는 듯한 기분이었다.

산만하고도 가끔은 고통스러웠던 나날이 지난 후에 나는 친구 몇 명과 호젓하게 시내를 돌아보았다. 아마도 마지막이 될 것 같은 산책으로 기다란 코르소 거리를 걸어 내려가, 캄피돌리오 성으로 올라갔다. 황야에 있는 요정들의 궁전 같은 그곳에 있는 마르쿠스 아우렐리우스 청동상[297]이 '돈후안'의 기사장[298]을 불러, 그가 범상치 않은 짓을 벌이려 한다고 우리 나그네에게 알려주는 듯했다. 그러거나 말거나 나는 계단을 내려갔다. 아주 시커먼, 시커먼 그림자를 드리우며 셉티미우스 세베루스의 개선문이 다가왔다. 사크라 거리는 쓸쓸하고, 그토록 유명한 유적들이 낯설고 으스스하게 보였다. 그리고 고귀한

---

297) 캄피돌리오 언덕 정상의 광장에는 서기 175년에 제작된 마르쿠스 아우렐리우스 청동 기마상이 있는데, 고대의 청동상들 가운데 원본이 보존된 드문 경우다.(현재 광장에 전시되어 있는 것은 사본이고, 원본은 캄피돌리오 박물관 내에 있다.)

298) 모차르트의 오페라 「돈조반니」(초연 1787년 프라하)에 등장하는 유령을 말한다. 극중 주인공 돈조반니는 엄청난 바람둥이로 수많은 여인을 비탄에 빠뜨리는데, 그가 농락한 여인의 아버지인 기사장을 실수로 죽인다. 그리고 극의 종반부에 말 탄 기사장의 조각상 유령이 나타나 그에게 반성과 참회를 촉구하지만, 돈조반니는 조각상의 말을 무시하고, 결국 지옥에 떨어진다.

콜로세움 유적지로 가서 격자문을 통해 폐쇄된 내부를 들여다보았을 때, 등골이 오싹해져서 집으로 발걸음을 재촉했다는 것을 부인하지 않겠다.

모든 거대한 것은 독특한 인상을 남기는데, 그 인상은 고귀하면서도 평범하다. 나는 순회 관람을 할 때마다 내 여행에 관해서 광범위하고 총체적인 결론을 내리곤 했다. 이렇듯 나의 영혼은 동요되었고, 깊고도 강한 느낌은 영웅적이고도 비가(悲歌)적인 분위기에 젖었다. 이런 분위기가 시적인 형태로, 한 편의 비가로 표현되고자 했다.

그런 순간에 오비디우스의 비가가 생각나지 않을 수 없었다. 그 역시 추방을 당해 달밤에 로마를 떠나야 했다. "Cum repeto noctem(그날 밤을 되새기며)!" 그가 멀리 떨어진 흑해 연변에서의 서글프고도 비참한 상황에서 지난 시절을 회상하며 쓴 시가 내 머릿속에서 떠나지를 않았다. 나는 그의 시를 되뇌어 보았다. 어떤 구절은 정확하게 생각이 났지만, 어떤 구절은 나 자신의 시와 섞여 정확히 기억할 수 없었다. 시간이 지난 후에 다시 시도해 보았지만 나의 시를 결코 완성시킬 수가 없었다.

그날 밤의 슬픈 광경이 내 영혼 앞에 펼쳐지네,
로마에서 내가 보낸 그 마지막 밤이.
소중한 것을 많이 남겨두고 온 그날 밤을 되새기니,
지금도 눈물이 주르륵 흐르네.
사람 소리도 개 짖는 소리도 이미 잠들어 버렸는데,
높이 뜬 달이 밤 마차를 인도했노라.

달을 쳐다보고, 캄피돌리오의 신전을 보니,

로마의 수호신 가까이 허무하게 서 있었네.[299]

Cum subit illius tristissima noctis imago,

Quae mihi supremum tempus in Urbe fuit;

Cum repeto noctem, qua tot mihi cara reliqui;

Labitur ex oculis nunc quoque gutta meis.

Iamque quiescebant voces hominumque canumque:

Lunaque nocturnos alta regebat equos.

Hanc ego suspiciens, et ab hac Capitolia cernens,

Quae nostro frustra iuncta fuere Lari.

---

299) 아우구스투스 황제 시대 로마 최고의 서정시인이었던 오비디우스
(Publius Ovidius Naso, 기원전 43~서기 17)는 서기 8년 황제에 의해 흑해 연
안의 토미스(오늘날 루마니아 콘스탄차)로 추방당한다. 그가 추방된 이유에 대해
서는 여러 설이 분분하나, 그 전까지 방자한 로맨스 시인으로 명성을 날렸던 오비
디우스는 이 이후로 서사시 『변신이야기』, 『로마의 축제들』, 『비가(Tristia)』 등
의 걸작을 썼다. 괴테가 인용한 부분은 『비가』 1권에 실린 세 번째 시로, 오비디우
스의 라틴어 시와 괴테의 독일어 번역이 병기되어 있다. 『이탈리아 기행』 1권이 베
르길리우스의 '지상낙원'으로 시작했다면, 2권은 오비디우스의 '축제들'로 시작
해 '비가'로 마무리되는 구조다.

1749년	8월 28일 프랑크푸르트암마인에서 태어났다. 아버지 요한 카스파르 괴테는 양법(민법과 종교법)박사로 제국의회 법률고문이었다. 천성적으로 활발하고 명랑했던 어머니 카타리나 텍스토르는 역시 법률가로 프랑크푸르트 시장을 역임한 요한 볼프강 텍스토르(Johann Wolfgang Textor, 1693~1771)의 딸이었다.
1750년(1세)	누이동생 코르넬리아가 태어났다.(그 이후 출생한 남동생 둘, 여동생 둘은 모두 출생 후 얼마 안 되어 사망했다.)
1753년(4세)	크리스마스 날 할머니로부터 인형극 상자를 선물받았다.(지금도 프랑크푸르트의 괴테 하우스에 보존되어 전시 중이다.)
1757년(8세)	조부모에게 신년 시를 써서 보냈다.(보존되어 있는 괴테의 시 작품 중 가장 오래된 것이다.)
1759년(10세)	프랑스군이 프랑크푸르트를 점령했다. 군정관 토랑(François de Théas de Thoranc, 1719~1794) 백작이 2년쯤 괴테의 집에 머물렀는데, 그를 통해 미술과 프랑스 연극에 대해 깊은 관심을 갖게 되었다.

1765년(16세)	10월에 라이프치히로 가서 대학에 입학했다. 베리슈(Behrisch), 슈토크(Stock), 외저(Oeser) 등의 예술가들과 사귀며 문학과 미술을 공부했고, 그리스 연구가 빙켈만의 글을 읽고 계몽주의 극작가 레싱의 연극을 관람했다.
1766년(17세)	식당 주인 쇤코프의 딸 케트헨을 사랑해 교제했다. 그녀에게 바친 시집 『아네테(Annette)』는 베리슈에 의해 보존되었다.
1767년(18세)	첫 희곡 『연인의 변덕(Die Laune des Verliebten)』을 썼다.(이듬해 4월에 완성.)
1768년(19세)	케트헨과 헤어졌다. 6월에 빙켈만의 피살 소식을 듣고 큰 충격을 받았다. 7월 말 각혈을 동반한 폐결핵에 걸려 학업을 중단하고 고향으로 돌아왔다.
1769년(20세)	이전 해 11월에 시작한 희곡 「피장파장」을 완성했다.
1770년(21세)	슈트라스부르크 대학에 입학하여 법학 공부를 계속했다. 눈병 치료차 슈트라스부르크에 온 헤르더와 교우하며 문학과 언어에 관해 많은 영향을 받았다. 10월에 근교의 마을 제젠하임에서 그곳의 목사 딸 프리데리케 브리온(Friederike Brion)을 만나 사랑에 빠졌다.
1771년(22세)	프리데리케와 자주 만나며 그녀를 위한 서정시를 많이 썼다. 교회사 문제를 다룬 학위 논문은 민감한 내용 때문에 불합격했으나, 대신 그에 준하는 시험에 통과하여 공부를 마쳤다. 8월 프리데리케와 작별하고 고향으로 떠났다. 프랑크푸르트에서 변호사를 개업했으나 문학에 더 몰입했다. 슈투름 운트 드랑의 성향이 짙은 희곡 『괴츠 폰 베를리힝겐』의 초고를 썼다.
1772년(23세)	아버지의 제안에 따라 베츨라의 고등법원에서 견습 생활을 했다. 그곳에서 만난 샤를로테 부프를 연모하게

되었으나 약혼자가 있는 여자였으므로 단념했다. 이 못 이룬 사랑의 체험이 소설 『젊은 베르테르의 슬픔(Die Leiden des jungen Werther)』의 소재가 되었다.

1773년(24세) 『괴츠 폰 베를리힝겐』을 출간하고, 슈트라스부르크 시절부터 구상했던 『파우스트』의 집필을 처음 시작했다. 시 「마호메트(Mahomet)」, 「프로메테우스(Prometheus)」를 썼다.

1774년(25세) 소설 『젊은 베르테르의 슬픔』을 시작하여 4월에 완성했다. 『괴츠 폰 베를리힝겐』이 베를린에서 초연되었고, 희곡 『클라비고(Clavigo)』를 썼다.

1775년(26세) 프랑크푸르트 은행가의 딸 릴리 쇠네만을 사랑하여 약혼했으나 반년쯤 후에 파혼했다. 희곡 『스텔라(Stella)』를 썼다. 바이마르 제후 카를 아우구스트 공의 초청을 받아 방문했다.

1776년(27세) 바이마르(당시 인구 6000명 정도의 도시)에 머물기로 결심하고, 7월 추밀원 고문관에 임명된 후 정식으로 바이마르 공국의 정치가로 활동하기 시작했다. 대공모인 안나 아말리아 여공작의 시종장 샤를로테 폰 슈타인 부인과 깊은 우정 관계를 맺고 그녀로부터 많은 격려와 도움을 받았다. 「에르빈과 엘미레」를 초연했다.

1777년(28세) 「피장파장」을 초연했다.

1778년(29세) 희곡 『에그몬트』에 전념하여 몇 장(場)을 집필했다.

1779년(30세) 희곡 『이피게니에』를 완성하여 초연했다. 슈투트가르트에 들러 실러가 생도로 있는 카를 학교(Karlsschule)를 방문했다.

1780년(31세) 희곡 『타소』를 구상했다. 「초고 파우스트」를 아우구스트 대공 앞에서 낭독했다. 그 원고를 궁녀 루이제 폰 괴흐하우젠(Luise von Göchhausen)이 필사해 두었

카를 아우구스트 대공이 서거했다.

『파우스트』 1부가 다섯 개 도시에서 공연되었다. 『이탈리아 기행』 전편이 완결되었다.

아들 아우구스트가 로마에서 천연두에 걸려 사망했는데, 부검 결과 라스페치아에서 있었던 마차 충돌 사고에 의한 뇌출혈도 사인 중 하나였던 것으로 드러났다. 『시와 진실』과 『파우스트』 2부를 완성했다. 82회 생일을 일메나우에서 보냈다.

3월 22일 운명했다. 한 달 뒤에 『파우스트』 2부가 출판되었다.

에커만에 의해 『시와 진실』이 출판되었다.

는데, 그것이 훗날 『단편 파우스트』의 출간을 가능하게 했다.

1782년(33세) 황제 요제프 2세로부터 귀족의 칭호를 받았다. 아버지가 별세했다. 『빌헬름 마이스터의 수업시대(Wilhelm Meisters Lehrjahre)』의 집필을 시작했다.

1786년(37세) 식물학과 광물학의 연구에 관심을 기울였다. 카를 아우구스트 대공, 슈타인 부인, 헤르더 등과 휴양차 카를스바트에 체재하다가 몰래 이탈리아 여행길에 올랐다. 로마에서 화가 티슈바인, 앙겔리카 카우프만, 고미술사가 라이펜슈타인 등과 교우하며 고대 유적의 관찰에 몰두했다. 『이피게니에』를 운문 형식으로 개작했다.

1787년(38세) 이탈리아 체류를 연장하고 나폴리와 시칠리아 섬까지 돌아보았다. 『에그몬트』를 완성하여 원고를 바이마르로 보냈다.

1788년(39세) 6월에 스위스를 거쳐 바이마르로 돌아왔다. 귀환 후 슈타인 부인과의 관계가 소원해졌다. 평민 출신의 크리스티아네 불피우스와 만나 동거 생활을 시작했다.(후에 괴테의 정식 부인이 되었다.) 실러와 처음 만났으나 절친한 관계에 이르지는 못했다. 실러는 괴테의 주선으로 예나 대학의 역사학 교수 자리를 얻었다.

1789년(40세) 크리스티아네와의 사이에 아들 아우구스트가 태어났다. 당대의 학자 빌헬름 폰 훔볼트와 친교를 맺었다.

1790년(41세) 괴셴판 괴테 전집에 『단편 파우스트』를 수록했다. 광학(光學)과 비교해부학 연구에 몰두했다.

1791년(42세) 바이마르에서 『에그몬트』를 초연했다.

1792년(43세) 프랑스 혁명군에 대항하는 프로이센군에 소속되어 베르뎅 전투에 참전했다.

1793년(44세) 연합군의 일원으로 프랑스군 점령지인 마인츠 포위
전에 참전했다가 8월에 귀환했다. 그 체험을 살려 희
곡『흥분한 사람들(Die Aufgeregten)』을 썼다.

1794년(45세) 새로 건립된 예나의 식물원을 맡아 관리했다. 『빌헬
름 마이스터의 수업시대』의 개작을 시작했다. 실러와
《호렌(Horen)》지 제작에 함께 협조하면서 가까워졌
다. 시인 프리드리히 횔덜린과 처음으로 만났다.

1795년(46세) 『독일 피난민의 대화(Unterhaltungen deutscher
Ausgewanderten)』를 출간했다. 훔볼트 형제와 해부
학 이론에 관심을 쏟았고, 실러와 공동으로 경구집(警
句集)『크세니엔(Xenien)』의 출간을 구상했다.

1797년(48세) 서사시『헤르만과 도로테아(Hermann und Doro-
thea)』를 집필했다. 실러의 격려와 독촉으로『파우스
트』에 다시 매달려 「헌사」 「천상의 서곡」 「발푸르기스
의 밤」을 썼다.

1799년(50세) 티크, 슐레겔 등과 친교를 맺었다. 희곡 「사생아(Die
natürliche Tochter)」의 집필을 시작했다.

1803년(54세) 「사생아」를 완성하여 첫 공연을 가졌다. 절친했던 친
구 헤르더가 사망했다.

1805년(56세) 5월에 실러가 죽었다. 괴테는 그의 죽음을 애도하며,
"내 존재의 절반을 잃은 것 같다."라고 술회했다.

1806년(57세) 나폴레옹 군대에 의해 바이마르가 점령되었다. 크리스
티아네와 정식으로 결혼식을 했다.

1807년(58세) 안나 아말리아 여공작이 서거해 추도문을 작성했다.
소설『빌헬름 마이스터의 편력시대(Wilhelm Meis-
ters Wanderjahre)』의 집필을 시작했다.

1808년(59세) 『파우스트』 1부가 출간되었다. 소설『친화력(Wahl-
verwandtschaften)』을 구상하고 집필을 시작했다.

❖　　　　　　❖

이탈리아 기행

1판 1쇄 찍음 2023년 7월 10일
1판 1쇄 펴냄 2023년 7월 25일

지은이 요한 볼프강 폰 괴테
옮긴이 박찬기, 이봉무, 주경순
편집 이수은
발행인 박근섭·박상준
펴낸곳 (주)민음사

출판등록 1966. 5. 19. 제16-490호
주소 서울시 강남구 도산대로 1길 62 (신사동)
강남출판문화센터 5층 (06027)
대표전화 02-515-2000
팩시밀리 02-515-2007
홈페이지 www.minumsa.com

ⓒ 박찬기, 이봉무, 주경순, 이수은, 2023. Printed in Seoul, Korea.

ISBN 978-89-374-2614-8 (03850)